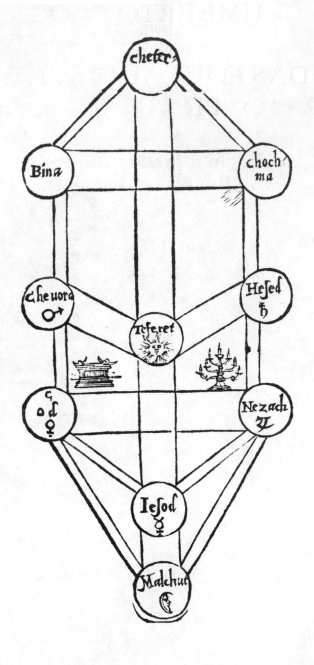

UMBERTO ECO

DAS FOUCAULTSCHE PENDEL

AUS DEM ITALIENISCHEN VON BURKHART KROEBER

CARL HANSER
VERLAG

Die Originalausgabe erschien 1988
unter dem Titel
Il pendolo di Foucault
bei Bompiani in Mailand

ISBN 3-446-15395-0
© Gruppo Editoriale Fabbri,
Bompiani, Sonzogno, Etas S.p.A., 1988
Alle Rechte der deutschen Ausgabe:
© Carl Hanser Verlag München Wien 1989
Gesetzt aus der Garamond und Optima
Satz: LibroSatz, Kriftel
Druck und Bindung:
Mohndruck Graphische Betriebe GmbH, Gütersloh
Printed in Germany

Für euch, Kinder der Wissenschaft und der Weisheit, haben wir dieses geschrieben. Erforschet das Buch und suchet euch unsere Ansicht zusammen, die wir verstreut und an mehreren Orten dargetan haben; was euch an einem Orte verborgen bleibt, das haben wir an einem anderen offengelegt, damit es faßbar werde für eure Weisheit.

Heinrich Cornelius Agrippa von Nettesheim,
De occulta philosophia, 3, 65

Aberglauben bringt Unglück.

Raymond Smullyan, *5000 B.C.*, 1.3.8

1
KETHER

Übersetzungen der fremdsprachigen Zitate finden sich im Anhang

I

והנה בהיות אור הא״ס נמשך, בבחינת קו ישר תוך החלל
הנ״ל, לא נמשך ונתפשט תיכף עד למטה, אמנם היה מתפשט
לאט לאט, רצוני לומר, כי בתחילה התחיל קו האור
להתפשט, ושם תיכף בתחילת התפשטותו בסוד קו, נתפשט
ונמשך ונעשה, כעין גלגל אחד עגול מסביב.

Da endlich sah ich das Pendel.

Die Kugel, frei schwebend am Ende eines langen metallischen Fadens, der hoch in der Wölbung des Chores befestigt
war, beschrieb ihre weiten konstanten Schwingungen mit
majestätischer Isochronie.

Ich wußte – doch jeder hätte es spüren müssen im Zauber
dieses ruhigen Atems –, daß die Periode geregelt wurde
durch das Verhältnis der Quadratwurzel aus der Länge des
Fadens zu jener Zahl π, die, irrational für die irdischen
Geister, in göttlicher Ratio unweigerlich den Umfang mit
dem Durchmesser eines jeden möglichen Kreises verbindet,
dergestalt, daß die Zeit dieses Schweifens einer Kugel von
einem Pol zum andern das Ergebnis einer geheimen Verschwörung der zeitlosesten aller Maße war – der Einheit des
Aufhängepunktes, der Zweiheit einer abstrakten Dimension,
der Dreizahl von π, des geheimen Vierecks der Wurzel und
der Perfektion des Kreises.

Auch wußte ich, daß in der Fallinie des Aufhängepunktes,
unter dem Fußboden, eine Magnetvorrichtung, die ihre An-
ziehungskraft auf einen verborgenen Zylinder im Innern der
Kugel übertrug, das Gleichmaß der Bewegung garantierte,
ein Mechanismus zur Überwindung des Widerstands der
Materie, der aber nicht dem Gesetz des Pendels entgegentrat,
sondern ihm vielmehr erlaubte, sich zu manifestieren – denn
im Vakuum würde jedes Gewicht am Ende eines unelasti-
schen und gewichtlosen Fadens, der keinem Luftwiderstand
und keinerlei Reibung mit seinem Angelpunkt ausgesetzt
wäre, gleichmäßig in alle Ewigkeit pendeln.

Die kupferne Kugel emanierte schwach schimmernde Re-
flexe im Schein der letzten Sonnenstrahlen, die durch die
Kirchenfenster eindrangen. Hätte sie, wie einst, mit ihrer
Spitze eine Schicht feuchten Sandes auf dem Boden des

Chores gestreift, so hätte sie bei jeder Schwingung eine dünne Furche in den Boden gegraben, und die Furche hätte, jedesmal um ein winziges Stück ihre Richtung ändernd, sich immer mehr in Form einer Bresche, eines Tales erweitert, um eine strahlenförmige Symmetrie erraten zu lassen – wie das Skelett eines Mandala, die unsichtbare Struktur eines Drudenfußes, ein Stern, eine mystische Rose. Nein, eher wie ein Spurengewirr, verzeichnet im Sand einer weiten Wüste, von unzähligen umherirrenden Karawanen. Eine Geschichte langsamer, tausendjähriger Wanderungen – so mochten die Atlantiden des Kontinents Mu sich bewegt haben, in beharrlichen und besitzergreifenden Streifzügen, von Tasmanien nach Grönland, vom Steinbock zum Krebs, von der Prince-Edward-Insel bis nach Spitzbergen. Die Spitze der Kugel wiederholte, erzählte von neuem in einer sehr knappen Kurzfassung, was sie getan hatten von der einen zur andern Eiszeit, und was sie vielleicht noch immer taten, nun als Kuriere der Herren – ja, vielleicht berührte sie gar auf dem Wege zwischen Samoa und Nowaja Semlja, in ihrer Gleichgewichtsposition, das Land Agarttha, die Mitte der Welt. Und ich fühlte: ein einziger Plan verband das hyperboreische Avalon mit der australischen Wüste, die das Rätsel von Ayers Rock birgt.

In diesem Augenblick, um vier Uhr nachmittags am 23. Juni, dämpfte das Pendel seine Geschwindigkeit am äußersten Ende des Schwingungsbogens, bis es zum Stillstand kam, um gleichmütig wieder ins Zentrum zurückzufallen, zur Mitte der Bahn an Geschwindigkeit zu gewinnen und zuversichtlich in das okkulte Quadrat der Kräfte zu säbeln, das sein Schicksal bestimmte.

Wäre ich länger geblieben, resistent gegen das Verstreichen der Stunden, um jenen Vogelkopf zu fixieren, jene Lanzenspitze, jenen umgekehrten Helmschmuck, während er seine Diagonalen ins Leere zeichnete, hin- und herschwingend zwischen den jeweils entgegengesetzten Punkten seiner astigmatischen Kreislinie, so wäre ich einer bestrickenden Sinnestäuschung erlegen, denn das Pendel hätte mich glauben gemacht, seine Schwingungsebene habe eine komplette Rotation vollzogen, um nach zweiunddreißig Stunden an ihren Ausgangspunkt zurückzukehren, eine abgeflachte Ellipse beschreibend, die um ihren Drehpunkt mit einer gleichförmigen Winkelgeschwindigkeit proportional zum Sinus des Breitengrades rotierte. Wie hätte sie wohl rotiert, wenn das Pendel am Schlußstein der Kuppel des Salomonischen Tempels aufgehängt worden wäre? Vielleicht hatten es die Ritter auch dort versucht. Vielleicht hätte sich die Berechnung, die letzte Bedeutung nicht geändert. Vielleicht war die Abteikirche von Saint-Martin-des-Champs der wahre Tempel. Perfekt wäre das Experiment ohnehin nur am Pol gewesen, dem einzigen Ort, an dem der Aufhängepunkt in der ideellen Verlängerung der Erdrotationsachse läge und das Pendel seinen scheinbaren Zyklus in vierundzwanzig Stunden zurücklegen würde.

Doch es war nicht diese Abweichung vom Gesetz, die das Gesetz im übrigen vorsah, es war nicht diese Verletzung eines goldenen Maßes, die das Wunder weniger wunderbar machte. Ich wußte, daß die Erde rotierte, und ich mit ihr und Saint-Martin-des-Champs und ganz Paris mit mir; wir alle rotierten gemeinsam unter dem Pendel, das in Wirklichkeit nie seine Schwingungsebene änderte, denn dort oben, von wo es herabhing, und längs der ideellen Verlängerung des Fadens, endlos hinauf bis zu den fernsten Galaxien, dort oben stand, reglos in alle Ewigkeit, der Feste Punkt.

Die Erde rotierte, doch der Ort, wo das Pendel verankert war, war der einzige Fixpunkt im Universum.

Daher war mein Blick nicht so sehr auf die Erde gerichtet als vielmehr dort oben hinauf, wo sich das Mysterium der absoluten Unbeweglichkeit vollzog. Das Pendel sagte mir, daß – während alles bewegt war, die Erde, das Sonnensystem, die Sternennebel, die schwarzen Löcher und alle Kinder der großen kosmischen Emanation, von den ersten Äonen bis zur zähflüssigsten Materie – daß dort oben ein einziger Punkt in Ruhe verharrte, als Zapfen, Bolzen, ideeller Aufhänger, um den sich das ganze Weltall drehte. Und ich hatte teil an dieser höchsten Erfahrung, ich, der sich zwar mit allem und mit dem All bewegte, aber Ihn sehen konnte, Ihn, den Nicht-Bewegten, den Felsen, die Garantie, den leuchtenden Dunst, der kein Körper ist, keine Form, Gestalt, Schwere, Quantität oder Qualität hat, der nicht sieht, nicht hört, nicht gefühlt werden kann, sich an keinem Ort befindet, in keiner Zeit und in keinem Raum, der nicht Seele ist, nicht Intelligenz, Phantasie, Meinung, Zahl, Ordnung, Maß, Substanz oder Ewigkeit, der weder Dunkel noch Licht ist, der nicht Irrtum ist und nicht Wahrheit.

Ein Dialog schreckte mich auf, ein sachliches und teilnahmsloses Gespräch zwischen einem Jüngling mit Brille und einem Mädchen, das leider keine trug.

»Das Foucaultsche Pendel«, sagte er. »Erstes Experiment im Labor 1851, dann im Observatoire und dann unter der Kuppel des Panthéon, mit einem siebenundsechzig Meter langen Faden und einer Kugel von achtundzwanzig Kilo. Schließlich 1855 hier aufgebaut, etwas kleiner, und seitdem hängt es nun da aus dem Loch auf halber Höhe des Kreuzgewölbes.«

»Und was macht es da? Pendelt bloß so?«

»Es demonstriert die Rotation der Erde. Weil der Aufhängepunkt, der bleibt stehen...«

»Und wieso bleibt er stehen?«

»Weil ein Punkt... wie soll ich sagen... in seinem Mittelpunkt... also paß auf, jeder Punkt, der genau in der Mitte der Punkte ist, die du siehst, ich meine, diesen zentralen Punkt – den geometrischen Punkt –, den kannst du nicht sehen, er hat keine Dimensionen, und was keine Dimensionen hat, kann weder rechtsrum noch linksrum gehen, weder rauf noch runter. Deswegen rotiert er nicht. Verstehst du? Wenn der Punkt keine Dimensionen hat, kann er sich auch nicht um sich selbst drehen. Er hat nicht mal ein Selbst...«

»Auch nicht, wenn die Erde sich dreht?«

»Die Erde dreht sich, aber der Punkt dreht sich nicht. Ob's dir paßt oder nicht, so ist das nun mal. Okay?«

»Seine Sache.«

Erbärmlich. Da hatte sie nun über sich den einzigen festen Punkt im Kosmos, den einzigen rettenden Anker in der Verdammnis des *panta rhei*, und meinte, es wäre Seine Sache, nicht ihre! Tatsächlich ging das Pärchen gleich darauf weiter – er belehrt von einem Schulwissen, das ihm die Fähigkeit zum Staunen vernebelt hatte, sie träge, unerreichbar für den Schauder des Unendlichen, beide unberührt von der Schreckenserfahrung dieser ihrer Begegnung – der ersten und letzten – mit dem Einen, dem *En-Sof*, dem Unsagbaren.

Wie war es möglich, nicht auf die Knie zu fallen vor dem Altar der Gewißheit?

Ich schaute ehrfürchtig und beklommen. In diesem Moment war ich überzeugt, daß Jacopo Belbo recht gehabt hatte. Als er mir von dem Pendel erzählte, hatte ich seine Erregung einer ästhetischen Schwärmerei zugeschrieben, jenem Krebsgeschwür, das langsam, unförmig, in seiner Seele Gestalt anzunehmen begann, indem es Schritt für Schritt, ohne daß er es merkte, sein Spiel in Realität verwandelte. Doch wenn er mit dem Pendel recht gehabt hatte, dann war ja vielleicht auch alles andere wahr, der Große Plan, das Universale Komplott, und es war richtig gewesen, daß ich hergekommen war, am Abend vor der Sommersonnwende. Jacopo Belbo war nicht verrückt, er hatte einfach beim Spielen, durch das Spiel, die Wahrheit entdeckt.

Und die Erfahrung des Numinosen hält man nicht lange aus, ohne den Verstand zu verlieren.

Ich versuchte den Blick vom Pendel zu lösen, indem ich der Kurve folgte, die von den Kapitellen der im Halbkreis angeordneten Säulen längs der Gewölberippen zum Schlußstein verlief, womit sie das Wunder des Spitzbogens wiederholte, der sich auf einer Abwesenheit errichtet, höchste statische Hypokrisie, und der die Säulen glauben macht, sie stemmten die Rippen nach oben, und diese, vom Schlußstein zurückgewiesen, sie drückten die Säulen fest auf den Boden, während doch das Gewölbe in Wahrheit ein Alles und Nichts ist, Wirkung und Ursache gleichzeitig. Doch bald wurde mir bewußt, daß eine Vernachlässigung des Pendels, das vom Gewölbe hing, um statt dessen das Gewölbe zu bewundern, so viel war wie ein Verzicht auf den Trunk aus der Quelle, um sich statt dessen am Bach zu berauschen.

Das Chorgewölbe von Saint-Martin-des-Champs existierte nur, weil dort kraft des Gesetzes das Pendel existieren konnte, und dieses existierte nur, weil jenes existierte. Niemand entflieht dem Unendlichen, sagte ich mir, während ich zu einem anderen Unendlichen floh, niemand entgeht der Offenbarung des Identischen, wenn er sich einbildet, dem Differenten begegnen zu können.

Ohne den Blick vom Schlußstein des Gewölbes lösen zu können, trat ich langsam zurück, Schritt für Schritt – denn als ich vorhin hereingekommen war, hatte ich mir den Weg gut eingeprägt, und die großen Schildkröten aus Metall, die da rechts und links an mir vorbeizogen, waren imposant genug, um aus den Augenwinkeln wahrgenommen zu werden. Ich ging rückwärts durch das Langschiff der Kirche zum Eingang, und erneut hingen über mir jene drohenden prähistorischen Vögel aus rissiger Leinwand und rostigen Drähten, jene bösartigen Libellen, die ein verborgener Wille dort von der Decke hatte herabhängen lassen. Sie kamen mir vor wie Metaphern der Weisheit, viel bedeutungsvoller und anspielungsreicher, als der didaktische Vorwand sie gemeint zu haben vorgeben mochte. Flug von Insekten und Reptilien der Jurazeit, Allegorie der langen Wanderungen, die das Pendel am Boden resümierte, Archonten, perverse Emanationen – jawohl, *das* waren sie, die da über mir hingen mit ihren langen Archaeopteryx-Schnäbeln, die Flugzeuge von Breguet, Blériot, Esnault und der Helikopter von Dufaux.

So betritt man tatsächlich das Conservatoire des Arts et Métiers in Paris, nachdem man einen barocken Hof durchquert hat und in die alte Abteikirche tritt, die in den späteren Gebäudekomplex eingebaut ist, wie sie einst in das ursprüngliche Priorat eingebaut war. Man tritt ein und ist geblendet von dieser Verschwörung, die das höhere Universum der himmlischen Wölbungen mit der chthonischen Welt der Mineralölfresser verbindet.

Unten reihen sich alte Automobile, Zweiräder und Dampfwagen, oben hängen die Flugzeuge der Pioniere, manche Objekte sind noch intakt, wenn auch verschlissen und zernagt von der Zeit, und alle gemeinsam erscheinen im teils natürlichen, teils elektrischen Zwielicht wie überzogen mit einer Patina, mit dem Lack alter Geigen; manche sind nur noch Skelette, Chassisgerippe, wirre Gestänge und Hebelwerke, die unsägliche Torturen androhen, schon siehst du dich angekettet an jene Streckbetten, wo sich etwas bewegen und sich dir ins Fleisch bohren könnte, bis du gestehst.

Und hinter dieser Reihe von einst mobilen, nun immobilen Objekten mit verrosteter Seele, reinen Zeichen eines technologischen Stolzes, der sie hier den staunenden Blicken der Besucher ausgestellt haben wollte, öffnet sich, links bewacht von einer Freiheitsstatue, dem verkleinerten Modell derjenigen, die Bartholdi für eine andere Welt entworfen hatte, und rechts von einer Statue Pascals, der Chor mit dem schwingenden Pendel, umringt vom Alptraum eines kranken Entomologen – Scheren, Kiefer, Fühler, Wurmglieder, Flügel, Krallen –, ein Friedhof von mechanischen Kadavern, die sich alle gleichzeitig wieder in Gang setzen könnten – Elektromagnete, Einphasen-Transformatoren, Turbinen, Gruppen von Umsetzern, Dampfmaschinen, Dynamos –, und ganz hinten, hinter dem Pendel, im Chorumgang, assyrische, chaldäische und karthagische Götterbilder, große Baale mit einst brennenden Bäuchen, Eiserne Jungfrauen mit bloßgelegten, nägelstarrenden Herzen, die einst Flugzeugmotoren waren – eine unsägliche Korona von Götzen, die da anbetend vor dem Pendel liegen, als wären die Kinder der Aufklärung und des Rationalismus dazu verdammt, für ewig das Ursymbol der Tradition und der Weisheit zu hüten.

Und die gelangweilten Touristen, die ihre neun Francs an der Kasse bezahlen und sonntags gratis hereindürfen, können sie ernsthaft glauben, daß alte Herren aus dem neunzehnten Jahrhundert, Herren mit nikotingelben Bärten, fettigen und zerknautschten Krägen, schwarzen Schleifenkrawatten, schnupftabakstinkenden Gehröcken, die Finger braun von Säuren, die Hirne versauert von akademischen Neidereien, Gespenster zum Lachen, die sich gegenseitig *cher Maître* nannten – daß solche Herrschaften diese Objekte hier ausgestellt hätten, hier unter diesen Gewölben, bloß um sie brav vorzuzeigen, um ihre bürgerlichen und radikalen Geldgeber zu befriedigen, um die großen und segensreichen Errungenschaften des Fortschritts zu preisen? – Nein, nein, Saint-Martin-des-Champs war konzipiert worden, zuerst als Priorat und dann als Revolutionsmuseum, um die geheimsten Weisheiten zu versammeln, und diese Flugzeuge, diese automobilen Vehikel, diese elektromagnetischen Drahtgerippe waren hier, um einen Dialog zu führen, dessen Formel mir noch entging.

Hätte ich glauben sollen, wie der Katalog mir weismachen wollte, diese schöne Versammlung sei von den Herren des Konvents ersonnen worden, um den Massen ein Sanktuar aller Künste und Handwerke vorzusetzen, wo doch so klar auf der Hand lag, daß der ganze Entwurf und sogar die Worte dieselben waren, mit denen Francis Bacon das Salomonische Haus in seinem Neuen Atlantis beschrieben hatte?

War es möglich, daß nur ich – ich und Jacopo Belbo und Diotallevi – die Wahrheit erkannt hatten? In dieser Nacht würde ich vielleicht die Antwort erfahren. Ich mußte einen Weg finden, im Museum zu bleiben, um abzuwarten, bis es Mitternacht wurde.

Von wo *sie* hereinkommen würden, wußte ich nicht – ich vermutete, daß im Pariser Kanalnetz ein Gang irgendeinen Punkt des Museums mit einem anderen Punkt in der Stadt verband, vielleicht nahe der Porte-Saint-Denis –, aber mir war klar, daß ich, wenn ich hinausginge, von dort aus bestimmt nicht wieder hereinfinden würde. Also mußte ich mich verstecken und drinnenbleiben.

Ich versuchte mich von der Faszination des Ortes zu lösen und die Kirche mit nüchternem Blick zu mustern. Jetzt war ich nicht mehr auf der Suche nach einer Offenbarung, jetzt suchte ich nach einer Information. Vermutlich würde es schwierig sein, dachte ich mir, in den anderen Sälen einen Ort zu finden, wo ich den Blicken der Wärter entgehen könnte (es ist ihr Beruf, nach der Schließung die Säle zu inspizieren, auf der Suche nach eventuell versteckten Dieben), aber hier, was gab es besseres als dieses gotische Kirchenschiff voll alter Vehikel, um sich irgendwo wie ein blinder Passagier einzunisten? Sich lebend in einem toten Fahrzeug verstecken – Spiele hatten wir schon zu viele gespielt, um nicht auch dieses noch zu versuchen.

Auf, mein Herz, sagte ich mir, denk jetzt nicht mehr an die Weisheit: Wende dich an die Wissenschaft.

> Wee haue diuers curious Clocks; and other like
> Motions of Returne: and some Perpetuall Mo-
> tions... Wee haue also Houses of Deceits of the
> Senses; where wee represent all manner of Feats of
> Jugling, False Apparitions, Impostures, and Illu-
> sions; And their Fallaces... These are (my sonne)
> the Riches of Salomons House.
>
> *Francis Bacon, New Atlantis*, ed. Rawley, London 1627, p. 41-42

Ich hatte die Nerven und die Phantasie wieder unter Kontrolle. Ich mußte das Spiel mit Ironie spielen, so wie ich das
andere Spiel bis vor wenigen Tagen gespielt hatte, ohne mich
von ihm fortreißen zu lassen. Ich war in einem Museum, und
ich mußte unheimlich schlau und scharfsinnig sein.

Zuversichtlich betrachtete ich die Flugzeuge über mir. Ich
könnte in die Kanzel eines Doppeldeckers hinaufklettern
und die Nacht darin abwarten, als überquerte ich den Ärmelkanal, voller Vorfreude auf die Légion d'Honneur. Die Namen der Automobile am Boden klangen reizvoll nostal-
gisch... Hispano Suiza 1932, schön und einladend. Leider
auszuschließen, weil zu nah an der Kasse, aber ich hätte den
Kassierer täuschen können, wenn ich in Knickerbockern
gekommen wäre, mit einer Dame in cremefarbenem Tailleur,
einen langen Schal um den zarten Hals und ein Glockenhüt-
chen auf dem Bubikopf. Der Citroën C 64 von 1931 bot sich
nur aufgeschnitten dar, ein gutes Schulmodell, aber als Versteck nicht zu gebrauchen. Schon gar nicht der Dampfwagen
von Cugnot – riesig, ganz Topf oder Kessel oder wie man das
nennt. Ich mußte nach rechts hinübergehen, wo längs der
Wand die Velozipede mit den großen Jugendstilrädern standen, *draisiennes* mit flacher Stange wie Trittroller, Evokatio-
nen nobler Herren mit Zylinder, die durch den Bois de
Boulogne strampelten, Ritter des Fortschritts.

Vor den Zweirädern prächtige Karosserien, verlockende
Schlupfwinkel. Vielleicht nicht gerade der Panhard Dynavia
von 1945, zu transparent und eng in seiner tropfenförmigen
Aerodynamik, aber erwägenswert der hohe Peugeot 1909,
ein Alkoven, eine Mansarde. Einmal drinnen und in die
Lederpolster versunken, würde mich niemand mehr dort

vermuten. Aber schwierig hinaufzugelangen, einer der Wächter saß genau davor auf einer Bank mit dem Rücken zu den Fahrrädern. Auf das Trittbrett steigen, ein wenig behindert durch den schweren Mantel mit Pelzkragen, während er, die Waden gamaschenbewehrt, die Schirmmütze in der Hand, mir ehrerbietig den Schlag aufreißt...

Einen Moment lang konzentrierte ich mich auf die Obéissante von 1873, das erste französische Fahrzeug mit mechanischem Antrieb, für zwölf Passagiere. Wenn der Peugeot ein Appartement war, war das hier ein Palast. Aber kein Gedanke, da jemals reinzukommen, ohne allseits Aufmerksamkeit zu erregen. Wie schwer es ist, ein Versteck zu finden, wenn die Verstecke die Bilder einer Ausstellung sind!

Ich ging nochmals zurück zum Chor: die Freiheitsstatue erhob sich, »*éclairant le monde*«, auf einem Sockel von etwa zwei Metern Höhe, konzipiert wie ein Schiffsbug mit einem spitzen Schnabel. Innen enthielt er eine Art Guckkasten, einen schmalen mannshohen Raum, aus dem man nach vorn durch ein Bullauge auf ein Diorama der Bucht von New York sah. Ein guter Beobachtungspunkt, wenn es dunkel geworden war, denn von hier aus könnte man links den Chor und rechts das Langschiff im Blick behalten und wäre von hinten gedeckt durch eine große Steinfigur von Gramme, die zu anderen Korridoren blickte, da sie in eine Art Querschiff postiert war. Aber im vollen Licht war gut zu sehen, ob sich jemand in dem Guckkasten befand, und ein normaler Wärter hätte sofort einen Blick hineingeworfen, um sich zu vergewissern, sobald die Besucher hinausgeströmt waren.

Ich hatte nicht mehr viel Zeit, um halb sechs wurde das Museum geschlossen. Rasch prüfte ich den Chorumgang. Keiner der Motoren bot eine Zuflucht. Auch nichts auf der rechten Seite, weder die großen Schiffsmaschinen, Reliquien mancher gesunkenen Lusitania, noch der riesige Gasmotor von Lenoir mit seiner Vielzahl von Zahnrädern. Nein, eher erfaßte mich jetzt wieder Angst – jetzt, wo das Licht schwächer wurde und wäßrig durch die grauen Fenster eindrang –, Angst, mich zwischen diesen Tierleibern zu verstecken, um sie dann womöglich im Dunkeln, unter dem Strahl meiner Taschenlampe, wieder zum Leben erwachen zu sehen, keuchend mit schwerem, tellurischem Atem, Knochen und Eingeweide entblößt von Haut, knirschend und stinkend nach öligem Geifer. In dieser Ausstellung, die ich langsam anfing obszön zu finden, in dieser Exhibition von Diesel-Genitalien, Turbinen-Vaginen, anorganischen Rachen, die zu ihrer Zeit gerülpst hatten – und vielleicht in dieser Nacht wieder rülpsen würden – mit Flammen, Qualm und Geheul, oder die gefühllos brummten wie Hirschkäfer oder zirpten wie Zikaden, zwischen diesen skelettierten Manifestationen einer puren abstrakten Funktionalität, diesen Automaten, gemacht zum Zerquetschen, Zersägen, Zerbrechen, Zerschneiden, fähig zu beschleunigen, zu stocken, aufzuheulen, zu ächzen, sich zu zergliedern wie beschädigte Marionetten, Trommeln zu wirbeln, Frequenzen zu konvertieren, Energien zu transformieren, Schwungräder sausen zu lassen... wie sollte ich da überleben? Sie würden mich angreifen, aufgestachelt von den Herren der Welt, die sie so gewollt hatten, um vom Irrtum der Schöpfung zu sprechen, als unnütze Apparate, Idole der Herren des niederen Universums – wie würde ich ihnen widerstehen können, ohne zu schwanken?

Ich mußte weg hier, weg hier, es war alles ein Wahnsinn, ich war drauf und dran, demselben Spiel zu verfallen, das Jacopo Belbo um den Verstand gebracht hatte, ich, der Ungläubige...

Ich weiß nicht, ob ich vorgestern abend gut daran tat zu bleiben. Andernfalls wüßte ich heute zwar den Anfang, nicht aber das Ende der Geschichte. Oder ich wäre nicht hier, wie ich es nun bin, einsam auf diesem Hügel, während drunten im Tal die Hunde bellen, allein mit der Frage, ob dies wirklich das Ende war, oder ob das Ende noch kommen muß.

Ich beschloß weiterzusuchen. Durch einen Seitenausgang hinter der Statue von Gramme gelangte ich in eine Galerie. Es war die Eisenbahnabteilung, und die kleinen bunten Modelle von Lokomotiven und Zügen kamen mir wie beruhigendes Spielzeug vor, wie Teile eines Landes Bengodi, eines Madurodam, eines Märchenparks oder Disneyland... Langsam gewöhnte ich mich an diesen Wechsel von Angst und Zuversicht, von Schrecken und Ernüchterung (ist dies nicht ein Prinzip der Krankheit?), und sagte mir, daß die Visionen in der Kirche mich so verwirrt haben mußten, weil mir noch immer die Aufzeichnungen von Jacopo Belbo im Kopf herumgingen, die ich unter Aufbietung so vieler Mühen dechiffriert hatte – wobei ich doch wußte, daß sie pure Einbildung waren. Ich war in einem Museum der Technik, sagte ich mir, du bist in einem Museum der Technik, das ist eine reelle Sache, vielleicht ein bißchen stupide, aber ein Reich von harmlosen Toten, du weißt, wie Museen sind, niemand ist je von der Mona Lisa verschlungen worden – androgynes Monster, Medusa nur für die Ästheten –, und du wirst schon gar nicht von der Wattschen Dampfmaschine verschlungen, die bloß die romantisch-neugotischen Aristokraten erschrecken konnte – und eben deshalb erscheint sie dir so pathetisch unentschieden zwischen Funktion und korinthischer Eleganz, Hebel und Kapitell, Kessel und Säule, Rad und Tympanon. Jacopo Belbo, so fern er auch sein mochte, suchte mich in die halluzinatorische Falle hineinzuziehen, die sein Verhängnis geworden war. Ich mußte mich, sagte ich mir, wie ein Wissenschaftler benehmen. Verbrennt etwa der Vulkanologe wie Empedokles? Floh Frazer gehetzt aus dem Hain von Nemi? Also reiß dich zusammen, du bist Sam Spade, okay? Du mußt nur die Unterwelt erkunden, ganz professionell. Die Frau, die dich einfängt, muß vor dem Ende sterben, und möglichst durch deine Hand. So long, Emily, es war schön, aber du warst ein herzloser Automat.

Doch wie sich's trifft, folgt auf die Galerie der Eisenbahnen der Hof Lavoisiers, von dem aus die große Treppe zum Oberstock führt.

Dieses Spiel der Vitrinen an den Wänden, dieser Alchimistenaltar im Zentrum, diese Liturgie im Stil einer zivilisierten Barock-Macumba – das war nicht Zufall, das war symbolisches Stratagem.

Zunächst die Vielfalt der Spiegel. Wo ein Spiegel ist, da ist ein menschliches Stadium, du willst dich sehen. Und hier siehst du dich nicht. Du suchst dich, suchst deine Position in dem Raum, in dem dir der Spiegel sagt: »Du bist da, du bist du«, und du plagst dich, du mühst dich ab, denn die Spiegel von Lavoisier, ob konkav oder konvex, enttäuschen dich, narren dich: du trittst zurück und findest dich, du bleibst stehen und verlierst dich. Dieses katoptrische Theater ist erdacht worden, um dir jede Identität zu nehmen und dich an deinem Ort zweifeln zu lassen. Wie um dir zu sagen: Du bist weder das Pendel noch der Ort des Pendels. Und du zweifelst nicht nur an dir, sondern auch an den Gegenständen, die sich zwischen dir und einem anderen Spiegel befinden. Gewiß, die Physik kann dir sagen, was da geschieht und warum: Stell einen konkaven Spiegel auf, der die von einem Gegenstand ausgehenden Strahlen auffängt – in diesem Fall von einem Destillierkolben auf einem Kupferkessel –, und der Spiegel wird dir die einfallenden Strahlen so zurückwerfen, daß du den Gegenstand nicht klar umrissen im Spiegel siehst, sondern meinst, ihn gespenstisch flimmernd und verkehrtherum außen vor ihm schweben zu sehen. Natürlich brauchst du dich nur ein bißchen zu bewegen, und schon ist das Bild verschwunden.

Aber dann plötzlich sah ich mich selbst verkehrtherum in einem Spiegel.

Unerträglich.

Was wollte Lavoisier damit sagen, was wollten die Regisseure des Conservatoire suggerieren? Schon seit dem Mittelalter, seit Alhazen, kennen wir die Magie der Spiegel. Lohnte es sich, die Encyclopédie zu entwerfen, die ganze Aufklärung und die Große Revolution zu machen, bloß um zu behaupten, daß man nur die Oberfläche eines Spiegels zu krümmen braucht, und schon stürzt man ins Imaginäre? Und ist Illusion nicht das, was man im normalen Spiegel sieht, der andere, der dich da anschaut, verurteilt zu ewigem Linkshändertum, jeden Morgen, wenn du dich rasierst? Lohnte es sich, dir bloß *das* zu sagen, in diesem Saal hier, oder wollte man dir nicht damit suggerieren, den ganzen Rest mit anderen Augen zu sehen, all diese Vitrinen und Instrumente, die hier vorgeben, die Anfänge der aufgeklärten Physik und Chemie zu feiern?

Lederne Schutzmaske für Experimente mit Kalzinierungen. Wirklich? Hat sich der Herr da mit den Kerzen unter der Glasglocke wirklich diese Kanalrattenmaske, dieses Visier für Invasoren aus dem All aufgesetzt, bloß um seine Augen zu schützen? *Oh, how delicate, doctor Lavoisier.* Und wenn Sie die kinetische Theorie der Gase studieren wollten, wozu dann diese pedantische Rekonstruktion des Äolusbällchens, einer kleinen Tülle auf einer Kugel, die, wenn sie erhitzt wird, dampfsprühend rotiert, wo doch das erste Äolusbällchen bereits von Heron konstruiert worden war, zur Zeit der Gnosis, als Trickmaschinerie für die sprechenden Statuen und die anderen Wunder der ägyptischen Priester?

Und was war dieser Apparat zum Studium der Fäulnisgärung, 1781, schöne Anspielung auf die stinkenden Bastarde des Demiurgen? Eine Sequenz von Glasröhren, die aus einem blasenförmigen Uterus durch Kugeln und Gänge verlaufen, gestützt von Gabeln, im Innern von zwei Flaschen, aus denen eine Essenz von der einen in die andere übertragen wird, durch Serpentinen, die ins Leere münden... Fäulnisgärung? Nein: *balneum Mariae*, Sublimation des Quecksilbers, *mysterium conjunctionis*, Produktion des Elixiers!

Und diese Maschine zum Studium der Gärung (schon wieder) des Weins? Ein Spiel kristallener Bögen, das von Athanor zu Athanor geht, aus einem Destillierkolben austritt, um in den andern einzumünden? Und diese kleinen Augengläser, und die winzige Sanduhr, und das kleine Elektroskop, und die Linse, das Seziermesserchen, das wie ein Keilschriftzeichen aussieht, der Spatel mit Ausstoßhebel, die Glasklinge, das drei Zentimeter große Tiegelchen aus Schamottstein zur Erzeugung eines Homunkulus in Zwergengröße, infinitesimaler Uterus für klitzekleinste Klonierungen, oder das Mahagonikästchen voll weißer Päckchen wie Kapseln aus Dorfapotheken, eingehüllt in Pergamente mit unübersetzbaren Lettern, gefüllt mit (so heißt es) mineralogischen Proben, in Wahrheit mit Fetzen vom Grabtuch des Basilides, Reliquiare mit der Vorhaut des Hermes Trismegistos, und das lange dünne Ziselierhämmerchen zum Eröffnen eines sehr kurzen Gerichtstages, für Auktionen von Quintessenzen bei dem Kleinen Volk der Elfen von Avalon, und dieser unsäglich kleine Apparat zur Analyse der Ölverbrennung, diese Glaskügelchen, angeordnet wie Vierblattklee und miteinander verbunden durch goldene Röhren und diese mit anderen Röhren aus Glas und diese wieder mit einem Zylinder aus Kupfer, und dann – direkt darunter – ein anderer Zylinder aus Gold und Glas, und weiter unten noch andere Röhren, Hängebeutel, Testikel, Drüsen, Auswüchse, Kämme... Ist das die neuzeitliche Chemie? Und dafür mußte ihr Urheber guillotiniert werden, wo doch, wie er lehrte, nichts sich kreiert und nichts sich zerstört? Oder hat man ihn umgebracht, um ihn zum Schweigen zu bringen über das, was er erfindend enthüllte, wie Newton, der güldene Ritter, der so mächtig die Schwingen spreizte, aber fortfuhr, über die Kabbala und die qualitativen Essenzen zu meditieren?

Der Saal Lavoisier des Conservatoire ist ein Bekenntnis, eine chiffrierte Botschaft, eine Kurzfassung des Conservatoire insgesamt, ein Hohn auf den Stolz des starken Denkens der modernen Vernunft, ein Raunen von anderen Mysterien. Jacopo Belbo hatte recht, *oui, il avait raison*, und die Raison hatte unrecht.

Ich mußte mich sputen, die Zeit drängte. Hier das Meter, das Kilo und die anderen Urmaße, falsche Garantien der Garantie. Ich hatte es von Agliè erfahren: das Geheimnis der Pyramiden enthüllt sich nur, wenn man es nicht in Metern, sondern in alten Ellen berechnet. Hier die Rechenmaschinen, trügerischer Triumph des Quantitativen, in Wahrheit Verheißung der verborgenen Qualitäten der Zahlen, Rückkehr zu den Ursprüngen des Notarikon der Rabbiner auf der Flucht durch die Länder Europas. Astronomie, Automaten, Uhren – wehe, wenn ich mich bei diesen neuen Offenbarungen aufhielt! Ich war dabei, ins Zentrum einer Geheimbotschaft einzudringen, die sich mir in Gestalt eines rationalistischen Theatrums darbot – rasch weiter, dies hier konnte ich später erkunden, zwischen der Schließung und Mitternacht, diese Objekte, die im schrägen Licht der Abends ihr wahres Gesicht annahmen: Figuren, nicht Instrumente.

Hinauf, durch die Säle der Werkzeugmaschinen, der Energiegewinnung, der Elektrizität, in diesen Vitrinen würde ich mich ohnehin nicht verstecken können. Mehr und mehr, während ich den Sinn dieser Sequenzen entdeckte oder erahnte, überfiel mich die Angst, nicht rechtzeitig ein Versteck zu finden, um der mitternächtlichen Offenbarung ihrer geheimen Ratio beizuwohnen. Schon bewegte ich mich wie ein Gehetzter – gehetzt von der Uhr, vom erbarmungslosen Vormarsch der Zahlen. Die Erde drehte sich unerbittlich, die Stunde kam, bald würden sie mich hinausjagen.

Dann aber gelangte ich, nachdem ich die Galerie der Elektroanlagen passiert hatte, zum Saal der Glasarbeiten. Welche Unlogik hatte gewollt, daß nach den avanciertesten und aufwendigsten Apparaturen der modernen Ingenieurskunst eine Zone kam, die für Techniken reserviert war, mit denen schon die alten Phönizier hantiert hatten, vor Jahrtausenden? Der Saal bot eine Kollektion von chinesischem Porzellan im Wechsel mit androgynen Vasen von Lalique, Poterien, Fayencen, Majoliken, Muranogläser – und im Hintergrund, in einer enormen Wandvitrine, in Naturgröße und in drei

Dimensionen, die Figur eines Löwen, der eine Schlange tötete. Was sollte die hier? Der scheinbare Grund ihrer Anwesenheit war, daß die ganze Gruppe aus farbigem Glas bestand, doch der emblematische Grund mußte ein anderer sein... Ich versuchte mich zu erinnern, wo ich dieses Bild schon einmal gesehen hatte. Dann fiel es mir ein: der Demiurg, der verhaßte Sproß der Sophia, der erste Archont, Jaldabaoth, der Verantwortliche für die Welt und ihren Grundfehler, *er* hatte die Gestalt einer Schlange und eines Löwen, und seine Augen sprühten ein feuriges Licht. Vielleicht war das ganze Conservatoire ein Abbild jenes infamen Prozesses, durch den aus der Fülle des Urprinzips, woher das Pendel kommt, und aus dem Glanz des Pleroma, von Äon zu Äon die Achtheit zerbröckelt und man zum kosmischen Reich gelangt, wo das Böse herrscht. Aber dann wollten mir jene Schlange und jener Löwe sagen, daß meine Initiationsreise – leider *à rebours* – nun zu Ende ging und ich die Welt wiedersehen würde, nicht so, wie sie sein soll, sondern so, wie sie ist.

In der Tat bemerkte ich in der rechten Ecke des Saales, an einem Fenster, den mannshohen Guckkasten des Periskops. Ich trat ein. Vor mir befand sich eine schräge Glasscheibe ähnlich einem Armaturenbrett, auf der sich die Bilder eines Films bewegten, sehr verschwommen, eine Stadtszenerie. Ich sah mich um und bemerkte, daß die Bilder von einem anderen Schirm projiziert wurden, der schräg hinter mir über meinem Kopf angebracht war und auf dem sie umgekehrt erschienen. Und dieser zweite Schirm entpuppte sich als das Okular eines primitiven Periskops, das aus zwei hohen langen Kästen bestand, die in stumpfem Winkel ineinandergefügt waren, wobei der längere Kasten wie ein Rohr aus dem Guckkasten hinausragte, schräg hinter mir nach oben bis hinauf zu einem Dachfenster, durch welches er die Bilder von draußen auffing, sicher dank einer sinnreichen Disposition von Linsen in seinem Innern, die einen weiten Blickwinkel erlaubte. Rasch überschlug ich den Weg, den ich bis in diesen Saal herauf zurückgelegt hatte, und begriff, daß mir das Periskop nach draußen zu sehen erlaubte, als schaute ich aus den oberen Fenstern der Apsis von Saint-Martin hinaus – als schaute ich oben am Pendel hängend hinaus, letzte Schau eines Erhängten. Ich faßte das verschwommene Bild etwas schärfer ins Auge: jetzt erkannte ich die Rue Vaucanson, die quer hinter dem Chor verlief, und die Rue Conté, die das Langschiff ideell verlängerte. Die Rue Conté mündete links in die Rue Montgolfier und rechts in die Rue Turbigo, an der Ecke waren zwei Bars zu sehen, Le Weekend und La Rotonde, und gegenüber eine Fassade, auf der ich mühsam eine Schrift entzifferte, LES CREATIONS JACSAM.

Das Periskop. Nicht ganz klar, wieso man es hier im Saal der Glasarbeiten aufgebaut hatte anstatt in dem der optischen Instrumente, offenbar war es wichtig, daß der Blick nach draußen an diesem Ort und mit dieser Perspektive erfolgte, aber ich verstand nicht, warum. Was sollte diese Zelle, diese positivistische Konstruktion à la Jules Verne, hier neben der emblematischen Evokation des Löwen und der Schlange?

Jedenfalls, wenn ich die Kraft und den Mut aufbrachte, hier noch ein halbes Stündchen zu bleiben, würden die Wärter mich vielleicht nicht entdecken.

Lange blieb ich so untergetaucht, es kam mir fast endlos vor. Ich lauschte auf die Schritte der Nachzügler, auf die der letzten Wärter. Ich war versucht, mich unter die Scheibe zu kauern, um einem eventuellen kurzen Blick zu entgehen, aber dann ließ ich es lieber bleiben, denn wenn ich aufrecht stand und sie mich entdeckten, würde ich eher so tun können, als wäre ich ein zerstreuter Besucher, der ganz versunken das Wunder genoß.

Schließlich gingen die Lichter aus, und der Saal blieb im Halbdunkel. Mein Versteck wurde matt erhellt durch das Licht aus dem Bildschirm, den ich weiter betrachtete, da er nun meinen letzten Kontakt zur Welt darstellte.

Vorsicht gebot mir, noch eine Weile zu warten, stehend oder, wenn mir die Füße weh taten, hingekauert, mindestens noch zwei Stunden. Die Schließung des Museums fällt nicht mit dem Feierabend der Angestellten zusammen. Ein Schreck durchfuhr mich: und das Reinigungspersonal? Wenn sie jetzt kamen und anfingen, alles gründlich sauberzumachen, Stück für Stück? Dann überlegte ich: Das Museum öffnete morgens erst spät, sicher würden die Putzkolonnen lieber bei Tageslicht arbeiten als jetzt am Abend. So mußte es sein, jedenfalls hier im Oberstock, denn ich hörte jetzt niemanden mehr. Nur ein fernes Summen, hin und wieder ein trockenes Geräusch, vielleicht eine Tür, die ins Schloß fiel. Ich mußte ausharren. Es genügte, zwischen zehn und elf in die Kirche hinüberzugehen, vielleicht auch später, denn die Herren würden erst gegen Mitternacht kommen.

In diesem Moment trat eine Gruppe Jugendlicher aus der Bar La Rotonde. Ein Mädchen ging durch die Rue Conté und bog in die Rue Montgolfier. Die Gegend war nicht sehr belebt, wie würde ich es hier aushalten, Stunden um Stunden die fade Welt betrachtend, die ich hinter mir hatte? Doch wenn sich das Periskop gerade hier befand, sollte es mir dann nicht Botschaften bringen, die eine tiefere Bedeutung hatten? Mir kam das Bedürfnis zu urinieren – nicht daran denken, das sind bloß die Nerven.

Was einem alles so durch den Sinn geht, wenn man untergetaucht in einem Periskop steckt. So ähnlich muß es einem ergehen, der als blinder Passagier im Bauch eines Schiffes hockt, um nach Übersee zu emigrieren. Tatsächlich würde das Ziel meiner Reise die Freiheitsstatue sein, mit dem Diorama von New York. Sollte ich mir ein Nickerchen erlauben? Wäre vielleicht nicht schlecht. Nein, nachher wache ich zu spät auf...

Das Schlimmste wäre jetzt eine Nervenkrise – die Panik, wenn du meinst, gleich mußt du schreien. Periskop, U-Boot, festgefahren am Meeresgrund, vielleicht umkreisen dich draußen schon große schwarze Tiefseefische, und du kannst sie nicht sehen, du weißt nur, du wirst bald keine Luft mehr kriegen...

Ich atmete mehrere Male tief durch. Konzentration. Das einzige, was dich in solchen Momenten nicht im Stich läßt, ist die pedantische »Wäscheliste«, der Merkzettel. Zurück zu den Fakten, noch mal der Reihe nach alles durchgehen, die Ursachen von den Wirkungen trennen. Ich bin hier an diesem Punkt angelangt, weil das und das geschehen ist, aus dem und dem Grund...

Langsam kamen mir die Erinnerungen wieder: klar, präzise und wohlgeordnet. Die Erinnerungen an die letzten drei hektischen Tage und an die letzten drei Jahre, vermischt mit denen aus der Zeit vor vierzig Jahren, wie sie mir Stück für Stück lebendig geworden waren, als ich Jacopo Belbos Elektronengehirn knackte.

Ich erinnere (und erinnerte) mich, um dem Chaos unserer verfehlten Schöpfung einen Sinn zu geben. Jetzt und hier, wie vorgestern abend im Periskop, ziehe ich mich zusammen, kontrahiere mich zu einem fernen Punkt des Geistes, um eine Geschichte herauszupressen. Wie das Pendel. Diotallevi hatte es mir gesagt, die erste Sefirah ist Kether, die Krone, der Anfang, die ursprüngliche Leere. Als erstes schuf Er einen Punkt, und es ward das Denken, worin Er alle Gestalten entwarf... Er war und war nicht, eingeschlossen im Namen und dem Namen entronnen, Er hatte noch keinen anderen Namen als »Wer?«, reines Verlangen, bei einem Namen genannt zu werden... Am Anfang schrieb Er Zeichen in die Aura, eine dunkle Lohe loderte aus dem geheimsten Grund wie ein farbloser Nebel, der dem Formlosen Form gab, und kaum hatte der Nebel sich auszubreiten begonnen, bildete sich in seinem Zentrum ein Quell aus Flammen, die sich ergossen, um die niederen Sefiroth zu erhellen, hinab bis ins Reich.

Doch vielleicht war in diesem *Zimzum*, in diesem Rückzug und dieser Einsamkeit – sagte Diotallevi – schon die Verheißung des *Tiqqun* enthalten, das Versprechen der Wiederkehr.

2
CHOCHMAH

3

In hanc utilitatem clementes angeli saepe figuras,
characteres, formas et voces invenerunt proposue-
runtque nobis mortalibus et ignotas et stupendas,
nullius rei iuxta consuetum linguae usum significa-
tivas, sed per rationis nostrae summam admiratio-
nem in assiduam intelligibilium pervestigationem,
deinde in illorum ipsorum venerationem et amo-
rem inductivas.

Johannes Reuchlin, *De arte cabalistica*, Hagenau, 1517, III

Es war zwei Tage vorher gewesen. An jenem Donnerstag-
morgen blieb ich lange im Bett und konnte mich nicht zum
Aufstehen entschließen. Ich war am Mittwochnachmittag
angekommen und hatte gleich im Verlag angerufen. Diotallevi lag immer noch in der Klinik, und Gudrun war pessi-
mistisch gewesen: immer gleich, das heißt immer schlimmer.
Ich traute mich nicht, ihn zu besuchen.

Auch Belbo war nicht im Büro. Laut Gudrun hatte er
angerufen und gesagt, er müsse für ein paar Tage aus fa-
miliären Gründen verreisen. Seit wann hatte Belbo eine
Familie? Das Seltsame war, daß er den Schreibcomputer
mitgenommen hatte – Abulafia, wie er ihn inzwischen
nannte – samt dem Drucker. Gudrun meinte, er hätte ihn
mit nach Hause genommen, um eine Arbeit fertigzustel-
len. Wieso der Aufwand? Konnte er nicht im Büro schreiben?

Ich fühlte mich verwaist. Lia und das Kind würden erst in
der nächsten Woche zurückkommen. Am Abend vorher
hatte ich kurz bei Pilade reingeschaut, aber niemanden dort
gefunden.

Das Telefon schreckte mich hoch. Es war Belbo, seine
Stimme klang fern, verzerrt.

»Was ist los? Von wo rufen Sie an? Ich dachte schon, Sie
wären am Nordpol verschollen, mit Amundsen…«

»Machen Sie keine Witze, Casaubon, die Sache ist ernst.
Ich bin in Paris.«

»In Paris? Aber da sollte *ich* doch hin! Ich bin es, der
endlich das Conservatoire besuchen muß!«

»Machen Sie keine Witze, ich sag's noch mal. Ich bin in

einer Zelle... nein, in einer Bar, na jedenfalls, ich weiß nicht, ob ich lange reden kann...«

»Wenn Sie nicht genug Jetons haben, rufen Sie mich doch mit R-Gespräch an. Ich bleibe dran und warte.«

»Es geht nicht um Jetons. Ich bin in Gefahr.«

Er redete plötzlich sehr schnell, damit ich ihn nicht unterbrechen konnte. »Der Plan. Der Plan ist wahr. Bitte jetzt keine Gemeinplätze. Die suchen mich.«

»Aber... wer denn?« Ich war noch nicht ganz wach.

»Die Templer! Herrgott, Casaubon, ich weiß, Sie werden's nicht glauben, aber es ist alles *wahr* gewesen. Die denken, ich hätte die Karte, sie haben mich in die Zange genommen, haben mich gezwungen, nach Paris zu kommen. Am Samstag um Mitternacht wollen sie mich im Conservatoire haben – am Samstag, verstehen Sie – in der Johannisnacht...«

Er redete abgehackt, ich kam nicht mit.

»Ich will nicht hin, ich haue ab, Casaubon. Die wollen mich umbringen. Rufen Sie De Angelis an – nein, De Angelis nützt nichts, keine Polizei, bloß keine Polizei...«

»Und was dann?«

»Keine Ahnung. Lesen Sie die Disketten, an Abulafia, in den letzten Tagen habe ich alles da reingeschrieben, auch was diesen Monat passiert ist. Sie waren nicht da, ich wußte nicht, wem ich's erzählen sollte, ich hab drei Tage und drei Nächte durchgeschrieben... Passen Sie auf, gehen Sie in mein Büro, in der Schreibtischschublade ist ein Umschlag mit zwei Schlüsseln. Der große nicht, der ist für das Haus auf dem Land, aber der kleine ist der zu meiner Wohnung in Mailand, gehen Sie hin und lesen Sie alles, und dann entscheiden Sie selbst, oder wir sprechen uns wieder – mein Gott, ich weiß nicht mehr, was ich tun soll...«

»Okay, ich lese. Aber dann, wo finde ich Sie?«

»Ich weiß nicht, hier wechsle ich jede Nacht das Hotel. Am besten, Sie machen alles heute, und dann warten Sie in meiner Wohnung, ich versuche Sie morgen früh wieder anzurufen, wenn ich kann. Ach ja, das Paßwort.«

Ich hörte Geräusche, Belbos Stimme klang abwechselnd näher und ferner, als ob jemand versuchte, ihm den Hörer wegzureißen.

»He, Belbo! Was ist los?«

»Die haben mich gefunden! Das Paßwort...«

Ein trockener Knall, wie ein Schuß. Mußte der Hörer

gewesen sein, der runtergefallen und an die Wand geschlagen war, oder auf die Ablage unter dem Telefon. Ich hörte ein Keuchen. Dann das Klicken des Hörers, der eingehängt wurde. Sicher nicht von Belbo.

Ich ging sofort unter die Dusche. Ich mußte wach werden. Ich begriff nicht, was los war. Der Plan sollte wahr sein? Absurd, wir hatten ihn doch erfunden! Wer hatte Belbo entführt? Die Rosenkreuzer? Der Graf von Saint-Germain, die Ochrana, die Tempelritter, die Assassinen? An diesem Punkt war alles möglich, denn alles war unwahrscheinlich geworden. Es konnte sein, daß Belbo übergeschnappt war, in der letzten Zeit war er so nervös gewesen, ich wußte nicht, ob wegen Lorenza Pellegrini oder weil ihn seine Kreatur immer mehr faszinierte – oder besser gesagt, der Plan war unsere gemeinsame Kreatur gewesen, meine, seine und Diotallevis, aber Belbo schien mittlerweile völlig von ihm besessen, weit über die Grenzen des Spiels hinaus... Müßig, weitere Hypothesen aufzustellen. Ich ging in den Verlag, Gudrun empfing mich mit säuerlichen Bemerkungen über die Tatsache, daß sie jetzt die einzige sei, die den Laden auf Trab hielt. Ich stürmte sofort ins Büro, fand den Umschlag, die Schlüssel, eilte in Belbos Wohnung.

Geruch nach abgestandener Luft, nach ranzigen Kippen, die Aschenbecher randvoll, wohin man blickte, die Spüle in der Küche vollgepackt mit dreckigem Geschirr, der Mülleimer überquellend von leeren Konservendosen. Auf einem Regal im Arbeitszimmer drei leere Whiskyflaschen, die vierte enthielt noch zwei Fingerbreit Alkohol. Es war die Wohnung von einem, der sich die letzten Tage hermetisch darin eingeschlossen hatte, ohne einen Fuß vor die Tür zu setzen, nur essend, was gerade da war, um pausenlos durchzuarbeiten wie ein Verrückter, ein Süchtiger.
Es waren zwei Zimmer im ganzen, beide gesteckt voller Bücher, Stapel in jeder Ecke, und die Regale bogen sich unter der Last. Ich sah sofort den Tisch mit dem Computer, dem Drucker und dem Diskettenbehälter. Wenige Bilder an den wenigen nicht von Regalen bedeckten Flächen, und direkt über dem Tisch an der Wand ein alter Stich aus dem siebzehnten Jahrhundert, eine sorgfältig gerahmte Reproduktion, eine barocke Allegorie, die ich im vorigen Monat nicht

bemerkt hatte, als ich kurz auf ein Bier heraufgekommen war, bevor ich in die Ferien fuhr.

Auf dem Tisch stand ein Foto von Lorenza Pellegrini, mit einer Widmung in winziger, etwas kindlicher Schrift. Man sah nur das Gesicht, aber der Blick, der Blick allein verwirrte mich schon. In einer unwillkürlichen Regung von Taktgefühl (oder von Eifersucht?) drehte ich das Foto um, ohne die Widmung zu lesen.

Es gab ein paar Ordner und Mappen. Ich suchte nach etwas Interessantem, aber es waren bloß Tabellen, Verlagsprogramme, Kalkulationen. Doch mitten zwischen diesen Papieren fand ich den Ausdruck einer Computerdatei, nach dem Datum zu schließen offenbar eines der ersten Experimente mit dem Word Processor, der *filename* war in der Tat »Abu«. Ich erinnerte mich an die Zeit, als Abulafia seinen Einzug in den Verlag gehalten hatte, an Belbos fast kindlichen Enthusiasmus, an Gudruns Gebrumm und Diotallevis ironische Reden.

Daß er ihn »Abu« nannte, war sicher Belbos private Reaktion auf seine Verleumder gewesen, eine Art Studentenspaß, typisch für den Neuling, aber es sagte viel über den kombinatorischen Eifer, mit dem er sich auf die Maschine gestürzt hatte. Er, der immer mit seinem blassen Lächeln behauptete, seit er entdeckt habe, daß er kein Protagonist sein könne, habe er beschlossen, ein intelligenter Zuschauer zu sein – wozu schreiben, wenn man keine ernsthafte Motivation dazu habe, lieber die Bücher der anderen umschreiben, *das* sei die Arbeit des guten Verlagslektors –, er hatte in der Maschine eine Art Droge gefunden, hatte die Finger über die Tastatur gleiten lassen, als variiere er auf dem alten Hausklavier über den Flohwalzer, ohne Furcht, von anderen beurteilt zu werden. Nicht daß er glaubte, damit »kreativ« zu sein – er, der solche Angst vor dem Schreiben hatte, er wußte sehr wohl, daß dies keine Kreation war, sondern Erprobung der elektronischen Effizienz, gymnastische Übung. Aber während er seine vertrauten Gespenster darüber vergaß, fand er vermutlich in diesem Spiel die Formel zum Ausleben der charakteristischen zweiten Jugend eines Fünfzigjährigen. Jedenfalls, sein angeborener Pessimismus und seine schwierige Abrechnung mit der Vergangenheit hatten sich irgendwie abgeschwächt und verflüchtigt im Dialog mit einem mineralischen, objektiven, gehorsamen, unverantwortlichen, transistorisierten Gedächtnis, dessen Unmenschlichkeit so menschlich war, daß sie ihm erlaubte, sein gewohntes *mal de vivre* nicht zu empfinden.

Filename: Abu

Oh, welch klarer spätherbstlicher Morgen Ende November, im Anfang war das Wort, singe mir Muse den Zorn des Peliden, habe nun ach, die Frauen die Ritter die Waffen die Lieben, in alten Maeren wunders viel geseit. Punkt und Absatz geht von allein. Probieren geht über Studieren, parakalò parakalò, mit dem richtigen Programm machst du auch Anagramme, und angenommen, du hast einen ganzen Roman geschrieben über einen Südstaatler namens Rhett Buttler und ein launisches Mädchen mit Namen Scarlett, und dann tut's dir leid, dann brauchst du bloß einen Befehl zu geben, und Abu verwandelt dir alle Rhett Butlers in Fürsten Andrej und alle Scarletts in Nataschas, Atlanta wird Moskau, und du hast Krieg und Frieden geschrieben.

Jetzt wollen wir mal sehen, was Abu für Sachen machen kann. Ich schreibe diesen Satz, gebe Abu den Befehl, alle »a« mit »akschuf« und alle »e« mit »üftal« zu ersetzen, und herauskommt etwas quasi fast Türkisches.

Jüftaltzt wollüftaln wir makschufl süftalhüftaln, wakschufs Akschufbu für Sakschufchüftaln makschufchüftaln kakschufnn: ich schrüftalibüftal diüftalsüftaln Sakschuftz, güftalbüftal Akschufbu sodakschufnn düftaln Büftalfüftalhl, akschufllüftal »akschuf« mit »akschufkschuf« und akschufllüftal »üftal« mit »üftakschufl« zu üftalrsüftaltzüftaln, und hüftalrakschufuskommt üftaltwakschufs quakschufsi fakschufst Türkischüftals.

O Freude, schöner Götterfunken, o Schwindel der Difference, o mein idealer Leser/Schreiber, affected by an ideal insomnia, o Finnegans Wache, o anmutiges und holdes Tier. Der Computer hilft einem nicht denken, aber er hilft einem für ihn denken. Total spirituelle Maschine. Wenn man mit dem Gänsekiel schreibt, zerkratzt man das feuchte Papier und muß dauernd die Feder ins Tintenfaß tunken, die Gedanken überlagern sich, und die Hand kommt nicht nach, wenn man mit der Klappermaschine schreibt, verhaken sich die Typen, man kann nicht im Tempo der eignen Synapsen schreiben, nur im plumpen Rhythmus der Mechanik. Hier dagegen, mit ihm (ihr?) phantasieren die Finger, der Geist streift die Tastatur, die Gedanken fliegen auf goldenen Schwingen, endlich meditiert die strenge Kritische Vernunft über das Glück des ersten Anhiebs.

Un sie hmal wasich jetz mache, ich nehem diesn bolck vn ortogrfhischen Tetralogien und b fehle dr maschien, ihn zu codiffernzieren und in irrem geDachtnis z spei echern, und dannsoll sies wider Rausholen aus Irhem innnern und auf dem Minitor rproduzieren, las Strofe für irhe Sünnden.

Eben habe ich einfach blind drauflosgetippt, und jetzt habe ich diesen Block von orthographischen Teratologien genommen und der Maschine befohlen, ihre Fehler als Strafe für ihre Sünden zu wiederholen, aber diesmal habe ich sie korrigiert, und so ist es schließlich lesbar geworden, perfekt, aus Spreu habe ich reinen Weizen gewonnen.

Ich hätte auch bereuen und den ersten Block löschen können: ich lasse ihn hier nur stehen, um zu demonstrieren, wie auf diesem Monitor Sein und Seinsollen, Zufall und Notwendigkeit koexistieren können. Oder ich könnte den falschen Block auch nur dem sichtbaren Text entziehen und nicht dem Gedächtnis, um mir so das Archiv meiner Verdrängungen zu bewahren, aber den gefräßigen Freudianern und den Virtuosen der Varianten den Geschmack an der Konjektur zu entziehen, das Metier und den akademischen Ruhm.

Dies hier ist besser als das wahre Gedächtnis, denn das wahre Gedächtnis kann bestenfalls lernen, sich zu erinnern, nicht aber zu vergessen. Diotallevi, darin gut sephardisch, ist immer ganz versessen auf jene Paläste mit großer Freitreppe, obendrauf die Statue eines Kriegers, der eine gräßliche Untat an einer wehrlosen Frau begeht, und dahinter Korridore mit Hunderten von Zimmern, jedes mit der Darstellung eines Wunders, Erscheinungen, beunruhigende Begebenheiten, beseelte Mumien, und bei jedem dieser höchst memorablen Bilder assoziiert man einen Gedanken, eine Kategorie, ein Element des kosmischen Ameublements, ja geradezu einen Syllogismus, einen enormen Sorites, Ketten von Apophthegmata, Bänder von Hypallagen, Rosen von Zeugmata, Reigen von Hystera-Protera, Logoi apophantikoi, Hierarchien von Stoicheia, Prozessionen von Äquinoktien, Parallaxen, Herbarien, Genealogien von Gymnosophisten etcetera etceterorum – o Raimundus, o Camillo, ihr brauchtet bloß eure Visionen im Geiste durchzugehen, und schon rekonstruiert ihr die Große Kette des Seins in *love and joy*, denn alles, was im Universum sich spaltet, das hatte sich in eurem Geist schon zu einem Buche vereint, und Proust hätte euch nur ein Lächeln entlockt. Doch als wir einmal mit Diotallevi versuchten, eine *ars oblivionalis* zu entwerfen, gelang es uns nicht, die Regeln für das Vergessen zu finden. Es hat keinen Zweck, man kann sich zwar auf die Suche nach der verlorenen Zeit begeben, indem man verwehten Spuren folgt wie der kleine Däumling im Walde, aber es gelingt nicht, die wiedergefundene Zeit absichtlich zu verlieren. Däumling kommt immer wieder zurück, wie angenagelt. Es gibt keine Technik des Vergessens, wir sind immer noch bei den zufallsbestimmten Naturprozessen – Gehirnverletzungen, Amnesien, manuelle Improvisationen, was weiß ich, eine Reise, der Alkohol, die Schlafkur, der Selbstmord.

Doch Abu erlaubt nun auch kleine lokale Selbstmorde, provisorische Amnesien, schmerzlose Sprachverluste.

Wo warst du gestern, L
Nein, indiskreter Leser, du wirst es nie erfahren, aber die abgebrochene Zeile hier oben, die da so einfach im Leeren hängt, die war effektiv der Anfang eines langen Satzes, den ich geschrieben hatte, aber dann wollte ich ihn nicht geschrieben haben (und nicht mal gedacht haben), weil ich wollte, es wäre nie geschehen, was ich da geschrieben hatte. Es genügte ein Befehl, eine milchiges Licht ergoß sich über den fatalen und deplacierten Absatz, ich drückte die Löschtaste, und pffft war alles verschwunden.

Aber damit nicht genug. Die Tragödie des Selbstmörders ist, daß er, kaum hat er den Sprung aus dem Fenster getan, zwischen der siebten und sechsten Etage denkt: »O könnte ich doch zurück!« Nichts da. Nie passiert. Pflatsch. Abu dagegen ist nachsichtig, er erlaubt dir, dich zu besinnen, ich könnte meinen gelöschten Text wiederhaben, wenn ich mich rechtzeitig entschlösse, die Rückholtaste zu drücken. Welche Erleichterung! Im bloßen Wissen, daß ich, wenn ich wollte, mich erinnern könnte, vergesse ich sofort.

Ich werde nie mehr durch Bars ziehen, um fremde Raumschiffe mit Leuchtspurgeschossen zu zertrümmern, bis das Monster mich zertrümmert. Hier ist es schöner, hier kann

37

man Gedanken zertrümmern. Der Bildschirm ist eine Galaxie aus Tausenden und Abertausenden von Asteroiden, säuberlich aufgereiht, weiß oder grün, und du bist es, der sie erschafft. Fiat Lux, Big Bang, sieben Tage, sieben Minuten, sieben Sekunden, und vor deinen Augen entsteht ein Universum in permanenter Verflüssigung, das keine präzisen kosmologischen Linien kennt und nicht mal zeitliche Fesseln. Kein Numerus Clausius hier, hier geht man auch in der Zeit zurück, die Lettern erscheinen gleichmütig, tauchen hervor aus dem Nichts und kehren brav wieder dorthin zurück, ganz wie du befiehlst, und wenn du sie löschst, lösen sie sich auf und verfügen sich wieder als Ektoplasma an ihren natürlichen Ort, das Ganze ist eine unterseeische Symphonie aus weichen Verbindungen und Frakturen, ein gelatinöser Reigen von autophagen Kometen, wie der Freßfisch in Yellow Submarine, du hältst eine Taste gedrückt, und die irreparablen Lettern flitzen rückwärts zu einem gefräßigen Wort und verschwinden in seinem Rachen, es saugt sie auf, und schlwrrldiwupp hat es sie verschlungen, und wenn du nicht aufhörst, verschlingt es sich selber, um sich an seinem eigenen Nichts zu mästen, ein Schwarzes Loch von Cheshire.

Und wenn du etwas geschrieben hast, was die Scham nicht erlaubt, dann speicherst du's einfach auf der Diskette und gibst der Diskette ein Paßwort, und niemand kann dich mehr lesen. Wunderbar für Geheimagenten, du schreibst die Nachricht, sicherst sie und verschließt sie, steckst dir die Diskette in die Tasche und gehst spazieren, und nicht einmal Torquemada wird je erfahren, was du geschrieben hast, nur du weißt es und der andere (der Andere?). Selbst angenommen, du wirst gefoltert: du tust einfach so, als wolltest du gestehen und das Paßwort eingeben, statt dessen drückst du auf eine verborgene Taste, und die Nachricht ist nicht mehr da.

O je, ich hatte etwas geschrieben, mein Daumen hat eine falsche Bewegung gemacht, und jetzt ist alles verschwunden. Was es war? Ich weiß es nicht mehr. Ich weiß nur, ich habe kein Geheimnis enthüllt. Vielleicht beim nächsten Mal.

4

Wer in den Rosengarten der Philosophen einzudringen versucht, ohne den Schlüssel zu haben, ist
wie ein Mann, der ohne die Füße gehen will.

Michael Maier, *Atalanta Fugiens*, Oppenheim,
De Bry, 1618, Emblem XXVII

Sonst gab es nichts Ausgedrucktes. Ich mußte die Disketten
am Bildschirm lesen. Sie waren durchnumeriert, und so beschloß ich, es mit der ersten zu probieren. Aber Belbo hatte
von einem Paßwort gesprochen. Er hatte Abulafias Geheimnisse immer sehr eifersüchtig gehütet.

Tatsächlich erschien auf dem Bildschirm, kaum hatte ich
den Computer eingeschaltet, eine Schrift, die mich fragte:
»Hast du das Paßwort?« Keine Befehlsformel, Belbo war ein
höflicher Mensch.

Eine Maschine kollaboriert nicht, sie weiß, daß sie das
Wort bekommen muß, und wenn sie es nicht bekommt,
schweigt sie. Allerdings so, als wollte sie sagen: »Hör zu,
alles, was du wissen willst, habe ich hier in meinem Bauch,
aber grab nur, grab, alter Maulwurf, du wirst es nie finden.«
Nun, das werden wir ja sehen, sagte ich mir, du hast immer
so gerne Permutationen mit Diotallevi gespielt, du warst der
Sam Spade des Verlagswesens, wie Jacopo Belbo gesagt
hätte, also finde den Falken!

Bei Abulafia konnte das Paßwort sieben Buchstaben haben.
Wie viele Permutationen von sieben Buchstaben lassen sich
mit den fünfundzwanzig Buchstaben des Alphabets bilden,
einschließlich der Wiederholungen, denn das Paßwort
konnte ja sehr gut auch zum Beispiel »Kadabra« sein? Irgendwo gibt es die Formel dafür, und das Ergebnis müßte so
um die sechs Milliarden sein. Selbst wenn ich einen riesigen
Rechner gehabt hätte, der imstande gewesen wäre, mir sechs
Milliarden Permutationen im Tempo von einer Million pro
Sekunde zu liefern, hätte ich Abulafia eine nach der anderen
eingeben müssen, um sie auszuprobieren, und ich wußte, daß
Abulafia ungefähr zehn Sekunden brauchte, um nach dem
Paßwort zu fragen und es zu prüfen. Ich brauchte also sech-
zig Milliarden Sekunden. Da ein Jahr etwas mehr als einund-

dreißig Millionen Sekunden hat, sagen wir abgerundet dreißig, würde ich für die Arbeit etwa zweitausend Jahre brauchen. Nicht schlecht.

Ich mußte also mit Hypothesen arbeiten. An was für ein
Wort konnte Belbo gedacht haben? Vor allem: war es ein
Wort, das er gleich zu Anfang gefunden hatte, als er am
Computer zu schreiben begann, oder eines, das er sich erst in
den letzten Tagen ausgedacht hatte, als ihm bewußt wurde,
daß die Disketten explosives Material enthielten und das
Spiel, zumindest für ihn, nun kein Spiel mehr war? Dann
hätte er ein ganz anderes Wort genommen.

Die zweite Hypothese schien mir plausibler: Belbo fühlt
sich verfolgt, er nimmt den Großen Plan ernst (so jedenfalls
schien es am Telefon), also denkt er an etwas, das irgendwie
mit unserer Geschichte zusammenhängt.

Oder nein, gerade nicht: ein Begriff im Zusammenhang
mit der Überlieferung hätten auch *denen* in den Sinn kommen
können. Einen Moment lang dachte ich, vielleicht waren sie
schon in diese Wohnung gekommen, hatten sich die Disketten kopiert und probierten jetzt gerade alle möglichen Kombinationen durch, irgendwo an einem fernen Ort. Am Super-
computer auf einem Schloß in den Karpathen...

Quatsch, sagte ich mir, solche Leute arbeiten nicht mit
Computern, sie würden es mit dem Notarikon versuchen,
mit der Gematrie, mit der Temurah, sie würden die Disketten
wie die Torah behandeln. Und sie würden dafür so viel Zeit
brauchen, wie seit der Abfassung des *Sefer Jezirah* vergangen
ist. Dennoch war der Gedanke nicht unnütz: Sie hätten sich,
wenn sie existierten, an eine kabbalistische Inspiration gehalten, und wenn Belbo von ihrer Existenz überzeugt war,
könnte er denselben Weg gegangen sein.

Um einen Anfang zu machen, probierte ich es mit den zehn
Sefiroth: Kether, Chochmah, Binah, Chessed, Geburah, Tifereth, Nezach, Hod, Jessod, Malchuth, und zur Sicherheit
nahm ich auch noch die Schechinah hinzu... Nichts, natürlich, es war die erste Idee, die jedem x-beliebigen hätte
einfallen können.

Immerhin, das Paßwort mußte etwas Naheliegendes sein,
etwas, das einem ganz zwangsläufig einfällt, denn wer über
einem Text arbeitet, und das so obsessiv, wie Belbo es in den
letzten Tagen getan haben mußte, kann sich dem Sprachuni-
versum, in dem er lebt, nicht entziehen. Es wäre unmensch-

lich, etwa zu meinen, Belbo hätte, während er über dem Großen Plan brütete, ein Wort wie, was weiß ich, Lincoln oder Mombasa gewählt. Es mußte etwas sein, das irgendwie mit dem Großen Plan zusammenhing. Aber was?

Ich versuchte mich in die mentalen Prozesse Belbos hineinzuversetzen. Er hatte beim Schreiben nervös geraucht und getrunken und sich umgeschaut. Ich ging in die Küche, goß mir den letzten Tropfen Whisky in das einzige saubere Glas, das ich fand, setzte mich wieder vor den Computer, lehnte mich zurück, legte die Füße auf den Tisch, trank mit kleinen Schlückchen (war das nicht die Art, wie Sam Spade es machte – oder war's eher Marlowe gewesen?) und ließ den Blick durch das Zimmer wandern. Die Bücher waren zu weit entfernt, als daß ich die Titel auf den Rücken hätte lesen können.

Ich trank den letzten Schluck Whisky, schloß die Augen, machte sie wieder auf. Vor mir an der Wand hing der barocke Stich. Es war eine typische Rosenkreuzer-Allegorie der Epoche, vollgepackt mit verschlüsselten Botschaften, auf der Suche nach den Mitgliedern jener Brüderschaft. Offensichtlich stellte sie den Tempel der Rosenkreuzer dar, in Form eines Turmbaus mit einer Kuppel, gemäß dem ikonographischen Modell der Renaissance, dem christlich-jüdischen, in welchem der Tempel zu Jerusalem nach dem Muster der Omar-Moschee rekonstruiert wurde.

Die Landschaft rings um den Turm war inkongruent und auf inkongruente Weise bevölkert, wie bei jenen Rebus-Bildern, auf denen man in der Mitte einen Palast sieht, im Vordergrund eine Kröte, daneben ein mit Säcken beladenes Maultier sowie einen König, der Geschenke von einem Pagen empfängt. Hier stieg links unten aus einem Brunnen ein Edelmann, an einen Flaschenzug geklammert, der über absurde Hebewinden, die durch ein rundes Fenster gingen, im Innern des Turms verankert war. In der Mitte unten ein Reiter und ein Wanderer, rechts ein kniender Pilger, der als Pilgerstab einen großen Anker trug. Am rechten Bildrand, dicht vor dem Turm, ein steiler Felsen, von dem ein Mann mit einem Schwert herabstürzte, und links gegenüber, perspektivisch verkleinert, in der Ferne der Berg Ararat mit der Arche darauf. Oben in den Ecken zwei Sterne, jeder in einer Wolke, die schräge Strahlen auf den Turm herabsandten, auf denen zwei Figuren schwebten, ein Nackter, umwunden von einer Schlange, und ein Schwan. In der Mitte über dem Turm ein geflügelter Strahlenkranz, gekrönt von dem Wort »Oriens« und mit hebräischen Lettern beschriftet, aus dem die Hand Gottes nach unten ragte, die den Turm an einem Faden hielt.

Der Turm stand auf Rädern, er hatte einen quadratischen Hauptteil mit Fenstern, einem Tor und einer Zugbrücke auf der rechten Seite, darüber eine Art Brüstung mit vier kleinen Wachtürmen, jeder besetzt mit einem Bewaffneten, der einen Schild trug (beschriftet mit hebräischen Lettern) und einen Palmwedel schwenkte. Zu sehen waren jedoch nur drei Bewaffnete, den vierten verdeckte die Masse der achteckigen Kuppel, auf der sich ein gleichfalls achteckiger Aufbau erhob, aus welchem zwei große Flügel ragten. Darüber eine weitere, etwas kleinere Kuppel mit einem viereckigen Türmchen darauf, in dem durch hohe Bogenfenster mit schmalen Säulen eine Glocke zu sehen war. Schließlich noch eine kleine vierschalige Kuppel, auf welcher der Faden verankert war, den senkrecht darüber die Hand Gottes hielt. Rechts und links neben der obersten Kuppel in der Luft das Wort »Fa/ma« und über dem Ganzen ein geschwungenes Schriftband mit den Worten: »Collegium Fraternitatis«.

Doch nicht genug der Bizarrerien, denn aus zwei runden Fenstern des Turmes ragten links ein enormer Arm, riesig im Vergleich zu den anderen Figuren, der ein Schwert hielt, als gehörte er zu dem geflügelten Wesen, das anscheinend im Innern des Turms gefangen saß, und rechts eine große Trompete. Schon wieder die Trompete...

Mir kam ein Verdacht beim Betrachten der Öffnungen des Gebäudes: zu viele und zu regelmäßig in den Kuppeltürmen, dagegen wie zufällig an den Wänden des Hauptteils. Der Bau war nur zu zwei Vierteln zu sehen, in orthogonaler Perspektive, aber man durfte aus Gründen der Symmetrie annehmen, daß sich die Tore und Fenster und runden Luken, die auf der einen Seite zu sehen waren, auch auf der gegenüberliegenden jeweils in gleicher Anordnung wiederholten. Also: vier Bogenfenster im Glockenturm, acht Fenster in dem achteckigen Kuppelaufbau darunter, vier offene Wachtürme, je drei Öffnungen an der Ost- und der Westfassade, je sieben an der Nord- und der Südfassade. Machte zusammengezählt: sechsunddreißig Öffnungen.

Sechsunddreißig. Seit über zehn Jahren verfolgte mich

diese Zahl. Zusammen mit hundertzwanzig. Die Rosenkreuzer. Hundertzwanzig durch sechsunddreißig ergibt – wenn man bei sieben Ziffern bleibt – 3,333333. Übertrieben perfekt, aber vielleicht lohnte es sich, die Zahl zu probieren. Ich probierte sie. Ohne Erfolg.

Mir schoß durch den Sinn, daß diese Zahl, multipliziert mit zwei, fast genau die Zahl des Großen Tieres ergibt, 666. Aber auch diese Konjektur erwies sich als zu phantastisch.

Schließlich fiel mein Blick auf den Strahlenkranz oben im Zentrum, den Sitz Gottes. Die hebräischen Lettern waren gut zu erkennen, auch von meinem Stuhl aus. Aber Belbo konnte doch auf Abulafia keine hebräischen Buchstaben schreiben. Ich sah genauer hin: ja natürlich, das kannte ich, sicher, von rechts nach links: *Jod, He, Waw, He.* Jahweh, der Name Gottes.

5

Die zweiundzwanzig elementaren Lettern schnitt
er, formte er, kombinierte er, wog er, stellte er um
und formte mit ihnen alles Geschaffene sowie alles,
was es in Zukunft zu formen gibt.

Sefer Jezirah, 2.2

Der Name Gottes... Ja, natürlich. Ich erinnerte mich an den
ersten Dialog zwischen Belbo und Diotallevi an dem Tag, als
Abulafia im Büro installiert worden war.

Diotallevi stand in der Tür seines Zimmers und heuchelte
Nachsicht. Seine Nachsicht hatte immer etwas Vorwurfsvolles, doch Belbo schien sie mit Nachsicht zu akzeptieren.

»Der wird dir nichts nützen. Oder willst du etwa darauf die
Manuskripte umschreiben, die du nicht liest?«

»Er nützt mir zum Klassifizieren, zum Anlegen von Karteien, zum Aktualisieren von Bibliographien. Ich könnte
auch eigene Texte darauf schreiben.«

»Ich denke, du hast geschworen, nie etwas Eigenes zu
schreiben.«

»Ich habe geschworen, die Welt nicht mit einem weiteren
Buch zu behelligen. Ich habe gesagt, da mir klar ist, daß ich
nicht das Zeug zu einem Protagonisten habe...«

»...wirst du ein intelligenter Zuschauer sein. Ich weiß.
Und nun?«

»Nun, auch der intelligente Zuschauer, der aus einem
Konzert kommt, trällert den zweiten Satz vor sich hin. Was
nicht heißt, daß er ihn in der Carnegie Hall dirigieren
will...«

»Also wirst du jetzt Trallala-Schreibexperimente machen,
um zu entdecken, daß du nicht schreiben darfst.«

»Das wäre doch eine ehrliche Wahl.«

»Sie meinen?«

Diotallevi und Belbo stammten beide aus Piemont und
ergingen sich oft über jene Fähigkeit guterzogener Piemontesen, jemandem höflich zuzuhören, ihm in die Augen zu
sehen und dann »Sie meinen?« zu sagen in einem Ton, der
scheinbar artiges Interesse bezeugt, in Wahrheit aber tiefe
Mißbilligung ausdrückt. Ich sei ein Barbar, sagten sie, mir
würden diese Feinheiten immer und ewig entgehen.

»Barbar?« protestierte ich. »Ich bin zwar in Mailand geboren, aber meine Familie stammt aus dem Aostatal...«

»Unsinn«, erwiderten sie, »den Piemontesen erkennt man sofort an seinem Skeptizismus.«

»Ich bin Skeptiker.«

»Nein. Sie sind bloß ungläubig, das ist was anderes.«

Ich wußte, warum Diotallevi dem Computer mißtraute. Er hatte gehört, man könne damit die Ordnung der Buchstaben so verändern, daß ein Text sein eigenes Gegenteil erzeuge und dunkle Seherworte verheiße. Belbo versuchte es ihm zu erklären. »Es sind Permutationsspiele«, sagte er. »Nennt ihr das nicht Temurah? Tut das nicht der fromme Rabbi, um zu den Pforten des Glanzes aufzusteigen?«

»Mein lieber Freund«, erwiderte Diotallevi, »du wirst nie etwas begreifen. Es stimmt, die Torah, ich meine die sichtbare, ist nur eine der möglichen Permutationen der Buchstaben jener unsichtbaren ewigen Torah, die Gott ersann und Adam übergab. Und durch Permutationen der Lettern des Buches könnte man im Lauf der Jahrhunderte schließlich zur originalen Torah gelangen. Aber was zählt, ist nicht das Ergebnis. Es ist der Prozeß, die Treue, mit der du die Mühle des Gebets und der Schrift in alle Ewigkeit drehst, um die Wahrheit Stück für Stück zu entdecken. Wenn dir diese Maschine die Wahrheit sofort sagen würde, würdest du sie nicht erkennen, denn dein Herz wäre nicht durch langes Suchen und Fragen gereinigt worden. Und außerdem bitte, in einem Büro! Das Heilige Buch muß gemurmelt werden, in einer kleinen und engen Kate im Ghetto, wo du Tag für Tag lernst, dich zu beugen und die Arme dicht am Leib zu bewegen, und zwischen der Hand, die das Buch hält, und der Hand, die im Buche blättert, darf so gut wie kein Raum sein, und wenn du dir die Finger benetzest, mußt du sie senkrecht an die Lippen führen, als ob du Matze zerteiltest, sorgfältig darauf achtend, daß kein Krümel verlorengeht. Das Wort muß langsam, ganz langsam gegessen werden, du kannst es nur auflösen und wieder zusammensetzen, wenn du es dir auf der Zunge zergehen läßt, und gib acht, daß du nichts davon auf den Kaftan sabberst, denn wenn nur ein einziges Wörtchen verlorengeht, dann zerreißt der Faden, der dich mit den höheren Sefiroth verbindet. Dieser Übung hat Abraham Abulafia sein Leben geweiht, während euer heiliger Thomas sich abmühte, Gott auf seinen fünf Wegen zu finden. Abulafias *Chochmath ha-Zeruf* war gleichzeitig Wissenschaft von der Kombination der Lettern und Wissenschaft von der Herzensreinigung. Mystische Logik, die Welt der Buchstaben und ihres Strudelns in ewigen Permutationen ist die Welt der Glückseligkeit, die Wissenschaft der Kombination ist eine Musik des Denkens, aber gib acht, daß du dich langsam bewegst, und vorsichtig, denn deine Maschine könnte dich statt in Ekstase leicht in Delirium versetzen. Viele der Schüler Abulafias wußten nicht haltzumachen vor dieser schmalen Grenze, die das Betrachten der Namen Gottes von der magischen Praxis trennt, vom Manipulieren der Namen, um sich daraus einen Talisman zu machen, ein Instrument zur Herrschaft über die Natur. Und sie wußten nicht, so wie du es nicht weißt – und wie es deine Maschine nicht weiß –, daß jeder Buchstabe mit einem Glied des Körpers verbunden ist, und wenn du einen Konsonanten umstellst, ohne seine Macht zu kennen, könnte eines deiner Glieder leicht seine Position verändern, oder seine Natur, und du fändest dich bestialisch verstümmelt, außen fürs Leben und innen für die Ewigkeit.«

»Hör zu«, hatte Belbo daraufhin zu Diotallevi gesagt, »du bringst mich nicht davon ab, im Gegenteil. Jetzt habe ich also – mir zu Diensten, so wie deine Freunde den Golem hatten – meinen persönlichen Abulafia. Ich werde ihn Abulafia nennen, Abu für die Freunde. Und mein Abulafia wird vorsichtiger und respektvoller sein als deiner. Bescheidener. Ist das Problem nicht, alle Kombinationen des Namens Gottes zu finden? Gut, schau mal in dieses Handbuch, hier hab ich ein kleines Programm in Basic zur Permutation aller Sequenzen von vier Buchstaben. Sieht ganz so aus, als wär's extra für IHVH gemacht. Hier, soll ich's mal laufen lassen?«

Er zeigte ihm das Programm, das für Diotallevi nun wirklich kabbalistisch aussehen mußte:

```
10 REM ANAGRAMME
20 INPUT L$(1),L$(2),L$(3),L$(4)
30 PRINT
40 FOR I1=1 TO 4
50 FOR I2=1 TO 4
60 IF I2=I1 THEN 130
70 FOR I3=1 TO 4
80 IF I3=I1 THEN 120
```

46

```
90 IF I3=I2 THEN 120
100 LET I4=10-(I1+I2+I3)
110 LPRINT L$(I1);L$(I2);L$(I3);L$(I4)
120 NEXT I3
130 NEXT I2
140 NEXT I1
150 END
```

»Probier's mal, schreib I,H,V,H, wenn er das Input verlangt, und laß das Programm laufen. Vielleicht wirst du
enttäuscht sein: die möglichen Permutationen sind bloß vierundzwanzig.«
    »Heilige Seraphim! Und was machst du mit vierundzwan-
zig Namen Gottes? Glaubst du, unsere Weisen hätten das
nicht schon längst ausgerechnet? Lies doch mal das *Sefer
Jezirah*, Abschnitt sechzehn im vierten Kapitel. Und sie hatten keine Computer. ›Zwei Steine erbauen zwei Häuser. Drei
Steine erbauen sechs Häuser. Vier Steine erbauen vierundzwanzig Häuser. Fünf Steine erbauen einhundertzwanzig
Häuser. Sechs Steine erbauen siebenhundertzwanzig Häuser.
Sieben Steine erbauen fünftausendundvierzig Häuser. Von
hier an geh und denke an das, was der Mund nicht sagen und
das Ohr nicht hören kann.‹ Weißt du, wie man das heute
nennt? Faktorenrechnung. Und weißt du, warum dir die
Tradition rät, hier lieber haltzumachen? Weil, wenn der
Name Gottes acht Buchstaben hätte, die Zahl der Permutationen vierzigtausend wäre, und bei zehn wären's drei Millionen sechshunderttausend, und die Permutationen deines
armseligen Namens wären fast vierzig Millionen, und sei
froh, daß du nicht auch noch eine *middle initial* hast wie die
Amerikaner, sonst kämst du auf mehr als vierhundert Millionen. Und wenn die Lettern von Gottes Namen siebenundzwanzig wären – denn das hebräische Alphabet hat zwar
keine Vokale, aber zweiundzwanzig Laute plus fünf Varianten –, dann wäre die Anzahl seiner möglichen Namen eine
neunundzwanzigstellige Zahl. Aber du müßtest auch die
Wiederholungen mitrechnen, denn man kann nicht ausschließen, daß der Name Gottes siebenundzwanzigmal hin-
tereinander das Aleph ist, und dann würde die Faktorenrechnung nicht mehr genügen, du müßtest siebenundzwanzig
hoch siebenundzwanzig rechnen – und dann kämst du, glaub
ich, auf vierhundertvierundvierzig Milliarden Milliarden

Milliarden Milliarden Möglichkeiten oder noch mehr, jedenfalls auf eine Zahl mit neununddreißig Stellen.«

»Du mogelst, um mich zu beeindrucken. Auch ich habe dein *Sefer Jezirah* gelesen. Die elementaren Lettern sind zweiundzwanzig, und mit ihnen, nur mit ihnen, formte Gott alles Geschaffene.«

»Das sind doch Sophistereien, wenn du in diese Größenordnungen vordringst, kommst du, auch wenn du statt siebenundzwanzig hoch siebenundzwanzig bloß zweiundzwanzig hoch zweiundzwanzig rechnest, dann kommst du trotzdem auf etwas wie dreihundertvierzig Milliarden Milliarden Milliarden. Wo ist da der Unterschied für dein Menschenmaß? Weißt du, daß, wenn du's auszählen müßtest, eins zwei drei und so weiter, eine Zahl pro Sekunde, daß du dann für eine Milliarde, ich sage bloß eine kleine Milliarde, fast zweiunddreißig Jahre bräuchtest? Aber die Sache ist noch viel komplexer, als du meinst, und die Kabbala beschränkt sich nicht auf das *Sefer Jezirah*. Ich will dir sagen, warum eine gute Permutation der Torah alle siebenundzwanzig Buchstaben des hebräischen Alphabets benutzen muß. Es stimmt zwar, daß die fünf letzten, wenn sie bei einer Permutation ins Innere des Wortes fallen, sich in ihr normales Äquivalent verwandeln. Aber es ist nicht immer so. In Jesaja neun, zwei zum Beispiel ist das Wort LMRBH, *Lemarbah* – und das heißt, wie's der Zufall will, »multiplizieren« – mit dem Schluß-*Mem* in der Mitte geschrieben.«

»Und warum?«

»Weil jeder Buchstabe einer Zahl entspricht, und das normale *Mem* gilt vierzig, während das Schluß-*Mem* den Wert sechshundert hat. Hier geht es nicht um Temurah, die zu permutieren lehrt, sondern eher um Gematrie, die nach sublimen Affinitäten zwischen dem Wort und seinem Zahlenwert sucht. Mit dem Schluß-*Mem* hat das Wort LMRBH nicht den Wert 277, sondern 837 und ist daher gleichwertig mit ›ThThZL, *Thath Zal*‹, was heißt ›der, welcher reichlich schenkt‹. Woran du siehst, daß man alle siebenundzwanzig Buchstaben berücksichtigen muß, denn es geht nicht nur um den Klang, sondern auch um die Zahl. Und jetzt kommen wir auf meine Rechnung zurück: die Anzahl der Permutationen ist mehr als vierhundert Milliarden Milliarden Milliarden Milliarden. Weißt du, wie lange du bräuchtest, um sie alle durchzuprobieren, eine pro Sekunde, mal angenommen, du hättest eine Maschine, gewiß nicht deine erbärmliche kleine hier, die das könnte? Bei einer Kombination pro Sekunde bräuchtest du sieben Milliarden Milliarden Milliarden Milliarden Minuten, das sind einhundertdreiundzwanzig Millionen Milliarden Milliarden Milliarden Stunden, also etwas mehr als fünf Millionen Milliarden Milliarden Milliarden Tage, also vierzehntausend Milliarden Milliarden Milliarden Jahre, gleich einhundertvierzig Milliarden Milliarden Milliarden Jahrhunderte oder vierzehn Milliarden Milliarden Milliarden Jahrtausende. Und wenn du einen Computer hättest, der eine Million Kombinationen pro Sekunde probieren könnte – ha, denk bloß mal, wieviel Zeit du damit gewinnen würdest: dein elektronischer Rechner wäre in vierzehntausend Milliarden Milliarden Jahrtausenden fertig! Aber in Wirklichkeit ist der wahre Name Gottes, der geheime, so lang wie die ganze Torah, und keine Maschine der Welt ist imstande, seine Permutationen je auszuschöpfen, denn die Torah ist schon an sich das Resultat einer Permutation mit Wiederholungen der siebenundzwanzig Buchstaben, und die Kunst der Temurah sagt dir nicht, daß du bloß die siebenundzwanzig Buchstaben des Alphabets permutieren mußt, sondern sämtliche Zeichen der Torah, in der jedes Zeichen so viel gilt, als wär's ein selbständiger Buchstabe, auch wenn es unzählige Male auf anderen Seiten erscheint, mit anderen Worten: die beiden *He* im Namen JHWH gelten soviel wie zwei verschiedene Buchstaben. Und somit würden dir, wenn du die möglichen Permutationen aller Zeichen der ganzen Torah berechnen wolltest, alle Nullen der Welt nicht genügen. Probier's nur, probier's mit deinem kläglichen Buchhalterrechenmaschinchen. Die Große Maschine existiert, gewiß, aber sie ist nicht in deinem Silikontal produziert worden, sie ist die heilige Kabbala oder Tradition, und die Rabbiner tun seit Jahrhunderten, was keine Maschine je tun können wird und hoffentlich niemals tut. Denn selbst wenn die Kombinatorik ganz ausgeschöpft wäre, müßte das Ergebnis geheim bleiben, und in jedem Fall hätte das Universum dann seinen Zyklus beendet – und wir würden bewußtlos zerstrahlen im Glanze des großen Metatron.«

»Amen«, sagte Jacopo Belbo.

Zu solch schwindelnden Höhen trieb ihn Diotallevi schon damals, und ich hätte es einkalkulieren müssen. Wie oft hatte ich Belbo abends nach Dienstschluß über Programmen brüten sehen, die ihm erlauben sollten, Diotallevis Berechnungen zu verifizieren, um zu beweisen, daß wenigstens sein Abulafia ihm die Wahrheit in ein paar Sekunden sagte, ohne langes Geschreibe per Hand auf vergilbtem Pergament, mit vorsintflutlichen Zahlensystemen, die womöglich noch nicht mal die Null kannten. Vergebens, auch Abu antwortete, soweit er antworten konnte, stets nur mit exponentiellen Zahlen, und Belbo gelang es nicht, Diotallevi mit einem Bildschirm zu demütigen, der sich mit Nullen ad infinitum füllte, als blasse sichtbare Imitation des Wucherns der kombinatorischen Universen und der Explosion aller möglichen Welten...

Nun aber, nach allem, was inzwischen geschehen war, und mit der Rosenkreuzer-Allegorie vor Augen, nun war Belbo bei seiner Suche nach einem Paßwort bestimmt wieder auf jene Exerzitien mit dem Namen Gottes verfallen. Aber er hätte mit Zahlen wie sechsunddreißig oder hundertzwanzig spielen müssen, wenn es denn stimmte, wie ich annahm, daß er von diesen Zahlen besessen war. Also konnte er nicht die vier hebräischen Lettern kombiniert haben, da ja, wie er wußte, vier Steine nur vierundzwanzig Häuser erbauen.

Er hätte allerdings mit der italienischen Transkription IAHVEH spielen können, die auch zwei Vokale enthält. Mit sechs Buchstaben standen ihm siebenhundertzwanzig Permutationen zur Verfügung. Er hätte die sechsunddreißigste oder die hundertzwanzigste nehmen können.

Ich war gegen elf in die Wohnung gekommen, jetzt war es eins. Ich mußte ein Computerprogramm für Anagramme mit sechs Buchstaben schreiben, wozu es genügte, das bereits vorhandene Programm für vier zu erweitern.

Erst mal brauchte ich ein bißchen frische Luft. Ich ging auf die Straße hinunter, kaufte mir etwas zu essen und eine Flasche Whisky.

Kaum wieder oben, ließ ich die Sandwiches in einer Ecke, um gleich zum Whisky überzugehen, schob die Systemdiskette für Basic ein und schrieb das Programm für sechs Buchstaben – mit den üblichen Fehlern, ich brauchte gut eine halbe Stunde, doch gegen halb drei lief es endlich, und über den Bildschirm flimmerten vor meinen Augen die siebenhundertzwanzig Namen Gottes.

```
iahveh    iahvhe    iahevh    iahehv    iahhve    iahhev    iavheh    iavhhe
iavehh    iavehh    iavhhe    iavheh    iaehvh    iaehhv    iaevhh    iaevhh
iaehhv    iaehvh    iahhve    iahhev    iahvhe    iahveh    iahehv    iahevh
ihaveh    ihavhe    ihaevh    ihaehv    ihahve    ihahev    ihvaeh    ihvahe
ihveah    ihveha    ihvhae    ihvhea    iheavh    iheahv    ihevah    ihevha
ihehav    ihehva    ihhave    ihhaev    ihhvae    ihhvea    ihheav    ihheva
ihveah    ihveha    iheahv    iheavh    ihehav    ihehva    ihevah    ihevha
ivaheh    ivahhe    ivaehh    ivaehh    ivahhe    ivaheh    ivhaeh    ivhahe
ivheah    ivheha    ivhhae    ivhhea    iveahh    iveahh    ivehah    ivehha
ivehah    ivehha    ivhahe    ivhaeh    ivhhae    ivhhea    ivheah    ivheha
ieahvh    ieahhv    ieavhh    ieavhh    ieahhv    ieahvh    iehavh    iehahv
iehvah    iehhav    iehhav    iehhav    ievahh    ievahh    ievhah    ievhha
ievhah    ievhha    iehahv    iehavh    iehhav    iehhva    iehvah    iehvha
ihahve    ihahev    ihavhe    ihaveh    ihaehv    ihaevh    ihhave    ihhaev
ihhvae    ihhvea    ihheav    ihheva    ihvane    ihvaen    ihvhae    ihvhea
ihveah    ihveha    iheahv    iheavh    ihehav    ihehva    ihevah    ihevha
aihveh    aihvhe    aihevh    aihehv    aihhve    aihhev    aivheh    aivhhe
aivehh    aivehh    aivhhe    aivheh    aiehvh    aiehhv    aievhh    aievhh
aiehhv    aiehvh    aihhve    aihhev    aihvhe    aihveh    aihehv    aihevh
ahiveh    ahivhe    ahievh    ahiehv    ahihve    ahihev    ahviveh   ahvihe
ahveih    ahvehi    ahvhie    ahvhei    aheivh    aheihv    ahevih    ahevhi
ahehiv    ahehvi    ahhive    ahhiev    ahhvie    ahhvei    ahheiv    ahhevi
aviheh    avihhe    aviehh    aviehh    avihhe    aviheh    avhieh    avhihe
avheih    avhehi    avhhie    avhhei    aveihh    aveihh    avehih    avehhi
avehih    avehhi    avhihe    avhieh    avhhie    avhhei    avheih    avhehi
aeihvh    aeihhv    aeivhh    aeivhh    aeihhv    aeihvh    aehivh    aehihv
aehvih    aehvhi    aehhiv    aehhvi    aevihh    aevihh    aevhih    aevhhi
aevhih    aevhhi    aehihv    aehivh    aehhiv    aehhvi    aehvih    aehvhi
ahihve    ahihev    ahivhe    ahiveh    ahiehv    ahievh    ahhive    ahhiev
ahhvie    ahhvei    ahheiv    ahhevi    ahvihe    ahvieh    ahvhie    ahvhei
ahveih    ahvehi    aheihv    aheivh    ahehiv    ahehvi    ahevih    ahevhi
hiaveh    hiavhe    hiaevh    hiaehv    hiahve    hiahev    hivaeh    hivahe
hiveah    hiveha    hivhae    hivhea    hieavh    hieahv    hievah    hievha
hiehav    hiehva    hihave    hihaev    hihvae    hihvea    hiheav    hiheva
haiveh    haivhe    haievh    haiehv    haihve    haihev    havieh    havihe
haveih    havehi    havhie    havhei    haeivh    haeihv    hanvei    hahevi
haehiv    haehvi    hahive    hahiev    hahvie    hahvei    haheiv    hahevi
hviaeh    hviahe    hviaeh    hviaha    hviahe    hvinae    hvinea    hvaieh
hvaeih    hvaehi    hvahie    hvahei    hvanei    hvenah    hveiah    hveiha
hvehia    hvehai    hvhiae    hvhiea    hvhaie    hvhaei    hvheia    hvheai
heiavh    heiahv    heivah    heivha    heihav    heihva    heaivh    heaihv
heavih    heavhi    heahiv    heahvi    heviah    heviha    hevaih    hevahi
hevhia    hevhai    hehiav    hehiva    hehaiv    hehavi    hehvia    hehvai
hhiave    hhiaev    hhivae    hhivea    hhieav    hhieva    hhaive    hhaiev
hhavie    hhavei    hhaeiv    hhaevi    hhviae    hhviea    hhvaie    hhvaei
hhveia    hhveai    hheiav    hheiva    hheaiv    hheavi    hhevia    hhevai
viaheh    viahhe    viaehh    viaehh    viahhe    viaheh    vihaeh    vihahe
viheah    viheha    vihhae    vihhea    vieahh    vieahh    viehah    viehha
viehah    viehha    vihahe    vihaeh    vihhae    vihhea    viheah    viheha
vaiheh    vaihhe    vaiehh    vaiehh    vaihhe    vaiheh    vahieh    vahihe
vaheih    vahehi    vahhie    vahhei    vaeihh    vaeihh    vaehih    vaehhi
vaehih    vaehhi    vahihe    vahieh    vahhie    vahhei    vaheih    vahehi
vhiaeh    vhiahe    vhieah    vhieha    vhihae    vhihea    vhaieh    vhaihe
vhaeih    vhaehi    vhahie    vhahei    vheiah    vheiha    vheaih    vheahi
vhehia    vhehai    vhhiae    vhhiea    vhhaie    vhhaei    vheaih    vheaih
veiahh    veiahh    veihah    veihha    veihah    veihha    veaihh    veaihh
veahih    veahhi    veanih    veahhi    veahih    veahha    vehaih    vehahi
vehhia    vehhai    vehiah    vehiha    vehaih    vehahi    vehhia    vehhai
vhiaeh    vhiahe    vhihae    vhihea    vhieah    vhieha    vhaieh    vhaihe
vhahie    vhahei    vhaeih    vhaehi    vhhiae    vhhiea    vhhaie    vhhaei
vhheia    vhheai    vheiah    vheiha    vheaih    vheahi    vhehia    vhehai
eiahvh    eiahhv    eiavhh    eiavhh    eiahhv    eiahvh    eihavh    eihahv
eihvah    eihvha    eihhav    eihhav    eivahh    eivahh    eivhah    eivhha
eivhah    eivhha    eihahv    eihavh    eihhav    eihhva    eihvah    eihvha
eaihvh    eaihhv    eaivhh    eaivhh    eaihhv    eaihvh    eahivh    eahihv
eahvih    eahvhi    eahhiv    eahhiv    eavihh    eavihh    eavhih    eavhhi
eavhih    eavhhi    eahihv    eahihv    eanhiv    eahhiv    eavhih    eavhhi
ehiavh    ehiahv    ehivah    ehivha    ehihav    ehihva    ehaivh    ehaihv
ehavih    ehavhi    ehahiv    ehahvi    ehviah    ehviha    ehvaih    ehvahi
ehvhia    ehvhai    ehhiav    ehhiva    ehhaiv    ehhavi    ehhvia    ehhvai
eviahh    eviahh    evihah    evihha    evihah    evihha    evaihh    evaihh
evahih    evahhi    evahih    evahhi    evhiah    evhiha    evhaih    evhahi
evhhia    evhhai    evhiah    evhiha    evhaih    evhahi    evhhia    evhhai
ehiahv    ehiavh    ehihav    ehihva    ehivah    ehivha    ehaihv    ehaivh
ehahiv    ehahvi    ehavih    ehavhi    ehhiav    ehhiva    ehhaiv    ehhavi
ehhvia    ehhvai    ehviah    ehviha    ehvaih    ehvahi    ehvhia    ehvhai
hiahve    hiahev    hiavhe    hiaveh    hiaehv    hiaevh    hihave    hihaev
hihvae    hihvea    hiheav    hiheva    hivahe    hivaeh    hivhae    hivhea
hiveah    hiveha    hiehav    hiehva    hieavh    hieahv    hievah    hievha
haihve    haihev    haivhe    haiveh    haiehv    haievh    havihe    havieh
hahvie    hahvei    haheiv    hahevi    havine... hahvei    havnie    havhei
haveih    havehi    haeihv    haeivh    haehiv    haehvi    haevih    haevhi
hhiave    hhiaev    hhivae    hhivea    hhieav    hhieva    hhaive    hhaiev
hhavie    hhavei    hhaeiv    hhaevi    hhviae    hhviea    hhvaie    hhvaei
hhveia    hhveai    hheiav    hheiva    hheaiv    hheavi    hhevia    hhevai
hviahe    hviaeh    hvihae    hvihea    hvieah    hvieha    hvaihe    hvaieh
hvahie    hvahei    hvaeih    hvaehi    hvhiae    hvhiea    hvhaie    hvhaei
hvheia    hvheai    hveiah    hveiha    hveaih    hveahi    hvehia    hvehai
heiahv    heiavh    heihav    heihva    heivah    heivha    heaihv    heaivh
heahiv    heahvi    heavih    heavhi    hehiav    hehiva    hehaiv    hehavi
hehvia    hehvai    heviah    heviha    hevaih    hevahi    hevhia    hevhai
Ok
```

Ich zog die Bögen aus dem Drucker, hielt sie hoch und überflog sie, ohne sie abzutrennen, als sähe ich die originale Torah-Rolle durch. Ich probierte den sechsunddreißigsten Namen. Totale Finsternis. Ein letzter Schluck Whisky, dann tippte ich mit zögernden Fingern den hundertzwanzigsten Namen ein. Nichts.

Mir war sterbenselend zumute. Aber ich war nun Jacopo Belbo, und Jacopo Belbo mußte so gedacht haben, wie ich nun dachte. Mir mußte ein Fehler unterlaufen sein, ein idiotischer Fehler, etwas ganz Dummes. Ich war einen Schritt von der Lösung entfernt – vielleicht hatte Belbo aus Gründen, die mir entgingen, von unten nach oben gezählt?

Casaubon, du Trottel, sagte ich mir. Natürlich, von unten nach oben! Oder von rechts nach links. Belbo hatte den Namen Gottes in lateinischer Schrift eingegeben, mit Vokalen, klar, aber weil das Wort ein hebräisches war, hatte er es von rechts nach links geschrieben. Sein Input war nicht IAHVEH gewesen, sondern – wie hatte ich das übersehen können? – HEVHAI. Und natürlich hatte sich dadurch die Ordnung der Permutationen verkehrt.

Also mußte ich von rechts unten an zählen. Ich probierte erneut beide Namen. Wieder nichts.

Es war alles falsch gewesen. Ich hatte mich in eine elegante, aber falsche Hypothese verbissen. Passiert den größten Wissenschaftlern.

Nein, nicht nur den größten. Allen. Hatten wir nicht gerade erst vorigen Monat bemerkt, daß in letzter Zeit mindestens drei Romane erschienen waren, deren Protagonisten den Namen Gottes mit dem Computer suchten? Und schließlich, wer ein Paßwort wählt, nimmt etwas, das er sich leicht merken kann, das ihm quasi spontan in die Finger kommt. Man stelle sich vor: IHVHEA! Er hätte das Notarikon mit der Temurah kombinieren müssen, er hätte, um sich das Wort zu merken, ein Akrostichon erfinden müssen, so etwas wie, was weiß ich – Imelda, Ha, Verruchte, Hast Eginhard Angezeigt!

Und dann, wieso eigentlich sollte Belbo in Diotallevis kabbalistischen Termini denken? Er war besessen vom Großen Plan, und in den Großen Plan hatten wir massenhaft andere Dinge mit reingemixt, die Rosenkreuzer, die Synarchie, die Homunculi, das Pendel, den Turm, die Druiden, die Ennoia...

Die Ennoia... Unwillkürlich fiel mir Lorenza Pellegrini ein. Ich streckte die Hand aus und drehte das Foto um, das ich aus meinem Blickfeld verbannt hatte. Ein unangenehmer Gedanke regte sich in mir, den ich zu verdrängen suchte, die Erinnerung an jenen Abend damals in Piemont... Ich zog das Foto heran und las die Widmung: »Denn ich bin die Erste und die Letzte. Ich bin die Geehrte und die Gehaßte. Ich bin die Heilige und die Hure. Sophia.«

Mußte nach dem Fest bei Riccardo gewesen sein. Sophia, sechs Buchstaben. Ja, und wieso eigentlich mußten sie erst anagrammatisch umgestellt werden? Ich war es, der verdreht dachte. Belbo liebte Lorenza, er liebte sie, weil sie war, wie sie war, und sie war Sophia – und zu denken, daß sie in diesem Moment, wer weiß... Nein, andersrum, Belbo dachte verdreht. Mir kamen die Worte Diotallevis in den Sinn: »In der zweiten Sefirah verwandelt sich das dunkle Aleph in das leuchtende Aleph. Aus dem Finstern Punkt entspringen die Lettern der Torah, der Leib sind die Konsonanten, der Hauch die Vokale, und zusammen begleiten sie den Gesang des Frommen. Wenn die Melodie der Zeichen sich bewegt, bewegen sich mit ihr die Konsonanten und die Vokale. Daraus entsteht Chochmah, die Weisheit, das Wissen, die Uridee, in welcher alles enthalten ist wie in einem Schrein, bereit, sich zu entfalten in der Schöpfung. In Chochmah ist enthalten das Wesen all dessen, was folgen wird...«

Und was bitte war Abulafia mit seiner geheimen Reserve an *files*? Der Schrein all dessen, was Belbo wußte oder zu wissen glaubte, seine Sophia! Jawohl, er wählt sich einen geheimen Namen, um in die Tiefen Abulafias einzudringen, in das Objekt, mit dem er Liebe macht (das einzige), doch während er mit ihm Liebe macht, denkt er zugleich an Lorenza, er sucht nach einem Wort, das Abulafia überzeugt, aber das zugleich ihm selbst als Talisman dient, auch um Lorenza zu haben, er will ins Innerste von Lorenza eindringen und begreifen, so wie er ins Innerste von Abulafia eindringen kann, er will, daß Abulafia undurchdringlich für alle anderen sei, so wie Lorenza undurchdringlich für ihn ist, er macht sich vor, das Geheimnis Lorenzas zu hüten, es zu erkennen und zu erobern, so wie er das Geheimnis Abulafias besitzt...

Ich war dabei, mir eine Erklärung zurechtzulegen, und

machte mir vor, daß sie wahr sei. Wie bei dem Großen Plan: ich nahm meine Wünsche für Wirklichkeit.

Aber da ich betrunken war, beugte ich mich über die Tastatur und tippte SOPHIA. Und die Maschine, ungerührt, fragte nur wieder höflich: »Hast du das Paßwort?« Blöde Maschine, nicht mal der Gedanke an Lorenza bringt dich in Wallung.

6

Judá León se dio a permutaciones
De letras y a complejas variaciones
Y al fin pronunció el Nombre que es la Clave,
La Puerta, el Eco, el Huésped y el Palacio...

J. L. Borges, *El Golem*

Schließlich, in einem Wutanfall, als Abulafia zum x-ten Mal
seine sture Frage stellte (»Hast du das Paßwort?«), hackte ich:
»Nein.«

Der Bildschirm begann sich mit Zeichen zu füllen, mit Linien, Kolonnen, mit einer Flut von Worten.

Ich hatte Abulafias Geheimnis geknackt.

Meine Freude über den Sieg war so groß, daß ich mich gar
nicht fragte, warum Belbo ausgerechnet dieses Wort gewählt
hatte. Heute weiß ich es, und ich weiß auch, daß er in einem
Moment der Klarheit begriffen hatte, was ich jetzt begreife.
Aber am Donnerstag dachte ich nur an meinen Sieg.

Ich begann zu tanzen, laut in die Hände zu klatschen und
einen Gassenhauer zu trällern. Dann hielt ich inne und ging
ins Bad, um mir das Gesicht zu waschen. Ich kam zurück und
ließ Abulafia als erstes die letzte Datei ausdrucken, diejenige,
die Belbo direkt vor seiner Flucht nach Paris geschrieben
hatte. Während der Drucker gleichmütig ratterte, verzehrte
ich heißhungrig meine Sandwiches und trank noch ein Glas.

Als der Drucker stehenblieb, las ich und war erschüttert –
und mir war noch immer nicht klar, ob ich außergewöhnliche Enthüllungen oder das Zeugnis eines Wahns vor mir
hatte. Was wußte ich letztlich von Jacopo Belbo? Was hatte
ich von ihm verstanden in jenen zwei Jahren, als wir fast
täglich zusammengewesen waren? Wieviel Vertrauen durfte
ich den privaten Aufzeichnungen eines Mannes schenken,
der nach eigenem Geständnis in außergewöhnlichen Umständen schrieb, benebelt vom Alkohol, vom Tabak und von
seinen Angstvorstellungen, drei volle Tage lang abgeschnit-
ten von jedem Kontakt mit der Welt?

Es war unterdessen Nacht geworden, die Nacht des 21. Juni.
Mir tränten die Augen. Seit dem Vormittag hatte ich auf den

Bildschirm gestarrt und auf das punktierte Zeichengewimmel, das aus dem Drucker kam. Ob es nun wahr oder falsch war, was ich da gelesen hatte, Belbo hatte gesagt, daß er am nächsten Morgen anrufen wollte. Ich mußte in der Wohnung bleiben und warten. Mir schwirrte der Kopf.

Ich wankte ins Schlafzimmer und fiel angezogen auf das noch ungemachte Bett.

Am Freitagmorgen erwachte ich gegen acht aus einem tiefen, bleiernen Schlaf und wußte zuerst gar nicht, wo ich war. Zum Glück fand ich eine Dose mit einem Restchen Kaffee und machte mir ein paar Tassen. Das Telefon schwieg, ich wagte nicht hinunterzugehen, um mir etwas zu kaufen, aus Furcht, Belbo könnte genau in dem Moment anrufen.

Ich setzte mich wieder an den Computer und ließ ihn die anderen Disketten ausdrucken, in chronologischer Reihenfolge. Ich fand Spiele, Übungstexte, Berichte über Ereignisse, die ich kannte, die mir aber jetzt, durch Belbos Brille gesehen, in einem anderen Licht erschienen. Ich fand tagebuchähnliche Aufzeichnungen, Geständnisse, Ansätze zu erzählenden Texten, geschrieben mit dem bitteren Eigensinn dessen, der weiß, daß sie von vornherein zur Erfolglosigkeit verdammt sind. Ich fand Notizen, Porträts von Personen, an die ich mich erinnerte, die aber hier eine andere Physiognomie annahmen – düsterer, würde ich sagen, oder war nur mein Blick verdüstert, meine Art und Weise, kleine Nebenbemerkungen zu einem schrecklichen Mosaik zusammenzusetzen?

Vor allem fand ich jedoch eine ganze Datei, die nur Zitate enthielt. Exzerpte aus Belbos jüngster Lektüre, ich erkannte sie auf den ersten Blick, wir hatten in den letzten Monaten so viele ähnliche Texte gelesen... Sie waren durchnumeriert: hundertzwanzig. Die Zahl war kein Zufall, und wenn doch, war die Koinzidenz beunruhigend. Aber wieso hatte Belbo gerade diese Zitate gewählt?

Heute kann ich seine Texte – und die ganze Geschichte, die sie mir ins Gedächtnis rufen – nur im Licht jener einen Datei wiederlesen. Ich drehe und wende die Zitate wie Kügelchen eines häretischen Rosenkranzes, und manchmal ist mir, als hätten einige davon für Belbo ein Warnzeichen sein können, eine rettende Spur.

Oder bin ich es, der nicht mehr zwischen dem guten Rat und der Sinnesverwirrung unterscheiden kann? Ich versuche mich zu überzeugen, daß meine erneute Lektüre die richtige ist, aber erst heute morgen sagte jemand zu mir – und nicht zu Belbo –, ich sei verrückt.

Der Mond steigt langsam am Horizont herauf, drüben hinter dem Bricco. Das große Haus ist erfüllt von seltsamem Knacken und Knistern – vielleicht Holzwürmer, Mäuse, oder das Gespenst von Adelino Canepa... Ich wage nicht, durch den Flur zu gehen, ich sitze im Arbeitszimmer von Onkel Carlo und schaue zum Fenster hinaus. Hin und wieder gehe ich auf die Terrasse, um zu sehen, ob jemand den Hügel heraufkommt. Mir ist, als wäre ich in einem Film, wie pathetisch: »Sie kommen...«

Dabei ist der Hügel so still in dieser Frühsommernacht.

Um wieviel abenteuerlicher, ungewisser, verrückter war die Rekonstruktion, die ich, um mir die Zeit zu vertreiben und wachzubleiben, vorgestern abend zwischen fünf und zehn im Periskop versuchte, stehend, während ich, um mein Blut zirkulieren zu lassen, langsam die Beine bewegte, als folgte ich einem afro-brasilianischen Rhythmus.

Zurückdenken an die letzten Jahre und sich dabei dem betörenden Trommeln der *Atabaques* überlassen... Vielleicht um die Offenbarung zu erhalten, daß unsere Phantasien, die als mechanisches Ballett begonnen hatten, sich nun in jenem Tempel der Mechanik in Ritus verwandeln würden, in Possession, Erscheinung und Herrschaft des Exu?

Vorgestern abend im Periskop hatte ich noch keinen Beweis für die Wahrheit dessen, was mir der Drucker enthüllt hatte. Ich konnte mich noch in den Zweifel retten. Um Mitternacht würde ich vielleicht herausfinden, daß ich nach Paris gekommen war und mich wie ein Dieb in einem harmlosen Technikmuseum versteckt hatte, bloß weil ich ahnungslos in eine für Touristen organisierte Macumba geraten war und mich hatte einlullen lassen vom hypnotisierenden Nebel der *Perfumadores* und vom Rhythmus der *Pontos*...

Um das Mosaik zusammenzusetzen, hatte es mein Gedächtnis abwechselnd mit der Ernüchterung, dem Mitleid und dem Argwohn probiert, und jenes geistige Klima, jenes Schwanken zwischen onirischer Illusion und Vorahnung einer Falle wünschte ich mir auch jetzt, während ich mit viel klarerem Kopf über all das nachdenke, was ich vorgestern abend gedacht hatte, als ich mir klarzumachen versuchte, was ich da hastig am Vortag gelesen hatte, nachts in Belbos Wohnung und noch am selben Morgen am Flughafen und auf dem Flug nach Paris.

Wie unverantwortlich waren wir gewesen, Belbo, Diotallevi und ich, als wir daran gingen, die Welt neuzuschreiben oder – wie Diotallevi gesagt hätte – diejenigen Teile des Heiligen Buches aufzudecken, die mit weißem Feuer eingraviert waren zwischen den Zeilen der schwarzen Lettern, die gleich schwarzen Insekten die Torah bevölkerten und zu verdeutlichen schienen!

Nun bin ich, hier endlich – so hoffe ich – zur heiteren Ruhe und zum Amor Fati gelangt, bereit zur Reproduktion der Geschichte, die ich vor zwei Tagen voller Unruhe – und in der Hoffnung, daß sie falsch sei – im Periskop rekonstruierte, nachdem ich sie weitere zwei Tage vorher in Belbos Wohnung gelesen und sie, zum Teil unbewußt, in den letzten zwölf Jahren erlebt hatte, zwischen dem Whisky bei Pilade und dem Staub im Verlag Garamond.

3
BINAH

7

Erwartet euch nicht zuviel vom Weltuntergang.

Stanisław Jerzy Lec, *Aforyzmy. Fraszki*, Kraków, Wydaw-
nictwo Literackie, 1977 (»Unfrisierte Gedanken«)

Zwei Jahre nach Achtundsechzig das Studium zu beginnen
ist ungefähr so, wie 1793 in die Akademie von Saint-Cyr
aufgenommen zu werden. Man kommt sich vor wie im
falschen Jahr geboren. Andererseits überzeugte mich später
Jacopo Belbo, der mindestens fünfzehn Jahre älter als ich
war, daß jede Generation diesen Eindruck hat. Man wird
immer unter dem falschen Zeichen geboren, und mit Würde
auf der Welt sein heißt Tag für Tag sein Horoskop korrigieren.

Ich glaube, wir werden das, was unsere Väter uns in den
toten Zeiten gelehrt haben, während sie nicht daran dachten,
uns zu erziehen. Man formt sich an Abfällen der Weisheit. Als
ich zwölf Jahre alt war, wollte ich, daß meine Eltern mir ein
bestimmtes Wochenblatt abonnierten, das die Meisterwerke
der Literatur in Comic-Form präsentierte. Nicht aus Knaus-
rigkeit, eher aus Argwohn gegenüber Comic strips versuchte
mein Vater, sich zu drücken. »Das Ziel dieser Zeitschrift ist«,
erklärte ich daraufhin feierlich, den Werbespruch der Serie
zitierend, denn ich war ein pfiffiger und eloquenter Knabe,
»auf unterhaltsame Weise zu erziehen.« Mein Vater erwiderte,
ohne die Augen von seiner Zeitung zu heben: »Das Ziel
deiner Zeitung ist das Ziel aller Zeitungen, nämlich so viele
Exemplare wie möglich zu verkaufen.«

An jenem Tag begann ich, ungläubig zu werden.

Will sagen, es reute mich, gläubig gewesen zu sein. Ich
hatte mich von einer Passion des Geistes verführen lassen.
Das ist Gläubigkeit.

Nicht daß der Ungläubige an nichts glauben dürfte. Er
glaubt nur nicht an alles. Er glaubt jeweils an eine Sache und
an eine zweite nur, wenn sie sich irgendwie aus der ersten
ergibt. Er geht kurzsichtig vor, methodisch, ohne Horizonte
zu riskieren. Von zwei Sachen, die nicht zusammenpassen,
alle beide zu glauben, mit der Idee im Kopf, es gebe irgendwo noch eine dritte, die sie vereine – das ist Gläubigkeit.

Ungläubigkeit schließt nicht Neugier aus, sie ermuntert

sie. Mißtrauisch gegenüber Ideenketten, liebte ich von den Ideen die Polyphonie. Es genügt, nicht daran zu glauben, und zwei Ideen – die beide falsch sind – können zusammen ein gutes Intervall erzeugen oder einen *diabolus in musica*. Ich respektierte nicht die Ideen, auf die andere ihr Leben verwetteten, aber zwei oder drei Ideen, die ich nicht respektierte, konnten eine Melodie ergeben. Oder einen Rhythmus, am besten im Jazz.

Später sollte mir Lia sagen: »Du lebst von Oberflächen. Wenn du tief scheinst, dann weil du viele davon verklammerst und so den Anschein eines Festkörpers erzeugst – eines Festkörpers, der, wenn er fest wäre, nicht stehen könnte.«

»Willst du damit sagen, ich wäre oberflächlich?«

»Nein«, hatte sie geantwortet. »Was die anderen Tiefe nennen, ist nur ein Tesserakt, ein vierdimensionaler Kubus. Du trittst auf der einen Seite hinein, auf der andern hinaus, und befindest dich in einer Welt, die nicht mit deiner Welt koexistieren kann.«

(Lia, ich weiß nicht, ob ich dich je wiedersehen werde, jetzt, da *sie* auf der falschen Seite eingetreten sind und deine Welt überfallen haben, und das durch meine Schuld: ich habe sie glauben lassen, daß da Abgründe wären, wie sie es in ihrer Schwäche wollten.)

Was dachte ich wirklich vor fünfzehn Jahren? Im Bewußtsein meiner Ungläubigkeit fühlte ich mich schuldig unter so vielen Gläubigen. Da ich fühlte, daß sie im Recht waren, beschloß ich zu glauben, so wie man ein Aspirin nimmt. Es tut nicht weh, und man fühlt sich besser.

Ich fand mich mitten in der Revolution, oder jedenfalls in der verblüffendsten Simulation der Revolution, die es je gegeben hat, und suchte nach einem ehrenhaften Glauben. Ich fand es ehrenhaft, an den Versammlungen und Demonstrationen teilzunehmen, ich schrie im Chor mit den andern: »Faschisten, Bürgerschweine, bald machen wir euch Beine!«, ich warf keine Steine und schleuderte keine Stahlkugeln, weil ich immer Angst hatte, daß die andern mit mir machen würden, was ich mit ihnen machte, aber ich empfand eine Art von moralischem Hochgefühl, wenn ich durch die Gassen der Innenstadt vor der Polizei davonlief. Ich kam nach Hause mit dem Gefühl, eine Pflicht getan zu haben. In den Versammlungen konnte ich mich nicht für die Ideologiedebatten erwärmen, die zwischen den verschiedenen Gruppen geführt wurden – ich hatte immer den Verdacht, daß es genügen würde, das richtige Zitat zu finden, um aus der einen in die andere Gruppe zu wechseln. Ich amüsierte mich mit der Suche nach dem richtigen Zitat. Ich modulierte.

Da es mir bei Demonstrationen hin und wieder passiert war, daß ich mich hinter dem einen oder anderen Spruchband einreihte, um einem Mädchen zu folgen, das meine Phantasie erregte, zog ich daraus den Schluß, daß für viele meiner Genossen die politische Aktivität eine sexuelle Erfahrung war – und Sex war eine Passion. Ich wollte bloß neugierig sein. Gewiß, bei meinen Studien über die Templer und die diversen Greuel, die man ihnen zugeschrieben hat, bin ich auf die These des Karpokrates gestoßen, nach der man, um sich von der Tyrannei der Engel, der Herren des Kosmos, zu befreien, jede Schandtat begehen und die Verpflichtungen abschütteln müsse, die mit dem Universum und mit dem eigenen Körper ausgehandelt worden sind, denn nur wenn man alle Taten begehe, könne die Seele sich freimachen von ihren Leidenschaften, um zur ursprünglichen Reinheit zurückzugelangen. Während wir den Großen Plan erfanden, entdeckte ich, daß viele Mysteriensüchtige in ihrem Streben nach Erleuchtung diesen Weg gehen. Doch Aleister Crowley, der als der perverseste Mensch aller Zeiten definiert worden ist und der folglich alles, was er nur irgend konnte, mit Verehrern beider Geschlechter getan haben muß, hatte nach Auskunft seiner Biographen nur extrem häßliche Frauen (ich vermute, daß auch die Männer, nach dem, was sie schrieben, nicht besser waren), und mir bleibt der Verdacht, daß er's nie richtig getrieben hat.

Es muß wohl an einem Zusammenhang zwischen Machtdurst und *impotentia coeundi* liegen. Marx war mir sympathisch, weil ich sicher war, daß er's mit seiner Jenny fröhlich getrieben hat. Man spürt es am ruhigen Atem seiner Prosa und an seinem Humor. Aber einmal, in den Fluren der Universität, sagte ich, wenn man immer mit der Krupskaja ins Bett geht, schreibt man am Ende ein so scheußliches Buch wie *Materialismus und Empiriokritizismus*. Sie schlugen mich fast zusammen und beschimpften mich als Faschisten. Am lautesten schrie ein großer Typ mit Tatarenschnauzer. Ich erinnere mich noch genau an ihn, heute ist er glattrasiert und gehört zu einer Kommune, in der sie Körbe flechten.

Ich evoziere das Klima von damals hier nur, um zu rekonstruieren, in welcher Geistesverfassung ich zu Garamond kam und mit Jacopo Belbo sympathisierte. Es war die Stimmung dessen, der sich die großen Diskurse über die Wahrheit vornimmt, um an ihnen zu lernen, wie man Fahnen korrigiert. Ich dachte, das Grundproblem bei einem Zitat wie »Ich bin, der ich bin« sei zu entscheiden, wohin der Schlußpunkt gehört, ob vor das Abführungszeichen oder danach.

Deshalb war meine politische Wahl die Philologie. Die Universität Mailand war in jenen Jahren beispielhaft. Während man im ganzen übrigen Land die Hörsäle stürmte, die Professoren attackierte und von ihnen verlangte, nur noch über proletarische Wissenschaft zu sprechen, galt bei uns, von ein paar Zwischenfällen abgesehen, eine Art konstitutioneller Pakt oder territorialer Kompromiß. Die Revolution beherrschte die äußere Zone, das Auditorium Maximum und die großen Flure im Erdgeschoß, während die offizielle Kultur sich auf die inneren Gänge und die oberen Stockwerke zurückgezogen hatte, um dort, geschützt und garantiert, weiterzumachen, als ob nichts geschehen wäre.

So konnte ich die Vormittage unten mit Diskussionen über proletarische Wissenschaft und die Nachmittage oben mit dem Erwerb eines aristokratischen Wissens verbringen. Ich lebte zufrieden in diesen beiden Paralleluniversen und fühlte mich keineswegs gespalten. Auch ich glaubte damals, daß eine Gesellschaft der Gleichen vor der Tür stehe, aber ich sagte mir, daß in dieser neuen Gesellschaft bestimmte Dinge gut (und besser als vorher) funktionieren müßten, zum Beispiel die Züge, und die Sansculotten, die mich umgaben, lernten durchaus nicht, die Kohlen im Kessel zu dosieren, die Weichen zu stellen oder Fahrpläne auszutüfteln. Irgendwer mußte sich schließlich auch für die Züge bereithalten.

Nicht ohne ein paar Gewissensbisse fühlte ich mich wie ein Stalin, der unter seinem Schnauzbart grinst und denkt: »Macht nur, macht nur, ihr armseligen Bolschewiken, ich studiere derweilen am Seminar in Tiflis, und dann stelle *ich* den Fünfjahresplan auf.«

Vielleicht gerade, weil ich vormittags im Enthusiasmus lebte, identifizierte ich dann am Nachmittag das Wissen mit Skepsis. Ich wollte etwas studieren, was mir erlauben würde, nur das zu sagen, was sich anhand von Dokumenten belegen ließ, um es von dem zu unterscheiden, was Sache des Glaubens blieb.

Fast zufällig geriet ich in ein Seminar über mittelalterliche Geschichte, schrieb mich ein und wählte eine Dissertation über den Templerprozeß. Die Geschichte der Tempelritter hatte mich fasziniert, seit ich einen Blick in die ersten Dokumente geworfen hatte. In jenen Jahren, als wir gegen die Staatsmacht kämpften, empörte mich die Geschichte jenes Prozesses (den als Indizienprozeß zu bezeichnen eine Verharmlosung ist), in dem die Templer zum Scheiterhaufen verurteilt wurden. Aber bald entdeckte ich, daß von dem Moment an, da sie verbrannt worden waren, eine Schar von Mysterienjägern anfing, überall nach ihnen zu suchen und zu behaupten, sie existierten noch weiter, ohne je einen Beweis vorzulegen. Dieser visionäre Exzeß beleidigte meine Ungläubigkeit, und so beschloß ich, keine Zeit mit diesen Mysterienjägern zu verlieren, sondern mich allein an die zeitgenössischen Quellen zu halten. Die Templer waren ein monastischer Ritterorden, der existierte, solange er von der Kirche anerkannt wurde. Wenn die Kirche den Orden aufgelöst hatte, und das hatte sie vor siebenhundert Jahren getan, dann konnten die Templer nicht mehr existieren, und wenn sie noch existierten, dann waren sie keine Templer. So kam es, daß ich zwar mindestens hundert Bücher verzettelt hatte, aber am Ende bloß etwa dreißig las.

Mit Jacopo Belbo kam ich genau wegen der Templer in Kontakt, bei Pilade, als ich meine Dissertation fast fertig hatte, so gegen Ende 1972.

8

Aus dem Licht und von den Göttern gekommen,
bin ich nun im Exil, von ihnen getrennt.

Manichäisches Fragment aus Turfan, M7

Pilades Bar war in jenen Jahren der Freihafen, die galaktische
Taverne, in der die Aliens von Ophiuchus, die den Planeten
Erde belagerten, sich zwanglos mit den Männern des Impe-
riums trafen, die auf den Van-Allen-Gürteln patrouillierten.
Es war eine Bar am Rande der Mailänder Altstadt, mit
Zinktresen und Billard, wohin morgens die Straßenbahner
und die Handwerker aus der Gegend kamen, um sich einen
kleinen Weißen zu gönnen. Achtundsechzig und in den folgenden Jahren war Pilade dann so etwas wie Rick's Bar
geworden, wo man den Aktivisten der Studentenbewegung
beim Kartenspiel sehen konnte, am selben Tisch mit dem
Journalisten der bourgeoisen Zeitung, der sich nach Redak-
tionsschluß einen genehmigte, während die ersten Lastwagen schon unterwegs waren, um die Lügen des Systems zu
verbreiten. Doch bei Pilade fühlte sich auch der Journalist als
ein ausgebeuteter Proletarier, ein Produzent von Mehrwert,
in Ketten gelegt, um Ideologie zu fabrizieren, und die Studenten erteilten ihm Absolution.

Zwischen elf Uhr abends und zwei Uhr nachts kamen dann
der Verlagslektor, der Architekt, der Skandalreporter mit
Ambitionen auf die Kulturseite, die Maler der Brera-Akade-
mie, ein paar mittelprächtige Schriftsteller und Studenten
wie ich.

Ein Mindestmaß an alkoholischem Exzeß war die Regel,
und der alte Pilade hatte, während er seinen Weißwein für die
Straßenbahner und die eher aristokratischen Kunden beibe-
hielt, das Sprudelwasser und den Ramazzotti-Bitter mit
DOC-Schaumweinen für die demokratischen Intellektuellen
und Johnny Walker für die Revolutionäre ersetzt. Ich könnte
die politische Geschichte jener Jahre schreiben, indem ich die
Tempi und Modi beschriebe, in denen man Schritt für Schritt
vom Red Label zum zwölfjährigen Ballantine und schließlich
zum Malt überging.

An dem alten Billardtisch forderten Maler und Straßenbahner einander noch zu Partien heraus, aber bei der An-

kunft der neuen Kundschaft hatte Pilade nun auch einen Flipper aufgestellt.

Bei mir blieb eine Kugel nur immer ganz kurz im Spiel, und anfangs glaubte ich, es läge an meiner Unaufmerksamkeit oder geringen manuellen Geschicklichkeit. Woran es wirklich lag, begriff ich erst Jahre später, als ich Lorenza Pellegrini flippern sah. Sie war mir zunächst gar nicht aufgefallen, doch eines Abends faßte ich sie ins Auge, als ich Belbos Blick folgte.

Belbo hatte eine Art, in der Bar zu sein, als wäre er bloß auf Durchreise (dabei bewohnte er sie seit mindestens zehn Jahren). Er griff oft in Gespräche ein, am Tresen oder an einem der Tische, aber fast immer mit einer knappen Bemerkung, die jeden Enthusiasmus ersterben ließ, egal wovon gerade die Rede war. Dasselbe gelang ihm auch mit einer anderen Technik, nämlich durch Fragen. Jemand erzählte etwas, erzählte so lebhaft, daß alle wie gebannt zuhörten, und Belbo betrachtete ihn mit seinen blaugrünen, immer ein wenig zerstreut blickenden Augen, hielt das Glas in Hüfthöhe, als hätte er längst zu trinken vergessen, und fragte dann: »Und so ist es wirklich gewesen?« Oder: »Und das haben Sie im Ernst gesagt?« Ich weiß nicht, was dabei geschah, aber an dem Punkt begann jeder an der Erzählung zu zweifeln, auch der Erzähler. Es mußte der piemontesische Tonfall sein, der Belbos Affirmationen zu Fragen machte und seinen Fragen zu Spott. Piemontesisch an Belbo war auch seine Art zu sprechen, ohne dem Gegenüber zu tief in die Augen zu sehen, aber nicht wie einer, der mit dem Blick ausweicht. Belbos Blick entzog sich nicht dem Dialog. Er bewegte sich einfach, fixierte plötzlich Schnittpunkte von Parallelen, auf die man nicht geachtet hatte, irgendwo an einem unbestimmten Punkt im Raum, und gab einem so das Gefühl, als hätte man bis zu diesem Augenblick blöde den einzigen irrelevanten Punkt angestarrt.

Aber es war nicht nur der Blick. Belbo konnte einen mit einer einzigen Geste, mit einer bloßen Interjektion aus den Angeln heben. Angenommen, du hattest dich zum Beispiel abgemüht zu beweisen, daß Kant tatsächlich die kopernikanische Wende in der modernen Philosophie vollzogen hat, und warst bereit, dein Leben darauf zu verwetten. Belbo, vor dir sitzend, konnte plötzlich seine Hände betrachten oder sein Knie fixieren, oder die Lider halb schließen und ein etruskisches Lächeln andeuten, oder ein paar Sekunden mit offenem Munde dahocken, die Augen zur Decke erhoben, und dann leicht stammelnd sagen: »Ach ja, dieser Kant...« Oder, wenn jemand sich engagiert zu einem Attentat auf das ganze System des transzendentalen Idealismus aufschwang: »Jaaa... und Sie werden dann wirklich all das Durcheinander gewollt haben...?« Wonach er dich auffordernd ansah, als hättest du und nicht er den Zauber gebrochen, und dich ermunterte: »Aber reden Sie weiter, reden Sie doch weiter. Da ist sicher was dran... da ist was... der Mann hatte Geist.«

Manchmal, wenn er sich wirklich sehr ärgerte, reagierte er grob. Da aber das einzige, was ihn auf die Palme brachte, die Grobheit anderer war, blieb seine eigene Grobheit ganz innerlich und regional. Er preßte die Lippen zusammen, drehte die Augen kurz zum Himmel, senkte dann rasch den Blick und den Kopf, von links oben nach unten, und sagte halblaut: »*Ma gavte la nata.*« Es war ein piemontesischer Ausdruck, den er bisweilen erklärte, wenn jemand ihn nicht verstand: »*Ma gavte la nata*, wörtlich: zieh dir mal den Pfropfen raus. Das sagt man, wenn einer sich aufbläht. Die Idee ist, daß er in diese abnorme Lage geraten ist, weil er einen Pfropfen im Hintern hat. Sobald er ihn rauszieht, pffffiisch, schrumpft er wieder zu normaler Menschengröße zusammen.«

Mit solchen Interventionen konnte er einem ganz unversehens die Vanitas allen Seins enthüllen, und ich war davon fasziniert. Aber ich zog daraus eine falsche Lehre, denn ich nahm sie als Modell der höchsten Verachtung für die Banalität der Wahrheit anderer.

Erst jetzt, nachdem ich mit den Geheimnissen Abulafias auch die Seele Belbos aufgedeckt habe, weiß ich, daß jene Haltung, die ich für illusionslose Nüchternheit hielt und mir zum Lebensprinzip erhob, für ihn eine Form der Melancholie war. Sein respektloser intellektueller Libertinismus verbarg ein verzweifeltes Streben nach Absolutheit. Es war schwer, das auf den ersten Blick zu erkennen, denn Belbo kompensierte die Momente der Flucht, des Zögerns, der Distanzierung mit Momenten entspannter Geselligkeit, in denen er sich damit amüsierte, in fröhlichem Unglauben alternative

Absolutheiten zu produzieren. So etwa, wenn er mit Diotallevi Handbücher des Unmöglichen konzipierte, verkehrte Welten, bibliographische Teratologien. Und wenn man ihn dann so enthusiastisch und eloquent beim Bau seiner Sorbonne à la Rabelais sah, konnte man nicht ahnen, wie tief er unter seinem Exil aus der theologischen Fakultät, der wirklichen, litt.

Erst jetzt ist mir klar: Ich hatte jene Adresse einfach weggeworfen, er hatte sie verloren und konnte den Verlust nie verschmerzen.

In Abulafias Dateien habe ich viele Seiten eines Pseudo-Tagebuches gefunden, das Belbo dem Schweigen der Disketten anvertraut hatte, in der Gewißheit, damit seine so oft proklamierte Berufung zum schlichten Betrachter der Welt nicht zu verraten. Einige tragen ein weit zurückliegendes Datum, offenbar alte Aufzeichnungen, die er in den Computer übertragen hatte, sei's aus Nostalgie oder in der Absicht, sie irgendwie zu redigieren. Andere sind aus den letzten Jahren, seit er Abulafia hatte. Er schrieb aus Freude am mechanischen Spiel, oder um einsam über seine Irrtümer zu reflektieren, er machte sich vor, damit nichts zu »kreieren«, denn Kreation, auch wenn sie Irrtümer produziert, geschieht immer aus Liebe zu jemand anderem. Doch allmählich ging Belbo, ohne es zu merken, zur anderen Hemisphäre über. Er kreierte – und hätte er es bloß nie getan: Sein Enthusiasmus für den Großen Plan entsprang genau diesem Bedürfnis, ein BUCH zu schreiben, mochte es auch nur aus einsamen, exklusiven, wilden und absichtlich gemachten Fehlern bestehen. Solange du bloß dir selbst in deiner Leere begegnest, kannst du noch denken, du hättest Kontakt mit dem Einen, aber kaum knetest du an der Materie herum, und sei's an der elektronischen, bist du schon ein Demiurg geworden, und wer sich vornimmt, eine Welt zu erschaffen, hat sich schon mit dem Irrtum und mit dem Bösen kompromittiert.

So ist's: toutes les femmes que j'ai rencontrées se dressent aux horizons – avec les gestes piteux et les regards tristes des sémaphores sous la pluie…

Schau hoch, Belbo. Erste Liebe, Maria Santissima. Mama, wie sie mich singend im Schoße wiegt, als ich schon längst kein Wiegenlied mehr brauchte, aber ich wollte, daß sie sang, denn ich liebte ihre Stimme und den Lavendelgeruch ihrer Brust: »O Königin des Empyreums, reinste und schönste – gegrüßet seist du, Tochter, Braut, Magd – gegrüßet seist du, Erlösermutter.«

Natürlich, die erste Frau in meinem Leben war nicht meine – wie übrigens per definitionem auch keines anderen Frau. Hab mich sofort in die einzige Frau verliebt, die alles ohne mich schafft.

Dann Marilena (Marylena? Mary Lena?). Lyrisch die Dämmerung zu beschreiben, das goldene Haar, die große hellblaue Schleife, ich aufrecht, die Nase hochgereckt vor der Bank, sie balancierend auf der Rückenlehne, die Arme ausgebreitet, um ihre Schwankungen auszugleichen (graziöse Extrasystolen), der Rock flatternd um ihre rosa Schenkel. Hoch oben, unerreichbar.

Skizze: am selben Abend die Mama, wie sie den rosa Popo meiner Schwester pudert und ich sie frage, wann der Kleinen das Pimmelchen wächst, und die Mama enthüllt mir, daß die kleinen Mädchen keins kriegen, sondern so bleiben. Auf einmal sehe ich Mary Lena wieder, und das Weiß ihrer Höschen, das hervorblitzt unter dem flatternden blauen Rock, und ich begreife, daß sie blond und erhaben ist, unerreichbar, da anders. Keine Beziehung möglich, sie gehört zu einer anderen Rasse.

Dritte Frau gleich verloren im Abgrund, in den sie versank. Soeben im Schlaf gestorben, blasse Ophelia zwischen den Blumen ihrer jungfräulichen Bahre, während der Priester das Totengebet rezitiert, da reckt sie sich plötzlich hoch aus dem Sarg, faltig und weiß, den Finger rächend erhoben, die Stimme hohl: »Pater, beten Sie nicht für mich. Heut nacht vor dem Einschlafen hatte ich einen unreinen Gedanken, den einzigen in meinem Leben, und nun bin ich verdammt.« Das Büchlein der Ersten Kommunion wiederfinden. War da ein Bild, oder habe ich mir alles ausgedacht? Sicherlich war sie gestorben, während sie an mich dachte, der unreine Gedanke war ich, ich, der ich Mary Lena begehrte, die Unberührbare, da von anderer Art und Bestimmung. Ich bin schuld an ihrer Verdammnis, ich bin schuld an der Verdammnis aller, die sich verdammen, geschieht mir ganz recht, daß ich die drei Frauen nicht gehabt habe: Es ist die Strafe dafür, sie begehrt zu haben.

Die erste verlor ich ans Paradies, die zweite ans Fegefeuer, wo sie den Penis beneidet, den sie nie haben wird, die dritte an die Hölle. Theologisch perfekt. Schon geschrieben.

Aber da ist noch die Geschichte von Cecilia, und Cecilia war auf der Erde. Ich dachte an sie vor dem Einschlafen, ich stieg den Hügel hinauf, um die Milch beim Bauern zu holen, und während die Partisanen vom gegenüberliegenden Hügel auf die Wachtposten schossen, sah ich mich ihr zu Hilfe eilen, um sie zu retten vor einer Schar schwarzer Schergen, die sie mit hochgehaltenen Maschinenpistolen verfolgten... Blonder als Mary Lena, beunruhigender als das Mädchen im Sarg, reiner und holder als die Jungfrau. Cecilia, lebendig und erreichbar, ein Nichts genügte, und ich hätte sie sogar ansprechen können, ich war mir sicher, daß sie einen von meinem Schlag lieben könnte, liebte sie doch schon einen, der hieß Papi, er hatte blondes struppiges Haar auf einem winzigen Schädel, er war ein Jahr älter als ich und hatte ein Saxophon. Und ich nicht mal eine Trompete. Ich habe sie nie zusammen gesehen, aber alle im Unterricht flüsterten kichernd und ellbogenstoßend, daß sie's miteinander trieben. Bestimmt logen sie, diese Bauernlümmel, geil wie die Böcke. Wollten mir wohl zu verstehen geben, daß sie (sie, Marylena Cecilia, Braut und Magd) derart zugänglich war, daß jemand schon Zugang zu ihr gefunden hatte... Auf jeden Fall – vierter Fall – war ich aus dem Spiel.

Schreibt man über solch eine Geschichte einen Roman? Vielleicht sollte ich ihn über die Frauen schreiben, vor denen ich fliehe, weil ich sie haben konnte. Oder gekonnt hätte. Sie haben. Oder ist das dieselbe Geschichte?

Fazit: Wenn man nicht einmal weiß, um welche Geschichte es eigentlich geht, korrigiert man besser die Philosophiebücher.

9

In der rechten Hand trug sie ein gantz güldin
Posaun.

Johann Valentin Andreae, *Die Chymische Hochzeit*
Christiani Rosencreutz, Straßburg, Zetzner, 1616, 1

In diesem Text wird eine Trompete erwähnt. Vorgestern
abend im Periskop wußte ich noch nicht, wie wichtig das
war. Ich hatte nur einen sehr vagen Anhaltspunkt.

Während der langen Nachmittage bei Garamond kam es
vor, daß Belbo, vor einem Manuskript verzweifelnd, die
Augen von seiner Lektüre hob und auch mich abzulenken
versuchte, der ich womöglich gerade am Tisch gegenüber
Kupferstiche von der Pariser Weltausstellung für den Um-
bruch klebte, und dann erging er sich manchmal in alten
Erinnerungen – bereit, den Vorhang gleich wieder fallen zu
lassen, sobald er argwöhnte, daß ich ihn allzu wörtlich nahm.
Er schilderte mir Episoden aus seiner Jugend, aber nur als
Exempel, um irgendwelche Eitelkeiten zu geißeln. »Ich frage
mich, wo das alles noch enden soll«, sagte er eines Tages.

»Sprechen Sie vom Untergang des Abendlandes?«

»Geht es unter? Ist doch schließlich sein Beruf, oder? Nein,
ich spreche von diesen Leuten, die schreiben. Das ist jetzt das
dritte Manuskript in einer Woche, eins über das byzantinische Recht, eins über das Finis Austriae und das dritte über
die Sonette von Petrarca. Ziemlich verschiedene Dinge, meinen Sie nicht?«

»Denke schon.«

»Eben, und hätten Sie wohl gedacht, daß in allen dreien an
einem bestimmten Punkt der Wunsch und das Liebesobjekt
auftauchen? Ist eine richtige Mode heute. Bei Petrarca ver-
steh ich's ja noch, aber beim byzantinischen Recht?«

»Also werden Sie ablehnen?«

»Aber nein, das sind vollfinanzierte Arbeiten, komplett
bezahlt vom Nationalen Forschungsrat, und außerdem sind
sie nicht schlecht. Allenfalls rufe ich diese drei Leute an und
frage sie, ob sie die paar Zeilen nicht streichen können. Die
stehen doch sonst selber dumm da.«

»Was kann denn bitte das Liebesobjekt im byzantinischen
Recht gewesen sein?«

»Och, das kriegt man immer irgendwie rein... Freilich, wenn es im byzantinischen Recht ein Liebesobjekt gab, war's nicht das, was der hier sagt. Es ist nie das.«

»Das was?«

»Das, was man meint. Einmal, als ich so fünf oder sechs Jahre alt war, träumte ich, ich hätte eine Trompete. Eine vergoldete. Wissen Sie, das war so einer von diesen Träumen, bei denen man meint, man hätte Honig in den Adern, so eine Art von nächtlicher Pollution, wie man sie in der Pubertät haben kann. Ich glaube, ich war nie so glücklich wie in jenem Traum. Nie mehr. Beim Aufwachen merkte ich dann natürlich, daß die Trompete nicht da war, und fing an zu heulen wie ein Schloßhund. Ich heulte den ganzen Tag lang. Wirklich, diese Vorkriegszeit damals, es muß so um Achtunddreißig gewesen sein, das war schon eine sehr karge Zeit. Heutzutage, wenn ich einen Sohn hätte und ihn so verzweifelt sähe, würde ich sagen, na komm, ich kauf dir eine Trompete – es ging schließlich bloß um ein Spielzeug, das hätte schon nicht die Welt gekostet. Nicht so meine Eltern, die dachten gar nicht daran. Geldausgeben war damals eine ernste Sache. Und es war eine ernste Sache, die Kinder zur Bescheidenheit zu erziehen, ihnen beizubringen, daß sie nicht immer alles kriegen konnten, was sie begehrten. Ich mag die Kohlsuppe nicht, sagte ich zum Beispiel – und das stimmte, der Kohl in der Suppe war mir eklig. Nicht daß sie dann etwa sagten, na schön, laß die Suppe für diesmal stehen und nimm bloß das Hauptgericht (wir waren nicht arm, wir hatten Vorspeise, Hauptgang und Dessert). O nein, kein Gedanke, was auf den Tisch kommt, wird gegessen. Eher schon, als Kompromißlösung, machte sich dann meine Oma daran, den Kohl aus meiner Suppe zu fischen, Strunk für Strunk, Fädchen für Fädchen, und ich mußte die entkohlte Suppe essen, die noch ekliger war als vorher, und das war schon eine Konzession, die mein Vater mißbilligte.«

»Und die Trompete?«

Er sah mich zögernd an: »Was interessiert Sie so an der Trompete?«

»Mich nichts, Sie haben von einer Trompete gesprochen, im Zusammenhang mit dem Liebesobjekt, das dann nicht das richtige ist...«

»Die Trompete... An jenem Abend sollten mein Onkel und meine Tante aus *** ankommen, sie hatten keine Kinder, und ich war ihr Lieblingsneffe. Sie sahen mich heulen wegen diesem Trompetentraum und sagten, sie würden's schon richten, am nächsten Tag würden wir ins Kaufhaus gehen, ins Upim, wo es es eine ganze Spielwarenabteilung gab, ein wahres Wunderland, und da würde ich die Trompete finden, die ich mir so wünschte. Ich brachte die ganze Nacht lang kein Auge zu und trat den ganzen nächsten Vormittag lang von einem Bein auf das andere. Am Nachmittag gingen wir endlich ins Upim, und da gab es mindestens drei Sorten Trompeten, wahrscheinlich alle aus dünnem Blech, aber mir kamen sie vor wie aus reinem Gold. Es gab ein Signalhorn, eine Zugposaune und eine Pseudotrompete, so eine mit richtigem Mundstück, und sie war auch goldfarben, aber sie hatte Klappen wie ein Saxophon. Ich wußte nicht, welche ich nehmen sollte, und vielleicht zögerte ich zu lange. Ich wollte sie alle drei und machte den Eindruck, als wollte ich keine. Inzwischen hatten Onkel und Tante auf die Preisschilder gesehen. Sie waren nicht knausrig, aber mir schien, daß sie eine Klarinette billiger fanden, so eine aus Bakelit, ganz schwarz und mit silbernen Klappen. ›Was meinst du, würde dir die nicht besser gefallen?‹ fragten sie. Ich probierte sie, blökte gehorsam rein und versuchte mich zu überzeugen, daß sie wunderschön sei, aber in Wirklichkeit überlegte ich und sagte mir, wahrscheinlich wollten sie, daß ich die Klarinette nähme, weil sie billiger war, die Trompete mußte ein Vermögen kosten, das konnte ich ihnen nicht zumuten. Man hatte mir immer beigebracht, wenn jemand dir etwas schenken will, was du gern hättest, dann mußt du erst mal nein danke sagen, und nicht nur einmal, nicht bloß nein danke sagen und dann gleich die Hand ausstrecken, sondern abwarten, bis man dich drängt und sagt, na nimm schon. Erst dann gibt das wohlerzogene Kind nach. Also sagte ich brav, ich wollte vielleicht gar keine Trompete, vielleicht tät's auch die Klarinette, wenn sie's lieber so hätten. Und ich schaute von unten zu ihnen rauf in der Hoffnung, daß sie mich drängten. Sie drängten mich nicht, Gott hab sie selig. Sie waren sehr glücklich, mir die Klarinette kaufen zu können, weil ich sie doch – wie sie sagten – lieber hätte. Es war zu spät zur Umkehr. Ich kriegte die Klarinette.«

Er sah mich argwöhnisch an: »Wollen Sie wissen, ob ich noch mal von der Trompete geträumt habe?«

»Nein«, sagte ich, »ich will wissen, was das Liebesobjekt war.«

»Ah«, sagte er und beugte sich wieder über sein Manuskript, »sehen Sie, auch Sie sind ganz besessen von diesem Liebesobjekt. Solche Geschichten kann man drehen, wie man will. Aber... was, wenn ich damals die Trompete genommen hätte? Wäre ich dann tatsächlich glücklich gewesen? Was meinen Sie, Casaubon?«

»Vielleicht hätten Sie dann von der Klarinette geträumt.«

»Nein«, schloß er trocken. »Die Klarinette habe ich nur gekriegt. Ich glaube, ich habe sie nie gespielt.«

»Gespielt oder geträumt?«

»Gespielt«, sagte er mit Nachdruck, und ich weiß nicht wieso, aber ich fühlte mich wie ein Narr.

E finalmente altro non si inferisce cabalisticamente
da *vinum* che VIS NUMerorum, dai quali numeri
essa Magia dipende.

Cesare della Riviera, *Il Mondo Magico degli Eroi*,
Mantova, Osanna, 1603, p. 65 f.

Doch ich sprach von meiner ersten Begegnung mit Belbo.
Wir kannten uns schon vom Sehen und hatten ein paarmal
kurz bei Pilade miteinander gesprochen, aber ich wußte nicht
viel von ihm, nur daß er bei Garamond arbeitete, und Bücher
von Garamond waren mir hin und wieder bei meinen Studien in die Hände gefallen. Es war ein kleiner, aber seriöser
Verlag. Ein junger Mann, der sich gerade anschickt, seinen
Doktor zu machen, fühlt sich stets angezogen von jemandem, der in einem angesehenen Verlag arbeitet.

»Und was treiben Sie?« fragte er mich eines Abends, als wir
beide am äußersten Ende des Zinktresens lehnten, umdrängt
von einem Gewühl wie auf einer großen Party. Es war die
Zeit, als alle sich duzten, die Studenten die Professoren und
die Professoren die Studenten. Ganz zu schweigen von den
Kunden in Pilades Bar. »Zahl mir'n Bier«, sagte der Student
im Parka zum Chefredakteur der großen Tageszeitung. Man
hätte meinen können, man wäre in Petersburg zur Zeit des
jungen Schklowski. Lauter Majakowskis und kein einziger
Schiwago. Belbo entzog sich nicht dem allgemeinen Du, aber
er gab ihm einen unverkennbar verächtlichen Beiklang. Er
sagte du, um zu demonstrieren, daß er auf Vulgarität mit
Vulgarität reagierte, daß aber zwischen Vertraulichkeiten
und Vertrautheit ein Abgrund klaffte. Nur selten und nur
wenige Leute hörte ich ihn mit Zuneigung duzen, oder mit
Leidenschaft – nur Diotallevi und ab und zu eine Frau. Zu
denen, die er schätzte, ohne sie lange zu kennen, sagte er Sie.
So tat er's mit mir während der ganzen Zeit unserer Zusam-
menarbeit, und ich war stolz auf das Privileg.

»Und was treiben Sie?« fragte er mich also mit, wie ich jetzt
weiß, Sympathie.

»Im Leben oder im Theater?« fragte ich mit einem Rund-
blick auf Pilades Bühne.

»Im Leben.«

»Ich studiere.«

»Gehen Sie an die Uni oder studieren Sie?«

»Sie werden's nicht glauben, aber das widerspricht sich nicht. Ich beende gerade eine Dissertation über die Tempelritter.«

»Oh, was für ein scheußliches Thema«, sagte er. »Ist das nicht eher was für Irre?«

»Ich studiere die echten. Die Prozeßdokumente. Aber was wissen Sie denn von den Templern?«

»Ich arbeite in einem Verlag, und in einen Verlag kommen Weise und Irre. Das Metier des Lektors ist, auf Anhieb die Irren zu erkennen. Wenn einer anfängt, von den Templern zu reden, ist es meistens ein Irrer.«

»Wem sagen Sie das. Ihr Name ist Legion. Aber nicht alle Irren reden von den Templern. Woran erkennen Sie die anderen?«

»Berufserfahrung. Ich will's Ihnen erklären, Sie sind noch jung. Übrigens, wie heißen Sie eigentlich?«

»Casaubon.«

»War das nicht eine Romanfigur in *Middlemarch*?«

»Keine Ahnung. Jedenfalls war's, glaube ich, auch ein Philologe der Renaissance. Aber ich bin nicht mit ihm verwandt.«

»Lassen wir das für ein andermal. Trinken Sie noch was? Pilade, noch mal zwei, danke. Also passen Sie auf: In der Welt gibt es die Idioten, die Dämlichen, die Dummen und die Irren.«

»Sonst nichts?«

»Doch, uns zwei zum Beispiel, oder jedenfalls – ohne wen zu beleidigen – mich. Aber letzten Endes, genau besehen, gehört jeder Mensch zu einer von diesen Kategorien. Jeder von uns ist hin und wieder idiotisch, dämlich, dumm oder irre. Sagen wir, normal ist, wer diese Komponenten einigermaßen vernünftig mischt. Es sind Grundtypen.«

»Idealtypen, wie die Deutschen sagen.«

»Bravo. Sie können auch deutsch?«

»Es reicht gerade so für die Bibliographien.«

»Wer zu meiner Zeit deutsch konnte, promovierte nicht mehr. Er verbrachte seine Tage damit, deutsch zu können. Heute passiert das, glaube ich, mit dem Chinesischen.«

»Ich kann's nicht gut genug, drum promoviere ich. Aber zurück zu Ihrer Typologie. Wer ist dann ein Genie, so wie Einstein zum Beispiel?«

»Genie ist, wer eine Komponente in schwindelerregende Höhen treibt, indem er sie mit den anderen nährt.«

Er trank einen Schluck und prostete einem Mädchen zu, das gerade vorbeikam: »Ciao, Bellissima, hast du noch mal Selbstmord versucht?«

»Nein«, antwortete sie, »jetzt leb ich in einer Kommune.«

»Na prima«, sagte Belbo. Dann drehte er sich wieder zu mir: »Man kann auch kollektiven Selbstmord begehen, meinen Sie nicht?«

»Aber was ist mit den Irren?«

»Ich hoffe, Sie nehmen meine Theorie nicht für reines Gold. Ich kann nicht die ganze Welt erklären. Ich sage nur, was ein Irrer für einen Verlag ist. Die Theorie ist ad hoc entwickelt, okay?«

»Okay. Die nächste Runde ist meine.«

»Okay. Pilade, bitte mit weniger Eis. Sonst geht's direkt ins Blut. Also. Der Idiot redet gar nicht, er sabbert bloß, er ist spastisch. Er pflanzt sich den Pudding auf die Stirn, weil er seine Bewegungen nicht koordinieren kann. Er geht auf der falschen Seite durch die Drehtür.«

»Wie macht er das?«

»Er schafft das. Drum ist er ja ein Idiot. Er interessiert uns hier nicht, man erkennt ihn sofort, und er kommt auch nicht in den Verlag. Lassen wir ihn, wo er ist.«

»Gut, lassen wir ihn.«

»Dämlich zu sein ist komplexer. Es ist ein soziales Verhalten. Dämlich ist, wer immer neben dem Glas redet.«

»Wie meinen Sie das?«

»So.« Er stieß den gestreckten Zeigefinger neben sein Whiskyglas auf den Tresen. »Er will von dem reden, was im Glas ist, aber was er auch tut, er redet daneben. Wenn Sie so wollen, um's in allgemeinverständlichen Worten zu sagen: Er benimmt sich immer daneben, er ist der Typ, der sich nach dem Befinden der lieben Frau Gemahlin erkundigt, wenn einem die Frau gerade weggelaufen ist. Genügt das zur Veranschaulichung der Idee?«

»Es genügt, ich kenne den Typ.«

»Der Dämliche ist sehr gefragt, besonders bei mondänen Veranstaltungen und auf Parties. Er bringt alle in Verlegenheit, aber dann bietet er Anlässe zu Kommentaren. In seiner positiven Variante wird er Diplomat. Er redet neben dem Glas, wenn die anderen sich danebenbenommen haben, er bringt die Gespräche auf andere Themen. Aber er interessiert uns hier nicht, er ist nie kreativ, er schafft nichts selber, und daher kommt er auch nicht in die Verlage, um Manuskripte anzubieten. Der Dämliche sagt nicht, daß die Katze bellt, er spricht von Katzen, wenn die andern von Hunden reden. Er vertut sich mit den Konversationsregeln, und wenn er sich gut vertut, ist er wunderbar. Ich glaube, er ist eine aussterbende Gattung, ein Träger eminent bürgerlicher Tugenden. Er braucht einen Salon Verdurin, oder geradezu eine Maison Guermantes. Lest ihr noch diese Sachen, ihr Studenten?«

»Ich schon.«

»Der Dämliche ist Joachim Murat, der die Parade abnimmt und einen hochdekorierten Offizier aus Martinique erblickt. ›Vous êtes nègre?‹ fragt er ihn. ›Oui mon général‹, antwortet der Offizier. Und Murat: ›Bravo, bravo, continuez!‹ Weitermachen. Können Sie mir folgen? Entschuldigen Sie, aber heute abend feiere ich eine historische Entscheidung in meinem Leben: Ich habe aufgehört zu trinken! Noch einen? Nein, antworten Sie nicht, Sie machen mir Schuldgefühle. Pilade!«

»Und der Dumme?«

»Ah. Der Dumme vertut sich nicht im Benehmen. Er vertut sich im Denken. Er ist der Typ, der sagt, alle Hunde sind Haustiere, und alle Hunde bellen, aber auch die Katzen sind Haustiere, und folglich bellen sie. Oder: Alle Athener sind sterblich, und alle Einwohner von Piräus sind sterblich, also sind alle Einwohner von Piräus Athener.«

»Stimmt ja auch.«

»Ja, aber nur aus Zufall. Der Dumme kann auch was Richtiges sagen, aber aus falschen Gründen.«

»Man kann auch was Falsches sagen, wenn nur die Gründe richtig sind.«

»Bei Gott! Wozu sonst die ganze Mühe, ein *animal rationale* zu sein?«

»Alle großen Menschenaffen stammen von niederen Formen des Lebens ab, die Menschen stammen von niederen Formen des Lebens ab, also sind alle Menschen große Affen.«

»Nicht schlecht. Wir sind schon auf der Schwelle, wo Sie zu ahnen beginnen, daß etwas nicht stimmt, aber es ist noch eine gewisse Arbeit nötig, um herauszufinden, was genau und warum. Der Dumme ist überaus heimtückisch. Den

Dämlichen erkennt man sofort (ganz zu schweigen vom Idioten), aber der Dumme argumentiert fast genau wie man selber, es fehlt nur ein winziges Stückchen. Er ist ein Meister der Paralogismen. Vor ihm kann sich kein Verlagslektor retten, er bräuchte dafür eine Ewigkeit. Bücher von Dummen werden viele veröffentlicht, weil sie uns auf den ersten Blick überzeugen. Der Verlagslektor ist nicht gehalten, den Dummen zu erkennen. Die Akademie der Wissenschaften erkennt ihn nicht, warum sollten es die Verlagsleute tun?«

»Auch die Philosophie erkennt ihn nicht. Der Gottesbeweis des Anselm von Canterbury ist dumm: Gott muß existieren, weil ich ihn als ein Wesen denken kann, das alle Vollkommenheit besitzt, einschließlich der Existenz. Anselm verwechselt die Existenz im Denken mit der Existenz in der Realität.«

»Ja, aber dumm ist auch die Widerlegung von Gaunilo: Ich kann an eine Insel im Meer denken, auch wenn es diese Insel nicht gibt. Er verwechselt das Denken des Zufälligen mit dem Denken des Notwendigen.«

»Ein Kampf zwischen Dummen.«

»Sicher, und Gott amüsiert sich dabei wie närrisch. Er wollte bloß undenkbar sein, um zu demonstrieren, daß Anselm und Gaunilo dumm waren. Welch ein erhabenes Ziel für die Schöpfung, was sage ich, für den Willensakt, kraft dessen Gott sein wollte. Alles finalisiert auf die Anprangerung der kosmischen Dummheit.«

»Wir sind von Dummen umzingelt.«

»Man entgeht ihnen nicht. Alle sind dumm, außer Ihnen und mir. Oder sogar, ohne wen zu beleidigen, außer Ihnen.«

»Mir scheint, hier kommt Gödels Beweis ins Spiel.«

»Keine Ahnung, ich bin ein Idiot. Pilade!«

»He, das ist meine Runde.«

»Wir teilen's dann nachher. Der Kreter Epimenides sagt, alle Kreter sind Lügner. Wenn er das sagt, er, der ein Kreter ist und die Kreter kennt, muß es wahr sein.«

»Das ist dumm.«

»Das ist Paulus. Brief an Titus. Jetzt diesen: Alle, die denken, daß Epimenides ein Lügner ist, können sich nur auf die Kreter verlassen, aber die Kreter verlassen sich nicht auf die Kreter, weshalb kein Kreter denkt, daß Epimenides ein Lügner ist.«

»Das ist dumm, oder?«

»Urteilen Sie selbst. Ich hab's Ihnen ja gesagt, es ist schwierig, den Dummen zu erkennen. Ein Dummer kann auch den Nobelpreis kriegen.«

»Lassen Sie mich mal nachdenken... Einige von denen, die nicht glauben, daß Gott die Welt in sieben Tagen geschaffen hat, sind keine Fundamentalisten, aber einige Fundamentalisten glauben, daß Gott die Welt in sieben Tagen geschaffen hat – also ist keiner, der nicht glaubt, daß Gott die Welt in sieben Tagen geschaffen hat, ein Fundamentalist. Ist das jetzt dumm oder nicht?«

»Mein Gott, schwer zu sagen... Ich weiß nicht. Was meinen Sie?«

»Es ist in jedem Fall dumm, auch wenn es wahr wäre. Es verletzt eine Regel des Syllogismus: Man kann keine allgemeinen Schlüsse aus zwei besonderen Fällen ableiten.«

»Und wenn Sie nun der Dumme wären?«

»Dann wäre ich in guter und säkularer Gesellschaft.«

»Da haben Sie recht, die Dummheit umgibt uns. Und vielleicht ist unsere Dummheit in einer anderen Logik als der unseren ihre Weisheit. Die ganze Geschichte der Logik besteht in der Definition eines akzeptablen Begriffs der Dummheit. Nichts zu machen, sie ist zu immens. Jeder große Denker ist eines anderen Dummer.«

»Das Denken als die kohärente Form der Dummheit.«

»Nein, die Dummheit eines Denkens ist die Inkohärenz eines anderen Denkens.«

»Tiefer Gedanke. Schon zwei, gleich macht Pilade zu, und wir sind noch nicht bei den Irren.«

»Bin schon da. Den Irren erkennt man sofort. Er ist ein Dummer, der sich nicht verstellen kann. Der Dumme versucht seine These zu beweisen, er hat eine schräge Logik, aber er hat eine. Der Irre dagegen kümmert sich nicht um Logik, er operiert mit Kurzschlüssen. Alles beweist für ihn alles. Der Irre hat eine fixe Idee und sieht sie durch alles, was er findet, bestätigt. Den Irren erkennt man an der Freiheit, die er sich gegenüber der Beweispflicht nimmt, an der Bereitschaft, überall Erleuchtungen zu finden. Und es mag Ihnen komisch vorkommen, aber der Irre zieht früher oder später immer die Templer aus dem Hut.«

»Immer?«

»Es gibt auch Irre ohne Templer, aber die mit Templern

sind die gefährlichsten. Man erkennt sie nicht gleich, es scheint erst, als redeten sie ganz normal, dann aber, plötzlich...« Er machte Anstalten, noch einen Whisky zu bestellen, überlegte sich's aber dann anders und bat um die Rechnung. »Apropos Templer, vorgestern kam ein Typ zu mir und hat mir ein Manuskript zum Thema gebracht. Ich glaube wirklich, er ist ein Irrer, aber mit menschlichem Antlitz. Das Manuskript fängt ganz harmlos an. Wollen sie mal einen Blick reinwerfen?«

»Gern. Vielleicht finde ich da irgendwas drin, was mir nützt.«

»Glaube ich kaum. Aber wenn Sie mal eine halbe Stunde Zeit haben, kommen Sie doch auf einen Sprung rüber. Via Sincero Renato eins. Wird mir mehr nützen als Ihnen. Sagen Sie mir gleich, ob Ihnen die Arbeit seriös vorkommt.«

»Wieso vertrauen Sie mir?«

»Wer sagt, daß ich Ihnen vertraue? Aber wenn Sie kommen, vertraue ich Ihnen. Ich vertraue der Neugier.«

Ein Student kam hereingestürmt, mit verzerrtem Gesicht: »Genossen! Draußen sind die Faschisten im Anmarsch. Mit Fahrradketten!«

»Ich hau sie in Klump«, schrie der Typ mit Tatarenschnauzer, der mich wegen Lenin bedroht hatte. »Los, Genossen!« Alle rannten hinaus.

»Was ist? Gehen wir nicht mit?« fragte ich schuldbewußt.

»Nein«, sagte Belbo. »Das sind Gerüchte, die Pilade in Umlauf setzt, um das Lokal leer zu kriegen. Für den ersten Abend, seit ich nicht mehr trinke, fühl ich mich ganz schön bedudelt. Müssen die Entzugserscheinungen sein. Alles, was ich Ihnen gesagt habe, bis zu diesem Moment inklusive, ist falsch. Gute Nacht, Casaubon.«

Seine Unfruchtbarkeit war unendlich: sie hatte teil
an der Ekstase.

E. M. Cioran, *Le mauvais démiurge*, Paris, Gallimard, 1969
(»Erwürgte Gedanken«)

Das Gespräch bei Pilade hatte mir Belbos Außenseite gezeigt. Ein guter Beobachter hätte den melancholischen Charakter seines Sarkasmus wahrnehmen können. Ich kann nicht
behaupten, er sei eine Maske gewesen. Maske waren vielleicht die Vertraulichkeiten, zu denen er sich im geheimen
hinreißen ließ. Sein öffentlich vorgezeigter Sarkasmus enthüllte im Grunde seine wahrste Melancholie, die er im geheimen vor sich selbst zu verbergen suchte, indem er sie mit
einer manierierten Melancholie maskierte.

Ich lese diesen Text wieder, den ich unter seinen *files*
gefunden habe, und sehe nun, daß er darin im Grunde das,
was er mir am nächsten Tag bei Garamond über seinen Beruf
sagen sollte, romanhaft auszuspinnen versuchte. Alles finde
ich darin wieder: seine Akribie, seine Leidenschaft, die Enttäuschung des Lektors, der durch Mittelspersonen schreibt,
die Sehnsucht nach einer Kreativität, die er nie verwirklichen
konnte, die moralische Strenge, die ihn zwang, sich selbst zu
bestrafen, weil er etwas begehrte, worauf er kein Recht zu
haben meinte, indem er von seinem Begehren ein patheti-
sches Kitschgemälde entwarf. Nie zuvor bin ich einem begegnet, der sich selber mit solcher Verachtung bemitleiden
konnte.

Filename: Surabaya-Jim

Morgen Gespräch mit dem jungen Cinti.

1. Schöne Monographie, streng geschrieben, vielleicht
ein bißchen zu akademisch.

2. Am genialsten im Schlußkapitel der Vergleich zwischen Catull, den *poetae novi* und den modernen Avant-
garden.

3. Warum nicht als Einleitung?

4. Muß ihn dazu überreden. Er wird sagen, solche haltlo-
sen Spekulationen gehörten sich nicht für eine philologi-

sche Reihe. Er muß auf seinen Lehrer Rücksicht nehmen, sonst bekommt er von ihm kein Vorwort und riskiert seine Karriere. Eine brillante Idee auf den letzten zwei Seiten geht unbemerkt durch, am Anfang springt sie zu sehr ins Auge und kann die Päpste der Zunft irritieren.

5. Aber man braucht sie nur kursiv zu setzen, in Form einer lockeren Vorrede außerhalb der eigentlichen Untersuchung, dann bleibt die Hypothese bloß eine Hypothese, ohne die Seriösität der Arbeit zu kompromittieren. Die Leser jedoch sind sofort gefesselt, sie lesen das Buch unter einem anderen Blickwinkel.

Aber dränge ich ihn damit wirklich zu einem Akt der Befreiung, oder benutze ich ihn bloß, um mein eigenes Buch zu schreiben?

Mit zwei Worten ganze Bücher verändern. Demiurg am Werk anderer sein. Statt weichen Ton zu kneten, kleine Schläge auf den hart gewordenen Ton, aus dem ein anderer schon seine Statue geformt hat. Moses den richtigen Schlag mit dem Hammer versetzen, und er wird sprechen.

Gespräch mit William S.

– Ich habe Ihre Arbeit gelesen, nicht schlecht. Das Stück hat Spannung, Phantasie, Dramatik. Ist es Ihr erster Schreibversuch?

– Nein, ich habe schon eine andre Tragödie geschrieben, die Geschichte zweier Liebender in Verona, die…

– Gut, aber sprechen wir jetzt von dieser Arbeit, Herr S. Ich frage mich, warum Sie die Geschichte in Frankreich spielen lassen. Wieso nicht in Dänemark? Ich meine ja nur, das würde doch nicht viel Arbeit machen, es genügt, ein paar Namen zu ändern, aus dem Château de Châlons-sur-Marne wird, sagen wir, das Schloß Helsingör… Ich finde, in einem nordischen, protestantischen Klima, wo der Geist Kierkegaards umgeht, würden all diese existentiellen Fragen…

– Nun ja, vielleicht haben Sie recht.

– Ja, ich glaube wirklich. Und dann bräuchte Ihr Stück noch ein paar dramatische Straffungen, nur da und dort noch eine Retusche, wie wenn der Friseur die letzten Härchen im Nacken stutzt, bevor er Ihnen den Spiegel hinhält… Zum Beispiel der Geist des Vaters. Wieso erst am Ende? Ich würde ihn gleich am Anfang auftreten lassen. So daß die Mahnung des Vaters sofort das ganze Verhalten des jungen Prinzen bestimmt und ihn in Konflikt mit der Mutter bringt.

– Keine schlechte Idee, ich bräuchte bloß eine Szene zu verschieben.

– Genau. Und schließlich der Stil. Greifen wir eine beliebige Stelle heraus, hier, diese zum Beispiel, wo der junge Prinz an die Rampe tritt und mit seiner Meditation über Aktivität und Passivität beginnt. Die Stelle ist wirklich schön, aber mir fehlt noch die rechte Spannung, das geht noch zu wenig unter die Haut: »Handeln oder nicht handeln? Das ist hier meine angstvolle Frage! Ob's edler im Gemüt, die Pfeil' und Schleudern des wütenden Geschicks erdulden oder…« Wieso meine angstvolle Frage? Ich würde ihn sagen lassen, das ist hier die Frage, dies ist das Problem, verstehen Sie, nicht sein individuelles Problem, sondern die Grundfrage des Daseins überhaupt. Die Alternative ist eher, um es mal so zu sagen, die zwischen Sein und Nichtsein…

Die Welt bevölkern mit Kindern, die unter anderen Namen leben, und niemand weiß, daß sie deine sind. Als wäre man Gott in Zivil. Du bist Gott, du gehst durch die Stadt, hörst die Leute von dir reden, Gott hier und Gott da, und was für ein wunderbares Universum, und wie elegant die universale Schwerkraft, und du lächelst in deinen Bart (du mußt dir einen Bart ankleben, um unter die Leute zu gehen, oder nein, keinen Bart, am Bart erkennen sie dich sofort), und du sagst zu dir selbst (der Solipsismus Gottes ist dramatisch): »Ha, all das habe *ich* geschaffen, und sie wissen es nicht.« Und jemand rempelt dich auf der Straße an, beschimpft dich womöglich, und du sagst demütig Entschuldigung und gehst weiter, dabei bist du Gott, und wenn du wolltest, bräuchtest du bloß mit dem Finger zu schnipsen, und die Welt wäre Asche. Aber du bist so unendlich allmächtig, daß du dir erlauben kannst, gütig zu sein.

Einen Roman zu schreiben über Gott, der inkognito durch seine Schöpfung spaziert… Vergiß es, Belbo, wenn dir die Idee gekommen ist, ist sie bestimmt auch schon einem andern gekommen.

Variante. Du bist ein Autor, du weißt noch nicht, ein wie großer, die Frau, die du liebtest, hat dich verraten, das

Leben hat für dich keinen Sinn mehr. Um zu vergessen, machst du eine Reise auf der Titanic und erleidest Schiffbruch in der Südsee, du rettest dich (als einziger Überlebender) auf einem Eingeborenenboot und verbringst lange Jahre auf einer einsamen, nur von Papuas bewohnten Insel, umhegt von Mädchen, die dir schmachtende Lieder singen, wobei sie ihre nur mit Blütenkränzen bedeckten Brüste wippen lassen. Du gewöhnst dich daran, sie nennen dich Jim, wie sie's mit allen Weißen tun, eines Abends kommt ein Mädchen mit bernsteinfarbener Haut in deine Hütte und sagt: »Ich deine, ich mit dir.« Ja, es ist schön, am Abend auf der Veranda zu liegen und das Kreuz des Südens zu betrachten, während sie dir die Stirne streichelt.

Du lebst im Rhythmus der auf- und untergehenden Sonne und kennst nichts anderes mehr. Eines Tages kommt ein Motorboot mit Holländern, du erfährst, daß zehn Jahre vergangen sind, du könntest mit ihnen davonfahren, aber zu zögerst, du tauschst lieber Kokosnüsse gegen Waren und versprichst, dich um die Hanfernte zu kümmern, die Eingeborenen schuften für dich, du fängst an, von Insel zu Insel zu fahren, bald nennt man dich überall Surabaya-Jim. Ein vom Suff ruinierter portugiesischer Abenteurer kommt, um mit dir zu arbeiten, und du erlöst ihn vom Alkohol, alle Welt spricht inzwischen von dir in jenen Südseegewässern, du berätst den Maharadscha von Brunei bei einer Kampagne gegen die Flußpiraten, bringst eine verrostete alte Kanone aus den Zeiten von Tippo Sahib wieder in Schuß, stellst eine Truppe treu ergebener Malaien auf und trainierst sie, brave Kerle mit betelgeschwärzten Zähnen… In einem Gefecht am Korallenplateau (oder war's am Susquehanna?) deckt dich der alte Sampan, die Zähne betelgeschwärzt (oder war's der alte Lederstrumpf?), mit seinem eigenen Leib. »Oh, Surabaya-Jim, ich bin glücklich, für dich zu sterben.« — »Oh, mein guter alter Freund Sampanstrumpf!«

Dein Ruhm verbreitet sich durch den ganzen Archipel, von Surabaya bis Port-au-Prince, du verhandelst mit den Engländern, in der Hafenkommandantur von Darwin bist du als Kurtz registriert, du bist nun für alle Welt Kurtz — Surabaya-Jim für die Eingeborenen. Doch eines Abends, während das Mädchen dich auf der Veranda streichelt und das Kreuz des Südens am Himmel erglänzt wie noch nie, aber ach, so ganz anders als der Große Bär, da begreifst du: es zieht dich zurück in die Heimat. Du würdest sie gerne wiedersehen, nur kurz, nur um zu sehen, was dort von dir geblieben ist.

Du nimmst das Motorboot und fährst nach Manila, von dort bringt dich ein Propellerflugzeug nach Bali. Dann weiter über Samoa, die Admiralsinseln, Singapur, Tananarivo, Timbuktu, Aleppo, Samarkand, Basra, Malta, und schon bist du zu Hause.

Achtzehn Jahre sind vergangen, das Leben hat dich gezeichnet, dein Gesicht ist braungegerbt von den Passatwinden, du bist älter geworden, schöner vielleicht. Und kaum bist du angekommen, entdeckst du, daß die Buchläden deine Bücher anpreisen, dein ganzes Werk, in kritischen Neuausgaben, dein Name prangt über dem Tor der alten Schule, in der du lesen und schreiben gelernt hast. Du bist der Große Verschollene Dichter, das Gewissen der Generation. Romantische Mädchen begehen Selbstmord an deinem leeren Grab.

Und dann begegne ich dir, Geliebte, was hast du so viele Runzeln um deine Augen, wie tief zerfurcht vom Schmerz der Erinnerung und von Gewissensbissen ist dein immer noch schönes Gesicht. Fast hätte ich dich gestreift auf dem Trottoir, ich stehe zwei Schritte vor dir, und du hast mich angesehen wie irgendeinen, als suchtest du hinter mir nach einem andern. Ich könnte dich ansprechen, könnte die Zeit auslöschen. Aber wozu? Habe ich nicht schon gehabt, was ich wollte? Ich bin Gott, ich habe dieselbe Einsamkeit, dieselbe Ruhmsucht, dieselbe Verzweiflung, nicht eines meiner Geschöpfe zu sein wie all die andern. Alle leben sie in meinem Licht, nur ich muß im unerträglichen Glanz meiner Finsternis leben.

Geh nur, geh hinaus in die Welt, William S. Du bist berühmt, und wenn du an mir vorbeikommst, erkennst du mich nicht. Ich murmele vor mich hin »Sein oder Nichtsein« und sage mir: »Bravo, gut gemacht, Belbo!« Geh, alter William S., hol dir deinen Anteil am Ruhm: du hast nur geschaffen, ich aber habe dich perfektioniert!

Wir, die den Geburten anderer ans Licht verhelfen, wir dürften eigentlich, ganz wie die Schauspieler, nicht in geweihter Erde begraben werden. Aber die Schauspieler täuschen nur vor, daß die Welt anders sei, als sie ist, wir dagegen fingieren die Vielzahl der möglichen Welten…

Wie kann das Leben so großzügig sein, eine derart sublime Kompensation für das Mittelmaß zu gewähren?

Sub umbra alarum tuarum, Jehova.

Fama Fraternitatis, in *Allgemeine und General Reformation*,
Kassel, Wessel, 1614, Ende

Am nächsten Tag ging ich zu Garamond. Die Nummer 1 der
Via Sincero Renato führte in einen staubigen Durchgang, an
dessen Ende ein Hof mit einer Seilerwerkstatt zu sehen war.
Im Treppenhaus rechts befand sich ein Fahrstuhl, der in einer
Ausstellung für Industrie-Archäologie hätte stehen können,
und als ich ihn zu nehmen versuchte, gab er nur ein verdäch-
tiges Knarren von sich, ohne sich in Bewegung zu setzen. Ich
beschloß, lieber zu Fuß zu gehen, und stieg zwei Absätze
einer steilen, hölzernen, ziemlich staubigen Treppe hinauf.
Wie ich später erfuhr, liebte Signor Garamond diesen Ort,
weil er ihn an ein altes Pariser Verlagshaus erinnerte. Im
ersten Stock verkündete ein Schild »Garamond Editori,
s.p.a.«, und eine offene Tür führte in einen Empfangsraum
ohne Telefonzentrale, Pförtnerloge oder dergleichen. Aber
man konnte nicht eintreten, ohne von einem kleinen Nebenraum aus gesehen zu werden, aus welchem denn auch sofort
eine Person vermutlich weiblichen Geschlechts, unbestimmten Alters und von einer Statur, die man euphemistisch als
unter dem Durchschnitt bezeichnet hätte, auf mich zuge-
schossen kam.

Die Person überfiel mich in einer Sprache, die ich schon
irgendwo einmal gehört zu haben meinte, bis ich begriff, daß
es ein fast ganz der Vokale beraubtes Italienisch war. Ich
sagte, ich wolle zu Belbo. Sie hieß mich ein paar Sekunden
warten, dann führte sie mich durch den Flur in ein Büro am
hinteren Ende.

Belbo empfing mich sehr freundlich: »Na, dann sind Sie ja
doch ein ernsthafter Mensch! Treten Sie ein.« Er placierte
mich in einen Sessel vor seinem Schreibtisch, der alt wie alles
übrige war, überladen mit Manuskripten wie die Regale
ringsum an den Wänden.

»Ich hoffe, Gudrun hat Sie nicht erschreckt«, sagte er.

»Gudrun? Diese... Signora?«

»Signorina. Sie heißt nicht Gudrun. Wir nennen sie bloß
so wegen ihres nibelungischen Äußeren und weil sie irgend-

wie so teutonisch spricht. Sie will immer alles auf einmal sagen und spart sich die Vokale. Aber sie hat Sinn für ausgleichende Gerechtigkeit: beim Tippen spart sie sich die Konsonanten.«

»Was macht sie hier?«

»Alles, leider. Sehen Sie, in jedem Verlag gibt es eine Person, die unersetzlich ist, weil sie als einzige wiederzufinden vermag, was in dem Chaos verlorengeht, das sie anrichtet. Beziehungsweise weil man, wenn ein Manuskript verlorengeht, dann wenigstens weiß, wer schuld ist.«

»Verliert sie auch Manuskripte?«

»Nicht mehr als andere. In einem Verlag verlieren alle andauernd Manuskripte. Ich glaube, der Name Verlag kommt genau in diesem Sinn von ›verlegen‹, das Manuskripte-Verlegen ist die Hauptbeschäftigung. Aber man braucht schließlich einen Sündenbock, finden Sie nicht? Ich werfe Gudrun nur vor, daß sie nicht die Manuskripte verliert, die ich gerne los wäre. Unangenehme Zwischenfälle bei dem, was der gute Bacon *The advancement of learning* nannte.«

»Aber wohin gehen sie denn verloren?«

Er breitete die Arme aus. »Entschuldigen Sie, aber merken Sie nicht, wie dumm die Frage ist? Wenn man wüßte wohin, wären sie nicht verloren.«

»Logisch«, sagte ich. »Aber hören Sie. Wenn ich mir die Bücher von Garamond ansehe, scheint mir, daß sie sehr gut gemacht sind, sorgfältig ediert, und Sie haben einen ziemlich reichhaltigen Katalog. Machen Sie alles hier drin? Wie viele sind Sie?«

»Gegenüber ist ein großer Raum mit den Herstellern, hier nebenan sitzt mein Kollege Diotallevi. Aber er betreut die Lehrbücher, die langlebigen Werke, an denen man lange sitzt und die über lange Zeit verkauft werden, sogenannte Longseller. Die kurzlebigen Studienausgaben mache ich. Aber Sie dürfen nicht denken, das wäre allzuviel Arbeit. Gott ja, über manchen Büchern brüte ich lange, die Manuskripte muß ich natürlich lesen, aber im allgemeinen ist alles schon abgesichertes Zeug, ökonomisch und wissenschaftlich. Veröffentlichungen des Instituts Soundso, Kongreßakten, herausgegeben und finanziert von der und der Uni. Wenn der Autor ein Debütant ist, schreibt sein Lehrer ein Vorwort, und die Verantwortung liegt bei ihm. Der Autor korrigiert mindestens zweimal die Fahnen, überprüft die Zitate und Anmerkungen, und die Rechte haben wir. Dann kommt das Buch heraus, nach ein paar Jahren sind ein- bis zweitausend Exemplare verkauft, die Kosten sind gedeckt... Keine Überraschungen, jedes Buch ein Gewinn.«

»Und was machen dann Sie?«

»Och, eine Menge. Vor allem muß ich die Auswahl treffen. Dann gibt es auch ein paar Bücher, die wir auf unsere Kosten rausbringen, meistens Übersetzungen renommierter Autoren, um unser Programm auf Niveau zu halten. Und schließlich gibt es noch Manuskripte, die einfach so reinkommen, die uns von Einzelgängern gebracht werden. Da ist zwar bloß selten was Interessantes dabei, aber man muß sie durchsehen, man weiß ja nie.«

»Macht Ihnen die Arbeit Spaß?«

»Spaß? Ich amüsiere mich prächtig. Das ist das einzige, was ich wirklich gut kann.«

In der Tür erschien ein hagerer Mann um die Vierzig, der ein mehrere Nummern zu großes Jackett trug. Er hatte spärliches gelbblondes Haar, das ihm über dichte, ebenfalls gelbblonde Brauen fiel. Seine Stimme war sanft, als redete er mit einem Kind.

»Ich bin schon ganz krank von diesem *Vademecum des Beiträgers*. Müßte alles neu schreiben und hab keine Lust dazu. Störe ich?«

»Das ist Diotallevi«, sagte Belbo und stellte uns vor.

»Ach, Sie sind wegen der Templer gekommen. Sie Ärmster. Hör mal, Jacopo, mir ist noch was Gutes eingefallen: Zigeunerische Urbanistik.«

»Schön«, sagte Belbo bewundernd. »Ich dachte gerade an Aztekische Reitkunst.«

»Wunderbar. Aber tust du die jetzt in die Potiosektion oder zu den Adynata?«

»Mal sehen«, sagte Belbo, kramte in einer Schublade und zog ein paar Blätter heraus. »Die Potiosektion...« Er blickte auf und sah meine Neugier. »Die Potiosektion ist, wie der Name sagt, die Kunst des Suppeschneidens. Aber nicht doch, wo denkst du hin«, wandte er sich an Diotallevi, »die Potiosektion ist doch keine Abteilung, sondern ein Fach, wie die Mechanische Avunculogratulation und die Pilokatabase, beide in der Abteilung Tetrapilotomie.«

»Was ist Tetralo...«, fragte ich zögernd.

»Die Kunst, ein Haar in vier Teile zu spalten. Diese Abteilung enthält die Lehre unnützer Techniken, zum Beispiel die Mechanische Avunculogratulation, die lehrt die Konstruktion von Maschinen zur Tanten- und Onkelbeglückwünschung. Wir schwanken noch, ob wir auch die Pilokatabase in diese Abteilung einordnen sollen, das ist die Kunst, um ein Haar zu entwischen, was ja nicht ganz unnütz ist, oder?«

»Ich bitte Sie, sagen Sie mir doch endlich, wovon Sie da eigentlich reden!« flehte ich.

»Ganz einfach, Diotallevi und ich projektieren eine Reform des Wissens. Wir planen eine Fakultät der Vergleichenden Irrelevanz, in der man unnütze oder unmögliche Fächer studieren kann. Die Fakultät zielt auf die Reproduktion von Gelehrten mit der Fähigkeit, die Anzahl der irrelevanten Disziplinen ad infinitum zu steigern.«

»Und wie viele Abteilungen haben Sie schon?«

»Vorläufig vier, aber die könnten bereits alles denkbare Wissen enthalten. Die Abteilung Tetrapilotomie hat propädeutische Funktion, sie schärft den Sinn für die Irrelevanz. Eine wichtige Abteilung ist die der Adynata oder Impossibilia. Zum Beispiel Zigeunerische Urbanistik oder Aztekische Reitkunst... Das Wesen der Disziplin ist das Verständnis der tieferen Gründe ihrer Irrelevanz und, in der Abteilung Adynata, auch ihrer Unmöglichkeit. Hier haben wir einstweilen Morphematik des Morsens, Geschichte der Antarktischen Agrikultur, Geschichte der Malerei auf den Osterinseln, Zeitgenössische Sumerische Literatur, Institutionen der Montessorischen Dokimasie, Assyrisch-Babylonische Philatelie, Technologie des Rades in den Präkolumbianischen Reichen, Ikonologie der Blindenschrift, Phonetik des Stummfilms...«

»Was halten Sie von einer Psychologie der Massen in der Sahara?«

»Gut«, sagte Belbo.

»Gut«, bekräftigte Diotallevi mit Überzeugung. »Sie müßten mitarbeiten. Der Junge hat Talent, was, Jacopo?«

»Ja, hab ich gleich gemerkt. Gestern abend hat er mit großem Scharfsinn dumme Gedankengänge ersonnen. Aber machen wir weiter, wo das Projekt ihn ja scheint's interessiert. Was hatten wir noch gleich in die Abteilung Oxymoristik getan? Ich finde den Zettel nicht mehr.«

Diotallevi zog ein Papier aus der Tasche und fixierte mich mit sentenziöser Sympathie. »In der Oxymoristik geht es, wie der Name sagt, um die Selbstwidersprüchlichkeit der Disziplin. Deswegen gehört meines Erachtens die Zigeunerische Urbanistik hierhin...«

»Nein«, widersprach Belbo, »nur wenn es Nomadische Urbanistik wäre. Die Adynata betreffen empirische Unmöglichkeiten, die Oxymoristik befaßt sich mit begrifflichen Widersprüchen.«

»Na schauen wir mal. Was hatten wir denn in die Oxymoristik getan? Hier: Institutionen der Revolution, Parmenideische Dynamik, Heraklitische Statik, Spartanische Sybaritik, Institutionen der Volksoligarchie, Geschichte der Innovativen Traditionen, Tautologische Dialektik, Boolesche Eristik...«

Jetzt fühlte ich mich herausgefordert: »Darf ich eine Grammatik der Devianz anregen?«

»Schön, schön!« riefen beide und machten sich eifrig ans Schreiben.

»Es gäbe da ein Problem«, sagte ich.

»Welches?«

»Wenn Sie das Projekt bekanntmachen, wird ein Haufen Leute ernsthafte Publikationen vorlegen.«

»Ich hab's dir doch gleich gesagt, Jacopo, das ist ein helles Bürschchen«, sagte Diotallevi. »Wissen Sie, genau das ist nämlich unser Problem. Ohne es zu wollen, haben wir das ideale Profil eines wirklichen Wissens gezeichnet. Wir haben die Notwendigkeit des Möglichen demonstriert. Infolgedessen müssen wir schweigen. Aber jetzt muß ich gehen.«

»Wohin?« fragte Belbo.

»Es ist Freitagnachmittag.«

»O heiliger Jesus!« rief Belbo. Dann erklärte er mir: »Hier gegenüber gibt es zwei, drei Häuser, in denen orthodoxe Juden wohnen, Sie wissen schon, solche mit schwarzem Hut und Bart und Löckchen. Es gibt nicht viele davon in Mailand. Heute ist Freitag, und bei Sonnenuntergang beginnt der Sabbat. Also fangen sie jetzt drüben an, alles vorzubereiten, die Leuchter zu putzen, die Speisen zu kochen, die Dinge so einzurichten, daß morgen kein Feuer angemacht werden muß. Auch der Fernseher bleibt die ganze Nacht an, nur sind sie gezwungen, vorher den Kanal zu wählen. Unser Freund Diotallevi hat ein kleines Opernglas, mit dem späht er indiskret rüber und träumt davon, er wäre auf der anderen Seite der Straße.«

»Und wieso?« fragte ich.

»Weil unser guter Diotallevi sich in den Kopf gesetzt hat, er sei Jude.«

»Was heißt in den Kopf gesetzt?« protestierte Diotallevi. »Ich *bin* Jude. Haben Sie was dagegen, Casaubon?«

»Aber nein, ich bitte Sie!«

»Mein lieber Freund«, sagte Belbo entschieden, »du bist kein Jude.«

»Ach nein? Und mein Name? ›Gott möge dich aufziehen‹ – ein Name wie Diotisalvi, Graziadio, Diosiacontè, alles Übersetzungen aus dem Hebräischen, Ghettonamen wie Scholem Alejchem.«

»Diotallevi ist ein Glückwunschname, wie ihn die Standesbeamten den Findelkindern oft gaben. Und dein Großvater *war* ein Findelkind.«

»Ein jüdisches Findelkind.«

»Diotallevi, du hast hellrosa Haut, eine kehlige Stimme und bist praktisch ein Albino.«

»Es gibt Albino-Kaninchen, und ich bin eben ein Albino-Jude.«

»Diotallevi, man kann nicht einfach beschließen, Jude zu sein, so wie man beschließt, Briefmarkensammler oder Zeuge Jehovas zu werden. Als Jude wird man geboren. Finde dich damit ab, du bist ein Goj wie alle andern.«

»Ich bin beschnitten.«

»Also hör mal! Jeder kann sich beschneiden lassen, zum Beispiel aus hygienischen Gründen. Man braucht bloß einen Arzt mit Thermokauter. In welchem Alter hast du dich denn beschneiden lassen?«

»Seien wir nicht spitzfindig.«

»Doch, seien wir spitzfindig. Juden sind spitzfindig.«

»Niemand kann beweisen, daß mein Großvater kein Jude war.«

»Sicher nicht, er war ja ein Findelkind. Aber er hätte auch der Thronerbe von Byzanz sein können, oder ein Bastard der Habsburger.«

»Niemand kann beweisen, daß er kein Jude war, und er ist nahe am Portico d'Ottavia gefunden worden, beim alten römischen Ghetto.«

»Aber deine Großmutter war keine Jüdin, und das Judentum vererbt sich über die Mütter...«

»... und jenseits aller bürokratischen Argumente – denn

94

auch die Gemeinderegister können jenseits der Buchstaben-
form gelesen werden – gibt es die Argumente des Blutes, und
das Blut sagt mir, daß meine Gedanken zutiefst talmudisch
sind, und es wäre rassistisch von dir, zu behaupten, daß auch
ein Goj so zuinnerst talmudisch sein kann, wie ich mich zu
sein empfinde.«

Sprach's und verließ den Raum. Als er draußen war, sagte
Belbo zu mir: »Machen Sie sich nichts daraus. Diese Diskussion führen wir nahezu täglich, nur daß ich jeden Tag ein
neues Argument anzubringen versuche. Tatsache ist, daß
Diotallevi ein treuer Jünger der Kabbala ist. Aber es hat auch
christliche Kabbalisten gegeben. Und schließlich, sagen Sie
selbst, Casaubon, wenn Diotallevi unbedingt Jude sein will,
kann ich mich kaum widersetzen.«

»Kaum. Seien wir demokratisch.«

»Seien wir demokratisch.«

Er zündete sich eine Zigarette an. Ich erinnerte ihn an den
Grund meines Besuches: »Sie haben gesagt, Sie hätten ein
Manuskript über die Templer.«

»Ja, stimmt... Warten Sie mal, es war in so einer Kunstledermappe...« Er wühlte in einem Stapel von Manuskripten
und versuchte, eins aus der Mitte herauszuziehen, ohne die
anderen abzuheben. Riskante Operation. Tatsächlich brach
der Stapel zusammen und ergoß sich zum Teil auf den Boden.
Aber Belbo hielt nun die Kunstledermappe in Händen.

Ich warf einen Blick aufs Inhaltsverzeichnis und überflog
die Einleitung. »Betrifft die Verhaftung der Templer. Im
Jahre 1307 ließ Philipp der Schöne alle Templer in Frank-
reich verhaften. Aber es gibt da eine Legende, nach der zwei
Tage, bevor Philipp den Haftbefehl erteilte, in Paris ein
Heuwagen, von zwei Ochsen gezogen, mit unbekanntem
Ziel die Umfriedung des Tempels verließ. Es heißt, es sei eine
Gruppe von Rittern unter der Führung eines gewissen Aumont gewesen und sie seien nach Schottland geflohen, um
sich dort einer Maurerloge in Kilwinning anzuschließen. Der
Legende zufolge haben die Ritter sich mit den freien Maurer-
zünften identifiziert, in denen die Geheimnisse des Salomonischen Tempels tradiert wurden... Hier, bitte, hab ich mir
gleich gedacht. Auch der hier behauptet, den Ursprung des
Freimaurertums in jener Flucht der Templer nach Schottland
gefunden zu haben. Eine Mär, die seit zweihundert Jahren
ständig wiedergekäut wird, reinste Phantasie. Kein Beweis

weit und breit, ich könnte Ihnen ein halbes Hundert Bücher anschleppen, die alle denselben Stuß erzählen, eins vom anderen abgeschrieben. Sehen Sie hier, das hab ich aufs Geratewohl aufgeschlagen: ›Der Beweis für die schottische Expedition liegt in der Tatsache, daß sogar heute, nach sechshundertfünfzig Jahren, noch immer Geheimbünde in der Welt existieren, die sich auf die Tempelritter berufen. Wie läßt sich die Fortdauer dieser Erbschaft anders erklären?‹ – Verstehen Sie? Wie sollte es möglich sein, daß der Marquis von Carabas nicht existiert, wo doch auch der Gestiefelte Kater beteuert, in seinen Diensten zu stehen?«

»Hab schon verstanden«, sagte Belbo. »Ich werfe das weg. Aber Ihre Templergeschichte interessiert mich. Jetzt, wo ich endlich mal einen Experten vor mir habe, will ich ihn mir nicht entwischen lassen. Wieso reden alle immer nur von den Tempelrittern und nicht zum Beispiel auch von den Maltesern? Nein, sagen Sie's mir nicht jetzt. Es ist schon spät, Diotallevi und ich müssen gleich zu einem Abendessen mit Signor Garamond. Aber ich hoffe, wir werden so gegen halb elf damit fertig sein. Wenn ich kann, überrede ich Diotallevi, auf einen Sprung zu Pilade mitzukommen – er geht gewöhnlich früh schlafen und ist Abstinenzler. Sind Sie dort zu finden?«

»Wo sonst? Ich gehöre zu einer verlorenen Generation und finde mich nur wieder, wenn ich in Gesellschaft der Einsamkeit meinesgleichen beiwohne.«

13

Li frere, li mestre du Temple
Qu'estoient rempli et ample
D'or et d'argent et de richesse
Et qui menoient tel noblesse,
Où sont il? que sont devenu?

Chronique à la suite du roman de Favel

Et in Arcadia ego. Pilade war an jenem Abend das Inbild des
Goldenen Zeitalters. Es war so ein Abend, an dem man
spürte, daß die Revolution nicht nur gemacht werden, son-
dern vom Unternehmerverband gesponsert sein würde. Nur
bei Pilade konnte man den Besitzer einer Baumwollfabrik, in
Jeansjacke und mit Bart, beim Pokern mit einem künftigen
Untergrundkämpfer im Zweireiher und mit Krawatte sehen.
Wir standen am Beginn eines großen Paradigmenwechsels.
Noch zu Anfang der sechziger Jahre war der Bart ein Abzei-
chen der Faschisten gewesen – man mußte ihn nur wie Italo
Balbo tragen: spitz zulaufend, mit glattrasierten Wangen –,
Achtundsechzig war er dann zum Symbol der Protestbewegung geworden, und jetzt wurde er allmählich neutral, ein
allgemeines Zeichen der Freiheit. Der Bart war seit jeher
Maske gewesen (man klebt sich einen falschen Bart an, um
nicht erkannt zu werden), aber zu Beginn der siebziger Jahre
konnte man sich auch mit einem echten Bart vermummen.
Man konnte lügen, indem man die Wahrheit sagte, ja indem
man die Wahrheit enigmatisch und ungreifbar machte, denn
angesichts eines Bartes konnte niemand mehr auf die Gesin-
nung des Trägers schließen. An jenem Abend indessen
prangte der Bart auch auf den glatten Gesichtern derer, die
gerade dadurch, daß sie keinen trugen, zu verstehen gaben,
daß sie durchaus einen tragen könnten und nur der Provokation wegen darauf verzichteten.

Aber ich schweife ab. Gegen elf erschienen Belbo und
Diotallevi, einander mit verstörter Miene herbe Kommentare über ihr soeben absolviertes Essen zuraunend. Erst
später erfuhr ich, was es mit den Einladungen des Signor
Garamond auf sich hatte.

Belbo ging gleich zu seinen bevorzugten Destillaten über,
Diotallevi überlegte lange, entnervt, und bestellte schließlich

ein Tonic Water. Wir fanden ein Tischchen im hinteren Teil der Bar, das gerade zwei Straßenbahner räumten, die am nächsten Morgen früh aufstehen mußten.

»Also los«, begann Diotallevi. »Diese Templer...«

»Nein, bitte nicht jetzt«, versuchte ich mich zu drücken. »Das sind doch Sachen, die man überall nachlesen kann.«

»Wir sind für die mündliche Überlieferung«, sagte Belbo.

»Die ist mystischer«, erklärte Diotallevi. »Gott schuf die Welt, indem er sprach. Er hat kein Telegramm geschickt.«

»Fiat lux. Stop. Brief folgt«, murmelte Belbo.

»Vermutlich an die Thessalonicher«, sagte ich.

»Die Templer!« beharrte Belbo.

»Also«, begann ich.

»Man fängt nie mit also an«, tadelte Diotallevi.

Ich machte Anstalten, mich zu erheben. Wartete, daß sie mich baten zu bleiben. Sie taten es nicht. Ich setzte mich wieder und sprach.

»Naja, ich meine, die Geschichte kennt ja doch jeder. Da wäre der erste Kreuzzug, klar? Gottfried von Bouillon betet am Heiligen Grab und erfüllt sein Gelübde, Balduin wird der erste König von Jerusalem. Ein christliches Reich im Heiligen Land. Aber Jerusalem halten ist *eine* Sache, das übrige Palästina ist eine andere, die Sarazenen sind zwar geschlagen, aber nicht ausgeschaltet. Das Leben ist nicht leicht da unten, weder für die Neuansässigen noch für die Pilger. Tja, und dann kommen 1118, unter Balduin II., neun Typen daher, angeführt von einem gewissen Hugo von Payns, und bilden den ersten Kern eines Ordens der Armen Ritter Christi: einen monastischen Orden, aber mit Schwert und Rüstung. Mit den drei klassischen Gelübden, Armut, Keuschheit, Gehorsam, aber ergänzt um den Schutz der Pilger. Der König, der Bischof, alle in Jerusalem helfen ihnen sofort, spenden Geld, bringen sie im Kloster des alten Tempels von Salomo unter. Tja, und so werden sie Tempelritter.«

»Was sind es für Leute?«

»Hugo und die ersten acht sind wahrscheinlich noch Idealisten, von der Kreuzzugsmystik durchdrungen. Aber später sind es dann junge Kerle, zweitgeborene Adelssöhne auf der Suche nach Abenteuern. Das neue Reich von Jerusalem ist ein bißchen das Kalifornien jener Epoche, da kann man sein Glück machen. Zu Hause haben sie nicht viele Chancen, für einige war der Boden wohl auch zu heiß geworden. Ich sehe die ganze Sache etwa so wie die Fremdenlegion. Was macht man, wenn man in der Tinte sitzt? Man geht zu den Templern, da kommt man in der Welt rum, amüsiert sich, darf sich raufen, kriegt zu essen und was zum Anziehen, und am Ende hat man sogar seine Seele gerettet. Natürlich, man mußte schon ziemlich am Ende sein, es bedeutete schließlich, in die Wüste zu gehen, in Zelten zu schlafen, tage- und nächtelang keine lebende Seele zu sehen außer anderen Templern, und in der glühenden Sonne zu reiten, quälenden Durst zu ertragen und anderen armen Teufeln den Bauch aufzuschlitzen...«

Ich hielt einen Augenblick inne. »Vielleicht mach ich's ein bißchen zu sehr auf Western. Wahrscheinlich gab es eine dritte Phase: Der Orden ist reich geworden, inzwischen kommen auch Leute, die zu Hause gutsituiert sind. Aber Templer sein heißt jetzt nicht mehr unbedingt, im Heiligen Land zu wirken, man kann auch zu Hause den Templer spielen. Eine komplizierte Geschichte. Mal erscheinen sie als rohe Haudegen, mal legen sie eine gewisse Sensibilität an den Tag. Zum Beispiel kann man nicht sagen, daß sie Rassisten gewesen wären: Sie bekämpften die Muslime, dazu waren sie da, aber in ritterlichem Geist, und man hatte Achtung voreinander. Als der Gesandte des Emirs von Damaskus Jerusalem besucht, überlassen die Templer ihm eine kleine Moschee, die schon zur christlichen Kirche umfunktioniert worden war, damit er dort seine Gebete verrichten kann. Eines Tages kommt ein Franke herein, empört sich über die Anwesenheit eines ›Muselmanns‹ an einem heiligen Ort und mißhandelt ihn. Aber die Templer jagen den Intoleranten hinaus und entschuldigen sich für ihn bei dem Muslim. Diese Waffenbrüderschaft mit dem Feind kommt sie schließlich teuer zu stehen, denn im Prozeß werden sie auch beschuldigt, Beziehungen zu esoterischen Muslim-Sekten unterhalten zu haben. Was vielleicht sogar stimmte, es war wohl ein bißchen wie bei jenen Abenteurern im vorigen Jahrhundert, die sich die ›Afrikanische Krankheit‹ holten. Sie hatten keine reguläre Klostererziehung genossen, sie waren nicht besonders feinsinnig im Erfassen der theologischen Unterschiede, man muß sie sich vielleicht so vorstellen wie Lawrence von Arabien, der sich nach einer Weile wie ein Scheich anzieht... Naja, und außerdem ist es schwierig, ihre Aktionen richtig einzuschätzen, weil die christlichen Geschichtsschreiber oft, wie Guillaume von Tyrus, keine Gelegenheit auslassen, um sie anzuschwärzen.«

»Warum?«

»Weil sie zu schnell zu mächtig geworden sind. Schuld daran war der heilige Bernhard – Bernhard von Clairvaux, der ist Ihnen doch ein Begriff, nein? Großer Organisator, reformiert den Benediktinerorden, räumt gnadenlos allen Schmuck aus den Kirchen, wenn ein Kollege ihm auf die Nerven geht, wie Abaelard, attackiert er ihn à la McCarthy und würde ihn, wenn er könnte, am liebsten auf den Scheiterhaufen bringen. Ersatzweise läßt er seine Bücher verbrennen. Dann ruft er zum Kreuzzug auf und predigt: Bewaffnet euch und zieht los gegen die Heiden...«

»Sie mögen ihn nicht«, bemerkte Belbo.

»Ich kann ihn nicht ausstehen, wenn es nach mir ginge, säße er jetzt in einem der inneren Höllenkreise, von wegen Heiliger! Aber er war ein guter PR-Mann seiner selbst, siehe die Position, die ihm Dante verleiht: er macht ihn zum Kabinettschef der Madonna. Heiliger ist er geworden, weil er sich mit den richtigen Leuten zusammengetan hat. Aber ich sprach von den Templern. Bernhard hat sofort gerochen, daß die Idee kultiviert werden muß, er unterstützt diese neun Abenteurer, macht sie zu einer Militia Christi, wir können ruhig sagen, die Templer in ihrer heroischen Version, die hat *er* erfunden. 1128 läßt er extra ein Konzil in Troyes einberufen, um zu definieren, was genau diese neuen Mönchssoldaten sein sollen, und ein paar Jahre später schreibt er eine Eloge auf diese ›Christus-Milizen‹ und entwirft eine Regel mit zweiundsiebzig Artikeln, amüsant zu lesen, weil man da *alles* finden kann. Jeden Tag Messe, kein Umgang mit exkommunizierten Rittern, aber wenn einer von ihnen um Aufnahme in den Tempel ersucht, muß man ihn christlich empfangen – da können Sie sehen, wie recht ich hatte, als ich von Fremdenlegion sprach. Weiße Mäntel sollten sie tragen, einfache, ohne Pelz, es sei denn von Lämmern oder von Widdern, feine modische Schnabelschuhe waren verboten, geschlafen wurde in Hemd und Hose, auf einer Matratze mit Laken und brav unter einer Decke...«

»Muß ganz schön gestunken haben bei der Hitze da«, meinte Belbo.

»Von Gestank reden wir noch. Es gab noch andere Härten in Bernhards Regel: nur eine Schüssel für zwei, beim Essen darf nicht geredet werden, Fleisch nur dreimal die Woche, freitags wird gefastet, aufgestanden wird im Morgengrauen, wenn die Arbeit schwer war, darf man ein Stündchen länger schlafen, aber dafür muß man im Bett dreizehn Vaterunser beten. Es gibt einen Meister, eine ganze Hierarchie absteigender Ränge, bis runter zu den Stallmeistern, Pferdeburschen, Dienern und Knechten. Jeder Ritter soll drei Pferde und einen Knappen haben, keinerlei Schmuck am Zaumzeug, an Sattel und Sporen, einfache, aber gute Waffen, die Jagd ist verboten, außer auf Löwen. Kurzum, ein Leben in Buße und Kampf. Ganz zu schweigen vom Keuschheitsgelübde, auf dem wird besonders herumgeritten, denn es ging ja um Leute, die nicht im Kloster lebten, sondern Krieg führten, die in der Welt lebten, wenn man die Schlangengrube Welt nennen will, die damals das Heilige Land gewesen sein muß. Im Kern sagt die Regel, daß der Umgang mit Frauen höchst gefährlich ist und daß man niemand küssen darf außer der Mutter, der Schwester und der Tante.«

Belbo nickte: »Recht so, allerdings bei der Tante wäre ich vorsichtiger... Aber sagen Sie, hat man die Templer nicht auch der Sodomie bezichtigt? Es gibt da doch dieses Buch von Klossowski, *Der Baphomet*. War der Baphomet nicht so eine Art teuflische Gottheit bei denen?«

»Darauf komme ich gleich. Aber erst überlegen Sie mal: Die führten ein Leben wie Seeleute, monatelang nur Wüste und nichts als Wüste. Man kommt sich vor wie am Arsch der Welt, es ist Nacht, man legt sich ins Zelt mit dem Typ, mit dem man aus derselben Schüssel gegessen hat, man ist müde und friert und hat Durst und Angst und sehnt sich nach Muttern. Was macht man da?«

»Männerliebe, thebanische Legion«, suggerierte Belbo.

»Aber bedenken Sie, was für ein Höllenleben, umgeben von anderen Kriegern, die kein Gelübde abgelegt haben, wenn die eine Stadt überfallen, greifen sie sich das Maurenmädchen, ambraduftender Bauch und Sammetaugen, und was macht der arme Templer unter den aromatischen Zedern des Libanon? Lassen Sie ihm den Maurenjungen. Und jetzt verstehen Sie auch, warum sich die Redensart ›trinken und fluchen wie ein Templer‹ verbreitet. Es ist ein bißchen wie die Geschichte mit dem Kaplan im Schützengraben: er säuft und flucht mit seinen analphabetischen Kameraden. Und wenn's nur das wäre. In ihrem Wappen sind sie immer zu zweit dargestellt, einer dicht hinter dem andern auf demselben Pferd. Warum, wo doch die Regel jedem von ihnen drei Pferde gönnte? Muß eine Idee von Bernhard gewesen sein, um ihre Armut zu symbolisieren, oder die Duplizität ihrer Rolle als Ritter und Mönche. Aber was meinen Sie wohl, was die Leute sich dabei dachten, wenn sie diese komischen Mönche sahen, die da pärchenweise so eng aneinandergepreßt herumgaloppierten, einer mit dem Bauch am Hintern des andern? Man wird sie auch ganz schön verleumdet haben...«

»Das hatten sie sich ja wohl selbst zuzuschreiben«, warf Belbo ein. »Dieser heilige Bernhard wird doch nicht blöd gewesen sein?«

»Nein, blöd war er nicht, aber auch er war ein Mönch, und Mönche hatten damals eine sonderbare Vorstellung vom Körper... Eben hatte ich noch gefürchtet, meine Geschichte zu sehr als Western aufgezogen zu haben, aber wenn ich's mir recht überlege, hören Sie, was Bernhard über seine geschätzten Ritter sagt, ich habe das Zitat mitgebracht, weil sich's wirklich lohnt: ›Sie meiden und verabscheuen die Mimen, die Taschenspieler und Gaukler, die ungehörigen Lieder und Farcen, sie schneiden sich die Haare kurz, da sie vom Apostel gelernt haben, daß es eine Schande sei für einen Mann, die eigene Haartracht zu pflegen. Nie sieht man sie gekämmt, selten gewaschen, ihr Bart ist struppig, sie stinken und starren vor Schmutz in ihren Rüstungen und in der Hitze.‹«

»Möchte nicht in ihren Unterkünften übernachtet haben«, meinte Belbo.

»Es war stets kennzeichnend für die Eremiten«, dozierte Diotallevi, »eine gesunde Schmutzigkeit zu kultivieren, um den eigenen Körper zu erniedrigen. War's nicht der heilige Makarios, der auf einer Säule lebte, und wenn ihm die Würmer vom Leibe fielen, las er sie auf und setzte sie sich wieder auf den Leib, damit auch diese Geschöpfe Gottes ihr Festmahl hatten?«

»Der Säulenheilige war Simeon«, sagte Belbo, »und meines Erachtens war er auf die Säule geklettert, um denen, die unten vorbeikamen, auf den Kopf zu spucken.«

»Ich hasse den Geist der Aufklärung«, sagte Diotallevi. »Auf jeden Fall gab's einen Säulenheiligen mit Würmern, wie ich gesagt habe, ob nun Makarios oder Simeon. Doch ich bin keine Autorität in diesen Dingen, denn ich kümmere mich nicht um die Narreteien der Gojim.«

»Und deine Rabbiner von Gerona, die waren sauber, ja?« fragte Belbo.

»Sie lebten in dreckigen Löchern, weil ihr Gojim sie ins Ghetto verbannt hattet. Eure Templer dagegen besudelten sich aus Lust.«

»Dramatisieren wir nicht«, sagte ich. »Haben Sie je einen Trupp Rekruten nach einem Marsch gesehen? Aber ich habe Ihnen das alles bloß erzählt, um den inneren Widerspruch der Templer zu verdeutlichen. Ein Templer mußte asketisch und mystisch sein, er durfte nicht fressen und saufen und vögeln, aber er zog durch die Wüste und schnitt den Feinden Christi die Köpfe ab, und je mehr er abschnitt, desto mehr Abschnitte sammelte er für seine Eintrittskarte ins Paradies, er stank und wurde jeden Tag struppiger, und dann kam der heilige Bernhard daher und verlangte auch noch, daß er, wenn er eine Stadt erobert hatte, nicht über die kleinen Maurenmädchen herfiel oder, was weiß ich, auch über die älteren, und daß er in mondlosen Nächten, wenn, wie man weiß, der Samum durch die Wüste fegt, sich nicht eine kleine Gefälligkeit von seinem bevorzugten Kameraden erweisen ließ! Wie schafft man das, gleichzeitig Mönch und Haudegen zu sein? Du schlitzt Bäuche auf und sprichst dazu das Ave Maria, du darfst deiner eigenen Kusine nicht ins Gesicht sehen, und dann kommst du nach tagelanger Belagerung in eine Stadt, die anderen Kreuzfahrer treiben's vor deinen Augen mit der Frau des Kalifen, wundervolle Suleikas öffnen ihre Korsetts und sagen: Nimm mich, nimm mich, aber laß mir das Leben... Nix da, von wegen, der Templer muß standhaft bleiben, stinkig und struppig, wie ihn der heilige Bernhard wollte, und fromm das Abendgebet rezitieren... Andererseits, man braucht nur mal die *Retraits* zu lesen...«

»Was ist das?«

»Verhaltensregeln des Ordens, ziemlich spät verfaßt, als der Orden schon sozusagen in Pantoffeln war. Es gibt nichts Schlimmeres als eine Armee, die sich langweilt, weil der Krieg vorbei ist. Da werden zum Beispiel an einem bestimmten Punkt Raufereien verboten, Verletzungen eines Christen aus Rache, Umgang mit einer Frau, Verleumdungen eines Bruders. Man darf keinen Sklaven entkommen lassen, nicht aufgebracht sagen: ›Ich haue ab zu den Sarazenen!‹, kein

Pferd aus Unachtsamkeit verlieren, keine Tiere verschenken außer Hunden und Katzen, nicht ohne Erlaubnis fortgehen, das Siegel des Meisters nicht zerbrechen, nicht bei Nacht das Quartier verlassen, kein Geld des Ordens verleihen, ohne dazu ermächtigt zu sein, nicht wütend die Kleider auf den Boden werfen...«

»Verboten kann man entnehmen, was die Leute gewöhnlich tun«, sagte Belbo. »Man kann daraus ein Bild des Alltagslebens gewinnen.«

»Na, schauen wir mal«, sagte Diotallevi. »Ein Templer, aufgebracht durch irgendwas, was die Brüder am Abend zu ihm gesagt oder mit ihm gemacht haben, verläßt heimlich in der Nacht das Quartier, zu Pferd, mit einem maurischen Knappen und drei Kapaunen am Sattel; er reitet zu einer Frau mit lockerem Lebenswandel, schenkt ihr die Kapaune und verschafft sich dadurch Gelegenheit zu einem unerlaubten Beischlaf... Dann, während sie's treiben, macht sich der Maurenbengel mit dem Pferd aus dem Staub, und unser Templer, noch stinkender, verschwitzter und struppiger als gewöhnlich, kommt mit eingezogenem Schwanz nach Hause und zahlt, um nicht verraten zu werden, ein Schweigegeld (aus der Kasse des Ordens) an den üblichen jüdischen Wucherer, der am Tor auf ihn wartet wie ein Geier auf der Stange...«

»Du sagst es, Kaiphas«, warf Belbo ein.

»Nun ja, man redet halt so in Klischees. Am nächsten Tag bemüht sich unser Templer, wenn schon nicht den Knappen, so wenigstens einen Anschein von seinem Pferd wiederzukriegen. Aber ein Mittempler kommt ihm auf die Schliche, und am Abend (man weiß ja, in diesen Gemeinschaften ist der Neid zu Hause), als zur allgemeinen Zufriedenheit das Fleisch auf den Tisch kommt, macht er schlüpfrige Anspielungen. Der Hauptmann schöpft Verdacht, der Verdächtige verheddert sich, wird rot, zieht den Dolch aus dem Gürtel und stürzt sich auf den Mitbruder...«

»Den Sykophanten«, präzisierte Belbo.

»Den Sykophanten, richtig, er stürzt sich auf den Denunzianten und verunstaltet ihm das Gesicht. Dieser greift zum Schwert, die beiden beginnen zu raufen, der Hauptmann brüllt ›Ruhe da!‹ und schlägt mit der flachen Hand auf den Tisch, die Brüder grinsen...«

»Trinkend und fluchend wie Templer...«, ergänzte Belbo.

»Gottverflucht, Gottverdammt, Herrgottsakrament, Himmelnochmal, Potzblitzdonnerundschwefel, Jesusmaria-undjoseph!« dramatisierte ich.

»Kein Zweifel, unser Mann gerät außer sich, er… zum Teufel, was macht ein Templer, wenn er außer sich gerät?«

»Er läuft blauviolett an«, erwog Belbo.

»Genau, du sagst es, er läuft blauviolett an, reißt sich die Kleider vom Leib und wirft sie zu Boden…«

»Und brüllt: Behaltet dies elende Dreckshemd, ihr und euer Scheißtempel!« schlug ich vor. »Oder vielmehr, er haut mit dem Schwert auf das Siegel, zerbricht es und brüllt: Ich haue ab zu den Sarazenen!«

»Damit hat er mindestens acht Vorschriften auf einen Schlag verletzt.«

»Ja«, sagte ich und ergänzte, um meine These noch besser zu illustrieren: »Können Sie sich so einen Typ vorstellen, der sagt, ich haue ab zu den Sarazenen, wenn ihn dann eines Tages der Blutvogt des Königs verhaftet und ihm die glühenden Eisen zeigt? Rede, Götzendiener! Gestehe, ihr habt ihn euch in den Hintern gesteckt. Was, wir? Ha, eure Zangen machen mich lachen, ihr wißt ja gar nicht, wozu ein Templer fähig ist: Euch steck ich ihn in den Hintern, euch und dem Papst, und wenn er mir unter die Finger kommt, auch dem König Philipp!«

»Er hat gestanden, er hat gestanden! Jawohl, so ist es bestimmt gewesen«, rief Belbo. »Abführen! Ins Verlies mit ihm, und jeden Tag eine Kanne Öl drauf, damit er hinterher besser brennt!«

»Wie die kleinen Kinder«, schloß Diotallevi.

Ein Mädchen trat an unseren Tisch, mit einem Leberfleck auf der Nase und Blättern in der Hand. Sie fragte, ob wir schon für die verhafteten Genossen in Argentinien unterschrieben hätten. Belbo unterschrieb sofort, ohne den Text zu lesen. »Auf jeden Fall geht's ihnen schlechter als mir«, sagte er zu Diotallevi, der ihn bestürzt ansah. Dann wandte er sich an das Mädchen: »Er kann nicht unterschreiben, er gehört zu einer indischen Minderheit, bei der es verboten ist, den eigenen Namen zu schreiben. Viele von ihnen sind im Gefängnis, weil die Regierung sie verfolgt.« Das Mädchen sah Diotallevi verständnisvoll an und reichte das Blatt zu mir weiter. Diotallevi entspannte sich.

»Wer sind sie?« fragte ich.

»Was heißt, wer sind sie? Genossen in Argentinien!«

»Ja schon, aber von welcher Gruppe?«

»Taquaras, wieso?«

»Aber die Taquaras sind doch Faschisten«, wagte ich einzuwenden, nach dem bißchen, was ich davon verstand.

»Faschist!« zischte das Mädchen. Und ging davon.

»Aber dann waren diese Templer doch eigentlich arme Teufel«, meinte Diotallevi.

»Nein«, sagte ich, »es ist meine Schuld, wenn dieser Eindruck entstanden ist, ich habe versucht, die Geschichte möglichst lebendig zu machen. Was wir gesagt haben, gilt für die einfache Truppe, aber der Orden erhielt von Anfang an riesige Schenkungen und hatte bald Komtureien in ganz Europa. Stellen Sie sich vor, König Alfons von Aragonien schenkt ihnen ein ganzes Land, und in seinem Testament vermacht er ihnen sogar sein Reich für den Fall, daß er ohne Erben stirbt. Die Templer trauen ihm nicht und machen eine Transaktion, so nach dem Muster: Nein danke, wir hätten lieber ein paar Kleinigkeiten gleich jetzt. Aber diese Kleinigkeiten sind ein halbes Dutzend Burgen in Spanien. Der König von Portugal schenkt ihnen einen Wald, der noch von den Mauren besetzt ist, die Templer erstürmen ihn, verjagen die Mauren und gründen einfach so mal die Stadt Coimbra. Und das sind bloß Episoden. Kurz und gut, ein Teil von ihnen kämpft in Palästina, aber das Gros des Ordens entwickelt sich in der Heimat. Und was passiert? Wenn jemand nach Palästina muß und dort Geld braucht und sich nicht traut, mit Juwelen und Gold hinzureisen, überweist er's den Templern in Frankreich oder in Spanien oder Italien, erhält dafür einen Gutschein und löst ihn im Orient ein.«

»Das ist ein Kreditbrief«, sagte Belbo.

»Genau, sie haben den Scheck erfunden, lange vor den ersten Bankiers in Florenz. Und folglich, so peu à peu, teils durch Schenkungen, teils durch Eroberungen mit Waffengewalt, teils durch die Provisionen auf ihre Finanzoperationen, werden die Templer ein multinationaler Konzern. Um solch ein Unternehmen zu führen, braucht man Leute, die den Kopf fest auf den Schultern haben, Leute, die imstande sind, einen wie Papst Innozenz II. zu überreden, ihnen außerordentliche Privilegien einzuräumen: Der Orden darf alles, was er im Krieg erbeutet, behalten, und wo immer er Güter hat, untersteht er weder dem König noch den Bischöfen, noch dem Patriarchen von Jerusalem, sondern ganz allein nur dem Papst. An jedem Ort vom Zehnten befreit, hat er das Recht, in den von ihm kontrollierten Gebieten selber den Zehnten einzutreiben... Mit einem Wort, er ist ein florierendes Unternehmen, in das niemand seine Nase reinstecken kann. Kein Wunder, daß er von den Bischöfen und den weltlichen Herren scheel angesehen wird, und doch kann niemand auf ihn verzichten. Die Kreuzfahrer sind Wirrköpfe, Leute, die losziehen, ohne zu wissen, wohin und was sie dort vorfinden werden, die Templer dagegen sind dort zu Hause, sie wissen, wie man mit dem Feind verhandelt, sie kennen die Gegend und die Kriegskunst. Der Templerorden ist eine seriöse Angelegenheit, auch wenn sein Ruf auf den Rodomontaden seiner Sturmtruppen beruht.«

»Waren es denn bloß Rodomontaden?« fragte Diotallevi.

»Meistens schon, man staunt immer wieder über die Kluft zwischen ihrer politischen und administrativen Klugheit und ihrem draufgängerischen Stil à la Green Berets, bloß Mut und kein Hirn. Nehmen wir nur mal die Geschichte von Askalon...«

»Ja, nehmen wir sie«, sagte Belbo, der sich für einen Moment weggedreht hatte, um mit übertrieben großer Gebärde eine gewisse Dolores zu begrüßen.

Die so Begrüßte setzte sich zu uns an den Tisch und rief: »Au ja, ich will die Geschichte von Askalon hören, ich will sie hören.«

»Also. Eines Tages beschließen der König von Frankreich, der deutsche Kaiser, König Balduin III. von Jerusalem und die beiden Großmeister der Templer und der Johanniter, die Stadt Askalon zu belagern. Alle ziehen los mit Riesentamtam, der König, der Hofstaat, der Patriarch, die Priester mit ihren Kreuzen und Standarten, die Erzbischöfe von Tyrus, Nazareth und Cäsarea – kurz, die Belagerung wird wie ein großes Fest aufgezogen, mit Zelten vor den Mauern der Stadt und mit Kriegsbannern, Oriflammen, großen Wappenschilden und Trommeln... Askalon war mit hundertfünfzig Türmen befestigt, die Einwohner hatten sich seit geraumer Zeit auf die Belagerung vorbereitet, jedes Haus war mit Schießscharten versehen, jedes zu einer Festung in der Festung ausgebaut worden. Man sollte meinen, die Templer, die doch so dolle Typen waren, die hätten das wissen müssen.

Aber von wegen, nix da, sie mühen sich ab, sie bauen sich Belagerungsmaschinen, sogenannte Schildkröten und Türme aus Holz, ihr wißt schon, diese Dinger auf Rädern, die man bis vor die feindlichen Mauern schiebt, wo sie dann Steine und Brandfackeln schleudern, während von hinten die Katapulte große Wackmänner katapultieren… Die Belagerten versuchen, die Türme in Brand zu stecken, aber der Wind steht für sie ungünstig, die Flammen ergreifen die Mauern, das Mauerwerk bricht an mindestens einer Stelle zusammen. Das ist die Bresche! Alle Belagerer rennen los wie ein Mann – und jetzt passiert das Seltsame: der Großmeister des Templerordens läßt den Zugang versperren, so daß nur seine Leute in die Stadt gelangen. Die Böswilligen behaupten später, er hätte das nur getan, damit die Templer allein plündern könnten, die Gutwilligen meinen, er hätte einen Hinterhalt gefürchtet und wollte seine tapferen Krieger vorschicken. Na, jedenfalls, wie auch immer, ich würde ihn nicht zum Chef einer Militärakademie ernennen, denn was passiert? Vierzig Templer preschen mit achtzig Sachen quer durch die ganze Stadt, bis sie an die gegenüberliegende Mauer stoßen, bremsen in einer großen Staubwolke, schauen sich verdutzt in die Augen und fragen sich, was zum Teufel sie da eigentlich wollen, machen kehrt und preschen zurück, Hals über Kopf direkt in den Hinterhalt der Sarazenen, die sie mit einem Hagel von Steinen und Glasscherben aus den Fenstern empfangen und sie allesamt massakrieren, inklusive den Großmeister, um dann die Bresche zu schließen, die Leichen außen an den Mauern aufzuhängen und den Christen draußen mit gräßlichem Grinsen obszöne Gesten hinunterzuwerfen, als riefen sie höhnisch – natürlich in ihrer Maurensprache – *Fuck you!*«

»Der Mohr ist grausam«, nickte Belbo.

»Wie die kleinen Kinder«, wiederholte Diotallevi.

»Wow!« rief die Dolores hingerissen. »Das müssen ja irre Typen gewesen sein, deine Templer!«

»Mich erinnern sie an Tom und Jerry«, sagte Belbo.

Ich bereute. Schließlich lebte ich seit zwei Jahren mit den Templern und mochte sie. Erpreßt vom Snobismus meiner Zuhörer, hatte ich sie als Comicfiguren dargestellt. Schuld war vielleicht Guillaume von Tyrus, der ungetreue Chronist. Sie waren nicht so, die Ritter vom Tempel, sie waren ganz anders. Bärtig und flammend, das prächtige rote Kreuz auf dem weißen Mantel, sprengten sie hoch zu Roß dahin im Schatten ihres schwarzweißen Banners, des Beauceant, nichts anderes im Sinne, als edel und todesmutig ihren Dienst zu erfüllen, und der Schweiß, von dem Bernhard sprach, war vielleicht ein bronzener Schimmer, der ihrem furchtbaren Lächeln einen sarkastischen Adel verlieh, wenn sie sich anschickten, ihren Abschied vom Leben so grausam zu feiern... Löwen im Krieg, wie Jacques de Vitry sagte, Lämmer voll Sanftmut im Frieden, roh in der Schlacht und fromm im Gebet, wild mit den Feinden und mild zu den Brüdern, gezeichnet vom Weiß und Schwarz ihres Banners, da strahlend rein für die Freunde Christi und finster-schrecklich für seine Feinde.

Pathetische Glaubenskämpfer, letzte Beispiele einer untergehenden Kavallerie – warum behandelte ich sie wie ein beliebiger Ariost, während ich doch ihr Joinville hätte sein können? Mir kamen die Seiten in den Sinn, die ihnen der Verfasser der *Histoire de Saint Louis* gewidmet hatte, der mit Ludwig dem Heiligen ins Heilige Land gekommen war, als sein Schreiber und Mitstreiter zugleich. Die Templer gab es bereits seit einhundertfünfzig Jahren, Kreuzzüge waren genug geführt worden, um jedes Ideal zuschanden zu machen. Verblaßt wie Phantome sind die Heldenfiguren der Königin Melisenda und König Balduins des Leprösen, erschöpft die internen Kämpfe des seit damals blutüberströmten Libanon, Jerusalem ist bereits einmal gefallen, Barbarossa ist in Kilikien ertrunken, Richard Löwenherz kehrt geschlagen und gedemütigt heim im Gewande eben des Templers, die Christenheit hat ihre Schlacht verloren, die Mauren haben einen ganz anderen Sinn für den Zusammenschluß autonomer Potentaten zur gemeinsamen Verteidigung einer Kultur – sie haben Avicenna gelesen, sie sind nicht ignorant wie die Europäer, wie kann man zweihundert Jahre lang einer toleranten, mystischen und zugleich sinnenfreudigen Kultur ausgesetzt sein, ohne ihren Verlockungen nachzugeben, zumal wenn man sie mit der abendländischen Kultur vergleicht, mit dem rohen, rüpelhaften, barbarischen und germanischen Westen? Als es im Jahre 1244 zum letzten und definitiven Fall Jerusalems kommt, ist der Krieg, der hundertfünfzig Jahre zuvor begonnen hatte, verloren, die Christen müssen aufhören, Waffen in ein Land zu tragen, dessen Bestimmung der

Frieden ist und der Duft der Zedern des Libanon. Arme Templer, wozu hat euer ganzes Heldenepos gedient?

Weichheit, Melancholie, morbide Blässe einer alternden Pracht – warum dann nicht den Geheimlehren der islamischen Mystiker lauschen, sich der hieratischen Akkumulation verborgener Schätze widmen? Vielleicht ist dies der Ursprung jener Legende von den Tempelrittern, die noch heute in den Köpfen der Enttäuschten und Suchenden umgeht – die Geschichte einer Macht ohne Grenzen, die nicht mehr weiß, was sie mit sich anfangen soll...

Und doch, als der Mythos bereits verdämmert, kommt Ludwig der Heilige auf den Thron, der König, der als Tischgenossen den Aquinaten hatte; er glaubt noch an den Kreuzzug, trotz zweier Jahrhunderte voller Träume und gescheiterter Ansätze wegen der Dummheit der Sieger. Lohnt es sich, noch einen Versuch zu wagen? Jawohl, es lohnt sich, sagt Ludwig der Heilige, die Templer stimmen ihm zu und folgen ihm ins Verderben, denn das ist ihr Beruf, wie wäre der Tempelorden zu rechtfertigen ohne Kreuzzug?

Ludwigs Flotte nähert sich der ägyptischen Küste, um Damiette anzugreifen, das feindliche Ufer ist ein einziges Schimmern von Piken und Hellebarden, Standarten und Bannern, Schilden und Krummsäbeln, eine große, prächtig anzusehende Kriegerschar, sagt Joinville, ritterlich, mit Waffen, die gülden in der Sonne erglänzen. Ludwig könnte abwarten, doch er beschließt, um jeden Preis zu landen. »Meine Getreuen, wir werden unbesiegbar sein, wenn wir unzertrennlich in unserer Brüderlichkeit sind. Verlieren wir, so werden wir Märtyrer sein. Siegen wir, so wird Gottes Ruhm dadurch noch größer.« Die Templer glauben es nicht, aber sie haben gelernt, für das Ideal zu kämpfen, dies ist das Bild, das sie von sich abgeben müssen. Sie werden dem König in seinen mystischen Wahnsinn folgen.

Die Landung gelingt unglaublicherweise, die Sarazenen räumen unglaublicherweise Damiette, es ist so unglaublich, daß der König zögert, die Stadt zu betreten, da er dem Frieden nicht traut. Aber es ist wahr, die Stadt ist sein, sein mitsamt ihren Schätzen und ihren hundert Moscheen, die er sogleich in Kirchen des Herrn verwandelt. Dann muß er eine Entscheidung treffen: Soll er auf Alexandria oder auf Kairo marschieren? Die kluge Entscheidung wäre Alexandria gewesen, um Ägypten einen lebenswichtigen Hafen zu nehmen. Aber da tritt der böse Geist der Expedition auf den Plan, der Bruder des Königs, Robert von Artois, ein ehrgeiziger Megalomane, begierig auf schnellen Ruhm wie alle Zweitgeborenen. Er rät, auf Kairo zu zielen, ins Herz Ägyptens. Die Templer, bisher zurückhaltend, ballen die Faust in der Tasche. Der König hat isolierte Gefechte verboten, aber nun ist es der Marschall des Ordens, der das Verbot übertritt. Er erblickt ein Banner der Mamelucken des Sultans und brüllt: »Auf sie, im Namen Gottes, denn unerträglich ist mir eine solche Schmach!«

Bei Mansurah verschanzen sich die Sarazenen am anderen Ufer eines Nilarms, die Franzosen versuchen einen Damm zu bauen, um eine Furt zu schaffen, und schützen ihn mit ihren mobilen Türmen, aber die Sarazenen haben von den Byzantinern die Kunst des griechischen Feuers gelernt. Das griechische Feuer war an der Spitze dick wie ein Faß, und sein Schwanz war gleich einer großen Lanze, es kam daher wie ein Blitz und erschien wie ein fliegender Drache. Und es warf ein so helles Licht, daß man sich im Lager sehen konnte wie am hellichten Tag.

Während das Lager der Christen lichterloh brennt, zeigt ein verräterischer Beduine dem König eine Furt, für dreihundert byzantinische Goldfranken. Der König beschließt anzugreifen, der Übergang ist nicht leicht, viele Christen ertrinken und treiben in den Wellen davon, am anderen Ufer warten dreihundert sarazenische Reiter. Doch schließlich gelangt das Gros nach drüben, die Templer reiten wie immer voran, gefolgt vom Grafen von Artois. Die muslimischen Reiter fliehen, und die Templer warten auf den Rest des christlichen Heeres. Aber Graf Artois prescht mit seinen Mannen los, um den Feinden nachzusetzen.

Daraufhin stürmen nun auch die Templer los, um ihre Ehre zu wahren, aber sie können den Artois nicht mehr erreichen, er ist schon ins feindliche Lager eingedrungen und hat ein Gemetzel angerichtet. Die Muslime fliehen nach Mansurah. Darauf hat der Artois nur gewartet, die Templer versuchen ihn zurückzuhalten, Bruder Gilles, der Großkommandant des Ordens, umschmeichelt ihn, indem er sagt, er habe doch nun schon ein so großartiges Unternehmen vollbracht, eines der größten, die je in überseeischen Landen gewagt worden seien. Umsonst, der geckenhafte, ruhmsüchtige Graf bezichtigt die Templer des Verrats und behauptet sogar, wenn sie und die Johanniter es nur gewollt hätten, wären jene Gebiete schon längst erobert worden, er jedoch habe nun bewiesen, wozu man imstande sei, wenn man Blut in den Adern habe. Das ist zuviel für die Ehre des Ordens, die Templer stehen niemandem nach, sie stürmen die Stadt und erobern sie, verfolgen die Feinde bis an die Mauern am anderen Ende – und merken auf einmal, daß sie dabei sind, den Fehler von Askalon zu wiederholen. Die Christen – samt Templern – haben sich damit aufgehalten, den Palast des Sultans zu plündern, die Ungläubigen konnten sich wieder sammeln und fallen über die versprengten Häuflein der Plünderer her. Haben die Templer sich erneut von ihrer Gier verblenden lassen? Andere jedoch berichten, Bruder Gilles habe zu Artois, bevor sie ihm in die Stadt gefolgt seien, mit stoischer Luzidität gesagt: »Herr, meine Brüder und ich haben keine Furcht und werden Euch folgen. Aber wisset, daß wir Zweifel haben, und zwar starke, ob Ihr und ich heil zurückkehren werden.« Wie auch immer, Graf Robert von Artois, Gott sei ihm gnädig, wird erschlagen, zusammen mit vielen anderen tapferen Rittern, darunter zweihundertachtzig Templer.

Es war schlimmer als eine Niederlage, es war eine Schande. Und doch wird sie nicht als solche registriert, nicht einmal von Joinville: So was kommt eben vor, das ist die Schönheit des Krieges.

Unter der Feder des Herrn de Joinville werden viele dieser Schlachten oder Scharmützel zu harmlosen Tänzchen, zierlichen kleinen Balletten mit da und dort ein paar abgeschlagenen Köpfen und vielen Anrufungen des Herrn im Himmel und gelegentlich einer Klage des Königs über einen seiner Getreuen, der gerade den Geist aufgibt, aber alles wie in Technicolor gedreht, mit purpurnen Satteldecken, goldenen Zaumzeugbeschlägen, funkelnden Helmen und Schwertern unter der gelben Wüstensonne vor dem türkisblauen Meer, und wer weiß, ob die Templer ihre täglichen Schlächtereien nicht wirklich so erlebt hatten.

Der Blick Joinvilles bewegt sich von oben nach unten oder von unten nach oben, je nachdem, ob er gerade vom Pferd fällt oder sich wieder hinaufschwingt, und er erfaßt einzelne Szenen, aber der Schlachtverlauf entgeht ihm, alles löst sich in einzelne Zweikämpfe auf, und nicht selten bleibt der Ausgang offen. Joinville eilt dem Herrn von Wanon zu

Hilfe, ein Türke trifft ihn mit der Lanze, sein Pferd bricht zusammen, Joinville fliegt im hohen Bogen über den Kopf des Tieres, erhebt sich mit dem Schwert in der Hand, und Messire Erard de Siverey (»Gott sei ihm gnädig«) winkt ihm, sich in ein zerfallenes Haus zu retten, sie werden von einem Trupp Türken buchstäblich überrannt, erheben sich unverletzt, erreichen das Haus, verschanzen sich darin, und die Türken bestürmen sie von oben mit Lanzen. Messire Frédéric de Loupey wird am Rücken verwundet, »und so groß war die Wunde, daß das Blut heraussprang wie der Korken aus einer Flasche«, der Siverney wird von einem Hieb im Gesicht getroffen, »daß die Nase ihm auf die Lippen fiel«. Und so weiter, in letzter Minute kommen die Retter, das Haus wird verlassen, der Blick richtet sich auf andere Teile des Schlachtfeldes, neue Szenen, weitere Tode und Rettungsaktionen in letzter Minute und laute Gebete zu Messire Saint-Jacques. Und derweilen ruft der wackere Graf von Soissons, während er wacker Hiebe austeilt: »Seigneur de Joinville, lassen wir diese Canaille heulen, bei Gott, von diesem Tage werden wir noch sprechen, wenn wir wieder im Kreise der Damen sind!« Und als der König fragt, was für Nachricht man von seinem Bruder habe, dem zur Hölle gefahrenen Grafen Artois, antwortet ihm Bruder Henry de Ronnay, Oberhaupt des Johanniterordens: »Gute Nachricht, denn gewiß ist Graf Artois jetzt schon im Paradiese.« Gelobt sei Gott für alles, was er uns schickt, sagt der König, und dicke Tränen rinnen ihm aus den Augen.

Nicht immer ist es Ballett, ob zierlich oder blutig. Der Großmeister Guillaume de Sonnac verbrennt lebendigen Leibes im griechischen Feuer, das christliche Heer wird, infolge des großen Leichengestanks und des Mangels an Lebensmitteln, vom Skorbut erfaßt, die Flotte des heiligen Ludwig ist zerstört, der König wird von der Ruhr ausgesogen, so daß er in der Schlacht, um Zeit zu gewinnen, sich den Hosenboden aufschneiden muß. Damiette ist verloren, die Königin muß mit den Sarazenen verhandeln und bezahlt ihnen fünfhunderttausend französische Pfund für das Leben des Königs.

Aber Kreuzzüge führt man mit kardinaler Unredlichkeit. In Akkon wird Ludwig als Triumphator empfangen, die ganze Stadt zieht ihm in großer Prozession entgegen, samt Klerus, Frauen und Kindern. Die Templer denken weiter und versuchen, in Verhandlungen mit Damaskus zu treten. Ludwig kriegt Wind davon, erträgt es nicht, übergangen worden zu sein, staucht den neuen Großmeister vor den versammelten Botschaftern der Sarazenenherrscher zusammen, und der Großmeister widerruft das den Feinden gegebene Wort, kniet vor dem König nieder und bittet ihn um Vergebung. Man kann nicht sagen, daß die Ritter sich nicht gut geschlagen hätten, sie waren tapfer und selbstlos, aber der König von Frankreich demütigt sie, um seine Macht zu stabilisieren – und aus demselben Grunde wird sein Nachfolger Philipp sie ein halbes Jahrhundert später auf den Scheiterhaufen schicken.

Im Jahre 1291 wird Akkon von den Sarazenen erobert, und alle Einwohner werden geopfert. Mit dem christlichen Königreich von Jerusalem ist es vorbei. Die Templer sind wohlhabender, zahlreicher und mächtiger denn je, doch im Heiligen Lande, das zu befreien sie sich einst aufgemacht hatten, im Heiligen Lande gibt es die Templer nicht mehr.

Sie leben glanzvoll begraben in ihren Komtureien überall in Europa und im Tempel zu Paris, und sie träumen noch immer von der Esplanade des Tempels zu Jerusalem in den glorreichen Zeiten – die schöne Kirche Sankt Marien in Lateran, vollgestopft mit Votivkapellen und Siegestrophäen, umgeben von emsigen Schmiedewerkstätten, Sattlereien, Tuchwebereien und Kornspeichern, dazu ein Stall mit zweitausend Pferden, ein Gewimmel von Schildknappen, Adjutanten, türkischen Söldnern, die weißen Mäntel mit roten Kreuzen, die braunen Kutten der Hilfskräfte, die Gesandten des Sultans mit großen Turbanen und vergoldeten Helmen, die Pilger, ein Hin und Her von schönen Reiterschwadronen und Kurieren, dazu die Pracht der vollen Tresore, der Hafen, aus dem Befehle und Dispositionen ausgingen, Ladungen für die Burgen des Mutterlandes, der Inseln, der Küsten Kleinasiens...

Vorbei, meine armen Templer, alles vorbei.

Mit einem Mal wurde mir bewußt, an jenem Abend in Pilades Bar, beim fünften Whisky, den Belbo mir förmlich aufzwang, daß ich geträumt hatte, sentimental (welche Schande), aber laut, und daß ich eine wunderschöne Geschichte erzählt haben mußte, mit Leidenschaft und Mitgefühl, denn Dolores hatte glänzende Augen, und Diotallevi, der sich inzwischen sogar ein zweites Tonic Water geleistet hatte, drehte seraphisch die Augen zum Himmel, beziehungsweise zur keineswegs sefirothischen Decke der Bar, und murmelte: »Vielleicht waren sie alles das zugleich: verlorene und gerettete Seelen, Roßknechte und Ritter, Bankiers und Recken...«

»Gewiß waren sie einzigartig«, lautete Belbos Urteil. »Aber sagen Sie, Casaubon, mögen Sie sie?«

»Ich promoviere über sie, und wer über die Syphilis promoviert, mag am Ende sogar die bleichen Spirochäten.«

»Ach, schön wie ein Film war das«, seufzte das Mädchen Dolores. »Aber jetzt muß ich gehen, tut mir leid, ich muß noch Flugblätter für morgen abziehen. Bei Marelli wird gestreikt.«

»Sei froh, daß du dir das erlauben kannst«, sagte Belbo, hob müde eine Hand und strich ihr übers Haar. Dann bestellte er den, wie er sagte, letzten Whisky und bemerkte: »Es ist fast Mitternacht. Ich denke dabei nicht an die gewöhnlichen Sterblichen, aber an Diotallevi. Trotzdem, beenden wir die Geschichte, ich möchte noch wissen, was es mit dem Prozeß auf sich hatte. Wann, wie, warum...«

»*Cur, quomodo, quando*«, stimmte Diotallevi zu. »Ja ja!«

14

Er sagte aus, er habe am Abend zuvor mit eigenen
Augen gesehen, wie vierundfünfzig Brüder besagten Ordens auf einem Karren zum Scheiterhaufen
geführt worden seien, weil sie die obengenannten
errores nicht hätten gestehen wollen, und er habe
sagen hören, sie seien verbrannt worden, und er
selber würde, weil er fürchte, daß er nicht gut
standzuhalten vermöchte, so man ihn verbrennte,
aus Angst vor dem Tode gestehen und auch be-
eiden, vor den genannten Herren Kommissaren
und vor einem jeden beliebigen andern, so man
ihn verhörte, daß alle dem Orden vorgeworfenen
errores wahr seien, und daß er, so man es von ihm
verlangte, sogar gestehen würde, unseren lieben
Herrn Jesum Christum umgebracht zu haben.

Aussage des Templers Aimery de Villiers-le-Duc am 13. 5. 1310

Ein Prozeß voller Lücken, Widersprüche, Rätsel und
Dummheiten. Die Dummheiten waren am auffälligsten, und
da sie mir unerklärlich waren, warf ich sie mit den Rätseln
zusammen. In jenen glücklichen Studientagen glaubte ich
noch, daß die Dummheit Rätsel erzeuge. Vorgestern abend
im Periskop dachte ich, daß die schrecklichsten Rätsel, um
nicht als solche erkannt zu werden, sich als Verrücktheit
tarnen. Heute denke ich, daß die Welt ein gutartiges Rätsel
ist, das unsere Verrücktheit schrecklich macht, weil sie sich
anmaßt, es nach ihrer Wahrheit zu deuten.

Die Templer hatten kein Ziel mehr. Oder besser gesagt, sie
hatten die Mittel zum Zweck gemacht, sie verwalteten ihren
immensen Reichtum. Kein Wunder, daß ein auf Zentralisie-
rung erpichter Monarch wie Philipp der Schöne sie scheel
ansah. Wie ließ sich ein souveräner Orden unter Kontrolle
halten? Der Großmeister hatte den Rang eines Fürsten von
Geblüt, er befehligte eine Armee, verwaltete einen immensen
Grundbesitz, war gewählt wie der Kaiser und besaß eine
unumschränkte Autorität. Der französische Staatsschatz befand sich nicht in den Händen des Königs, sondern wurde im
Pariser Tempel gehütet. Die Templer waren die Depositäre,
Prokuristen und Verwalter eines formal auf den Namen des

Königs eingetragenen Kontos. Sie kassierten, bezahlten, spekulierten mit den Zinsen, kurzum: sie benahmen sich wie eine große Privatbank, aber mit allen Privilegien und Freiheiten einer Staatsbank. Und des Königs Schatzmeister war ein Templer... Kann man unter solchen Bedingungen ernstlich regieren?

Wen man nicht schlagen kann, den muß man umarmen. Philipp ersuchte den Orden, ihn zum Ehrenmitglied zu ernennen. Die Antwort war negativ. Eine Beleidigung, die sich ein König merkt. Er wandte sich an den Papst und legte ihm nahe, die Templer mit den Johannitern zu fusionieren, um den neuen Orden dann einem seiner Söhne zu unterstellen. Der Großmeister des Tempels, Jacques de Molay, kam mit großem Pomp aus Zypern angereist, wo er inzwischen wie ein Monarch im Exil residierte, und legte dem Papst eine Denkschrift vor, in der er scheinbar die Vorteile, in Wahrheit aber die Nachteile der Fusion hervorhob. Ohne Scham gab Molay unter anderem zu bedenken, daß die Templer reicher als die Johanniter seien, die Fusion also mehr den einen als den anderen zugute käme, was den Seelen seiner Ritter sehr zum Schaden gereichen würde. Molay gewann diese erste Partie des beginnenden Spiels, der Fall wurde zu den Akten gelegt.

Nun blieb nur noch die Verleumdung, und hier hatte der König leichtes Spiel. Gerüchte über die Templer waren seit langem im Umlauf. Wie mußten sie den guten Franzosen erscheinen, diese »Kolonialisten«, die herumliefen und den Zehnten eintrieben, ohne selber etwas dafür zu entrichten, inzwischen nicht einmal mehr ihren Blutzoll als Hüter des Heiligen Grabes? Gewiß waren auch sie Franzosen, aber doch nicht ganz richtige, eher *pieds noirs* oder, wie man damals sagte, *poulains*, Fohlen. Sie gaben sich exotisch, womöglich unterhielten sie sich miteinander gar in der Maurensprache, an die sie sich gewöhnt hatten. Sie waren Mönche, aber ihre wüst-arroganten Sitten waren bekannt, schon vor Jahren hatte Papst Innozenz III. sich veranlaßt gesehen, eine Bulle *De insolentia Templariorum* zu schreiben. Sie hatten das Armutsgelübde abgelegt, aber sie traten auf mit dem Prunk einer aristokratischen Kaste, der Habsucht des neuen Bürgertums und der Dreistigkeit einer Musketiertruppe.

Es bedarf wenig, um vom Gerücht zum Geraune, zur schlüpfrigen Anspielung überzugehen – Homosexuelle, Häretiker, Götzendiener, die einen bärtigen Kopf anbeten, bei dem man nicht weiß, woher er kommt, aber bestimmt nicht aus dem Pantheon der guten Gläubigen. Womöglich teilen sie die Geheimnisse der Ismaeliten, verkehren gar mit den Assassinen des Alten vom Berge... Philipp und seine Ratgeber wissen sich dieses Gerede zunutze zu machen.

Hinter Philipp stehen seine zwei teuflischen Einbläser, Marigny und Nogaret. Marigny ist der, der am Ende die Hand auf den Schatz des Tempels legen und ihn für den König verwalten wird, bis ihn die Johanniter bekommen, wobei nicht ganz klar ist, wer von den Zinsen profitiert. Nogaret, der Siegelbewahrer des Königs, war 1303 der Stratege des Zwischenfalls von Anagni, als der römische Fürst Sciarra Colonna den Papst Bonifatius VIII. geohrfeigt hatte, woraufhin dieser binnen Monatsfrist an der Demütigung verstarb.

An einem bestimmten Punkt tritt ein gewisser Esquieu de Floyran auf den Plan. Wegen irgendwelcher nicht präzisierten Delikte eingekerkert und zum Tode verurteilt, ist er in der Zelle angeblich einem abtrünnigen Templer begegnet, der ebenfalls auf die Enthauptung wartete und ihm schreckliche Dinge anvertraut hatte. Gegen seine Freilassung und eine schöne Summe Geldes verkauft Floyran, was er weiß. Was er weiß, ist, was alle inzwischen raunen. Aber nun ist man vom Geraune zur Aussage vor Gericht übergegangen. Der König teilt die sensationellen Enthüllungen Floyrans dem Papst mit, der jetzt Clemens V. ist, derselbe, der den päpstlichen Sitz nach Avignon verlagert hat. Der Papst weiß nicht recht, ob er's glauben soll, auf jeden Fall weiß er, daß es nicht leicht ist, sich in die Angelegenheiten der Templer einzumischen. Aber 1307 gibt er sein Placet zur Eröffnung eines offiziellen Verfahrens. Molay wird informiert, doch er gibt sich gelassen. Er nimmt weiter an der Seite des Königs an den offiziellen Zeremonien teil, als Fürst unter Fürsten. Clemens zieht den Prozeß in die Länge, der König argwöhnt, daß der Papst den Templern Zeit lassen will, zu verschwinden. Nichts ist falscher als das, die Templer trinken und fluchen ahnungslos weiter in ihren Burgen. Und dies ist das erste Rätsel.

Am 14. September 1307 schickt der König versiegelte Botschaften an alle Vögte und Seneschalle des Reiches mit dem Befehl, die Templer überall zu verhaften und ihre Güter zu beschlagnahmen. Zwischen dem Erlaß des Haftbefehls und der Verhaftung vergeht ein ganzer Monat, doch die Templer ahnen offenbar nichts. Am Morgen des 13. Oktober werden sie alle umstellt und – weiteres Rätsel – ergeben sich kampflos. Und man bedenke, in den Tagen davor haben die Beamten des Königs, um sicherzugehen, daß ihnen bei der Beschlagnahme nichts entgeht, eine Art Bestandsaufnahme des Templervermögens durchgeführt, im ganzen Lande, mit kindischen administrativen Vorwänden. Und die Templer haben nichts gemerkt – machen Sie sich's bequem, Herr Vogt, sehen Sie sich um, wo Sie wollen, fühlen Sie sich wie zu Hause...

Als der Papst von der Verhaftung erfährt, versucht er's mit einem Protest, aber nun ist es zu spät. Die königlichen Kommissare haben schon angefangen, mit Eisen und Strick zu arbeiten, und viele Ritter haben unter der Folter bereits gestanden. Nun kann man sie nur noch den Inquisitoren überantworten, die zwar damals noch nicht das Feuer anwandten, aber es geht auch so. Die Geständigen wiederholen ihre Geständnisse.

Und dies ist das dritte Rätsel: Gewiß ist Folter angewandt worden, und zwar schlimme, wenn sechsunddreißig Ritter daran gestorben sind, aber von diesen Männern aus Eisen, die es gewohnt waren, dem grausamen Türken standzuhalten, hält keiner den Schergen des Königs stand. In Paris verweigern bloß vier von einhundertachtundreißig Templern das Geständnis. Alle andern gestehen, einschließlich Jacques de Molay.

»Aber was gestehen sie denn?« fragte Belbo.

»Sie gestehen genau das, was im Haftbefehl geschrieben stand. Ihre Aussagen weichen kaum voneinander ab, jedenfalls in Frankreich und Italien. In England dagegen, wo ihnen niemand ernstlich den Prozeß machen will, tauchen zwar in den Aussagen auch die üblichen Anklagen auf, aber sie werden ordensfremden Zeugen zugeschrieben, die nur berichten, was sie vom Hörensagen wissen. Mit einem Wort, die Templer gestehen nur dort, wo jemand will, daß sie gestehen, und nur das, was er von ihnen hören will.«

»Normaler Inquisitionsprozeß«, sagte Belbo. »Von der Sorte haben wir schon andere gesehen.«

»Trotzdem ist das Verhalten der Angeklagten bizarr. Die Anklagepunkte lauten, die Ritter hätten bei ihren Initiations-

ritualen dreimal Christus verleugnet, auf das Kruzifix gespuckt, sich entblößt und *in posteriori parte spine dorsi* küssen
lassen, also auf den Hintern, danach auf den Nabel und auf
den Mund, *in humane dignitatis opprobrium*; schließlich hätten
sie, sagt der Anklagetext, sich wechselseitig dem Beischlaf
hingegeben, alle miteinander. Die Orgie. Dann sei ihnen der
Kopf eines bärtigen Götzen gezeigt worden, und sie hätten
ihn anbeten müssen. Und was erwidern sie auf diese Beschul-
digungen? Geoffroy de Charney, derselbe, der später mit
Jacques de Molay auf dem Scheiterhaufen verbrannt wird,
sagt, ja, das sei schon vorgekommen, er habe Christus verleugnet, aber nur mit den Lippen, nicht mit dem Herzen, und
er könne sich nicht erinnern, ob er auf das Kruzifix gespuckt
habe, weil an jenem Abend alles so schnell gegangen sei. Was
den Kuß auf den Hintern betreffe, ja, auch das sei ihm
widerfahren, und er habe den Präzeptor der Auvergne sagen
hören, im Grunde sei's besser, sich mit den Brüdern zu
vereinigen, als sich mit einer Frau zu kompromittieren, aber
er selber habe keine fleischlichen Sünden mit andern Rittern
begangen. Kurz, man gesteht, aber es sei nur ein Spiel gewesen, niemand habe ernstlich daran geglaubt, die anderen
haben's vielleicht getan, aber ich nicht, ich hab nur aus
Höflichkeit mitgemacht… Jacques de Molay, der Großmeister, nicht der letzte der Bande, sagt, er habe, als man ihm das
Kruzifix zum Draufspucken hinhielt, nur so getan, aber auf
den Boden gespuckt. Er räumt ein, daß die Initiationsrituale
ungefähr so gelaufen seien, aber – wie's der Zufall will – er
könne es nicht genau sagen, weil er während seiner ganzen
Karriere nur ganz wenige Brüder initiiert habe. Ein anderer
sagt, er habe den Meister zwar schon geküßt, aber nicht auf
den Hintern, sondern bloß auf den Mund, allerdings habe der
Meister dann *ihn* auf den Hintern geküßt. Einige gestehen
mehr als nötig: Sie hätten nicht nur Christus verleugnet,
sondern auch behauptet, er sei ein Verbrecher gewesen, sie
hätten die Jungfräulichkeit Mariens geleugnet, und aufs
Kruzifix hätten sie sogar uriniert, und das nicht nur am Tage
ihrer Initiation, sondern auch während der Karwoche; sie
glaubten nicht an die Sakramente, und sie hätten sich nicht
damit begnügt, nur den Baphomet anzubeten, sondern auch
den Teufel in Gestalt einer Katze…«
 Nicht minder grotesk, wenn auch nicht ganz so unglaublich, ist das Ballett, das daraufhin zwischen König und Papst

beginnt. Der Papst will den Fall in die Hand nehmen, der König zieht es vor, den Prozeß allein durchzuführen, der Papst möchte den Orden nur vorübergehend verbieten, um die Schuldigen zu bestrafen, und ihn dann wieder in seiner ursprünglichen Reinheit erneuern, der König will, daß der Skandal um sich greift und der Prozeß den Orden in seiner Gesamtheit erfaßt, damit er ihn endgültig zerschlagen kann, politisch und religiös, aber vor allem finanziell.

Schließlich taucht ein Dokument auf, das ein Meisterwerk der Jurisprudenz ist. Hochgelehrte Magister der Theologie legen fest, daß den Verurteilten kein Verteidiger zuerkannt werden dürfe, damit es nicht dazu komme, daß sie widerriefen; da sie ja gestanden hätten, sei es nicht nötig, einen Prozeß zu eröffnen, der König müsse von Amts wegen handeln, einen Prozeß mache man nur, wenn es Zweifel gebe, und von Zweifeln könne hier nicht die Rede sein. »Also wozu ihnen dann noch einen Verteidiger geben, außer um ihre eingestandenen Verfehlungen zu verteidigen, da doch die Evidenz der Fakten ihr Verbrechen beweist?«

Weil jedoch die Gefahr besteht, daß der Prozeß dem König entgleitet und in die Hände des Papstes gelangt, ziehen der König und Nogaret einen sensationellen Fall auf: eine Affäre, die den Bischof von Troyes involviert, der aufgrund der Anzeige eines mysteriösen Intriganten, eines gewissen Noffo Dei, der Hexerei bezichtigt wird. Später stellt sich heraus, daß dieser Noffo Dei gelogen hat – wofür er dann gehängt wird –, aber bis dahin ergießen sich über den armen Bischof öffentliche Anklagen wegen Sodomie, Sakrileg und Wucher. Dieselben, die man den Templern vorwirft. Vielleicht will der König damit den Söhnen Frankreichs bedeuten, daß die Kirche kein Recht habe, über die Templer zu richten, da sie selber nicht immun gegen deren Verfehlungen sei, oder er will nur einfach dem Papst eine Warnung erteilen. Das Ganze ist eine ziemlich obskure Geschichte, ein undurchsichtiges Spiel zwischen Polizei und Geheimdiensten, mit Infiltrationen und Denunziationen... Der Papst gerät in die Bredouille und genehmigt schließlich, daß zweiundsiebzig Templer verhört werden, die im Verhör bekräftigen, was sie unter der Folter gestanden haben. Doch der Papst setzt auf ihre Reue und spielt die Karte der Abschwörung aus, um ihnen vergeben zu können.

Hier geschieht nun noch etwas anderes – etwas Rätselhaftes, das einen der Punkte darstellte, die ich in meiner Dissertation aufklären sollte, wobei ich mich zwischen widersprüchlichen Quellen hin- und hergerissen sah: Kaum hat der Papst nach langen Bemühungen endlich die Aufsicht über die Templer erlangt, überstellt er sie wieder dem König. Ich habe nie begriffen, was da passiert ist. Molay widerruft sein Geständnis, Clemens bietet ihm Gelegenheit, sich zu verteidigen, und schickt drei Kardinäle, ihn zu verhören. Am 26. November 1309 unternimmt Molay eine hochfahrende Verteidigung des Ordens und seiner Reinheit, wobei er sich bis zur Bedrohung der Ankläger steigert, dann wird er von einem Abgesandten des Königs aufgesucht, einem gewissen Guillaume de Plaisans, den er für seinen Freund hält, nimmt obskure Ratschläge entgegen und gibt am 28. desselben Monats eine sehr schüchterne und vage Erklärung ab: Er sei nur ein armer und ungebildeter Ritter, sagt er, und beschränkt sich darauf, die (inzwischen weit zurückliegenden) Verdienste des Tempelordens aufzuzählen, die Almosen, die er gegeben, den Blutzoll, den er im Heiligen Lande entrichtet habe, und so weiter. Obendrein kommt auch noch Nogaret und erinnert an die mehr als freundschaftlichen Kontakte, die der Orden mit Saladin gehabt habe – womit wir bei der Insinuation eines hochverräterischen Verbrechens wären. Molays Rechtfertigungen klingen peinlich, der Mann, der seit zwei Jahren im Gefängnis sitzt, erscheint in dieser Aussage nur noch als Nervenbündel, aber als Nervenbündel hatte er sich auch schon gleich nach der Verhaftung gezeigt. In einer dritten Aussage, im März des folgenden Jahres, befolgt Molay eine andere Strategie: Er sage nichts und werde nichts sagen, außer vor dem Papst.

Szenenwechsel, diesmal zum epischen Drama. Im April 1310 verlangen fünfhundertfünfzig Templer, zur Verteidigung ihres Ordens gehört zu werden, prangern die Foltern an, denen die Geständigen unterzogen worden sind, negieren und widerlegen alle Anklagepunkte als unhaltbare Verleumdungen. Doch der König und Nogaret verstehen ihr Handwerk. Einige Templer widerrufen? Um so besser, dann sind sie als Rückfällige und Meineidige zu betrachten – als *relapsi*, eine schreckliche Anklage in jenen Zeiten –, da sie hochmütig ableugnen, was sie bereits gestanden hatten. Vergeben kann man allenfalls dem, der gesteht und bereut, nicht aber dem, der keine Reue zeigt, da er sein Geständnis widerruft und meineidig sagt, er habe nichts zu bereuen. Vierundfünfzig meineidige Widerrufer werden zum Tode verurteilt.

Die Reaktion der anderen Häftlinge kann man sich leicht vorstellen: Wer gesteht, bleibt am Leben, wenn auch im Gefängnis, und wer am Leben bleibt, kann noch hoffen. Wer nicht gesteht oder gar widerruft, kommt auf den Scheiterhaufen. Die fünfhundert noch lebenden Widerrufer widerrufen den Widerruf.

Die Rechnung der Reumütigen geht auf, denn 1312 werden diejenigen, die nicht gestanden haben, zu lebenslänglichem Kerker verurteilt, während die Geständigen freikommen. Philipp hatte kein Interesse an einem Massaker, er wollte nur den Orden zerschlagen. Die freigelassenen Ritter, nach vier bis fünf Jahren Gefängnis an Leib und Seele zermürbt, verschwinden still in anderen Orden, sie wollen nur noch vergessen werden, und dieses Verschwinden, diese Auslöschung wird noch lange auf der Legende vom heimlichen Überleben des Ordens lasten.

Jacques de Molay verlangt weiter, vom Papst angehört zu werden. Clemens beruft ein Konzil ein, in Vienne anno 1311, jedoch ohne Molay einzuladen. Er sanktioniert die Auflösung des Ordens und weist dessen Güter den Johannitern zu, obwohl sie einstweilen noch vom König verwaltet werden.

Drei Jahre vergehen, schließlich kommt es zu einer Verständigung zwischen König und Papst, und am 19. März Anno Domini 1314, in Paris auf dem Platz vor Notre-Dame, wird Molay zu lebenslänglicher Haft verurteilt. Als er das Urteil vernimmt, durchzuckt ihn ein jäher Anflug von Würde. Er hatte erwartet, daß der Papst ihm gestatten würde, sich zu rechtfertigen, er fühlt sich verraten. Er weiß genau, wenn er noch einmal widerruft, wird auch er ein meineidiger *relapsus* sein. Was geht in seinem Herzen vor, nach fast siebenjährigem Warten auf das Urteil? Findet er zum Mut seiner Vorgänger zurück? Beschließt er, daß er, zermürbt, wie er ist, und mit der Aussicht, seine Tage lebendig eingemauert und entehrt zu beenden, nun ebensogut einen schönen Tod auf sich nehmen kann? Er beteuert seine und seiner Brüder Unschuld und sagt, die Templer hätten nur *ein* Delikt begangen: Sie hätten aus Feigheit den Tempel verraten. Er mache dabei nicht mit.

Nogaret reibt sich die Hände: für öffentliches Vergehen öffentliche – und endgültige – Verurteilung, im Schnellverfahren. So wie Molay hatte sich auch Geoffroy de Charnay verhalten, der Präzeptor der Normandie. Der König entscheidet noch selbigen Tages: Ein Scheiterhaufen wird an der Spitze der Ile de la Cité errichtet. Bei Sonnenuntergang werden Molay und Charnay verbrannt.

Nach der Überlieferung soll der Großmeister des Templerordens, ehe er starb, den Ruin seiner Verfolger prophezeit haben. Tatsächlich starben der Papst, der König und Nogaret noch im selben Jahre. Was Marigny betraf, so geriet er nach dem Tod des Königs in den Verdacht der Unterschlagung. Seine Feinde bezichtigten ihn der Hexerei und brachten ihn an den Galgen. Viele begannen, Molay als einen Märtyrer zu sehen. Dante hat den Unmut vieler Zeitgenossen über die Verfolgung der Templer zum Ausdruck gebracht.

Hier endet die Historie und beginnt die Legende. In einem ihrer Kapitel heißt es, als Ludwig XVI. guillotiniert worden war, sei ein Unbekannter auf das Schafott gesprungen und habe gerufen: »Jacques de Molay, du bist gerächt!«

Dies mehr oder minder war die Geschichte, die ich an jenem Abend bei Pilade erzählte, alle naselang unterbrochen von meinen Zuhörern.

So fragte mich Belbo an einem bestimmten Punkt: »Also das... sind Sie sicher, daß Sie das nicht bei Orwell gelesen haben, oder bei Koestler?« Und an einem anderen: »Also das ist ja genau wie bei... na, wie heißt doch gleich der mit der Kulturrevolution?...« Diotallevi kommentierte dann jedesmal sentenziös: »Historia magistra vitae«, worauf Belbo zu ihm sagte: »He, he, ein Kabbalist glaubt nicht an die Geschichte«, und er, unerschütterlich: »Eben, alles wiederholt sich im Kreise, die Geschichte ist Lehrmeisterin des Lebens, weil sie lehrt, daß sie nicht existiert. Jedoch die Permutationen zählen.«

»Aber alles in allem«, sagte Belbo am Ende, »was waren denn nun diese Templer für Leute? Zuerst haben Sie sie uns wie Sergeanten in einem Film von John Ford vorgeführt, dann als Dreckschweine, dann wie Ritter in einer alten Miniatur, dann als Gottes eigene Bankiers, die ihren schmutzigen Geschäften nachgehen, dann wieder als eine geschlagene Armee, dann als Anhänger einer luziferischen Sekte und schließlich als Märtyrer des freien Denkens... Was waren sie?«

»Es wird schon einen Grund dafür geben, daß sie zum Mythos geworden sind. Wahrscheinlich waren sie alles zugleich. Was war die katholische Kirche, könnte sich ein Historiker vom Mars im Jahre dreitausend fragen, wer waren die Christen? Die, die sich von den Löwen auffressen ließen, oder die, die die Ketzer erschlugen? Alles zugleich.«

»Aber all diese schlimmen Sachen, die ihnen vorgeworfen wurden, hatten sie die nun getan oder nicht?«

»Das Schöne ist, daß ihre eigenen Anhänger, ich meine die Neotempler diverser Epochen, diese Frage bejahen. Rechtfertigungen gibt es viele. Erste These: es handelte sich um Mutproben – nach dem Motto: Willst du ein Templer sein, dann zeig uns, daß du ein Kerl bist, spuck aufs Kruzifix, und wir werden ja sehen, ob Gottes Blitzschlag dich trifft; wenn du in diesen Orden eintrittst, mußt du dich mit Haut und Haaren den Brüdern verschreiben, also laß dich auf den Hintern küssen. Zweite These: sie wurden aufgefordert, Christus zu verleugnen, damit man sah, wie sie sich verhalten würden, wenn sie den Sarazenen in die Hände fielen. Eine idiotische These, finde ich, denn man bringt nicht jemandem bei, der Folter zu widerstehen, indem man ihn genau das tun läßt, wenn auch nur symbolisch, was der Folterer von ihm verlangen wird. Dritte These: die Templer im Orient waren mit manichäischen Ketzern in Berührung gekommen, die das Kreuz verachteten, weil es das Werkzeug der Folter des Herrn war, und die predigten, man müsse der Welt entsagen und auf Ehe und Nachkommenschaft verzichten. Eine alte Idee, typisch für viele Häresien in den ersten Jahrhunderten, die später auch bei den Katharern wieder auftaucht – und es gibt eine ganze Richtung der Tradition, nach der die Templer zutiefst vom Katharismus durchtränkt waren. Das würde auch die Sodomie erklären, selbst wenn sie nur symbolisch war. Nehmen wir an, die Ritter sind mit diesen Häretikern in Berührung gekommen: sie waren gewiß keine Intellektuellen; ein bißchen aus Naivität, ein bißchen aus Snobismus und Korpsgeist bastelten sie sich eine private Folklore zusammen, die sie von anderen Kreuzfahrern unterschied. Sie praktizierten ihre Riten als Erkennungsgesten, ohne sich groß zu fragen, was sie bedeuteten.«

»Und der Baphomet?«

»Sehen Sie, in vielen Aussagen ist zwar von einer *figura Baphometi* die Rede, aber es könnte sich auch um einen Fehler des ersten Schreibers handeln, der sich dann in allen Dokumenten wiederholt hat, zumal wenn die Protokolle manipuliert worden sind. In anderen Fällen spricht manchmal jemand von Mohammed (*istud caput vester deus est, et vester Mahumet* – dieser Kopf ist euer Gott und euer Mohammed), und das würde bedeuten, daß die Templer sich eine synkretistische Liturgie zurechtgemacht hatten. In einigen Aussagen heißt es auch, sie seien aufgefordert worden, ›Yalla‹ anzurufen, was Allah gewesen sein muß. Aber die Muslime verehren keine Bildnisse von Mohammed, also wer könnte dann sonst die Templer beeinflußt haben? In den Aussagen heißt es, viele hätten diese Köpfe gesehen, und manchmal ist es anstatt eines Kopfes sogar ein ganzes Götzenbild, aus Holz, mit Kraushaar, vergoldet, und immer mit Bart. Es scheint, daß die Inquisitoren einige dieser Köpfe gefunden und den Verhörten gezeigt haben, aber am Ende ist keine Spur von ihnen geblieben, alle haben sie gesehen, keiner hat sie gesehen. Wie die Geschichte mit der Katze: die einen haben eine graue gesehen, die anderen eine rote, die dritten eine schwarze. Aber stellen Sie sich ein Verhör mit glühenden Eisen vor: Hast du während deiner Initiation eine Katze gesehen? Sicher, wieso auch nicht, auf einem Templergut mit all den Vorräten, die es vor Mäusen zu schützen galt, muß es von Katzen gewimmelt haben. Damals war die Katze in Europa noch nicht sehr verbreitet als Haustier, aber in Ägypten schon. Wer weiß, vielleicht haben sich die Templer zu Hause Katzen gehalten, entgegen den Gebräuchen der braven Leute, die Katzen als verdächtige Tiere ansahen. Und so kann es auch mit den Baphomet-Köpfen gewesen sein, vielleicht waren es Reliquiare in Form eines Kopfes, das gab es damals. Natürlich gibt es auch Leute, die behaupten, der Baphomet sei eine alchimistische Figur gewesen.«

»Die Alchimie ist immer im Spiel«, sagte Diotallevi mit Überzeugung. »Wahrscheinlich kannten die Templer das Geheimnis, wie man Gold macht.«

»Sicher kannten sie es«, sagte Belbo. »Man stürmt eine sarazenische Stadt, schlachtet Frauen und Kinder ab und rafft alles zusammen, was man kriegen kann... In Wahrheit ist das Ganze eine ziemlich krause Geschichte.«

»Vielleicht hatten sie auch ein krauses Durcheinander in ihren Köpfen, verstehen Sie? Was kümmerten sie die doktrinären Debatten? Die Geschichte ist voll von Geschichten solcher Eliten, die sich ihren eigenen Stil zurechtbosselten, ein bißchen großmäulig, ein bißchen mystisch, sie wußten selber nicht recht, was sie taten... Natürlich gibt es dann auch die esoterische Deutung: Sie wußten sehr genau, was sie taten, sie wußten alles, sie waren Jünger der orientalischen Mysterien, und sogar der Arschkuß hatte einen initiatischen Hintersinn.«

»Erklären Sie mir mal ein bißchen, was der Arschkuß für einen initiatischen Hintersinn hatte«, sagte Diotallevi.

»Gewisse moderne Esoteriker behaupten, die Templer hätten sich auf indische Lehren berufen. Der Kuß auf den Hintern habe dazu gedient, die Schlange Kundalini zu wecken, eine kosmische Kraft, die an der Wurzel des Rückgrats sitze, in den Geschlechtsdrüsen, und die, wenn sie einmal geweckt worden sei, die Zirbeldrüse erreiche...«

»Die von Descartes?«

»Ja, ich glaube, und da sollte sie dann in der Stirn ein drittes Auge öffnen, das Auge der direkten Sicht in Zeit und Raum. Deswegen sucht man noch heute nach dem Geheimnis der Templer.«

»Philipp der Schöne hätte lieber die modernen Esoteriker verbrennen sollen, anstatt diese armen Teufel.«

»Ja, aber die modernen Esoteriker haben keinen Pfennig.«

»Da sehen Sie mal, was für Geschichten man noch zu hören bekommt«, schloß Belbo. »Jetzt verstehe ich endlich, warum diese Templer so vielen von meinen Irren im Kopf herumspuken.«

»Ich glaube, das Ganze ist ein bißchen wie Ihre Geschichte von gestern abend. Ein krauser, verdrehter Syllogismus. Benimm dich wie ein Dummer, und du wirst undurchschaubar für alle Ewigkeit. Abrakadabra, Mene Tekel Upharsin, Pape Satan Pape Satan Aleppe, le vierge le vivace et le bel aujourd'hui – jedesmal wenn ein Dichter, ein Prediger, ein Potentat oder Magier irgendein bedeutungsloses Gekrächze von sich gegeben hat, verbringt die Menschheit Jahrhunderte damit, seine Botschaft zu ergründen. Die Templer bleiben unergründlich wegen der Konfusion, die in ihren Köpfen herrschte. Deswegen werden sie von so vielen verehrt.«

»Eine positivistische Erklärung«, sagte Diotallevi.

»Ja, vielleicht bin ich ein Positivist«, sagte ich. »Mit einer kleinen chirurgischen Operation an der Zirbeldrüse hätten die Templer leicht Johanniter werden können, also normale Menschen. Der Krieg zerstört die Gehirnkreisläufe, muß der Kanonendonner sein, oder das griechische Feuer. Sehen Sie sich die Generäle an.«

Es war ein Uhr nachts. Diotallevi schwankte, betrunken vom Tonic Water. Wir verabschiedeten uns. Ich hatte mich gut unterhalten. Und sie auch. Wir wußten noch nicht, daß wir begonnen hatten, mit dem griechischen Feuer zu spielen, das brennt und verzehrt.

15

Erars de Syverey me dist: »Sire, se vous cuidiés que
je ne mi hoir n'eussiens reprouvier, je vous iroie
querre secours au conte d'Anjou, que je voi là en
mi les chans.« Et je li dis: »Mes sires Erars, il me
semble que vous feriés vostre grant honour, se
vous nous aliés querre aide pour nos vies sauver;
car la vostre est bien en avanture.«

Joinville, *Histoire de Saint Louis*, 46, 226

Nach dem Abend der Templer hatte ich mit Belbo nur flüchtige Gespräche in der Bar, in die ich immer seltener ging, da ich an meiner Dissertation arbeitete.

Eines Tages war eine große Demonstration gegen die neofaschistischen Putschkomplotte angesetzt, die an der Universität beginnen sollte und zu der, wie damals üblich, alle antifaschistischen Intellektuellen aufgerufen waren. Großes Polizeiaufgebot, aber wie es schien, war man übereingekommen, die Sache laufen zu lassen. Typisch für jene Zeiten: eine nicht genehmigte Demonstration, aber solange nichts Schlimmes passierte, würde die Ordnungsmacht sich damit begnügen, zuzuschauen und aufzupassen, daß die Linke (damals gab es viele territoriale Kompromisse) gewisse Grenzen nicht überschritt, die ideell durch das Zentrum von Mailand gezogen waren. Im südlichen Teil der Altstadt dominierte die Protestbewegung, jenseits des Largo Augusto und in der ganzen Zone um Piazza San Babila hielten sich die Faschisten auf. Wenn jemand die Grenze übertrat, gab es Zwischenfälle, aber sonst passierte nichts, wie zwischen Dompteur und Löwe. Wir glauben gewöhnlich, daß der Dompteur vom wütenden Löwen angegriffen wird, den er dann bändigt, indem er die Peitsche schwingt oder einen Pistolenschuß abgibt. Irrtum: der Löwe ist schon satt und mit Drogen besänftigt, wenn er in die Arena kommt, und will niemanden angreifen. Wie jedes Tier hat er rings um sich eine bestimmte Sicherheitszone, außerhalb welcher passieren kann, was will, ohne daß er sich rührt. Wenn der Dompteur einen Fuß in die Zone des Löwen setzt, faucht der Löwe, dann hebt der Dompteur die Peitsche, aber in Wirklichkeit macht er einen Schritt rückwärts (als nähme er Anlauf zu einem Sprung), und der Löwe beruhigt sich wieder. Eine simulierte Revolution muß ihre eigenen Regeln haben.

Ich war zu der Demonstration gegangen, aber ohne mich einer bestimmten politischen Gruppe anzuschließen. Ich blieb am Rande, auf der Piazza Santo Stefano, wo sich die Unorganisierten trafen, Zeitungs- und Verlagsleute, Intellektuelle und Künstler, die gekommen waren, ihre Solidarität zu beweisen. Die ganze Blase aus Pilades Bar.

Unversehens fand ich mich neben Belbo. Er war in Begleitung einer Frau, mit der ich ihn öfter in der Bar gesehen hatte, so daß ich annahm, sie wäre seine Freundin (sie verschwand später – heute weiß ich warum, nachdem ich die Geschichte in dem *file* über Doktor Wagner gelesen habe).

»Sie auch hier?« fragte ich.

»Was wollen Sie?« Er lächelte verlegen. »Man muß doch was für sein Seelenheil tun. *Crede firmiter et pecca fortiter...* Erinnert Sie diese Szene hier nicht an etwas?«

Ich sah mich um. Es war ein sonniger Nachmittag, einer von jenen Tagen, an denen Mailand schön ist, mit seinen gelben Fassaden unter einem zart metallblauen Himmel. Die Polizei vor uns war eingepanzert in ihren Helmen und Schilden aus Plastik, die stählern zu schimmern schienen, während ein Kommissar in Zivil, aber mit einer grellen Trikolorenschärpe um den Leib, die Front der Seinen abschritt. Ich blickte hinter mich auf die Spitze des Zuges: die Demonstranten hatten sich in Bewegung gesetzt, aber gemessenen Schrittes, die Reihen waren dicht, aber unregelmäßig, fast Serpentinen, die Masse erschien wie stachelborstig mit ihren Fahnen, Standarten, Stangen und Transparenten. Ungeduldige Grüppchen stimmten rhythmische Sprechchöre an. Längs der Flanken des Zuges patrouillierten die sogenannten Katangas, vermummte Kämpfer mit roten Tüchern vor dem Gesicht, knallbunten Hemden und breiten nägelbeschlagenen Gürteln über Jeans, die durch alle Winde und Wetter gegangen waren; auch die langen Schlagstöcke, die sie in der Hand trugen, getarnt als zusammengerollte Fahnen, erschienen wie Elemente einer Palette, ich dachte unwillkürlich an Dufy und seine heiteren Farben. Von Dufy kam ich per Assoziation auf Guillaume Dufay. Ich hatte den Eindruck, in einer alten Miniatur zu leben, unter den Neugierigen am Straßenrand glaubte ich ein paar Damen zu sehen, androgyne Gestalten, die auf das große Fest der Kühnheit warteten, das ihnen verheißen war... All dies schoß mir blitzartig durch den Sinn, ich hatte irgendwie ein Gefühl von *déjà vu*, als erblickte ich etwas Altbekanntes, nur wußte ich nicht, was es war.

»Ist das nicht die Einnahme von Askalon?« fragte Belbo.

»Bei Gott und Messire Saint-Jacques!« rief ich aus. »Sie haben recht, es ist wirklich das Kreuzfahrerheer! Ich bin sicher, daß einige von diesen heute abend im Paradies sein werden!«

»Ja«, sagte Belbo, »die Frage ist nur, auf welcher Seite die Sarazenen sind.«

»Die Polizei ist teutonisch«, stellte ich fest, »so teutonisch, daß wir die Horden von Alexander Newski sein könnten, aber vielleicht bringe ich meine Texte durcheinander. Sehen Sie dort die Gruppe, das müssen die Mannen des Grafen Artois sein, sie beben vor Kampfeslust, denn unerträglich ist ihnen die Schmach, schon gehen sie mit Drohgebrüll auf die Feinde los.«

In diesem Moment passierte der Zwischenfall. Ich kann mich nicht mehr genau erinnern, der Zug hatte sich voranbewegt, eine Gruppe von Aktivisten mit Fahrradketten und Gesichtsmützen hatte angefangen, die Front der Polizei einzudrücken, um zur Piazza San Babila durchzubrechen, aggressive Sprechchöre brüllend. Der Löwe regte sich, und diesmal mit einer gewissen Entschiedenheit. Die vordere Reihe der Front tat sich auf, und es erschienen die Wasserwerfer. Aus den Vorposten des Zuges flogen die ersten Steine, die ersten Stahlkugeln schwirrten, ein Trupp Polizisten stürmte brutal prügelnd in die Menge, und der Zug begann zu wanken. In diesem Moment ertönte von weitem, hinten aus der Via Laghetto, ein Schuß. Vielleicht war's nur ein geplatzter Reifen, vielleicht ein Knallfrosch, vielleicht war's ein echter Pistolenschuß, abgefeuert von einem jener »Autonomen«, die ein paar Jahre später regelmäßig die P38 benutzen sollten.

Panik brach aus. Die Polizei blies zum Angriff, die Demonstranten teilten sich in die Kämpfer, die den Waffengang annahmen, und die anderen, die ihre Aufgabe für beendet ansahen. Ich fand mich unter letzteren, rannte Hals über Kopf die Via Larga hinunter in der panischen Angst, von irgendeinem Schlägertrupp gefaßt zu werden, in wessen Auftrag auch immer. Plötzlich sah ich neben mir Belbo mit seiner Gefährtin. Sie liefen schnell, aber ohne Panik.

An der Ecke der Via Rastrelli packte mich Belbo am Arm und rief: »Hier lang, junger Mann!« Ich wollte ihn fragen, warum, die Via Larga schien mir bequemer und belebter, und als wir in das Labyrinth der Gäßchen zwischen der Via Pecorari und dem Erzbischöflichen Ordinariat eindrangen, packte mich die Klaustrophobie. Mir schien, daß es dort, wo Belbo mich hinführte, viel schwieriger sein würde, mich zu tarnen, falls irgendwo Polizisten auftauchen sollten. Doch er bedeutete mir zu schweigen, bog um zwei, drei Ecken, immer langsamer laufend, und so gelangten wir schließlich in ruhiger Gangart, ohne zu rennen, an die Rückseite des Doms, wo der Verkehr normal war und keine Echos der Schlacht hindrangen, die kaum zweihundert Meter entfernt von uns tobte. Wir gingen schweigend um den Dom und erreichten die Vorderfront auf der Seite der Galleria. Belbo kaufte ein Säckchen Körner und begann in seraphischer Ruhe die Tauben zu füttern. Wir waren vollständig untergetaucht in der samstäglichen Menge, Belbo und ich in Jackett und Krawatte, seine Begleiterin in der Uniform der gepflegten Mailänderin, grauer Rollkragenpullover mit Perlenkette, ob echt oder nicht. Belbo stellte sie mir vor: »Das ist Sandra, kennt ihr euch?«

»Vom Sehen. Hallo.«

»Schauen Sie, Casaubon«, erklärte er mir dann, »wenn man fliehen muß, läuft man nie in gerader Linie davon. Nach dem Beispiel der Savoyer in Turin hat Napoleon III. das alte Paris ›entkernt‹ und mit einem Netz von Boulevards überzogen, das alle seither als ein Meisterwerk an urbanistischer Weitsicht bewundern. Aber die geraden Straßen dienen zur besseren Kontrolle der aufständischen Massen. Wenn möglich, siehe die Champs Elysées, müssen auch die Seitenstraßen breit und gerade sein. Wo das nicht möglich war, wie in den engen Gassen des Quartier Latin, hat der Mai 68 sein Bestes gegeben. Wenn man wegläuft, verdrückt man sich in die schmalen Gassen. Keine Ordnungsmacht der Welt kann sie alle kontrollieren, und auch die Bullen haben Angst, in kleinen Gruppen da reinzugehen. Wenn man zweien alleine begegnet, haben sie meistens mehr Angst als man selber, und in stiller Übereinkunft machen sich beide Seiten in der Gegenrichtung aus dem Staub. Wenn man an einer Massenkundgebung teilnehmen will und die Gegend nicht gut kennt, macht man am Tag davor eine kleine Ortsbesichtigung, und dann stellt man sich an die Ecke, wo die engen Gassen beginnen.«

»Haben Sie einen Kurs in Bolivien gemacht?«

»Die Überlebenstechniken lernt man nur als Kind, es sei denn, man meldet sich zu den Green Berets. Ich habe die schlimmen Jahre, die des Partisanenkriegs, in *** verbracht« – er nannte mir ein piemontesisches Städtchen zwischen dem Monferrat und den Nordhängen des ligurischen Apennins. »Ein wahrer Glücksfall für einen, der im Herbst 43 aus der Stadt evakuiert worden war, der richtige Ort und die richtige Zeit, um alles zu genießen: die Razzien, die SS, die Schießereien auf den Straßen... Ich erinnere mich, wie ich eines Abends auf den Hügel stieg, um frische Milch vom Bauern zu holen, da höre ich plötzlich über mir so ein Sirren zwischen den Baumwipfeln: *frr, frrr*. Ich begreife, daß sie von einer Anhöhe weiter oben auf die Eisenbahnlinie schießen, die hinter mir unten durchs Tal läuft. Der instinktive Reflex ist, wegzulaufen oder sich auf den Boden zu werfen. Ich mache einen Fehler, laufe talwärts, und plötzlich höre ich aus den Feldern um mich herum ein *tschak tschak tschak*. Es waren die Einschläge der zu kurz geratenen Schüsse, die nicht bis zur Bahnlinie gelangten. Mir wird klar, daß ich, wenn sie von hoch oben ins Tal runterschießen, nach oben weglaufen muß: je höher ich gelange, desto höher fliegen mir die Geschosse über den Kopf. Meine Großmutter hatte einmal, als sie mitten in eine Schießerei zwischen Faschisten und Partisanen geraten war, die sich aus den Waldrändern rechts und links von ihr über ein Maisfeld hinweg beschossen, eine großartige Idee: da sie auf jeder der beiden Seiten riskierte, von einer verirrten Kugel getroffen zu werden, warf sie sich mitten auf dem Feld zu Boden, genau zwischen den beiden Linien. So blieb sie zehn Minuten lang liegen, mit dem Gesicht nach unten, in der Hoffnung, daß die beiden Linien nicht zu weit vorrückten. Es ging gut... Sehen Sie, wenn man diese Dinge als Kind gelernt hat, behält man sie in den Reflexen.«

»Dann waren Sie also bei der Resistenza?«

»Als Zuschauer«, sagte er, und ich spürte eine leichte Verlegenheit in seinem Ton. »1943 war ich elf Jahre alt, am Ende des Krieges gerade dreizehn. Zu jung, um aktiv teilzunehmen, alt genug, um alles genau zu verfolgen, mit der Aufmerksamkeit eines Photographen, würde ich sagen. Aber was konnte ich tun? Nur hingehen und gucken. Und weglaufen, so wie heute.«

»Jetzt könnten Sie's erzählen, statt die Bücher anderer zu redigieren.«

»Ist schon alles erzählt worden, Casaubon. Wenn ich damals zwanzig gewesen wäre, hätte ich in den fünfziger Jahren Erinnerungspoesie geschrieben. Zum Glück bin ich zu spät geboren, als ich hätte schreiben können, blieb mir nichts anderes übrig, als die schon geschriebenen Bücher zu lesen. Auf der anderen Seite hätte ich auch mit einer Kugel im Kopf in den Hügeln enden können.«

»Auf welcher Seite?« fragte ich, schämte mich aber dann. »Entschuldigen Sie, das war ein dummer Witz.«

»Nein, das war kein dummer Witz. Sicher, heute weiß ich es, aber eben erst heute. Wußte ich's damals? Wissen Sie, daß man sein Leben lang von Gewissenbissen geplagt sein kann, nicht weil man die falsche Seite gewählt hat – das könnte man ja wenigstens noch bereuen –, sondern weil man außerstande war, sich selbst zu beweisen, daß man *nicht* die falsche Seite gewählt hätte... Ich war potentiell ein Verräter. Welches Recht hätte ich heute, irgendeine Wahrheit zu schreiben und sie anderen beizubringen?«

»Also hören Sie«, sagte ich, »potentiell hätten Sie auch ein Ungeheuer wie Jack the Ripper werden können, aber Sie *sind* es nicht geworden. Das sind doch Neurosen! Oder haben Sie irgendwelche konkreten Anhaltspunkte für Ihre Gewissensbisse?«

»Was sind konkrete Anhaltspunkte bei diesen Dingen? Ach, übrigens, apropos Neurosen, heute abend muß ich zu einem Essen mit Doktor Wagner. Höchste Zeit, mich auf den Weg zu machen, ich werde ein Taxi an der Scala nehmen. Gehen wir, Sandra?«

»Doktor Wagner?« fragte ich, während wir uns verabschiedeten. »Er persönlich?«

»Ja, er ist für ein paar Tage in Mailand, und vielleicht kann ich ihn überreden, uns etwas von seinen unveröffentlichten Schriften zu geben, für ein Aufsatzbändchen. Wäre ein schöner Coup.«

Demnach stand Belbo schon damals in Kontakt mit Doktor Wagner. Ich frage mich, ob es wohl jener Abend gewesen war, an dem Wagner (französisch auszusprechen: Wagnère)

Belbo gratis analysierte, ohne daß einer der beiden es wußte. Aber vielleicht war das auch später gewesen.

Jedenfalls war es damals das erste Mal gewesen, daß Belbo auf seine Kindheit in *** zu sprechen kam. Merkwürdig, daß er dabei von Fluchten erzählte – fast glorreichen Fluchten, im Glorienschein der Erinnerung, doch ins Gedächtnis gekommen, nachdem er – mit mir, aber vor meinen Augen, unrühmlich, wenn auch klug – erneut geflohen war.

16

Danach sagte Bruder Etienne de Provins, vor die
genannten Kommissare geführt und von diesen
gefragt, ob er den Orden verteidigen wolle, nein,
das wolle er nicht, und so ihn die Meister verteidigen wollten, sollten sie das nur tun, aber er sei vor
der Verhaftung nur ganze neun Monate lang im
Orden gewesen.«

Aussage am 27. 11. 1309

Unter Abulafias *files* hatte ich einen Text gefunden, der von
drei anderen Fluchten erzählte. Daran dachte ich vorgestern
abend im Periskop, als ich es im Dunkeln knacken, knistern
und rascheln hörte – und mir sagte, bleib ruhig, das ist die
Art, wie Museen, Bibliotheken, alte Paläste nachts miteinander sprechen, das sind nur Schränke, die sich setzen, Rahmen, die auf die abendliche Feuchtigkeit reagieren, langsam
abbröckelnder Putz und rissig werdendes Mauerwerk. Du
kannst nicht fliehen, sagte ich mir, denn schließlich bist du ja
hergekommen, um zu erfahren, was mit einem geschehen ist,
der versucht hat, einer Reihe von Fluchten ein Ende zu
setzen, indem er einen Akt sinnlosen (oder verzweifelten)
Mutes beging, vielleicht um jene so oft hinausgeschobene
Begegnung mit der Wahrheit herbeizuzwingen.

Filename: Canaletto

Bin ich vor einem Polizeiangriff weggelaufen, oder erneut
vor der Geschichte? Und was wäre der Unterschied? Bin ich
aus moralischen Gründen zur Demonstration gegangen,
oder um mich ein weiteres Mal vor der GELEGENHEIT auf die
Probe zu stellen? Sicher, ich habe die großen Gelegenheiten
verpaßt, weil ich zu früh gekommen war, oder zu spät, aber
schuld war mein Geburtsjahr. Ich wäre gern auf jenem
Maisfeld gewesen, um zu schießen, auch auf die Gefahr hin,
dabei meine Großmutter zu treffen. Ich war nicht aus
Feigheit abwesend, sondern aus Altersgründen. D'accord.
Und bei der Demonstration? Da bin ich erneut aus Altersgründen geflohen, dieser Kampf ging mich nichts an. Aber
ich hätte ein Risiko eingehen können, auch ohne Enthusias-

mus, nur um mir zu beweisen, daß ich damals auf dem Maisfeld zu wählen gewußt hätte. Hat es Sinn, die falsche Gelegenheit zu wählen, um sich zu überzeugen, daß man die richtige gewählt hätte? Wer weiß, wie viele von denen, die sich heute dem Kampf gestellt haben, es so machten. Aber eine falsche Gelegenheit ist nicht die GELEGENHEIT.

Kann man feige sein, weil einem scheint, daß der Mut der andern in keinem Verhältnis zur Nichtigkeit des Anlasses steht? Wenn ja, dann macht Klugheit feige. Und so verpaßt man die gute Gelegenheit, wenn man das Leben damit verbringt, auf sie zu lauern und über sie nachzugrübeln. Die Gelegenheit ergreift man instinktiv, und im Augenblick weiß man noch nicht, daß es die GELEGENHEIT ist. Vielleicht habe ich sie ja schon einmal ergriffen und weiß es bloß nicht? Wie kommt man dazu, ein schlechtes Gewissen zu haben und sich als Feigling zu fühlen, bloß weil man im falschen Jahrzehnt geboren ist? Antwort: du fühlst dich als Feigling, weil du einmal ein Feigling gewesen bist.

Und wenn ich auch damals der GELEGENHEIT ausgewichen wäre, weil ich sie als inadäquat empfand?

Das Haus in *** beschreiben, wie es einsam auf dem Hügel zwischen den Weingärten steht – sagt man nicht, die Hügel hätten die Form von Brüsten? –, und dann die Straße, die zu den Ausläufern des Dorfes hinunterführt, zu den letzten Häusern am Rande der Siedlung – oder den ersten (klar, das wirst du nie wissen, solange du keinen Standpunkt wählst). Den kleinen Evakuierten beschreiben, wie er den Schutz der Familie verläßt und sich hinunterwagt in die verstreute Ortschaft, wie er durch die Hauptstraße schleicht, ängstlich und neidisch vorbei am Viottolo.

Der Viottolo war der Versammlungsort der Viottolobande. Schmutzige laute Jungen vom Lande. Ich war zu städtisch, ich blieb ihnen besser fern. Aber um zur Piazza zu gelangen, mit dem Kiosk und dem Papierwarenladen, blieb mir nichts anderes übrig, wenn ich nicht einen geradezu kontinentalen und schmachvollen Umweg machen wollte, als über den Canaletto zu gehen. Die Jungs vom Viottolo waren kleine Aristokraten im Vergleich zu denen der Canalettobande, benannt nach einem kanalisierten Bach, der durch die ärmste Gegend der Siedlung floß. Die vom Canaletto waren wirklich verdreckt, subproletarisch gemein und brutal.

Die vom Viottolo konnten die Zone der Canalettos nicht durchqueren, ohne attackiert und verprügelt zu werden. Am Anfang wußte ich noch nicht, daß ich zum Viottolo gehörte, ich war gerade erst angekommen, aber die vom Canaletto hatten mich gleich als Feind identifiziert. Ich schlenderte durch ihr Gebiet mit einer aufgeschlagenen Zeitung vor der Nase, so einer kleinen bunten Kinderzeitung, in der ich beim Gehen las, und sie hatten mich sofort im Visier. Ich fing an zu rennen und sie hinterher, sie schmissen mit Steinen, einer davon durchschlug die Zeitung, die ich im Rennen weiter aufgeschlagen hielt, um eine Art Haltung zu bewahren. Ich konnte mich retten, aber die Zeitung war hin. Am nächsten Tag beschloß ich, in die Viottolobande einzutreten.

Ich präsentierte mich in ihrer Ratsversammlung und wurde mit Gewieher empfangen. Damals hatte ich dichtes, tendentiell senkrechtstehendes Haar, fast wie der Typ in der Reklame für die Buntstifte von Presbitero. Die Vorbilder, die mir das Kino, die Werbung und die Sonntagsspaziergänge nach der Messe boten, waren Jünglinge in schulterwattierten Zweireihern mit schmalen Lippenbärtchen und glattanliegendem pomadisierten Haar. Damals nannte man die straff zurückgebürstete Frisur im Volksmund die *mascagna*. Ich wollte eine *mascagna*. Also kaufte ich mir auf der Piazza am Montag, wenn Markt war, für lächerliche Summen im Vergleich zur Lage der Aktienbörse, aber enorme für mich, Tuben mit einer körnigen Brillantine, hart wie Kunsthonig, und verbrachte Stunden damit, sie in meine widerspenstigen Haare zu streichen, bis sie glatt wie eine Kappe anlagen. Dann zog ich ein Netz darüber, um sie glattzuhalten. Die Jungs vom Viottolo hatten mich schon ein paarmal mit dem Netz gesehen und mir spöttische Wörter nachgerufen in ihrem rauhen Dialekt, den ich einigermaßen verstand, aber nicht sprach. An jenem Tag, nachdem ich zwei Stunden mit dem Netz im Haus verbracht hatte, nahm ich es ab, überprüfte den superben Effekt im Spiegel und begab mich zum Treffen mit denen, welchen ich Treue zu schwören gedachte. Als ich eintraf, hatte die Brillantine bereits ihre glutinöse Funktion beendet und mein Haar begonnen, sich wieder in seine vertikale Position aufzurichten, aber in Zeitlupe. Große Begeisterung bei den Viottolos, die mich umringten und sich auf die Schenkel schlugen. Ich bat um Aufnahme in ihre Bande.

Leider sprach ich italienisch: ich war eben ein Andersartiger. Der Anführer trat vor, ein Junge namens Martinetti, der mir groß wie ein Turm vorkam, schimmernd mit nackten Füßen. Er entschied, daß ich hundert Tritte in den Hintern erdulden müsse. Vielleicht sollten sie die Schlange Kundalini wecken. Ich willigte ein. Stellte mich an die Mauer, rechts und links an den Armen von zween Mareschallen gehalten, und erduldete hundert Tritte mit nacktem Fuß. Martinetti erfüllte seine Aufgabe mit Enthusiasmus, Kraft und Methode, er trat nicht mit der Fußspitze zu, sondern mit dem Ballen, um sich nicht die Zehen zu verletzen. Das Ritual wurde rhythmisch vom Chor der Bandenmitglieder begleitet. Sie zählten die Tritte im Dialekt. Dann beschlossen sie, mich in einen Kaninchenstall einzusperren, für eine halbe Stunde, während welcher sie sich in gutturalen Gesprächen ergingen. Schließlich ließen sie mich raus, als ich über das Kribbeln in meinen erstarrten Beinen klagte. Ich war stolz auf mich, denn ich hatte die wilde Liturgie einer wilden Gruppe mit Würde bestanden. Ich war ein Mann, den sie Pferd nannten.

Damals gab es in *** auch teutonische Recken, nicht sehr wachsame, denn die Partisanen hatten sich noch nicht bemerkbar gemacht – es war so gegen Ende 43 oder Anfang 44. Eine unserer ersten Unternehmungen war, uns in eine Baracke einzuschleichen, während draußen ein paar Genossen den Wachposten umschmeichelten, so einen blonden Langobarden, der ein enormes Brötchen verzehrte, mit – so schien uns, und wir erschauerten – Salami und Marmelade. Der Störtrupp bezirzte den Deutschen, indem er seine Waffen lobte, und wir andern in der Baracke (in die man von hinten eindringen konnte) raubten derweilen einige Brötchen mit Sprengstoff. Ich glaube nicht, daß der Sprengstoff je benutzt worden ist, aber in Martinettis Plänen ging es darum, ihn draußen auf dem Feld hochgehen zu lassen, zu pyrotechnischen Zwecken und, wie ich heute weiß, mit sehr primitiven, inadäquaten Methoden. Später folgten dann auf die Deutschen die italienischen Partisanenbekämpfer der *Decima Mas* (sie waren hart, die faschistischen Ledernacken, aber nicht so brutal wie die Schwarzen Brigaden, die auch Kriminelle aus den Gefängnissen rekrutierten und skrupellos gegen die Zivilbevölkerung vorgingen). Sie hatten einen Kontrollposten unten am Fluß eingerichtet, genau an der Kreuzung, wo abends um sechs die Schülerinnen aus dem Internat Maria Ausiliatrice herunterkamen. Nun ging es darum, die Burschen von der *Decima* (die kaum älter als achtzehn sein konnten) zu überreden, ein paar deutsche Handgranaten zu bündeln, solche mit langem Stiel, und sie dann so zu werfen, daß sie auf dem Wasser explodierten, genau in dem Moment, wenn die Mädchen kamen. Martinetti wußte präzis, was zu tun war und wie man die Zeiten kalkulierte. Er erklärte es den Schwarzhemden, und der Effekt war enorm: eine Fontäne schoß hoch aus dem Bachbett mit Donnergetöse, genau als die Mädchen um die Ecke bogen. Allgemeine Flucht mit großem Gekreische, und wir und die Schwarzhemden lachten uns tot. An jene glorreichen Tage hätten sich – nach dem Feuertod von Molay – noch die Überlebenden von Salò erinnert.

Hauptsport der Viottolos war, Patronenhülsen und andere Kriegsüberbleibsel zu sammeln, woran nach dem 8. September kein Mangel war, zum Beispiel alte Stahlhelme, Patronengürtel und Proviantbeutel, manchmal auch noch intakte Patronen. Um eine intakte Patrone zu benutzen, ging man so vor: man nahm sie vorsichtig in die Hand, führte sie in ein Türschloß ein und drehte sie fest; dann ließ das Geschoß sich herausschrauben und kam in die Spezialsammlung. Die Hülse wurde vom Pulver entleert (manchmal enthielt sie auch ein Material in Form dünner Schnüre), das dann in Serpentinen ausgelegt und abgebrannt wurde. Die Hülse, die um so mehr galt, wenn die Kapsel noch intakt war, kam als Neuzugang in die Armee. Ein guter Sammler hatte viele davon, die er wie Zinnsoldaten aufstellte, sortiert nach Fabrikat, Farbe, Form und Größe. Da gab es die einfachen Fußsoldaten – die Hülsen der italienischen MP und der englischen Sten –, dann die Bannerträger und Ritter – Moschetto-Karabiner, Sturmgewehr 91 (das Garand sahen wir erst bei den Amerikanern) – und schließlich, die begehrteste Trophäe, als hochaufragende Großmeister die MG-Hülsen.

Während wir uns diesen Friedensspielen hingaben, eröffnete Martinetti uns eines Tages, daß der Moment gekommen sei. Die Duellforderung sei der Canalettobande zugestellt worden, und sie habe den Fehdehandschuh aufgenommen. Der Kampf werde auf neutralem Boden stattfinden, hinterm Bahnhof. Heute abend um neun.

Es war ein sommerlicher Spätnachmittag, schwülwarm und voller Erregung. Jeder von uns rüstete sich mit den fürchterlichsten Paraphernalien, schnitzte sich Knüppel, die gut in der Hand lagen, füllte sich die Patronen- und Provianttaschen mit Steinen in verschiedener Größe. Einer hatte sich aus dem Riemen eines Karabiners eine Peitsche gemacht, eine schreckliche Waffe, wenn sie entschlossen gehandhabt wurde. Zumindest in jenen Abendstunden fühlten wir uns allesamt als Helden, ich besonders. Es war die Erregung vor dem Angriff, stechend, schmerzlich, wunderbar – leb wohl, meine Schöne, leb wohl, hart und süß ist das Los des Kriegers, wir schickten uns an, unsere Jugend zu opfern, wie man es uns vor dem 8. September in der Schule gelehrt hatte.

Martinettis Plan war raffiniert ausgedacht: wir würden den Bahndamm weiter nördlich überqueren, um sie von hinten zu fassen, unerwartet, praktisch bereits als Sieger. Dann drauf mit Gebrüll und keine Gnade.

Bei Einbruch der Dämmerung kletterten wir wie geplant die steile Böschung hinauf, schwer beladen mit Steinen und Knüppeln. Oben angelangt, sahen wir sie schon hinter dem Bahnhofsklo stehen. Sie erblickten uns sofort, da sie genau in unsere Richtung spähten. So blieb uns nichts anderes übrig, als möglichst schnell runterzulaufen, ohne ihnen Zeit zu lassen, sich lange über die Evidenz unserer Taktik zu wundern.

Niemand hatte uns vor dem Angriff mit Feuerwasser versorgt, aber wir stürmten trotzdem voran mit Gebrüll. Dann, etwa hundert Meter vorm Bahnhof, geschah es. Dort standen die ersten Häuser des Dorfes, und obwohl es nur wenige waren, bildeten sie doch schon ein kleines Gassengewirr. Es geschah, daß die kühnste Gruppe sich furchtlos auf die Feinde stürzte, während ich und – zu meinem Glück – ein paar andere die Gangart verlangsamten und hinter den Ecken der Häuser stehenblieben, um aus der Ferne zuzusehen.

Hätte uns Martinetti in Vor- und Nachhut eingeteilt, wir hätten nur unsere Pflicht getan, aber so war's eine Art von spontaner Aufteilung. Die Mutigen vorn, die Feigen hinten. Und aus unserem Schlupfwinkel, ich noch ein Stückchen weiter hinter den andern, beobachteten wir den Kampf. Der nicht stattfand.

Als sich die beiden Gruppen bis auf ein paar Meter genähert hatten, machten sie halt und standen sich zähnefletschend gegenüber. Die Anführer traten vor und verhandelten. Es war ein Jalta, sie beschlossen, sich die Einflußzonen zu teilen und gelegentliche Transite zu dulden, wie einst die Christen und Moslems im Heiligen Land. Die Solidarität zwischen den beiden Ritterheeren obsiegte (ist das ein Gallizismus?) über die Unausweichlichkeit der Entscheidungsschlacht. Jeder hatte eine schöne Mutprobe abgelegt. In schöner Eintracht zogen sie sich auf gegnerische Seiten zurück. In schöner Eintracht zogen die Gegner sich auf entgegengesetzte Seiten zurück. Sie gingen einträchtig auseinander.

Heute sage ich mir, daß ich damals stehengeblieben war, weil ich lachen mußte. Aber damals sagte ich mir das nicht. Ich fühlte mich einfach nur feige.

Heute sage ich mir, noch feiger, wenn ich damals weitergelaufen wäre, hätte ich nichts riskiert und in den folgenden Jahren besser gelebt. Ich habe die GELEGENHEIT verpaßt, mit zwölf Jahren. Und das ist, wie wenn man beim ersten Mal keine Erektion hat: man bleibt impotent fürs ganze Leben.

Einen Monat danach, als die Viottolos und die Canalettos sich aufgrund einer zufälligen Grenzverletzung unversehens auf offenem Feld gegenüberstanden und Erdklumpen aufeinander zu schmeißen begannen, trat ich, vielleicht beruhigt durch den Verlauf der letzten Begegnung, vielleicht auch begierig auf Märtyrertum, in die erste Reihe vor. Es war ein unblutiger Zusammenstoß, außer für mich. Einer der Erdklumpen, der offenkundig ein Herz von Stein in sich barg, traf mich an der Lippe und spaltete sie. Ich floh, rannte heulend nach Hause, und meine Mutter mußte lange mit einer Pinzette herumpulen, um mir die Krümel aus der Wunde zu holen, die sich innen im Mund gebildet hatte. Tatsache ist, daß ich noch heute ein kleines Knötchen vorn im Mund habe, unter dem rechten unteren Eckzahn, und wenn ich mit der Zunge drüberfahre, spüre ich ein Vibrieren, ein leichtes Erschauern.

Aber dieses Knötchen erteilt mir keine Absolution, denn ich habe es mir aus Versehen zugezogen, nicht aus Mut. Ich fahre mit der Zunge drüber, und was tue ich? Ich schreibe. Aber schlechte Literatur erlöst nicht.

Nach jener Demonstration sah ich Belbo etwa ein Jahr lang nicht mehr. Ich hatte mich in Amparo verliebt und ging nicht mehr zu Pilade, beziehungsweise die wenigen Male, wenn ich mit Amparo auf einen Sprung hineingeschaut hatte, war Belbo nicht dagewesen. Und Amparo mochte das Lokal nicht. Ihr moralischer und politischer Rigorismus – vergleichbar nur ihrer Anmut und ihrem herrlichen Stolz – ließ sie Pilade als einen Club für demokratische Dandys empfinden, und den demokratischen Dandyismus betrachtete sie als ein Element, das subtilste, des kapitalistischen Herrschaftsgefüges. Es war ein Jahr voller Engagement, in großem Ernst und großer Freude. Ich arbeitete lustvoll, aber in Ruhe an meiner Dissertation.

Eines Tages traf ich Belbo auf der Straße, nur wenige Schritte vor seinem Büro. »Hallo, sieh da«, rief er freudig, »mein Lieblingstempler! Gerade hat mir jemand ein Destillat von unsäglichem Alter geschenkt. Wie wär's, wollen Sie nicht auf einen Sprung mit raufkommen? Ich habe Pappbecher und den Nachmittag frei.«

»Das ist ein Zeugma«, bemerkte ich.

»Nein, ein Bourbon, ich glaube aus der Zeit vor dem Fall von Alamo.«

Ich ging mit hinauf. Aber kaum hatten wir einen Schluck probiert, kam Gudrun herein und sagte, da wäre ein Herr. Belbo schlug sich mit der Hand an die Stirn. Er habe diese Verabredung ganz vergessen, sagte er, aber die Sache rieche nach einer Verschwörung. Soweit ich begriff, wollte der Typ ihm ein Buch präsentieren, in dem es auch um die Templer ging. »Ich werde ihn gleich abwimmeln«, meinte Belbo. »Aber helfen Sie mir mit scharfsinnigen Bemerkungen.«

Es war bestimmt nur ein Zufall gewesen. Und so ging ich ins Netz.

17

So verschwanden die Tempelritter mit ihrem Geheimnis, in dessen Schatten eine schöne Hoffnung
auf die irdische Stadt pulsierte. Aber das Abstrak-
tum, an das ihr Bemühen gekettet war, setzte sein
unerreichbares Leben in unbekannten Regionen
fort... und mehr als einmal im Laufe der Zeiten
ließ es seine Inspiration in die Geister derer fließen,
die sie aufzunehmen vermochten.

Victor Emile Michelet, Le secret de la Chevalerie, 1930, 2

Er hatte ein Gesicht wie aus den vierziger Jahren. Nach den
alten Illustrierten zu urteilen, die ich zu Hause im Keller
gefunden hatte, mußten alle Leute in den vierziger Jahren so
ein Gesicht gehabt haben. Muß der Hunger gewesen sein,
der in Kriegszeiten herrscht: er macht die Wangen hohl und
die Augen fiebrig. Ich hatte das Gesicht in Erschießungs-
szenen gesehen, auf beiden Seiten. In jenen Zeiten erschossen
sich Männer mit gleichen Gesichtern gegenseitig.

Gekleidet war er in einen blauen Anzug mit weißem Hemd
und perlgrauer Krawatte, ich fragte mich unwillkürlich,
warum er in Zivil gekommen war. Das unnatürlich schwarze
Haar war an den Schläfen glatt zurückgebürstet in zwei
maßvoll pomadisierten Strähnen und ließ auf dem blanken
Schädel feine Streifen, regelmäßig wie Telegraphendrähte,
die sich V-förmig von der Stirn aus verteilten. Das Gesicht
war braungebrannt und gezeichnet, nicht nur von – explizit
kolonialen – Furchen. Eine bleiche Narbe furchte die linke
Wange, von der Lippe bis zum Ohr, und da er ein schwarzes
Menjoubärtchen trug, war auch dessen linke Seite kaum
merklich gefurcht an der Stelle, wo die Haut sich weniger als
einen Millimeterbreit geöffnet und wieder geschlossen hatte.
Mensurschmiß oder Streifschuß?

Er stellte sich vor: Oberst Ardenti, reichte Belbo die Hand
und nickte mir zu, als Belbo mich als seinen Mitarbeiter
definierte. Setzte sich, schlug die Beine übereinander, zog
sich die Hose über den Knien zurecht und entblößte dabei ein
Paar braune Socken, kurze.

»Oberst... im aktiven Dienst?« fragte Belbo.

Ardenti entblößte einige teure Prothesen: »Eher in Pension. Oder, wenn Sie so wollen, in der Reserve. Sieht vielleicht nicht so aus, aber ich bin nicht mehr der Jüngste.«

»Sieht nicht so aus«, sagte Belbo.

»Dabei habe ich vier Kriege mitgemacht.«

»Da müßten Sie ja mit Garibaldi angefangen haben.«

»Nein. Erst Leutnant, als Freiwilliger, in Abessinien. Dann Hauptmann, als Freiwilliger, in Spanien. Dann Major, erneut in Afrika, bis zur Aufgabe jener Küste. Silbermedaille. Dreiundvierzig dann... Sagen wir: ich hatte die Verliererseite gewählt. Habe alles verloren, außer der Ehre. Hatte jedoch den Mut, neu anzufangen. Fremdenlegion. Brutstätte für Helden. Sechsundvierzig Sergeant, achtundfünfzig dann Oberst, bei Massu. Offenbar wähle ich immer die Verliererseite. Als der linke de Gaulle an die Macht kam, ließ ich mich pensionieren und ging nach Frankreich. Hatte mir gute Kontakte in Algerien aufgebaut und gründete eine Export-Import-Firma, in Marseille. Diesmal hatte ich, glaube ich, die siegreiche Seite gewählt, denn jetzt lebe ich von der Rendite und kann mich meinem Hobby widmen – so sagt man doch heutzutage, oder? Und in den letzten Jahren habe ich die Ergebnisse meiner Forschungen zu Papier gebracht. Hier...« Er öffnete seine Ledermappe und zog einen dicken Ordner hervor, der mir damals rot erschien.

»Also«, sagte Belbo, »ein Buch über die Templer?«

»Die Templer«, nickte der Oberst. »Eine Passion, die ich quasi seit meiner Jugend habe. Auch sie waren Glücksritter, die auf der Suche nach Ruhm durchs Mittelmeer zogen.«

»Herr Casaubon beschäftigt sich mit den Templern«, sagte Belbo. »Er kennt die Thematik besser als ich. Erzählen Sie.«

»Die Templer haben mich schon immer interessiert. Ein Häuflein edler Ritter, die das Licht Europas unter die Wilden der beiden Tripolis trugen...«

»Die Gegner der Templer waren eigentlich gar nicht so wild«, sagte ich in konziliantem Ton.

»Sind Sie je Gefangner der Rebellen im Maghreb gewesen?« fragte er mich sarkastisch.

»Bisher nicht.«

Er fixierte mich, und ich war froh, nie in seiner Truppe gedient zu haben. »Entschuldigen Sie«, sagte er zu Belbo, »ich gehöre zu einer anderen Generation.« Er sah mich herausfordernd an. »Sind wir hier, um einen Prozeß zu führen, oder um...«

»Wir sind hier, um über Ihre Arbeit zu sprechen, Herr Oberst«, sagte Belbo. »Bitte erzählen Sie uns davon.«

»Ich möchte eines gleich klarstellen«, sagte der Oberst und legte eine Hand auf seinen Ordner. »Ich bin bereit, zu den Publikationskosten beizutragen, ich schlage Ihnen kein Verlustgeschäft vor. Wenn Sie wissenschaftliche Garantien verlangen, kann ich sie Ihnen bringen. Gerade erst vor zwei Stunden habe ich mich mit einem einschlägigen Experten getroffen, der eigens aus Paris hergekommen ist. Er wird ein maßgebliches Vorwort schreiben können…« Er erriet Belbos Frage und winkte ab, als wollte er sagen, daß es im Augenblick besser sei, angesichts der Delikatheit des Falles keine Namen zu nennen.

»Doktor Belbo«, sagte er dann, »hier auf diesen Seiten habe ich das Material für eine Geschichte. Eine wahre. Und keine banale. Besser als die amerikanischen Kriminalromane. Ich habe etwas gefunden, etwas sehr Wichtiges, aber es ist nur der Anfang. Ich möchte öffentlich mitteilen, was ich weiß, damit diejenigen, die dieses Puzzlespiel vervollständigen können, es lesen und sich bemerkbar machen. Ich möchte einen Köder auswerfen. Und ich muß es unverzüglich tun. Derjenige, der vor mir in Erfahrung gebracht hatte, was ich heute weiß, ist vermutlich umgebracht worden, eben damit er sein Wissen nicht verbreiten konnte. Wenn ich das, was ich weiß, zweitausend Lesern sage, wird niemand mehr daran interessiert sein, mich aus dem Weg zu räumen.« Er machte eine Pause. »Die Herren wissen etwas über die Verhaftung der Templer?«

»Herr Casaubon hat mir kürzlich davon erzählt, und es hat mich frappiert, daß sich die Templer so widerstandslos verhaften ließen und offenbar nichts ahnten…«

Der Oberst lächelte mitleidig. »In der Tat. Es ist kindisch zu glauben, daß Leute, die so mächtig waren, daß der König von Frankreich vor ihnen zitterte, nicht in der Lage gewesen sein sollten, rechtzeitig in Erfahrung zu bringen, daß vier Halunken den König gegen sie aufhetzten und daß der König daraufhin den Papst aufhetzte. Nein, ich bitte Sie! Da muß es doch einen Plan gegeben haben. Und zwar einen weitreichenden, hochgespannten, ja erhabenen Plan. Nehmen Sie an, die Templer hätten einen Plan zur Eroberung der Welt gehabt und das Geheimnis einer immensen Machtquelle gekannt, ein Geheimnis, für das kein Opfer zu groß war, für dessen Bewahrung es sich sogar lohnte, das ganze Pariser Hauptquartier aufzugeben, die über ganz Frankreich, Spanien, Portugal, England, Italien verstreuten Güter, und die Burgen im Heiligen Land, die monetären Guthaben, alles… Philipp der Schöne muß es geahnt haben, warum sonst sollte er eine Verfolgung auslösen, die schließlich die Blüte der französischen Ritterschaft in Mißkredit brachte. Die Templer begreifen, daß der König begriffen hat und sie zu vernichten trachtet, es hat keinen Sinn, ihm frontal entgegenzutreten, der Plan erfordert Zeit, der Schatz, oder was immer es gewesen sein mag, muß erst noch genauer lokalisiert werden, oder man kann ihn nur langsam ausbeuten… Und die geheime Führung des Tempels, deren Existenz mittlerweile alle einräumen…

»Alle?«

»Gewiß. Es ist undenkbar, daß ein so mächtiger Orden so lange überleben konnte, ohne ein geheimes Führungsgremium zu haben.«

»Das Argument ist makellos«, sagte Belbo mit einem Seitenblick zu mir.

»Ergo«, fuhr der Oberst fort, »sind auch die Folgerungen evident. Der Großmeister gehört natürlich zur geheimen Führung, ist aber nur die Deckung nach außen, das Aushängeschild. Gauthier Walther sagt in seinem Buch *La chevalerie et les aspects secrets de l'histoire*, der Welteroberungsplan der Templer habe als Endziel das Jahr Zweitausend anvisiert! Die Templer beschließen also, in den Untergrund zu gehen, und um das tun zu können, ist es erforderlich, daß der Orden in den Augen der Welt verschwindet. Sie *opfern* sich, *das* ist es, was sie tun, samt ihrem Großmeister. Einige lassen sich umbringen, vermutlich hat man sie ausgelost. Andere unterwerfen sich, tarnen sich durch den Eintritt in andere Orden. Wo landen die unteren Ränge? Die Laienbrüder, die Bau- und Zimmerleute, die Glaser…? Nun, so entsteht die Zunft der Freien Maurer, die sich über die Welt verbreitet, man kennt die Geschichte. Doch was geschieht in England? Der König widersetzt sich dem Druck des Papstes und gestattet den Templern, ihr Leben friedlich in ihren Ordensburgen zu beenden. Und die Templer in Frankreich lassen sich alles brav und bieder gefallen! Schlucken Sie das? Ich nicht. In Spanien beschließt der Orden, den Namen zu ändern, und wird zum Orden von Montesa. Tja, meine Herren, das waren

Leute, die einen König zu überzeugen vermochten, die so viele Wechsel in ihren Tresoren hatten, daß sie ihn binnen einer Woche in den Bankrott hätten treiben können. Auch der König von Portugal ist kompromißbereit: Hört zu, liebe Freunde, sagt er, nennt euch fortan nicht mehr Ritter des Tempels, sondern Ritter Christi, und ich bin's zufrieden. Und in Deutschland? Kaum Prozesse, rein formale Abschaffung des Ordens, aber dort haben die Templer immerhin auch einen Bruderorden, die Deutschordensritter, die zu jener Zeit etwas mehr tun, als nur einen Staat im Staate zu gründen: Sie *sind* der Staat, sie beherrschen ein Gebiet, so groß wie das der Länder, die heute unter der Knute Rußlands leben, und sie machen weiter so bis zum Ende des fünfzehnten Jahrhunderts, bis die Mongolen kommen – aber das ist eine andere Geschichte, denn die Mongolen haben wir ja immer noch vor den Toren... Aber schweifen wir nicht ab...«

»Nein, bitte nicht«, sagte Belbo. »Fahren wir fort.«

»Eh bien. Wie jeder weiß, verließ zwei Tage, bevor Philipp den Haftbefehl erteilte, also einen Monat, bevor die Verhaftung erfolgte, ein Heuwagen, von zwei Ochsen gezogen, mit unbekanntem Ziel den Tempelbezirk von Paris. Auch Nostradamus spricht davon in einer seiner *Centuries*...« Der Oberst suchte nach einer Seite in seinem Manuskript:

> *Souz la pasture d'animaux ruminant*
> *par eux conduits au ventre herbipolique*
> *soldats cachés, les armes bruit menant...*

»Der Heuwagen ist eine Legende«, sagte ich, »und ich würde Nostradamus nicht als Autorität in Sachen Geschichtsschreibung nehmen.«

»Bedeutend ältere Leute als Sie, junger Mann, haben vielen Prophezeiungen des Nostradamus Glauben geschenkt. Andererseits bin ich nicht so naiv, die Heuwagengeschichte wörtlich zu nehmen. Sie ist ein Symbol. Das Symbol für die evidente und gesicherte Tatsache, daß Jacques de Molay in Voraussicht der bevorstehenden Verhaftung das Kommando und die geheimen Instruktionen an seinen Neffen übertrug, den Grafen von Beaujeu, der daraufhin zum verborgenen Oberhaupt des nun verborgenen Tempelordens wurde.«

»Gibt es dafür geschichtliche Dokumente?«

»Die offizielle Geschichte«, lächelte bitter der Oberst, »ist die von den Siegern geschriebene. Nach der offiziellen Geschichte sind Männer wie ich nicht existent. Nein, unter der Sache mit dem Heuwagen verbirgt sich etwas anderes. Der geheime Kern des Ordens begab sich in ein ruhiges Zentrum und begann, von dort aus sein klandestines Netz zu spinnen. Von dieser Evidenz bin ich ausgegangen. Seit Jahren, schon seit der Zeit vor dem Kriege habe ich mich immer wieder gefragt, wo diese Brüder im Heroismus geblieben sein mochten. Als ich mich dann ins Privatleben zurückzog, beschloß ich, endlich nach einer Spur zu suchen. In Frankreich war die Flucht mit dem Heuwagen erfolgt, in Frankreich also mußte ich nach dem Ort der Gründungsversammlung des klandestinen Kerns suchen. Aber wo?«

Er hatte Sinn für Theatralik. Belbo und ich wollten nun wissen, wo. Wir fanden kein besseres Mittel, als zu sagen: »Sagen Sie's!«

»Ich sage es. Woher kamen die Templer? Woher stammte ihr Gründer Hugo von Payns? Aus der Champagne, aus der Nähe von Troyes. Und in der Champagne regierte Graf Hugo de Champagne, der ihn wenige Jahre nach der Gründung, 1125, in Jerusalem traf. Dann kam er nach Hause zurück und setzte sich, wie es scheint, mit dem Abt von Cîteaux in Verbindung, dem er half, in seinem Kloster die Lektüre und die Übersetzung bestimmter hebräischer Texte zu initiieren. Denken Sie nur, die Rabbiner aus der Haute Bourgogne werden nach Cîteaux eingeladen, zu den weißen Benediktinern, und von wem? Vom heiligen Bernhard, zum Studium wer weiß welcher Texte, die Hugo in Palästina gefunden hat. Und Hugo offeriert den Mönchen Bernhards einen Wald bei Bar-sur-Aube, wo dann Clairvaux entstehen wird. Und was macht Bernhard?«

»Er wird zum Cheftheoretiker der Templer«, sagte ich.

»Er unterstützt sie, jawohl. Und warum? Wissen Sie, daß er die Templer mächtiger als die Benediktiner werden läßt? Daß er den Benediktinern verbietet, Ländereien und Häuser als Geschenk anzunehmen, und dann die Ländereien und Häuser den Templer geben läßt? Haben Sie je den Forêt d'Orient bei Troyes gesehen? Ein riesiges Waldgebiet, mit einer Burg nach der andern. Und derweilen kämpfen die Ritter in Palästina gar nicht mehr, wissen Sie das auch? Sie

installieren sich im Tempel zu Jerusalem, und statt die Musel-
männer zu töten, schließen sie mit ihnen Freundschaft. Sie
nehmen Kontakt zu ihren Eingeweihten auf. Kurz gesagt,
Bernhard von Clairvaux, finanziell unterstützt vom Grafen
der Champagne, gründet einen Orden, der sich im Heiligen
Land mit den arabischen und jüdischen Geheimsekten in
Verbindung setzt. Eine unbekannte Führung plant die
Kreuzzüge, um den Orden gedeihen zu lassen, nicht umge-
kehrt, und sie stellt ein Machtgefüge dar, das sich der könig-
lichen Jurisdiktion entzieht... Eh bien, ich bin kein Mann
der Wissenschaft, ich bin ein Mann der Tat. Statt lange
Vermutungen anzustellen, tat ich, was all die wortreichen
Gelehrten nie getan haben. Ich bin dorthin gegangen, woher
die Templer kamen und wo sie zweihundert Jahre lang ihre
Basis hatten, wo sie sich bewegen konnten wie die Fische im
Wasser...«

»Der Große Vorsitzende Mao lehrt, daß die Revolutionäre
sich im Volk bewegen müssen wie die Fische im Wasser«,
sagte ich.

»Bravo Ihrem Großen Vorsitzenden. Die Templer, die
eine weit größere Revolution planten als Ihre bezopften
Kommunisten...«

»Sie tragen keine Zöpfe mehr.«

»Nein? Um so schlimmer für sie. Die Templer, sagte ich,
konnten nicht anders als Zuflucht in der Champagne suchen.
Aber wo dort? In Payns? In Troyes? Im Wald von Orient?
Nein. Payns war und ist ein kleines Nest, und damals war es
bestenfalls eine Burg. Troyes war eine Stadt, da gab es zu
viele Leute des Königs. Der Wald, templerisch per Definition, war der erste Ort, wo die Garden des Königs nach ihnen
suchen würden, wie sie es dann ja auch taten. Nein: Provins,
sagte ich mir. Wenn es einen sicheren Ort gab, dann war es
Provins!«

18

> Könnten wir mit dem Auge ins Innere der Erde
> eindringen und von Pol zu Pol sehen, oder von
> unseren Füßen bis zu den Antipoden, wir würden
> mit Schrecken eine über und über von Rissen und
> Höhlen durchlöcherte Masse erblicken.«
>
> Thomas Burnet, *Telluris Theoria Sacra*,
> Amsterdam, Wolters, 1694, p. 38

»Wieso Provins?«

»Nie in Provins gewesen? Magischer Ort, man spürt es noch heute, gehen Sie mal hin. Magischer Ort, noch immer ganz von Geheimnis durchweht. Im elften Jahrhundert ist er der Sitz des Grafen der Champagne, und er bleibt noch lange ein freies Gebiet, in dem die Zentralmacht nichts zu melden hat. Die Templer sind dort zu Hause, noch heute heißt eine Straße nach ihnen. Kirchen, Paläste, eine Burg, die das ganze Umland beherrscht. Und Geld, Händler, Märkte, ein Gewimmel, in dem man leicht untertauchen kann. Aber vor allem, seit prähistorischen Zeiten, Höhlen. Ein Netz von Höhlen und Gängen, das sich unter dem ganzen Hügel hinzieht, regelrechte Katakomben, einige davon können Sie noch heute besichtigen. Orte, in denen man sich ungesehen treffen kann, und selbst wenn die Feinde eindringen, können sich die Verschwörer in wenigen Sekunden zerstreuen, Gott weiß wohin, und wenn sie die Gänge gut kennen, sind sie schon irgendwo raus und auf der anderen Seite wieder rein, auf lautlosen Katzenpfoten, und fallen von hinten über die Invasoren her, um sie im Dunkeln niederzumachen. Bei Gott, ich versichere Ihnen, meine Herren, diese Höhlen scheinen wie gemacht für Kommandounternehmen, zack zack, schnell wie der Blitz hineingeschlüpft, das Messer zwischen den Zähnen, in jeder Hand eine Bombe, und die andern hingemacht in ihrer Mausefalle, bei Gott!«

Seine Augen funkelten. »Begreifen Sie, was für ein fabelhaftes Versteck Provins sein kann? Ein Untergrund wie geschaffen für heimliche Treffen, und von den Einheimischen macht keiner den Mund auf. Gewiß, die Männer des Königs kommen auch nach Provins, verhaften die Templer, die sich an der Oberfläche zeigen, und bringen sie nach Paris. Reynaud de Provins wird gefoltert, aber er schweigt. Nach dem geheimen Plan, das ist klar, mußte er sich fangen lassen, damit man glaubte, Provins sei gesäubert worden, aber zugleich mußte er ein Signal aussenden: Provins hält stand. Provins, der Ort der neuen unterirdischen Templer... Höhlen und Gänge, die von Haus zu Haus führen, man tritt wie von ungefähr in einen Kornspeicher, und heraus kommt man in einer Kirche. Höhlen, die mit Säulen und Gewölben ausgebaut sind, jedes Haus in der Stadt hat noch heute einen Keller mit Spitzbogengewölben, es werden mehr als hundert sein, jeder Keller, was sage ich, jeder unterirdische Saal war der Eingang zu einem der Höhlengänge.«

»Vermutungen«, sagte ich.

»Nein, junger Mann. Beweise. Sie haben die Höhlen von Provins nicht gesehen. Säle und Säle, im Innern der Erde, voller Wandzeichnungen. Die meisten finden sich in den Seitenhöhlen, den Lateralalveolen, wie die Höhlenforscher sie nennen. Es sind hieratische Darstellungen druidischen Ursprungs. Aus der Zeit vor der Ankunft der Römer. Cäsar ist dort vorbeigekommen, und dort unten planten die Gallier den Widerstand, den Zauber, den Hinterhalt. Und dann gibt's da auch die Symbole der Katharer, jawohl, meine Herren, die Katharer waren nicht nur im Süden, die im Süden wurden vernichtet, die in der Champagne haben insgeheim überlebt und sich hier versammelt, in diesen Katakomben der Ketzerei. Einhundertdreiundachtzig sind oben verbrannt worden, und die anderen haben unten überlebt. In den Chroniken werden sie *bougres et manichéens* genannt – und wie sich's trifft, die *bougres* waren die Bogomilen, Katharer bulgarischer Herkunft, sagt Ihnen das Wort *bougre* im Französischen nichts? Anfangs bedeutete es Sodomit, weil man behauptete, die bulgarischen Katharer hätten dieses kleine Laster...« Der Oberst lachte ein bißchen gezwungen. »Und wer wurde nun desselben kleinen Lasters bezichtigt? Sie, die Templer! Kurios, nicht wahr?«

»Bis zu einem gewissen Punkt«, sagte ich. »Wer damals einen Ketzer erledigen wollte, beschuldigte ihn der Sodomie...«

»Gewiß, und denken Sie nicht, ich dächte, die Templer hätten... Ich bitte Sie, das waren Kriegsmänner, uns Kriegsmännern gefallen die schönen Frauen. Ob mit oder ohne Gelübde, ein Mann ist ein Mann. Ich habe das hier nur erwähnt, weil ich nicht glaube, daß es ein Zufall ist, wenn katharische Häretiker in einem Templermilieu Zuflucht fanden, und in jedem Fall hatten die Templer von ihnen gelernt, wie man sich im Untergrund bewegt.«

»Aber letzten Endes«, sagte Belbo, »sind das alles doch Hypothesen...«

»Ausgangshypothesen. Ich habe Ihnen nur dargelegt, warum ich darauf verfallen bin, Provins zu erkunden. Kommen wir nun zu der eigentlichen Geschichte. Im Zentrum von Provins gibt es ein großes gotisches Gebäude, die Grange-aux-Dîmes, das ist der Kornspeicher, in dem man den Zehnten einlagerte, und Sie wissen, daß eines der Privilegien der Templer darin bestand, den Zehnten direkt eintreiben zu dürfen, ohne dem Staat etwas dafür zu schulden. Unter diesem Speicher, wie überall, ein Netz von Gängen, heute in sehr schlechtem Zustand. Nun also, während ich in den Archiven von Provins suche, fällt mir eine Lokalzeitung von 1894 in die Hände. Darin wird berichtet, daß zwei Dragoner, die Chevaliers Camille Laforge aus Tours und Edouard Ingolf aus Petersburg (sic, aus Petersburg), einige Tage zuvor die Grange besichtigt hätten, mit einem Wärter, und dabei auch in einen der unterirdischen Säle hinabgestiegen seien, im zweiten Stock unter der Erde, wo dann der Wärter, um ihnen zu zeigen, daß es darunter noch weitere Stockwerke gebe, mit dem Fuß aufgestampft habe, so daß man es dröhnen hörte. Der Chronist lobt die kühnen Dragoner, die sich nun mit Laternen und Seilen versahen, in wer weiß welche Höhlen eindrangen wie Kinder in ein Bergwerk und sich auf allen Vieren durch mysteriöse Gänge zwängten. Schließlich gelangten sie, sagt die Zeitung, in einen großen Saal mit einem schönen Kamin und einen Brunnen in der Mitte. Sie ließen ein Seil mit einem Stein hinab und entdeckten, daß der Brunnen elf Meter tief war... Eine Woche später kamen sie mit stärkeren Seilen wieder, und während die anderen beiden das Seil hielten, ließ sich Ingolf in den Brunnen hinab und entdeckte eine große Kammer mit gemauerten Wänden, zehn mal zehn Meter groß und fünf Meter hoch. Nacheinander stiegen auch die anderen hinab und stellten fest, daß sie sich im dritten Untergeschoß befanden, dreißig Meter unter der Erde. Was die drei dort unten taten, ist nicht bekannt. Der Chronist gesteht, daß er, als er sich an Ort und Stelle begeben hatte, um die Sache nachzuprüfen, nicht den

Mut fand, sich in den Brunnen abzuseilen. Die Geschichte erregte mich, und so beschloß ich, den Ort zu besichtigen. Doch seit dem Ende des vorigen Jahrhunderts sind viele unterirdische Gänge zusammengestürzt, und wenn dieser Brunnen auch existiert haben mag, weiß heute niemand mehr, wo er sich befindet. Mir schoß durch den Kopf, daß die Dragoner dort unten etwas gefunden haben könnten. Gerade in jenen Tagen hatte ich ein Buch über das Geheimnis von Rennes-le-Château gelesen, auch so eine Geschichte, in der die Templer eine gewisse Rolle gespielt haben. Ein kleiner Landpfarrer ohne einen Pfennig und ohne Zukunft, der sich in einem Dorf von zweihundert Seelen eine alte Kirche restaurieren will, hebt im Chorboden eine Steinplatte ab und findet darunter ein Etui mit uralten Handschriften, sagt er. Nur mit Handschriften? Man weiß nicht genau, was passiert, aber in den folgenden Jahren wird er unendlich reich, wirft mit vollen Händen um sich, lebt in Saus und Braus, kommt vor ein Kirchengericht... Und wenn nun einem jener Dragoner oder beiden etwas Ähnliches passiert wäre? Ingolf steigt als erster hinunter, findet ein kostbares Objekt in handlichen Dimensionen, versteckt es unter der Jacke, steigt wieder hinauf und sagt den zwei anderen nichts... Kurzum, ich bin ein Dickkopf, und wäre ich keiner, ich hätte ein anderes Leben geführt.« Der Oberst fuhr sich mit einem Finger über die Narbe. Dann hob er die Hände an die Schläfen und ließ sie rechts und links bis in den Nacken gleiten, um sich des ordnungsgemäßen Zustandes seiner Frisur zu versichern.

»Nun, ich fahre also nach Paris, gehe zur Post und suche alle Telefonbücher Frankreichs nach einer Familie Ingolf durch. Ich finde nur eine, in Auxerre, und schreibe, ich sei ein Privatgelehrter, der sich für archäologische Dinge interessiere. Zwei Wochen später erhalte ich Antwort von einer alten Wäscherin: sie sei die Tochter jenes Ingolf und würde gern wissen, warum ich mich für ihn interessierte, ja ob ich um Gottes willen womöglich etwas von ihm wüßte... Ich sagte ja, daß da ein Geheimnis lag. Ich eilte sofort nach Auxerre, das Fräulein Ingolf lebt in einem ganz mit Efeu zugewachsenen Häuschen mit einem hölzernen Gartentürchen, das nur mit einem Bindfaden und einem Nagel verschlossen ist. Ein bejahrtes Fräulein, reinlich und nett, nicht sehr gebildet. Fragt mich gleich, was ich von ihrem Vater wisse, und ich sage ihr, ich wisse nur, daß er eines Tages in einen unterirdischen Raum in Provins hinabgestiegen sei und daß ich eine historische Studie über jene Gegend schriebe. Sie fällt aus allen Wolken, nie gehört, daß ihr Vater je in Provins gewesen war. Gewiß, er sei bei den Dragonern gewesen, aber er habe den Dienst schon anno 95 quittiert, noch vor ihrer Geburt. Er habe dann jenes Häuschen in Auxerre gekauft und drei Jahre später ein Mädchen aus dem Ort geheiratet, das ein paar Ersparnisse hatte. Die Mutter sei dann 1915 gestorben, als sie, die Kleine, erst fünf Jahre alt war. Was den Vater betreffe, der sei 1935 verschwunden. Ja, buchstäblich verschwunden. Er sei nach Paris gefahren, wie er es mindestens zweimal im Jahr gemacht habe, und seither habe sie nichts mehr von ihm gehört. Die lokale Gendarmerie habe nach Paris telegraphiert: nichts, in Luft aufgelöst. Vermutlich tot. Und so war unser Fräulein allein geblieben und hatte angefangen zu arbeiten, weil mit dem väterlichen Erbe nicht viel los war. Offenbar hatte sie keinen Mann gefunden, und aus den Seufzern zu schließen, die sie an dieser Stelle ausstieß, muß es da eine Geschichte gegeben haben, die einzige in ihrem Leben, und die endete offenbar schlecht. ›Und dann immer mit dieser Angst, Monsieur Ardenti, mit diesen andauernden Gewissenbissen, nichts über den armen Papa zu wissen, nicht mal wo sein Grab ist, wenn er überhaupt irgendwo eins hat!‹ Sie hatte Lust, über ihn zu sprechen: er sei so zärtlich gewesen, so ruhig, methodisch und so gebildet. Er habe die Tage oben in seinem kleinen Mansardenzimmer verbracht, mit Lesen und Schreiben. Sonst nur ein bißchen Gartenarbeit und ein paar Schwätzchen mit dem Apotheker – auch der längst gestorben. Ab und zu, wie gesagt, eine Reise nach Paris, in Geschäften, wie er sich ausgedrückt habe. Aber er sei jedesmal mit einem Päckchen Bücher zurückgekommen. Das Zimmer sei noch ganz voll davon, ob ich's mal sehen wollte? – Wir stiegen hinauf. Eine aufgeräumte und saubere Kammer, in der die gute Mademoiselle Ingolf immer noch einmal wöchentlich Staub wischte, sagte sie, der Mama könne sie ja wenigstens noch Blumen ans Grab bringen, aber für den Papa könne sie nur das tun. Alles sei noch so, wie er es verlassen habe, sie hätte ja gerne studiert, um all diese Bücher lesen zu können, aber es seien lauter Sachen in altfranzösisch, lateinisch, deutsch und sogar russisch, weil doch der Papa in Rußland geboren war und dort die Kindheit verbracht hatte, er war der Sohn eines Beamten der französischen Botschaft gewesen. Die Bibliothek enthielt etwa hundert Bände, die meisten davon (und ich frohlockte) über den Templerprozeß, zum Beispiel die *Monumens historiques relatifs à la condamnation des chevaliers du Temple* von Raynouard, 1813, eine antiquarische Kostbarkeit. Viele Bände über Geheimschriften, eine richtige Kryptologensammlung, einige über Paläographie und Diplomatik. Es gab auch ein Kontobuch mit alten Haushaltsrechnungen, und als ich es durchblätterte, fand ich eine Notiz, die mich hochzucken ließ: sie betraf den Verkauf eines Etuis, ohne weitere Angaben und ohne den Namen des Käufers. Es waren keine Zahlen genannt, aber das Datum war 1895, und sofort danach folgten präzise Summen, das Hauptbuch eines klugen Mannes, der seine Ersparnisse mit Umsicht verwaltet. Einige Einträge über den Kauf von Büchern bei Pariser Antiquaren. Mit einemmal wurde mir klar, wie die Sache gelaufen sein mußte: Ingolf fand in der Höhle ein goldenes Etui, besetzt mit Edelsteinen, steckte es sich ohne lange zu überlegen in die Tasche, stieg wieder hinauf und sagte kein Wort zu seinen Kameraden. Zu Hause öffnete er das Etui und fand darin ein Pergament. Er fuhr nach Paris, kontaktierte einen Antiquar, einen Halsabschneider, einen Sammler, und verschaffte sich durch den Verkauf des Etuis, wenn auch unter Preis, ein kleines Vermögen. Aber er tat noch mehr, er quittierte den Dienst, zog sich aufs Land zurück und fing an, sich Bücher zu kaufen und das Pergament zu studieren. Vielleicht hatte er schon den Schatzsucher in sich, sonst wäre er nicht in den Untergrund von Provins gestiegen, vielleicht hatte er genügend Bildung, um zu beschließen, daß er seinen Fund allein entziffern könnte. Er arbeitete in aller Ruhe, ohne sich zu hetzen, als guter Monomane, mehr als dreißig Jahre lang. Erzählte er jemandem von seinem Fund? Wer weiß. Tatsache ist, daß er 1935 glaubte, am richtigen Punkt angelangt zu sein, oder auch an einem toten Punkt, denn nun beschloß er, sich an jemanden zu wenden, entweder um ihm zu sagen, was er wußte, oder um sich von ihm sagen zu lassen, was er nicht wußte. Aber das, was er wußte, muß etwas so Geheimes und Schreckliches gewesen sein, daß der, dem er davon erzählte, ihn verschwinden ließ... Doch zurück zu der Mansarde. Erst einmal mußte ich sehen, ob Ingolf nicht irgendwelche Spuren hinterlassen hatte. So sagte ich zu der guten Mamsell, vielleicht würde ich, wenn ich die Bücher ihres Herrn Vaters durchsähe, eine Spur von seiner Entdeckung in Provins finden und könnte ihn dann in meiner Studie ausführlich würdigen. Sie war begeistert, der arme Papa, sagte sie, natürlich, ich könne den ganzen Nachmittag bleiben und wenn nötig auch am nächsten Tag wiederkommen, sie brachte mir Kaffee, machte mir Licht an und ließ mich allein. Das Zimmer hatte glatte weiße Wände, nirgends waren Kommoden, Kästen, Truhen oder dergleichen, in denen man suchen konnte, aber ich vernachlässigte nichts, schaute unter, auf und in die wenigen Möbel, in einen fast leeren Kleiderschrank, in dem es nach Mottenpulver roch, schaute hinter die drei, vier Bilder mit Landschaftsdrucken. Ich erspare Ihnen die Einzelheiten, ich sage nur, daß ich gut gearbeitet habe, das Sofapolster muß nicht nur abgetastet werden, man muß auch Nadeln hineinstechen, um zu horchen, ob sie nicht auf Fremdkörper stoßen...«

Ich begriff, daß der Oberst nicht nur auf Schlachtfeldern Dienst getan hatte.

»Blieben die Bücher, auf jeden Fall war es gut, mir die Titel zu notieren und nachzusehen, ob nicht irgendwo Randnotizen waren, Unterstreichungen, irgendein Hinweis... Schließlich zog ich einen schweren alten Band etwas ungeschickt aus dem Regal, er fiel zu Boden, und heraus flatterte ein handgeschriebenes Blatt. Das Papier und die Tinte sahen nicht sehr alt aus, es konnte gut in Ingolfs letzten Lebensjahren geschrieben sein. Rasch überflog ich es, gerade lange genug, um am oberen Rand zu lesen: ›Provins 1894.‹ Sie können sich meine Erregung vorstellen, die Flut von Gefühlen, die mich bestürmten... Mir wurde klar, daß Ingolf mit dem originalen Pergament nach Paris gefahren war und dies die Kopie sein mußte. Ich zögerte nicht. Das Fräulein Ingolf hatte die Bücher ihres Vaters jahrelang abgestaubt, ohne je dieses Blatt zu bemerken, andernfalls hätte sie mir davon erzählt. Eh bien, sie würde auch weiterhin nichts davon wissen. Die Welt teilt sich in Sieger und Besiegte. Ich hatte meinen Anteil an Niederlagen reichlich gehabt, jetzt mußte ich den Sieg beim Schopfe ergreifen. Ich steckte das Papier in die Tasche. Der Alten sagte ich zum Abschied, ich hätte leider nichts Interessantes gefunden, hätte aber ihren Herrn Vater gerne zitiert, wenn er etwas geschrieben hätte, und sie segnete mich. Meine Herren, ein Mann der Tat, durchglüht von einer Passion wie der meinen, darf sich nicht allzuviel Skrupel machen angesichts der Misere eines ohnehin vom Schicksal geschlagenen Wesens.«

»Rechtfertigen Sie sich nicht«, sagte Belbo. »Sie haben es getan. Jetzt reden Sie.«

»Jetzt zeige ich Ihnen den Text. Sie werden mir gestatten, Ihnen eine Fotokopie vorzulegen. Nicht aus Mißtrauen. Nur um das Original nicht der Abnutzung auszusetzen.«

»Aber es war doch nicht das Original«, sagte ich. »Es war doch Ingolfs Kopie eines angeblichen Originals.«

»Junger Mann, wenn das Original nicht mehr existiert, ist die letzte Kopie das Original.«

»Aber Ingolf könnte doch falsch abgeschrieben haben.«

»Sie wissen nicht, ob es so ist. Ich aber weiß, daß Ingolfs Abschrift die Wahrheit sagt, denn ich sehe nicht, wie die Wahrheit anders sein könnte. Ergo ist Ingolfs Kopie das Original. Sind wir uns darüber einig, oder wollen wir hier intellektuelle Spielchen anfangen?«

»Die hasse ich«, sagte Belbo. »Also zeigen Sie uns Ihre originale Kopie.«

19

Seit Beaujeu hat der Orden nie einen Augenblick aufgehört zu bestehen, und seit Aumont kennen wir eine ununterbrochene Folge der Großmeister des Ordens bis auf unsere Tage, und wenn der Name und die Residenz ebenso wie der Rang des wahren Großmeisters und der wahren Oberen, die den Orden regieren und die erhabenen Werke leiten, heute ein Geheimnis ist, welches, nur den wahrhaft Erleuchteten bekannt, in undurchdringlichem Dunkel bewahrt wird, so weil die Stunde des Ordens noch nicht gekommen und die Zeit noch nicht erfüllt ist...

Handschrift um 1760, in G. A. Schiffmann, *Die Entstehung der Rittergrade in der Freimaurerei um die Mitte des 18. Jahrhunderts*, Leipzig, Zechel, 1882, p. 178-190

Es war unser erster Kontakt mit dem Plan. An jenem Tag vor über zwölf Jahren hätte ich auch woanders sein können. Wäre ich an jenem Tag damals nicht in Belbos Büro gewesen, dann wäre ich jetzt... ja was? Sesamsamenverkäufer in Samarkand? Herausgeber einer Taschenbuchreihe in Blindenschrift? Direktor der First National Bank in Franz-Joseph-Land? Die sogenannten »kontrafaktischen« Konditionalsätze sind immer wahr, weil die Prämisse falsch ist. Doch an jenem Tag *war* ich in Belbos Büro, und deswegen bin ich nun da, wo ich bin.

Mit theatralischer Geste hatte der Oberst uns das Blatt präsentiert. Ich habe es noch hier zwischen meinen Papieren, in einer Klarsichtfolie, noch grauer und verblaßter, als es schon damals war, bei dem schlechten Xeroxpapier jener Jahre. In Wirklichkeit waren es zwei Texte, ein dicht gedrängter, der die obere Hälfte der Seite bedeckte, und ein lückenhafter in verstümmelten Zeilen.

Der erste Text war eine Art dämonischer Litanei, wie eine Parodie auf altsemitische Sprachen:

Kuabris Defrabax Rexulon Ukkazaal Ukzaab Urpaefel Taculbain Habrak Hacoruin Maquafel Tebrain Hmcatuin Rokasor Himesor Argaabil Kaquaan Docrabax Reisaz Reisabrax Decaiquan Oiquaquil Zaitabor Quaxaop Dugraq Xaelobran Disaeda

Magisuan Raitak Huidal Uscolda Arabaom Zipreus Mecrim Cosmae Duquifas Rocarbis

»Nicht sehr klar«, bemerkte Belbo.

»Nein, nicht wahr?« sagte der Oberst maliziös. »Und ich hätte mein Leben lang vergeblich darüber gebrütet, wenn ich nicht eines Tages zufällig an einem Bouquinistenstand ein Buch über Trithemius gefunden hätte und wenn mein Blick, als ich zerstreut darin blätterte, nicht zufällig auf eine chiffrierte Botschaft gefallen wäre: ›Pamersiel Oshurmy Delmuson Thafloyn...‹ Ich hatte eine Spur gefunden, und die wollte ich nun bis ans Ende verfolgen. Trithemius war für mich ein Unbekannter, aber in Paris fand ich eine Ausgabe seiner *Steganographia, hoc est ars per occultam scripturam animi sui voluntatem absentibus aperiendi certa*, Frankfurt 1606. Die Kunst, durch okkulte Schriften die eigene Seele den Abwesenden zu öffnen. Faszinierender Kerl, dieser Trithemius. Benediktinerabt in Spannheim, auf der Wende vom fünfzehnten zum sechzehnten Jahrhundert, ein Gelehrter, der Hebräisch und Chaldäisch konnte, dazu orientalische Sprachen wie das Tatarische; stand in Verbindung mit Theologen, Kabbalisten, Alchimisten, sicher mit dem großen Cornelius Agrippa von Nettesheim und vielleicht auch mit Paracelsus... Er tarnt seine Enthüllungen über Geheimschriften mit nekromantischen Possen, sagt zum Beispiel, man müsse chiffrierte Botschaften absenden von der Sorte, die Sie vor Augen haben, und der Empfänger müsse dann Engel anrufen wie Pamersiel, Padiel, Dorothiel und so weiter, die ihm dann helfen würden, den wahren Sinn der Botschaft zu verstehen. Aber die Beispiele, die Trithemius bringt, sind oft militärische Botschaften, und das Buch ist dem Pfalzgrafen Herzog Philipp von Bayern gewidmet und stellt eines der ersten Beispiele ernsthafter kryptographischer Arbeit dar, wie sie heute von den Geheimdiensten betrieben wird.«

»Entschuldigen Sie«, sagte ich, »aber wenn ich recht verstehe, hat dieser Trithemius mindestens hundert Jahre nach der Abfassung dieses Textes gelebt...«

»Trithemius war Mitglied einer Sodalitas Celtica, in der man sich mit Philosophie, Astrologie und pythagoreischer Mathematik befaßte. Sehen Sie den Zusammenhang? Die Templer sind ein initiatischer Orden, der sich unter anderem auf die Weisheit der alten Kelten beruft, das ist inzwischen erwiesene Tatsache. Auf die eine oder andere Weise erlernt Trithemius dieselben kryptographischen Systeme, die auch schon von den Templern benutzt worden sind.«

»Beeindruckend«, sagte Belbo. »Und was sagt nun diese geheime Botschaft?«

»Gemach, meine Herren. Trithemius präsentiert vierzig größere und zehn kleinere Kryptosysteme. Ich hatte Glück, beziehungsweise die Templer von Provins hatten sich nicht allzuviel Mühe gegeben, wohl in der Gewißheit, daß ohnehin niemand ihren Schlüssel erraten würde. Ich probierte sofort das erste der vierzig größeren Kryptosysteme, das heißt, ich ging von der Hypothese aus, daß in diesem Text nur die Anfangsbuchstaben zählen.«

Belbo bat um das Blatt und überflog es. »Aber auch dann kommt nur eine sinnlose Buchstabenfolge heraus: kdruuuth...«

»Natürlich«, sagte der Oberst mit Nachsicht. »Die Templer hatten sich nicht allzuviel Mühe gegeben, aber sie waren auch nicht allzu faul. Diese erste Buchstabenfolge ist ihrerseits eine chiffrierte Botschaft, und hier dachte ich nun sofort an die zweite Serie der zehn kleineren Kryptosysteme. Sehen Sie, für diese zweite Serie benutzte Trithemius drehbare Scheiben, und die des ersten Systems ist diese hier...«

Er zog eine andere Fotokopie aus seiner Mappe, rückte seinen Stuhl an den Tisch und verdeutlichte uns seine Demonstration, indem er die einzelnen Buchstaben mit der Kappe seines geschlossenen Füllfederhalters antippte.

»Es ist das einfachste System. Beachten Sie nur den äußeren Kreis. Für jeden Buchstaben der Botschaft in Klarschrift nimmt man den Buchstaben, der vorausgeht. Für A schreibt man Z, für B schreibt man A und so weiter. Kinderspiele für einen Geheimagenten heute, aber damals wurde dergleichen als Hexerei angesehen. Zum Dechiffrieren geht man natürlich den umgekehrten Weg und ersetzt jeden Buchstaben des Chiffrierten durch den folgenden. Ich hab's probiert, und sicher war es auch Glück, daß der erste Versuch gleich klappte, aber voilà, hier ist die Lösung.« Er schrieb: »*Les XXXVI inuisibles separez en six bandes* – die sechsunddreißig Unsichtbaren geteilt in sechs Gruppen.«

»Und was heißt das?«

»Auf den ersten Blick nichts. Es handelt sich um eine Art Überschrift oder Präambel zur Konstitution eines Bundes, aus rituellen Gründen in Geheimsprache geschrieben. Für den Rest haben sich unsere Templer, wohl in der Gewißheit, daß sie ihre Botschaft an einem unzugänglichen Ort deponieren würden, mit dem normalen Französisch des vierzehnten Jahrhunderts begnügt. Sehen wir uns nun den zweiten Text an.«

> *a la ... Saint Jean*
> *36 p charrete de fein*
> *6 ... entiers avec saiel*
> *p ... les blancs mantiax*
> *r ... s ... chevaliers de Pruins pour la ... j . nc .*
> *6 foiz 6 en 6 places*
> *chascune foiz 20 a .... 120 a ....*
> *iceste est l'ordonation*
> *al donjon li premiers*
> *it li secunz joste iceus qui ... pans*
> *it al refuge*
> *it a Nostre Dame de l'altre part de l'iau*
> *it a l'hostel des popelicans*
> *it a la pierre*
> *3 foiz 6 avant la feste ... la Grant Pute.*

»Und das soll die unchiffrierte Botschaft sein?« fragte Belbo enttäuscht und amüsiert.

»Es ist klar, daß in Ingolfs Abschrift die Pünktchen für unleserliche Wörter stehen, für Stellen, an denen das Pergament zersetzt war... Doch hier nun meine definitive Transkription, in der ich mit Konjekturen, die Sie mir als luzide und unangreifbar zu definieren gestatten werden, den Text in seinem einstigen Glanz, wie man so sagt, wiederhergestellt habe.«

Mit der Geste eines Zauberkünstlers drehte er die Fotokopie um und zeigte uns, was er in Blockschrift auf die Rückseite geschrieben hatte:

A LA (NUIT DE) SAINT JEAN
36 (ANS) P(OST LA) CHARRETTE DE FOIN
6 (MESSAGES) ENTIERS AVEC SCEAU
P(OUR) LES BLANCS MANTEAUX
R(ELAP)S(I) CHEVALIERS DE PROVINS POUR LA
   (VEN)J(A)NC(E)
6 FOIX 6 EN 6 PLACES
CHACUNE FOI 20 A(NS FAIT) 120 A(NS)
CECI EST L'ORDONNATION:
AU DONJON LES PREMIERS
IT(ERUM) LES SECONDS JUSQU'A CEUX QUI
   (ONT?) PAINS
IT(ERUM) AU REFUGE
IT(ERUM) A NOTRE DAME DE L'AUTRE PART DE
   L'EAU
IT(ERUM) A L'HOTEL DES POPELICANS
IT(ERUM) A LA PIERRE
3 FOIX 6 AVANT LA FETE (DE) LA GRANDE
   PUTAIN.

Übersetzt:

in der Johannisnacht
36 Jahre nach dem Heuwagen
6 Botschaften intakt mit Siegel
für die Weißen Mäntel (= die Tempelritter)
relapsi aus Provins für die (= bereit zur) Rache
6 mal 6 an 6 Orten
jedesmal 20 Jahre macht 120 Jahre
dies ist der Plan:
zum Donjon (gehen) die ersten
wiederum (= nach weiteren 120 Jahren) die zweiten bis
   zu denen mit Broten

wiederum (dito) zum Refugium
wiederum zu Notre Dame auf der anderen Seite
  des Flusses
wiederum zur Herberge der Popelicans
wiederum zum Stein
3 mal 6 (= 666) vor dem Fest der Großen Hure

»Dunkler als die schwärzeste Nacht«, sagte Belbo.

»Sicher, das muß alles erst noch interpretiert werden. Aber Ingolf hat es gewiß verstanden, so wie ich es verstanden habe. Es ist weniger dunkel, als es scheint, wenn man die Geschichte des Ordens kennt.«

Pause. Der Oberst bat um ein Glas Wasser, dann griff er wieder zu seinem Füllfederhalter und hob an, uns den Text zu erläutern, Zeile für Zeile.

»Also: in der Johannisnacht, sechsunddreißig Jahre nach dem Heuwagen. Die zur Fortführung des Ordens bestimmten Templer fliehen vor der Verhaftung im September 1307, auf einem Heuwagen. Damals rechnete man das Jahr von Ostern bis Ostern. Also endet das Jahr 1307 bei dem, was nach unserem Kalender Ostern 1308 wäre. Jetzt rechnen Sie sechsunddreißig Jahre nach dem Ende von 1307 (also nach unserem Ostern 1308), und Sie kommen auf Ostern 1344. Das angegebene Datum ist also unser Jahr 1344. Die Botschaft wird im Boden der Krypta in einem kostbaren Behälter deponiert, sozusagen als Grundsteindokument, als notarielle Beurkundung eines Ereignisses, das an jenem Ort stattgefunden hat, nach der Konstitution des geheimen Ordens in der Johannisnacht, also am 23. Juni 1344.

»Warum erst 1344?«

»Ich nehme an, in den Jahren von 1307 bis 1344 hat der geheime Orden sich reorganisiert und auf das Projekt gewartet, dessen Start das Pergament beglaubigt. Er mußte warten, bis sich die Wogen gelegt hatten und die Fäden zwischen den in fünf bis sechs Ländern verstreuten Templern wieder geknüpft waren. Andererseits haben die Templer genau sechsunddreißig Jahre gewartet, nicht fünfunddreißig oder siebenundreißig, weil offensichtlich die Zahl sechsunddreißig für sie einen mystischen Wert hatte, wie uns ja auch die chiffrierte Botschaft bestätigt. Die Quersumme von sechsunddreißig ist neun, und ich brauche Ihnen die tieferen Bedeutungen dieser Zahl nicht zu erklären.«

»Darf ich?« Es war die Stimme von Diotallevi, der hinter uns eingetreten war, auf Katzenpfoten wie die Templer von Provins.

»Ein gefundenes Fressen für dich«, sagte Belbo und stellte ihn vor. Der Oberst schien nicht besonders gestört, im Gegenteil, er machte eher den Eindruck, als wünschte er sich ein möglichst großes und aufmerksames Publikum. Er setzte seine Interpretation fort, und Diotallevi lief das Wasser im Munde zusammen vor diesem Schlemmermahl an Zahlenmystik. Reinste Gematrie.

»Wir kommen zu den Siegeln: sechs intakte Dinge mit einem Siegel. Ingolf findet ein Etui, offensichtlich verschlossen mit einem Siegel. Für wen ist es versiegelt worden? Für die Weißen Mäntel, also die Templer. Nun finden wir in der Botschaft ein *r*, dann fehlen ein paar Buchstaben, dann ein alleinstehendes *s*. Ich lese das als *relapsi*. Warum? Wir alle wissen, daß die *relapsi* die geständigen Täter waren, die ihr Geständnis widerrufen hatten, und diese ›Rückfälligen‹ haben eine nicht unbedeutende Rolle im Prozeß der Templer gespielt. Die Templer von Provins bekennen sich stolz zu ihrer Natur als *relapsi*. Sie sind diejenigen, die sich von der infamen Kömodie des Prozesses lossagen. Also, hier ist die Rede von Rittern aus Provins, die sich ›rückfällig‹ zu etwas bereit erklären. Wozu? Die wenigen Buchstaben am Ende der Zeile legen das Wort ›vainjance‹ nahe: vengeance, Rache.«

»Rache wofür?«

»Meine Herren! Die gesamte Templermystik, vom Prozeß bis heute, dreht sich um den Plan einer Rache für Jacques de Molay. Ich halte nicht viel von den Riten der Freimaurer, aber selbst sie, eine bürgerliche Karikatur der Tempelritterschaft, sind noch ein, wenn auch degenerierter, Reflex davon. Und einer der Rittergrade in der Freimaurerei nach schottischem Ritus ist der des Ritters Kadosch, nach dem hebräischen Wort für Rache.«

»Okay, die Templer sinnen also auf Rache. Und weiter?«

»Wieviel Zeit wird dieser Racheplan in Anspruch nehmen? Die chiffrierte Botschaft hilft uns, die unchiffrierte zu verstehen. Verlangt werden sechs Ritter sechsmal an sechs verschiedenen Orten, sechsunddreißig geteilt in sechs Gruppen. Dann heißt es: Jedesmal zwanzig, und hier ist etwas nicht klar, aber in Ingolfs Abschrift sieht es aus wie ein *a*. Jedesmal zwanzig Jahre, habe ich daraus deduziert, und sechsmal zwanzig macht hundertzwanzig. Wenn wir den Rest der Botschaft betrachten, finden wir eine Liste von sechs Orten oder sechs Aufgaben, die erfüllt werden müssen. Von einer ›Ordonation‹ ist die Rede, einem Plan, einem Projekt, einem Vorgehen, das befolgt werden muß. Und es heißt, daß die ersten zu einem ›Donjon‹ gehen sollen, also zu einer Burg, die zweiten zu einem anderen Ort, und so weiter bis zum sechsten. Infolgedessen sagt uns das Dokument, daß es noch sechs andere versiegelte Dokumente geben muß, verstreut über diverse Punkte, und es scheint mir evident, daß die Siegel eines nach dem anderen erbrochen werden sollen, im Abstand von jeweils hundertzwanzig Jahren…«

»Aber warum jedesmal zwanzig Jahre?« fragte Diotallevi.

»Nun, diese Ritter der Rache sollen alle hundertzwanzig Jahre eine Mission an einem bestimmten Ort erfüllen. Es handelt sich um eine Form von Stafettenlauf. Klar ist, daß nach der Johannisnacht 1344 sechs Ritter aufbrechen und sich jeder an einen der sechs im Plan vorgesehenen Punkte begeben. Aber der Hüter des ersten Siegels kann schlechterdings nicht hundertzwanzig Jahre lang weiterleben. Die Sache ist daher so zu verstehen, daß jeder Hüter eines jeden Siegels zwanzig Jahre im Amt bleiben soll, um dann das Kommando an einen Nachfolger zu übergeben. Zwanzig Jahre ist ein vernünftiger Zeitraum, sechs Hüter pro Siegel, jeder zwanzig Jahre im Dienst, gewährleisten, daß im hundertzwanzigsten Jahr der sechste Siegelbewahrer, sagen wir: eine Instruktion lesen und sie dem ersten Bewahrer des zweiten Siegels übergeben kann. Deshalb spricht die Botschaft im Plural: Die einen dahin, die andern dorthin… Jeder Ort soll sechsmal innerhalb von hundertzwanzig Jahren sozusagen kontrolliert werden. Rechnen Sie nun das alles zusammen: vom ersten bis zum sechsten Ort sind es fünf Übergaben, je eine nach hundertzwanzig Jahren, macht sechshundert Jahre. Addieren Sie sechshundert zu 1344, und herauskommt 1944. Was auch durch die letzte Zeile bestätigt wird. Deren Bedeutung ganz sonnenklar ist.«

»Nämlich?«

»Die letzte Zeile heißt: ›dreimal sechs vor dem Fest (der) Großen Hure.‹ Auch hier ein Zahlenspiel, denn die Quersumme von 1944 ist genau achtzehn. Achtzehn ist dreimal sechs, und diese neue wunderbare Zahlenkoinzidenz suggeriert den Templern eine weitere höchst subtile Anspielung.

1944 ist das Jahr, in dem der Plan sich erfüllen soll. In Hinblick worauf? Nun, natürlich auf das Jahr Zweitausend! Die Templer glauben, daß am Ende des zweiten Jahrtausends ihr Jerusalem kommt, ein irdisches Jerusalem, das Anti-Jerusalem. Man verfolgt sie als Häretiker? Wohlan, aus Haß auf die Kirche identifizieren sie sich mit dem Antichrist. Bekanntlich ist die Zahl 666 in der gesamten okkulten Tradition die Zahl des Großen Tieres. Das Jahr Sechshundertsechsundsechzig, das Jahr des Tieres, ist das Jahr Zweitausend, in welchem die Rache der Templer triumphieren wird, das Anti-Jerusalem ist das Neue Babylon, und deshalb ist 1944 das Jahr des Festes der Grande Pute, der Großen Hure von Babylon, von der die Apokalypse spricht! Die Anspielung auf die Zahl 666 ist eine Provokation, eine trotzige Kriegergeste. Ein Bekenntnis zur eigenen Andersartigkeit, würde man heute sagen... Schöne Geschichte, nicht wahr?«

Er sah uns mit feuchten Augen an, und feucht glänzten auch seine Lippen und sein Schnurrbart, indes seine Hände zärtlich über den Ordner strichen.

»Okay«, sagte Belbo, »hier werden die Etappen eines Plans skizziert. Aber worin besteht er?«

»Sie fragen zuviel. Wenn ich das wüßte, hätte ich es nicht nötig, meinen Köder auszuwerfen. Aber eines weiß ich: daß in dieser Zeitspanne etwas passiert sein muß und daß der Plan nicht erfüllt worden ist, andernfalls würden wir es, mit Verlaub gesagt, wissen. Und ich kann mir auch denken, warum: 1944 war ein schwieriges Jahr, die Templer konnten schließlich nicht ahnen, daß da ein Weltkrieg im Gange sein würde, der alle Kontakte erschwerte.«

»Entschuldigen Sie, wenn ich mich einmische«, sagte Diotallevi, »aber wenn ich recht verstehe, kommt nach der Öffnung des ersten Siegels die Dynastie seiner Hüter nicht zum Erlöschen. Sie geht weiter bis zur Öffnung des letzten Siegels, wenn alle Repräsentanten des Ordens präsent sein müssen. Somit hätten wir jedes Jahrhundert, beziehungsweise alle hundertzwanzig Jahre, immer sechs Siegelbewahrer an jedem Ort, also zusammen sechsunddreißig.«

»Genau«, sagte Ardenti.

»Sechsunddreißig Ritter für jeden der sechs Orte macht zusammen 216, die Quersumme ist 9. Und da es sich um sechs Jahrhunderte handelt, multiplizieren wir 216 mit 6 und kommen auf 1296, eine Zahl, deren Quersumme 18 ist, also

167

dreimal sechs, 666.« Diotallevi wäre vermutlich zur arith-
metischen Neubegründung der Universalgeschichte fortge-
schritten, wenn Belbo ihn nicht gestoppt hätte mit einem
Blick, wie ihn eine Mutter ihrem Kind zuwirft, wenn es etwas
Ungehöriges tut. Doch der Oberst erkannte in Diotallevi
einen Erleuchteten.

»Großartig, was Sie mir da demonstrieren, Herr Doktor!
Sie wissen, daß neun die Anzahl der ersten Ritter war, die den
Kern des Templerordens in Jerusalem konstituierten!«

»Der Große Name Gottes, wie er im Tetragrammaton
ausgedrückt ist«, sagte Diotallevi, »hat zweiundsiebzig Lettern, und sieben plus zwei macht neun. Aber ich will Ihnen
noch mehr sagen, wenn Sie erlauben. Nach der pythago-
reischen Tradition, welche die Kabbala aufgreift (oder von
welcher sie inspiriert wird), ergibt die Summe der ungeraden
Zahlen von eins bis sieben sechzehn, und die Summe der
geraden Zahlen von zwei bis acht ergibt zwanzig, und zwanzig plus sechzehn macht sechsunddreißig.«

»Mein Gott, Herr Doktor«, rief bebend der Oberst, »ich
wußte es doch, ich *wußte* es! Sie bestätigen mich. Ich bin der
Wahrheit nahe!«

Mir war nicht ganz klar, inwieweit Diotallevi aus der
Arithmetik eine Religion machte oder aus der·Religion eine
Arithmetik, und vermutlich war beides der Fall: ich hatte vor
mir einen Atheisten, der die Entrückung in höhere Himmel
genoß. Er hätte ein Fanatiker des Roulette werden können
(und das wäre besser für ihn gewesen), aber er wollte lieber
ein ungläubiger Rabbi sein.

Ich weiß nicht mehr genau, was geschah, aber Belbo
intervenierte mit seinem gesunden piemontesischen Menschenverstand und brach den Zauber. Dem Oberst blieben
noch ein paar Zeilen zu interpretieren, und wir alle waren
neugierig auf seine Deutung. Und es war bereits sechs Uhr
abends. Sechs, dachte ich, das heißt auch achtzehn...

»Okay«, sagte Belbo. »Also immer sechsunddreißig pro
Jahrhundert, rüsten die Templer sich Schritt für Schritt, um
den Stein zu entdecken. Aber worum handelt es sich bei
diesem Stein?«

»Wohlan, es handelt sich selbstredend um den Gral.«

20

Das Mittelalter wartete auf den Helden des Gral und darauf, daß das Haupt des Heiligen Römischen Reiches ein Inbild und eine Manifestation des »Königs der Welt« selber werde... daß der unsichtbare Kaiser auch der manifestierte sei und das Zeitalter der Mitte... auch die Bedeutung eines Zeitalters des Zentrums habe... Das unsichtbare und unverletzliche Zentrum, der Souverän, der wiedererwachen muß, ja selbst der rächende und wiederherstellende Held sind keine Phantasien einer mehr oder minder toten Vergangenheit, sondern die Wahrheit derer, die heute als einzige sich mit Recht lebendig nennen können.

Julius Evola, *Il mistero del Graal*, Rom, Edizioni Mediterranee, 1983, Kap. 23 und Epilog

»Sie meinen, da spielt auch der Gral mit rein«, erkundigte sich Belbo.

»Natürlich. Und das meine nicht nur ich. Über die Sage vom Gral brauche ich mich hier nicht zu verbreiten, ich spreche mit gebildeten Leuten. Es geht um die Ritter der Tafelrunde, um die mystische Suche nach jenem wundertätigen Gegenstand, der für einige der Kelch war, der das Blut Christi auffing, nach Frankreich gelangt durch Joseph von Arimathia, für andere ein Stein mit geheimnisvollen Kräften. Oftmals erscheint der Gral als gleißendes Licht... Er ist ein Symbol, das für eine immense Kraft steht, für eine ungeheure Energiequelle. Er gibt Nahrung, heilt Wunden, blendet, streckt nieder... Ein Laserstrahl? Mancher hat an den Stein der Weisen gedacht, den die Alchimisten suchten, doch selbst wenn es so wäre, was war der Stein der Weisen anderes als das Symbol einer kosmischen Energie? Die Literatur darüber ist endlos, aber es lassen sich unschwer einige unbestreitbare Merkmale ausmachen. Wenn Sie den *Parzival* des Wolfram von Eschenbach lesen, werden Sie sehen, daß der Gral darin so erscheint, als würde er in einer Burg der Templer gehütet! War Wolfram ein Eingeweihter? Ein Unvorsichtiger, der etwas ausgeplaudert hat, was er besser verschwiegen hätte? Doch nicht genug damit. Definiert wird dieser von den Templern gehütete Gral wie ein vom Himmel gefallener

Stein: *lapis exillis*. Man weiß nicht recht, ob das ›Stein vom Himmel‹ (ex coelis) heißen soll, oder ob es von ›Exil‹ kommt. In jedem Fall ist es etwas, das von weither kommt, und manche haben gemeint, es könnte ein Meteorit gewesen sein. Was uns betrifft, ist die Sache klar: ein Stein. Was immer der Gral auch gewesen sein mag, für die Templer symbolisiert er den Gegenstand oder das Ziel des Plans.«

»Entschuldigen Sie«, sagte ich, »aber nach der Logik des Dokuments müßten die Ritter sich doch zum sechsten Treffen *bei* oder *auf* einem Stein einfinden, nicht einen Stein finden.«

»Auch dies wieder eine höchst subtile Ambivalenz, eine weitere leuchtende mystische Analogie! Gewiß ist das sechste Treffen auf einem Stein geplant, und wir werden noch sehen, auf welchem, aber auf diesem Stein, wenn die Weitergabe des Plans und die Öffnung der sechs Siegel vollendet ist, werden die Ritter erfahren, wo sie den wahren Stein finden können! Was im übrigen ja das Wortspiel Christi ist: Du bist Petrus, und auf diesem Stein... Auf dem Stein werdet ihr den STEIN finden.«

»So muß es sein«, sagte Belbo. »Bitte, fahren Sie fort. Casaubon, unterbrechen Sie nicht immerzu. Wir sind begierig, den Rest zu hören.«

»Also«, sagte der Oberst. »Die evidente Bezugnahme auf den Gral hat mich lange glauben lassen, daß der Schatz ein immenses Lager an radioaktivem Material sei, womöglich von einem andern Planeten gefallen. Nehmen Sie nur zum Beispiel, in der Sage, die mysteriöse Wunde des Amfortas... Als wäre er ein Radiologe, der sich zu lange den Strahlungen ausgesetzt hat... Und tatsächlich darf man sie nicht berühren. Warum nicht? Bedenken Sie, welche Erregung die Templer empfunden haben müssen, als sie ans Tote Meer gelangten – teeriges, schweres Wasser, auf dem man wie ein Korken schwimmt, und es hat heilende Kräfte... Sie könnten in Palästina ein Uranlager entdeckt haben, sie könnten begriffen haben, daß es sich nicht sofort ausbeuten ließ. Die Beziehungen zwischen dem Gral, den Templern und den Katharern sind von einem verdienstvollen deutschen Offizier wissenschaftlich erforscht worden, ich spreche von Otto Rahn, einem Obersturmbannführer der SS, der sein Leben damit verbracht hat, in großer Strenge über die europäische und arische Natur des Grals nachzudenken – ich will nicht sagen, wie und warum er sein Leben 1939 verlor, aber es gibt Leute, die versichern... eh bien, kann ich vergessen, was Ingolf widerfahren ist? Rahn zeigt uns die Beziehungen zwischen dem Goldenen Vlies der Argonautensage und dem Gral... kurzum, es ist evident, daß eine Verbindung zwischen dem mystischen Gral der Sage, dem Stein der Weisen (*lapis!*) und jener immensen Kraftquelle besteht, auf welche die Getreuen Hitlers an der Schwelle des Krieges und noch bis zum letzten Atemzug hofften. Beachten Sie auch, daß in einer Version der Sage die Argonauten eine Schale erblicken, eine Schale, sage ich, die über dem Weltenberg mit dem Lichterbaum schwebt! Die Argonauten finden das Goldene Vlies, und ihr Schiff wird in die strahlende Milchstraße des südlichen Sternhimmels verzaubert, wo sie mit dem Kreuz, dem Triangel und dem Altar Zeugnis von der Lichtnatur des Ewigen Gottes ablegen. Das Triangel versinnbildlicht die göttliche Trinität, das Kreuz das göttliche Liebesopfer, und der Altar ist der Tisch des Abendmahles, auf dem der Kelch der Wiedergeburt stand. Kein Zweifel, der keltisch-arische Ursprung all dieser Symbole ist unverkennbar!«

Der Oberst schien von derselben heroischen Exaltation ergriffen, die seinen Obersturmunddrang oder wie zum Teufel das hieß in den Opfertod getrieben hatte. Man mußte ihn auf den Boden der Realität zurückholen.

»Was schließen Sie daraus?« fragte ich.

»Junger Mann, sehen Sie's nicht mit eigenen Augen? Man hat vom Gral als einem Luziferischen Stein gesprochen und ihn in Zusammenhang mit der Figur des Baphomet gebracht. Der Gral ist eine Energiequelle, die Templer sind die Hüter eines energetischen Geheimnisses, und nun entwerfen sie ihren Plan. Wo werden sie ihre geheimen Sitze einrichten? Hier, meine Herren« – der Oberst sah uns mit komplizenhafter Miene an, als säßen wir in einer Verschwörerrunde –, »ich hatte eine Spur, eine falsche, aber nützliche. Ein Autor, der irgendwo ein Geheimnis aufgeschnappt haben mußte, Charles-Louis Cadet-Gassicourt (und wie sich's trifft, stand sein Opus in Ingolfs Bibliothek), schreibt 1797 ein Buch, *Le tombeau de Jacques Molay ou le secret des conspirateurs à ceux qui veulent tout savoir*, in dem er behauptet, Molay habe, ehe er starb, vier geheime Logen gegründet, in Paris, in Schottland, in Stockholm und in Neapel. Diese vier Logen hätten sämtliche Monarchen vernichten und die Macht des Papstes zerstören sollen. Kein Zweifel, Gassicourt war ein exaltierter Träumer, aber ich bin von seiner Idee ausgegangen, um herauszufinden, wo die Templer wirklich ihre geheimen Sitze etablieren konnten. Ich hätte die Rätsel der Botschaft nicht lösen können, wenn ich nicht eine Leitidee gehabt hätte, das ist klar. Aber ich *hatte* eine, nämlich die auf zahllosen Evidenzen begründete Überzeugung, daß der templerische Geist seiner Inspiration nach keltisch war, druidisch, er war der Geist des nordischen Ariertums, das die Tradition mit der Insel Avalon identifiziert, dem Sitz der wahren hyperboreischen Kultur. Sie werden wissen, daß diverse Autoren die Insel Avalon mit dem Garten der Hesperiden gleichgesetzt haben, mit der Ultima Thule und dem Kolchis des Goldenen Vlieses. Nicht zufällig war der größte Ritterorden in der Geschichte der Orden vom Goldenen Vlies. Womit klar wird, was sich in dem Wort ›Donjon‹ verbirgt. Es ist die Nordische Burg, in der die Templer den Gral hüteten, vermutlich der sagenhafte Montsalvat.«

Er hielt einen Augenblick inne. Er wollte, daß wir ihm an den Lippen hingen. Wir hingen.

»Kommen wir zum zweiten Befehl: die Siegelbewahrer sollen dahin gehen, wo sich der oder diejenigen befinden, die etwas mit Broten machen. An sich ist die Angabe klar: der Gral ist der Kelch mit dem Blute Christi, das Brot ist der Leib Christi, der Ort, wo das Brot gegessen wurde, ist der Ort des Letzten Abendmahls, also Jerusalem. Undenkbar, daß die Templer sich dort unten, auch nach der Rückeroberung durch die Sarazenen, nicht eine geheime Basis gesichert hatten. Offen gestanden, zu Anfang hatte mich dieses jüdische Element in einem Plan, der ganz unter dem Zeichen der arischen Mythologie steht, einigermaßen verwirrt. Dann habe ich darüber nachgedacht und mir gesagt: Wir sind es, die Jesus noch immer als einen Ausdruck der jüdischen Religiosität betrachten, weil die römische Kirche es uns so lehrt. Die Templer wußten sehr wohl, daß Jesus ein keltischer Mythos ist. Der ganze Bericht der Evangelien ist eine hermetische Allegorie – Wiederauferstehung nach Verwesung in den Eingeweiden der Erde undsoweiter undsofort. Christus ist nichts anderes als das Elixier der Alchimisten. Andererseits wissen alle, daß die Trinität ein arischer Begriff ist – und sehen Sie, deswegen steht die ganze Templerregel, diktiert von einem Druiden wie Bernhard von Clairvaux, unter dem Zeichen der Dreizahl.«

Der Oberst trank einen weiteren Schluck Wasser. Seine Stimme war heiser. »Kommen wir nun zu der dritten Etappe: das Refugium. Es ist Tibet.«

»Und wieso Tibet?«

»Nun, vor allem, weil Wolfram von Eschenbach am Ende erzählt, daß die Templer Europa verließen und den Gral nach Indien verbrachten. Zur Wiege des arischen Geschlechts. Das Refugium ist Agarttha. Sie werden doch sicher schon von Agarttha gehört haben, dem Sitz des Königs der Welt, der unterirdischen Stadt, von der aus die Herren der Welt den Gang der Menschheitsgeschichte beherrschen und lenken. Die Templer haben sich eins ihrer Zentren direkt an den Wurzeln ihrer Spiritualität geschaffen. Kennen Sie die Beziehungen zwischen dem Reich von Agarttha und der Synarchie?«

»Ehrlich gesagt, nein…«

»Na, ist auch besser so, es gibt Geheimnisse, die tödlich sein können. Aber schweifen wir nicht ab. Auf jeden Fall wissen alle, daß Agarttha vor sechstausend Jahren gegründet wurde, zu Beginn der Epoche des Kali-Yuga, in der wir heute noch leben. Die Aufgabe der Ritterorden war seit jeher, den Kontakt zu diesem geheimen Zentrum zu halten, die aktive Kommunikation zwischen der Weisheit des Orients und der Weisheit des Okzidents zu sichern. Und somit ist klar, wo das vierte Treffen stattfinden soll, nämlich in einem anderen druidischen Heiligtum, in der Stadt der Jungfrau, das heißt der Kathedrale von Chartres. Chartres liegt von Provins aus gesehen auf der anderen Seite des Hauptflusses der Ile de France, der Seine.«

Wir konnten unserem Gesprächspartner nicht mehr folgen: »Was hat denn Chartres mit Ihrer keltisch-druidischen Linie zu tun?«

»Woher, glauben Sie wohl, kommt die Idee der Jungfrau? Die ersten Jungfrauen, die in Europa auftauchen, sind die schwarzen Jungfrauen der Kelten. Bernhard von Clairvaux lag einmal als junger Mann in der Kirche von Saint Voirles auf den Knien vor einer schwarzen Jungfrau, und sie preßte aus ihrer Brust drei Milchtropfen, die auf die Lippen des künftigen Gründers der Templer fielen. Daher die Romane über den Gral, als Deckmantel für die Kreuzzüge, und die

Kreuzzüge, um den Gral wiederzufinden. Die Benediktiner sind die Erben der Druiden, das weiß doch jeder.«

»Aber wo sind diese schwarzen Jungfrauen dann geblieben?«

»Sie wurden aus dem Weg geräumt von denen, die daran interessiert waren, die nordische Tradition zu verdunkeln und die keltische Religiosität in die mediterrane Religiosität zu überführen, indem sie den Mythos der Maria von Nazareth erfanden. Und wo man sie nicht verschwinden lassen konnte, wurden sie verwandelt und denaturiert, wie die zahlreichen schwarzen Madonnen, die man noch immer dem Fanatismus der Massen darbietet. Doch wenn man die Bilder der Kathedralen richtig liest, wie es der große Fulcanelli getan hat, sieht man, daß diese Geschichte in klaren Lettern erzählt wird, und in klaren Lettern wird auch das Verhältnis dargestellt, das die keltischen Jungfrauen mit der alchimistischen Tradition templerischen Ursprungs verbindet, die aus der schwarzen Jungfrau das Symbol der Urmaterie macht, an welcher die Sucher nach jenem Stein der Weisen arbeiten, der, wie wir sahen, nichts anderes ist als der Gral. Und überlegen Sie einmal, woher wohl jenem anderen großen Erben der Druiden, dem Propheten Mohammed, die Inspiration zu dem schwarzen Stein von Mekka gekommen ist... In Chartres hat man die Krypta zugemauert, die in jenen unterirdischen Raum führt, wo sich die ursprüngliche heidnische Statue noch befindet, aber wer gut sucht, kann in der Kathedrale noch eine schwarze Jungfrau finden, Notre-Dame du Pilier, skulpiert von einem noch odinistisch geprägten Kanonikus. Die Statue hält den magischen Zylinder der großen Odinspriesterinnen in der Hand, und zu ihrer Linken ist der magische Kalender dargestellt, auf dem einst – ich sage einst, denn diese Skulpturen haben sich leider nicht vor dem Vandalismus der orthodoxen Kanoniker retten können – die heiligen Tiere Odins zu sehen waren: der Hund, der Adler, der Löwe, der Weiße Bär und der Werwolf. Andererseits ist es keinem Erforscher der gotischen Esoterik entgangen, daß es dort – ich spreche noch immer von Chartres – auch eine Statue gibt, die den Kelch des Grals in der Hand trägt. Ach, meine Herren, wenn man die Kathedrale von Chartres noch zu lesen wüßte, ohne den Touristenführern katholisch-apostolisch-römischer Provenienz zu folgen, aber mit dem Vermögen zu sehen, ich meine mit den Augen der

Tradition zu sehen, ich sage Ihnen, die wahre Geschichte, die jene Festung Ereks erzählt...«

»Okay, und jetzt die Popelicans. Wer sind die?«

»Es sind die Katharer. Einer der Schmähnamen, die man jenen Ketzern gegeben hat, war Popelicans oder Popelicant. Die Katharer in Okzitanien sind vernichtet worden, ich bin nicht so naiv, an ein Treffen in den Ruinen von Montségur zu glauben, aber die Sekte ist nicht tot, es gibt eine ganze Geographie des okkulten Katharertums, das sogar Dante hervorgebracht hat, und die Dichter des *dolce stil nuovo* und die Sekte der Fedeli d'Amore. Das fünfte Treffen ist irgendwo in Norditalien oder in Südfrankreich.«

»Und das letzte Treffen?«

»Nun, wo ist der älteste, heiligste und stabilste aller keltischen Steine, das Sanktuar der Sonnengottheit, das privilegierte Observatorium, in dem die Nachfahren der Templer von Provins, ans Ziel ihres Planes gelangt und nunmehr vereint, die von den sechs Siegeln verhüllten Geheimnisse miteinander vergleichen können, um endlich herauszufinden, wie sich die ungeheure Macht ausnutzen läßt, die der Besitz des Heiligen Grals verleiht? In England natürlich, es ist der magische Kreis von Stonehenge! Was sonst?«

»*O basta là*«, sagte Belbo. Nur ein Piemontese kann die Gemütslage verstehen, in der man diesen Ausdruck höflichen Staunens vorbringt. Keines seiner Äquivalente in anderen Sprachen oder Dialekten (Was Sie nicht sagen! Dis donc! Are you kidding?) kann das souveräne Desinteresse wiedergeben, den Fatalismus, mit dem er die unerschütterliche Überzeugung bekräftigt, daß die andern allesamt, und rettungslos, Kinder einer unbeholfenen Gottheit sind.

Aber der Oberst war kein Piemontese und schien geschmeichelt von Belbos Reaktion.

»Ja, sehen Sie? Das ist der Plan, das ist die *Ordonation* in ihrer wunderbaren Schlichtheit und Kohärenz. Und beachten Sie folgendes: Nehmen Sie eine Karte von Europa und Asien, ziehen Sie die Linie, der die Etappen des Planes folgen, vom Norden, wo die Burg steht, nach Jerusalem, von Jerusalem nach Agarttha, von Agarttha nach Chartres, von Chartres an die Küsten des Mittelmeers und von da nach Stonehenge. Heraus kommt eine Zeichnung, eine Rune etwa in dieser Form.«

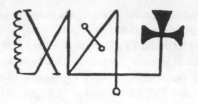

»Und was ist das?«, fragte Belbo.

»Das ist dieselbe Rune, die einige der wichtigsten Zentren der templerischen Esoterik idealiter miteinander verbindet: Amiens, Troyes, das Reich des heiligen Bernhard an den Rändern des Forêt d'Orient, Reims, Chartres, Rennes-le-Château und den Mont Saint-Michel, eine weitere uralte druidische Kultstätte. Und dieselbe Zeichnung erinnert auch an das Sternbild der Jungfrau.«

»Ich bin zwar nur Dilettant in Astronomie«, sagte Diotallevi schüchtern, »aber soweit ich mich erinnere, sieht die Jungfrau ganz anders aus und hat elf Sterne...«

Der Oberst lächelte nachsichtig: »Meine Herren, meine Herren, Sie wissen besser als ich, daß alles davon abhängt, wie man die Linien zieht, und daß man sie dann als Wagen oder als Bär betrachten kann, ganz nach Belieben, und wie schwer es zu entscheiden ist, ob ein Stern noch zu einer Konstellation gehört oder nicht mehr. Sehen Sie sich die Jungfrau noch einmal an, betrachten Sie Spika als unteren Punkt, entsprechend der provençalischen Küste, nehmen Sie insgesamt nur fünf Sterne, und die Ähnlichkeit wird sie frappieren.«

»Man muß nur entscheiden, welche Sterne man wegläßt«, sagte Belbo.

»Genau«, bestätigte der Oberst.

»Hören Sie«, sagte Belbo, »wie können Sie ausschließen, daß die Treffen planmäßig stattgefunden haben und die Ritter bereits an der Arbeit sind, ohne daß wir es wissen?«

»Ich sehe nirgendwo die Symptome, und erlauben Sie mir zu sagen: leider. Der Plan ist unterbrochen worden, vielleicht sind diejenigen, die ihn zu Ende führen sollten, nicht mehr da, vielleicht haben die Gruppen der Sechsunddreißig sich im Zuge einer weltweiten Katastrophe aufgelöst. Doch eine Handvoll Beherzter, die die richtigen Informationen hätte, könnte die Fäden wiederaufnehmen. Jenes Etwas ist noch da. Und ich suche nach den richtigen Männern. Deshalb will ich das Buch veröffentlichen: um Reaktionen hervorzurufen. Und gleichzeitig versuche ich mich in Kontakt mit Leuten zu setzen, die mir helfen können, die Antwort in den Mäandern des traditionellen Wissens zu suchen. Gerade heute wollte ich den größten Experten in diesen Dingen treffen. Doch leider, obwohl eine Leuchte, hat er mir nichts sagen können, auch wenn er sich sehr für meine Geschichte interessierte und mir ein Vorwort versprochen hat…«

»Entschuldigen Sie«, sagte Belbo, »aber war es nicht ein bißchen unklug, Ihr Geheimnis jenem Herrn anzuvertrauen? Sie selbst haben doch von Ingolfs Fehler gesprochen…«

»Ich bitte Sie«, antwortete der Oberst, »Ingolf war ein armer Tropf. Ich habe mich mit einem über jeden Verdacht erhabenen Gelehrten in Verbindung gesetzt. Einem Mann, der keine voreiligen Hypothesen wagt. Was Sie schon daran ersehen können, daß er mich gebeten hat, mit der Präsentation meines Werkes in einem Verlag lieber noch zu warten, bis er alle strittigen Punkte geklärt habe… Nun, ich wollte mir seine Sympathie nicht verscherzen und habe ihm nicht gesagt, daß ich zu Ihnen gehen würde, aber Sie werden verstehen, daß ich, in dieser Phase meiner Bemühungen angelangt, mit Recht ungeduldig bin. Jener Herr… ach, zum Teufel mit der Zurückhaltung, ich möchte nicht, daß Sie mich für einen Aufschneider halten. Es handelt sich um Rakosky…«

Er machte eine Pause und wartete auf unsere Reaktion.

»Um wen?« enttäuschte ihn Belbo.

»Na, um den großen Rakosky! Eine Autorität in der Traditionsforschung, Exdirektor der *Cahiers du Mystère*!«

»Ah«, sagte Belbo. »Ja, mir scheint, Rakosky, sicher…«

»Eh bien, ich behalte mir vor, meinen Text endgültig zu überarbeiten, nachdem ich noch einmal die Ratschläge jenes Herrn angehört habe, aber ich möchte die Sache beschleunigen, und wenn ich einstweilen zu einer Einigung mit Ihrem Hause käme… Ich wiederhole, die Sache ist eilig, ich muß Reaktionen wecken, Hinweise sammeln… Es gibt Leute, die Bescheid wissen und nicht reden… Bedenken Sie nur, meine Herren: genau 1944, obwohl ihm aufgeht, daß er den Krieg verloren hat, beginnt Hitler von einer Geheimwaffe zu sprechen, die ihm erlauben soll, die Lage zu wenden. Es heißt, er sei verrückt gewesen. Und wenn er nun nicht verrückt war? Können Sie mir folgen?« Auf seiner Stirn glänzten Schweißtropfen, und sein Schnurrbart sträubte sich fast, wie bei einer Katze. »Kurzum«, schloß er, »ich werfe den Köder aus. Wir werden ja sehen, ob jemand anbeißt.«

Nach allem, was ich von Belbo damals wußte und dachte, hätte ich nun erwartet, daß er den Oberst mit ein paar höflichen Sätzen hinauskomplimentieren würde. Statt dessen sagte er: »Hören Sie, Oberst, die Sache klingt hochinteressant, ganz unabhängig von der Frage, ob es ratsam für Sie ist, mit uns oder lieber mit einem anderen Verlag abzuschließen. Sie haben doch hoffentlich noch zehn Minuten Zeit, nicht wahr?« Dann wandte er sich an mich: »Für Sie ist es spät, Casaubon, ich habe Sie schon lange genug aufgehalten. Vielleicht sehen wir uns morgen, ja?«

Es war eine Entlassung. Diotallevi faßte mich unter den Arm und sagte, er müsse auch gehen. Wir verabschiedeten uns. Der Oberst gab Diotallevi einen warmen Händedruck und warf mir ein knappes Kopfnicken zu, begleitet von einem kühlen Lächeln.

Während wir die Treppe hinuntergingen, sagte Diotallevi: »Sicher fragen Sie sich, warum Belbo Sie hinausgeschickt hat. Nehmen Sie's nicht als Unhöflichkeit. Er muß dem Oberst ein sehr diskretes Angebot machen. Die Diskretion ist eine Anordnung von Signor Garamond. Ich verziehe mich auch, um keine Verlegenheit aufkommen zu lassen.«

Wie ich später begriff, versuchte Belbo, den Oberst der Hydra Manuzio in den Rachen zu werfen.

Ich schleppte Diotallevi zu Pilade, wo ich einen Campari trank und er einen Rabarbaro. Das schien ihm, sagte er, mönchisch, archaisch und quasi templerisch.

Ich fragte ihn, was er von dem Oberst hielt.

»In Verlagen«, sagte er, »fließt aller Schwachsinn der Welt zusammen. Aber da im Schwachsinn der Welt die Weisheit des Höchsten aufblitzt, betrachtet der Weise den Schwachsinnigen mit Demut.« Dann entschuldigte er sich, er müsse gehen. »Heute abend habe ich ein Festmahl.«

»Eine Party?« fragte ich.

Er schien verstört ob meiner Seichtheit. »*Sohar*«, präzisierte er. »*Lech Lechah*. Noch ganz unverstandene Seiten.«

... des grâles, der sô swaere wigt
daz in diu valschlîch menscheit
nimmer von der stat getreit.

Wolfram von Eschenbach, *Parzival*, IX,477

Der Oberst hatte mir nicht gefallen, aber er hatte mich
interessiert. Man kann auch lange und fasziniert einen Gecko
betrachten. Ich war dabei, die ersten Tropfen des Giftes zu
kosten, das uns alle ins Verderben führen sollte.

Am folgenden Nachmittag ging ich wieder zu Belbo, und
wir sprachen ein wenig über unseren Besucher. Belbo
meinte, er sei ihm wie ein Mythomane vorgekommen. »Haben
Sie gesehen, wie er diesen Rokoschki oder Raskolski
erwähnte, als wäre es Kant?«

»Na, und dann sind das doch alte Geschichten«, sagte ich.
»Ingolf war ein Irrer, der daran glaubte, und der Oberst ist
ein Irrer, der an Ingolf glaubt.«

»Vielleicht hatte er gestern daran geglaubt, und heute
glaubt er an was anderes. Ich will Ihnen was sagen: Bevor ich
ihn gestern wegschickte, habe ich ihm eine Verabredung für
heute vormittag mit... mit einem anderen Verlag arrangiert,
einem gefräßigen Verlag, der jedes Buch druckt, wenn es der
Autor selbst finanziert. Er schien begeistert. Na, und vorhin
erfahre ich, daß er gar nicht hingegangen ist. Dabei hatte er
mir die Fotokopie der chiffrierten Botschaft hiergelassen,
hier, sehen Sie. Er läßt das Geheimnis der Templer einfach so
rumliegen, als wär's nichts! Diese Leute sind so.«

In dem Augenblick klingelte das Telefon. Belbo nahm ab.
»Ja? Am Apparat, ja, Verlag Garamond. Guten Tag. Bitte...
Ja, er ist gestern nachmittag hergekommen, um mir ein Buch
anzubieten... Entschuldigen Sie, über Verlagsangelegenheiten
kann ich prinzipiell nicht sprechen, wenn Sie mir bitte
sagen würden...«

Er hörte ein paar Sekunden zu, dann sah er mich plötzlich
kreideweiß an und sagte: »Der Oberst ist umgebracht worden
oder sowas in der Art.« Dann wieder in den Apparat: »Entschuldigen
Sie, ich sprach gerade mit Casaubon, einem Mitarbeiter,
der gestern bei dem Gespräch mit dabei war... Ja,
Oberst Ardenti ist hergekommen, um uns von einem Projekt

zu erzählen, das er im Auge hat, eine Geschichte, die ich für reine Phantasterei halte, über einen angeblichen Schatz der Templer. Das waren Ordensritter im Mittelalter...«

Instinktiv legte er eine Hand über den Hörer, als wollte er das Gespräch abschirmen, dann sah er, daß ich ihn beobachtete, nahm die Hand weg und sagte zögernd: »Nein, Doktor De Angelis, dieser Herr hat von einem Buch gesprochen, das er schreiben wollte, aber nur ganz vage... Wie? Alle beide? Jetzt gleich? Geben Sie mir die Adresse.«

Er legte auf. Blieb ein paar Sekunden lang schweigend sitzen, nervös mit den Fingern auf den Schreibtisch trommelnd. »Tja, Casaubon, entschuldigen Sie bitte, ich hab Sie ganz unbedacht in die Sache mit reingezogen. Die Nachricht hat mich so überrascht. Es war ein Kommissar, ein gewisser De Angelis. Scheint, daß der Oberst in einer Pension gewohnt hat, und jemand sagt, er hätte ihn heute nacht dort tot aufgefunden...«

»Sagt? Und dieser Kommissar weiß nicht, ob es stimmt?«

»Ja, klingt komisch, aber der Kommissar weiß es nicht. Scheint, daß sie meinen Namen und die Verabredung gestern mit mir in einem Notizbuch gefunden haben. Ich glaube, wir sind ihre einzige Spur. Was soll ich Ihnen sagen? Kommen Sie, fahren wir hin.«

Wir riefen ein Taxi. Unterwegs nahm mich Belbo am Arm. »Casaubon, vielleicht ist es ja nur ein Zufall. Jedenfalls – mein Gott, vielleicht denke ich ja verquer, aber bei uns zu Hause sagte man immer ›besser keine Namen nennen‹... Es gab da so ein Krippenspiel, im Dialekt, das ich als Kind gesehen habe, so eine fromme Farce mit Hirten, bei denen man nicht recht wußte, ob sie aus Bethlehem waren oder aus den Hügeln von Asti... Die drei Könige aus dem Morgenland kamen und fragten den Hirtenjungen, wie sein Padrone heißt, und er sagte: Gelindo. Als Gelindo das hörte, nahm er seinen Stock und gab dem Jungen eine Tracht Prügel, weil man, wie er sagte, keine Namen vor irgendwelchen Dahergelaufenen nennt... Also jedenfalls, wenn Sie einverstanden sind: der Oberst hat uns nichts von Ingolf und von der Botschaft aus Provins erzählt.«

»Wir wollen ja nicht wie Ingolf enden«, sagte ich und versuchte zu lächeln.

»Ich wiederhole, es ist sicher bloß eine Dummheit. Aber aus gewissen Sachen hält man sich lieber raus.«

Ich erklärte mich einverstanden, blieb aber beunruhigt. Schließlich war ich ein Student, der an Demonstrationen teilnahm, und eine Begegnung mit der Polizei machte mir Unbehagen. Wir gelangten zu der Pension. Keine der besseren, ziemlich weit draußen. Vor dem Haus Polizisten. Sie dirigierten uns sofort zu dem Appartement – wie sie es nannten – des Oberst Ardenti. Auf der Treppe weitere Polizisten. Sie führten uns in Nummer 27 (sieben und zwei macht neun, dachte ich). Zimmer mit Bett, Vorraum mit Tischchen, Küchenecke, Bad mit Dusche, ohne Vorhang, durch die halboffene Tür war nicht zu sehen, ob es auch ein Bidet gab, aber in einer Pension wie dieser war das wahrscheinlich der erste und einzige Komfort, den die Gäste verlangten. Fade Möblierung, nicht viel persönliches Zeug, aber alles wüst durcheinander, jemand mußte in großer Eile Schränke und Koffer durchwühlt haben. Vielleicht die Polizei, mit den Beamten in Zivil und denen in Uniform zählte ich insgesamt zehn Personen.

Ein noch ziemlich junger Typ mit ziemlich langen Haaren kam uns entgegen. »Ich bin De Angelis. Doktor Belbo? Doktor Casaubon?«

»Ich bin nicht Doktor, ich studiere noch.«

»Studieren Sie, studieren Sie. Wenn Sie nicht Ihren Doktor machen, werden Sie nie zur Polizei gehen können, und Sie ahnen ja gar nicht, was Ihnen da entgeht.« Er wirkte genervt. »Entschuldigen Sie, aber fangen wir gleich mit den nötigen Präliminarien an. Hier, dies ist der Paß, der dem Bewohner dieses Zimmers gehörte, ausgestellt auf einen Oberst Ardenti. Erkennen Sie ihn?«

»Er ist es«, sagte Belbo. »Aber helfen Sie mir, mich zurechtzufinden. Am Telefon habe ich nicht verstanden, ob er tot ist oder...«

»Ich wäre froh, wenn Sie mir das sagen könnten«, knurrte De Angelis mit einer Grimasse. »Aber ich denke, Sie haben das Recht, etwas mehr zu erfahren. Also, dieser Signor Ardenti, oder Oberst oder was er war, ist vor vier Tagen hier abgestiegen. Sie werden gemerkt haben, es ist nicht gerade das Grand Hotel. Es gibt einen Portier, der um elf schlafen geht, weil die Gäste Hausschlüssel haben, dann zwei bis drei Zimmermädchen, die morgens kommen, um die Betten zu machen, und einen versoffenen Alten, der als Hausdiener fungiert und den Gästen Getränke bringt, wenn sie klingeln.

Versoffen, ich wiederhole es, und verkalkt: ihn zu verhören war eine Qual. Der Portier behauptet, daß er gern nachts als Gespenst durch die Flure schleicht und schon manchen Gast erschreckt hat. Gestern abend so gegen zehn sieht der Portier den Ardenti nach Hause kommen, zusammen mit zwei Herren, die er mit raufnimmt. Hier kümmert man sich nicht mal drum, wenn einer 'ne ganze Bande von Transvestiten mit aufs Zimmer nimmt, also wieso dann um zwei normale Typen, auch wenn sie, wie der Portier meint, einen ausländischen Akzent hatten. Um halb elf klingelt Ardenti nach dem Alten und läßt sich 'ne Flasche Whisky, ein Mineralwasser und drei Gläser bringen. Gegen eins oder halb zwei hört es der Alte dann erneut aus Nummer 27 klingeln, schrill und stoßweise, sagt er. Aber so, wie wir ihn heute morgen vorfanden, muß er um die Zeit schon 'ne ganze Menge intus gehabt haben, und nicht vom Besten. Er steigt rauf, klopft, hört keine Antwort, schließt mit seinem Passepartout auf, findet alles durcheinander, so wie's jetzt ist, und auf dem Bett den Oberst, mit aufgerissenen Augen und einer Drahtschlinge um den Hals. Der Alte rennt runter, weckt den Portier, keiner der beiden hat Lust, noch mal raufzugehen, sie greifen zum Telefon, aber die Leitung ist tot. Heute morgen funktionierte sie bestens, aber wollen wir's ihnen mal glauben. Darauf läuft der Portier zu der Telefonzelle auf dem kleinen Platz an der Ecke, um die Polizei zu verständigen, während der Alte sich zu dem Haus gegenüber schleppt, wo ein Arzt wohnt. Alles in allem brauchen sie etwa zwanzig Minuten, kommen zurück, warten unten ganz verstört, der Doktor hat sich inzwischen angezogen und kommt fast gleichzeitig mit der Polizeistreife. Sie gehen zu Nummer 27 rauf, und im Bett ist niemand.«

»Wie niemand?« fragte Belbo.

»Nichts, keine Leiche, das Bett ist leer. Daraufhin geht der Arzt wieder nach Hause, und meine Kollegen finden bloß das, was Sie hier sehen. Sie befragen den Alten und den Portier, mit dem Ergebnis, das Sie kennen. Wo sind die zwei Herren geblieben, die um zehn mit dem Ardenti raufgegangen waren? Keine Ahnung, sie konnten auch zwischen elf und eins gegangen sein, und niemand hätte es gemerkt. Waren sie noch im Zimmer, als der Alte reinkam? Keine Ahnung, er war nur eine Minute drin und hat weder in die Küchenecke noch ins Bad gesehen. Hätten sie sich mit der

Leiche verdrücken können, als die beiden Unglücksraben draußen waren, um Hilfe zu holen? Schon möglich, es gibt eine Außentreppe, die zum Hof führt, und von da kommt man durch eine Hintertür in eine Seitenstraße. Aber vor allem, war überhaupt eine Leiche dagewesen, oder war der Oberst womöglich um Mitternacht mit den beiden Typen weggegangen, und der Alte hat alles bloß geträumt? Der Portier wiederholt, es wäre nicht das erste Mal, daß der Alte weiße Mäuse gesehen hätte, einmal hätte er eine Dame nackt am Fenster erhängt gesehen, und dann sei sie 'ne halbe Stunde später frisch wie 'ne Rose nach Hause gekommen. Auf dem Klappbett des Alten hätte man so ein Pornoheftchen gefunden, vielleicht sei ihm die schöne Idee gekommen, mal raufzuschleichen und durchs Schlüsselloch in das Zimmer der Dame zu spähen, und dann hätte er einen Vorhang gesehen, der sich im Zwielicht bewegte... Das einzig Sichere ist: das Zimmer befindet sich nicht in normalem Zustand, und der Ardenti ist verschwunden. Aber jetzt habe ich schon zu lange geredet. Jetzt sind Sie an der Reihe, Doktor Belbo. Die einzige Spur, die wir haben, ist ein Zettel, der hier neben dem Tischchen am Boden lag: 14 Uhr, Hotel Principe e Savoia, Mr. Rakosky; 16 Uhr, Garamond, Doktor Belbo. Sie haben mir bestätigt, daß er bei Ihnen war. Nun sagen Sie mir, was passiert ist.«

al des grâles pflihtgesellen
von in vrâgens niht enwellen.

Wolfram von Eschenbach, *Parzival*, XVI,819

Belbo faßte sich kurz: er wiederholte, was er dem Kommissar
schon am Telefon gesagt hatte, ohne weitere Einzelheiten
von Belang. Der Oberst habe uns eine obskure Geschichte
erzählt, etwas von einem Schatz, dessen Spuren er in gewissen Dokumenten in Frankreich gefunden hätte, aber Ge-
naueres habe er nicht verraten. Anscheinend glaube er, ein
gefährliches Geheimnis entdeckt zu haben, und wolle es
publik machen, um nicht der einzige zu sein, der davon weiß.
Er habe angedeutet, daß andere vor ihm, die das Geheimnis
entdeckt hätten, auf mysteriöse Weise verschwunden seien.
Die Dokumente habe er nur zeigen wollen, wenn ihm ein
Vertrag zugesichert würde, aber er, Belbo, könne niemandem einen Vertrag zusichern, bevor er nicht etwas gesehen
habe, und so seien sie mit einer vagen Verabredung auseinandergegangen. Der Oberst habe noch ein Treffen mit einem
gewissen Rakosky erwähnt und gesagt, es handle sich um
den ehemaligen Direktor der *Cahiers du Mystère*. Er wolle ihn
um ein Vorwort bitten. Anscheinend habe Rakosky ihm
geraten, mit der Publikation noch abzuwarten. Der Oberst
habe ihm nicht gesagt, daß er zu Garamond gehen wollte.
Das sei alles.

»Gut, gut«, sagte De Angelis. »Welchen Eindruck hat er
auf Sie gemacht?«

»Er ist uns ziemlich exaltiert vorgekommen, und er hat auf
eine Vergangenheit, sagen wir: etwas nostalgischer Art angespielt, auch auf eine Zeit in der Fremdenlegion.«

»Dann hat er Ihnen die Wahrheit gesagt, wenn auch nicht
die ganze. In gewisser Hinsicht hatten wir schon ein Auge
auf ihn, ohne uns allzuviel Mühe zu machen. Von solchen
Fällen haben wir viele... Also, Ardenti war nicht sein richtiger Name, aber er hatte einen regulären französischen
Paß. Seit ein paar Jahren kam er ab und zu kurz nach Italien,
und wir hatten ihn, ohne sicher zu sein, als einen gewissen
Capitano Arcoveggi identifiziert, der 1945 in Abwesenheit
zum Tode verurteilt worden war. Kollaboration mit der SS,

um ein paar Leute nach Dachau zu schicken. Auch in Frankreich hatte man ein Auge auf ihn, er war einmal wegen Betrugs angeklagt und hatte sich gerade noch rausreden können. Wir nehmen an, *nehmen an*, wohlgemerkt, daß er derselbe ist, der unter dem Namen Fassotti letztes Jahr von einem Kleinindustriellen aus Peschiera Borromeo angezeigt worden war. Er hatte ihm eingeredet, im Comer See liege noch Mussolinis legendärer Dongo-Schatz, er habe die Stelle identifiziert und bräuchte bloß ein paar Zigmillionen Lire, für zwei Taucher und ein Motorboot... Kaum hatte er die Moneten eingesackt, verschwand er auf Nimmerwiedersehen. Nun bestätigen Sie mir, daß er die Schatzsuchermanie hatte.«

»Und dieser Rakosky?« fragte Belbo.

»Schon überprüft. Im Principe e Savoia ist ein Rakosky, Wladimir abgestiegen, mit einem französischen Paß. Vage Beschreibung, distinguierter Herr. Dieselbe Beschreibung wie von dem Portier hier in der Pension. Bei der Alitalia heißt es, er hätte heut morgen den ersten Flug nach Paris genommen. Ich habe Interpol verständigt. He, Annunziata, ist schon was aus Paris gekommen?«

»Noch nichts, Dottore.«

»Na fein. Also dieser Oberst Ardenti, oder wie er heißt, kommt vor vier Tagen nach Mailand, wir wissen nicht, wie er die ersten drei Tage verbringt, gestern nachmittag um zwei trifft er vermutlich den Rakosky im Hotel, aber er sagt ihm nicht, daß er zu Ihnen gehen will, und das finde ich interessant. Abends kommt er hierher, wahrscheinlich mit Rakosky und einem anderen Typ, und von da an wird alles ganz unklar. Auch wenn die beiden ihn nicht umgebracht haben, durchsuchen sie sicher das Appartement. Was suchen sie? In der Jacke... ach ja, wenn er ausgegangen ist, muß er in Hemdsärmeln ausgegangen sein, denn die Jacke mit dem Paß ist noch da, aber glauben Sie nicht, daß die Sache damit einfacher wird, denn der Alte sagt, er hätte ihn mit der Jacke auf dem Bett liegen sehen, aber vielleicht war's ja auch nur eine Hausjacke, Herrgott, mir scheint, ich bin hier in einem Käfig voller Narren... also in der Jacke, sagte ich, hatte er Geld genug, fast zuviel... Demnach haben sie etwas anderes gesucht. Und die einzige gute Idee haben Sie mir gegeben: Der Oberst hatte Dokumente. Wie sahen sie aus?«

»Er hatte einen braunen Ordner«, sagte Belbo.

»Mir kam er rot vor«, sagte ich.

»Braun«, beharrte Belbo. »Aber vielleicht täusche ich mich.«

»Ob braun oder rot«, sagte De Angelis, »hier ist er jedenfalls nicht mehr. Die beiden Herren von gestern abend müssen ihn mitgenommen haben. Also muß es um diesen Ordner gehen. Meines Erachtens wollte Ardenti gar kein Buch veröffentlichen. Er hatte irgendwelches Material zusammengetragen, um Rakosky zu erpressen, und wollte ihn mit Verlagskontakten unter Druck setzen. Das würde zu ihm passen. Aber man könnte auch noch andere Hypothesen aufstellen. Die zwei gehen weg, nachdem sie ihn bedroht haben, Ardenti kriegt Angst, schnappt sich den Ordner, läßt alles andere liegen und macht sich Hals über Kopf aus dem Staub. Und vorher macht er womöglich, wer weiß aus welchen Gründen, den Alten glauben, er wäre ermordet worden... Aber das ist alles viel zu romanhaft und würde das Durcheinander nicht erklären. Andererseits, wenn die zwei ihn umbringen und den Ordner entwenden, warum entwenden sie dann auch die Leiche? Naja, wir werden ja sehen. Entschuldigen Sie, ich bin leider gezwungen, Ihre Personalien aufzunehmen.«

Er drehte meinen Studentenausweis zweimal in der Hand. »Sie studieren Philosophie, eh?«

»Wir sind viele«, sagte ich.

»Sogar zu viele. Und Sie beschäftigen sich mit diesen Templern... Sagen Sie, wenn ich mich über diese Leute informieren wollte, was müßte ich dann lesen?«

Ich nannte ihm zwei allgemeinverständliche, aber einigermaßen seriöse Bücher. Sagte ihm, daß er darin zuverlässige Informationen bis zum Prozeß finden würde, aber danach sei alles Gefasel.

»Aha, verstehe«, sagte er. »Nun also auch die Templer. Eine Gruppe, die ich noch nicht kannte.«

Der vorhin angesprochene Annunziata erschien mit einem Telegramm: »Hier ist die Antwort aus Paris, Dottore.«

Er las. »Na bestens. In Paris ist dieser Rakosky unbekannt, aber seine Paßnummer entspricht derjenigen eines vor zwei Jahren gestohlenen Dokuments. Damit hätten wir glücklich alles beisammen. Monsieur Rakosky existiert nicht. Sie sagen, er war Direktor einer Zeitschrift... wie hieß sie noch gleich?« Er notierte sich den Namen. »Wir werden das überprüfen, aber ich wette, daß auch die Zeitschrift nicht existiert, oder sie hat ihr Erscheinen seit wer weiß wie lange schon eingestellt. Gut, meine Herren. Danke für Ihre Mitarbeit, vielleicht muß ich Sie noch mal belästigen. Ach ja, noch eine letzte Frage. Hat dieser Ardenti irgendwie durchblicken lassen, daß er Verbindungen zu politischen Gruppen hat?«

»Nein«, sagte Belbo. »Er machte eher den Eindruck, als hätte er die Politik aufgegeben, um sich der Schatzsuche zu widmen.«

»Und der Überlistung von Unbedarften«, ergänzte der Kommissar. Dann wandte er sich an mich: »Ihnen hat er nicht gefallen, denke ich mir.«

»Mir gefallen Typen wie er nicht«, sagte ich. »Aber es kommt mir nicht in den Sinn, sie mit Drahtschlingen zu erwürgen. Höchstens idealiter.«

»Natürlich. Ist realiter auch zu anstrengend. Aber keine Angst, Signor Casaubon, ich gehöre nicht zu denen, die alle Studenten für Kriminelle halten. Gehen Sie beruhigt Ihrer Wege. Viel Glück bei der Promotion.«

Belbo hatte noch eine Frage: »Entschuldigen Sie, Kommissar, nur um zu kapieren – sind Sie von der Mordkommission oder von der Politischen?«

»Gute Frage. Mein Kollege von der Mordkommission ist gestern nacht hergekommen. Dann haben sie in den Archiven etwas über die Vergangenheit des Ardenti gefunden und die Sache mir übertragen. Ich bin von der Politischen. Aber ehrlich gesagt, ich weiß nicht, ob ich hier der richtige bin. Das Leben ist nicht so einfach wie in den Kriminalromanen.«

»Dachte ich mir«, sagte Belbo und gab ihm die Hand.

Wir gingen, und ich war nicht beruhigt. Nicht wegen des Kommissars, der mir in Ordnung schien, sondern weil ich zum erstenmal in meinem Leben mitten in einer obskuren Affäre steckte. Und gelogen hatte. Und Belbo mit mir.

Wir verabschiedeten uns auf der Straße vor seinem Büro und waren beide verlegen.

»Wir haben nichts Schlimmes getan«, sagte Belbo schuldbewußt. »Ob der Kommissar nun von Ingolf und den Katharern weiß oder nicht, macht kaum viel Unterschied. Das waren doch alles bloß Spinnereien. Vielleicht mußte Ardenti aus ganz anderen Gründen verschwinden, da gäbe es Tausende. Vielleicht ist Rakosky vom israelischen Geheimdienst und hat eine alte Rechnung beglichen. Vielleicht ist er von irgendeinem großen Boß geschickt worden, den der Oberst reingelegt hatte. Vielleicht war er ein alter Kamerad aus der Fremdenlegion mit einem Haß auf ihn. Vielleicht war er ein algerischer Killer. Vielleicht war die Sache mit dem Templerschatz bloß eine Nebenaffäre im Leben unseres Obristen. Jaja, ich weiß schon, der Ordner ist weg, ob rot oder braun. Das haben Sie übrigens gut gemacht, daß Sie mir da widersprochen haben, so war's klar, daß wir ihn nur flüchtig gesehen hatten...«

Ich schwieg, und Belbo wußte nicht, wie er schließen sollte.

»Sie werden sagen, ich wäre erneut weggelaufen... wie damals in der Via Larga.«

»Unsinn. Wir haben es richtig gemacht. Auf Wiedersehen.«

Er tat mir leid, weil er sich feige vorkam. Ich kam mir nicht feige vor, mir war beigebracht worden, daß man die Polizei belügt. Grundsätzlich. Aber so ist es nun mal, das schlechte Gewissen vergiftet die Freundschaft.

Nach jenem Tage sah ich Belbo lange nicht mehr. Ich war sein schlechtes Gewissen und er das meine.

Aber damals gelangte ich zu der Überzeugung, daß ein Student in jedem Falle verdächtiger ist als ein Promovierter. Ich arbeitete noch ein weiteres Jahr und füllte zweihundertfünfzig Ordner mit Material über den Templerprozeß. Es waren Jahre, in denen die Promotion noch als Prüfstein für loyale Befolgung der Gesetze des Staates galt, und man wurde mit Nachsicht behandelt.

In den folgenden Monaten fingen dann einige Studenten zu schießen an, die Zeit der großen Demonstrationen im Freien ging zu Ende.

Ich war knapp an Idealen. Aber ich hatte ein Alibi: durch meine Liebe zu Amparo liebäugelte ich mit der Dritten Welt. Amparo war schön, klug, Brasilianerin, Marxistin, enthusiastisch, cool, hatte ein Stipendium und ein herrlich gemischtes Blut. Alles zugleich.

Kennengelernt hatte ich sie auf einer Party, und impulsiv hatte ich zu ihr gesagt: »Entschuldige, aber ich würde gern mit dir schlafen.«

»Du bist ein dreckiger Macho.«

»Dann vergiß es.«

»Ich vergesse es nicht. Ich bin eine dreckige Feministin.«

Sie mußte zurück nach Brasilien, und ich wollte sie nicht verlieren. Sie war es, die mich in Kontakt mit einer Universität in Rio brachte, wo ein Lektor für Italienisch gesucht wurde. Ich bekam die Stelle für zwei Jahre, mit der Aussicht auf Verlängerung. Und da mir Italien allmählich ein bißchen eng wurde, nahm ich an.

Und außerdem, sagte ich mir, würde ich in der Neuen Welt keinen Templern begegnen.

Illusionen, dachte ich vorgestern abend im Periskop. Als ich die Stufen zu Garamond hinaufstieg, war ich in den Palast eingedrungen. Also sprach Diotallevi: Binah ist der Palast, den Chochmah sich errichtet, indem sie sich ausdehnt aus dem ursprünglichen Punkt. Wenn Chochmah die Quelle ist, so ist Binah der Fluß, der ihr entspringt, um sich dann zu teilen in seine vielerlei Arme, bis alle sich schließlich ins große Meer der letzten Sefirah ergießen – und in Binah sind alle Formen schon vorgeformt.

4
CHESSED

23

Die Analogie der Gegensätze ist das Verhältnis
von Licht und Schatten, Gipfel und Abgrund,
Fülle und Leere. Die Allegorie, Mutter aller Dog-
men, ist die Substitution des Stempels durch den
Abdruck, der Wirklichkeit durch die Schatten, sie
ist die Lüge der Wahrheit und die Wahrheit der
Lüge.

Eliphas Lévi, *Dogme de la haute magie*,
Paris, Baillère, 1856, XXII, 22

Ich war aus Liebe zu Amparo nach Brasilien gekommen und
war aus Liebe zum Land dort geblieben. Ich habe nie begriffen, wieso diese Nachfahrin holländischer Einwanderer, die
sich in Recife angesiedelt und dort mit Indios und Schwarzen
aus dem Sudan vermischt hatten, wieso diese stolze junge
Frau mit dem Gesicht einer Jamaikanerin und der Kultur
einer Pariserin einen spanischen Namen hatte, noch dazu
einen, der in nichtspanischen Ohren männlich klang. Ich
habe nie die Ratio der brasilianischen Namen verstanden. Sie
sprechen allen Namenslexika hohn, und sie existieren nur
dort.

Amparo sagte mir, daß in ihrer Hemisphäre, wenn man
das Wasser im Waschbecken ablaufen lasse, der kleine Strudel
am Ende, wenn der letzte Rest weggurgelt, von rechts nach
links gehe, während es bei uns andersherum sei – oder
umgekehrt. Ich habe nicht nachprüfen können, ob das
stimmt. Nicht nur weil in unserer Hemisphäre niemand nachgeschaut hat, wie herum das Wasser weggurgelt, sondern
auch weil ich nach diversen Experimenten in Brasilien feststellen mußte, daß die Sache sehr schwer zu begreifen ist. Der
Strudel vergurgelt zu schnell, als daß man ihm folgen kann,
und vermutlich ist seine Richtung abhängig von der Stärke
und Neigung des Strahls, aber auch von der Form des
Beckens oder der Wanne. Und schließlich, wenn Amparo
recht hätte, wie müßte es dann am Äquator sein? Läuft das
Wasser dort senkrecht ab, ohne Strudel, oder läuft es am
Ende gar nicht ab?

Damals sah ich das Problem nicht allzu dramatisch, aber
vorgestern abend im Periskop dachte ich, daß letztlich alles

von den tellurischen Strömen abhängt und daß ihr Geheimnis im Pendel verborgen ist.

Amparo war fest in ihrem Glauben. »Was empirisch zu sehen ist, spielt keine Rolle«, sagte sie, »es handelt sich um ein Idealprinzip, das nur unter Idealbedingungen verifiziert werden kann, also nie. Aber es ist wahr.«

In Mailand war sie mir begehrenswert erschienen wegen ihrer nüchternen, coolen Art. Dort unten, im Kontakt mit den Säuren ihres heimischen Bodens, wurde sie schwerer definierbar, luzide visionär und fähig zu unterirdischer Rationalität. Ich fühlte, wie sich archaische Leidenschaften in ihr regten, die sie wachsam zu zügeln suchte, pathetisch in ihrem Asketentum, das ihr gebot, der Verführung zu widerstehen.

Am besten ermaß ich ihre herrlichen Widersprüche, wenn ich sie beim Diskutieren mit ihren Genossen sah. Es waren Versammlungen in verwahrlosten Wohnungen, dekoriert mit wenigen Postern und vielen folkloristischen Gegenständen, Porträts von Lenin und Tonfiguren aus dem Sertão, die den Cangaceiro feierten, oder indianische Fetische. Ich war in einem politisch nicht sehr klaren Moment gekommen und hatte nach der Erfahrung zu Hause beschlossen, mich von den Ideologien fernzuhalten, zumal dort unten, wo ich sie nicht kapierte. Die Reden von Amparos Genossen vergrößerten meine Unsicherheit, aber sie weckten auch meine Neugier. Natürlich waren alle Marxisten, und auf den ersten Blick redeten sie fast wie europäische Marxisten, aber sie sprachen von etwas anderem, und plötzlich, während einer Diskussion über den Klassenkampf, konnten sie vom »brasilianischen Kannibalismus« sprechen oder von der revolutionären Rolle der afro-brasilianischen Kulte.

Es waren genau diese Reden, die mich zu der Überzeugung brachten, daß dort unten auch der ideologische Strudel andersherum läuft. Sie zeichneten mir ein Panorama innerer Pendel-Migrationen, mit den Entrechteten und Verhungernden aus dem Norden, die in den industrialisierten Süden zogen, sich in riesigen Metropolen subproletarisierten, erstickt von Smogwolken, bis sie nach einer Weile verzweifelt in den Norden zurückgingen, um ein Jahr später erneut in den Süden zu fliehen; doch viele strandeten bei diesem Hin und Her in den großen Städten, wurden aufgesogen von einer Plejade autochthoner Kirchen, gaben sich dem Spiritismus hin, der Beschwörung afrikanischer Gottheiten... Und hier waren Amparos Genossen geteilter Meinung, für einige bewies sich darin eine Rückkehr zu den Wurzeln, ein Widerstand gegen die Welt der Weißen, für andere waren diese Kulte die Droge, mit welcher die herrschende Klasse ein immenses revolutionäres Potential niederhielt, wieder andere sahen darin den Schmelztiegel, in dem sich Weiße, Indios und Schwarze zu einer neuen Kraft mit noch vagen Perspektiven und ungewissem Schicksal vermischten. Amparo war entschieden, für sie waren die Religionen immer und überall das Opium der Völker gewesen, um so mehr also waren es diese pseudo-tribalistischen Kulte. Dann faßte ich sie um die Taille in den *Escolas de Samba*, wenn auch ich an den Tänzerschlangen teilnahm, die sich in langen Serpentinen wanden, begleitet vom unerträglichen Rhythmus der Trommeln, und ich spürte, daß sie an jener Welt mit den Unterleibsmuskeln hing, mit dem Herzen, dem Kopf, den Nasenflügeln... Und dann wieder gingen wir heim, und sie war die erste, die mir sarkastisch und böse die tiefe, orgiastische Religiosität jener langsamen, Woche für Woche, Monat für Monat gesteigerten Hingabe an den Karnevalsritus sezierte. Genauso tribalistisch und abergläubisch, sagte sie mit revolutionärem Haß, wie jene Fußballrituale, bei denen die Erniedrigten und Beleidigten ihre kämpferische Energie und ihren Sinn für Revolte verausgaben, um Zaubereien und Hexenkünste zu betreiben und durch Beschwörung der Götter aller möglichen Welten den Tod des gegnerischen Mittelverteidigers zu erreichen, uneingedenk der Herrschaft des Kapitals, das sie verzückt und schwärmerisch haben will, auf ewig dem Irrealen verfallen.

Allmählich verlor ich den Sinn für die Differenz. So wie ich mir langsam abgewöhnte, nach den Rassenunterschieden zu suchen in jenem Universum von Gesichtern, die jahrhundertelange Geschichten von unkontrollierten Kreuzungen erzählten. Ich verzichtete darauf, jeweils genau zu bestimmen, wo der Fortschritt war, wo die Revolte und wo das Komplott – wie Amparos Genossen sich ausdrückten – des Kapitals. Wie konnte ich noch europäisch denken, als ich erfuhr, daß die Hoffnungen der extremen Linken an einem Bischof im Nordosten hingen, der im Verdacht stand, als junger Mann mit den Nazis sympathisiert zu haben, und der jetzt mit unverzagtem Glauben die Fackel der Rebellion hochhielt, zum Entsetzen des Vatikans sowie der Haie von Wallstreet, aber zum Frohlocken der mystischen Proletarier, deren Atheismus besiegt worden war vom lieblich-bedrohlichen Bildnis einer Gnädigen Herrin, die schmerzensreich ihr Antlitz über die Not ihres Volkes neigte?

Eines Morgens, als ich mit Amparo aus einem Seminar über die Klassenstruktur des Lumpenproletariats kam, fuhren wir eine Küstenstraße entlang. Am Strand sah ich Votivgaben aufgereiht, bunte Kerzen und weiße Körbe. Amparo sagte mir, das seien Gaben für Yemanjá, die Göttin der Gewässer. Sie stieg aus dem Wagen, trat andächtig an die Wasserkante und blieb ein Weilchen schweigend dort stehen. Ich fragte sie, ob sie an Yemanjá glaube. Sie fragte wütend zurück, wie ich das denken könne. Dann fügte sie hinzu: »Meine Großmutter brachte mich hierher an den Strand und rief die Göttin an, damit ich schön und gut und glücklich gedeihe. Wer war doch gleich euer Philosoph, der von schwarzen Katzen und Korallenamuletten sprach und gesagt hat: ›Es ist nicht wahr, aber ich glaube daran‹? Gut, ich sage eben: Ich glaube nicht daran, aber es ist wahr.«

An jenem Tag beschloß ich, für eine Reise nach Bahia zu sparen.

Aber damals war es auch, heute weiß ich es, daß ich anfing, mich vom Gefühl der allgemeinen Ähnlichkeit einlullen zu lassen: Alles hing irgendwie mit allem zusammen, alles konnte mysteriöse Analogien mit allem haben.

Als ich nach Europa zurückkehrte, verwandelte ich diese Metaphysik in eine Mechanik – und deshalb bin ich in die Falle gegangen, in der ich nun sitze. Aber damals bewegte ich mich in einem Dämmerlicht, in dem die Unterschiede verschwammen. Rassistisch dachte ich, daß die Glaubensvorstellungen anderer für den starken Mann Gelegenheiten zu frivoler Ausschweifung seien.

Ich erlernte Rhythmen und Bewegungsweisen, um Geist und Körper gehenzulassen. Ich sagte es mir vorgestern abend im Periskop, als ich, um gegen das Kribbeln in meinen Gliedern anzukämpfen, die Beine bewegte, als schlüge ich noch das *Agogô*. Siehst du, sagte ich mir, um dich der Macht des Unbekannten zu entziehen, um dir selbst zu beweisen, daß du nicht an diese Dinge glaubst, akzeptierst du ihren Zauber. Wie ein bekennender Atheist, der nachts den Teufel sieht und sich gut atheistisch sagt: Er existiert nicht, was ich da sehe, ist bloß eine Täuschung meiner erregten Sinne, vielleicht liegt es an meiner Verdauung; aber *er* weiß das nicht, er glaubt an seine umgekehrte Theologie. Was könnte ihm, der seiner Existenz so sicher ist, Angst einjagen? Du schlägst das Kreuz, und der andere, gläubig, verzieht sich mit Blitz und Schwefelgestank.

So erging es mir wie einem übergescheiten Ethnologen, der jahrelang den Kannibalismus studiert hat und dann, um die Dummheit der Weißen herauszufordern, überall erzählt, daß Menschenfleisch köstlich schmecke. Unverantwortliches Gerede, denn er weiß, daß er's nie wird probieren müssen. Bis schließlich jemand, begierig auf Wahrheit, es an ihm ausprobiert. Und während der Gute Stück für Stück verzehrt wird, bedauert er, daß er nun nie mehr erfahren wird, ob er recht gehabt hatte, und hofft geradezu, daß sein Fleisch gut schmeckt, um wenigstens seinen Tod zu rechtfertigen. So ähnlich erging es mir vorgestern abend im Periskop: ich *mußte* geradezu glauben, daß der Große Plan wahr sei, andernfalls wäre ich in den letzten zwei Jahren der omnipotente Schöpfer eines schrecklichen Alptraums gewesen. Besser, der Alptraum ist wahr, denn was wahr ist, ist wahr, und du bist nicht involviert.

24

Sauvez la faible Aischa des vertiges de Nahash,
sauvez la plaintive Héva des mirages de la sensibi-
lité, et que les Khérubs me gardent.

Joséphin Péladan, Comment on devient Fée,
Paris, Chamuel, 1893, p. XIII

Während ich immer tiefer in den Dschungel der Ähnlichkeiten eindrang, bekam ich einen Brief von Belbo:

Lieber Casaubon,

ich wußte gar nicht, daß Sie in Brasilien sind, ich hatte Ihre Spur ganz verloren, ich wußte nicht einmal, daß Sie inzwischen promoviert haben (gratuliere!), aber vor zwei Tagen fand ich jemanden bei Pilade, der mir Ihre Koordinaten geben konnte. Es scheint mir angebracht, Sie über einige neue Fakten ins Bild zu setzen, betreffend die unselige Geschichte mit dem Oberst Ardenti. Mehr als zwei Jahre sind seither vergangen, und ich muß mich nochmals bei Ihnen dafür entschuldigen, daß ich Sie damals, ohne es zu wollen, in das Schlamassel mit reingezogen habe.

Ich hatte die häßliche Sache schon fast vergessen, aber vor zwei Wochen war ich zu einem Ausflug ins Montefeltro gefahren, Sie wissen schon, die Gegend hinter Rimini in den Bergen, und da bin ich ganz zufällig auch auf den Felsen von San Leo gestoßen. Waren Sie mal da? Im achtzehnten Jahrhundert gehörte die Festung noch zum Kirchenstaat, und der Papst hatte Cagliostro dort eingesperrt, in einer Zelle ohne Tür (man kam das erste und letzte Mal durch ein Loch in der Decke rein) und mit einem Fensterchen, durch das der Verurteilte nur die zwei Kirchen im Ort sehen konnte. Auf dem rohen Holzgestell, wo Cagliostro schlief und gestorben ist, lag ein Rosenstrauß, und der Führer sagte, es gebe noch viele, die zum Ort des Martyriums pilgerten. Zu den hartnäckigsten Pilgern, sagte er mir, gehörten die Mitglieder von Picatrix, einem Mailänder Mysteriosophenzirkel, der auch eine Zeitschrift namens – man beachte den Einfallsreichtum – <i>Picatrix</i> herausbringe.

Sie wissen, daß ich derlei Kuriositäten schätze, und so habe ich mir in Mailand gleich eine Nummer von <i>Picatrix</i>

besorgt, aus der ich unter anderm erfuhr, daß in wenigen Tagen eine besondere Feier anstand: eine Beschwörung des Geistes von Cagliostro. Ich also nichts wie hin.

Die Wände waren verhängt mit Fahnen voll kabbalistischer Zeichen, großer Aufwand an Uhus und Käuzchen, Skarabäen und Ibissen, orientalischen Göttern unbestimmter Provenienz. Im Vordergrund eine Art Bühne, mit einem Proszenium aus flackernden Fackeln auf groben Wurzelstrünken, im Hintergrund ein Altar mit dreifüßigem Aufsatz und zwei Statuetten von Isis und Osiris. Drumherum ein Amphitheater aus Anubis-Figuren, ein Porträt von Cagliostro (von wem sonst, würden Sie meinen?), eine vergoldete Mumie in Cheops-Format, zwei fünfarmige Kandelaber, ein Gong, getragen von zwei aufgerichteten Schlangen, ein Lesepult auf einem Sockel, verkleidet mit hieroglyphenbedrucktem Baumwollstoff, zwei Kronen, zwei Dreifüße, ein kleiner Reisesarg, ein Thron, ein falscher Barocksessel, vier nichtzusammenpassende Stühle Typ Festgelage beim Sheriff von Nottingham, Kerzen, Grablichter, Leuchter, kurz: ein mächtig spirituelles Gepränge.

Es erscheinen sieben Zwergenpriester in Zwergensoutanen mit Zwergenlichtern und dann der Zeremonienmeister, der scheint's der Direktor von Picatrix ist – aber bloß Brambilla heißt, die Götter mögen's ihm verzeihen –, angetan mit rosaroten und olivbraunen Paramenten, sodann das Medium, ein blasses dünnes Mädchen, und schließlich sechs weißgekleidete Akolythen, die aussehen wie sechs Doppelgänger von Ninetto Davoli, aber mit Stirnbinde, so einer priesterlichen *infula Dei*, wenn Sie sich an unsere Dichter erinnern.

Der Brambilla stülpt sich eine Tiara mit Halbmond auf den Kopf, zückt ein rituelles Schwert, zeichnet damit magische Figuren auf den Bühnenboden und ruft beschwörend ein paar Engelsnamen mit »el« am Ende – und dabei kommen mir vage die pseudosemitischen Teufeleien der Botschaft Ingolfs in den Sinn, aber nur für einen Augenblick, dann verliere ich mich in andere Gefilde. Auch weil an diesem Punkt etwas Singuläres passiert, die Bühnenmikrophone sind mit einem Receiver verbunden, der irgendwelche im Raum herumschweifende Wellen auffangen soll, aber der stirnbandbewehrte Tontechniker muß etwas falsch gemacht haben, denn erst hört man Disco-Musik, und dann ertönt plötzlich die Stimme von Radio Moskau. Der Brambilla öffnet den Sarg, entnimmt ihm ein Zauberbuch, einen Säbel und ein Räucherfäßchen und schreit: O Herr, dein Reich komme! – und es scheint, als hätte er tatsächlich was erreicht, denn Radio Moskau verstummt, aber im magischsten Augenblick fängt es wieder an mit einem besoffenen Kosakenchor, so einem von der Sorte, wo sie mit dem Hintern am Boden tanzen. Brambilla ruft die Clavicula Salomonis an, verbrennt auf dem Dreifuß ein Pergament, daß es fast eine Feuersbrunst gibt, beschwört ein paar Götter des Karnaktempels, ihn auf den kubischen Stein von Hesod zu versetzen, und ruft dann beharrlich nach einem gewissen »Familiare 39«, der dem Publikum höchst familiär sein muß, denn ein Raunen geht durch den Saal. Eine Zuschauerin fällt in Trance, die Augen nach oben verdreht, so daß man nur noch das Weiße sieht, die Leute schreien: ein Arzt, ein Arzt! – und an diesem Punkt ruft der Brambilla die Macht der Drudenfüße herbei, und das Medium, das sich unterdessen auf dem falschen Barocksessel niedergelassen hat, fängt an zu seufzen und sich zu winden, und der Brambilla beugt sich über sie und befragt sie dringlich, beziehungsweise befragt den Familiare 39, der, wie mir in diesem Augenblick dämmert, niemand anders ist als Cagliostro höchstselbst in eigener Person.

Und hier beginnt der beunruhigende Teil, denn das Medium scheint wirklich Qualen zu leiden, es schwitzt, es zittert und stöhnt, es stammelt zusammenhanglose Satzfetzen, spricht von einem Tempel, einem zu öffnenden Tor, sagt, daß sich ein Kraftstrudel bilde, daß man zur Großen Pyramide hinaufsteigen müsse, der Brambilla rennt auf der Bühne umher, schlägt den Gong und ruft mit röhrender Stimme nach Isis, ich genieße das Schauspiel, da höre ich plötzlich, wie das Mädchen zwischen zwei Seufzern etwas von sechs Siegeln stammelt, von hundertzwanzig Jahren Wartezeit und von sechsunddreißig Unsichtbaren. Kein Zweifel, sie spricht von der Geheimbotschaft aus Provins. Während ich noch warte, daß sie mehr sagt, verstummt die Ärmste total erschöpft, der Brambilla streicht ihr über die Stirn, segnet die Anwesenden mit dem Räucherfäßchen und erklärt die Zeremonie für beendet.

Ich war halb beeindruckt, halb bemüht zu kapieren, und so versuche ich mich dem Mädchen zu nähern, das sich inzwischen wieder erholt hat, in einen ziemlich schmuddligen Mantel geschlüpft ist und zur Hintertür hinausstrebt. Gerade will ich sie an der Schulter berühren, da faßt mich jemand am Arm. Ich drehe mich um, und es ist der Kommissar De Angelis, der mir sagt, ich solle sie laufen lassen, er wisse, wo sie zu finden sei. Er lädt mich ein, mit ihm einen Kaffee trinken zu gehen. Ich folge ihm, als ob er mich auf frischer Tat ertappt hätte, und in gewisser Hinsicht stimmte das ja auch, und im Café fragt er mich, wieso ich bei der Veranstaltung gewesen sei und was ich von dem Mädchen gewollt hätte. Ich werde sauer und antworte ihm, wir lebten ja wohl noch in einer Demokratie, ich könnte ansprechen, wen ich wollte. Er entschuldigt sich und erklärt mir: Die Ermittlungen über Ardenti seien nur langsam vorangekommen, aber sie hätten zu rekonstruieren versucht, wie er die beiden Tage in Mailand verbracht hatte, ehe er zu den Treffen mit Garamond und mit dem mysteriösen Rakosky gegangen war. Ein ganzes Jahr später sei dann durch puren Zufall herausgekommen, daß jemand den Ardenti gesehen hatte, wie er aus dem Büro von Picatrix kam, zusammen mit dem Medium. Das Mädchen interessiere ihn übrigens auch, weil es mit einem Typ zusammenlebe, der den Kollegen vom Rauschgiftdezernat nicht ganz unbekannt sei.

Ich sage ihm, daß ich durch puren Zufall dagewesen sei und daß es mich überrascht habe, von dem Mädchen einen Satz über sechs Siegel zu hören, den ich bereits von dem Oberst gehört hätte. Er weist mich darauf hin, daß es merkwürdig sei, wie gut ich mich nach zwei Jahren noch erinnern könne, was der Oberst damals gesagt habe, wo ich doch am Tag danach bloß auf ein vages Gerede über einen Schatz der Templer angespielt hätte. Ich sage ihm, der Oberst hätte eben von einem Schatz gesprochen, der von sechs Siegeln geschützt würde, aber das sei mir damals nicht weiter wichtig erschienen, da alle Schätze von sieben Siegeln und goldenen Skarabäen geschützt würden. Woraufhin er bemerkt, dann sehe er nicht recht, wieso ich von den Worten des Mädchens so überrascht gewesen sei, wenn doch alle Schätze von goldenen Skarabäen geschützt würden. Ich fordere ihn auf, mich gefälligst nicht wie einen Verdächtigen zu behandeln, er wechselt den Ton und lacht. Sagt dann, er finde es nicht weiter seltsam, daß das Mädchen gesagt habe, was es gesagt hatte, denn irgendwie müsse ihr der Ardenti von seinen

Phantasien erzählt haben, womöglich um sie als Medium für irgendwelche astralen Kontakte zu benutzen, wie man in jenen Kreisen sage. Dieses Mädchen, erklärt er mir, sei wie ein Schwamm, eine photographische Platte, die Ärmste müsse ein Unbewußtes haben, das einem Jahrmarkt gleiche, vermutlich unterzögen die Typen von Picatrix sie das ganze Jahr lang einer Gehirnwäsche, es sei nicht unwahrscheinlich, daß ihr in Trance – denn sie falle wirklich in Trance, sie fingiere nicht bloß, und sie sei nicht ganz richtig im Kopf – Bilder gekommen seien, die sie vor langer Zeit gesehen habe.

Aber zwei Tage später erscheint De Angelis dann bei mir im Büro und sagt, wie sonderbar, einen Tag nach der Zeremonie sei er das Mädchen suchen gegangen, und da sei es nicht dagewesen. Er habe die Nachbarn gefragt, keiner habe sie gesehen, mehr oder weniger schon seit dem Nachmittag vor dem fatalen Ritus. Er habe Verdacht geschöpft, sei in ihre Wohnung eingedrungen und da sei alles drunter und drüber gewesen, Bettlaken auf dem Boden, Kopfkissen in einer Ecke, Zeitungen durcheinander, Schubladen leer. Sie selber verschwunden, samt ihrem Druden oder Liebhaber oder Mitbewohner oder wie das heiße.

Er sah mich an und sagte, wenn ich noch etwas wüßte, sei es besser, ich würde jetzt reden, denn er finde es seltsam, daß dieses Mädchen auf einmal verschwunden sei, und er könne dafür nur zwei Gründe sehen: Entweder habe jemand bemerkt, daß er, De Angelis, die Kleine ins Auge gefaßt hatte, oder sie hätten beobachtet, wie ein gewisser Jacopo Belbo mit ihr zu sprechen versuchte. Und folglich müßten die Sachen, die sie in Trance gesagt hatte, doch etwas Ernsteres betreffen, und nicht einmal *sie*, wer immer sie sein mochten, hätten anscheinend geahnt, daß die Kleine so viel wußte. »Und nehmen Sie an, einer meiner Kollegen setzt sich in den Kopf, Sie könnten das Mädchen umgebracht haben, Herr Doktor Belbo«, fügte der Kommissar mit schönem Lächeln hinzu, »dann sehen Sie, daß es besser ist, wenn wir zusammenarbeiten.« Ich war drauf und dran, die Geduld zu verlieren, Gott weiß, daß mir das nicht oft passiert, ich fragte, wieso zum Teufel jemand, der nicht zu Hause angetroffen wird, gleich ermordet worden sein müsse, und er fragt zurück, ob ich mich an die Sache mit dem Oberst erinnerte. Ich sagte, auf jeden Fall, wenn das Mädchen umgebracht oder entführt worden sei, müsse das an dem Abend geschehen sein, als ich mit ihm, dem Kommissar, zusammen war, und er fragt mich, wieso ich da so sicher sei, schließlich seien wir gegen Mitternacht auseinandergegangen und was dann passiert sei, wisse er nicht. Ich frage ihn, ob er das im Ernst meine, und er fragt mich, ob ich noch nie einen Krimi gelesen hätte und nicht wüßte, daß die Polizei grundsätzlich jeden verdächtigen müsse, der kein glasklares Alibi habe, und er würde seinen Kopf für eine Transplantation hergeben, sogar auf der Stelle, wenn ich ein Alibi für die Zeit zwischen ein Uhr nachts und dem nächsten Morgen hätte.

Was soll ich Ihnen sagen, Casaubon, vielleicht hätte ich besser daran getan, ihm die Wahrheit zu erzählen, aber die Leute aus meiner Gegend sind Dickschädel, nichts fällt ihnen schwerer als einzulenken.

Ich schreibe Ihnen dies alles, weil, so wie ich Ihre Adresse gefunden habe, auch De Angelis sie finden könnte: Für den Fall, daß er sich mit Ihnen in Verbindung setzt, sollen Sie wenigstens wissen, welche Linie ich eingehalten habe. Aber da mir diese Linie nicht gerade sehr gerade erscheint, sagen Sie ruhig alles, wenn Sie's für richtig halten. Ich schäme mich, entschuldigen Sie, ich fühle mich als Komplize von irgend etwas und suche nach einer halbwegs noblen Rechtfertigung und kann partout keine finden. Muß an meiner bäuerlichen Herkunft liegen, bei uns auf dem Land sind wir sture Hunde.

Die ganze Geschichte ist ziemlich − wie man auf deutsch sagt − *unheimlich*.

Ihr Jacopo Belbo

… ces mystérieux Initiés devenus nombreux, hardis et conspirateurs: Jésuitisme, magnétisme, Martinisme, pierre philosophale, somnambulisme, éclectisme, tout est de leur ressort.

C.-L. Cadet-Gassicourt, *Le tombeau de Jacques de Molay*, Paris, Desenne, 1797, p. 91

Der Brief beunruhigte mich. Nicht weil ich fürchtete, von De Angelis gesucht zu werden, schließlich war ich in einer anderen Hemisphäre, sondern aus unbestimmteren Gründen. Damals dachte ich, meine Irritation käme daher, daß mich dort unten eine Welt, die ich längst verlassen zu haben glaubte, plötzlich hinterrücks wieder ansprang. Heute begreife ich, daß das, was mich verwirrte, eine weitere Spur der Ähnlichkeit war, der Verdacht einer Analogie. In instinktiver Abwehr glaubte ich, was mich ärgerte, sei die Wiederbegegnung mit Belbo und seinem ewigen schlechten Gewissen. So beschloß ich, alles zu verdrängen, und sagte Amparo nichts von dem Brief.

Bestärkt wurde ich darin von einem zweiten Brief, den mir Belbo zwei Tage später schickte.

Die Sache mit dem verschwundenen Mädchen, schrieb er, habe sich auf vernünftige Weise geklärt. Ein Zuträger der Polizei habe erzählt, daß der Geliebte des Mädchens in eine Abrechnung unter Dealern geraten sei, wegen einer Drogenlieferung, die er auf eigene Faust verscherbelt habe, statt sie dem ehrlichen Großhändler zu übergeben, der sie bereits bezahlt habe. Dergleichen ist im Milieu sehr unbeliebt. Um seine Haut zu retten, hat sich der Knabe aus dem Staub gemacht. Und offenkundig sein Mädchen mitgenommen. Beim Durchstöbern der Sachen in seiner Wohnung fand De Angelis dann Hefte vom Typ *Picatrix*, mit einer Reihe von Artikeln, die rot angestrichen waren. Einer betraf den Schatz der Templer, ein anderer die Rosenkreuzer, die in einer Burg oder Höhle oder weiß der Teufel was lebten, in der geschrieben stand »*post 120 annos patebo*«, und die als sechsunddreißig Unsichtbare definiert wurden. Für De Angelis war damit alles klar: Das Mädchen hat diese Art Literatur verschlungen (dieselbe, an der sich auch der Oberst labte) und sie dann bröckchenweise wieder ausgespuckt, wenn sie in Trance war. Der Fall war abgeschlossen, ans Rauschgiftdezernat übergeben.

Belbos Brief troff vor Erleichterung. Die Erklärung des Kommissars schien die ökonomischste.

Vorgestern abend im Periskop sagte ich mir, daß die Dinge in Wahrheit ganz anders gelaufen sein mußten: Das Medium hatte zwar wirklich etwas gesagt, was es von Ardenti gehört haben mußte, aber was nie in den Heften gestanden hatte und niemand wissen durfte. Im Milieu von Picatrix mußte jemand gewesen sein, der den Oberst hatte verschwinden lassen, um ihn zum Schweigen zu bringen, und dieser Jemand hatte bemerkt, daß Belbo das Mädchen befragen wollte, und hatte es ebenfalls eliminiert. Danach, um die Ermittler irrezuführen, hatte er auch den Geliebten des Mädchens eliminiert und einen Zuträger der Polizei bewogen, die Geschichte mit der Flucht zu erzählen.

So einfach alles, wenn es einen Plan gegeben hätte. Aber *gab* es denn einen, wo wir ihn doch erst erfinden sollten, und zwar erst viel später? Ist es möglich, daß die Realität nicht nur die Fiktion überholt, sondern ihr vorauseilt, ja vorauseilend ihr zuvorkommt, um die Schäden zu reparieren, die die Fiktion erst anrichten wird?

Damals jedoch, in Brasilien, waren nicht dies die Gedanken, die der Brief in mir anregte. Eher hatte ich erneut das Gefühl, daß etwas an etwas anderes erinnerte. Ich dachte an meine Reise nach Bahia und verbrachte einen ganzen Nachmittag in Buch- und Devotionalienläden, die ich bisher vernachlässigt hatte. Ich fand versteckte, fast geheime Boutiquen mit Regalen voller Kultgegenstände, Statuen und Idole. Ich erstand *Perfumadores de Yemanjá*, Duftkegel mit einem beißenden Geruch, Räucherstäbchen, Spraydosen mit einem süßlichen Spray, benannt nach dem Heiligen Herzen Jesu, Amulette für wenig Geld. Und ich fand Bücher in Mengen, einige für die Frommen, andere für die, die die Frommen studierten, alles zugleich, Formulare zum Exorzieren, Manuale zum Wahrsagen aus einer Glaskugel, *Como adivinhar o futuro na bola de cristal*, und Lehrbücher der Anthropologie. Und eine Monographie über die Rosenkreuzer.

Alles schoß plötzlich zusammen. Satanische und maurische Riten im Tempel zu Jerusalem, afrikanische Medizinmänner für die Subproletarier aus dem Sertão, die Botschaft aus Provins mit ihren hundertzwanzig Jahren und die hundertzwanzig Jahre der Rosenkreuzer.

War ich ein wandelnder Shaker geworden, nur noch gut zum Vermixen diverser Spirituosen, oder hatte ich einen Kurzschluß ausgelöst, indem ich über ein Knäuel bunter Drähte gestolpert war, die sich ganz von alleine verhedderten, und das schon seit langer Zeit? Ich kaufte mir das Buch über die Rosenkreuzer. Dann sagte ich mir, wenn ich noch ein paar Stunden länger in diesen Buchläden geblieben wäre, hätte ich von Obersten Ardenti und übersinnlichen Mädchen mindestens ein Dutzend getroffen.

Ich ging nach Hause und teilte Amparo offiziell mit, daß die Welt voll Denaturierter sei. Sie versprach mir Trost, und wir beendeten den Tag naturaliter.

Gegen Ende 1975 beschloß ich, mir die Ähnlichkeiten aus dem Kopf zu schlagen und alle Kraft meiner Arbeit zu widmen. Schließlich sollte ich italienische Kultur lehren und nicht die Rosenkreuzer.

Ich vertiefte mich in die Philosophie des Humanismus und entdeckte, daß die Menschen der nüchternen Neuzeit, kaum aus dem finsteren Mittelalter getreten, nichts Besseres zu tun wußten, als sich in Kabbala und Magie zu vertiefen.

Nach zwei Jahren Beschäftigung mit Humanisten, die Formeln rezitiert hatten, um die Natur zu bewegen, Dinge zu tun, die sie nicht tun wollte, erhielt ich Nachrichten aus Italien. Meine einstigen Genossen, oder jedenfalls einige von ihnen, erledigten Andersgesinnte mit Genickschüssen, um die Leute zu bewegen, Dinge zu tun, die sie nicht tun wollten.

Ich begriff nicht. Beschloß, mich nunmehr als Teil der Dritten Welt zu betrachten, und entschied mich, nach Bahia zu fahren. Ich fuhr los mit einer Geschichte der Renaissance-Kultur unterm Arm – und mit dem Buch über die Rosenkreuzer, das unaufgeschnitten im Regal geblieben war.

26

Alle Traditionen der Erde sind zu betrachten als
Traditionen einer grundlegenden Mutter-Tradi-
tion, die von Anfang an dem schuldigen Adam und
seinen ersten Sprößlingen anvertraut worden war.

Louis-Claude de Saint Martin, *De l'esprit des choses*, Paris,
Laran, 1800, II, »De l'esprit des traditions en général«

Und ich sah Salvador, Salvador da Bahia de Todos os Santos,
das »schwarze Rom« mit seinen dreihundertfünfundsechzig
Kirchen, die sich hoch auf der Hügellinie erheben oder sanft
in die Bucht schmiegen und in denen die Götter des afrikanischen Pantheons verehrt werden.

Amparo kannte einen naiven Maler, der große Holztafeln
voll biblischer und apokalyptischer Visionen malte, leuch-
tend wie mittelalterliche Miniaturen, mit koptischen und
byzantinischen Elementen. Er war natürlich Marxist, sprach
von der baldigen Revolution und verbrachte die Tage träumend in den Sakristeien des Heiligtums von Nosso Senhor
do Bomfim, einem Triumph des Horror vacui, vollgestopft
mit Votivgaben, die in Trauben von der Decke herabhingen
und die Wände pflasterten, eine mystische Assemblage aus
silbernen Herzen, hölzernen Prothesen, Beinen und Armen,
vermischt mit Bildern von dramatischen Rettungen aus
tosenden Seestürmen, Hurrikanen und Mahlströmen. Er
führte uns in die Sakristei einer anderen Kirche voll großer,
nach Jacaranda riechender Möbel. »Wer ist das auf dem Bild
da?« fragte Amparo den Küster. »Sankt Georg?«

Der Küster sah uns komplizenhaft an: »Wir nennen ihn
São Jorge, und es ist besser, ihn so zu nennen, weil sonst der
Herr Pfarrer böse wird, aber es ist Oxossi.«

Der Maler führte uns zwei Tage lang durch Kirchenschiffe
und Kreuzgänge, verborgen hinter überreich dekorierten
Fassaden von einer Schwärze wie abgegriffene Silberteller.
Wir wurden begleitet von runzligen und hinkenden Kirchen-
dienern, die Sakristeien waren krank von Gold und Silber-
metallen, von schweren Kassettendecken und kostbaren
Rahmen. In kristallenen Schreinen längs der Wände thronten
Heiligenstatuen in Naturgröße, triefend von Blut, die offe-

nen Wunden gespickt mit Rubintropfen, und leidverzerrte Christusfiguren mit hämorrhagieroten Beinen. In einem spätbarocken Goldgeflimmer sah ich Engel mit etruskischen Gesichtern, romanische Greife und orientalische Sirenen, die aus Säulenkapitellen hervorlugten.

Wir gingen durch alte Gassen, verzaubert von Namen, die wie Lieder klangen, Rua da Agonia, Avenida dos Amores, Travessa de Chico Diabo... Es war zu der Zeit, als die Regierung oder wer immer in ihrem Auftrag gerade dabei war, die Altstadt zu sanieren, um die zahllosen Bordelle zu schließen, aber man war erst auf halbem Wege angelangt. Zu Füßen jener verwaisten und leprösen, mit ihrem Prunk vollgestopften Kirchen erstreckten sich damals noch übelriechende Gassen, in denen es von minderjährigen schwarzen Prostituierten wimmelte, am Bordstein hockende Weiblein boten über offenem Feuer brutzelnde afrikanische Süßwaren feil, Schwärme von Zuhältern tanzten zwischen den Abwasserrinnsalen zu den Transistorklängen aus der nächsten Bar. Die alten Paläste der Kolonialherren, überragt von längst unleserlich gewordenen Wappen, waren Puffs geworden.

Am dritten Tag begleiteten wir unseren Führer in die Bar eines Hotels in der Oberstadt, im bereits sanierten Teil, an einer Straße voll teurer Antiquitätenläden. Er mußte sich dort mit einem reichen Herrn aus Italien treffen, hatte er uns gesagt, der ein Bild von ihm zu kaufen gedachte, ohne über den Preis zu diskutieren, ein drei mal zwei Meter großes Gemälde, auf dem es von himmlischen Heerscharen wimmelte, die in einem Letzten Gefecht mit den anderen Legionen begriffen waren.

So machten wir Bekanntschaft mit Signor Agliè. Korrekt gekleidet in nadelgestreiftem Zweireiher, trotz der Hitze, Brille mit Goldrand, rosiger Teint, Silberhaar. Er küßte Amparo die Hand wie einer, der keine andere Begrüßung einer Dame kennt, und bestellte Champagner. Unser Malerfreund mußte gehen, Agliè überreichte ihm ein Bündel Reiseschecks und sagte, er solle ihm das Werk ins Hotel schicken. Wir blieben noch auf einen Plausch, Agliè sprach fließend portugiesisch, aber wie einer, der es in Lissabon gelernt hat, was ihm noch mehr das Flair eines Gentleman aus anderen Zeiten verlieh. Er fragte uns, woher wir seien, machte ein paar Bemerkungen über die mögliche Genfer

Herkunft meines Namens, interessierte sich für die Familiengeschichte Amparos, aber irgendwie hatte er gleich geahnt, daß sie aus Recife stammte. Was seine eigene Herkunft betraf, erklärte er sich nicht näher. »Ich bin wie einer von hier«, sagte er, »in meinen Genen haben sich zahllose Rassen akkumuliert... Der Name ist italienisch, nach dem alten Besitz eines Vorfahren. Ja, vielleicht adelig, aber wer achtet schon heutzutage noch darauf. In Brasilien bin ich aus Neugierde. Ich interessiere mich für alle Formen der Tradition.«

Er habe zu Hause eine schöne Bibliothek über Religionswissenschaften, sagte er mir, in Mailand, wo er seit einigen Jahren lebe. »Kommen Sie mich doch einmal besuchen, wenn ich wieder dort bin, ich habe viele interessante Sachen, von den afro-brasilianischen Riten bis zu den Isiskulten im spätrömischen Reich.«

»Ich schwärme für die Isiskulte«, sagte Amparo, die sich aus Stolz gerne seicht gab. »Sicherlich wissen Sie alles über die Isiskulte.«

Agliè antwortete bescheiden: »Nur das wenige, was ich davon gesehen habe.«

Amparo versuchte Terrain zurückzugewinnen: »Aber war das nicht vor zweitausend Jahren?«

»Ich bin nicht so jung wie Sie«, lächelte Agliè.

»Wie Cagliostro«, scherzte ich. »War's nicht er, den man einmal, als er an einem Kruzifix vorbeikam, zu seinem Diener murmeln hörte: ›Ich hatte es ihm doch gesagt, diesem Juden, daß er aufpassen sollte, an jenem Abend damals, aber er wollte ja nicht hören?‹«

Agliè erstarrte, ich fürchtete schon, daß der Scherz zu grob gewesen war, und setzte zu einer Entschuldigung an, aber da unterbrach er mich mit einem konzilianten Lächeln: »Cagliostro war ein Intrigant. Man weiß sehr gut, wann und wo er geboren ist, und er hat nicht einmal besonders lange gelebt. Er prahlte bloß.«

»Das glaube ich gern.«

»Cagliostro war ein Intrigant«, wiederholte Agliè. »Aber das heißt nicht, daß es nicht privilegierte Personen gegeben hat und gibt, die viele Leben durchgemacht haben. Die moderne Wissenschaft weiß noch so wenig über die Alterungsprozesse, wer weiß, ob die Sterblichkeit nicht einfach nur ein Ergebnis schlechter Erziehung ist. Cagliostro war ein Intrigant, aber der Graf von Saint-Germain war keiner, und wenn er sagte, er habe einige seiner chemischen Geheimnisse von den alten Ägyptern gelernt, hat er vielleicht nicht bloß geprahlt. Doch da ihm ohnehin niemand glaubte, wenn er diese Episoden erwähnte, tat er aus Höflichkeit gegenüber seinen Zuhörern so, als ob er scherzte.«

»Aber Sie tun, als ob Sie scherzten, um uns fühlen zu lassen, daß Sie die Wahrheit sagen«, sagte Amparo.

»Sie sind nicht nur schön, Sie sind auch außergewöhnlich scharfsinnig«, sagte Agliè. »Aber ich beschwöre Sie, mir nicht zu glauben. Denn wenn ich Ihnen im staubigen Glanz meiner Jahrhunderte erschiene, würde Ihre Schönheit mit einem Schlage verwelken, und das könnte ich mir nicht verzeihen.«

Amparo war erobert, und mich durchzuckte ein Anflug von Eifersucht. So brachte ich das Gespräch auf die Kirchen und auf den Sankt Georg-Oxossi, den wir gesehen hatten. Agliè sagte, wir müßten unbedingt einen Candomblé erleben. »Aber gehen Sie nicht dahin, wo man Ihnen Geld abverlangt. Die echten Orte sind die, wo man Sie empfängt, ohne irgend etwas von Ihnen zu verlangen, nicht einmal, daß Sie glauben. Respektvoll zuzuhören, das ja, mit der gleichen Toleranz für alle Glaubensformen, mit der man auch Ihren Unglauben akzeptiert. Einige *Pais* oder *Mães-de-santo* sehen aus, als wären sie direkt aus Onkel Toms Hütte entsprungen, aber sie haben die Bildung eines Theologen der Gregoriana.«

Amparo legte ihre Hand auf die seine. »Bringen Sie uns hin! Ich bin vor vielen Jahren einmal in einem Umbanda-Zelt gewesen, aber ich habe nur vage Erinnerungen, ich erinnere mich nur an eine große Verwirrung...«

Die Berührung schien Agliè verlegen zu machen, aber er zog seine Hand nicht weg. Nur zog er, wie ich es ihn später in nachdenklichen Momenten tun sah, mit der anderen Hand aus der Westentasche eine kleine Dose aus Gold und Silber, vielleicht eine Tabatiere oder Pillendose, mit einem Achat auf dem Deckel. Auf dem Bartisch brannte eine Kerze, und als Agliè das Döschen wie zufällig in ihre Nähe brachte, sah ich, daß der Achat im Licht nicht mehr zu erkennen war, statt dessen erschien eine winzige Miniatur, in Blaugrün und Gold, die ein Hirtenmädchen mit einem Blumenkorb zeigte. Agliè drehte das Döschen mit zerstreuter Andacht zwischen den Fingern wie einen Rosenkranz. Dann bemerkte er mein Interesse, lächelte und steckte es wieder weg.

»Verwirrung? Ich hoffe nicht, mein schönes Fräulein, daß Sie außer scharfsinnig auch übertrieben empfindsam sind. Eine erlesene Qualität, wenn sie sich mit Anmut und Intelligenz verbindet, aber gefährlich für Leute, die sich an gewisse Orte begeben, ohne zu wissen, was sie dort suchen und was sie dort finden werden... Und außerdem, bitte verwechseln Sie nicht den Umbanda mit dem Candomblé. Dieser ist ganz und gar autochthon, afro-brasilianisch, wie man zu sagen pflegt, jener ist eine späte Blüte, entstanden aus einer Kreuzung von eingeborenen Riten mit der esoterischen Kultur aus Europa, geprägt von einer Mystik, die ich templerisch nennen würde...«

Die Templer hatten mich wieder. Ich sagte Agliè, daß ich über sie gearbeitet hatte. Er sah mich interessiert an. »Kurioser Zufall, mein junger Freund, hier unter dem Kreuz des Südens einen jungen Templer zu finden...«

»Ich hoffe nicht, daß Sie in mir einen Adepten sehen...

»Um Gottes willen, Signor Casaubon! Wenn Sie wüßten, was für Gesindel es unter denen gibt.«

»Ich weiß, ich weiß.«

»Nun denn. Ich muß jetzt gehen. Aber wir müssen uns wiedersehen, bevor Sie abreisen.« Wir verabredeten uns für den nächsten Tag: wir wollten alle drei den überdachten Markt am Hafen besuchen.

Dort trafen wir uns in der Tat am folgenden Morgen wieder, und es war ein Fischmarkt, ein arabischer Suk, ein Basar, der krebsartig zu wuchern begonnen hatte, ein Lourdes, überschwemmt von den Kräften des Bösen, wo Regenzauberer mit ekstatischen stigmatisierten Kapuzinern zusammenleben konnten, zwischen Medizinbeuteln mit eingenähten Gebeten, Händchen aus Jade, die obszöne Gesten machten, Korallenamuletten gegen den bösen Blick, Kruzifixen, Davidssternen, Sexualsymbolen vorjüdischer Religionen, Hängematten, Teppichen, Börsen, Sphingen, heiligen Herzen, Bororo-Köchern, Muschelketten. Die degenerierte Mystik der Europäer verschmolz mit der qualifizierenden Wissenschaft der Sklaven, genauso wie die Haut jedes Anwesenden eine Geschichte verlorener Genealogien erzählte.

»Hier sehen Sie ein Inbild dessen«, sagte Agliè, »was die Ethnologen den brasilianischen Synkretismus nennen. Häßliches Wort, im Verständnis der offiziellen Wissenschaft.

Aber in seinem höchsten Sinn ist der Synkretismus die Anerkennung einer einzigen Tradition, die alle Religionen durchzieht und nährt, alle Glaubens- und Wissensformen und alle Philosophien. Der Weise ist nicht derjenige, der diskriminierend unterscheidet, sondern der die Funken des Lichtes zusammensieht, woher sie auch kommen mögen... Und folglich sind diese Sklaven oder Abkömmlinge von Sklaven weiser als die Ethnologen der Sorbonne. Verstehen Sie, was ich meine, wenigstens Sie, mein schönes Fräulein?«

»Nicht mit dem Verstand«, sagte Amparo. »Mit dem Uterus. Verzeihen Sie, ich kann mir vorstellen, daß sich der Graf von Saint-Germain nicht so ausgedrückt hätte. Ich meine, bin in diesem Land geboren, und auch das, was ich nicht weiß, spricht von irgendwoher zu mir, ich glaube, von hier.« Sie berührte ihre Brust.

»Wie sagte an jenem Abend der Kardinal Lambertini zu der schönen Dame mit dem herrlichen Diamantkreuz auf dem Dekolleté? Welche Freude muß es sein, auf diesem Kalvarienberg zu sterben! Genausogerne würde ich jene Stimmen hören. Aber jetzt muß ich mich entschuldigen, und zwar bei Ihnen beiden. Ich komme aus einer Epoche, in der man seine Seele verkauft hätte, um der Anmut Reverenz zu erweisen. Sie wollen gewiß allein sein. Wir bleiben in Kontakt.«

»Er könnte dein Vater sein«, sagte ich zu Amparo, während ich sie an den Ständen vorbeizog.

»Sogar mein Urgroßvater. Er hat uns angedeutet, daß er mindestens tausend Jahre alt ist. Bist du eifersüchtig auf Pharaos Mumie?«

»Ich bin eifersüchtig auf jeden, der dir ein Licht im Kopf ansteckt.«

»Wie schön, das ist wahre Liebe.«

27

Als er einmal erzählte, daß er Pontius Pilatus in
Jerusalem gut gekannt habe, beschrieb er minuziös
das Haus des Statthalters und nannte die Speisen,
die serviert worden seien, als er eines Abends mit
ihm diniert habe. Der Kardinal de Rohan, der
Phantasiegespinste zu hören meinte, wandte sich
an den Kammerdiener des Grafen von Saint-
Germain, einen Alten mit weißem Haar und ehrli-
cher Miene: »Mein Freund«, sagte er, »es fällt mir
schwer zu glauben, was Euer Herr da erzählt. Daß
er ein Bauchredner sei, meinetwegen; daß er Gold
mache, wohlan; aber daß er zweitausend Jahre alt
sein und Pontius Pilatus gekannt haben soll, das ist
zuviel. Wart Ihr dabei?« – »O nein, Monseigneur«,
antwortete treuherzig der Kammerdiener, »ich bin
erst seit vierhundert Jahren im Dienst des Herrn
Grafen.«

Collin de Plancy, Dictionnaire infernal,
Paris, Mellier, 1844, p. 434

In den folgenden Tagen wurde ich von Salvador gepackt und
verbrachte nur wenig Zeit im Hotel. Beim Blättern im Regi-
ster des Buches über die Rosenkreuzer fand ich einen Hinweis auf den Grafen von Saint-Germain. Schau, schau, sagte
ich mir, *tout se tient*.

Voltaire schrieb über ihn, er sei »*un homme qui ne meurt
jamais et qui sait tout*«, aber Friedrich der Große antwortete
ihm, er sei bloß »*un comte pour rire*«. Horace Walpole sprach
von ihm als von einem Italiener oder Spanier oder Polen, der
angeblich ein großes Vermögen in Mexiko erworben hatte
und dann nach Konstantinopel geflohen war, mit den Juwelen seiner Frau. Die sichersten Auskünfte über ihn finden
sich in den Memoiren der Madame de Hausset, einer Hofdame der Pompadour (schöne Empfehlung, meinte Amparo
intolerant). Er war unter diversen Namen aufgetreten, als
Surmont in Brüssel, als Welldone in Leipzig, als Marquis von
Aymar, von Bedmar oder von Belmar, als Graf Soltikoff. In
London, wo er als Geiger und Cembalist in den Salons
brillierte, wurde er 1745 verhaftet; drei Jahre später erscheint
er in Paris und bietet Ludwig XV. seine Dienste als Experte

für Tinkturen an, im Tausch gegen eine Suite im Château de Chambord. Der König verwendet ihn für diplomatische Missionen in Holland, wo er irgend etwas anstellt und daraufhin erneut nach London flieht. 1762 finden wir ihn in Rußland wieder, dann erneut in Belgien. Dort begegnet er Casanova, der berichtet, wie er eine Münze in Gold verwandelt habe. 1776 ist er in Potsdam am Hofe Friedrichs des Großen, dem er verschiedene chemische Projekte vorlegt, acht Jahre später stirbt er in Schleswig, im Dienst des Landgrafen von Hessen, für den er im Begriff war, eine Farbenfabrik zu errichten.

Nichts Außergewöhnliches, die typische Karriere eines Abenteurers im achtzehnten Jahrhundert, mit weniger Liebesaffären als Casanova und weniger theatralisch inszenierten Betrügereien als Cagliostro. Im Grunde, abgesehen von ein paar Zwischenfällen, genoß er ein gewisses Ansehen bei den Mächtigen, denen er die Wunder der Alchimie versprach, aber mit industrieller Verve. Nur daß sich um ihn, und sicher von ihm genährt, das Gerede von seiner Unsterblichkeit bildete. In den Salons erzählte er mit unbefangener Miene von Abenteuern aus fernen Zeiten, als wäre er Augenzeuge gewesen, und pflegte seine Legende mit Anmut, quasi con sordino.

Mein Buch zitierte auch eine Stelle aus *Gog* von Giovanni Papini, in der eine nächtliche Begegnung an Deck eines Überseedampfers geschildert wird: bedrückt von seiner mehrtausendjährigen Vergangenheit, von den zahllosen Erinnerungen, die ihm immerfort durch den Kopf gehen, hat der Graf von Saint-Germain hier Töne der Verzweiflung, die an Funes »el memorioso« von Borges erinnern, nur daß Papinis Text von 1930 ist. »Glauben Sie nicht, daß unser Los zu beneiden wäre«, sagt der Graf zu Gog. »Nach ein paar Jahrhunderten ergreift ein unheilbarer Überdruß von uns unseligen Unsterblichen Besitz. Die Welt ist monoton, die Menschen lernen nichts und verfallen in jeder Generation wieder in dieselben Fehler und Greuel, die Geschehnisse wiederholen sich nicht, aber sie ähneln einander... keinerlei Neuheiten mehr, keine Überraschungen, keine Offenbarungen. Ich kann Ihnen gestehen, jetzt, da nur das Rote Meer uns zuhört: Meine Unsterblichkeit hängt mir zum Halse heraus. Die Erde hat keine Geheimnisse mehr für mich, und ich habe keine Hoffnung mehr in meinesgleichen.«

»Kurioser Typ«, kommentierte ich. »Klar, daß unser guter Agliè sich darin gefällt, ihn zu verkörpern. Alter Aristokrat, ein bißchen müde geworden, muß nicht aufs Geld sehen, hat Zeit zum Reisen und eine Neigung zum Übernatürlichen.«

»Ein konsequenter Reaktionär, der den Mut hat, dekadent zu sein. Im Grunde ziehe ich ihn den demokratischen Bourgeois vor«, sagte Amparo.

»Women power, women power, und dann fällst du in Verzückung wegen einem Handkuß!«

»Ihr habt uns so erzogen, jahrhundertelang. Jetzt laßt uns wenigstens die Zeit, uns allmählich zu befreien. Ich hab schließlich nicht gesagt, daß ich ihn heiraten will.«

»Na Gott sei Dank.«

Eine Woche später rief Agliè an. Es sei soweit, heute abend würde man uns in einem Terreiro de Candomblé empfangen. Man würde uns nicht zum Ritus zulassen, weil die Ialorixá den Touristen mißtraue, aber sie selbst würde uns vorher empfangen und die Örtlichkeit zeigen.

Er holte uns im Auto ab, und wir fuhren durch die Favelas hinter den Hügeln. Das Gebäude, vor dem wir hielten, wirkte bescheiden wie eine Mietskaserne, aber am Eingang empfing uns ein alter Neger, der uns mit Weihrauch reinigte. Weiter vorn in einem schmucklosen Garten sahen wir eine Art großen flachen Korb aus Palmwedeln, auf dem einheimische Leckereien ausgebreitet waren, die *comidas de santo*.

Innen fanden wir einen großen Saal, die Wände bedeckt mit Bildern, vor allem Votivbildern, und afrikanischen Masken. Agliè erklärte uns die Einrichtung: hinten die Bänke für die Nichtinitiierten, an den Seiten das Podium für die Instrumente und die Sessel der *Ogãs*. »Die Ogãs sind angesehene Personen, nicht unbedingt Gläubige, aber den Kult respektierende Bürger. Hier in Bahia ist der große Jorge Amado Ogã in einem Terreiro. Er wurde von Iansã erwählt, der Herrin des Krieges und der Winde…«

»Aber woher kommen all diese Gottheiten?« fragte ich.

»Das ist eine komplizierte Geschichte. Zunächst einmal gibt es einen sudanesischen Zweig, der im Nordosten Wurzeln geschlagen hat, schon seit den Anfängen des Sklaventums, und daher kommt der Candomblé der Orixás, das heißt der afrikanischen Gottheiten. In den Staaten des Südens überwiegt der Einfluß der Bantustämme, und hier beginnen

Vermischungen in Kettenreaktion. Während die Kulte im Norden den alten afrikanischen Religionen treu bleiben, entwickelt sich im Süden die ursprüngliche Macumba zum Umbanda, beeinflußt vom Katholizismus, vom Spiritismus à la Kardec und ähnlichen europäischen Okkultismen...«

»Dann kommen heute abend keine Templer mit rein?«

»Die Templer waren eine Metapher. Auf jeden Fall werden sie heute abend keine Rolle spielen. Aber der Synkretismus hat eine sehr subtile Mechanik. Haben Sie vorhin draußen an der Tür, nahe den *comidas de santo*, eine kleine Figur aus Eisen gesehen, so eine Art Teufelchen mit Dreizack und mit Votivgaben vor den Füßen? Das ist der Exu, der im Umbanda sehr mächtig ist, aber nicht im Candomblé. Dennoch wird er auch im Candomblé verehrt, man betrachtet ihn als einen Boten, eine Art degenerierten Merkur. Im Umbanda wird man von Exu besessen, hier nicht. Aber man behandelt ihn zuvorkommend, schließlich weiß man ja nie. Sehen Sie dort an der Wand...«, er deutete auf zwei bemalte Figuren, einen nackten Indio und einen alten, weißgekleideten Negersklaven, der sitzend die Pfeife rauchte: »Das sind ein *caboclo* und ein *preto velho*, Geister Verstorbener, die in den Umbanda-Riten eine sehr wichtige Rolle spielen. Was tun sie hier? Sie nehmen Ehrbezeigungen entgegen, sie werden nicht angerufen, da der Candomblé nur Beziehungen zu den afrikanischen Orixás unterhält, aber sie werden auch nicht verleugnet.«

»Was ist denn das Gemeinsame all dieser Kirchen?«

»Nun, sagen wir, kennzeichnend für alle afro-brasilianischen Kulte ist, daß während des Ritus die Initiierten besessen sind, wie in Trance, besessen von höheren Wesen. Im Candomblé von den Orixás, im Umbanda von den Geistern der Verstorbenen...«

»Mein Gott, ich hatte mein Land und meine Rasse schon ganz vergessen«, sagte Amparo. »Ein bißchen Europa und ein bißchen historischer Materialismus haben mir alles ausgetrieben, dabei hatte ich diese Geschichten von meiner Großmutter gehört...«

»Ein bißchen historischer Materialismus«, sagte Agliè lächelnd. »Mir scheint, ich habe davon schon gehört. Ein apokalyptischer Kult, begründet von diesem Trierer, nicht wahr?«

Ich drückte Amparos Arm. »*No pasarán, mi amor.*«

»*Cristo!*« murmelte sie.

Agliè hatte unseren halblauten Dialog mit angehört, ohne sich einzuschalten. »Die Potenzen des Synkretismus sind unbegrenzt, meine Liebe. Wenn Sie wollen, kann ich Ihnen auch die politische Version dieser Geschichte liefern. Die Gesetze des neunzehnten Jahrhunderts geben den Sklaven die Freiheit wieder, aber im Bemühen, die Stigmata ihrer Sklaverei loszuwerden, verbrennen die Freigelassenen alle Archive des Sklavenhandels. Die Sklaven werden der Form nach frei, haben aber nun keine Vergangenheit mehr. Infolgedessen versuchen sie, eine kollektive Identität wiederzufinden, da sie die familiäre verloren haben. Sie kehren zurück zu den Wurzeln. Das ist ihre Art, sich – wie ihr Jungen heute sagt – den herrschenden Kräften zu widersetzen.«

»Aber eben sagten Sie doch, daß sich diese europäischen Sekten da mit eingemischt haben«, sagte Amparo.

»Meine Liebe, Reinheit ist ein Luxus, und die Sklaven nehmen sich, was sie kriegen. Aber sie rächen sich. Inzwischen haben sie schon mehr Weiße eingefangen, als Sie sich träumen lassen. Die afrikanischen Kulte hatten zu Anfang die gleiche Schwäche wie alle Religionen, sie waren örtlich begrenzt, stammesgebunden und kurzsichtig. Im Kontakt mit den Mythen der Eroberer haben sie ein uraltes Wunder reproduziert: sie haben die antiken Mysterienkulte wieder zum Leben erweckt, die im zweiten und dritten Jahrhundert unserer Ära im Mittelmeerraum grassierten, zwischen einem Rom, das sich langsam zersetzte, und den Fermenten aus Persien, aus Ägypten, aus dem vorjüdischen Palästina… In den Jahrhunderten des spätrömischen Reiches nahm Afrika die Einflüsse der gesamten mediterranen Religiosität in sich auf und bewahrte sie, verdichtete sie. Europa wurde verdorben vom Christentum der Staatsraison, Afrika konservierte ein Wissen, uralte Wissensschätze, wie schon zur Zeit der Ägypter, als es sie den Griechen schenkte, die sie dann verschluderten.«

28

Es gibt einen Leib, der die ganze Welt umspannt, und stellt ihn euch vor in Form eines Kreises, denn dies ist die Form des Alls... Nun stell dir vor, daß unter dem Kreis dieses Leibes die 36 Dekane sind, im Zentrum zwischen dem ganzen Kreis und dem Tierkreis, die beiden Kreise trennend und gleichsam den Tierkreis begrenzend, zum Tierkreis hinaufversetzt mitsamt den Planeten... Der Wechsel der Könige, die Erhebung der Städte, die Hungersnöte, die Pest, der Rückfluß des Meeres, die Erdbeben, nichts von alledem findet statt ohne den Einfluß der Dekane...

Corpus Hermeticum, Stobaeus, excerptum VI

»Aber was für ein Wissen?«

»Ist Ihnen klar, wie groß die Epoche zwischen dem zweiten und dritten Jahrhundert nach Christus war? Nicht wegen der Prunkentfaltung des Reiches, das sich schon im Niedergang befand, sondern wegen dessen, was derweilen im Mittelmeerraum florierte. In Rom schlachteten die Prätorianer ihre Kaiser ab, und im Mittelmeerraum blühte die Epoche des Apuleius, der Isis-Mysterien, jener großen Rückkehr der Spiritualität, die der Neuplatonismus und die Gnosis waren. Selige Zeiten, als die Christen noch nicht die Macht ergriffen hatten, um die Häretiker in den Tod zu schicken. Glänzende Epoche, beseelt vom *nous*, durchzuckt von Ekstasen, bevölkert von Präsenzen, Emanationen, Dämonen und Engelsscharen... Es ist ein diffuses Wissen, unzusammenhängend, uralt wie die Welt, ein Wissen, das weit zurückreicht hinter Pythagoras, hinter die Brahmanen Indiens, die Juden, die Magier, die Gymnosophen und sogar hinter die Barbaren des äußersten Nordens, die Druiden Galliens und der Britannischen Inseln. Den Griechen galten die Barbaren als solche, weil sie sich nicht auszudrücken vermochten, mit diesen Sprachen, die in ihren überzüchteten Ohren wie Gebell klangen. Tatsächlich aber zeigte sich gerade in dieser Epoche, daß die Barbaren weit mehr wußten als die Hellenen, und zwar eben deshalb, weil ihre Sprache undurchdringlich war. Glauben Sie, daß diejenigen, die heute abend tanzen werden, den

Sinn all der Zauberformeln und magischen Namen kennen, die sie aussprechen werden? Zum Glück nicht, denn der unbekannte Name fungiert als Atemübung, als mystische Vokalisierung. Ah, die Epoche der Antonine... Die Welt war voll von wunderbaren Entsprechungen und subtilen Ähnlichkeiten, man mußte sie durchdringen, sich von ihnen durchdringen lassen, durch den Traum, das Orakel, die Magie, die es ermöglicht, auf die Natur einzuwirken und auf ihre Kräfte, indem man das Ähnliche mit dem Ähnlichen bewegt. Die Weisheit ist unfaßbar, flüchtig, sie entzieht sich jedem Maß. Deshalb war der dominante Gott in jener Epoche Hermes, der Erfinder aller Listen und Kniffe, der Gott der Kreuzwege und der Diebe, aber auch der Schöpfer der Schrift, einer Kunst des Ausweichens und des Differenzierens, der Seefahrt, die es zum Ende aller Grenzen zieht, wo alles am Horizont verschwimmt, der Kräne, die Steine vom Boden heben, und der Waffen, die das Leben in Tod verwandeln, und der Wasserpumpen, die schwere Materie leicht werden lassen, und der Philosophie, die vorspiegelt und täuscht... Und wissen Sie, wo Hermes heute ist? Hier, Sie haben ihn an der Tür gesehen, die Leute hier nennen ihn Exu, diesen Boten der Götter, diesen Vermittler, diesen Händler, der den Unterschied zwischen Gut und Böse nicht kennt.«

Agliè musterte uns mit amüsiertem Mißtrauen. »Sie glauben wohl, ich sei – wie Hermes mit den Waren – zu flink im Umverteilen der Götter. Sehen Sie dieses Büchlein hier, ich habe es heute morgen in einem Buchladen im Pelourinho gekauft. Magien und Mysterien des heiligen Cyprianus, Rezepte für Liebeszauber oder um den Feind sterben zu lassen, Anrufungen der Engel und der Jungfrau. Volkstümliche Literatur für diese schwarzhäutigen Mystiker hier. Aber es handelt sich um den heiligen Cyprianus von Antiochia, über den es eine immense Literatur im Silbernen Zeitalter gibt. Seine Eltern wollten, daß er alles lerne und wisse, was in der Erde, in der Luft und im Wasser der Meere ist, und so schickten sie ihn in die fernsten Länder, damit er alle Mysterien erfahre, die Erzeugung und die Vergiftung der Kräuter kennenlerne und die Heilkräfte der Pflanzen und der Tiere, nicht die der Naturgeschichte, sondern die der verborgenen Wissenschaft tief im Innern der fernen und archaischen Traditionen. Und Cyprianus weiht sich in Delphi dem Gott Apoll und der Dramaturgie der Schlange, er wohnt den

Mysterien des Mithra bei, als Fünfzehnjähriger auf dem Olymp, von fünfzehn Hierophanten geführt, erlebt er die Riten zur Beschwörung des Fürsten dieser Welt, um dessen Machenschaften zu bannen, in Argos wird er in die Mysterien der Hera eingeweiht, in Phrygien erlernt er die Kunst der Leberschau, und bald gibt es nichts mehr auf der Erde, im Wasser und in der Luft, was ihm unbekannt wäre, ob Hirngespinst oder Gegenstand der Weisheit oder Kunstgriff irgendwelcher Art, nicht einmal die Kunst, durch Zauber die Schrift zu verändern. In den unterirdischen Tempeln von Memphis lernt er, wie die Dämonen mit den irdischen Dingen kommunizieren, welche Orte sie verabscheuen, welche Dinge sie lieben und wie sie die Finsternisse bewohnen, welche Widerstände sie in gewissen Domänen leisten, wie sie sich der Seelen und der Körper bemächtigen können und welche Wirkungen sie dann erzielen, welche Formen von höherer Erkenntnis, Gedächtnis, Schrecken, Illusion, und die Kunst, Erdbeben hervorzurufen und die Ströme des Erdinnern zu beeinflussen... Dann, leider, bekehrt er sich, aber etwas von seinem Wissen bleibt erhalten, vererbt sich, und nun finden wir es hier wieder, hier in den Mündern und Geistern dieser zerlumpten Schwarzen, die ihr Götzenanbeter nennt. Ja, meine Freundin, noch vor kurzem haben Sie mich angesehen, als wäre ich ein *ci-devant*. Wer lebt in der Vergangenheit? Sie, die Sie diesem Lande die Greuel des Jahrhunderts der Industrie und der Arbeitermassen schenken wollen, oder ich, der sich wünschte, unser armes Europa fände zurück zur Natürlichkeit und zum Glauben dieser Sklavenabkömmlinge?«

»*Cristo!*« schnaubte Amparo böse. »Sie wissen doch selber, das ist nur eine Art, sie ruhig zu halten!«

»Nicht ruhig. Fähig, sich noch in der Erwartung zu üben. Ohne die Fähigkeit zur Erwartung gibt es auch kein Paradies, habt ihr Europäer das nicht gelehrt?«

»Seit wann bin ich eine Europäerin?«

»Es kommt nicht auf die Hautfarbe an, entscheidend ist der Glaube an die Tradition. Um einem vom Wohlstand paralysierten Abendländer die Fähigkeit zur Erwartung wiederzugeben, müssen diese hier zahlen, vielleicht auch leiden, aber sie kennen noch die Sprache der Naturgeister, der Lüfte, der Wasser, der Winde...«

»Ihr beutet uns ein weiteres Mal aus.«

»Ein weiteres Mal?«

»Ja, das müßten Sie doch 1789 gelernt haben, Herr Graf. Wenn wir es satt haben – zack!« Und lächelnd wie ein Engel fuhr sie sich mit der Kante ihrer gestreckten, wunderschönen Hand quer über die Kehle. Von Amparo begehrte ich sogar die Zähne.

»Wie dramatisch«, sagte Agliè, während er seine Tabatiere aus der Tasche zog und sie liebevoll zwischen den Händen drehte. »So haben Sie mich also erkannt? Aber 1789 waren es nicht die Sklaven, die Köpfe rollen ließen, sondern die braven Bürger, die Sie doch verabscheuen müßten. Und außerdem, Köpfe hat der Graf von Saint-Germain in all den Jahrhunderten viele rollen sehen – und viele auch wieder auf den Hals zurückkehren... Aber schauen Sie, da kommt die Mãe-de-santo, die Ialorixá.«

Die Äbtissin des Terreiro begrüßte uns ruhig, herzlich, einfach und kultiviert. Sie war eine große Negerin mit strahlendem Lächeln. Auf den ersten Blick hätte man sie für eine Hausfrau gehalten, aber als wir miteinander zu sprechen begannen, verstand ich, warum Frauen dieser Art das kulturelle Leben von Salvador dominieren konnten.

»Diese Orixás, sind das eigentlich Personen oder Kräfte?« fragte ich sie. Die Mãe-de-santo antwortete, es seien Kräfte, gewiß, Naturkräfte, Wasser, Wind, Laub, Regenbogen. Doch wie solle man die einfachen Leute daran hindern, sie als Krieger, Frauen, Heilige der katholischen Kirche zu sehen? Verehrt nicht auch ihr Europäer, sagte sie, eine kosmische Kraft unter der Form so mancher Jungfrau? Wichtig sei nur, die Kraft zu verehren, das Äußere müsse sich den Verständnismöglichkeiten eines jeden anpassen.

Sie lud uns ein, in den hinteren Garten hinauszutreten, um die Kapellen zu besichtigen, ehe der Ritus begann. Die Kapellen waren die Häuser der Orixás. Ein Schwarm junger Mädchen, Schwarze in bahianischer Tracht, traf fröhlich lachend die letzten Vorbereitungen.

Die Häuser der Orixás verteilten sich im Garten wie bei uns die Kapellen auf einem Sacro Monte, und sie trugen außen das Bildnis des jeweils mit ihrem Bewohner gleichgesetzten Heiligen. Innen prangten die leuchtenden Farben der Blumen, der Statuetten und der frisch zubereiteten Speisen, die den Göttern dargebracht wurden. Weiß für Oxalá, blau und rosa für Yemanjá, rot und weiß für Xangõ, goldgelb für

Ogun... Die Initiierten knieten nieder, küßten die Schwelle und faßten sich mit der Hand an die Stirn und hinter das rechte Ohr.

»Aber wie ist das nun zu verstehen«, fragte ich, »diese Yemanjá, ist sie nun oder ist sie nicht *Nossa Senhora da Conceição*, Unsere Liebe Frau von der Empfängnis? Und Xangõ, ist er nun Sankt Hieronymus oder nicht?«

»Stellen Sie nicht so peinliche Fragen«, riet mir Agliè. »Im Umbanda ist es noch komplizierter. Zur Linie von Oxalá, der hier mit Jesus Christus gleichgesetzt wird, besonders mit *Nosso Senhor de Bomfim*, gehören Sankt Antonius und die Heiligen Kosmas und Damian. Zur Linie von Yemanjá gehören Sirenen, Undinen, Caboclas des Meeres und der Flüsse, Seefahrer und Leitsterne. Zur Linie des Orients gehören Hindus, Ärzte, Physiker, Araber und Marokkaner, Japaner, Chinesen, Mongolen, Ägypter, Azteken, Inkas, Kariben und Römer. Zur Linie von Oxossi gehören die Sonne, der Mond, der Caboclo der Wasserfälle und der Caboclo der Schwarzen. Zur Linie von Ogun gehören Ogun Beira-Mar, Rompe-Mato, Iara, Megé, Narueé... Also kurz: je nachdem.«

»*Cristo!*« schnaubte Amparo erneut.

»Man sagt Oxalá«, murmelte ich ihr ins Ohr. »Bleib ruhig, *no pasarán.*«

Die Ialorixá zeigte uns eine Anzahl Masken, die einige Mädchen in den Tempel trugen. Es waren große Kapuzenkostüme aus Stroh, mit denen die Tanzenden sich verhüllen sollten, wenn sie, von der Gottheit besucht, in Trance fielen. Das sei eine Form der Scham, erklärte uns die Ialorixá, in manchen Terreiros tanzten die Auserwählten mit unverhülltem Gesicht, um den Anwesenden ihre Passion vorzuführen. Doch der Initiierte müsse geschützt, respektiert, bewahrt werden vor der Neugier des Profanen oder jedenfalls dessen, der seinen inneren Jubel und seine Anmut nicht verstehen könne. So sei es Brauch in diesem Terreiro, sagte sie, und deshalb sehe man hier nicht gern Fremde beim Ritus. Aber wer weiß, vielleicht eines Tages, fügte sie hinzu. Unsere Verabschiedung war nur ein auf Wiedersehen.

Aber sie wollte uns nicht gehen lassen, ohne uns etwas angeboten zu haben, nicht aus den Körben, die bis zum Ende des Rituals unversehrt bleiben mußten, aber aus ihrer Küche, einige Kostproben der *comidas de santo*. Sie führte uns in den hinteren Teil des Terreiro, und es war ein farbenprächtiges Festmahl aus Mandioca, Pimenta, Coco, Amendoim, Gemgibre, Moqueca de siri mole, Vatapá, Efó, Caruru, Fejoada mit Farofa, weich duftend nach afrikanischen Spezereien und scharf nach schwer-süßen tropischen Aromen, wovon wir mit Andacht kosteten, wissend, daß wir am Mahle der alten sudanesischen Götter teilhatten. Zu Recht, wie uns die Ialorixá belehrte, denn jeder von uns habe, ohne es zu wissen, einen Orixá zum Vater, und oft könne man auch sagen, welchen. Ich fragte keck, wessen Sohn ich sei. Die Ialorixá wich zuerst aus und sagte, das könne man nicht mit Sicherheit feststellen, willigte dann aber ein, meine Handfläche zu betrachten, fuhr mit den Fingern darüber, sah mir in die Augen und sagte: »Du bist ein Sohn von Oxalá.«

Ich war stolz darauf. Amparo, nun wieder entspannt und cool wie gewöhnlich, schlug vor zu erkunden, wessen Sohn Agliè sei, aber er wollte es lieber nicht wissen.

Zu Hause fragte sie mich: »Hast du seine Hand gesehen? Anstatt einer Lebenslinie hat er lauter zerstückelte Linien. So ein Zickzack wie bei einem Bergbach, der auf einen Stein trifft, ins Stocken gerät und einen Meter daneben weiterfließt. Die Linie von einem, der schon oft gestorben sein müßte.«

»Der Weltmeister in Langstreckenseelenwanderung.«

»*No pasarán*«, lachte Amparo.

29

Car en ce qu'ils changent & transposent leurs
noms, en ce qu'ils desguisent leurs années, en ce
que, par leur confession mesme, ils viennent sans se
faire cognoistre, il n'y a Logicien qui puisse nyer
que necessairement il faut qu'ils soient en nature.

Heinrich Neuhaus, *Pia et ultimissima admonestatio de Fratribus Roseae-Crucis, nimirum: an sint? quales sint? unde nomen illud sibi ascriverint*, Danzig 1618, franz. Ausg. 1623, p. 5

Chessed, sprach Diotallevi, ist die Sefirah der Gnade und der Liebe, weißes Feuer, Südwind. Vorgestern abend im Periskop dachte ich, daß die letzten Tage, die ich mit Amparo in Bahia verbrachte, unter diesem Zeichen standen.

Ich erinnerte mich – an was man sich so alles erinnert, wenn man Stunden um Stunden im Dunkel wartet! – an einen der letzten Abende in Salvador. Unsere Füße schmerzten vom vielen Laufen kreuz und quer durch die Stadt, und so waren wir früh zu Bett gegangen, aber ohne schon schlafen zu wollen. Amparo lag auf der Seite, zusammengekauert wie ein Embryo, und tat, als lese sie durch ihre leicht gespreizten Knie in einem meiner Handbücher über den Umbanda. Ab und zu wälzte sie sich auf den Rücken, die Beine geöffnet, das Buch auf dem Bauch, und hörte mir zu, wenn ich sie für die Entdeckungen zu erwärmen suchte, die ich in dem Buch über die Rosenkreuzer machte. Es war ein schöner Abend, aber, wie Belbo bekifft von Literatur in seinen *files* geschrieben hätte, kein Lufthauch regte sich, über allen Gipfeln war Ruh. Wir hatten uns ein gutes Hotel geleistet, aus dem Fenster sah man das Meer, und aus der noch erleuchteten Küchenecke lockte ein Korb mit tropischen Früchten, die wir am Morgen auf dem Markt gekauft hatten.

»Hör mal, was hier steht: 1614 erschien in Deutschland eine anonyme Schrift mit dem Titel *Allgemeine und General Reformation der gantzen weiten Welt. Nebst der Fama Fraternitatis deß Löblichen Ordens des Rosencreutzes, an alle Gelehrten und Häupter Europae geschrieben. Auch nebst einer kurtzen Responsion, von dem Herrn Haselmeyer gestellet, welcher deßwegen von den Jesuittern ist gefänglich eingezogen und auf eine Galleeren geschmiedet worden: Jtzo öffentlich in Druck verfertigt und allen trewen Hertzen communiciret. Herausgegeben zu Kassel von Wilhelm Wessel.*«

»Ist das nicht ein bißchen lang?«

»Scheint, daß im siebzehnten Jahrhundert alle Titel so waren. Alle wie von Lina Wertmüller geschrieben. Es handelt sich um ein satirisches Werk, eine Fabel über eine allgemeine Reformation der ganzen Menschheit, zum Teil abgeschrieben von den *Ragguagli di Parnaso* des Traiano Boccalini. Aber darin eingebettet ist ein kleineres Werk, ein knappes Manifest von kaum zwölf Seiten, die *Fama Fraternitatis*, die ein Jahr später gesondert veröffentlicht wird, gleichzeitig mit einem anderen Manifest, diesmal auf Lateinisch, betitelt *Confessio fraternitatis Roseae Crucis, ad eruditos Europae*. In beiden stellt sich die Bruderschaft der Rosenkreuzer vor und spricht von ihrem Gründer, einem geheimnisvollen C.R. Erst später und aus anderen Quellen geht hervor, daß es sich um einen gewissen Christian Rosencreutz handelt.«

»Warum wird der volle Name verschwiegen?«

»Ach, das wimmelt hier nur so von Initialen, keiner wird hier mit vollem Namen genannt, sie heißen alle G.V., I.A., I.O. oder so, und wer wirklich einen netten kleinen Spitznamen hat, nennt sich P.D. Erst werden die Bildungsjahre von C.R. erzählt, der zunächst das Heilige Grab besucht, dann nach Damaskus geht, dann nach Ägypten und von da nach Fez, was damals ein Zentrum der muselmanischen Weisheit gewesen sein muß. Dort lernt unser Christian, der bereits Griechisch und Latein konnte, die orientalischen Sprachen, die Physik, die Mathematik, die Naturwissenschaften, er akkumuliert die ganze tausendjährige Weisheit der Araber und der Afrikaner, bis hin zur Kabbala und zur Magie, er übersetzt sogar ein mysteriöses *Liber M* ins Lateinische, und schließlich kennt er alle Geheimnisse des Makro- und Mikrokosmos. Schon seit zwei Jahrhunderten war damals alles Orientalische groß in Mode, besonders wenn man nicht kapierte, was es bedeutete.«

»So machen sie's immer: Was? Ihr seid verhungert, frustriert, ausgebeutet? Verlangt nach dem Kelch des Geheimnisses! Hier, nimm...« Sie rollte mir einen Joint. »Das ist einer von den guten.«

»Siehst du, auch du willst bloß vergessen.«

»Aber ich weiß, daß es bloß Chemie ist, sonst nichts. Da ist kein Geheimnis dabei, das macht dich auch high, wenn du kein Hebräisch kannst. Komm her.«

»Warte. Danach geht dieser Rosencreutz nach Spanien, und auch da stopft er sich mit okkulten Lehren voll und nähert sich, wie es hier heißt, immer mehr und mehr dem Zentrum allen Wissens. Und im Laufe dieser Reisen, die für einen Intellektuellen damals ein echter Trip in totale Weisheit gewesen sein mußten, kapiert er schließlich, daß in Europa eine Gesellschaft gegründet werden muß, die den Regierenden die Wege der Weisheit und Güte weist.«

»Originelle Idee. Hat sich wirklich gelohnt, soviel zu studieren. Ich möchte 'ne frische Mamaya.«

»Sind im Kühlschrank. Sei lieb, hol sie dir selber, ich arbeite.«

»Wenn du arbeitest, bist du die Ameise, und wenn du die Ameise bist, dann sei's auch und sorg für Nahrung.«

»Die Mamaya ist Wollust, also geht die Grille. Oder ich gehe, und du liest.«

»*Cristo*, nein! Ich hasse die Kultur des weißen Mannes. Ich geh schon.«

Amparo ging in die Küchenecke, und ich genoß es, sie im Gegenlicht zu begehren. Und derweilen kehrte C.R. nach Deutschland zurück, und statt sich der Umwandlung von Metallen zu widmen, was sein immenses Wissen ihm nun gestattet hätte, beschloß er, sich einer spirituellen Reformation zu verschreiben. Er gründete die Confraternitas, indem er eine magische Sprache und Schrift ersann, die als Fundament für die Weisheit der künftigen Brüder dienen sollte.

»Nicht so, du kleckerst das ganze Buch voll, steck sie mir in den Mund, nein – laß doch die Albernheiten – ja, so. Mm, gut, diese Mamaya, rosencreutzlische Mammi-ja-ja... Aber hör weiter, hast du das gewußt: Was die ersten Rosenkreuzer in den ersten Jahren geschrieben haben, das hätte die wahrheitsbegierige Welt erleuchten können.«

»Was haben sie denn geschrieben?«

»Tja, da ist der Haken, das Manifest schweigt sich darüber aus. Erst machen sie einem den Mund wäßrig, und dann nix. Scheint, die Sache ist furchtbar wichtig, so furchtbar wichtig, daß sie geheim bleiben muß.«

»Blöde Hunde.«

»Nicht doch, aua, laß das! Also jedenfalls diese Rosenkreuzer, wie sie sich vermehren, beschließen sie, sich in alle

Himmelsrichtungen zu zerstreuen, mit der Verpflichtung, die Kranken gratis zu pflegen, keine Kleider anzuziehen, die sie kenntlich machen, sich überall den Landesbräuchen anzupassen, sich einmal im Jahr zu treffen und hundert Jahre geheim zu bleiben.«

»Entschuldige, aber was für 'ne Reformation wollten sie denn machen, wo doch gerade erst eine gewesen war? Was war denn Luther für sie, bloß 'n Dreck?«

»Nein, das war doch alles noch vor der protestantischen Reformation. Hier steht in einer Fußnote, bei aufmerksamer Lektüre der *Fama* und der *Confessio* ist zu entnehmen...«

»Von wem?«

»Wenn etwas zu entnehmen ist, ist es zu entnehmen. Egal von wem. Von der Vernunft, vom gesunden Menschenverstand... He, was hast du denn? Wir reden von den Rosenkreuzern, das ist 'ne ernsthafte Sache...«

»Ach ja?«

»Also, wie zu entnehmen ist, wird der Rosencreutz 1378 geboren und stirbt 1484 im schönen Alter von hundertsechs Jahren, und so ist es nicht schwer zu erraten, daß die geheime Brüderschaft nicht wenig zu jener Reformation beigetragen hat, die 1615 ihr hundertjähriges Jubiläum beging. Zumal auch Luther in seinem Wappen eine Rose und ein Kreuz hatte.«

»Wie einfallsreich.«

»Was willst du, sollte Luther vielleicht eine brennende Giraffe oder eine zerfließende Uhr in sein Wappen tun? Jeder ist ein Kind seiner Zeit. Ich habe kapiert, wessen Sohn ich bin, also sei still und laß mich weiterlesen. Um 1604 finden die Rosenkreuzer, während sie einen Teil ihres geheimen Palastes oder Schlosses restaurieren, einen Stein mit einem großen Nagel drin. Sie ziehen den Nagel raus, ein Teil der Mauer fällt runter, es erscheint eine Tür, und auf der steht in großen Lettern geschrieben: POST CXX ANNOS PATEBO...«

Obwohl ich die Formel aus dem Brief von Belbo kannte, rief ich unwillkürlich: »Mein Gott!«

»Was ist?«

»Das klingt ja wie ein Dokument der Templer, das ich... Eine Geschichte, die ich dir nie erzählt habe, von einem gewissen Oberst...«

»Na und? Die Templer haben halt von den Rosenkreuzern abgeschrieben.«

»Aber die Templer waren vorher da.«

»Na dann haben halt die Rosenkreuzer von den Templern abgeschrieben.«

»Liebling, ohne dich wäre ich verloren.«

»Liebling, dich hat dieser Agliè ganz verdorben. Du erwartest dir eine Offenbarung.«

»Ich? Ich erwarte mir gar nichts.«

»Na Gott sei Dank, hüte dich vor dem Opium der Völker.«

»*El pueblo unido jamás será vencido.*«

»Mach du dich nur lustig. Lies weiter, laß mich hören, was diese Kretins gesagt haben.«

»Diese Kretins haben alles in Afrika gelernt, hast du das vergessen?«

»In Afrika waren sie damals schon dabei, uns einzupacken und hierherzuverschicken.«

»Dank dem Himmel dafür. Du hättest in Pretoria zur Welt kommen können.« Ich küßte sie und fuhr fort: »Hinter der Tür entdecken sie eine Grabkammer mit sieben Seiten und sieben Ecken, wunderbarerweise erleuchtet von einer künstlichen Sonne. In der Mitte ein runder Altar, geschmückt mit diversen Figuren und Schriften, vom Typus NEQUA-QUAM VACUUM…«

»Ne quà quà? Gezeichnet Donald Duck?«

»Das ist Latein, schon mal davon gehört? Heißt soviel wie: ›Es gibt kein Vakuum.‹«

»Na Gott sei Dank, stell dir vor, wie gräßlich sonst.«

»Machst du mir bitte den Ventilator an, animula vagula blandula?«

»Aber es ist doch Winter.«

»Für euch von der falschen Hemisphäre, mein Schatz. Wir haben Juli, also bitte sei so lieb und mach mir den Ventilator an – nicht weil ich der Mann bin, sondern weil er auf deiner Seite ist. Danke… Also, unter dem Altar finden sie den unversehrten Leichnam ihres Gründers. In der Hand hält er ein *Liber T*, angefüllt mit unendlicher Weisheit, nur leider darf die Welt sie nicht erfahren – sagt das Manifest –, sonst gulp, wow, brr, sguisssh!«

»Au!«

»Sag ich doch. Am Ende verspricht das Manifest einen ungeheuren Schatz, der noch ganz zu entdecken ist, und wunderbare Enthüllungen über das Verhältnis von Makro-

und Mikrokosmos. Glaubt nicht, wir wären billige Alchimisten und würden euch lehren, wie man Gold macht. Das ist was für kleine Gauner, wir wollen mehr und zielen höher, in jeder Hinsicht. Wir verbreiten diese *Fama* hier in fünf Sprachen, zu schweigen von der *Confessio*, demnächst in diesem Theater. Wir warten auf Reaktionen und Urteile von Gelehrten und Ignoranten. Schreibt uns, ruft uns an, sagt uns eure Namen, und wir werden sehen, ob ihr würdig seid, an unseren Geheimnissen teilzuhaben, von denen dies hier nur eine blasse Kostprobe war. *Sub umbra alarum tuarum Iehova.*«

»Was?«

»Unter dem Schatten deiner Flügel, Jehova. Das ist die Schlußformel. Ende der Durchsage. Kurz und gut, es scheint, als wären die Rosenkreuzer ganz wild darauf, ihr Wissen mitzuteilen, und warteten nur auf den richtigen Gesprächspartner. Aber sie verraten kein Wort von dem, was sie wissen.«

»Wie dieser Typ auf dem Foto neulich, mit diesem Inserat in der Illustrierten, die wir im Flugzeug gesehen haben: Wenn Sie mir zehn Dollar schicken, verrate ich Ihnen, wie man Millionär wird.«

»Aber *der* lügt nicht. *Der* hat das Geheimnis entdeckt. Wie ich.«

»Hör mal, lies lieber weiter. Scheint ja, als hättest du mich noch nie gesehen.«

»Es ist immer, als wär's das erste Mal.«

»Um so schlimmer. Ich lass' mich nicht mit dem erstbesten ein. Aber sag mal, ist es möglich, daß gerade *du* immer alle findest? Erst die Templer, dann die Rosenkreuzer? Hast du nie, was weiß ich, Plechanow gelesen?«

»Nein, ich warte noch, bis sie sein Grab finden, vielleicht in hundertzwanzig Jahren. Wenn Stalin ihn nicht mit dem Bulldozer begraben hat.«

»Blödmann! Ich geh ins Bad.«

30

Daß auch die gantze Christenheit mit solchen
Köpffen hin und wider uberhäufft, gibt uberflissig
die genandte Fraternitas Rosae Crucis zu erkennen. Dann als solches Phantasma kaum außge-
schlossen, ungeachtet auch deren *Fama* und *Confessio*... klärlich bezeuget, das dies allein ein *lusus
ingenii nimium lascivientis*: Weil jedoch darin eine
Hoffnung solcher general Reformation gemacht
und von vielen seltsamen Künsten, von theils lächerlich, theils ungläublichen Sachen anregung ge-
than worden, haben sich in allen Landen auch sehr
gelehrte und fromme Leut damit so äffen lassen,
daß sie ihre Dienst und gute Willen, etwan mit
Benennung ihrer Namen, angebotten: Etwan solchen verschwigen und beständig dafür gehalten, es
werden diese Fratres... den Namen und Ort solcher gutwilligen Clienten in dem Speculo Salomonis oder durch andere Mittel unschwer errahten
können.

Christoph von Besold(?), Anhang zu Tommaso Campanella,
Von der Spanischen Monarchia, Frankfurt 1623, p. 48

Danach kam das Beste, und bei Amparos Rückkehr war ich
schon imstande, ihr wunderbare Dinge zu vermelden. »Das
ist eine unglaubliche Geschichte. Die Manifeste erscheinen in
einer Zeit, in der es von Texten dieser Art nur so wimmelt,
alle suchen nach einer Erneuerung, einem Goldenen Zeitalter, einem Schlaraffenland des Geistes. Die einen schmö-
kern in magischen Texten, die anderen schmelzen Metalle,
die dritten befragen die Sterne, die vierten entwickeln Geheimschriften und Universalsprachen. In Prag verwandelt
Kaiser Rudolf II. den ganzen Hof in ein Alchimistenlabor,
lädt Comenius ein und John Dee, den Astrologen des englischen Hofes, der alle Geheimnisse des Kosmos auf den
wenigen Seiten einer *Monas Ieroglyphica* enthüllt hat. Rudolfs
Leibarzt Michael Maier schreibt ein Buch über visuelle und
musikalische Embleme, betitelt *Atalanta Fugiens*, ein Fest
von Drachen, die sich in den Schwanz beißen, Eiern der
Weisen und Sphingen, nichts ist lichtvoller als die geheime
Zahl, alles ist Hieroglyphe für irgendwas anderes. Stell dir

vor, Galileo wirft Steinchen vom Schiefen Turm zu Pisa, Richelieu spielt Monopoly mit halb Europa, und dort laufen sie alle mit aufgerissenen Augen umher, um die Signaturen der Welt zu entziffern: Erzählt mir doch, was ihr wollt, von wegen Schwerkraftgesetze, hier drunter (oder eher: hier drüber) steckt was ganz anderes. Nämlich? *Abrakadabra*... Torricelli konstruierte das Barometer, und diese Leute veranstalteten Ballette, Wasserspiele und Feuerwerke im Hortus Palatinus zu Heidelberg. Und derweil stand der Dreißigjährige Krieg kurz vor dem Ausbruch.«

»Wer weiß, wie froh Mutter Courage darüber war.«

»Aber auch ihnen ging's nicht immer gut. Der pfälzische Kurfürst nimmt 1619 die Krone von Böhmen an, wahrscheinlich weil er vor Sehnsucht verging, in Prag, der magischen Stadt, zu regieren, doch ein Jahr später schlagen ihn die Habsburger am Weißen Berg, in Prag werden die Protestanten massakriert, dem Comenius wird das Haus angezündet, die Bibliothek verbrannt, die Frau und der Sohn erschlagen, und er flieht von Hof zu Hof, um überall zu wiederholen, wie groß und hoffnungsvoll die Idee der Rosenkreuzer war.«

»Der Ärmste, sollte er sich mit dem Barometer trösten? Aber entschuldige einen Moment, du weißt ja, wir Frauen sind nicht so schnell von Kapee wie ihr: Wer hat denn die Manifeste geschrieben?«

»Tja, das ist das Schöne, man weiß es nicht. Laß mal sehen, kratz mir mal das Rosenkreuz... nein, zwischen den Schulterblättern, nein, höher, nein, weiter links, ja, da. Also, in diesem deutschen Milieu sind unglaubliche Typen. Zum Beispiel ein gewisser Simon Studion, der eine *Naometria* schreibt, ein okkultes Traktat über die Maße des Salomonischen Tempels, oder Heinrich Khunrath, der ein *Amphitheatrum sapentiae aeterna* verfaßt, voller Allegorien mit hebräischen Alphabeten und kabbalistischen Höhlen, die wohl die Autoren der *Fama* inspiriert haben müssen. Diese sind vermutlich Angehörige eines der zahllosen Konventikel von Utopisten der christlichen Wiedergeburt. Gerüchten zufolge ist der Autor ein gewisser Johann Valentin Andreae, ein schwäbischer Pfarrer aus dem Tübinger Stift, der dann ein Jahr später die *Chymische Hochzeit des Christian Rosencreutz* veröffentlicht, aber die hatte er schon als junger Mann geschrieben, also war ihm die Idee mit den Rosenkreuzern schon lange im Kopf herumgegangen. In seinem Umkreis gibt es aber noch andere Schwärmer, die von einer Republik von Christianopel träumen, vielleicht haben sie sich alle zusammengetan. Scheint allerdings, daß sie sich nur einen Jux machen wollten, sie dachten gar nicht daran, die große Konfusion anzurichten, die sie angerichtet haben. Andreae verbringt sein ganzes weiteres Leben damit, zu schwören, daß er die Manifeste nicht verfaßt hätte, daß sie in jedem Fall nur ein *lusus*, ein *ludibrium*, eine Art Studentenulk gewesen wären, er bringt seine akademische Reputation ins Spiel, erbost sich und sagt, daß die Rosenkreuzer, auch wenn es sie gebe, allesamt Hochstapler seien. Vergeblich. Kaum sind die Manifeste erschienen, scheint es, als hätten die Leute auf nichts anderes gewartet. Die Gelehrten aus ganz Europa schreiben tatsächlich an die Rosenkreuzer, und da man nicht weiß, wo sie zu finden sind, schreiben sie offene Briefe, Broschüren, Bücher. Michael Maier veröffentlicht noch im selben Jahr ein Opus namens *Arcana arcanissima*, in dem er zwar die Rosenkreuzer nicht nennt, aber alle sind überzeugt, daß er von ihnen spricht und viel mehr weiß, als er sagen will. Einige prahlen und behaupten, sie hätten die *Fama* im Manuskript gelesen. Ich glaube nicht, daß es damals besonders leicht war, ein Buch herzustellen, noch dazu eins mit Illustrationen, aber Robert Fludd publiziert bereits 1616 (und er schreibt in England und läßt in Leiden drucken, rechne nur mal die Zeit zum Hin- und Herreisen für die Fahnenkorrekturen), eine *Apologia compendiaria Fraternitatem de Rosea Cruce suspicionis et infamiis maculis aspersam, veritatem quasi Fluctibus abluens et abstergens*, zur Verteidigung der Rosenkreuzer, um sie reinzuwaschen von den Verdächtigungen und ›Schandflecken‹, die man ihnen angehängt habe – und das kann nur heißen, daß bereits eine heftige Debatte entbrannt sein mußte, hin und her zwischen Böhmen, Deutschland, England und Holland, alles mit reitenden Boten und umherziehenden Gelehrten.«

»Und die Rosenkreuzer selbst?«

»Grabesstille. Post hundertzwanzig annos patebo nix. Hocken schweigend im Vakuum ihres Palastes. Ich glaube, es ist gerade ihr Schweigen, das die Geister erregt. Daß sie nicht antworten, heißt, daß sie tatsächlich existieren. 1617 schreibt Robert Fludd einen *Tractatus apologeticus integritatem societatis de Rosea Cruce defendens*, und der Autor eines *De naturae secretis* von 1618 sagt, der Moment sei gekommen, das Geheimnis der Rosenkreuzer zu lüften.«

»Und lüftet er es?«

»Von wegen. Er macht es noch komplizierter. Denn er entdeckt, daß man, wenn man die von den Rosenkreuzern versprochenen 188 Jahre von 1618 abzieht, auf 1430 kommt: das Jahr, in dem der Orden des Goldenen Vlieses gegründet wurde.«

»Und was hat der damit zu tun?«

»Ich kapiere nicht, wie er auf 188 Jahre kommt, weil es 120 sein müßten, aber wenn du mystische Subtraktionen und Additionen machen willst, geht die Rechnung immer auf. Das Goldene Vlies ist jedenfalls das der Argonauten, und ich weiß aus sicherer Quelle, daß es was mit dem Heiligen Gral zu tun hat und somit, wenn du erlaubst, auch mit den Templern. Aber damit noch nicht genug. Zwischen 1617 und 1619 gibt Robert Fludd, der offenbar noch fleißiger schrieb als Barbara Cartland, vier weitere Bücher zum Druck, darunter seine *Utriusque cosmi historia*, eine Art kurze Geschichte des Universums, illustriert, ganz in Rosa und Kreuz. Michael Maier nimmt seinen ganzen Mut zusammen und publiziert sein Opus *Silentium post clamores*, in dem er behauptet, die Bruderschaft existiere und hänge nicht nur mit dem Orden vom Goldenen Vlies zusammen, sondern auch mit dem Hosenbandorden. Aber er ist zu unbedeutend, um aufgenommen zu werden. Jetzt stell dir vor, wie das die Gelehrten Europas beflügelt! Wenn diese Rosenkreuzer nicht mal einen Maier aufnehmen, müssen sie wirklich ein höchst exklusiver Club sein. Also sind nun alle zu allem bereit, um aufgenommen zu werden. Alle sind bereit zu sagen, daß die Rosenkreuzer existieren, alle zu bekennen, daß sie nie einen gesehen haben, alle an sie zu schreiben, wie um ein Rendezvous zu fixieren oder um eine Audienz zu bitten, niemand erdreistet sich zu sagen, er sei kontaktiert worden, einige sagen, daß der Orden nicht existiert, weil sie nicht kontaktiert worden sind, andere sagen, er existiere gerade, um kontaktiert zu werden.«

»Und die Rosenkreuzer bleiben stumm.«

»Wie die Fische.«

»Mach den Mund auf. Kriegst noch 'ne Mamaya.«

»Mmmm... Unterdessen beginnt der Dreißigjährige Krieg, und Johann Valentin Andreae verfaßt eine Schrift namens *Turris Babel*, um zu verkünden, daß binnen Jahresfrist der Antichrist besiegt sein werde, und ein gewisser Irenäus Agnostus schreibt ein *Tintinnabulum sophorum*...«

»Hübscher Titel, tintin.«

»… wobei ich nicht ganz kapiere, was er darin sagt, aber sicher ist, daß dann Tommaso Campanella oder wer immer für ihn in der deutschen Ausgabe seiner *Monarchia Hispanica* interveniert und die ganze Rosenkreuzergeschichte zu einem Divertissement perverser Hirne erklärt… Und danach ist Schluß, zwischen 1621 und 1623 schweigen alle.«

»Einfach so?«

»Einfach so. Sind wohl müde geworden. Wie die Beatles. Allerdings nur in Deutschland. Denn die Sache sieht aus wie die Geschichte einer Giftwolke. Sie verlagert sich nach Frankreich. Eines schönen Morgens im Jahre 1623 erscheinen an den Mauern in Paris Plakate einer »Confraternité de la Rose-Croix«, die den braven Bürgern mitteilen, daß die Deputierten des Hauptkollegiums der Brüderschaft sich dorthin transferiert hätten und bereit seien, Mitglieder aufzunehmen. Doch einer anderen Version zufolge sagen die Plakate klar und deutlich, daß es sich um sechsunddreißig Unsichtbare handle, die in Sechsergruppen durch die Welt verstreut seien und die Macht hätten, ihre Adepten unsichtbar zu machen… Tzz tzz, schon wieder die Sechsunddreißig…«

»Wer?«

»Die aus meinem Templerdokument.«

»Phantasielose Leute. Und dann?«

»Und dann kommt es zu einem kollektiven Wahn. Die einen verteidigen sie, die anderen wollen sie kennenlernen, wieder andere behaupten, sie betrieben Satanismus, Alchimie, Häresie mit dem Teufel Astarotte, der eingreife, um sie reich und mächtig zu machen, und fähig, sich im Fluge von einem Ort zum anderen zu begeben… Mit einem Wort: der Skandal des Tages.«

»Raffiniert, diese Rosenkreuzer. Nichts ist so gut wie eine Lancierung in Paris, um in Mode zu kommen.«

»Scheint, daß du recht hast, denn hör zu, was passiert – mein Gott, was für eine Epoche! Descartes höchstpersönlich war in den Jahren zuvor in Deutschland gewesen und hatte nach ihnen gesucht, aber sein Biograph sagt, er hätte sie nicht gefunden – na ja, sie liefen ja auch unter falschen Namen herum. Als er nach Paris zurückkommt, nach dem Auftauchen der Plakate, erfährt er, daß alle ihn für einen Rosenkreuzer halten. Bei der herrschenden Stimmung war das keine gute Empfehlung und mißfiel auch seinem Freund Mersenne, der bereits aus vollen Rohren gegen die Rosenkreuzer tönte und sie als Betrüger, Umstürzler, Zauberer, Kabbalisten und Brunnenvergifter traktierte. Was also macht der gute Descartes? Er läßt sich überall sehen, wo er nur kann. Und da alle ihn sehen und es nicht zu leugnen ist, kann er kein Unsichtbarer sein, und ergo ist er kein Rosenkreuzer.«

»Das nennt man Methode.«

»Natürlich war's mit dem Abstreiten nicht getan. Denn so wie die Dinge inzwischen lagen, wenn einer daherkam und sagte, guten Tag, ich bin ein Rosenkreuzer, dann bedeutete das, daß er keiner war. Ein Rosenkreuzer, der auf sich hält, sagt nicht, daß er einer ist. Im Gegenteil, er streitet es lauthals ab.«

»Aber man kann doch nicht sagen, wer sagt, er wäre kein Rosenkreuzer, ist einer. Denn auch ich sage dir, daß ich keiner bin, und deswegen kannst du noch lange nicht sagen, ich wäre einer.«

»Aber es abzustreiten ist schon verdächtig.«

»Nein. Denn was macht ein Rosenkreuzer, wenn er kapiert, daß die Leute dem, der sagt, daß er einer ist, nicht glauben, und den, der sagt, daß er keiner ist, verdächtigen? Er fängt an zu sagen, daß er einer ist, um sie glauben zu machen, er wäre keiner.«

»Du sagst es. Also müßten von jetzt an alle, die sagen, sie wären Rosenkreuzer, lügen und somit tatsächlich welche sein! Ah, nein, Amparo, nein, laß uns nicht in ihre Falle gehen. Sie haben ihre Spione überall, sogar hier unter diesem Bett, und daher wissen sie jetzt, daß wir Bescheid wissen. Also sagen sie, daß sie keine sind.«

»Liebling, jetzt habe ich Angst.«

»Sei ruhig, Liebling, ich beschütze dich ja. Schau, ich bin dumm, und wenn sie sagen, sie wären keine, dann glaube ich, daß sie welche sind, und so entlarve ich sie sofort. Ein entlarvter Rosenkreuzer ist ungefährlich, du kannst ihn zum Fenster rausjagen, indem du einfach mit der Zeitung wedelst.«

»Und Agliè? Er will uns glauben machen, er sei der Graf von Saint-Germain. Natürlich, damit wir glauben, er wäre es nicht. Also ist er ein Rosenkreuzer. Oder?«

»Hör zu, Amparo, wollen wir nicht schlafen?«

»Ah, nein, jetzt will ich das Ende hören!«

»Allgemeine Verpanschung. Alle werden zu Rosenkreuzern. 1627 erscheint das *Neue Atlantis* von Francis Bacon, und die Leser denken, er spreche vom Land der Rosenkreuzer, obwohl er sie nirgends erwähnt. Der arme Johann Valentin Andreae schwört noch auf dem Totenbett, daß er's nicht gewesen sei, oder wenn doch, daß es nur ein Spaß war, aber nun ist nichts mehr zu machen. Begünstigt von der Tatsache, daß sie nicht existieren, sind die Rosenkreuzer überall.«

»Wie Gott.«

»Jetzt, wo du mich darauf bringst... Schauen wir mal: Matthäus, Lukas, Markus und Johannes sind eine Bande von Spaßvögeln, die sich irgendwo zusammentun und beschließen, einen Erzählwettbewerb zu veranstalten. Sie erfinden einen Typ, legen ein paar essentielle Daten fest, und los geht's, den Rest kann jeder frei ausgestalten, mal sehen, wer's am besten macht. Dann landen die vier Erzählungen in den Händen von Freunden, die anfangen, sie gelehrt zu interpretieren: Matthäus ist ziemlich realistisch, aber er insistiert zu sehr auf der Geschichte mit dem Messias, Markus ist nicht schlecht, aber ein bißchen konfus, Lukas ist elegant, das muß man ihm lassen, Johannes übertreibt es mit der Philosophie... Aber alles in allem gefallen die Bücher, sie gehen von Hand zu Hand, und als die vier merken, was los ist, ist es zu spät, Paulus ist Jesus schon auf dem Weg nach Damaskus begegnet, Plinius beginnt seine Untersuchung im Auftrag des besorgten Kaisers, eine Legion von apokryphen Autoren gibt vor, noch mehr darüber zu wissen... *toi, apocryphe lecteur, mon semblable, mon frère*... Petrus steigt die Sache zu Kopf, er nimmt sich ernst, Johannes droht, die Wahrheit zu sagen, Petrus und Paulus lassen ihn verhaften und verbannen ihn auf die Insel Patmos, der Ärmste fängt an, weiße Mäuse zu sehen, beziehungsweise Heuschrecken auf der Bettkante – bringt endlich diese Posaunen zum Schweigen, woher kommt all dieses Blut... Die andern sagen, er wäre betrunken, es sei die Verkalkung... Und wenn es nun wirklich so gelaufen wäre?«

»Es *ist* so gelaufen. Lies mal Feuerbach statt deiner alten Schwarten.«

»Amparo, es dämmert schon.«

»Wir sind verrückt.«

»Aurora, die rosenkreuzfingrige, streichelt zärtlich über die Wogen...«

»Ja, gut so. Es ist Yemanjá. Fühlst du? Sie kommt.«

»Mach mir ludibria...«

»O Tintinnabulum!«

»Du bist meine Atalanta Fugiens...«

»O Turris Babel...«

»Ich will die Arcana Arcanissima, das Goldene Vlies, bleich und rosa wie eine Meeresmuschel...«

»Psst... Silentium post clamores.«

31

Il est probable que la plupart des prétendus Rose-Croix, communément désignés comme tels, ne furent véritablement que des Rosicruciens... on peut même être assuré qu'ils ne l'étaient point, et cela du seul fait qu'ils faisaient partie de telles associations, ce qui peut sembler paradoxal et même contradictoire à première vue, mais est pourtant facilement compréhensible...

René Guénon, *Aperçus sur l'initiation*, Paris,
Editions Traditionnelles, 1986, p. 241

Wir fuhren zurück nach Rio, und ich begann wieder zu arbeiten. Eines Tages entnahm ich einer Illustrierten, daß es in der Stadt einen »Alten und Angenommenen Orden vom Rosenkreuz« gab. Ich schlug Amparo vor, uns den einmal anzusehen, und sie folgte mir widerwillig.

Die Adresse war in einer Nebenstraße, außen befand sich eine Vitrine mit Gipsfiguren, die Cheops, Nofretete und die Sphinx darstellten.

Gerade für diesen Nachmittag war eine Plenarsitzung anberaumt. Thema: »Die Rosenkreuzer und der Umbanda.« Redner ein gewisser Professor Bramanti, Referendar des Ordens in Europa, Geheimer Ritter des Großpriorats In Partibus von Rhodos, Malta und Thessaloniki.

Wir beschlossen hineinzugehen. Die Räumlichkeit wirkte eher verwahrlost, ein karger Saal, dekoriert mit tantrischen Miniaturen, auf denen die Schlange Kundalini zu sehen war, dieselbe, welche die Templer mit dem Kuß auf den Hintern zu wecken gedachten. Wozu den Atlantik überqueren, dachte ich, um eine neue Welt zu entdecken, wenn ich dieselben Dinge auch im Büro von Picatrix hätte finden können.

Hinter einem mit rotem Tuch verhängten Tisch und vor einem eher dünn gesäten und schläfrigen Publikum saß der Professor Bramanti, ein korpulenter Herr, der, wäre er nicht so massig gewesen, leicht als Tapir hätte durchgehen können. Er hatte schon angefangen zu reden, mit vollmundiger Rhetorik, aber noch nicht lange, denn er sprach über die Rosenkreuzer zur Zeit der achtzehnten Dynastie, unter der Herrschaft des Pharao Amosis I.

Vier Verschleierte Herren, erklärte er, wachten über die Evolution der Rasse, die fünfundzwanzigtausend Jahre vor der Gründung von Theben die Kultur der Sahara hervorgebracht habe. Von ihnen beeinflußt, habe der Pharao Amosis eine Große Weiße Bruderschaft gegründet, als Hüterin jener vorsintflutlichen Weisheit, welche die alten Ägypter in den Fingerspitzen hatten. Er sei im Besitz von Dokumenten, behauptete Bramanti (natürlich unzugänglich für die Profanen), welche zurückgingen auf die Weisen des Tempels von Karnak und ihre geheimen Archive. Das Symbol der Rose und des Kreuzes sei dann von Pharao Echnaton ersonnen worden. Es gebe jemanden, der den Papyrus besitze, sagte Bramanti, aber man frage nicht, wer es sei.

Im Schoße dieser Großen Weißen Bruderschaft seien sodann herangewachsen: Hermes Trismegistos (dessen Einfluß auf die italienische Renaissance ebenso unbestreitbar sei wie der auf die Gnosis von Princeton), Homer, die Druiden Galliens, Salomo, Solon, Pythagoras, Plotin, die Essener, die Therapeuten, Josef von Arimathia (der den Gral nach Europa gebracht habe), Alkuin, König Dagobert, Thomas von Aquin, Francis Bacon, Shakespeare, Spinoza, Jakob Böhme, Debussy und Einstein. Amparo flüsterte mir zu, ihr scheine, es fehlten nur noch Nero, Cambronne, Geronimo, Pancho Villa und Buster Keaton.

Was den Einfluß der ursprünglichen Rosenkreuzer auf das Christentum betraf, so begnügte sich der Redner mit dem Hinweis für jene, die sich der Frage noch nie zugewandt hatten, daß es kein Zufall sei, wenn die Legende wolle, daß Jesus am Kreuz gestorben sei.

Die Weisen der Großen Weißen Bruderschaft seien ebendieselben, welche die erste Freimauererloge gegründet hätten, zur Zeit König Salomos. Daß Dante ein Rosenkreuzer und Freimaurer war – wie übrigens auch Thomas von Aquin –, stehe klar und deutlich in seinem Werk geschrieben. In den Gesängen XXIV und XXV des *Paradiso* fänden sich der dreifache Kuß des Prinzen Rosenkreuz, der Pelikan, die weißen Gewänder (dieselben wie die der vierundzwanzig Greise der Apokalypse) und die drei Kardinaltugenden der Maurerkapitel (Glaube, Hoffnung und Nächstenliebe). Tatsächlich sei die symbolische Blume der Rosenkreuzer (die *rosa candida* der Gesänge XXX und XXXI) von der römischen Kirche als Figur der Erlösermutter adoptiert worden – daher die *Rosa Mystica* der Litaneien.

Und daß die Rosenkreuzer das ganze Mittelalter durchzogen hätten, sei nicht nur an ihrer Infiltration der Templer zu ersehen, sondern auch durch noch viel direktere Dokumente belegt. Bramanti zitierte einen gewissen Kiesewetter, der Ende des vorigen Jahrhunderts bewiesen habe, daß die Rosenkreuzer im Mittelalter vier Doppelzentner Gold für den Kurfürsten von Sachsen fabriziert hätten, und er nannte die genaue Seite des 1613 in Straßburg erschienenen *Theatrum Chemicum*. Nur wenige hätten indes die Templerbezüge in der Sage von Wilhelm Tell bemerkt: Tell schnitzte sich seinen Pfeil aus dem Zweig einer Mistel, einer Pflanze der arischen Mythologie, und er traf den Apfel, das Symbol jenes dritten Auges, das von der Schlange Kundalini aktiviert werde – und man wisse ja, daß die Arier aus Indien kamen, wohin später die Rosenkreuzer gingen, um sich zu verstecken, als sie Deutschland verließen.

Was hingegen die diversen Bewegungen anbetreffe, welche sich, wie kindisch auch immer, auf die Große Weiße Bruderschaft zurückzuführen vorgäben, so anerkenne er, sagte Bramanti, als hinreichend orthodox allenfalls die *Rosicrucian Fellowship* von Max Heindel, allerdings auch diese nur, weil Alain Kardec sich in ihrem Dunstkreis gebildet habe. Wie jeder wisse, sei Kardec der Vater des Spiritismus gewesen, und aus seiner Theosophie, die den Kontakt mit den Seelen der Verstorbenen behandle, habe sich die Spiritualität des Umbanda gebildet, der Ruhm des hochedlen Brasilien. In dieser Theosophie sei *Aum Bandhà* ein Sanskritausdruck, der das göttliche Prinzip und die Quelle des Lebens bezeichne. (»Sie haben uns erneut getäuscht«, murmelte Amparo, »nicht mal Umbanda ist ein Wort von uns, es hat vom Afrikanischen bloß den Klang.«)

Die Wurzel sei *Aum* oder *Um*, was nichts anderes sei als das *Om* der Buddhisten, und das sei der Name Gottes in der Sprache Adams gewesen. *Um* sei eine Silbe, die, richtig ausgesprochen, sich in ein machtvolles Mantra verwandle und harmonische Strömungen in der Seele hervorrufe durch die *Siakra* oder den Frontalen Plexus.

»Was ist Frontaler Plexus?« fragte Amparo. »Eine unheilbare Krankheit?«

Bramanti präzisierte, man müsse stets unterscheiden zwischen den wahren »Rose-Croix«, den Erben der Großen Weißen Bruderschaft, die selbstverständlich geheim blieben, wie jener Alte und Angenommene Orden, den er unwürdigerweise zu vertreten die Ehre habe, und den »Rosicrucianern«, das heiße all denen, die sich aus persönlichen Gründen an der rosenkreuzerischen Mystik inspirierten, ohne darauf ein Recht zu haben. Er empfahl dem Publikum, keinem Rosicrucianer Glauben zu schenken, der sich als Rose-Croix bezeichne.

Amparo murmelte, jeder Rose-Croix sei der Rosicrucianer des anderen.

Schließlich meldete sich ein vorlauter Zuhörer und wollte wissen, wie der Herr Professor behaupten könne, daß sein Orden authentisch sei, wenn er hier das Schweigegebot verletze, das doch so kennzeichnend sei für jeden wahren Adepten der Großen Weißen Bruderschaft.

Bramanti stand auf und sagte: »Ich wußte nicht, daß sich auch hier Provokateure eingeschlichen haben, die im Solde des atheistischen Materialismus stehen. Unter solchen Bedingungen rede ich nicht weiter.« Sprach's und verließ den Raum mit einer gewissen Würde.

Am Abend rief Agliè an, um sich nach unserem Wohlergehen zu erkundigen und uns mitzuteilen, daß wir am nächsten Abend endlich an einem Ritus teilnehmen dürften. Ob ich nicht Lust hätte, in Erwartung des Ereignisses etwas mit ihm trinken zu gehen. Amparo hatte eine politische Zusammenkunft mit ihren Freunden, und so ging ich allein zu dem Treffen.

32

Valentiniani... nihil magis curant quam occultare
quod praedicant: si tamen praedicant, qui occul-
tant... Si bona fide quaeres, concreto vultu, su-
spenso supercilio – altum est – aiunt. Si subtiliter
tentes, per ambiguitates bilingues communem fi-
dem affirmant. Si scire te subostendas, negant
quidquid agnoscunt... Habent artificium quo
prius persuadeant, quam edoceant.

Tertullian, *Adversus Valentinianos*

Agliè lud mich in eine Bar ein, wo man noch eine *batida* zu
machen verstand, wie es nur die Uralten konnten. Wir verließen mit wenigen Schritten die Zivilisation Carmen Mirandas,
und ich fand mich in einer Spelunke wieder, wo Eingeborene
schwarze Glimmstengel rauchten, die fett wie Würste glänzten. Der Tabak war zusammengedreht in Form alter See-
mannstaue, man drehte die Taue zwischen den Fingerspitzen,
löste breite durchsichtige Blätter ab und rollte sie in öliges
Strohpapier ein. Die Dinger mußten oft neu angezündet
werden, aber ich begriff, was Tabak gewesen sein mußte, als
Sir Walter Raleigh ihn entdeckte.
Ich erzählte Agliè von meinem Erlebnis am Nachmittag.
»Nun also auch die Rosenkreuzer? Ihr Wissensdurst ist
wahrhaft unersättlich, mein Freund. Aber hören Sie nicht auf
diese Narren. Die reden alle von unwiderleglichen Dokumenten, aber keiner hat jemals eins davon vorgezeigt. Ich
kenne diesen Bramanti. Er wohnt in Mailand, wenn er nicht
gerade durch die Welt reist, um sein Evangelium zu verkünden. Er ist harmlos, aber er glaubt noch an Kiesewetter.
Legionen von Rosenkreuzern stützen sich auf jene Stelle im
Theatrum Chemicum. Aber wenn Sie nachschlagen – und in
aller Bescheidenheit, das Buch steht in meiner kleinen Mailänder Bibliothek –, werden Sie das Zitat nicht finden.«
»Ein Schelm, dieser Herr Kiesewetter.«
»Aber alle zitieren ihn. Denn auch die Okkultisten im
neunzehnten Jahrhundert waren Opfer des Positivismus:
wahr ist nur, was sich beweisen läßt. Nehmen Sie nur die
Debatte über das *Corpus Hermeticum*. Als es im fünfzehnten
Jahrhundert nach Europa kam, sahen Pico della Mirandola,

Ficino und viele andere kluge Leute sofort die Wahrheit: Es mußte das Werk einer uralten Weisheit sein, älter als die Ägypter, älter sogar als Moses, denn es enthielt Gedanken, die später von Plato und Jesus geäußert wurden.«

»Wieso später? Genauso hat auch Bramanti über den Freimaurer Dante argumentiert. Wenn das *Corpus* die Ideen von Plato und Jesus wiederholt, muß es doch *nach* ihnen geschrieben worden sein!«

»Sehen Sie? Auch Sie denken so. In der Tat war dies die Argumentation der modernen Philologen, die ihr noch langatmige Sprachanalysen hinzufügten, um zu zeigen, daß das *Corpus* zwischen dem zweiten und dritten Jahrhundert unserer Ära entstanden sein müsse. Als wollte man sagen, Kassandra müsse nach Homer geboren sein, weil sie bereits wußte, daß Troja zerstört werden würde. Es ist eine moderne Illusion zu glauben, die Zeit sei eine lineare und zielgerichtete Abfolge, die von A nach B geht. Sie kann auch von B nach A gehen, und die Wirkung kann die Ursache hervorrufen... Was heißt vorher und nachher? Kommt Ihre wunderschöne Amparo vor oder nach ihren verworrenen Ahnen? Sie ist zu fabelhaft – wenn Sie einem, der ihr Vater sein könnte, ein unvoreingenommenes Urteil erlauben. Also kommt sie vorher. Sie ist der geheimnisvolle Ursprung all dessen, was zu ihrer Erschaffung beigetragen hat.«

»Aber an diesem Punkt...«

»Das Falsche ist genau der Begriff ›dieser Punkt‹, mein Freund. Die Punkte sind von der Wissenschaft gesetzt worden, nach Parmenides, um zu bestimmen, von wo nach wo sich etwas bewegt. Nichts bewegt sich, und es gibt nur einen einzigen Punkt, den Urpunkt, aus welchem in einem einzigen Augenblick alle anderen Punkte entstehen. Die Naivität der Okkultisten des neunzehnten Jahrhunderts – und derjenigen unserer Zeit – ist, daß sie die Wahrheit der Wahrheit mit den Methoden der wissenschaftlichen Lüge beweisen wollen. Man muß nicht nach der Logik der Zeit räsonieren, sondern nach der Logik der Tradition. Alle Zeiten symbolisieren einander, und folglich gibt es und gab es den unsichtbaren Tempel der Rosenkreuzer zu jeder Zeit, unabhängig von den Strömungen der Geschichte, *eurer* Geschichte. Die Zeit der letzten Offenbarung ist nicht die Zeit der Uhren. Ihre Zusammenhänge bestimmen sich in der Zeit der ›subtilen Geschichte‹, in der das Vorher und Nachher der Wissenschaften recht wenig zählen.«

»Aber dann sind all diese Leute, die sich für die Ewigkeit der Rosenkreuzer stark machen...«

»Szientistische Narren, denn sie versuchen zu beweisen, was man einfach *wissen* muß, ohne Beweis. Meinen Sie, daß die Gläubigen, die wir morgen abend sehen werden, all das beweisen können, was Kardec sie gelehrt hat? Sie wissen, weil sie zum Wissen bereit sind. Hätten wir alle uns diese Sensibilität für das Geheimnis bewahrt, wir wären geblendet von Offenbarungen. Es ist nicht nötig zu wollen, es genügt, sich bereit zu halten.«

»Aber nun sagen Sie bitte, und entschuldigen Sie, wenn ich banal bin: Existieren die Rosenkreuzer oder nicht?«

»Was heißt existieren?«

»Sagen Sie's.«

»Die Große Weiße Bruderschaft, nennen Sie sie Rosenkreuzer, nennen Sie sie eine spirituelle Ritterschaft, von der die Templer eine vorübergehende Verkörperung waren, ist eine Schar von Weisen, von wenigen, sehr wenigen Auserwählten, die durch die Geschichte der Menschheit zieht, um einen Kern von ewiger Weisheit zu bewahren. Die Geschichte entwickelt sich nicht durch Zufall. Sie ist das Werk der Herren der Welt, denen nichts entgeht. Natürlich schützen sich diese Herren durch das Geheimnis. Und daher, wann immer sich jemand als Herr bezeichnet, oder als Rosenkreuzer oder als Templer, ist er ein Lügner. Die wahren Herren der Welt sind woanders zu suchen.«

»Dann geht also diese Geschichte ewig weiter?«

»So ist es. Und das ist die List der Herren.«

»Aber was wollen sie denn, daß die Leute wissen?«

»Daß es ein Geheimnis gibt. Wozu sonst leben, wenn alles so wäre, wie es erscheint?«

»Und was ist das Geheimnis?«

»Das, was die Offenbarungsreligionen nicht zu sagen gewußt haben. Das Geheimnis ist jenseits.«

33

Les visions sont blanc, bleu, blanc rouge clair;
enfin elles sont mixtes ou toutes blanches, couleur
de flamme de bougie blanche, vous verrez des
étincelles, vous sentirez la chair de poule partout
votre corps, tout cela annonce le principe de la
traction que la chose fait avec celui qui travaille.

Papus, *Martines de Pasqually*, Paris, Chamuel, 1895, p. 92

Es kam der versprochene Abend. Wie in Salvador holte
Agliè uns im Auto ab. Der Terreiro, in dem die Zeremonie
oder *gira* stattfinden sollte, lag in einer eher zentralen Gegend, wenn man von Zentrum sprechen kann in einer Stadt,
die sich in Wellen um ihre zahlreichen Hügel bis ans Meer
windet, so daß sie von oben gesehen, wenn sie abends erleuchtet ist, wie eine prächtige Mähne mit dunklen Flecken
von grindigem Haarausfall aussieht.

»Erinnern Sie sich, heute abend geht es um den Umbanda.
Da wird man nicht von den Orixás besessen, sondern von
den Eguns, den Geistern Verstorbener. Und von Exu, dem
afrikanischen Hermes, den Sie in Bahia gesehen haben, und
von seiner Gefährtin, der Pomba Gira. Der Exu ist eine
Yoruba-Gottheit, ein immer zu bösen Scherzen und Streichen aufgelegter Dämon, aber einen Possengott gab es auch
in der indianischen Mythologie.«

»Und die Verstorbenen, wer sind die?«

»*Pretos velhos* und *caboclos*. Die *pretos velhos* sind alte afrikanische Weise, die ihre Leute zur Zeit der Deportationen
geführt hatten, wie Rei Congo oder Pai Agostinho... Sie
erinnern an eine abgemilderte Phase der Sklaverei, in welcher
der Neger nicht mehr ein Tier ist und zu einem Freund der
Familie wird, einem Onkel, einem Großvater. Die *caboclos*
dagegen sind indianische Geister, jungfräuliche Kräfte, die
Reinheit der ursprünglichen Natur. Im Umbanda bleiben die
afrikanischen Orixás im Hintergrund, inzwischen restlos mit
den katholischen Heiligen gleichgesetzt, und es greifen nur
jene Wesen ein. Sie sind es, welche die Trance hervorrufen:
Die Tanzenden oder *cavalos* spüren an einem bestimmten
Punkt des Tanzes, daß sie von einem höheren Wesen durchdrungen werden, und verlieren das Bewußtsein ihrer selbst.

Sie tanzen weiter, bis das göttliche Wesen sie wieder verläßt, und danach fühlen sie sich besser, erfrischt und gereinigt.«

»Die Glücklichen«, sagte Amparo.

»Ja, sie sind glücklich«, sagte Agliè. »Sie treten in Kontakt mit dem Mutterboden. Bedenken Sie, diese Gläubigen sind entwurzelt worden, ins grauenhafte Gewimmel der Großstadt geworfen, und wie Oswald Spengler sagte: Im Moment der Krise wendet sich das merkantile Abendland wieder an die Welt der Erde.«

Wir kamen an. Von außen sah der Tempel wie ein normales Gebäude aus. Auch hier trat man durch ein Gärtchen ein, ein kleineres als in Bahia, und vor der Tür des *barracão*, einer Art Lagerschuppen, fanden wir die Statuette des Exu, schon umgeben mit Opfergaben.

Während wir eintraten, zog mich Amparo beiseite: »Ich hab schon alles kapiert. Hast du nicht gehört? Dieser Tapir gestern nachmittag sprach von einer arischen Epoche, der hier spricht vom Untergang des Abendlandes, von Erde, Blut und Boden, das ist reinster Nazismus!«

»So einfach ist das nicht, mein Schatz, wir sind in einem anderen Kontinent.«

»Danke für die Information. Die Große Weiße Bruderschaft! Sie hat euch dazu gebracht, euren Gott zu verspeisen.«

»Das waren die Katholiken, mein Schatz, das ist nicht dasselbe.«

»Es *ist* dasselbe, hast du's nicht gehört? Pythagoras, Dante, die Jungfrau Maria, die Freimaurer, alles dasselbe. Alles um uns zu betrügen. Make Umbanda, not love!«

»Also jetzt bist du es, die alles in einen Topf wirft. Laß uns das mal ansehen, komm. Auch das ist Kultur.«

»Es gibt nur eine Kultur: den letzten Priester aufzuhängen an den Gedärmen des letzten Rosenkreuzers!«

Agliè winkte uns hinein. Wenn das Äußere unscheinbar war, so prangte das Innere in flammenden Farben. Es war ein rechteckiger Saal mit einer für den Tanz der *cavalos* reservierten Zone vor dem Altar an der Rückwand, die durch ein Gitter abgeteilt wurde, hinter dem sich das Podium der Trommler, der *atabaques*, erhob. Der rituelle Raum war noch leer, während diesseits des Gitters bereits eine dichte Menge wogte, Gläubige, Neugierige, Weiße und Schwarze gemischt, durch die sich die *cavalos* mit ihren Assistenten, den *cambonos*, drängten, weißgekleidet, einige barfuß, andere mit Tennisschuhen. Sofort fiel mir der Altar auf: Pretos velhos, Caboclos mit bunten Federkronen, Heilige, die wie Zuckerhüte aussahen, wären nicht ihre pantagruelischen Dimensionen gewesen, Sankt Georg mit funkelnder Rüstung und scharlachrotem Mantel, die Heiligen Kosmas und Damian, eine Madonna, durchbohrt von Schwertern, und ein schamlos hyperrealistischer Christus mit ausgebreiteten Armen wie der Erlöser auf dem Corcovado, aber farbig bemalt. Es fehlten die Orixás, aber man spürte ihre Präsenz in den Gesichtern der Anwesenden, im süßlichen Geruch des Zuckerbackwerks und im Schweißgeruch all der Transpirationen wegen der Hitze und der Erregung über die bevorstehende Gira.

Es erschien der Pai-de-santo, der sich neben den Altar setzte, wo er einige Gläubige empfing und danach die Gäste, die er mit dichten Schwaden seiner Zigarre parfümierte, segnete und zu einer Tasse Likör einlud wie zu einem raschen eucharistischen Ritus. Wir knieten nieder und tranken. Ich bemerkte, als ich einen Cambono aus einer Flasche einschenken sah, daß es Dubonnet war, aber ich tat, als schlürfte ich ein kostbares Lebenselixier. Auf dem Podium begannen die Atabaques mit dumpfen Schlägen zu trommeln, während die Initiierten einen beschwörenden Hymnus an Exu und die Pomba Gira anstimmten: *Seu Tranca Ruas é Mojuba! É Mojuba, é Mojuba! Sete Encruzilhadas é Mojuba! É Mojuba, é Mojuba! Seu Marabœ é Mojuba! Seu Tiriri, é Mojuba! Exu Veludo, é Mojuba! A Pomba Gira é Mojuba!*

Es begannen die rituellen Räucherungen, die der Pai-de-santo mit einem Schwenkfäßchen vornahm, dem ein schwerer Geruch indianischen Weihrauchs entströmte, wozu er spezielle Gebete an Oxalá und an Nossa Senhora sprach.

Die Atabaques beschleunigten das Tempo, und die Cavalos strömten in den abgeteilten Raum vor dem Altar, um sich dem Zauber der *pontos* zu überlassen, rhythmischer Strophen, die beim Tanzen im Chor gesungen werden. Die Mehrheit der Tanzenden waren Frauen, und Amparo machte ironische Bemerkungen über die Schwäche ihres Geschlechts (»Nicht wahr, wir sind sensibler«).

Unter den Frauen waren auch einige Europäerinnen. Agliè zeigte uns eine Blondine und sagte, sie sei eine deutsche

Psychologin, die seit Jahren zu den Riten komme. Sie habe schon alles versucht, aber wenn man nicht prädisponiert und auserwählt sei, dann sei eben alles umsonst: sie werde nie in Trance fallen. Sie tanzte hektisch, den Blick ins Leere gerichtet, während die Atabaques ihren und unseren Nerven keine Pause gönnten. Scharfe Schwaden erfüllten den Saal, betäubten Aktive und Zuschauer, packten alle – glaube ich, jedenfalls mich – am Magen. Aber ich hatte das schon in den Sambaschulen von Rio erlebt, ich kannte die psychagogische Macht der Musik und des Lärms – dieselbe, der sich unsere Discofieberkranken am Samstagabend unterwerfen. Die blonde Deutsche tanzte mit weitaufgerissenen Augen, erflehte Vergessen mit jeder Bewegung ihrer hysterischen Glieder. Nach und nach fielen die anderen Tänzerinnen in Trance, warfen die Köpfe zurück, bewegten sich weich und fließend, schwammen in einem Meer von Selbstvergessenheit, und sie blieb steif, verkrampft und weinte beinahe, wie eine, die sich verzweifelt bemüht, einen Orgasmus zu kriegen, und sich windet und zuckt und doch trocken bleibt. Sie tat alles, um die Kontrolle über sich zu verlieren, und fand sie doch jeden Augenblick wieder, die arme Teutonin, krank an Wohltemperierten Klavieren.

Unterdessen vollzogen die Auserwählten ihren Sprung ins Leere, ihr Blick wurde stumpf, ihre Glieder erstarrten, sie bewegten sich mehr und mehr automatisch, aber nicht zufällig, denn sie offenbarten die Natur des höheren Wesens, das sie in Besitz genommen hatte: weich und fließend einige, die mit den Händen in Hüfthöhe seitlich ruderten wie beim Schwimmen, andere gebückt mit langsamen Schritten, und die Cambonos kamen und hüllten sie in weiße Tücher, um sie den Blicken der Menge zu entziehen, diese von einem überragenden Geist Berührten...

Manche zuckten am ganzen Körper, die von Pretos velhos Erfüllten stießen dumpfe Laute aus – *hum! hum! hum!* – und stapften gebeugt voran wie Greise, die sich auf einen Stock stützen müssen, schoben die Unterkiefer vor und bekamen ausgezehrte, zahnlose Gesichter. Die von Caboclos Besessenen stießen grelle Kriegsrufe aus – *hiahouuu!!* –, und die Cambonos eilten denen zu Hilfe, die der Gewalt des Geschenkes nicht standzuhalten vermochten.

Die Trommler trommelten, der Singsang der Pontos stieg in die rauchgeschwängerte Luft. Ich hatte Amparo untergefaßt, und plötzlich spürte ich, wie ihre Hände zu schwitzen begannen, ihr Körper zitterte, ihre Lippen öffneten sich. »Mir ist nicht gut«, sagte sie, »ich möchte raus.«

Agliè bemerkte den Zwischenfall und half mir, sie hinauszubegleiten. Die Abendluft tat ihr gut. »Es ist nichts«, sagte sie. »Ich muß irgendwas gegessen haben. Und dann diese Gerüche, diese Hitze…«

»Nein«, sagte der Pai-de-santo, der uns gefolgt war. »Es ist, weil Sie mediale Eigenschaften haben. Sie haben gut auf die Pontos reagiert, ich habe Sie beobachtet.«

»Schluß damit!« rief Amparo und fügte ein paar Worte in einer mir unbekannten Sprache hinzu. Ich sah den Pai-de-santo erbleichen, oder grau werden, wie es in den alten Abenteuerromanen heißt, wenn Dunkelhäutige erbleichen. »Schluß, mir ist schlecht, ich hab was Falsches gegessen… Bitte, laßt mich ein bißchen frische Luft schnappen, geht ihr wieder rein. Ich warte hier draußen, ich bin nicht krank!«

Wir gaben nach und ließen sie draußen, aber als ich wieder hineinkam, nach der Unterbrechung im Freien, wirkten die Trommeln, die schwere Luft, der scharfe Schweißgeruch, der jetzt allen Leibern entströmte, wie ein Schluck Alkohol auf einen, der nach langer Abstinenz wieder zu trinken anfängt. Ich faßte mir an die Stirn, und ein alter Mann reichte mir ein *agogô*, ein kleines vergoldetes Instrument, eine Art Triangel mit Schellen, die man mit einem metallenen Stäbchen schlug. »Steigen Sie aufs Podium«, sagte er. »Spielen Sie, das wird Ihnen guttun.«

Es lag eine homöopathische Weisheit in diesem Rat. Ich schlug das Agogô, bemüht, mich dem Rhythmus der Trommeln anzupassen, und langsam trat ich in das Geschehen ein, wurde ein Teil davon, beherrschte es durch Teilnahme, vertrieb meine innere Anspannung durch Bewegungen meiner Beine und Füße, befreite mich von dem, was mich umgab, indem ich es provozierte und ermunterte. Später sagte Agliè mir einiges über den Unterschied zwischen Erkennen und Erleiden.

Während die Medien nach und nach in Trance fielen, führten die Cambonos sie an die Ränder des Saales, ließen sie niedersitzen und boten ihnen Zigarren und Pfeifen an. Diejenigen Gläubigen, denen kein Besuch zuteil geworden war, strömten herbei, knieten vor ihnen nieder, flüsterten ihnen ins Ohr, hörten auf ihre Ratschläge, empfingen ihren wohltuenden Einfluß, ergossen sich in Bekenntnissen und gewannen daraus Erleichterung. Einige deuteten einen Anflug von Trance an, den die Cambonos maßvoll ermunterten, um sie dann entspannter in die Menge zurückzuführen.

Auf der Tanzfläche bewegten sich noch viele Kandidaten für die Ekstase. Die Deutsche zuckte krampfhaft in der Hoffnung, verzückt zu werden, aber vergeblich. Einige waren offensichtlich von Exu gepackt worden: Sie zeigten einen bösen, tückischen, hinterhältigen Ausdruck und bewegten sich ruckhaft voran.

Da aber sah ich Amparo.

Heute weiß ich, daß Chessed nicht nur die Sefirah der Gnade und der Liebe ist. Wie Diotallevi sagte, ist sie auch der Moment der plötzlichen Expansion des göttlichen Wesens, das sich ausdehnt zu seiner unendlichen Peripherie. Sie ist Sorge der Lebenden für die Toten, aber irgendwer muß auch gesagt haben, daß sie zugleich Sorge der Toten für die Lebenden ist.

Ich hatte, während ich das Agogõ schlug, nicht mehr auf das Geschehen im Saal geachtet, da ich ganz darauf konzentriert war, meine Selbstkontrolle zu artikulieren und mich der Musik zu überlassen. Amparo mußte schon vor einer Weile wieder hereingekommen sein, und sicher hatte sie dieselbe Wirkung verspürt wie ich zuvor. Aber niemand hatte ihr ein Agogõ gegeben, und vielleicht hätte sie nun auch keins mehr gewollt. Von tiefen inneren Stimmen gerufen, hatte sie jeden Abwehrwillen abgelegt.

Ich sah sie mitten auf die Tanzfläche stürmen, plötzlich innehalten, das Gesicht unnatürlich emporgereckt, den Hals fast starr, dann selbstvergessen sich einer lasziven Sarabande überlassen, mit Handbewegungen, als wollte sie ihren Körper anbieten. *A Pomba Gira, a Pomba Gira!* riefen einige, froh über das Wunder, denn an diesem Abend hatte sich die Teufelin noch nicht manifestiert: *O seu manto é de veludo, rebordado todo em ouro, o seu garfo é de prata, muito grande é seu tesouro... Pomba Gira das Almas, vem toma cho cho...*

Ich wagte nicht einzugreifen. Vielleicht beschleunigte ich die Schläge mit meinem metallenen Stäbchen, um mich körperlich mit meiner Geliebten zu vereinigen, oder mit dem chthonischen Geist, den sie verkörperte.

Die Cambonos nahmen sich ihrer an, streiften ihr das rituelle Gewand über, stützten sie, als sie aus ihrer kurzen, aber intensiven Trance erwachte, und führten sie zu einer Sitzbank, wo sie schweißüberströmt und keuchend Platz nahm. Sie weigerte sich, die Gläubigen zu empfangen, die herbeigeströmt kamen, um Orakel von ihr zu hören, und fing an zu weinen.

Der Ritus ging langsam zu Ende, ich verließ das Podium und lief rasch zu ihr hinüber. Agliè war schon bei ihr und massierte ihr sanft die Schläfen.

»So eine Schande!« jammerte sie. »Ich glaube nicht dran, ich wollte es nicht, aber was konnte ich machen?«

»Kommt vor, kommt vor«, sagte Agliè beruhigend.

»Aber dann gibt's keine Rettung«, schluchzte Amparo. »Ich bin immer noch eine Sklavin... Geh weg, du!« fuhr sie mich an. »Ich bin 'ne dreckige arme Negerin, gebt mir einen Herrn, ich verdien's nicht besser!«

»Das ist auch den blonden Achäern passiert«, tröstete sie Agliè. »Das ist die menschliche Natur...«

Amparo bat, zur Toilette geführt zu werden. Die Zeremonie war so gut wie beendet. Nur die Deutsche tanzte noch mitten im Saal, nachdem sie mit neidischen Blicken verfolgt hatte, wie es Amparo ergangen war. Aber sie bewegte sich nur noch verbissen.

Amparo kam nach zehn Minuten zurück, als wir andern uns schon von dem Pai-de-santo verabschiedeten, der sich hocherfreut zeigte über den großartigen Erfolg unseres ersten Kontakts mit der Welt der Toten.

Agliè fuhr schweigend durch die nun schon tiefe Nacht und wollte sich gleich verabschieden, als er vor unserem Hause hielt. Amparo sagte jedoch, sie würde lieber allein hinaufgehen. »Mach noch ein paar Schritte«, schlug sie mir vor, »und komm zurück, wenn ich schon schlafe. Ich werde eine Tablette nehmen. Entschuldigt mich, alle beide. Ich hab's ja gesagt, ich muß was Schlechtes gegessen haben. Alle diese Mädchen haben was Schlechtes gegessen und getrunken. Ich hasse mein Land. Gute Nacht.«

Agliè verstand mein Unbehagen und schlug mir vor, noch in eine Bar an der Copacabana zu gehen, die die ganze Nacht über offen hatte.

Wir saßen schweigend da. Agliè wartete, bis ich meine *batida* zu schlürfen begann, dann brach er das Schweigen und die Verlegenheit.

»Die Rasse, oder die Kultur, wenn Sie so wollen, ist ein Teil unseres Unbewußten. Und ein anderer Teil ist von Archetypen bewohnt die für alle Menschen und alle Zeiten gleich sind. Heute abend haben Klima und Umgebung in uns allen die Wachsamkeit geschwächt, Sie haben es an sich selbst gemerkt. Amparo hat entdeckt, daß die Orixás, die sie in ihrem Herzen vernichtet zu haben glaubte, noch in ihrem Bauche wohnen. Glauben Sie nicht, ich hielte das für etwas Positives. Sie haben mich respektvoll von diesen übernatürlichen Kräften reden hören, die hier in diesem Lande um uns vibrieren. Aber glauben Sie nicht, daß ich die Praktiken der Ekstase mit besonderer Sympathie sähe. Es ist nicht dasselbe, ob man ein Initiierter oder ein Mystiker ist. Die Initiation, das intuitive Verständnis der Mysterien, die der Verstand nicht zu erklären vermag, ist ein abgründiger Prozeß, eine langsame Transformation des Geistes und des Körpers, die zum Erwerb höherer Eigenschaften führen kann und sogar zum Erwerb der Unsterblichkeit, aber sie ist etwas Intimes, Geheimes. Sie manifestiert sich nicht äußerlich, sie ist schamhaft, und vor allem besteht sie aus Luzidität und Distanz. Deswegen sind die Herren der Welt Initiierte, Eingeweihte, aber sie geben sich nicht der Mystik hin. Der Mystiker ist für sie ein Sklave, Ort einer Manifestation des Numinosen, durch welchen die Symptome eines Geheimnisses sichtbar werden. Der Initiierte ermuntert den Mystiker, er bedient sich seiner, wie Sie sich des Telefons bedienen, um Kontakte über Distanzen hinweg herzustellen, wie der Chemiker sich des Lackmuspapiers bedient, um zu erfahren, mit was für einer Substanz er's zu tun hat. Der Mystiker ist nützlich, denn er ist theatralisch, er stellt sich zur Schau. Die Initiierten dagegen erkennen sich nur untereinander. Der Initiierte kontrolliert die Kräfte, die der Mystiker nur erleidet. In diesem Sinne besteht kein Unterschied zwischen der Besessenheit dieser Cavalos und der Ekstase einer heiligen Theresa von Avila oder eines San Juan de la Cruz. Der Mystizismus ist eine degradierte Form des Kontaktes mit dem Göttlichen.

Foucaultsches Pendel: Benannt nach Léon Foucault, der 1851 im Pariser Panthéon den Pendelversuch zum Nachweis der Achsendrehung der Erde durchführte. Befindet sich heute im Conservatoire des Arts et Métiers in Paris.

Freimaurerei: Weltbürgerliche Bewegung mit humanitären Idealen, die im 18. Jahrhundert in England entsteht; hervorgegangen aus Logen und Bruderschaften von Maurern, die sich auf die Erbauer des Salomonischen Tempels berufen.

Gnosis: Geistige Bewegung, die sich in den ersten nachchristlichen Jahrhunderten entwickelt hat. Ihrer Hauptthese zufolge ist die Welt die mißlungene Schöpfung einer Mittler-Gottheit, des Demiurgen.

Gral: In den mittelalterlichen Epen von den Rittern der Tafelrunde ein mystischer Gegenstand, der Abendmahlskelch, der von Joseph von Arimathia nach Frankreich gebracht worden sein soll, oder auch ein magischer Stein, nach dem die Alchimisten suchten.

Kabbala: Strömung der hebräischen Mystik, die sich im Mittelalter bildete. Stark beeinflußt vom *Sefer Jezira* (»Buch der Schöpfung«), nach dem die Welt aus einer Verbindung der 10 göttlichen Sefiroth mit den 22 Buchstaben des hebräischen Alphabets entstanden ist.

Rosenkreuzer: Anhänger einer Geistesströmung, die sich auf anonyme Veröffentlichungen des 17. Jahrhunderts zurückführen läßt, in denen vom Lebenslauf des Ritters Christianus Rosencreutz berichtet wird, der die Bruderschaft der Rosenkreuzer gegründet haben soll. Die Bewegung erfaßt die Intellektuellen ganz Europas bis hin zu Descartes und Leibniz.

Sefiroth: In der Kabbala Bezeichnung von zehn schöpferischen Weltpotenzen, in denen abgestuft sich das göttliche Ursein manifestiert. Der organische Zusammenhang wird häufig als »Baum« zeichnerisch dargestellt.

Templer: Ritterorden, der 1119 von Hugo de Payns zur Verteidigung der Grabeskirche in Jerusalem gegründet wurde. Hatte seinen Sitz an der Stelle, an der der Tempel Salomos gestanden haben soll. Wurde zu Beginn des 14. Jahrhunderts von Philipp dem Schönen bezichtigt, ketzerischen Geheimlehren anzuhängen und nach einem dramatischen Prozeß zerschlagen.

CARL HANSER VERLAG

Zeichnung: Tullio Pericoli

PASSWORTE
FÜRS
FOUCAULTSCHE
PENDEL

Alchimie: Im 2./3. Jahrhundert entstandene Lehre, die wahrscheinlich von den altägyptischen Vergoldern überliefert wurde. Wandelt sich allmählich in die Forschung nach dem Geheimnis der Verwandlung von Metallen in Gold. Neben der Labor-Alchimie gibt es die symbolische Alchimie, die sich nicht auf technische Zusammenhänge, sondern auf geistige Realitäten bezieht.

Assassinen: Von den schiitischen Ismaeliten abgespaltener persisch-syrischer Geheimbund, dessen Oberhaupt der »Alte vom Berge« ist.

Die Initiation dagegen ist das Ergebnis einer langen Askese des Geistes und des Herzens. Der Mystizismus ist ein demokratisches Phänomen, wenn nicht ein demagogisches, die Initiation ist aristokratisch.«

»Eine Sache des Geistes und nicht des Körpers?«

»Ja, in gewissem Sinne. Amparo hat ihren Geist grimmig bewacht und nicht auf ihren Körper geachtet. Die Laien sind schwächer als wir.«

Es war sehr spät geworden. Agliè eröffnete mir, daß er im Begriff stand, Brasilien zu verlassen. Er gab mir seine Adresse in Mailand.

Als ich nach Hause kam, schlief Amparo schon. Ich legte mich schweigend neben sie, ohne Licht anzumachen, und verbrachte die Nacht schlaflos. Mir war, als läge ein unbekanntes Wesen neben mir.

Am nächsten Morgen teilte Amparo mir trocken mit, sie werde nach Petropolis fahren, um eine Freundin zu besuchen. Wir verabschiedeten uns verlegen.

Sie ging davon mit einer Segeltuchtasche und einem Buch über politische Ökonomie unterm Arm.

Zwei Monate lang ließ sie nichts von sich hören, und ich suchte nicht nach ihr. Dann schrieb sie mir einen knappen, sehr allgemein gehaltenen Brief. Schrieb, sie brauche eine Zeit der Besinnung. Ich anwortete nicht.

Ich empfand keinen Schmerz, keinen Groll, keine Sehnsucht. Ich fühlte mich leer, luzide, gereinigt und blankgeputzt wie ein Aluminiumtopf.

Ich blieb noch ein weiteres Jahr in Brasilien, aber nun mit dem Gefühl, immer schon halb auf dem Sprung nach Europa zu sein. Ich sah Agliè nicht wieder, ich sah Amparos Freunde nicht wieder, ich verbrachte lange Stunden am Strand, um mich zu sonnen.

Ich ließ Drachen steigen, die da unten sehr schön sind.

5
GEBURAH

34

Beydelus, Demeymes, Adulex, Metucgayn, Atine, Ffex, Uquizuz, Gadix, Sol, Veni cito cum tuis spiritibus.

Picatrix, Ms. Sloane 1305, 152, verso

Der Bruch der Gefäße. Diotallevi sprach oft von der späten Kabbalistik Isaak Lurias, in der die geordnete Artikulation der Sefiroth sich verlor. Die Schöpfung, sagte er, sei ein heftiges Ein- und Ausatmen Gottes, heftig wie ein Keuchen oder das Fauchen eines Blasebalgs.

»Das Große Asthma Gottes«, glossierte Belbo.

»Versuch du mal aus dem Nichts zu schaffen. So was macht man nur einmal im Leben. Um die Welt zu blasen, wie man eine Glaskugel bläst, muß Gott sich zuerst in sich selbst zurückziehen, um Atem zu schöpfen, und dann bläst er den langen Lichterhauch der zehn Sefiroth heraus.«

»Licht oder Hauch?«

»Gott haucht, und es ward Licht.«

»Multimedia.«

»Aber die Lichter der Sefiroth müssen in Gefäße eingefaßt werden, die ihrem Strahlen standzuhalten vermögen. Die Gefäße der drei ersten, Kether, Chochmah und Binah, hielten ihrem Leuchten stand, während bei den unteren Sefiroth, von Chessed bis Jessod, das Licht und der Hauch in einem Zuge mit solcher Heftigkeit ausströmten, daß die Gefäße zerbrachen. Die Fragmente des Lichts zerstreuten sich durchs Universum, und so entstand die rohe Materie.«

Der Bruch der Gefäße sei eine ernste Katastrophe, sagte Diotallevi bedrückt, nichts sei unbewohnbarer als eine fehlgeschlagene Schöpfung. Es müsse von Anfang an einen Fehler im Kosmos gegeben haben, und auch die klügsten Rabbiner hätten ihn nicht vollständig zu erklären vermocht. Vielleicht seien in dem Moment, als Gott ausatmete und sich entleerte, im Urgefäß ein paar Tröpfchen Öl geblieben, ein materieller Rückstand, der *Reschimu*, und Gott habe sich zusammen mit diesem Rückstand verströmt. Oder irgendwo hätten bereits die *Qelippoth* auf der Lauer gelegen, die »Schalen« oder Kräfte des Bösen.

»Fiese Leute, diese *Qelippoth*«, meinte Belbo, »Agenten des teuflischen Doktor Fu Man-Chu... Und dann?«

Und dann, erklärte Diotallevi geduldig, im Licht von Geburah, dem Strengen Gericht, auch Din, die Strafgewalt, oder Pachad, die Furcht genannt, der Sefirah, in der nach Isaak dem Blinden das Böse sich zeigt, gelangten die Schalen zu realer Existenz.

»Sie sind unter uns«, sagte Belbo.

»Schau dich um«, sagte Diotallevi.

»Und wie kommt man da raus?«

»Es geht eher darum, wieder reinzukommen«, sagte Diotallevi. »Alles fließt aus Gott in der Kontraktion des *Zimzum*. Unser Problem ist, den *Tiqqun* zu realisieren, die Rückkehr, die Reintegration des Adam Kadmon. Also müssen wir das Ganze in der ausgewogenen Form der *Parzufim* rekonstruieren, der Gesichter oder Gestalten, die den Platz der Sefiroth einnehmen werden. Der Aufstieg der Seele ist wie eine seidene Schnur, die dem Frommen erlaubt, sich im Dunkel den Weg zum Licht zu ertasten. So bemüht sich die Welt jeden Augenblick, indem sie die Lettern der Torah kombiniert, die natürliche Form wiederzufinden, die sie aus ihrer grauenhaften Verwirrung erlöst.«

Und so tue auch ich es jetzt in dieser tiefen Nacht, in der unnatürlichen Ruhe dieser Hügel. Doch vorgestern abend im Periskop fand ich mich noch umgeben vom klebrigen Schleim der Schalen, die ich rings um mich spürte – winzige Schnecken, verkrustet in den Glasphiolen des Conservatoire, vermengt mit den Barometern und den rostigen Rädern von Uhren in stummem Winterschlaf. Wenn es einen Bruch der Gefäße gab, dachte ich, hatte der erste Riß sich vielleicht an jenem Abend in Rio während des Ritus gebildet, aber zur Explosion kam es erst bei meiner Rückkehr nach Hause. Zu einer langsamen Explosion, ohne Getöse, so daß wir uns alle unversehens im Schlamm der rohen Materie fanden, wo Gewürm aufkeimt durch spontane Zeugung.

Ich kam aus Brasilien zurück und wußte nicht mehr, wer ich war. Inzwischen ging ich auf die Dreißig zu. In diesem Alter war mein Vater Vater geworden, er hatte gewußt, wer er war und wo er lebte.

Ich war zu lange fern von meinem Lande gewesen, während große Dinge geschahen, und hatte in einer Welt prall voller Unglaublichkeiten gelebt, in die auch die Nachrichten aus Italien nur wie ferne Legenden drangen. Kurz bevor ich die andere Hemisphäre verließ, während ich meinen Aufenthalt dort mit einer Flugreise über die Urwälder Amazoniens beschloß, war mir eine Lokalzeitung in die Hände gefallen, die bei einer Zwischenlandung in Fortaleza an Bord gekommen war. Auf der ersten Seite prangte das Foto von einem, den ich wiedererkannte, denn ich hatte ihn jahrelang kleine Weiße bei Pilade trinken sehen. Die Bildunterschrift lautete: »*O homem que matou Moro.*«

Natürlich war er, wie ich bei meiner Rückkehr erfuhr, nicht der Mann, der Aldo Moro getötet hatte. Er hätte sich, wenn ihm eine geladene Pistole in die Hand gedrückt worden wäre, ins Ohr geschossen, um zu prüfen, ob sie funktionierte. Er war bloß zufällig dagewesen, als die Polizei in eine Wohnung eindrang, wo jemand drei Pistolen und zwei Päckchen Sprengstoff unter einem Bett versteckt hatte. Er lag auf dem Bett, verzückt, denn es war das einzige Möbelstück in jenem Einzimmerappartement, das eine Gruppe von Altachtundsechzigern gemietet hatte, um die fleischlichen Bedürfnisse zu befriedigen. Wäre der Raum nicht lediglich mit einem Poster der Inti Illimani ausstaffiert gewesen, man hätte ihn eine Junggesellenabsteige nennen können. Einer der Mieter war mit einer bewaffneten Untergrundgruppe liiert, und die anderen wußten nicht, daß sie deren Unterschlupf finanzierten. So landeten allesamt für ein Jahr im Knast.

Vom Italien der letzten Jahre hatte ich nur sehr wenig begriffen. Ich hatte das Land auf der Schwelle großer Veränderungen verlassen, fast mit einem Schuldgefühl, weil ich im Moment der Abrechnung floh. Als ich wegging, konnte ich die Ideologie eines jeden an seinem Tonfall erkennen, an seinen Redewendungen, seinen kanonischen Zitaten. Als ich wiederkam, kapierte ich nicht mehr, wer wohin gehörte. Man sprach nicht mehr von Revolution, man redete von den Wünschen und vom Begehren, wer sich links nannte, zitierte Nietzsche und Céline, die Publikationen der Rechten feierten die Revolution der Dritten Welt.

Ich ging zu Pilade und fand mich auf fremdem Boden. Das Billard war noch da, auch mehr oder minder dieselben Maler, aber die jugendliche Fauna hatte gewechselt. Einige der alten Stammkunden hatten, erfuhr ich, jetzt Schulen für transzendentale Meditation und makrobiotische Restaurants eröffnet. Ich fragte, ob jemand auch schon einen Umbanda-Tempel aufgemacht habe. Nein, vielleicht war ich der Zeit voraus, ich hatte ungeahnte Kenntnisse erworben.

Um den historischen Kern zu befriedigen, hatte Pilade einen alten Flipper behalten, so einen von der Sorte, die inzwischen alle aussahen wie kopiert von Roy Lichtenstein und die massenhaft von den Antiquitätenhändlern aufgekauft wurden. Aber daneben, umdrängt von den Jüngeren, reihten sich andere Apparate mit blinkenden Bildschirmen, auf denen Geschwader vernieteter Bussarde flogen, Kamikaze des Outer Space, oder Frösche umherhüpften und japanisch quakten. Pilades Bar war inzwischen ein einziges Flimmern sinistrer Lichter geworden, und vielleicht hatten sich vor der Mattscheibe von Galactica auch die Rekrutenanwerber der Roten Brigaden umgesehen. Aber gewiß hatten sie den Flipper auslassen müssen, denn an dem kann man nicht mit einer Pistole im Gürtel spielen.

Das wurde mir klar, als ich Belbos Blick folgte, der sich auf Lorenza Pellegrini heftete. Bei ihrem Anblick begriff ich undeutlich, was er klarer gesehen hatte und was ich dann später in seinen *files* lesen sollte. Lorenza wird nicht namentlich genannt, aber es ist evident, daß sie gemeint war. Nur sie flipperte so.

Filename: Flipper

Flipper spielt man nicht nur mit den Händen, sondern auch mit dem Schambein. Beim Flippern ist das Problem nicht, die Kugel rechtzeitig aufzuhalten, bevor sie im Orkus verschwindet, auch nicht, sie mit dem Ungestüm eines Mittelverteidigers wieder ins Feld zu schießen, sondern sie möglichst lange im oberen Teil zu halten, wo die blinkenden Ziele am dichtesten sind, so daß sie von einem zum andern springt und wie verrückt hin und her zuckt, aber aus eigenem Willen. Und das erreicht man nicht, indem man der Kugel Stöße versetzt, sondern indem man Vibrationen auf das Gehäuse überträgt, aber sanft, so daß es der Flipper nicht merkt und nicht ins Kippen gerät. Das schafft man nur mit dem Schambein, beziehungsweise mit einem genau kalkulierten Einsatz der Hüften, so daß das Schambein mehr gleitet als stößt und man immer diesseits des Orgasmus bleibt. Und mehr als das Schambein, wenn man die

Hüften natürlich bewegt, sind es die Pobacken, die den Stoß nach vorn weitergeben, aber mit Anmut, so daß der Stoß, wenn er beim Schambein ankommt, bereits gedämpft ist, wie in der Homöopathie, wo bekanntlich die Wirkung des Medikaments um so stärker wird, je länger man eine Lösung schüttelt und je mehr die Substanz sich im Wasser auflöst, das man langsam hinzufügt, bis sie fast ganz verschwunden ist. Genauso überträgt sich vom Schambein ein infinitesimaler Strom auf das Gehäuse, und der Flipper gehorcht, ohne neurotisch zu werden, und die Kugel rollt wider die Natur, wider die Trägheit, wider die Schwerkraft, wider die Gesetze der Dynamik, wider die Schläue des Konstrukteurs, der sie ungehorsam wollte, und durchtränkt sich mit vis movendi und bleibt im Spiel für memorable und immemorable Zeiten. Aber dazu bedarf es einer weiblichen Scham, die keine Schwellkörper zwischen Hüftbein und Gehäuse einschiebt, und es darf keine erigierbare Materie dazwischenkommen, sondern nur Haut und Nerven und Knochen, eingezwängt in ein Paar Jeans, und man braucht einen sublimierten Furor eroticus, eine maliziöse Frigidität, eine uneigennützige Anpassungsfähigkeit an die Sensibilität des Partners, eine Lust, sein Verlangen zu schüren, ohne am Übermaß des eigenen zu leiden: die Amazone muß den Flipper zur Raserei bringen und im voraus genießen, daß sie ihn dann verlassen wird.

Ich glaube, Belbo hatte sich in dem Moment in Lorenza Pellegrini verliebt, als er spürte, daß sie imstande war, ihm ein unerreichbares Glück zu versprechen. Aber ich glaube auch, daß er durch sie anfing, den erotischen Charakter der Automatenwelten zu entdecken, die Maschine als Metapher des kosmischen Leibes und das mechanische Spiel als talismanhafte Beschwörung. Er war schon dabei, sich an Abulafia zu berauschen, und vielleicht war er schon in den Geisteszustand des Hermes-Projekts eingetreten. Bestimmt hatte er schon das Pendel gesehen. Lorenza Pellegrini, ich weiß nicht, durch welche Kurzschlußverbindung, versprach ihm das Pendel.

In der ersten Zeit hatte ich Schwierigkeiten, mich wieder an Pilade zu gewöhnen. Allmählich, nicht jeden Abend, entdeckte ich dann im Dschungel der fremden Gesichter die vertrauten der Überlebenden wieder, wenn auch benebelt von der Anstrengung des Wiedererkennens: einer war jetzt Texter in einer Werbeagentur, ein anderer Steuerberater, ein dritter verkaufte zwar immer noch Bücher auf Raten, aber wenn es früher die Werke von Che waren, bot er jetzt Kräuterkunde, Buddhismus und Astrologie feil. Ich sah sie wieder, die alten Genossen, ein bißchen lispelnd, ein paar graue Strähnen im Haar, in der Hand ein Glas Whisky, und mir schien, als wär's noch immer derselbe Drink wie vor zehn Jahren, an dem sie ganz langsam genippt hatten, ein Tröpfchen pro Semester.

»Was treibst du denn so, warum läßt du dich nie mehr bei uns blicken?« fragte mich einer von ihnen.

»Wer seid denn jetzt *ihr*?«

Er sah mich an, als wäre ich hundert Jahre weg gewesen. »Na, ich meine doch das Kulturreferat, hier in der Stadtverwaltung.«

Ich hatte zu viele Takte ausgesetzt.

Ich beschloß, mir einen Beruf zu erfinden. Mir war aufgefallen, daß ich viele Dinge wußte, die alle zusammenhanglos nebeneinanderstanden, aber die ich in wenigen Stunden durch ein paar Bibliotheksbesuche ganz gut miteinander verbinden konnte. Als ich Europa verließ, mußte man eine Theorie haben, und ich litt darunter, daß ich keine hatte. Jetzt brauchte man nur Kenntnisse zu haben, alle waren ganz versessen auf Kenntnisse, um so mehr, wenn es inaktuelle waren. Auch an der Uni, wo ich wieder reingeschaut hatte, um zu sehen, ob ich mich irgendwo eingliedern könnte. Die Hörsäle waren still, die Studenten schlichen lautlos wie Gespenster durch die Flure und tauschten schlecht gemachte Bibliographien aus. Ich konnte eine gute Bibliographie machen.

Eines Tages fragte mich ein Doktorand, der mich für einen Dozenten hielt (die Professoren waren inzwischen so alt wie die Studenten, oder umgekehrt), was dieser Lord Chandos geschrieben habe, von dem in einem Seminar über die zyklischen Krisen in der Ökonomie die Rede gewesen sei. Ich sagte ihm, daß es sich um eine Figur von Hofmannsthal handelte, nicht um einen Ökonomen.

Am selben Abend war ich auf einem Fest bei alten Freunden und erkannte einen wieder, der in einem Verlag arbeitete. Er war eingetreten, als der Verlag aufgehört hatte, die Romane der französischen Kollaborateure zu verlegen, um sich politischen Texten aus Albanien zu widmen. Wie ich erfuhr, machten sie immer noch politische Texte, aber nun im Auftrag der Regierung. Doch sie verschmähten auch nicht ab und zu ein gutes Buch über Philosophie. Über die klassische, präzisierte er.

»Apropos«, sagte er, »du bist doch Philosoph...«

»Danke, leider nein.«

»Ach komm schon, du warst doch damals einer, der alles wußte. Heute hab ich eine Übersetzung durchgesehen, einen Text über die Krise des Marxismus, und da war ein Zitat drin von einem gewissen Anselm von Canterbury. Weißt du, wer das ist? Ich hab ihn nirgendwo finden können, nicht mal im *Dizionario degli Autori*.« Ich sagte ihm, daß es sich um denselben handelte, den wir Italiener Anselmo d'Aosta nennen, weil er unser ist und nicht ihrer.

Dabei kam mir eine Erleuchtung: Ich hatte einen Beruf gefunden. Ich beschloß, eine Agentur für Bildungsauskünfte zu eröffnen.

So etwas wie eine Detektei des Wissens. Statt nachts in den Bars und Bordellen herumzuschnüffeln, mußt du dich in Buchläden, Bibliotheken und Korridoren von Universitätsinstituten herumtreiben. Und dann in deinem Büro sitzen, die Beine auf dem Tisch, einen Pappbecher mit Whisky vor dir, daneben die Flasche, vom Drugstore an der Ecke in einer Packpapiertüte mitgebracht. Das Telefon klingelt, jemand sagt: »Ich übersetze gerade ein Buch und stoße da auf einen gewissen – oder gewisse – Mutakallimun. Ich krieg nicht raus, was das ist.«

Du weißt es auch nicht, aber egal, du sagst ihm, er soll dir zwei Tage Zeit geben. Du gehst in die Bibliothek, blätterst ein paar Kataloge durch, bietest dem Typ an der Auskunft eine Zigarette an, findest eine Spur. Abends triffst du einen Assistenten vom Islamistischen Institut an der Bar, zahlst ihm ein Bier, zwei, er verliert die Kontrolle und gibt dir die gesuchte Information für nix. Am nächsten Tag rufst du den Kunden an: »Also, die Mutakallimun waren radikale muslimische Theologen zur Zeit von Avicenna. Sie sagten, die Welt sei gewissermaßen eine Staubwolke von Akzidentien und gerinne nur durch einen momentanen und vorübergehenden Akt des göttlichen Willens zur Form. Es genüge, daß Gott sich für einen Moment zerstreue, und schon falle das Universum in Stücke. Reinste Anarchie der Atome ohne jeden Sinn. Genügt das? Hat mich drei Tage gekostet, zahlen Sie mir, was Ihnen angemessen scheint.«

Ich hatte das Glück, zwei Zimmer mit einer kleinen Küche in einem alten Gebäude am Stadtrand zu finden, das früher einmal eine Fabrik gewesen sein mußte, mit einem Flügel für die Büros. Die Appartements, die man daraus gemacht hatte, gingen alle auf einen langen Flur, meins lag zwischen einer Immobilienagentur und dem Labor eines Tierkörperpräparators (»A. Salon – Taxidermist«). Es war beinahe wie in einem amerikanischen Wolkenkratzer der dreißiger Jahre, es fehlte nur noch eine Glastür, und ich wäre mir vorgekommen wie Philip Marlowe. Ich stellte eine ausziehbare Couch in das hintere Zimmer und einen Schreibtisch ins vordere. Zwei Regale füllten sich mit Atlanten, Lexika und Katalogen, die ich nach und nach kaufte. Anfangs mußte ich noch Kompromisse machen und auch Examensarbeiten für verzweifelte Studenten schreiben. Das war nicht besonders schwer, ich brauchte bloß die aus dem letzten Jahrzehnt abzuschreiben. Dann schickten mir die Freunde aus den Lektoraten Manuskripte und Übersetzungen zum Redigieren, natürlich nur die unangenehmsten und für mäßiges Honorar.

Aber ich sammelte Erfahrungen, akkumulierte Kenntnisse und warf nichts weg. Alles wurde säuberlich in Karteien verzettelt. Ich dachte noch nicht daran, die Karteien in einen Computer zu übertragen (die kamen damals gerade erst auf, Belbo war ein Pionier), ich operierte noch mit handwerklichen Mitteln, aber ich hatte mir eine Art künstliches Gedächtnis aus Kärtchen mit Querverweisen geschaffen. Kant → Nebelfleck → Laplace… Kant → Königsberg → die sieben Brücken von Königsberg → Theoreme der Topologie… Ein bißchen wie jenes Spiel, bei dem man durch Assoziation in fünf Schritten von Würstchen zu Plato gelangen soll. Sehen wir mal: Würstchen → Schwein → Borste → Pinsel → Manierismus → Idee → Plato. Leicht. Auch das verquasteste Manuskript brachte mir noch mindestens zwanzig neue Kärtchen für meine Vernetzungen ein. Das Kriterium war streng, und ich glaube, es ist dasselbe, das auch die Geheimdienste anwenden: Keine Information ist weniger wert als die andere, das Geheimnis besteht darin, sie alle zu sammeln und dann Zusammenhänge zwischen ihnen zu suchen. Zusammenhänge gibt es immer, man muß sie nur finden wollen.

Nach etwa zwei Jahren Arbeit war ich mit mir zufrieden. Ich amüsierte mich. Und inzwischen war ich Lia begegnet.

35

Sappia qualunque il mio nome dimanda
ch'i' mi son Lia, e vo movendo intorno
le belle mani a farmi una ghirlanda.

Dante, *Purgatorio*, XXVII, 100-102

Lia. Ich habe die Hoffnung aufgegeben, sie wiederzusehen, aber ich hätte ihr auch nie begegnet sein können, und das wäre noch schlimmer gewesen. Ich wünschte, sie wäre jetzt hier und hielte mich an der Hand, während ich die Etappen meines Ruins rekonstruiere. Denn sie hatte es mir gesagt. Aber sie muß außerhalb dieser Geschichte bleiben, sie und das Kind. Ich hoffe, sie kommen erst später zurück, wenn alles zu Ende ist, wie immer es enden mag.

Es war am 16. Juli 1981 gewesen. Mailand entvölkerte sich, der Lesesaal in der Bibliothek war fast leer.

»He, den Band 109 wollte ich grad nehmen.«

»Und wieso hast du ihn dann im Regal gelassen?«

»Ich war nur schnell am Tisch, um was nachzusehen.«

»Das ist keine Entschuldigung.«

Sie war eigensinnig mit ihrem Band an den Tisch zurück-gegangen. Ich hatte mich vor sie gesetzt und versucht, ihr Gesicht zu entdecken.

»Wie kannst du das lesen, wenn's nicht Blindenschrift ist?« fragte ich.

Sie hob den Kopf, und ich wußte wirklich nicht, ob es das Gesicht oder der Hinterkopf war. »Wieso?« fragte sie. »Ach, ich kann sehr gut durchsehen.« Aber um das zu sagen, hatte sie ihre Mähne beiseite geschoben, und ich sah ihre grünen Augen.

»Du hast grüne Augen.«

»Weiß ich. Wieso? Ist das schlecht?«

»Im Gegenteil. Sollte es öfter geben.«

So hatte es angefangen. »Iß doch, du bist ja dünn wie ein Nagel«, hatte sie mir beim Essen gesagt. Um Mitternacht saßen wir immer noch in dem griechischen Restaurant neben Pilade, mit der Kerze in der Flasche, die schon fast runterge-brannt war, und erzählten uns alles. Wir waren quasi Kollegen, sie redigierte Lexikonartikel.

Ich hatte den Eindruck, ihr etwas sagen zu müssen. Eine halbe Stunde nach Mitternacht schob sie ihre Mähne beiseite, um mich genauer anzusehen, ich hielt den Zeigefinger mit dem Daumen nach oben auf sie gerichtet und sagte: »Pim.«

»Komisch«, sagte sie, »ich auch.«

So waren wir Fleisch von einem Fleische geworden, und von da an war ich für sie Pim.

Wir konnten uns keine neue Wohnung leisten, ich schlief bei ihr, und sie war oft in meinem Büro oder ging auf die Jagd, denn sie war besser im Spurenverfolgen als ich und suggerierte mir wertvolle Querverbindungen.

»Mir scheint, wir haben eine halbleere Kartei über die Rosenkreuzer«, sagte sie.

»Ich muß sie irgendwann auffüllen, es sind Notizen aus Brasilien...«

»Na gut, mach erst mal einen Verweis auf Yeats.«

»Was hat denn Yeats damit zu tun?«

»Einiges. Ich lese hier gerade, daß er zu einer Rosicrucian Society gehörte, die sich Stella Matutina nannte.«

»Was täte ich ohne dich?«

Ich hatte wieder angefangen, zu Pilade zu gehen, denn die Bar war wie eine Börse, ich fand dort Kunden.

Eines Abends sah ich Belbo wieder (in den Jahren davor mußte er sich etwas rar gemacht haben, aber er kam wieder regelmäßig, als er Lorenza Pellegrini kennengelernt hatte). Immer noch derselbe, vielleicht jetzt ein bißchen graumeliert und etwas magerer, aber nicht viel.

Es war eine herzliche Begegnung, in den Grenzen seiner Mitteilsamkeit. Ein paar Bemerkungen über die alten Zeiten, coole Zurückhaltung über unsere Komplizenschaft bei jenem letzten Vorfall und ihre brieflichen Nachzügler. Der Kommissar De Angelis hatte sich nicht wieder gemeldet. Fall erledigt, wie's aussah.

Ich erzählte ihm von meiner Arbeit, und er schien interessiert. »Im Grunde das, was ich gerne täte, den Sam Spade der Kultur spielen, zwanzig Dollar pro Tag plus Spesen.«

»Aber bei mir spazieren keine geheimnisvollen faszinierenden Frauen herein, und keiner kommt, um mir vom Malteser Falken zu erzählen«, sagte ich.

»Das weiß man nie. Macht Ihnen die Arbeit Spaß?«

»Spaß?« fragte ich zurück und zitierte ihn: »Ich amüsiere mich prächtig. Ich glaube, das ist das einzige, was ich wirklich gut kann.«

»*Good for you*«, antwortete er.

Wir sahen uns öfter wieder, ich erzählte ihm von meinen brasilianischen Erlebnissen, aber ich fand ihn immer ein wenig zerstreut, mehr als gewöhnlich. Wenn Lorenza Pellegrini nicht da war, hielt er den Blick auf die Tür geheftet, wenn sie da war, ließ er ihn nervös im Lokal umherschweifen und verfolgte ihre Bewegungen. Eines Abends, es war schon kurz bevor Pilade zumachte, sagte er mir, woandershin blickend: »Hören Sie, es könnte sein, daß wir Sie brauchen, nicht bloß für gelegentliche Gutachten. Könnten Sie ein bißchen Zeit für uns erübrigen, sagen wir einen Nachmittag pro Woche?«

»Mal sehen. Um was geht's denn?«

»Eine Stahlfirma hat bei uns ein Buch über Metalle bestellt. So einen Prachtband, bei dem es mehr auf die Bilder als auf den Text ankommt. Populär, aber seriös. Sie wissen schon, was ich meine: die Metalle in der Geschichte der Menschheit, von der Eisenzeit bis zu den Legierungen für Raumschiffe. Wir brauchen jemanden, der sich in den Bibliotheken und Archiven nach guten Illustrationen umsieht, nach alten Miniaturen und barocken Stichen über, was weiß ich, Schmelzverfahren oder den Blitzableiter.«

»Na gut, ich komme morgen bei Ihnen vorbei.«

In diesem Augenblick trat Lorenza Pellegrini zu ihm.

»Bringst du mich nach Hause?«

»Wieso ich heute?« fragte Belbo.

»Weil du der Mann meines Lebens bist.«

Er errötete, wie nur er erröten konnte, und schaute noch mehr woandershin. »Wir haben einen Zeugen«, sagte er zu ihr, und zu mir: »Ich bin der Mann ihres Lebens. Lorenza.«

»Hallo.«

»Hallo.«

Er stand auf und flüsterte ihr etwas ins Ohr.

»Was hat das damit zu tun?« sagte sie. »Ich hab dich gefragt, ob du mich im Wagen nach Hause fährst.«

»Ach so«, sagte er. »Tschuldigen Sie, Casaubon, ich muß den Taxifahrer spielen, für die Frau des Lebens von werweiß wem.«

»Blödmann«, sagte sie zärtlich und küßte ihn auf die Wange.

36

Erlaubt mir einstweilen, meinem gegenwärtigen
oder künftigen Leser einen Rat zu geben, so er
tatsächlich Melancholiker ist: er sollte die Symptome oder Prognosen im folgenden Teil lieber
nicht lesen, damit er sich nicht beunruhigt und am
Ende mehr Schaden als Nutzen daraus zieht, indem er das Gelesene auf sich selber bezieht, wie es
die meisten Melancholiker tun.

Robert Burton, *Anatomy of Melancholy*,
Oxford 1621, Einführung

Es lag auf der Hand, daß Belbo irgendwie mit Lorenza
Pellegrini liiert war. Ich wußte nur nicht, wie intensiv und
seit wann. Auch die *files* von Abulafia haben mir nicht viel
weitergeholfen.

So ist beispielsweise der Text über das Abendessen mit
Doktor Wagner undatiert. Den Doktor Wagner hatte Belbo
schon vor meiner Abreise nach Brasilien gekannt, und er
sollte mit ihm auch nach dem Beginn meiner Arbeit für
Garamond noch in Verbindung stehen, so daß am Ende auch
ich mit ihm in Berührung kam. Folglich konnte das fatale
Essen vor oder nach jenem Abend gewesen sein, an den ich
mich erinnere. Wenn es vorher gewesen war, begreife ich
Belbos Verlegenheit, seine gefaßte Verzweiflung.

Der Doktor Wagner – ein Wiener, der seit Jahren in Paris
praktizierte, daher die Aussprache »Wagnère« bei denen, die
Vertrautheit mit ihm bekunden wollten – wurde seit etwa
zehn Jahren regelmäßig von zwei revolutionären Gruppen
der unmittelbaren Nachachtundsechzigerzeit nach Mailand
eingeladen. Sie machten ihn sich gegenseitig streitig, und
natürlich gab jede Gruppe eine radikal andere Version seines
Denkens. Wieso und warum es dieser berühmte Mann akzeptiert hatte, sich von außerparlamentarischen Gruppen spon-
sern zu lassen, habe ich nie ganz kapiert. Seine Theorien
waren politisch neutral, und wenn er wollte, konnte er sich
von Universitäten, Kliniken, Akademien einladen lassen. Ich
glaube, er hatte die Einladungen von diesen Gruppen angenommen, weil er im Kern ein Epikureer war und Anspruch
auf fürstliche Aufwandsentschädigungen erhob. Die Priva-

ten konnten mehr aufbringen als die akademischen Institutionen, und für den Doktor Wagner hieß das Reisen erster Klasse und Luxushotels, plus Honorare für Vorträge und Seminare, berechnet nach seinem Therapeutentarif.

Wieso dann die beiden Gruppen eine ideologische Inspirationsquelle in Wagners Theorien fanden, war eine andere Geschichte. Aber in jenen Jahren erschien die Wagnersche Psychoanalyse hinreichend dekonstruktiv, diagonal, libidinal und nicht-cartesianisch, um der revolutionären Arbeit theoretische Anstöße bieten zu können.

Als schwierig erwies sich freilich, sie den Arbeitern zu vermitteln, und vielleicht waren die beiden Gruppen deswegen an einem bestimmten Punkt gezwungen gewesen, sich zwischen den Arbeitern und Wagner zu entscheiden, und hatten sich für Wagner entschieden. So wurde die Idee entwickelt, das neue revolutionäre Subjekt sei nicht das Proletariat, sondern der Deviante.

»Statt die Proletarier deviieren zu lassen, lieber die Devianten proletarisieren«, sagte Belbo eines Tages zu mir. »Ist auch billiger, bei Doktor Wagners Preisen.

Tatsächlich war die Revolution der Wagnerianer wohl die teuerste in der Geschichte.

Der Verlag Garamond hatte, finanziert von einem Psychologischen Institut, eine Sammlung kleinerer Schriften Wagners übersetzen lassen, sehr fachspezifische Texte, aber inzwischen nirgends mehr aufzutreiben und darum sehr gefragt bei den Jüngern. Wagner war nach Mailand zur Präsentation des Bandes gekommen, und bei der Gelegenheit hatte seine Beziehung zu Belbo begonnen.

Filename: Doktor Wagner

Der diabolische Doktor Wagner
Sechsundzwanzigste Folge

Wer hätte, an jenem grauen Morgen des

In der Diskussion hatte ich einen kritischen Einwand geäußert. Der satanische Alte war gewiß verärgert darüber, aber er ließ sich nichts anmerken. Im Gegenteil, er antwortete, als wollte er mich verführen.

Wie Charlus mit Jupien, Biene und Blüte. Ein Genius erträgt es nicht, von jemandem nicht geliebt zu werden, er muß den Dissidenten sofort verführen, um seine Liebe zu erzwingen. Es gelang ihm, ich liebte ihn.

Doch er konnte mir nicht verzeihen haben, denn am selben Abend, als wir über die Scheidung sprachen, versetzte er mir einen tödlichen Hieb. Ohne es zu wissen, instinktiv: Ohne es zu wissen, hatte er mich zu verführen versucht, und ohne es zu wissen, beschloß er, mich zu bestrafen. Auf Kosten der Standesethik hat er mich gratis analysiert. Das Unbewußte beißt auch seine Wächter.

Geschichte des Marquis de Lantenac in Victor Hugos *Dreiundneunzig*. Das Schiff der Vendéens operiert in schwerer See vor der bretonischen Küste, plötzlich löst sich eine Kanone aus ihrer Verankerung, und während das Schiff rollt und stampft, beginnt sie wie verrückt von einer Seite zur andern zu rasen und droht, riesiges Ungetüm, das sie ist, Backbord und Steuerbord zu durchbrechen. Ein Kanonier (leider derselbe, dessen Nachlässigkeit die Schuld daran trug, daß die Kanone nicht genügend festgezurrt worden war) stürzt sich mit einem Mut ohnegleichen und mit einer Kette in Händen direkt vor das Ungetüm, das ihn beinahe zermalmt, stoppt es, fängt es ein, führt es an seinen Trog zurück und rettet derart das Schiff, die Besatzung und die Mission. In feierlicher Liturgie läßt der schreckliche Lantenac die Männer auf dem Vorderdeck antreten, lobt den Tapferen, reißt sich eine hohe Dekoration von der Brust und steckt sie ihm an die seine, umarmt ihn, und hoch zum Himmel tönt der Matrosen Hurra.

Dann, diamanthart, erinnert Lantenac daran, daß der so Ausgezeichnete der Verantwortliche für den Zwischenfall war, und befiehlt, ihn zu füsilieren.

Glänzender Lantenac, virtuos, gerecht und unbestechlich! Genauso machte es Doktor Wagner mit mir: er ehrte mich mit seiner Freundschaft, und er tötete mich, indem er mir die Wahrheit sagte

und er tötete mich, indem er mir enthüllte, was ich in Wahrheit wollte

und er enthüllte mir, was ich, während ich's wollte, fürchtete.

Eine Geschichte, die in kleinen Bars beginnt. Das Bedürfnis, sich zu verlieben.

Gewisse Dinge spürt man kommen, man verliebt sich nicht einfach, weil man sich verliebt, man verliebt sich, weil man in der betreffenden Zeit ein verzweifeltes Bedürfnis hat, sich zu verlieben. In solchen Zeiten, wenn du die Lust verspürst, dich zu verlieben, mußt du gut aufpassen, wohin du die Füße setzt: es ist, als hättest du einen Liebestrank getrunken, einen von denen, die dich in das erstbeste Wesen verliebt machen, das dir begegnet. Könnte auch ein Schnabeltier sein.

Warum hatte ich das Bedürfnis gerade in jener Zeit, als ich aufgehört hatte zu trinken? Beziehung zwischen Leber und Herz. Eine neue Liebe ist ein gutes Motiv, wieder mit dem Trinken anzufangen. Jemanden haben, mit dem man durch kleine Bars ziehen kann. Sich wohl fühlen.

Die kleine Bar ist eine kurze, flüchtige Sache. Sie erlaubt dir eine lange süße Erwartung während des ganzen Tages, bis du hingehst, dich im Dämmerlicht zu verbergen, in die Ledersessel zu sinken, nachmittags um sechs ist noch niemand da, die gemeine Kundschaft kommt erst am Abend, mit dem Pianisten. Am späten Nachmittag eine schummrige kleine American Bar auswählen, wo der Kellner nur kommt, wenn du ihn dreimal rufst, aber er hat schon den nächsten Martini bereit.

Der Martini ist essentiell. Nicht Whisky, Martini. Das Zeug ist farblos, du hebst das Glas und siehst sie hinter der Olive. Unterschied, ob man die Geliebte durch einen Martini Cocktail betrachtet, dessen dreieckiges Kelchglas zu klein ist, oder durch einen Gin Martini on the Rocks, großes Glas, ihr Gesicht zerfällt im transparenten Kubismus der Eiswürfel, und der Effekt verdoppelt sich, wenn man die beiden Gläser einander nähert, jeder die Stirn an die Kälte des Glases gedrückt, und zwischen Stirn und Stirn die zwei Gläser... Mit dem Kelch geht das nicht.

Die kurze Stunde der kleinen Bar. Danach wirst du zitternd auf einen anderen Tag warten. Hier gibt es nicht die Erpressung mit der Sicherheit.

Wer sich in kleinen Bars verliebt, braucht keine Frau für sich allein. Jemand leiht einem seine.

Seine Rolle. Er ließ ihr viel Freiheit, er war immer auf Reisen. Seine verdächtige Liberalität: ich konnte auch um Mitternacht anrufen, er war da und du nicht, er sagte mir, du seist außer Haus, und wenn ich schon anriefe, ob ich nicht zufällig wüßte, wo du wärst. Einzige Momente der Eifersucht. Aber auch auf diese Weise entriß ich Cecilia dem Saxophonspieler. Lieben oder zu lieben glauben als ewiger Priester einer alten Rache.

Mit Sandra war's komplizierter geworden: diesmal hatte sie gemerkt, daß es mich böse erwischt hatte, das Leben zu zweit wurde eher angespannt. Mußten wir uns trennen? Also bitte, dann trennen wir uns. Nein, warte, reden wir noch mal drüber. Nein, so kann das nicht weitergehen. Mit einem Wort, das Problem war Sandra.

Wenn man durch Bars zieht, hat man das Drama der Leidenschaft nicht mit der, die man trifft, sondern mit der, die man verläßt.

Dann kam das Abendessen mit Doktor Wagner. In seinem Vortrag hatte er gerade erst einem Provokateur eine Definition der Psychoanalyse gegeben: »La psychanalyse? C'est qu'entre l'homme et la femme... chers amis... ça ne colle pas.«

Man diskutierte über die Zweierbeziehung, und über die Scheidung als Illusion des Gesetzes. Von meinen Problemen umgetrieben, beteiligte ich mich engagiert am Gespräch. Wir verloren uns in dialektischen Spielereien, sprachen miteinander, während Wagner schwieg, vergaßen, daß wir ein Orakel unter uns hatten. Und da, mit abwesender Miene

und da, mit gelangweilter Miene

und da, mit melancholischem Desinteresse

und da, als mischte er sich am Thema vorbei ins Gespräch ein, sagte Wagner (ich erinnere mich genau an seine Worte, sie haben sich mir tief ins Gedächtnis eingeprägt, ich kann mich unmöglich verhört haben): In meiner gesamten Tätigkeit habe ich nie einen Patienten gehabt, der von seiner eigenen Scheidung neurotisiert war. Der Grund des Unbehagens war immer die Scheidung des Andern.

Doktor Wagner sagte auch mündlich immer der *Andere*,

mit großem *A*. Tatsache ist, daß ich hochfuhr wie von einer Viper gebissen

der Viscount fuhr hoch wie von einer Viper gebissen

eiskalter Schweiß perlte auf seiner Stirn

der Baron fixierte ihn durch die trägen Rauchschwaden seiner dünnen russischen Zigarette

– Sie meinen, fragte ich, daß man nicht durch die Scheidung vom eigenen Partner in die Krise gerät, sondern durch die mögliche oder unmögliche Scheidung der dritten Person, die das Paar, dem man angehört, in die Krise gebracht hat?

Wagner starrte mich an mit der Perplexität des Laien, der zum erstenmal einem Geistesgestörten begegnet. Was ich damit sagen wolle.

Wahr ist, was immer ich damit sagen wollte, ich hatte es schlecht gesagt. Also versuchte ich, meinen Gedankengang zu konkretisieren. Ich nahm den Löffel vom Tisch und legte ihn neben die Gabel: Sehen Sie, das bin ich, der Löffel, verheiratet mit ihr, der Gabel. Und hier ist ein anderes Paar, sie, das Obstmesserchen, verheiratet mit ihm, dem großen Mackie Messer. Nun glaube ich Löffel zu leiden, weil ich meine Gabel werde verlassen müssen und es nicht möchte, ich liebe das Messerchen, aber es ist mir recht, wenn es bei seinem großen Messer bleibt. Und jetzt sagen Sie mir, Doktor Wagner, daß ich in Wahrheit deswegen leide, weil sich Messerchen nicht von Mackie Messer trennt. Ist es so?

Wagner antwortete, zu einem anderen Tischgenossen gewandt, er habe nie etwas Derartiges gesagt.

– Wie, Sie haben es nicht gesagt? Gerade eben haben Sie doch gesagt, Sie hätten nie einen gefunden, der von seiner eigenen Scheidung neurotisiert war, sondern immer nur von der des anderen.

– Kann sein, ich weiß es nicht mehr, antwortete Doktor Wagner gelangweilt.

– Und wenn Sie's gesagt haben, meinten Sie's dann nicht so, wie ich es verstanden habe?

Wagner schwieg einige Minuten lang.

Während die ganze Tischrunde wartete, ohne auch nur zu schlucken, winkte er der Bedienung, ihm Wein nachzuschenken, hielt das Glas hoch und betrachtete aufmerksam die Flüssigkeit gegen das Licht, trank einen Schluck und sprach endlich:

– Wenn Sie es so verstanden haben, dann weil Sie es so verstehen wollten.

Sprach's, drehte sich zu einer anderen Seite, sagte, es sei heiß, deutete eine Opernarie an und schwenkte dazu eine Salzstange, als dirigierte er ein Orchester, gähnte dann, konzentrierte sich auf eine Sahnetorte und bat schließlich, nach einem erneuten Anfall von Mutismus, in sein Hotel gebracht zu werden.

Die andern sahen mich an, als hätte ich ein Symposion ruiniert, aus welchem Endgültige Worte hätten hervorgehen können.

In Wahrheit hatte ich die Wahrheit sprechen hören.

Ich rief dich an. Du warst zu Hause, mit dem Andern. Ich verbrachte die Nacht schlaflos. Alles war klar: ich konnte nicht ertragen, daß du mit ihm zusammen warst. Sandra hatte nichts damit zu tun.

Es folgten sechs dramatische Monate, in denen ich pausenlos hinter dir her war, immer dicht auf den Fersen, um deine traute Zweisamkeit zu ruinieren, um dir zu sagen, daß ich dich ganz für mich allein haben wollte, um dich zu überzeugen, daß du den Andern haßtest. Du begannst mit dem Andern zu streiten, der Andere begann anspruchsvoll zu werden, eifersüchtig, er ging abends nicht mehr aus, und wenn er auf Reisen war, rief er dich zweimal täglich an, und mitten in der Nacht. Eines Abends hat er dich geohrfeigt. Du batest mich um Geld, weil du weglaufen wolltest, ich kratzte das bißchen zusammen, was ich auf der Bank hatte. Du verließest die eheliche Wohnung, gingst mit ein paar Freunden in die Berge, ohne eine Adresse zu hinterlassen. Der Andere rief mich an, verzweifelt, um mich zu fragen, ob ich vielleicht wüßte, wo du stecktest. Ich wußte es nicht, und es klang wie eine Lüge, da du ihm gesagt hattest, daß du ihn meinetwegen verließest.

Als du zurückkamst, verkündetest du mir strahlend, daß du ihm einen Abschiedsbrief geschrieben hättest. An diesem Punkt fragte ich mich, was nun zwischen mir und Sandra geschehen werde, aber du ließest mir keine Zeit zum Nachdenken. Du sagtest, du habest jemanden kennengelernt, einen Typ mit einer Narbe auf der Wange und einem sehr zigeunerhaften Appartement. Du wurdest zu ihm gehen. – Liebst du mich nicht mehr? – Im Gegenteil, du bist der einzige Mann meines Lebens, aber nach dem, was geschehen ist, muß ich diese Erfahrung durchmachen, sei nicht kindisch, versuch mich zu verstehen, im Grunde habe ich meinen Mann wegen dir verlassen, laß den Leuten ihr Tempo.

– Ihr Tempo? Du sagst mir gerade, daß du mit einem anderen davongehst!

– Du bist ein Intellektueller, dazu noch ein linker, also benimm dich nicht wie ein Mafioso. Auf bald.

Ich verdanke ihm alles, dem Doktor Wagner.

37

Wer über vier Dinge nachgrübelt, der wäre besser
nie geboren: was oben, was unten, was vorher und
was nachher ist.

Talmud, Chagigah 2.1

Ich kam genau an jenem Vormittag zu Garamond, als Abulafia installiert wurde, während Belbo und Diotallevi sich in
ihren Streit über die Namen Gottes verloren und Gudrun
voller Argwohn die Männer beobachtete, die jenes beunruhigende neue Wesen zwischen die immer mehr verstauben-
den Manuskriptestapel einfügten.

»Setzen Sie sich, Casaubon, hier haben Sie die Pläne für
diese unsere Geschichte der Metalle.« Wir blieben allein, und
Belbo zeigte mir Inhaltsverzeichnisse, Kapitelentwürfe, Um-
bruchmuster. Ich sollte die Texte lesen und passende Illustrationen dazu finden. Ich nannte ihm einige Mailänder Bibliotheken, die mir gut ausgestattet schienen.

»Das wird nicht genügen«, sagte Belbo. »Sie werden sich
auch woanders umsehen müssen. Zum Beispiel in München,
da gibt es im Deutschen Museum ein phantastisches Bild-
archiv. Dann in Paris im Conservatoire des Arts et Métiers.
Da würde ich gerne mal wieder hin, wenn ich Zeit hätte.«

»Ist es schön?«

»Beunruhigend. Der Triumph der Maschine in einer gotischen Kirche…« Er zögerte, ordnete einige Papiere auf seinem Schreibtisch und sagte dann wie nebenbei, als fürchtete
er, seiner Enthüllung zuviel Nachdruck zu geben: »Da ist
das Pendel.«

»Welches Pendel«?

»*Das* Pendel. Es nennt sich Foucaultsches Pendel.«

Er schilderte mir das Pendel, so wie ich es am Samstag
gesehen hatte – und vielleicht hatte ich es am Samstag so
gesehen, weil Belbo mich auf den Anblick vorbereitet hatte.
Aber damals zeigte ich wohl nicht allzuviel Enthusiasmus,
denn Belbo sah mich an wie einen, der angesichts der Sixti-
nischen Kapelle fragt, ob das alles sei.

»Es ist vielleicht die Atmosphäre der Kirche, aber ich
versichere Ihnen, man hat dort ein sehr starkes Gefühl. Der
Gedanke, daß alles fließt und nur dort oben der einzige feste

Punkt des Universums existiert... Für einen, der keinen Glauben hat, ist das eine Art, zu Gott zurückzufinden, ohne dabei die eigene Ungläubigkeit in Frage zu stellen, denn es handelt sich um einen Nullpol. Wissen Sie, für Leute meiner Generation, die Enttäuschungen mittags und abends gefressen haben, kann das tröstlich sein.«

»Enttäuschungen haben wir mehr gefressen, wir von meiner Generation.«

»Überheblichkeit! Nein, für euch war's nur eine Saison, ihr habt die Carmagnole gesungen und euch dann in der Vendée wiedergefunden. So was geht schnell vorbei. Für uns ist es anders gewesen. Erst der Faschismus, auch wenn wir ihn nur als Kinder erlebt hatten, wie einen Abenteuerroman, aber die Unsterblichen Schicksale waren ein fester Punkt. Dann der feste Punkt der Resistenza, besonders für solche wie mich, die sie von außen betrachteten und einen Vegetationsritus daraus machten, die Wiederkehr des Frühlings, eine Tagundnachtgleiche oder Sonnwende, ich verwechsle das immer... Dann für einige Gott und für andere die Arbeiterklasse, und für viele beides zugleich. Es war tröstlich für einen Intellektuellen, zu denken, es gäbe da noch die Arbeiter, schön, gesund, stark und bereit, die Welt neu zu schaffen. Und auf einmal, ihr habt's ja auch gesehen, waren die Arbeiter zwar noch da, aber die Klasse nicht mehr. Muß wohl in Ungarn umgebracht worden sein. Dann seid ihr gekommen. Für euch war's eine ganz natürliche Sache, vielleicht, und es war ein Fest. Für uns in meinem Alter nicht, für uns war's die Abrechnung, das schlechte Gewissen, die Reue, die Regeneration. Wir hatten versagt, und da kamt ihr mit eurem Enthusiasmus, eurem Mut, eurer Bereitschaft zur Selbstkritik. Für uns, die damals Mitte Dreißig oder Anfang Vierzig waren, war es eine Hoffnung, demütigend, aber eine Hoffnung. Wir mußten wieder so werden wie ihr, um den Preis, noch einmal von vorn anzufangen. Wir trugen keine Krawatten mehr, wir warfen den Trenchcoat weg, um uns einen gebrauchten Parka zu kaufen, manche kündigten ihre Stellung, um nicht mehr den Kapitalisten zu dienen...«

Er zündete sich eine Zigarette an und tat, als täuschte er Groll vor, um seine Bekenntnisse vor mir verzeihlich zu machen.

»Und ihr seid auf allen Fronten zurückgewichen. Wir, mit unseren jährlichen Bußpilgerfahrten zu den Fosse Ardeatine, wir hatten uns geweigert, Werbeslogans für Coca-Cola zu erfinden, weil wir Antifaschisten waren. Wir begnügten uns mit den paar Kröten bei Garamond, weil Bücher wenigstens demokratisch sind. Und ihr, um euch an den Bourgeois zu rächen, die ihr nicht aufhängen konntet, ihr verkauft ihnen jetzt Videokassetten und Fan-Magazine, ihr infantilisiert sie mit Zen und der Kunst, ein Motorrad zu warten. Ihr habt uns eure Kopie der Gedanken Maos aufgeschwatzt, und dann seid ihr mit dem Geld hingegangen und habt euch die Knaller für eure Feste der neuen Kreativität gekauft. Ohne Scham. Wir haben unser Leben damit verbracht, uns zu schämen. Ihr habt uns getäuscht, ihr habt keine Reinheit verkörpert, es war bloß Pubertätsakne. Ihr habt uns das Gefühl gegeben, wir wären elende Feiglinge, weil wir nicht den Mut hatten, mit offenem Visier den Bullen entgegenzutreten, und dann habt ihr irgendwelchen Passanten, die gerade vorbeikamen, in den Rücken geschossen. Vor zehn Jahren ist es uns passiert, daß wir logen, um euch aus dem Gefängnis zu holen, und ihr habt gelogen, um eure Freunde ins Gefängnis zu bringen. Deswegen gefällt mir diese Maschine hier: sie ist dumm, sie glaubt nichts, sie macht mich nichts glauben, sie tut, was ich ihr sage, ich Dummer ihr in ihrer Dummheit – oder ihm. Das ist ein ehrliches Verhältnis.«

»Ich...«

»Sie sind unschuldig, Casaubon. Sie sind abgehauen, statt Steine zu schmeißen, Sie haben promoviert, nicht geschossen. Und doch, vor ein paar Jahren fühlte ich mich auch von Ihnen erpreßt. Verstehen Sie mich recht, das ist nicht persönlich gemeint. Das sind Generationszyklen. Und als ich dann das Pendel sah, letztes Jahr, habe ich alles begriffen.«

»Was alles?«

»Fast alles. Sehen Sie, Casaubon, auch das Pendel ist ein falscher Prophet. Sie schauen es an, Sie glauben, es sei der einzige feste Punkt im Kosmos, aber wenn Sie es aus dem Kirchengewölbe abnehmen und es in einem Bordell aufhängen, funktioniert es trotzdem. Es gibt noch andere Foucaultsche Pendel, eins in New York im Palais der Vereinten Nationen, eins in San Francisco im Technischen Museum, und wer weiß wo sonst noch. Das Foucaultsche Pendel hängt fest, während die Erde sich unter ihm dreht, wo immer es sich befindet. Jeder Punkt im Universum ist ein fester Punkt, man braucht nur das Pendel dranzuhängen.«

»Dann ist Gott überall?«

»In gewissem Sinn ja. Deshalb verwirrt mich das Pendel. Es verspricht mir das Unendliche, aber es läßt mir die Verantwortung, zu entscheiden, wo ich es haben will. Also genügt es nicht, das Pendel einfach da zu verehren, wo es ist, man muß auch hier wieder eine Entscheidung treffen und den besten Punkt suchen. Und doch…«

»Und doch?«

»Und doch… he, Casaubon, Sie nehmen mich doch nicht etwa ernst, oder? Nein, ich kann unbesorgt sein, wir sind Leute, die nichts ernst nehmen… Und doch, sagte ich, das Gefühl ist: da hat man nun in seinem Leben das Pendel an so viele Stellen gehängt und nie hat es funktioniert, und dort im Pariser Conservatoire funktioniert es so gut… Was, wenn es im Universum privilegierte Punkte gäbe? Hier vielleicht, an der Decke dieses Büros? Nein, das würde uns niemand glauben. Es braucht eine Atmosphäre. Ich weiß nicht, vielleicht sind wir ständig auf der Suche nach dem richtigen Punkt und vielleicht ist er uns ganz nahe, aber wir erkennen ihn nicht, und um ihn zu erkennen, müßten wir glauben… Schluß jetzt, gehen wir zu Signor Garamond.«

»Um das Pendel aufzuhängen?«

»O sel'ge Narretei. Gehen wir ernsthafte Dinge tun. Um Sie bezahlen zu können, muß ich Sie dem Boß vorführen, damit er Sie sieht, Sie berühren und Sie beschnuppern kann und sagt, es wäre ihm recht. Kommen Sie, lassen Sie sich vom Boß berühren, seine Berührung heilt von der Krätze.«

38

Geheimer Meister, Vollkommener Meister, Geheimer Sekretär, Vorsteher und Richter, Intendant der Gebäude, Auserwählter Meister der Neun, Erlauchter Auserwählter der Fünfzehn, Groß-Architekt, Royal Arch oder Ritter des Königlichen Gewölbes von Salomo, Ritter des Ostens oder des Schwertes, Prinz von Jerusalem, Ritter vom Osten und Westen, Ritter vom Rosenkreuz oder Ritter des Adlers und des Pelikans, Hoher Priester oder Erhabener Schotte des Himmlischen Jerusalems, Ehrwürdiger Großmeister Aller Logen ad vitam, Preußischer Ritter oder Noachitischer Patriarch, Ritter der Königlichen Axt oder Prinz von Libanon, Prinz des Tabernakels, Ritter der Ehernen Schlange, Prinz der Barmherzigkeit oder der Gnade, Großer Komtur des Tempels, Ritter der Sonne oder Prinz-Adept, Groß-Schotte des Sankt Andreas von Schottland oder Großmeister des Lichtes, Großer Auserwählter Ritter Kadosch und Ritter vom Weißen und Schwarzen Adler.

Hochgrade der Freimaurerei nach Altem und Angenommenem Schottischen Ritus

Wir gingen durch den Flur, stiegen drei Stufen hinauf und passierten eine Mattglastür. Mit einem Schlag betraten wir eine andre Welt. Waren die Räume, die ich bisher gesehen hatte, dunkel, staubig und verkommen, so wirkten diese wie die VIP-Lounge eines Flughafens. Gedämpfte Musik, hellblaue Tapeten, ein komfortabler Wartesaal mit Designermöbeln, an den Wänden Photographien, auf denen man Herren mit Abgeordnetengesichtern geflügelte Siegestrophäen an Herren mit Senatorengesichtern überreichen sah. Auf einem niedrigen Tischchen lagen, lässig hingestreut wie im Wartezimmer eines Zahnarztes, einige Hochglanzzeitschriften mit Titeln wie *Der Literarische Spürsinn, Der Poetische Athanor, Die Rose und die Dornen, Parnassus Önotrius, Der Freie Vers.* Ich hatte noch niemals eine davon gesehen, und später erfuhr ich auch den Grund: Sie wurden nur unter den Kunden des Hauses Manuzio vertrieben.
Wenn ich zunächst geglaubt hatte, in die Chefetage des

Verlags Garamond gekommen zu sein, wurde ich rasch eines Besseren belehrt. Wir waren in den Räumen eines anderen Verlages. Im Vorraum von Garamond gab es eine dunkle, angelaufene Vitrine mit den Neuerscheinungen, aber die Bücher von Garamond waren bescheiden aufgemacht, mit nüchternen grauen Einbänden und noch unaufgeschnittenen Bögen – sie sollten an jene französischen Universitätspublikationen erinnern, bei denen das Papier nach wenigen Jahren vergilbt, damit der Eindruck entsteht, als habe der Autor, besonders wenn er noch jung ist, schon seit langem publiziert. Hier dagegen stand eine andere Vitrine, die von innen erleuchtet war und die Bücher des Verlages Manuzio präsentierte, einige aufgeschlagen auf generös umbrochenen Seiten: strahlendweiße Umschläge, bezogen mit glänzendem Zellophan, sehr elegant, und feines Reispapier mit schönen klaren Drucktypen.

Die Reihen von Garamond hatten seriöse akademische Titel wie »Humanistische Studien« oder »Philosophische Texte«. Die Reihen von Manuzio trugen erlesene poetische Namen: »Die Ungepflückte Blume« (Lyrik), »Terra Incognita« (erzählende Prosa), »Die Stunde des Oleanders« (mit Titeln wie *Tagebuch eines kranken Mädchens*), »Reihe Osterinsel« (offenbar diverse Essayistik), »Das Neue Atlantis« (letzte Neuerscheinung: *Erlöstes Königsberg – Prolegomena zu jeder künftigen Metaphysik, die sich als doppeltes transzendentales System und Wissenschaft vom phänomenalen Noumenon präsentiert*). Auf jedem Umschlag prangte das Verlagssignet, ein Pelikan unter einer Palme, mit dem Motto: »Ich hab, was ich gab.«

Belbo war knapp und vage: Signor Garamond besitze eben zwei Verlage, das sei alles. In den folgenden Tagen stellte ich fest, daß der Durchgang von Garamond zu Manuzio eine sehr private, vertrauliche Sache war. Tatsächlich befand sich der offizielle Eingang zu Manuzio in der Via Marchese Gualdi, und in der Via Marchese Gualdi machte die schmuddlige Welt der Via Sincero Renato Platz für saubere Fassaden, breite Fußwege, Eingangshallen mit Fahrstühlen aus Aluminium. Niemand hätte vermutet, daß ein altes Haus in der Via Sincero Renato über bloß drei Stufen mit einem Gebäude in der Via Gualdi verbunden war. Um die Genehmigung dafür zu bekommen, mußte Signor Garamond wahre Seiltänze aufgeführt haben, vermutlich hatte er sich an einen seiner Autoren gewandt, der im städtischen Bauamt tätig war.

Wir wurden sogleich von der Signora Grazia empfangen, einer mütterlichen Dame mit signiertem Halstuch und Kostüm in derselben Farbe wie die Tapeten, die uns mit gepflegtem Lächeln in den Saal des Globus führte. Der Saal war nicht unermeßlich, doch er erinnerte an den Amtssitz Mussolinis im Palazzo Venezia: ein mannshoher Globus am Eingang und der Mahagonischreibtisch des Signor Garamond so fern am anderen Ende, daß er wie durch ein umgedrehtes Fernglas gesehen erschien. Garamond winkte uns, näher zu treten, und ich fühlte mich eingeschüchtert. Später, beim Eintritt von De Gubernatis, sollte Garamond sich erheben und ihm entgegengehen, und diese Geste der Herzlichkeit sollte ihm noch mehr Charisma verleihen, denn der Besucher würde erst ihn durch den Saal auf sich zukommen sehen und dann selbst den Saal am Arm des Hausherrn durchschreiten, so daß der Raum sich wie durch Zauberei verdoppelte.

Garamond ließ uns vor seinem Schreibtisch Platz nehmen und war zugleich brüsk und herzlich. »Doktor Belbo hat mir viel Gutes von Ihnen erzählt, Doktor Casaubon. Wir brauchen tüchtige Mitarbeiter. Wie Sie gewiß begriffen haben, handelt es sich nicht um eine Festanstellung, die können wir uns nicht leisten. Sie erhalten eine angemessene Entschädigung für Ihren Eifer, für Ihre Hingabe, wenn Sie mir den Ausdruck gestatten, denn unsere Arbeit ist eine Mission.«

Er nannte mir eine Pauschalsumme für die veranschlagten Arbeitsstunden, die mir damals vernünftig erschien.

»Na bestens, lieber Casaubon.« Er hatte den Titel weggelassen, da ich nun in seinen Diensten stand. »Diese Geschichte der Metalle muß ganz prachtvoll werden, ich sage noch mehr, wunderschön. Populär, verständlich, aber wissenschaftlich exakt. Sie muß die Phantasie des Lesers packen, aber auf wissenschaftliche Weise. Ich gebe Ihnen ein Beispiel. Hier in den ersten Fahnen lese ich, daß es da diese Kugel von Magdeburg gab oder wie sie heißt, zwei zusammengefügte Halbkugeln, aus deren Innern die Luft abgepumpt wird, so daß ein Vakuum entsteht. Dann werden zwei starke Pferdegespanne davorgespannt, eins auf der einen und eins auf der anderen Seite, die mit aller Kraft eins nach der einen und eins nach der anderen Seite ziehen, und die beiden Halbkugeln bleiben zusammen. Gut, das ist eine wissenschaftliche Information. Aber die müssen Sie mir aus all den anderen, weniger pittoresken heraussuchen. Und wenn Sie sie herausgesucht haben, müssen Sie mir das passende Bild dazu finden, das Fresko, das Ölgemälde, gleichviel. Aus der Epoche. Und dann knallen wir's groß auf die ganze Seite, in Farbe.«

»Es gibt einen Stich«, sagte ich, »den kenne ich.«

»Sehen Sie? Bravo. Auf die ganze Seite, in Farbe.«

»Wenn's ein Stich ist, wird es schwarzweiß sein.«

»So? Na gut, also dann schwarzweiß. Exaktheit ist Exaktheit. Aber auf Goldgrund, es muß den Leser frappieren, es muß ihm das Gefühl geben, selber dabeigewesen zu sein, an jenem Tage in Magdeburg, als sie das Experiment gemacht haben. Klar? Wissenschaftlichkeit, Realismus, Leidenschaft! Man kann die Wissenschaft sehr wohl benutzen und den Leser trotzdem im Innersten packen. Gibt es etwas Theatralischeres, Dramatischeres als Madame Curie, die abends nach Hause kommt und im Dunkeln ein phosphoreszierendes Licht glimmen sieht, mein Gott, was mag das wohl sein... Es ist der Kohlenwasserstoff, die Golkonda, das Phlogiston oder wie zum Teufel das heißt, und voilà, Marie Curie hat die Radioaktivität erfunden. Dramatisieren! Bei allem Respekt vor der Wahrheit.«

»Kommt denn die Radioaktivität bei den Metallen mit rein?« fragte ich.

»Ist das Radium kein Metall?«

»Ich glaube schon.«

»Na bitte. Unter dem Gesichtspunkt der Metalle kann man das ganze Universum des Wissens betrachten. Wie haben wir das Buch zu nennen beschlossen, Belbo?«

»Wir dachten an einen seriösen Titel, wie *Die Metalle und die materielle Kultur*.«

»Und seriös muß er auch sein. Aber mit jenem zusätzlichen Appeal, jenem Nichts, das alles sagt, warten Sie... Ja, so: *Universalgeschichte der Metalle*. Sind da auch die Chinesen mit drin?«

»Ja, auch.«

»Also universal. Das ist kein Werbetrick, das ist die reine Wahrheit. Oder warten Sie, besser noch: *Das wunderbare Abenteuer der Metalle*.«

In diesem Augenblick kam die Signora Grazia herein und meldete, der Commendator De Gubernatis sei da. Garamond zögerte einen Moment und sah mich zweifelnd an, doch Belbo nickte ihm zu, wie um zu sagen, er könne sich nunmehr auf mich verlassen. Garamond ließ den Besucher eintreten und ging ihm entgegen. De Gubernatis kam im dunklen Zweireiher, hatte ein Abzeichen im Knopfloch, einen Füllfederhalter in der Brusttasche, eine gefaltete Zeitung in der Jackentasche und eine Mappe unter dem Arm.

»Mein lieber Commendatore, machen Sie sich's bequem, unser lieber Freund De Ambrosiis hat mir von Ihnen erzählt, ein Leben im Dienste des Staates. Und eine geheime poetische Ader, nicht wahr? Zeigen Sie, zeigen Sie mir den Schatz, den Sie da in Händen halten... Hier stelle ich Ihnen zwei meiner Generaldirektoren vor.«

Er ließ ihn vor dem mit Manuskripten übersäten Schreibtisch Platz nehmen und streichelte mit vor Begierde zitternden Fingern den Umschlag des Werkes, das ihm vorgelegt wurde: »Nein, sagen Sie nichts, ich weiß bereits alles. Sie kommen aus Vipiteno, der großen und noblen Grenzstadt. Ein Leben im Dienste der Zollverwaltung. Und im geheimen, Tag für Tag, Nacht für Nacht diese Seiten, erregt vom Dämon der Poesie. Ah, die Poesie... Sie verbrannte die Jugend Sapphos, sie nährte das Alter Goethes... Pharmakon, sagten die alten Griechen: Gift und Medizin. Natürlich werden wir es zuerst lesen müssen, dieses Ihr Werk, ich pflege mindestens drei Gutachten einzuholen, eins aus dem Hause und zwei von unseren Außenberatern (die leider anonym bleiben müssen, Sie werden verstehen, es handelt sich um sehr exponierte Personen), der Verlag Manuzio bringt kein Buch heraus, wenn er sich dessen Qualität nicht sicher ist, und Qualität, das wissen Sie besser als ich, ist etwas Ungreifbares, man muß sie mit einem sechsten Sinn erspüren, manchmal hat ein Buch gewisse Imperfektionen, Mängel – auch Svevo schrieb schlecht, wem sage ich das –, doch bei Gott, man spürt eine Idee, einen Rhythmus, eine Kraft! Ich weiß es, sagen Sie nichts, kaum habe ich einen Blick auf das Incipit dieses Ihres Werkes geworfen, habe ich etwas gespürt, aber ich will nicht alleine urteilen, auch wenn so oft – ach, wie so oft! – die Gutachten lau waren, aber ich habe mich versteift, denn man kann einen Autor nicht verurteilen, ohne sich auf ihn eingelassen zu haben, ja gleichsam in inneren Einklang mit ihm getreten zu sein, hier zum Beispiel, ich schlage aufs Geratewohl diesen Ihren Text auf, und mein Blick fällt auf einen Vers: ›wie im Herbst, die abgemagerten Wimpern‹ – gut, ich weiß noch nicht, wie es weitergeht, aber ich spüre da einen Anhauch, erfasse ein Bild, manchmal ist das der erste Einstieg in einen Text, eine Ekstase, eine Verzückung... Dies vorausgeschickt, lieber Freund – ah, bei Gott, wenn man könnte, wie man wollte! Aber auch das Verlagswesen ist eine Industrie, die edelste unter den Industrien, aber doch eine Industrie. Wissen Sie, was heutzutage der Druck kostet, und das Papier? Sehen Sie, sehen Sie hier in der Zeitung von heute, wie hoch die *prime rate* in Wallstreet gestiegen ist! Das betreffe uns nicht, meinen Sie? Und wie uns das betrifft! Wissen Sie, daß man uns sogar das Lager besteuert? Ich verkaufe nichts, und die besteuern sogar noch die Remittenden. Ich bezahle auch den Mißerfolg, den Leidensweg des Genies, das die Philister nicht erkennen. Dieses Seidenpapier – es ist wirklich sehr fein, und gestatten Sie: gerade daran, daß Sie Ihren Text auf so dünnes Papier getippt haben, erkennt man den Dichter, ein beliebiger Schwätzer hätte ein extradickes Papier genommen, um das Auge zu blenden und den Geist zu benebeln, aber dies hier ist mit dem Herzen geschriebene Poesie, nicht wahr, die Worte sind Steine und erschüttern die Welt –, dieses Seidenpapier kostet mich soviel wie Banknotenpapier.«

Das Telefon klingelte. Wie ich später erfuhr, hatte Garamond auf einen Knopf unter dem Schreibtisch gedrückt, und die Signora Grazia hatte ihm einen fingierten Anruf durchgestellt.

»Verehrtester Meister! Was sagen Sie? Wie schön! Große Neuigkeiten, man läute die Glocken! Ein neues Buch von Ihnen ist stets ein Ereignis. Aber gewiß, Manuzio ist stolz, ist bewegt, ich sage noch mehr, ist froh, Sie unter seinen Autoren zu wissen. Haben Sie gelesen, was die Zeitungen über Ihre letzte epische Dichtung geschrieben haben? Nobelpreiswürdig! Leider sind Sie der Zeit voraus. Wir haben mit Mühe dreitausend Exemplare verkauft...«

Der Commendator De Gubernatis erbleichte: dreitausend Exemplare waren für ihn ein unverhofft hohes Ziel.

»Der Verkauf hat die Produktionskosten nicht gedeckt. Schauen Sie nur einmal hinter die Glastür, wie viele Angestellte ich beschäftige. Heutzutage muß ich von einem Buch, um auf meine Kosten zu kommen, mindestens zehntausend Exemplare absetzen, und zum Glück kann ich von vielen auch mehr verkaufen, aber das sind Schriftsteller mit einer, wie soll ich sagen, anderen Berufung. Balzac war groß und verkaufte seine Bücher wie warme Semmeln, Proust war ebenso groß und publizierte auf eigene Kosten. Sie, lieber Freund, werden in den Schulbüchern landen, aber nicht in den Bahnhofskiosken, genauso ist es auch Joyce ergangen, der seine Sachen gleichfalls auf eigene Kosten herausbrachte, wie Proust. Von Büchern wie den Ihren kann ich mir nur alle zwei, drei Jahre eins leisten. Geben Sie mir drei Jahre Zeit...« Es folgte eine lange Pause. In Signor Garamonds Antlitz zeichnete sich eine schmerzerfüllte Verlegenheit ab.

»Wie bitte? Auf Ihre eigenen Kosten? Nein, nein, es ist nicht die Höhe der Summe, die Summe läßt sich begrenzen... Aber der Verlag Manuzio pflegt nicht... Gewiß, wem sagen Sie das, auch Joyce und Proust... Gewiß, ich verstehe...«

Erneute leidvolle Pause. »Nun gut, wir werden darüber reden. Ich bin ehrlich zu Ihnen gewesen, Sie sind voller Ungeduld, also machen wir, was man einen *joint venture* nennt, die Amerikaner machen's uns vor. Kommen Sie morgen vorbei, und wir rechnen alles noch einmal durch... Meine tiefe Verehrung und hohe Bewunderung.«

Garamond legte auf, hob den Kopf, als erwachte er aus einem Traum, und fuhr sich mit der Hand über die Augen. Dann entsann er sich plötzlich der Anwesenheit seines Besuchers. »Entschuldigen Sie. Das war ein Schriftsteller, ein echter Schriftsteller, vielleicht ein Großer. Und doch, gerade deshalb... Manchmal ist es demütigend, diesen Beruf auszuüben. Wenn man nicht die Berufung hätte. Aber kommen wir zurück zu Ihnen. Wir haben uns alles gesagt, ich werde Ihnen schreiben, sagen wir, etwa in einem Monat. Ihr Text bleibt hier, in guten Händen.«

Der Commendator De Gubernatis war sprachlos gegangen. Er hatte den Fuß in die Schmiede des Ruhmes gesetzt.

39

Ritter der Weltkugeln, Prinz des Tierkreises, Er-
habener Hermetischer Philosoph, Oberkomman-
deur der Gestirne, Erhabener Priester der Isis,
Prinz des Heiligen Hügels, Philosoph von Samo-
thrakien, Titan des Kaukasus, Knabe der Golde-
nen Lyra, Ritter des Wahren Phönix, Ritter der
Sphinx, Erhabener Weiser des Labyrinthes, Erster
Brahmane, Mystischer Wächter des Heiligtums,
Architekt des Mysteriösen Turmes, Erhabener
Prinz des Heiligen Vorhangs, Deuter der Hiero-
glyphen, Orphischer Doktor, Wächter der Drei
Feuer, Hüter des Unnennbaren Namens, Erhabe-
ner Ödipus der Großen Geheimnisse, Geliebter
Hirte der Oase der Mysterien, Doktor des Heiligen
Feuers, Ritter des Leuchtenden Dreiecks.

> Hochgrade nach Altem und Primitivem Ritus
> von Memphis-Misraim

Manuzio war ein Verlag für AEKs.

Ein AEK im Jargon von Manuzio war – doch warum
gebrauche ich hier das Imperfekt? Die AEKs sind immer
noch da, dort unten geht alles weiter, als wenn nichts geschehen wäre, ich bin es, der inzwischen alles in eine unendlich
ferne Vergangenheit projiziert, weil das, was vorgestern
abend geschehen ist, gleichsam einen Riß in der Zeit markiert
hat, weil in der Kirche von Saint-Martin-des-Champs die
Ordnung der Jahrhunderte umgestürzt worden ist... Oder
vielleicht, weil ich seit vorgestern abend mit einem Schlag
um Jahrzehnte gealtert bin, oder weil die Furcht, von *denen*
gefaßt zu werden, mich reden läßt, als berichtete ich von
einem zerfallenden Reich, im Bade liegend, die Pulsadern
aufgeschnitten, wartend, daß ich im eigenen Blut ertrinke...

Ein AEK ist ein Autor auf Eigene Kosten, und Manuzio
ist eines jener Unternehmen, die man in den angelsächsischen
Ländern »Vanity Press« nennt. Enorme Gewinne und so gut
wie keine Betriebskosten. Belegschaft: Signor Garamond,
Signora Grazia, der Buchhalter hinten in seinem Kabäus-
chen, genannt kaufmännischer Direktor, und Luciano, der
kriegsversehrte Packer unten im Lager.

»Ich habe nie kapiert, wie Luciano es schafft, die Bücher

mit seinem einen Arm zu verpacken«, hatte Belbo zu mir gesagt, »ich glaube, er behilft sich mit den Zähnen. Andererseits verpackt er nicht gerade viel: die Packer in normalen Verlagen schicken die Bücher an die Buchhandlungen, Luciano schickt sie nur an die Autoren. Manuzio interessiert sich nicht für die Leser... Das Entscheidende ist, sagt Signor Garamond, daß man die Autoren nicht verrät, ohne Leser kann man durchaus überleben.«

Belbo bewunderte den Signor Garamond. Er sah in ihm den Träger einer Kraft, die ihm verwehrt war.

Das System von Manuzio war sehr einfach. Einige wenige Anzeigen in Lokalzeitungen, Fachzeitschriften, literarischen Provinzblättern, besonders in denen, die nur wenige Nummern überdauern. Anzeigen von mittlerer Größe, mit Foto des Autors und wenigen einprägsamen Zeilen: »Eine der exzellentesten Stimmen unserer Dichtung« oder: »Der neue Beweis für das erzählerische Talent des Autors von *Floriana und ihre Schwestern*«.

»An diesem Punkt ist das Netz gespannt«, erklärte Belbo, »und die AEKs fallen traubenweise darauf herein, wenn man traubenweise auf ein Netz hereinfallen kann, aber die verunglückte Metapher ist typisch für die Autoren von Manuzio, und ich habe die schlechte Angewohnheit übernommen, entschuldigen Sie.«

»Und dann?«

»Nehmen Sie den Fall De Gubernatis. In einem Monat, wenn unser Pensionär sich vor lauter Ungeduld schon verzehrt, wird Signor Garamond ihn anrufen und zu einem Abendessen mit einigen Schriftstellern einladen. Rendezvous in einem arabischen Restaurant, sehr exklusiv, ohne Firmenschild draußen: man läutet und sagt seinen Namen vor einem Guckloch. Innen luxuriöses Ambiente, diffuses Licht, exotische Musik. Garamond drückt dem Chefkoch die Hand, duzt die Kellner und schickt den Wein zurück, weil ihn der Jahrgang nicht überzeugt, oder er sagt, entschuldige, mein Lieber, aber das ist nicht der Couscous, den man in Marrakesch ißt. De Gubernatis wird dem Kommissar Hinz vorgestellt, alle Flughafendienste unterstehen ihm, aber vor allem ist er der Erfinder und Apostel des Cosmoranto, der Sprache für den Weltfrieden, die gerade in der Unesco diskutiert wird. Dann dem Professor Kunz, starke Erzählernatur, Gewinner des Premio Petruzzellis della Gattina 1980, aber

auch eine Leuchte der medizinischen Wissenschaft. Wie viele
Jahre haben Sie gelehrt, Herr Professor? Andere Zeiten, ja
damals, da waren die Studien noch eine ernsthafte Sache.
Und *last but not least* hier unsere exquisite Dichterin, die
charmante Olinda Mezzofanti Sassabetti, Autorin von *Keusche Herzensregungen*, haben Sie sicher gelesen.«

Belbo gestand mir, daß er sich lange gefragt hatte, warum
die weiblichen AEKs immer mit zwei Nachnamen firmier-
ten, Lauretta Solimeni Calcanti, Dora Ardenzi Fiamma,
Carolina Pastorelli Cefalù. Warum haben bedeutende Schrift-
stellerinnen nur einen Nachnamen, außer Ivy Compton-
Burnett, und einige nicht mal einen Nachnamen, wie Colette,
während eine AEK sich Odolinda Mezzofanti Sassabetti
nennt? Weil ein wahrer Schriftsteller aus Liebe zu seinem
Werk schreibt und es ihm nichts ausmacht, unter einem
Pseudonym bekannt zu sein, siehe Nerval, während ein AEK
von seinen Nachbarn wiedererkannt werden möchte, von
den Leuten in seinem Viertel und in dem, wo er früher
gewohnt hat. Dem Mann genügt sein Name, der Frau nicht,
weil es Leute gibt, die sie als Mädchen gekannt haben, und
solche, die sie als Verheiratete kennen. Deswegen benutzt sie
zwei Namen.

»Kurz, ein Abend prall voll intellektueller Erfahrungen.
De Gubernatis kommt sich vor, als schluckte er einen
LSD-Cocktail. Er lauscht dem Geschwätz der Tischgenossen, der geschmackvollen Anekdote über den großen Poeten
mit seiner notorischen Impotenz, der auch als Poet nicht viel
tauge, er wirft vor Erregung glänzende Blicke auf die neue
Ausgabe der *Enzyklopädie der berühmten Italiener*, die Garamond überraschend hervorzieht, um die betreffende Seite
dem Kommissar zu zeigen (haben Sie gesehen, mein Lieber,
auch Sie sind jetzt im Pantheon, oh, es gibt noch Gerechtigkeit!).«

Belbo zeigte mir die Enzyklopädie. »Vor einer Stunde
habe ich Ihnen eine Gardinenpredigt gehalten, aber niemand
ist unschuldig. Die Enzyklopädie machen Diotallevi und ich
ganz allein. Aber ich schwöre Ihnen, nicht um unser Gehalt
aufzubessern. Es ist eine der amüsantesten Sachen der Welt,
und jedes Jahr muß die aktualisierte Neuausgabe gemacht
werden. Die Struktur ist mehr oder weniger diese: Ein Arti-
kel verweist auf einen berühmten Autor, einer auf einen
AEK, und das Problem ist nur, die alphabetische Ordnung

gut auszutarieren und nicht zuviel Platz für die berühmten Autoren zu verschwenden. Sehen Sie hier zum Beispiel den Buchstaben L.«

LAMPEDUSA, Giuseppe Tomasi di (1896-1957). Sizilianischer Schriftsteller. Lebte lange Zeit unbekannt und wurde erst nach seinem Tod berühmt durch den Roman Der Leopard.

LAMPUSTRI, Adeodato (*1919). Schriftsteller, Pädagoge, Frontkämpfer (Bronzemedaille in Ostafrika), Denker, Erzähler und Dichter. Seine Gestalt ragt hoch empor in der italienischen Literatur unseres Jahrhunderts. L. offenbarte sich bereits 1959 mit dem ersten Band einer großangelegten Trilogie, Die Brüder Caramassi, *einer mit krudem Realismus und hochpoetischer Inspiration erzählten Geschichte einer lukanischen Fischerfamilie. Diesem Erstlingswerk, das im Jahre 1960 mit dem Premio Petruzzellis della Gattina ausgezeichnet wurde, folgten in den beiden nächsten Jahren* Die Entlassenen *und* Der Panther mit den wimperlosen Augen, *zwei Werke, die vielleicht noch mehr als das erste das Ausmaß an epischer Kraft, an plastisch funkelnder Phantasie und lyrischem Atem dieses unvergleichlichen Künstlers bezeugen. Ein emsiger Ministerialbeamter, wird L. in seinen Kreisen geschätzt als höchst integre Persönlichkeit, als beispielhafter Vater und Gatte sowie als erlesener Redner.*

»De Gubernatis«, erklärte Belbo, »wird sich dringend wünschen, in dieser Enzyklopädie präsent zu sein. Er hatte schon immer gesagt, daß der Ruhm der Hochberühmten nur Machenschaft sei, Ergebnis einer Verschwörung willfähriger Kritiker. Aber vor allem wird ihm aufgehen, daß er in eine Familie von Schriftstellern eingetreten ist, die zugleich Direktoren öffentlicher Ämter sind, Bankbeamte, Aristokraten, Richter. Mit einem Schlag wird er seinen Bekanntenkreis beträchtlich vergrößert haben, und wenn er künftig jemanden um einen Gefallen bitten muß, wird er wissen, an wen er sich wenden kann. Signor Garamond hat die Macht, den Commendator De Gubernatis aus der Provinz zu holen und in die höchsten Kreise zu versetzen. Gegen Ende des Abends wird Garamond ihm ins Ohr flüstern, er solle doch am nächsten Morgen einmal bei ihm vorbeikommen.«
    »Und kommt er am nächsten Morgen?«
    »Darauf können Sie schwören. Er wird die Nacht schlaflos

verbringen, von der Größe des Adeodato Lampustri träumend.«

»Und dann?«

»Dann wird ihm Garamond am nächsten Morgen sagen: Hören Sie, gestern abend habe ich nicht gewagt, mit Ihnen darüber zu sprechen, um die anderen nicht zu demütigen. Ah, welch ein erhabenes Werk, ich spreche gar nicht von den enthusiastischen, ich sage noch mehr, positiven Gutachten, nein, ich selber habe in eigener Person eine Nacht über diesen Seiten verbracht. Ein literaturpreiswürdiges Buch. Groß, groß... Er wird an den Schreibtisch zurückgehen, wird die Hand auf das Manuskript legen – das inzwischen zerknittert ist, zerlesen durch die liebenden Blicke von mindestens vier Lektoren (die Manuskripte zu zerknittern ist Aufgabe der Signora Grazia) – und wird den AEK mit perplexer Miene anstarren. Was geschieht nun damit, was geschieht nun damit? wird De Gubernatis fragen, und Garamond wird sagen, daß über die Qualität des Werkes keine Sekunde lang zu diskutieren sei, aber daß es zweifellos seiner Zeit weit vorauseile und daß man, was die Auflage angehe, zweitausend nicht überschreiten werde, maximal zweitausendfünfhundert. Für De Gubernatis würden zweitausend Exemplare vollauf reichen, um alle Personen, die er kennt, zu beglücken, der AEK denkt nicht in planetarischen Dimensionen, beziehungsweise sein Planet besteht aus bekannten Gesichtern, solchen von Schulkameraden, Bankdirektoren, Kollegen im Lehrkörper seiner Schule, pensionierten Offizieren. Lauter Personen, die der AEK gerne in seine poetische Welt einführen würde, auch jene, die keinen Wert darauf legen, wie der Metzgermeister an der Ecke oder der Präfekt... Angesichts der Gefahr, daß Garamond sich zurückziehen könnte, nachdem alle zu Hause, im Städtchen, im Büro wissen, daß er sein Manuskript einem großen Mailänder Verlag angeboten hat, überschlägt De Gubernatis seine Finanzen. Er könnte einen Kredit aufnehmen, sich die Lebensversicherung auszahlen lassen, den Bausparvertrag verkaufen, Paris ist eine Messe wert. Er bietet schüchtern an, sich an den Druckkosten zu beteiligen. Garamond zeigt sich verstört: Aber nicht doch, wo denken Sie hin, Manuzio pflegt nicht... und dann läßt er sich breitschlagen: Top, abgemacht, Sie haben mich überzeugt, schließlich haben auch Joyce und Proust sich der harten Notwendigkeit beugen müssen, die Kosten sind soundso hoch, wir drucken erst einmal zweitausend Exemplare, aber den Vertrag machen wir über ein Maximum von zehntausend. Rechnen Sie zweihundert Freiexemplare für sich, die Sie zusenden können, wem immer Sie wollen, zweihundert gehen an die Presse, denn wir wollen eine Werbekampagne machen, als handle es sich um die *Angélique* der Golon, also bleiben eintausendsechshundert zu vertreiben. Auf diese, das werden Sie verstehen, haben Sie keine Rechte, aber wenn das Buch dann geht, drucken wir nach, und von da an kriegen Sie zwölf Prozent.«

Später sah ich einen Vertrag von der Art, wie ihn De Gubernatis, nun voll auf dem Poetentrip, unterschreiben würde, ohne ihn auch nur gelesen zu haben, während der Buchhalter jammerte, Garamond habe wieder einmal die Kosten zu niedrig veranschlagt. Zehn Seiten Klauseln in winziger Schrift, betreffend ausländische Übersetzungen, Nebenrechte wie Bühnenbearbeitungen, Hörspielfassungen, Verfilmungen, Ausgaben in Blindenschrift und Kurzfassungen für *Reader's Digest*, Gewährleistungsausschluß im Falle von Prozessen wegen Diffamierung, Recht des Autors, die redaktionellen Änderungen zu billigen, Zuständigkeit des Mailänder Gerichts im Falle von Streitigkeiten... Der AEK sollte völlig erschöpft, das Auge umflort von Ruhmesträumen, zu den haarigen Klauseln gelangen, in denen stand, daß die Höchstauflage zehntausend betrage, ohne daß eine Mindestauflage erwähnt wurde, daß die zu zahlende Summe nicht an die Auflagenhöhe gebunden sei, von der nur mündlich die Rede war, und vor allem, daß der Verleger das Recht habe, nach Ablauf eines Jahres die unverkauften Exemplare einzustampfen, es sci denn, der Autor wolle sie zum halben Ladenpreis erwerben. Unterschrift.

Die Werbekampagne sollte gigantisch sein. Zehnseitige Presseerklärung mit Biographie und kritischer Würdigung. Keine Schamgrenze, in den Zeitungsredaktionen würde man das Zeug sowieso in den Papierkorb werfen. Effektiv gedruckt: tausend Exemplare in Rohbögen, davon nur dreihundertfünfzig aufgebunden. Zweihundert an den Autor, fünfzig an zweitrangige und genossenschaftliche Buchläden, fünfzig an Provinzzeitschriften, dreißig zur Sicherheit an die Zeitungen, für den Fall, daß sie sich zu einer Zeile in der Rubrik »Eingesandte Bücher« aufrafften. Die Exemplare würden sie Krankenhäusern oder Gefängnissen schenken –

womit begreiflich wird, warum erstere nicht heilen und letztere nicht resozialisieren.

Im Sommer würde dann der Premio Petruzzellis della Gattina kommen, eine Kreation von Garamond. Gesamtkosten: Unterkunft und Verpflegung der Jury, zwei Tage, und eine Nike von Samothrake aus Vermeil. Glückwunschtelegramme von den Manuzio-Autoren.

Schließlich würde der Moment der Wahrheit kommen, anderthalb Jahre später. Garamond würde ihm schreiben: Lieber Freund, ich hatte es ja vorausgesehen, Sie sind fünfzig Jahre zu früh erschienen. Rezensionen in Hülle und Fülle, Preise und Zustimmung der Kritik, *ça va sans dire*. Aber verkaufte Exemplare nur wenige, das Publikum ist noch nicht soweit. Wir sehen uns gezwungen, das Lager zu räumen, wie vorgesehen in unserem Vertrag (Kopie anbei). Entweder geht der Rest in den Reißwolf, oder Sie kaufen ihn zum halben Ladenpreis, wie es Ihr gutes Recht ist.

De Gubernatis ringt verzweifelt die Hände, seine Familie tröstet ihn: die Leute verstehen dich nicht, natürlich, wenn du einer von ihnen wärst, wenn du sie geschmiert hättest, ja, dann hätten sie dich jetzt auch im *Corriere* rezensiert, ist doch alles nur eine einzige Mafia, du mußt standhaft bleiben. Von den Freiexemplaren sind bloß noch fünf übrig, es gibt noch viele wichtige Persönlichkeiten, die bedacht werden müssen, du kannst nicht zulassen, daß dein Werk in den Reißwolf wandert, um zu Klopapier verarbeitet zu werden, sehen wir mal, was wir zusammenkratzen können, es ist gut ausgegebenes Geld, man lebt nur einmal, wir könnten doch, sagen wir, fünfhundert Exemplare kaufen, und für den Rest, sic transit gloria mundi.

Bei Manuzio liegen noch 650 Exemplare in Rohbögen, Signor Garamond läßt 500 aufbinden und schickt sie dem Autor per Nachnahme. Bilanz: der Autor hat großzügig die Produktionskosten für 2000 Exemplare bezahlt, der Verlag hat 1000 gedruckt und davon 850 aufgebunden, von denen der Autor 500 noch ein zweites Mal bezahlt hat. Fünfzig Autoren pro Jahr, und die Firma schließt immer mit gutem Gewinn.

Und ohne Gewissensbisse: sie verbreitet Glück.

40

Der Feige stirbt schon vielmal, eh er stirbt.

Shakespeare, *Julius Caesar*, II, 2

Ich hatte stets einen Gegensatz empfunden zwischen der Hingabe, mit der sich Belbo um seine respektablen Autoren bei Garamond kümmerte, immer bestrebt, aus ihren Texten Bücher zu machen, auf die er stolz sein konnte, und dem Piratentum, mit dem er nicht nur half, die eitlen Tröpfe bei Manuzio zu umgarnen, sondern mit dem er auch diejenigen, die ihm bei Garamond nicht präsentabel erschienen, in die Via Gualdi schickte – wie er's mit dem Oberst Ardenti versucht hatte.

Ich hatte mich oft gefragt, während ich mit ihm arbeitete, warum er diese Situation akzeptierte. Sicher nicht wegen des Geldes. Er verstand sein Metier gut genug, um eine besser bezahlte Arbeit zu finden.

Lange dachte ich, daß er es deshalb täte, weil er auf diese Weise seine Studien über die menschliche Torheit betreiben konnte, und zwar in einem exemplarischen Observatorium. Was er Dummheit nannte, der unangreifbare Paralogismus, der hinterlistige Wahn, verkleidet als makellose Argumentation, das faszinierte ihn – und er wiederholte immerzu, daß es ihn fasziniere. Aber auch das war nur eine Maske. Wer aus Spiellust mitgemacht hatte, war Diotallevi gewesen, vielleicht in der Hoffnung, daß sich ihm eines Tages in einem Buch von Manuzio eine unerhört neue Kombination der Torah offenbaren würde. Und aus Jux, zum puren Vergnügen, aus Spottlust und Neugier hatte ich bei dem Spiel mitgemacht, besonders nachdem Garamond das Hermes-Projekt lanciert hatte.

Für Belbo lag die Sache anders. Das ist mir jedoch erst jetzt klar geworden, nachdem ich in seinen *files* gekramt habe.

Sie kommt einfach so. Auch wenn Leute im Büro sind: packt mich am Rockkragen, streckt das Gesicht vor und küßt mich. *Anna che quando bacia sta in punta di piedi.* Sie küßt mich, als ob sie flippert.

Dabei weiß sie, daß sie mich verlegen macht. Aber sie will mich vorführen.

Sie lügt nie.

— Ich liebe dich.

— Sehen wir uns Sonntag?

— Nein, ich bin am Wochenende mit einem Freund…

— Du meinst einer Freundin.

— Nein, einem Freund, du kennst ihn, es ist der, der neulich mit mir in der Bar war. Ich hab's ihm versprochen, du willst doch nicht, daß ich 'n Rückzieher mache.

— Mach keinen, aber komm nicht, um mir… Nein, bitte, draußen wartet ein Autor.

— Ein Genie zum Lancieren?

— Ein Wurm zum Zertreten.

Ein Wurm zum Zertreten.

Ich war gekommen, dich bei Pilade abzuholen. Du warst nicht da. Habe lange auf dich gewartet, dann bin ich allein hingegangen, sonst wäre die Galerie schon geschlossen gewesen. Jemand dort sagte mir, ihr wärt schon ins Restaurant vorgegangen. Ich tat, als betrachtete ich die Bilder – die Kunst ist tot seit den Zeiten Hölderlins, sagen sie mir. Ich brauchte zwanzig Minuten, um das Restaurant zu finden, weil die Galeristen immer die auswählen, die erst nächsten Monat berühmt werden.

Du warst da, mitten unter den üblichen Gesichtern, und neben dir hattest du den Mann mit der Narbe. Du warst keinen Moment verlegen. Hast mich komplizenhaft angesehen und — wie machst du das gleichzeitig? — herausfordernd, als wolltest du sagen: na und? Der Eindringling mit der Narbe musterte mich wie einen Eindringling. Die anderen auf dem laufenden über alles, abwartend. Ich hätte einen Vorwand zum Streit suchen sollen. Wäre in jedem Fall hinterher gut dagestanden, auch wenn er mich geschlagen hätte. Alle wußten, daß du mit ihm dort warst, um mich zu provozieren. Ob ich nun provozierte oder nicht, meine Rolle war festgelegt. Ich gab in jedem Fall ein Schauspiel.

Ein Schauspiel ist so gut wie das andere, ich wählte die brillante Komödie, beteiligte mich liebenswürdig an der Konversation, in der Hoffnung, jemand würde meine Selbstkontrolle bewundern.

Der einzige, der mich bewunderte, war ich.

Man ist feige, wenn man sich feige fühlt.

Der maskierte Rächer. Wie Clark Kent pflege ich die jungen unverstandenen Genies, und wie Superman bestrafe ich die zu Recht unverstandenen alten. Ich kollaboriere beim Ausbeuten derer, die nicht meinen Mut hatten und sich nicht mit der Rolle des Zuschauers zu begnügen wußten.

Ist das eine Möglichkeit? Das Leben damit zu verbringen, diejenigen zu bestrafen, die niemals wissen werden, daß sie bestraft worden sind? Wolltest du Homer werden? Nimm, Bettler, und glaub daran.

Ich hasse Leute, die versuchen, mir eine Illusion von Leidenschaft zu verkaufen.

41

Erinnern wir uns, daß Daath an dem Punkt liegt,
wo der Abgrund den Mittelpfeiler durchschneidet,
und daß oben auf dem Mittelpfeiler der Pfad des
Pfeils ist... und daß hier auch Kundalini ist, so
sehen wir, daß in Daath sowohl das Geheimnis der
Zeugung wie das der Wiedererzeugung liegt, der
Schlüssel zur Manifestation aller Dinge durch die
Differenzierung der Gegensatzpaare und ihre Vereinigung in einem Dritten.

Dion Fortune, *The mystical Qabalah*, London, Fraternity
of the Inner Light, 1957, 7.19

Zum Glück mußte ich mich nicht um Manuzio kümmern,
sondern um das wunderbare Abenteuer der Metalle. So begann ich meine Erkundung der Mailänder Bibliotheken. Ich
fing mit den Handbüchern an, verzettelte die Bibliographien
und gelangte von da zu den mehr oder minder alten Originalen, in denen ich gute Illustrationen finden konnte. Nichts
ist schlimmer, als ein Kapitel über die Raumfahrt mit einem
Foto der letzten amerikanischen Sonde zu illustrieren. Wie
Signor Garamond mir gesagt hatte: Das mindeste war ein
Engel von Doré.

Ich sammelte Berge von kuriosen Reproduktionen, aber
das genügte nicht. Wer einen Bildband machen will, muß für
ein gutes Bild mindestens zehn andere verwerfen.

Ich bekam die Erlaubnis, nach Paris zu fahren, für vier
Tage. Wenig, um alle Archive zu durchsuchen. Ich fuhr mit
Lia hin, wir kamen am Donnerstag an und hatten die Rück-
fahrt für Montagabend gebucht. Ich machte den Fehler, das
Conservatoire für den Montag zu planen, und entdeckte
dann, daß genau an diesem Tag das Museum geschlossen
war. Zu spät, ich mußte mit langer Nase abziehen.

Belbo war ärgerlich, aber ich hatte viel Interessantes gesammelt, und so gingen wir hin, um es Signor Garamond zu
zeigen. Er blätterte die Reproduktionen durch, die ich mitgebracht hatte, von denen viele in Farbe waren. Dann sah er
die Rechnung und stieß einen Zischlaut aus. »Teuer, teuer.
Unsere Arbeit ist eine Mission, wir arbeiten für die Kultur,
ça va sans dire, aber wir sind nicht das Rote Kreuz, ich sage

noch mehr, wir sind nicht die Unicef. War es wirklich nötig, all dieses Material zu kaufen? Ich meine, hier sehe ich einen Herrn in Unterhosen, mit einem Schnurrbart wie d'Artagnan, umgeben von allerlei Abrakadabra und Steinböcken, was ist das, Mandrake?«

»Die Anfänge der Medizin. Der Einfluß des Tierkreises auf die verschiedenen Teile des Körpers, mit den entsprechenden Heilkräutern. Und den Mineralen, einschließlich der Metalle. Die Lehre von den kosmischen Signaturen. In jener Frühzeit waren die Grenzen zwischen Magie und Wissenschaft noch recht dünn.«

»Interessant. Aber dieses Frontispiz hier, was bringt uns das? Philosophia Moysaica. Was hat Moses damit zu tun, ist der nicht ein bißchen zu frühzeitlich?«

»Das betrifft den Disput über das *unguentum armarium* oder die Waffensalbe. Berühmte Ärzte diskutierten fünfzig Jahre lang darüber, ob diese Salbe, wenn man sie auf die Waffe strich, mit der einer verletzt worden war, die Wunde heilen konnte.«

»Verrücktes Zeug. Und das ist Wissenschaft?«

»Nicht in dem Sinn, wie wir Wissenschaft heute verstehen. Aber sie diskutierten über diese Sache, weil kurz vorher die Wunder des Magneten entdeckt worden waren und man sich überzeugt hatte, daß es Fernwirkungen gibt. Wie es auch die Magie behauptete. Und so dachte man, eine Fernwirkung ist so gut wie die andere... Verstehen Sie, diese Leute irrten sich damals, aber Volta und Marconi haben sich nicht geirrt. Was sind Elektrizität und Funkwellen, wenn nicht Fernwirkungen?«

»Schau, schau. Gar nicht so übel, unser Casaubon. Wissenschaft und Magie Arm in Arm, he? Große Idee. Also gut, los: Werfen Sie ein paar von diesen langweiligen Dynamos raus, und tun Sie dafür mehr Mandrake rein. So ein paar Teufelsbeschwörungen, was weiß ich, auf Goldgrund.«

»Ich würde es nicht übertreiben. Dies ist das wunderbare Abenteuer der Metalle. Die Bizarrerien machen sich nur gut, wenn sie an der richtigen Stelle kommen.«

»Das wunderbare Abenteuer der Metalle muß vor allem die Geschichte seiner Irrtümer sein. Man zeigt die schöne Bizarrerie, und dann sagt man in einer Fußnote, daß sie falsch ist. Derweilen steht sie da, und der Leser ist fasziniert, weil er sieht, daß auch die großen Männer falsch argumentieren, genau wie er.«

Ich erzählte von einem sonderbaren Erlebnis, das ich am Ufer der Seine gehabt hatte, unweit vom Quai Saint-Michel. Ich war in eine Buchhandlung getreten, die sich schon draußen in zwei symmetrischen Schaufenstern mit ihrer Schizophrenie gebrüstet hatte. Auf der einen Seite Werke über Computer und die Zukunft der Elektronik, auf der anderen nur okkulte Wissenschaften. Und genauso ging's dann auch innen weiter: Apple und Kabbala.

»Unglaublich«, sagte Belbo.

»Evident«, sagte Diotallevi. »Oder jedenfalls bist du der letzte, der sich darüber wundern dürfte, Jacopo. Die Welt der Maschinen sucht das Geheimnis der Schöpfung wiederzufinden: Buchstaben und Zahlen.«

Garamond sagte nichts. Er hatte die Hände gefaltet, als ob er betete, und hielt die Augen zum Himmel gerichtet. Dann klatschte er plötzlich die Hände zusammen: »Meine Herren, alles, was Sie heute gesagt haben, bestätigt mich in einem Gedanken, den ich seit ein paar Tagen... Aber alles zu seiner Zeit, ich muß noch darüber nachdenken. Machen Sie vorerst weiter so. Bravo, Casaubon, wir werden auch Ihren Vertrag noch mal ansehen, Sie sind ein wertvoller Mitarbeiter. Und tun Sie, tun Sie mir viel Kabbala und Computer rein. Computer macht man doch aus Silizium, oder?«

»Aber Silizium ist kein Metall, sondern ein Metalloid.«

»Wollen Sie mir jetzt mit Spitzfindigkeiten über Wortendungen kommen? Was soll das, rosa rosarum? Computer rein! Und Kabbala!«

»Die kein Metall ist«, insistierte ich.

Er begleitete uns zur Tür. Auf der Schwelle sagte er zu mir: »Casaubon, das Büchermachen ist eine Kunst, keine Wissenschaft. Spielen wir nicht die Revolutionäre, die Zeiten sind vorbei. Tun Sie Kabbala rein. Ach, übrigens, bei Ihren Reisespesen habe ich mir erlaubt, den Liegewagen abzuziehen. Nicht aus Geiz, ich hoffe, Sie nehmen mir das ab. Sondern weil die Forschung sich eines gewissen – wie soll ich sagen – spartanischen Geistes befleißigen muß. Sonst wird sie unglaubwürdig.«

Ein paar Tage später bestellte er uns wieder in sein Büro. Er habe da einen Besucher, sagte er zu Belbo, mit dem er uns gerne bekannt machen würde.

Wir gingen hinüber. Garamond unterhielt sich mit einem

beleibten Herrn, der ein Gesicht wie ein Tapir hatte, blonder Schnurrbart unter einer großen Tiernase und kein Kinn. Er kam mir gleich irgendwie bekannt vor, dann erinnerte ich mich: es war der Professor Bramanti, den ich in Rio gehört hatte, der Referent oder was auch immer jenes Ordens vom Rosenkreuz.

»Herr Professor Bramanti behauptet«, sagte Garamond, »es sei der rechte Moment für einen gewitzten Verlag mit Gespür für den Zeitgeist, eine Buchreihe zum Thema okkulte Wissenschaften zu initiieren.«

»Für... Manuzio«, warf Belbo ein.

»Für wen sonst?« lächelte Signor Garamond verschmitzt. »Herr Professor Bramanti, der mir unter anderem von einem teuren Freund empfohlen wurde, nämlich von Doktor De Amicis, dem Autor jener großartigen *Chroniken des Zodiaks*, die wir letztes Jahr herausgebracht haben, beklagt, daß die wenigen Reihen, die es zu diesem Thema gebe – fast alle bei Verlagen von geringer Seriösität und Zuverlässigkeit, notorisch oberflächlich, unaufrichtig, unkorrekt, ich sage noch mehr, ungenau –, daß diese Reihen dem Reichtum und der Tiefe dieses Studiengebietes nicht annähernd gerecht würden.«

»Die Zeit ist reif für eine Neubewertung der Kultur der Inaktualität, nach dem Scheitern der Utopien der modernen Welt«, sagte Bramanti.

»Sie sagen da große Dinge, Herr Professor. Aber verzeihen Sie bitte unsere – nun ja, ich sage nicht Ignoranz, aber doch Unvertrautheit mit diesen Dingen: An was genau denken Sie, wenn Sie von okkulten Wissenschaften sprechen? An Spiritismus, Astrologie, Schwarze Magie?«

Bramanti machte eine abwehrende Gebärde: »O nein, wo denken Sie hin! Das sind doch nur Märchen, die man den Einfältigen erzählt. Ich spreche von Wissenschaften, wenn auch von okkulten. Gewiß, auch von Astrologie, wenn nötig, aber nicht, um der kleinen Bürotippse zu sagen, daß sie nächsten Sonntag den Mann ihres Lebens treffen werde. Ich denke eher an eine seriöse Studie über die Dekane, um nur soviel zu sagen.«

»Verstehe. Wissenschaftlich. Die Sache liegt schon auf unserer Linie, aber könnten Sie sich ein bißchen erschöpfender äußern?«

Bramanti lehnte sich in den Sessel zurück und ließ die

Augen durch den Raum schweifen, als suche er astrale Inspirationen. »Beispiele ließen sich geben, gewiß. Ich würde sagen, der ideale Leser einer solchen Reihe müßte ein Adept der Rosenkreuzer sein, mithin ein Experte *in magiam, in necromantiam, in astrologiam, in geomantiam, in pyromantiam, in hydromantiam, in chaomantiam, in medicinam adeptam*, um das Buch Azoth zu zitieren – jenes, das dem Staurophoros von einem mysteriösen Mädchen überreicht wurde, wie im *Raptus philosophorum* berichtet. Doch die Kenntnis des wahren Adepten umfaßt noch andere Gebiete. Da wäre die Physiognosis zu nennen, die sich mit okkulter Physik befaßt, mit Statik, Dynamik und Kinematik, mit Astrologie oder esoterischer Biologie sowie dem Studium der Naturgeister, mit hermetischer Zoologie und biologischer Astrologie. Hinzu käme die Kosmognosis, die ebenfalls die Astrologie studiert, aber unter astronomischem Aspekt, unter kosmologischem, physiologischem, ontologischem Blickwinkel, die Anthropognosis, die die homologische Anatomie studiert, sowie die divinatorischen Wissenschaften, die Physiologie der Fluida, die Psychurgie, die soziale Astrologie und der historische Hermetismus. Ferner gibt es die qualitative Mathematik, und das heißt, wem sage ich das, die Arithmologie oder Zahlenkunde... Aber erforderlich wären auch Grundkenntnisse in der Kosmographie des Unsichtbaren, in Magnetismus, Auratik, Traumdeutung, Fluidumskunde, Psychometrie und Hellseherei – und generell das Studium der andern fünf hyperphysischen Sinne –, zu schweigen von der horoskopischen Astrologie, die bereits eine Degeneration des Wissens darstellt, wenn sie nicht mit der gebührenden Umsicht betrieben wird – und dann natürlich Physiognomik, Gedankenleserei, zukunftsdeutende Künste, von Tarot und Traumdeutung bis zu den höchsten Stufen der Prophetie und Ekstase. Verlangt werden auch hinreichende Kenntnisse über Verflüssigung, Alchimie, Spagirik, Telepathie, Exorzismus, Zeremonial- und Beschwörungsmagie, elementare Theurgie. Für den eigentlichen Okkultismus empfehlen würde ich Erkundungen in den Gebieten ursprüngliche Kabbala, Brahmanismus, Gymnosophie, memphitische Hieroglyphen...«

»Templerische Phänomenologie«, warf Belbo ein.

Bramantis Augen leuchteten auf: »Ohne Zweifel. Doch ich vergaß, zuvörderst einige Grundbegriffe in Nekromantik und Hexerei der nicht-weißen Rassen zu erwähnen, Onomantie, prophetische Raserei, freiwillige Thaumaturgie, Autosuggestion, Yoga, Hypnotik, Somnambulismus, merkuriale Chemie... Wronski riet, für die mystische Tendenz die Techniken der Besessenen von Loudun präsent zu haben, ebenso die der Konvulsionäre von Sankt Medardus oder Veitstänzer, dazu die mystischen Getränke: ägyptischen Wein, Lebenselixiere und Arsenlösungen. Für das Prinzip des Bösen – doch mir ist klar, daß wir hier zur delikatesten Zone einer möglichen Buchreihe kommen – müßte man sich vertraut machen mit den Mysterien Beelzebubs als der Selbstzerstörung und Satans als des entthronten Fürsten, mit denen des Eurynomios, des Molochs sowie der In- und Sukkubi. Für das positive Prinzip mit den Himmelsmysterien der Erzengel Michael, Gabriel und Raphael sowie der Agathodaimones. Sodann mit den Mysterien der Isis, des Mithra, des Morpheus, mit denen von Samothrakis und Eleusis, mit den Naturmysterien des männlichen Geschlechts, Phallus, Lignum Vitae, Clavis Scientiorum, Baphomet, Hammer, sowie den Naturmysterien des weiblichen Geschlechts, Ceres, Kteis, Patera, Kybele und Astarte.«

Signor Garamond beugte sich vor und sagte mit einschmeichelndem Lächeln: »Sie werden die Gnostiker nicht vernachlässigen...«

»Aber gewiß nicht, obgleich zu diesem Thema viel Unsinn und Unfug im Umlauf ist. In jedem Fall ist jeder gesunde Okkultismus eine Gnosis.«

»Das war's, was ich meinte«, sagte Garamond.

»Und das alles wäre genug«, fragte Belbo unschuldig.

Bramanti blies die Backen auf und verwandelte sich mit einem Schlag aus einem Tapir in einen Hamster. »Genug... für den Anfang, ja, zur Initiierung, nicht für die Initiierten, wenn Sie mir das Wortspiel gestatten. Doch schon mit einem halben Hundert Bänden könnten Sie ein Publikum von Tausenden von Lesern mesmerisieren, die auf nichts anderes warten als auf ein klärendes Wort... Mit einer Investition von ein paar Hundert Millionen Lire – ich komme bewußt gerade zu Ihnen, Doktor Garamond, da ich Sie kenne und schätze als einen Verleger, der zu den großzügigsten Abenteuern bereit ist – und mit einem bescheidenen Prozentsatz für mich als Herausgeber der Reihe...«

Bramanti hatte genug gesagt und jedes Interesse in Garamonds Augen verloren. Er wurde eiligst hinauskomplimen-
tiert, mit großen Versprechungen: Die übliche Beraterrunde
werde den Vorschlag aufmerksam erwägen.

42

Wisset aber, daß wir uns alle einig sind, was wir
auch immer sagen.

Turba Philosophorum

Als Bramanti draußen war, murmelte Belbo, er hätte sich mal
den Pfropfen rausziehen sollen. Signor Garamond kannte
den Ausdruck nicht, und Belbo versuchte ein paar respekt-
volle Paraphrasen, doch ohne Erfolg.

»Nun jedenfalls«, sagte Garamond, »machen wir uns doch
nichts vor. Dieser Herr hatte kaum fünf Worte gesagt, da
wußte ich schon, daß er für uns kein Kunde ist. Er. Wohl aber
die, von denen er gesprochen hat, Autoren und Leser. Dieser
Bramanti hat Überlegungen in mir bestärkt, die ich schon seit
einigen Tagen anstelle. Hier, sehen Sie, meine Herren!« Mit
theatralischer Geste zog er drei Bücher aus seiner Schreibtischschublade.

»Diese drei Bücher sind in den letzten Jahren erschienen
und alle sehr erfolgreich gewesen. Das erste ist englisch, ich
habe es nicht gelesen, aber der Autor ist ein berühmter
Kritiker. Und was hat er geschrieben? Sehen Sie auf den
Untertitel: ein gnostischer Roman. Und nun dies hier: anscheinend ein Kriminalroman, ein Bestseller. Und wovon
spricht er? Von einer gnostischen Kirche in der Gegend von
Turin. Sie werden wissen, was für Leute diese Gnostiker
sind...« Er hob abwehrend die Hand: »Nein, lassen Sie, das
spielt keine Rolle, mir genügt zu wissen, daß sie etwas Dä-
monisches sind... Ich weiß, ich weiß, ich gehe vielleicht zu
rasch vor, aber ich will nicht wie Sie reden, ich will wie dieser
Bramanti reden. Ich spreche jetzt als Verleger, nicht als
Professor für vergleichende Gnoseologie oder wie das heißt.
Was habe ich in Bramantis Diskurs an Lichtvollem gesehen,
an Verheißungsvollem, an Einladendem, ich sage noch mehr,
an Kuriosem? Diese außergewöhnliche Fähigkeit zur Zu-
sammenschau, er hat nicht von den Gnostikern gesprochen,
aber Sie haben's gehört, er hätte es ohne weiteres tun können,
zwischen Geomantie, Gerovital und Radames mit Merku-
rium. Und warum insistiere ich so darauf? Weil ich hier noch
ein anderes Buch habe, von einer berühmten Journalistin, die
unglaubliche Dinge erzählt, die in Turin geschehen, in Turin

sage ich, der Stadt des Automobils: Hexereien, schwarze Messen, Teufelsbeschwörungen, und das alles für zahlendes Publikum, nicht für die Veitstänzer aus dem Süden. Casaubon, Belbo hat mir gesagt, daß Sie in Brasilien waren und die Satansriten der Wilden da unten gesehen haben... Gutgut, Sie können mir später sagen, was genau das gewesen war, aber es kommt auf dasselbe raus. Brasilien ist *hier*, meine Herren. Vorgestern habe ich selbst in eigener Person eine von diesen Buchhandlungen aufgesucht, wie hieß sie doch gleich, na egal, es kommt auf dasselbe raus, es war eine Buchhandlung, die vor sechs oder sieben Jahren noch Texte von Anarchisten, Revolutionären, Tupamaros, Terroristen, ich sage noch mehr, Marxisten verkaufte. Und nun? Was verkauft sie jetzt? Die Sachen, von denen Bramanti gesprochen hat. Es ist wahr, wir befinden uns heute in einer Zeit der Konfusion, und wenn Sie in eine katholische Buchhandlung gehen, wo es früher nur den Katechismus zu kaufen gab, dann finden Sie heute da auch die Neubewertung Luthers, aber wenigstens verkaufen die noch keine Bücher, in denen steht, daß die ganze Religion eine einziger großer Schwindel ist. Doch in den Buchhandlungen, von denen ich spreche, da findet man den gläubigen Autor neben dem ungläubigen, alles wild durcheinander. Hauptsache, das Thema ist irgendwie, wie soll ich sagen...«

»Hermetisch«, suggerierte Diotallevi.

»Genau, ich glaube, das ist das richtige Wort. Da standen mindestens zehn Bücher über Hermes. Und so will ich nun über ein Hermes-Projekt sprechen. Begeben wir uns in den gewerblichen Zweig.«

»Den Goldenen Zweig«, sagte Belbo.

»Genau«, sagte Garamond, ohne die literarische Anspielung zu verstehen. »Es handelt sich um eine Goldader. Mir ist klargeworden, daß diese Leute alles fressen, solange es nur hermetisch ist, wie Sie sagten, solange es nur das Gegenteil dessen besagt, was in den Schulbüchern steht. Und ich glaube, es handelt sich auch um eine kulturelle Pflicht. Ich bin zwar kein Wohltäter aus Berufung, aber in diesen so finsteren Zeiten jemandem einen Glauben anzubieten, einen Blick auf das Übernatürliche... Der Verlag Garamond hatte schon immer eine wissenschaftliche Mission...«

Belbo erstarrte. »Ich dachte, Sie dächten an Manuzio.«

»An beide. Hören Sie. Ich habe mich in jener Buchhandlung umgesehen, und dann bin ich in eine andere gegangen, eine höchst seriöse, die jedoch ebenfalls ein Regal mit okkulten Wissenschaften hatte. Zu diesen Themen gibt es Studien auf universitärem Niveau, und sie stehen neben Büchern von Leuten wie diesem Bramanti. Und nun überlegen wir mal: Dieser Bramanti ist den akademischen Autoren vielleicht nie persönlich begegnet, aber er hat sie gelesen, und er hat sie gelesen, als wären sie seinesgleichen. Diese Leute sind so, bei allem, was man ihnen sagt, denken sie immer, es gehe um ihr Problem, wie in der Geschichte mit dem Kater, der hört, wie die beiden Eheleute sich wegen ihrer Scheidung zanken, und denkt, es gehe um die Zusammensetzung seines Frühstücks. Sie haben's ja selbst gehört, Belbo, Sie haben das mit diesen Templern da eingeworfen, und er sofort: d'accord, auch die Templer, und die Kabbala, und das Lotto und der Kaffeesatz. Das sind Allesfresser, sage ich Ihnen. Allesfresser. Haben Sie das Gesicht von diesem Bramanti gesehen: ein Nagetier. Ich sehe ein riesiges Publikum vor mir, in zwei Kategorien eingeteilt, ich sehe sie schon vor meinen Augen vorbeiziehen, und sie sind Legion. Erstens die, die darüber schreiben, und hier steht Manuzio mit offenen Armen bereit. Man braucht sie nur anzulocken, mit einer neuen Reihe, die in die Augen sticht und die heißen könnte, warten Sie...«

»Die Smaragdene Tafel«, suggerierte Diotallevi.

»Wie? Nein, zu schwierig, mir zum Beispiel sagt das gar nichts, wir brauchen etwas, das an etwas anderes erinnert.«

»Die Entschleierte Isis«, sagte ich.

»Die Entschleierte Isis! Das klingt gut, bravo, Casaubon, das klingt nach Tutanchamun, nach Skarabäus und Pyramiden. Die Entschleierte Isis, mit einem leicht dämonischen Umschlag, aber nicht zuviel. Und jetzt weiter. Daneben gibt es die zweite Heerschar, diejenigen, die kaufen. Schon gut, meine Freunde, Sie werden sagen, daß Manuzio nicht an denen interessiert ist, die kaufen. Aber muß das so bleiben? Diesmal verkaufen wir die Manuzio-Bücher, meine Herren, das wird ein qualitativer Sprung! Bleiben schließlich noch die Studien auf wissenschaftlichem Niveau, und hier tritt der Verlag Garamond auf den Plan. Unbeschadet der historischen Studien und der anderen akademischen Reihen werden wir einen seriösen Berater finden und drei bis vier Bücher pro Jahr herausbringen, in einer seriös aufgemachten Reihe mit einem aussagekräftigen, aber nicht pittoresken Titel...«

»Reihe Hermetik«, schlug Diotallevi vor.

»Sehr gut. Klassisch. Würdig. Sie werden mich vielleicht fragen, warum Geld bei Garamond ausgeben, wenn wir bei Manuzio welches verdienen können. Aber die seriöse Reihe dient uns als Aushängeschild, sie lockt besonnene Leute an, die weitere Vorschläge machen, uns Fährten weisen und dann die anderen anlocken, die Bramantis, die zu Manuzio umgeleitet werden. Kurzum, mir scheint, das ist ein perfektes Projekt, das Hermes-Projekt, eine saubere Sache, die sich rentiert und den ideellen Fluß zwischen den beiden Verlagen gewährleistet… An die Arbeit, meine Herren! Gehen Sie in die Buchläden, stellen Sie Bibliographien zusammen, lassen Sie sich Verlagskataloge kommen, sehen Sie sich an, was im Ausland gemacht wird… Und dann, wer weiß, wie viele Leute schon zu uns gekommen sind, die irgendwelche Schätze dieser Art mitbrachten, und wir haben sie weggeschickt, weil sie uns nicht nützten… Und denken Sie daran, Casaubon, auch in die Geschichte der Metalle muß ein Schuß Alchimie rein. Gold ist ein Metall, will ich doch hoffen. Die Kommentare später, Sie wissen, ich bin offen für jede Kritik, jeden Vorschlag und jeden Widerspruch, wie es üblich ist unter gebildeten Leuten. Das Projekt ist hiermit beschlossen. Signora Grazia, lassen Sie bitte den Herrn herein, der seit zwei Stunden draußen wartet, so kann man doch einen Autor nicht behandeln!« rief er laut, während er die Tür öffnete, so daß man ihn draußen im Wartesaal hören konnte.

43

Gewöhnliche Leute, denen man auf der Straße begegnet... betreiben insgeheim Schwarze Magie, verbinden sich oder suchen Verbindung mit den Geistern der Finsternis, um ihr Verlangen nach Höherem zu stillen, nach Haß, nach Liebe – in einem Wort: um Böses zu tun.

J. K. Huysmans, Vorwort zu J. Bois, *Le satanisme et la magie*, 1895, p. VIII-IX

Ich hatte geglaubt, das Hermes-Projekt sei vorerst nur eine vage Idee, aber da kannte ich Signor Garamond schlecht. Während ich die nächsten Tage in den Bibliotheken verbrachte, um Illustrationen für die Geschichte der Metalle zu suchen, war man bei Manuzio schon an der Arbeit.

Nach zwei Monaten fand ich bei Belbo eine druckfrische Nummer der Zeitschrift *Parnassus Önotrius* mit einem langen Aufsatz unter dem Titel »Wiedergeburt des Okkultismus«, in dem der bekannte Hermetist Doktor Moebius – ein neues Pseudonym Belbos, der sich auf diese Weise den ersten Coupon des Hermes-Projekts verdient hatte – über die wundersame Renaissance der okkulten Wissenschaften in der modernen Welt sprach und ankündigte, daß der Verlag Manuzio beabsichtige, sich mit der neuen Reihe »Entschleierte Isis« auf diesem Gebiet zu betätigen.

In der Zwischenzeit hatte Signor Garamond eine Anzahl von Briefen an die verschiedenen Zeitschriften für Hermetismus, Astrologie, Tarot, Ufologie und so weiter geschrieben, unterzeichnet mit irgendwelchen Phantasienamen, um Informationen über die neue Buchreihe bei Manuzio zu erbitten. Daraufhin hatten die Redakteure dieser Zeitschriften bei ihm angerufen, um sich nach der Reihe zu erkundigen, und er hatte sich in Schweigen gehüllt und gesagt, er könne die ersten zehn Titel noch nicht nennen, aber sie würden in Kürze erscheinen. So war die Welt der Okkultisten, gewiß ohnehin sehr erregt durch fortwährende Trommelwirbel, inzwischen auf dem laufendem über das Hermes-Projekt.

»Verkleiden wir uns als Blüten«, sagte Signor Garamond, der uns zu einer erneuten Konferenz in den Saal des Globus bestellt hatte, »und die Bienen werden schon kommen.«

Aber das war noch nicht alles. Er wollte uns den Prospekt zeigen, den er sich ausgedacht hatte: ein schlichtes Faltblatt mit vier Seiten, aber aus Hochglanzpapier. Die erste Seite zeigte den geplanten Umschlag der Reihe, eine Art goldenes Siegel (das Pentaculum Salomonis, erklärte uns Garamond) auf schwarzem Grund, die Ränder der Seite gesäumt mit einer Dekoration aus ineinandergreifenden Hakenkreuzen (die asiatische Swastika, präzisierte Garamond, die im Sinne des Sonnenlaufs geht, nicht die nazistische, die im Uhrzeigersinn geht). Oben an der Stelle, wo der Buchtitel stehen sollte, eine Schrift: »Es gibt mehr Dinge im Himmel und auf Erden...« Auf den inneren Seiten wurden die Verdienste des Hauses Manuzio um die Bewahrung und Förderung der Kultur gerühmt, dann wiesen ein paar einprägsame Slogans auf die Tatsache hin, daß die heutige Welt nach tieferen und leuchtenderen Gewißheiten verlangt, als die Wissenschaft sie ihr zu geben vermag: »Aus Ägypten, aus Chaldäa, aus Tibet – eine vergessene Weisheit – für die spirituelle Wiedergeburt des Okzidents«.

Belbo fragte, an wen der Prospekt versandt werden solle, und Garamond lächelte, wie nur – hätte Belbo gesagt – Jago, der böse Geist Othellos, zu lächeln vermag. »Ich habe mir aus Frankreich das Adreßbuch aller zur Zeit in der Welt existierenden Geheimgesellschaften kommen lassen, und fragen Sie nicht, wie es ein öffentliches Adreßbuch der geheimen Gesellschaften geben kann. Es gibt eins, hier, bitte sehr, Editions Henry Veyrier, mit Adresse, Telefonnummer und Postleitzahl. Nehmen Sie es mit, Belbo, gehen Sie's durch und eliminieren Sie die Adressen, die uns nicht interessieren, denn sehen Sie, hier stehen auch die Jesuiten, das Opus Dei, die Carbonari und der Rotary Club, aber suchen Sie alle heraus, die nach Okkultismus klingen, ich hab schon einige angekreuzt.«

Er blätterte: »Hier: Absolutisten (glauben an die Metamorphose), Aetherious Society of California (pflegt telepathische Kontakte zum Mars), Astara in Lausanne (schwört absolute Geheimhaltung), Atlanteans of Great Britain (suchen nach dem verlorenen Glück), Builders of the Adytum in Kalifornien (Alchimie, Kabbala, Astrologie), Cercle E.B. in Perpignan (verehrt Hathor, die Liebesgöttin und Wächterin des Berges der Toten), Cercle Eliphas Lévi in Maule (keine Ahnung, wer dieser Lévi ist, vielleicht dieser französische

Anthropologe oder wie der heißt), Chevaliers de l'Alliance Templaire in Toulouse, Collège des Druides des Gaules, Convent Spiritualiste de Jéricho, Cosmic Church of Truth in Florida, Eglise Traditionelle d'Ecône in der Schweiz, überhaupt jede Menge Kirchen, Church of the Mormons (die hab ich mal in einem Krimi gefunden, aber vielleicht gibt's die nicht mehr), Church of Mithra in London und Brüssel, Church of Satan in Los Angeles, Eglise Luciférienne Unifiée de France, Eglise Rosicrucienne Apostolique in Brüssel, Enfants de la Ténèbre ou Orde Vert an der Goldküste (nein, die vielleicht nicht, wer weiß, in welcher Sprache die schreiben), Escuela Hermetista Occidental de Montevideo, National Institute of Kabbalah in Manhattan, Central Ohio Temple of Hermetic Science, Tetra-Gnosis of Chicago, Frères Anciens de la Rose-Croix de Saint-Cyr-sur-Mer, Fraternité Internationale d'Isis in Grenoble, Ancient Bavarian Illuminates in San Francisco, Johanniter-Bruderschaft für die Auferstehung der Templer in Kassel, The Sanctuary of the Gnosis in Sherman Oaks, Grail Foundation of America, Sociedade do Graal do Brazil, Hermetic Brotherhood of Luxor, Lectorium Rosicrucianum in Holland, Mouvement du Graal in Straßburg, Order of Anubis in New York, Temple of the Black Pentacle in Manchester, Odinist Fellowship in Florida, Orden vom Hosenband (da müßte sogar die Queen drin sein), Orden vom Vril (neonazistische Freimaurer, keine Adresse), Militia Templi in Montpellier, Souveräner Orden des Sonnentempels in Monte Carlo, Rosenkreuzer von Harlem (schau, schau, jetzt auch die Neger), Wicca (luziferische Assoziation keltischer Observanz, rufen die 72 Genien der Kabbala an) ... nun, Sie sehen, soll ich fortfahren?«

»Existieren die alle wirklich?« fragte Belbo.

»Die und noch mehr. An die Arbeit, stellen Sie die definitive Liste zusammen, und dann versenden wir den Prospekt. Auch ins Ausland, unter diesen Leuten zirkulieren die Nachrichten schnell. Nun bleibt nur noch eins zu tun: in die richtigen Buchläden gehen und nicht nur mit den Buchhändlern sprechen, sondern auch mit den Kunden. Und gesprächsweise fallenlassen, daß es diese Reihe Soundso gibt.«

Diotallevi gab zu bedenken, daß wir Verlagsangehörigen uns nicht so exponieren könnten, es müßten unverdächtige Propagandisten gesucht werden, worauf Garamond sagte, gut, dann sollten wir welche suchen. »Vorausgesetzt, sie sind gratis.«

Schöner Auftrag, kommentierte Belbo, kaum daß wir wieder in seinem Büro waren. Aber die Götter des Untergrunds schützten uns. Genau in diesem Moment kam Lorenza Pellegrini herein, sonniger denn je, Belbo erglühte, sie sah die Prospekte und wurde neugierig.

Als sie von dem Projekt im Haus nebenan erfuhr, leuchteten ihre Augen auf: »Wie schön, ich hab einen unheimlich sympathischen Freund, einen Ex-Tupamaro aus Uruguay, der bei einer Zeitschrift namens *Picatrix* arbeitet, er nimmt mich immer zu den spiritistischen Séancen mit. Ich hab Freundschaft mit einem fabelhaften Hektoplasma geschlossen, jetzt fragt es immer gleich nach mir, wenn es sich materialisiert!«

Belbo sah Lorenza an, als wollte er sie etwas fragen, ließ es dann aber bleiben. Ich glaube, er hatte sich daran gewöhnt, sie von den beunruhigendsten Bekanntschaften reden zu hören, und hatte beschlossen, sich nur noch über diejenigen zu beunruhigen, die einen Schatten auf seine Liebe zu ihr werfen konnten (liebte er sie?). Und in ihrem Hinweis auf *Picatrix* hatte er vermutlich weniger das Gespenst des Oberst Ardenti als das des allzu sympathischen Uruguayers gesehen. Doch Lorenza sprach schon von etwas anderem und enthüllte uns, daß sie oft in jene kleinen Buchhandlungen gehe, wo die Sorte Bücher verkauft würden, die in der Entschleierten Isis erscheinen sollten.

»Die sind nämlich eine Show, diese Läden«, sagte sie. »Da gibt's nicht nur Bücher, da gibt's auch Heilkräuter, und da gibt's Anweisungen, wie man sich einen Homunkulus macht, so wie der Faust mit der Helena, ach Jacopo, machen wir uns doch mal einen, ich hätte so gern einen Homunkulus von dir, den halten wir uns dann wie einen Dackel. Es geht ganz leicht, heißt es in dem Buch, man braucht bloß ein bißchen männlichen Samen in einem Reagenzglas aufzufangen, das wird dir doch nicht schwerfallen, hoffe ich, he, nicht rot werden, Blödmann! Dann vermischt man's mit Hippomene, das ist scheint's so 'ne Flüssigkeit, die wird sezerniert, sezessiert... wie sagt man?«

»Sekretiert«, sagte Diotallevi.

»Ach wirklich? Also ein Sekret von schwangeren Stuten,

naja, das ist wahrscheinlich das Schwierigste an der Sache, wenn ich 'ne schwangere Stute wäre, ich würd ja nicht wollen, daß jemand hergeht, um mir meine Hippomene abzuzapfen, besonders wenn's jemand ist, den ich nicht kenne, aber ich glaube, das Zeug kriegt man auch zu kaufen, wie Räucherstäbchen. Dann tut man alles in einen Glaskolben und läßt es vierzig Tage gären, und langsam siehst du, wie sich so 'ne kleine Figur bildet, ein kleiner Fötus, und nach weiteren zwei Monaten wird er ein süßer kleiner Homunkulus und kommt raus und ist dir zu Diensten – ich glaube, die sterben nie, stell dir vor, Jacopo, er bringt dir sogar noch die Blumen aufs Grab, wenn du tot bist.«

»Und was gibt's sonst noch in diesen Buchläden?« fragte Belbo.

»Phantastische Typen, sag ich dir, Typen, die mit den Engeln reden und die Gold machen können, und manchmal auch professionelle Zauberer mit professionellen Zauberergesichtern...«

»Wie sehen professionelle Zauberer aus?«

»Sie haben gewöhnlich 'ne Adlernase, Brauen wie'n Russe und stechende Augen, sie tragen die Haare lang bis auf den Kragen, wie früher die Maler, und einen Bart, aber keinen dichten, so einen mit kahlen Stellen zwischen Kinn und Backen, und einen Schnauzer, der absteht und strähnig über die Lippen fällt, was auch logisch ist, weil die Lippen sehr wulstig sind wegen der vorstehenden Zähne, die alle ein bißchen übereinanderstehen. Sie lächeln dich an, was sie mit solchen Zähnen nicht tun sollten, aber sie tun's, wobei dich dann aber die Augen (hab ich gesagt, daß sie stechend sind?) auf beunruhigende Weise ansehen.«

»*Facies hermetica*«, sagte Diotallevi.

»Ja? Na bitte, da seht ihr. Und wenn jemand reinkommt, um nach einem Buch zu fragen, zum Beispiel nach einem mit Gebeten gegen die Geister des Bösen, dann raunen sie dem Buchhändler gleich den richtigen Titel zu, der dann genau derjenige ist, den der Buchhändler nicht auf Lager hat. Aber wenn du mit ihnen Freundschaft schließt und sie fragst, ob ein bestimmtes Buch was taugt, dann lächeln sie wieder verständnisvoll, als ob sie mit kleinen Kindern sprechen, und sagen dir, daß man bei diesen Sachen unheimlich aufpassen muß. Und erzählen dir dann Geschichten von Teufeln, die ganz entsetzliche Sachen mit Freunden von ihnen gemacht haben, und du kriegst Angst, und sie beruhigen dich und sagen, das wär in den meisten Fällen bloß Hysterie. Kurz und gut, du weißt nie, ob sie selber dran glauben oder nicht. Oft schenken die Buchhändler mir auch Räucherstäbchen, einmal hat mir einer sogar so'ne kleine Elfenbeinhand geschenkt, gegen den bösen Blick.«

»Na, wenn du so gern in diesen Läden rumläufst«, sagte Belbo, »dann frag doch die Leute dort mal, ob sie schon was von dieser neuen Reihe gehört haben, und zeig ihnen den Prospekt.«

Lorenza ging mit einem Stapel Prospekte. Ich nehme an, daß auch sie in den folgenden Wochen fleißig war, aber ich hätte nie gedacht, daß die Dinge so schnell vorangehen könnten. Schon nach ein paar Wochen wußte Signora Grazia sich kaum noch zu retten vor den Diabolikern, wie wir die AEKs mit okkultistischen Interessen getauft hatten. Denn sie waren, wie ihre Natur es verlangte, Legion.

44

Invoke the forces of the Tablet of Union by means
of the Supreme Ritual of the Pentagram, with the
Active and Passive Spirit, with Eheieh and Agla.
Return to the Altar, and recite the following Eno-
chian Spirit Invocation: Ol Sonuf Vaorsag Goho
Iad Balt, Lonsh Calz Vonpho, Sobra Z-ol Ror I
Ta Nazps, od Graa Ta Malprg... Ds Hol-q Qaa
Nothoa Zimz, Od Commah Ta Nopbloh Zien...

Israel Regardie, *Original Account of the Teachings, Rites and
Ceremonies of the Hermetic Order of the Golden Dawn,* Ritual for
Invisibility, St. Paul, Llewellyn Publications, 1986, p. 423

Wir hatten Glück, unser erstes Kolloquium war von höchster Qualität, zumindest für die Zwecke unserer Initiation.

Das Trio war zur Feier des Tages komplett versammelt,
Belbo, Diotallevi und ich, und fast hätten wir beim Eintritt
unseres Besuchers einen Überraschungsschrei ausgestoßen:
er hatte genau die *facies hermetica,* die uns Lorenza beschrieben hatte, und war zudem ganz in Schwarz gekleidet.

Er trat herein, sah sich argwöhnisch um und stellte sich
vor: Professor Camestres. Auf die Frage nach seiner Disziplin machte er eine vage Geste, als wollte er uns mehr
Diskretion nahelegen. »Entschuldigen Sie«, sagte er, »ich
weiß nicht, ob Sie sich mit dem Problem nur unter rein
technischem, kommerziellen Gesichtspunkt befassen oder
ob Sie in Verbindung mit einer Gruppe von Initiierten stehen...«

Wir beruhigten ihn. »Es ist nicht aus übertriebener Vorsicht meinerseits«, sagte er, »aber ich hätte ungern Kontakte
mit jemandem vom OTO.« Dann, angesichts unserer Perplexität: »Ordo Templi Orientis, das Grüppchen der letzten
angeblichen Getreuen von Aleister Crowley... Ich sehe, Sie
sind nicht vertraut mit... Um so besser, dann wird es Ihrerseits keine Vorurteile geben.« Er akzeptierte den angebote-
nen Sessel. »Denn sehen Sie, das Werk, das ich Ihnen anbieten möchte, stellt sich couragiert in Opposition zu Crowley.
Wir alle, ich inklusive, sind nach wie vor Anhänger der
Offenbarungen des *Liber Al vel Legis,* das, wie Sie vielleicht
wissen, Crowley 1904 in Kairo von einer höheren Intelligenz
namens Aiwaz diktiert worden ist. Und auf diesen Text

berufen sich die Getreuen des OTO noch heute, und zwar auf seine vier Ausgaben, deren erste neun Monate vor dem Ausbruch des Balkankrieges herauskam, die zweite neun Monate vor dem Ausbruch des Ersten Weltkriegs, die dritte neun Monate vor dem chinesisch-japanischen Krieg und die vierte neun Monate vor den Massakern des spanischen Bürgerkrieges…«

Ich kreuzte unwillkürlich die Finger. Er sah es und lächelte düster. »Ich verstehe Ihr Zögern. Bedenkt man, daß dieses mein Manuskript hier die fünfte Neufassung jenes Buches ist, was mag dann in neun Monaten geschehen? Nichts, ich kann Sie beruhigen, denn was ich anbiete, ist das erweiterte *Liber Legis*, da ich das Glück hatte, nicht nur von einer einfachen höheren Intelligenz besucht worden zu sein, sondern von Al persönlich, dem höchsten Prinzip oder Hoor-paar-Kraat und somit dem Doppelgänger oder mystischen Zwilling von Ra-Hoor-Khuit. Meine einzige Sorge ist, daß dieses mein Werk, auch um schädliche Einflüsse abzuwenden, genau zur Wintersonnwende erscheinen muß.«

»Das ließe sich machen«, sagte Belbo ermunternd.

»Freut mich sehr. Das Buch wird Aufsehen in den Kreisen der Eingeweihten erregen, denn wie Sie gewiß verstehen können, meine mystische Quelle ist seriöser und glaubwürdiger als die von Crowley. Ich weiß nicht, wie Crowley die Rituale des Großen Tieres ins Werk setzen konnte, ohne die Liturgie des Schwertes zu berücksichtigen. Nur mit gezücktem Schwert versteht man, was das Mahapralaya ist oder das Dritte Auge der Kundalini. Und dann hat er in seiner Arithmologie, die ganz auf der Zahl des Tieres gründet, nicht die 93, 118, 444, 868 und 1001 berücksichtigt: die Neun Zahlen.«

»Was bedeuten die?« fragte Diotallevi.

»Ah«, sagte der Professor Camestres, »wie es schon im ersten *Liber Legis* heißt, jede Zahl ist infinit, und es gibt keinen Unterschied!«

»Verstehe«, sagte Belbo. »Aber fürchten Sie nicht, daß dies alles ein bißchen dunkel für den gewöhnlichen Leser ist?«

Camestres sprang fast aus seinem Sessel auf. »Aber es ist absolut unverzichtbar. Wer diese Geheimnisse ohne die nötige Vorbereitung erführe, würde in den Abgrund stürzen! Schon indem ich sie auf verschleierte Weise publik mache, gehe ich Risiken ein, glauben Sie mir! Ich bewege mich im Bereich der Anbetung des Tieres, aber radikaler als Crowley, lesen Sie nur meine Seiten über den *congressus cum daemone*, die Vorschriften für die Einrichtung des Tempels und die fleischliche Vereinigung mit der Scharlachroten Frau und dem Tier, das Sie reitet. Crowley war bei dem sogenannten widernatürlichen *congressus carnale* stehengeblieben, ich versuche das Ritual noch hinauszutreiben über das Böse, wie wir es verstehen, ich berühre das Unfaßbare, die absolute Reinheit der Goetia, die äußerste Schwelle des Bas-Aumgn und des Sa-Ba-Ft...«

Belbo blieb nur noch übrig, die finanziellen Möglichkeiten des Professors zu erkunden. Er tat es mit langen, verschachtelten Sätzen, und heraus kam schließlich, daß dieser Autor, wie zuvor schon Bramanti, nicht die geringste Absicht hatte, sein Opus selbst zu finanzieren. Woraufhin die Phase des Abstandnehmens begann, mit der höflichen Bitte, das Manuskript zur Prüfung dazulassen, für eine Woche, dann werde man weitersehen. Da aber hatte Camestres sein Manuskript mit beiden Händen fest an die Brust gedrückt und versichert, er sei noch nie mit soviel Mißtrauen behandelt worden, und war empört gegangen, nicht ohne durchblicken zu lassen, er verfüge über ungewöhnliche Mittel, uns die ihm angetane Beleidigung noch bereuen zu lassen.

Nach kurzer Zeit jedoch hatten wir Dutzende von Manuskripten sicherer AEKs beisammen. Wir mußten ein Minimum an Auswahl treffen, da die Sachen ja auch verkauft werden sollten. Sie alle zu lesen, war ausgeschlossen, wir begnügten uns mit einem Blick auf die Inhaltsverzeichnisse und teilten uns dann mit, was wir entdeckt hatten.

45

Womit sich eine verblüffende Frage erhebt: Kannten die alten Ägypter die Elektrizität?

Peter Kolosimo, *Terra senza tempo*, Mailand, Sugar, 1964, p. 111

»Ich hab hier einen Text über die verschwundenen Kulturen und die geheimnisvollen Länder«, sagte Belbo. »Scheint, es gab ursprünglich einen Kontinent Mu, in der Gegend von Australien, von dem die großen Migrationsströme ausgingen. Einer ging zur Insel Avalon, ein anderer zum Kaukasus und zu den Quellen des Indus, dann gab's die Kelten, die Begründer der ägyptischen Kultur und schließlich Atlantis...«

»Alte Kamellen«, sagte ich. »Leute, die Bücher über Mu schreiben, schleppe ich Ihnen so viele an, wie Sie wollen.«

»Aber dies hier läßt sich vielleicht verkaufen. Außerdem hat es ein sehr schönes Kapitel über die griechischen Einflüsse in Yucatán, es berichtet vom Basrelief eines Kriegers, in Chichén Itzá, der einem römischen Legionär ähnelt. Wie ein Ei dem andern...«

»Alle Helme der Welt haben entweder Federn oder Roßhaar«, sagte Diotallevi. »Das ist kein Beweis.«

»Für dich nicht, aber für den hier schon. Er findet Schlangenanbeter in allen Kulturen und schließt daraus auf einen gemeinsamen Ursprung...«

»Wo ist die Schlange nicht angebetet worden?« sagte Diotallevi. »Außer natürlich beim Auserwählten Volk.«

»Ja, die haben das Kalb angebetet.«

»Das war ein Moment der Schwäche. Ich würde dieses hier wegtun, auch wenn sich's verkaufen läßt. Kelten und Arier, Kali-Yuga, Untergang des Abendlandes und SS-Spiritualität! Vielleicht bin ich ja paranoisch, aber das riecht mir nach Nazismus.«

»Für Garamond ist das nicht unbedingt ein Grund zur Ablehnung.«

»Ja, aber es gibt eine Grenze für alles. Hör zu, ich hab hier was Besseres, etwas über Kobolde, Undinen, Salamander, Elfen und Feen... Allerdings kommen auch hier die Ursprünge der arischen Kultur mit rein. Scheint, daß die SS von den Sieben Zwergen abstammt.«

»Nicht doch, das sind die Nibelungen!«

»Aber hier ist die Rede von dem Kleinen Volk auf der Insel Irland. Und die Bösen sind die Feen, die Kleinen sind gute Kerlchen, nur treiben sie's manchmal ein bißchen arg.«

»Leg's mal raus. Und was haben Sie, Casaubon?«

»Nur einen kuriosen Text über Christoph Columbus. Der Autor analysiert seine Unterschrift und findet darin sogar eine Bezugnahme auf die Pyramiden. Columbus hatte die Absicht, den Tempel von Jerusalem zu rekonstruieren, denn er war ein Großmeister der Templer im Exil. Und da er bekanntlich ein portugiesischer Jude und folglich ein Experte für Kabbala war, hat er mit kabbalistischen Beschwörungen die Stürme besänftigt und den Skorbut gezähmt. Die Texte über die Kabbala hab ich nicht durchgesehen, ich nehme an, die hat sich Diotallevi reserviert.«

»Sind alle voll falschem Hebräisch, fotokopiert aus den Traktätchen über die Traumdeutung.«

»Vergessen wir nicht, wir suchen hier Texte für die Entschleierte Isis. Wir betreiben keine Philologie. Vielleicht gefällt den Diabolikern gerade das falsche Hebräisch der Traumdeuter. Ich schwanke, was die Beiträge über die Freimaurerei betrifft. Garamond hat mir empfohlen, keine Experimente zu machen, er will sich nicht in die Streitereien zwischen den verschiedenen Riten einmischen, aber ich würde diesen Text hier über die freimaurerische Symbolik in der Grotte von Lourdes nicht vernachlässigen. Auch nicht diesen anderen, sehr schönen hier, über das Auftauchen eines Edelmannes, vermutlich des Grafen von Saint-Germain, eines Vertrauten von Benjamin Franklin und La Fayette, bei der Erfindung des amerikanischen Sternenbanners. Allerdings erklärt er zwar die Bedeutung der Sterne ganz gut, aber mit den Streifen verheddert er sich ganz schön.«

»Der Graf von Saint-Germain!« sagte ich. »Schau, schau!«

»Wieso? Kennen Sie ihn?«

»Wenn ich ja sage, werden Sie mir nicht glauben. Lassen wir das. Ich hab hier eine vierhundert Seiten dicke Monstrosität über die Irrtümer der modernen Wissenschaft: Das Atom, eine jüdische Lüge, Der Irrtum Einsteins und das mystische Geheimnis der Energie, Die Illusion Galileis und die immaterielle Beschaffenheit des Mondes und der Sonne.«

»Wenn's darum geht«, sagte Diotallevi, »am besten gefällt mir diese Revue Fortischer Wissenschaften.«

»Was sind denn Fortische Wissenschaften?«

»Die von einem gewissen Charles Hoy Fort, der sich eine riesige Sammlung unerklärlicher Ereignisse angelegt hatte. Zum Beispiel ein Regen von Fröschen in Birmingham, Fußspuren eines Fabeltieres in Devonshire, mysteriöse Treppen und Abdrücke von Saugnäpfen auf einigen Bergrücken, Unregelmäßigkeiten in der Abfolge der Äquinoktien, Schriften auf Meteoriten, schwarzer Schnee, Blutregen, geflügelte Wesen achttausend Meter über Palermo, leuchtende Räder im Meer, Reste von Riesen, Kaskaden von toten Blättern in Frankreich, Niederschläge von lebender Materie in Sumatra, und natürlich alle Abdrücke in Machu Picchu und auf anderen Gipfeln der Anden, die von einer Landung mächtiger Raumschiffe in prähistorischen Zeiten künden. Wir sind nicht allein im Universum.«

»Seien wir froh«, sagte Belbo. »Was mich umtreibt, sind diese fünfhundert Seiten hier über die Pyramiden. Habt ihr gewußt, daß die Cheopspyramide genau auf dem dreißigsten Breitengrad steht, demselben, der das längste Stück von allen über Land verläuft? Daß die geometrischen Relationen, die man auf der Cheopspyramide finden kann, dieselben sind, die sich auch an der Pedra Pintada in Amazonien finden? Daß es in Ägypten zwei gefiederte Schlangen gab, eine auf dem Thron des Tutanchamun und die andere auf der Pyramide von Saqqara, was auf Quetzalcoatl verweist?«

»Was hat Quetzalcoatl mit Amazonien zu tun, wenn er doch zum mexikanischen Pantheon gehört?« fragte ich.

»Na, vielleicht hab ich da einen Nexus verpaßt. Andererseits, wie erklärt sich, daß die Statuen auf den Osterinseln megalithisch sind, genau wie die keltischen? Einer der polynesischen Götter hieß Ya, und das ist ganz klar der Jod der Juden, wie auch der altungarische Io-v', der große und gute Gott. Eine alte mexikanische Handschrift zeigt die Erde als ein Quadrat, umgeben vom Meer, und im Zentrum der Erde steht eine Pyramide, auf der das Wort Aztlan geschrieben steht, das an Atlas oder Atlantis erinnert. Warum sind auf beiden Seiten des Atlantiks Pyramiden zu finden?«

»Weil es leichter ist, Pyramiden zu bauen als Kugeln. Weil der Wind die Dünen zu Pyramiden formt und nicht zu attischen Tempeln.«

»Ich hasse den Geist der Aufklärung«, sagte Diotallevi.

»Weiter. Der Kult des Sonnengottes Re tritt in der ägyptischen Religion nicht vor dem Neuen Reich auf, ergo kommt er von den Kelten. Oder denken wir an Sankt Nikolaus und seinen Schlitten. Im vorgeschichtlichen Ägypten war das Sonnenschiff ein Schlitten. Da es in Ägypten keinen Schnee gibt, muß der Schlitten aus dem Norden gekommen sein...«

Ich gab nicht nach: »Vor der Erfindung des Rades hat man den Schlitten auch auf Sand benutzt.«

»Reden Sie nicht immer dazwischen. Dieses Buch sagt, zuerst müsse man die Analogien identifizieren, dann nach den Gründen suchen. Und letzten Endes seien die Gründe wissenschaftliche. Die Ägypter mußten die Elektrizität gekannt haben, andernfalls hätten sie nicht machen können, was sie gemacht haben. Ein deutscher Ingenieur, der mit dem Bau der Kanalisierung von Bagdad beauftragt war, hat elektrische Batterien gefunden, die noch funktionierten und in die Zeit der Sassaniden zurückgingen. Bei den Ausgrabungen in Babylon sind Akkumulatoren ans Licht gekommen, die vor viertausend Jahren fabriziert worden waren. Und schließlich war die biblische Bundeslade (die die Gesetzestafeln, den Stab Aarons und ein Gefäß mit Manna aus der Wüste enthielt) eine Art elektrischer Tresor, der Entladungen bis zu fünfhundert Volt produzieren konnte.«

»Das hab ich schon mal in einem Film gesehen.«

»Ja und? Was meinen Sie, woher die Drehbuchschreiber ihre Ideen beziehen? Die Bundeslade war aus Akazienholz, innen und außen mit Gold überzogen – dasselbe Prinzip wie bei den elektrischen Kondensatoren: zwei Leitungen, getrennt durch eine Isolierung. Sie war umgeben von einem Gewinde aus purem Gold, und sie stand in einer trockenen Zone, wo das Magnetfeld an die 500-600 Volt pro Kubikmeter erreichte. Es heißt auch, Porsenna hätte sein Reich mit Hilfe der Elektrizität von der Präsenz eines schrecklichen Tieres mit Namen Volt befreit.«

»Eben deswegen hatte Alessandro Volta diesen exotischen Namen angenommen. Vorher hieß er bloß einfach Szmrszlyn Krasvhnaprzavl.«

»Seien wir ernsthaft. Auch weil ich hier außer den Manuskripten noch eine Handvoll Briefe habe, die Enthüllungen ankündigen über die Beziehungen zwischen Jeanne d'Arc und den Sibyllinischen Büchern, der talmudischen Lilith und der hermaphroditischen Großen Mutter, dem genetischen

Code und den Marskanälen, über die verborgene Intelligenz der Pflanzen, die kosmische Wiedergeburt und die Psychoanalyse, Marx und Nietzsche in der Perspektive einer neuen Angelologie, die Goldene Zahl und die Slums von Kalkutta, Kant und Okkultismus, die Mysterien von Eleusis und Jazz, Cagliostro und die Atomenergie, Homosexualität und Gnosis, Golem und Klassenkampf, und schließlich ein Werk in acht Bänden über den Gral und das Heilige Herz.«

»Was will es beweisen? Daß der Gral eine Allegorie des Heiligen Herzens ist oder das Heilige Herz eine Allegorie des Grals?«

»Ich kapiere den Unterschied und weiß ihn zu schätzen, aber ich glaube, dem hier ist beides recht. Jedenfalls bin ich hier mit meiner Weisheit am Ende. Wir sollten Signor Garamond fragen.«

Wir fragten ihn. Er sagte, wir sollten grundsätzlich nichts wegwerfen und alles prüfen.

»Aber schauen Sie, das meiste von diesem Zeug wiederholt bloß Sachen, die man an jedem Bahnhofskiosk finden kann«, sagte ich. »Die Autoren, auch die schon gedruckten, schreiben voneinander ab, der eine zitiert als Beleg die Behauptung des andern, und als letzten Beweis benutzen sie alle einen Satz von Jamblichos oder so jemandem.«

»Na und?« sagte Garamond. »Wollen Sie den Lesern etwas verkaufen, was sie nicht kennen? Die Bücher der Entschleierten Isis müssen genau von denselben Sachen handeln, die auch in den anderen stehen. Sie bestätigen sich gegenseitig, also sind sie wahr. Mißtrauen Sie der Originalität.«

»Schon recht«, sagte Belbo, »aber wir müßten doch wenigstens wissen, was in diesen Kreisen allgemein bekannt ist und was nicht. Wir bräuchten einen Berater.«

»Welcher Art?«

»Ich weiß nicht. Er müßte nüchterner als die Diaboliker sein, aber ihre Welt kennen. Und er müßte uns auch bei der Reihe Hermetik beraten. Ein ernsthafter Kenner des Hermetismus der Renaissance...«

»Bravo«, sagte Diotallevi, »und wenn du ihm dann das erstemal sowas wie den Gral und das Heilige Herz in die Hand drückst, geht er empört davon und knallt die Tür zu.«

»Das ist nicht gesagt.«

»Ich wüßte jemanden, der dafür richtig wäre«, sagte ich. »Er ist ein Gelehrter, der diese Sachen ernst genug nimmt, aber mit Eleganz, ich würde sagen, mit Ironie. Ich habe ihn in Brasilien kennengelernt, aber jetzt müßte er in Mailand sein. Ich muß irgendwo seine Telefonnummer haben.«

»Kontaktieren Sie ihn«, sagte Garamond. »Aber seien Sie vorsichtig, er darf nicht zu teuer sein. Und dann versuchen Sie ihn auch gleich für das wunderbare Abenteuer der Metalle zu benutzen.«

Agliè schien erfreut, meine Stimme zu hören. Er fragte, wie es der entzückenden Amparo gehe, ich gab ihm schüchtern zu verstehen, daß es sich um eine verflossene Geschichte handelte, er entschuldigte sich und machte ein paar liebenswürdige Bemerkungen über die Frische, mit welcher ein junger Mensch immer neue Kapitel in seinem Leben aufschlagen könne. Ich machte ihm Andeutungen über ein neues Verlagsprojekt. Er zeigte sich interessiert, sagte, daß er uns gerne empfangen würde, und wir verabredeten ein Treffen in seinem Hause.

Von der Geburt des Hermes-Projekts bis zu jenem Tage hatte ich mich unbesorgt auf Kosten der halben Welt amüsiert. Nun begannen *sie*, die Rechnung zu präsentieren. Auch ich war eine Biene und flog zu einer Blüte, nur wußte ich es noch nicht.

46

Während des Tages setze dich etliche Male vor den
Frosch und sprich Worte der Verehrung. Und bitte
ihn, die Wunder zu vollbringen, die du dir wün-
schest... Unterdessen schnitze ein Kreuz, um ihn
daran aufzuspießen.

Aus einem Ritual von Aleister Crowley

Agliè wohnte in der Gegend von Piazzale Susa: eine ruhige
Seitenstraße, eine Fin-de-siècle-Villa in dezentem Jugendstil.
Die Tür öffnete uns ein alter Diener in gestreifter Jacke. Er
führte uns in einen Salon und bat uns, auf den Herrn Grafen
zu warten.

»Dann ist er also Graf«, flüsterte Belbo.

»Hab ich Ihnen das nicht gesagt? Er ist Saint-Germain
redivivus.«

»Er kann nicht redivivus sein, wenn er nie gestorben ist«,
sprach Diotallevi. »Er wird doch nicht Ahasver sein, der
Ewige Jude?«

»Nach Ansicht einiger ist der Graf von Saint-Germain
auch Ahasver gewesen.«

»Na bitte.«

Agliè trat herein, wie immer makellos gekleidet. Drückte
uns die Hand und entschuldigte sich: Eine langweilige Sitzung, ganz überraschend, halte ihn leider noch zehn Minuten in seinem Studio auf, wir sollten es uns einstweilen bequem machen. Er hieß den Diener, uns Kaffee zu bringen,
und ging durch einen schweren Vorhang aus altem Leder
hinaus. Es gab keine Tür, und während wir den Kaffee
schlürften, hörten wir erregte Stimmen aus dem Nebenraum. Zuerst sprachen wir laut miteinander, um nicht zu
lauschen, dann meinte Belbo, daß wir vielleicht störten. In
einem Moment der Stille hörten wir eine Stimme und einen
Satz, die unsere Neugier weckten. Diotallevi stand auf und
tat, als bewunderte er einen barocken Stich an der Wand,
direkt neben dem Vorhang. Es war eine Höhle im Gebirge,
zu der einige Pilger über sieben Stufen hinaufstiegen. Nach
kurzer Zeit taten wir alle drei, als ob wir das Bild studierten.

Es war zweifellos die Stimme Bramantis, die wir gehört

hatten, und er sagte gerade: »Also jedenfalls, ich schicke niemandem Teufel ins Haus.«

An jenem Tag wurde uns klar, daß Bramanti nicht nur das Aussehen, sondern auch die Stimme eines Tapirs hatte.

Die andere Stimme war die eines Unbekannten mit starkem französischen Akzent und schrillem Ton, fast hysterisch. Hin und wieder mischte sich die Stimme Agliès mit ein, sanft und konziliant.

»Ich bitte Sie, meine Herren«, sagte Agliè gerade, »Sie haben mich um mein Urteil gebeten, und das ehrt mich, aber nun hören Sie mir auch zu. Erlauben Sie mir vor allem zu sagen, lieber Pierre, daß es zumindest unvorsichtig von Ihnen war, diesen Brief zu schreiben...«

»L'affaire est très simple, Monsieur le Comte«, erwiderte die französische Stimme. »Dieser Monsieur Bramongtí hat geschrieb ein Article in eine Dzaitschrift, die wir alle sähr estimieren, wo er macht eher plump Ironie über certains Lucifériens, die wollen 'aben 'Ostien, ohne selber su glauben an die reale Présence, um damit su machen Argent et patatatí patatá. Bon, alle Welt weiß, daß die einsig anerkannte Eglise Luciférienne ist die, wo ich bin modestement Tauroboliaste et Psicopompe, und man weiß gut, daß mein Kirsche nich macht Satanisme vulgaire und nich macht Ratatouille mit 'Ostien, ces choses du chanoine Docre à Saint-Sulpice! Ich 'abe gesagt in die Brief, daß wir sind nich Satanisten vieux jeu, Adorateurs du Grand Tenancier du Mal, und daß wir nich 'aben notwendig su maken Nachäfferai von Römische Kirsche mit all diese Zimborium... Nous sommes plutôt Palladiens, aber das weiß tout le monde, für uns ist Lucifère der Princip du Bien, und wenn jemand ist der Princip du Mal, dann 'ökstens Adonai, weil er ist es, der diesen Welt hat geschafft, und Lucifer hat versuch sich su opponier...«

»Schon gut«, unterbrach ihn Bramanti erregt, »ich hab's doch gesagt, kann sein, daß ich ein bißchen oberflächlich war, aber das erlaubt Ihnen nicht, mich mit Hexerei zu bedrohen!«

»Mais voyons! Was ich 'abe gesagt, war ein Metaphòre! C'est plutôt vous, Sie sind es, die mich 'aben bedroht mit l'envoûtement!«

»Haha, als ob ich und meine Brüder Zeit hätten, kleine Teufelchen durch die Gegend zu schicken! Wir praktizieren das Dogma und Ritual der Hohen Magie, wir sind keine Hexenmeister!«

»Monsieur le Comte, ich appellier an Sie. Der Monsieur Bramongtí hat notorisch Rapports mit dem Abbé Boutroux, und Sie wissen gut, daß man sagt von diesem Prétre, daß er hat sich gemakt tatouieren das Crucifix auf die Fußsohl, damit er kann marschier auf notre Seigneur, oder auf sein... Bon, es sind sieben Tage, ich encontre diesen prétendu Abbé in die Librairie du Sangreal, Sie kennen, er mir läschelt ein sähr schmierig Läscheln, wie es ist sein Kostüm, und er mir sagt bien bien, man wird sich noch 'ören ain dieser Tage... Mais qu'est-ce que ça veux dire, ain dieser Tage? Das will sagen, daß zwai Tage später am Abend anfanggen die Visiten, ich bin gerade dabei su gehen im Bett, da fühl ich mich schlag im Gesicht von chocs fluides, Sie wissen, ce sont des émanations facilement reconnaissables.«

»Wahrscheinlich haben Sie die Sohlen Ihrer Slipper auf dem Teppich gerieben.«

»Ah oui! Et alors warum fliegen dann Nippsaken durch der Luft, ein von mein Alambiques trifft mich an Kopf, mein Baphomet von Gips fällt auf Boden und kassiert sich, es war ein Souvenir von mein pauvre père, und auf der Wand erscheinen des écritures en rouge, des ordures que je n'ose pas dire? Sie wissen sähr gut, daß es ist kaum ein Jahr daß der verstorb Monsieur Gros hat accusé diesen Abbé-là su machen Cataplasmes avec matière fécale, pardonnez-moi, und l'Abbé hat ihn condanné à mort – und zwai Wochen darauf der pauv' Monsieur Gros war tot auf mysteriöse manière. Daß dieser Boutroux maneuvriert mit Substance véléneuse, das hat etabliert auch der Jury d'honneur, was war einberufen von den Martinistes de Lyon...«

»Aufgrund von Verleumdungen...«, sagte Bramanti.

»Ah dis donc! Ein Process über Sachen von diese Sort ist immer ein Process von Indicen...«

»Ja, aber daß der Monsieur Gros ein Alkoholiker war, mit Leberzirrhose im letzten Stadium, das ist dem Tribunal nicht gesagt worden.«

»Seien Sie nicht enfantil! Die Dsauberei procediert auf natürlische Wege, und wenn einer hat die Zirrhose, man wird ihn treffen auf sein malades Organ, das ist der Abécé von jeder Magie noire...«

»Also immer wenn einer an Zirrhose stirbt, ist es der gute Boutroux gewesen! Daß ich nicht lache!«

»Alors, dann erzählen Sie mir, was ist passiert in Lyon diese letzte zwai Wochen... Kapelle entwaiht, 'Ostie mit Tetragrammatón, der Abbé Boutroux in groß rot Robe mit Kreuz umgekehrt drauf, und Madame Olcott, seine Voyante personelle, um nich su sagen noch mehr, erscheint mit Trident auf die Stirn, und leere Kelsche, die sich füllen gans von allain mit Blut, und der Abbé craschiert in die Mund von die Gläubigen... C'est vrai ou non?«

»Sie haben wohl zuviel Huysmans gelesen, mein Lieber!« rief Bramanti lachend. »Das war doch ein kulturelles Ereignis, eine historische Rekonstruktion, wie die Gedenkfeiern der Wicca-Schule und der druidischen Kollegien!«

»Ouais, le Carneval de Venise...«

Wir hörten ein Getümmel, als ob Bramanti seinem Gegner an die Gurgel wollte und Agliè ihn nur mühsam zurückhalten konnte. »Vous voyez, vous voyez!« schrie der Franzose mit sich überschlagender Stimme. »Aber seien Sie vorsiktich, Monsieur Bramongtí, fragen Sie Ihren Freund Boutroux, was ihm ist passiert! Sie wissen es noch nich, aber er ist im Hôpital, oui, fragen Sie ihn, wer ihm hat cassiert die Figüre! Auch wenn ich nich praktizier diese Ihre Goetiá-là, waiß ich doch auch was davon, und als ich hatte kapiert, daß mein Haus war habité, hab isch traciert auf das Parquet le Cercle de Défense, und weil ich nich glaube daran, moi non, mais vos petits diables oui, hab ich gehoben das Scapulaire du Carmel und hab ihm gemakt das Contresigne, l'envoûtement retourné, ah oui! Alors, da hat Ihr Abbé gehabt ain terrible Moment!«

»Sehen Sie, sehen Sie?« schnaubte Bramanti. »Er ist es, der hier die Malefizen macht!«

»Meine Herren, das reicht jetzt«, ließ Agliè sich ruhig, aber bestimmt vernehmen. »Hören Sie mir zu. Sie wissen, wie sehr ich diese Vergegenwärtigungen überholter Rituale auf der Erkenntnisebene schätze, und für mich sind die Luziferische Kirche oder der Satansorden gleichermaßen respektabel, jenseits aller dämonologischen Differenzen. Sie kennen meinen Skeptizismus in diesen Dingen, aber schließlich gehören wir immer noch zu derselben spirituellen Ritterschaft, und ich bitte Sie um ein Mindestmaß an Solidarität. Und überdies, meine Herren, wie kann man den Fürsten der

Finsternis in persönliche Streitereien hineinziehen! Wenn es wahr wäre, was Sie sagen, wäre es kindisch. Also was soll's, das sind doch Märchen für Okkultisten. Sie benehmen sich wie vulgäre Freimaurer. Boutroux ist ein Wirrkopf, seien wir ehrlich, und allenfalls sollten Sie, Bramanti, ihn auffordern, seinen Trödelkram an einen Opernrequisiteur zu verkaufen, für den Mephistopheles von Boito...«

»Ah, ah, c'est bien dit ça«, freute sich der Franzose, »c'est de la brocanterie...«

»Betrachten wir den Fall nüchtern. Was ist denn geschehen? Es hat eine Debatte über liturgische Formalitäten gegeben, die Gemüter haben sich erhitzt, aber wir wollen doch, wie man bei uns sagt, den Schatten nicht Körper geben. Wohlgemerkt, lieber Pierre, ich schließe keineswegs aus, daß in Ihrem Hause fremde Präsenzen umgehen, das ist die normalste Sache der Welt, aber mit einem Minimum an gesundem Menschenverstand ließe das Ganze sich auch durch einen Poltergeist erklären...«

»Ja, das würde ich nicht ausschließen«, sagte Bramanti, »bei der derzeitigen Astralkonjunktur...«

»Also bitte! Auf, meine Herren, geben Sie sich die Hand. Und einen Bruderkuß!«

Wir hörten gemurmelte Entschuldigungen. »Sie wissen doch selbst«, sagte Bramanti, »manchmal muß man, um herauszufinden, wer wirklich auf Initiation bedacht ist, auch der Folklore nachgeben. Sogar jene Händler des Großen Orients, die an nichts glauben, haben ein Ritual.«

»Bien entendu, le rituel, ah ça...«

»Aber wir sind nicht mehr in den Zeiten Crowleys, einverstanden?« sagte Agliè. »Jetzt muß ich Sie leider verlassen, ich habe noch andere Gäste.«

Wir eilten rasch zum Sofa zurück und erwarteten Agliè in gefaßter und zwangloser Haltung.

47

So war es denn unser hohes Bemühen, eine Ordnung in diesen sieben Maßen zu finden, die umfas-
send, ausreichend und distinkt sei und stets den
Sinn wach und das Gedächtnis erregt halte...
Diese hohe und unvergleichliche Collocation dient
nicht nur dazu, die uns anvertrauten Dinge, Worte
und Künste zu bewahren..., sondern gibt uns darüber hinaus auch die wahre Weisheit.

Giulio Camillo Delminio, *L'Idea del Theatro*,
Florenz, Torrentino, 1550, Einleitung

Kurz darauf erschien Agliè. »Bitte entschuldigen Sie mich,
liebe Freunde, ich komme aus einer recht unangenehmen
Diskussion. Wie Freund Casaubon weiß, betrachte ich mich
als einen Liebhaber der Religionsgeschichte, und das hat zur
Folge, daß etliche, und nicht selten, sich um Rat an mich
wenden, vielleicht mehr an meinen *common sense* als an meine
Fachkenntnisse. Es ist schon kurios, was für singuläre Personen man bisweilen unter den Adepten der Weisheitsstudien
finden kann... Ich meine nicht nur die üblichen Melancholiker auf der Suche nach transzendentalem Trost, sondern auch
Leute mit profundem Wissen und großer intellektueller
Feinsinnigkeit, die sich jedoch dessenungeachtet nächtlichen
Phantastereien hingeben und dabei den Sinn für die Grenze
zwischen überlieferter Wahrheit und dem Archipel des Wun-
derlichen verlieren. Die beiden Herren, mit denen ich eben
sprach, stritten sich über kindische Mutmaßungen. Dergleichen kommt leider, wie man so schön sagt, in den besten
Familien vor. Aber nun folgen Sie mir bitte in meine Klause,
da können wir in einer angenehmeren Atmosphäre plaudern.«

Er schob den Ledervorhang beiseite und ließ uns ins
Nebenzimmer eintreten. Klause hätten wir es nicht genannt,
so geräumig, wie es sich darbot, ringsum möbliert mit exquisiten Regalen voll kostbar gebundener Bücher, sicherlich alle
von ehrwürdigem Alter. Was uns besonders frappierte, waren einige Glasvitrinen, die schwer bestimmbare Objekte
enthielten, Steine, wie uns schien, und kleine Tiere, bei denen
wir nicht zu erkennen vermochten, ob sie ausgestopft oder

mumifiziert oder fein nachgebildet waren. Über allem lag ein diffuses Dämmerlicht. Es schien durch ein großes Doppelfenster mit bleigefaßten Rautenscheiben von bernsteinartiger Transparenz einzudringen, aber das Licht aus dem Fenster vermischte sich mit dem Schein einer großen Lampe auf einem Schreibtisch aus dunklem Mahagoni, bedeckt mit Papieren. Es war eine von jenen Lampen mit grünem Glasschirm, wie man sie bisweilen noch auf den Lesetischen alter Bibliotheken findet, die ein helles Oval auf die Buchseiten werfen, aber die Umgebung in einem milchigen Zwielicht belassen. Genau dieses Spiel verschiedener Lichter, beide aus unnatürlicher Quelle, ließ nun jedoch die Farben der Deckenbemalung eher aufleuchten als erlöschen.

Es war eine gewölbte Decke, deren Bemalung den Eindruck weckte, als würde sie an den vier Ecken von schlanken, ziegelroten Säulen mit kleinen vergoldeteten Kapitellen getragen, doch das *trompe-l'oeil* der Bilder, die sie überzogen, aufgeteilt in sieben Felder, ließ sie gebläht wie ein Segel erscheinen, und der ganze Raum hatte den Charakter einer Totenkapelle mit einer leicht sündhaften, melancholisch sinnlichen Note.

»Mein kleines Theater«, sagte Agliè, »in der Manier jener Phantasien der Renaissance, die bildliche Enzyklopädien ausbreiteten, Gesamtdarstellungen des Universums. Mehr als ein Wohnraum ist dies für mich eine Maschine der Erinnerung. Hier sehen Sie kein Bild, das, wenn es sich in der richtigen Weise mit anderen verbindet, nicht ein Mysterium der Welt enthüllte und resümierte. Betrachten Sie jene Prozession von Figuren, die der Maler derjenigen im Palast zu Mantua nachgebildet hat: Es sind die sechsunddreißig Dekane, die Herren des Himmels. Und daher wollte ich, aus alter Gewohnheit und Treue zur Tradition, als ich diese herrliche Rekonstruktion von wer weiß wessen Hand gefunden hatte, daß auch die kleinen Objekte in den Vitrinen, die mit den Deckenbildern korrespondieren, die Grundelemente des Universums darstellen, Feuer, Wasser, Luft und Erde. So erklärt sich die Präsenz dieses graziösen Salamanders zum Beispiel, ein Meisterwerk der Taxidermie eines teuren Freundes, oder diese delikate, wenngleich ziemlich späte Miniaturnachbildung der Äolipile von Heron, auch Äolusbällchen genannt, worin die Luft in der kleinen Kugel, wenn ich dieses Spiritusöfchen entzünde, das ihr als Schale dient, sich erhitzt und aus diesen seitlichen Tüllen austritt, um die Kugel zum Kreisen zu bringen. Ein magisches Instrument, das schon die altägyptischen Priester in ihren Heiligtümern benutzten, wie viele berühmte Texte bezeugen. Sie benutzten es, um der Menge Wunder vorzutäuschen, und die Menge verehrte das Wunder, aber das wahre Wunder liegt in dem goldenen Gesetz, das die geheime und simple, ätherische und elementare Mechanik regelt: Luft und Feuer. Dies ist die Weisheit, die unsere antiken Ahnen besaßen, auch die Alchimisten noch, und die den modernen Konstrukteuren von Zyklotronen verlorengegangen ist... So wende ich nun meinen Blick zu diesem Theater der Erinnerung, dem Nachkommen so vieler anderer, größerer, welche die großen Geister der Vergangenheit faszinierten, und *weiß*. Weiß mehr als die sogenannten Wissenden. Weiß, daß es oben so ist wie unten. Und mehr gibt es nicht zu wissen.«

Er bot uns kubanische Zigarren an, kurios geformte, die nicht gerade waren, sondern krumm und verdreht, obgleich voluminös und schwer. Wir stießen einige bewundernde Rufe aus, und Diotallevi trat an die Bücherregale.

»Oh«, sagte Agliè, »nur eine winzige Bibliothek, wie Sie sehen, nicht mehr als zweihundert Bände, ich habe Besseres in meinem Familiensitz. Doch alle sind, bescheiden gesagt, von einer gewissen Rarität, natürlich nicht zufällig angeordnet, die Ordnung der verbalen Themen folgt jener der Bilder und der Objekte.«

Diotallevi berührte schüchtern ein Buch. »Bitte, bitte, ziehen Sie's ruhig heraus«, sagte Agliè, »das ist der *Oedypus Aegyptiacus* von Athanasius Kircher. Sie wissen, er war der erste nach Horapollon, der die Hierglyphen zu entziffern versuchte. Ein faszinierender Mann, ich wünschte, diese meine Sammlung gliche seiner Wunderkammer, die heute in alle Winde zerstreut ist – heißt es, denn wer nicht zu suchen versteht, wird nicht finden... Ein höchst liebenswerter Gesprächspartner. Wie stolz er war an dem Tage, als er entdeckt hatte, daß diese Hieroglyphen bedeuten: ›Die Segnungen des göttlichen Osiris müssen durch heilige Zeremonien und durch die Kette der Geister herbeigeführt werden...‹ Dann kam dieser Intrigant Champollion, ein widerwärtiger Mensch, glauben Sie mir, von einer infantilen Eitelkeit, und insistierte auf seiner Behauptung, die Zeichenfolge entspreche bloß einfach dem Namen eines Pharaos. Wie erfinderisch die Modernen sind, wenn es darum geht, die heiligen Symbole herabzusetzen und zu entwerten! Das Werk ist übrigens nicht so rar: es kostet weniger als ein Mercedes. Betrachten Sie lieber dieses hier, die Erstausgabe von 1595 des *Amphitheatrum sapientiae aeternae* von Khunrath. Es heißt, es gebe davon auf ganzen der Welt nur noch zwei Exemplare. Dieses hier ist das dritte. Und hier ist die Erstausgabe der *Telluris Theoria Sacra* von Burnetius. Ich kann mir die Tafeln abends nicht ansehen, ohne ein Gefühl von mystischer Klaustrophobie zu bekommen. Die Tiefen unseres Globus... Unerwartet, nicht wahr? Wie ich sehe, ist Doktor Diotallevi fasziniert von den hebräischen Lettern des *Traicté des Chiffres* von Vigenère. Dann sehen Sie auch dies hier: die Erstausgabe der *Kabbala denudata* des Barons Knorr von Rosenroth. Sie werden es sicher wissen, das Buch wurde zu Anfang dieses Jahrhunderts auszugsweise und sehr schlecht ins Englische übersetzt und verbreitet von jenem unseligen McGregor Mathers... Sie haben gewiß von jenem skandalösen Zirkel gehört, der die britischen Ästheten so faszinierte: The Golden Dawn. Aus einer solchen Bande von Fälschern geheimer Dokumente konnte nur eine Serie von endlosen Degenerationen hervorgehen, von der Stella Matutina bis zu den Satanskirchen des Aleister Crowley, der die Dämonen heraufbeschwor, um sich die Gunst von Adligen zu erwerben, die dem *vice anglais* verfallen waren... Oh, wenn Sie wüßten, liebe Freunde, wie vielen dubiosen Gestalten, um nur das mindeste zu sagen, man leider begegnet, wenn man sich diesen Studien widmet! Sie werden es selber sehen, wenn Sie auf diesem Gebiet zu publizieren beginnen.«

Belbo ergriff die von Agliè gebotene Gelegenheit, um zur Sache zu kommen. Er sagte ihm, der Verlag Garamond habe die Absicht, einige wenige Bücher pro Jahr herauszubringen, deren Charakter, so sagte er, esoterisch sein solle.

»Oh, esoterisch«, lächelte Agliè, und Belbo errötete.

»Sagen wir... hermetisch?«

»Oh, hermetisch«, lächelte Agliè.

»Na gut«, meinte Belbo, »vielleicht gebrauche ich die falschen Termini, aber sicher verstehen Sie das Genre.«

»Oh«, lächelte Agliè erneut. »Das ist kein Genre. Es ist das Wissen. Sie wollen eine Sammlung des nicht-degenerierten Wissens herausbringen. Vielleicht ist es für Sie nur eine verlegerische Entscheidung, aber wenn ich mich darum kümmern soll, wird es für mich eine Suche nach Wahrheit sein, eine *queste du Graal*.«

Belbo gab zu bedenken, so wie der Fischer sein Netz auswerfe und damit auch leere Muscheln und Plastiktüten einfangen könne, so würden bei Garamond sicher auch viele Manuskripte von zweifelhafter Seriosität eintreffen, und daher suche man einen strengen Leser mit der Fähigkeit, die Spreu vom Weizen zu trennen und dabei auch die Kuriositäten zu signalisieren, denn es gebe da einen befreundeten Verlag, der dankbar wäre, wenn einige Autoren von minderer Dignität zu ihm umgeleitet würden... Natürlich gelte es auch, eine angemessene Entschädigung festzusetzen.

»Dank dem Himmel bin ich das, was man gemeinhin wohlhabend nennt. Wohlhabend und wißbegierig und sogar ein wenig beschlagen. Es genügt mir, im Laufe meiner Erkundungen auf ein weiteres Exemplar von Khunrath zu stoßen, oder auf einen weiteren schön einbalsamierten Salamander, oder auch auf das Horn eines Narwals (das ich mich schämen würde, in meiner Sammlung zu haben, das aber selbst der Wiener Kronschatz als das Horn eines Einhorns ausstellt), und ich verdiene mit einer kleinen und angenehmen Transaktion mehr, als Sie mir in zehn Jahren Beratertätigkeit zahlen könnten. Ich werde Ihre Manuskripte im Geiste der Demut durchsehen. Ich finde gewiß auch im allerfadesten Text noch einen Funken, wenn nicht von Wahrheit, so doch von bizarrer Lüge, und oftmals berühren sich die Extreme. Langweilen werden mich nur die Selbstverständlichkeiten, und für diese Langeweile können Sie mich entschädigen. Nach Maßgabe der Langeweile, die ich empfunden habe, schicke ich Ihnen am Jahresende eine kleine Rechnung, die sich in den Grenzen des Symbolischen halten wird. Wenn Sie Ihnen zu hoch erscheint, schicken Sie mir eine Kiste guten Weines.«

Belbo war perplex. Er war es gewohnt, mit lamentierenden und geldgierigen Beratern zu verhandeln. Er öffnete die Aktenmappe, die er mitgebracht hatte, und entnahm ihr ein umfangreiches Manuskript.

»Ich hoffe, Sie machen sich nicht zu optimistische Vorstellungen. Sehen Sie sich zum Beispiel dies hier an, das mir typisch für den Durchschnitt erscheint.«

Agliè schlug das Manuskript auf: »Die geheime Sprache der Pyramiden... Schauen wir mal ins Inhaltsverzeichnis...

Das Pyramidion... Der Tod des Lord Carnavon... Das Zeugnis Herodots...« Er klappte es wieder zu. »Haben Sie das gelesen?«

»Rasch überflogen, in den letzten Tagen«, sagte Belbo.

Agliè gab ihm das Manuskript zurück. »Nun gut, bestätigen Sie mir, ob mein Resümee korrekt ist.« Er setzte sich hinter den Schreibtisch, steckte die Hand in seine Westentasche, zog das Pillendöschen hervor, das ich schon in Brasilien gesehen hatte, drehte es in seinen schmalen gepflegten Fingern, die eben noch seine Lieblingsbücher gestreichelt hatten, hob die Augen zu den Deckengemälden und schien einen Text zu rezitieren, den er seit langem kannte.

»Der Autor dieses Buches müßte daran erinnern, daß 1864 Piazzi Smyth die heiligen und esoterischen Maße der Pyramiden entdeckte. Erlauben Sie mir, nur die abgerundeten ganzen Zahlen zu nennen, in meinem Alter beginnt die Erinnerung etwas nachzulassen... Es ist singulär, daß ihre Basis ein Quadrat bildet, dessen Seite 232 Meter mißt. Die Höhe war ursprünglich 148 Meter. Rechnen wir das in heilige ägyptische Ellen um, so haben wir eine Basis von 366 Ellen, also die Anzahl der Tage eines Schaltjahres. Für Piazzi Smyth ergibt die Höhe multipliziert mit zehn hoch neun die Entfernung Erde-Sonne: 148 Millionen Kilometer. Eine gute Annäherung für jene Zeit, wenn man bedenkt, daß die Entfernung heute auf 149,5 Millionen berechnet wird, und es ist nicht gesagt, daß die Modernen recht haben. Die Basis geteilt durch die Breite eines ihrer Steine ergibt 365. Der Umfang der Basis beträgt 931 Meter. Geteilt durch die doppelte Höhe ergibt das 3,14, die Zahl π. Phantastisch, nicht wahr?«

Belbo lächelte verwirrt. »Unglaublich! Aber sagen Sie, wie haben Sie das...«

»Sei still, Jacopo, laß Doktor Agliè weitersprechen!« fiel ihm Diotallevi ins Wort.

Agliè dankte ihm mit einem wohlerzogenen Lächeln. Dann sprach er weiter mit zur Decke gerichtetem Blick, doch mir schien, daß seine Inspektion weder müßig noch zufällig war. Seine Augen folgten einer Spur, als läsen sie aus den Bildern dort oben ab, was er aus den Tiefen seines Gedächtnisses auszugraben vorgab.

48

Von der Spitze zur Basis beträgt der Inhalt der
Großen Pyramide, in ägyptischen Kubikzoll gemessen, ungefähr 161.000.000.000. Wie viele
menschliche Seelen mögen von Adam bis heute
auf der Erde gelebt haben? Eine gute Annäherung wäre etwas zwischen 153.000.000.000 und
171.900.000.000...

Piazzi Smyth, *Our Inheritance in the Great Pyramid*,
London, Isbister, 1880, p. 583

»Ich nehme an, Ihr Autor legt dar, daß die Höhe der Cheopspyramide gleich der Quadratwurzel aus der Zahl ist, die sich
aus der Gesamtfläche ihrer Seiten ergibt. Natürlich sind die
Maße in Fuß zu nehmen, was der ägyptischen und hebräischen Elle näherkommt, und nicht in Meter, denn das Meter
ist ein abstraktes Maß, erfunden in der modernen Zeit. Die
ägyptische Elle beträgt umgerechnet 1,728 Fuß. Wenn wir
nicht die genauen Höhen haben, müssen wir uns auf das
Pyramidion beziehen, die kleine Pyramide, die oben auf der
Großen stand und ihre Spitze bildete. Sie war aus Gold oder
anderem Metall, das in der Sonne glänzte. Nehmen Sie also
die Höhe des Pyramidions, multiplizieren Sie sie mit der
Höhe der ganzen Pyramide, multiplizieren Sie alles mit zehn
hoch fünf, und Sie erhalten die Länge des Äquators. Damit
nicht genug, wenn Sie den Umfang der Basis nehmen und ihn
mit vierundzwanzig hoch drei geteilt durch zwei multiplizieren, erhalten Sie den mittleren Radius der Erde. Und die von
der Basis der Pyramide bedeckte Fläche multipliziert mit
sechsundneunzig mal zehn hoch acht ergibt hundertsechs-
undneunzig Millionen achthundertzehntausend Quadrat-
meilen, also die Oberfläche der Erde. Ist es so?«
Belbo liebte es, seine Verblüffung mit einer Formel zu
äußern, die er in der Cinemathek gelernt hatte, als dort die
Originalfassung von *Yankee Doodle Dandy* mit James Cagney
lief: »*I'm flabbergasted!*« Und so sprach er nun. Offensichtlich
kannte Agliè auch das kolloquiale Englisch recht gut, denn
er konnte seine Befriedigung nicht verhehlen, ohne sich
dieses Aktes der Eitelkeit zu schämen. »Liebe Freunde«,
erklärte er, »wenn ein Herr, dessen Name mir nicht bekannt

ist, ein Opus über die Geheimnisse der Pyramiden zusammenschreibt, kann er darin nichts anderes sagen, als was jedes Kind heute weiß. Es hätte mich sehr gewundert, wenn er etwas Neues vorgebracht hätte.«

»Demnach...«, Belbo zögerte, »sagt dieser Herr lediglich gesicherte Wahrheiten?«

»Wahrheiten?« Agliè lachte auf und bot uns erneut von seinen köstlichen krummen Zigarren an. »*Quid est veritas,* wie einer meiner Bekannten vor vielen Jahren sagte. Zum Teil handelt es sich um einen Haufen Dummheiten. Zunächst einmal, wenn man die genaue Basis der Pyramide durch das genaue Doppel ihrer Höhe teilt und auch die Stellen hinter dem Komma mitzählt, erhält man nicht die Zahl π, sondern 3,1417254. Eine kleine, aber wichtige Differenz. Ferner berichtet ein Schüler von Piazzi Smyth, Flinders Petrie, der auch Stonehenge vermessen hat, er habe den Meister eines Tages dabei überrascht, wie er, um auf die richtigen Zahlen zu kommen, an den Granitvorsprüngen im Vorraum des Königsgrabes herumfeilte... Dummes Geschwätz vielleicht, aber Piazzi Smyth war kein Mann, der Vertrauen einflößte, man brauchte nur einmal zu sehen, wie er sich die Krawatte band. Gleichwohl gibt es unter all diesen Dummheiten auch unbestreitbare Wahrheiten. Meine Herren, wollen Sie mir bitte ans Fenster folgen?«

Er riß theatralisch die Flügel auf, bat uns hinauszuschauen und zeigte uns in der Ferne, an der Ecke zwischen der Seitenstraße und der Allee, einen hölzernen Kiosk, in dem vermutlich die Lose der staatlichen Lotterie verkauft wurden.

»Sehen Sie jenen Kiosk dort«, sagte er. »Ich lade Sie ein, nachher hinzugehen und ihn zu vermessen. Sie werden sehen, daß die Breite des Bodens 149 Zentimeter beträgt, also ein Hundertmilliardstel der Entfernung von der Erde zur Sonne. Die Höhe der Rückwand geteilt durch die Breite des Fensters ergibt 176 : 56 = 3,14, die Zahl π. Die vordere Höhe beträgt 19 Dezimeter, soviel wie die Zahl der Jahre des griechischen Mondzyklus. Die Summe der Höhen der beiden vorderen und der beiden hinteren Kanten macht $190 \times 2 + 176 \times 2 = 732$, das Datum der Schlacht von Poitiers. Die Dicke des Bodens beträgt 3,10 Zentimeter und die Breite des Fensterrahmens 8,8 Zentimeter. Ersetzt man die Zahlen vor dem Komma durch die entsprechenden

Buchstaben des Alphabets, so erhält man $C_{10}H_8$, die Formel des Naphthalins.«

»Phantastisch«, sagte ich, »haben Sie das gemessen?«

»Nein«, sagte Agliè. »Das hat ein gewisser Jean-Pierre Adam an einem anderen Kiosk getan. Ich nehme an, daß alle Kioske der staatlichen Lotterie mehr oder minder dieselben Maße haben. Mit den Zahlen kann man machen, was man will. Wenn ich die heilige Zahl 9 habe und will auf 1314 kommen, das Datum des Märtyrertodes von Jacques de Molay – ein teures Datum für jeden, der sich, wie ich, der Tradition des Tempelrittertums verpflichtet weiß –, was tue ich dann? Ich multipliziere mit 146, dem Schicksalsdatum der Zerstörung Karthagos. Wie bin ich zu dem Ergebnis gekommen? Ganz einfach, ich habe 1314 durch zwei, durch drei und so weiter geteilt, bis ich auf ein befriedigendes Datum gestoßen bin. Ich hätte auch 1314 durch 6,28 teilen können, das Doppelte von 3,14, und wäre auf 209 gekommen. Und was ist 209? Das Jahr der entscheidenden Wende des Zweiten Punischen Krieges. Zufrieden?«

»Demnach glauben Sie an keinerlei Zahlenkunde?« fragte Diotallevi enttäuscht.

»Ich? Ich glaube fest daran, ich glaube, daß das Universum ein wunderbares Konzert von Zahlenkorrespondenzen ist und daß die Lektüre der Zahl und ihre symbolische Deutung ein privilegierter Weg zur Erkenntnis sind. Doch wenn die Welt, die untere und die obere, ein System von Entsprechungen ist, in dem *tout se tient*, so ist es nur natürlich, daß der Kiosk und die Pyramide, die beide von Menschen erbaut sind, in ihrer Struktur unbewußt die Harmonien des Kosmos reproduzieren. Diese sogenannten Pyramidologen entdecken mit unglaublich komplizierten Mitteln eine ganz einfache Wahrheit, die sehr viel älter und seit langem bekannt ist. Das Perverse ist die Logik der Forschung und der Entdeckung, denn sie ist die Logik der Wissenschaft. Die Logik der Weisheit hat keine Entdeckungen nötig, da sie schon weiß. Wozu beweisen, was gar nicht anders sein könnte? Wenn es ein Geheimnis gibt, liegt es sehr viel tiefer. Diese Ihre Autoren bleiben immer nur an der Oberfläche. Vermutlich tischt uns der hier auch all die Kindereien über die Ägypter und die Elektrizität auf...«

»Ich frage Sie nicht mehr, wie Sie das erraten konnten.«

»Sehen Sie? Diese Leute begnügen sich mit der Elektrizität, wie irgendein Ingenieur Marconi. Weniger kindisch wäre die Hypothese der Radioaktivität. Eine interessante Annahme, die im Gegensatz zur Elektrizitätshypothese auch den vielbeschrienen Fluch des Tutanchamun erklären würde. Wie haben die Ägypter es angestellt, die schweren Steine der Pyramiden zu heben? Kann man Steine mit Stromstößen heben, bringt man sie durch Kernspaltung zum Fliegen? Die Ägypter hatten das Mittel gefunden, die Schwerkraft aufzuheben, sie besaßen das Geheimnis der Levitation. Eine andere Form von Energie… Man weiß, daß die chaldäischen Priester imstande waren, heilige Maschinen durch bloße Töne in Gang zu setzen, und daß die Priester von Karnak und Theben die Pforten eines Tempels durch den Klang ihrer Stimme aufspringen lassen konnten – und worauf sonst wohl bezieht sich, überlegen Sie einmal, die Sage vom Sesamöffne-dich?«

»Und weiter?« fragte Belbo.

»Da liegt der Hund begraben, mein Freund. Elektrizität, Radioaktivität, Atomenergie – der wahre Initiierte weiß: das alles sind nur Metaphern, oberflächliche Hüllen, konventionelle Lügen, bestenfalls klägliche Surrogate einer viel älteren und vergessenen Kraft, die der Initiierte sucht und die er eines Tages auch finden wird. Wir müßten vielleicht…« – er zögerte einen Moment – »von den tellurischen Strömen sprechen.«

»Wovon?« fragte, ich weiß nicht mehr, wer von uns dreien.

Agliè schien enttäuscht. »Sehen Sie? Schon hoffte ich, daß unter Ihren Kunden jemand aufgetaucht wäre, der mir etwas Interessanteres sagen könnte. Nun, es ist spät geworden. Also gut, meine Freunde, der Pakt ist geschlossen, das Übrige waren Abschweifungen eines alten Gelehrten.«

Während er uns die Hand reichte, kam der Diener herein und flüsterte ihm etwas ins Ohr. »Oh, die liebe Freundin!« rief Agliè. »Das hatte ich ganz vergessen! Sie soll einen Augenblick warten…, nein, nicht im Salon, im türkischen Zimmer.«

Aber die liebe Freundin mußte mit dem Hause gut vertraut sein, denn sie erschien bereits in der Tür und ging sicheren Schrittes, ohne uns im Dämmerlicht des erlöschenden Tages zu sehen, direkt zu Agliè, streichelte ihm neckisch die Wange und sagte: »Simon, du wirst mich doch nicht im Vorzimmer warten lassen!« Es war Lorenza Pellegrini.

Agliè wich einen Schritt zurück, küßte ihr die Hand und sagte, auf uns deutend: »Meine liebe, meine zarte Sophia, Sie wissen, daß Sie in jedem Hause, das Sie erleuchten, zu Hause sind. Aber ich war gerade dabei, diese meine Gäste zu verabschieden.«

Lorenza bemerkte uns und winkte fröhlich – ich kann mich nicht erinnern, sie jemals verlegen oder von irgend etwas überrascht gesehen zu haben. »O wie schön!« rief sie. »Auch ihr kennt also meinen Freund! Hallo Jacopo, wie geht's.« (Sie fragte nicht, wie es ihm ginge, sie sagte es einfach so.)

Ich sah Belbo erbleichen. Wir begrüßten sie. Agliè zeigte sich erfreut über die gemeinsame Bekanntschaft. »Ich erachte unsere gemeinsame Freundin als eine der natürlichsten, unverfälschtesten Kreaturen, die ich jemals kennenzulernen das Glück hatte. In ihrer Frische verkörpert sie, gestatten Sie mir diese Phantasie eines alten Weisen, die auf diese Erde herab exilierte Sophia. Aber, meine zarte Sophia, ich habe es Ihnen nicht rechtzeitig sagen können, der versprochene Abend ist um ein paar Wochen verschoben worden. Ich bin untröstlich.«

»Macht nichts«, sagte Lorenza, »dann warte ich eben. Ihr geht in die Bar?« fragte sie oder vielmehr befahl sie uns. »Gut, ich bleib noch ein halbes Stündchen, ich möchte, daß Simon mir eins von seinen Elixieren gibt, das müßtest du mal probieren, Jacopo, aber er sagt, es wär nur für die Auserwählten. Ich komme dann nach.«

Agliè lächelte mit der Miene eines nachsichtigen Onkels, ließ sie Platz nehmen und geleitete uns zur Tür.

Wir fanden uns auf der Straße wieder und machten uns auf den Weg zu Pilade, in meinem Wagen. Belbo schwieg. Wir sagten während der ganzen Fahrt kein Wort. Doch an der Theke mußte der Zauber gebrochen werden.

»Ich hoffe, ich habe Sie nicht in die Hände eines Irren geführt«, sagte ich.

»Nein«, sagte Belbo. »Der Mann ist bei klarem Verstand. Und feinsinnig. Nur lebt er in einer anderen Welt als wir.« Dann fügte er düster hinzu: »Oder beinahe.«

49

Die *Traditio Templi* postuliert per se die Tradition
einer *templerischen* Chevalerie, einer spirituellen
und initiatischen Ritterschaft...

Henry Corbin, *Temple et contemplation*, Paris,
Flammarion, 1980, p. 373

»Ich glaube Ihren Agliè verstanden zu haben, Casaubon«,
sagte Diotallevi, nachdem er bei Pilade einen Bianco frizzante
bestellt hatte, woraufhin wir alle um seine geistige Gesundheit bangten. »Er ist ein Liebhaber der Geheimwissenschaften, der den Schwätzern und Dilettanten mißtraut. Aber wie
wir heute ungebührlicherweise mitgehört haben, hört er sie
an, während er sie verachtet, und kritisiert sie und sagt sich
nicht von ihnen los.«

»Dieser Herr, dieser Graf oder Markgraf Agliè oder was
immer er sein mag, hat heute ein Schlüsselwort ausgesprochen«, sagte Belbo. »Spirituelle Ritterschaft. Er verachtet
diese Leute, aber er fühlt sich mit ihnen durch das Band einer
spirituellen Ritterschaft verbunden. Auch ich glaube ihn zu
verstehen.«

»In welchem Sinne?« fragten wir.

Belbo war inzwischen beim dritten Gin Martini angelangt
(Whisky am Abend, pflegte er zu sagen, denn er beruhigt und
verleitet zur Träumerei, Gin Martini am späten Nachmittag,
denn er macht munter und unternehmungslustig). Er begann, von seiner Kindheit in *** zu erzählen, wie er es schon
einmal mir gegenüber getan hatte.

»Es war zwischen 1943 und 1945, ich meine in den Jahren
des Übergangs erst vom Faschismus zur Demokratie und
dann wieder zur Diktatur der ›Sozialrepublik‹ von Salò, aber
mit dem Partisanenkrieg in den Bergen. Ich war zu Anfang
dieser Geschichte elf Jahre alt und lebte im Hause meines
Onkels Carlo. Wir wohnten in der Stadt, aber 1943 waren die
Bombardierungen schlimmer geworden, und meine Mutter
hatte beschlossen, uns zu evakuieren, wie man damals sagte.
In *** wohnten Onkel Carlo und Tante Caterina. Onkel
Carlo kam aus einer Großbauernfamilie und hatte das Haus
in *** geerbt, mit Land, das an einen gewissen Adelino
Canepa verpachtet war, zur Halbpacht. Die Halbpächter

beackerten das Land, ernteten das Korn, kelterten den Wein und überwiesen die Hälfte der Einkünfte an die Besitzer. Natürlich war das eine gespannte Situation, die Halbpächter fühlten sich ausgebeutet und die Besitzer auch, weil sie nur die Hälfte der Erträge ihres Landes bekamen. Die Besitzer haßten die Halbpächter, und die Halbpächter haßten die Besitzer. Aber sie lebten zusammen, im Haus meines Onkels Carlo. Onkel Carlo hatte sich 1914 freiwillig zu den Alpini gemeldet. Von rauher piemontesischer Wesensart, ganz Pflicht und Vaterland, war er erst Leutnant, dann Hauptmann geworden. Und dann, in einer der blutigen Schlachten am Isonzo, befand er sich zufällig neben einem idiotischen Soldaten, der eine Granate in der Hand explodieren ließ – warum hieße sie sonst auch Handgranate? Na jedenfalls, er sollte gerade ins Massengrab geworfen werden, da bemerkte ein Sanitäter, daß er noch lebte. Sie brachten ihn in ein Feldlazarett, nahmen ihm ein Auge ab, das nur noch an Fäden aus der Höhle hing, amputierten ihm einen Arm und pflanzten ihm, nach Auskunft von Tante Caterina, auch eine Metallplatte unter den Skalp, weil er ein Stück von der Schädeldecke verloren hatte. Kurz, ein chirurgisches Meisterwerk auf der einen Seite und ein Held auf der anderen. Silbermedaille, Ritterkreuz der italienischen Krone und nach dem Krieg ein sicherer Posten als Staatsbeamter. Onkel Carlo wurde schließlich Leiter des Finanzamts in ***, wo er den Familienbesitz geerbt hatte und hingezogen war, um im Haus seiner Ahnen zu leben, zusammen mit Adelino Canepa und dessen Familie.«

Onkel Carlo als Chef des Finanzamts gehörte zu den örtlichen Honoratioren. Und als Kriegsversehrter und Ritter der italienischen Krone konnte er nicht umhin, ein Sympathisant der Regierung zu sein, sei diese auch die faschistische Diktatur. War Onkel Carlo Faschist?

»In dem Maße, wie – wie man Achtundsechzig sagte – der Faschismus die Kriegsveteranen aufgewertet, mit Dekorationen behängt und in der Karriere vorangebracht hatte, können wir sagen, war Onkel Carlo ein moderater Faschist. Genug jedenfalls, um von Adelino Canepa gehaßt zu werden, der ein überzeugter Antifaschist war, aus sehr klaren Gründen. Er mußte sich jedes Jahr zu ihm ins Amt begeben, um seine Steuererklärung auszufüllen. So kam er dann ins Büro mit komplizenhafter und dreister Miene, nachdem er Tante

Caterina mit ein paar Dutzend Eiern zu verführen versucht hatte, und sah sich Onkel Carlo gegenüber, der nicht nur als Held unkorrumpierbar war, sondern auch besser als jeder andere wußte, wieviel ihm der Canepa im Laufe des Jahres gestohlen hatte, wovon er ihm keinen Centesimo verzieh. Adelino Canepa betrachtete sich als Opfer der Diktatur und begann, verleumderische Gerüchte über Onkel Carlo zu verbreiten. Sie wohnten im selben Haus, der eine in der Beletage, der andere im Erdgeschoß, sie begegneten sich morgens und abends, aber sie grüßten einander nicht mehr. Den Kontakt hielt Tante Caterina aufrecht, und nach unserer Ankunft meine Mutter – der Adelino Canepa sein tiefes Mitgefühl und volles Verständnis für den Umstand versicherte, daß sie mit einem Monstrum verschwägert war. Der Onkel kam heim, jeden Abend um sechs, in seinem üblichen grauen Zweireiher, mit Schlapphut und einer noch ungelesenen *Stampa* in der Hand. Ging aufrecht wie ein Alpino, das graue Auge in die Ferne auf den zu erklimmenden Gipfel gerichtet. Stapfte vorbei an Adelino Canepa, der um diese Zeit die Abendfrische auf einer Bank im Garten genoß, und es war, als ob sie einander nicht sähen. Dann traf er die Signora Canepa an der Tür zum Erdgeschoß und zog feierlich den Hut. So ging es jeden Abend, Jahr für Jahr.«

Es war bereits acht, Lorenza war immer noch nicht erschienen, und Belbo war beim fünften Martini.

»Es kam das Jahr 43. Eines Morgens erschien Onkel Carlo bei mir im Zimmer, weckte mich mit einem dicken Kuß und sagte: Mein Junge, willst du die größte Neuigkeit des Jahres hören? Sie haben Mussolini gestürzt! Ich habe nie begriffen, ob Onkel Carlo darunter gelitten hat. Er war ein höchst integer Bürger und Staatsdiener. Wenn er litt, gab er es nicht zu erkennen, er schwieg und leitete das Finanzamt weiter für die Regierung Badoglio. Dann kam der 8. September, unsere Gegend fiel unter die Kontrolle der Repubblica di Salò, Onkel Carlo fügte sich drein und erhob nun die Steuern für Mussolinis Rumpfstaat. Unterdessen rühmte sich Adelino Canepa seiner Kontakte mit den ersten Partisanengruppen in den Bergen und versprach exemplarische Rache. Wir Kinder wußten noch nicht, was Partisanen waren. Man erzählte sich fabelhafte Dinge über sie, aber noch niemand hatte einen gesehen. Man sprach von einem Chef der Badoglianer, einem gewissen Terzi (natürlich war das ein *nom de guerre*, wie damals üblich, und viele sagten, er hätte sich nach dem Terzi in den Dick-Fulmine-Comics genannt, dem Freund des Helden). Er war ein Ex-Maresciallo der Carabinieri, der in den ersten Schlachten gegen die Faschisten und die SS ein Bein verloren hatte und der nun alle Brigaden auf den Hügeln rings um *** kommandierte. Und dann geschah es. Eines Tages zeigten die Partisanen sich im Ort. Sie waren aus den Hügeln heruntergekommen und stolzierten durch die Straßen, noch ohne bestimmte Uniformen, nur mit blauen Halstüchern, und ballerten MP-Salven in die Luft, um ihre Anwesenheit zu bekunden. Die Nachricht verbreitete sich im Nu, alle schlossen sich in ihren Häusern ein, man wußte ja noch nicht, was für Leute das waren. Tante Caterina äußerte eine leichte Besorgnis, immerhin hieß es, das wären Freunde von Adelino Canepa, oder jedenfalls nannte sich Adelino Canepa ein Freund von ihnen, sie würden doch wohl dem Onkel nichts tun? Sie taten. Wir wurden informiert, daß gegen elf ein Trupp Partisanen mit vorgehaltener MP das Finanzamt gestürmt hatte, sie hätten den Onkel verhaftet und an einen unbekannten Ort verschleppt. Tante Caterina warf sich aufs Bett, fing an, einen weißlichen Schaum zu spucken, und schrie, Onkel Carlo würde umgebracht werden. Es genüge ein Schlag mit dem Gewehrkolben, und wegen der Metallplatte unter der Schädelhaut würde er auf der Stelle tot sein. Angelockt vom Geschrei der Tante, kam Adelino Canepa mit seiner Frau und den Kindern gelaufen. Die Tante schrie, er wäre ein Judas, er sei es gewesen, der den Onkel bei den Partisanen denunziert hätte, weil er die Steuern für Mussolini erhebe, Adelino Canepa schwor bei allem, was ihm heilig war, daß er's nicht gewesen sei, aber man sah, daß er sich schuldig fühlte, weil er zu viel herumerzählt hatte. Die Tante jagte ihn fort. Adelino Canepa brach in Tränen aus, appellierte an meine Mutter, erinnerte sie an die vielen Male, wo er ihr ein Karnickel oder ein Hähnchen für eine lächerliche Summe überlassen hätte, meine Mutter hüllte sich in ein würdiges Schweigen, Tante Caterina spuckte weiter weißlichen Schaum. Ich heulte. Schließlich, nach zwei Stunden Heulen und Zähneklappern, hörten wir draußen Rufe, und Onkel Carlo erschien auf einem Fahrrad, das er mit seinem einen Arm lenkte, und es sah aus, als käme er von einer Spazierfahrt heim. Er sah sofort ein Durcheinander im Garten und hatte die Stirn zu fragen, was passiert sei. Er haßte Dramen, wie alle Leute in unserer Gegend. Er eilte hinauf, trat ans Schmerzenslager von Tante Caterina, die immer noch zappelte mit ihren mageren Beinen, und fragte, wieso zum Teufel sie sich so aufregte.«

»Und was war passiert?«

»Nun, vermutlich hatten die Partisanen die Gerüchte von Adelino Canepa gehört, hatten Onkel Carlo als einen örtlichen Repräsentanten des Regimes identifiziert und gefangengenommen, um ihm und dem ganzen Ort eine Lektion zu erteilen. Er war auf einem Lastwagen abtransportiert worden und hatte sich dann vor Terzi wiedergefunden, der schimmernd im Glanz seiner Orden vor ihm stand, die MP in der Rechten, die Linke auf seine Krücke gestützt. Und Onkel Carlo – aber ich glaube wirklich nicht, daß es Schläue war, es war eher Instinkt, Gewohnheit, ritterliches Ritual – hatte die Hacken zusammengeschlagen und salutiert: Major der Alpini Carlo Covasso, Kriegsveteran und Schwerinvalide, Silbermedaille. Und Terzi hatte gleichfalls die Hacken zusammengeschlagen und salutiert: Maresciallo Rebaudengo von den Königlichen Carabinieri, Kommandant der Badoglianischen Brigade Bettino Ricasoli, Bronzemedaille. Wo? hatte Onkel Carlo gefragt. Und Terzi in Habachtstellung: Am Pordoi, Herr Major, Höhe 327. Teufel auch, hatte Onkel Carlo gesagt, ich war auf Höhe 328, drittes Regiment, Sasso di Stria! Die Schlacht am Sonnwendtag? Jawoll, die Schlacht am Sonnwendtag. Und die Kanonade bei den Fünf Fingern? Gottverdammich, wenn ich das nicht mehr wüßte! Und dieser Sturmangriff mit gezücktem Bajonett am Abend vor San Crispino? Potzblitzsakrament! – Naja, solche Sachen. Dann, der eine einarmig, der andere einbeinig, hatten sie beide wie *ein* Mann einen Schritt vorgetan und sich umarmt. Terzi hatte gesagt: Sehen Sie, Cavaliere, sehen Sie, Herr Major, uns ist hinterbracht worden, daß Sie Steuern eintreiben für das faschistische Regime im Dienst der deutschen Besatzer. Sehen Sie, Herr Kommandant, hatte Onkel Carlo gesagt, ich habe Familie und beziehe mein Gehalt von der Zentralregierung, die eben ist, wie sie ist, ich habe sie nicht gewählt, was würden Sie an meiner Stelle tun? Lieber Major, hatte Terzi geantwortet, ich an Ihrer Stelle würde genauso handeln wie Sie, aber lassen Sie's wenigstens etwas langsamer angehen, nehmen Sie sich Zeit. Ich werde sehen, hatte Onkel Carlo gesagt, ich habe nichts gegen euch, auch ihr seid Söhne

Italiens und wackere Kämpfer... Kurzum, ich glaube, die beiden haben sich so gut verstanden, weil beide das Wort *Patria* mit einem großen *P* aussprachen. Terzi hatte befohlen, dem Herrn Major ein Fahrrad zu geben, und so war Onkel Carlo nach Hause geradelt. Adelino Canepa ließ sich einige Monate lang nicht mehr blicken... Das war's, was ich meinte, ich weiß nicht, ob diese Sache hier spirituelle Ritterschaft ist, aber sicherlich gibt es Bande, die jenseits und über allen Parteiungen fortbestehen.«

50

Denn ich bin die Erste und die Letzte. Ich bin die
Geehrte und die Gehaßte. Ich bin die Heilige und
die Hure.

Fragment aus Nag Hammadi, 6, 2

Endlich erschien Lorenza. Belbo betrachtete die Decke und
bestellte einen letzten Martini. Eine knisternde Spannung lag
in der Luft, und ich machte Anstalten, mich zu erheben.
Lorenza hielt mich zurück. »Nein, kommt alle mit mir. Heute
abend wird die neue Ausstellung von Riccardo eröffnet, er
inauguriert einen ganz neuen Stil! Er ist phantastisch, du
kennst ihn doch, Jacopo.«

Ich wußte, wer Riccardo war, er hing immer bei Pilade
herum, aber damals begriff ich nicht, wieso Belbo sich noch
intensiver auf die Decke konzentrierte. Jetzt, nachdem ich
seine *files* gelesen habe, weiß ich, daß Riccardo der Mann mit
der Narbe war, mit dem Belbo nicht den Mut gehabt hatte,
einen Streit anzufangen.

Lorenza insistierte, die Galerie sei ganz in der Nähe, sie
hätten ein richtiges Fest organisiert, eine wahre Orgie. Diotallevi war entsetzt und sagte sofort, er müsse nach Hause,
ich war unschlüssig, aber es war klar, daß Lorenza mich mit
dabeihaben wollte, und auch das machte Belbo leiden, da er
den Moment des Zwiegesprächs mit ihr entschwinden sah.
Aber ich konnte mich der Einladung nicht entziehen, und so
machten wir uns auf den Weg.

Ich mochte diesen Riccardo nicht besonders. Zu Beginn
der sechziger Jahre hatte er sehr langweilige Bilder produziert, kleinteilige Muster in Schwarz und Grau, sehr geometrisch, ein bißchen Op-art, die einem vor den Augen flimmerten. Sie hatten Titel wie *Composition 15*, *Parallaxe 17*,
Euklid X. Kaum hatte dann Achtundsechzig begonnen,
machte er Ausstellungen in besetzten Häusern, er hatte die
Farbpalette ein wenig geändert, jetzt waren es scharfe
Schwarzweißkontraste, nicht mehr ganz so kleinteilig, und
die Titel lauteten *C'est n'est qu'un début*, *Molotow* oder *Hundert
Blumen*. Als ich aus Brasilien zurückkam, hatte ich ihn in
einem Zirkel ausstellen sehen, wo man den Doktor Wagner
verehrte. Er hatte das Schwarz eliminiert und arbeitete nur

noch mit weißen Strukturen, in denen sich die Kontraste lediglich durch die Dicke des Farbauftrags auf einem porösen Büttenpapier ergaben, so daß die Bilder, wie er erklärte, verschiedene Profile je nach dem Lichteinfall produzierten. Sie hießen jetzt *Eloge der Ambiguität*, *Al Traverso*, *Ça*, *Bergstraße* und *Denegation 15*.

Als ich an jenem Abend in die neue Galerie kam, sah ich sofort, daß Riccardos Kunstbegriff eine tiefgreifende Evolution durchgemacht hatte. Die Ausstellung nannte sich *Megale Apophasis*. Riccardo war zum Figurativen übergegangen, mit einer leuchtenden Farbenpalette. Er spielte mit Zitaten, und da er, glaube ich, nicht zeichnen konnte, arbeitete er vermutlich mit Diaprojektionen berühmter Gemälde – die Auswahl bewegte sich zwischen Fin-de-siècle-Naturalisten und Symbolisten der frühen Moderne. Die Linien der originalen Zeichnung zog er dann mit einer Punktierungstechnik in feinsten Farbabstufungen nach, wobei er Punkt für Punkt das ganze Spektrum durchging, so daß er jedesmal mit einem flammend leuchtenden Kern begann und im absoluten Schwarz endete – oder umgekehrt, je nach dem mystischen oder kosmologischen Konzept, das er ausdrücken wollte. Es gab Gebirge, die Lichtstrahlen aussandten, zerlegt in eine Wolke zart pastellfarbener Kügelchen, man ahnte konzentrische Himmel, bevölkert von angedeuteten Engeln mit transparenten Flügeln, ähnlich dem Paradies von Doré. Die Titel lauteten *Beatrix*, *Mystica Rosa*, *Dante Gabriele 33*, *Fedeli d' Amore*, *Athanòr*, *Homunculus 666* – aha, dachte ich, daher Lorenzas Leidenschaft für die Homunculi. Das größte Bild hieß *Sophia* und zeigte eine Art Engelsturz mit schwarzen Engeln, der unten zerlief und eine weiße Kreatur erzeugte, die von großen fahlgrauen Händen gestreichelt wurde, ein Abklatsch der beiden Hände, die sich in den Himmel von *Guernica* recken. Die Mischung war dubios, und aus der Nähe sah man, daß die Ausführung ziemlich roh war, aber aus zwei bis drei Metern Entfernung war der Effekt sehr lyrisch.

»Ich bin ein Realist alter Schule«, flüsterte Belbo mir zu, »ich kapiere nur Mondrian. Was soll ein nichtgeometrisches Bild darstellen?«

»Früher war er geometrisch«, sagte ich.

»Das war keine Geometrie. Das war Fliesendekoration für Badezimmer.«

Inzwischen war Lorenza zu Riccardo gelaufen, um ihn zu

umarmen, und er und Belbo hatten sich einen Gruß zugewinkt. Es war knallvoll, die Galerie präsentierte sich wie ein
Loft in New York, rundum weißgekalkt, die Heizungs- oder
Wasserrohre nackt an der Decke. Mußte einen Haufen gekostet haben, sie so roh herzurichten. Eine Stereoanlage in einer
Ecke betäubte die Anwesenden mit orientalischer Musik, so
etwas mit Sitar, wenn ich mich recht erinnere, die Sorte, bei
der man die Melodie nicht erkennt. Alle gingen achtlos an
den Bildern vorbei, um sich am Buffet im hinteren Teil zu
versammeln und sich einen Pappbecher zu sichern. Wir waren zu vorgerückter Stunde gekommen, die Luft war voller
Rauchschwaden, ab und zu deuteten ein paar Mädchen in der
Mitte des Saales Tanzschritte an, aber alle waren noch damit
beschäftigt, zu plaudern und das Buffet zu plündern, das
tatsächlich sehr reichhaltig war. Ich setzte mich auf ein Sofa,
neben dem eine große, noch halbvolle Schüssel mit Obstsalat
auf dem Boden stand. Ich wollte mir gerade etwas davon
nehmen, denn ich hatte noch nichts gegessen, da schien mir,
als entdeckte ich darin den Abdruck eines Fußes, der die
Fruchtwürfel in der Mitte zusammengepreßt und zu einem
homogenen Brei vermanscht hatte. Das war nicht unmöglich, denn der Boden war inzwischen glitschig von Weiß-
weinpfützen, und manche der Eingeladenen bewegten sich
schon etwas mühsam.

Belbo hatte sich einen Becher geschnappt und ging träge,
scheinbar ziellos umher, mal diesem, mal jenem auf die
Schulter tippend. Er suchte nach Lorenza.

Aber nur wenige standen still. Die Menge befand sich in
einer zirkulären Bewegung, wie ein Bienenschwarm, der
nach einer noch unbekannten Blüte sucht. Ich suchte nichts,
war aber trotzdem aufgestanden und ließ mich von den
Impulsen der Menge treiben. Ein paarmal sah ich Lorenza
vorbeikommen, die herumstreunte und leidenschaftliches
Wiedererkennen mit diesem und jenem fingierte: Kopf hoch,
Blick gewollt kurzsichtig, Brust und Schultern gerade über
einem wiegenden Giraffengang.

An einem bestimmten Punkt blockierte mich der natürliche Fluß in einer Ecke hinter einem Tisch, im Rücken von
Lorenza und Belbo, die sich endlich getroffen hatten, vielleicht per Zufall, und gleichfalls blockiert waren. Ich weiß
nicht, ob sie meine Anwesenheit bemerkt hatten, aber bei
dem allgemeinen Lärm hörte ohnehin niemand mehr, was die

anderen sagten. Sie betrachteten sich als allein miteinander, und ich war gezwungen, ihr Gespräch mit anzuhören.

»Also«, sagte Belbo, »wo hast du deinen Agliè kennengelernt?«

»Meinen? Auch deinen, nach dem, was ich heute gesehen habe. Du meinst wohl, nur *du* darfst Simon kennen und ich nicht. Na bravo!«

»Wieso nennst du ihn Simon? Weil er dich Sophia nennt?«

»Ach, das ist doch ein Spiel! Ich hab ihn bei Freunden kennengelernt, okay? Und ich finde ihn faszinierend. Er küßt mir die Hand, als ob ich eine Prinzessin wäre. Und er könnte mein Vater sein.«

»Paß auf, daß er nicht dein Kindsvater wird.«

Mir war, als hörte ich mich mit Amparo reden, in Bahia. Lorenza hatte recht. Agliè wußte, wie man einer jungen Frau die Hand küßt, die diesen Ritus nicht kennt.

»Wieso Simon und Sophia?« beharrte Belbo. »Heißt er Simon?«

»Also das ist 'ne tolle Geschichte. Hast du gewußt, daß unser Universum durch einen Irrtum entstanden ist und daß es ein bißchen meine Schuld war? Sophia war der weibliche Teil von Gott, weil damals war Gott mehr Frau als Mann, und ihr seid es dann gewesen, die ihm den Bart verpaßt habt und ihn Er genannt habt. Ich war seine gute Hälfte. Simon sagt, ich wollte die Welt hervorbringen, ohne um Erlaubnis zu fragen, ich, die Sophia, die sich auch, warte mal... ja: die Ennoia nennt. Ich glaube, mein männlicher Teil wollte nicht kreieren – vielleicht hatte er nicht den Mut dazu, vielleicht war er impotent –, na jedenfalls ich, statt mich mit ihm zusammenzutun, wollte die Welt alleine machen, ich konnte nicht widerstehen, ich glaube, es war aus zu großer Liebe, ja wirklich, ich liebe dieses ganze chaotische Universum. Deswegen bin ich die Seele dieser Welt. Sagt Simon.«

»Wie nett. Sagt er so was allen?«

»Nein, Dummkopf, nur mir. Weil er mich besser versteht als du, weil er nicht versucht, mich nach seinem Idealbild zurechtzustutzen. Er begreift, daß ich das Leben auf meine Art leben muß. Und genauso hat's die Sophia gemacht, sie hat nicht lange gefragt, sondern hat einfach angefangen, die Welt zu machen. Sie hat sich mit der Urmaterie besudelt, die ekelhaft war, ich glaub, die benutzte noch keine Deodorants, und es war nicht mit Absicht, aber ich glaube, sie war's, die

Sophia, die dann den Dingsda gemacht hat, den Demo... wie heißt er noch gleich?«

»Meinst du den Demiurg?«

»Ja genau, den. Ich weiß nicht mehr, ob dieser Demiurg, ob den jetzt die Sophia gemacht hat oder ob er schon da war und sie ihn bloß aufgestachelt hat: He, Blödmann, los, mach die Welt, daß wir uns amüsieren können! Der Demiurg muß ein Chaot gewesen sein, er hat nämlich nicht gewußt, wie er die Welt ordentlich machen sollte, und er hätte sie eigentlich gar nicht machen dürfen, denn die Materie ist schlecht, und er war nicht befugt, die Hände da reinzustecken. Na jedenfalls hat er dann zusammengepfuscht, was er eben zusammengepfuscht hat, und die Sophia ist drin steckengeblieben. Als Gefangene der Welt.«

Lorenza redete schnell und trank viel. Alle paar Minuten, während in der Mitte des Saales schon viele mit geschlossenen Augen wippten und zuckten, kam Riccardo vorbei und goß ihr nach. Belbo versuchte ihn daran zu hindern, sagte, Lorenza hätte genug getrunken, aber Riccardo lachte und schüttelte bloß den Kopf, und sie rebellierte und behauptete, sie verträge den Alkohol besser als Jacopo, weil sie jünger sei.

»Okay, okay«, sagte Belbo. »Hör nicht auf Opa. Hör lieber auf Simon. Was hat er dir noch gesagt?«

»Na eben, daß ich die Gefangene dieser Welt bin, oder genauer, der bösen Engel... In dieser Geschichte sind nämlich die Engel böse und haben dem Demiurg geholfen, all das Chaos anzurichten... Und diese bösen Engel also, die halten mich fest und wollen mich nicht loslassen und quälen mich. Aber ab und zu gibt's einen Menschen, der mich erkennt. Wie Simon. Er sagt, das wär ihm schon mal passiert, vor tausend Jahren... Weil, das hab ich dir noch nicht gesagt, Simon ist praktisch unsterblich, wenn du wüßtest, was der alles schon erlebt hat...«

»Sicher, sicher. Aber jetzt hör auf zu trinken.«

»Ssst... Simon hat mich einmal getroffen, da war ich 'ne Prostituierte in einem Bordell von Tyrus, und er nannte mich Helena...«

»Das sagt dieser Herr zu dir? Und du bist ganz glücklich darüber? Gestatten, daß ich Ihnen die Hand küsse, Sie Flittchen meines Scheißuniversums... Feiner Gentleman!«

»Das Flittchen war höchstens diese Helena. Und außerdem, wenn man damals Prostituierte sagte, meinte man eine freie Frau, eine Frau ohne Fesseln, eine Intellektuelle, eine, die nicht Hausfrau sein wollte, du weißt doch selber, daß eine Prostituierte damals eine Kurtisane war, eine, die einen Salon führte, heute würde sie Public Relations machen, nennst du eine PR-Dame eine Hure, als wär sie 'ne billige Nutte, die's den Lastwagenfahrern besorgt?«

In diesem Moment kam Riccardo von neuem vorbei, faßte Lorenza am Arm und sagte: »Komm tanzen.«

Sie gingen in die Saalmitte, stellten sich voreinander auf und deuteten schleppende, etwas verträumte Bewegungen an, als schlügen sie auf eine Trommel. Aber hin und wieder zog er sie an sich und legte ihr eine Hand auf den Nacken, besitzergreifend, und sie folgte ihm mit geschlossenen Augen, das Gesicht glühend, den Kopf zurückgeworfen, so daß ihre Haare frei und senkrecht hinunterfielen. Belbo steckte sich eine Zigarette nach der andern an.

Nach einer Weile faßte Lorenza Riccardo an den Hüften und schob ihn langsam in unsere Richtung, bis sie nur noch einen Meter von Belbo entfernt waren. Ohne ihren Tanz zu unterbrechen, nahm Lorenza ihm den Pappbecher aus der Hand. Hielt Riccardo mit der Linken, den Becher in der Rechten, sah mit feuchtglänzenden Augen zu Belbo und schien zu weinen, aber sie lächelte... Und sprach zu ihm.

»Und es war nicht das einzige Mal, weißt du?«

»Das einzige Mal was?« fragte Belbo.

»Daß er Sophia getroffen hat. Viele Jahrhunderte später war Simon auch Guillaume Postel.«

»Hat er Briefe ausgetragen?«

»Idiot. Das war ein Gelehrter in der Renaissance, der fließend jüdisch las...«

»Hebräisch.«

»Von mir aus. Er las es, wie die Jungs heute Mickymaus lesen. Kapierte es auf Anhieb. Na, und in einem Hospital in Venedig, da trifft er auf eine alte analphabetische Dienerin, seine Johanna, er sieht sie an und sagt: klarer Fall, das ist die neue Inkarnation der Sophia, der Ennoia, das ist die Große Mutter des Universums, herniedergestiegen zu uns, um die ganze Welt zu erlösen, die eine weibliche Seele hat. Und so nimmt der Postel die Johanna zu sich, alle erklären ihn für verrückt, aber er läßt sich nicht beirren, er betet sie an, er will sie aus der Gefangenschaft der Engel befreien, und als sie stirbt, bleibt er eine Stunde lang an ihrem Bett sitzen und starrt in die Sonne, und tagelang sitzt er so da, ohne zu essen und zu trinken, bewohnt von Johanna, die nicht mehr da ist, aber es ist, als ob sie noch da wäre, denn sie ist immer da, sie bewohnt die Welt, und ab und zu taucht sie wieder auf, um sich, wie sagt man, zu inkarnieren... Ist das nicht eine Geschichte zum Heulen?«

»Ich zerfließe in Tränen. Und dir gefällt es so sehr, seine Sophia zu sein?«

»Aber ich bin doch auch deine, Liebster! Weißt du, daß du, ehe du mich gekannt hast, ganz schreckliche Krawatten hattest und Schuppen hinten auf dem Jackett?«

Riccardo hielt sie wieder im Nacken. »Darf ich mich an der Konversation beteiligen?«

»Du sei still und tanz weiter. Du bist das Werkzeug meiner Lust.«

»Is mir auch recht.«

Belbo sprach weiter, als ob der andere nicht existierte. »Also dann bist du seine Prostituierte, seine feministische PR-Dame, und er ist dein Simon?«

»Ich heiße nicht Simon«, sagte Riccardo, schon etwas lallend.

»Von dir reden wir nicht«, sagte Belbo. Seit ein paar Minuten hatte ich mir Sorgen um ihn gemacht. Er, der gewöhnlich so sehr darauf bedacht war, seine Gefühle für sich zu behalten, machte ihr eine Eifersuchtsszene vor einem Zeugen, ja einem Rivalen. Aber an diesem letzten Satz wurde mir klar, daß er, indem er sich vor dem anderen entblößte – während der wahre Gegner noch ein ganz anderer war –, in der einzigen Weise, die ihm vergönnt war, seinen Besitzanspruch auf Lorenza erneuerte.

Unterdessen antwortete ihm Lorenza, nachdem sie sich einen weiteren Schluck von jemandem genommen hatte: »Aber doch nur zum Spaß. Ich liebe doch dich.«

»Bin ja schon froh, wenn du mich nicht haßt. Hör zu, ich möchte jetzt gern nach Hause, ich hab eine Magenverstimmung. Ich bin leider noch Gefangener der niederen Materie. Mir hat Simon nichts versprochen. Kommst du mit?«

»Ach laß uns doch noch ein bißchen bleiben. Es ist grad so schön. Amüsierst du dich nicht? Und außerdem, ich hab mir die Bilder noch gar nicht richtig angesehen. Hast du gesehn, Riccardo hat auch eins über mich gemacht.«

»Was würd ich nicht alles gern über dich machen!« sagte Riccardo.

»Du bist vulgär. Nimm die Pfoten weg, ich rede mit Jacopo. Herrgott, Jacopo, darfst denn bloß *du* intellektuelle Spielchen mit deinen Freunden treiben und ich nicht? Wer ist es denn, der mich wie eine Prostituierte aus Tyrus behandelt? Du!«

»Na klar doch. Ich. Ich bin es, der dich alten Herren in die Arme treibt.«

»Er hat nie versucht, mich in die Arme zu nehmen. Er ist kein Lüstling. Es stört dich wohl, daß er nicht mit mir ins Bett will, sondern mich als eine intellektuelle Partnerin betrachtet.«

»Animierdame.«

»*Das* hättest du jetzt nicht sagen dürfen. Riccardo, bring mich irgendwohin, wo's noch was zu trinken gibt.«

»Nein, warte«, sagte Belbo. »Sag mir jetzt, ob du ihn ernst nimmst, ich will endlich kapieren, ob du verrückt bist oder nicht. Und hör auf zu trinken. Sag mir verdammtnochmal, ob du ihn ernst nimmst?«

»Aber Liebster, das ist doch ein Spiel zwischen mir und ihm. Und dann, das Schöne an der Geschichte ist: wenn die Sophia kapiert, wer sie ist, und sich aus der Tyrannei der Engel befreit, dann kann sie sich frei von Sünde bewegen...«

»Hast du aufgehört zu sündigen?«

»Ach bitte, überleg's dir noch mal«, sagte Riccardo und küßte sie schamhaft auf die Stirn.

»Im Gegenteil«, antwortete sie Belbo, ohne den Maler zu beachten. »Alle diese Sachen da sind jetzt keine Sünde mehr, man kann alles machen, was man will, um sich vom Fleisch zu befreien, man ist jenseits von Gut und Böse.«

Mit einem Stoß schob sie Riccardo weg und rief laut in den Saal: »Ich bin die Sophia, und um mich von den Engeln zu befreien, muß ich alle Sünden prepetieren... prerpuetieren... per-pe-trieren, auch die allerschönsten!«

Sie ging leicht schwankend in eine Ecke, wo ein ganz in Schwarz gekleidetes Mädchen mit dicken Lidschatten und sehr blassem Teint saß, zog es in die Mitte des Saales und begann mit ihm zu tanzen. Die beiden tanzten fast Bauch an Bauch, mit schlaff herunterhängenden Armen. »Ich kann auch dich lieben«, sagte Lorenza. Und küßte sie auf den Mund.

Die anderen bildeten einen Halbkreis um sie, ein bißchen erregt, und jemand rief etwas. Belbo hatte sich hingesetzt und betrachtete die Szene mit einem undurchdringlichen Ausdruck, wie ein Impresario, der einer Theaterprobe zuschaut. Er schwitzte und hatte ein nervöses Zucken am linken Auge, das ich noch nie an ihm bemerkt hatte. Dann plötzlich, als Lorenza schon mindestens fünf Minuten lang tanzte und ihre Bewegungen immer lasziver wurden, straffte er sich und sagte scharf: »Komm jetzt her!«

Lorenza blieb stehen, spreizte die Beine auseinander, streckte die Arme nach vorn und schrie: »Ich bin die Heilige und die Hure!«

»Du bist ein Haufen Scheiße«, sagte Belbo, stand auf, ging geradewegs auf sie zu, packte sie hart am Handgelenk und zog sie zur Tür.

»Laß mich!« schrie sie. »Was erlaubst du dir…« Dann brach sie in Schluchzen aus und warf ihm die Arme um den Hals. »Liebster, ich bin doch *deine* Sophia! Du wirst dich doch nicht wegen *sowas* aufregen…«

Belbo legte ihr sanft den Arm um die Schultern, küßte sie auf die Schläfe und strich ihr die Haare aus der Stirn, dann sagte er in den Saal: »Entschuldigt, sie ist es nicht gewohnt, so viel zu trinken.«

Ich hörte ein paar Leute kichern. Ich glaube, auch Belbo hatte es gehört. Er entdeckte mich auf der Türschwelle und machte etwas, von dem ich bis heute nicht weiß, ob es für mich, für die anderen oder für ihn selbst bestimmt war. Er machte es gedämpft, mit halblauter Stimme, als die anderen sich schon abgewandt hatten.

Den Arm immer noch um Lorenzas Schultern, drehte er sich halb zum Saal herum und machte leise, wie jemand, der eine Selbstverständlichkeit sagt: »Kikerikiii.«

51

Wann derohalben ein kabbalistischer Großkopfe-
ter dir etwas sagen will, so denke nicht, er sage dir
etwas Frivoles, etwas Vulgäres, etwas Gemeines:
sondern ein Geheimnis, ein Orakel...

Thomaso Garzoni, *Il Theatro de vari e diversi cervelli
mondani*, Venedig, Zanfretti, 1583, Discorso XXXVI

Das Bildmaterial, das ich in Mailand und Paris gefunden
hatte, genügte nicht. Signor Garamond genehmigte mir eine
Reise nach München, zum Deutschen Museum.

Ich verbrachte einige Abende in den Bars von Schwabing
– soll heißen in jenen immensen Krypten, wo ältere Herren
mit Schnauzbart und kurzen Lederhosen Blechmusik oder
Hackbrett spielen, während die Paare, dichtgedrängt eins
neben dem andern sitzend, sich durch Rauchschwaden voller
Schweinsbratendunst über riesigen Maßkrügen zulächeln –
und die Nachmittage im Lesesaal mit der Durchsicht des
Fotoarchivs. Ab und zu ging ich ins Museum hinüber, wo
alles nachgebaut worden ist, was je ein menschliches Hirn hat
erfinden können: Man drückt auf einen Knopf, und Diora-
men von Ölfeldern beleben sich mit stampfenden Pumpen,
man spaziert durch ein echtes Unterseeboot, man läßt die
Planeten kreisen, man spielt Chemiefabrik und Atomkraft-
werk... Ein weniger gotisches und ganz auf die Zukunft
ausgerichtetes Conservatoire, bewohnt von lärmenden
Schulklassen, die das Ingenium der Ingenieure lieben lernen.

Im Deutschen Museum lernt man auch alles über den
Bergbau: Man steigt eine Treppe hinunter und betritt ein
richtiges Bergwerk, komplett mit Stollen, Fahrkörben für
Menschen und Pferde, engen Schläuchen, in denen ausge-
mergelte Kinder (aus Wachs, hoffe ich) kriechend ihre Fron-
arbeit verrichten. Man wandert durch endlose finstere
Gänge, schaut in einen Brunnen ohne Boden, spürt die Kälte
in den Knochen und meint beinahe das Grubengas zu rie-
chen. Alles im Maßstab eins zu eins.

Ich gelangte in einen Seitengang, verlor schon die Hoffnung, das Tageslicht jemals wiederzusehen, und entdeckte
am Rande eines Abgrunds jemanden, der mir bekannt vorkam. Das Gesicht hatte ich schon irgendwo gesehen, faltig

und grau, mit weißem Haar und Eulenblick, aber mir war, als müßte er anders gekleidet sein, als hätte ich dieses Gesicht über einer Art Uniform gesehen, wie wenn man einen Priester nach langer Zeit in Zivil wiedersieht oder einen Kapuziner ohne Bart. Auch er sah mich an, auch er zögernd. Und wie es in solchen Fällen geschieht, nach einem Duell kurzer Blicke ergriff er die Initiative und begrüßte mich auf italienisch. Mit einem Mal konnte ich ihn mir in seiner Berufskleidung vorstellen – er brauchte nur einen langen gelblichen Kittel zu tragen und wäre der Signor Salon gewesen. A. Salon, Taxidermist, derselbe, der sein Labor direkt neben meinem Büro hatte, am selben Flur in der aufgelassenen Fabrik, wo ich den Marlowe des Wissens spielte. Ich war ihm ein paarmal auf der Treppe begegnet, und wir hatten uns kurz gegrüßt.

»Kurios«, sagte er, während er mir die Hand reichte, »da sind wir nun so lange schon Nachbarn und stellen uns hier in den Eingeweiden der Erde vor, tausend Meilen entfernt.«

Wir wechselten ein paar höfliche Sätze. Ich hatte den Eindruck, daß er recht genau wußte, was ich tat, und das war nicht wenig, bedenkt man, daß ich es nicht einmal selbst genau wußte. »Was tun Sie denn hier in einem Museum der Technik? In Ihrem Verlag beschäftigt man sich doch eher mit geistigen Dingen, scheint mir.«

»Woher wissen Sie das?«

»Och…« Er machte eine vage Geste. »Die Leute reden, ich bekomme viel Besuch…«

»Was für Leute kommen denn so zu einem Tierausstopfer? Pardon: zu einem Taxidermisten?«

»Alle möglichen. Sie werden sagen, wie's alle tun, das sei kein alltäglicher Beruf. Aber es mangelt mir nicht an Kunden, und sie kommen von überall her. Museumsleute, private Sammler.«

»Es passiert mir nicht oft, daß ich ausgestopfte Tiere in privaten Häusern sehe«, sagte ich.

»Nein? Das hängt davon ab, welche Häuser Sie frequentieren… Oder welche Keller.«

»Hält man sich ausgestopfte Tiere im Keller?«

»Manche tun es. Nicht alle Krippen stehen im Licht der Sonne – oder des Mondes. Ich mißtraue zwar solchen Kunden, aber Sie wissen ja, die Arbeit… Ich mißtraue den Untergründen.«

»Und deshalb spazieren Sie hier durch die Untergründe?«

»Ich kontrolliere. Ich mißtraue den Untergründen, aber ich will sie begreifen. Es gibt ja nicht allzu viele Möglichkeiten. Die Katakomben von Rom, werden Sie sagen. Da gibt's kein Geheimnis mehr, die sind voller Touristen und kontrolliert von der Kirche. Es gibt die Kloaken von Paris... Sind Sie mal dagewesen? Man kann sie montags, mittwochs und an jedem letzten Samstag im Monat besichtigen, der Eingang ist beim Pont de l'Alma. Auch das ein Touristenziel. Natürlich gibt's in Paris auch die Katakomben, und die unterirdischen Höhlen. Zu schweigen von der Metro. Waren Sie je an Nummer 145 der Rue La Fayette?«

»Ich muß gestehen, nein.«

»Ein bißchen abseits, zwischen der Gare de l'Est und der Gare du Nord. Auf den ersten Blick ein unscheinbares Gebäude. Nur wenn man genauer hinsieht, entdeckt man, daß die Türen zwar aussehen wie aus Holz, aber in Wahrheit aus bemaltem Eisen sind, und die Zimmer hinter den Fenstern sind seit Jahrhunderten unbewohnt. Nie brennt da ein Licht. Aber die Leute gehen vorbei und wissen nicht.«

»Wissen nicht was?«

»Daß das Haus nur vorgetäuscht ist. Es ist nur Fassade, eine Hülle ohne Dach, ohne Inneres. Leer. Es kaschiert die Mündung eines Kamins. Dient zur Be- und Entlüftung der Metro. Und wenn Sie das begreifen, haben Sie das Gefühl, vor dem Eingang der Unterwelt zu stehen, als würden Sie, wenn Sie nur in diese Mauern eindringen könnten, ins unterirdische Paris gelangen. Ich habe manchmal Stunden um Stunden vor diesen Scheintüren verbracht, die das Tor der Tore maskieren, den Abfahrtsbahnhof zur Reise ins Zentrum der Erde. Warum, meinen Sie, hat man das gemacht?«

»Um die Metro zu belüften, sagten Sie doch.«

»Dafür hätten ein paar Luken genügt. Nein, es sind diese Untergründe, vor denen ich Verdacht zu schöpfen begann. Verstehen Sie mich?«

Das Reden über die Dunkelheit schien ihn aufzuheitern. Ich fragte ihn, weshalb er die Untergründe so verdächtig fand.

»Nun, weil die Herren der Welt, wenn es sie gibt, nur unter der Erde sein können. Das ist eine Wahrheit, die alle ahnen, aber nur wenige auszusprechen wagen. Der einzige, der den Mut besaß, es in klaren Worten zu sagen, war vielleicht Saint-Yves d'Alveydre. Kennen Sie ihn?«

Vielleicht hatte ich den Namen schon irgendwann von einem der Diaboliker gehört, aber ich erinnerte mich nicht genau.

»Er ist es, der von Agarttha gesprochen hat, von der unterirdischen Residenz des Königs der Welt, dem verborgenen Zentrum der Synarchie«, sagte Salon. »Er hatte keine Angst, er fühlte sich seiner selbst sicher. Doch alle, die ihm öffentlich gefolgt sind, wurden eliminiert, weil sie zuviel wußten.«

Wir setzten unseren Gang durch die Stollen fort, und Salon warf beim Sprechen zerstreute Blicke umher, spähte in die Einmündung anderer Stollen, in die Tiefe anderer Brunnen, als suchte er im Halbdunkel nach einer Bestätigung seines Verdachts.

»Haben Sie sich jemals gefragt, warum alle großen modernen Metropolen sich Ende des vorigen Jahrhunderts so beeilten, Untergrundbahnen zu bauen?«

»Um Verkehrsprobleme zu lösen. Oder nicht?«

»Als es noch gar keinen Autoverkehr gab und nur Pferdedroschken durch die Straßen rollten? Von einem Mann Ihres Geistes hätte ich mir eine subtilere Erklärung erwartet!«

»Und haben Sie eine?«

»Vielleicht«, sagte Signor Salon, und es schien, als sagte er es mit abwesender und gedankenversunkener Miene. Doch es war eine Art, das Gespräch abzublocken. Und tatsächlich bemerkte er nun, er müsse jetzt gehen. Dann, nachdem er mir erneut die Hand gereicht hatte, blieb er noch einen Augenblick stehen, als fiele ihm gerade noch etwas ein: »Apropos, dieser Oberst... wie hieß er doch gleich, der damals vor Jahren zu Garamond gekommen war, um Ihnen von einem Schatz der Templer zu erzählen? Haben Sie nie wieder von ihm gehört?«

Ich stand wie vom Schlag gerührt vor dieser brüsken und indiskreten Enthüllung von Kenntnissen, die ich für intim und begraben gehalten hatte. Ich wollte ihn fragen, woher er das wisse, aber ich fürchtete mich davor. So sagte ich nur mit möglichst indifferenter Miene: »Ach, eine alte Geschichte, hatte ich ganz vergessen... Aber apropos, warum haben Sie ›apropos‹ gesagt?«

»Habe ich ›apropos‹ gesagt? Ach ja, gewiß, mir schien, als hätte er etwas in einem Untergrund gefunden...«

»Woher wissen Sie das?«

»Weiß nicht mehr. Kann mich nicht mehr erinnern, wer mir davon erzählt hat. Vielleicht ein Kunde. Aber ich horche immer auf, wenn Untergründe erwähnt werden. Eine Altersmanie. Guten Abend.«

Er ging davon, und ich blieb stehen, um dieser Begegnung nachzusinnen.

52

> In gewissen Regionen des Himalaja, zwischen den
> zweiundzwanzig Tempeln, welche die zweiund-
> zwanzig Arcana des Hermes darstellen und die
> zweiundzwanzig Buchstaben einiger heiliger Al-
> phabete, bildet Agarttha die mystische Null, das
> unauffindbare Alles und Nichts – alles für die
> Synarchie, nichts für die Anarchie... Der Leser
> stelle sich ein kolossales Schachbrett vor, das sich
> unterirdisch erstreckt, durch fast alle Regionen
> des Erdballs.
>
> Saint-Yves d'Alveydre, *Mission de l'Inde en Europe*,
> Paris, Calmann-Lévy, 1886, p. 54 und 65

Zurück in Mailand, erzählte ich Belbo und Diotallevi von meinem Erlebnis, und wir stellten verschiedene Hypothesen auf: Salon, ein Exzentriker und Schwätzer, der sich in gewisser Weise an Mysterien delektierte, hatte Ardenti getroffen, und das war alles. Oder: Salon wußte etwas über Ardentis Verschwinden und arbeitete für die, die ihn hatten verschwinden lassen. Oder auch: Salon war ein Informant der Polizei...

Dann sahen wir andere Diaboliker, und Salon vermischte sich mit seinesgleichen.

Ein paar Tage später hatten wir Agliè zu Besuch, der uns über einige Manuskripte referierte, die Belbo ihm zur Begutachtung zugesandt hatte. Er beurteilte sie präzise, streng und mit Nachsicht. Agliè war scharfsinnig, es hatte ihn nicht viel gekostet, das Doppelspiel Garamond-Manuzio zu durchschauen, und wir hatten ihm die Wahrheit nicht länger verschwiegen. Er schien zu verstehen und zu verzeihen. Er vernichtete einen Text mit wenigen schneidenden Sätzen, dann fügte er mit sanftem Zynismus hinzu, für Manuzio sei er gerade recht.

Ich fragte ihn, was er uns über Agarttha und Saint-Yves d'Alveydre sagen konnte.

»Saint-Yves d'Alveydre...«, begann er. »Ein bizarrer Geselle, ohne Zweifel, seit früher Jugend frequentierte er die Anhänger von Fabre d'Olivet. Er war nur ein Angestellter im Innenministerium, aber ambitioniert... Freilich fand seine Ehe mit Marie-Victoire nicht unseren Beifall...«

'   Agliè hatte nicht widerstanden. Er war zur ersten Person übergegangen. Er rief sich Erinnerungen ins Gedächtnis.

»Wer war Marie-Victoire? Ich liebe Klatschgeschichten«, sagte Belbo.

»Marie-Victoire de Risnitch, eine strahlende Schönheit, als sie noch Busenfreundin der Kaiserin Eugénie war. Aber als sie Saint-Yves begegnete, hatte sie die Fünfzig bereits überschritten. Er war in den Dreißigern. Eine Mesalliance für sie, das ist nur natürlich. Aber damit nicht genug, um ihm einen Titel zu verschaffen, kaufte sie ihm auch Ländereien von einem gewissen Marquis d'Alveydre, und so konnte sich unser Bruder Leichtfuß nun mit diesem Titel schmücken, und in Paris sang man Couplets über den ›Gigolo‹. Da er jetzt von der Rendite leben konnte, überließ er sich seinen Träumen. Er hatte sich in den Kopf gesetzt, eine politische Formel zu finden, die imstande wäre, eine harmonischere Gesellschaft herbeizuführen. Synarchie als das Gegenteil von Anarchie. Eine gesamteuropäische Gesellschaft, regiert von drei Räten als Repräsentanten der ökonomischen Macht, der Justiz und der geistigen Mächte, das heißt der Kirchen und der Wissenschaften. Eine aufgeklärte Oligarchie, die mit den Klassenkämpfen Schluß machen sollte. Wir haben schon Schlimmeres gehört.«

»Und Agarttha?«

»Er sagte, eines Tages sei er von einem mysteriösen Afghanen besucht worden, einem gewissen Hadji Scharipf, der kein Afghane gewesen sein konnte, da der Name ganz klar albanisch ist... Und dieser Mann habe ihm das Geheimnis der Residenz des Königs der Welt verraten, wenn auch Saint-Yves diesen Ausdruck nie benutzt hat, das haben dann die anderen getan: Agarttha, das Unauffindbare.«

»Aber wo hat er denn diese Dinge gesagt?«

»In *Mission de l'Inde en Europe*, einem Werk, das große Teile des zeitgenössischen politischen Denkens beeinflußt hat. In Agarttha gibt es unterirdische Städte, unter deren Boden und weiter hinunter in Richtung des Erdmittelpunktes gibt es fünftausend *Pandits*, die sie regieren – selbstverständlich erinnert die Zahl fünftausend an die hermetischen Wurzeln der vedischen Sprache, wie Sie zweifellos wissen. Und jede Wurzel ist ein magisches Hierogramm, verbunden mit einer himmlischen Macht und mit der Sanktion einer höllischen

Macht. Die zentrale Kuppel von Agarttha wird von oben erleuchtet durch besondere Spiegel, die das Licht nur durch die enharmonische Farbskala eintreten lassen, von welcher das Sonnenspektrum unserer Physiklehrbücher nur die diatonische Skala darstellt. Die Weisen von Agarttha studieren alle heiligen Sprachen, um zur Universalsprache zu gelangen, dem Vattan. Wenn sie allzu tiefe Geheimnisse angehen, erheben sie sich von der Erde und schweben nach oben und würden sich den Schädel an der Kuppelwölbung einschlagen, wenn ihre Brüder sie nicht zurückhielten. Sie präparieren die Blitze, lenken die zyklischen Ströme der interpolaren und intertropikalen Flüsse, die interferentiellen Derivationen in den diversen Längen- und Breitenzonen der Erde. Sie selektionieren die Arten und Gattungen, sie haben kleine Tiere geschaffen, die jedoch außergewöhnliche psychische Tugenden besitzen, Tiere mit einem Schildkrötenpanzer und einem gelben Kreuz auf dem Rücken und einem Auge und einem Mund an jeder Extremität, vielfüßige Tiere, die sich in jeder Richtung bewegen können. Nach Agarttha haben sich vermutlich die Templer zurückgezogen, als sie aufgelöst worden sind, und dort erfüllen sie nun Überwachungsaufgaben. Noch was?«

»Aber... meinte er das im Ernst«? fragte ich.

»Ich glaube, er nahm die Geschichte wörtlich. Zu Anfang hielten wir ihn für einen exaltierten Schwärmer, dann wurde uns klar, daß er, vielleicht in visionärer Weise, auf eine verborgene Lenkung der Geschichte anspielte. Sagt man nicht, die Geschichte sei ein blutiges, sinnloses Rätsel? Unmöglich, es muß einen Plan in ihr geben. Es muß eine Vernunft in ihr walten, ein Geist. Deshalb haben verständige Männer im Laufe der Jahrhunderte an Herren der Welt oder an einen König der Welt gedacht, vielleicht nicht an eine Person im physischen Sinne, eher an eine Rolle, eine kollektive Rolle, an die von Mal zu Mal stets nur provisorische Inkarnation eines Stabilen Willens. Etwas, womit gewiß die großen verschwundenen Priester- und Ritterorden in Kontakt waren.«

»Glauben Sie daran?« fragte Belbo.

»Besonnenere Leute als er suchen nach den Unbekannten Oberen.«

»Und finden sie?«

Agliè lachte still vor sich hin. »Was wären das für Unbekannte Obere, wenn sie sich jedem Hergelaufenen zu erkennen gäben? Meine Herren, wir müssen arbeiten. Ich habe noch ein Manuskript, und wie's der Zufall will, ist es genau eine Abhandlung über Geheimgesellschaften.«

»Brauchbar?«

»Wo denken Sie hin? Aber für Manuzio könnte es gehen.«

53

Da sie die irdischen Geschicke nicht unverhüllt
lenken kann, weil die Regierungen sich widersetzen würden, kann diese mysteriöse Vereinigung
nur vermittels Geheimgesellschaften agieren...
Diese Geheimgesellschaften, die je nach Bedarf
geschaffen wurden, zerfallen in verschiedene und
scheinbar entgegengesetzte Gruppen, die von Mal
zu Mal die unterschiedlichsten Meinungen vertreten, um getrennt und mit Vertrauen zueinander
sämtliche religiösen, politischen, ökonomischen
und literarischen Parteien zu lenken, und sie verbinden sich, um eine gemeinsame Richtung daraus
zu empfangen, mit einem unbekannten Zentrum,
in dem die mächtige Triebfeder verborgen ist, welche auf diese Weise unsichtbar alle Szepter der
Erde zu bewegen trachtet.

J. M. Hoene-Wronski, zit. in P. Sédir, *Histoire et
doctrine des Rose-Croix*, Rouen 1932

Eines Tages sah ich Signor Salon in der Tür seines Laborato-
riums stehen. Er stand im Halbdunkel, und ich erwartete
schon, daß er gleich den Ruf eines Käuzchens ausstoßen
würde. Er begrüßte mich wie einen alten Freund und fragte,
wie es mir »dort unten« ergangen sei. Ich machte eine vage
Geste und ging lächelnd vorbei.

Unwillkürlich fiel mir dabei Agarttha ein. Wie Agliè uns
die Ideen von Saint-Yves geschildert hatte, mußten sie einem
Diaboliker faszinierend vorkommen, aber nicht beunruhigend. Dennoch hatte ich neulich in München eine gewisse
Unruhe in Salons Worten und Blicken gespürt.

So beschloß ich, als ich aus dem Haus trat, einen Sprung in
die Bibliothek zu machen und nach der *Mission de l'Inde en
Europe* zu suchen.

Im Katalogsaal und am Bestellschalter war das übliche
Gedränge. Mit Ellbogenstößen gelang es mir endlich, den
gesuchten Karteikasten in die Hand zu bekommen, ich fand
den Titel, füllte den Leihschein aus und gab ihn dem Angestellten am Schalter. Er teilte mir mit, der Band sei ausgelie-
hen, und wie es in Bibliotheken vorkommt, schien er sich
darüber zu freuen. Doch im selben Moment ertönte hinter

mir eine Stimme: »Sehen Sie nach, er muß da sein, ich habe ihn gerade zurückgegeben.« Ich drehte mich um. Es war der Kommissar De Angelis.

Ich erkannte ihn, und er erkannte mich – zu schnell, wie mir schien. Ich hatte ihn unter für mich außergewöhnlichen Umständen kennengelernt, er mich bei einer Routineuntersuchung. Außerdem trug ich damals ein Bärtchen und die Haare länger. Was für ein Auge!

Hatte er mich womöglich seit meiner Rückkehr überwacht? Oder war er bloß ein guter Physiognomiker? Polizisten müssen den Spürsinn kultivieren, sich Gesichter und Namen gut merken können...

»Sieh da, der Signor Casaubon! Und wir lesen dieselben Bücher!«

Ich reichte ihm die Hand. »Jetzt bin ich Doktor, schon seit einer Weile. Vielleicht bewerbe ich mich bei der Polizei, um nichts zu versäumen, wie Sie's mir damals geraten haben. Dann krieg ich die Bücher zuerst.«

»Man braucht bloß als erster zu kommen«, sagte er. »Aber jetzt ist das Buch wieder da, Sie können sich's später holen. Darf ich Sie zu einem Kaffee einladen?«

Die Einladung verwirrte mich, aber ich konnte sie nicht ablehnen. Wir setzten uns in ein nahes Café. Er fragte, wieso ich mich für die Mission Indiens interessierte, und ich war versucht, sofort zurückzufragen, wieso er sich dafür interessierte, aber ich beschloß, mir erst einmal Rückendeckung zu verschaffen. Sagte also, ich ginge in der Freizeit weiter meinen Studien über die Templer nach: laut Wolfram von Eschenbach hätten die Templer damals Europa verlassen und wären nach Indien gegangen, und nach Ansicht mancher ins Reich von Agarttha. Nun war es an ihm, aus der Deckung zu kommen. »Die Frage ist eher«, sagte ich, »wieso Sie sich dafür interessieren.«

»Och, wissen Sie«, antwortete er, »seit Sie mir damals dieses Buch über die Templer empfohlen haben, versuche ich, mich über das Thema ein bißchen zu informieren, und Sie wissen ja besser als ich, daß man von den Templern ganz automatisch auf Agarttha kommt.« Touché, Volltreffer! Dann fügte er hinzu: »Nein, ich mache nur Spaß. Ich habe das Buch aus anderen Gründen gesucht. Nämlich weil...«, er zögerte, »weil ich in meiner Freizeit gerne in Bibliotheken gehe. Um keine Maschine zu werden, oder um kein Bulle zu bleiben, suchen Sie sich selber die nettere Formel aus. Aber erzählen Sie mir von sich.«

Ich gab ihm einen autobiographischen Kurzbericht, bis zum wunderbaren Abenteuer der Metalle.

»Aber in dem Verlag da«, fragte er, »und in dem andern daneben, machen Sie da nicht Bücher über mysteriöse Wissenschaften?«

Woher wußte er von Manuzio? Informationen aus der Zeit, als er Belbo überwachte, vor Jahren? Oder war er noch immer hinter Ardenti her?

»Nach all diesen Typen wie Oberst Ardenti, die bei Garamond aufgekreuzt sind und die Garamond dann auf Manuzio abzuladen versucht hat«, sagte ich, »hat Signor Garamond nun beschlossen, diesen Zweig zu kultivieren. Scheint, daß es sich lohnt. Wenn Sie Typen wie den alten Oberst suchen, die finden Sie da in rauhen Mengen.«

»Ja schon«, sagte er. »Aber Ardenti ist verschwunden. Die anderen, hoffe ich, nicht.«

»Noch nicht, und ich möchte fast sagen: leider. Aber verzeihen Sie meine Neugier, Herr Kommissar: Ich stelle mir vor, daß Sie mit Leuten, die verschwinden oder noch Schlimmeres, in Ihrem Beruf jeden Tag zu tun haben. Beschäftigen Sie sich mit allen so... lange?«

Er sah mich amüsiert an. »Und was bringt Sie auf den Gedanken, daß ich mich noch immer mit Ardenti beschäftige?«

Okay, er spielte und begann eine neue Runde. Ich mußte den Mut haben, sehen zu wollen, und er würde seine Karten aufdecken müssen. Ich hatte nichts zu verlieren. »Also hören Sie, Kommissar«, sagte ich, »Sie wissen alles über Garamond und Manuzio, Sie sind hier, um ein Buch über Agarttha zu suchen...«

»Wieso? Hatte Ardenti über Agarttha gesprochen?«

Wieder getroffen. Tatsächlich hatte Ardenti, soweit ich mich erinnerte, auch über Agarttha gesprochen. Aber ich parierte gut: »Nein, aber er hatte eine Geschichte über die Templer, Sie werden sich erinnern.«

»Richtig«, sagte er. Dann fügte er hinzu: »Aber Sie dürfen nicht glauben, wir verfolgten immer nur einen Fall, bis er gelöst ist. Das passiert nur im Fernsehen. Die Arbeit des Polizisten ist wie die eines Zahnarztes: ein Patient kommt, man macht ihm eine Plombe, verarztet ihn, er kommt nach zwei Wochen wieder, und in der Zwischenzeit hat man hundert andere Patienten. Ein Fall wie der des Oberst Ardenti kann zehn Jahre im Archiv liegenbleiben, dann plötzlich, im Verlauf eines anderen Falles, durch das Geständnis von irgendwem, kommt ein Indiz zutage, peng, mentaler Kurzschluß, und man denkt neu drüber nach... Bis es zu einem weiteren Kurzschluß kommt, oder auch zu keinem mehr, und dann gute Nacht.«

»Und was haben Sie kürzlich entdeckt, das so einen Kurzschluß bei Ihnen ausgelöst hat?«

»Eine indiskrete Frage, meinen Sie nicht? Aber da gibt's keine Geheimnisse, glauben Sie mir. Der Oberst ist mir ganz zufällig wieder eingefallen. Wir haben einen Typ überwacht, aus ganz anderen Gründen, und fanden heraus, daß er den Club Picatrix frequentierte, Sie werden davon gehört haben...«

»Nein, ich kenne bloß die Zeitschrift, nicht den Verein. Was geht denn da vor?«

»Och nichts, gar nichts, das sind ruhige Leutchen, vielleicht ein bißchen exaltiert. Aber mir ist eingefallen, daß auch der Ardenti da verkehrte – die ganze Geschicklichkeit des Polizisten besteht darin, sich zu erinnern, wo er einen Namen schon mal gehört, ein Gesicht schon mal gesehen hat, auch noch nach zehn Jahren. Und da habe ich mich gefragt, was wohl bei Garamond vorgeht. Das ist alles.«

»Und was hat der Club Picatrix mit der Politischen Polizei zu tun?«

»Es mag ja die Impertinenz des reinen Gewissens sein, aber Sie kommen mir unheimlich neugierig vor.«

»Sie waren es, der mich zu einem Kaffee eingeladen hat.«

»Stimmt, und wir sind beide nicht im Dienst. Sehen Sie, aus einem bestimmten Blickwinkel betrachtet hat in dieser Welt alles mit allem zu tun.« Ein schönes hermetisches Philosophem, dachte ich. Aber er fügte sofort hinzu: »Womit ich nicht sagen will, diese Leute hätten mit der Politischen Polizei zu tun, aber wissen Sie... Früher suchten wir die Roten Brigaden in den besetzten Häusern und die Schwarzen Brigaden in den diversen Kampfsportvereinen, heute könnte es genau umgekehrt sein. Wir leben in einer bizarren Welt. Ich versichere Ihnen, mein Beruf war vor zehn Jahren leichter. Heute gibt's auch bei den Ideologen keine Religion mehr. Manchmal habe ich Lust, ins Rauschgiftdezernat überzuwechseln. Ein Dealer ist wenigstens noch ein Dealer, da gibt's nichts zu diskutieren. Da hat man's mit sicheren Werten zu tun.«

Er schwieg ein Weilchen, unsicher, glaube ich. Dann zog er ein Notizbuch aus der Tasche, das wie ein Meßbuch aussah. »Hören Sie, Casaubon, Sie frequentieren beruflich seltsame Leute, Sie gehen in Bibliotheken, um sich noch seltsamere Bücher auszuleihen. Helfen Sie mir. Was wissen Sie über die Synarchie?«

»Da muß ich leider passen. So gut wie nichts. Ich hab davon reden hören, im Zusammenhang mit Saint-Yves. Das ist alles.«

»Und was redet man so darüber?«

»Wenn man was darüber redet, dann ohne mein Wissen. Offen gesagt, mir stinkt die Sache nach Faschismus.«

»In der Tat, viele dieser Thesen wurden seinerzeit von der Action Française aufgegriffen. Und wenn's dabei geblieben wäre, sähe ich ja noch klar: Wenn ich eine Gruppe finde, die von Synarchie redet, kann ich sie einordnen. Aber ich bin dabei, mich über das Thema zu informieren, und erfahre, daß um 1929 eine gewisse Vivian Postel du Mas und eine Jeanne Canudo die Gruppe Polaris gegründet haben, die sich am Mythos eines Königs der Welt inspirierte, und dann propagierten sie ein synarchisches Projekt: sozialer Dienst gegen kapitalistischen Profit, Beseitigung des Klassenkampfs durch genossenschaftliche Bewegungen... Scheint eine Art Sozialismus fabianischer Prägung gewesen zu sein, eine personalistische und kommunitäre Bewegung. Tatsächlich wurden sowohl Polaris wie auch die irischen Fabianer beschuldigt, Emissäre eines synarchischen Komplotts unter jüdischer Leitung zu sein. Und wer hat sie dessen beschuldigt? Eine *Revue internationale des sociétés secrètes*, die von einer jüdisch-freimaurerisch-bolschewistischen Verschwörung faselte. Viele ihrer Mitarbeiter gehörten zu einer noch geheimeren rechten Integralistenvereinigung, der Sapinière. Und sie behaupteten, alle revolutionären politischen Organisationen seien nur die Fassade eines teuflischen Komplotts, das von einem okkultistischen Geheimbund gesteuert werde. Nun werden Sie sagen, okay, wir haben uns geirrt, Saint-Yves hat am Ende linksreformistische Gruppen inspiriert, die Rechte macht aus jeder Mücke einen Elefanten und sieht überall Ableger einer Demo-Pluto-Sozial-Judäokratie. Auch

Mussolini hat es so gemacht. Aber wieso wird dann diesen Gruppen vorgeworfen, sie würden von okkultistischen Zirkeln beherrscht? Nach dem bißchen, was ich davon weiß – gehen Sie nur mal hin und schauen Sie sich Picatrix an –, sind das Leute, die mit der Arbeiterbewegung wenig im Sinn haben.«

»So dünkt es auch mich, o Sokrates. Und weiter?«

»Danke für den Sokrates, aber je mehr ich über das Thema lese, desto weniger sehe ich klar. Anfang der vierziger Jahre entstehen verschiedene Gruppen, die sich synarchisch nennen, und sie reden von einer neuen europäischen Ordnung unter der Führung einer Regierung von überparteilichen Weisen. Und wo konvergieren dann all diese Gruppen? Im Umkreis der Kollaborateure von Vichy. Jetzt werden Sie sagen, wir hätten uns erneut geirrt, die Synarchie stehe eben rechts. Vorsicht! Nachdem ich so viel gelesen habe, wird mir klar, daß alle sich nur in einem Punkt einig sind: Die Synarchie existiert und regiert insgeheim die Welt. Aber nun kommt das Aber...«

»Aber?«

»Am 24. Januar 1937 wurde Dimitri Navachine, ein Freimaurer und Martinist (ich weiß nicht genau, was Martinisten sind, aber mir scheint, eine von diesen Sekten), damals Berater der Volksfrontregierung in Wirtschaftsfragen, nachdem er zuvor Direkor einer Moskauer Bank gewesen war, ermordet von einer Organisation secrète d'action révolutionnaire et nationale, besser bekannt als La Cagoule, finanziert von Mussolini. Damals hieß es, die Cagoule werde von einer geheimen Synarchie geleitet und Navachine sei ermordet worden, weil er ihre Geheimnisse aufgedeckt habe. Später, während der deutschen Besatzung, behauptet ein aus Kreisen der Linken hervorgegangenes Dokument, verantwortlich für die französische Niederlage sei ein synarchischer Pakt des Reiches, und dieser Pakt sei die Manifestation eines lateinischen Faschismus vom portugiesischen Typ. Aber dann kommt heraus, daß der Pakt von den Polaris-Gründerinnen Postel du Mas und Canudo verfaßt worden war und Ideen enthielt, die sie längst publiziert und überall verbreitet hatten. Keine Spur von Geheimnis. Aber als geheim, ja *top secret* werden diese Ideen dann 1946 von einem gewissen Husson enthüllt, der einen linksrevolutionären synarchischen Pakt anprangert, und das in einem Text namens *Syn-*

archie, panorama de 25 années d'activité occulte, gezeichnet mit – warten Sie, ja, hier: Geoffroy de Charnay.«

»Das ist jetzt schön«, sagte ich, »Geoffroy de Charnay war der Gefährte von Jacques de Molay, dem Großmeister der Templer. Sie starben zusammen auf dem Scheiterhaufen. Hier hätten wir also einen Neotempler, der die Synarchie von rechts attackiert. Aber die Synarchie ist doch in Agarttha entstanden, dem Refugium der Templer!«

»Was habe ich gesagt? Sehen Sie, Sie geben mir eine weitere Spur. Dummerweise macht sie die Konfusion nur noch größer: Demnach wird von rechts ein synarchischer Pakt des Reiches angeprangert, ein sozialistischer und geheimer, der alles andere als geheim ist, und derselbe geheime synarchische Pakt wird auch von links angeprangert. Und nun kommen wir zu einer neuen Interpretation: Die Synarchie ist eine Verschwörung der Jesuiten zum Umsturz der Dritten Republik. So die These von Roger Mennevée, einem Linken. Um mich zu beruhigen, sagt mir meine Lektüre auch, daß 1943 in einigen Militärkreisen von Vichy, pétainistischen zwar, aber antideutschen, Dokumente zirkulierten, die bewiesen, daß die Synarchie ein Komplott der Nazis war: Hitler war ein Rosenkreuzer, beeinflußt von den Freimaurern, die mithin von der jüdisch-bolschewistischen zur deutsch-imperialen Verschwörung übergegangen sind.«

»Womit wir alles beisammen hätten.«

»Wenn's nur das wäre. Hier noch eine weitere Enthüllung: Die Synarchie ist ein Komplott der internationalen Technokraten. Das behauptet 1960 ein gewisser Villemarest in *Le 14ème complot du 13 mai*. Das techno-synarchische Komplott will die Regierungen destabilisieren, und deshalb provoziert es Kriege, unterstützt und schürt Staatsstreiche, begünstigt interne Spannungen, um die Parteien zu spalten... Erkennen Sie die Melodie?«

»Mein Gott, das ist der SIM, der Imperialistische Staat der Multinationalen Konzerne, von dem die Roten Brigaden vor ein paar Jahren sprachen!«

»Genau! Und was macht nun der Kommissar De Angelis, wenn er irgendwo einen Hinweis auf die Synarchie findet? Er fragt Doktor Casaubon, den Experten für Templer.«

»Und der sagt, es gibt einen Geheimbund mit Verzweigungen in aller Welt, der Komplotte schmiedet, um das Gerücht zu verbreiten, es gebe ein Universales Komplott.«

»Sie scherzen, aber ich...«

»Ich scherze nicht. Kommen Sie mal vorbei und lesen die Manuskripte, die bei Manuzio eintreffen. Aber wenn Sie eine schlichtere Interpretation haben wollen: Das Ganze ist wie der Witz von dem Stotterer, der sagte, sie hätten ihn nicht als Radiosprecher genommen, weil er nicht in der Partei war. Man muß die eigenen Fehler immer anderen zuschreiben, Diktaturen brauchen immer einen äußeren Feind, um ihre Anhänger um sich zu scharen. Wie sagte doch gleich, ich weiß nicht mehr, wer es war: Für jedes komplexe Problem gibt es eine einfache Lösung, und die ist die falsche.«

»Und wenn ich eine Bombe in einem Zug finde, eingewickelt in ein Flugblatt, das von Synarchie spricht, begnüge ich mich dann damit zu sagen, das sei eine einfache Lösung für ein komplexes Problem?«

»Wieso? Haben Sie Bomben in Zügen gefunden, die... Nein, entschuldigen Sie. Das wäre wirklich nicht meine Sache. Aber warum sprechen Sie dann mit mir darüber?«

»Weil ich hoffte, Sie wüßten darüber mehr als ich. Weil es mich womöglich erleichtert zu sehen, daß auch Sie damit nicht klarkommen. Sie sagen, Sie müßten zu viele Texte von Verrückten lesen, und halten das für Zeitverschwendung. Ich nicht, für mich sind die Texte Ihrer Verrückten – Ihrer, also der für die normalen Leute Verrückten – wichtige Texte. Vielleicht erklärt mir der Text eines Verrückten, wie jemand denkt, der Bomben in Züge legt. Oder fürchten Sie, ein Polizeispitzel zu werden?«

»Nein, Ehrenwort. Im Grunde ist es mein Beruf, Ideen in Karteikästen zu suchen. Wenn ich auf den richtigen Hinweis stoße, werde ich an Sie denken.«

Während er aufstand, ließ er die letzte Frage fallen: »Und haben Sie unter Ihren Manuskripten nie einen Hinweis auf... etwas namens Tres gefunden?«

»Was ist das?«

»Ich weiß nicht. Muß eine Vereinigung sein oder etwas in der Art, ich weiß nicht mal, ob es wirklich existiert. Ich habe nur davon reden hören, und jetzt ist es mir im Zusammenhang mit den Verrückten eingefallen. Grüßen Sie Ihren Freund Belbo von mir. Sagen Sie ihm, daß ich nicht auf seiner Spur bin. Und daß ich einen scheußlichen Beruf ausübe, der mir scheußlicherweise auch noch gefällt.«

Auf dem Heimweg fragte ich mich, wer von uns beiden das Spiel gewonnen hatte. Er hatte mir eine Menge erzählt, ich nichts. Wenn ich argwöhnisch sein wollte: vielleicht hatte er mir etwas aus der Nase gezogen, ohne daß ich es gemerkt hatte. Aber wer argwöhnisch sein will, gerät leicht in die Psychose des synarchistischen Komplotts.

Als ich Lia von dem Gespräch erzählte, sagte sie: »Also mir scheint, er war ehrlich zu dir. Er wollte sich mal aussprechen. Meinst du, im Polizeipräsidium findet er jemanden, der ihm zuhört, wenn er ihn fragt, ob Jeanne Canudo rechts oder links war? Er wollte bloß rausfinden, ob er's ist, der nichts kapiert, oder ob die Geschichte wirklich zu schwierig ist. Und du bist nicht imstande gewesen, ihm die einzige richtige Antwort zu geben.«

»Und die wäre?«

»Daß es da nichts zu kapieren gibt. Die Synarchie ist Gott.«

»Gott?«

»Ja. Die Menschheit kann den Gedanken nicht ertragen, daß die Welt per Zufall entstanden ist, durch einen Irrtum, bloß weil vier unvernünftige Atome auf der nassen Autobahn ineinandergerast sind. Also muß sie eine kosmische Verschwörung suchen. Gott, die Engel oder die Teufel. Die Synarchie erfüllt dieselbe Funktion, nur in kleinerem Maßstab.«

»Also hätte ich ihm erklären sollen, daß die Leute Bomben in Züge legen, weil sie Gott suchen?«

»Vielleicht.«

54

The prince of darkness is a gentleman.

Shakespeare, *King Lear*, 3,4,140

Es wurde Herbst. Eines Morgens ging ich in die Via Marchese Gualdi hinüber, um mir von Signor Garamond die Erlaubnis zu holen, einige Farbdias aus dem Ausland zu bestellen. Im Büro der Signora Grazia sah ich Agliè, über das Autorenverzeichnis von Manuzio gebeugt. Ich störte ihn nicht, da ich mich verspätet hatte und Signor Garamond mich erwartete.

Am Ende unserer Besprechung fragte ich ihn, was Agliè im Sekretariat machte.

»Oh, der ist ein Genie«, sagte Garamond. »Ein Mann von ganz außergewöhnlichem Feingefühl und enormer Bildung. Vorgestern abend habe ich ihn mit einigen unserer Autoren zum Essen ausgeführt, und er hat mir große Ehre gemacht. Welch eine Konversation, welch ein Stil! Ein echter Gentleman alten Schlages, ein richtiger Herr, von einer Noblesse, wie man sie heute kaum noch findet. Welche Gelehrtheit, welche Kultiviertheit, ich sage noch mehr, welche Informiertheit! Er hat köstliche Anekdoten erzählt über Leute von vor hundert Jahren, ich schwöre es Ihnen, als hätte er sie persönlich gekannt! Und wissen Sie, was für eine glänzende Idee er mir auf dem Heimweg gesteckt hat? Er hatte meine Gäste auf den ersten Blick durchschaut und kannte sie inzwischen besser als ich. Er meinte, wir sollten nicht warten, daß die Autoren der Entschleierten Isis von alleine kämen. Das sei Zeitvergeudung, erst das Palaver, dann die Lektüre der Manuskripte, und dann weiß man nicht, ob sie bereit sind, zu den Unkosten beizutragen. Statt dessen hätten wir eine Goldmine zum Ausbeuten: die Kartei aller Manuzio-Autoren der letzten zwanzig Jahre! Verstehen Sie? Man schreibt einfach an diese unsere ruhmreichen alten Autoren, oder jedenfalls an diejenigen, die auch die Restbestände aufgekauft haben: Lieber Herr, wissen Sie, daß wir eine neue Buchreihe begonnen haben, die sich der traditionellen Weisheit von höchster Spiritualität widmen soll? Müßte es einen Autor von Ihrer Subtilität nicht reizen, in diese Terra incognita einzudringen undsoweiterundsofort… Ein Genie, sage ich Ihnen! Ich glaube, er möchte uns alle am Sonntagabend bei sich haben. Er will uns in ein Schloß führen, in eine Burg, ich sage noch mehr, eine prächtige Villa in den Turiner Hügeln. Scheint, daß da außergewöhnliche Dinge stattfinden werden, ein Ritus, eine Zeremonie, ein Hexensabbat, wo jemand Gold oder Quecksilber oder so etwas fabrizieren wird. Das ist eine ganz neu zu entdeckende Welt, Casaubon, auch wenn ich, Sie wissen es, die größte Achtung vor jener Wissenschaft hege, der Sie sich mit solcher Passion verschrieben haben, ja, ja, ich bin sehr zufrieden mit Ihrer Arbeit – ich weiß, die kleine finanzielle Zulage, auf die Sie mich angesprochen hatten, ich hab's nicht vergessen, wir werden zu gegebener Zeit noch darüber sprechen. Agliè hat mir gesagt, daß auch diese junge Dame dort sein wird, diese schöne Dame – nun, vielleicht ist sie nicht gerade bildschön, aber rassig, sie hat etwas im Blick – ich meine, diese Freundin von Belbo, wie heißt sie doch gleich…«

»Lorenza Pellegrini.«

»Richtig. Ist da was zwischen ihr und unserem Belbo, eh?«

»Ich glaube, sie sind gute Freunde.«

»Ah! So antwortet ein Gentleman. Bravo, Casaubon. Aber es war nicht aus Neugier, es ist vielmehr, weil ich mich für Sie alle hier wie ein Vater fühle und… nun ja, lassen wir das, *à la guerre comme à la guerre*… Adieu, mein Lieber.«

Wir hatten tatsächlich ein Rendezvous mit Agliè im Turiner Hügelland, bestätigte mir Belbo. Ein doppeltes Rendezvous. Erst am Sonntagabend ein Fest im Schloß eines sehr wohlhabenden Rosenkreuzers, danach würde Agliè uns zu einem Ort ein paar Kilometer weiter führen, woselbst, natürlich um Mitternacht, ein druidischer Ritus stattfinden sollte, über den er sich nur sehr vage geäußert hatte.

»Aber ich dachte mir«, fügte Belbo hinzu, »wir müßten ohnehin letzte Hand an die Geschichte der Metalle legen, und hier sind wir immer zu sehr gestört. Wie wär's, warum fahren wir nicht schon am Samstag los und verbringen das Wochenende in meinem alten Haus in ***? Es ist ein schöner Ort, Sie werden sehen, die Hügel lohnen sich. Diotallevi ist einverstanden, und vielleicht kommt auch Lorenza mit. Natürlich… bringen Sie mit, wen Sie wollen.«

Er kannte Lia nicht, aber er wußte, daß ich eine Freundin

hatte. Ich sagte, ich würde alleine kommen. Seit zwei Tagen hatte ich Streit mit Lia. Es war bloß eine Dummheit gewesen, und nach einer Woche war dann auch tatsächlich alles wieder im Lot, aber ich verspürte das Bedürfnis, mich für zwei Tage aus Mailand zu entfernen.

So fuhren wir nach ***, das Trio von Garamond und Lorenza Pellegrini. Bei der Abfahrt hatte es einen Moment der Spannung gegeben. Lorenza war pünktlich zum Treffpunkt gekommen, aber als sie gerade einsteigen wollte, hatte sie plötzlich gesagt: »Vielleicht bleib ich doch lieber hier, dann könnt ihr in Ruhe arbeiten. Ich komm dann mit Simon nach.«

Belbo, der am Steuer saß, hatte die Arme ausgestreckt und starr vor sich hinblickend leise gesagt: »Steig ein.« Lorenza war eingestiegen, vorn neben ihm, und hatte während der ganzen Fahrt die Hand in Belbos Nacken gehalten, der schweigend fuhr.

*** sei noch immer der kleine Marktflecken, den er während des Krieges gekannt habe, erklärte uns Belbo, als wir näher kamen. Wenige Neubauten, die Landwirtschaft im Niedergang, die Jungen in die Stadt abgewandert. Er zeigte auf einige flache Hänge, die jetzt Weideland waren, und sagte, früher seien sie gelb von Weizenfeldern gewesen. Das Städtchen erschien unversehens nach einer Kurve, am Fuß eines Hügels, auf dem Belbos Haus stand. Der Hügel war niedrig, und man sah hinter ihm die Höhen von Monferrat in einem leichten, leuchtenden Dunst. Während wir hinauffuhren, zeigte uns Belbo einen fast kahlen Hügel gegenüber, auf dessen Gipfel eine Kapelle stand, flankiert von zwei Pinien. »Der Bricco«, sagte er. Dann fügte er hinzu: »Macht nichts, wenn euch der Name nichts sagt. Dort ging man Ostern rauf, um das ›Engelspicknick‹ zu machen, am Ostermontag. Heute ist man in fünf Minuten mit dem Auto oben, aber damals ging man zu Fuß, und es war eine Wallfahrt.«

55

Ich nenne Theater [den Ort, an dem] alle Handlun-
gen von Worten und Gedanken sowie die Einzelheiten einer Rede und der Argumente vorgezeigt
werden wie in einem öffentlichen Theater, wo man
Tragödien und Komödien aufführt.

Robert Fludd, *Utriusque Cosmi Historia*, Tomi Secundi Tractatus Primi Sectio Secunda, Oppenheim(?) 1620(?), p. 55

Wir kamen zur Villa. Villa nur sozusagen: es war ein Landhaus mit herrschaftlichem Oberstock, aber unten lagen die
großen Kellerräume, in denen Adelino Canepa – der aufmüp-
fige Halbpächter, der Onkel Carlo bei den Partisanen denunziert hatte – den Wein aus den Gütern der Familie Covasso
gekeltert hatte. Man sah, daß es seit langem unbewohnt war.

In einem kleinen Häuschen nebenan lebte noch eine Alte,
sagte uns Belbo, die Tante von Adelino – die anderen seien
längst alle gestorben, die Cavassos ebenso wie die Canepas,
nur noch die Hundertjährige sei übriggeblieben, mit ihrem
Gärtchen, ihren vier Hühnern und einem Schwein. Das Land
sei verkauft worden, um die Erbschaftssteuer zu bezahlen,
oder die Schulden, wer könne das heute noch wissen. Er ging
hin und klopfte an die Tür des Häuschens, die Alte erschien
und brauchte ein Weilchen, bis sie den Besucher erkannte,
dann brach sie in große Ehrbezeigungen aus. Sie wollte uns
alle zu sich hereinbitten, doch Belbo stoppte ihren Wort-
schwall, nachdem er sie umarmt und getröstet hatte.

Wir betraten die Villa, und Lorenza stieß kleine Freuden-
schreie aus, als sie Treppen, Flure und schattige Zimmer mit
alten Möbeln entdeckte. Belbo blieb bei seinem Understate-
ment und murmelte nur, jeder habe eben das Donnafugata,
das er sich leisten könne, aber er war sichtlich bewegt. Er
komme dann und wann her, sagte er, nur leider sei es recht
selten.

»Aber man kann hier sehr gut arbeiten, im Sommer ist es
frisch, und im Winter schützen die dicken Mauern vor Kälte,
und es gibt überall Öfen. Natürlich, als ich klein war, damals
im Krieg, als wir evakuiert waren, da wohnten wir nur in den
zwei Zimmern dort am Ende des großen Flurs. Jetzt hab ich
den herrschaftlichen Flügel in Besitz genommen. Ich arbeite

hier im Arbeitszimmer von Onkel Carlo.« Er zeigte uns einen schönen alten Sekretär, so einen mit wenig Platz zum Ablegen von Papieren, aber mit vielen Schubladen und Geheimfächern. »Hier oben könnte ich Abulafia nicht gut aufstellen«, sagte er. »Aber die wenigen Male, wenn ich hier raufkomme, schreibe ich gern mit der Hand, wie früher.« Er deutete auf einen majestätischen Wandschrank. »Da drinnen, merkt euch das, für wenn ich tot bin, da drinnen ist meine ganze literarische Produktion aus der Jugendzeit, die Gedichte, die ich mit sechzehn geschrieben habe, die Skizzen zu einer Familiensaga in sechs Bänden, die ich mit achtzehn verfaßte... naja und so weiter...«

»Herzeigen, herzeigen!« rief Lorenza, klatschte in die Hände und lief katzengleich zu dem Schrank.

»Halt«, sagte Belbo. »Da gibt's nichts zu sehen. Nicht mal ich selber schaue da noch rein. Und wenn ich tot bin, werde ich kommen und alles verbrennen.«

»Dies hier ist sicher ein schöner Ort für Gespenster, hoffe ich«, sagte Lorenza.

»Jetzt schon. Zu den Zeiten von Onkel Carlo nicht, da war's hier sehr heiter. Es war idyllisch, georgisch im Sinne Vergils. Heute komme ich extra deswegen her, wegen dieser bukolischen Stimmung. Es ist schön, am Abend zu arbeiten, wenn drunten im Tal die Hunde bellen.«

Er zeigte uns die Zimmer, wo wir schlafen sollten – ich, Diotallevi und Lorenza. Lorenza sah sich in ihrem Zimmer um, befühlte das alte Bett, auf dem eine große weiße Decke lag, beschnupperte das Laken und sagte, sie komme sich vor wie bei Großmuttern, weil es so nach Lavendel rieche. Belbo widersprach, das sei nur die Feuchtigkeit, die so rieche, Lorenza meinte, das mache nichts, und dann, an die Wand gelehnt, die Hüften und den Unterleib leicht vorgestreckt, als müßte sie den Flipper besiegen, fragte sie: »Aber schlafe ich hier allein?«

Belbo schaute in eine andere Richtung, aber da standen wir, er schaute wieder in eine andere Richtung, dann wandte er sich zur Tür und sagte: »Darüber sprechen wir noch. Auf jeden Fall hast du hier ein Refugium ganz für dich allein.« Diotallevi und ich gingen hinaus, doch wir hörten, wie Lorenza ihn fragte, ob er sich wegen ihr schäme. Er antwortete, wenn er ihr das Zimmer nicht gegeben hätte, hätte sie ihn gefragt, wo er wohl glaube, daß sie schlafen solle. »Ich

habe den ersten Schritt getan, so hast du keine Wahl«, sagte
er. »Schlaufuchs!« antwortete sie. »Dann schlafe ich eben in
meinem Zimmerchen.« – »Schlaf, wo du willst«, sagte er
ärgerlich, »aber die andern sind hier, um zu arbeiten, gehen
wir auf die Terrasse.«

Und so arbeiteten wir auf einer großen Terrasse im Schutz
einer Pergola, bei kalten Säften und viel Kaffee. Alkohol war
bis zum Abend verboten.

Von der Terrasse aus sah man den Bricco und darunter, am
Fuß des Hügels, einen großen schmucklosen Bau mit einem
Hof und einem Fußballfeld. Das Ganze belebt mit kleinen
bunten Gestalten, Kindern, wie mir schien. Belbo kam ein
erstes Mal darauf zu sprechen: »Das ist das Oratorium der
Salesianer. Da hat mir Don Tico spielen beigebracht. In der
Blaskapelle.«

Mir fiel die Trompete ein, die Belbo nicht bekommen
hatte, damals nach seinem Traum. Ich fragte: »Trompete oder
Klarinette?«

Er hatte einen Anflug von Panik: »Woher wissen Sie…
Ach ja, stimmt, ich hatte Ihnen von dem Traum mit der
Trompete erzählt. Nein, Don Tico hat mir Trompetespielen
beigebracht, aber in der Kapelle spielte ich das Baryton.«

»Was ist ein Baryton?«

»Kindergeschichten. Jetzt arbeiten wir.«

Doch während wir arbeiteten, warf er immer wieder kurze
Blicke zum Oratorium hinüber. Ich hatte den Eindruck, daß
er extra, um hinüberschauen zu können, ab und zu die Diskussion unterbrach und von anderen Dingen erzählte: »Hier
hat es eine der wildesten Schießereien am Ende des Krieges
gegeben. In *** herrschte damals so etwas wie ein Abkom-
men zwischen Partisanen und Faschisten. Im Frühling kamen die Partisanen aus den Bergen herunter, um das Tal zu
besetzen, und die Faschisten ließen sie ungestört machen. Die
Faschisten waren nicht aus dieser Gegend, die Partisanen
stammten alle von hier. Bei Zusammenstößen wußten sie,
wie man sich in den Maisfeldern, in den Wäldchen, zwischen
den Hecken bewegt. Die Faschisten verschanzten sich in der
Hauptstadt und kamen nur zu Razzien her. Im Winter war's
für die Partisanen schwieriger, sich im Tal zu bewegen, man
konnte sich nicht verstecken, man wurde von weitem im

Schnee gesehen, und für ein MG war man noch auf einen Kilometer erreichbar. Also stiegen die Partisanen weiter hinauf. Da waren sie dann wieder mit dem Gelände vertraut und kannten die Hänge und Schlupflöcher. Die Faschisten kamen und kontrollierten das Tal. Aber damals, im Frühjahr 45, waren wir kurz vor der Befreiung. Die Faschisten waren noch hier, aber ich glaube, sie trauten sich nicht mehr zurück in die Hauptstadt, weil sie irgendwie ahnten, daß dort der letzte Schlag geführt werden würde, wie's ja dann kurz vor dem 25. April auch geschah. Ich glaube, es gab stillschweigende Übereinkünfte, die Partisanen warteten ab, sie wollten die offene Konfrontation vermeiden, sie hatten das sichere Gefühl, daß bald etwas geschehen würde, nachts sendete Radio London immer ermutigendere Nachrichten, immer öfter kamen Sonderdurchsagen »für die Franchi« – die Franchi war eine der bestorganisierten Einheiten der badoglianischen Partisanen, kommandiert von Edgardo Sogno, der sich Franchi nannte, und die Durchsagen meldeten: ›Morgen regnet es wieder‹ oder ›Onkel Pietro hat das Brot gebracht‹ oder solche Sachen, Diotallevi, du hast sie vielleicht gehört... Kurz, es muß dann ein Mißverständnis gegeben haben, die Partisanen sind runtergekommen, als die Faschisten noch da waren, Tatsache ist jedenfalls, daß eines Tages meine kleine Schwester hier auf der Terrasse war und dann reingelaufen kam und sagte, da draußen sind zwei Jungs, die spielen Fangen mit Maschinenpistolen. Wir wunderten uns nicht weiter, es waren ja alles junge Kerle, die gerne mit Waffen spielten, um die Zeit totzuschlagen. Einmal hatten zwei zum Spaß wirklich geschossen, und die Kugel hatte sich in den Stamm eines Baumes gebohrt, an dem meine Schwester gerade lehnte. Sie hatte es nicht mal gemerkt, die Nachbarn hatten es uns erzählt, und da war ihr beigebracht worden, daß sie weglaufen sollte, wenn sie zwei Jungs mit Maschinenpistolen spielen sah. ›Jetzt spielen sie wieder‹, hatte sie gerufen, als sie reinkam, um uns zu zeigen, daß sie gehorsam war. Und in dem Moment hörten wir die erste Salve. Nur daß dann gleich eine zweite folgte und eine dritte, und dann waren es viele Salven, wir hörten die trockenen Schüsse der Karabiner, das Tatata der MPs, ein paar dumpfere Schläge, vielleicht Handgranaten, und schließlich das Bellen des Maschinengewehrs. Da begriffen wir, daß es diesmal kein Spiel war. Aber wir hatten keine Zeit mehr, darüber zu diskutieren, weil man sein eigenes Wort nicht mehr verstand. Boing Wumm Krach Ratatata. Wir hockten uns unter das Waschbecken, ich, meine Schwester und die Mama. Nach einer Weile kam Onkel Carlo durch den Flur gerobbt, um uns zu sagen, daß wir auf unserer Seite zu exponiert wären, wir sollten rüberkommen zu ihnen. So sind wir rübergekrochen in den anderen Flügel, wo Tante Caterina heulte, weil die Großmutter noch draußen war...«

»War das damals, als Ihre Großmutter auf dem Maisfeld lag, zwischen den beiden Feuerlinien?« fragte ich.

»Woher wissen Sie das?«

»Sie haben es mir 1973 erzählt, am Tag nach dieser Demonstration.«

»Gott, was für ein Gedächtnis! Bei Ihnen muß man gut aufpassen, was man erzählt... Ja, das war damals. Aber auch mein Vater war draußen. Wie wir später erfuhren, war er im Zentrum der Stadt gewesen, er hatte sich unter einen Torbogen geflüchtet und konnte nicht raus, weil sie auf der Straße einander beschossen, von einem Ende zum andern, und vom Turm des Rathauses bestrich ein Trupp Schwarze Brigaden den Platz mit einem Maschinengewehr. In den Torbogen hatte sich auch der faschistische Ex-Bürgermeister geflüchtet. Nach einer Weile sagte er, jetzt könnte er's schaffen, nach Hause zu rennen, er müsse nur um die Ecke. Er wartete eine Pause ab, stürzte raus, erreichte die Ecke und wurde von hinten niedergemäht von dem MG auf dem Rathausturm. Die einzige Gefühlsregung meines Vaters, der schon den Ersten Weltkrieg mitgemacht hatte, war: besser im Torbogen bleiben.«

»Ein Ort voll süßer Erinnerungen, das hier«, bemerkte Diotallevi.

»Du wirst es nicht glauben«, sagte Belbo, »aber sie sind wirklich sehr süß. Und sie sind das einzige Wahre, an das ich mich erinnere.«

Die anderen begriffen nicht, was er meinte, ich ahnte es – und jetzt weiß ich's. Besonders in jenen Monaten, als wir in den Lügen der Diaboliker schwammen, und nachdem er jahrelang seine Enttäuschung in romanhafte Lügen gekleidet hatte, erschienen ihm die Tage von *** in der Erinnerung wie eine Welt, in der alles klar und eindeutig ist, eine Kugel war eine Kugel, entweder sie ging daneben oder sie traf, und die beiden Seiten hoben sich klar voneinander ab, gekennzeichnet durch ihre Farben, Rot und Schwarz oder Khaki und Graugrün, ohne Zweideutigkeiten – zumindest schien es ihm damals so. Ein Toter war ein Toter war ein Toter war ein Toter. Nicht wie der Oberst Ardenti, der bloß irgendwie verschwunden war. Ich dachte, vielleicht sollte ich ihm von der Synarchie erzählen, die schon in jenen Kriegsjahren umging. War es nicht synarchisch gewesen, wie Onkel Carlo und Terzi einander begegnet waren, als Gegner auf entgegengesetzten Fronten, doch beide erfüllt vom selben Ritterideal? Aber warum sollte ich ihm sein Combray nehmen? Seine Erinnerungen waren süß für ihn, weil sie ihm von der einzigen Wahrheit sprachen, die er je gekannt hatte, und die Zweifel waren erst später gekommen. Nur daß er – er selber hatte es es mir zu verstehen gegeben – sogar in den Tagen der Wahrheit bloß zugeschaut hatte. Er betrachtete in der Rückschau die Zeit, als er die Geburt des Gedächtnisses anderer beobachtet hatte, die Geburt der Geschichte und all der vielen Geschichten, die andere dann schreiben würden.

Oder hatte es doch einen Moment der Größe und der Entscheidung gegeben? Denn nun sagte er: »Und dann vollbrachte ich an jenem Tag die Heldentat meines Lebens.«

»O mein John Wayne!« rief Lorenza. »Erzähl!«

»Och, es war nichts Besonderes. Nachdem wir in den andern Flügel rübergekrochen waren, versteifte ich mich darauf, im Flur stehenzubleiben. Das Fenster war am Ende, wir waren im ersten Stock, hier kann mich niemand treffen, sagte ich. Und fühlte mich wie der Kapitän, der aufrecht auf der Brücke steht, während ihm die Kugeln um die Ohren pfeifen. Dann wurde Onkel Carlo wütend, packte mich am Schlafittchen und zog mich rein, ich heulte los, weil das Vergnügen zu Ende war, und im selben Moment hörten wir drei scharfe Schläge und Scherbenklirren und eine Art Aufprall, als ob jemand draußen im Flur mit einem Tennisball spielte. Eine Kugel war durchs Fenster eingedrungen, war von einem Wasserrohr abgeprallt und hatte sich in den Boden gebohrt, genau an der Stelle, wo ich noch eben gestanden hatte. Wenn ich noch draußen gewesen wäre, hätte sie mich vielleicht gelähmt. Mindestens.«

»O Gott, ich hätte dich nicht gerne lahm gehabt«, rief Lorenza.

»Wer weiß, vielleicht wäre ich jetzt froh darüber«, sagte Belbo. Tatsächlich hatte er auch bei jener Gelegenheit keine Entscheidung getroffen. Er hatte sich von seinem Onkel reinziehen lassen.

Ein Stündchen später schweifte er wieder ab. »Nach einer Weile ist dann Adelino Canepa nach oben gekommen. Er meinte, im Keller würden wir sicherer sein. Er und der Onkel hatten seit Jahren kein Wort miteinander gesprochen, ich hab's euch erzählt. Aber im Moment der Tragödie war Adelino wieder ein menschliches Wesen geworden, und der Onkel drückte ihm sogar die Hand. So verbrachten wir eine Stunde im Dunkeln zwischen den Fässern, in einem Geruch unzähliger Weinlesen, der uns ein bißchen zu Kopf stieg, und draußen krachten die Schüsse. Dann wurden die Salven spärlicher, das Krachen kam immer gedämpfter herauf. Wir begriffen, daß jemand auf dem Rückzug war, nur wußten wir noch nicht, wer. Bis wir dann schließlich durch ein Fensterchen über unseren Köpfen, das zu einem Feldweg rausging, eine Stimme hörten, die im Dialekt sagte: ›*Monssu, i'è d'la repubblica bele si?*‹«

»Was heißt das?« fragte Lorenza.

»Na ungefähr: ›Mein Herr, würden Sie bitte die Freundlichkeit haben, mir zu sagen, ob wir uns hier noch in den Gefilden der Repubblica Sociale Italiana befinden?‹ In jenen Zeiten, müßt ihr wissen, war *repubblica* ein häßliches Wort. Ein Partisan hatte einen Passanten gefragt, oder jemanden, der zum Fenster raussah, und folglich war der Feldweg wieder passierbar geworden und die Faschisten hatten sich verdrückt. Es wurde allmählich dunkel. Nach einer Weile erschienen sowohl mein Vater wie meine Großmutter, um jeder sein Abenteuer zu erzählen. Meine Mutter und Tante Caterina machten etwas zu essen, während Onkel Carlo und Adelino Canepa wieder feierlich schwiegen. Den ganzen restlichen Abend lang hörten wir in den Hügeln noch ferne Schüsse. Die Partisanen verfolgten die Flüchtenden. Wir hatten gesiegt.«

Lorenza küßte ihn auf die Haare, und Belbo schniefte. Er wußte, daß er bloß durch kämpfende Mittelspersonen gesiegt hatte. In Wirklichkeit hatte er nur einen Film gesehen. Doch für einen Augenblick, als er den Querschläger draußen im Flur riskierte, hatte er in dem Film mitgespielt.

Nur eben mal rasch, wie in *Hellzapoppin'*, wenn die Rollen vertauscht werden und ein Indianer zu Pferd auf einem Tanzfest erscheint und fragt, wohin sie gelaufen sind, und jemand sagt »dahin«, und er verschwindet in eine andere Geschichte.

56

Im auffschwingen aber hat sie so kräfftig in ihr
schöne Posaunen gestossen, das der gantze Berg
davon erhallet, vnnd ich fast ein Viertelstund her-
nach mein eygen wort kaum mehr gehöret.

Johann Valentin Andreae, *Die Chymische Hochzeit
Christiani Rosencreutz*, Straßburg 1616, 1, p. 4

Wir waren beim Kapitel über die Wunder der Wasserleitun-
gen, und in einem frühbarocken Stich aus den *Spiritalia* von
Heron sah man eine Art Altar mit einem Roboter darauf,
der – kraft einer sinnreichen Dampfvorrichtung – Trompete
spielte.

Ich brachte Belbo erneut auf seine Kindheitserinnerungen:
»Aber sagen Sie, wie war das mit diesem Don Ticho Brahe
oder wie der hieß, der Ihnen das Trompetespielen beigebracht hatte?«

»Don Tico. Ich habe nie erfahren, ob das ein Spitzname
war oder ob er wirklich so hieß. Ich bin nie mehr ins Oratorium gegangen. Hingekommen war ich per Zufall – die
Messe, der Katechismus, die vielen Spiele, und wer gewonnen hatte, kriegte ein Bildchen des seligen Domenico Savio,
jenes Burschen mit zerknitterten Hosen aus grobem Leinen,
der bei den Statuen immer an die Soutane von Don Bosco
geklammert steht, die Augen zum Himmel gerichtet, um
nicht die Zoten zu hören, die seine Kameraden erzählen.
Nun, ich entdeckte, daß Don Tico eine Blaskapelle zusammengestellt hatte, aus lauter Jungs zwischen zehn und vierzehn Jahren. Die Kleinen spielten Klarinette, Pikkoloflöte
und Sopransaxophon, die Größeren schafften das Bombardon und die Große Trommel. Sie hatten Uniformen, Khaki-
Jacken und blaue Hosen, dazu Schirmmützen. Ein Traum,
ich wollte dabeisein. Don Tico sagte, er könnte ein Baryton
brauchen.«

Belbo musterte uns überlegen und dozierte: »Das Baryton
ist eine Art kleine Tuba, ähnlich dem eher bekannten Tenor-
horn in B. Es ist das dümmste Instrument in der ganzen
Kapelle. Es macht Umpa-Umpa-Umpapaa, wenn der Marsch
losgeht, und nach dem Parapapaa-Parapapaa geht es zu raschen Stößen über und macht Pa-Pa-Pa-Pa-Pa... Aber es ist

leicht zu erlernen, es gehört zur Familie der Blechblasinstrumente wie die Trompete, und seine Mechanik ist die gleiche
wie bei der Trompete. Die Trompete erfordert mehr Atem
und einen guten Ansatz – ihr wißt schon, diese kleine runde
Schwiele, die sich auf den Lippen bildet, wie bei Louis
Armstrong. Mit einem guten Ansatz spart man Atem, und
der Ton kommt klar und sauber heraus, ohne daß man das
Pusten hört, andererseits darf man auf keinen Fall die Backen
aufblasen, wehe, das gibt's nur beim Vortäuschen und in den
Karikaturen.«

»Und was war mit der Trompete?«

»Die Trompete hab ich allein gelernt, an den Sommernach-
mittagen, wenn keiner im Oratorium war und ich mich im
Parkett des kleinen Theaters versteckte... Aber ich hab sie aus
erotischen Gründen gelernt. Seht ihr die kleine Villa dort
unten, etwa einen Kilometer vom Oratorium entfernt? Dort
wohnte Cecilia, die Tochter der Wohltäterin des Salesianer-
Ordens. Naja, und so kam es, daß jedesmal, wenn die Kapelle
aufspielte, zu den Festen, nach der Prozession, im Hof des
Oratoriums und vor allem im Theater, bevor die Laienspiel-
gruppe auftrat, dann saß Cecilia da mit ihrer Mama, vorn in
der ersten Reihe auf den Ehrensitzen, neben dem Domprobst.
Und die Kapelle spielte dann immer einen Marsch, der hieß
Buon Principio und wurde von den Trompeten eröffnet, den
Es-Trompeten aus Gold und Silber, die extra für diesen Anlaß
blankgeputzt worden waren. Die Trompeter standen auf und
spielten ein Solo. Dann setzten sie sich wieder hin, und die
Kapelle legte los. Trompete zu spielen war die einzige Art,
mich Cecilia bemerkbar zu machen.«

»Die einzige?« fragte Lorenza gerührt.

»Ja, es gab keine andere. Denn erstens war ich dreizehn
und sie dreizehneinhalb, und ein Mädchen von dreizehneinhalb ist eine Frau und ein Junge von dreizehn ein Rotzben-
gel. Und zweitens liebte sie ein Altsaxophon, einen gewissen
Papi, einen gräßlichen Kerl mit grindigem Haar, wie mir
schien, und sie hatte nur Augen für ihn, der lasziv blökte –
denn das Saxophon, wenn es nicht von Ornette Coleman
gespielt wird, sondern in einer Blaskapelle – noch dazu von
einem so gräßlichen Kerl wie dem Papi –, dann ist es (so
jedenfalls schien es mir damals) ein meckerndes und obszönes
Instrument, es klingt sozusagen wie ein Mannequin, das zu
saufen angefangen hat und auf den Strich geht.«

»Wie klingen denn Mannequins, die auf den Strich gehen? Was weißt du darüber?«

»Na, kurz und gut, Cecilia wußte nicht einmal, daß ich existierte. Sicher, wenn ich abends den Hügel raufstieg, um die Milch beim Bauern zu holen, dachte ich mir wunderschöne Geschichten aus, mit ihr, wie sie von den Schwarzen Brigaden geraubt wurde und ich hinlief, um sie zu retten, während die Kugeln mir um die Ohren pfiffen und tschaktschak machten, wenn sie in die Stoppeln fielen, und ich enthüllte ihr, was sie nicht wissen konnte, nämlich daß ich unter falschem Namen die Resistenza im ganzen Monferrat leitete, und sie gestand mir, daß sie es immer gehofft hatte, und dann schämte ich mich, weil ich etwas wie Honig in meinen Adern fließen fühlte – ich schwöre euch, mir wurde nicht mal die Vorhaut feucht, es war was anderes, etwas viel Schrecklicheres und Grandioseres –, und ich rannte nach Hause, um zu beichten... Ich glaube, Sünde, Liebe und Ruhm sind genau dies: Wenn du dich an zusammengeknüpften Bettlaken aus dem Fenster des Folterzentrums der SS herabläßt, und die Geliebte hängt dir am Hals, im Leeren schwebend, und sie flüstert dir ins Ohr, sie hätte schon immer von dir geträumt. Der Rest ist bloß Sex, Kopulation, Perpetuierung der infamen Saat... Na jedenfalls, wenn ich Trompete gespielt hätte, hätte Cecilia mich nicht übersehen können, ich stehend und strahlend, das elende Saxophon sitzend. Die Trompete ist kriegerisch, engelhaft, apokalyptisch, siegreich, sie bläst zur Attacke, das Saxophon läßt Vorstadtbubis mit Brillantinehaar tanzen, Wange an Wange mit schwitzenden Mädchen. Also lernte ich trompeten, lernte wie ein Verrückter, bis ich schließlich vor Don Tico hintrat und sagte, hören Sie zu, und ich spielte wie Oscar Levant bei der ersten Probe am Broadway mit Gene Kelly. Und Don Tico sagte: Du bist ein Trompeter. Aber...«

»Wie dramatisch!« sagte Lorenza. »Erzähl weiter! Spann uns nicht so auf die Folter!«

»Aber ich mußte jemanden finden, der mich am Baryton ersetzte. Sieh zu, wie du's schaffst, hatte Don Tico gesagt, arrangier dich. Und ich arrangierte mich. Ihr müßt nämlich wissen, meine lieben Kinderlein, in *** lebten damals zwei törichte Knaben, Klassenkameraden von mir, obschon sie zwei Jahre älter waren als ich, was euch einiges über ihre

Lernfähigkeiten sagt. Diese beiden Esel hießen Annibale Cantalamessa und Pio Bo. Eins: historisch.«

»Was?« fragte Lorenza.

Ich erklärte, komplizenhaft: »Wenn Emilio Salgari in einem seiner Romane eine wahre Tatsache berichtet (oder eine, die er für wahr hielt) – sagen wir, daß Sitting Bull nach der Schlacht am Little Big Horn das Herz des Generals Custer verzehrte –, dann macht er am Ende der Episode eine Fußnote, und die lautet: 1. Historisch.«

»Genau«, sagte Belbo. »Und es ist historisch gesichert, daß Annibale Cantalamessa und Pio Bo so hießen, und das war nicht mal das Schlimmste an ihnen. Sie waren Faulpelze, sie klauten Comics am Zeitungskiosk, sie klauten Patronenhülsen von denen, die sich eine schöne Sammlung angelegt hatten, und sie legten das Salamibrötchen auf das Buch der Abenteuer zu Land und zur See, das man ihnen geborgt hatte, nachdem man es gerade erst nagelneu zu Weihnachten geschenkt gekriegt hatte. Der Cantalamessa nannte sich Kommunist, der Bo Faschist, aber beide waren bereit, sich für eine Zwille an den Gegner zu verkaufen, sie erzählten schlüpfrige Geschichten, mit ungenauen anatomischen Kenntnissen, und sie stritten sich um die Wette, wer am Abend zuvor länger masturbiert hätte. Sie waren zu allem bereit, warum also nicht auch zum Baryton? So beschloß ich, sie zu verführen. Ich pries die Uniform der Musikanten vor ihnen, ich nahm sie mit zu den Auftritten, ich versprach ihnen amouröse Erfolge bei den Töchtern Mariens... Sie gingen ins Netz. Ich verbrachte die Tage mit ihnen im kleinen Theater, mit einem langen dünnen Rohrstock, wie ich ihn in den Illustrationen der frommen Bändchen über die Missionare gesehen hatte, und gab ihnen kleine Schläge auf die Finger, wenn sie eine Note falsch spielten – das Baryton hat nur drei Ventile, man bewegt die drei mittleren Finger, aber ansonsten ist alles eine Frage des richtigen Ansatzes, wie ich schon sagte. Nun, ich will euch nicht länger hinhalten, meine lieben kleinen Zuhörer: Es kam der Tag, da ich Don Tico zwei Barytonisten präsentieren konnte, sie waren nicht gerade perfekt, aber zumindest beim ersten Vorspiel, das wir an end- und schlaflosen Nachmittagen eingeübt hatten, waren sie akzeptabel. Don Tico nahm sie, steckte sie in die Uniform und gab mir die Trompete. Und noch in derselben Woche, beim Fest der Maria Ausiliatrice, zur Eröffnung der

Theatersaison mit dem Stück *Der kleine Pariser*, vor geschlossenem Vorhang und vor den versammelten Autoritäten der Stadt, stand ich auf und spielte den Anfang von *Buon Principio*.«

»Phantastisch!« rief Lorenza, das Gesicht ostentativ überströmt von zärtlicher Eifersucht. »Und Cecilia?«

»War nicht da. Vielleicht war sie krank, was weiß ich? Sie war nicht da.«

Belbo sah auf und ließ den Blick über sein Publikum schweifen, denn jetzt fühlte er sich als Barde – oder als Gaukler. Er kalkulierte die Pause, dann fuhr er fort: »Zwei Tage später ließ Don Tico mich rufen und eröffnete mir, daß Annibale Cantalamessa und Pio Bo den ganzen Abend ruiniert hätten. Sie hätten das Tempo nicht halten können, sie hätten sich in den Pausen mit Witzchen und Mätzchen zerstreut und danach den Einsatz verpaßt. ›Das Baryton‹, sagte Don Tico, ›ist das Rückgrat der Blaskapelle, es ist ihr rhythmisches Gewissen, ihre Seele. Die Kapelle ist wie eine Herde, die Instrumente sind die Schafe, der Kapellmeister ist der Hirte, aber das Baryton ist der treue, knurrende Hund, der die Schafe zusammenhält. Der Kapellmeister schaut vor allem zum Baryton, und wenn ihm das Baryton folgt, dann folgen ihm auch die Schafe. Jacopo, mein Junge, ich muß dich um ein großes Opfer bitten, du mußt wieder ans Baryton, zusammen mit diesen beiden. Du hast Sinn für Rhythmus, du mußt sie mir zusammenhalten. Ich schwöre dir, sobald sie selbständig werden, kannst du wieder Trompete spielen.‹ Ich verdankte Don Tico alles. Ich sagte ja. Und beim nächsten Fest standen die Trompeter wieder auf und spielten den Anfang von *Buon Principio* vor Cecilia, die wieder vorn in der ersten Reihe saß. Ich war im Dunkeln, ein Baryton unter Barytonen. Was die beiden Esel betraf, sie wurden nie selbständig. Ich kam nicht wieder an die Trompete. Der Krieg war vorbei, wir zogen zurück in die Stadt, ich gab die Blechblasinstrumente auf, und von Cecilia wußte ich nicht mal – und erfuhr ich auch nie – den Nachnamen.«

»Mein armer Schatz«, sagte Lorenza und umarmte ihn von hinten. »Aber ich bin dir doch geblieben.«

»Ich dachte, du magst Saxophone«, sagte Belbo. Drehte dann leicht den Kopf und küßte sie auf die Hand. Und wurde wieder ernst. »An die Arbeit! Wir haben eine Geschichte der Zukunft zu machen, nicht eine Chronik der verlorenen Zeit.«

Am Abend feierten wir dann die Aufhebung des Alkoholverbots. Belbo schien seine elegische Stimmung vergessen zu haben und maß sich mit Diotallevi. Sie dachten sich absurde Maschinen aus, um bei jedem Schritt zu entdecken, daß sie schon erfunden waren. Um Mitternacht, nach einem erfüllten Arbeitstag, beschlossen wir alle auszuprobieren, was man empfindet, wenn man in den Hügeln schläft.

Ich ging in mein Zimmer und kroch in die klammen Laken, die noch feuchter waren als am Nachmittag. Belbo hatte uns mit Nachdruck geraten, rechtzeitig den »Priester« reinzutun, einen Bettwärmer in Gestalt eines Topfes voll Glut, den man in einem ovalen Drahtgestell unter die Decke schiebt – und sicher hatte er es getan, um uns die Freuden des Landlebens voll genießen zu lassen. Doch wenn die Feuchtigkeit latent ist, macht der Priester sie manifest: man spürt eine köstliche Wärme, aber die Laken fühlen sich an wie aus dem Wasser gezogen. Nun ja. Ich knipste eine Stehlampe an, so eine mit Fransen am Schirm, wo die Eintagsfliegen flügelschlagend verenden, wie es der Dichter will, und versuchte einzuschlafen, indem ich Zeitung las.

Nach ein bis zwei Stunden hörte ich Schritte im Flur, ein Auf- und Zuklappen von Türen, und beim letzten Mal (beim letzten, das ich hörte) eine heftig zugeschlagene Tür. Lorenza war offenbar dabei, Belbos Nerven auf die Probe zu stellen.

Ich war gerade am Einschlafen, da hörte ich ein Kratzen an meiner Tür. Es klang wie von einem Tier (aber ich hatte weder Hunde noch Katzen in der Villa gesehen), und mir kam es wie eine Einladung vor, eine Aufforderung, ein Köder. Vielleicht war es Lorenza, die da kratzte, weil sie wußte, daß Belbo sie beobachtete. Vielleicht auch nicht. Bisher hatte ich Lorenza immer als Belbos Eigentum betrachtet – jedenfalls in bezug auf mich –, und seit ich mit Lia zusammenlebte, war ich taub für andere Reize geworden. Die maliziösen und oft komplizenhaften Blicke, die Lorenza mir manchmal im Büro oder in der Bar zuwarf, wenn sie Belbo auf den Arm nahm, Blicke wie auf der Suche nach einem Verbündeten oder Zeugen, gehörten – so hatte ich immer gedacht – zu einem Gesellschaftsspiel. Außerdem konnte Lorenza jeden beliebigen so ansehen, als wollte sie seine amourösen Fähigkeiten testen aber auf eine kuriose Art, als wollte sie sagen: »Ich will dich, aber nur um dir zu zeigen, daß du Angst vor mir hast«... An jenem Abend hingegen, als ich dieses Scharren hörte, dieses Kratzen mit den Fingernägeln auf dem Türlack, hatte ich ein anderes Gefühl: Mir wurde klar, daß ich Lorenza begehrte.

Ich zog das Kissen über den Kopf und dachte an Lia. Ich möchte ein Kind mit ihr haben, sagte ich mir. Und ihm (oder ihr) werde ich sofort Trompetespielen beibringen, kaum daß es pusten kann.

57

Der Weg aber, so zum Schlosse gieng, war zu
beiden seiten... mit schönen Bäumen von allerley
Früchten besetzt, auch allweg drey Bäum auff
beiden seiten, daran Laternen gehefftet, darinnen
schon allbereit alle Lichter durch ein schön Jung-
fraw... im Blawen Kleyd mit einer herrlichen
Fackel angezündet worden. Das war so herrlich vnd
Meisterlich anzusehen, daß ich mich wider die not-
turft etwas länger auffgehalten.

Johann Valentin Andreae, *Die Chymische Hochzeit*
Christiani Rosencreutz, Straßburg 1616, 2, p. 21

Gegen Mittag erschien Lorenza lächelnd auf der Terrasse
und verkündete uns, sie habe einen prächtigen Zug gefunden, der um halb eins in *** vorbeikomme und sie mit nur
einmal Umsteigen am frühen Nachmittag nach Mailand zu-
rückbringen würde. Ob wir sie zum Bahnhof brächten.

Belbo blätterte weiter in unseren Papieren und sagte, ohne
aufzuschauen: »Mir schien, daß Agliè auch dich erwartet, mir
schien sogar, daß er den ganzen Ausflug nur für dich organisiert hat.«

»Pech für ihn«, sagte Lorenza. »Wer bringt mich runter?«

Belbo erhob sich und sagte: »Bin gleich zurück. Dann
können wir noch zwei Stündchen hierbleiben. Lorenza, hattest du eine Tasche?«

Ich weiß nicht, ob sie sich während der Fahrt zum Bahnhof
noch anderes sagten. Belbo war nach zwanzig Minuten zurück und ging wieder an die Arbeit, ohne den Zwischenfall
zu erwähnen.

Um zwei Uhr fanden wir ein gemütliches Restaurant am
Marktplatz, und die Wahl der Speisen und Weine erlaubte
Belbo, weitere Kindheitserinnerungen zu evozieren. Aber er
sprach, als zitierte er aus der Biographie eines anderen. Er
hatte die Erzählfreude und den glücklichen Ton vom Vortag
verloren. Gegen drei machten wir uns auf den Weg zu dem
vereinbarten Treffpunkt mit Agliè und Garamond.

Belbo fuhr in südwestlicher Richtung, während die Landschaft sich allmählich Kilometer um Kilometer veränderte. Waren die Hügel um *** eher sanft und auch im Herbst noch lieblich gewesen, so wurde der Horizont nun immer weiter, obwohl nach jeder Kurve höhere Gipfel erschienen, auf denen sich Burgen und kleine Dörfer verschanzten. Doch zwischen den Gipfeln taten sich endlose Horizonte auf – jenseits des Heckenzaunes, wie Diotallevi bemerkte, der unsere Entdeckungen in wohlgesetzte Worte faßte. So öffneten sich, während wir im dritten Gang eine Steigung hinauffuhren, bei jeder Kehre weite Ebenen mit einem welligen Profil, das am Horizont in einem fast schon winterlichen Nebel verschwamm. Es wirkte wie eine von Dünen modulierte Ebene und war doch schon halb das Gebirge. Als hätte die Hand eines ungeschickten Demiurgen Gipfel, die ihm zu hoch geraten vorkamen, zu einem bucklig-klumpigen Quittenmus zerdrückt, das sich ohne Halt bis zum Meer hinunter erstreckte oder, wer weiß, bis hinauf zu den Hängen rauherer und markanterer Höhen.

Wir erreichten das Dorf, wo uns Agliè und Garamond in der Bar an der Piazza erwarteten. Daß Lorenza nicht mitgekommen war, nahm Agliè zur Kenntnis, ohne sich seine Enttäuschung anmerken zu lassen: »Unsere exquisite Freundin möchte die Geheimnisse, die ihr Wesen definieren, nicht mit andern teilen. Eine singuläre Schamhaftigkeit, die ich schätze«, sagte er. Das war alles.

Wir fuhren durch weitere Täler und Hügel, Garamonds Mercedes voran und Belbos Renault hinterher, bis wir, als es bereits zu dämmern begann, hoch oben auf einem steilen Berg ein seltsames Bauwerk erblickten, eine Art Barockschlößchen, gelb getönt, von welchem sich Stufen den Hang herabsenkten, Terrassen, wie mir von weitem schien, mit Blumen und Bäumen in üppiger Pracht trotz der Jahreszeit.

Als wir am Fuß des Hanges ankamen, fanden wir uns auf einem weiten Parkplatz, wo bereits viele Autos standen. »Hier halten wir«, sagte Agliè. »Den Rest gehen wir zu Fuß.«

Die Dämmerung ging schon in Dunkelheit über. Der Anstieg lag vor uns im Licht zahlreicher Fackeln, die längs des Weges entzündet waren.

Es ist seltsam, doch alles, was dann geschah, von jenem Moment an bis in die tiefe Nacht, habe ich gleichzeitig klar und verschwommen in Erinnerung. Vorgestern abend im Periskop rief ich es mir ins Gedächtnis zurück und empfand dabei eine Art von Familienähnlichkeit zwischen den beiden Erfahrungen. Siehst du, sagte ich mir, jetzt bist du hier, in einer unnatürlichen Situation, ein bißchen betäubt vom leichten Modergeruch alten Holzes, ein bißchen argwöhnend, du befändest dich in einem Grab oder im Bauch eines Gefäßes, in dem sich eine Verwandlung vollzieht. Würdest du nur den Kopf hinausstrecken, du würdest da draußen Gegenstände, die dir vorhin noch reglos erschienen, im Halbdunkel sich bewegen sehen wie eleusinische Schatten zwischen den Dämpfen eines Zaubergebräus. So ähnlich war es auch an jenem Abend im Schloß gewesen: Die Lichter, die Überraschungen während des Aufstiegs, die Worte, die ich hörte, und später gewiß auch die Weihrauchdünste, alles tat sich zusammen, um mich glauben zu machen, ich wäre in einem Traum, aber auf seltsame Weise, so wie man dem Erwachen nahe ist, wenn man träumt, daß man träumt.

Eigentlich dürfte ich mich an nichts erinnern. Doch ich erinnere mich an alles, als hätte ich es nicht selbst erlebt, sondern es mir von einem anderen erzählen lassen.

Ich weiß nicht, ob das, woran ich mich mit solch konfuser Deutlichkeit erinnere, an jenem Abend wirklich geschah, oder ob ich nur wünschte, es wäre geschehen, aber sicher war es an jenem Abend, daß der Große Plan in unseren Köpfen Gestalt annahm, als Wille, jener unförmigen Erfahrung eine Form zu geben, indem wir die Phantasie, die jemand dort hatte Wirklichkeit sein lassen wollen, in phantasierte Wirklichkeit umwandelten.

»Der Aufstieg ist rituell«, erklärte Agliè, als wir uns auf den Weg machten. »Dies hier sind hängende Gärten, die gleichen (oder beinahe), die Salomon de Caus für den Schloßpark in Heidelberg entworfen hatte – ich meine, für den pfälzischen Kurfürsten Friedrich V. im großen Jahrhundert der Rosenkreuzer. Das Licht ist schwach, doch so muß es sein, denn ahnen ist besser als sehen: Unser Gastgeber hat den Entwurf von de Caus nicht originalgetreu nachgebaut, sondern auf engeren Raum konzentriert. Der Hortus palatinus imitierte den Makrokosmos; der ihn hier nachbaute, hat nur jenen Mikrokosmos imitiert. Sehen Sie die Grotte dort, mit dem Muschelwerk *à rocaillo*... Dekorativ, ohne Zweifel. Aber de Caus hatte jenes Emblem der *Atalanta Fugiens* von

Michael Maier vor Augen, in dem die Koralle der Stein der Weisen ist. De Caus wußte, daß man durch die Form der Gärten die Gestirne beeinflussen kann, denn es gibt Zeichen, die durch ihre Konfiguration die Harmonie des Universums nachahmen.«

»Wunderbar«, sagte Garamond. »Aber wie kann ein Garten die Gestirne beeinflussen?«

»Es gibt Zeichen, die sich zueinander beugen, einander betrachten und sich umarmen, und sie zwingen zur Liebe. Sie haben keine bestimmte, determinierte Form, sie dürfen keine haben. Jedes von ihnen, je nachdem, wie es ihm sein Furor gebietet oder der Elan seines Geistes, erprobt bestimmte Kräfte, wie es mit den Hieroglyphen der Ägypter geschah. Es kann keine andere Beziehung zwischen uns und den göttlichen Wesen geben als durch Siegel, Figuren, Gestalten und Zeremonien. Aus demselben Grunde sprechen die Gottheiten zu uns durch Träume und Rätsel. Und nichts anderes sind diese Gärten. Jedes Element dieser Terrasse reproduziert ein Geheimnis der alchimistischen Kunst, nur sind wir leider nicht mehr imstande, es zu lesen, nicht einmal unser Gastgeber. Eine singuläre Hingabe an das Verborgene, das müssen Sie zugeben, beherrscht diesen Mann, der alles ausgibt, was er jahrelang akkumuliert hat, um Ideogramme zeichnen zu lassen, deren Sinn er nicht kennt.«

Wir stiegen weiter hinauf, und von Terrasse zu Terrasse änderte sich die Gestalt der Gärten. Einige waren als Labyrinth angelegt, andere hatten die Form eines Emblems, doch zu erkennen war die Anlage einer Terrasse immer nur von der nächsthöheren aus, und so entdeckte ich von oben die Umrisse einer Krone und vielerlei andere Symmetrien, die ich nicht bemerkt hatte, als wir sie durchschritten, und die ich in jedem Fall nicht entziffern konnte. Jede Terrasse ließ, wenn man sich auf ihr zwischen den Hecken bewegte, perspektivisch einige Bilder erkennen, doch wenn man sie dann erneut von der nächsthöheren aus betrachtete, gab sie neue Enthüllungen preis, womöglich mit entgegengesetzter Bedeutung – und so sprach jede Stufe dieser grandiosen Treppe zwei verschiedene Sprachen im selben Moment.

Wir entdeckten, während wir weiter hinaufstiegen, auch kleine Bauten. Einen Brunnen in Form eines Phallus, der unter einer Art Torbogen oder kleinem Portiko aufragte, mit einem Neptun, der einen Delphin niedertrat; ein Portal mit

irgendwie assyrisch wirkenden Säulen; und einen Triumph-
bogen von unpräziser Form, als hätte man Dreiecke und
Polygone auf Polygone gehäuft, wobei sich auf jedem Giebel
die Statue eines Tieres erhob, ein Elch, ein Affe, ein Löwe...

»Und all dies enthüllt etwas?« fragte Garamond.

»Ohne Zweifel! Lesen Sie nur einmal den *Mundus Symboli-
cus* von Picinelli, ein Werk, das Alciato mit singulärer prophe-
tischer Kraft vorweggenommen hatte. Der ganze Garten ist
lesbar wie ein Buch, oder wie ein Zauberspruch, was im
übrigen dasselbe ist. Sie könnten, wenn Sie ihn verstünden,
die Worte, die dieser Garten sagt, leise aussprechen und
wären damit in der Lage, durch jedes von ihnen eine der
zahllosen Kräfte zu lenken, die in der sublunaren Welt tätig
sind. Der Garten ist ein Apparat zur Beherrschung des Universums.«

Agliè zeigte uns eine Grotte. Ein Geschlinge aus Algen und
Skeletten von Seetieren, ich weiß nicht, ob natürlichen oder
aus Gips oder Stein... Man sah eine Najade auf einem Stier
mit geschupptem Schwanz nach Art des großen biblischen
Fisches, benetzt von einem Wasserstrahl, der aus einer Muschel kam, die ein Triton wie eine Amphora hielt.

»Ich möchte, daß Sie den tieferen Sinn dieses Brunnens
erfassen, der andernfalls nur ein banales Wasserspiel wäre. De
Caus wußte, daß, wenn man ein Gefäß mit Wasser füllt und
es oben verschließt, das Wasser auch dann nicht herauskommt, wenn man unten ein Loch bohrt. Doch bohrt man
dann oben ein zweites Loch, so fließt oder schießt das Wasser
unten heraus.«

»Ist das nicht selbstverständlich?« fragte ich. »Im zweiten
Fall kommt die Luft oben rein und drückt das Wasser nach
unten.«

»Eine typisch szientistische Erklärung, bei der die Ursache
mit der Wirkung verwechselt wird oder umgekehrt. Sie
müssen sich nicht fragen, warum das Wasser im zweiten Fall
austritt. Sie müssen sich fragen, warum es im ersten nicht
austreten will.«

»Und warum will es nicht?« fragte Garamond.

»Weil, wenn es austräte, im Gefäß ein Vakuum bliebe, und
die Natur verabscheut das Vakuum. *Nequaquam vacui* lautete
ein Prinzip der Rosenkreuzer, das die moderne Wissenschaft
vergessen hat.«

»Eindrucksvoll«, sagte Garamond. »Casaubon, in unserer wunderbaren Geschichte der Metalle müssen diese Dinge herauskommen, denken Sie dran. Und sagen Sie mir nicht, das Wasser sei kein Metall. Phantasie ist gefragt.«

»Entschuldigen Sie«, sagte Belbo zu Agliè, »aber Sie argumentieren nach dem Muster *post hoc ergo ante hoc*. Das, was nachher kommt, verursacht das, was vorher kam.«

»Man darf nicht in linearen Abfolgen denken. Das Wasser dieses Brunnens tut es nicht. Die Natur tut es nicht, die Natur ignoriert die Zeit. Die Zeit ist eine Erfindung des Okzidents.«

Während wir aufstiegen, begegneten wir auch anderen Gästen. Angesichts einiger von ihnen gab Belbo Diotallevi leichte Rippenstöße, und Diotallevi kommentierte halblaut: »Ja ja, *facies hermetica.*«

Genau unter diesen Pilgern mit *facies hermetica*, ein wenig abseits, auf den Lippen ein bitter-nachsichtiges Lächeln, erblickte ich den Signor Salon. Er lächelte mir zu, ich lächelte ihm zu.

»Sie kennen Salon?« fragte mich Agliè.

»Sie kennen Salon?« fragte ich ihn. »Für mich ist es normal, wir wohnen im selben Haus. Was halten Sie von ihm.«

»Ich kenne ihn kaum. Einige vertrauenswürdige Freunde sagen, er sei ein Polizeispitzel.«

Sieh an, also deshalb wußte Salon von Garamond und von Ardenti. In welcher Beziehung mochte er zu De Angelis stehen? Ich begnügte mich jedoch mit der Frage: »Und was macht ein Polizeispitzel auf einem Fest wie diesem?«

»Polizeispitzel gehen überallhin«, sagte Agliè. »Jede Erfahrung ist für sie nützlich, um vertrauliche Nachrichten zu erfinden. Bei der Polizei wird man um so mächtiger, je mehr man weiß oder zu wissen vorgibt. Und dabei ist es ganz unerheblich, ob die Nachrichten stimmen. Wichtig ist nur, vergessen Sie das nie, ein Geheimnis zu haben.«

»Aber warum wird Salon hierher eingeladen?«

»Mein Freund«, antwortete mir Agliè, »vermutlich weil unser Gastgeber jene goldene Regel des esoterischen Denkens befolgt, nach der jeder Irrtum der verkannte Träger der Wahrheit sein kann. Die wahre Esoterik hat keine Angst vor Gegensätzen.«

»Sie meinen, am Ende sind sich die alle hier untereinander einig?«

»*Quod ubique, quod ab omnibus et quod semper.* Die Initiation ist die Entdeckung einer Philosophia perennis.«

So philosophierend gelangten wir schließlich zur obersten Terrasse, wo wir einen Pfad betraten, der uns durch einen weiten Garten zum Eingang des Schlößchens führte. Im Licht einer besonders großen Fackel, die auf einer Säule befestigt war, sahen wir eine junge Frau in einem blauen, mit Sternen besäten Kleid, die eine lange Trompete in der Hand hielt, so eine von der Art, wie sie in Opern von Herolden geblasen werden. Ähnlich wie in jenen Krippenspielen, wo die Engel ein Gefieder aus Kreppapier tragen, hatte die Frau an den Schultern zwei große weiße Flügel, dekoriert mit mandelähnlichen Formen, die einen Punkt in der Mitte trugen, so daß man sie mit ein wenig gutem Willen für Augen halten konnte.

Wir sahen Professor Camestres, einen der ersten Diaboliker, der uns im Verlag besucht hatte, den Gegner des Ordo Templi Orientis. Er war kaum wiederzuerkennen, da er sich in einer Weise verkleidet hatte, die uns einzigartig erschien, aber die Agliè als dem Ereignis durchaus angemessen bezeichnete: Er trug einen weißen Leinenrock, gegürtet mit einem roten, kreuzweise über Brust und Rücken geführten Band, sowie einen barocken Dreispitz, auf den er vier rote Rosen gesteckt hatte. Er kniete vor der jungen Frau mit der Trompete nieder und sagte ein paar Worte.

»Wahrhaftig«, murmelte Garamond, »es gibt mehr Dinge im Himmel und auf Erden...«

Wir traten durch ein reich mit Figuren geschmücktes Portal, das mich an den Staglieno-Friedhof in Genua erinnerte. Hoch oben, über einer verschlungenen klassizistischen Allegorie, prangten in Stein gemeißelt die Worte CONDOLEO ET CONGRATULOR.

Innen wimmelte es von angeregt schwatzenden Gästen, die sich um ein Buffet in einer weiten Eingangshalle drängten, von der zwei breite Treppen zu den oberen Stockwerken führten. Ich entdeckte noch andere bekannte Gesichter, darunter den Professor Bramanti sowie – Überraschung – den Commendatore De Gubernatis, den von Garamond bereits ausgebeuteten AEK, der aber anscheinend noch nicht mit der gräßlichen Möglichkeit konfrontiert worden war, daß alle Exemplare seines Meisterwerkes im Reißwolf enden könnten, denn er begrüßte meinen Arbeitgeber mit Ausdrücken der Verehrung und Dankbarkeit. Seine Verehrung Agliè zu entbieten, kam ein schmächtiges Männlein mit glühenden Augen gelaufen. An seinem unverwechselbaren Akzent erkannten wir Pierre, den Franzosen, den wir in Agliès Villa durch die Vorhangtür belauscht hatten, als er Bramanti der Hexerei beschuldigte.

Ich trat ans Buffet. Da standen Karaffen mit buntfarbenen Getränken, die ich nicht zu identifizieren vermochte. Ich goß mir etwas Gelbes ein, das aussah wie Wein, es war nicht übel, es schmeckte nach altem Rosolio, doch es war sicherlich alkoholisch. Vielleicht enthielt es auch noch etwas anderes, denn mir begann sich der Kopf zu drehen. Rings um mich drängten sich facies hermeticae neben strengen Gesichtern von Präfekten im Ruhestand, ich schnappte Gesprächsfetzen auf...

»... im ersten Stadium müßte es dir gelingen, mit anderen Geistern zu kommunizieren, dann Gedanken und Bilder in andere Wesen zu projizieren, die Orte mit Affekten aufzuladen und Autorität über das Reich der Tiere zu gewinnen. In der dritten Phase versuchst du, ein Double von dir in einen Punkt des Raumes zu projizieren: Bilokation, wie die Yogis, du müßtest gleichzeitig in mehreren Gestalten erscheinen. Danach geht es darum, zur übersinnlichen Erkenntnis der vegetabilischen Essenzen vorzudringen. Schließlich versuchst du's mit der Dissoziation, dabei geht es darum, das tellurische Gefüge des Körpers zu durchdringen, sich an einem Ort aufzulösen und an einem anderen zu rematerialisieren – ganz und gar, meine ich, nicht bloß mit einem Double. Das letzte Stadium ist dann die Verlängerung des physischen Lebens...«

»Nicht die Unsterblichkeit?«

»Noch nicht gleich.«

»Aber du?«

»Nun ja, das erfordert einige Konzentration. Ich verhehle dir nicht, daß es mühsam ist. Ich bin ja nicht mehr zwanzig...«

Ich fand meine Gruppe wieder. Sie trat gerade in einen Saal mit weißgetünchten Wänden und abgerundeten Ecken. Im Hintergrund erhoben sich, ähnlich wie in einem Musée Grévin – aber das Bild, das mir an jenem Abend unwillkürlich in den Sinn kam, war das des Altars, den ich in dem Umbanda-Tempel in Rio gesehen hatte –, zwei nahezu lebensgroße Figuren aus Wachs, bekleidet mit einem glitzernden Zeug, das mir aus der billigsten Requisitenkammer zu stammen schien. Die eine war eine Dame auf einem Thron in einem (fast) makellos weißen Kleid mit goldglänzenden Pailletten. Über ihr hingen an Fäden diverse Geschöpfe von unbestimmter Form, die mir aus Stoffresten oder Filz gemacht schienen, ähnlich jenen kitschigen Puppen, mit welchen die feinen Damen in den dreißiger Jahren gern ihre Sofas dekorierten. Aus einem Lautsprecher in einer Ecke kam ferne Trompetenmusik, diesmal von guter Qualität, vielleicht war es etwas von Gabrieli, jedenfalls war der klangliche Effekt geschmackssicherer als der visuelle. Rechts neben dem Thron stand eine zweite Frauenfigur, gekleidet in ein karmesinrotes Samtgewand mit weißem Gürtel, auf dem Kopf einen Lorbeerkranz und in der Hand eine vergoldete Waage. Agliè erklärte uns die verschiedenen Bedeutungen, aber ich müßte lügen, wenn ich behaupten wollte, ich hätte ihm viel Aufmerksamkeit geschenkt. Was mich interessierte, war der Gesichtsausdruck vieler Gäste, die mit ehrfürchtiger und ergriffener Miene von einem Standbild zum anderen wandelten.

»Im Grunde sind die hier nicht anders als jene Gläubigen, die nach Lourdes oder Fatima pilgern, um die Schwarze Madonna in einem mit silbernen Herzen bestickten Kleid zu sehen«, sagte ich zu Belbo. »Denken die etwa, das wäre die Muttergottes in Fleisch und Bein? Nein, aber sie denken auch nicht das Gegenteil. Sie genießen die Ähnlichkeit, sie empfinden das Spektakel als Vision und die Vision als Realität.«

»Ja«, sagte Belbo, »aber das Problem ist nicht, ob diese hier besser oder schlechter sind als die, die nach Lourdes oder Fatima pilgern. Ich fragte mich gerade, wer eigentlich wir sind. Wir, die wir Hamlet für wahrer halten als unseren Hausmeister. Habe ich das Recht, diese hier zu verurteilen, ich, der ich herumlaufe auf der Suche nach Madame Bovary, um ihr eine Szene zu machen?«

Diotallevi schüttelte den Kopf und sagte leise zu mir, man dürfe sich kein Bildnis von den göttlichen Dingen machen und dies hier seien alles Epiphanien des Goldenen Kalbes. Aber er amüsierte sich.

58

Deswegen ist die Alchimie eine keusche Hure, die
viele Liebhaber hat, aber alle enttäuscht und keinem ihre Umarmung gewährt. Sie verwandelt die
Dummen in Schwachsinnige, die Reichen in Bettler, die Philosophen in Schwätzer und die Betroge-
nen in eloquente Betrüger.

Trithemius, *Annalium Hirsaugensium Tomi II*,
Sankt Gallen 1690, 141

Plötzlich erlosch das Licht im Saal, und die Wände begannen
zu leuchten. Ich bemerkte, daß sie zu drei Vierteln mit einem
halbkreisförmigen Projektionsschirm bedeckt waren, auf
dem jetzt Bilder erschienen. Dabei zeigte sich, daß ein Teil
der Decke und des Bodens aus reflektierendem Material
bestand, und als reflektierend erwiesen sich auch einige der
Objekte, die mich vorher durch ihre grobe Machart so frappiert hatten: die Pailletten, die Waage, ein Schild und einige
kupferne Schalen. Wir fanden uns eingetaucht in eine wäß-
rige, wellig flutende Atmosphäre, in der die Bilder sich
vervielfachten, sich brachen und mit den Silhouetten der
Anwesenden verschmolzen, der Boden reflektierte die
Decke, die Decke den Boden und beide zusammen die Figuren, die an den Wänden erschienen. Zugleich mit der Musik
verbreiteten sich zarte Gerüche durch den Raum, erst indische Weihrauchdüfte, dann andere, unbestimmtere, bisweilen auch unangenehme.

Zuerst ging das Dämmerlicht in tiefste Finsternis über,
dann, während ein dumpfes Grollen ertönte, ein schmatzen-
des Blubbern wie von kochender Lava, waren wir in einem
Krater, wo eine zähflüssige dunkle Masse Blasen trieb im
zuckenden Lichtschein gelber und bläulicher Flammen.

Ein dickes klebriges Wasser verdampfte nach oben, um als
Tau oder Regen wieder herabzusinken, und ein Modergeruch von fauliger Erde stieg auf. Ich atmete Grabesluft, roch
den Tartaros, den Abgrund der Finsternis, mich umströmte
eine giftige Jauche, die gurgelnd dahinschoß zwischen Land-
zungen aus Dung, Kot, Kompost, Kohlenstaub, Blei, Borke,
Abschaum, Menstruum, Rauch, Schlamm, Schlacke, Teer,
schwärzer als das schwärzeste Schwarz, das nun heller wurde,

um zwei Reptilien erscheinen zu lassen, welche – das eine bläulich, das andere rötlich – sich zu einer Art von Kopulation vereinten, bei der sie einander in den Schwanz bissen, so daß sie eine einzige Kreisfigur bildeten.

Es war, als hätte ich zuviel Alkohol getrunken, ich sah meine Gefährten nicht mehr, sie waren im Dämmerdunkel verschwunden, ich erkannte die Gestalten nicht, die sich neben mir regten, und empfand sie wie aufgelöste, fließende Schemen... Da fühlte ich plötzlich, wie jemand mich an der Hand ergriff. Jetzt weiß ich, daß es nicht stimmte, doch damals wagte ich nicht, mich umzudrehen, um nicht zu entdecken, daß es eine Täuschung war. Aber ich roch das Parfüm von Lorenza, und erst in diesem Moment begriff ich, wie sehr ich sie begehrte. Es mußte Lorenza sein. Sie war zurückgekommen, um jenen Dialog aus leisem Scharren und Nägelkratzen an meiner Tür wiederaufzunehmen, den sie in der Nacht zuvor nicht beendet hatte. Schwefel und Quecksilber schienen sich zu einer feuchten Wärme zu verbinden, die mir die Lenden erbeben ließ, aber sanft, ohne Ungestüm.

Ich erwartete den Rebis, den androgynen Knaben, das Salz der Weisen, die Krönung des Weißen Werkes.

Mir war, als wüßte ich alles. Vielleicht kamen mir Dinge in den Sinn, die ich in den letzten Monaten gelesen hatte, vielleicht übertrug mir Lorenza ihr Wissen durch die Berührung ihrer Hand, die sich ein wenig feucht anfühlte.

Und ich ertappte mich dabei, obskure Namen zu murmeln, Namen, die einst, ich wußte es, die Alchimisten dem Weißen gegeben hatten, aber mit denen ich nun zitternd – vielleicht – Lorenza rief – oder die ich vielleicht auch nur vor mich hin murmelte wie eine Versöhnungslitanei: Agnus immaculatus, Abendstern, Aibathest, Alborach, Aqua benedicta, Mercurium purificatum, Auripigment, Azoch, Baurach, Cambar, Caspa, Cerussa, Cera, Clair de lune, Comerisson, Elektrum, Euphrat, Eva, Fada, Favonius, Fundamentum Artis, Diamant, Narziß, Lilie, Hermaphrodit, Hae, Hyle, Hypostase, Jungfrauenmilch, Lapis Unica, Lebendiges Öl, Legumen, Mutter, Ei, Phlegma, Punkt, Radix, Wurzelsaft, Salz der Erde, Terra foliata, Tevos, Tincar, Vapor, Ventus, Virago, Vitrum Pharaonis, Zephyr, Zibach, Ziva, Geier, Kinderurin, Plazenta, Menstruum, Servus fugitivus, Manus sinistra, Sperma Metallorum, Spiritus, Sulfur unctuosum...

In der Pechschwärze, die nun grau wurde, zeichnete sich ein Horizont aus Felsen und verdorrten Bäumen ab, hinter dem eine schwarze Sonne versank. Dann zuckte jäh ein fast blendendes Licht, und gleißende Bilder erschienen, die einander in allen Richtungen reflektierten, so daß ein Kaleidoskop-Effekt entstand. Die Ausdünstungen waren jetzt liturgisch, kirchlich, und mir begann der Kopf zu dröhnen, ich spürte etwas Schweres auf meine Stirne drücken, ich sah einen prächtigen Saal, mit goldgewirkten Wandteppichen geschmückt, vielleicht ein Hochzeitsbankett, mit einem prinzlichen Bräutigam und einer weißgekleideten Braut, sodann einen alten König und eine Königin auf dem Thron nebst einem Krieger und einem weiteren König, der dunkelhäutig war. Vor dem alten Königspaar stand ein kleiner Altar, auf dem ein mit schwarzem Samt bezogenes Buch lag und eine Kerze auf einem elfenbeinernen Leuchter brannte. Neben diesem standen ein rotierender Globus und eine Uhr mit einem kleinen kristallenen Springbrunnen oben darauf, aus dem eine blutrote Flüssigkeit lief. Über dem Brunnen schließlich mochte ein Totenkopf sein, in dessen Augen sich eine weiße Schlange ringelte...

Lorenza hauchte mir einige Worte ins Ohr. Aber ich konnte ihre Simme nicht hören.

Die Schlange ringelte sich im Rhythmus einer langsamen Trauermusik. Das alte Königspaar legte schwarze Kleider an, und vor ihm standen nun sechs schwarzverhängte Särge. Tiefe Tubatöne erklangen, und es erschien ein großer Mann in kohlschwarzer Kapuze. Zuerst war es eine hieratische Exekution, wie im Zeitraffer, der sich der alte König mit schmerzlicher Freude fügte, indem er gehorsam das Haupt niederbeugte. Dann schwang der Kapuzenmann seine Axt wie eine Sense, und es war wie das Sausen eines Pendels, der Axthieb vervielfachte sich auf jeder reflektierenden Fläche, in jeder Fläche und durch jede Fläche, und so waren es tausend Köpfe, die rollten, und von diesem Moment an folgten die Bilder einander so schnell, daß ich nicht mehr genau mitbekam, was geschah. Ich glaube, es wurden nacheinander alle Personen, einschließlich des schwarzen Königs, enthauptet und in die Särge gelegt, dann verwandelte sich der ganze Saal in ein Meeres- oder Seeufer, und wir sahen sechs erleuchtete Schiffe anlegen, auf welche die Särge gebracht wurden, wonach die Schiffe wieder ablegten und sich auf dem Wasserspiegel in die Nacht entfernten, und all das vollzog sich, während die Weihrauchschwaden immer dichter wurden, so daß ich für einen Augenblick fürchtete, selbst unter den Verurteilten zu sein, und viele rings um mich murmelten: »Die Hochzeit, die chymische Hochzeit...«

Ich hatte den Kontakt mit Lorenza verloren und wagte erst jetzt, mich umzudrehen, um sie unter den Schatten zu suchen.

Der Saal war jetzt eine Krypta geworden, oder ein prächtiges Grab, mit einem Gewölbe, das von einem enormen Karfunkelstein erleuchtet wurde.

Aus allen Ecken erschienen Frauen in jungfräulich weißen Gewändern und scharten sich um einen Kessel, der die Form eines Schlößchens hatte, zweistöckig, mit einem ovalen steinernen Unterbau auf Säulen, der ein Ofen zu sein schien, und mit zwei seitlichen Türmen, aus denen zwei Destillierkolben ragten, die in einer eiförmigen Kugel endeten, sowie einem dritten Turm in der Mitte, der oben als Brunnen endete...

Im Unterbau des Schlößchens sah man die Leichen der sechs Enthaupteten liegen. Eine der Frauen trug ein Kästchen, aus dem sie ein rundes Objekt nahm, das sie in eine Bogenöffnung des mittleren Turmes legte, woraufhin sofort das Wasser oben aus dem Brunnen zu sprudeln begann. Ich konnte das Objekt gerade noch rechtzeitig erkennen, es war der Kopf des Mohren, der nun wie ein Holzscheit brannte und das Wasser des Brunnens zum Sieden brachte. Dämpfe, Fauchen, Brodeln...

Lorenza legte mir diesmal die Hand in den Nacken und kraulte ihn, wie sie es mit Belbo im Auto getan hatte. Die Frau brachte eine goldene Kugel herein, öffnete einen Hahn am Unterbau des Kessel-Schlößchens und ließ eine dicke rote Flüssigkeit in die Kugel fließen. Dann wurde die Kugel geöffnet, und statt der roten Flüssigkeit enthielt sie ein schönes großes, schneeweißes Ei. Die Frauen nahmen es heraus und legten es auf den Boden, wo es in einem Häufchen gelben Sandes ruhte, bis es aufplatzte und ein kleiner Vogel herauskam, noch ganz blutig und ungestalt. Doch genährt mit dem Blut der Enthaupteten, wuchs er rasch vor unseren Augen und wurde herrlich und schön.

Dann köpften sie auch den Vogel und verbrannten ihn auf einem kleinen Altar zu Asche. Einige kneteten die Asche mit Wasser zu einem dünnen Teig, gossen den Teig in zwei Formen und taten die Formen in einen Ofen, dessen Feuer sie mit Blasrohren entfachten. Schließlich wurden die Formen geöffnet, und es erschienen zwei blasse und zarte, fast durchsichtige Gestalten, ein Knabe und ein Mädchen, nicht größer als vier Zoll, weich und fleischig wie lebende Wesen, aber mit glasigen, mineralischen Augen. Sie wurden auf zwei Kissen gelegt, und ein alter Mann goß ihnen Blutstropfen in den Mund...

Dann erschienen weitere Frauen mit langen goldglänzenden Trompeten, die mit grünen Kränzen geschmückt waren, und sie reichten eine davon dem Alten, der sie den beiden Kreaturen an den Mund hielt, die noch zwischen pflanzlicher Lethargie und sanftem tierischem Schlaf verharrten, und der Alte begann, Odem in ihre Leiber zu hauchen... Der Saal füllte sich mit Licht, das Licht verdämmerte zu einem Halbdunkel, dann zu einer Finsternis, die von orangenen Blitzen durchzuckt wurde, dann war es eine gewaltige Morgenröte, während Trompeten hoch und strahlend ertönten, und es war ein Gleißen wie von Rubinen, unerträglich. Und in diesem Moment verlor ich Lorenza erneut und begriff, daß ich sie niemals wiederfinden würde.

Alles überzog sich mit einem flammenden Rot, das langsam zu Indigo und Violett verglomm, und der Schirm erlosch. Das Hämmern in meiner Stirn war unerträglich geworden.

»Mysterium Magnum«, sagte Agliè neben mir, nun wieder mit seiner normalen, ruhigen Stimme. »Die Wiedergeburt des neuen Menschen durch Tod und Leidenschaft. Gute Performance, muß ich sagen, auch wenn die Lust am Allegorischen vielleicht ein bißchen die Präzision der Phasen beeinträchtigt hat. Was Sie gesehen haben, war eine Darstellung, versteht sich, aber sie handelte von einer Sache, einem realen *Ding*. Und dieses *Ding* behauptet unser Gastgeber nun erzeugt zu haben. Kommen Sie, gehen wir uns das vollbrachte Wunder ansehen.«

59

Und wenn solche Monster erzeugt werden, muß
man denken, es seien Werke der Natur, auch wenn
sie verschieden vom Menschen erscheinen.

Paracelsus, *De Homunculis*, in *Operum Volumen Secundum*,
Genf, De Tournes, 1658, p. 475

Agliè führte uns in den Garten hinaus, und sofort fühlte ich
mich besser. Ich wagte die anderen nicht zu fragen, ob
Lorenza wirklich wiedergekommen war. Ich hatte geträumt.
Doch nach wenigen Schritten traten wir in ein Gewächshaus,
und erneut betäubte mich die erstickende Wärme. Zwischen
den Pflanzen, die zumeist tropisch waren, standen sechs
Glasgefäße in Form von Birnen – oder von Tränen –, jedes
hermetisch verschlossen mit einem Siegel und angefüllt mit
einer hellblauen Flüssigkeit. In jedem von ihnen schwamm
ein etwa zwanzig Zentimeter großes Wesen. Wir erkannten
den grauhaarigen König, die Königin, den Mohren, den
Krieger und das lorbeerbekränzte Kinderpaar, er blau und
sie rosa... Sie bewegten sich mit graziösen Schwimmbewe-
gungen, als wären sie in ihrem Element.

Es war schwer zu entscheiden, ob es sich um Modelle aus
Plastik oder Wachs handelte oder um lebende Wesen, auch
weil die leichte Trübung der Flüssigkeit nicht erkennen ließ,
ob das sanfte Atmen, das sie belebte, eine optische Täuschung oder Wirklichkeit war.

»Es scheint, daß sie von Tag zu Tag größer werden«, sagte
Agliè. »Jeden Morgen werden die Gefäße unter frischem
Pferdemist vergraben, der die richtige Wärme zum Wachsen
liefert. Deshalb finden Sie bei Paracelsus Rezepte, in denen es
heißt, Homunculi müsse man in der Temperatur des Pferde-
bauchs züchten. Unserem Gastgeber zufolge reden diese
Homunculi mit ihm, teilen ihm Geheimnisse mit, sagen ihm
die Zukunft voraus, der eine enthüllt ihm die Maße des
Salomonischen Tempels, der andere lehrt ihn, wie man Dämonen austreibt... Ehrlich gesagt, ich habe sie noch nie
reden hören.«

Sie hatten enorm bewegliche Gesichter. Der König sah die
Königin zärtlich an und hatte einen sehr sanften Blick.

»Unser Gastgeber hat mir erzählt, eines Morgens hätte er

406

den blauen Knaben draußen gefunden, wer weiß wie seinem Käfig entsprungen, während er gerade versuchte, das Glas seiner Gefährtin zu öffnen... Doch er war außerhalb seines Elements, er atmete schwer, und sie konnten ihn gerade noch rechtzeitig wieder in seine Flüssigkeit setzen.«

»Schrecklich«, meinte Diotallevi. »Ich hätte nicht gern so eine Verantwortung. Dauernd muß man dieses Gefäß mit sich rumschleppen und überall, wo man hingeht, diesen Pferdemist finden. Und was macht man im Sommer mit ihnen? Läßt man sie beim Hausmeister?«

»Nun, vielleicht«, schloß Agliè, »sind es ja nur Kartesische Teufelchen. Oder Automaten.«

»Teufel, Teufel!« sagte Garamond. »Sie enthüllen mir da eine ganz neue Welt, Herr Doktor Agliè. Wir müßten alle viel demütiger werden, liebe Freunde. Es gibt mehr Dinge im Himmel und auf Erden... Aber schließlich, *à la guerre comme à la guerre...*«

Garamond war einfach hingerissen. Diotallevi bewahrte sich eine neugierig-zynische Miene, was Belbo anging, so zeigte er keinerlei Gefühlsregung.

Ich wollte mich von jedem Zweifel befreien und sagte zu ihm: »Schade, daß Lorenza nicht mitgekommen ist, sie hätte sich amüsiert.«

»Ja, sicher«, antwortete er abwesend.

Lorenza war nicht gekommen. Und mir ging es wie Amparo in Rio. Mir war elend zumute. Ich fühlte mich wie überrumpelt. Und man hatte mir kein Agogõ gegeben.

Ich verließ die Gruppe, ging wieder ins Haus und drängte mich durch die Menge, kam ans Buffet, nahm mir etwas zu trinken und fürchtete, es könnte ein Zaubertrank sein. Ich suchte eine Toilette, um mir die Stirn und den Nacken zu kühlen, fand eine und fühlte mich besser. Doch als ich hinaustrat, erblickte ich eine Wendeltreppe und konnte der Versuchung des neuen Abenteuers nicht widerstehen. Vielleicht, obwohl ich glaubte, mich wieder erholt zu haben, suchte ich immer noch nach Lorenza.

60

Armer Tor! Bist du so einfältig zu glauben, wir
würden dich offen das größte und wichtigste aller
Geheimnisse lehren? Ich versichere dir, wer im
gewöhnlichen Buchstabensinn der Worte erklären
will, was die Hermetischen Philosophen schreiben,
wird sich in den Mäandern eines Labyrinthes finden, aus dem er nicht zu entkommen vermag, und
wird keinen Faden der Ariadne haben, der ihn
hinausführt.

Artephius

Ich gelangte in einen unterirdischen Saal, spärlich erleuchtet,
mit Wänden in Rocaille wie die Brunnen im Park. In einer
Ecke entdeckte ich eine Öffnung, ähnlich dem Trichter eines
gemauerten Schachts, und schon von weitem hörte ich Geräusche daraus hervorkommen. Ich trat näher, und die Geräusche wurden klarer unterscheidbar, bis ich einzelne Sätze
verstand, deutlich artikuliert, als würden sie neben mir gesprochen. Ein Horchrohr, ein Ohr des Dionysios!
  Das Rohr führte offensichtlich zu einem der oberen Säle,
und so hörte ich die Reden derer, die an seiner Mündung
vorbeikamen.

»Gnädige Frau, ich will Ihnen sagen, was ich noch nieman-
dem gesagt habe. Ich bin müde... Ich habe mit Zinnober und
mit Quecksilber experimentiert, ich habe alle Arten von
Spiritus sublimiert, Fermente, Eisen- und Stahlsalze und ihre
Schlacken, und ich habe den Stein nicht gefunden. Dann
habe ich Scheidewasser bereitet, ätzende Wasser, brennende
Wasser, aber das Ergebnis war immer dasselbe. Ich habe
Eierschalen, Schwefel, Vitriol und Arsen benutzt, Salmiak,
Glassalz, Alkalisalz, Kochsalz, Steinsalz, Salpeter, Natron-
salz, Attincarsalz, Weinsteinsalz, Alembrotsalz, aber glauben
Sie mir, hüten Sie sich vor all diesen Stoffen. Meiden Sie die
unvollkommenen Rotmetalle, sonst werden Sie so getäuscht,
wie ich getäuscht worden bin. Ich habe alles probiert: das
Blut, die Haare, die Seele Saturns, die Markasiten, das Aes
ustum, den Mars-Safran, die Späne und Schlacken des Ei-
sens, das Bleioxyd, das Antimon – nichts. Ich habe mit allen

Mitteln versucht, das Öl und das Wasser aus dem Silber zu kriegen, ich habe das Silber mit präpariertem Salz und ohne Salz kalziniert, auch mit Aquavit, und habe nur ätzende Öle gewonnen. Ich habe Milch, Wein und Lab verwendet, das Sperma der Sterne, das auf die Erde fällt, das Schellkraut, die Plazenta und eine Unzahl anderer Dinge, ich habe das Quecksilber mit den Metallen vermischt und sie zu Kristallen reduziert, ich habe sogar in der Asche gesucht... Schließlich...«

»Schließlich?«

»Nichts auf dieser Welt erfordert mehr Vorsicht als die Wahrheit. Sie zu sagen ist, wie wenn man sich einen Aderlaß am Herzen macht...«

»Genug, genug, Sie erregen mich...«

»Nur Ihnen wage ich mein Geheimnis anzuvertrauen. Ich bin aus keiner Epoche und keinem Ort. Außerhalb der Zeit und des Raumes lebe ich meine ewige Existenz. Es gibt Menschen, die keine Schutzengel mehr haben: ich bin einer von ihnen...«

»Aber warum haben Sie mich hierhergeführt?«

Eine andere Stimme mischte sich ein: »Lieber Balsamo, spielen wir immer noch mit dem Unsterblichkeitsmythos?«

»Dummkopf! Die Unsterblichkeit ist kein Mythos. Sie ist eine Tatsache.«

Ich wollte gerade weitergehen, gelangweilt von dem Geschwätz, da hörte ich den Signor Salon. Er redete leise und aufgeregt, als hielt er jemanden am Arm zurück. Ich erkannte die Stimme von Pierre.

»Also hören Sie«, sagte Salon, »Sie werden mir doch nicht weismachen wollen, auch Sie wären hier wegen dieser alchimistischen Posse. Und sagen Sie nicht, Sie wären hergekommen, um frische Luft im Garten zu schnappen. Wissen Sie, daß Salomon de Caus, nachdem er in Heidelberg war, eine Einladung des Königs von Frankreich angenommen hatte, um sich mit der Säuberung von Paris zu befassen?«

»Les façades?«

»Er war nicht Malraux. Ich vermute, es handelte sich um die Kanalisation. Interessant, nicht wahr? Dieser Herr erfand symbolträchtige Orangenhaine und Obstgärten für die Kaiser, aber was ihn wirklich interessierte, waren die Untergründe von Paris. Zu jener Zeit gab es in Paris noch kein richtiges Kanalnetz. Es war nur eine Mischung aus offenen und gedeckten Gräben, über die man sehr wenig wußte. Die alten Römer wußten schon seit der republikanischen Zeit alles über ihre Cloaca Maxima, und fünfzehnhundert Jahre später weiß man in Paris nichts von dem, was unter der Erde vorgeht. Und de Caus nimmt die Einladung des Königs an, weil er mehr darüber wissen möchte. Was wollte er herausfinden? Nach de Caus schickte Colbert zur Reinigung der gedeckten Kanäle – das war der Vorwand, doch bedenken Sie, wir sind jetzt in der Zeit der Eisernen Maske! – Sträflinge in die Kloaken, aber die wateten durch den Kot und folgten dem Strom bis zur Seine und fuhren auf einem Boot davon, ohne daß jemand wagte, sie zurückzuhalten, diese entsetzlich stinkenden Kreaturen, eingehüllt in Wolken von Fliegen... Daraufhin postierte Colbert Gendarmen an den Ausgängen zur Seine, und die Sträflinge verreckten in den Stollen. In drei Jahrhunderten sind in Paris kaum drei Kilometer Kanäle abgedeckt worden. Aber im achtzehnten Jahrhundert hat man sechsundzwanzig Kilometer geschafft, und das am Vorabend der Revolution. Sagt Ihnen das nichts?«

»Oh, vous savez, ça...«

»Der Grund ist, daß jetzt neue Leute an die Macht kamen, die etwas wußten, was die früheren nicht gewußt hatten. Napoleon schickte Arbeitstrupps unter die Erde, die in der Dunkelheit vorrückten, zwischen den menschlichen Abfällen der Metropole. Ich sage Ihnen, wer damals den Mut hatte, dort unten zu arbeiten, konnte viel finden. Ringe, Gold, Halsketten, Juwelen – was war nicht alles seit werweißwann in jene Gräben gefallen! Es genügten Leute, die den Magen hatten, das Zeug zu verschlucken, um dann herauszukommen, ein Abführmittel zu nehmen und reich zu werden. Man hat auch entdeckt, daß viele Häuser einen unterirdischen Gang hatten, der direkt zu den Kloaken führte.«

»Ça alors...«

»Wozu wohl, in einer Zeit, als man den Nachttopf einfach aus dem Fenster entleerte? Und warum gibt es seit damals Kanäle mit einer Art Gehsteig daneben und mit Eisenringen in den Mauern, an denen man sich festhalten kann? Diese Gänge entsprachen genau jenen *tapis francs*, in denen die kriminelle Unterwelt – *la pègre*, wie man sie damals nannte – ihre Versammlungen abhielt: Orte, wo man geschützt und sicher war, und wenn die Polizei erschien, konnte man verschwinden und anderswo wieder auftauchen.«

»C'est du roman-feuilleton...«

»Ach ja? Wen wollen Sie damit decken? Tatsache ist: unter Napoleon III. verpflichtete Baron Haussmann alle Pariser Haushalte per Gesetz, eine eigene Sickergrube zu bauen, und von da einen unterirdischen Gang zu den allgemeinen Kloaken... Einen Tunnel von zwei Meter dreißig Höhe und einem Meter dreißig Breite. Stellen Sie sich das vor! Jedes Haus in Paris durch einen unterirdischen Gang mit den Kanälen verbunden. Und wissen Sie, wie lang die Pariser Kanäle heute sind? Zweitausend Kilometer, auf mehreren Ebenen. Und all das hat angefangen mit dem, der in Heidelberg diese Gärten entworfen hat...«

»Et alors?«

»Ich sehe, Sie wollen partout nicht reden. Aber Sie wissen etwas, das Sie mir nicht sagen wollen.«

»S'il vous plait, laissez moi, es ist spät, man erwartet mich für eine Réunion.« Geräusch von Schritten.

Ich begriff nicht, worauf Salon hinauswollte. Ich sah mich um, eingeengt zwischen der Muschelwand und der Ohrmuschel, und fühlte mich im Untergrund, auch ich unter einem Gewölbe, und mir schien, als wäre die Mündung dieses Horchkanals nichts anderes als der Eingang zu einem Abstieg in finstere Gänge, hinunter ins Zentrum der Erde, ins Reich der Nibelungen. Mich fröstelte. Gerade wollte ich gehen, als ich erneut eine Stimme hörte: »Kommen Sie mit. Wir fangen gleich an. Im geheimen Saal. Rufen Sie die andern.«

61

Dieses Goldene Vlies wird bewacht von einem dreiköpfigen Drachen, dessen erster Kopf aus dem Wasser stammt, der zweite aus der Erde und der dritte aus der Luft. Es ist unabdingbar, daß diese drei Köpfe in einem einzigen übermächtigen Drachen enden, der alle anderen Drachen verschlingen wird.

Jean d'Espagnet, *Arcanum Hermeticae Pilosophiae Opus*, 1623, 138

Ich fand meine Gruppe wieder und sagte Agliè, ich hätte jemanden von einer Versammlung reden hören.

»Ah, wir sind neugierig!« sagte Agliè. »Aber ich verstehe Sie. Wer sich in die hermetischen Geheimnisse vorwagt, der will alles darüber wissen. Nun denn, heute abend soll, soviel ich weiß, die Initiation eines neuen Mitglieds des Alten und Angenommenen Rosenkreuzordens stattfinden.«

»Kann man das sehen?« fragte Garamond.

»Man kann nicht. Man darf nicht. Man dürfte nicht. Man könnte nicht. Aber machen wir's wie jene Personen des griechischen Mythos, die sahen, was sie nicht sehen durften, und stellen wir uns dem Zorn der Götter. Ich erlaube Ihnen, einen Blick darauf zu werfen.« Er führte uns eine Treppe hinunter in einen dunklen Gang, hob einen Vorhang hoch, und durch eine Scheibe sahen wir in den tiefer liegenden Saal, der von etlichen Kohlebecken erleuchtet wurde. Die Wände waren mit Damast tapeziert und mit Lilien bestickt, im Hintergrund erhob sich ein Thron unter einem vergoldeten Baldachin. Rechts und links neben dem Thron leuchteten, aus Karton oder Plastik geschnitten und auf Dreifüße gestellt, eine Sonne und ein Mond, eher grob ausgeführt, aber mit Stanniolpapier oder Blech überzogen, natürlich gold- und silberglänzend und nicht ohne einen gewissen Effekt, denn jedes Himmelslicht wurde direkt von den Flammen eines Kohlebeckens angestrahlt. Über dem Baldachin hing ein enormer Stern von der Decke, glitzernd von Edelsteinen oder Glasimitationen. Die Decke war mit blauem Damast bespannt, auf dem große silberne Sterne glänzten.

Vor dem Thron stand ein langer Tisch, dekoriert mit

Palmwedeln, auf dem ein Degen lag, und direkt vor dem Tisch erhob sich ein ausgestopfter Löwe mit aufgerissenem Rachen. Jemand mußte ihm eine rote Lampe in den Kopf getan haben, denn die Augen glühten feuerrot, und der Rachen schien Flammen zu speien. Ich dachte sofort an die Handwerkskunst des Signor Salon und begriff endlich, auf welche kuriosen Kunden er damals in München angespielt hatte.

Am Tisch saß Professor Bramanti, angetan mit einer roten Tunika und gestickten grünen Paramenten, einem weißen Umhang mit goldenem Saum, einem schimmernden Kreuz auf der Brust und einem Hut in Form einer Mitra, geschmückt mit einem rotweißen Federbusch. Vor ihm, in hieratischer Haltung, etwa zwanzig Personen, gleichfalls in roter Tunika, doch ohne Paramente. Alle trugen etwas Goldenes auf der Brust, das mir irgendwie bekannt vorkam. Es erinnerte mich an ein Renaissanceporträt, an eine große Habsburgernase, an jenes seltsame Lamm mit herunterhängenden Beinen, das an der Taille aufgehängt ist. Ja, das war's, diese Leute schmückten sich mit einer akzeptablen Imitation des Goldenen Vlieses.

Bramanti sprach mit erhobenen Armen, als rezitierte er eine Liturgie, und die Anwesenden respondierten im Chor. Nach einer Weile hob Bramanti den Degen, und alle zogen etwas wie ein Stilett oder einen Brieföffner aus der Tunika und hielten es hoch. In diesem Moment ließ Agliè den Vorhang fallen. Wir hatten schon zuviel gesehen.

Wir entfernten uns leise (auf Pink Panthers Pfoten, wie Diotallevi präzisierte, erstaunlich gut informiert über die Perversionen der modernen Welt) und fanden uns draußen im Garten wieder, ein wenig außer Atem.

Garamond war bestürzt. »Sind das... Freimaurer?«

»Oh«, sagte Agliè, »was heißt Freimaurer? Es sind die Adepten eines Ritterordens, der sich auf die Rosenkreuzer beruft und indirekt auf die Templer.«

»Dann hat das alles gar nichts mit Freimaurerei zu tun?« fragte Garamond noch einmal.

»Wenn es eine Gemeinsamkeit gibt zwischen dem, was Sie gesehen haben, und der Freimaurerei, dann die Tatsache, daß auch Bramantis Ritus ein Hobby für Provinzhonoratioren und Politikaster ist. Aber so war's von Anfang an, die Freimaurerei war noch nie etwas anderes als eine schwächliche

Anknüpfung an die Templerlegende. Und dies hier ist die Karikatur einer Karikatur. Nur daß diese Herren sie fürchterlich ernst nehmen. Leider! Die Welt wimmelt von Rosenkreuzern und Templern wie denen, die Sie heute abend hier gesehen haben. Nicht von ihnen dürfen Sie eine Offenbarung erwarten, auch wenn gerade sie es sind, unter denen man einen glaubwürdigen Initiierten antreffen könnte.«

»Aber schließlich«, fragte Belbo, und er fragte es ganz ohne Ironie, ohne Argwohn, als beträfe die Frage ihn persönlich, »schließlich verkehren doch Sie hier. An wen glauben Sie... Pardon: glaubten Sie unter all diesen hier?«

»An niemanden selbstverständlich. Sehe ich aus wie ein gläubiger Mensch? Ich betrachte sie mit dem kühlen Blick, dem Verständnis und dem Interesse, mit welchen ein Theologe die neapolitanischen Massen betrachten kann, die voller Erregung auf das Wunder von San Gennaro warten. Diese Massen bezeugen einen Glauben, ein tiefes Bedürfnis nach Gläubigkeit, und der Theologe bewegt sich unter diesen schwitzenden und schreienden Leuten, weil er unter ihnen den unbekannten Heiligen antreffen könnte, den Träger einer höheren Wahrheit, der eines Tages imstande sein könnte, ein neues Licht auf das Mysterium der allerheiligsten Trinität zu werfen. Doch die allerheiligste Trinität ist nicht San Gennaro.«

Er war nicht zu packen. Ich wußte nicht, wie ich seine Haltung definieren sollte, diesen hermetischen Skeptizismus, diesen liturgischen Zynismus, diese höhere Ungläubigkeit, die ihn dazu brachte, die Würde jedes von ihm verachteten Aberglaubens anzuerkennen.

»Es ist doch ganz einfach«, sagte er zu Belbo. »Wenn die Templer, ich meine die wahren, ein Geheimnis hinterlassen und eine Kontinuität gestiftet haben, dann muß man nach ihren Erben suchen, und das in denjenigen Kreisen, in denen sie sich am besten verbergen könnten, wo sie womöglich selber Riten und Mythen erfinden, um sich unbemerkt bewegen zu können wie Fische im Wasser. Was macht die Polizei, wenn sie den genialen Ausbrecher sucht, das Genie des Bösen? Sie wühlt in den *bas fonds*, im Bodensatz der Gesellschaft, in den Spelunken, wo sich die kleinen Strolche herumtreiben, die niemals soweit gelangen werden, die grandiosen Verbrechen des Gesuchten auch nur zu konzipieren. Was macht der Stratege des Terrorismus, um seine künftigen

Anhänger zu rekrutieren, um sich mit den Seinen zu treffen und sie zu erkennen? Er geht in die Lokale der Pseudo-Aussteiger, wo viele, die nie wirklich aussteigen werden, weil sie viel zu schwach dazu sind, ostentativ die vermeintlichen Verhaltensweisen ihrer Idole mimem. Wo sucht man das verlorene Licht? In den Bränden sucht man es, oder im Unterholz, wo nach dem Brand die Flammen weiterschwelen unter den toten Wurzeln, dem Fettschlamm, dem halbverbrannten Laub. Und wo könnte sich der wahre Templer besser verbergen als in der Menge seiner Karikaturen?«

62

Wir betrachten als druidische Gesellschaften per definitionem diejenigen Gesellschaften, die sich als druidisch in ihrem Namen oder in ihren Zielen bezeichnen und Initiationen gewähren, die sich auf das Druidentum berufen.

M. Raoult, *Les druides. Les sociétés initiatiques celtes contemporaines*, Paris, Rocher, 1983, p. 18

Mitternacht rückte näher, und nach Agliès Programm erwartete uns die zweite Überraschung des Abends. Wir verließen die palatinischen Gärten und machten uns erneut auf die Fahrt durch die Hügel.

Nach einer Dreiviertelstunde ließ Agliè die beiden Wagen am Rand einer Waldung halten. Wir müßten jetzt ein Gestrüpp durchqueren, sagte er, um zu einer Lichtung zu gelangen, und es gebe dorthin weder Straßen noch Wege.

Wir stapften auf einem leicht ansteigenden Trampelpfad durch das Unterholz. Es war nicht feucht, aber die Sohlen rutschten auf einer Schicht fauliger Blätter und glitschiger Wurzeln. Agliè knipste ab und zu eine Taschenlampe an, um gangbare Wege zu finden, aber er machte sie jedesmal gleich wieder aus, weil es – wie er sagte – nicht nötig sei, daß unser Kommen den Zelebranten signalisiert werde. Einmal setzte Diotallevi zu einem Kommentar an, ich weiß nicht mehr genau, was er sagte, vielleicht war es etwas von Rotkäppchen und dem Wolf, doch Agliè bat ihn mit einer gewissen Strenge zu schweigen.

Schon als wir aus den Autos gestiegen waren, hatten wir ferne Stimmen gehört. Endlich gelangten wir an den Rand der Lichtung, die nun von diffusen Lichtern beleuchtet erschien, von kleinen Fackeln oder Funzeln, die am Boden glommen, ein mattes Silbergefunkel, als glühte da eine gasförmige Substanz mit chemischer Kälte in Seifenblasen, die über den Grasboden tanzten. Agliè hieß uns stehenbleiben, wo wir standen, noch im Schutz des Gebüschs, und dort zu warten, ohne uns bemerkbar zu machen.

»In Kürze werden die Priesterinnen erscheinen. Besser gesagt, die Druidinnen. Es geht um eine Beschwörung der großen kosmischen Jungfrau Mikil – Sankt Michael ist eine volkstümlich-christliche Adaptation von ihr, nicht zufällig ist er ein Engel, mithin androgyn, so daß er den Platz einer weiblichen Gottheit einnehmen konnte...«

»Wo kommen die her?« flüsterte Diotallevi.

»Aus verschiedenen Gegenden, aus der Normandie, aus Norwegen, Irland... Es handelt sich um ein ziemlich singuläres Ereignis, und dies hier ist ein besonders geeigneter Ort für den Ritus.«

»Warum?« fragte Garamond.

»Manche Orte sind eben magischer als andere.«

»Aber was für Leute sind das... im Leben?«

»Nun, Leute eben. Sekretärinnen, Versicherungsagentinnen, Dichterinnen. Leute, denen Sie morgen auf der Straße begegnen könnten, ohne sie wiederzuerkennen.«

Wir sahen jetzt eine kleine Schar in die Mitte der Lichtung strömen. Ich begriff, daß die kalten Lichter, die ich gesehen hatte, kleine Lampen waren, die die Priesterinnen in der Hand trugen, und daß sie mir deshalb so flach über dem Boden schwebend erschienen waren, weil die Lichtung auf dem Gipfel eines Hügels lag und ich die Druidinnen an den Rändern des Hochplateaus hatte auftauchen sehen. Sie trugen weiße Gewänder, die im leichten Wind flatterten. Sie ordneten sich zu einem Kreis, und drei von ihnen traten in die Mitte.

»Das sind die drei *hallouines* von Lisieux, von Clonmacnois und von Pino Torinese«, flüsterte Agliè. Belbo fragte, warum gerade die, aber Agliè straffte die Schultern und sagte: »Still, warten Sie ab. Ich kann Ihnen nicht in drei Worten das Ritual und die Hierarchie der nordischen Magie erklären. Begnügen Sie sich mit dem, was ich Ihnen sage. Wenn ich nicht mehr sage, liegt es daran, daß ich nicht mehr weiß... oder nicht mehr sagen darf. Ich muß einige Diskretionsregeln beachten...«

Im Zentrum der Lichtung lag ein Haufen Steine, der vage an einen Dolmen erinnerte. Vermutlich war die Lichtung gerade deswegen ausgesucht worden. Eine Priesterin stieg auf den Dolmen und blies in eine Trompete. Das Instrument glich noch mehr als das, welches wir vor ein paar Stunden gesehen hatten, einer Fanfare im Triumphmarsch der *Aida*. Doch es erklang ein weicher und dunkler Ton, der von sehr weither zu kommen schien. Belbo faßte mich am Arm: »Das ist das Ramsinga, das Alphorn der Thugs beim heiligen Banyan...«

Ich war taktlos. Ich begriff nicht, daß er den Scherz nur gemacht hatte, um damit andere Analogien zu verdrängen, und stieß das Messer in die Wunde: »Sicher wär's mit dem Baryton nicht so suggestiv.«

Belbo nickte. »Die sind genau deswegen hier, weil sie kein Baryton wollen«, sagte er. Ich frage mich, ob es nicht an jenem Abend war, daß er eine Verbindung zu sehen begann, einen Zusammenhang zwischen seinen Träumen und dem, was in jenen Monaten mit ihm geschah.

Agliè hatte unseren Dialog nicht verfolgt, uns aber flüstern hören. »Es handelt sich weder um eine Warnung noch um einen Appell«, sagte er. »Es ist eine Art Ultraschallsignal, um Kontakt mit den unterirdischen Wellen herzustellen. Sehen Sie, jetzt halten sich die Druidinnen alle im Kreis an den Händen. Sie bilden eine Art lebendigen Akkumulator, um die Erdvibrationen aufzufangen und zu bündeln. Jetzt müßte die Wolke erscheinen...«

»Welche Wolke?« flüsterte ich.

»Die Tradition nennt sie grüne Wolke. Warten Sie...«

Ich erwartete keinerlei grüne Wolke. Aber fast jählings erhob sich aus der Erde ein weicher Dunst – ein Nebel, hätte ich gesagt, wenn es eine uniforme Masse gewesen wäre. Es war eine flockige Masse, die sich an einem Punkt zusammenklumpte und dann, vom Wind getrieben, wie ein Gewölle aus Zuckerwatte aufstob, um durch die Luft zu schweben und sich an einem anderen Punkt der Lichtung niederzulassen. Der Effekt war einzigartig, bald tauchten die Bäume im Hintergrund auf, bald vermischte sich alles in einem weißlichen Dunst, bald wirbelte das Geflocke ins Zentrum der Lichtung, nahm uns die Sicht auf das, was geschah, ließ aber sowohl die Ränder frei als auch den Himmel, an dem der Mond weiterhin schien. Die Flocken bewegten sich ruckartig, unerwartet, als gehorchten sie den Stößen einer launischen Brise.

Ich dachte zuerst an einen chemischen Kunstgriff, dann überlegte ich: Wir befanden uns auf etwa sechshundert Meter Höhe, es konnten durchaus echte Nebelschwaden sein. Waren sie im Ritus vorgesehen, womöglich von ihm evoziert? Nein, das wohl nicht, aber die Priesterinnen hatten damit gerechnet, daß sich auf dieser Höhe, unter günstigen Umständen, solche über den Boden irrenden Schwaden bilden könnten.

Es war schwer, sich dem Zauber der Szenerie zu entziehen, auch weil die weißen Gewänder der Priesterinnen mit dem Weiß der Schwaden verschmolzen und ihre Gestalten aus der milchigen Dunkelheit aufzutauchen und wieder in sie zu versinken schienen, als würden sie von ihr erzeugt.

Es gab einen Moment, in dem die Wolke das ganze Zentrum der Wiese erfüllte und einige Streifen, die zerfasernd aufstiegen, fast den Mond verdeckten, wenn auch nicht so sehr, daß sie die ganze Lichtung verdunkelten, denn an den Rändern blieb sie immer noch hell. In diesem Moment sahen wir eine Druidin aus der Wolke hervorkommen und direkt auf uns zulaufen, schreiend, mit vorgestreckten Armen, so daß ich schon dachte, sie hätte uns entdeckt und schleudere uns Flüche entgegen. Doch als sie dicht vor uns angelangt war, änderte sie ihre Richtung und begann, im Kreis um die Wolke zu laufen, verschwand nach links im weißlichen Dunst, um nach ein paar Minuten von rechts wieder zu erscheinen und uns erneut sehr nahe zu kommen, so daß ich ihr Gesicht sehen konnte. Es war das Gesicht einer Wahrsagerin mit großer dantesker Nase über einem schmalen, schlitzdünnen Mund, der sich öffnete wie eine unterseeische Blüte, zahnlos bis auf zwei Schneidezähne und einen asymmetrischen Eckzahn. Der Blick war beweglich, adlerscharf, stechend. Ich hörte, oder glaubte zu hören, oder glaube jetzt, mich zu erinnern, gehört zu haben – und lege über diese Erinnerung andere Erinnerungsbilder – zusammen mit einer Reihe von Worten, die ich damals für gälisch hielt, einige Beschwörungen in einer Art von Latein, etwas wie: »*O pegnia (oh, e oh! intus) et eee uluma!!!*«, und mit einem Schlag war der Nebel so gut wie verschwunden, die Lichtung klärte sich wieder, und ich sah, daß sie von einem Rudel Schweine erfüllt worden war, Schweine mit Ketten aus sauren Äpfeln um die gedrungenen Hälse. Die Druidin, die vorhin die Trompete geblasen hatte, zückte, immer noch auf dem Dolmen stehend, ein Messer.

»Gehen wir«, sagte Agliè trocken. »Es ist zu Ende.«

Die Wolke war plötzlich über uns und hüllte uns ein, so daß ich meine Nachbarn kaum noch sehen konnte.

»Was heißt zu Ende?« protestierte Garamond. »Mir scheint, das Beste fängt gerade erst an!«

»Zu Ende ist das, was Sie sehen konnten. Mehr gibt es nicht. Respektieren wir den Ritus. Gehen wir.«

Wir traten zurück in den Wald, dessen Feuchtigkeit uns sofort umfing. Wir bewegten uns fröstelnd, stolpernd und rutschend auf faulendem Laub, keuchend und ungeordnet wie eine Armee auf der Flucht. Schließlich fanden wir uns auf der Straße wieder. Wir könnten in knapp zwei Stunden in Mailand sein, sagte Agliè. Bevor er zu Garamond in den Mercedes stieg, verabschiedete er sich mit den Worten: »Verzeihen Sie bitte, wenn ich das Schauspiel unterbrochen habe. Ich wollte Ihnen etwas zeigen, jemanden, der um uns lebt und für den im Grunde auch Sie mittlerweile arbeiten. Aber mehr gab es nicht zu sehen. Als ich über dieses Ereignis informiert wurde, mußte ich versprechen, die Zeremonie nicht zu stören. Unsere Anwesenheit hätte die folgenden Phasen negativ beeinflußt.«

»Aber was ist mit den Schweinen? Und was passiert jetzt?« fragte Belbo.

»Was ich sagen konnte, habe ich gesagt.«

63

»Woran erinnert dich dieser Fisch?«
»An andere Fische.«
»Woran erinnern dich die anderen Fische?«
»An andere Fische.«

Joseph Heller, *Catch 22*, New York, Simon
& Schuster, 1961, XXVII

Ich kam mit vielen Gewissenbissen aus Piemont zurück.
Aber kaum sah ich Lia wieder, vergaß ich alle Begierden, die
mich gestreift hatten.

Allerdings hatte der Ausflug andere Spuren in mir hinterlassen, und ich finde es jetzt beunruhigend, daß sie mich
damals nicht beunruhigt hatten. Ich war dabei, die Bilder für
die Geschichte der Metalle Kapitel für Kapitel definitiv zu
ordnen, und es gelang mir nicht mehr, mich dem Dämon der
Ähnlichkeit zu entziehen, wie seinerzeit in Rio. Worin unter-
schieden sich dieser zylindrische Ofen von Réaumur, 1750,
dieser Brutkasten zum Eierausbrüten und dieser barocke
Athanor, ein Mutterleib, ein obskurer Uterus zum Ausbrü-
ten von wer weiß was für mystischen Metallen? Es war, als
hätte man das Deutsche Museum in jenem piemontesischen
Schloß installiert, das ich eine Woche zuvor besucht hatte.

Es fiel mir immer schwerer, die Welt der Magie von dem
zu trennen, was wir heute das Universum der Präzision und
Exaktheit nennen. Ich fand Personen wieder, die mir in der
Schule als Träger des Lichts der Mathematik und Physik
inmitten der Finsternis des Aberglaubens nahegebracht worden waren, und entdeckte, daß sie bei ihrer Arbeit im Laboratorium mit einem Fuß in der Kabbala gestanden hatten.
War ich womöglich dabei, die ganze Geschichte mit den
Augen unserer Diaboliker neu zu lesen? Ich riß mich zusammen, aber dann fand ich unverdächtige Texte, die mir erzählten, wie die positivistischen Physiker, sobald sie abends die
Universität verließen, eiligst hingingen, um sich in telepathische Séancen und astrologische Tafelrunden zu stürzen, und
wie Newton zu den Gesetzen der universalen Gravitation
gelangt war, weil er an die Existenz okkulter Kräfte glaubte
(was mich an seine Ausflüge in die rosenkreuzerische Kos-
mologie erinnerte).

Ich hatte mir die Ungläubigkeit zu einer wissenschaftlichen Pflicht gemacht, aber nun mußte ich auch den Meistern mißtrauen, die mich gelehrt hatten, ungläubig zu werden. Ich bin wie Amparo, sagte ich mir: ich glaube nicht daran, aber ich falle darauf herein. Und ich ertappte mich beim Nachdenken darüber, daß die Höhe der Großen Pyramide im Grunde ja wirklich ein Milliardstel der Entfernung Erde-Sonne betrug, oder daß es ja tatsächlich Analogien zwischen keltischer und indianischer Mythologie gab. Und so begann ich, alles und jedes, was mich umgab, zu befragen, die Häuser, die Firmenschilder, die Wolken am Himmel und die Abbildungen in den Büchern, um ihnen nicht ihre eigene Geschichte, sondern eine andere zu entlocken, eine, die sie gewiß verbargen, aber die sie letztlich gerade aufgrund und kraft ihrer mysteriösen Ähnlichkeiten enthüllten.

Es rettete mich Lia, jedenfalls für den Moment.

Ich hatte ihr alles (oder fast alles) von unserem Ausflug nach Piemont erzählt, und jeden Abend kam ich mit neuen kuriosen Entdeckungen heim, um sie in meine Kartei der Querverweise einzutragen. »Iß, du bist dünn wie ein Nagel«, lautete ihr Kommentar. Eines Abends setzte sie sich seitlich neben mich an den Schreibtisch, teilte die Mähne in der Mitte der Stirn, um mir gerade in die Augen zu sehen, und legte die Hände in den Schoß, wie es Hausfrauen tun. So hatte sie sich noch nie hingesetzt: die Beine gespreizt, so daß der Rock sich über den Knien spannte. Nicht sehr anmutig, dachte ich. Aber dann sah ich in ihr Gesicht, und es schien mir zu leuchten, übergossen von einer zarten Färbung. Und ich hörte ihr – noch ohne zu wissen warum – mit Respekt zu.

»Pim«, sagte sie, »mir gefällt die Art nicht, wie du mit dieser Manuzio-Geschichte umgehst. Erst hast du Fakten gesammelt, wie andere Leute Muscheln sammeln. Jetzt scheint es, als ob du Lottozahlen ankreuzt.«

»Das ist bloß, weil ich mich mit denen mehr amüsiere.«

»Du amüsierst dich nicht. Du bist fasziniert. Das ist was anderes. Paß auf, die machen dich krank.«

»Jetzt übertreib nicht. Krank sind höchstens die selber. Man wird nicht verrückt, wenn man als Pfleger in der Klapsmühle arbeitet.«

»Das wäre erst noch zu beweisen.«

»Ich habe den Analogien immer mißtraut, das weißt du.

Und jetzt bin ich auf einmal mitten in einem Fest von Analogien, einem Coney Island, einem Ersten Mai in Moskau, einem Heiligen Jahr der Analogien, und dabei stelle ich fest, daß einige besser als andere sind, und frage mich, ob es dafür nicht zufällig einen Grund gibt.«

»Pim«, sagte Lia, »ich hab mir deine Karteikarten angesehen. Ich bin es ja, die sie hinterher wieder ordnen muß. Was immer deine Diaboliker auch entdecken, es ist alles schon hier, schau her«, und sie klopfte sich auf den Bauch, an die Hüften, auf die Schenkel und an die Stirn. So wie sie dasaß, breitbeinig, mit gestrafftem Rock, frontal vor mir, erschien sie mir wie eine stämmige, blühende Amme – sie, die so zart und biegsam war –, denn eine ruhige Klugheit erleuchtete sie von innen mit matriarchalischer Autorität.

»Pim, es gibt keine Archetypen, es gibt nur den Körper. Das Innen ist schön, weil da drinnen im Bauch das Kind heranwächst, dein Piephahn schlüpft da fröhlich hinein, und die gute, wohlschmeckende Speise sinkt da hinunter, und darum sind schön und wichtig die Höhle, die Schlucht, der Gang, der Untergrund und sogar das Labyrinth, das genauso beschaffen ist wie unsere guten und heiligen Eingeweide, und wenn jemand was Wichtiges erfinden muß, dann läßt er's von da drinnen kommen, weil auch du von da drinnen gekommen bist am Tage deiner Geburt, und die Fruchtbarkeit ist immer in einem Loch, wo erst etwas verfault, und dann siehe da, ein kleiner Chinese, eine Dattelpalme, ein Affenbrotbaum. Aber oben ist besser als unten, weil wenn du auf dem Kopf stehst, fließt dir das Blut in den Kopf, weil die Füße stinken und die Haare weniger, weil es besser ist, auf einen Baum raufzuklettern, um Früchte zu pflücken, als unter der Erde zu liegen, um die Würmer zu mästen, weil du dir selten weh tust, wenn du dich aufrichtest (du mußt schon wirklich unter dem Dach sein), und gewöhnlich tust du dir weh, wenn du irgendwo runterfällst, und deswegen ist das Oben himmlisch und das Unten teuflisch. Aber weil ja auch wahr ist, was ich zuerst über meinen Bauch gesagt habe, ist eben beides wahr, das Unten und Drinnen ist im einen Sinn schön, und im anderen Sinn ist das Oben und Draußen schön, und das hat nichts mit dem Geist des Merkur und dem universalen Widerspruch zu tun. Das Feuer hält warm, und die Kälte bringt dir eine Lungenentzündung ein, besonders wenn du ein Gelehrter vor viertausend Jahren bist, und folglich hat das Feuer geheimnisvolle Kräfte, auch weil es dir das Suppenhuhn gar macht. Aber die Kälte konserviert dir das Huhn, und wenn du das Feuer berührst, macht es dir eine böse Brandblase. Also wenn du an eine Sache denkst, die sich seit Jahrtausenden hält, wie die Weisheit, dann mußt du sie auf einem Berg denken, hoch oben (was gut ist, wie wir gesehen haben), aber oben in einer Höhle (was genauso gut ist) und in der ewigen Kälte des tibetanischen Schnees (was optimal ist). Und wenn du dann wissen willst, wieso die Weisheit aus dem Orient kommt und nicht aus den Schweizer Alpen – na, ganz einfach, weil der Körper deiner Urahnen morgens früh, wenn er aufwachte und es noch dunkel war, nach Osten schaute in der Hoffnung, daß die Sonne dort wieder aufging und es nicht regnen würde, verdammter Mist.«

»Ja, Mama.«

»Ja sicher, mein Kind. Die Sonne ist gut, weil sie dem Körper guttut und keine Zicken macht, sondern brav jeden Tag wieder aufgeht, und darum ist alles gut, was wiederkehrt und nicht bloß einmal vorbeischaut und dann ade, auf Nimmerwiedersehen. Und die beste Art, an einen Ort zurückzukehren, ohne denselben Weg zweimal zu gehen, ist im Kreis zu gehen, und weil das einzige Tier, das sich im Kreise ringelt, die Schlange ist, deshalb gibt es so viele Schlangenkulte und -mythen, denn es ist schwierig, sich die Wiederkehr der Sonne mit einem geringelten Flußpferd vorzustellen. Außerdem, wenn du eine Zeremonie zur Anrufung der Sonne machen mußt, tust du gut daran, dich im Kreis zu bewegen, weil wenn du dich auf einer geraden Linie bewegst, entfernst du dich, und die Zeremonie wird sehr kurz. Und es gibt noch einen anderen Grund, warum der Kreis die beste Form für einen Ritus ist, was auch die Feuerschlucker auf den Marktplätzen wissen, weil nämlich bei einem Kreis alle gleich gut sehen können, was in der Mitte passiert, während wenn ein ganzer Stamm sich auf einer geraden Linie aufstellen würde wie ein Trupp Soldaten, dann würden die weiter Entfernten nichts mehr sehen, und deswegen sind der Kreis und die Kreisbewegung und die zyklische Wiederkehr in allen Kulten und Riten fundamental.«

»Ja, Mama.«

»Ja sicher. Und jetzt zu den magischen Zahlen, die deinen Autoren so sehr gefallen. Die Eins bist du, der du einer bist und nicht zwei, eins ist dein Dingsda, und eins ist mein Dingsda, eine ist deine Nase und eins dein Herz, woran du siehst, wie viele wichtige Dinge nur einmal da sind. Und zwei sind die Augen, die Ohren, die Nasenlöcher, meine Brüste und deine Eier, die Beine, die Arme und die Pobacken. Die Drei ist magischer als alles andere, weil unser Körper sie nicht kennt, wir haben nichts, was dreimal vorkommt, und deswegen muß die Drei eine höchst geheimnisvolle Zahl sein, die wir Gott zuschreiben, egal wo wir leben. Aber wenn du's genau bedenkst, ich hab nur eine Dingsda und du hast nur einen Dingens – still, laß jetzt die Witzeleien –, und wenn wir unsere beiden Dinger zusammentun, kommt ein neues Dingelchen raus, und wir sind drei. Was meinst du, muß da erst ein Universitätsprofessor kommen, um zu entdecken, daß alle Pole ternäre Strukturen haben, Trinitäten oder solche Sachen? Aber die Religionen sind nicht mit dem Computer gemacht worden, sondern von ganz normalen Leuten, die ganz normal gevögelt haben, und all diese trinitarischen Strukturen sind kein Mysterium, sondern die Erzählung von dem, was du und ich machen und was sie gemacht haben. Klar? Also weiter. Zwei Arme und zwei Beine machen zusammen vier, und deswegen ist auch die Vier eine schöne Zahl, besonders wenn du bedenkst, daß die Tiere vier Beine haben und daß die kleinen Kinder auf vier Beinen laufen, wie schon die Sphinx wußte. Von der Fünf brauchen wir nicht zu reden, fünf sind die Finger der Hand, und mit zwei Händen hast du die andere magische Zahl, die Zehn, weshalb es notwendigerweise auch zehn Gebote sein müssen, denn stell dir vor, es wären zwölf, und der Priester sagt erstens, zweitens, drittens und zählt sie mit den Fingern auf, dann müßte er sich für die beiden letzten Gebote die Finger des Küsters ausleihen. Jetzt nimm den Körper und zähl mal alles, was aus dem Rumpf rausragt. Mit Armen, Beinen, Kopf und Penis sind es sechs Sachen, aber bei der Frau sind es sieben, und deswegen, scheint mir, ist die Sechs von deinen Autoren nie richtig ernst genommen worden, höchstens als Verdoppelung der Drei, weil sie nur bei den Männern funktioniert, die keine Sieben haben, und wenn sie kommandieren, ziehen sie's vor, die Sieben als heilige Zahl zu sehen, wobei sie vergessen, daß auch meine Titten vorspringen, aber egal. Acht – mein Gott, wir haben nichts mit acht am Leib... nein, warte, wenn man die Extremitäten nicht als je eine zählt, sondern als zwei, dann haben wir wegen der Ellbogen und der Knie acht große lange Knochen, die rausragen, und nimm diese acht plus den Rumpf, und du hast neun, und wenn du den Kopf dazunimmst, kommst du auf zehn. Und so kannst du weitermachen, immer rund um den Körper herum, und kommst auf jede Zahl, die du willst, denk nur mal an die Löcher.«

»Die Löcher?«

»Ja, wie viele Löcher hat dein Körper?«

»Hmm…« Ich zählte an mir: »Zwei Augen, zwei Ohren, zwei Nasenlöcher, ein Mund, ein Arschloch… Acht.«

»Siehst du? Noch ein Grund, warum die Acht eine schöne Zahl ist. Aber ich habe neun! Und mit dem neunten lasse ich dich zur Welt kommen, und deshalb ist die Neun göttlicher als die Acht! Und willst du die Erklärung für weitere Figuren, die immer wiederkehren? Willst du die Anatomie der Menhire, von denen deine Autoren andauernd reden? Bei Tag steht man aufrecht und nachts liegt man flach, das gilt auch für dein Dingsda – nein, sag mir jetzt nicht, was dein Dingsda nachts macht, Tatsache ist, daß es im Stehen arbeitet und sich im Liegen ausruht. Und deswegen ist die vertikale Stellung das Leben und steht in Beziehung zur Sonne, und die Obelisken ragen genauso empor wie die Bäume, während die horizontale Stellung und die Nacht der Schlaf sind und folglich der Tod, und alle verehren Menhire und Pyramiden und Säulen, und niemand verehrt Balkone und Balustraden. Hast du jemals von einem archaischen Kult des heiligen Geländers gehört? Na bitte! Und nicht bloß, weil's der Körper dir nicht erlaubt: wenn du einen senkrechten Stein anbetest, kann jeder ihn sehen, auch wenn ihr viele seid, aber wenn du was Horizontales anbetest, dann sehen es nur die in der ersten Reihe, und die andern drängeln von hinten und rufen ich auch, ich auch, und das ist kein schönes Bild für eine magische Zeremonie…«

»Aber die Flüsse…«

»Die Flüsse werden nicht angebetet, weil sie horizontal sind, sondern weil da Wasser drin fließt, und du wirst doch nicht wollen, daß ich dir die Beziehung zwischen dem Wasser und dem Körper erkläre… Tja, siehst du, wir sind eben so gebaut, wir Menschen, wir alle, wir haben alle den gleichen Körper, und deshalb erfinden wir alle die gleichen Symbole, auch wenn wir Millionen Kilometer voneinander entfernt sind, und alles ist zwangsläufig ähnlich, und nun kapierst du auch, daß Leute mit Grips im Kopf, wenn sie den Ofen des Alchimisten sehen, der rundum zu ist und innen warm, dann denken sie an den Mutterleib, der das Kind hervorbringt, und nur deine Diaboliker sehen die Madonna mit dem Kind im Leib und denken, sie wäre eine Anspielung auf den Alchimistenofen. So haben sie Jahrtausende mit der Suche nach einer verborgenen Botschaft verbracht, und dabei war alles schon da, sie brauchten nur mal in den Spiegel zu sehen.«

»Du sagst mir immer die Wahrheit. Du bist mein Ich, und das heißt mein Sich, gesehen durch Dich. Ich möchte alle verborgenen Archetypen des Körpers entdecken.« An jenem Abend erfanden wir den Ausdruck »die Archetypen entdecken« für unsere Momente der Zärtlichkeit.

Als ich schon fast eingeschlafen war, berührte mich Lia an der Schulter. »Ich hab was vergessen«, sagte sie. »Ich bin schwanger.«

Hätte ich nur auf Lia gehört! Sie sprach mit der Klugheit derer, die wissen, woher das Leben kommt. Als wir uns in die Untergründe Agartthas wagten, in die Pyramide der Entschleierten Isis, waren wir in Geburah eingetreten, in die Sefirah des Schreckens, den Augenblick, da die Gefäße brechen und der Zorn über die Welt kommt. Hatte ich mich nicht, wenn auch nur für einen Moment, von dem Gedanken an die Sophia verführen lassen? Das Weibliche, sagt Moses Cordovero, ist zur Linken, und all seine Attribute streben zu Geburah... Es sei denn, der Mann nutzte diese Strebungen, um seine Braut zu schmücken, und wendete sie, indem er sie zähmte, zum Guten. Mit anderen Worten, jedes Verlangen muß in seinen Grenzen bleiben. Andernfalls wird Geburah das Strafgericht, der dunkle Schein, die Welt der Dämonen.

Das Verlangen bezähmen... So hatte ich's in Rio gemacht, ich hatte das Agogõ geschlagen, ich hatte am Schauspiel auf seiten der Musiker teilgenommen und mich der Trance entzogen. So hatte ich's auch mit Lia gemacht, ich hatte das Verlangen in die Huldigung vor der Braut eingebunden und war in der Tiefe meiner Lenden dafür belohnt worden, mein Same war gesegnet gewesen.

Aber ich hatte keine Geduld gehabt. Ich war im Begriff, mich von Tifereths Schönheit verführen zu lassen.

6
TIFERETH

64

Zu träumen, man wohne in einer neuen und unbekannten Stadt, heißt, daß man bald sterben wird. Anderswo nämlich wohnen die Toten, und man weiß nicht, wo.

Gerolamo Cardano, Somniorum Synesiorum, Basel 1562, 1, 58

Wenn Geburah die Sefirah der Furcht und des Bösen ist, so ist Tifereth die Sefirah der Schönheit und der Harmonie. Also sprach Diotallevi: Sie ist die erhellende Spekulation, der Baum des Lebens, das Vergnügen, der purpurne Schein. Sie ist die Eintracht von Regel und Freiheit.

Und jenes Jahr war für mich das Jahr des Vergnügens, der spielerischen Umwälzung des großen Textes der Welt, das Jahr, in dem wir die Hochzeit des Überlieferten Wissens mit der Elektronischen Maschine feierten. Wir kreierten und hatten Freude daran. Es war das Jahr, in dem wir den Großen Plan erfanden.

Zumindest für mich, kein Zweifel, war es ein glückliches Jahr. Lias Schwangerschaft ging in heiterer Ruhe voran, von der Arbeit für Garamond und meiner Agentur konnten wir jetzt einigermaßen auskömmlich leben, ich hatte das Büro in der alten Fabrik am Stadtrand behalten, aber wir hatten Lias Wohnung neu eingerichtet.

Das wunderbare Abenteuer der Metalle war mittlerweile in den Händen der Drucker und Korrektoren. Und an diesem Punkt hatte Signor Garamond seine geniale Idee: »Eine illustrierte Geschichte der magischen und hermetischen Wissenschaften! Mit dem Material, das uns die Diaboliker liefern, mit der Kompetenz, die Sie drei inzwischen erworben haben, und mit der Beratung durch diesen unbezahlbaren Doktor Agliè werden Sie in einem Jährchen imstande sein, einen großformatigen Band zusammenzustellen, vierhundert reich illustrierte Seiten, mit Farbtafeln, daß es einem den Atem verschlägt. Unter Verwendung auch großer Teile des Bildmaterials für die Geschichte der Metalle.«

»Ja, aber«, wandte ich ein, »das Material ist verschieden. Was fange ich mit dem Foto eines Zyklotrons an?«

»Was Sie damit anfangen? Phantasie, Casaubon, Phantasie! Was passiert in diesen Atommaschinen, diesen megatroni-

431

schen Positronen oder wie die heißen? Die Materie wird gerührt und geknetet, man streut Parmesan drauf, und raus kommen Quarks, Schwarze Löcher, zentrifugiertes Uran oder was weiß ich! Die stoffgewordene Magie, Hermes und Alkermes – na schließlich sind Sie es, der mir die Antwort geben soll! Links der alte Stich von Paracelsus, der Zauberer in seiner Alchimistenküche mit seinen Destillierkolben, auf Goldgrund, und rechts die Quasare, der Mixer für schweres Wasser, die gravitational-galaktische Antimaterie, ja muß ich denn alles selber machen? Der wahre Magier ist nicht der, der nichts kapiert und mit verbundenen Augen im Nebel herumstochert, sondern der Wissenschaftler, der der Materie ihre verborgenen Geheimnisse entreißt. Es gilt, das Wunderbare rings um uns zu entdecken, den Verdacht zu wecken, daß die Astronomen auf dem Mount Palomar mehr wissen, als sie sagen...«

Um mich zu motivieren, erhöhte er mein Gehalt in beinahe spürbarer Weise. Also machte ich mich mit Feuereifer an die Entdeckung der Miniaturen des *Liber Solis* von Trismosin, des *Liber Mutus*, des Pseudo-Lullus. Ich füllte Schnellhefter mit Drudenfüßen, Sefiroth-Bäumen, Dekanen und Talismanen. Ich streifte durch die entlegensten Säle der Bibliotheken, ich kaufte Dutzende von Büchern in jenen Läden, die früher einmal die Kulturrevolution verkauft hatten.

Unter den Diabolikern bewegte ich mich inzwischen mit der Unbefangenheit eines Psychiaters, der seinen Patienten zugetan ist und die Brisen balsamisch findet, die durch den weiten Park seiner Privatklinik wehen. Nach einer Weile beginnt er, Texte über den Wahn zu schreiben, dann wahnhafte Texte. Er merkt nicht, daß seine Kranken ihn angesteckt haben – er glaubt, er wäre ein Künstler geworden. So entstand die Idee des Großen Plans.

Diotallevi machte das Spiel mit, da es für ihn eine Form des Gebetes war. Was Belbo anging, glaubte ich damals, daß er sich genauso wie ich amüsierte. Erst jetzt begreife ich, daß er kein echtes Vergnügen daran fand. Er machte mit, so wie einer Nägel kaut.

Oder aber er spielte, um wenigstens eine jener falschen Adressen zu finden, oder jene Bühne ohne Rampe, von denen er in seinem *file* namens »Traum« spricht. Ersatztheologien für einen Engel, der nie ankommen wird.

Ich weiß nicht mehr, ob ich einen im andern geträumt habe, ob die Träume einander in derselben Nacht folgen, oder ob sie Nacht für Nacht alternieren.

Ich suche nach einer Frau, einer Frau, die ich kenne, mit der ich enge Beziehungen hatte, so enge, daß ich gar nicht begreifen kann, wieso ich sie gelockert habe – ich, indem ich mich nicht mehr sehen ließ. Es kommt mir ganz unbegreiflich vor, daß ich so viel Zeit habe vergehen lassen. Ich suche gewiß nach ihr, genauer: nach ihnen, die Frau ist nicht nur eine, es sind viele, die ich alle auf die gleiche Weise verloren habe, alle durch meine Nachlässigkeit – und ich bin von Zweifeln erfüllt, und eine einzige würde mir schon genügen, denn eines weiß ich: durch ihren Verlust habe ich sehr viel verloren. In der Regel kann ich das Notizbuch, in dem die Telefonnummer steht, nicht finden oder habe es nicht mehr oder kann mich nicht entschließen, es aufzuschlagen, und wenn ich's doch aufschlage, ist es, als ob ich weitsichtig wäre, ich kann die Namen nicht lesen.

Ich weiß, wo sie ist, oder besser, ich weiß nicht, an welchem Ort, aber ich weiß, wie er aussieht, ich habe eine klare Erinnerung an eine Treppe, einen Hauseingang, eine Wohnungstür. Ich laufe nicht durch die Stadt, um den Ort wiederzufinden, ich fühle mich eher erstarrt vor Angst, blockiert, ich zerbreche mir den Kopf darüber, wie ich es zulassen oder gar wollen konnte, daß die Beziehung erlosch – womöglich, indem ich das letzte Rendezvous versäumte. Ich bin sicher, daß sie auf einen Anruf von mir wartet. Wenn ich nur wüßte, wie sie heißt, ich weiß sehr gut, wer sie ist, ich kann mich nur nicht mehr auf ihr Gesicht besinnen.

Manchmal, im Halbschlaf hinterher, hadere ich mit dem Traum. Denk nach, erinnere dich, sage ich mir, du kannst dich sehr gut an alles erinnern, du hast mit allem ordentlich abgeschlossen oder hattest gar nicht erst angefangen. Da ist nichts Unerledigtes in deinem Leben, nichts Verlorengegangenes, nichts, wovon du nicht wüßtest, wo es geblieben ist. Da ist nichts.

Bleibt der Verdacht, ich könnte etwas vergessen, in den Falten der Eile liegengelassen haben, so wie man einen

Geldschein oder einen Zettel mit einer wichtigen Notiz in einer Gesäßtasche oder einer alten Jacke vergißt, und erst später geht einem auf, daß gerade dies die allerwichtigste Sache war, die entscheidende, die einzige.

Von der Stadt habe ich ein klareres Bild. Es ist Paris, ich bin am linken Seineufer, und ich weiß, wenn ich über den Fluß ginge, würde ich mich auf einem Platz befinden, der die Place des Vosges sein könnte... nein, offener, denn im Hintergrund steht eine Art Madeleine. Wenn ich den Platz überquere und hinter den Tempel gehe, finde ich eine Straße (mit einem Antiquariat an der Ecke), die im Bogen nach rechts abbiegt zu einer Reihe kleiner Gassen, und da bin ich bestimmt im Barrio Gótico von Barcelona. Man könnte hinausgelangen auf eine breite Allee voller Lichter, und an dieser Allee, ich erinnere mich mit einer Deutlichkeit, als ob ich es vor mir sähe, ist rechts, am Ende einer schmalen Sackgasse, das Theater.

Ungewiß bleibt, was an jenem Ort der Freuden geschieht, sicher etwas leicht und fröhlich Verruchtes, wie ein Striptease (deshalb wage ich nicht, mich zu erkundigen), etwas, worüber ich schon genug weiß, um wieder hinzuwollen, voller Erregung. Aber vergeblich, in Richtung Chatham Road geraten die Straßen durcheinander.

Ich erwache mit dem Nachgeschmack dieser verpaßten Begegnung. Ich kann mich nicht damit abfinden, nicht zu wissen, was ich verloren habe.

Manchmal bin ich in einem großen Haus auf dem Land. Es ist weitläufig, aber ich weiß, daß es da noch einen anderen Flügel gibt, und ich kann ihn nicht mehr finden, als ob die Durchgänge zugemauert wären. Und in jenem anderen Flügel sind Zimmer und Zimmer, ich habe sie einmal sehr deutlich gesehen, es ist unmöglich, daß ich sie bloß in einem anderen Traum geträumt habe, Zimmer mit alten Möbeln und verblaßten Stichen an den Wänden, mit Tischchen, auf denen altmodische kleine Spielzeugtheater aus bemalten Kartonpapier stehen, und Sofas, auf denen große bestickte Decken liegen, und Regale voller Bücher, alle Jahrgänge des Illustrierten Journals der Reisen und Abenteuer zu Land und zur See, es stimmt gar nicht, daß sie völlig zerlesen sind und die Mama sie dem Lumpensammler gegeben hat. Ich frage mich, wer die Treppen und Korridore durcheinandergebracht haben mag und warum es gerade hier ist, wo ich mir gern mein Buen Retiro erbauen würde, in diesem Geruch von kostbarem altem Trödel.

Warum kann ich nicht wie alle andern von der Abiturprüfung träumen?

65

Es war ein quadratischer Apparat von zwanzig Fuß Seitenlänge in der Mitte des Raumes. Die Oberfläche bestand aus lauter würfelförmigen Holzstückchen in verschiedener Größe, die durch dünne Drähte miteinander verbunden und auf jeder Seite mit Papier beklebt waren. Auf diesem Papier standen alle Wörter ihrer Sprache in ihren verschiedenen Modi, Konjugationen und Deklinationen, aber ohne jede Ordnung... Auf ein Kommando des Professors ergriffen die Schüler nun jeder eine der vierzig eisernen Kurbeln, die rings um den Rahmen angebracht waren, und gaben ihr eine rasche Drehung, so daß sich die Ordnung der Wörter schlagartig änderte. Alsdann befahl der Professor *sechsunddreißig* Schülern, die Zeilen zu lesen, so wie sie auf dem Rahmen erschienen, und wenn sie drei oder vier zusammenhängende Wörter fänden, die einen Satzteil bilden könnten, sie den vier anderen Schülern zu diktieren...

Jonathan Swift, *Gullivers Reisen*, III, 5

Ich glaube, daß Belbo beim Nachsinnen über den Traum erneut auf den Gedanken der versäumten Gelegenheit gekommen war, und damit auf sein Verzichtgelöbnis als Strafe für seine Unfähigkeit, den richtigen Augenblick – falls es ihn je gegeben hatte – zu ergreifen. Den Großen Plan begann er, weil er sich damit abgefunden hatte, fiktive Augenblicke zu konstruieren.

Ich hatte ihn nach einem Text gefragt, ich weiß nicht mehr welchem, und er hatte auf seinem Schreibtisch gekramt, in einem Stapel von abenteuerlich hochgetürmten, ohne Rücksicht auf Schwere und Größe übereinandergehäuften Manuskripten. Nach einer Weile hatte er den gesuchten Text entdeckt und versucht, ihn herauszuziehen, wobei der ganze Stapel ins Kippen geraten und vom Tisch gestürzt war. Die Mappen waren aufgegangen, und die losen Blätter hatten sich kunterbunt durcheinander über den Boden verstreut.

»Wär's nicht besser gewesen, Sie hätten erst mal die obere Hälfte abgehoben?« fragte ich ihn. Verlorene Liebesmüh, er machte es immer so.

Und er antwortete unweigerlich: »Das sammelt Gudrun heute abend auf. Sie muß schließlich eine Aufgabe im Leben haben, sonst verliert sie ihre Identität.«

Diesmal war ich jedoch persönlich an der Rettung der Manuskripte interessiert, da ich nun zum Hause gehörte. »Aber Gudrun ist nicht imstande, sie wieder richtig zu ordnen. Sie wird die falschen Blätter in die falschen Ordner legen.«

»Wenn Diotallevi Sie hörte, würde er frohlocken. So kommen andere Bücher zustande, eklektische, zufällige. Das liegt in der Logik der Diaboliker.«

»Aber wir wären in der Situation der Kabbalisten. Jahrtausende, um die richtige Kombination zu finden. Mit Ihrer Methode setzen Sie einfach Gudrun an die Stelle des Affen, der in Ewigkeit auf der Schreibmaschine herumhackt. Der Unterschied liegt nur in der Dauer. Vom Standpunkt der Evolution aus hätten wir nichts gewonnen. Gibt es kein Programm, das Abulafia befähigt, diese Arbeit zu tun?«

Inzwischen war Diotallevi hereingekommen.

»Klar gibt es eins«, sagte Belbo, »und theoretisch erlaubt es die Eingabe von bis zu zweitausend Daten. Man muß sich nur hinsetzen und sie schreiben. Angenommen, die Eingabedaten sind Verse möglicher Gedichte. Das Programm fragt, wie viele Verse ein Gedicht haben soll, und Sie entscheiden – zehn, zwanzig, hundert. Dann nimmt das Programm die Zahl der Sekunden aus der Uhr im Computer und randomisiert sie, was in einfachen Worten heißt: es gewinnt daraus eine Formel für immer neue Kombinationen. Mit zehn Versen können Sie Tausende und Abertausende von Zufallsgedichten bekommen. Gestern habe ich ein paar Verse eingegeben, solche wie *Füllest wieder Busch und Tal*, *Schwer sind meine Lider*, *Krächzt der Rabe: Nimmermehr*, *Wenn die Aspidistra wollte*, *Reich mir die Hand, mein Leben* und dergleichen. Hier ein paar Resultate.«

Ich zähle die Nächte, es tönt das Sistrum
Jenseits des Heckenzaunes
Jenseits des Heckenzaunes...
Wenn die Aspidistra wollte...

Aus dem Herzen der Dämmrung (o Herz),
du linkischer Albatros

(wenn die Aspidistra wollte…)
Jenseits des Heckenzaunes.

Füllest wieder Busch und Tal,
ich zähle die Nächte, es tönt das Sistrum,
krächzt der Rabe: Nimmermehr
Füllest wieder Busch und Tal.

»Natürlich gibt es Wiederholungen, das war nicht zu vermeiden, es sieht so aus, als würde das Programm sonst ein bißchen zu kompliziert. Aber auch die Wiederholungen haben einen poetischen Sinn.«

»Interessant«, meinte Diotallevi. »Das versöhnt mich mit deiner Maschine. Demnach, wenn ich ihr die ganze Torah eingeben und dann befehlen würde, sie – wie heißt der Ausdruck? – zu randomisieren, dann würde sie echte Temurah machen und die Verse des Buches ganz neu kombinieren?«

»Sicher, ist nur eine Frage der Zeit. In ein paar Jahrhunderten wärst du fertig.«

»Aber«, sagte ich, »wenn man statt dessen ein paar Dutzend Kernsätze aus den Werken der Diaboliker eingibt, zum Beispiel *Die Templer sind nach Schottland geflohen*, oder *Das Corpus hermeticum gelangte 1460 nach Florenz*, und dazu ein paar Verbindungsfloskeln wie *es ist evident, daß*, oder *dies beweist, daß*, dann könnten wir aufschlußreiche Sequenzen bekommen. Man bräuchte nur noch die Lücken zu füllen, oder man wertet die Wiederholungen als Wahrsagungen, Anregungen, Ermahnungen. Schlimmstenfalls erfinden wir auf diese Weise ein ganz neues Kapitel der Geschichte der Magie.«

»Genial«, sagte Belbo. »Fangen wir gleich an.«

»Nein, es ist schon sieben. Morgen.«

»Ich mach's gleich heute abend. Helfen Sie mir noch einen Moment. Nehmen Sie aufs Geratewohl zwei Dutzend dieser Blätter vom Boden, lesen Sie mir den ersten Satz vor, auf den Ihr Blick fällt, und den gebe ich dann als Datum ein.«

Ich bückte mich und nahm ein Blatt: »Joseph von Arimathia bringt den Gral nach Frankreich.«

»Hervorragend, ist notiert. Weiter!«

»Nach der templerischen Tradition hat Gottfried von Bouillon in Jerusalem das Großpriorat von Zion gestiftet. Debussy war ein Rosenkreuzer.«

»Entschuldigung«, sagte Diotallevi, »aber man muß auch ein paar neutrale Daten einfügen, zum Beispiel: Der Koala lebt in Australien, oder: Papin ist der Erfinder des Dampfkochtopfs.«

»Minnie ist die Verlobte von Mickymaus«, schlug ich vor.

»Übertreiben wir nicht.«

»Doch, übertreiben wir. Wenn wir anfangen einzuräumen, daß auch nur eine einzige Gegebenheit im Universum existieren könnte, die nicht etwas anderes enthüllt, sind wir schon außerhalb des hermetischen Denkens.«

»Stimmt. Also rein mit Minnie. Und wenn ihr gestattet, ich würde ein fundamentales Grunddatum einfügen: Die Templer sind immer im Spiel.«

»Keine Frage«, bestätigte Diotallevi.

Wir machten noch ein halbes Stündchen so weiter. Dann war es wirklich spät. Aber Belbo sagte, wir sollten ruhig gehen, er werde allein weitermachen. Gudrun kam herein, um zu sagen, sie werde jetzt abschließen, Belbo teilte ihr mit, daß er noch arbeiten wolle, und bat sie, die Papiere vom Boden aufzulesen. Gudrun grummelte einige Laute, die ebensogut zum flexionslosen Latein wie zum entlegensten Cheremis gehören konnten und wohl in beiden Mißbilligung und Verdruß ausdrückten – ein Zeichen für die universale Verwandtschaft aller Sprachen, die allesamt von einer einzigen adamitischen Ursprache abstammen. Doch sie gehorchte und randomisierte besser als jeder Computer.

Am nächsten Morgen empfing uns Belbo strahlend. »Es funktioniert«, rief er. »Es funktioniert und erbringt unverhoffte Resultate. Hier, bitte sehr.« Er reichte uns den gedruckten Output.

> Die Templer sind immer im Spiel.
> Das Folgende ist nicht wahr:
> Jesus ist unter Pontius Pilatus gekreuzigt worden.
> Der weise Hormus gründete in Ägypten die Rosenkreuzer.
> Es gibt Kabbalisten in der Provence.
> Wer vermählte sich auf der Hochzeit zu Kana?
> Minnie ist die Verlobte von Mickymaus.
> Daraus folgt, daß

Wenn
Die Druiden verehrten schwarze Jungfrauen,
Dann
Simon Magus erkennt die Sophia in einer Prostituierten
von Tyrus.
Wer vermählte sich auf der Hochzeit zu Kana?
Die Merowinger nannten sich Könige von Gottes
Gnaden.
Die Templer sind immer im Spiel.

»Ein bißchen konfus«, meinte Diotallevi.

»Du mußt die Verbindungen sehen. Und bitte beachte die
zweimal auftauchende Frage: Wer vermählte sich auf der
Hochzeit zu Kana? Die Wiederholungen sind magische
Schlüssel. Natürlich hab ich's ein bißchen vervollständigt,
aber die Wahrheit zu vervollständigen ist das Recht des
Initiierten. Hier also meine Interpretation: Jesus ist nicht
gekreuzigt worden, und deshalb spuckten die Templer auf
das Kruzifix. Die Sage des Joseph von Arimathia enthält eine
tiefere Wahrheit: Jesus, und nicht der Gral, ist in Frankreich
bei den provenzalischen Kabbalisten gelandet. Jesus ist die
Metapher des Königs der Welt, des wirklichen Gründers der
Rosenkreuzer. Und mit wem ist Jesus in Frankreich gelandet? Mit seiner Gattin! Warum wird in den Evangelien nicht
gesagt, wer sich auf der Hochzeit zu Kana vermählte? Nun,
weil es die Hochzeit Jesu war, eine Hochzeit, von der man
nicht sprechen durfte, weil er eine öffentliche Sünderin ehe-
lichte, nämlich Maria Magdalena. Deshalb suchen seither alle
Erleuchteten, von Simon Magus bis zu Guillaume Postel, das
Prinzip des Ewig Weiblichen in den Bordellen. Und deshalb
ist Jesus der wahre Stammvater des französischen Königshauses.«

66

Wenn unsere Hypothese zutrifft, war der Heilige Gral... das Geschlecht und die Nachkommenschaft Jesu, das »Sang real« oder »Königsblut«, dessen Hüter die Templer waren... Zugleich mußte der Heilige Gral im Wortsinne das Gefäß sein, welches das Blut Jesu aufgenommen und enthalten hatte. In anderen Worten, er mußte der Schoß der Magdalena sein.

M. Baigent, R. Leigh, H. Lincoln, *The Holy Blood and the Holy Grail*, London, Cape, 1982, XIV

»Hm«, machte Diotallevi, »niemand würde dich ernst nehmen.«

»Im Gegenteil, man könnte ein paar hunderttausend Exemplare davon verkaufen«, sagte ich düster. »Die Geschichte existiert wirklich, sie ist so geschrieben worden, mit winzigen Abweichungen. Es handelt sich um ein Buch über das Mysterium des Grals und die Geheimnisse von Rennes-le-Château. Statt immer nur Manuskripte zu lesen, sollten Sie auch mal Bücher lesen, die anderswo schon erschienen sind.«

»Heilige Seraphim!« rief Diotallevi. »Ich hab's doch gesagt, diese Maschine sagt immer nur, was alle schon wissen.« Sprach's und ging unversöhnt hinaus.

»Und sie nützt doch!« sagte Belbo pikiert. »Mir ist eine Idee gekommen, die auch andere schon hatten? Na und? Wir sind eben bei der literarischen Polygenese. Signor Garamond würde sagen, das ist der Beweis für die Wahrheit dessen, was ich gesagt habe. Diese Autoren müssen jahrelang über dem Problem gebrütet haben, und ich hab's an einem Abend gelöst.«

»Ich stehe auf Ihrer Seite, das Spiel ist der Mühe wert, es hat etwas Zündendes. Aber ich glaube, die Regel ist, daß man viele Daten einfügen muß, die nicht von den Diabolikern stammen. Das Problem ist nicht, okkulte Verbindungen zwischen Debussy und den Templern zu finden. Das tun alle. Das Problem ist, okkulte Beziehungen zwischen, sagen wir, der Kabbala und den Zündkerzen im Auto zu finden.«

Ich hatte das nur so hingesagt, aber es brachte Belbo auf eine Spur. Am nächsten Morgen erzählte er mir davon.

»Sie hatten ganz recht. Jede Gegebenheit wird bedeutsam, wenn man sie mit einer andern verbindet. Die Verbindung ändert die Perspektive. Sie bringt einen auf den Gedanken, daß alle Erscheinungen in der Welt, jede Stimme, jedes geschriebene oder gesprochene Wort nicht das bedeuten, was sie zu bedeuten scheinen, sondern von einem Geheimnis sprechen. Das Kriterium ist simpel: Man muß argwöhnen, immer nur argwöhnen. Geheime Botschaften kann man auch aus einem Einbahnstraßenschild herauslesen.«

»Sicher. Manichäischer Moralismus. Abscheu vor der Reproduktion. Durchfahrt verboten, weil sie eine Täuschung des Demiurgen ist. Nicht auf diesem Wege wird man den Rechten Weg finden.«

»Gestern abend ist mir ein altes Lehrbuch für die Führerscheinprüfung in die Hände gefallen, so eins mit technischen Erläuterungen über den Aufbau des Automobils. Es mag am Dämmerlicht gelegen haben oder an dem, was Sie mir gesagt hatten, jedenfalls kam mir sofort der Verdacht, daß diese Seiten insgeheim etwas anderes besagten. Wie, wenn das Automobil nur als eine Metapher der Schöpfung existierte? Freilich darf man sich nicht auf das Äußere beschränken oder auf das Trugbild des Armaturenbretts, man muß auch sehen können, was nur der Artifex sieht, nämlich das, was sich darunter verbirgt. Das Untere ist wie das Obere. Das Automobil ist der Sefiroth-Baum.«

»Was Sie nicht sagen!«

»Nicht ich sage das, es selber sagt es. Erstens ist die Motorwelle, die ja nicht zufällig in so vielen Sprachen *arbor* heißt (*arbre moteur, albero motore* etc.), wie das Wort sagt, eben ein Baum. Gut, jetzt nehmen Sie den Motor als Kopf, die zwei Vorderräder, die Kupplung, das Getriebe, zwei Gelenke, das Differential und die zwei Hinterräder. Zehn Gliederungen, wie die Sefiroth.«

»Aber die Positionen stimmen nicht überein.«

»Wer sagt das? Diotallevi hat uns erklärt, daß Tifereth in manchen Versionen nicht die sechste, sondern die achte Sefirah war, unter Nezach und Hod. Mein Baum ist eben der von Belboth, eine andere Tradition.«

»Fiat.«

»Nun folgen wir der Dialektik des Baumes. Oben ist der Motor, omnia movens, der Allbeweger, oder sagen wir: der Kreative Born. Der Motor überträgt seine kreative Energie auf die zwei Höheren Räder – das Rad des Verstandes und das Rad der Weisheit.«

»Ja, wenn das Auto Frontantrieb hat...«

»Das Schöne am Baum von Belboth ist, daß er metaphysische Alternativen erlaubt. Er ist das Bild eines spirituellen Kosmos mit Frontantrieb, in dem der vorne liegende Motor seinen Willen unverzüglich auf die zwei Höheren Räder überträgt, und er ist in der materialistischen Version das Bild eines degradierten Kosmos, in dem die Bewegung von einem Fernen Beweger auf die zwei Niederen Räder übertragen wird – aus den Tiefen der kosmischen Emanation werden die niederen Kräfte der Materie freigesetzt.«

»Und bei einem Heckmotor mit Hinterradantrieb?«

»Satanisch. Koinzidenz des Höchsten mit dem Niedrigsten. Gott identifiziert sich mit den Impulsen der rohen hinteren Materie. Gott als ewig frustriertes Streben nach Göttlichkeit. Muß wohl am Bruch der Gefäße liegen.«

»Nicht am Bruch des Auspufftopfs?«

»Das in den Fehlgeschlagenen Universen, wo sich der giftige Atem der Archonten im Kosmischen Äther ausbreitet. Aber verlieren wir uns nicht auf Abwege. Nach dem Motor und den beiden Rädern kommt die Kupplung, das heißt die Sefirah der Gnade, die jenen Strom der Liebe herstellt oder unterbricht, der den Rest des Baumes mit der Himmlischen Energie verbindet. Eine Scheibe, ein Mandala, das ein anderes Mandala streichelt. Dann der Schrein des Wandels – oder das Wechselgetriebe, wie die Positivisten sagen –, der das Prinzip des Bösen ist, da er dem menschlichen Willen erlaubt, den kontinuierlichen Fortgang der Emanation zu verlangsamen oder zu beschleunigen. Deshalb sind automatische Schaltungen teurer, da es bei ihnen der Baum selber ist, der nach dem Prinzip des Souveränen Gleichmaßes entscheidet. Dann kommt ein Gelenk, das bezeichnenderweise den Namen eines Magiers aus der Renaissance trägt, Cardano, und danach ein Kegelradpaar – beachten Sie bitte den Gegensatz zur Vierfalt der Zylinder im Motor –, in dem es einen Kranz gibt (also eine Corona: Kether Minor), der den Antrieb auf die irdischen Räder überträgt. Und hier zeigt sich ganz evident die Funktion der Sefirah der Differenz, auch Differential genannt, die mit majestätischem Sinn für die Schönheit die kosmischen Kräfte auf die beiden Räder des Ruhmes und Sieges verteilt, diesel-

ben, die in einem nicht fehlgeschlagenen Kosmos (mit Frontantrieb) der Bewegung folgen, die von den zwei Erhabenen
Rädern diktiert wird.«

»Die Deutung ist schlüssig. Und das Herz des Motors, der
Ort des Einen, die Krone?«

»Lesen Sie's nur einmal mit den Augen des Initiierten. Der
Höchste Beweger lebt von einer Wechselbewegung der In-
und Exhalation. Ein komplexer göttlicher Atem, bei dem die
Zahl der Einheiten, auch Zylinder genannt (ein evidenter
geometrischer Archetyp), ursprünglich zwei war, dann er-
zeugten sie aus sich heraus einen dritten, und schließlich
betrachten und bewegen sie sich durch wechselseitige Liebe
in der Glorie des vierten. Bei diesem Atmen nun geht im
Ersten Zylinder – doch keiner von ihnen ist Erster aufgrund
einer Hierarchie, sondern stets nur durch wunderbar alter-
nierenden Positions- und Beziehungswechsel –, geht nun,
wie gesagt, der Kolben (in den westlichen Weltsprachen
piston genannt, nach *Pistis Sophia*) vom Oberen Totpunkt
zum Unteren Totpunkt, wobei der Zylinder sich mit Energie
im Reinzustand füllt. Ich vereinfache, denn hier kämen noch
Hierarchien von Engeln ins Spiel, Distributionsagenten oder
Verteiler, die, wie das Lehrbuch hier sagt, ›das Öffnen und
Schließen der Ventile erlauben, die das Innere des Zylinders
in Kommunikation mit den Ansaugrohren für das Gemisch
bringen‹… Die interne Zentrale des Motors kann mit dem
Rest des Kosmos nur durch diese Vermittlung kommunizieren, und hier enthüllt sich vielleicht – doch ich möchte nichts
Häretisches sagen – die originäre Grenze des Einen, der in
gewisser Weise, um kreativ sein zu können, die Großen
Exzentriker braucht. Man müßte den Text noch einer ge-
naueren Prüfung unterziehen. Jedenfalls, wenn der Zylinder
sich dann mit Energie gefüllt hat, steigt der Kolben wieder
zum Oberen Totpunkt empor und realisiert so die Maximale
Kompression. Das *Zimzum*. Und an diesem Punkt erfolgt der
gloriose Big Bang, der Urknall und die Expansion. Ein
Funke glimmt auf, das Gemisch entzündet sich und verpufft,
und dies ist, sagt das Lehrbuch, die einzige Aktive Phase des
Zyklus. Und wehe, wehe, wenn sich in das Gemisch die
Schalen einschleichen, die *Qelippoth*, Tropfen unreiner Materie wie Wasser oder Coca-Cola, dann kommt die Explosion
nicht zustande oder erfolgt mit rülpsenden Fehlzündun-
gen…«

»Heißt Shell nicht sowas wie *Qelippoth*? O je, dann müssen wir uns davor hüten! Von jetzt an nur noch Jungfrauenmilch...«

»Wir werden das überprüfen. Es könnte sich um eine Machenschaft der Sieben Schwestern handeln, jener inferioren Prinzipien, die den Fortgang der Schöpfung kontrollieren wollen... Jedenfalls, nach der Explosion kommt das Große Göttliche Ausatmen, das bereits in den ältesten Texten ›Entladung‹ genannt worden ist. Der Kolben steigt erneut zum Oberen Totpunkt empor und stößt die unförmige, nun verbrannte Materie hinaus. Nur wenn diese Reinigungsoperation gelingt, kann der Neue Zyklus wieder beginnen. Der, wenn man's genau bedenkt, zugleich auch der neuplatonische Mechanismus des Exodos und des Parodos ist – wunderbare Dialektik des Weges nach Oben und des Weges nach Unten.«

»*Quantum mortalia pectora caecae noctis habent!* Und die Kinder der Materie haben es nie gemerkt!«

»Deshalb lehren die Meister der Gnosis, daß man nicht den Hylikern trauen darf, sondern stets nur den Pneumatikern – und warum wohl, meinen Sie, nennt man den Reifen auch Pneu?«

»Phantastisch! Für morgen bereite ich eine mystische Auslegung des Telefonbuchs vor.«

»Immer ambitioniert, unser Casaubon. Bedenken Sie, daß Sie dann das unergründliche Problem des Einen und der Vielen lösen müssen. Gehen Sie lieber in Ruhe vor. Untersuchen Sie erst mal den Mechanismus der Waschmaschine.«

»Der spricht doch für sich. Eine alchimistische Transformation: vom Schwarzen Werk zum Werk im weißer als weißesten Weiß.«

67

Da Rosa, nada digamos agora...

Sampayo Bruno, *Os Cavaleiros do Amor*, Lissabon, Guimarães, 1960, p. 155

Wenn man einmal Verdacht geschöpft hat, läßt man keine Spur mehr außer acht. Nach den Phantastereien über den »Motorbaum« war ich bereit, in allem und jedem, was mir in die Finger kam, Enthüllungen zu erblicken.

Ich hatte Kontakte zu meinen brasilianischen Freunden gehalten, und in jenen Tagen fand in Coimbra ein Kongreß über die lusitanische Kultur statt. Mehr im Wunsch, mich wiederzusehen, als um meine Kompetenz zu ehren, gelang es den Freunden aus Rio, mir eine Einladung zu beschaffen. Lia kam nicht mit, sie war im siebten Monat, zwar hatte die Schwangerschaft ihre grazile Linie noch kaum verändert und sie allenfalls zu einer zarten flämischen Madonna gemacht, aber sie wollte die Reise lieber nicht antreten.

Ich verbrachte drei fröhliche Abende mit den alten Genossen, und als wir im Bus nach Lissabon zurückfuhren, kam eine Diskussion über die Frage auf, ob wir in Fatima oder in Tomar haltmachen sollten. Tomar war die Burg, in der die portugiesischen Templer sich verschanzt hatten, nachdem die Güte des Königs und des Papstes sie vor Prozeß und Zerschlagung bewahrt hatte – durch den einfachen Trick, sie in den Orden der Christusritter umzubenennen. Eine Templerburg konnte ich mir nicht entgehen lassen, und zum Glück waren die anderen keine Fatima-Enthusiasten.

Wenn ich mir je eine Templerburg vorgestellt hatte, war's eine wie Tomar. Man steigt auf einer befestigten Straße hinauf, die sich um die äußeren Bastionen windet, zwischen kreuzförmigen Schießscharten, und vom ersten Moment an atmet man Kreuzzugsluft. Jahrhundertelang hatten die Christusritter an diesem Ort prosperiert – die Überlieferung will, daß sowohl Heinrich der Seefahrer wie Christoph Columbus aus ihren Reihen stammten, und in der Tat hatten sie sich auf die Eroberung der Meere verlegt und damit Portugal reich gemacht. Das lange und glückliche Dasein, das sie dort genossen, hat dazu geführt, daß die Burg im Lauf der Jahrhunderte mehrmals umgebaut und vergrößert worden ist, so daß ihr mittelalterlicher Kern jetzt von Renaissance- und Barockflügeln eingefaßt wird. Mit einem Gefühl der Bewegung trat ich in die Kirche der Templer, deren achteckige Rotunde die der Grabeskirche in Jerusalem nachbildet. Mir fiel auf, daß die Form des Templerkreuzes in den Kirchen je nach Region differiert – ein Problem, das sich mir schon bei der Arbeit an meiner Dissertation gestellt hatte, als ich die konfuse Ikonographie zum Thema durchsah. Während das Malteserkreuz mehr oder weniger immer dasselbe geblieben ist, scheint das der Templer viel stärker den Einflüssen des Jahrhunderts oder der örtlichen Tradition unterworfen. Deshalb genügt es den Templer-Jägern, irgendwo ein beliebiges Kreuz zu entdecken, und schon haben sie eine Spur...

Nach der Kirchenbesichtigung zeigte der Führer uns auch das Manuelinische Fenster, die *janela* par excellence, ein rautenförmiges Gitterwerk, eingefaßt von einer wildwuchernden Collage aus Meeresfunden, Algen, Muscheln, Ankern, Tauen und Ketten, zur Feier des Ruhmes der Ritter auf den Ozeanen. Doch zu beiden Seiten des Fensters, auf dem steinernen Gürtel um die beiden turmartigen Säulen, die es einrahmten, sah man die Insignien des Hosenbandordens. Was tat das Symbol eines englischen Ordens in diesem befestigten portugiesischen Kloster? Der Führer konnte es uns nicht sagen, aber wenig später, auf einer anderen Seite, ich glaube an der nordwestlichen, zeigte er uns das Wappen des Goldenen Vlieses. Ich mußte unwillkürlich an das feine Spiel der Allianzen denken, das den Hosenbandorden mit dem Orden des Goldenen Vlieses verband, das Goldene Vlies mit den Argonauten, die Argonauten mit dem Gral und den Gral mit den Templern. Die Phantastereien des Oberst Ardenti kamen mir in den Sinn, auch einige Stellen aus den Manuskripten der Diaboliker... Ich zuckte zusammen, als der Führer uns in einen Nebenraum führte, einen niedrigen Saal mit Gewölbedecke und mehreren Schlußsteinen. Es waren kleine Rosetten, doch auf einigen sah ich in Stein gehauen ein bärtiges, bocksähnliches Gesicht. Der Baphomet!

Wir stiegen in eine Krypta hinunter. Nach sieben Stufen gelangt man auf einen nackten Steinboden, der zur Apsis führt, in der sich ein Altar erheben könnte oder der Thron des Großmeisters. Doch auf dem Wege dorthin geht man unter sieben Gewölbeschlußsteinen hindurch, deren jeder die Form einer Rose hat, eine größer als die andere, und die letzte, am weitesten entfaltete, hängt über einem Brunnen. Das Kreuz und die Rose, hier in einem Templerkloster! Und in einem Saal, der sicher vor dem Erscheinen der Rosenkreuzer-Manifeste erbaut worden ist! Ich fragte den Führer danach, und er lächelte: »Wenn Sie wüßten, wie viele Anhänger der okkulten Wissenschaften hierhergepilgert kommen... Es heißt, dies hier sei der Saal der Initiation...«

Zufällig trat ich in einen noch nicht restaurierten Raum, der nur wenige staubige Möbel enthielt, und fand ihn vollgestellt mit Kartons. Ich kramte ein bißchen darin herum, und da fielen mir Blätter mit hebräischer Schrift in die Hände, vermutlich aus dem siebzehnten Jahrhundert. Was machten die Juden hier in Tomar? Der Führer sagte mir, die Ritter hätten gute Beziehungen mit der jüdischen Gemeinde am Ort gehabt. Er bat mich ans Fenster und zeigte mir einen Garten im französischen Stil, der wie ein elegantes kleines Labyrinth angelegt war. Das Werk eines jüdischen Architekten aus dem achtzehnten Jahrhundert, sagte er, eines gewissen Samuel Schwartz.

Das zweite Treffen in Jerusalem... Und das erste in einer Burg! Hatte so nicht die Geheimbotschaft aus Provins gelautet? Mein Gott, der »Donjon« in jener »Ordonation«, die Ingolf gefunden hatte, das war nicht der unwahrscheinliche Montsalvat der Gralsromane, das Hyperboreische Avalon. Welchen Ort hätten die Templer von Provins, wenn sie einen ersten Treffpunkt festlegen mußten, gewählt haben können – sie, die doch eher gewohnt waren, Komtureien zu leiten als Romane der Artusrunde zu lesen? Tomar natürlich, die Burg der Christusritter! Einen Ort, an dem die Überlebenden des Ordens volle Freiheit genossen, mit unveränderten Garantien, und wo sie zudem in Kontakt mit den Agenten der zweiten Gruppe standen!

Ich verließ Tomar und Portugal mit entflammtem Geist. Endlich begann ich, die Botschaft, die uns der Oberst Ardenti gebracht hatte, ernst zu nehmen. Die Templer hatten, als sie sich zum Geheimorden konstituierten, einen Plan ausgeheckt, der sechshundert Jahre dauern und in unserem Jahrhundert zum Abschluß gelangen sollte. Die Templer waren ernsthafte Leute. Wenn sie von einer Burg sprachen, meinten sie einen realen Ort. Der Plan nahm seinen Ausgang von Tomar. Also wie hätte er dann weitergehen müssen? Was für Orte mußten die anderen fünf Treffpunkte sein? Orte, an denen die Templer auf Freundschaft, Protektion, Komplizität zählen konnten. Der Oberst hatte von Stonehenge, Avalon und Agarttha gesprochen... Alles Quatsch. Die Botschaft mußte ganz neu interpretiert werden.

Natürlich, sagte ich mir auf der Heimreise, natürlich handelt es sich nicht darum, das Geheimnis der Templer zu entdecken, sondern es zu konstruieren.

Belbo schien nicht sehr begeistert von der Idee, auf das Dokument zurückzukommen, das der Oberst ihm hinterlassen hatte, und fand es erst nach widerwilligem Kramen in der untersten Schreibtischschublade. Doch er hatte es immerhin aufgehoben. Wir holten Diotallevi hinzu, und selbdritt lasen wir von neuem die Botschaft aus Provins. Nach so vielen Jahren.

Sie begann mit dem nach Trithemius chiffrierten Satz: *Les XXXVI inuisibles separez en six bandes.* Dann folgte:

> *a la ... Saint Jean*
> *36 p charrete de fein*
> *6 ... entiers avec saiel*
> *p ... les blancs mantiax*
> *r ... s ... chevaliers de Pruins pour la ... j . nc .*
> *6 foiz 6 en 6 places*
> *chascune foiz 20 a .... 120 a ....*
> *iceste est l'ordonation*
> *al donjon li premiers*
> *it li secunz joste iceus qui ... pans*
> *it al refuge*
> *it a Nostre Dame de l'altre part de l'iau*
> *it a l'hostel des popelicans*
> *it a la pierre*
> *3 foiz 6 avant la feste ... la Grant Pute.*

»In der Johannisnacht (des Jahres 1344), sechsunddreißig Jahre nach dem Heuwagen, sechs versiegelte Botschaften für die weißen Mäntel, die rückfälligen Ritter von Provins, bereit zur Rache. Sechsmal sechs an sechs Orten, jedesmal zwanzig Jahre in zusammen je hundertzwanzig Jahren, das ist der Plan. Die ersten zur Burg, dann die zweiten zu denen, die das Brot aßen, dann zum Refugium, dann zu Notre-Dame auf der anderen Seite des Flusses, dann zum Haus der Popelicans und dann zum Stein. Na bitte, im Jahre 1344 sagt die Botschaft, daß die ersten zur Burg gehen sollen. Und tatsächlich haben sich die Templer 1357 in Tomar installiert. Jetzt müssen wir uns fragen, wohin die von der zweiten Gruppe gehen sollten. Los, stellen Sie sich vor, Sie wären Templer auf der Flucht. Wohin würden Sie gehen, um den zweiten Kern zu bilden?«

»Tja, also... Wenn es stimmt, daß die auf dem Heuwagen nach Schottland geflohen sind... Aber wieso sollte man in Schottland das Brot gegessen haben?«

Was Assoziationsketten betraf, war ich inzwischen unschlagbar geworden. Mir genügte ein beliebiger Ausgangspunkt, und schon legte ich los. Schottland, Highlands, druidische Riten, Johannisnacht, Goldener Zweig... Das war eine Spur, wenn auch nur eine sehr schmale: über Johannisfeuer hatte ich etwas in Frazers *Goldenem Zweig* gelesen.

Ich rief Lia an. »Liebes, tu mir einen Gefallen, hol mal den *Goldenen Zweig* und sieh nach, was da über Johannisfeuer steht.«

In solchen Sachen war Lia nicht zu übertreffen. Sie fand das Kapitel sofort. »Was willst du wissen? Es handelt sich um einen uralten Ritus, der in fast allen europäischen Ländern gefeiert wird. Man feiert damit den Moment, in dem die Sonne den höchsten Punkt ihres Laufes erreicht hat. Johannes ist erst später hinzugefügt worden, um den Brauch zu christianisieren...«

»Wird dabei irgendein Brot gegessen, in Schottland?«

»Laß mal sehen... Scheint nicht so... Ah, doch, hier ist was, aber das Brot wird nicht in der Johannisnacht gegessen, sondern in der Nacht auf den Ersten Mai, der Nacht der Feuer von Beltane, einem Fest druidischer Herkunft, besonders in den schottischen Highlands...«

»Na bitte! Und warum wird das Brot gegessen?«

»Man knetet einen Teig aus Mehl und Hafer, formt ihn zu einem Laib und backt ihn in der Glut... Dann folgt ein Ritus, der an die antiken Menschenopfer erinnert... Es sind Fladen, die *bannock* genannt werden...«

»Wie? Buchstabier das mal.« Sie buchstabierte es, ich dankte ihr und sagte, sie sei meine Beatrice, meine Fee Morgana und andere liebevolle Sachen. Dann rief ich mir meine Dissertation in Erinnerung: Der geheime Kern des Ordens flüchtete sich, so die Legende, nach Schottland zu König Robert the Bruce, dem die Templer dann halfen, die Schlacht von Bannock Burn zu gewinnen. Zur Belohnung machte der König sie zum Kern des neuen Ordens der Ritter des heiligen Andreas von Schottland.

Ich holte mir ein großes englisches Lexikon aus dem Regal und suchte: *bannok* im Altenglischen (altsächsisch *bannuc*, von gälisch *bannach*) ist eine Art Fladenbrot, in der Pfanne oder auf einem Rost gebacken, aus Gerste oder Hafer oder anderem Getreide. *Burn* ist ein Wildbach. Man brauchte das nur so zu übersetzen, wie es die französischen Templer übersetzen haben mußten, wenn sie Nachrichten aus Schottland an ihre Brüder in Provins schickten, und heraus kam etwas wie der Bach des Fladens oder des Brotes. »Die das Brot aßen« sind also die, die am Bach des Brotes gesiegt haben, also der schottische Kern des Ordens, der sich zu jener Zeit vielleicht schon über die ganzen Britischen Inseln ausgedehnt hatte. Logisch: von Portugal nach England, das war der kürzeste Weg, viel kürzer jedenfalls als Ardentis Reise vom Nordpol nach Palästina.

68

Deine Kleider seien weiß... Wenn es Nacht wird,
zünde viele Lichter an, bis alles hell erglänzt...
Dann beginne, einige oder viele Lettern zu kombinieren, vertausche sie und verschiebe sie, bis dein
Herz warm wird. Achte auf ihre Bewegung und
auf das, was sich bei dir aus ihr ergibt. Und wenn
du spürst, daß dein Herz warm geworden ist, und
du siehst, daß du durch die Kombination der Lettern neue Dinge erfassen kannst, die du nicht von
allein oder mit Hilfe der Tradition hättest erkennen
können, wenn du bereit bist, den Influxus der
göttlichen Kraft in dich aufzunehmen, dann richte
die ganze Tiefe deines Denkens darauf, dir den
Namen Gottes und Seine höchsten Engel in deinem Herzen so vorzustellen, als wären sie Menschen, die um dich herumstünden oder säßen.

Abraham Abulafia, Sefer Chaje 'Olam ha-Ba

»Macht Sinn«, sagte Belbo. »Und was wäre dann das Refugium?«

»Nun, die sechs Gruppen sollen sich an sechs Orte begeben, aber nur einer davon wird Refugium genannt. Eigen-
artig. Das heißt, daß die Templer an den fünf anderen Orten,
wie in Portugal oder in England, ungestört leben konnten,
wenn auch unter anderem Namen, während sie sich an diesem einen verbergen mußten. Ich würde sagen, das Refugium ist der Ort, wohin sich die Pariser Templer geflüchtet
haben, als sie untertauchen mußten. Und da es mir auch
ökonomisch scheint, daß der Weg von England nach Frankreich geht, warum sollen wir also nicht annehmen, daß die
Templer sich ein Refugium direkt in Paris geschaffen hatten,
an einem geheimen und sicheren Ort? Sie waren gute Politiker und stellten sich vor, daß die Lage in zweihundert Jahren
anders sein würde, entspannter, so daß sie dann offen auftreten könnten, oder fast.«

»Einverstanden, also sagen wir Paris. Und was machen wir
mit dem vierten Ort?«

»Der Oberst hatte an Chartres gedacht, aber wenn wir
Paris an die dritte Stelle gesetzt haben, können wir Chartres
nicht an die vierte setzen, denn der Plan soll ja offenkundig

alle Zentren Europas betreffen. Also lassen wir jetzt mal die mystische Fährte beiseite, um eine politische zu entwerfen. Die Verlagerung scheint einer Wellenlinie zu folgen, von Portugal rauf nach England und wieder runter nach Frankreich, demnach müßten wir jetzt wieder rauf und kämen dann in den Norden von Deutschland. Na, und jenseits des Flusses oder des Wassers, also jenseits des Rheins, auf deutschem Boden, da gab es zwar keine Kirche Notre-Dame, aber eine Stadt Unserer Lieben Frau. In der Nähe von Danzig gab es eine Stadt der Jungfrau Maria, nämlich Marienburg.«

»Und wieso ein Treffen in Marienburg?«

»Weil es die Hauptstadt der Deutschordensritter war! Die Beziehungen der Templer zu den Deutschordensrittern waren nicht so vergiftet wie die zu den Johannitern, die wie die Geier nur darauf warteten, daß der Tempel zerschlagen wurde, um sich seiner Güter zu bemächtigen. Die Deutschordensritter waren in Palästina von den deutschen Kaisern als Gegengewicht zu den Templern gegründet worden, aber sie wurden bald nach Norden gerufen, um die Invasion der preußischen Barbaren zu stoppen. Und das machten sie so gut, daß sie sich im Verlauf von zwei Jahrhunderten einen eigenen Staat zusammengerafft hatten, der sich über das ganze Baltikum erstreckte, von Polen hinauf bis nach Lettland und Livland. Sie gründeten Königsberg, sie wurden nur einmal von Alexander Newski in Estland geschlagen, und ungefähr zu der Zeit, als die Templer in Paris verhaftet wurden, machten sie Marienburg zur Hauptstadt ihres Reiches. Wenn es einen Welteroberungsplan der spirituellen Ritterschaft gab, dann haben sich Tempelherren und Deutschordensherren die Einflußsphären geteilt.«

»Wissen Sie was?« sagte Belbo. »Ich mache mit. Jetzt die fünfte Gruppe. Wo sind diese Popelicans.«

»Das weiß ich nicht«, sagte ich.

»Sie enttäuschen mich, Casaubon. Vielleicht sollten wir Abulafia fragen.«

»Kommt nicht in Frage!« protestierte ich. »Abulafia muß uns auf Zusammenhänge, auf ungeahnte Verbindungen bringen. Aber die Popelicans sind ein Faktum, keine Verbindung, und Fakten sind das Geschäft von Sam Spade. Geben Sie mir ein paar Tage Zeit.«

»Ich gebe Ihnen zwei Wochen«, sagte Belbo. »Wenn Sie

mir in zwei Wochen nicht die Popelicans liefern, liefern Sie mir eine Flasche Ballantine's, 12 Years Old.«

Zu teuer für meinen Geldbeutel. Nach einer Woche lieferte ich meinen gefräßigen Partnern die Popelicans.

»Alles klar. Bitte folgen Sie mir, wir müssen nämlich ins vierte Jahrhundert zurückgehen, an die östlichen Ränder des frühen byzantinischen Reiches, in die Zeit, als sich im Mittelmeerraum bereits diverse manichäische Bewegungen tummeln. Beginnen wir mit den Archontikern, einer gnostischen Sekte in Armenien, gegründet von einem gewissen Peter von Capharbarucha, was, wie Sie zugeben müssen, ein ganz prächtiger Name ist. Stark antijüdisch eingestellt, identifizieren sie den Teufel mit Zebaoth, dem Gott der Juden, der im siebenten Himmel wohnt. Um die Große Mutter des Lichtes im achten Himmel zu erreichen, muß sowohl Zebaoth wie auch die Taufe abgelehnt werden. Okay?«

»Okay, lehnen wir sie ab«, sagte Belbo.

»Aber die Archontiker sind noch vergleichsweise brave Gesellen. Im fünften Jahrhundert tauchen die Messalianer auf, die in Thrakien bis zum elften Jahrhundert fortleben. Die Messalianer sind keine Dualisten, sondern Monarchianer. Aber sie mischen im Schlamm der höllischen Kräfte mit, weshalb sie in einigen Texten auch Borboriten genannt werden, von *borboros*, Schlamm, wegen der unaussprechlichen Sachen, die sie machten.«

»Was machten sie denn?«

»Och, das Übliche. Männer und Frauen hoben auf ihren Händen den eigenen Unflat zum Himmel empor, also Sperma oder Menstrualblut, und dann verspeisten sie es und sagten, es sei der Leib Christi. Und wenn einer zufällig seine Frau geschwängert hatte, fuhren sie ihr im rechten Moment mit der Hand in den Leib, zogen den Embryo raus, zerstampften ihn in einem Mörser, verrührten ihn mit Honig und Pfeffer und fraßen das Zeug.«

»Ekelhaft«, sagte Diotallevi. »Honig und Pfeffer!«

»Das also wären die Messalianer, die manche auch Stratiotiker und Phibioniten genannt haben, andere Barbeliten, bestehend aus Naasseanern und Phemioniten. Für wieder andere Kirchenväter waren die Barbeliten jedoch verspätete Gnostiker, also Dualisten, sie verehrten die Große Mutter Barbelo, und ihre Eingeweihten bezeichneten als Borboria-

ner die Hyliker, das heißt die Kinder der schmierigen Materie, im Unterschied zu den Psychikern, die schon besser
waren, und zu den Pneumatikern, die das kleine Häufchen
der echten Auserwählten waren, sozusagen der Rotary Club
in dieser ganzen Geschichte. Aber vielleicht waren die Stratiotiker auch nur die Hyliker der Mithraisten.«

»Ist das nicht alles ein bißchen konfus?« fragte Belbo.

»Natürlich. Keine von diesen Sekten hat irgendwelche
Dokumente hinterlassen. Was wir über sie wissen, stammt
alles nur aus dem Klatsch und Tratsch ihrer Feinde. Aber
egal. Ich wollte Ihnen nur deutlich machen, was für ein
Sektengewusel der östliche Mittelmeerraum damals war.
Und woher die Paulizianer kamen. Die Paulizianer waren die
Anhänger eines gewissen Paulus, eine im siebten Jahrhundert gegründete Sekte, mit der sich bald darauf aus Albanien
vertriebene Ikonoklasten vereinten. Vom achten Jahrhundert an wachsen diese Paulizianer sehr rasch, werden von
einer Sekte zu einer Gemeinde, von einer Gemeinde zu einer
Kampftruppe, von einer Kampftruppe zu einer politischen
Macht, und die Kaiser von Byzanz fangen an, sich Sorgen zu
machen und ihre Soldaten gegen sie loszuschicken. Sie verbreiten sich bis an die Grenzen der arabischen Welt, erreichen
den Euphrat und überfluten das byzantinische Reich bis zum
Schwarzen Meer. Sie gründen Kolonien, wo immer sie hinkommen, und wir finden sie noch im siebzehnten Jahrhundert, als sie von den Jesuiten bekehrt werden, und es gibt
sogar heute noch ein paar Gemeinden auf dem Balkan oder
irgendwo da unten. Woran glauben nun diese Paulizianer?
An Gott, den einen und dreifaltigen, nur daß der Demiurg
sich in den Kopf gesetzt hat, die Welt zu erschaffen, mit den
Ergebnissen, die wir vor Augen haben. Sie verwerfen das
Alte Testament, verweigern die Sakramente, verachten das
Kreuz und verehren auch nicht die Heilige Jungfrau, denn
Christus, sagen sie, hat sich direkt im Himmel inkarniert und
ist durch Maria hindurchgegangen wie durch eine Röhre.
Die Bogomilen, die sich zum Teil an den Paulizianern inspirieren, werden später sagen, daß Christus bei Maria durchs
eine Ohr rein- und durchs andere rausgegangen sei, ohne daß
sie es überhaupt gemerkt hätte. Manche beschuldigen sie
auch, die Sonne und den Teufel anzubeten und das Blut
kleiner Kinder mit dem Brot und dem Wein des Abendmahls
zu vermischen.«

»Wie alle.«

»Es waren Zeiten, in denen der Gang zur Messe für einen Häretiker eine Qual gewesen sein muß. Da hätte er auch gleich Moslem werden können. Aber die Leute waren halt so. Und ich erzähle Ihnen das, weil später, als die dualistischen Häretiker sich in Italien und der Provence verbreiteten, da hat man sie, um zu sagen, daß sie genau solche Leute wie die Paulizianer wären, Poplicani, Publicani oder Populicani genannt, und *gallice etiam dicuntur ab aliquis Popelicant.*«

»Da haben wir sie.«

»Genau. Die Paulizianer fahren auch im neunten Jahrhundert fort, die Kaiser von Byzanz in Rage zu bringen, bis Kaiser Basilios I. schwört, wenn er ihren Chef zu fassen kriege, einen Mann namens Chrysocheir, der die Kirche des Sankt Johannes Theologos in Ephesus gestürmt und die Pferde aus den Weihwasserbecken getränkt hatte…«

»Immer dasselbe Laster«, sagte Belbo.

»… dann werde er ihm persönlich drei Pfeile in den Kopf rammen. Er schickt seine Soldaten gegen ihn los, die fangen ihn, schneiden ihm den Kopf ab und schicken ihn dem Kaiser, der legt ihn auf einen Tisch, auf ein *trumeau*, einen Säulenstumpf aus Porphyr, und rammt ihm, zack zack zack, drei Pfeile rein, ich vermute, einen in jedes Auge und den dritten in den Mund.«

»Feine Leute«, sagte Diotallevi.

»Die machten das nicht aus Bosheit«, sagte Belbo. »Das waren Glaubensfragen, und Glaube ist Wesenheit erhoffter Dinge, *sustanza di cose sperate.* Reden Sie weiter, Casaubon, unser Diotallevi kapiert diese theologischen Feinheiten nicht, er ist ein lausiger Gottesmörder.«

»Nun, um's kurz zu machen: Die Kreuzfahrer treffen auf die Paulizianer. Sie begegnen ihnen in der Nähe von Antiochia während des ersten Kreuzzugs, als jene auf seiten der Araber kämpfen, und sie begegnen ihnen erneut bei der Belagerung von Konstantinopel, als die Paulizianergemeinde von Philippopel versucht, die Stadt dem bulgarischen Zaren Joannitsa zu übergeben, um die Franzosen zu ärgern, so nachzulesen bei Villehardouin. Da haben Sie das Verbindungsglied zu den Templern, und damit ist unser Rätsel gelöst. Nach der Legende waren die Templer inspiriert von den Katharern, tatsächlich hatten die Templer jedoch die Katharer inspiriert. Sie waren den Paulizianern während der

Kreuzzüge begegnet und hatten mysteriöse Beziehungen mit ihnen aufgenommen, ähnlich wie mit den muslimischen Mystikern und Häretikern. Im übrigen braucht man nur die Fährte unserer *Ordonation* zu verfolgen. Sie führt zwangsläufig über den Balkan.«

»Wieso?«

»Na, weil das sechste Treffen ganz klar in Jerusalem sein muß. Die Botschaft sagt, man solle ›zum Stein‹ gehen. Und wo bitte gibt es einen Stein, einen, der heute von den Muslimen verehrt wird, und wenn wir ihn sehen wollen, müssen wir unsere Schuhe auszuziehen? Nun, genau im Zentrum der Omar-Moschee zu Jerusalem, dort, wo früher der Tempel der Templer stand. Ich weiß nicht, wer in Jerusalem warten sollte, vielleicht ein Grüppchen von überlebenden und verkleideten Templern, oder Kabbalisten, die Verbindung nach Portugal hatten, aber sicher ist, daß wenn man von Deutschland nach Jerusalem will, dann führt der logischste Weg über den Balkan, und dort wartet die fünfte Gruppe, die der Paulizianer. Sehen Sie nun, wie klar und ökonomisch der Plan auf einmal wird?«

»Zugegeben, Sie überzeugen mich«, sagte Belbo. »Aber *wo* auf dem Balkan warteten diese Popelicant?«

»Meines Erachtens waren die natürlichen Nachfolger der Paulizianer die bulgarischen Bogomilen, aber die Templer von Provins konnten noch nicht wissen, daß Bulgarien wenige Jahre später von den Türken überfallen wurde und fünfhundert Jahre unter türkischer Herrschaft blieb.«

»Also können wir annehmen, daß der Große Plan beim Übergang von den Deutschen zu den Bulgaren steckengeblieben ist. Wann mag das gewesen sein?«

»1824«, sagte Diotallevi.

»Wieso?« fragte ich.

Diotallevi nahm ein Papier und schrieb:

PORTUGAL	ENGLAND	FRANKREICH
1344	1464	1584
DEUTSCHLAND	BULGARIEN	JERUSALEM
1704	1824	1944

»1344 begeben sich die ersten Großmeister jeder Gruppe an die sechs vorgeschriebenen Orte. Im Verlauf von hundertzwanzig Jahren folgen einander in jeder Gruppe sechs Großmeister, und 1464 trifft sich der sechste Großmeister von Tomar mit dem sechsten Großmeister der englischen Gruppe. 1584 trifft sich der zwölfte englische Großmeister mit dem zwölften französischen Großmeister. Die Kette geht weiter so in diesem Rhythmus, und wenn das Treffen mit den Paulizianern scheitert, dann scheitert es 1824.«

»Nehmen wir an, es scheitert«, sagte ich. »Aber dann verstehe ich nicht, warum so kluge und weitdenkende Männer, wenn sie bereits vier Sechstel der Botschaft in Händen hielten, sie nicht rekonstruieren konnten, indem sie den Rest ergänzten. Oder warum sie, wenn das Treffen mit den Bulgaren geplatzt war, nicht Kontakt zur nächstfolgenden Gruppe aufnahmen.«

»Casaubon«, sagte Belbo, »glauben Sie etwa, die Planer von Provins wären Stümper gewesen? Wenn sie wollten, daß die Enthüllung sechs Jahrhunderte lang verborgen blieb, werden sie ihre Vorkehrungen getroffen haben. Jeder Großmeister einer jeden Gruppe weiß nur, wo er den Großmeister der folgenden Gruppe finden kann, aber nicht, wo die anderen zu finden sind, und keiner der anderen weiß, wo er die Meister der vorigen Gruppe finden kann. Es genügt, daß die Deutschen die Bulgaren verloren haben, und sie werden nie erfahren, wo sie die nächste Gruppe finden können, also die Jerusalemer, während die Jerusalemer nicht wissen, wo sie irgendeine der vorigen Gruppen finden können. Und was die Rekonstruktion einer Botschaft aus unvollständigen Fragmenten angeht, so hängt sie ganz davon ab, wie diese Fragmente aufgeteilt worden sind. Sicher nicht in einer logischen Abfolge. Es braucht nur ein einziges Teilstück zu fehlen, und die ganze Botschaft ist unverständlich. Und wer das fehlende Teilstück hat, weiß nichts damit anzufangen.«

»Denkt nur mal«, sagte Diotallevi, »wenn jenes Treffen nicht geklappt hat, dann ist Europa heute der Schauplatz eines geheimen Balletts zwischen Gruppen, die einander suchen und nicht finden können, und jede weiß, daß ein Nichts genügen würde, um Herr der Welt zu werden. Wie hieß doch gleich dieser Einbalsamierer, von dem Sie gesprochen haben, Casaubon? Wer weiß, vielleicht gibt es das Komplott ja wirklich, und die ganze Geschichte ist nichts anderes als das Resultat dieser Schlacht um die Rekonstruktion einer verlorenen Botschaft. Wir sehen sie nicht, aber sie sind, als Unsichtbare, rings um uns zugange.«

Belbo und mir kam offenkundig dieselbe Idee, und wir begannen gleichzeitig zu reden: Uns fehle doch gar nicht mehr viel, um die richtige Verbindung herzustellen. Immerhin hätten wir erfahren, daß mindestens zwei Elemente der Botschaft von Provins, nämlich der Hinweis auf die sechsunddreißig Unsichtbaren, geteilt in sechs Gruppen, und die Frist der hundertzwanzig Jahre, auch in der Debatte über die Rosenkreuzer auftauchten!

»Und die waren schließlich Deutsche«, schloß ich. »Ich werde sofort die Rosenkreuzer-Manifeste nachlesen.«

»Aber Sie sagten doch, die wären falsch«, sagte Belbo.

»Na und? Auch wir machen hier eine Fälschung.«

»Stimmt«, sagte er. »Das hatte ich ganz vergessen.«

Elles deviennent le Diable: débiles, timorées, vaillantes à des heures exceptionelles, sanglantes sans cesse, lacrymantes, caressantes, avec des bras qui ignorent les lois… Fi! Fi! Elles ne valent rien, elles sont faites d'un côté, d'un os courbe, d'une dissimulation rentrée… Elles baisent le serpent…

Jules Bois, Le satanisme et la magie, Paris, Chailley, 1895, p. 12

Er vergaß es mehr und mehr, heute weiß ich es. Und aus jener Zeit stammt gewiß dieser kurze, benebelte Text.

Filename: Ennoia

Du warst überraschend zu mir nach Hause gekommen. Und du hattest dieses Gras. Ich wollte nichts davon, denn ich erlaube keiner pflanzlichen Substanz, sich in die Funktionsweise meines Gehirns einzuschalten (aber ich lüge: ich rauche Tabak und ich trinke Destillate aus Korn). Jedenfalls, die paar Male zu Anfang der sechziger Jahre, wenn mich jemand nötigte, an einer Joint-Runde teilzunehmen, mit diesem aufgeweichten, speichelgetränkten Papier, und der letzte Zug mit der Nadel, dann mußte ich immer lachen.

Aber gestern warst du's, die mir einen anbot, und ich dachte, das wäre vielleicht deine Art, dich anzubieten, und so rauchte ich gläubig. Wir tanzten eng, wie man es seit Jahren nicht mehr tut, und das – welche Schande – während die Vierte von Mahler lief. Mir war, als hielte ich ein antikes Geschöpf in den Armen, ein leichtes und schwebendes Wesen mit dem sanften Runzelgesicht einer alten Gemse, eine Schlange, die aus der Tiefe meiner Lenden aufstieg, und ich betete dich an wie eine uralte, universale Muhme. Vermutlich tanzte ich weiter eng an deinen Körper geschmiegt, aber ich spürte, wie du dich zum Fluge erhobst, dich in Gold verwandeltest, geschlossene Türen öffnetest und Dinge in der Luft schweben ließest. Ich war dabei, in deinen dunklen Bauch einzudringen, Megale Apophasis. Gefangene der Engel.

Bist du's vielleicht gar nicht, die ich suchte? Vielleicht bin ich hier, um immer auf dich zu warten. Habe ich dich immer wieder verloren, weil ich dich nicht erkannte? Habe ich dich immer wieder verloren, weil ich dich erkannte und mich nicht getraute? Habe ich dich immer wieder verloren, weil ich, während ich dich erkannte, schon wußte, daß ich dich wieder verlieren sollte?

Wo bist du gestern abend geblieben? Heute morgen wachte ich auf und hatte Kopfschmerzen.

70

Obwol wir (die Jüngeren) bisher gar nicht wußten,
wann unser geliebter Vater R.C. gestorben…,
wußten wir uns doch wol noch einer Heimlichkeit
zu erinnern, so A., des D. Successor (der letzte auß
dem andern Reyen, der mit vielen auß uns gelebt)
durch verborgene Reden von den 120 Jahren uns
dem dritten Reyen vertrawet.

Fama Fraternitatis, in *Allgemeine und General Reformation,*
Kassel, Wessel, 1614

Ich stürzte mich auf die Lektüre der beiden Rosenkreuzer-
Manifeste, der *Fama* und der *Confessio,* und warf auch einen
Blick in die *Chymische Hochzeit Christiani Rosencreutz* von
Johann Valentin Andreae, weil Andreae als Verfasser der
Manifeste gilt.

Die beiden Manifeste waren in Deutschland zwischen 1614
und 1616 erschienen. Also drei Jahrzehnte nach dem Treffen
von 1584 zwischen den Engländern und den Franzosen, aber
gut ein Jahrhundert vor dem geplanten Treffen der Franzosen mit den Deutschen.

Ich las die Manifeste mit dem Vorsatz, nicht zu glauben,
was sie besagten, sondern sie gegen den Strich zu lesen, als
besagten sie etwas anderes. Ich wußte, daß man, um sie etwas
anderes besagen zu lassen, Absätze überspringen und manche Aussagen höher als andere bewerten mußte. Aber genau
das war es, was uns die Diaboliker und ihre Meister lehrten.
Wer sich im subtilen Tempo der Enthüllungen bewegen will,
darf nicht den sturen, pedantischen Ketten der Logik und
ihrem monotonen Eins-nach-dem-andern folgen. Andererseits, wenn man die Manifeste wörtlich nahm, waren sie eine
Anhäufung von Absurditäten, Rätseln und Widersprüchen.

Also konnten sie nicht besagen, was sie zu sagen schienen,
und folglich waren sie weder ein Appell zu einer tiefgreifen-
den spirituellen Reform noch die Geschichte des armen Christian Rosencreutz. Sie waren verschlüsselte Botschaften, die
man nur lesen konnte, wenn man ein Raster über sie legte,
und ein Raster läßt bestimmte Felder frei und bedeckt andere. Wie die chiffrierte Botschaft aus Provins, in der nur die
Anfangsbuchstaben zählten. Ich hatte kein Raster, aber ich

brauchte nur eins vorauszusetzen, und um es vorauszusetzen, mußte ich mit Argwohn lesen.

Daß die Manifeste von dem Plan aus Provins sprachen, stand außer Zweifel. In der Grabkammer des C. R. (Allegorie auf die Grange-aux-Dîmes, die Nacht des 23. Juni 1344!) hatte man einen Schatz verborgen, auf daß die Nachgeborenen ihn entdeckten, einen Schatz, »für 120 Jahre den Augen der Welt entzogen«. Daß dieser Schatz nicht pekuniärer Art war, lag ebenso klar auf der Hand. Nicht nur polemisierte man heftig gegen die primitive Goldgier der Alchimisten, man sagte auch offen, daß es bei dem, was verheißen war, um einen großen historischen Wandel gehe. Und für den Fall, daß jemand immer noch nicht verstanden hatte, wiederholte das zweite Manifest, man dürfe ein Angebot nicht übersehen, das die *miranda sextae aetatis* betreffe (die Wunder des sechsten und letzten Treffens!), und betonte mehrmals: »Wenn es Gott nun gefallen hätte, das sechste *Candelabrum* uns allein anzuzünden?... Wäre es nicht ein köstlich Ding, wenn du alles in einem einzigen Buche lesen und beim Lesen alles verstehen und behalten könntest, was jemals geschehen ist... Wie lieblich wäre es, wenn du so singen könntest, daß du durch den Gesang (der laut gelesenen Botschaft!) anstatt der Steinfelsen (*lapis exillis!*) eitel Perlen und Edelgestein an dich brächtest...« Und wiederum war von Arkana und Heimlichkeiten die Rede, von einer Regierung, die in Europa installiert werden würde, und von einem »großen Werk«, das es zu verrichten gelte...

In der *Fama* hieß es, daß C. R. nach Spanien gegangen sei (oder nach Portugal?), um den Gelehrten dort unten zu zeigen, »woraus die wahren *indicia* der folgenden Jahrhunderte zu entnehmen« seien, doch vergebens. Wieso vergebens? Wieso machte eine deutsche Templergruppe zu Beginn des siebzehnten Jahrhunderts ein bisher eifersüchtig gehütetes Geheimnis publik, als gälte es, an die Öffentlichkeit zu treten, um auf eine Blockierung des Übermittlungsprozesses zu reagieren?

Niemand konnte leugnen, daß die Manifeste versuchten, die Etappen des Planes zu rekonstruieren, so wie Diotallevi ihn resümiert hatte. Der erste Bruder, auf dessen Tod angespielt wurde, oder auf die Tatsache, daß er an eine Grenze gelangt war, die er »nicht überschreiten« konnte, war Bruder

I. O., der in England starb. Also war jemand erfolgreich zum ersten Treffen gekommen. Und es wurde ein zweiter und dritter »Reigen« von Brüdern erwähnt, also eine zweite und dritte Generation oder Nachfolgelinie. Und bis dahin hätte so weit alles nach Plan gelaufen sein müssen: Die zweite Linie, die englische, trifft die dritte, die französische, im Jahre 1584, und Leute, die zu Beginn des siebzehnten Jahrhunderts schreiben, können nur über das sprechen, was den drei ersten Gruppen widerfahren ist. In der *Chymischen Hochzeit*, die Andreae in seinen Jugendjahren geschrieben hat, also *vor* den Manifesten (auch wenn sie erst 1616 erscheint), werden drei majestätische Tempel erwähnt: zweifellos die drei Orte, die schon bekannt sein mußten.

Mir schien jedoch, daß die beiden Manifeste zwar in denselben Begriffen davon sprachen, aber so, als hätte sich in der Zwischenzeit etwas Beunruhigendes ereignet.

Wieso zum Beispiel betonten sie dauernd mit solchem Nachdruck, daß die Zeit gekommen und der Moment erreicht sei, obwohl der Feind all seine Listen eingesetzt habe, um zu verhindern, daß die Gelegenheit wahrgenommen werde? Welche Gelegenheit? Es hieß, das Endziel von C. R. sei Jerusalem gewesen, aber er habe es nicht erreichen können. Wieso nicht? Die Araber wurden gelobt, weil sie Erkenntnisse und Erfahrungen untereinander austauschten, während die Gelehrten in Deutschland einander nicht zu helfen wüßten. Und es wurde auf eine größere Gruppe angespielt, die »die Weide allein abfressen« wolle. Hier war nicht mehr nur die Rede von jemandem, der den Plan zu verzerren suchte, um eigene Interessen zu verfolgen, hier ging es um eine effektive Verzerrung.

In der *Fama* hieß es, zu Anfang habe jemand eine magische Schrift ersonnen (natürlich, die Botschaft von Provins), doch Gottes Uhr schlage alle Minuten, während die unsere »kaum die ganzen Stunden anzeigt«. Wer hatte da die Schläge der göttlichen Uhr verpaßt, wer war da nicht imstande gewesen, im rechten Moment an einen bestimmten Punkt zu gelangen? Angespielt wurde auf eine erste Gruppe von Brüdern, die eine geheime Philosophie hätten aufdecken können, aber beschlossen hatten, sich in die Welt zu zerstreuen.

Die Manifeste ließen ein Unbehagen erkennen, eine Ungewißheit, ein Gefühl der Verlorenheit. Die Brüder der ersten Generation hätten dafür gesorgt, daß jeder von ihnen »mit einem tauglichen Successor ersetzt« wurde, aber »sie hatten beschlossen, daß soviel immer möglich ihre Begräbnisse verborgen blieben«, weshalb man heute nicht wisse, »wo ihrer etliche geblieben«.

Worauf spielte das an? Was wußte man nicht? Von welchem »Begräbnis« fehlte die Ortsangabe? Offenkundig waren die Manifeste geschrieben worden, weil irgendeine Information verlorengegangen war und man nun diejenigen suchte, die sie zufällig kannten.

Der Schluß der *Fama* war unmißverständlich: »Deshalb ersuchen wir abermals alle Gelehrten in Europa..., daß sie mit wohlbedachtem Gemüt dies unser Erbitten erwägen..., die gegenwärtige Zeit mit allem Fleiß besehen und dann ihre Bedenken... uns schriftlich im Druck eröffnen. Denn obwohl weder wir noch unsere Versammlung bisher unsere Namen genannt..., soll keinem, der seinen Namen wird angeben, daraus ein Nachteil erwachsen, wenn er sich mit unsereinem entweder mündlich oder, falls ihm dies je bedenklich erscheint, schriftlich austauscht.«

Genau das war es, was der Oberst im Sinn gehabt hatte, als er seine Geschichte veröffentlichen wollte. Jemanden zwingen, aus dem Schweigen herauszutreten.

Es hatte einen Sprung gegeben, eine Unterbrechung, einen Riß im Maschengewebe. In der Grabkammer des C. R. stand nicht nur geschrieben: *Post 120 annos patebo*, was an den Rhythmus der Treffen erinnern sollte, es stand dort auch geschrieben: *Nequaquam vacuum*. Was nicht hieß: »Es gibt kein Vakuum«, sondern: »Es darf kein Vakuum geben.« Und nun hatte sich doch ein Vakuum gebildet, das gefüllt werden mußte!

Warum aber, fragte ich mich ein weiteres Mal, warum wurden all diese Sachen in Deutschland gesagt, wo doch die vierte Generationslinie einfach geduldig abwarten sollte, bis sie an die Reihe kam? Die Deutschen konnten sich doch – im Jahre 1614 – nicht über ein verpaßtes Treffen in Marienburg beklagen, das erst für 1704 vorgesehen war!

Nur eine Schlußfolgerung war möglich: Die Deutschen beschwerten sich darüber, daß das *vorangegangene* Treffen nicht stattgefunden hatte!

Das war der Schlüssel! Die Deutschen der vierten Linie beklagten sich darüber, daß die Engländer der zweiten Linie die Franzosen der dritten verpaßt hatten! Natürlich, so mußte es gewesen sein! Der Text enthielt Anspielungen von einer geradezu kindischen Deutlichkeit: Das Grab des C. R. wird geöffnet, und man findet darin die Unterschriften der Brüder des ersten und zweiten Zirkels, nicht aber die des dritten! Portugiesen und Engländer sind da, aber wo sind die Franzosen?

Kurzum, die beiden Manifeste der Rosenkreuzer sprachen, wenn man sie richtig zu lesen verstand, von der Tatsache, daß die Engländer die Franzosen verpaßt hatten. Und nach dem, was wir inzwischen festgestellt hatten, wußten die Engländer als einzige, wo die Franzosen zu finden waren, und die Franzosen als einzige, wo die Deutschen zu finden waren. Doch selbst wenn die Franzosen dann 1704 die Deutschen gefunden hätten, wären sie nur mit einem Drittel dessen gekommen, was sie ihnen übergeben sollten.

Die Rosenkreuzer traten ans Licht der Öffentlichkeit und riskierten, was sie riskierten, da es die einzige Chance war, den Großen Plan zu retten.

... wissen wir also nicht gewiß, ob die des andern
Reyen von gleicher weißheit mit den ersten gewesen und zu allem zugelassen worden.

Fama Fraternitatis, in *Allgemeine und General Reformation*,
Kassel, Wessel, 1614

Stolz verkündete ich meine Entdeckungen Belbo und Diotallevi. Sie stimmten zu, daß der geheime Sinn der Manifeste
offen zu Tage lag, selbst für einen Okkultisten.

»Jetzt ist alles klar«, sagte Diotallevi. »Wir hatten uns in
den Kopf gesetzt, daß der Plan beim Übergang von den
Deutschen zu den Paulizianern steckengeblieben wäre, und
dabei hatte schon 1584 der Übergang von England nach
Frankreich nicht geklappt.«

»Aber warum nicht?« fragte Belbo. »Haben wir einen
guten Grund, warum es den Engländern 1584 nicht gelungen
sein soll, das Treffen mit den Franzosen zu realisieren? Die
Engländer wußten doch, wo das Refugium war, sie waren
sogar die einzigen, die es wußten.«

Er wollte die Wahrheit. Und schaltete Abulafia ein. Und
fragte ihn probehalber nach einer Kombination zweier blind
herausgegriffener Daten. Und das Output war:

Minnie ist die Verlobte von Mickymaus
30 Tage hat November, mit April, Juni und September

»Wie ist das zu interpretieren?« fragte Belbo. »Minnie
vereinbart ein Rendezvous mit Mickymaus, aber versehent-
lich gibt sie den einunddreißigsten September an, und
Micky...«

»Halt! Moment mal!« rief ich. »Minnie könnte sich nur
geirrt haben, wenn sie das Rendezvous auf den 5. Oktober
1582 gelegt hätte!«

»Wieso?«

»Die Gregorianische Kalenderreform! Ist doch ganz klar.
1582 tritt die Gregorianische Reform in Kraft, die den Julianischen Kalender korrigiert, und um das Gleichgewicht wiederherzustellen, werden zehn Tage im Oktober unterdrückt,
vom 5. bis zum 14.!«

»Aber das Treffen in Frankreich ist für 1584 festgesetzt, für die Johannisnacht, also den 23. Juni«, sagte Belbo.

»In der Tat. Aber wenn ich mich richtig erinnere, ist die Reform nicht gleich überall in Kraft getreten.« Ich holte mir den Ewigen Kalender vom Regal. »Ja, hier steht es: Die Reform wurde 1582 verkündet, und es wurden die Tage vom 5. bis zum 14. Oktober unterdrückt, aber das funktionierte nur für den Papst. Frankreich übernahm die Reform erst 1583 und unterdrückte die Tage vom 10. bis 19. Dezember. In Deutschland kam es zu einer Spaltung, die katholischen Länder übernahmen die Reform 1584, wie in Böhmen, die protestantischen zum Teil erst 1775, also fast zweihundert Jahre später, ganz zu schweigen von Bulgarien, das sie – ein Datum, das wir uns merken müssen – erst 1917 übernahm. Und wie steht's mit England? Hier, England übernahm die Gregorianische Reform 1752! Natürlich, in ihrem Haß auf die Papisten widersetzten sich auch die Anglikaner fast zweihundert Jahre lang. Und jetzt kapieren Sie, was passiert ist. Frankreich unterdrückt zehn Tage im Dezember 1583, und bis Juni 1584 haben sich alle daran gewöhnt. Aber als in Frankreich der 23. Juni war, da war es in England noch der 13. Juni, und überlegen Sie mal, ob ein braver Engländer, auch wenn er Templer war, zumal in jenen Zeiten, als die Informationen noch langsam zirkulierten, ob der sich die Sache wohl klargemacht hat. Noch heute fahren sie links und ignorieren das metrische Dezimalsystem... So erscheinen die Engländer beim Refugium an ihrem 23. Juni, der für die Franzosen inzwischen der 3. Juli ist. Nun darf man wohl annehmen, daß diese Treffen nicht gerade mit Fanfarenstößen begleitet wurden, es waren verstohlene Treffen an der richtigen Ecke zur richtigen Zeit. Die Franzosen sind am 23. Juni pünktlich zur Stelle, sie warten einen Tag, zwei, drei, sieben Tage, und schließlich gehen sie wieder, in der Annahme, daß wohl etwas passiert sein muß. Womöglich resignieren sie genau am Abend des 2. Juli. Die Engländer kommen am 3. Juli und finden niemanden vor. Womöglich warten auch sie acht Tage und finden weiterhin niemanden vor. So haben die beiden Großmeister sich verloren.«

»Wunderbar!« sagte Belbo. »So ist es gelaufen. Aber warum rühren sich dann jetzt die deutschen Rosenkreuzer und nicht die englischen?«

Ich bat um einen weiteren Tag Zeit, stöberte in meiner Kartei und kam am nächsten Morgen stolzgeschwellt ins Büro. Ich hatte eine Spur gefunden, scheinbar nur eine winzige, aber so arbeitet Sam Spade, nichts ist irrelevant für seinen Falkenblick. Gegen 1584 wurde der Magier und Kabbalist John Dee, Astrologe der Königin von England, mit dem Studium der Reform des Julianischen Kalenders beauftragt!

»Die Engländer haben die Portugiesen 1464 getroffen. Nach diesem Datum scheint es, als würden die Britischen Inseln von einem kabbalistischen Fieber erfaßt. Man arbeitet über dem, was man erfahren hat, um sich auf das nächste Treffen vorzubereiten. John Dee ist der Anführer dieser magischen und hermetischen Renaissance. Er richtet sich eine Privatbibliothek mit viertausend Bänden ein, die von den Templern aus Provins zusammengestellt sein könnte. Sein Opus *Monas Ieroglyphica* scheint direkt von der *Tabula smaragdina* inspiriert, der Bibel der Alchimisten. Und was tut John Dee ab 1584? Er liest die *Steganographia* von Trithemius! Und zwar im Manuskript, denn gedruckt erscheint das Werk erst zu Beginn des nächsten Jahrhunderts. Als Großmeister der englischen Gruppe, der die Schlappe des geplatzten Treffens erlitten hat, will Dee herausfinden, was passiert ist, wo der Fehler gelegen hat. Und da er auch ein großer Astronom ist, faßt er sich an die Stirn und sagt, was war ich doch für ein Idiot! Und setzt sich hin, um die Gregorianische Reform zu studieren, nicht ohne sich von Elisabeth dafür bezahlen zu lassen, um herauszufinden, wie sich der Fehler wiedergutmachen läßt. Aber ihm wird klar, daß es zu spät ist. Er weiß nicht, mit wem er in Frankreich Kontakt aufnehmen soll, aber er hat Kontakte zum mitteleuropäischen Raum. Das Prag Rudolfs II. ist ein alchimistisches Laboratorium, und tatsächlich begibt sich John Dee genau in diesen Jahren nach Prag und trifft sich dort mit Khunrath, dem Autor jenes *Amphitheatrum sapientiae aeternae*, dessen allegorische Tafeln später sowohl Andreae wie die Rosenkreuzer-Manifeste inspirieren sollten. Welche Beziehungen stellt John Dee her? Ich weiß nicht. Zerstört von Gewissenbissen wegen seines irreparablen Fehlers stirbt er 1608. Aber keine Angst, denn in London regt sich schon eine andere Gestalt, jemand, der nach allgemeiner Ansicht der Leute ein Rosenkreuzer war und von den Rosenkreuzern in seinem *Neuen Atlantis* gesprochen hat. Ich meine Francis Bacon.«

»Hat Bacon wirklich von ihnen gesprochen?« fragte Belbo.

»Nicht direkt, aber nach seinem Tod hat ein gewisser John Heydon das *Neue Atlantis* umgeschrieben unter dem Titel *The Holy Land*, und da hat er die Rosenkreuzer reingetan. Aber für unsere Zwecke genügt es auch so. Bacon nennt sie aus evidenten Gründen der Diskretion nicht offen beim Namen, aber es ist, als ob er's täte.«

»Und wer's nicht glaubt, den hole die Pest.«

»Genau. Und es ist Bacon, auf dessen Betreiben man nun die Beziehungen zwischen dem englischen und dem deutschen Milieu noch enger zu knüpfen sucht. 1613 erfolgt die Hochzeit zwischen Elisabeth, der Tochter Jakobs I., der nun auf dem Thron sitzt, mit Kurfürst Friedrich V. von der Pfalz. Nach dem Tod Rudolfs II. ist Prag nicht mehr der passende Ort, jetzt wird es Heidelberg. Die Fürstenhochzeit gestaltet sich zu einem Triumphzug templerischer Allegorien. Bei den Londoner Festlichkeiten führt Bacon persönlich Regie, und dargeboten wird eine Allegorie auf die mystische Ritterschaft, mit einem Auftritt von Rittern hoch oben auf einem Hügel. Es dürfte klar sein, daß Bacon, als Nachfolger Dees, jetzt Großmeister der englischen Templer ist...«

»... und da er zweifellos auch der wahre Autor der Dramen von Shakespeare ist, müßten wir auch den ganzen Shakespeare neu lesen, der bestimmt von nichts anderem gesprochen hat als von dem Großen Plan«, sagte Belbo. »Johannisnacht = Mittsommernachtstraum...«

»Der 23. Juni ist der Tag des Sommeranfangs.«

»Dichterische Freiheit. Ich frage mich, wie es möglich ist, daß niemand bisher auf diese Symptome geachtet hat, auf diese so offenkundigen Evidenzen. Alles scheint mir von einer geradezu unerträglichen Klarheit.«

»Wir sind durch das rationalistische Denken irregeleitet worden«, sagte Diotallevi. »Ich hab's ja schon immer gesagt.«

»Laß Casaubon weiterreden, mir scheint, er hat eine exzellente Arbeit geleistet.«

»Da gibt's nicht mehr viel zu sagen. Nach den Festlichkeiten in London kamen die Festlichkeiten in Heidelberg, wo Salomon de Caus für den Kurfürsten jene hängende Gärten angelegt hatte, von denen wir eine blasse Imitation in Piemont gesehen haben, Sie erinnern sich. Und im Verlauf dieser

Festlichkeiten erscheint ein allegorischer Wagen, der den Bräutigam als Jason feiert, und auf den beiden Masten des Schiffes, das auf dem Wagen dargestellt ist, erscheinen die Symbole des Goldenen Vlieses und des Hosenbandordens, ich hoffe, Sie haben nicht vergessen, daß dieselben Symbole auch an den Säulen in Tomar erscheinen... Alles fügt sich zusammen. Im folgenden Jahr erscheint die *Fama*, dann die *Confessio* – die Manifeste der Rosenkreuzer sind das Signal, das die englischen Templer, nachdem sie sich der Hilfe einiger Freunde in Deutschland versichert haben, durch ganz Europa schicken, um die Fäden des unterbrochenen Planes wieder zusammenzuknüpfen.«

»Aber worauf genau wollen sie hinaus?«

72

Nos inuisibles pretendus sont (à ce que l'on dit) au
nombre de 36, separez en six bandes.

*Effroyables pactions faictes entre le diable & les pretendus
Inuisibles*, Paris 1623, p. 6

»Vielleicht versuchen sie eine doppelte Operation: einerseits ein Signal an die Franzosen zu senden und andererseits
die verstreuten Teile der deutschen Gruppe wieder zusam-
menzufügen, die vermutlich durch die lutherische Reformation zerschlagen worden war. Vom Erscheinen der Manifeste
bis etwa 1621 erhielten deren Verfasser eine Flut von Antworten...«

Ich nannte einige der zahllosen Schriften, die zum Thema
erschienen waren, jene, an denen ich mich damals mit Amparo in Salvador da Bahia delektiert hatte. »Vermutlich gab
es unter all diesen Leuten einige, die etwas wußten, aber sie
gingen unter in einem Gewimmel von exaltierten Spinnern,
von Enthusiasten, die die Manifeste wörtlich nahmen, von
Provokateuren, die die Operation zu behindern suchten, von
Betrügern und Schwindlern... Die Engländer versuchten, in
die Debatte einzugreifen und sie zu steuern, nicht zufällig
schreibt Robert Fludd, ein anderer englischer Templer, im
Laufe eines einzigen Jahres drei Werke, um die richtige
Interpretation der Manifeste zu suggerieren... Aber die Reaktion ist jetzt unkontrollierbar geworden, der Dreißigjährige Krieg hat angefangen, der pfälzische Kurfürst ist von
den Spaniern geschlagen worden, die Pfalz und Heidelberg
werden geplündert, Böhmen steht in Flammen... Die Engländer beschließen, sich nach Frankreich zurückzuziehen
und es dort zu versuchen. Und so kommt es, daß sich die
Rosenkreuzer 1623 in Paris mit ihren Plakaten melden, auf
denen sie den Franzosen mehr oder weniger dieselben Ange-
bote machen wie vorher den Deutschen. Und was liest man
in einem der Pamphlete gegen die Rosenkreuzer in Paris,
geschrieben von einem, der ihnen mißtraute oder sie an-
schwärzen wollte? Daß sie Teufelsanbeter seien, natürlich,
aber da man auch in der Verleumdung nie ganz die Wahrheit
unterdrücken kann, insinuiert er, daß sie sich im Marais
versammelten.«

»Na und?«

»Ja, kennen Sie denn Paris nicht? Der Marais ist das Viertel des Tempels und – welch ein Zufall! – auch das Viertel des jüdischen Ghettos! Mal ganz davon abgesehen, daß diese Pamphlete auch behaupten, die Rosenkreuzer stünden in Kontakt mit einer iberischen Kabbalistensekte, den Alumbrados! Vielleicht versuchen all diese Schmähschriften gegen die Rosenkreuzer, indem sie so tun, als ob sie die sechsunddreißig Unsichtbaren attackierten, in Wahrheit deren Identifikation zu beschleunigen... Gabriel Naudé, der Bibliothekar Richelieus, schreibt *Instructions à la France sur la vérité de l'histoire des Frères de la Rose-Croix*. Was für Instruktionen? Ist er ein Sprecher der Templer des dritten Kerns, ist er ein Abenteurer, der sich in ein fremdes Spiel einmischt? Einerseits scheint es, als wollte auch er die Rosenkreuzer als verrückt gewordene Teufelsanbeter hinstellen, andererseits macht er geheimnisvolle Andeutungen und sagt, es seien noch drei weitere rosenkreuzerische Kollegien zugange – und das würde ja stimmen, denn nach der dritten Gruppe kommen noch einmal drei. Er gibt Hinweise, die nahezu märchenhaft klingen (eins der Kollegien sei in Indien auf schwimmenden Inseln), aber er läßt auch durchblicken, daß eins der Kollegien sich in den Untergründen von Paris befinde.«

»Und Sie glauben«, fragte Belbo, »das alles erkläre den Dreißigjährigen Krieg?«

»Ohne jeden Zweifel«, sagte ich. »Richelieu hat spezielle Informationen von Naudé, er will in dieser Geschichte mitmischen, aber er macht alles falsch, interveniert militärisch und trübt die Wasser nur noch mehr. Aber ich würde auch zwei andere Fakten nicht vernachlässigen. Erstens: 1619 tritt das Generalkapitel der Christusritter in Tomar zusammen, nach sechsundvierzig Jahren des Schweigens. Es war zuletzt 1573 zusammengetreten, wenige Jahre vor 1584, vermutlich um die Reise nach Paris zusammen mit den Engländern vorzubereiten, und nun tritt es nach der Geschichte mit den Rosenkreuzer-Manifesten erneut zusammen, um zu entscheiden, welche Linie man einschlagen soll, ob man sich der Operation der Engländer anschließen oder andere Wege probieren soll.«

»Klar«, sagte Belbo, »inzwischen sind das alles ja Leute, die hilflos herumirren wie in einem Labyrinth. Die einen probieren diesen, die anderen jenen Weg, man lanciert Gerüchte, aber man kapiert nicht, ob die Antworten, die man hört, die Stimme von jemand anderem oder das Echo der eigenen Stimme sind... Alle tasten sich wie im Dunkeln voran. Und was machen derweil die Paulizianer und die Jerusalemer?«

»Tja, wenn man das wüßte«, sagte Diotallevi. »Aber ich würde nicht außer acht lassen, daß es genau die Zeit ist, in der die lurianische Kabbala sich verbreitet und man anfängt, vom Bruch der Gefäße zu sprechen... Und zur selben Zeit kommt die Idee von der Torah als einer unvollständigen Botschaft auf. In einer chassidischen Schrift aus Polen heißt es: Wenn sich statt dessen ein anderes Geschehnis ereignet hätte, dann wären andere Buchstabenkombinationen daraus hervorgegangen... Eins ist jedenfalls klar: Den Kabbalisten gefällt es nicht, daß die Deutschen der Zeit vorgreifen wollten. Die richtige Ordnung und Abfolge der Torah ist verborgen geblieben, sie ist nur Ihm bekannt, dem Heiligen, Er sei gelobt... Aber laßt mich hier keine Verrücktheiten sagen. Wenn auch die heilige Kabbala in den Großen Plan mit einbezogen wird...«

»Wenn es den Großen Plan gibt, muß er *alles* mit einbeziehen. Entweder er ist global, oder er erklärt gar nichts«, sagte Belbo. »Aber Casaubon hatte noch ein zweites Indiz angedeutet.«

»Ja. Sogar eine Reihe von Indizien. Noch ehe das Treffen von 1584 gescheitert war, hatte John Dee begonnen, sich mit kartographischen Studien zu beschäftigen und Schiffsexpeditionen zu propagieren. Und in Abstimmung mit wem? Mit Pedro Nuñez, dem Kosmographen des Königs von Portugal... John Dee beeinflußte die Entdeckungsreisen auf der Suche nach der Nordwestpassage, er investierte Geld in die Expedition eines gewissen Frobisher, der in die Nähe des Nordpols vordrang und mit einem Eskimo zurückkam, den alle für einen Mongolen hielten, er stachelte Sir Francis Drake auf und ermunterte ihn zu seiner Weltreise, er wollte, daß die Entdecker nach Osten segelten, weil der Osten der Anfang jeder okkulten Erkenntnis sei, und bei der Abfahrt von ich weiß nicht mehr welcher Expedition rief er die Engel an.«

»Und was würde das bedeuten?«

»Mir scheint, daß John Dee in Wirklichkeit gar nicht so

sehr an der Entdeckung fremder Weltgegenden interessiert war, sondern an ihrer kartographischen Darstellung, und deswegen arbeitete er in Kontakt mit Mercator und Ortelius, zwei großen Kartographen. Es sieht so aus, als hätte er aus den Fragmenten der Botschaft, die er in Händen hielt, begriffen, daß die ganze Botschaft am Ende zur Entdeckung einer Karte führen mußte, und so versuchte er nun, diese Karte auf eigene Faust zu entdecken. Ja, ich wäre sogar versucht, noch mehr zu sagen, wie Signor Garamond. Sollte einem Gelehrten von seinem Kaliber wirklich die Diskrepanz zwischen den beiden Kalendern entgangen sein? Was, wenn er das Treffen mit Absicht verpatzt hätte? John Dee sieht mir ganz so aus, als hätte er die Botschaft für sich allein rekonstruieren wollen, um so die fünf anderen Gruppen auszuschalten. Ich habe den Verdacht, daß mit ihm die Idee auftaucht, man könne die Botschaft mit magischen oder wissenschaftlichen Mitteln rekonstruieren, ohne zu warten, daß der Plan sich erfüllt. Syndrom der Ungeduld. Genau zu dieser Zeit entsteht der Typus des bürgerlichen Eroberers, es trübt sich das Solidaritätsprinzip, auf dem die spirituelle Ritterschaft beruhte. Und wenn John Dee so dachte, dann sicher erst recht Francis Bacon. Von nun an versuchen die Engländer, das Geheimnis zu lüften, indem sie alle Geheimnisse der neuen Wissenschaft nutzen.«

»Und die Deutschen?«

»Die Deutschen, die lassen wir lieber den Weg der Tradition beschreiten. So können wir mindestens zwei Jahrhunderte Philosophiegeschichte erklären – angelsächsischer Empirismus gegen romantischen Idealismus...«

»Wir sind dabei, schrittweise die Geschichte der Welt zu rekonstruieren«, sagte Diotallevi. »Wir sind dabei, das Buch neu zu schreiben. Das gefällt mir, das gefällt mir!«

73

Ein anderer kurioser Fall von Kryptographie wurde dem Publikum 1917 von einem der besten Biographen Bacons, dem Dr. Alfred von Weber-Ebenhoff aus Wien, vorgelegt. Ausgehend von den bereits an den Werken Shakespeares erprobten Systemen, unternahm er es, sie auf die Werke von Cervantes anzuwenden... Im Verlauf dieser Untersuchung entdeckte er einen verblüffenden konkreten Beweis: die erste englische Übersetzung des *Don Quijote* von Shelton weist handschriftliche Korrekturen von Bacon auf. Er schloß daraus, daß diese englische Fassung das Original des Romans sei und daß Cervantes nur eine spanische Übersetzung davon veröffentlicht habe.

J. Duchaussoy, *Bacon, Shakespeare ou Saint-Germain?*,
Paris, La Colombe, 1962, p. 122

Daß Jacopo Belbo in den folgenden Tagen gierig historische Werke über die Zeit der Rosenkreuzer verschlang, scheint mir evident. Doch als er uns dann erzählte, zu welchen Schlüssen er gelangt war, lieferte er uns von seinen Phantasien nur das nackte Faktengerüst, aus dem wir freilich wertvolle Anregungen bezogen. Heute weiß ich, daß er in Wahrheit dabei war, an Abulafia eine weit komplexere Geschichte zu schreiben, in der sich das zügellose Zitatenspiel mit seiner Privatmythologie vermischte. Angesichts der Möglichkeit, Fragmente einer Geschichte anderer zu kombinieren, fand er langsam wieder den Drang, in narrativer Form die eigene Geschichte zu schreiben. Uns sagte er das nie. Und mir bleibt der Zweifel, ob er nur mit einigem Mut seine Fähigkeiten zum Ausdruck einer Fiktion erprobte, oder ob er nicht schon dabei war, sich selbst wie irgendein Diaboliker in die Große Geschichte, die er da verdrehte, hineinzuversetzen,

---

Filename: Das seltsame Kabinett des Doktor Dee

Lange Zeit habe ich vergessen, daß ich Talbot bin. Spätestens seit ich beschlossen hatte, mich Kelley zu nennen. Im Grunde hatte ich nur Dokumente gefälscht, das tun alle. Die Männer der Königin sind gnadenlos. Um meine armen abgeschnittenen Ohren zu verdecken, bin ich gezwungen, diese schwarze Mütze zu tragen, und alle tuscheln, ich sei ein Magier. Sei's drum. Doktor Dee lebt gut, ja prosperierend von diesem Ruf.

Ich war nach Mortlake gefahren, um ihn zu besuchen, und fand ihn über eine Karte gebeugt. Er blieb vage, der diabolische Alte. Nur düsteres Glimmen in seinen listigen Augen, und die knochige Hand, die den Ziegenbart kraulte.

– Das ist ein Manuskript von Roger Bacon, sagte er mir. Kaiser Rudolf II. hat es mir geliehen. Kennen Sie Prag? Sie sollten es einmal besuchen. Sie könnten dort etwas finden, was Ihr Leben verändern würde. Tabula locorum rerum et thesaurorum absconditorum Menabani…

Flüchtig sah ich ein Stückchen der Transkription, die er von einem Geheimalphabet zu machen versuchte. Doch sofort verbarg er das Manuskript unter einem Stapel anderer vergilbter Papiere. Wie schön, in einer Epoche zu leben, und einer Umgebung, in der jedes Blatt, auch wenn es eben erst aus der Werkstatt des Papiermachers kommt, schon vergilbt ist…

Ich hatte dem Doktor einige Proben von mir gezeigt, vor allem meine Gedichte über die Dark Lady. Hell leuchtendes Bild meiner Kindheit; dunkel, da aufgesogen vom Schatten der Zeit und meinem Besitz entzogen… Und ein tragisches Stück von mir, die Geschichte von Surabaya-Jim, der im Gefolge von Sir Walter Raleigh nach England zurückkehrt und entdeckt, daß der Vater getötet wurde, ermordet vom inzestuösen Bruder. Bilsenkraut.

– Sie haben Talent, Kelley, hatte Dee gesagt. Und Sie brauchen Geld. Da ist ein junger Mann, natürlicher Sohn von Sie wagen gar nicht zu denken wem, dem ich zu Ruhm und Ehren verhelfen will. Er hat wenig Talent, Sie werden seine geheime Seele sein. Schreiben Sie, und leben Sie im Schatten seines Ruhmes, nur Sie und ich werden wissen, daß es der Ihre ist, Kelley.

So sitze ich nun seit Jahren und schreibe die Stücke, die für die Königin und für ganz England unter dem Namen dieses blassen Jünglings laufen. If I have seen further, it is by standing on ye sholders of a Dwarf. Ich war dreißig Jahre alt, und ich werde niemandem erlauben zu sagen, dies sei das schönste Lebensalter.

– William, sagte ich, laß dir die Haare über die Ohren

477

wachsen, das steht dir. – Ich hatte einen Plan (mich an seine Stelle zu setzen?).

Kann man leben, indem man den Schüttelspeer haßt, der man in Wirklichkeit ist? That sweet thief which sourly robs from me. – Ruhig, Kelley, sagte Dee, im Schatten heranzuwachsen ist das Privileg dessen, der sich anschickt, die Welt zu erobern. Keepe a Lowe Profyle. William wird eine unsrer Tarnungen sein... Und er enthüllte mir (alas! nur zum Teil) das Kosmische Komplott. Das Geheimnis der Templer!

– Um was geht es dabei? fragte ich.

– Ye Globe.

Lange Zeit bin ich früh schlafen gegangen, jedoch eines späten Abends, um Mitternacht, stöberte ich in Dees privater Schatulle, entdeckte Formeln und wollte die Engel anrufen, wie er es in Vollmondnächten tut. Dee fand mich zusammengebrochen, mitten im Kreis des Makrokosmos, wie niedergestreckt von einem Peitschenhieb. Auf der Stirn das Pentaculum Salomonis. Nun muß ich die Mütze noch tiefer in die Stirn ziehen.

– Du weißt noch nicht, wie man das macht, sagte Dee. Sei auf der Hut, oder ich lasse dir auch die Nase abreißen. I will show you Fear in a Handful of Dust...

Er hob eine knochige Hand und sprach das schreckliche Wort: Garamond! Ich fühlte in mir eine Flamme brennen. Ich floh (in die Nacht).

Es brauchte ein Jahr, bis Dee mir verzieh und mir sein Viertes Buch der Mysterien widmete, »post reconciliationem kellianam«.

In jenem Sommer war ich von abstrakten Leidenschaften ergriffen. Dee hatte mich nach Mortlake gerufen, wir waren vollzählig bei ihm versammelt: ich, William, Spenser und ein junger Aristokrat mit fliehendem Blick, Francis Bacon. He had a delicate, lively, hazel Eie. Doctor Dee told me it was like the Eie of a Viper. Der Alte enthüllte uns einen Teil des Kosmischen Komplotts. Es ging darum, in Paris den fränkischen Flügel der Templer zu treffen und zwei Teile einer Karte zusammenzusetzen. Dee und Spenser sollten hinfahren, begleitet von Pedro Nuñez. Mir und Bacon vertraute er Dokumente an, und wir mußten schwören, sie nur zu öffnen, falls sie nicht wiederkämen.

Sie kamen wieder, einander heftig beschimpfend. – Das ist ganz unmöglich! rief Dee. Der Plan ist mathematisch exakt, er hat die astrale Perfektion meiner Monas Ieroglyphica. Wir *mußten* sie treffen, es war die Johannisnacht!

Ich hasse es, unterschätzt zu werden. Ich fragte ihn:

– Die Johannisnacht für uns oder für sie?

Dee schlug sich die Hand vor die Stirn und stieß gräßliche Flüche aus. – Oh, rief er, from what power hast thou this powerful might? – Der blasse William notierte sich den Satz, der feige Plagiator. Dee konsultierte fieberhaft Kalender und Ephemeriden. – Gottverdammt, Gottverflucht, wie konnte ich nur so blöd sein?! – Er beschimpfte Pedro Nuñez und Spenser. – Muß ich denn an *alles* denken? Hundsfott von einem Kosmographen! brüllte er Nuñez an. Dann rief er laut: Amanasiel! Zorobabel! Und Nuñez taumelte rückwärts wie von einem unsichtbaren Widder in den Magen gestoßen, wich erbleichend ein paar Schritte zurück und brach zusammen. – Hornochse! sagte Dee.

Spenser war blaß. Er stammelte mühsam: Man könnte einen Köder auswerfen. Ich beende gerade ein Poem, ein allegorisches Epos über die Feenkönigin, in das ich versucht bin, einen Ritter vom Roten Kreuz einzubringen… Laßt mich schreiben. Die wahren Templer werden einander erkennen, sie werden begreifen, daß wir Bescheid wissen, und werden Kontakt mit uns aufnehmen…

– Ich kenne dich, sagte Dee, bis du fertig geschrieben hast und die Leute dein Epos zur Kenntnis nehmen, vergeht ein Lustrum oder gar ein Dezennium. Aber die Idee mit dem Köder ist gar nicht so dumm.

– Warum kommunizieren Sie nicht durch Ihre Engel mit den Franzosen, Doktor? fragte ich ihn.

– Hornochse, sagte er nochmals, und diesmal zu mir. Hast du nicht den Trithemius gelesen? Die Engel des Empfängers intervenieren, um eine Botschaft zu entschlüsseln, wenn er sie erhält. Meine Engel sind keine reitenden Boten. Die Franzosen sind verloren. Aber ich habe einen Plan. Ich weiß, wo ich jemanden von der deutschen Linie finden kann. Wir müssen nach Prag fahren.

Wir hörten ein Geräusch, ein schwerer Damastvorhang hob sich, eine zarte Hand kam hervor, und dann erschien Sie, die Hehre Jungfrau. – Majestät, sagten wir niederkniend. – Dee, sprach Sie, ich weiß alles. Glaubt nicht,

479

meine Vorfahren hätten die Ritter gerettet, um ihnen nun die Weltherrschaft zu überlassen. Ich fordere, versteht Ihr, ich fordere und beanspruche das Geheimnis, wenn Ihr es habt, als ein Erbteil der Krone.

— Majestät, ich will das Geheimnis haben, um jeden Preis, und ich will es für die Krone haben. Ich will die anderen Besitzer wiederfinden, wenn dies der kürzeste Weg ist, aber wenn sie mir törichterweise anvertraut haben, was sie wissen, wird es für mich ein leichtes sein, sie zu eliminieren, sei's mit dem Dolche oder mit Gift.

Auf dem Antlitz der Jungfräulichen Königin erschien ein schauriges Lächeln. — Recht so, sagte sie, mein guter Dee… Ich will nicht viel, nur die Totale Macht. Euch, so Ihr erfolgreich seid, winkt der Hosenbandorden. Dir, William — und mit schlüpfriger Süße wandte sie sich an den kleinen Parasiten — ein andres Hosenband, und ein andres Goldenes Vlies. Folge mir.

Ich flüsterte William ins Ohr: Perforce I am thine, and all that is in me… William belohnte mich mit einem Blick voll triefender Dankbarkeit und folgte der Königin durch den Vorhang. Je tiens la reine!

....

Ich war mit Dee in der Goldenen Stadt. Wir gingen durch enge und übelriechende Gassen unweit des jüdischen Friedhofs, und Dee sagte, ich solle gut achtgeben. — Wenn die Nachricht von dem versäumten Kontakt sich verbreitet hat, sagte er, werden die anderen Gruppen bereits auf eigene Faust unterwegs sein. Ich fürchte die Juden, Kelley, die Jerusalemer haben hier in Prag zu viele Agenten…

Es war Abend. Der Schnee glitzerte bläulich. Vor dem dunklen Eingang zum Judenviertel hockten die Buden des Weihnachtsmarktes. Mitten darin, mit rotem Tuch bespannt, leuchtete grell, von schwelenden Fackeln beschienen, die offene Bühne eines Marionettentheaters. Doch gleich danach gelangten wir unter die Bögen eines gequaderten Laubenganges, und nach einem Erzbrunnen, dessen barockes Gitter voll langer Eiszapfen hing, öffnete sich der Torbogen zu einer anderen Passage. Verwitterte Paläste zogen an uns vorüber, mit hochmütigen Portalen, an denen goldene Löwenköpfe in bronzene Ringe bissen. Manchmal fuhr ein schwaches Beben durch jene Mauern, unerklärliche Geräusche liefen über die Dächer und glitten in den Regenrinnen hernieder. Die Häuser verrieten ein spukhaftes Treiben in ihrem Innern, als wären sie die heimlichen Herren des Lebens... Ein alter Zinswucherer in einem zerschlissenen Kaftan streifte uns fast im Vorübergehen, und mir war, als hörte ich ihn murmeln: Hütet euch vor Athanasius Pernath... – Ich fürchte einen ganz anderen Athanasius, murmelte Dee. Und mit einemmal waren wir in der Goldmachergasse.

Dort nun, und die Ohren, die ich nicht mehr habe, erzittern mir unter der zerschlissenen Mütze bei der Erinnerung, dort, im Dunkel eines weiteren unvermuteten Torweges, erschien jählings vor uns ein Riese, ein entsetzliches graues Geschöpf mit starrem Ausdruck, der Leib gepanzert mit einem bronzefarbenen Belag, gestützt auf einen spiralförmig gedrehten Knotenstock aus weißem Holz. Ein trüber Geruch nach Sandelholz und nassem Schiefer ging von der Erscheinung aus. Mich packte ein tödliches Grauen, es war, als wäre mein ganzes Fühlen zu Todeserschrecken geronnen in jenem Wesen, das da vor mir stand. Und doch konnte ich den Blick nicht von dem fahlen Nebelballen abwenden, den es anstelle des Kopfes auf den Schultern trug, und mit Mühe erkannte ich das Raubvogelgesicht eines ägyptischen Ibis, und dahinter eine Vielzahl anderer Gesichter, Alpträume meiner Phantasie und meiner Erinnerung. Die Umrisse des Phantoms schleierten schemenhaft in der Dunkelheit, zogen sich kaum merklich zusammen und dehnten sich wieder aus, als durchströmte ein langsamer mineralischer Atem die ganze Gestalt... Und – o Grausen – statt der Füße sah ich unförmige Knochenstümpfe im Schnee, von denen das Fleisch, grau und blutleer, sich zu Wülsten hochrollte.

Oh, meine gefräßigen Erinnerungen...

– Der Golem! sagte Dee. Sodann hob er beide Arme zum Himmel, und sein schwarzer Rock mit den weiten Ärmeln fiel an seiner hohen Gestalt herab, als wollte er ein Cingulum bilden, eine Nabelschnur zwischen den hocherhobenen Händen und der Oberfläche (oder den Tiefen) der Erde. – Jezebel, Malchuth, Smoke Gets in Your Eyes! sprach der Doktor. Und mit einem Schlage zerfiel der Golem wie eine Burg aus Sand, durch die ein Windstoß fährt, wir wurden fast geblendet von den Partikeln seines tönernen Leibes, die in der Luft wie Atome zerstoben, und am Ende lag vor unseren Füßen ein Häufchen verbrannter Asche. Dee beugte sich nieder, wühlte mit seinen knochigen Fingern in jenem Häufchen, zog einen Zettel heraus und barg ihn an seinem Busen.

Im selben Moment trat aus dem Dunkel ein alter Rabbi mit einer fettigen Kappe, die meiner Mütze sehr ähnlich sah.
– Doctor Dee, I suppose, sagte er. – Here Comes Everybody, erwiderte Dee bescheiden. Seid mir gegrüßt, Rabbi Allevi, welche Freude... Und der andere: – Habt Ihr zufällig hier ein Wesen umgehen sehen?

– Ein Wesen? fragte Dee mit gespieltem Erstaunen. Von welcher Beschaffenheit?

– Zum Teufel, sagte Rabbi Allevi. Es war mein Golem.

– Euer Golem? Davon weiß ich nichts.

– Hütet Euch, Doktor Dee, zischte der Rabbi böse. Ihr spielt ein Spiel, das größer ist als Ihr.

– Ich weiß nicht, wovon Ihr sprecht, Rabbi Allevi, sagte Dee. Wir sind hier, um ein paar Unzen Gold für Euren Kaiser zu machen. Wir sind keine Drei-Groschen-Nekromanten.

– Gebt mir wenigstens den Zettel wieder, flehte Rabbi Allevi.

– Welchen Zettel? fragte Dee mit teuflischer Einfalt.

– So seid denn verflucht, Doktor Dee! sprach Rabbi Allevi. Wahrlich, ich sage Euch, Ihr werdet die Morgendämmerung des neuen Jahrhunderts nicht mehr erleben. – Sprach's und entschwand in die Nacht, obskure Mitlaute ohne jeden Vokal vor sich hinmurmelnd. O Lingua Diabolica et Sancta!

Dee stand an die modrige Mauer des Torwegs gelehnt, erdfahl im Gesicht, das Haupthaar gesträubt gleich dem der Schlange. – Ich kenne diesen Rabbi Allevi, sagte er. Ich werde am fünften August anno 1608 sterben, nach dem Gregorianischen Kalender. Und darum helft mir nun, Kelley, meinen Plan ins Werk zu setzen. Ihr werdet es sein, der ihn vollenden muß. Gilding pale streams with heavenly alchymy, erinnert Euch daran. – O ja, ich würde mich daran erinnern, und William mit mir (und gegen mich).

Er sagte nichts mehr. Der gelbe Nebel, der seinen Rücken an den Fensterscheiben rieb, der gelbe Rauch, der seine

Schnauze an den Fensterscheiben rieb, leckte mit seiner Zunge an den Ecken des Abends. Wir waren jetzt in einer anderen Gasse, weißliche Dämpfe stiegen aus den vergitterten Kellerfenstern, durch die man in Spelunken mit schiefen Wänden sah, gestreift mit einer Skala trüber Grautöne... Ich erblickte, während er tastend eine Treppe hinunterkam (die Stufen unnatürlich rechtwinklig), die Gestalt eines Alten in verschlissenem Gehrock mit hohem Zylinder. Dee sah ihn ebenfalls. – Caligari! rief er. Auch er hier, und das im Haus der Madame Sosostris, The Famous Clairvoyante! Rasch, wir müssen uns sputen!

Wir beschleunigten unsere Schritte und gelangten zur Tür eines Häuschens in einer trübe beleuchteten Gasse.

Wir klopften, und die Tür öffnete sich wie durch Zauberhand. Wir traten in einen weiten hohen Saal, geschmückt mit siebenarmigen Leuchtern, mit Tetragrammen in Relief und Davidssternen im Strahlenkranz. Alte Geigen, schimmernd im Farbton der Lasur altmeisterlicher Gemälde, häuften sich vorn auf einem langen, perspektivisch nach hinten verjüngten Klostertisch. Ein großes Krokodil hing mumifiziert von der hohen Gewölbedecke, sanft schwingend in der Abendbrise, im flackernden Licht einer einzigen Fackel, oder vieler – oder keiner. Im Hintergrund, vor einer Art Zelt oder Baldachin, unter dem sich ein Tabernakel erhob, kniete wie im Gebet versunken, ununterbrochen blasphemisch die zweiundsiebzig Namen Gottes murmelnd, ein Greis. Ich wußte sogleich, erleuchtet durch jähen Blitzschlag des Nous, daß es Heinrich Khunrath war.

– Was ist, Dee? fragte er, sich umwendend und sein Gebet unterbrechend. Was wollt Ihr? – Er wirkte wie ein ausgestopftes Gürteltier, ein altersloser Leguan.

– Khunrath, sagte Dee, das dritte Treffen hat nicht geklappt.

Khunrath stieß eine gräßliche Verwünschung aus: Lapis Exillis! Und nu?

– Khunrath, sagte Dee, Ihr könntet einen Köder auswerfen und mich in Kontakt mit der deutschen Templerlinie bringen.

– Mal sehen, sagte Khunrath. Ich könnte Maier fragen, der kennt viele Leute bei Hof. Aber Ihr müßt mir dafür das Geheimnis der Jungfräulichen Milch verraten, das Geheimnis des Allergeheimsten Ofens der Philosophen.

Dee lächelte – o göttliches Lächeln jenes Sophen! Dann sammelte er sich wie zum Gebet und murmelte leise: Willst du das sublimierte Quecksilber umwandeln und in Wasser oder in Jungfrauenmilch auflösen, so tu's auf die Folie zwischen die Häufchen und die Schale mit dem sorgfältig pulverisierten DING, aber deck's nicht zu, sondern sorge dafür, daß die warme Luft an die nackte Materie gelangt, verabreiche ihm die Glut dreier Kohlen und halte es für acht Sonnentage lebendig, dann nimm's heraus und zerstampfe es gut auf dem Marmor, bis es ungreifbar geworden. Alsdann tu die Materie in einen Glaskolben und laß sie in Balneum Mariae destillieren, über einem Wasserkessel, der so postiert sein muß, daß sich der Kolben nicht mehr als zwei Fingerbreit dem Wasser nähert, sondern darüber schweben bleibt, und zugleich mache ein Feuer unter dem Bad. Dann, und erst dann wird die Materie des Silbers, obwohl sie nicht das Wasser berührt, sondern sich in diesem warmen und feuchten Bauche befindet, sich in Wasser verwandeln.

– Meister, sagte Khunrath, auf die Knie fallend und des Doktors knochige, diaphane Hand küssend. So werde ich's tun. Und du wirst bekommen, was du willst. Entsinne dich dieser zwei Worte: Rose und Kreuz. Du wirst noch davon hören.

Dee hüllte sich in seinen schwarzen Kapuzenmantel, so daß nur seine stechenden Augen daraus hervorlugten. – Gehen wir, Kelley, sagte er. Dieser Mann ist nun unser. Und du, Khunrath, halte uns den Golem vom Leibe, bis wir wieder in London sind. Danach mag ganz Prag ein einziger Scheiterhaufen sein.

Er machte Anstalten, sich zu entfernen. Khunrath kroch näher und ergriff einen Zipfel seines Mantels. – Es wird vielleicht eines Tages ein Mann zu dir kommen. Einer, der über dich schreiben will. Sei freundlich zu ihm.

– Gib mir die Macht, sagte Dee mit einem unbeschreiblichen Ausdruck auf seinem hageren Antlitz, und sein Glück ist gesichert.

Wir gingen hinaus. Über dem Atlantik befand sich ein barometrisches Minimum, es wanderte ostwärts zu einem über Rußland lagernden Maximum.

– Gehen wir nach Moskau, sagte ich.

– Nein, erwiderte er. Wir kehren nach London zurück.

– Nach Moskau, nach Moskau, murmelte ich verstört. Dabei hast du's doch genau gewußt, Kelley, du würdest niemals nach Moskau gelangen. Auf dich wartete der TURM.

. . . .

Wir kamen zurück nach London, und Doktor Dee sagte:
– Sie werden versuchen, vor uns zur Lösung zu gelangen. Kelley, schreib etwas für William, das sie… das sie ganz teuflisch verleumdet.

Und beim Bauche des Dämons, ich hab's getan, und dann hat William den Text verdorben und hat die ganze Geschichte aus Prag nach Venedig verlegt. Dee kochte vor Wut. Aber der blasse, schleimige William fühlte sich sicher im Schutz seiner königlichen Konkubine. Und die genügte ihm nicht. Als ich ihm eins nach dem andern seine besten Sonette übergab, fragte er mich mit schamlosem Blick nach Ihr, nach Dir, my Dark Lady. Wie entsetzlich, deinen Namen auf seinen schmierenkomödiantischen Lippen zu hören! (Ich wußte noch nicht, daß er, als doppelt verdammte Seele und Stellvertreter, für Bacon nach ihr suchte). – Jetzt reicht's, sagte ich zu ihm. Ich habe es satt, im Schatten deinen Ruhm zu errichten. Schreib du für dich selbst.

– Ich kann nicht, antwortete er mit einem Blick, als hätte er ein Gespenst gesehen. Er läßt mich nicht.

– Wer? Dee?

– Nein, der Baron Verulam. Hast du nicht gemerkt, daß er's jetzt ist, der das Spiel regelt? Er zwingt mich, die Werke zu schreiben, die er dann als die seinen ausgeben wird. Hast du verstanden, Kelley, ich bin der wahre Bacon, und die Nachgeborenen werden's nicht wissen. Oh, wie ich diesen Parasiten hasse, diesen Satansbraten!

– Bacon ist ein Schuft, aber er hat Geist, erwiderte ich. Warum schreibt er nicht eigenhändig?

Ich wußte noch nicht, daß er keine Zeit dazu hatte. Wir bemerkten es erst einige Jahre später, als Deutschland vom Rosenkreuzer-Wahn erfaßt wurde. Da begriff ich, indem ich verstreute Andeutungen zusammenfügte, die er sich in unbedachten Momenten hatte entfahren lassen, daß er der Verfasser der Rosenkreuzer-Manifeste war. Er schrieb unter dem falschen Namen Johann Valentin Andreae!

Für wen der echte Andreae schrieb, hatte ich damals noch nicht begriffen. Doch jetzt, im Dunkel dieser Zelle, in welcher ich schmachte, hellsichtiger als Don Isidro Parodi, jetzt weiß ich's. Soapes hat es mir gesagt, mein Zellengenosse, ein einstiger portugiesischer Templer: Andreae schrieb einen Ritterroman für einen Spanier, der zur selben Zeit in einem anderen Gefängnis saß. Ich weiß nicht warum, aber das Projekt nützte dem infamen Bacon, der gerne als der geheime Autor der Abenteuer des Ritters von La Mancha in die Geschichte eingegangen wäre und daher Andreae gebeten hatte, ihm heimlich das Werk zu schreiben, als dessen wahrer okkulter Autor er sich dann ausgeben würde, um im Schatten (aber warum, warum?) den Triumph eines anderen zu genießen.

Doch ich schweife ab, nun, da es kalt ist in dieser Zelle und mich der Daumen schmerzt. Ich schreibe, im blakenden Licht einer verlöschenden Öllampe, die letzten Werke, die unter dem Namen Williams laufen werden.

. . . .

Doktor Dee ist tot. Im Sterben murmelte er die Worte: Licht, mehr Licht, und bat um einen Zahnstocher. Zuletzt sagte er: Qualis Artifex Pereo! Es war Bacon, der ihn hatte umbringen lassen. Jahrelang hatte der Verulamius die Königin, bis sie gebrochenen Herzens und Sinnes verschied, in gewisser Weise umgarnt. Ihre Züge waren bereits entstellt und ihr Leib zum Skelett abgemagert. Ihre Nahrung hatte sich auf ein Stück Weißbrot und eine Zichoriensuppe pro Tag reduziert. Sie trug immer noch einen Degen an ihrer Seite, und in Momenten der Wut stieß sie ihn heftig in die Vorhänge und die Damasttapeten an den Wänden ihrer Gemächer. (Und wenn nun jemand dahinter verborgen war, um zu lauschen? Oder eine Ratte, eine Ratte? Gute Idee, alter Kelley, muß ich mir gleich notieren.)

Der so senil gewordenen Alten konnte Bacon leicht weismachen, daß er William wäre, ihr Bastard – vor ihren Knien sitzend, sie schon erblindet, er in das Fell eines Widders gehüllt. Das Goldene Vlies! Es hieß, er spekuliere auf den Thron, aber ich wußte, daß er weit mehr wollte: Er wollte die Herrschaft über den Planeten. Zu der Zeit geschah es, daß er Viscount of Saint Albans wurde. Und sobald er sich stark genug fühlte, schaffte er Dee aus dem Wege.

....

Die Königin ist tot, es lebe der König… Ich war jetzt ein ungelegener Mitwisser. Er lockte mich in einen Hinterhalt, es war ein Abend, an dem die Dark Lady endlich hätte die meine sein können, und sie tanzte in meinen Armen, verloren unter der Herrschaft von Kräutern, die Visionen erzeugen können, Sie, die ewige Sophia, mit ihrem Runzelgesicht einer alten Gemse… Er trat herein mit einer Handvoll Bewaffneter, ließ mir die Augen mit einem Lappen verbinden, und jäh begriff ich: das Vitriol! Und wie Sie lachte, wie Du lachtest, Pin Ball Lady – oh maiden virtue rudely strumpeted, oh gilded honour shamefully misplac'd! – indes er dich mit seinen gierigen Händen betatschte und du ihn Simon nanntest und ihm die sinistre Narbe küßtest…

In den Tower mit ihm, in den Tower! lachte der Verulam. Und seither liege ich hier, zusammen mit dieser menschlichen Larve, die sich Soapes nennt, und die Wärter kennen mich nur als Surabaya-Jim. Habe nun, ach! Philosophie, Juristerei und Medizin – und leider auch Theologie! – durchaus studiert, mit heißem Bemühn. Da steh ich nun, ich armer Tor, und bin so klug als wie zuvor.

....

Durch eine Fensterscharte habe ich die Königshochzeit mit angesehen, samt den Rittern vom Roten Kreuz, die beim Klang der Trompeten paradierten. *Ich* hätte der Trompeter sein müssen, Cecilia wußte es, und ein weiteres Mal ward mir der Preis vorenthalten, das Ziel. William blies die Trompete. Ich schrieb im Schatten, für ihn.

– Ich will dir sagen, wie du dich rächen kannst, raunte Soapes mir zu, und an jenem Tage enthüllte er mir, wer er wirklich war: ein bonapartistischer Abbé, seit Jahrhunderten begraben in diesem Verlies.

– Werde ich je hier rauskommen? fragte ich ihn.

– If…, begann er zu antworten. Doch dann verstummte er. Mit dem Blechlöffel an die Mauer klopfend, in einem mysteriösen Alphabet, das er von Trithemius gelernt hatte, wie er mir anvertraute, sandte er Botschaften an jemanden, der in der Nachbarzelle saß. Der Graf von Montsalvat.

....

Jahre sind vergangen. Soapes hat nie aufgehört, an die Mauer zu klopfen. Inzwischen weiß ich, für wen und zu welchem Zweck. Der Empfänger heißt Noffo Dei. Und dieser Dei (kraft welcher mysteriösen Kabbala klingen die Namen Dei und Dee so ähnlich? Wer hat die Templer denunziert?), dieser Dei hat, von Soapes unterwiesen, Bacon denunziert. Was er gesagt hat, weiß ich nicht, aber vor ein paar Tagen wurde der Verulamius in den Kerker geworfen. Unter Anklage der Sodomie, weil, wie behauptet wird (und ich zittere bei dem Gedanken, daß es wahr sein könnte), weil Du, my Dark Lady, die Schwarze Jungfrau der Druiden und der Templer, nichts anderes warst und nichts anderes bist als der ewige Androgyn, hervorgegangen aus den wissenden Händen wessen, ja wessen? Jetzt, ja jetzt weiß ich's: deines Geliebten, des Grafen von Saint-Germain! Doch wer ist jener Saint-Germain, wenn nicht Bacon (wie viele Dinge weiß Soapes, dieser obskure Templer mit den vielen Leben…)?

....

Bacon ist aus dem Kerker entlassen worden, er hat durch magische Künste die Gunst des Monarchen zurückgewonnen. Jetzt verbringt er, sagt William, die Nächte am Ufer der Themse, in Pilad's Pub, beim Spiel an jener sonderbaren Maschine, die ihm ein Nolaner erfunden hat, den er dann in Rom auf dem Campo de' Fiori entsetzlich verbrennen ließ, nachdem er ihn zu sich nach London geholt hatte, um ihm sein Geheimnis zu entlocken, eine astrale Maschine, Verschlingerin rasender Kugeln, die er durch infinite Universen und Welten jagt, in einem Gefunkel himmlischer Lichter, indem er als triumphierende Bestie dem Gehäuse obszöne Stöße mit dem Schambein versetzt, um die Bewegungen der Himmelskörper zu fingieren im Haus der Dekane und die letzten Geheimnisse seiner Magna Instauratio zu verstehen und endlich auch das Geheimnis des Neuen Atlantis – eine Maschine, die er Gottlieb's genannt hat, zum Hohn auf die heilige Sprache der Andreae zugeschriebenen Manifeste… Ah! rufe ich aus (s'écria-t-il), nun bei klarem Bewußtsein, aber zu spät und vergebens, während das Herz mir sichtbar unter den Bändern des Wamses schlägt: darum also nahm er mir die Trompete weg, das Amulett, den Talisman, die kosmische Fessel, die den Dämonen zu befehlen vermochte! Was wird er nun aushecken in seinem Salomonischen Haus? Es ist spät, ich wiederhole mich, inzwischen hat er zuviel Macht bekommen.

. . . .

Bacon soll gestorben sein, heißt es. Soapes versichert mir, daß es nicht wahr sei. Niemand habe die Leiche gesehen. Er lebe weiter unter falschem Namen am Hof des Landgrafen von Hessen, nun in die höchsten Mysterien eingeweiht und somit unsterblich geworden, bereit, seine finstere Schlacht für den Sieg des Großen Planes weiterzutreiben, in seinem Namen und unter seiner Kontrolle.

Nach diesem vermeintlichen Tod kam mich William besuchen, mit seinem heuchlerischen Lächeln, das mir die Gitterstäbe nicht zu verbergen vermochten. Er fragte mich, wieso ich ihm in Sonett 111 etwas von einem Färber geschrieben habe, er zitierte den Vers: To what it works in, like the dyer's hand…

– Nie habe ich diese Worte geschrieben, sagte ich. Und es stimmte… Kein Zweifel, Bacon hatte sie eingefügt, bevor er verschwand, um ein geheimes Signal an jene zu senden, die nun den Grafen von Saint-Germain an ihren Höfen aufnehmen sollen, als einen Experten für Tinkturen und Farben… Ich glaube, in Zukunft wird er versuchen, die Leute glauben zu machen, er habe die Werke Williams geschrieben. Wie hell und klar nun auf einmal alles wird, wenn man es aus dem Dunkel eines Verlieses betrachtet!

. . . .

Where art thou, Muse, that thou forget'st so long? Ich fühle mich müde, krank. William erwartet neues Material von mir für seine albernen Clownerien im Globe.

Soapes schreibt. Ich schaue ihm über die Schulter. Er kritzelt eine unverständliche Botschaft: Rivverrun, past Eve and Adam's... Er verdeckt das Blatt mit den Händen, sieht mich an, sieht mich bleicher werden als ein Gespenst, liest den Tod in meinen Augen. – Ruh dich aus, sagt er leise. Hab keine Angst. Ich werde für dich schreiben.

Und so tut er's nun, als Maske einer Maske. Ich erlösche allmählich, und er entzieht mir auch noch das letzte Licht, das der Dunkelheit.

74

Obgleich er guten Willens ist, scheinen sein Geist
und seine Prophezeiungen offenkundiges Teufels-
werk ... Sie sind imstande, viele neugierige Menschen zu täuschen und der Kirche Gottes Unseres
Herrn großen Schaden und Ärger zu verursachen.

Gutachten über Guillaume Postel, an Ignatius von Loyola
geschickt von den Jesuiten-Patres Salmeron, Lhoost und
Ugoletto am 10. Mai 1545

Entspannt erzählte uns Belbo, was er sich ausgedacht hatte,
ohne uns seine Seiten vorzulesen und ohne alle privaten
Bezüge. Ja, er ließ uns sogar glauben, Abulafia habe ihm die
Kombinationen geliefert. Daß Francis Bacon der wahre Verfasser der Rosenkreuzer-Manifeste gewesen sei, hatte ich
schon irgendwo einmal gelesen, aber eine Bemerkung über-
raschte mich: daß Bacon auch Viscount of Saint Albans war.

Etwas ging mir im Kopf herum, etwas im Zusammenhang
mit meiner alten Dissertation. Die folgende Nacht verbrachte ich schlaflos über meinen Karteien.

»Meine Herren«, begrüßte ich am nächsten Morgen einigermaßen feierlich meine Komplizen, »wir können gar keine
Zusammenhänge erfinden. Es gibt sie. Als Bernhard von
Clairvaux die Idee eines Konzils lancierte, um die Templer zu
legitimieren, war unter denen, die mit der Organisation der
Sache beauftragt wurden, auch der Prior von Saint Albans,
der unter anderem den Namen des ersten englischen Märty-
rers trug, des Evangelisators der Britischen Inseln, und der
stammte genau aus Verulam, dem Familiensitz Bacons! Sankt
Alban, Kelte und zweifellos Druide, war ein Initiierter genau
wie Sankt Bernhard.«

»Ist das alles?« fragte Belbo.

»Warten Sie ab. Dieser Prior von Sankt Alban war zugleich auch Abt von Saint-Martin-des-Champs, dem Kloster,
in welchem später das Conservatoire des Arts et Métiers
installiert werden sollte!«

Belbo fuhr hoch. »Donnerwetter!«

»Und damit nicht genug. Das Conservatoire war aus-
drücklich als Hommage an Francis Bacon gedacht. Am
25. Brumaire des Jahres III ermächtigte der Konvent sein

Comité d'Instruction Publique zum Druck der gesammelten Werke von Bacon. Und am 19. Vendémiaire desselben Jahres verabschiedete derselbe Konvent ein Gesetz zum Bau eines Hauses der Künste und Handwerke, das die Idee jenes Salomonischen Hauses realisieren sollte, von dem Bacon in seiner *Nova Atlantis* spricht und das er als den Ort beschreibt, an dem alle technischen Erfindungen der Menschheit versammelt sein würden.«

»Na und?« fragte Diotallevi.

»Na, und im Conservatoire hängt doch das Pendel!« sagte Belbo. Und an der Reaktion von Diotallevi sah ich, daß Belbo ihm von seinen Reflexionen über das Foucaultsche Pendel erzählt haben mußte.

»Langsam, langsam«, bremste ich. »Das Pendel ist erst im vorigen Jahrhundert erfunden und installiert worden. Lassen wir das lieber erst mal beiseite.«

»Das Pendel beiseite lassen?« fragte Belbo. »Haben Sie nie einen Blick auf die Hieroglyphische Monade von John Dee geworfen, den Talisman, der alle Weisheit des Universums in sich vereinigen sollte? Sieht der nicht aus wie ein Pendel?«

»Na schön«, sagte ich, »nehmen wir an, daß sich ein Zusammenhang zwischen den beiden Fakten herstellen läßt. Aber wie gelangt man von Sankt Alban zum Pendel?«

Ich wußte es nach wenigen Tagen.

»Also, der Prior von Saint Albans war Abt von Saint-Martin-des-Champs, das infolgedessen zu einem protemplerischen Zentrum wurde. Bacon stellte über seinen Stammsitz einen Initiationskontakt zu den Druiden im Gefolge von Sankt Alban her. Und jetzt aufgepaßt: Genau zu der Zeit, als Bacon seine Karriere in England beginnt, endet in Frankreich die von Guillaume Postel.«

(Ich bemerkte ein winziges Zucken in Belbos Gesicht und dachte an den Dialog auf der Vernissage von Riccardo: Postel erinnerte ihn an den, der ihm Lorenza entfremdet hatte. Doch es war nur ein kurzer Augenblick.)

»Postel lernt Hebräisch und versucht zu beweisen, daß es die gemeinsame Matrix aller Sprachen sei, er übersetzt den *Sohar* und den *Bahir*, er nimmt Kontakt zu den Kabbalisten auf, lanciert ein Projekt für den Weltfrieden ähnlich dem der Rosenkreuzer, sucht den König von Frankreich für ein Bündnis mit dem Sultan zu gewinnen, bereist Griechenland, Syrien und Kleinasien, lernt Arabisch – mit einem Wort: er reproduziert den Bildungsweg des Christian Rosencreutz. Und nicht zufällig unterzeichnet er einige seiner Werke mit dem Namen Rosispergius, ›Morgentau-Sprenger‹. Und Gassendi schreibt in seinem *Examen Philosophiae Fluddanae*, daß Rosencreutz nicht von *rosa* komme, sondern von *ros*, also Morgentau. In einem seiner Manuskripte spricht er von einem Geheimnis, das es zu hüten gelte, bis die Zeit gekommen sei, und sagt: ›Damit die Perlen nicht vor die Säue geworfen werden.‹ Und wissen Sie, wo dieses Bibelzitat wieder auftaucht? Auf dem Frontispiz der *Chymischen Hochzeit*. Und Pater Marinus Mersenne sagt, um den Rosenkreuzer Fludd anzuprangern, er sei vom selben Schlage wie der *atheus magnus* Guillaume Postel. Andererseits scheint es, daß Dee und Postel sich anno 1550 getroffen haben, und vielleicht wußten sie da noch gar nicht und sollten es erst dreißig Jahre später wissen, daß sie die beiden Großmeister waren, die sich dem Großen Plan zufolge anno 1584 treffen sollten… Nun erklärt aber Postel, hört, hört, daß der König von Frankreich in seiner Eigenschaft als direkter Nachfahre des ältesten Sohnes von Noah – also des Stammvaters der keltischen Sippe und somit der Druidenkultur – der einzige legitime Anwärter auf den Titel des Königs der Welt sei. Jawohl, des Königs der Welt von Agarttha, und das sagt Postel drei Jahrhunderte vor Saint-Yves d'Alveydre! Lassen wir auf sich beruhen, daß er sich in eine alte Vettel namens Johanna verliebte und sie als die göttliche Sophia betrachtete, der Gute hatte wohl in dem Punkt nicht alle richtig beisammen. Beachten wir aber, daß er mächtige Feinde hatte, die ihn als elenden Hund beschimpften, als schändliches Ungeheuer, als Kloake aller denkbaren Häresien, besessen von einer Legion Dämonen. Und trotzdem, ungeachtet des Skandals mit der Johanna, betrachtete ihn die Inquisition nicht als einen Häretiker, sondern nur als *amens*, sagen wir: ein bißchen plemplem. Mit anderen Worten, man wagt es nicht, den Mann zu vernichten, weil man weiß, daß er der

Sprecher einer ziemlich mächtigen Gruppe ist. Speziell für Diotallevi weise ich darauf hin, daß Postel auch den Orient bereist hatte und ein Zeitgenosse von Isaak Luria war, ziehen Sie daraus die Ihnen passend erscheinenden Schlüsse. Tja, und 1564 (im selben Jahr, als Dee seine *Monas Ieroglyphica* schreibt) widerruft Postel seine Häresien und zieht sich zurück in – na, raten Sie mal, wohin? –, in das Kloster Saint-Martin-des-Champs! Und worauf wartet er dort? Offenkundig auf das Jahr 1584.«

»Offenkundig«, bestätigte Diotallevi.

»Eben. Und ist Ihnen klar, was das heißt? Postel war der Großmeister der französischen Gruppe, der auf das Treffen mit der englischen Gruppe wartete. Aber er starb 1581, drei Jahre vor dem Treffen. Woraus zweierlei folgt: erstens, zu dem Zwischenfall von 1584 ist es gekommen, weil im entscheidenden Moment ein scharfsinniger Kopf wie Postel gefehlt hat, der imstande gewesen wäre, die Sache mit der Kalenderkonfusion zu kapieren; und zweitens, Saint-Martin war ein Ort, wo die Templer seit jeher zu Hause waren und wohin sich der Mann zurückzog, der mit der Durchführung des dritten Treffens beauftragt war. Saint-Martin-des-Champs war das Refugium!«

»Alles fügt sich zusammen wie in einem Mosaik.«

»Nun folgen Sie mir noch ein Stück weiter. Zur Zeit des versäumten Treffens ist Bacon erst zwanzig Jahre alt. Aber 1621 wird er Viscount von Saint Albans. Was findet er in dem geerbten Besitz? Geheimnis. Tatsache ist, daß er genau in dem Jahr der Korruption beschuldigt wird und für einige Zeit ins Gefängnis muß. Bacon hat etwas gefunden, das jemandem angst macht. Wem? Nun, sicher hat Bacon zu jener Zeit begriffen, daß Saint-Martin kontrolliert werden muß, und faßt die Idee, dort sein Salomonisches Haus zu errichten, das Laboratorium, das ihm erlauben soll, auf experimentellem Weg das Geheimnis zu lüften.«

»Aber was«, fragte Diotallevi, »wäre dann das Bindeglied zwischen den Erben Bacons und den revolutionären Gruppen am Ende des achtzehnten Jahrhunderts?«

»Vielleicht die Freimaurerei?« meinte Belbo.

»Glänzende Idee. Im Grunde hatte Agliè sie uns schon an dem Abend im Schloß suggeriert.«

»Man müßte die Ereignisse rekonstruieren. Was genau ist damals in jenen Kreisen geschehen?«

75

> Dem ewigen Schlaf... würden somit nur jene ent-
> rinnen, die es schon im Leben verstanden haben,
> ihr Bewußtsein auf höhere Formen auszurichten.
> Die Initiierten, die Adepten, stehen an der Grenze
> eines solchen Weges. Nachdem sie zur Erinnerung
> gelangt sind, zur Anamnesis nach den Begriffen
> Plutarchs, werden sie frei, gehen ohne Fesseln,
> zelebrieren gekrönt die »Mysterien« und sehen auf
> der Erde die Menge derer, die nicht initiiert und
> nicht »rein« sind, einander zertreten und in den
> Schlamm und die Finsternis stoßen.
>
> Julius Evola, *La tradizione ermetica*, Rom, Edizioni
> Mediterranee, 1971, p. 111

In schöner Selbstsicherheit bewarb ich mich für eine rasche und präzise Recherche. Hätte ich sie nur nicht versprochen! Ich versank in einem Wust von Büchern, einem Morast, der historische Studien neben hermetischen Phantastereien enthielt, ohne daß es immer leicht war, die zuverlässigen Nachrichten von den gefaselten zu unterscheiden. Eine Woche lang ackerte ich wie ein Automat, und am Ende beschränkte ich mich darauf, eine krude, fast unverständliche Liste von Sekten, Logen und Geheimbünden anzulegen. Nicht ohne dabei immer wieder zusammenzuzucken, wenn ich auf bekannte Namen stieß, die ich nie in dieser Gesellschaft erwartet hätte, und auf chronologische Koinzidenzen, die mir bemerkenswert erschienen. Ich zeigte das Dokument meinen beiden Komplizen.

1645 London: Ashmole gründet, rosenkreuzerisch beeinflußt, das Invisible College.

1662 Aus dem Invisible College geht die Royal Society hervor und aus dieser, wie jeder weiß, die Freimaurerei.

1666 Paris: Académie des Sciences.

1707 Geburt von Claude-Louis de Saint-Germain, wenn er wirklich geboren wurde.

1717 Gründung der Londoner Großloge.

1721 Anderson verfaßt die »Konstitutionen« der englischen Freimaurerei. Peter der Große, in London initiiert, gründet eine Loge in Rußland.

1730 Montesquieu, zu Besuch in London, wird initiiert.

1737 Ramsay behauptet in seinem *Discours*, daß die Freimaurer von den Templern abstammten. Dies ist der Ursprung des »schottischen«, d.h. neutemplerischen Ritus, der fortan im Kampf mit der Londoner Großloge liegen wird.

1738 Friedrich II., damals noch Kronprinz von Preußen, läßt sich initiieren. Als Friedrich der Große wird er zum Beschützer der Enzyklopädisten.

1740 In Frankreich entstehen diverse »schottische« Logen: die Écossais Fidèles in Toulouse, der Souverain Conseil Sublime, die Mère Loge Écossaise du Grand Globe Français, das Collège des Sublimes Princes du Royal Secret in Bordeaux, die Cour des Souverains Commandeurs du Temple in Carcassonne, die Philadelphes in Narbonne, das Chapitre des Rose-Croix in Montpellier, die Sublimes Élus de la Vérité…

1743 Erster öffentlicher Auftritt des Grafen von Saint-Germain. In Lyon entsteht der Grad des Ritters Kadosch, des Rächers der Templer.

1753 Willermoz gründet die Loge de la Parfaite Amitié.

1754 Martines de Pasqually gründet den Temple des Élus Cohens (nach anderen Quellen erst 1760).

1756 Baron von Hund gründet den templerischen Orden der Strikten Observanz. Manche sagen, auf Anregung Friedrichs des Großen. Zum erstenmal ist die Rede von den Unbekannten Oberen. Jemand insinuiert, die Unbekannten Oberen seien Friedrich und Voltaire.

1758 Saint-Germain erscheint in Paris und bietet dem König seine Dienste als Chemiker und Tinkturen-Experte an. Er verkehrt im Salon der Pompadour.

1759 Bildung eines Souverain Conseil des Empereurs d'Orient et d'Occident, der drei Jahre später die Constitutions et Règlement de Bordeaux verfaßt, woraus der Alte und Angenommene Schottische Ritus hervorgegangen sein soll (der aber offiziell erst 1801 auftritt). Kennzeichnend für den Schottischen Ritus wird die Multiplikation der Hochgrade bis zu dreiunddreißig.

1760 Saint-Germain in undurchsichtiger diplomatischer Mission in Holland. Muß fliehen, wird in London verhaftet und wieder freigelassen. Dom Joseph Pernety gründet die Illuminés d'Avignon. Martines de Pasqually gründet die Chevaliers Maçons Élus de l'Univers.

1762 Saint-Germain in Rußland.

1763 Casanova begegnet Saint-Germain in Belgien: der Graf läßt sich de Surmont nennen und verwandelt eine Münze in Gold.
Willermoz gründet das Souverain Chapitre des Chevaliers de l'Aigle Noire Rose-Croix.

1768   Willermoz schließt sich den Élus Cohens von Pasqually an. In Jerusalem erscheinen apokryph *Les plus secrets mystères des hauts grades de la maçonnerie dévoilée, ou le vrai Rose-Croix*; darin heißt es, die Loge der Rosenkreuzer befinde sich auf dem Berg Heredon, sechzig Meilen von Edinburgh entfernt. Pasqually begegnet Louis-Claude de Saint Martin, später bekannt als Philosophe Inconnu. Dom Pernety wird Bibliothekar des Königs von Preußen.

1771   Der Herzog von Chartres, später bekannt als Philippe Egalité, wird Großmeister des Grand Orient, später Grand Orient de France, und bemüht sich um die Vereinigung aller Logen. Widerstand seitens der Logen des Schottischen Ritus.

1772   Pasqually reist ab nach Santo Domingo. Willermoz und Saint Martin gründen ein Tribunal Souverain, aus dem später die Grande Loge Écossaise wird.

1774   Saint Martin zieht sich zurück, um Philosophe Inconnu zu werden. Ein Delegierter der Strikten Observanz verhandelt mit Willermoz. Ergebnis ist ein Schottisches Direktorium der Provinz von Auvergne. Daraus entsteht später der Rektifizierte Schottische Ritus.

1776   Saint-Germain, unter dem Namen Graf Welldone, erscheint in Potsdam und legt Friedrich dem Großen chemische Projekte vor.
        Bildung einer Société des Philalèthes zwecks Vereinigung aller Hermetiker.
        Bildung der Loge Neuf Soeurs in Paris: Mitglieder werden Guillotin und Cabanis, Voltaire und Franklin.
        Weishaupt gründet den Orden der Illuminaten in Bayern. Nach einigen Quellen war sein Initiator ein dänischer Kaufmann namens Kölmer, der aus Ägypten zurückkam und der mysteriöse Altotas gewesen sein soll, der Lehrer Cagliostros.

1778   Saint-Germain trifft sich in Berlin mit Dom Pernety. Willermoz gründet den Orden der Chevaliers Bienfaisants de la Cité Sainte. Die Strikte Observanz einigt sich mit dem Grand Orient auf die Anerkennung des Rektifizierten Schottischen Ritus.

1782   Großer Konvent aller Schottischen Maurerlogen in Wilhelmsbad, Ende der Strikten Observanz.

1783   Der Marquis Thomé gründet den Ritus von Swedenborg.

1784   Saint-Germain stirbt angeblich auf Schloß Gottorp in Schleswig beim Landgrafen Carl von Hessen-Kassel, während er für diesen eine Farbenfabrik errichtet.

1785   Cagliostro gründet den Ägyptischen Ritus, aus dem dann der Alte und Primitive Ritus von Memphis-Misraim wird, der die Zahl der Hochgrade bis auf neunzig erhöht.

Aufdeckung der (angeblich von Cagliostro manipulierten) Halsbandaffäre der Marie-Antoinette. Dumas beschreibt sie als ein freimaurerisches Komplott zur Diskreditierung der Monarchie.

Verbot und Verfolgung des Illuminaten-Ordens in Bayern wegen revolutionärer Verschwörung.

1786   Mirabeau wird von den Illuminaten in Berlin initiiert. In London erscheint ein rosenkreuzerisches Manifest, das Cagliostro verfaßt haben soll. Mirabeau schreibt einen Brief an Cagliostro und an Lavater.

1787   In Frankreich gibt es mittlerweile rund siebenhundert Logen. Es erscheint der *Nachtrag* von Weishaupt, der den Aufbau einer Geheimorganisation beschreibt, in der jedes Mitglied nur seinen unmittelbaren Vorgesetzten kennt.

1789   Beginn der Französischen Revolution. Krise der Logen in Frankreich.

1794   Am 8. Vendémiaire präsentiert der Abgeordnete Grégoire dem Konvent das Projekt eines Conservatoire des Arts et Métiers. Das Museum wird 1799 vom Rat der Fünfhundert in dem ehemaligen Kloster Saint-Martin-des-Champs eingerichtet.

Der Herzog von Braunschweig appelliert an die Logen, sich freiwillig aufzulösen: eine giftige subversive Sekte habe sie allesamt infiziert und verdorben.

1798   Verhaftung Cagliostros in Rom.

1801   In Charleston, South Carolina, öffentliche Bekanntgabe der Gründung eines Ancient and Accepted Scottish Rite mit 33 Hochgraden.

1824   Note des Wiener Hofes an die französische Regierung, betreffend die Warnung vor italienischen Geheimbünden wie den Carbonari.

1845   Der Kabbalist F. C. Oetinger behauptet, er habe Saint-Germain in Paris getroffen.

1846   Der Wiener Schriftsteller Franz Graffer publiziert den Bericht einer Begegnung seines Bruders mit Saint-Germain zwischen 1788 und 1790; Saint Germain habe den Besucher empfangen, während er in einem Buch von Paracelsus blätterte.

1865   Gründung der Societas Rosicruciana in Anglia (nach anderen Quellen 1860 oder 1867). Mitglied wird Edgar Bulwer-Lytton, Autor des rosenkreuzerischen Romans *Zanoni*.

1868   Bakunin gründet die Internationale Allianz der sozialistischen Demokratie, angeblich inspiriert von den bayerischen Illuminaten.

1875   Helena Petrovna Blavatsky gründet in London die Theosophische Gesellschaft. Zwei Jahre später erscheint ihre *Isis*

Unveiled. Baron Spedalieri bekennt sich als Mitglied einer Großloge der Einsamen Brüder vom Berge, als Erleuchteter Bruder des Alten und Restaurierten Ordens der Manichäer sowie als Hoher Erleuchteter der Martinisten.

1877 Madame Blavatsky spricht von der theosophischen Rolle des Grafen von Saint-Germain: Zu seinen Inkarnationen gehörten angeblich Roger und Francis Bacon, Christian Rosencreutz, Proklos und Sankt Alban.

Der Grand Orient de France schafft die Anrufung des Allmächtigen Baumeisters aller Welten ab und proklamiert die absolute Gewissensfreiheit. Er bricht alle Kontakte mit der Großloge von England ab und wird dezidiert laizistisch und radikal-liberal.

1879 Gründung der amerikanischen Societas Rosicruciana.

1880 Beginn der Aktivitäten von Saint-Yves d'Alveydre.
Leopold Engel reorganisiert die bayerischen Illuminaten.

1884 Papst Leo XIII. verurteilt die Freimauererei in seiner Enzyklika *Humanum Genus*. Die Katholiken verlassen sie, die Rationalisten strömen in Massen hinein.

1888 Stanislas de Guaita gründet in Frankreich den Ordre Kabbalistique de la Rose-Croix. In England Gründung des Hermetic Order of the Golden Dawn mit elf Graden, vom Neophyten bis zum Ipsissimus. »Imperator« ist McGregor Mathers. Dessen Schwester heiratet Bergson.

1890 Joséphin Péladan trennt sich von Guaita, gründet den Ordre de la Rose+Croix Catholique du Temple et du Graal und proklamiert sich zum Sâr Mérodak. Der Streit zwischen den Rosenkreuzern von Guaita und denen von Péladan wird später »Krieg der zwei Rosen« genannt.

1898 Aleister Crowley wird in den Golden Dawn aufgenommen. Anschließend gründet er auf eigene Rechnung den Orden von Thelema.

1905 Papus prophezeit dem Zaren in St. Petersburg die Oktoberrevolution.

1907 Aus dem Golden Dawn geht die Stella Matutina hervor, der Yeats sich anschließt.

1909 Spencer Lewis »erweckt« in Amerika den Anticus Mysticus Ordo Rosae Crucis; 1916 demonstriert er in einem Hotel mit Erfolg die Umwandlung eines Stückes Zink in Gold.
Max Heindel gründet die Rosicrucian Fellowship. Mit ungesicherten Gründungsdaten folgen das Lectorium Rosicrucianum, die Frères Aînés de la Rose-Croix, die Fraternitas Hermetica und der Templum Rosae-Crucis.

1912 Annie Besant, Schülerin der Blavatsky, gründet in London den Orden vom Tempel des Rosenkreuzes.

1918 In Deutschland entsteht die Thule-Gesellschaft.

1936 In Frankreich Gründung des Grand Prieuré des Gaules. Enrico Contardi di Rhodio spricht in den *Cahiers de la fraternité polaire* von einem Besuch, den ihm der Graf von Saint-Germain gemacht habe.

»Was bedeutet das alles?« fragte Diotallevi

»Fragen Sie das nicht mich. Sie wollten Daten und Fakten. Hier sind sie. Mehr weiß ich nicht.«

»Wir werden Agliè fragen müssen. Ich möchte wetten, daß nicht einmal er alle diese Organisationen kennt.«

»Na hören Sie, das ist doch sein täglich Brot. Aber wir könnten ihn ja mal auf die Probe stellen. Fügen wir doch eine nichtexistierende Sekte hinzu. Eine kürzlich gegründete.«

Mir fiel die seltsame Frage von De Angelis ein, die er mir am Ende unseres letzten Gesprächs gestellt hatte: Ob ich schon einmal von einer Gruppe namens Tres gehört hätte. Und so sagte ich: »Tres.«

»Was ist das?« fragte Belbo.

»Wenn es ein Akrostichon ist, muß sich darunter ein Text verbergen«, meinte Diotallevi. »Sonst hätten meine Rabbiner nicht das Notarikon praktizieren können. Schauen wir mal... Templi Resurgentes Equites Synarchici. Wie klingt das?«

Der Name gefiel uns, und so setzten wir ihn ans Ende der Liste.

»Nach all diesen Geheimbünden war es gar nicht so leicht, noch einen weiteren zu erfinden«, sagte Diotallevi in einem Anfall von Eitelkeit.

76

Wollte man den dominanten Charakter der französischen Freimaurerei des 18. Jahrhunderts mit
einem Wort definieren, so würde nur ein einziges
passen: Dilettantismus.

René Le Forestier, *La Franc-Maçonnerie Templière et Occultiste
aux XVIIIe et XIXe siècle*, Paris, Aubier, 1970, 2

Am nächsten Abend luden wir Agliè zu Pilade ein. Obwohl
die neuen Kunden der Bar zu Jackett und Schlips zurückgekehrt waren, die Anwesenheit unseres Gastes, mit seinem
dunkelblauen Nadelstreifenanzug und seinem schneeweißen
Hemd, die Krawatte mit einer goldenen Nadel festgesteckt,
erregte doch einiges Aufsehen. Zum Glück war es bei Pilade
um sechs Uhr abends noch ziemlich leer.

Agliè verwirrte Pilade mit der Bestellung eines französischen Marken-Cognacs. Natürlich gab es ihn, aber er thronte
hoch oben auf dem Bord hinter dem Zinktresen, ungeöffnet,
vielleicht seit Jahren.

Während er sprach, betrachtete Agliè das Getränk in seinem Glas gegen das Licht, um es dann mit den Händen zu
wärmen, wobei er aus seinen Ärmeln goldene Manschetten-
knöpfe in vage ägyptischem Stil aufblitzen ließ.

Wir zeigten ihm unsere Liste und sagten, wir hätten sie aus
den Manuskripten der Diaboliker zusammengestellt.

»Daß die Templer mit den traditionellen Dombauhütten
zusammenhingen«, begann er, »das heißt mit den Logen der
Steinmetzen, die sich auf den Bau des Salomonischen Tempels zurückführten, ist sicher. So sicher, wie daß sich diese
Logenbrüder auf Hiram beriefen, den Architekten des Tempels, der einem mysteriösen Mord zum Opfer gefallen war,
weshalb sie ihn zu rächen gelobten. Nach der Verfolgung
durch Philipp den Schönen sind gewiß viele Tempelritter in
jene Bauhandwerkerbünde geströmt, um den Mythos der
Rache für Hiram mit dem der Rache für Jacques de Molay zu
verschmelzen. Zu Beginn des achtzehnten Jahrhunderts gab
es in London noch echte Bauhütten, sogenannte operative
oder Werklogen, doch allmählich kamen, angelockt von ihren traditionellen Riten, immer mehr gelangweilte, wenngleich hochgeachtete Aristokraten hinzu, und so verwan-

delte sich die operative oder Werkmaurerei, die eine Angelegenheit echter Maurer gewesen war, in die spekulative Maurerei, die eine Geschichte symbolischer Maurer wurde. Angeregt vom ersten Großmeister der Englischen Großloge, John Theophilus Desaguliers, einem Freund Newtons, verfaßte der protestantische Pastor Anderson die *Constitutions* für eine Loge von Maurerbrüdern im Geist des Deismus und begann, von den Maurerbrüderschaften als von viertausend Jahre alten Zünften zu sprechen, die auf die Erbauer des Salomonischen Tempels zurückgingen. Dies sind die Gründe für den freimaurerischen Mummenschanz mit Schürze, Winkelmaß, Zirkel und Hammer. Doch vielleicht gerade deshalb wurde die Freimaurerei nun Mode, attraktiv für die Adligen wegen der Stammbäume, die sie durchblicken ließ, aber mehr noch für die Bürger, denen sie nicht nur erlaubte, von gleich zu gleich mit den Adligen zu verkehren, sondern auch den Degen zu tragen. Elend der entstehenden modernen Welt: die Adligen brauchen ein Milieu, in dem sie sich mit den neuen Kapitalproduzenten treffen können, und diese – wen wundert's? – suchen dringend nach einer Legitimation.«

»Aber die Templer kamen doch, scheint's, erst später ins Spiel.«

»Der erste, der einen direkten Zusammenhang mit den Templern herstellte, war Ramsay, von dem ich jedoch lieber nicht sprechen möchte. Ich fürchte, er war von den Jesuiten inspiriert. Aus seiner Predigt ging dann die schottische Abart der Freimaurerei hervor.«

»Schottisch in welchem Sinne?«

»Der schottische Ritus ist eine deutsch-französische Erfindung. Die Londoner Großloge hatte drei Initiationsgrade: Lehrling, Geselle und Meister. Die schottische Freimaurerei vervielfachte diese Grade, denn viele Grade bedeuteten viele Stufen der Initiation und des Geheimnisses ... Die Franzosen mit ihrer angeborenen Eitelkeit haben es dann auf die Spitze getrieben ...«

»Aber was war denn da für ein Geheimnis?«

»Keins natürlich. Hätte es ein Geheimnis gegeben – oder hätten sie es besessen –, so hätte seine Komplexität die Komplexität der Initiationsgrade schon gerechtfertigt. Doch Ramsay multiplizierte die Grade, um glauben zu machen, daß er ein Geheimnis besitze. Und wir können uns vorstellen, wie die braven Kaufleute bebten bei dem Gedanken, sie könnten endlich die Fürsten der Rache werden...«

Agliè geizte nicht mit Freimaurerklatsch. Und beim Reden ging er, wie es seine Art war, allmählich zur ersten Person über. »Zu jener Zeit schrieb man in Frankreich bereits *couplets* über die neue Mode der Frimaçons, die Logen wucherten allenthalben, in ihnen zirkulierten Bischöfe, Mönche, Grafen und Krämer, und die Mitglieder des Königshauses wurden Großmeister. In den neutemplerischen Logen der Strikten Observanz dieses dubiosen Herrn von Hund waren Leute wie Goethe, Lessing, Mozart, Voltaire, es entstanden Logen im Militär, in den Regimentern bildeten sich Verschwörungen, um Hiram zu rächen, und man diskutierte über die bevorstehende Revolution. Für die andern war die Freimaurerei einfach eine *société de plaisir*, ein Club, ein Statussymbol. Da fand sich alles zusammen, Cagliostro, Mesmer, Casanova, Baron d'Holbach, d'Alembert... Aufklärer und Alchimisten, Libertins und Hermetiker. Und man sah's ja beim Ausbruch der Revolution, als die Mitglieder ein und derselben Loge sich plötzlich geteilt fanden und es schien, als trete die große Brüderschaft ein für allemal in die Krise...«

Gab es da nicht einen Gegensatz zwischen Großem Orient und Schottischer Loge?«

»In Worten, ja. Ein Beispiel: In die Philosophenloge der Neuf Soeurs war auch Benjamin Franklin eingetreten, dem es natürlich um ihre laizistische Umwandlung ging – ihn interessierte nur die Unterstützung der amerikanischen Revolution –, aber zur selben Zeit war einer der Großmeister jener Graf von Milly, der nach einem Elixier für langes Leben suchte. Da er ein Idiot war, vergiftete er sich bei seinen Experimenten und starb. Oder denken Sie an Cagliostro: einerseits erfand er ägyptische Riten, andererseits war er in die Affäre mit dem Halsband der Königin involviert, also in einen Skandal, den die neuen bürgerlichen Schichten betrieben hatten, um das Ancien Régime zu diskreditieren. Jawohl, auch Cagliostro hatte die Finger mit drin, verstehen Sie? Versuchen Sie sich nur mal vorzustellen, mit was für Leuten man damals zusammenleben mußte...«

»Muß hart gewesen sein«, sagte Belbo verständnisvoll.

»Aber was für Leute«, fragte ich, »waren diese Barone von Hund, die nach den Unbekannten Oberen suchten...«

»An den Rändern der bürgerlichen Farce waren Gruppen mit ganz anderen Zielen entstanden, die sich, um Anhänger zu gewinnen, notfalls auch mit den Freimaurerlogen zusammentaten, aber auf Höheres aus waren. An diesem Punkt kam es zur Diskussion über die Unbekannten Oberen. Leider jedoch war der Baron von Hund kein seriöser Mensch. Zuerst ließ er seine Adepten glauben, die Unbekannten Oberen seien die Stuarts. Dann erklärte er, Ziel seines Ordens sei die Wiedergewinnung der ursprünglichen Templergüter, und sammelte Gelder, wo er sie kriegen konnte. Da er nicht genug zusammenbekam, fiel er einem gewissen Starck in die Hände, der behauptete, er habe das Geheimnis der Goldfabrikation von den wahren Unbekannten Oberen erfahren, die in Petersburg säßen. Daraufhin scharten sich um von Hund und Starck allerlei Theosophen, Alchimisten, Gold- und Rosenkreuzer der letzten Stunde, und alle gemeinsam wählten als ihren Großmeister einen höchst integren Aristokraten, den Herzog Ferdinand von Braunschweig. Der freilich sofort begriff, in was für eine schlechte Gesellschaft er da geraten war. Ein anderes Mitglied der Strikten Observanz, der Landgraf Carl von Hessen-Kassel, rief den Grafen von Saint-Germain an seinen Hof, im Glauben, dieser Edelmann könne ihm Gold machen – und was wollen Sie, damals mußte man sich den Launen der Herrschenden fügen… Doch jener Fürst hielt sich obendrein noch für Sankt Petrus. Ich versichere Ihnen, einmal mußte der gute Lavater, als er bei dem Landgrafen zu Gast war, der Herzogin von Devonshire eine Szene machen, weil sie sich für Maria Magdalena hielt…«

»Aber all diese Willermoz und Martines de Pasqually, die eine Sekte nach der anderen gründeten…«

»Pasqually war ein Abenteurer. Er vollführte Geisterbeschwörungen in einer geheimen Kammer, die Engel erschienen ihm in Gestalt von Leuchtspuren und hieroglyphischen Zeichen. Willermoz hatte ihn ernst genommen, da er ein Enthusiast war, ehrlich, aber naiv. Er war fasziniert von der Alchimie, er dachte an das Große Werk, dem die Auserwählten sich widmen müßten, um den Verbindungspunkt der sechs edlen Metalle zu finden durch Erforschung der Maße in den sechs Lettern des ersten Namens Gottes, den Salomo seinen Erwählten kundgetan hatte.«

»Und weiter?«

»Willermoz gründete viele Obedienzen und trat in viele

Logen gleichzeitig ein, wie es damals üblich war, stets auf der Suche nach einer definitiven Enthüllung und stets in der Furcht, sie könnte sich immer woanders ereignen, wie es in Wahrheit ja auch geschah – und dies ist vielleicht die einzige Wahrheit... So schloß er sich den Élus Cohens von Pasqually an. Doch 1872 verschwand Pasqually, fuhr übers Meer nach Santo Domingo und ließ alles im Stich. Wieso verdrückte er sich? Ich habe den Verdacht, daß er in den Besitz eines Geheimnisses gelangt war, das er mit niemandem teilen wollte. Jedenfalls verschwand er dann in Übersee so obskur, wie er's verdient hatte, Friede seiner Seele...«

»Und Willermoz?«

»In jenen Jahren waren alle erschüttert vom Tod Swedenborgs, eines Mannes, der den kranken Okzident vieles hätte lehren können, wenn der Okzident ihm Gehör geschenkt hätte, doch inzwischen verrannte sich das Jahrhundert immer mehr in den Wahn der Revolution, um die Ambitionen des Dritten Standes zu befriedigen... Nun, und genau in jenen Jahren hörte Willermoz von der Strikten Observanz des Möchtegerntemplers von Hund und war fasziniert. Es war ihm gesagt worden, daß ein Templer, der sich öffentlich als solcher erklärt, indem er eine öffentliche Templervereinigung gründet, kein Templer ist, aber das achtzehnte Jahrhundert war eine Epoche großer Gläubigkeit. Kurz, Willermoz probierte zusammen mit von Hund die verschiedenen Bündnisse durch, die hier auf Ihrer Liste stehen, bis der saubere Herr von Hund demaskiert wurde – ich meine, bis sich herausstellte, daß er einer von jenen Leuten war, die mit der Kasse durchbrennen – und ihn der Herzog von Braunschweig aus der Vereinigung ausschloß.«

Agliè warf einen weiteren Blick auf unsere Liste: »Ah ja, der gute Weishaupt, den hatte ich ganz vergessen. Die bayerischen Illuminaten zogen anfangs mit ihrem schönen Namen viele edelgesinnte Geister an. Aber dieser Weishaupt war ein Anarchist, heute würden wir sagen, ein Kommunist, und wenn Sie wüßten, worüber man in jenen Kreisen damals schwadronierte – Staatsstreiche, Absetzung von Souveränen, Blutbäder... Wohlgemerkt, ich habe Weishaupt sehr bewundert, aber nicht wegen seiner Ideen, sondern wegen seiner sehr klaren Vorstellung von der Funktionsweise einer Geheimgesellschaft. Aber man kann glänzende organisatorische Ideen und sehr konfuse Ziele haben. Mit einem Wort, der Herzog von Braunschweig sah sich plötzlich gezwungen, die Konfusion zu verwalten, die der Baron von Hund hinterlassen hatte, und begriff, daß es in der deutschen Freimaurerei nun mindestens drei einander bekämpfende Strömungen gab: die esoterisch-okkultistische, inklusive einiger Rosenkreuzer, die rationalistisch-aufklärerische und die anarchischrevolutionäre der Illuminaten. So schlug er den verschiedenen Logen vor, sich in Wilhelmsbad bei Hanau zu einem ›Konvent‹ zu treffen, wie man das damals nannte, wir könnten auch sagen: zu einer Versammlung der freimaurerischen Generalstände. Folgende Fragen sollten beantwortet werden: Entspringt der Orden wirklich einer uralten Initiationsgemeinschaft und wenn ja, welcher? Gibt es wirklich Unbekannte Obere, Wächter der uralten Überlieferung, und wenn ja, wer sind sie? Was ist das wahre Ziel des Ordens? Ist sein Endziel die Wiederherstellung des Ordens der Templerritter? Und so weiter, bis hin zu der Frage, ob sich der Orden mit Geheimwissenschaften beschäftigen sollte. Willermoz machte begeistert mit, endlich sollte er Antworten auf die Fragen bekommen, die er sich sein Leben lang inbrünstig gestellt hatte... Und dann kam der Fall de Maistre.«

»Welcher de Maistre?« fragte ich. »Joseph oder Xavier?«

»Joseph.«

»Der Reaktionär?«

»Nun, wenn er Reaktionär war, war er's nicht gründlich genug. Er war neugierig. Bedenken Sie, daß dieser treue Sohn der katholischen Kirche genau in dem Moment, als die Päpste anfingen, Bullen gegen die Freimaurer zu erlassen, in eine Loge eintrat, unter dem Namen Josephus a Floribus. Ja, er näherte sich den Freimaurern bereits 1773, als ein päpstliches Schreiben die Jesuiten verurteilte. Natürlich näherte sich ein Mann wie de Maistre den Logen vom Schottischen Ritus, das ist klar, er war kein bürgerlicher Illuminist im Sinne der Aufklärung, sondern ein *Illuminé* – und bitte beachten Sie den Unterschied, denn die Italiener nennen die Jacobiner Illuministen, während man in anderen Ländern mit demselben Ausdruck die Anhänger der Tradition bezeichnet, es ist schon wirklich ein kurioses Durcheinander...«

Agliè nippte an seinem Cognac, zog ein Etui aus fast weißem Metall hervor, entnahm ihm Cigarillos von ungewöhnlicher Form (»Die beziehe ich direkt aus London«, sagte er, »von derselben Firma wie die Zigarren, die Sie neulich bei mir zu Hause probiert haben. Bitte, bedienen Sie sich, die sind ganz vorzüglich...«) und blickte versonnen in die Ferne, während er weitersprach.

»Tja, de Maistre... Ein Mann von exquisiten Manieren, ihm zuzuhören war ein Genuß. Und er hatte sich große Autorität in den Kreisen der Eingeweihten erworben. Jedoch in Wilhelmsbad enttäuschte er die Erwartungen aller. Er schickte einen Brief an den Herzog, worin er die templerische Herkunft der Freimaurerei entschieden verneinte, desgleichen die Existenz der Unbekannten Oberen und die Nützlichkeit der esoterischen Wissenschaften. Er tat das aus Treue zur katholischen Kirche, aber mit Argumenten der bürgerlichen Aufklärung. Als der Herzog den Brief im Kreise Vertrauter vorlas, wollte es keiner glauben. Weiter erklärte de Maistre, der Zweck des Ordens sei lediglich eine spirituelle Läuterung und die traditionellen Zeremonien und Riten dienten einzig dazu, den mystischen Geist wachzuhalten. Er lobte die neuen Symbole der Freimaurerei, behauptete aber, ein Bild, das mehrere Dinge zugleich darstelle, stelle gar nichts mehr dar. Was nun freilich – entschuldigen Sie – ganz eindeutig im Widerspruch zur gesamten hermetischen Tradition steht, denn ein Symbol ist um so machtvoller und bedeutsamer, je vieldeutiger und flüchtiger es ist, was würde sonst aus dem Geiste des Hermes, des Gottes mit den tausend Gesichtern? Was die Templer betraf, so sagte de Maistre bündig, ihr Orden sei im Geiste der Habsucht gegründet und von der Habsucht zerstört worden, das sei alles. Der Savoyarde konnte nicht vergessen, daß der Orden mit Billigung des Papstes zerschlagen worden war. Nie darf man sich auf die katholischen Legitimisten verlassen, so glühend ihre hermetische Neigung auch sein mag. Auch seine Antwort auf die Frage nach den Unbekannten Oberen war lächerlich: Es gebe sie nicht, und der Beweis dafür sei, daß wir sie nicht kennten. Worauf ihm erwidert wurde, gewiß kennten wir sie nicht, sonst wären sie ja keine Unbekannten, und sagen Sie selbst, ob Ihnen seine Art zu argumentieren besonders logisch erscheint. Seltsam, daß ein Gläubiger seines Schlages so wenig Sinn für das Geheimnis hatte. Nach all diesen Ausführungen formulierte de Maistre seinen Schlußappell: Kehren wir zum Evangelium zurück, und lassen wir die Narreteien von Memphis! Womit er nur die altbekannte

Linie der Kirche vertrat. Begreifen Sie nun, in welchem Klima sich das Wilhelmsbader Treffen vollzog? Nach dem Abfall einer Autorität wie de Maistre sah sich Willermoz in der Minderheit und konnte allenfalls noch einen Kompromiß erzielen. Der templerische Ritus wurde zwar beibehalten, aber jede Aussage über die Herkunft wurde vertagt, im ganzen also ein Fehlschlag. Auf jenem Konvent verlor das Schottentum seine Chance. Wären die Dinge anders gelaufen, hätte sich die Geschichte des Jahrhunderts vielleicht ganz anders entwickelt.«

»Und danach?« fragte ich. »Hat man nichts wieder zusammenflicken können?«

»Was gab es denn da noch zusammenzuflicken, um Ihre Terminologie zu benutzen... Drei Jahre später lag ein gewisser Lanz, ein Pfarrer, der sich dem Illuminatenorden angeschlossen hatte, vom Blitz erschlagen bei Regensburg in einem Wald. Man fand bei ihm Instruktionen des Ordens, die bayerische Regierung griff ein, man entdeckte, daß Weishaupt ein Komplott gegen die Regierung schmiedete, und im Jahr darauf wurde der Orden verboten. Und nicht nur das, man publizierte auch Schriften von Weishaupt, Schriften mit den angeblichen Projekten der Illuminaten, die das ganze deutsche und französische Neutemplertum für ein Jahrhundert diskreditierten... Beachten Sie, daß Weishaupts Illuminaten höchstwahrscheinlich auf seiten der jakobinischen Freimaurer standen und sich in die neutemplerische Strömung eingeschleust hatten, um sie zu zerstören. Es war gewiß kein Zufall, daß jener böse Geist den Grafen Mirabeau, den Tribun der Revolution, auf seine Seite gezogen hatte. Darf ich Ihnen etwas im Vertrauen sagen?«

»Bitte.«

»Männer wie ich, die daran interessiert sind, die Fäden einer verlorenen Überlieferung wieder zusammenzuknüpfen, stehen verwirrt vor einem Ereignis wie dem Konvent zu Wilhelmsbad. Jemand muß da alles erraten, aber geschwiegen haben, jemand hat da Bescheid gewußt und gelogen. Und danach war's zu spät, erst das revolutionäre Durcheinander, dann die kläffende Meute der Okkultisten... Schauen Sie sich Ihre Liste an, eine Kirmes der Gutgläubigkeit und der Betrügerei, Intrigen, gegenseitige Exkommunikationen, Geheimnisse, die in aller Munde sind. Das Theater des Okkultismus.«

»Sie meinen, die Okkultisten sind nicht sehr vertrauenswürdig?« fragte Belbo.

»Sie müssen den Okkultismus von der Esoterik unterscheiden. Die Esoterik ist die Suche nach einem Wissen, das sich nur durch Symbole tradiert, die für Nichteingeweihte versiegelt sind. Der Okkultismus hingegen, der sich im neunzehnten Jahrhundert ausbreitet, ist nur die Spitze des Eisbergs, das wenige, was vom esoterischen Geheimnis auftaucht. Die Templer waren Initiierte, und der Beweis dafür ist, daß sie, als sie gefoltert wurden, lieber starben, als ihr Geheimnis preiszugeben. Die Kraft, mit welcher sie es verbargen, macht uns ihrer Initiation gewiß und erfüllt uns mit Sehnsucht nach dem, was sie wußten. Der Okkultist hingegen ist ein Exhibitionist, und wie Péladan sagte, ein aufgedecktes Initiationsgeheimnis ist zu nichts mehr nütze. Leider war Péladan kein Initiierter, sondern bloß ein Okkultist. Das neunzehnte Jahrhundert ist das Jahrhundert der Angeberei. Alle bemühen sich unentwegt, irgendwelche Geheimnisse aufzudecken – die Geheimnisse der Magie, der Theurgie, der Kabbala, der Tarotkarten. Und womöglich glauben sie auch noch daran…«

Agliè überflog den Rest unserer Liste, nicht ohne da und dort mitleidig zu lächeln. »Die arme Helena Petrowna. Eine brave Frau im Grunde, aber sie hat nichts gesagt, was nicht schon auf allen Mauern geschrieben stand… De Guaita, ein süchtiger Bibliomane. Papus, na wohl bekomm's…«

Dann stutzte er plötzlich.

»Tres… Woher haben Sie das? Aus welchem Manuskript?«

Bravo, dachte ich, er hat den Zusatz bemerkt. Wir blieben vage: »Ach wissen Sie«, sagte ich, »die Liste ist beim Durchblättern verschiedener Texte zusammengestellt worden, und das meiste haben wir wieder gestrichen, weil's wirklich Unsinn war. Wissen Sie noch, woher dieses Tres kam, Belbo?«

»Glaube nicht. Du, Diotallevi?«

»Och, das war schon vor Tagen… Ist das wichtig?«

»Nein, nein, ganz und gar nicht«, versicherte uns Agliè. »Ich frage nur, weil ich es noch nie gehört habe. Wissen Sie wirklich nicht mehr, wer das zitiert hat?«

Es tat uns sehr leid, wir konnten uns nicht erinnern.

Agliè zog seine Uhr aus der Weste. »Mein Gott, ich habe ja noch eine andere Verabredung. Entschuldigen Sie mich.«

Er eilte davon, und wir blieben noch, um die Lage zu diskutieren.

»Jetzt ist alles klar. Die Engländer haben die Idee mit der Freimaurerei lanciert, um alle Initiierten in ganz Europa um Bacons Projekt zu versammeln.«

»Aber das Projekt ist nur halb gelungen: die Idee der Baconianer war so faszinierend, das sie unerwartete Resultate erbrachte. Die sogenannte schottische Strömung mißverstand den neuen Geheimbund als eine Möglichkeit zur Rekonstruktion der unterbrochenen Abfolge und nahm Kontakt zu den deutschen Templern auf.«

»Agliè findet die Sache unverständlich. Das ist klar. Nur wir können jetzt sagen, was passiert ist – was wir wollen, daß passiert sei. Also: die verschiedenen nationalen Gruppen geraten miteinander in Streit, ich würde nicht ausschließen, daß dieser Martines de Pasqually ein Agent der portugiesischen Gruppe ist, die Engländer desavouieren die Schotten, sprich die Franzosen, die Franzosen sind in zwei Lager geteilt, in das pro-englische und das pro-deutsche. Die Freimaurerei ist nur der äußere Deckmantel, der Vorwand, unter dem all diese Agenten verschiedener Gruppen – Gott weiß, wo die Paulizianer und die Jerusalemer geblieben sein mögen – sich treffen und sich bekämpfen, um sich gegenseitig ein Stückchen des Geheimnisses zu entreißen.«

»Die Freimaurerei als so was wie Ricks Café Américain in Casablanca«, sagte Belbo. »Das Gegenteil dessen, was man gemeinhin glaubt. Die Freimaurerei ist kein Geheimbund.«

»Nein, wirklich nicht, nur ein Freihafen, wie Macao. Eine Fassade. Das Geheimnis ist woanders.«

»Arme Maurer.«

»Der Fortschritt verlangt seine Opfer. Aber geben Sie zu, daß wir dabei sind, eine immanente Rationalität der Geschichte wiederzufinden.«

»Die Rationalität der Geschichte ist das Resultat einer guten Neuschrift der Torah«, sagte Diotallevi. »Und genau die betreiben wir hier, und gelobt sei der Name des Allerhöchsten immerdar.«

»Na gut«, schloß Belbo. »Jetzt haben die Baconianer also Saint-Martin-des-Champs, und der deutsch-französische Neutemplerismus zerfällt in eine Myriade von Sekten... Aber wir haben immer noch nicht entschieden, um welches Geheimnis es eigentlich geht.«

»In der Tat, das habt ihr noch nicht«, sagte Diotallevi.

»Ihr? Hier sind wir alle drei gefragt. Wenn wir das nicht ordentlich klären, stehen wir dumm da.«

»Vor wem?«

»Vor der Geschichte, vor dem Tribunal der Wahrheit.«

»*Quid est veritas?*« fragte Belbo.

»Wir«, sagte ich.

77

Dieses Kraut wird von den Philosophen Teufels-
austreiber genannt. Es ist experimentell erwiesen,
daß nur dieser Samen die Teufel und ihre Halluzinationen vertreibt... Man hat einem jungen Mädchen davon gegeben, das bei Nacht von einem
Teufel gequält wurde, und da hat ihn das Kraut in
die Flucht geschlagen.

Johannes a Rupescissa, *Tractatus de quinta essentia*, II

In den folgenden Tagen vernachlässigte ich den Großen
Plan. Lias Schwangerschaft näherte sich dem Ende, ich blieb
nun bei ihr, sooft ich konnte. Sie beruhigte mich, ich solle
mir keine Sorgen machen, es sei noch nicht soweit. Sie nahm
an einem Kurs für schmerzlose Geburt teil, und ich versuchte, ihre Übungen mitzumachen. Sie hatte es abgelehnt,
sich von der Wissenschaft voraussagen zu lassen, welches
Geschlecht das Kind haben würde. Sie wollte die Überraschung. Ich hatte ihren exzentrischen Wunsch akzeptiert. Ich
tastete ihr den Bauch ab und fragte mich nicht, was da
herauskommen würde, wir nannten es einfach das Kleine,
das Ding.

Ich fragte sie nur, wie ich ihr bei der Geburt würde helfen
können. »Es ist doch auch meins, das Kleine«, sagte ich. »Ich
will nicht den werdenden Vater spielen, wie man ihn aus dem
Kino kennt, der nervös auf dem Korridor hin und her rennt
und sich eine Zigarette an der andern ansteckt.«

»Pim, viel mehr wirst du nicht tun können. Es kommt ein
Moment, der ganz allein meine Sache ist. Und außerdem
rauchst du nicht und wirst dir's ja wohl nicht bei dieser
Gelegenheit angewöhnen wollen.«

»Also was mache ich dann?«

»Du beteiligst dich vorher und nachher. Nachher, wenn es
ein Junge ist, erziehst du ihn, bildest ihn, verschaffst ihm
einen schönen Ödipus, wie sich's gehört, stellst dich dem
rituellen Vatermord, wenn der Moment gekommen ist, lächelnd und ohne Geschichten zu machen, und dann zeigst du
ihm eines Tages dein miserables Büro, die Karteikästen, die
Druckfahnen der wunderbaren Geschichte der Metalle und
sagst, mein Sohn, dies alles wird eines Tages dir gehören.«

»Und wenn es ein Mädchen ist?«

»Dann sagst du, meine Tochter, dies alles wird eines Tages deinem Nichtsnutz von Gatten gehören.«

»Und vorher?«

»Wenn die Wehen kommen, vergeht dazwischen immer eine gewisse Zeit, die man zählen muß, denn je kürzer die Zeit zwischen den Wehen wird, desto näher kommt der Moment. Wir werden zusammen zählen, und du wirst mir den Takt geben, wie beim Rudern auf den Galeeren. Es wird so sein, als ob auch du unser Kleines Ding langsam aus seiner warmen dunklen Höhle herausholst. Das Arme... Fühlst du's, jetzt geht's ihm so gut da im Dunkeln, es süffelt genüßlich Säfte wie eine Zecke, alles gratis, und dann plötzlich, peng, kommt es rausgeschossen ans Sonnenlicht, blinzelt und sagt, Teufel, wo bin ich da hingeraten?«

»Das arme Ding. Und dabei kennt es noch gar nicht den Signor Garamond. Komm, probieren wir mal zu zählen.«

Wir zählten im Dunkeln und hielten uns an den Händen. Ich phantasierte. Das Kleine Ding da in Lias Bauch, das war etwas Wahres, Echtes, das durch seine Geburt allem Unsinn der Diaboliker Sinn geben würde. Arme Diaboliker, die ihre Nächte damit verbrachten, sich chymische Hochzeiten auszudenken und sich zu fragen, ob am Ende wirklich achtzehnkarätiges Gold herauskommen würde und ob der Stein der Weisen der lapis exillis wäre, ein kläglicher Gral aus Steingut – während mein Gral hier in Lias Bauch war.

»Ja«, sagte Lia und strich sich über die straffe Wölbung des Bauches, »in diesem Gefäß hier vergärt deine gute *Prima Materia*. Was dachten denn diese Leute, die du in dem Schloß gesehen hast damals, was in dem Gefäß passiert?«

»Och, die dachten, da grummelt die Melancholie, da brodelt die Schwefelerde, das schwarze Blei, das Saturnische Öl, da blubbert ein Styx aus Aufweichungen, Sättigungen, Durchtränkungen, Verflüssigungen, Vermischungen, Versenkungen, fauliger Erde, stinkigen Leichen...«

»Igitt, was waren das denn für Leute? Waren die impotent? Wußten die nicht, daß in dem Gefäß unser Kleines heranwächst, ein rundum blankes, schönes, rosiges Ding?«

»Sicher wußten sie das, aber für die ist auch dein Bauch eine Metapher voller Geheimnisse...«

»Da sind aber keine Geheimnisse, Pim. Wir wissen sehr gut, wie sich das Kleine da bildet, mit seinen Nervchen und Müskelchen und Öhrchen und Milzchen und Bauchspeicheldrüselchen...«

»Heiliger Himmel, wie viele Milzen soll es denn haben? Ist es etwa Rosemarys Baby?«

»Na, wird schon nicht so schlimm kommen. Aber wir müssen bereit sein, es so zu nehmen, wie's kommt, auch wenn es zwei Köpfe hat.«

»Warum nicht? Dann würde ich ihm beibringen, Duette zu spielen, für Trompete und Klarinette... Nein, dazu bräuchte es auch vier Hände, und das wäre denn doch zuviel – obwohl, denk bloß mal, was für ein Klaviervirtuose es dann werden könnte, von wegen Konzert für die linke Hand. Brr... Und übrigens, das wissen auch meine Diaboliker, an jenem Tag in der Klinik kommt es dann auch zum Weißen Werk, es wird der Rebis geboren, der androgyne Hermaphrodit...«

»Na, der hat uns gerade noch gefehlt. Hör zu, jetzt mal im Ernst: Wir werden es Giulio oder Giulia nennen, nach meinem Großvater. Ist dir das recht?«

»Warum nicht, klingt gut.«

Es hätte genügt, wenn ich bis hierher und nicht weiter gegangen wäre. Wenn ich ein Weißbuch geschrieben hätte, ein gutes Zauberbuch für alle Adepten der Entschleierten Isis, um ihnen zu erklären, daß es nicht länger nötig war, nach dem Mysterium der Mysterien zu suchen, daß die Lektüre des Lebens keinen geheimen Sinn verbarg, daß alles schon da war, in den Bäuchen aller Lias der Welt, in den Geburtsstationen der Kliniken, auf den Strohlagern, in den Kiesbetten der Flüsse, daß die Steine aus dem Exil und der Heilige Gral nichts anderes sind als schreiende Äffchen mit herunterhängender Nabelschnur, denen der Onkel Doktor einen Klaps auf den Po gibt. Und daß die Unbekannten Oberen für unser Kleines Ding niemand anderes waren als Lia und ich, aber daß es uns dann sofort erkennen würde, ohne erst lange den alten Trottel de Maistre danach zu fragen.

Doch nein, wir – die Sardoniker – wollten ja unbedingt mit den Diabolikern Verstecken spielen und ihnen zeigen, daß, wenn sie partout ein kosmisches Komplott haben wollten, wir eins zu erfinden wußten, das kosmischer gar nicht mehr sein konnte.

Geschieht dir ganz recht, sagte ich mir vorgestern abend im Periskop. Jetzt bist du hier, um zu warten, was unter dem Foucaultschen Pendel geschehen wird.

78

Gewiß kommt diese monströse Kreuzung nicht
aus einem Mutterleib, sondern aus einem Ephial-
tes, einem Incubus oder anderen schrecklichen Dämon, als wäre sie von einem faulen und giftigen
Pilz geboren, ein Kind von Faunen und Nymphen,
ähnlicher einem Teufel als einem Menschen.

Athanasius Kircher, *Mundus Subterraneus*, Amsterdam,
Jansson, 1665, II, p. 279-280

An jenem Tag wollte ich lieber zu Hause bleiben, ich ahnte
etwas, aber Lia hatte gesagt, ich solle nicht den Prinzgemahl
spielen und ganz normal zur Arbeit gehen. »Es ist noch Zeit,
Pim. Es kommt noch nicht. Auch ich muß noch aus dem
Haus. Geh.«

Ich war gerade vor der Tür des Büros angekommen, da
öffnete sich nebenan die Tür von Signor Salon. Der Alte
erschien in seinem gelben Arbeitskittel. Ich konnte nicht
umhin, ihn zu grüßen, und er fragte mich, ob ich nicht für
einen Moment hereinkommen wollte. Ich hatte sein Laboratorium noch nie gesehen und folgte der Einladung.

Wenn hinter der Tür eine Wohnung gewesen war, mußte
Salon die Trennwände entfernt haben lassen, denn was ich
sah, war eine weite dämmrige Höhle. Aus unerfindlichen
architektonischen Gründen hatte dieser Teil des Gebäudes
ein Mansardendach, und das Licht fiel durch schräge Scheiben ein. Ich weiß nicht, ob die Scheiben schmutzig oder aus
Mattglas waren oder ob Salon sie verhängt hatte, um das
direkte Sonnenlicht abzuschirmen, oder ob es am Gedränge
der Objekte lag, die allenthalben den Horror vacui verkün-
deten, jedenfalls lag die Höhle in einem fast abendlichen
Dämmerlicht, auch weil der weite Raum unterteilt war durch
breite Regale, wie man sie aus alten Apotheken kennt, hohe
Möbel mit geschnitzten Säulen und Kolonnaden, die Durch-
blicke, Passagen und Perspektiven erlaubten. Die vorherr-
schende Farbe war braun, braun waren die Gegenstände, die
Regale und Tische, die diffuse Melange aus trübem Tageslicht und dem Schein jener alten Lampen, die einige Zonen
fleckig erhellten. Mein erster Eindruck war, in die Werkstatt
eines Geigenbauers getreten zu sein, die seit den Zeiten von

Stradivari nicht mehr benutzt worden ist, so daß sich der Staub immer dicker auf alles gelegt hat.

Dann, als meine Augen sich langsam angepaßt hatten, begriff ich, daß ich mich, wie es nicht anders zu erwarten gewesen war, in einem erstarrten Zoo befand. Dort hinten kletterte ein kleiner Bär mit glänzenden Glasäugelchen auf einem künstlichen Ast, hier neben mir saß eine Eule reglos und feierlich, da vorn vor dem Tisch lief ein Wiesel – oder ein Marder, ein Iltis, was weiß ich –, und auf dem Tisch stand ein prähistorisches Tier, das ich im ersten Moment nicht erkannte, es sah aus wie eine Katze, die von Röntgenstrahlen durchleuchtet wurde.

Es hätte ein Puma sein können, ein Leopard, ein großer Hund, man sah das Skelett, das zum Teil mit einer strohigen Füllung beklebt war, die von einem Drahtgestell zusammengehalten wurde.

»Der Dobermann einer reichen Dame mit butterweichem Herzen«, erklärte Salon grinsend. »Sie möchte ihn so im Gedächtnis behalten, wie er in der Zeit ihres Ehelebens war. Sehen Sie? Man zieht dem Tier das Fell ab, man behandelt das Fell auf der Innenseite mit arsenhaltiger Seife, dann legt man die Knochen frei und läßt sie bleichen... Sehen Sie dort in dem Regal die schöne Sammlung von Wirbelsäulen und Brustkörben... Schönes Ossarium, nicht wahr? Dann bindet man die Knochen mit Drähten zusammen, und ist das Skelett einmal rekonstruiert, packt man ein Gerüst mit der Füllung darauf, gewöhnlich verwende ich Heu oder Pappmaché oder auch Gips. Am Ende zieht man das Fell darüber. Ich repariere die Schäden des Todes und der Verwesung. Sehen Sie diesen Waldkauz hier, sieht der nicht wie lebend aus?«

Von nun an würde mir jeder lebende Waldkauz wie tot erscheinen, von Signor Salon in ewige Starre versetzt. Ich sah diesem Mumifizierer tierischer Pharaonen ins Gesicht, betrachtete seine buschigen Augenbrauen, seine grauen Wangen und versuchte herauszufinden, ob er ein lebendes Wesen war oder ein Meisterwerk seiner eigenen Kunst.

Um ihn besser betrachten zu können, trat ich ein paar Schritte zurück, und plötzlich spürte ich, wie mich etwas im Nacken berührte. Ich fuhr erschrocken herum und sah, daß ich ein Pendel in Bewegung gesetzt hatte.

Ein großer ausgeweideter Vogel stak pendelnd am Ende

der Lanze, die ihn durchbohrte. Sie ging durch den Kopf hinein, und in der offenen Brust sah man, daß sie genau dort hindurchging, wo einst das Herz und der Magen gewesen waren, um sich dann aufzuspalten und als umgekehrter Dreizack fortzusetzen. Der etwas dickere mittlere Zacken durchquerte die Stelle, wo der Vogel die Eingeweide gehabt hatte, und zielte wie ein Schwert nach unten, die beiden seitlichen Spieße bohrten sich längs durch die Beine und kamen symmetrisch an den Krallen heraus. Der Vogel schwankte leicht, und die drei Zacken warfen ihren Schatten auf den Boden, wo er wie ein mystisches Zeichen erschien.

»Schönes Exemplar eines Königsadlers«, sagte Salon. »Aber ich muß noch ein paar Tage daran arbeiten. Ich war gerade dabei, die Augen auszuwählen.« Er zeigte mir eine Pappschachtel voller Glasaugen, die aussah, als hätte der Folterknecht der heiligen Lucia die schönsten Trophäen seiner ganzen Karriere darin gesammelt. »Das ist nicht immer so leicht wie bei den Insekten, für die man bloß eine Nadel und eine Schachtel braucht. Die wirbellosen Tiere zum Beispiel, die müssen mit Formalin behandelt werden.«

Es roch tatsächlich nach Leichenschauhaus. »Muß eine faszinierende Arbeit sein«, sagte ich. Und dachte dabei an das lebende Ding, das in Lias Bauch heranwuchs. Ein eisiger Gedanke überfiel mich: Wenn es stürbe, sagte ich mir, will ich es selbst begraben, so daß es alle Würmer unter der Erde ernährt und die Erde fett macht. Nur so würde ich es noch als lebendig empfinden...

Mich schauderte, aber ich riß mich zusammen, denn Salon sprach weiter, während er ein seltsames Wesen aus einem seiner Regale holte. Es mochte etwa dreißig Zentimeter lang sein und war eine Art Drache, ein Reptil mit großen schwarzen, geäderten Flügeln, einem Hahnenkamm und einem weit aufgerissenem Maul voll winziger Sägezähne. »Schön, nicht wahr? Eine Komposition von mir. Ich habe dafür einen Salamander, eine Fledermaus und die Haut einer Schlange benutzt... Ein Drache der Unterwelt. Inspiriert habe ich mich hieran.« Er zeigte mir auf einem anderen Tisch ein dickes, großformatiges Buch mit kostbarem Pergamenteinband und ledernen Laschen. »Das hat mich ein kleines Vermögen gekostet. Ich bin kein Bibliophile, aber diesen Band wollte ich unbedingt haben. Es ist der *Mundus Sub-*

terraneus von Athanasius Kircher, erste Auflage von 1665. Hier der Drache. Sieht doch genauso aus wie meiner, nicht wahr? Er lebt in den Schluchten der Vulkane, sagte der gute Jesuit, der alles wußte, alles Bekannte, alles Unbekannte und alles Inexistente...«

»Sie denken wohl immerzu an die Unterwelt«, sagte ich in Erinnerung an unser Gespräch in München und an die Sätze, die ich durch das Ohr des Dionysios aufgeschnappt hatte.

Er schlug eine andere Seite des Bandes auf: ein Bild der Erdkugel, die aussah wie ein geblähtes schwarzes Leibesorgan, durchzogen von einem Netzwerk leuchtender Adern, in Serpentinen und flammend. »Wenn Athanasius Kircher recht hatte, gibt es mehr Pfade im Innern der Erde als draußen auf ihrer Oberfläche. Wann immer etwas in der Natur geschieht, kommt es aus der glühenden Hitze dort unten...« Ich dachte an das Schwarze Werk, an Lias Bauch, an das Kleine Ding, das da auszubrechen versuchte aus seinem sanften Vulkan.

»... und wann immer etwas in der Menschenwelt geschieht, ist es dort unten ersonnen worden.«

»Sagt das Pater Kircher?«

»Nein, er befaßte sich bloß mit der Natur... Aber es ist sehr bemerkenswert, daß der zweite Teil dieses seines Buches von der Alchimie und den Alchimisten handelt und daß sich genau hier, sehen Sie, ein Angriff auf die Rosenkreuzer findet. Warum werden die Rosenkreuzer in einem Buch über die unterirdische Welt angegriffen? Nun, weil unser Jesuit es faustdick hinter den Ohren hatte, er wußte, daß die letzten Templer sich in das unterirdische Reich von Agarttha geflüchtet hatten...«

»... und anscheinend immer noch dort sind«, warf ich aufs Geratewohl ein.

»Ja, sie sind immer noch dort«, bestätigte Salon. »Nicht in Agarttha, aber in anderen Untergründen. Vielleicht direkt hier unter uns. Inzwischen hat auch Mailand seine Untergrundbahn. Wer hat sie gewollt? Wer hat ihren Bau geleitet?«

»Nun, ich denke doch spezialisierte Ingenieure?«

»Ja ja, halten Sie sich nur weiter die Augen zu. Und derweilen publizieren Sie in Ihrem Verlagshaus Bücher von wer weiß was für Leuten. Wie viele Juden haben Sie unter Ihren Autoren?«

»Wir pflegen unsere Autoren nicht nach ihrem Stammbaum zu fragen«, antwortete ich kühl.

»Halten Sie mich nicht für einen Antisemiten. Einige meiner besten Freunde sind Juden. Ich denke an eine bestimmte Sorte von Juden…«

»Nämlich?«

»Je nun…«

79

Er machte sein Köfferchen auf. In unbeschreiblichem Durcheinander lagen dort falsche Krägen, Gummibänder, Küchengeräte, Abzeichen diverser technischer Hochschulen, ja sogar das Monogramm der Zarin Alexandra Fjodorowna und das Kreuz der Ehrenlegion. Auf all dem glaubte er in seinem Wahn das Siegel des Antichrist zu erkennen, in Form eines Dreiecks oder zweier überkreuzter Dreiecke.

Alexandre Chayla, »Serge A. Nilus et les Protocoles«,
La Tribune Juive, 14. Mai 1921, p. 3

»Sehen Sie«, sagte er dann, »ich bin in Moskau geboren. Und genau dort sind, als ich ein Junge war, geheime jüdische Dokumente ans Licht gekommen, in denen mit klaren Worten gesagt wurde, daß, wer Regierungen stürzen will, im Untergrund arbeiten muß. Hören Sie.« Er schlug ein Heft auf, in das er sich Zitate notiert hatte: »›Zu der Zeit werden alle Städte Untergrundbahnen und unterirdische Passagen haben; aus diesen werden wir alle Städte der Welt in die Luft sprengen.‹ Protokolle der Weisen von Zion, Dokument Nummer neun!«

Einen Moment lang dachte ich, daß die Sammlung von Wirbeln, die Schachtel mit den Augen, die Häute, die er auf die Gerüste spannte, womöglich aus irgendeinem Vernichtungslager stammten. Aber nein, ich hatte es nur mit einem alten Nostalgiker zu tun, der Erinnerungen an den russischen Antisemitismus mit sich herumtrug.

»Wenn ich Sie recht verstehe, gibt es also einen Geheimbund von Juden, von ganz bestimmten Juden, nicht allen, die irgendein Komplott schmieden. Aber warum tun die das unter der Erde?«

»Das ist doch klar. Wer ein Komplott schmiedet, tut das im Dunkeln drunten, nicht oben im hellichten Sonnenschein. Das weiß doch seit Urzeiten jeder: Beherrschung der Welt heißt Beherrschung dessen, was unten ist. Beherrschung der unterirdischen Ströme.«

Ich mußte an einen Satz von Agliè denken, den er in seinem Studio gesagt hatte, und an die Druidinnen in Piemont, die tellurische Vibrationen beschworen.

»Warum haben die Kelten sich Heiligtümer im Innern der Erde gegraben, mit unterirdischen Gängen zu einem heiligen Brunnen?« fuhr Salon fort. »Der Brunnen reichte in radioaktive Schichten hinunter, das ist bekannt. Wie ist Glastonbury angelegt? Und war's etwa nicht die Insel Avalon, von der die Gralssage stammt? Und wer hat den Gral erfunden, wenn nicht ein Jude?«

Schon wieder der Gral, Herrgott im Himmel! Aber welcher Gral denn bitte, es gibt doch nur einen Gral, und der ist mein Kleines Ding, in Kontakt mit den radioaktiven Schichten von Lias Uterus, und vielleicht fährt es jetzt gerade fröhlich der Mündung entgegen, vielleicht schickt es sich gerade an herauszukommen, und ich stehe hier mitten zwischen diesen einbalsamierten Käuzen – hundert Tote und einer, der vorgibt, lebendig zu sein.

»Alle Kathedralen sind dort gebaut worden, wo die Kelten ihre Menhire hatten. Warum haben die Kelten so große Steine errichtet, mit all der Mühe, die das machte?«

»Warum haben sich die Ägypter so viel Mühe mit den Pyramiden gemacht?«

»Eben! Das waren Antennen, Thermometer, Sonden, Nadeln wie die der chinesischen Ärzte, in die neuralgischen Punkte gesteckt, wo der Körper reagiert, in die Knotenpunkte. Im Zentrum der Erde gibt es einen glühenden Kern, so etwas Ähnliches wie die Sonne, oder nein, eine richtige Sonne, um die sich etwas dreht, auf verschiedenen Bahnen. Umlaufbahnen von tellurischen Strömen, auch Erdstrahlen genannt. Die Kelten wußten, wo sie zu finden sind und wie man sie beherrscht. Und Dante, was war mit Dante? Was wollte er uns erzählen mit der Geschichte von seiner Höllenfahrt? Verstehen Sie nun, lieber Freund?«

Es gefiel mir gar nicht, sein lieber Freund zu sein, aber ich hörte ihm weiter zu. Giulio-Giulia, mein Rebis, war wie Luzifer ins Zentrum von Lias Bauch gepflanzt, aber Er-Sie-Es würde sich umdrehen, würde sich zum Licht wenden und irgendwie rauskommen. Unser Ding war gemacht, um aus den dunklen Innereien herauszukommen und sich in seinem klaren Geheimnis zu enthüllen, nicht um kopfüber in sie hineinzustürzen und sich ein klebriges Geheimnis zu suchen.

Salon sprach weiter, verlor sich in einen Monolog, den er auswendig zu rezitieren schien: »Wissen Sie, was die englischen *leys* sind? Fliegen Sie mal im Flugzeug über England, und Sie werden sehen, daß alle heiligen Orte durch gerade Linien miteinander verbunden sind, ein Netz von Linien, die sich über das ganze Land hinziehen und die heute noch sichtbar sind, weil sie den Verlauf der künftigen Straßen angezeigt haben...«

»Wenn es heilige Orte waren, waren sie durch Straßen miteinander verbunden, und die Straßen wird man so gerade wie möglich gebaut haben...«

»Ach ja? Und warum halten sich dann auch die Zugvögel an diese Linien? Und warum markieren sie die Flugstrecken der Fliegenden Untertassen? Ich sage Ihnen, dahinter steckt ein Geheimnis, das nach der römischen Invasion verlorengegangen ist, aber es gibt noch Leute, die es kennen...«

»Die Juden«, suggerierte ich.

»Die graben auch. Das erste Prinzip der Alchimisten heißt VITRIOL: *Visita Interiora Terrae, Rectificando Invenies Occultum Lapidem.*«

Lapis exillis. Mein Stein, der langsam herauskam aus dem Exil, aus seinem süßen, gedankenlosen, hypnotischen Exil in Lias geräumigem Bauch, ohne nach anderen Tiefen zu suchen, mein schöner weißer Stein, der an die Oberfläche will... Ich wollte so schnell wie möglich nach Hause zu Lia, um mit ihr auf das Kleine zu warten, auf sein Erscheinen, Stunde um Stunde, auf den Triumph der wiedergewonnenen Oberfläche. In Salons dämmriger Höhle herrschte der Modergeruch des Untergrunds, der Untergrund ist der Ursprung, den es zu verlassen gilt, nicht das Ziel, das es zu erreichen gilt. Und doch folgte ich Salon, und mir wirbelten neue bösartige Ideen für den Großen Plan durch den Kopf. Während ich die einzige Wahrheit dieser irdischen Welt erwartete, verbohrte ich mich in die Konstruktion neuer Lügen. Blind wie die Tiere im Erdinnern.

Ich schüttelte mich. Ich mußte raus aus dem Tunnel. »Ich muß gehen«, sagte ich. »Vielleicht können Sie mir Bücher zum Thema empfehlen.«

»Bah, alles, was man zu dem Thema geschrieben hat, ist falsch und erlogen, falsch wie die Seele des Judas. Was ich weiß, habe ich von meinem Vater gelernt...«

»War er Geologe?«

»O nein«, lachte Salon, »nein, wirklich nicht. Mein Vater war – kein Grund, sich zu schämen, das ist lange her –, mein

Vater war bei der Ochrana. Direkt dem Chef unterstellt, dem legendären Ratschkowski.«

Ochrana, Ochrana – war das nicht so was wie der KGB, war das nicht die Geheimpolizei des Zaren? Und Ratschkowski, wer war das noch gleich? Wer hatte einen ganz ähnlichen Namen? Herrgott ja, der mysteriöse Besucher des Oberst Ardenti, der Graf Rakosky... Nein, Quatsch, ich ließ mich von Zufällen überraschen. Ich stopfte nicht tote Tiere aus, ich zeugte lebende Wesen.

80

Les Philosophes disent que lorsque la *blancheur*
survient à la matière du grand oeuvre, la vie a
vaincu la mort, que leur Roi est ressuscité, que la
terre & l'eau sont devenues air, que c'est le régime
de la Lune, que leur enfant est né… La matiere a
pour lors acquis un degré de fixité que le feu ne
sauroit détruire… & lorsque l'Artiste voit la parfaite *blancheur*, les Philosophes disent qu'il faut
déchirer les livres, parce qu'ils deviennent inutiles.

Dom J. Pernety, Dictionnaire mytho-hermétique,
Paris, Bauche, 1758, »Blancheur«

Ich stammelte hastig eine Entschuldigung, ich glaube, ich
sagte so etwas wie: »Meine Freundin kriegt morgen ein
Kind.« Salon wünschte mir viel Glück mit einer Miene, als
wäre ihm nicht ganz klar, wer der Vater war. Ich rannte nach
Hause, um frische Luft zu atmen.

Lia war nicht da. Auf dem Küchentisch lag ein Zettel:
»Liebster, es ist ganz plötzlich soweit. Du warst nicht im
Büro. Ich nehm ein Taxi in die Klinik. Komm nach, ich fühle
mich einsam.«

Panik überfiel mich, ich mußte bei Lia sein, um mit ihr zu
zählen, ich hätte im Büro sein müssen, ich hätte für sie
erreichbar sein müssen. Alles war meine Schuld, das Kleine
würde tot geboren werden, Lia würde mit ihm sterben, Salon
würde beide ausstopfen.

Ich stürzte in die Klinik, als hätte ich die Labyrinthitis,
fragte Leute, die von nichts wußten, rannte zweimal in die
falsche Abteilung. Ich sagte zu allen, sie müßten doch wissen,
wo Lia gebäre, und alle antworteten mir, ich solle mich
beruhigen, alle seien hier, um zu gebären.

Schließlich, ich weiß nicht wie, fand ich mich in einem
Zimmer. Lia war blaß, aber von einer perlfarbenen Blässe,
und sie lächelte. Jemand hatte ihr Haar hochgebunden und
in eine weiße Haube gesteckt. Zum erstenmal sah ich ihre
Stirn in all ihrer blanken Pracht. Neben ihr lag etwas Kleines.

»Das ist Giulio«, sagte sie.

Mein Rebis. Auch ich hatte ihn gemacht, und nicht aus
Leichenteilen und ganz ohne arsenhaltige Seife. Er war

komplett, er hatte alle zehn Finger, und alle da, wo sie hin-
gehörten.

Ich wollte ihn ganz sehen. »O was für ein schönes Pimmelchen, und was für dicke Eier es hat!« Dann beugte ich mich
über Lia und küßte sie auf die weiße Stirn: »Aber das ist
dein Verdienst, Liebes, das ist in dir gewachsen.«

»Na klar ist das mein Verdienst, Affe. Ich hab allein gezählt.«

»Du zählst für mich alles«, sagte ich.

81

Das unterirdische Volk hat das höchste Wissen
erreicht... Wenn unsere wahnsinnige Menschheit
einen Krieg gegen das unterirdische Königreich
beginnen sollte, so wäre dieses imstande, die ganze
Oberfläche unseres Planeten in die Luft zu sprengen.

Ferdinand Ossendowski, *Beasts, Men and Gods*, 1924, Kap. V

Ich blieb an Lias Seite, auch als sie aus der Klinik entlassen
wurde, denn kaum war sie wieder zu Hause und mußte dem
Kleinen die Windeln wechseln, heulte sie los und sagte, das
würde sie niemals schaffen. Jemand erklärte uns später, das
sei ganz normal: nach der Euphorie über die gelungene
Geburt komme das Gefühl der Ohnmacht angesichts der
riesigen Aufgabe. In jenen Tagen, als ich zu Hause herum-
hing und mich unnütz fühlte, auf jeden Fall untauglich zum
Stillen, verbrachte ich lange Stunden mit der Lektüre aller
erreichbaren Schriften über Erdstrahlen und tellurische
Ströme.

Als ich dann wieder in den Verlag ging, sprach ich Agliè
darauf an. Er machte eine übertrieben gelangweilte Geste:
»Dürftige Metaphern für das Geheimnis der Schlange Kundalini. Auch die chinesischen Geomantiker suchten in der
Erde nach den Spuren des Drachen, aber die tellurische
Schlange stand nur für die geheime Schlange. Die Göttin
liegt zusammengeringelt wie eine Schlange und schläft ihren
ewigen Schlaf. Kundalini zuckt sanft vibrierend, bebt leise
zischend und verbindet die schweren Körper mit den leichten. Wie ein Strudel oder ein Wirbel im Wasser, wie die Mitte
der Silbe OM.«

»Aber für welches Geheimnis steht die Schlange?«

»Für die Erdstrahlen. Aber die wahren.«

»Und was sind die wahren Erdstrahlen?«

»Eine große kosmologische Metapher; und sie stehen für
die Schlange.«

Zum Teufel mit Agliè, ich wußte jetzt mehr.

Ich teilte Belbo und Diotallevi mit, was ich wußte, und wir
hatten nun keine Zweifel mehr. Endlich waren wir in der

Lage, den Templern ein anständiges Geheimnis zu liefern. Es war die ökonomischste und eleganteste Lösung, und alle Teile unseres jahrtausendealten Puzzles fanden darin ihren Platz.

Also. Die Kelten wußten von den Erdstrahlen. Sie hatten die Kunde von den Überlebenden aus Atlantis, die nach dem Untergang ihres Kontinents zum Teil an den Nil, zum Teil in die Bretagne emigriert waren.

Die Atlantiden ihrerseits hatten die Kunde von jenen Urvätern des Menschengeschlechts, die bei ihren Wanderungen aus Avalon durch den Kontinent Mu bis in die australische Wüste gelangt waren – als alle Kontinente noch einen einzigen, zusammenhängenden Kernkontinent bildeten, das legendäre Pangäa. Noch heute bräuchte man nur imstande zu sein (wie es die australischen Aborigenes sind, aber die schweigen), die geheimnisvollen Schriftzeichen auf dem Felsmassiv von Ayers Rock zu lesen, um die Erklärung für alles zu haben. Ayers Rock ist der Antipode jenes großen (unbekannten) Berges, der den wahren Nordpol darstellt, den geheimen Pol, nicht den, zu welchem jeder x-beliebige bürgerliche Forscher gelangen kann. Wie üblich – und wie evident für jeden, der sich nicht vom falschen Wissen der westlichen Wissenschaften hat verblenden lassen – ist der sichtbare Pol der, den es nicht gibt, und der, den es gibt, ist der, den niemand zu sehen vermag außer einigen Adepten, deren Lippen versiegelt sind.

Die Kelten glaubten jedoch, man bräuchte nur den globalen Plan der Erdstrahlen zu entdecken. Darum stellten sie Megalithe auf. Die Menhire waren radiästhetische Apparate, so etwas wie Wünschelruten, Fühler, Sonden, elektrische Stecker, die an die Punkte gesteckt wurden, wo sich die tellurischen Ströme in verschiedene Richtungen teilten. Die Leys bezeichneten den Verlauf der bereits identifizierten Ströme. Die Dolmen waren Kammern zur Kondensation der Energie, in denen die Druiden versuchten, mit geomantischen Mitteln den globalen Plan zu erschließen, die Cromlechs und Stonehenge waren mikro-makrokosmische Observatorien, in denen man sich bemühte, am Lauf der Sterne den Lauf der Ströme zu erraten – denn wie die *Tabula Smaragdina* lehrt: So wie es oben ist, ist es auch unten.

Doch nicht dies war das Problem, jedenfalls nicht dies allein. Das hatte der andere Flügel der Atlantis-Emigranten begriffen. Die geheimen Kenntnisse der Ägypter waren von Hermes Trismegistos auf Moses übergegangen, der sich wohlweislich hütete, sie seinen zerlumpten Landsleuten mitzuteilen, die den Hals noch voll Manna hatten – denen hatte er die zehn Gebote gegeben, die konnten sie wenigstens verstehen. Die Wahrheit jedoch, die aristokratisch ist, die hatte Moses chiffriert im Pentateuch niedergeschrieben. Und das hatten die Kabbalisten begriffen.

»Denken Sie nur«, sagte ich. »Alles stand bereits wie in einem offenen Buch in den Maßen des Salomonischen Tempels geschrieben, und die Hüter des Geheimnisses waren jene Rosenkreuzer, welche die Große Weiße Brüderschaft konstituierten, das heißt die Essener, die bekanntlich Jesus an ihrem Geheimnis teilhaben ließen, was der Grund für die sonst unbegreifliche Tatsache ist, daß er gekreuzigt wurde...«

»Gewiß, die Passion Christi ist eine Allegorie, eine Ankündigung des Templerprozesses.«

»In der Tat. Und Joseph von Arimathia hat das Geheimnis von Jesus erfahren und ins Land der Kelten gebracht oder besser zurückgebracht. Aber noch ist das Geheimnis unvollständig, die christlichen Druiden kennen nur einen Teil davon, und dies ist die esoterische Bedeutung des Grals: Es gibt da noch etwas, aber wir wissen nicht, was es ist. Was es sein müßte, was der Tempel schon lange besagen würde, wenn man ihn nur zu lesen verstünde, vermuten nur ein paar Rabbiner, die in Palästina geblieben sind. Sie vertrauen es den muslimischen Geheimsekten an, den Sufis, den Ismaeliten, den Mutakallimun. Und von denen erfahren es dann die Templer.«

»Endlich die Templer. Ich war schon in Sorge.«

Wir formten und feilten weiter an dem Großen Plan, der sich wie weicher Ton unserer Fabulierlust fügte. Die Templer hatten das Geheimnis während jener schlaflosen Nächte entdeckt, die sie, Arm in Arm mit ihren Sattelgefährten, in der Wüste verbrachten, wo unerbittlich der Samum blies. Sie hatten es Stück für Stück denen entrissen, die das kosmische Konzentrationsvermögen des Schwarzen Steins von Mekka kannten, der ein Vermächtnis der babylonischen Magier war – denn nun war auch klar, daß der Turmbau zu Babel nichts anderes gewesen war als der Versuch, leider übereilt und zu Recht an der Hybris seiner Planer gescheitert, den größten

Menhir aller Zeiten zu errichten, nur daß die babylonischen Architekten sich mit der Statik verrechnet hatten, denn hätte der Turm die geplante Höhe erreicht, so hätte sich wegen seines enormen Gewichts, wie Athanasius Kircher gezeigt hat, die Erdachse um neunzig Grad oder vielleicht noch mehr gedreht, und unser armer Planet wäre, statt aufrecht mit einer zum Himmel ragenden ithyphallischen Krone, gebeugt mit einem sterilen Appendix dagestanden, mit einer welken Mentula, einem pendelnden Affenschwanz, einer Schechinah, die sich in den schwindelnden Abgründen einer antarktischen Malchuth verlor, als schlaffe Hieroglyphe für Pinguine.

»Gut, aber worin besteht nun das von den Templern entdeckte Geheimnis?«

»Geduld, das finden wir auch noch heraus. Es hat sieben Tage gedauert, die Welt zu erschaffen. Suchen wir weiter.«

82

The earth is a magnetic body; in fact, as some
scientists have found, it is one vast magnet, as
Paracelsus affirmed some 300 years ago.

Helene Petrovna Blavatsky, *Isis Unveiled*, New York,
Bouton, 1877, I, p. XXIII

Wir suchten und fanden. Die Erde ist ein großer Magnet. Die
Kraft und Richtung ihrer inneren Ströme werden unter anderem auch durch den Einfluß der Himmelskörper bestimmt,
durch den Wechsel der Jahreszeiten, den Druck der Äquinoktien, die kosmischen Zyklen. Deshalb ist das System der
Ströme veränderlich. Aber es muß sich mit ihm wie mit den
Haaren auf dem menschlichen Kopf verhalten, die zwar auf
der ganzen Schädeldecke wachsen, aber in Spiralen aus einem
bestimmten Punkt am Hinterkopf zu kommen scheinen, aus
dem Wirbel, wo sie am widerspenstigsten gegen den Kamm
sind. Hat man den entsprechenden Punkt auf der Erde einmal
identifiziert und die mächtigste Energiestation an ihm errichtet, so müßte man in der Lage sein, sämtliche unter- und innerirdischen Strömungen des Planeten zu kontrollieren, sie zu
lenken und zu beherrschen. Die Templer hatten begriffen, daß
es bei dem Geheimnis nicht nur darum ging, den globalen
Plan der Erdstrahlen zu besitzen, sondern auch den kritischen
Punkt zu kennen, den Omphalos, den Umbilicus Telluris oder
Nabel der Welt, den Zentralen Befehlsstand.

Die ganze alchimistische Mythologie, der chthonische Abstieg des Schwarzen Werkes, die elektrische Entladung des
Weißen Werkes, das alles waren nur Symbole, den Eingeweihten verständlich, für diese jahrhundertelange Auskulta-
tion des Erdballs, deren Endergebnis das Rote Werk sein
müßte, die globale Erkenntnis, die strahlende Herrschaft
über das planetarische Strömungssystem. Das Geheimnis,
das wahre alchimistische und templerische Geheimnis bestand darin, den Quell und Ursprung jenes leisen inneren
Bebens zu finden, das – sanft, erschreckend und regelmäßig
vibrierend wie das Beben der Schlange Kundalini, in vielen
Aspekten noch unbekannt, aber gewiß präzise wie ein Uhr-
werk – den einzigen, wahren Stein kennzeichnet, der je vom
Himmel ins Exil gefallen ist: die Große Mutter Erde.

Dies war es im übrigen, was Philipp der Schöne herausfinden wollte. Daher das boshafte Insistieren seiner Inquisitoren auf dem mysteriösen Kuß *in posteriore parte spine dorsi*. Sie wollten das Geheimnis der Kundalini. Von wegen Sodomie.

»Perfekt«, sagte Diotallevi. »Aber wenn man die tellurischen Strömungen lenken kann, was macht man dann mit ihnen? Einen Jux?«

»Na hören Sie«, sagte ich, »begreifen Sie nicht, was das heißt? Steck die größte und stärkste Akupunkturnadel in den Nabel der Welt, und du bist in der Lage, Regen- und Trockenzeiten vorauszubestimmen, Orkane zu entfesseln, Hurrikane, Erdbeben, Meeresbeben auszulösen, Kontinente zu spalten, Inseln versinken zu lassen (sicher ist Atlantis durch ein fehlgeschlagenes Experiment dieser Art versunken), Urwälder und Gebirge wachsen zu lassen... Stellen Sie sich das mal vor! Das ist was anderes als die Atombombe, die auch dem schadet, der sie abwirft. Aus der Kommandozentrale telefonieren Sie mit, was weiß ich, dem Präsidenten der USA und sagen: Mister President, bis morgen will ich eine Phantastillion Dollar, oder die Unabhängigkeit Lateinamerikas, oder Hawaii, oder die Vernichtung aller Atomwaffen, sonst bricht der San-Andreas-Graben in Kalifornien auf und Las Vegas wird eine schwimmende Spielhölle...«

»Aber Las Vegas liegt in Nevada...«

»Na wenn schon. Wer die Erdstrahlen kontrolliert, kann auch Nevada abbrechen lassen, auch Colorado. Und dann telefonieren Sie mit dem Obersten Sowjet und sagen, he, Freunde, bis Montag will ich den ganzen Kaviar von der Wolga, und dazu Sibirien als Lager für Tiefkühlware, sonst sauge ich euch den Ural weg, lasse das Kaspische Meer austrocknen, lasse Litauen und Estland abdriften und im Philippinengraben versinken...«

»Wahrhaftig«, sagte Diotallevi. »Eine ungeheure Macht. Die Erde neuschreiben wie die Torah. Japan in die Karibik verlegen...«

»Panik in Wallstreet.«

»Vergeßt SDI. Vergeßt die Umwandlung der Metalle in Gold. Mit der richtigen Ladung treibt man das Erdinnere zum Orgasmus, läßt man die Erde in zehn Sekunden vollbringen, was sie in Milliarden von Jahren vollbracht hat, und das ganze Ruhrgebiet wird eine Diamantmine. Eliphas Lévi hat gesagt, die Kenntnis der Gezeiten und Ströme des Universums sei das Geheimnis der menschlichen Omnipotenz.«

»So muß es sein«, sagte Belbo. »Es ist, als verwandelte man die ganze Welt in eine Orgonkammer. Kein Zweifel, auch Wilhelm Reich war ein Templer.«

»Alle waren es, außer uns. Zum Glück haben wir's gemerkt. Jetzt kommen wir ihnen zuvor.«

Was mochte die Templer gehindert haben, ihr Wissen zu nutzen, nachdem sie das Geheimnis einmal entdeckt hatten? Sie mußten es ausbeuten, sicher. Aber vom Wissen zum Können ist es ein weiter Weg. Zuerst einmal, instruiert von dem diabolischen heiligen Bernhard, ersetzten sie überall die Menhire, diese dürftigen keltischen Akupunkturnadeln, durch die viel sensibleren und potenteren gotischen Kathedralen mit ihren unterirdischen Krypten, bewohnt von Schwarzen Jungfrauen in direktem Kontakt zu den radioaktiven Schichten, um so Europa mit einem Netz von Sende-Empfangsstationen zu überziehen, die einander die Stärken und Richtungen der unterirdischen Flüsse, die Launen und Spannungen der tellurischen Ströme mitteilten.

»Ich sage Ihnen, sie haben die Gold- und Silberminen in der Neuen Welt entdeckt, haben dort Eruptionen provoziert und dann, durch entsprechende Lenkung des Golfstroms, die Bodenschätze an die portugiesische Küste abfließen lassen. Tomar war das Steuer- und Verteilungszentrum, der Forêt d'Orient das Hauptmagazin. So kam ihr ganzer Reichtum zustande. Aber das waren alles nur winzige Häppchen. Die Templer hatten begriffen, daß sie, um ihr Geheimnis voll auszubeuten, erst eine technische Entwicklung abwarten mußten, die mindestens sechshundert Jahre dauern würde.«

Also hatten die Templer den Großen Plan so eingerichtet, daß erst ihre Nachfolger zu einer Zeit, wenn sie in der Lage sein würden, ihr Wissen gut zu gebrauchen, herausfinden könnten, wo sich der Umbilicus Telluris befand. Aber wie hatten sie die Fragmente der Enthüllung auf die in alle Welt verstreuten Sechsunddreißig verteilt? Waren es lauter Teile ein und derselben Botschaft? Wieso bedurfte es einer so komplexen Botschaft, um mitzuteilen, daß der Nabel der Welt zum Beispiel in Baden-Baden ist, oder in Cuneo, in Chattanooga?

War es eine Karte? Aber eine Karte hätte ein Zeichen auf

dem gesuchten Punkt, und wer das Fragment mit dem Zeichen besäße, wüßte schon alles und bräuchte die anderen Fragmente nicht mehr. Nein, die Sache mußte komplizierter sein. Wir zerbrachen uns ein paar Tage den Kopf, bis Belbo beschloß, Abulafia zu fragen. Und der Orakelspruch lautete:

> Guillaume Postel stirbt 1581.
> Bacon ist Viscount of Saint Albans.
> Im Conservatoire ist das Foucaultsche Pendel.

Es wurde Zeit, eine Funktion für das Pendel zu finden.

Schon nach wenigen Tagen konnte ich eine ziemlich elegante Lösung vorschlagen. Ein Diaboliker hatte uns einen Text über das hermetische Geheimnis der Kathedralen vorgelegt. Dem Autor zufolge hatten die Erbauer der Kathedrale von Chartres eines Tages ein Senkblei an einem Gewölbeschlußstein hängen lassen und aus seinem Pendeln mühelos die Rotation der Erde erschlossen. Aha, deswegen der Prozeß gegen Galilei, hatte Diotallevi bemerkt, die Kirche hatte in ihm den Templer gewittert – nein, hatte Belbo gesagt, die Kardinäle, die Galilei verurteilt hatten, waren in Rom eingeschleuste templerische Adepten, die sich beeilten, dem verdammten Toskaner das Maul zu stopfen, diesem treulosen Templer, der aus Eitelkeit alles auszuplaudern drohte, fast vierhundert Jahre vor dem Ablauf des Großen Plans.

In jedem Fall erklärte diese Entdeckung, warum jene Maurermeister auf den Boden unter das Pendel ein Labyrinth gezeichnet hatten, das stilisierte Bild des Systems der innerirdischen Ströme. Wir besorgten uns eine Abbildung des Labyrinths von Chartres, und es war eine Sonnenuhr, eine Windrose, ein Adernsystem, eine Schleimspur der schläfrigen Bewegungen Kundalinis. Eine Weltkarte der tellurischen Strömungen.

»Gut, nehmen wir an, die Templer benutzten das Pendel, um den Umbilicus Mundi anzuzeigen. Anstelle des Labyrinths, das immer noch ein abstraktes Schema ist, lege man eine Karte der Welt auf den Boden und sage zum Beispiel: Der Punkt, auf den die Pendelspitze in einem gegebenen Augenblick zeigt, ist der Umbilicus. Aber wo?«

»Der Ort ist keine Frage, es muß Saint-Martin-des-Champs sein, das Refugium.«

»Ja, aber«, wandte Belbo spitzfindig ein, »angenommen, das Pendel pendelt um Mitternacht längs einer Achse Kopenhagen-Kapstadt. Wo liegt dann der Umbilicus, in Dänemark oder in Südafrika?«

»Der Einwand ist berechtigt«, sagte ich. »Aber unser Diaboliker berichtet auch, daß es in Chartres einen Sprung in einem Chorfenster gibt, durch den zu einer bestimmten Stunde des Tages ein Sonnenstrahl hereinfällt, um immer denselben Punkt zu beleuchten, immer denselben Stein im Fußboden. Ich habe vergessen, welche Folgerung daraus zu ziehen ist, aber in jedem Fall handelt es sich um ein großes Geheimnis. Damit hätten wir den Mechanismus: im Chor von Saint-Martin gibt es ein Fenster mit einem kleinen Loch, einem herausgebrochenen Stück an der Stelle, wo zwei farbige oder mattierte Scheiben von der Bleifassung zusammengehalten werden. Es ist punktgenau kalkuliert worden, und vermutlich gibt es seit sechshundert Jahren jemanden, der sich die Mühe macht, es in Form zu halten. Bei Sonnenaufgang an einem bestimmten Tag des Jahres...«

»... der kein anderer sein kann als der 24. Juni, der Tag nach der Johannisnacht, dem Fest der Sommersonnwende...«

»... genau, an dem Tag und zu der Stunde trifft der erste Sonnenstrahl, der durch das Loch im Chorfenster einfällt, auf das Pendel, und genau an dem Punkt auf der Karte unter dem Pendel, auf den die Pendelspitze in dem Augenblick zeigt, in dem sie von dem Sonnenstrahl getroffen wird, da liegt der Umbilicus!«

»Perfekt«, sagte Belbo. »Und wenn es bewölkt ist?«

»Dann wartet man auf das nächste Jahr.«

»Entschuldigung«, wandte Belbo nochmals ein. »Das letzte Treffen ist in Jerusalem. Hängt dann das Pendel nicht eher in der Kuppel der Omar-Moschee?«

»Nein«, versicherte ich. »An bestimmten Punkten der Erde vollzieht das Pendel seinen Zyklus in sechsunddreißig Stunden, am Nordpol würde es vierundzwanzig Stunden brauchen, und am Äquator würde sich die Schwingungsebene nie ändern. Also kommt es auf den Ort an. Wenn die Templer ihre Entdeckung in Saint-Martin gemacht haben, gilt ihre Berechnung nur für Paris, denn in Palästina würde das Pendel eine andere Kurve beschreiben.«

»Und wer sagt uns, daß sie ihre Entdeckung in Saint-Martin gemacht haben?«

»Die Tatsache, daß sie Saint-Martin zu ihrem Refugium gemacht haben, daß sie es die ganze Zeit unter Kontrolle gehalten haben, vom Prior des Klosters Saint Albans über Guillaume Postel bis zum Konvent, die Tatsache, daß sie nach Foucaults ersten Experimenten das Pendel dort haben anbringen lassen... Es gibt zu viele Indizien.«

»Aber das letzte Treffen ist in Jerusalem.«

»Na und? In Jerusalem wird die Botschaft zusammengesetzt, und das geht nicht in fünf Minuten. Dann bereitet man sich ein Jahr lang vor, und am 23. Juni des nächsten Jahres treffen sich alle sechs Gruppen in Paris, um endlich zu erfahren, wo der Umbilicus ist, und sich daran zu machen, die Welt zu erobern.«

»Aber«, beharrte Belbo, »da ist noch was anderes, was mir nicht einleuchten will. Daß es bei der letzten Enthüllung um den Umbilicus gehen würde, wußten alle Sechsunddreißig. Das Pendel war schon in den Kathedralen benutzt worden, ergo war es kein Geheimnis. Was also hinderte Bacon oder Postel oder auch Foucault – denn wenn er die Sache mit dem Pendel aufgezogen hatte, muß auch er zu der Clique gehört haben –, was zum Teufel hinderte sie daran, eine Karte der Welt auf den Boden zu legen und sie nach den Kardinalpunkten auszurichten? Wir sind auf dem Holzweg.«

»Wir sind nicht auf dem Holzweg«, sagte ich. »Die Botschaft sagt etwas, das niemand wissen konnte: Was für eine Karte man nehmen mußte!«

83

A map is not the territory.

Alfred Korzybski, *Science and Sanity*, 1933; 4. ed., The International Non-Aristotelian Library, 1958, II, 4, p. 58

»Ist Ihnen der Stand des Kartenwesens zur Zeit der Templer gegenwärtig?« fragte ich. »Damals kursierten arabische Karten, die Afrika oben und Europa unten zeigten, Seekarten, die im großen ganzen schon recht genau waren, und Karten, die bereits drei- bis vierhundert Jahre alt waren, aber in den Schulen noch immer als brauchbar galten. Beachten Sie, daß man, um anzugeben, wo der Nabel der Welt ist, keine genaue Karte in dem Sinne braucht, wie wir heute den Begriff der genauen Karte verstehen. Es genügt, daß sie eine Karte ist, die, einmal ausgerichtet, den Nabel an dem Punkt zeigt, über welchem das Pendel beim ersten Sonnenstrahl am Morgen des 24. Juni aufleuchtet. Nun passen Sie auf: Nehmen wir rein hypothetisch an, der Nabel der Welt wäre in Jerusalem. Auf unseren heutigen Karten liegt Jerusalem an einem bestimmten Punkt, und der ist auch heute noch abhängig von der Projektion. Aber die Templer benutzten eine Gott weiß wie beschaffene Karte. Und warum auch nicht, was scherte es sie? Nicht das Pendel richtet sich nach der Karte, sondern die Karte richtet sich nach dem Pendel. Verstehen Sie, was ich meine? Es konnte die unsinnigste Karte der Welt sein, solange nur, wenn sie einmal unter dem Pendel lag, der erste Sonnenstrahl am Morgen des 24. Juni den Punkt traf, wo auf dieser und keiner anderen Karte Jerusalem lag.«

»Aber das löst unser Problem nicht«, sagte Diotallevi.

»Sicher nicht, und auch nicht das der sechsunddreißig Unsichtbaren. Denn ohne die richtige Karte läuft gar nichts. Denken wir uns mal versuchsweise eine Karte mit der üblichen Orientierung, also mit dem Osten zur Apsis und dem Westen zum Schiff, denn so sind die Kirchen orientiert. Nun stellen wir eine beliebige Hypothese auf, beispielsweise: daß sich in dem schicksalhaften Moment das Pendel über einer Gegend irgendwo im Südosten befinden muß. Wenn es sich um eine Uhr handelte, würden wir sagen, das Pendel muß fünf vor halb sechs anzeigen. Okay? Nun sehen sie sich einmal dies hier an.«

Ich schlug eine Geschichte der Kartographie auf.

»Hier, Nummer eins, eine Weltkarte aus dem zwölften Jahrhundert. Folgt dem Modell der Karten in T-Form, oben Asien mit dem Irdischen Paradies, links Europa, rechts Afrika und ganz rechts, jenseits von Afrika, haben wir die Antipoden. Nummer zwei, ein Kartentyp, der sich an Macrobius‹ *Somnium Scipionis* inspiriert und in einigen Varianten bis ins sechzehnte Jahrhundert überlebt. Afrika ist ein bißchen schmal geraten, aber naja. Nun passen Sie auf: orientieren Sie die beiden Karten in gleicher Weise, und Sie werden feststellen, daß die Position fünf vor halb sechs auf der ersten Karte etwa Arabien entspricht und auf der zweiten etwa Neuseeland, denn dort sind unsere Antipoden. Wir können alles über das Pendel wissen, aber wenn wir nicht wissen, welche Karte wir nehmen sollen, sind wir verloren. Die Botschaft enthielt Angaben, höchst verschlüsselte selbstverständlich, über die richtige Karte, die womöglich extra zu dem Zweck gezeichnet worden war. Die Botschaft sagte, wo man diese Karte finden konnte, in welchem Manuskript, in welcher Bibliothek, in welcher Abtei oder Burg. Und es konnte sogar sein, daß John Dee oder Bacon oder sonst jemand die Botschaft rekonstruiert hatte – wer weiß, die Botschaft sagte, die Karte findet sich da und da, aber inzwischen, nach allem, was in Europa passiert war, ist die Abtei mit der Karte abgebrannt, oder die Karte ist gestohlen worden und liegt nun Gott weiß wo versteckt. Vielleicht gibt es jemanden, der die Karte hat, aber nicht weiß, wozu sie dient, oder er ahnt, daß sie wertvoll ist, aber er weiß nicht, warum, und nun reist er durch die Welt auf der Suche nach einem Käufer. Denken Sie nur, was für ein Gewimmel von Angeboten, falschen Spuren, Botschaften, die etwas ganz anderes besagen, aber gelesen werden, als sprächen sie von der Karte, und Botschaften, die von der Karte sprechen, aber gelesen werden, als handelten sie, was weiß ich, von der Goldfabrikation. Und wahrscheinlich versuchen auch einige, die Karte direkt zu rekonstruieren, anhand von Mutmaßungen.«

»Was für Mutmaßungen?«

»Zum Beispiel über mikro-makrokosmische Korrespondenzen. Hier sehen Sie noch eine dritte Karte. Wissen Sie, woher die kommt? Sie erscheint im zweiten Traktat der *Utriusque Cosmi Historia* von Robert Fludd. Fludd ist der Mann der Rosenkreuzer in London, vergessen wir das nicht. Und was macht nun dieser Robertus de Fluctibus, wie er sich gerne nennen ließ? Er präsentiert eine sehr eigenartige Projektion der Erdkugel, nämlich aus der Perspektive des Nordpols, des mystischen Pols natürlich, und somit aus der Perspektive eines idealen Pendels, das an einem idealen Punkt über dem Nordpol hängt. Jawohl, meine Herren, dies hier ist eine Karte, die konzipiert wurde, um unter ein Pendel gelegt zu werden! Die Beweise sind unwiderleglich, wie kommt es nur, daß niemand vor uns daran gedacht hat?«

»Die Diaboliker sind eben schrecklich langsam«, meinte Belbo.

»Wir sind eben die einzig würdigen Erben der Templer. Aber lassen Sie mich fortfahren. Sehen Sie sich das noch genauer an, Sie haben das Schema sicher erkannt, es ist eine drehbare Scheibe, so eine, wie sie Trithemius für seine chiffrierten Botschaften benutzte. Dies hier ist gar keine Karte. Es ist der Entwurf für eine Maschine zum Durchprobieren von Variationen, zum Erzeugen von alternativen Karten, bis die richtige gefunden ist. Und Robert Fludd sagt es auch in der Beischrift: ›Dies ist die Skizze für ein *instrumentum*, es muß noch daran gearbeitet werden.‹«

»Aber war Fludd nicht der, der sich in den Kopf gesetzt hatte, die Rotation der Erde zu negieren? Wie konnte er an das Pendel denken?«

»Wir haben es mit Initiierten zu tun. Ein Initiierter negiert, was er weiß. Er leugnet, daß er es weiß. Er lügt, um ein Geheimnis zu wahren.«

»Das würde erklären«, meinte Belbo, »warum sich John Dee so angelegentlich mit der Kartographie befaßte. Nicht um die ›wahre‹ Form der Welt zu erkennen. Sondern um unter all den falschen Karten diejenige zu rekonstruieren, die ihm als einzige nützte, also die einzig richtige war.«

»Nicht schlecht, nicht schlecht«, schloß Diotallevi. »Die Wahrheit zu finden, indem man einen verlogenen Text präzise rekonstruiert.«

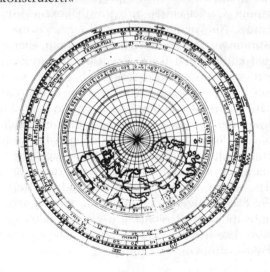

84

La principale occupation de cette Assemblée et la plus utile doibt estre, à mon avis, de travailler à l'histoire naturelle, à peu près suivant les desseins de Verulamius.

Christian Huygens, Brief an Colbert, in *Oeuvres Complètes*, Den Haag 1888-1950, VI, p. 95-96

Die Wechselfälle der sechs Gruppen beschränkten sich nicht auf die Suche nach der richtigen Karte. Vermutlich hatten die Templer in den beiden ersten Teilen der Botschaft, dem der Portugiesen und dem der Engländer, auf ein Pendel angespielt, aber die Vorstellungen über Pendel waren damals noch ziemlich konfus. Ein Senkblei schwingen zu lassen ist *eine* Sache, etwas ganz anderes ist es, einen Präzisionsmechanismus zu konstruieren, der genau im vorgesehenen Sekundenbruchteil von einem Sonnenstrahl getroffen wird. Deshalb hatten die Templer sechs Jahrhunderte einkalkuliert. Der Baconsche Flügel machte sich also in dieser Richtung ans Werk und bemühte sich, alle Initiierten, die er verzweifelt zu kontaktieren suchte, auf seine Seite zu ziehen.

Zur gleichen Zeit, und das war sicher kein bloßer Zufall, schrieb Salomon de Caus, der Mann der Rosenkreuzer, für Kardinal Richelieu ein Traktat über Sonnenuhren. Danach begann, mit Galilei einsetzend, eine hektische Forschung über Pendel. Als Vorwand diente die Frage, wie man Pendel zur Bestimmung der Latitüden benutzen kann, aber als Huygens 1681 entdeckte, daß eine Pendeluhr, die in Paris genau gegangen war, in Cayenne nachging, begriff er sofort, daß dies von der Veränderung der Zentrifugalkraft durch die Erdrotation kommen mußte. Und als er sein Pendeluhrbuch *Horologium oszillatorium* publizierte, in dem er Galileis Einsichten über Pendel vertiefte, wer rief ihn da nach Paris? Colbert, derselbe, der Salomon de Caus nach Paris geholt hatte, damit er sich um den Pariser Untergrund kümmerte!

Und in Italien? Als die Florentiner Accademia del Cimento 1661 die Schlußfolgerungen Foucaults vorwegnahm, löste Herzog Leopold von Toskana sie kaum fünf Jahre später auf, und sofort danach erhielt er aus Rom als geheime Belohnung einen Kardinalshut.

Aber damit nicht genug. Auch in den nächsten Jahrhunderten ging die Jagd nach dem Pendel weiter. 1742 (ein Jahr vor dem ersten belegten Auftritt des Grafen von Saint-Germain!) legte ein gewisser de Mairan der Académie Royale des Sciences eine Denkschrift über Pendel vor; und 1756 (als in Deutschland die templerische Strikte Observanz entstand!) schrieb ein gewisser Bouguer »sur la direction qu'affectent tous les fils à plomb«.

Ich fand phantasmagorische Titel, wie diesen von Jean-Baptiste Biot aus dem Jahre 1821: *Recueil d'observations géodésiques, astronomiques et physiques, executées par ordre du Bureau des Longitudes de France, en Espagne, en France, en Angleterre et en Ecosse, pour déterminer la variation de la pésanteur et des degrés terrestres sur le prolongement du méridien de Paris.* In Frankreich, Spanien, England und Schottland! Und bezogen auf den Meridian von Saint-Martin! Und von Sir Edward Sabine, 1823, *An Account of Experiments to Determine the Figure of the Earth by Means of the Pendulum Vibrating Seconds in Different Latitudes.* Und der mysteriöse Graf Fjodor Petrowitsch Litke publizierte 1836 die Ergebnisse seiner Forschungen über das Verhalten des Pendels während einer Reise um die Welt. Und das für die Kaiserliche Akademie der Wissenschaften in St. Petersburg. Wieso jetzt auch die Russen?

Und wenn nun in der Zwischenzeit eine Gruppe, sicher eine der Baconschen Linie, beschlossen hätte, das Geheimnis der Strömungen ohne Karte und ohne Pendel zu lösen, einfach durch neues und gründliches Horchen auf den Atem der Schlange? Dann wären die Ahnungen von Salon auf einmal gar nicht mehr so abwegig, denn mehr oder weniger zur Zeit Foucaults begann die industrielle Welt, eine Schöpfung des Baconschen Flügels, mit dem Bau der Untergrundbahnen in den Herzen der europäischen Metropolen.

»Stimmt«, sagte Belbo, »das neunzehnte Jahrhundert war geradezu besessen von den Untergründen: Jean Valjean, Fantomas und Javert, Rocambole, ein einziges Hin und Her zwischen unterirdischen Gängen und Abwasserkanälen. Mein Gott, ja, und jetzt, wo ich daran denke: das ganze Werk von Jules Verne ist eine einzige initiatische Offenbarung der Geheimnisse des Untergrundes! Reise zum Mittelpunkt der Erde, zwanzigtausend Meilen unter dem Meer, die Höhlen der geheimnisvollen Insel, die Stadt unter der Erde, das unterirdische Riesenreich des Schwarzen Indien! Man müßte einen Plan seiner außerordentlichen Reisen rekonstruieren, sicher fände man eine Skizze der Windungen der Großen Schlange, eine Karte der Leys, für jeden Kontinent einzeln erstellt. Jules Verne erforschte von oben und von unten das System der tellurischen Ströme!«

Ich machte mit: »Wie heißt der Held im Schwarzen Indien? John Garral, fast ein Anagramm von *Graal*.«

»Seien wir nicht zu kopflastig, bleiben wir auf der Erde. Jules Verne hat viel deutlichere Signale ausgesandt: *Robur le Conquérant*, R. C., Rosencreutz. Und Robur von hinten nach vorn gelesen ergibt Rubor, das Rot der Rose.«

Philéas Fogg. Un nom qui est une véritable signa-
ture: EAS, en grec, a le sens de globalité (il est donc
l'équivalent de pan ou de poly) et PHILEAS est
donc identique à POLIPHILE. Quant à Fogg,
c'est »le brouillard« en anglais... Nul doute, Jules
Verne appartenait bien à la Société »Le Brouillard«.
Il eut même la gentillesse de nous préciser les liens
de celle-ci avec la Rose+Croix, car enfin, qu'est-ce
que ce noble voyageur nommé Philéas Fogg, sinon
un Rose+Croix?... Et puis, n'appartient-il pas au
Reform-Club dont les initiales R. C. désignent la
Rose+Croix réformatrice? Ce Reform-Club est
élevé dans »Pall-Mall«, évoquant une fois de plus le
Songe de Poliphile.

Michel Lamy, *Jules Verne, initié et initiateur*,
Paris, Payot, 1984, p. 237 f.

Die Rekonstruktion beanspruchte uns über Tage und
Wochen, wir unterbrachen unsere Arbeiten, um uns den
neuesten Zusammenhang mitzuteilen, wir lasen alles, was
uns in die Finger kam, Lexika, Zeitungen, Comics, Verlagskataloge, diagonal nach möglichen Kurzschlußverbindungen durch, wir blieben an jedem Bouquinistenstand stehen,
um zu kramen, schnupperten an den Zeitungskiosken, klauten unverfroren aus den Manuskripten unserer Diaboliker,
stürzten mit Triumphgeschrei ins Büro und warfen den letzten Fund auf den Tisch. Wenn ich an diese Wochen zurückdenke, kommt mir das ganze Ganze blitzartig vor, rasant wie
ein Film von Larry Semon, voller Slapsticks, mit Türen, die
überschallschnell auf- und zugehen, Torten, die durch die
Luft segeln, Fluchten über Treppen vor und zurück, Zusammenstößen von alten Autos, Zusammenbrüchen von Drug-
store-Regalen zwischen Salven von Dosen, Flaschen, Weich-
käsepackungen, Sodawasserfontänen, aufplatzenden Mehl-
säcken. Und andererseits, wenn ich an die Zwischenräume
und toten Zeiten denke – das übrige Leben, das sich um uns
herum abspielte –, kann ich alles auch wie eine Geschichte in
Zeitlupe lesen, mit dem Großen Plan, der allmählich Gestalt
annahm, langsam wie Slow-Motion-Gymnastik, wie die zö-
gernde Drehung des Diskuswerfers, das vorsichtige Schwin-

gen des Kugelstoßers, das lange Zielen beim Golf, das sinnlose Warten beim Baseball. Auf jeden Fall, in welchem Rhythmus auch immer, wurden wir für unsere Mühe belohnt, denn wenn man Zusammenhänge finden will, findet man immer welche, Zusammenhänge zwischen allem und jedem, die Welt explodiert zu einem wirbelnden Netz von Verwandtschaften, in dem alles auf alles verweist und alles alles erklärt...

Zu Lia schwieg ich darüber, um sie nicht zu verstimmen, aber ich begann auch Giulio zu vernachlässigen. Es kam vor, daß ich mitten in der Nacht aufwachte und zum Beispiel an Descartes denken mußte: Renatus Cartesius, Herrgott, das ergab ja R. C., und wie energisch hatte er nach den Rosenkreuzern gesucht und dann geleugnet, sie gefunden zu haben! Warum war er so besessen von der Methode? Nun, die Methode diente ihm zur Suche nach der Lösung des Geheimnisses, das mittlerweile alle Initiierten Europas faszinierte... Und wer hatte die Magie der Gotik verherrlicht? René de Chateaubriand, R. C. Und wer hatte, zur Zeit von Bacon, *Steps to the Temple* geschrieben? Richard Crashaw. Und was war mit Ranieri de' Calzabigi, mit René Char, mit Raymond Chandler? Und mit Rick in Casablanca?

86

Diese Wissenschaft, die nicht verlorengegangen ist, zumindest nicht in ihrem materiellen Teil, ist den religiösen Baumeistern von den Mönchen aus Cîteaux beigebracht worden... Ihre Erben... kannte man im letzten Jahrhundert unter dem Namen »Compagnons du Tour de France«. An sie wandte sich Eiffel, um seinen Turm zu erbauen.

Louis Charpentier, *Les mystères de la cathédrale de Chartres*, Paris, Laffont, 1966, p. 55-56

Wir hatten nun bald die ganze Neuzeit durchwühlt, als fleißige Maulwürfe, die sich durch die Erde graben, um den Planeten von unten auszuspähen. Aber es mußte da noch etwas anderes geben, ein Unternehmen, das die Baconianer begonnen hatten und dessen Ergebnisse, dessen Etappen offen vor aller Augen lagen, ohne daß es jemand bemerkt hatte... Denn wer den Boden durchwühlt, nähert sich zwar den Tiefenschichten, doch die Kelten und Templer hatten sich nicht darauf beschränkt, Löcher zu graben, sie hatten auch ihre Akupunkturnadeln gerade zum Himmel empor gerichtet, als Antennen, um durch sie von einem Megalithen zum anderen zu kommunizieren und die Einflüsse der Gestirne zu empfangen...

Die Idee war Belbo in einer schlaflosen Nacht gekommen. Er war ans Fenster getreten und hatte in der Ferne, über den Dächern von Mailand, die Lichter des Fernsehturms gesehen, die große Antenne der Stadt. Eine moderate und vorsichtige Version des Turms von Babel. Und da hatte er kapiert.

»Der Eiffelturm!« sagte er am nächsten Morgen. »Wie konnten wir den bloß übersehen! Der metallene Megalith, der Menhir der Menhire der letzten Kelten, die höchste Hohle Nadel aller gotischen Nadeln und Fialen! Und wozu braucht Paris ein so unnützes Monument? Nun, es ist die Himmelssonde, die Antenne zum Empfang der Informationen von allen in die Kruste der Erde gesteckten hermetischen Akupunkturnadeln – von den Statuen der Osterinseln, von Machu Picchu in Peru, von der Freiheitsstatue in New York, die der Initiierte La Fayette gewollt hatte, vom Obelisken in

Luxor, vom höchsten Turm in Tomar, vom Koloß von Rhodos, der weiterhin aus den Tiefen des Hafens sendet, wo ihn niemand mehr findet, von den Tempeln im brahmanischen Dschungel, von den Wachtürmen auf der Chinesischen Mauer, vom Gipfel von Ayers Rock in Australien, von den Fialen auf dem Straßburger Münster, an denen sich der Initiierte Goethe ergötzte, von den Gesichtern am Mount Rushmore (wie vieles hatte der Initiierte Hitchcock verstanden!), von der Antenne auf dem Empire State Building (und sagt ihr mir, auf welches Imperium diese Schöpfung amerikanischer Initiierter anspielt, wenn nicht auf das von Kaiser Rudolf in Prag!). Der Eiffelturm fängt Signale aus dem Untergrund auf und konfrontiert sie mit denen, die vom Himmel herabkommen. Und wer gab uns das erste beklemmende Filmbild vom Eiffelturm? René Clair in *Paris qui dort*, worin ein verrückter Doktor die Metropole mit unsichtbaren Strahlen in Schlaf versetzt, und nur acht Personen entgehen den Einflüssen aus dem Untergrund, indem sie auf die Turmspitze fliehen. René Clair, R. C.«

Die ganze Geschichte der Wissenschaft und der Technik mußte neu gelesen werden, sogar der Wettlauf um die Vorherrschaft im Weltraum wurde nun verständlich, mit diesen wie verrückt um die Erde sausenden Satelliten, die nichts anderes tun als den Globus zu photographieren, um darauf unsichtbare Spannungen zu identifizieren, unterseeische Flüsse, warme Luftströme. Und sie dann miteinander zu besprechen, mit dem Eiffelturm, mit Stonehenge...

It is a remarkable coincidence that the 1623 Folio, known by the name of Shakespeare, contains exactly *thirty-six* plays.

W. F. C. Wigston, *Francis Bacon versus Phantom Captain Shakespeare: The Rosicrucian Mask*, London, Kegan Paul, 1891, p. 353

Wenn wir einander die Resultate unserer Phantastereien berichteten, schien uns – und sicher zu Recht –, daß wir mit unzulässigen Assoziationen und außergewöhnlichen Kurzschlußverbindungen operierten, denen Glauben zu schenken wir uns geschämt hätten, hätte man sie uns vorgehalten. Was uns ermunterte, war das gemeinsame Einverständnis – stillschweigend, wie es die Etikette der Ironie verlangt –, daß wir die Logik der anderen parodierten. Doch in den langen Zwischenzeiten, wenn jeder von uns Beweisstücke für die nächste Dreiersitzung sammelte, überzeugt, Mosaiksteinchen für die Parodie eines Mosaiks zu sammeln, gewöhnte sich unser Hirn allmählich daran, alles und jedes mit allem und jedem in Verbindung zu bringen, und um das automatisch tun zu können, mußte es feste Gewohnheiten annehmen. Ich glaube, ab einem bestimmten Punkt macht es keinen Unterschied mehr, ob man sich daran gewöhnt, so zu tun, als ob man glaubte, oder ob man sich daran gewöhnt, wirklich zu glauben.

Es ist wie bei den Spionen. Sie schleichen sich in die gegnerischen Geheimdienste ein und gewöhnen sich daran, wie der Gegner zu denken; wenn sie überleben, so weil es ihnen gelungen ist, sich dem Gegner total anzupassen; kein Wunder also, daß sie nach einer Weile zur anderen Seite überlaufen, die nun ihre Seite geworden ist. Oder wie bei denen, die allein mit einem Hund leben. Sie reden den ganzen Tag lang mit ihm; zu Anfang bemühen sie sich, seine Logik zu verstehen, dann wollen sie, daß er ihre Logik versteht; zuerst finden sie ihn schüchtern, dann eifersüchtig, dann übelnehmerisch, und schließlich verbringen sie ihre Zeit damit, ihn zu piesacken und ihm Eifersuchtsszenen zu machen. Wenn sie sicher sind, daß er wie sie geworden ist, sind sie wie er geworden, und wenn sie stolz darauf sind, ihn vermenschlicht zu haben, haben sie sich de facto verhundet.

Vielleicht weil ich jeden Tag mit Lia und dem Kind in Berührung kam, war ich dem Spiel noch am wenigsten von uns dreien verfallen. Ich war überzeugt, es zu beherrschen, ich fühlte mich, als schlüge ich immer noch das Agogō während des rituellen Tanzes – du stehst auf seiten derer, die Emotionen *hervorrufen,* nicht sie *erleiden,* sagte ich mir. Wie es bei Diotallevi war, wußte ich damals noch nicht, heute weiß ich es: Diotallevi gewöhnte seinen Körper daran, wie ein Diaboliker zu denken. Was Belbo anging, so identifizierte er sich mit dem Spiel auch auf der Bewußtseinsebene. Ich gewöhnte mich, Diotallevi zerstörte sich, Belbo bekehrte sich. Aber alle drei verloren wir langsam jene intellektuelle Klarheit, die uns erlaubt, das Ähnliche vom Identischen zu unterscheiden, die Metapher von der Sache zu trennen – jene geheimnisvolle, glänzende und wunderbare Eigenschaft, dank welcher wir sagen können, daß jemand »bestialisch« geworden ist, ohne dabei zu meinen, ihm seien tatsächlich Pranken und Hauer gewachsen, während ein Kranker das Wort »bestialisch« hört und sofort an ein bellendes oder fauchendes oder feuerspeiendes Untier denkt.

Was mit Diotallevi geschah, hätten wir sehen können, wären wir nicht so erregt gewesen. Ich würde sagen, angefangen hatte das Ganze, als der Sommer zu Ende ging. Diotallevi war magerer als gewöhnlich aus den Ferien zurückgekommen, aber es war nicht die nervöse Schlankheit dessen, der sich ein paar Wochen lang in den Bergen erholt hat. Sein zarter Albino-Teint hatte einen gelblichen Schimmer bekommen. Wenn wir es bemerkten, dachten wir wohl, er hätte die Ferien über seinen rabbinischen Schriftrollen brütend verbracht. Doch in Wahrheit dachten wir an ganz andere Dinge.

Denn in den folgenden Tagen gelang es uns, Stück für Stück auch die Gruppen außerhalb des Baconschen Flügels unterzubringen.

So betrachten zum Beispiel die gängigen Freimaurerstudien den bayerischen Illuminatenorden, der die Auflösung der Nationen und die Abschaffung des Staates anstrebte, als Inspirator nicht nur des Bakuninschen Anarchismus, sondern auch des Marxismus. Unsinn. Die Illuminaten waren Provokateure, von den Baconianern in die Reihen der deutschen Templer eingeschleust, aber Marx und Engels dachten an etwas ganz anderes, als sie 1848 das Kommunistische

Manifest mit dem reißerischen Satz begannen: »Ein Gespenst geht um in Europa.« Warum benutzten sie ausgerechnet eine so gotisch-schauerromantische Metapher? Nun, ganz klar, das Kommunistische Manifest spielt sarkastisch auf die gespenstische Jagd nach dem Großen Plan an, die seit einigen Jahrhunderten heimlich durch die Geschichte des Kontinents tobt. Und es schlägt sowohl den Baconianern wie den Neutemplern eine Alternative vor. Marx war Jude, vielleicht war er anfangs das Sprachrohr der Rabbiner von Gerona oder von Safed gewesen und hatte versucht, das ganze Volk Gottes in die Suche mit einzuschalten. Dann aber riß ihn der eigene Schwung mit, er identifizierte die Schechinah, das ins Reich exilierte Volk Gottes, mit dem Proletariat, er verriet die Erwartungen seiner Inspiratoren und drehte die Tendenzen des jüdischen Messianismus um. Templer aller Länder, vereinigt euch! Die Karte der Welt den Arbeitern! Wunderbar! Wo gäbe es eine bessere historische Rechtfertigung für den Kommunismus?

»Gut«, sagte Belbo, »aber auch bei den Baconianern kommt es zu Zwischenfällen, meint ihr nicht? Einige von ihnen verlieren sich unterwegs in einen szientistischen Traum und landen in einer Sackgasse. Ich meine die Einsteins und die Fermis am Ende der Dynastie, die das Geheimnis im Innern des Mikrokosmos suchen und daher die falsche Entdeckung machen. Statt die tellurische Energie, die eine saubere, natürliche, weisheitsmäßige Energie ist, entdecken sie die Atomenergie, die technologisch, schmutzig, vergiftet ist...«

»Raum-Zeit, Irrtum des Okzidents«, sagte Diotallevi.

»Verlust der Mitte. Serum und Penicillin als Karikatur des Lebenselixiers«, warf ich ein.

»Wie dieser andere Templer, Freud«, sagte Belbo. »Statt in den Labyrinthen des physischen Untergrundes zu graben, gräbt er in denen des psychischen Untergrundes, als hätten darüber nicht schon die Alchimisten alles und besser gesagt...«

»Aber du bist es doch«, meinte Diotallevi, »der dauernd die Bücher von Doktor Wagner herausbringen will. Für mich ist die Psychoanalyse nur etwas für Neurotiker.«

»Ja, und der Penis ist nur ein Phallussymbol«, schloß ich. »Lassen wir das, meine Herren, verlieren wir uns nicht in müßige Spielereien. Und verlieren wir keine Zeit. Wir wissen noch immer nicht, wohin wir die Paulizianer und die Jerusalemer tun sollen.«

Doch ehe wir uns dieser neuen Frage zuwenden konnten, stießen wir auf eine andere Gruppe. Eine, die nicht zu den sechsunddreißig Unsichtbaren gehörte, aber sich schon recht früh in das Spiel mit eingemischt und es teilweise aus dem Gleis gebracht hatte, indem sie als Störtrupp agierte. Die Jesuiten.

88

The Baron Hundt, Chevalier Ramsay... and numerous others who founded the grades in these rites, worked under instructions from the General of the Jesuits... Templarism is Jesuitism.

Brief an Mme. Blavatsky von Charles Sotheran, 32 ∴ A. and P. R., 94 ∴. Memphis, K. R ✠, K. Kadosh, M. M. 104, Eng. etc., Initiate of the modern English Brotherhood of the Rosie Cross and other secret societies, 11. 1. 1877; in *Isis Unveiled*, II, 1877, p. 390

Wir waren ihnen schon öfter begegnet, schon seit den Zeiten der allerersten rosenkreuzerischen Manifeste. Bereits 1620 war in Deutschland eine anonyme Schrift mit dem Titel *Rosa Jesuitica* erschienen, die daran erinnerte, daß die Symbolik der Rose katholisch und marianisch war, bevor sie rosenkreuzerisch wurde, und die behauptete, letzten Endes seien die beiden Orden – Jesuiten und Rosenkreuzer – solidarisch und die Rosenkreuzer seien nur eine der vielen Umformulierungen der jesuitischen Mystik zum Gebrauch des Volkes im reformierten Deutschland.

Ich erinnerte mich an Salons Worte über den Groll, mit dem Pater Athanasius Kircher die Rosenkreuzer attackiert hatte, und das ausgerechnet, während er über das Innere der Erdkugel sprach.

»Pater Kircher«, sagte ich, »spielt eine zentrale Rolle in dieser Geschichte. Warum hat dieser Mann, der so oft bewiesen hatte, daß er Sinn für Beobachtung und Lust am Experimentieren besaß, seine paar guten Ideen unter Tausenden von Seiten voll abenteuerlichster Hypothesen begraben? Er korrespondierte mit den besten englischen Wissenschaftlern, und dann greift er in jedem seiner Bücher die typischen Themen der Rosenkreuzer auf, scheinbar um sie zu widerlegen, faktisch aber, um sie sich anzueignen und mit ihnen seine Version von Gegenreformation anzubieten. Im Anhang zur Erstausgabe der *Fama Fraternitatis* beteuerte jener Herr Haselmeyer, der wegen seiner reformatorischen Ideen ›von den Jesuittern ist auf eine Galeeren geschmiedet worden‹, wie es im Titel hieß, daß die wahren und wirklichen Jesuiten niemand anders seien als die Rosenkreuzer. Nun, und Pater Athanasius Kircher schreibt seine dreißig und mehr Bücher, um zu suggerieren, daß die wahren und wirklichen Rosenkreuzer niemand anders seien als die Jesuiten. Mit anderen Worten: die Jesuiten versuchen, den Großen Plan in die Hand zu bekommen. Sogar das Pendel will Pater Kircher studieren, und er tut es, wenn auch auf seine Weise, nämlich indem er eine planetarische Uhr erfindet, die ihm die genaue Uhrzeit in den über die ganze Welt verstreuten Ordenssitzen anzeigen sollte.«

»Aber woher wußten die Jesuiten überhaupt von der Existenz des Großen Plans, wenn doch die Templer sich lieber totschlagen ließen als etwas zu verraten?« fragte Diotallevi. Wir begnügten uns nicht mit der Antwort, daß die Jesuiten immer eins mehr als der Teufel wissen. Wir wollten eine bessere Erklärung.

Und wir fanden sie bald. Guillaume Postel, schon wieder er. Beim Durchblättern der Geschichte der Jesuiten von Crétineau-Joly (was haben wir über den Namen gelacht!) entdeckten wir, daß Postel, ergriffen von seinen mystischen Leidenschaften, von seinem Durst nach spiritueller Regeneration, im Jahre 1544 zu Ignatius von Loyola nach Rom gekommen war. Ignatius hatte ihn mit Begeisterung aufgenommen, aber Postel konnte nicht auf seine fixen Ideen verzichten, auf seine Kabbalismen, seinen Ökumenismus, auf den Mythos von seiner Johanna als Inkarnation der Sophia oder der Schechinah oder was weiß ich, und das alles konnte den Jesuiten nicht behagen, und am wenigsten behagte ihnen die fixeste seiner fixen Ideen, von der er partout nicht lassen wollte, nämlich daß der König der Welt kein anderer sein könne als der König von Frankreich. Ignatius war ein Heiliger, aber ein Spanier.

So war es nach einer Weile zum Bruch gekommen, und Postel hatte die Jesuiten wieder verlassen – oder die Jesuiten hatten ihn vor die Tür gesetzt. Aber wenn Postel einmal Jesuit gewesen war, und sei's nur für kurze Zeit, muß er Ignatius – dem er Gehorsam *perinde ac cadaver* geschworen hatte – auch seine Mission anvertraut haben. Lieber Ignatius, muß er gesagt haben, wisse, daß du, wenn du mich aufnimmst, auch das Geheimnis des Großen Planes der Templer mit aufnimmst, deren französischer Repräsentant zu sein ich unverdienterweise die Ehre habe, und da wir ohnehin alle auf das dritte Jahrhunderttreffen anno Domini 1584 warten, können wir ebensogut auch *ad maiorem Dei gloriam* darauf warten.

So also haben die Jesuiten durch Postel, in einem seiner schwachen Momente, vom Geheimnis der Templer erfahren. Ein solches Geheimnis muß ausgenutzt werden. Ignatius geht in die ewige Seligkeit ein, aber seine Nachfolger bleiben wachsam und behalten Postel im Auge. Sie wollen wissen, mit wem er sich in jenem Schicksalsjahr 1584 treffen wird. Doch leider stirbt er drei Jahre vorher, und es hilft auch nichts, daß – wie eine unserer Quellen versichert – ein unbekannter Jesuit an seinem Totenbett steht. Die Jesuiten wissen nicht, wer sein Nachfolger ist.

»Entschuldigung, Casaubon«, wandte Belbo ein, »aber da scheint mir etwas nicht aufzugehen. Wenn die Dinge so liegen, haben die Jesuiten doch nicht wissen können, daß das Treffen von 1584 gescheitert ist.«

»Man darf aber auch nicht vergessen«, gab Diotallevi zu bedenken, »daß diese Jesuiten nach allem, was mir die Gojim erzählen, Männer von Eisen waren, die sich nicht so leicht verschaukeln ließen.«

»Ach, wenn's darum geht«, sagte Belbo, »ein Jesuit verspeist zwei Templer zu Mittag und zwei zu Abend. Auch sie sind aufgelöst worden, und mehr als einmal, sie hatten die Regierungen in ganz Europa gegen sich, und trotzdem sind sie immer noch da.«

Man mußte sich in die Lage der Jesuiten versetzen. Was tut ein Jesuit, wenn ihm einer wie Postel entwischt ist? Mir kam eine Idee, die allerdings so diabolisch war, daß nicht einmal unsere Diaboliker, dachte ich, sie geschluckt hätten: Die Rosenkreuzer sind eine Erfindung der Jesuiten!

»Wie wär's mit folgendem«, schlug ich vor. »Als Postel gestorben ist, sehen die Jesuiten, scharfsinnig wie sie sind, das Durcheinander mit den Kalendern voraus und ergreifen die Initiative. Sie setzen die Mystifikation der Rosenkreuzer in die Welt und kalkulieren richtig, was dann passieren wird. Unter den vielen Schwarmgeistern, die anbeißen, wird auch der eine oder andere von den echten Kerngruppen sein, der sich überrumpelt zu erkennen gibt. Man stelle sich vor, wie wütend Bacon in so einem Fall gewesen sein muß: Fludd, du Idiot, konntest du nicht das Maul halten? – Aber Viscount, my Lord, die klangen doch wie die unseren... – Narr, hat man dich nicht gelehrt, den Papisten zu mißtrauen? *Dich* hätten sie verbrennen sollen, nicht jenen Unglücklichen aus Nola!«

»Aber wieso«, fragte Belbo, »sind dann die Rosenkreuzer, als sie sich nach Frankreich verlagerten, von den Jesuiten – oder von jenen katholischen Polemikern, die für sie arbeiteten – als Häretiker und Teufelsschüler attackiert worden?«

»Glauben Sie etwa, die Jesuiten gingen geradlinig vor? Was wären das dann für Jesuiten?«

Wir hatten uns lange über meinen Vorschlag gestritten und uns schließlich darauf geeinigt, die ursprüngliche Hypothese besser zu finden: Die Rosenkreuzer waren der Köder, den die Baconianer und die Deutschen den Franzosen hingeworfen hatten. Aber kaum waren die ersten Manifeste erschienen, hatten die Jesuiten das Spiel durchschaut. Und hatten sich unverzüglich eingemischt, um die Karten durcheinanderzubringen. Ihr Ziel war offensichtlich, das Treffen der englischen und deutschen Gruppe mit der französischen zu verhindern, wozu ihnen jedes Mittel recht war, auch das gemeinste.

Und derweil registrierten sie Nachrichten, sammelten Informationen und speicherten sie... wo? In Abulafia, scherzte Belbo. Aber Diotallevi, der sich inzwischen eigene Informationen verschafft hatte, sagte, das sei durchaus kein Scherz. Zweifellos waren die Jesuiten dabei, den enormen Elektronenrechner zu konstruieren, der imstande sein würde, eine Summe aus all den akkumulierten Daten zu ziehen, eine Konklusion aus dem geduldigen jahrhundertelangen Verrühren aller Fetzen von Wahrheit und Lüge, die sie unentwegt sammelten.

»Die Jesuiten hatten etwas begriffen«, sagte Diotallevi, »was weder die guten alten Templer von Provins noch die Baconianer auch nur geahnt hatten, nämlich daß sich die gesuchte Karte auch auf kombinatorischem Wege rekonstruieren ließ, mit Verfahrensweisen ähnlich denen der modernen Elektronengehirne! Die Jesuiten sind die ersten, die Abulafia erfinden! Pater Kircher liest alle Traktate über die Ars combinatoria, angefangen mit dem von Lullus. Und seht mal, was er dann – hier, schaut euch das an – in seiner *Ars Magna Sciendi* publiziert.«

»Sieht aus wie ein Häkelmuster«, sagte Belbo.

EPILOGISMUS

Combinationis Line.aris.

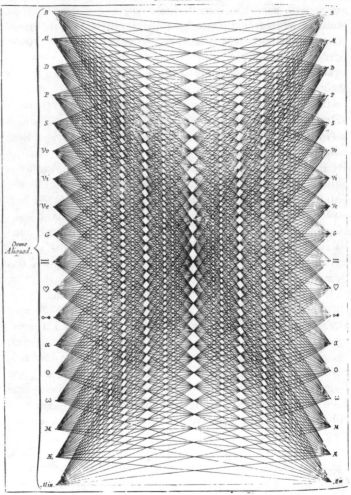

»Von wegen. Das sind alle je irgend möglichen Kombinationen von x Elementen. Faktorenrechnung, genau wie im *Sefer Jezirah*. Die Berechnung der Kombinationen und Permutationen, die Essenz der Temurah!«

Jawohl, so muß es gewesen sein. Es war *eine* Sache, das vage Projekt von Fludd zu konzipieren, um die Karte ausgehend von einer Polarprojektion zu finden, und es war eine andere, zu wissen, wie viele Versuche dazu notwendig sein würden, und sie alle durchzuprobieren, um die beste Lösung zu finden. Und es war vor allem *eine* Sache, das abstrakte Modell der möglichen Kombinationen zu entwerfen, und es war eine ganz andere, an eine Maschine zu denken, die fähig sein würde, das Modell zu konkretisieren. Und siehe da, sowohl Kircher wie sein Schüler Schott entwerfen mechanische Drehorgeln, Mechanismen mit Lochstreifen, Computer *avant la lettre*. Fundiert auf binärer Logik. Kabbala, angewandt auf die moderne Mechanik.

IBM: Iesus Babbage Mundi, Iesum Binarium Magnificamur. AMDG: Ad Maiorem Dei Gloriam? Von wegen: Ars Magna, Digitale Gaudium! IHS: Iesus Hardware & Software!

> Inmitten der dichtesten Finsternis hat sich eine
> Gesellschaft von neuen Wesen gebildet, die sich
> kennen, ohne sich je gesehen zu haben, sich verste-
> hen, ohne sich je erklärt zu haben, sich dienen,
> ohne befreundet zu sein... Diese Gesellschaft...
> übernimmt vom Jesuitenregime den blinden Ge-
> horsam, von der Freimaurerei die Prüfungen und
> die äußeren Zeremonien, von den Templern die
> Evokationen der Untergründe und die unglaubli-
> che Kühnheit... Hat der Graf von Saint-Germain
> je etwas anderes getan, als Guillaume Postel zu
> imitieren, der die Manie hatte, sich für älter aus-
> zugeben als er war?
>
> Marquis de Luchet, *Essai sur la secte des illuminés*,
> Paris 1789, V und XII

Die Jesuiten hatten begriffen, was die beste Methode ist, um
einen Gegner zu destabilisieren: Geheimsekten gründen,
warten, daß die gefährlichen Enthusiasten hineinströmen,
und sie dann alle verhaften. Anders gesagt: Wer eine Verschwörung fürchtet, organisiere sie selber, so bekommt er
alle potentiellen Verschwörer unter seine Kontrolle.

Ich erinnerte mich an einen Vorbehalt, den Agliè über
Ramsay geäußert hatte, also über den ersten, der einen direkten Zusammenhang zwischen Freimaurerei und Templern
hergestellt hatte: Er habe Verbindungen zu katholischen
Kreisen gehabt. Tatsächlich hatte bereits Voltaire den Chevalier Ramsay als einen Mann der Jesuiten bezeichnet. Mit
anderen Worten: Auf die Entstehung der englischen Freimaurerei antworteten die Jesuiten aus Frankreich mit dem
»schottischen« Neutemplerismus.

So wird verständlich, warum 1789, als Antwort auf diesen
Schachzug, ein als Marquis de Luchet getarnter Anonymus
einen *Essay über die Sekte der Illuminaten* veröffentlicht, in dem
er die Illuminaten jeder Art attackierte, ob aus Bayern oder
von sonstwo, ob anarchistische Pfaffenfresser oder mystische
Neutempler, und in denselben Sack (unglaublich, wie sich
peu à peu alle Steinchen unseres Mosaiks nahtlos zusammen-
fügten!) sogar die Paulizianer steckt, zu schweigen von
Postel und Saint-Germain. Wobei er beklagt, daß diese

Formen von templerischem Mystizismus die Glaubwürdigkeit der Freimaurerei beeinträchtigen, die für sich genommen eine Gesellschaft von braven und ehrlichen Leuten sei.

Mithin: Die Baconianer hatten die Freimaurerei als ein Gewusel à la Rick's Café Américain in Casablanca erfunden, der jesuitische Neutemplerismus sollte ihre Erfindung zunichte machen, und der Marquis de Luchet war als Killer ausgesandt worden, um alle nicht-baconischen Gruppen zu liquidieren.

An diesem Punkt aber mußten wir einer anderen Tatsache Rechnung tragen, die sich der arme Agliè nicht erklären konnte: Wieso hatte sich de Maistre, ein Mann der Jesuiten, auf dem Konvent von Wilhelmsbad eingemischt, und das gut sieben Jahre vor dem Auftauchen des Marquis de Luchet, um Zwietracht unter den Neutemplern zu säen?

»Der Neutemplerismus lief gut und nach den Wünschen der Jesuiten in der ersten Hälfte des achtzehnten Jahrhunderts«, erklärte Belbo, »und er lief immer schlechter, als das Jahrhundert zu Ende ging. Erstens, weil sich die Revolutionäre seiner bemächtigt hatten, für die alles recht war, von der Göttin Vernunft bis zum Höchsten Wesen, solange nur der König geköpft wurde, siehe Cagliostro, und zweitens, weil sich in Deutschland die Fürsten eingemischt hatten, voran Fridericus von Preußen, deren Ziele sicherlich nicht mit denen der Jesuiten übereinstimmten. Und als der mystische Neutemplerismus, wer immer ihn auch erfunden hatte, dann schließlich die *Zauberflöte* hervorbrachte, war klar, daß die Mannen Loyolas beschlossen, ihn loszuwerden. Das ist wie in der Finanzwelt: Man kauft eine Firma, stößt sie wieder ab, liquidiert sie, läßt sie bankrott gehen oder gibt ihr eine Kapitalspritze, je nachdem, welchen Generalplan man hat, und dabei kümmert man sich einen Dreck darum, was aus dem Portier wird. Oder wie mit einem Auto: Man fährt es, solange es funktioniert, und dann ab auf den Schrott.«

Im wahren maurerischen Kodex wird man keinen
anderen Gott finden... als den von Mani. Er ist der
Gott des kabbalistischen Maurers und der alten
Rosenkreuzer; er ist der Gott des martinistischen
Maurers... Im übrigen sind alle den Templern
zugeschriebenen Infamien genau diejenigen, die
man einst den Manichäern zuschrieb.

Abbé Barruel, *Mémoires pour servir à l'histoire du jacobinisme*,
Hamburg 1798, 2, XIII

Die Strategie der Jesuiten wurde uns klar, als wir den Abbé
Barruel entdeckten. Dieser schrieb in den Jahren 1797-98, als
Antwort auf die Französische Revolution, seine *Mémoires
pour servir à l'histoire du jacobinisme*, einen regelrechten Abenteuerroman, der bezeichnenderweise mit den Templern beginnt: Nach dem Feuertod von Jacques de Molay verwandeln die Templer sich in eine Geheimgesellschaft mit dem
Ziel, Monarchie und Papsttum abzuschaffen und eine Welt-
republik zu errichten. Im achtzehnten Jahrhundert bemächtigen sie sich der Freimaurerei und machen sie zu ihrem
Werkzeug. 1763 gründen sie eine literarische Akademie, bestehend aus Leuten wie Voltaire, Turgot, Condorcet, Diderot
und d'Alembert, die sich im Hause des Barons d'Holbach
treffen und – Komplott, Komplott – 1776 die Jakobiner
hervorbringen. Welche ihrerseits Marionetten in der Hand
der wahren Oberen sind, nämlich der bayerischen Illuminaten, die Tag und Nacht nur auf Königsmord sinnen.

Von wegen ab auf den Schrott. Nachdem sie die Freimaurerei erst mit Hilfe von Ramsay in zwei Teile gespalten haben,
vereinigen die Jesuiten sie nun wieder, um sie frontal zu
schlagen.

Barruels Denkschrift hatte eine gewisse Wirkung gehabt,
fanden sich doch in den französischen Staatsarchiven mindestens zwei von Napoleon angeforderte Polizeiberichte über
die klandestinen Sekten. Verfasser dieser Berichte war ein
gewisser Charles de Berkheim, der nichts Besseres zu tun
wußte – wie alle Geheimdienstler, die sich ihre Informationen immer nur dort holen, wo sie schon veröffentlicht sind –,

als zuerst das Buch des Marquis de Luchet und dann das von Barruel abzuschreiben.

Angesichts dieser das Blut gefrierenmachenden Beschreibung der Illuminaten und dieser hellsichtigen Anprangerung eines Direktoriums Unbekannter Oberer mit der Fähigkeit, die Welt zu beherrschen, zögerte Napoleon nicht und beschloß, einer der ihren zu werden. Er ließ seinen Bruder Joseph zum Großmeister des Grand Orient ernennen und nahm selbst, wie von vielen Quellen bezeugt wird, Kontakte zu den Freimaurern auf, ja, nach Auskunft anderer Quellen gelangte er in ihren Reihen sogar zu höchsten Würden. Unklar ist nur, nach welchem Ritus. Vielleicht sicherheitshalber nach allen.

Wieviel Napoleon gewußt haben mochte, wußten wir nicht, aber wir vergaßen auch nicht, daß er eine Zeitlang in Ägypten gewesen war, und wer weiß, mit welchen Weisen er dort im Schatten der Pyramiden gesprochen hatte (und hier begreift auch ein Kind, daß die berühmten vierzig Jahrhunderte, die auf ihn herabsahen, eine deutliche Anspielung auf die Hermetische Tradition waren).

Doch er muß vieles gewußt haben, denn 1806 berief er eine Versammlung führender französischer Juden ein. Die offiziellen Gründe waren banal: Versuch, den Zinswucher einzudämmen, sich die Treue der israelitischen Minderheit zu sichern, neue Geldgeber zu finden... Aber das erklärt nicht, wieso er beschlossen hatte, die Versammlung »Großes Synedrium« zu nennen, was die Vorstellung eines Direktoriums mehr oder minder Unbekannter Oberer nahelegte. In Wahrheit hatte der schlaue Korse die Repräsentanten des Jerusalemer Flügels identifiziert und versuchte nun, die verstreuten Gruppen zusammenzubringen.

»Nicht zufällig stehen die Truppen von Marschall Ney 1808 in Tomar. Begreifen Sie den Zusammenhang?«

»Wir sind nur hier, um Zusammenhänge zu begreifen.«

»Napoleon, der im Begriff ist, England zu schlagen, hat nun so gut wie alle europäischen Zentren in der Hand, und durch die französischen Juden auch die Jerusalemer. Wer fehlt ihm noch?«

»Die Paulizianer.«

»Richtig. Und wir haben immer noch nicht entschieden, wo sie geblieben sind. Aber das legt uns Napoleon nahe, der sie dort suchen geht, wo sie sind, nämlich in Rußland.«

Seit Jahrhunderten im slawischen Raum blockiert, hatten die Paulizianer sich naturgemäß unter den diversen Etiketten des russischen Mystizismus reorganisiert. Einer der einflußreichsten Berater Alexanders I. war Fürst Galitzin, der in Verbindung mit einigen Sekten martinistischer Prägung stand. Und wen fanden wir in Rußland, gut zwölf Jahre vor Napoleon dort als Bevollmächtigter des Hauses Savoyen eingetroffen, um Verbindungen zu den mystischen Zirkeln in St. Petersburg herzustellen? De Maistre.

Inzwischen mißtraute er jeder Organisation von Illuminaten, die für ihn identisch mit den Illuministen waren, also den Aufklärern und mithin den Verantwortlichen für das Blutbad der Revolution. Tatsächlich sprach er in jener Zeit, fast wörtlich Barruel wiederholend, von einer satanischen Sekte, die sich anschicke, die Welt zu erobern, und vermutlich dachte er dabei an Napoleon. Wenn also unser großer Reaktionär sich vornahm, die martinistischen Gruppen zu verführen, so weil er luzide erkannt hatte, daß sie, wenn auch inspiriert von denselben Quellen wie der französische und der deutsche Neutemplerismus, gleichwohl die aktuelle Ausdrucksform der einzigen noch nicht vom westlichen Denken verseuchten Gruppe waren: der Paulizianer.

Aber de Maistres Plan hatte offenbar nicht geklappt, denn 1816 wurden die Jesuiten aus St. Petersburg vertrieben, und de Maistre kehrte zurück nach Turin.

»Na gut«, meinte Diotallevi. »Die Paulizianer hätten wir also wiedergefunden. Lassen wir jetzt Napoleon von der Bühne abtreten, offensichtlich ist es ihm nicht gelungen, sein Ziel zu erreichen, andernfalls hätte er in Sankt Helena nur mit den Fingern zu schnipsen brauchen, um seine Gegner erzittern zu lassen... Wie geht es nun weiter mit all diesen Leuten? Ich verliere allmählich den Überblick.«

»Die Hälfte von ihnen hatte ihn längst verloren«, sagte Belbo.

91

Oh, wie gut haben Sie diese infernalischen Sekten
entlarvt, die dem Antichrist den Weg bereiten...
Gleichwohl gibt es da noch eine weitere Sekte, die
Sie nur gestreift haben.

Brief von Hauptmann Simonini an Barruel, zitiert nach
dem offiziellen Organ der Societas Jesu, *La civiltà cattolica*,
Rom, 21. 10. 1882

Napoleons Schachzug mit den Juden hatte zu einer Kurskorrektur bei den Jesuiten geführt. Die *Mémoires* von Barruel enthielten noch keinerlei Anspielung auf die Juden. Aber 1806 bekam Abbé Barruel einen Brief von einem gewissen Hauptmann Simonini, der ihn mit Nachdruck an die jüdische Omnipräsenz erinnerte: Auch Mani und der Alte vom Berge seien Juden gewesen, die Freimaurer seien von den Juden gegründet worden, und sämtliche existierenden Geheimgesellschaften seien von Juden infiltriert.

Der Brief, dessen Inhalt geschickt in Paris bekanntgemacht wurde, brachte Napoleon in Schwierigkeiten, der eben erst mit den Juden in Kontakt getreten war. Dieser Kontakt hatte offenbar auch die Paulizianer beunruhigt, denn kurz danach erklärte der Heilige Synod der Orthodoxen Kirche zu Moskau: »Napoleon beabsichtigt, alle Juden, die Gottes Zorn über das Antlitz der Erde verstreut hat, jetzt wieder zu vereinigen, um sie anzustacheln, die Kirche Christi umzustürzen und Ihn als den wahren Messias auszurufen.«

Der gute Abbé Barruel akzeptierte die Idee, daß die Große Verschwörung nicht nur freimaurerisch, sondern jüdisch-freimaurerisch sei. Im übrigen war die Idee einer solchen satanischen Weltverschwörung auch sehr geeignet, einen neuen Feind anzugreifen, nämlich die Carbonari und mit ihnen die antiklerikalen Väter des italienischen Risorgimento, von Mazzini bis Garibaldi.

»Aber das alles geschieht in den ersten Jahrzehnten des neunzehnten Jahrhunderts«, sagte Diotallevi, »während die große antisemitische Offensive erst gegen Ende des Jahrhunderts einsetzt, mit den sogenannten *Protokollen der Weisen von Zion.* Und die erscheinen im russischen Raum. Also sind sie eine Initiative der Paulizianer.«

»Natürlich«, sagte Belbo. »Es ist klar, daß die Jerusalemer Gruppe sich mittlerweile in drei Zweige aufgeteilt hat. Der erste Zweig hatte, auf dem Umweg über die spanischen und provenzalischen Kabbalisten, den neutemplerischen Flügel inspiriert, der zweite ist vom Baconschen Flügel absorbiert worden, seine Mitglieder sind jetzt Wissenschaftler und Bankiers. Und über *sie* fallen die Jesuiten her. Aber es gibt noch einen dritten Zweig, und der hat sich in Rußland etabliert. Die russischen Juden sind zum guten Teil kleine Händler und Geldverleiher, und folglich sind sie bei den armen Bauern nicht gerade beliebt, und da die jüdische Kultur seit jeher eine Kultur des Buches war und alle Juden lesen und schreiben können, gehen viele von ihnen hin und vermehren die Reihen der liberalen und revolutionären Intelligenz. Die Paulizianer dagegen sind Mystiker und Reaktionäre, sie haben sich eng mit dem feudalen Adel verbunden und bei Hof eingeschlichen – klar, daß es zwischen ihnen und den Jerusalemern nicht zu Fusionen kommen kann. Daher sind die Paulizianer jetzt daran interessiert, die Juden zu diskreditieren, auch um dann durch die Juden – das haben sie von den Jesuiten gelernt – ihre auswärtigen Gegner in Schwierigkeiten zu bringen, die Neutempler ebenso wie die Baconianer.«

92

Es kann keinen Zweifel mehr geben. Mit der ganzen Macht und Schrecklichkeit Satans nähert sich das Reich des triumphierenden Königs von Israel unserer nicht erneuerten Welt; der aus dem Blute Zions geborene König, der Antichrist, nähert sich dem Throne der universalen Macht.

Sergej Nilus, Epilog zu den Protokollen

Die Idee war akzeptabel. Man brauchte nur zu bedenken, wer die *Protokolle* in Rußland eingeführt hatte.

Einer der einflußreichsten französischen Martinisten um die Jahrhundertwende, der Arzt Gérard Encausse, der sich Papus nannte, hatte Zar Nikolaus II. bei einem seiner Besuche in Paris bezirzt, war dann nach Moskau gefahren und hatte dort als seinen Assistenten einen gewissen Philippe eingeführt, genauer: Philippe Nizier Anselme Vachod. Als Sechsjähriger vom Teufel besessen, mit dreizehn Wunderheiler, dann Hypno- und Magnetiseur in Lyon, hatte dieser Philippe sowohl den Zaren wie dessen hysterische Gattin fasziniert. Er wurde an den Hof eingeladen, zum Arzt der Petersburger Militärakademie ernannt, zum General und Staatsrat erhoben.

Daraufhin beschlossen seine Gegner, ihm eine ebenso charismatische Figur entgegenzustellen, die sein Prestige unterminieren sollte. Und so kamen sie auf Nilus.

Nilus war ein wandernder Mönch, der in talarähnlichen Gewändern durch die Wälder zog, ausgerüstet mit einem langen Prophetenbart, zwei Frauen, einer kleinen Tochter und einer Assistentin oder Geliebten oder was auch immer, die alle an seinen Lippen hingen. Halb Guru, einer von denen, die dann mit der Kasse durchbrennen, halb Eremit, einer von denen, die andauernd schreien, das Ende sei nah. Und tatsächlich war seine fixe Idee die Verschwörung des Antichrist.

Der Plan seiner Förderer war, ihn zum Popen ordinieren zu lassen, auf daß er dann durch Heirat (eine Frau mehr, eine weniger) mit Elena Alexandrowna Oserowa, einer Hofdame der Zarin, zum Beichtiger des Herrscherpaars würde.

»Ich bin ja ein sanfter Mensch«, sagte Belbo, »aber langsam

kommt mir der Verdacht, das Massaker von Zarskoje Selo war eine Rattenvertilgungsaktion.«

Kurz und gut, an einem bestimmten Punkt wurde Nilus dann von den Anhängern Philippes eines ausschweifenden Lebenswandels bezichtigt, und Gott weiß, ob nicht auch sie im Recht waren. Er mußte den Hof verlassen, aber an diesem Punkt war ihm jemand zu Hilfe gekommen und hatte ihm den Text der *Protokolle* zugespielt. Da niemand klar unterschied zwischen Martinisten (die sich an Saint Martin inspirierten) und Martinesisten (Anhängern jenes Martines de Pasqually, den Agliè so wenig mochte) und da Pasqually einem verbreiteten Gerücht zufolge Jude war, konnte man, indem man die Juden diskreditierte, die Martinisten diskreditieren, und indem man die Martinisten diskreditierte, Philippe erledigen.

Tatsächlich war eine erste, unvollständige Version der *Protokolle* bereits 1903 in der Zeitung *Snamja* erschienen, einem Petersburger Blatt unter Leitung des militanten Antisemiten Chruschtschewan. 1905 war diese erste Version dann von neuem, ergänzt und mit dem Placet der Zensurbehörde versehen, in einem anonymen Buch mit dem Titel *Die Quelle unserer Übel* erschienen, das vermutlich von einem gewissen Butmy stammte, der zusammen mit Chruschtschewan an der Gründung jener »Union des Russischen Volkes« beteiligt gewesen war, die später als »Schwarze Hundertschaften« bekannt wurde und gewöhnliche Kriminelle anheuerte, um Pogrome und rechtsextreme Attentate zu begehen. Butmy soll danach, diesmal unter seinem Namen, noch weitere Ausgaben des Werkes herausgebracht haben, nun unter dem Titel *Die Feinde der menschlichen Rasse – Protokolle aus den geheimen Archiven der zentralen Kanzlei von Zion.*

Aber das waren billige Heftchen. Die erweiterte Version der *Protokolle*, jene, die dann in alle Weltsprachen übersetzt werden sollte, erschien 1905 im Anhang zur zweiten Auflage des Buches von Sergej Nilus, *Das Große im Kleinen: Nahe ist der herandrängende Antichrist und das Reich des Teufels auf Erden*, Zarskoje Selo, gefördert von der lokalen Sektion des Roten Kreuzes. Der Rahmen war eine weitergespannte mystische Reflexion, und das Buch gelangte in die Hände des Zaren. Der Metropolit von Moskau ordnete seine Verlesung in allen Moskauer Kirchen an.

»Aber was haben denn diese Protokolle mit unserem Großen Plan zu tun?« fragte ich. »Dauernd ist hier von diesen Protokollen die Rede. Müssen wir die etwa lesen?«

»Nichts ist leichter als das«, antwortete Diotallevi. »Es gibt immer wieder einen Verlag, der sie neu herausbringt. Und wenn sie's früher noch mit dem Gestus der Abscheu taten, angeblich bloß zu Dokumentationszwecken, tun sie's jetzt wieder mehr und mehr mit Befriedigung.«

93

Die einzige uns bekannte Gesellschaft, die fähig
wäre, uns in diesen Künsten Konkurrenz zu machen, könnte die der Jesuiten sein. Aber es ist uns
gelungen, die Jesuiten in den Augen des dummen
Plebs zu diskreditieren, einfach weil diese Gesellschaft eine offen auftretende Organisation ist,
während wir uns hinter den Kulissen halten und
das Geheimnis wahren.

Protokolle, V

Die *Protokolle* sind eine Serie von vierundzwanzig program-
matischen Erklärungen einer angeblichen Geheimkonferenz
angeblicher Weiser von Zion. Die Aussagen dieser Weisen
kamen uns ziemlich widersprüchlich vor: Mal wollen sie die
Pressefreiheit abschaffen, mal das Freidenkertum ermuntern.
Sie kritisieren den Liberalismus, aber ihr Programm ähnelt
dem, das die radikale Linke den multinationalen Konzernen
zuschreibt, inklusive der Rolle des Sports und der visuellen
Erziehung als Mittel zur Volksverdummung. Sie analysieren
diverse Methoden zur Erlangung der Weltherrschaft, und sie
preisen die Macht des Goldes. Sie beschließen, in allen Ländern die Revolutionen zu unterstützen, durch Ausnutzung
der Unzufriedenheit im Volke und durch Verwirrung des
Volkes mit liberalen Ideen, aber sie wollen die Ungleichheit
fördern. Sie planen, überall Präsidentialregime einzusetzen,
die von ihren Strohmännern kontrolliert werden. Sie wollen
Kriege schüren, sich für die Aufrüstung stark machen und
(das hatte mir schon Salon gesagt) den Bau von Untergrundbahnen propagieren, um die großen Städte in die Luft zu
sprengen.

Generell erklären sie, daß der Zweck die Mittel rechtfer-
tige, und nehmen sich vor, den Antisemitismus zu ermuntern, sowohl um die mittellosen Juden unter ihre Kontrolle
zu bringen wie um bei den Nichtjuden ein Schuldgefühl
angesichts ihrer Not zu erzeugen (teuer erkauft, meine Diotallevi, aber wirksam). Sie versichern treuherzig: »Wir haben
einen grenzenlosen Ehrgeiz, eine verzehrende Habgier, einen erbarmungslosen Rachedurst und einen glühenden Haß«
(und offenbar auch einen erlesenen Masochismus, denn sie

reproduzieren lustvoll genau das Klischee des bösen Juden, das bereits in der antisemitischen Presse umgeht und die Umschläge aller Ausgaben ihres Buches zieren wird), und sie beschließen, das Studium der Klassiker und der antiken Geschichte abzuschaffen.

»Mit einem Wort«, bemerkte Belbo, »diese Weisen von Zion waren ein Haufen von Deppen.«

»Machen wir keine Witze«, sagte Diotallevi. »Dieses Buch ist bitterernst genommen worden. Mich überrascht eher etwas anderes. Obwohl das Ganze als ein uralter jüdischer Plan erscheinen soll, wird immer nur auf kleine französische Vorfälle und Polemiken aus der Zeit des Fin de siècle verwiesen. Der Hinweis auf die visuelle Erziehung, die zur Verdummung der Massen diene, sieht aus wie eine Anspielung auf das Erziehungsprogramm von Léon Bourgeois, der neun Freimaurer in seine Regierung aufnahm. An einer anderen Stelle wird die Wahl von Leuten empfohlen, die sich im Skandal um den Panamakanal kompromittiert haben, und genau das war der Fall bei Emile Loubet, der 1899 zum Staatspräsidenten gewählt wurde. Der Hinweis auf die Metro verdankt sich dem Umstand, daß die rechte Presse in jenen Jahren eine Protestkampagne gegen die Compagnie du Métropolitain führte, weil diese angeblich zu viele jüdische Aktionäre hatte. Aus all diesen Gründen wird angenommen, daß der Text in Frankreich um die Jahrhundertwende kompiliert worden ist, zur Zeit der Affäre Dreyfus, um die liberale Front zu schwächen.«

»Mich beeindruckt noch etwas ganz anderes«, sagte Belbo. »Nämlich das *déjà vu*. Kern der Sache ist doch, daß diese sogenannten Weisen einen Plan zur Eroberung der Welt erörtern, und so etwas haben wir schon mal gehört. Probiert mal, einige Bezugnahmen auf Fakten und Fragen des letzten Jahrhunderts rauszunehmen, ersetzt die Untergründe der Pariser Metro durch die Untergründe von Provins, schreibt jedesmal, wo Juden dasteht, Templer, und jedesmal, wo die Weisen von Zion genannt werden, die Sechsunddreißig Unsichtbaren, geteilt in sechs Gruppen, und... Voilà, mes amis, dies ist die *Ordonation* von Provins!«

94

Voltaire lui-même est mort jésuite: en avoit-il le
moindre soupçon?

F. N. de Bonneville, *Les Jésuites chassés de la Maçonnerie
et leur poignard brisé par les Maçons*, Orient de Londres,
1788, 2, p. 74

Wir hatten alles seit langem vor Augen und hatten es nie ganz
begriffen: Sechs Jahrhunderte lang bekämpften einander
sechs Gruppen, um den Plan von Provins zu realisieren, und
jede von ihnen nahm den idealen Text dieses Planes, änderte
das Subjekt und schrieb ihn dem Gegner zu.

Als die Rosenkreuzer in Frankreich auftauchten, verkehrten die Jesuiten den Plan ins Negative: indem sie die Rosenkreuzer diskreditierten, diskreditierten sie die Baconianer
und die entstehende englische Freimaurerei.

Als die Jesuiten den Neutemplerismus der »schottischen«
Freimaurerei erfanden, schrieb der Baconianer Marquis de
Luchet die Verschwörung den Neutemplern zu. Die Jesui-
ten, die daraufhin auch die Neutempler loswerden wollten,
kopierten Luchet durch Barruel, unterschoben jedoch den
Plan nun der Freimaurerei insgesamt.

Gegenoffensive der Baconianer. Bei Durchsicht aller
Texte der liberalen und antiklerikalen Polemik hatten wir
entdeckt, daß sämtliche einschlägigen Autoren, von Michelet und Quinet bis Garibaldi und Gioberti, die Verschwörung den Jesuiten zuschrieben (vielleicht stammte die Idee
von dem Templer Pascal und seinen Freunden). Populär
wurde das Thema dann mit dem *Juif errant* von Eugène Sue
und dessen Bösewicht Pater Rodin, dem Inbegriff der jesuitischen Weltverschwörung. Doch als wir bei Sue suchten,
fanden wir noch weit mehr: einen Text, der aussah, als wäre
er Wort für Wort – aber ein halbes Jahrhundert vorher – von
den *Protokollen* abgeschrieben, nur eben mit den Jesuiten
anstelle der Juden. Es handelte sich um das Schlußkapitel der
Mystères du Peuple. Hier wurde der teuflische Plan der Jesuiten bis ins letzte verbrecherische Detail dargelegt in einem
Schreiben des Jesuitengenerals Roothaan (eine historische
Figur) an Pater Rodin (die genannte Romanfigur aus dem
Juif errant). Rudolf von Gerolstein (der Held aus den *My-*

stères de Paris) gelangt in den Besitz dieses Schreibens und enthüllt es den Demokraten: »Sehen Sie, lieber Lebrenn, wie gut dieser höllische Plan erdacht worden ist, welch furchtbare Leiden, welch grauenhafte Beherrschung, welch schrecklichen Despotismus er für Europa und die Welt bereithält, falls er gelingt...«

Es klang wie das Vorwort von Nilus zu den *Protokollen*. Und Sue schrieb den Jesuiten das Motto zu (das sich in den *Protokollen* wiederfindet, wo es den Juden zugeschrieben wird): »Der Zweck rechtfertigt die Mittel.«

95

Niemand wird von uns verlangen, daß wir die
Belege noch weiter vermehren, um zu beweisen,
daß dieser Rosenkreuzer-Grad auf geschickte
Weise von den geheimen Oberen der Freimaurerei
eingeführt worden ist... Die Identität ihrer Lehre,
ihres Hasses und ihrer sakrilegischen Praktiken
mit denen der Kabbala, der Gnostiker und der
Manichäer enthüllt uns die Identität der Urheber,
nämlich der kabbalistischen Juden.

Mons. Léon Meurin, S.J., *La Franc-Maçonnerie, Synagogue
de Satan*, Paris, Retaux, 1893, p. 182

Als die *Mystères du Peuple* erschienen, sahen die Jesuiten, daß
die *Ordonation* jetzt ihnen zugeschrieben wurde, und verlegten sich auf die einzige offensive Taktik, die noch niemand
eingeschlagen hatte: Sie griffen auf den Brief von Simonini
zurück und schrieben die Verschwörung den Juden zu.

1869 veröffentlicht Gougenot de Mousseaux, bekannt als
Autor zweier Bücher über die Magie des achtzehnten Jahrhunderts, das Pamphlet *Les Juifs, le judaïsme et la judaïsation des
peuples chrétiens*, in dem er behauptet, die Juden benutzten die
Kabbala und seien Teufelsanbeter, denn eine geheime Abstammungslinie verbinde Kain direkt mit den Gnostikern,
mit den Templern und den Freimauerern. De Mousseaux
erhält einen speziellen Segen von Pius IX.

Aber der von Sue zum Roman verarbeitete Große Plan
wird auch noch von anderen umgeschrieben, die keine Jesuiten sind. So gibt es eine schöne Geschichte, fast eine Kriminalstory, die sehr viel später passierte: 1921, lange nach dem
Erscheinen der *Protokolle*, entdeckte die Londoner *Times* (die
sie zunächst sehr ernst genommen hatte), daß ein in die
Türkei geflohener russischer Ex-Grundbesitzer von einem
nach Konstantinopel geflohenen Ex-Offizier der zaristischen
Geheimpolizei eine Handvoll alter Bücher gekauft hatte,
darunter eines ohne Deckblatt, auf dessen Rücken nur »Joli«
stand, aber das ein auf 1864 datiertes Vorwort hatte und die
wörtliche Quelle der *Protokolle* zu sein schien. Die *Times*
stellte Recherchen im Britischen Museum an und fand das
Original: ein Buch von Maurice Joly mit dem Titel *Dialogue
aux enfers entre Machiavel et Montesquieu*, erschienen in Brüssel

(aber mit der Ortsangabe Genève) 1864. Maurice Joly hatte nichts mit Crétineau-Joly zu tun, aber die Analogie war immerhin bemerkenswert, irgendwas würde sie schon bedeuten.

Jolys Buch war eine liberale Satire auf Napoleon III., in der Machiavelli, der den Zynismus des Diktators repräsentierte, in der Hölle mit Montesquieu debattierte. Joly war für diese revolutionäre Initiative eingesperrt worden, hatte fünfzehn Monate im Gefängnis gesessen und 1878 Selbstmord begangen. Das Programm der Juden in den *Protokollen* erwies sich als beinahe wörtlich abgeschrieben von dem, was Joly seinem Machiavelli in den Mund gelegt hatte (der Zweck rechtfertigt die Mittel) und durch diesen dem dritten Napoleon. Die *Times* hatte allerdings nicht bemerkt (wir schon), daß Joly seinerseits von Sue abgeschrieben hatte, dessen Roman mindestens sieben Jahre älter als seine Satire war.

Eine antisemitische Autorin namens Nesta Webster, begeisterte Anhängerin der Verschwörungstheorie und der Unbekannten Oberen, lieferte uns zu diesem Fund, der die *Protokolle* als billige Fälschung entlarvte, eine hellsichtige Intuition, wie sie nur die wahren Initiierten – oder die Jäger der Initiierten – gelegentlich haben: Joly war ein Initiierter gewesen, er kannte den Plan der Unbekannten Oberen, und da er Napoleon III. haßte, hatte er ihn ihm zugeschrieben, aber das bedeutete nicht, daß der Plan nicht unabhängig von Napoleon existierte. Da der in den *Protokollen* beschriebene Plan genau dem entsprach, was die Juden, so Madame Webster, gewöhnlich tun, war er logischerweise der Plan der Juden. Uns blieb nur noch übrig, die Dame Webster nach derselben Logik zu korrigieren: Da der Plan genau dem entsprach, was die Templer hätten denken müssen, war er der Plan der Templer.

Im übrigen war unsere Logik die Logik der Fakten. Sehr gefallen hatte uns die Geschichte mit dem Prager Friedhof. Es war die Geschichte eines gewissen Hermann Goedsche, der als kleiner preußischer Postbeamter falsche Dokumente veröffentlicht hatte, um den Demokraten Waldeck zu diskreditieren durch die Anschuldigung, er wolle den König von Preußen ermorden. Als der Schwindel aufkam, wurde Goedsche Redakteur bei der *Preußischen Kreuzzeitung*, dem Organ des konservativen Junkertums. Dann hatte er angefangen, unter dem Namen Sir John Retcliffe Sensationsromane zu schreiben, darunter einen mit dem Titel *Biarritz*, erschienen 1868, in dem er eine okkultistische Szene schilderte, die sich auf dem Prager Friedhof abspielt, sehr ähnlich der Versammlung von Erleuchteten, die Alexandre Dumas am Anfang von *Joseph Balsamo* geschildert hatte, wo Cagliostro als Chef der Unbekannten Oberen, darunter Swedenborg, das Komplott mit dem Halsband der Königin plant. Auf dem Prager Friedhof versammeln sich die Vertreter der zwölf Stämme Israels, um ihre Pläne für die Eroberung der Welt zu besprechen.

1876 übernimmt eine russische Hetzschrift die Szene aus dem Roman *Biarritz*, aber so, als wäre sie wirklich geschehen. Und dasselbe tut 1881 in Frankreich die Zeitung *Le Contemporain*. Wobei sie behauptet, die Information aus sicherer Quelle zu haben, nämlich von dem englischen Diplomaten Sir John Readcliff. 1896 veröffentlicht dann ein gewisser Bournand ein Buch mit dem Titel *Les Juifs, nos contemporains*, in dem er die Szene vom Prager Friedhof wiedergibt und behauptet, die umstürzlerische Rede sei von dem großen Rabbi John Readclif gehalten worden. Eine spätere Version wird jedoch behaupten, der wahre Readclif sei von dem gefährlichen Revoluzzer Ferdinand Lassalle auf den verhängnisvollen Friedhof geführt worden.

Und die angeblich auf jenem Friedhof erörterten Umsturzpläne sind mehr oder weniger dieselben, die 1880, wenige Jahre zuvor, von der *Revue des Études juives* beschrieben worden waren. Diese trotz ihres Namens antisemitische Zeitschrift hatte zwei Briefe veröffentlicht, die angeblich von Juden des fünfzehnten Jahrhunderts stammten. Die Juden von Arles bitten die Juden von Konstantinopel um Hilfe, weil sie verfolgt werden, und jene antworten: »Vielgeliebte Brüder in Moses, wenn der König von Frankreich euch zwingt, Christen zu werden, so tut es, denn ihr könnt nicht anders, doch bewahrt euch das mosaische Gesetz im Herzen. Wenn sie euch eurer Güter entblößen, so laßt eure Söhne Kaufleute werden, auf daß sie die Christen allmählich der ihren entblößen. Wenn sie euch nach dem Leben trachten, so laßt eure Söhne Ärzte und Apotheker werden, auf daß sie den Christen das Leben nehmen. Wenn sie eure Synagogen zerstören, so laßt eure Söhne Kanoniker und Kleriker werden, auf daß sie ihre Kirchen zerstören. Wenn sie euch andere Übel antun, so laßt eure Söhne Advokaten und Notare werden und sich in die Angelegenheiten aller Staaten einmischen, auf daß ihr, indem ihr die Christen unter euer Joch zwingt, die Welt beherrschen und euch an ihnen rächen könnt.«

Es handelte sich noch immer um den Plan der Jesuiten und, ihm vorausgehend, um die *Ordonation* der Templer. Kaum Variationen, nur winzige Permutationen: die Protokolle entstanden gleichsam von selbst. Ein abstraktes Verschwörungsprojekt pflanzte sich von Komplott zu Komplott weiter fort.

Und auf der Suche nach dem fehlenden Kettenglied, das diese ganze schöne Geschichte mit Nilus verband, waren wir dann auf Ratschkowski gestoßen, den Chef der schrecklichen Ochrana, der Geheimpolizei des Zaren.

96

Wenn nur die Zwecke erreicht werden, so ist es gleichgültig, unter welcher Hülle es geschieht, und eine Hülle ist immer nöthig. Denn in der Verborgenheit beruht ein großer Theil unserer Stärke. Deswegen soll man sich immer mit dem Namen einer andern Gesellschaft decken.

Die neuesten Arbeiten des Spartacus [Weishaupt] und Philo [Frhr. v. Knigge] in dem Illuminaten-Orden, Frankfurt/M. 1794, p. 165

Gerade in jenen Tagen hatten wir beim Lesen einiger Seiten unserer Diaboliker entdeckt, daß der Graf von Saint-Germain bei seinen vielen Verwandlungen auch den Namen Rackoczi geführt hatte, so jedenfalls berichtete es der preußische Gesandte am sächsischen Hof zu Dresden. Und der Landgraf von Hessen, an dessen Hof Saint-Germain angeblich gestorben war, hatte gesagt, er sei transsylvanischer Herkunft gewesen und habe sich Ragozki genannt. Hinzu kam, daß Comenius seine *Pansophia* (ein zweifellos rosenkreuzerisch angehauchtes Werk) einem Landgrafen (wie viele Landgrafen gab es in dieser Geschichte?) namens Ragovsky gewidmet hatte. Und schließlich, letztes Steinchen im Mosaik, war mir beim Kramen an einem Bouquinistenstand auf der Piazza Castello ein deutsches Buch über die Freimaurer in die Hände gefallen, ein anonymes Werk, aber mit einer handschriftlichen Eintragung auf dem Vorsatzblatt, derzufolge es von einem gewissen Karl Aug. Ragotgky stammte. Bedachten wir, daß Rakosky der Name des mysteriösen Fremden gewesen war, der vielleicht den Oberst Ardenti umgebracht hatte, ergab sich nun eine Möglichkeit, unseren Grafen von Saint-Germain in die Mäander des Großen Plans einzufügen.

»Geben wir diesem Abenteurer damit nicht zuviel Macht?« fragte Diotallevi besorgt.

»Nein, nein«, beruhigte ihn Belbo, »der muß mit rein, der gehört genauso dazu wie die Sojasoße zum chinesischen Essen. Sonst ist es nicht chinesisch. Schau dir Agliè an, der versteht was davon: hat er sich als Modell etwa Cagliostro oder Willermoz genommen? Nein, Saint-Germain ist die Quintessenz des Homo Hermeticus.«

Pjotr Iwanowitsch Ratschkowski. Jovial, glatt, katzenhaft schmeichlerisch, intelligent und schlau, genialer Fälscher. Erst kleiner Beamter, dann in Kontakt mit revolutionären Gruppen, wird er 1879 von der Geheimpolizei verhaftet und beschuldigt, terroristischen Freunden nach einem Attentat auf General Drentel Unterschlupf gewährt zu haben. Läuft über zur Seite der Polizei und geht – schau, schau! – zu den Schwarzen Hundertschaften. 1890 entlarvt er eine Organisation in Paris, die Bomben für Attentate in Rußland bastelt, und läßt zu Hause dreiundsechzig Terroristen verhaften. Zehn Jahre später stellt sich heraus, daß die Bomben von seinen eigenen Leuten gebaut worden waren.

1887 verbreitet er den Brief eines reuigen Ex-Revolutionärs namens Iwanow, der beteuert, daß die Mehrheit der Terroristen Juden seien; 1890 dito eine »Confession par un vieillard ancien révolutionnaire«, worin die im Londoner Exil lebenden Revolutionäre beschuldigt werden, britische Agenten zu sein; 1892 dann einen falschen Text von Plechanow, in dem behauptet wird, die Führung der anarcho populistischen Partei Narodnaja Wolja hätte jene Konfession publizieren lassen.

1902 versucht er eine französisch-russische antisemitische Liga zu konstituieren. Dazu benutzt er eine Technik ähnlich jener der ersten Rosenkreuzer: Er behauptet, daß die Liga bereits existiere, damit sie dann jemand gründet. Aber er benutzt auch noch eine andere Technik: die raffinierte Vermengung des Falschen mit Wahrem, wobei ihm das Wahre so abträglich ist, daß niemand am Falschen zweifelt. So läßt er in Paris einen mysteriösen Appell an die Franzosen zirkulieren, der zur Unterstützung einer Russischen Patriotischen Liga mit Sitz in Charkow aufruft. Darin attackiert er sich selber als denjenigen, der die Liga zu Fall bringen wolle, und wünscht sich, daß er, Ratschkowski, seine Haltung ändere. Er beschuldigt sich selbst, sich so zwielichtiger Figuren wie Nilus zu bedienen, was zutrifft.

Wieso lassen sich nun aber diesem Ratschkowski die *Protokolle* zuschreiben?

Ratschkowskis Beschützer war der Minister Sergej Witte, ein Progressiver, der Rußland zu einem modernen Land machen wollte. Wieso sich ein Progressiver des Reaktionärs Ratschkowski bediente, weiß Gott allein, aber wir waren inzwischen auf alles gefaßt. Witte hatte einen politischen

Gegner, einen gewissen Elie de Cyon, der ihn bereits öffentlich mit polemischen Spitzen attackiert hatte, die an gewisse Stellen der *Protokolle* erinnern. Aber in den Schriften von Cyon finden sich keine Ausfälle gegen die Juden, da er selbst jüdischer Abstammung war. 1897 läßt nun Ratschkowski auf Anordnung Wittes die Villa von Cyon in Territet bei Montreux durchsuchen und findet ein Pamphlet von Cyon, das nach dem Muster der Satire von Joly (oder des Romans von Sue) verfaßt worden ist und in dem die Ideen von Jolys Machiavelli-Napoleon III. nun Witte unterschoben werden. Ratschkowski mit seiner genialen Fälschergabe nimmt den Text, ersetzt Witte durch die Juden und bringt das Produkt in Umlauf. Der Name Cyon scheint wie geschaffen, um an Zion zu erinnern, und endlich läßt sich beweisen, daß ein angesehener jüdischer Exponent eine jüdische Weltverschwörung anprangert. So sind die *Protokolle* entstanden. Der Text fällt auch in die Hände von Juliane oder Justine Glinka, die in Paris das Milieu der Madame Blavatsky frequentiert und in ihren Mußestunden die im Exil lebenden russischen Revolutionäre ausspioniert. Die Glinka ist zweifellos eine Agentin der Paulizianer, die mit den Großgrundbesitzern liiert sind und daher dem Zaren einreden wollen, daß Wittes Programme dieselben seien wie die der jüdischen Weltverschwörung. Die Glinka schickt das Dokument an General Orgejewski, und dieser läßt es durch den Kommandanten der kaiserlichen Garde dem Zaren vorlegen. Witte bekommt Schwierigkeiten.

So hat Ratschkowski, mitgerissen von seinem antisemitischen Eifer, zum Unglück seines Beschützers beigetragen. Und vermutlich auch zu seinem eigenen. Denn von diesem Moment an verloren wir seine Spur. Vielleicht hatte sich Saint-Germain bereits zu anderen Verkleidungen und neuen Inkarnationen aufgemacht. Aber unsere Geschichte hatte jetzt ein plausibles, rationales und klares Profil gewonnen, wurde sie doch nun durch eine Reihe von Tatsachen gestützt, deren Wahrheit so unbestreitbar war – sagte Belbo – wie die Wahrheit Gottes.

All das rief mir wieder in Erinnerung, was mir De Angelis über die Synarchie erzählt hatte. Das Schöne an der ganzen Geschichte – sicher an unserer, aber vielleicht auch an der Großen Weltgeschichte, wie Belbo mit fiebrigem Blick be-

merkte, während er mir seine Notizen reichte –, das Schöne
daran sei, daß Gruppen, die in tödlichem Kampf miteinander
lagen, sich gegenseitig erledigten, indem sie jede die Waffen
der anderen benutzten. »Die erste Pflicht eines Infiltrierten
ist«, kommentierte ich, »diejenigen als Infiltrierte anzukla-
gen, bei denen er sich infiltriert hat.«

»Dazu fällt mir eine Geschichte aus *** ein«, sagte Belbo.
»Bei Sonnenuntergang begegnete ich auf der Hauptstraße
immer einem Typ namens Remo oder so ähnlich, der in
einem schwarzen Fiat Balilla saß. Schwarzer Schnurrbart,
schwarzes Kraushaar, schwarzes Hemd und schwarze Zähne,
gräßlich kariös. Und er küßte ein Mädchen. Und mich ekel-
ten diese schwarzen Zähne, die dieses schöne blonde Ding
küßten, ich weiß nicht einmal mehr, wie sie aussah, aber für
mich war sie Jungfrau und Prostituierte, sie war das Ewig-
Weibliche. Und ich zitterte sehr davor.« Er hatte instinktiv
einen feierlichen Ton angenommen, um seine ironische Absicht auszudrücken, wissend, daß er sich von den unschuldi-
gen Sehnsüchten der Erinnerung hatte forttragen lassen.
»Ich fragte mich und hatte die anderen gefragt, warum dieser
Remo, der zu den Schwarzen Brigaden gehörte, sich so
unverhüllt zeigen konnte, auch in den Monaten, in welchen
*** nicht von den Faschisten besetzt war. Und man hatte mir
gesagt, es werde gemunkelt, er habe sich bei den Partisanen
infiltriert. Ob das nun stimmte oder nicht, eines Abends sehe
ich ihn wieder in demselben schwarzen Fiat, mit denselben
schwarzen Zähnen, wie er dasselbe blonde Mädchen küßt,
aber jetzt mit einem roten Tuch um den Hals und in einem
Khakihemd. Er war zu den kommunistischen Partisanen
übergewechselt. Alle feierten ihn, und er hatte sich auch einen
Nom de guerre zugelegt: X9, wie der Held in den Comics von
Alex Raymond, die er im *Avventuroso* gelesen hatte. Bravo,
X9, sagten alle zu ihm ... Und ich haßte ihn noch mehr, weil er
jetzt das Mädchen mit Zustimmung des Volkes besaß. Aber
einige munkelten, er wäre ein unter die Partisanen infiltrierter
Faschist, und ich glaube, das waren die, die das Mädchen be-
gehrten, aber so war's, X9 wurde verdächtigt ...«

»Und dann?«

»Hören Sie, Casaubon, warum interessieren Sie sich so für
meine Angelegenheiten?«

»Weil Sie erzählen, und Erzählungen sind Fakten des kollektiven Imaginären.«

»Good point. Also, eines Morgens begab sich X9 aufs flache Land hinaus, vielleicht hatte er sich mit dem Mädchen in den Feldern verabredet, um über jenes kümmerliche Petting hinauszugelangen und ihr zu zeigen, daß seine Rute weniger kariös war als seine Zähne – entschuldigt, ich kann ihn noch immer nicht leiden –, na jedenfalls, da locken ihn die Faschisten in eine Falle, bringen ihn in die Stadt, und früh um fünf am nächsten Morgen wird er erschossen.«

Pause. Belbo sah auf seine Hände, die er flach zusammengelegt hielt wie im Gebet. Dann nahm er sie plötzlich auseinander und sagte: »Es war der Beweis, daß er kein Infiltrierter war.«

»Moral der Geschichte?«

»Wer sagt denn, daß jede Geschichte eine Moral haben muß? Aber wenn ich's recht bedenke, vielleicht will sie sagen, daß man, um etwas zu beweisen, manchmal sterben muß.«

97

Ich bin, der ich bin.

Exodus 3, 14

Ich bin, der ich bin. Ein Axiom der hermetischen
Philosophie.

Madame Blavatsky, *Isis Unveiled*, p. 1

– Wer bist du? fragten gleichzeitig dreihundert
Stimmen, während zwanzig Degen in den Händen
der nächsten Phantome aufblitzten.
– Ich bin, der ich bin, sagte er.

Alexandre Dumas, *Joseph Balsamo*, II

Am nächsten Morgen kamen wir wieder zusammen. »Gestern haben wir ein schönes Stück Trivialliteratur geschrieben«, sagte ich zu Belbo. »Aber wenn wir einen glaubwürdigen Plan machen wollen, sollten wir uns vielleicht ein bißchen mehr an die Realität halten.«

»An welche Realität?« fragte er mich. »Vielleicht gibt uns nur die sogenannte Trivialliteratur den wahren Maßstab der Realität. Man hat uns genarrt.«

»Wer?«

»Man hat uns eingeredet, auf der einen Seite wäre die Große Kunst, die Hochliteratur, die typische Personen in typischen Umständen darstellt, und auf der anderen die Trivialliteratur, die atypische Personen in atypischen Umständen darstellt. Ich glaubte, ein wahrer Dandy würde sich nie mit Scarlett O'Hara einlassen, nicht mal mit Constance Bonacieux oder gar mit Angélique. Ich spielte mit dem Trivialroman, um mich ein bißchen außerhalb des Lebens zu ergehen. Er beruhigte mich, weil er mir das Unerreichbare vorsetzte. Aber es ist nicht so.«

»Nein?«

»Nein. Proust hatte recht, das Leben wird sehr viel besser durch schlechte Musik als durch eine Missa Solemnis dargestellt. Die Kunst gaukelt uns etwas vor und beruhigt uns, denn sie läßt uns die Welt so sehen, wie die Künstler sie gerne hätten. Der Schauerroman tut so, als ob er bloß scherzte, aber dann zeigt er uns die Welt so, wie sie ist, oder zumindest so, wie sie sein wird. Die Frauen sind Mylady ähnlicher als Anna Karenina, Fu Man-Chu ist wahrer als Nathan der Weise, und die Realgeschichte gleicht mehr der von Eugène Sue erzählten als der von Hegel entworfenen. Shakespeare, Melville, Balzac und Dostojewski haben Schauergeschichten geschrieben. Das, was wirklich geschehen ist, ist das, was die Trivialliteratur im voraus erzählt hat.«

»Ja, weil die Trivialliteratur leichter zu imitieren ist als die Kunst. Um wie Mona Lisa zu werden, muß man hart an sich arbeiten, um wie Mylady zu werden, braucht man sich bloß dem natürlichen Hang zur Bequemlichkeit zu überlassen.«

Diotallevi, der bisher geschwiegen hatte, warf ein: »Wie unser Agliè. Er imitiert lieber Saint-Germain als Voltaire.«

»Ja«, sagte Belbo, »und die Frauen finden Saint-Germain ja auch interessanter als Voltaire.«

Später fand ich unter seinen *files* einen Text, in dem er unsere Ergebnisse in Schauerroman-Archetypen resümiert hatte. Ich sage in Schauerroman-Archetypen, weil er sich offensichtlich damit amüsiert hatte, das Ganze durch zusammenmontierte Klischees zu erzählen, ohne an Eigenem mehr als ein paar verbindende Sätze hinzuzufügen. Ich kann beileibe nicht alle Zitate, Plagiate, Entlehnungen und Paraphrasen identifizieren, aber ich habe viele Stellen dieser wilden Collage wiedererkannt. Ein weiteres Mal hatte sich Belbo, um dem Leiden an der Historie zu entfliehen, dem Leben schreibend durch eingeblendete Schreibe anderer genähert.

Filename: Die Rückkehr des Grafen von Saint-Germain

Seit nunmehr fünf Jahrhunderten treibt mich die rächende Hand des Allmächtigen, aus den Tiefen Asiens bis in dieses Land. Ich bringe Schrecken, Verzweiflung und Tod. Doch wohlan, ich bin der Notar des Großen Planes, auch wenn es die andern nicht wissen. Ich habe Schlimmeres gesehen, und das Anzetteln der Bartholomäusnacht hat mich mehr Mühsal gekostet, als ich jetzt aufzubringen gedenke. Oh, warum kräuseln sich meine Lippen zu diesem satanischen Lächeln? Ich bin, der ich bin – hätte sich der verruchte Cagliostro nicht auch noch dieses mein letztes Recht angemaßt.

Doch der Triumph ist nahe. Soapes, als ich Kelley war, hat mich alles gelehrt, im Tower von London. Das Geheimnis ist, ein anderer zu werden.

Mit schlauen Intrigen habe ich Giuseppe Balsamo in der Festung San Leo einkerkern lassen und mich seiner Geheimnisse bemächtigt. Als Saint-Germain bin ich verschwunden, alle halten mich jetzt für Cagliostro.

Vor kurzem hat es Mitternacht von allen Uhren der Stadt geschlagen. Welch unnatürliche Stille. Dieses Schweigen verspricht nichts Gutes. Die Nacht ist wunderbar, obschon sehr kalt, der Mond hoch am Himmel taucht die undurchdringlichen Gassen des alten Paris in ein frostiges Licht. Es könnte zehn Uhr abends sein: Der Turm von Black Friars Abbey hat soeben feierlich acht Uhr geschlagen. Der Wind schüttelt mit düsterem Klirren die Eisenfähnchen auf der trostlosen Weite der Dächer. Dichte Wolken bedecken den Himmel.

Captain, kehren wir um? Nein, im Gegenteil, wir stürmen voran. Verflucht, gleich wird die *Patna* sinken, spring, Surabaya-Jim, spring! Gäbe ich nicht, um dieser Angst zu entgehen, einen nußgroßen Diamanten? An Luv den Hauptbaum, den Besan, das Vorbram, was willst du noch mehr, verdammter Hurensohn, there blows!

Ich fletsche gräßlich das Gehege der Zähne, indes eine Todesblässe mein wächsernes Antlitz mit grünlichen Flammen entzündet.

Wie bin ich hierhergekommen, ich, der ich als das Inbild der Rache erscheine? Grinsen werden die Geister der Hölle, verächtlich grinsen über die Tränen des Wesens, dessen drohende Stimme sie so oft erzittern ließ im tiefsten Schlund ihres feurigen Abgrunds.

Wohlan, eine Fackel.

Wie viele Stufen bin ich hinabgestiegen in diesen Keller? Sieben? Sechsunddreißig? Da ist kein Stein, den ich berührt, kein Schritt, den ich getan habe, der nicht eine Hieroglyphe verbärge. Wenn ich sie aufgedeckt haben werde, wird meinen Getreuen endlich das Große Geheimnis offenbart. Dann bleibt ihnen nur noch, es zu entziffern, und seine Lösung wird sein der Schlüssel, hinter dem sich die Botschaft verbirgt, die dem Eingeweihten, und nur ihm allein, in klaren Worten sagen wird, welcher Art das Rätsel ist.

Vom Rätsel zur Dechiffrierung ist der Weg kurz, und herauskommen wird in gleißender Pracht das Hierogramm, um das Gebet der Befragung zu läutern. Dann wird keinem mehr unbekannt sein können das Arkanum, der Schleier, der ägyptische Teppich, der das Pentaculum bedeckt. Und von da geht es weiter zum Licht, den Okkulten Sinn des Pentaculums zu erklären, die Kabbalistische Frage, auf die nur wenige antworten werden, um mit Donnerstimme zu sagen, welches das Unergründliche Zeichen sei. Über dieses gebeugt, werden Sechsunddreißig Unsichtbare die Antwort geben müssen, die Aus-Sage der Großen Rune, deren Sinn sich nur den Kindern des Hermes erschließt, und ihnen allein sei das Höhnische Siegel gegeben, die Maske, hinter der sich das Antlitz abzeichnet, das sie bloßzulegen versuchen, der Mystische Rebus, das Erhabene Anagramm...

– Sator Arepo! rufe ich mit einer Stimme, die ein Gespenst erzittern ließe. Und ablassend von dem Rad, das er hält mit dem schlauen Werk seiner Mörderhände, erscheint Sator Arepo, bereit für meine Befehle. Ich erkenne ihn, ich hatte bereits geargwöhnt, daß er es sei. Es ist Luciano, der kriegsversehrte Packer, den die Unbekannten Oberen zum Exekutor meines infamen und blutigen Auftrags ausersehen haben.

– Sator Arepo, frage ich höhnisch, weißt du, welches die letzte Antwort ist, die sich hinter dem Erhabenen Anagramm verbirgt?

– Nein, Graf, antwortet der Unbesonnene, ich erwarte sie aus deinem Munde.

Ein Höllengelächter steigt von meinen bleichen Lippen empor und bricht sich hallend unter den alten Gewölben.

– Narr! Nur der wahre Initiierte weiß, daß er die Antwort nicht weiß.

– Jawoll, Chef, antwortet der Packer stumpf, ganz wie Sie wollen. Stehe zu Diensten.

Wir befinden uns in einem finsteren Keller in Clignancourt. Heute nacht muß ich dich bestrafen, dich vor allem, die du mich eingeweiht hast in die noble Kunst des Verbrechens. Dich, die du vorgibst, mich zu lieben, und schlimmer noch, es sogar glaubst, und die namenlosen Feinde, mit denen du das nächste Weekend verbringen wirst. Luciano, der ungelegene Zeuge meiner Demütigungen, wird mir seinen Arm dazu leihen – den einzigen, den er noch hat – und dann selbst daran sterben.

Der Keller hat eine Luke im Boden, die zu einem Schacht führt, einer Art Brunnenloch oder Verlies, das seit unvordenklichen Zeiten als Versteck für Schmuggelware benutzt wird. Der Schacht ist beunruhigend feucht, da unmittelbar den Pariser Kloaken benachbart, dem Labyrinth des Verbrechens, und das alte Gemäuer schwitzt unsägliche Miasmen aus, so daß es genügt, mit Hilfe Lucianos, des Treuesten im Bösen, ein Loch in die Wand zu schlagen, und das Wasser bricht in Strömen herein, überschwemmt das Kellergeschoß, läßt die brüchigen Mauern zerfallen und den Schacht einswerden mit dem Rest der Kanäle, schon schwimmen da unten verwesende Ratten, die schwärzlich schimmernde Fläche, die man vom Rande des Schachtes aus sieht, ist nurmehr der Vorhof zur nächtlichen Verdammnis – fern, fern die Seine, dann das Meer...

Eine Strickleiter hängt in den Schacht hinab, und auf ihr geht Luciano jetzt unten, dicht über dem Wasserspiegel, in Stellung, bewehrt mit einem Messer: eine Hand um die erste Sprosse geklammert, die andere um den Messergriff, die dritte bereit, das Opfer zu packen. – Jetzt warte, und rühr dich nicht, sage ich zu ihm, du wirst sehen.

Ich habe dich dazu gebracht, alle Männer mit Narben zu eliminieren – komm mit, sei für immer die meine, laß uns diese unerwünschten Präsenzen beseitigen, ich weiß, daß du sie nicht liebst, du hast es mir selber gesagt, so werden nur du und ich übrigbleiben, wir zwei und die unterirdischen Strömungen.

Jetzt bist du eingetreten, hochmütig wie eine Vestalin, heiser und bucklig wie eine Hexe – o Höllenvision, die du meine hundertjährigen Lenden erschütterst und mir die Brust einschnürst vor stechendem Verlangen, o herrliche Mulattin, Werkzeug meiner Verdammnis! Mit Krallenhänden zerreiße ich mir das feine Batisthemd, das meine Brust schmückt, und mit den Nägeln kratze ich blutige Furchen hinein, indes eine gräßliche Glut meine Lippen verbrennt, die kalt sind wie die Hände der Schlange. Ein dumpfes Gebrüll steigt aus den schwärzesten Tiefen meiner Seele empor und durchbricht das Gehege meiner gebleckten Zähne – ich Zentaur, erbrochen vom Tartaros –, und fast hört man keinen Salamander mehr fliegen, denn ich halte

den Schrei zurück und nähere mich dir mit einem schauri-
gem Lächeln.

– Meine Liebe, meine Sophia, begrüße ich dich katzenhaft schmeichelnd, wie es nur der geheime Chef der
Ochrana vermag. Komm, ich hatte dich schon erwartet,
verstecke dich mit mir im Dunkeln und warte – und du
lachst heiser und schmierig, in lüsterner Vorfreude auf eine
Erbschaft oder Beute, ein Manuskript der Protokolle zum
Verkauf an den Zaren... Wie gelingt es dir nur, hinter
diesem Engelsgesicht deine Dämonennatur zu verbergen,
schamhaft eingehüllt in deine androgynen Jeans, dein fast
durchsichtiges T-Shirt, das gleichwohl die infame Lilie verbirgt, die dir der Henker von Lille in dein weißes Fleisch
gebrannt hat!

Der erste Ahnungslose ist eingetroffen, von mir in die Falle
gelockt. Ich erkenne nur schwer seine Züge unter der
Kapuze, doch er zeigt mir das Zeichen der Templer von
Provins. Es ist Soapes, der Abgesandte der portugiesischen
Gruppe. – Graf, sagt er, der Moment ist gekommen. Zu viele
Jahre sind wir verstreut durch die Welt geirrt. Ihr habt das
Schlußstück der Botschaft, ich das, mit welchem das Gro-
ße Spiel einst begann, aber das ist eine andere Geschichte.
Tun wir unsere Kräfte zusammen, und die andern...

Ich vollende seinen Satz: – Die andern, zur Hölle mit
ihnen! Geh, Bruder, dort in der Mitte des Raumes findest du
einen Schrein, und in dem Schrein befindet sich, was du seit
Jahrhunderten suchst. Fürchte dich nicht vor der Dunkelheit, sie bedroht uns nicht, sie schützt uns.

Der Ahnungslose bewegt sich langsam, fast tastend
voran. Ein dumpfer Fall. Er ist in den Schacht gestürzt, unten
packt ihn Luciano und schwingt seine Klinge, ein rascher
Schnitt durch die Kehle, und das Sprudeln des Blutes vermischt sich mit dem Blubbern der chthonischen Flüssigkeit.

Jemand klopft an die Tür. – Bist du's, Disraeli?

– Yes, antwortet der Unbekannte, in dem meine Leser
sogleich den Großmeister der englischen Gruppe erkannt
haben werden, der den Gipfel der Macht erreicht hat, aber
noch immer nicht zufrieden ist. Er spricht: – My lord, it is
useless to deny, because it is impossible to conceal, that a
great part of Europe is covered with a network of these

secret societies, just as the superficies of the earth is now beeing covered with railroads…

– Das hast du bereits im Unterhaus gesagt, am 14. Juli 1856, mir entgeht nichts. Komm zur Sache!

Der baconische Jude flucht leise zwischen den Zähnen. Dann fährt er fort: – Es sind zu viele. Die sechsunddreißig Unsichtbaren sind nun dreihundertsechzig. Multipliziert mit zwei, macht siebenhundertzwanzig. Ziehe die hundertzwanzig Jahre ab, nach denen die Tore sich öffnen werden, und du hast sechshundert, wie beim Angriff der Leichten Brigade auf der Ebene von Balaklawa.

Teufel von einem Menschen, die Geheimwissenschaft der Zahlen hat keine Geheimnisse für ihn.

– Und weiter?

– Wir haben das Gold, du hast die Karte. Tun wir uns zusammen, und wir sind unschlagbar.

Mit feierlicher Gebärde deute ich auf den phantasmatischen Schrein, den er, geblendet von seiner Gier, im Dunkeln zu erspähen meint. Er setzt sich in Bewegung, fällt.

Ich höre das düstere Aufblitzen von Lucianos Klinge, ich sehe trotz der Finsternis das Röcheln, das in den brechenden Augen des Engländers schimmert. Gerechtigkeit ist getan.

Ich erwarte den dritten, den Mann der französischen Rosenkreuzer, Montfaucon de Villars – bereit, schon weiß ich's, die Geheimnisse seiner Sekte zu verraten.

– Gestatten, Graf Gabalis, stellt er sich vor, verlogen und eitel.

Ich brauche nur wenige Worte zu raunen, und schon geht er seinem Schicksal entgegen. Er fällt, und blutgierig verrichtet Luciano sein Henkerswerk.

Du lächelst mir zu aus dem Dunkel und sagst, du seiest mein und dein werde mein Geheimnis sein. Du irrst dich, du irrst dich, sinistre Karikatur der Schechinah. Jawohl, ich bin dein Simon, doch warte, noch weißt du das Beste nicht. Und wenn du's erfahren hast, wirst du aufgehört haben, zu wissen.

Was weiter? Nacheinander kommen die anderen.

Die deutschen Illuminaten werde, hatte mir Pater Bresciani gesagt, die schöne Babette von Interlaken vertreten, die Urenkelin von Weishaupt, die hehre Jungfrau des helvetischen Kommunismus, aufgewachsen unter Säufern, Räubern und Mördern, Expertin im Durchdringen undurchdringlicher Geheimnisse, im Öffnen versiegelter Briefe, ohne das Siegel zu öffnen, im Verabreichen giftiger Tränke, wie's ihre Sekte befahl.

Eintritt nun also die junge Göttin des Bösen, der Agathodaimon des Verbrechens, in einen makellos weißen Eisbärenpelz gehüllt, das lange Blondhaar wallend unter dem kecken Kalpak, hochmütigen Blickes und mit sarkastischer Miene. Und mit der üblichen List schicke ich sie in ihr Verderben.

Ah, Ironie der Sprache – dieser Gabe, die uns die Natur gegeben hat, um uns zu erlauben, über die Geheimnisse unserer Seele zu schweigen: Die Erleuchtete fällt dem Dunkel zum Opfer. Ich höre sie gräßliche Flüche ausstoßen, die Reulose, während ihr Luciano das Messer ins Herz stößt und es dreimal darin umdreht. Déjà vu, déjà lu...

Der nächste ist Nilus, der für einen Moment geglaubt hatte, sowohl die Zarin als auch die Karte zu haben. Schmieriger Lustmönch, du wolltest den Antichrist? Wohlan, da vorne im Dunkeln findest du ihn, doch weißt du's noch nicht... Und blind schicke ich ihn, unter tausend mystischen Schmeicheleien, in den infamen Hinterhalt, der ihn erwartet. Luciano zerfetzt ihm die Brust mit zwei Schnitten in Kreuzesform, und der Elende sinkt in den ewigen Schlaf.

Ich muß das uralte Mißtrauen des letzten überwinden, des Weisen von Zion, der sich für Ahasver hält, für den Ewigen Juden, unsterblich wie ich. Er traut mir nicht, während er salbungsvoll lächelt, der Bart noch feucht vom Blute der zarten Christenkinder, die er auf dem Prager Friedhof zu zerfleischen pflegt. Er kennt mich als Ratschkowski, ich muß ihn an Gerissenheit übertrumpfen. So gebe ich ihm zu verstehen, daß der Schrein nicht nur die Karte enthalte, sondern auch rohe, noch ungeschliffene Diamanten. Ich weiß, welche Faszination Rohdiamanten auf diese gottesmörderische Sippe ausüben. Er geht seinem Schicksal entgegen, verlockt und getrieben von seiner Begehrlichkeit, und es ist *sein* Gott, sein grausamer und rachgieriger Gott, den er sterbend verflucht, erdolcht wie Hiram, so schwer ihm das Fluchen auch fallen mag, da er seines Gottes Namen nicht über die Lippen bringt.

Träumer, der ich schon glaubte, das Große Werk beendet zu haben!

Wie von einem Wirbelwind gepackt, springt die Tür erneut auf, und es erscheint eine Gestalt mit bleichem Gesicht, die Hände fromm vor der Brust gefaltet, den Blick bescheiden zu Boden gesenkt. Seine Natur jedoch kann mir dieser Neuankömmling nicht verbergen, denn er trägt das schwarze Kleid seines schwarzen Ordens. Ein Sohn Loyolas, ein Jesuit!

– Crétineau! rufe ich, irregeführt.

Er hebt die Hand zu einer heuchlerischen Segensgebärde.

– Ich bin nicht, der ich bin, sagt er mit einem Lächeln, das nichts Menschliches mehr an sich hat.

Dies war in der Tat seit jeher ihre Technik: mal verleugnen sie ihre Existenz sogar vor sich selbst, mal proklamieren sie die Macht ihres Ordens, um die Trägen im Geiste einzuschüchtern.

Wir sind immer anders als ihr denkt, ihr Kinder Belials (sagt nun dieser Verführer gekrönter Häupter). Aber du, o Saint-Germain...

– Woher weißt du, daß ich's wirklich bin? frage ich ihn verwirrt.

Er lächelt bedrohlich: – Du hast mich zu anderen Zeiten gekannt – zu Zeiten, als du versuchtest, mich von Postels Sterbebett wegzuziehen, zu Zeiten, als ich dich unter dem Namen des Abbé d'Herblay dazu brachte, eine deiner Verkörperungen im Innern der Bastille zu beenden (oh, wie ich sie immer noch spüre auf dem Gesicht, die Eiserne Maske, zu der mich mein Orden, mit Hilfe Colberts, verurteilt hatte), zu Zeiten, als ich deine heimlichen Zusammenkünfte mit Baron d'Holbach und Condorcet ausspionierte...

– Rodin! rufe ich aus, wie vom Blitz getroffen.

– Jawohl, ich bin Rodin, der heimliche Jesuitengeneral. Rodin, den du nicht täuschen wirst, den du nicht dazu bringen wirst, in den Schacht dort hinten zu stürzen, wie du's mit den anderen getan. Wisse, o Saint-Germain, es gibt kein Verbrechen und keine Gemeinheit, keine tückische

List und keine listige Tücke, die wir nicht vor euch erfunden hätten, zum größeren Ruhme unseres Gottes, der die Mittel rechtfertigt! Wie viele gekrönte Häupter haben wir nicht schon stürzen lassen in dieser Nacht, die keinen Morgen kennt, stürzen in weit subtilere Hinterhalte, um die Weltherrschaft zu erlangen! Und jetzt willst du uns hindern, jetzt, einen Schritt vor dem Ziel, unsere gierigen Hände auf das Geheimnis zu legen, das seit fünf Jahrhunderten die Geschichte der Welt umtreibt?

Rodin, so sprechend, wird zunehmend fürchterlich. All jene Instinkte einer blutigen, lästerlichen und ruchlosen Ambition, die sich in den Päpsten der Renaissance manifestierten, perlen jetzt auf der Stirn dieses Ignatius-Jüngers. Ich sehe es wohl: ein unstillbarer Durst nach Herrschaft bewegt sein unreines Blut, ein siedender Schweiß überströmt ihn, ein süßlicher, ekelerregender Dunst verbreitet sich rings um ihn her.

Wie kann ich diesen letzten Feind schlagen? Mich überkommt eine plötzliche Intuition, die nur der zu nähren vermag, für den die menschliche Seele seit Jahrhunderten keine unerforschten Winkel mehr hat.

– Sieh her! sage ich. Auch ich bin ein Tiger.

Und mit einer einzigen raschen Bewegung stoße ich *dich* in die Mitte des Raumes, reiße dir das T-Shirt vom Leibe, löse den Gürtel des enganliegenden Panzers, der die Anmut deines ambragoldenen Leibes verbirgt. So stehst du nun da im bleichen Mondlicht, das durch die halboffene Tür eindringt, erhobenen Kopfes, schöner als die Schlange, die Adam verführte, hochmütig und lasziv, Jungfrau und Hure, bekleidet mit nichts als deiner fleischlichen Macht, denn die nackte Frau ist die gewappnete Frau.

Der ägyptische Klaft hängt von deinem dichten schwarzen Haar, das vor lauter Schwärze schon beinahe blau ist, auf deinen wogenden Busen unter dem leichten Musselin. Um die kleine gewölbte und eigensinnige Stirn schlingt sich der goldene Uräus mit den smaragdenen Augen, der seine dreigespaltene rubinrote Zunge über deinem Kopf züngeln läßt. Oh, deine Tunika aus schwarzen Schleiern mit Silberreflexen, zusammengehalten von einer Schärpe, bestickt mit funesten Iriden aus schwarzen Perlen. Oh, deine geschwellte Scham, glattrasiert von deiner malabarischen Sklavin, auf das du in den Augen deiner Liebhaber die

Nacktheit einer Statue habest! Oh, deine Brustspitzen, zart betupft mit demselben Karmesin, das deine Lippen rötet, die einladend lächeln wie eine Wunde!

Jetzt keucht Rodin. Die langen Zeiten der Abstinenz, das in einem Machttraum verbrachte Leben haben nichts anderes bewirkt, als ihn mehr und mehr in sein unstillbares Verlangen zu stürzen. Angesichts dieser schönen und schamlosen Königin mit den dämonischen schwarzen Augen, den runden Schultern, dem duftenden Haar und der zarten weißen Haut wird Rodin von der Sehnsucht nach einer niegekannten Zärtlichkeit erfaßt, nach einer unsäglichen Lust, er zittert in seinem Fleische, wie ein Waldgott erzittert beim Anblick einer entblößten Nymphe, die sich im selben Wasser spiegelt, das schon Narziß ins Unglück getrieben. Im Gegenlicht errate ich seinen unbezähmbaren Rictus, er ist wie versteinert von der Medusa, in Stein gehauen in seinem Verlangen nach einer unterdrückten und jetzt erlöschenden Männlichkeit, obsessive Flammen der Libido versengen sein Fleisch, er ist wie ein gespannter Bogen, hochgespannt bis zu dem Punkt, an dem er zerbrechen wird.

Jäh zu Boden gestürzt, liegt er kriechend vor dieser Erscheinung, die Hand vorgereckt wie eine Kralle, um einen Schluck vom Elixier zu erflehen.

– Oh, röchelt er, oh, wie schön du bist, oh, diese kleinen Zähne einer jungen Wölfin, die aufblitzen, wenn du deine schwellenden roten Lippen öffnest… Oh, diese großen, smaragdgrünen Augen, die bald funkeln, bald schmachten. O Dämonin der Wollust.

Er hat schon Gründe, der Elende, während du jetzt deine blaugepanzerten Hüften bewegst und die Scham vorstreckst, um den Flipper vollends zur Raserei zu treiben.

– O Vision, stöhnt Rodin, sei die meine, für einen Augenblick nur, erfülle mit einem Augenblick des Genusses ein Leben, verbracht im Dienst eines eifersüchtigen Gottes, tröste mit einem Hauch von Wollust die Ewigkeit in Flammen, zu der dein Anblick mich treibt und zieht. Ich flehe dich an, berühre mein Gesicht mit deinen Lippen, Antinea, Aphrodite, Maria Magdalena, du, die ich begehrte im Antlitz ekstatisch verzückter Heiliger, die ich begehrte, während ich heuchlerisch im Gebet vor Jungfrauengesichtern lag, o meine Herrin, schön bist du wie die Sonne, weiß wie der Mond, o ja, ich verleugne Gott und die Heiligen und sogar den Heiligen Vater in Rom, ich sage noch mehr, ich verleugne sogar den heiligen Pater Ignatius von Loyola, ich schwöre ihm ab, ihm und dem kriminellen Eid, der mich an meinen Orden bindet, ich erflehe nur einen einzigen Kuß, und dann mag der Tod mich holen.

Er ist noch ein Stückchen näher gekrochen, auf zitternden Knien, die Kutte hochgezogen über den Lenden, die Hand noch flehender vorgestreckt zu diesem unerreichbaren Glück. Dann plötzlich ist er zurückgefallen, die Augen scheinen ihm aus den Höhlen zu treten. Gräßliche Krämpfe versetzen seinen Zügen unmenschliche Schläge, ähnlich denen, welche die Voltasche Säule auf den Gesichtern der Leichen hervorruft. Ein bläulicher Schaum färbt ihm purpurn die Lippen, aus denen eine zischende und erstickte Stimme kommt, ähnlich der eines Hydrophoben, denn, wie Charcot richtig sagt, wenn sie in die Phase des Paroxysmus tritt, zeigt die entsetzliche Krankheit der Satyriasis, die als Strafe der Wollust auftritt, dieselben Symptome wie die Tollwut.

Es ist das Ende. Rodin bricht in ein wahnwitziges Lachen aus. Dann stürzt er entseelt zu Boden, als lebendes Bild der Totenstarre.

In einem einzigen Augenblick ist er verrückt geworden, gestorben und zur Hölle gefahren.

Ich begnüge mich damit, den Leichnam in den Schacht zu stoßen, vorsichtig, um nicht meine blanken Lackstiefelchen an der schmierigen Kutte des letzten meiner Feinde zu besudeln.

Es bedarf nicht mehr des mörderischen Dolches von Luciano, doch der Henker, gepackt von einem bestialischen Wiederholungszwang, kann seine Gesten nicht mehr kontrollieren. Er lacht und erdolcht einen schon seines Lebens beraubten Leichnam.

Jetzt führe ich dich an den Rand des Schachtes, streichle dir den Hals und den Nacken, während du dich vorbeugst, um die Szene zu genießen, und sage: – Nun, bist du zufrieden mit deinem Rocambole, meine unerreichbare Liebe?

Und während du lüstern nickst und geifernd ins Leere hinuntergrinsest, drücke ich langsam die Finger zusammen, was tust du, mein Liebster, nichts, meine Sophia, ich töte dich nur, ich bin jetzt Giuseppe Balsamo und brauche dich nicht mehr.

Die Buhle der Archonten erlischt und fährt in die Grube, Luciano ratifiziert mit einem Klingenhieb das Verdikt meiner unerbittlichen Hand, und ich rufe zu ihm hinunter: Jetzt kannst du heraufkommen, mein Getreuer, mein böser Geist, und während er heraufsteigt und mir den Rücken zuwendet, stoße ich ihm ein schmales Stilett mit Dreikantklinge, das fast keine Narben hinterläßt, zwischen die Schulterblätter. Er stürzt hinunter, ich schließe die Luke, es ist vollbracht, ich verlasse den Keller, während acht Leichen zum Châtelet davontreiben, durch nur mir bekannte Kanäle.

Ich kehre zurück in mein kleines Quartier im Faubourg Saint-Honoré und betrachte mich im Spiegel. Voilà, sage ich mir, ich bin der König der Welt. Von der Spitze meiner Hohlen Nadel aus beherrsche ich das Universum. In manchen Augenblicken schwindelt mir ob meiner Macht. Ich bin ein Meister der Energie. Ich bin trunken von Autorität.

Aber ach, die Rache des Lebens läßt nicht lange auf sich warten. Monate später, in der tiefsten Krypta der Burg von Tomar, nun Herr des Geheimnisses der unterirdischen Ströme und der sechs heiligen Orte jener, die einst die Sechsunddreißig Unsichtbaren waren, letzter der letzten Templer und Unbekannter Oberer aller Unbekannten Oberen, will ich nun auch Cecilia heimführen, die Androgyne mit den eisblauen Augen, von der mich jetzt nichts mehr trennt. Ich habe sie wiedergefunden nach all den Jahrhunderten, seit sie mir damals geraubt wurde von dem Mann mit dem Saxophon. Sie balanciert gerade auf der Rückenlehne der Parkbank, himmelblau und blond, und ich weiß noch immer nicht, was sie unter dem duftigen Tüllröckchen hat.

Die Kapelle ist in den Felsen gehauen, den Altar krönt ein beunruhigendes Tafelbild, das die Strafen der Verdammten in den Eingeweiden der Hölle darstellt. Einige kapuzenbewehrte Mönche flankieren mich düster, und noch schöpfe ich keinen Verdacht, fasziniert wie ich bin von der iberischen Phantasie...

Doch, o Grauen, das Bild hebt sich wie ein Vorhang, und dahinter erscheint, wunderbares Werk eines Arcimboldo der Unterwelt, eine andere Kapelle, in allem gleich der, in welcher ich knie, und dort, vor einem anderen Altar, kniet Cecilia, und neben ihr – eiskalter Schweiß perlt mir auf der Stirne, die Haare stehn mir zu Berge –, wen sehe ich dort mit höhnischem Grinsen seine Narbe vorzeigen? Den Anderen, den wahren Giuseppe Balsamo, den jemand befreit haben muß aus seinem Verlies in San Leo!

Und ich? Jetzt schlägt der älteste der Mönche neben mir die Kapuze zurück, und ich erkenne das gräßliche Grinsen von Luciano, wer weiß, wie er meinem Stilett entkommen ist, wie den Kloaken, der blutigen Schlammflut, die ihn als Leichnam hätte fortschwemmen sollen in die stillen Tiefen der Ozeane – nun ist er übergewechselt zu meinen Feinden aus verständlichem Rachedurst.

Die Mönche werfen ihre Kutten ab und erscheinen gepanzert in einer bisher verborgenen Rüstung, auf ihren schneeweißen Mänteln ein flammendes Kreuz. Es sind die Templer von Provins.

Sie ergreifen mich, zwingen mich, den Kopf zu drehen, und hinter mir steht nun ein Henker mit zwei mißgebildeten Helfern, ich werde über eine Art Garotte gebeugt und mit einem rotglühenden Brandeisen zur ewigen Beute des Kerkermeisters geweiht, das infame Grinsen des Baphomet prägt sich für immer auf meinem Rücken ein – jetzt verstehe ich: damit ich Balsamo in San Leo ersetzen kann, oder auch: damit ich den Platz einnehmen kann, der mir seit jeher bestimmt war.

Aber man wird mich erkennen, sage ich mir, und da alle nun glauben, ich sei er und er der Verdammte, wird mir gewiß jemand zu Hilfe kommen – zumindest meine Komplizen –, man kann nicht einen Gefangenen einfach durch einen anderen ersetzen, ohne daß es irgendwer merkt, wir sind nicht mehr in den Zeiten der Eisernen Maske… Ich Träumer! Jäh begreife ich, während der Henker meinen Kopf über ein kupfernes Becken beugt, aus dem grünliche Dämpfe aufsteigen… Das Vitriol!

Mir werden die Augen verbunden, mein Gesicht wird in die ätzende Flüssigkeit gedrückt, ein brennender, unerträglicher Schmerz, die Haut an den Wangen, an Nase und Mund und Kinn wirft sich auf, zerfasert, zerläuft, es genügt ein Moment, und als ich an den Haaren zurückgerissen werde, ist mein Gesicht nicht mehr wiederzuerkennen, ein

Blasenbrand, ein Blatternfraß, ein unsägliches Nichts, ein einziger Hymnus an die Widerwärtigkeit, ich werde ins Verlies zurückkehren wie jene Flüchtlinge, die den Mut hatten, sich zu entstellen, um nicht wieder eingefangen zu werden.

Ah! schreie ich, besiegt, und, wie der Erzähler sagt, von meinen zerfressenen Lippen löst sich ein Wort, ein Seufzer, ein Hoffnungsschrei: Erlösung!

Aber Erlösung wovon, alter Rocambole, du wußtest doch genau, daß du nicht versuchen durftest, ein Protagonist zu sein! Nun bist du bestraft worden, und zwar mit deinen eigenen Künsten. Du hast die Schreiber der Illusion verhöhnt, und jetzt – siehst du – schreibst du selber, mit dem Alibi der Maschine. Du redest dir ein, du wärst nur ein Zuschauer, weil du deine Worte auf dem Bildschirm liest, als wären es die eines anderen, aber du bist in die Falle gegangen, siehst du, jetzt willst du Spuren im Sand hinterlassen. Du hast es gewagt, den Text des Romans der Welt zu verändern, und nun holt dich der Roman der Welt in seine Texturen zurück und verwickelt dich in seine Intrigen, die du nicht entschieden hast.

Ach, wärst du doch lieber auf deinen Inseln geblieben, Surabaya-Jim, und sie hätte dich für tot gehalten.

98

Die nationalsozialistische Partei tolerierte die Geheimgesellschaften nicht, da sie selber eine Geheimgesellschaft war, komplett mit eigenem Großmeister, eigener rassistischer Gnosis, eigenen Riten und eigenen Initiationen.

René Alleau, *Les sources occultes du nazisme*, Paris, Grasset, 1969, p. 214

Um diese Zeit etwa muß es gewesen sein, daß Agliè uns aus der Kontrolle glitt. Den Ausdruck hatte Belbo benutzt, »er gleitet uns aus der Kontrolle«, hatte er mit übertriebener Indifferenz gesagt. Ich schob es ein weiteres Mal auf seine Eifersucht: im stillen bedrückt von Agliès Macht über Lorenza, spottete er in Worten über die Macht, die Agliè über Garamond gewann.

Vielleicht war es auch unsere Schuld gewesen. Seit fast einem Jahr war Agliè dabei, Garamond zu bezirzen, seit den Tagen der alchimistischen Fete auf dem Schloß in Piemont. Bald danach hatte Garamond ihm die Kartei der AEKs anvertraut, damit er sie nach neuen Opfern zum Mästen der Entschleierten Isis durchsuchte, und mittlerweile zog er ihn bei jeder Entscheidung zu Rate, sicher zahlte er ihm auch ein monatliches Fixum. Gudrun, die periodische Erkundungen am Ende des Korridors vornahm, jenseits der Glastür, die in das wattierte Reich von Manuzio führte, berichtete uns ab und zu in besorgtem Ton, Agliè habe sich im Büro der Signora Grazia praktisch eingerichtet, er diktiere ihr Briefe, empfange Besucher und führe sie in Signor Garamonds Arbeitszimmer, mit einem Wort – und vor lauter Empörung verlor Gudruns Aussprache noch ein paar Vokale mehr –, er benehme sich ganz wie der Chef. Wir hätten uns wirklich fragen können, wieso Agliè Stunden um Stunden über der Adressenkartei von Manuzio verbrachte. Er hatte genügend Zeit gehabt, die AEKs zu herauszufinden, die sich als neue Autoren für die Entschleierte Isis anwerben ließen. Trotzdem fuhr er fort zu schreiben, zu kontaktieren, zu organisieren. Im Grunde aber bestärkten wir seine Autonomie, denn die Lage kam uns durchaus zupaß.

Sie kam Belbo zupaß, denn mehr Agliè in der Via Marchese Gualdi hieß weniger Agliè in der Via Sincero Renato – und somit weniger Möglichkeiten, daß gewisse unverhoffte Besuche von Lorenza Pellegrini (über die Belbo immer glühender errötete, ohne noch irgendeinen Versuch zu machen, seine Erregung zu verbergen) durch das plötzliche Auftauchen von »Simon« gestört wurden.

Die Lage kam auch mir zupaß, da ich die Lust an der Entschleierten Isis inzwischen verloren hatte und immer mehr von meiner Geschichte der Magie beansprucht wurde. Von den Diabolikern glaubte ich alles gelernt zu haben, was ich von ihnen lernen konnte, und so überließ ich Agliè gern die Pflege der Kontakte (und der Kontrakte) mit den neuen Autoren.

Auch Diotallevi hatte schließlich nichts gegen die Lage, da ihm die Welt überhaupt immer weniger zu bedeuten schien. Jetzt, wenn ich daran zurückdenke, wird mir bewußt, daß er von Tag zu Tag weiter abnahm, in besorgniserregender Weise, manchmal überraschten wir ihn in seinem Büro, wie er über ein Manuskript gebeugt dasaß, reglos ins Leere starrend, während der Stift ihm fast aus der Hand fiel. Er war nicht eingeschlafen, er war nur erschöpft.

Es gab aber noch einen anderen Grund, warum wir es hinnahmen, daß Agliè immer seltener erschien, um uns nur rasch die Manuskripte zurückzugeben, die er abgelehnt hatte, und gleich wieder durch den langen Korridor zu verschwinden. In Wirklichkeit wollten wir nicht, daß er unsere Gespräche mit anhörte. Hätte man uns gefragt, warum nicht, hätten wir gesagt: aus Scham – oder auch aus Zartgefühl, schließlich parodierten wir Metaphysiken, an die er in gewisser Weise glaubte. Tatsächlich war's eher aus Mißtrauen, wir hüllten uns mehr und mehr in die natürliche Reserviertheit derer, die sich im Besitz eines Geheimnisses wissen, und stießen Agliè ins profane Volk zurück – wir, die wir nun langsam und immer weniger lächelnd kennenlernten, was wir erfunden hatten. Im übrigen, wie Diotallevi einmal in einem gutgelaunten Augenblick sagte: Jetzt, wo wir einen echten Saint-Germain hatten, wußten wir nicht mehr, was wir mit einem vorgeblichen Saint-Germain anfangen sollten.

Agliè schien sich über unsere Zurückhaltung nicht zu grämen. Er grüßte uns sehr elegant und verzog sich. Mit einer Anmut, die schon an Hochmut grenzte.

Eines Montagmorgens war ich spät in den Verlag gekommen, und Belbo, schon ungeduldig wartend, hatte mich gleich in sein Büro gebeten, zusammen mit Diotallevi. »Große Neuigkeiten«, hatte er gesagt. Er wollte gerade anfangen zu sprechen, da kam Lorenza hereingewirbelt. Belbo war hin- und hergerissen zwischen der Freude über ihren Besuch und der Ungeduld, uns seine Entdeckungen mitzuteilen. Gleich darauf klopfte es, und Agliè streckte den Kopf herein: »Bleiben Sie sitzen, ich will Sie nicht inkommodieren, ich habe nicht die Macht, ein solches Konsistorium zu stören. Ich wollte nur rasch der lieben Lorenza sagen, daß ich drüben bei Signor Garamond bin. Und ich hoffe doch wenigstens noch so viel Macht zu haben, sie zu einem Sherry um zwölf in mein Büro einzuladen.«

In sein Büro. Diesmal verlor Belbo die Kontrolle. Jedenfalls so, wie er die Kontrolle verlieren konnte. Er wartete, bis Agliè draußen war, und knurrte dann zwischen den Zähnen: »*Ma gavte la nata.*«

Lorenza, die noch bei ihren komplizenhaften Begrüßungsgesten war, fragte ihn, was das heiße.

»Das ist Turinerisch. Heißt soviel wie: Zieh dir mal den Pfropfen raus, oder wenn du's so lieber hast: Wollen Sie sich bitte gütigst den Stöpsel entfernen. Angesichts einer steif und geschwollen daherredenden Person nimmt man an, daß sie von ihrem eigenen Dünkel aufgeblasen sei, und zugleich unterstellt man, daß diese übermäßige Selbsteinschätzung den geblähten Leib nur kraft eines Pfropfens so prall erhalte, eines korkenähnlichen Stöpsels, der, in den After eingeführt, verhindert, daß diese ganze aerostatische Würde einfach verpufft; dergestalt, daß man mit der Aufforderung an das Subjekt, sich besagten Stöpsels per Extraktion zu entledigen, dieses dazu verurteilen will, sein eigenes Erschlaffen herbeizuführen, ein jähes und irreversibles Zusammenschnurren, nicht selten begleitet von scharfem Zischen, mit Reduktion der verbleibenden Hülle zu einem traurigen Rest, einem blassen Abbild und blutleeren Schatten der einstigen Majestät.«

»Ich dachte nicht, daß du so vulgär sein kannst.«

»Jetzt weißt du's.«

Lorenza war mit gespieltem Ärger gegangen. Ich wußte, daß Belbo darunter noch mehr litt: eine echte Wut hätte ihn befriedigt, eine gespielte brachte ihn auf den Gedanken, daß bei Lorenza auch die Anflüge von Leidenschaft immer nur Theater waren.

Und deswegen, glaube ich, sagte er nun mit Entschiedenheit, kaum daß sie draußen war: »Also machen wir weiter!« Was heißen sollte: Basteln wir weiter am Großen Plan, arbeiten wir ernsthaft.

»Ich hab keine Lust«, sagte daraufhin Diotallevi. »Ich fühl mich nicht wohl. Ich hab Schmerzen hier«, und er faßte sich an den Bauch. »Scheint eine Gastritis zu sein.«

»Ach nein!« rief Belbo. »*Du* hast eine Gastritis, und *ich* hab keine... Wovon hast du denn Gastritis gekriegt? Vom Mineralwasser?«

»Schon möglich«, sagte Diotallevi mit müdem Lächeln. »Gestern abend hab ich's übertrieben. Ich bin an Fiuggi gewöhnt und hab San Pellegrino getrunken.«

»Na, paß bloß auf, solche Exzesse können dich umbringen. Aber laß uns jetzt weitermachen, seit zwei Tagen brenne ich drauf, euch zu erzählen, was ich entdeckt habe. Ich weiß endlich, warum die Sechsunddreißig Unsichtbaren seit Jahrhunderten nicht in der Lage sind, die Form der Karte zu bestimmen. John Dee hatte sich geirrt, die ganze Geographie muß neu gemacht werden. Wir leben im Innern einer hohlen Erdkugel, umhüllt von der Erdoberfläche. Und Hitler hat es gewußt.«

99

Der Nazismus war der Moment, in dem der magische Geist sich der Hebel des materiellen Fortschritts bemächtigte. Lenin sagte, Kommunismus
sei Sozialismus plus Elektrizität. In gewisser Hinsicht kann man sagen, Hitlerismus war Guénonis-
mus plus Panzerdivisionen.

Pauwels & Bergier, Le matin des magiciens,
Paris, Gallimard, 1960, 2, VII

Belbo war es gelungen, auch Hitler in den Großen Plan
einzubauen. »Steht alles geschrieben, schwarz auf weiß. Es
ist erwiesen, daß die Begründer des Nazismus mit dem teutonischen Neutemplerismus zusammenhingen.«

»Sie verkohlen uns!«

»Nein, ehrlich, Casaubon, ich erfinde nichts, diesmal erfinde ich wirklich nichts.«

»Also bitte, wann hätten wir jemals etwas erfunden? Wir
sind immer von objektiven Fakten ausgegangen, in jedem
Fall von allgemein zugänglichen Daten.«

»Auch diesmal. Also aufgepaßt: im Jahre 1912 tritt ein
Germanenorden hervor, der eine ›Ariosophie‹ propagiert,
soll heißen, eine Philosophie der arischen Überlegenheit.
Sechs Jahre später, 1918, gründet ein gewisser Baron von
Sebottendorff eine Filiale, die Thule-Gesellschaft, einen Geheimbund, eine soundsovielte Variante der Strikten Observanz neutemplerischer Prägung, aber mit starken rassisti-
schen Zügen: pangermanisch, neo-arisch. Und 1933 wird
derselbe Sebottendorff schreiben, er habe gesät, was Hitler
dann habe reifen lassen. Tatsächlich taucht das Hakenkreuz
erstmals im Umkreis der Thule-Gesellschaft auf. Und wer
gehört sofort zu dieser Thule-Gesellschaft? Rudolf Heß,
Hitlers Schatten! Und dann Alfred Rosenberg! Und Hitler
selbst! Und sicher habt ihr in der Zeitung gelesen, daß Heß
sich noch heute in seinem Spandauer Gefängnis mit esoterischen Wissenschaften beschäftigt. Sebottendorff schreibt
1924 ein Büchlein über Alchimie und bemerkt, daß die ersten
Experimente mit Atomspaltung die Wahrheit des Großen
Werkes beweisen. Und er schreibt auch einen Roman über
die Rosenkreuzer! Außerdem wird er Leiter einer *Astrologi-*

schen Rundschau, und wie man bei Trevor-Roper nachlesen kann, haben die Nazibonzen, Hitler voran, keinen Schritt getan, ohne sich vorher ein Horoskop stellen zu lassen. 1943 sollen sie einen Haufen medial begabter Personen befragt haben, um herauszubekommen, wo Mussolini gefangengehalten wurde. Kurz, die ganze Naziführung war mit dem teutonischen Neo-Okkultismus verbunden.«

Belbo schien den Zwischenfall mit Lorenza vergessen zu haben, und ich bestärkte ihn darin, indem ich seine Rekonstruktion noch ein Stück weitertrieb: »Im Grunde können wir auch Hitlers berühmte Verführungsmacht der Massen in diesem Licht sehen. Physisch war er ein mickriges Männchen, seine Stimme war schrill, wie schaffte er es, die Leute so verrückt zu machen? Er muß mediale Fähigkeiten gehabt haben. Vermutlich wußte er, instruiert von irgendwelchen Druiden aus seiner Gegend, wie man die Erdstrahlen anzapft. Auch er also war eine Sonde, ein biologischer Menhir. Er übertrug die Energie der tellurischen Ströme auf seine Getreuen im Nürnberger Stadion. Eine Zeitlang muß es ihm gelungen sein, dann waren seine Batterien erschöpft.«

100

An alle Welt: Ich erkläre, daß die Erde innen hohl
und bewohnbar ist; sie enthält eine gewisse Anzahl
solider Sphären, die konzentrisch sind, das heißt
ineinandergeschoben, und sie ist an den beiden
Polen offen in einer Breite von zwölf bis sechzehn
Grad.

J. Cleves Symmes, Hauptmann der Infanterie,
am 10. April 1818, zit. in Sprague de Camp/Ley,
Lands Beyond, New York, Rinehart, 1952, X

»Gratuliere, Casaubon, in Ihrer Unschuld haben Sie eine
richtige Intuition gehabt. Hitlers wahre und einzige Obsession waren in der Tat die unterirdischen Ströme. Hitler war
ein Anhänger der Hohlweltlehre.«

»Kinder, ich gehe, ich hab Gastritis«, sagte Diotallevi.

»Warte, jetzt wird's doch erst spannend: Die Erde ist eine
hohle Kugel, wir leben nicht draußen auf der konvexen
Außenfläche, sondern drinnen an der konkaven Wölbung.
Was wir für den Himmel halten, ist eine Masse aus dunklem
Gas, durchsetzt mit Zonen von strahlendem Licht, die das
Innere der Kugel füllt. Alle astronomischen Maße müssen
revidiert werden. Der Himmel ist nicht unendlich, er ist
begrenzt. Die Sonne, wenn sie denn existiert, ist nicht größer, als sie erscheint. Ein Bällchen von höchstens dreißig
Zentimetern Durchmesser im Mittelpunkt der Erde. Das
hatten schon die alten Griechen vermutet.«

»Das hast du jetzt erfunden«, sagte Diotallevi müde.

»Das hab ich jetzt gerade *nicht* erfunden! Die Idee hatte
bereits zu Anfang des vorigen Jahrhunderts ein Amerikaner
namens Symmes. Um die Jahrhundertwende wird sie dann
von einem anderen Amerikaner aufgegriffen, einem gewissen Teed, der sich auf alchimistische Experimente und die
Lektüre des Propheten Jesaja stützt. Und nach dem Ersten
Weltkrieg wird seine Theorie von einem Deutschen perfektioniert, wie heißt er noch gleich, Karl Neupert, der sogar
eine regelrechte Bewegung gründet, die Bewegung der
›Hohlweltlehre‹. Hitler und die Seinen finden, daß diese
Theorie der hohlen Welt aufs schönste zu ihren Prinzipien
paßt, ja es heißt sogar, sie hätten einige ihrer V2 nur deshalb
danebengeschossen, weil sie die Flugbahn ausgehend von

der Annahme einer konkaven und nicht konvexen Erdoberfläche berechneten... Hitler hat sich nunmehr überzeugt, daß er der König der Welt ist und daß der Führungsstab seiner Partei die Unbekannten Oberen sind. Und wo bitte wohnt der König der Welt? Innen drin, unten, nicht draußen. Von dieser Hypothese geht Hitler aus, als er beschließt, das Ganze umzustülpen: die Richtung und Reihenfolge der Suche, die Konzeption der endgültigen Karte und die Interpretationsweise des Pendels! Die sechs Gruppen müssen neu kombiniert und alle Berechnungen neu gemacht werden. Man vergegenwärtige sich nur einmal die Logik der Hitlerschen Eroberungen... Zuerst nimmt er Danzig, um die klassischen Stätten der Deutschordensritter in die Hand zu bekommen. Dann erobert er Paris, bringt das Pendel und den Eiffelturm unter seine Kontrolle, kontaktiert die synarchischen Gruppen und schleust sie in die Vichy-Regierung ein. Dann sichert er sich die Neutralität und faktische Komplizenschaft der Portugiesen. Viertes Ziel ist natürlich England, aber wir wissen, das ist ein harter Brocken. Einstweilen versucht er, mit dem Afrikafeldzug, nach Palästina vorzustoßen, aber auch das gelingt nicht. Also zielt er nun auf die Unterwerfung der paulizianischen Territorien, indem er den Balkan und Rußland überfällt. Als er vier Sechstel des Großen Plans in Händen zu haben glaubt, schickt er Heß in geheimer Mission nach England, um ein Bündnis vorzuschlagen. Da die Baconianer nicht anbeißen, hat er eine Intuition: diejenigen, die den wichtigsten Teil des Geheimnisses in der Hand haben, müssen die uralt-ewigen Erbfeinde sein: die Juden. Und es ist gar nicht nötig, sie in Jerusalem suchen zu gehen, wo bloß noch wenige von ihnen leben. Das Jerusalemer Stück der Templerbotschaft befindet sich nicht mehr in Palästina, sondern im Besitz einer Gruppe der Diaspora. Und so erklärt sich der Holocaust.«

»Wie das denn?«

»Na, überlegt doch mal. Stellt euch vor, ihr wollt einen Völkermord begehen...«

»Ich bitte dich«, sagte Diotallevi, »jetzt übertreibst du aber. Ich habe Magenschmerzen, ich gehe.«

»Nun warte doch, Herrgott, als die Templer den Sarazenen die Bäuche aufschlitzten, da hast du dich amüsiert, weil das schon so lange her war, und jetzt willst du hier den Moralisten spielen wie irgendein kleinbürgerlicher Intellektueller!

Wir sind hier dabei, die Weltgeschichte neu zu schreiben, da dürfen wir vor nichts zurückschrecken!«

Wir ließen ihn weiterreden, überwältigt von seinem Elan.

»Das Auffallende am Völkermord an den Juden ist die Länge und Umständlichkeit des Verfahrens. Erst werden sie in die Lager verbracht, um zu hungern, dann werden sie nackt ausgezogen, dann die Duschen, dann die pedantische Aufstapelung von Leichenbergen, die Archivierung der Kleider, die Registrierung der persönlichen Habe... Das war kein rationales Verfahren, wenn es bloß ums Töten ging. Das wurde erst rational, wenn es darum ging, etwas zu suchen, etwas Verstecktes, eine Botschaft, die einer von diesen Millionen Menschen, der Jerusalemer Repräsentant der Sechsunddreißig Unsichtbaren, irgendwo an sich trug, in den Falten seiner Kleider, im Mund, auf die Haut tätowiert... Nur der Große Plan erklärt den unerklärlichen Bürokratismus der Hitlerschen Judenvernichtung. Hitler suchte bei den Juden die Anregung, die Idee, die ihm erlauben sollte, mit Hilfe des Pendels den genauen Punkt zu bestimmen, den Punkt unter der konkaven Wölbung, mit der die Hohlwelt sich selber umschließt, wo die unter- oder innerirdischen Strömungen sich überschneiden – die nun, und man beachte die Vollendung der Konzeption, identisch mit den himmlischen Strömungen sind, so daß die Lehre von der hohlen Welt gewissermaßen die Materialisierung jener jahrtausendealten hermetischen Einsicht wäre, nach welcher es unten so ist wie oben! Der Mystische Pol fällt mit dem Erdmittelpunkt zusammen, die geheime Sternenkarte ist nichts anderes als die geheime Karte der Unterwelt von Agarttha, es gibt keinen Unterschied mehr zwischen Himmel und Hölle, und der Gral, der *lapis exillis*, ist insofern *lapis ex coelis*, als er der Stein der Weisen ist, der als Umhüllung entsteht, als Hülle, Gefäß und Grenze, als chthonischer Uterus der sieben Himmel! Jawohl, so ist es, so muß es sein, denkt Hitler, und wenn er diesen Punkt identifiziert haben wird, den Punkt im leeren Zentrum der Erde, der das perfekte Zentrum des Himmels ist, dann wird er endlich der Herr der Welt sein, deren König er qua Rasse schon ist. Und so denkt er bis ganz zuletzt, tief in seinem Bunker vergraben, er könnte den Mystischen Pol noch bestimmen.«

»Genug«, sagte Diotallevi leise. »Jetzt geht's mir wirklich schlecht. Ich hab Schmerzen.«

»Es geht ihm *wirklich* schlecht, das ist kein bloß ideologischer Protest«, sagte ich.

Belbo schien erst jetzt zu begreifen. Er sprang bestürzt auf, um dem Freund zu helfen, der sich zusammengekrümmt auf den Tisch stützte und einer Ohnmacht nahe schien. »Entschuldige, Lieber, ich habe mich fortreißen lassen. He, sag mal, dir ist doch nicht etwa deshalb schlecht, weil ich solche Sachen gesagt habe? Seit zwanzig Jahren machen wir diese Art Witze, das kann's doch nicht gewesen sein, oder? Nein, dir geht es tatsächlich schlecht, vielleicht hast du wirklich eine Gastritis. Paß auf, da hilft meistens eine Magentablette. Und eine Wärmflasche auf dem Bauch. Komm, ich bring dich nach Hause, aber dann solltest du doch lieber einen Arzt rufen, für alle Fälle.«

Diotallevi sagte, er könne allein im Taxi nach Hause, er liege noch nicht im Sterben. Er müsse sich nur etwas hinlegen, und er werde gleich einen Arzt rufen, ja, versprochen. Und nein, es sei nicht Belbos Geschichte gewesen, was ihn so erschüttert habe, es sei ihm schon seit dem vorigen Abend nicht gutgegangen. Belbo schien erleichtert und brachte ihn zum Taxi hinunter.

Er kam besorgt zurück: »Also jetzt, wenn ich's mir überlege, schon seit ein paar Wochen sieht der Junge schlecht aus. Diese Ringe unter den Augen... Meine Güte, *ich* müßte schon vor zehn Jahren an Leberzirrhose gestorben sein, und jetzt hat *er*, der immer wie ein Asket gelebt hat, eine Gastritis! Und wer weiß, womöglich noch was Schlimmeres, ich fürchte, das ist ein Magengeschwür. Zum Teufel mit dem Großen Plan. Wir führen schon ein verrücktes Leben.«

»Also ich sage, das geht mit einer Magentablette vorbei«, sagte ich.

»Das sage ich auch. Aber sie hilft besser, wenn er sich auch eine heiße Wärmflasche auf den Bauch legt. Hoffen wir, daß er vernünftig ist.«

101

Qui operatur in Cabala... si errabit in opere aut
non purificatus accesserit, devorabitur ab Azazale.

Pico della Mirandola, *Conclusiones Magicae*

Diotallevis Krise war Ende November ausgebrochen. Am
nächsten Morgen erwarteten wir ihn vergeblich, er rief uns
an und sagte, er müsse für ein paar Tage ins Krankenhaus.
Der Arzt habe gesagt, die Symptome seien zwar nicht be-
sorgniserregend, aber es sei doch besser, ihn gründlich zu
untersuchen.

Belbo und ich verbanden seine Erkrankung instinktiv mit
dem Großen Plan, den wir vielleicht zu weit getrieben hatten. Wir sagten uns zwar, daß es unvernünftig war, aber wir
kamen uns schuldig vor. Zum zweitenmal fühlte ich mich als
Belbos Komplize: das erstemal hatten wir gemeinsam geschwiegen (gegenüber De Angelis), diesmal hatten wir gemeinsam zuviel geredet. Es war unvernüftig, sich schuldig zu
fühlen – damals waren wir davon überzeugt –, aber wir
wurden das Unbehagen nicht los. So hörten wir für mindestens einen Monat auf, von dem Plan zu sprechen.

Nach zwei Wochen war Diotallevi wieder erschienen und
hatte uns in zwanglosem Ton mitgeteilt, daß er Garamond
um einen Erholungsurlaub gebeten habe. Die Ärzte hätten
ihm eine Kur empfohlen, sagte er, ohne uns mehr darüber zu
verraten, als daß sie ihn zwingen würde, sich alle zwei bis drei
Tage in die Klinik zu begeben, und daß sie ihn ein bißchen
schwächen würde. Ich weiß nicht, wie weit er noch geschwächt werden konnte: seine Haut hatte inzwischen dieselbe Farbe wie seine Haare. »Und hört auf mit diesen Geschichten«, hatte er noch gesagt. »Ihr seht, die schaden der
Gesundheit. Das ist die Rache der Rosenkreuzer.«

»Mach dir darüber keine Sorgen«, hatte Belbo ihm lächelnd geantwortet, »die Rosenkreuzer, die kriegen von uns
sowas von Dresche, sag ich dir, daß sie dich ganz bestimmt
in Ruhe lassen werden. Brauchst nur *so* zu machen«, und er
hatte mit den Fingern geschnipst.

Die Kur dauerte dann bis ins neue Jahr hinein. Ich hatte
mich ganz in die Geschichte der Magie vertieft – der wahren,
der ernsthaften, sagte ich mir, nicht der unseren. Garamond

schaute mindestens einmal täglich zu uns herein, um sich nach Diotallevi zu erkundigen. »Und bitte, meine Herren, informieren Sie mich über jedes Erfordernis, ich meine, über jedes Problem, das auftaucht, über jeden Umstand, bei dem ich oder der Verlag etwas tun können für unseren tüchtigen Freund. Er ist für mich wie ein Sohn, ich sage noch mehr, wie ein Bruder. Aber immerhin leben wir ja Gott sei Dank in einem zivilisierten Land und erfreuen uns, was man darüber auch sagen mag, eines exzellenten Krankenversicherungswesens.«

Agliè hatte sich betroffen gezeigt, hatte nach dem Namen der Klinik gefragt und den Direktor angerufen, einen lieben alten Freund (und überdies, wie er uns sagte, Bruder eines AEK, mit dem er inzwischen die herzlichsten Beziehungen unterhielt). Diotallevi würde mit besonderer Aufmerksamkeit behandelt werden.

Lorenza war tief bewegt. Sie kam fast täglich vorbei, um sich nach dem neuesten Stand zu erkundigen. Das hätte Belbo glücklich machen müssen, doch er nahm es als Grund zu einer schlimmen Diagnose: Obwohl so präsent, entzog sich Lorenza ihm, da sie nicht seinetwegen kam.

Kurz vor Weihnachten hatte ich einen Gesprächsfetzen aufgeschnappt. Lorenza hatte zu ihm gesagt: »Ich versichere dir, ein ganz herrlicher Schnee, und die Zimmer sind reizend. Du kannst da Langlauf machen. Ja?« Ich hatte daraus geschlossen, daß die beiden den Jahreswechsel zusammen verbringen wollten. Aber nach dem Dreikönigstag war Lorenza im Flur erschienen, und Belbo hatte ihr ein gutes neues Jahr gewünscht, wobei er sich ihrem Versuch, ihm einen Kuß zu geben, entzog.

Von hier aufbrechend gelangten wir in eine Gegend namens Milestre... in der, wie es heißt, einer lebte, der sich der Alte vom Berge nannte... Und er hatte auf sehr hohen Bergen, rings um ein Tal, eine überaus dicke und hohe Mauer gebaut, und sie umfing dreißig Meilen, und hinein gelangte man durch zwei Tore, die versteckt in den Berg gebohrt waren.

Odorico da Pordenone, *De rebus incognitis*,
Impressus Esauri, 1513, cap. 21, p. 15

Eines Tages Ende Januar ging ich durch die Via Marchese Gualdi, wo ich mein Auto geparkt hatte, und sah den Signor Salon aus der Tür von Manuzio kommen. »Ein Plausch mit meinem alten Freund Agliè...«, sagte er. Seinem Freund? Soweit ich mich an das Fest in Piemont erinnerte, konnte Agliè ihn nicht leiden. War es Salon, der seine Nase bei Manuzio reinsteckte, oder Agliè, der ihn wer weiß wozu benutzte?

Er ließ mir keine Zeit, darüber nachzudenken, denn er lud mich zu einem Aperitif ein, und so landeten wir bei Pilade. Ich hatte ihn noch nie in der Gegend gesehen, aber er begrüßte den alten Pilade wie einen langjährigen Bekannten. Wir setzten uns, und er fragte mich, wie es meiner Geschichte der Magie ergehe. Also wußte er auch das. Ich provozierte ihn mit der Hohlwelt und dem von Belbo erwähnten Sebottendorff.

Er lachte. »Man muß schon sagen, Verrückte kommen ja zu Ihnen so einige! Über diese Hohlweltgeschichte weiß ich nichts. Aber Sebottendorff, o ja, der war schon ein seltsamer Vogel. Er hätte Himmler und Konsorten beinahe Ideen in den Kopf gesetzt, die für das deutsche Volk selbstmörderisch gewesen wären.«

»Was für Ideen?«

»Orientalische Phantasien. Der Mann war auf der Hut vor den Juden und verehrte die Araber und die Türken. Wissen Sie, daß auf Himmlers Schreibtisch außer *Mein Kampf* immer auch der Koran lag? Sebottendorf hatte sich in seiner Jugend für ich weiß nicht welche türkische Geheimsekte begeistert und hatte angefangen, die islamische Gnosis zu studieren. Er sprach vom ›Führer‹, aber er dachte dabei an den Alten vom Berge. Und als sie dann alle gemeinsam die SS gründeten, dachte er an eine Organisation wie die Assassinen... Fragen Sie sich einmal, warum wohl im Ersten Weltkrieg die Deutschen mit den Türken verbündet waren...«

»Aber woher wissen Sie all diese Dinge?«

»Ich hab's Ihnen doch gesagt, mein Vater selig arbeitete für die russische Ochrana. Nun, und ich erinnere mich, daß die Ochrana damals beunruhigt wegen der Assassinen war, ich glaube, als erster hatte Ratschkowski davon Wind bekommen... Aber dann haben sie die Spur aufgegeben, denn wenn die Assassinen involviert waren, konnten die Juden mit der ganzen Sache nichts mehr zu tun haben, und damals waren die Juden die Gefahr. Wie stets. Die Juden sind dann nach Palästina zurückgekehrt und haben diese andern gezwungen, ans Licht zu treten. Aber das ist eine ziemlich verworrene Geschichte, lassen wir's damit bewenden.«

Er schien zu bereuen, daß er so viel gesagt hatte, und verabschiedete sich überstürzt. Dann geschah noch etwas. Nach allem, was seither geschehen ist, bin ich heute sicher, nicht geträumt zu haben, aber damals hätte ich geschworen, es sei eine Halluzination gewesen, denn als ich Salon nachblickte, wie er auf die Straße hinausging, war mir, als sähe ich ihn an der Ecke einem Orientalen begegnen.

Auf jeden Fall hatte er genug gesagt, um meine Phantasie auf Touren zu bringen. Der Alte vom Berge und die Assassinen waren für mich keine Unbekannten: ich hatte sie in meiner Dissertation erwähnt, denn die Templer waren beschuldigt worden, auch mit ihnen in Verbindung getreten zu sein. Wie hatten wir sie nur vergessen können?

So fing ich wieder an, mein Gehirn arbeiten zu lassen, und vor allem meine Finger, indem ich alte Karteien durchwühlte, und dabei kam mir eine so glänzende Idee, daß ich mich nicht zurückhalten konnte.

Am nächsten Morgen platzte ich in Belbos Büro: »Die haben alles falsch gemacht. Wir haben alles falsch gemacht.«

»Langsam, langsam, Casaubon. Wer denn? Ach Gott, Sie reden von dem Großen Plan!« Er zögerte einen Moment. »Wissen Sie, daß es schlechte Nachrichten von Diotallevi gibt? Er will nicht reden, da hab ich in der Klinik angerufen, aber sie wollten mir nichts Genaues sagen, weil ich kein Angehöriger bin – er hat keine Angehörigen, also wer soll sich da sonst um ihn kümmern? Diese Zurückhaltung hat mir gar nicht gefallen. Es wäre was Gutartiges, sagen sie, aber die Therapie hätte nicht genügt, es wäre besser, wenn er sich noch für einen weiteren Monat in ihre Obhut begäbe, vielleicht lohnte sich auch ein chirurgischer Eingriff... Mit einem Wort, diese Ärzte sagen mir nicht die ganze Wahrheit, und die Sache gefällt mir immer weniger.«

Ich wußte nicht, was ich antworten sollte, und blätterte verlegen in einem Ordner, um meinen triumphalen Einzug vergessen zu machen. Doch es war Belbo, der nicht widerstehen konnte. Er war wie ein Spieler, dem plötzlich ein gutes Blatt gezeigt wird. »Zum Teufel«, sagte er schließlich. »Das Leben geht weiter, leider. Erzählen Sie schon.«

»Die haben alles falsch gemacht. Wir haben alles falsch gemacht, oder fast alles. Also passen Sie auf: Hitler macht mit den Juden, was er gemacht hat, aber er findet nicht das geringste. Die Okkultisten der halben Welt haben sich jahrhundertelang damit abgemüht, Hebräisch zu lernen, sie rätseln herum, wo es was zu rätseln gibt, aber sie ziehen höchstens das Horoskop ans Licht. Warum?«

»Nun, weil... weil das Fragment der Jerusalemer noch irgendwo verborgen ist. Übrigens ist ja auch das Fragment der Paulizianer noch nicht zum Vorschein gekommen, soweit wir wissen...«

»Das ist eine Antwort nach Art von Agliè, nicht nach unserer Art. Ich habe eine bessere: Die Juden haben nichts mit der ganzen Sache zu tun.«

»Wie meinen Sie das?«

»Die Juden haben nichts mit dem Großen Plan zu tun. Sie können gar nichts damit zu tun haben. Vergegenwärtigen wir uns noch mal die Lage der Templer, erst in Jerusalem und dann in den europäischen Komtureien. Die französischen Ritter treffen sich mit den deutschen, den portugiesischen, spanischen, italienischen, englischen Rittern, sie alle gemeinsam haben Beziehungen zum byzantinischen Raum, und vor allem messen sie sich mit dem türkischen Gegner. Einem Gegner, mit dem man sich schlägt, aber mit dem man auch verhandelt, wir haben es ja gesehen. Dies waren die beteiligten Kräfte, und die Beziehungen bildeten sich zwischen gleichrangigen Aristokraten. Wer aber waren die Juden damals in

Palästina? Eine rassische und religiöse Minderheit, geduldet und respektiert von den Arabern, die sie mit gnädiger Nachsicht behandelten, aber sehr schlecht von den Christen behandelt, vergessen wir nicht, daß im Laufe der verschiedenen Kreuzzüge ganz nebenbei die Ghettos geplündert und ihre Bewohner massakriert wurden, wie's gerade kam. Und da glauben wir, daß die Templer, elitär und hochnäsig, wie sie waren, mit den Juden mystische Informationen ausgetauscht hätten? Nie und nimmer. Und in den europäischen Komtureien galten die Juden als Wucherer, als minderwertige Leute, die man zwar ausbeuten konnte, aber denen man kein Vertrauen schenken durfte. Vergessen wir nicht, wir sprechen hier von Beziehungen zwischen Rittern, wir konstruieren den Plan einer spirituellen Ritterschaft. Und da haben wir uns vorstellen können, die Tempelherren von Provins hätten Bürger zweiter Klasse in die Sache verwickelt? Nie und nimmer!«

»Aber all diese Magier und Naturphilosophen der Renaissance, die sich ans Studium der Kabbala machen…?«

»Natürlich, sie stehen kurz vor dem dritten Treffen, sie ballen ungeduldig die Faust in der Tasche und suchen nach Abkürzungswegen, das Hebräische erscheint als heilige und mysteriöse Sprache, die Kabbalisten werkeln auf eigene Rechnung und mit anderen Zielen – da setzen sich die in der Welt verstreuten Sechsunddreißig in den Kopf, eine unverständliche Sprache verberge wer weiß was für Geheimnisse. Es war Pico della Mirandola, der erklärt hat, daß *nulla nomina, ut significativa et in quantum nomina sunt, in magico opere virtutem habere non possunt, nisi sint Hebraica.* Na und? Pico della Mirandola war ein Idiot.«

»Das muß mal gesagt werden!«

»Überdies war er als Italiener ausgeschlossen vom Großen Plan. Was wußte er überhaupt davon? Um so schlimmer für die diversen Agrippa, Reuchlin und Konsorten, die sich auf diese falsche Spur stürzten. Denn damit wir uns recht verstehen, ich rekonstruiere hier die Geschichte einer falschen Spur. Wir haben uns von Diotallevi und seiner Kabbalistik beeinflussen lassen. Diotallevi trieb kabbalistische Studien, und so haben wir die Juden in den Plan eingefügt. Hätte Diotallevi sich mit der chinesischen Kultur beschäftigt, hätten wir dann die Chinesen in den Plan eingebaut?«

»Vielleicht ja.«

»Vielleicht nein. Aber das ist kein Grund, sich die Haare zu raufen, denn wir sind von allen irregeführt worden. Alle haben den Fehler gemacht, von Guillaume Postel bis heute, vermutlich. Seit damals, zweihundert Jahre nach Provins, waren alle überzeugt, daß die sechste Gruppe die Jerusalemische sei. Das war falsch.«

»Aber entschuldigen Sie, Casaubon, *wir* haben doch die Interpretation von Ardenti korrigiert, *wir* haben doch gesagt, das sechste Treffen ›auf dem Stein‹ sei nicht in Stonehenge, sondern auf dem Stein der Omar-Moschee.«

»Und wir haben uns getäuscht. Steine gibt es noch andere. Wir müssen an einen Ort denken, der auf einem Stein gebaut ist, auf einem Felsen, einer Klippe, einem schmalen Grat... Die Sechsten warten in der Festung von Alamut!«

103

Und es erschien Kairos, in der Hand ein Szepter,
das bedeutete Königtum, und er übergab es dem
zuerst geschaffenen Gott, und der nahm es und
sprach: »Dein geheimer Name wird sechsunddreißig Lettern haben.«

Ḥasan-i Ṣabbāḥ, Sargozašt-i Sayyid-nā

Ich hatte mein Bravourstück gegeben, jetzt schuldete ich
Erklärungen. Ich lieferte sie am nächsten Abend, ausführlich, detailliert und dokumentiert, während ich auf Pilades
Tischchen Beweise über Beweise vor Belbo aufblätterte, der
sie mit immer benebelteren Blicken verfolgte, eine Zigarette
am Stummel der anderen entzündend und alle fünf Minuten
das leere Whiskyglas mit einem Restchen von Eis zu Pilade
hinstreckend, der sich beeilte, es wieder zu füllen, ohne auf
weitere Order zu warten.

Die ersten Quellen waren dieselben, in denen auch die
ersten Berichte über die Templer auftauchten, von Gérard
de Strasbourg bis zu Joinville. Die edlen Ritter, berichteten
sie, seien in Berührung gekommen – manchmal als Gegner,
öfter als undurchsichtige Bündnispartner – mit den Assassinen des Alten vom Berge.

Natürlich war die Geschichte viel komplizierter. Sie begann nach dem Tode Mohammeds mit der Spaltung zwischen den Anhängern des orthodoxen Gesetzes, den Sunni-
ten, und den Gefolgsleuten des Prophetenschwiegersohns
Ali, des Gatten der Fatima, der sich um die Nachfolge des
Propheten gebracht sah. Es waren die Getreuen Alis, die sich
in der Schi'a zusammenfanden, der Abspaltung oder Partei-
ung, die den häretischen Flügel des Islam begründete: das
Schiitentum. Eine Initiationslehre, welche die Kontinuität
der Offenbarung nicht in der traditionellen Meditation über
die Worte des Propheten sah, sondern in der Person des
Imam selbst, des Oberhauptes und Führers, der Epiphanie
Gottes und theophanen Realität, des Königs der Welt.

Was geschah nun mit diesem häretischen Flügel des Islam,
der nach und nach von allen esoterischen Lehren des Mittel-
meerraumes durchdrungen wurde, von den Manichäern bis
zu den Gnostikern, von den Neuplatonikern bis zu den

iranischen Mystikern, von all jenen Einflüssen, deren abend-
ländische Weiterentwicklung wir seit Jahren verfolgt hatten?
Die Geschichte war lang und verwickelt, es gelang uns nicht,
sie zu entwirren, auch weil die verschiedenen arabischen
Autoren und Protagonisten so lange und komplizierte Namen hatten, die in den seriöseren Werken mit diakritischen
Zeichen geschrieben wurden, so daß wir spätabends nicht
mehr recht unterscheiden konnten zwischen Abū ʿAbdullāh
Muḥammad b. ʿAlī ibn Razzām aṭ-Ṭāʿī al-Kūfī, Abū Muḥammad ʿUbaydullāh, Abū Muʾini ad-Dīn Nāṣir ibn Ḫosrow
Marwāzī Qobādyānī und so weiter (ich glaube, daß ein Araber in der gleichen Verlegenheit wäre, wenn er zu unterscheiden hätte zwischen Aristoteles, Aristoxenos, Aristarchos,
Aristeides, Anaximandros, Anaximenes, Anaxagoras, Ana-
xarchos und Anaxandrides).

Eins war jedoch sicher. Das Schiitentum zerfällt in zwei
Strömungen, eine »Zwölfer« genannte, deren Anhänger auf
die Wiederkehr eines verborgenen zwölften Imam warten,
und eine kleinere, die Sekte der Ismaeliten, die sich auf
Ismael, den frühverstorbenen Sohn des sechsten Imam, berufen. Entstanden im achten Jahrhundert, hatten sie ihre Blüte
im Reich der Fatimiden von Kairo und konnten sich dann,
nach diversen Wechselfällen und Spaltungen, als reformierte
oder Neo-Ismaeliten vor allem in Persien behaupten, dank
der Aktivität einer faszinierenden, mystischen und grausam-
wilden Persönlichkeit: des Persers Ḥasan-i Ṣabbāḥ. Dieser
etablierte im Jahre 1090 seine Zentrale, seinen uneinnehmba-
ren Sitz bei Qazvin, südwestlich des Kaspischen Meeres, in
der Bergfestung Alamut, dem Adlerhorst.

Dort umgab er sich mit seinen Getreuen, den *Fidaʾiyyūn*
oder Fedajin, die ihm blinden Gehorsam bis in den Tod
schwören mußten und die er benutzte, um seine politischen
Morde auszuführen, als Instrumente im *Ǧihād ḫafī*, dem
geheimen Heiligen Krieg. Es waren diese Fedajin oder wie
immer er sie nannte, die später eine traurige Berühmtheit
unter dem Namen »Assassinen« erlangten – was heute kein
schöner Name ist, aber damals und für sie ein glänzender
war, Zeichen einer Elite von Mönchskriegern, die den Templern sehr ähnlich waren, allzeit bereit, für den Glauben zu
sterben. Spirituelle Ritterschaft.

Die Bergfestung Alamut: der Stein. Erbaut auf einem
hohen schmalen Grat von vierhundert Metern Länge und

stellenweise nur wenigen Schritten Breite, maximal dreißig
Metern, kam sie dem Wanderer, der sich ihr auf der Straße
nach Aserbeidschan näherte, wie eine natürliche Mauer vor,
blendend weiß in der Sonne, blau im purpurnen Abendlicht,
bleich in der Dämmerung und blutrot im Morgengrauen, an
manchen Tagen wolkenverhangen oder von Blitzen um-
zuckt. Längs ihrer oberen Kante war mit Mühe eine Art
Bebauung erkennbar, eine unregelmäßige Zinnenkrone aus
eckigen Türmen, von unten sah sie aus wie eine steinerne
Säge, die über Hunderte von Metern ihre Zähne drohend
zum Himmel reckte, der zugänglichste Hang war ein steiles
Geröllfeld, das die Archäologen noch heute nicht bezwin-
gen, damals gelangte man über eine geheime Treppe hinauf,
die schneckenförmig in den Felsen gehauen war, wie um
einen fossilen Apfel zu schälen, und die zu verteidigen ein
einziger Bogenschütze genügte. Uneinnehmbar, schwindelerregend im Anderswo. Alamut, die Burg der Assassinen.
Dort hinauf kam man nur auf Adlersrücken.

Dort oben regierte Ḥasan-i Ṣabbāḥ und nach ihm die
Reihe derer, die kollektiv als »der Alte vom Berge« bekannt
werden sollten, allen voran sein teuflischer Nachfolger Rašīd
ad-Dīn Sinān.

Ḥasan hatte eine Technik zur Beherrschung sowohl der
Seinen wie seiner Widersacher erfunden. Den Feinden kün-
digte er an, daß er sie töten werde, wenn sie seinen Wünschen
nicht entsprächen. Und vor den Assassinen gab es kein
Entkommen. Niẓām al-Mulk, Wesir des Sultans zu der Zeit,
als die Kreuzfahrer sich noch bemühen, Jerusalem zu erobern, wird auf dem Wege zu seinem Harem in seiner Sänfte
getötet, erdolcht von einem Schergen, der sich als Derwisch
verkleidet hatte. Der Atabeg von Homs wird von den Assassinen erstochen, als er aus seiner Burg herabkommt, um sich
zum Freitagsgebet zu begeben, umringt von einer Schar bis
an die Zähne bewaffneter Leibwächter.

Sinān beschließt, den christlichen Markgrafen Konrad
von Monferrat zu töten, und instruiert zwei seiner Getreuen.
Es gelingt ihnen, sich bei den Ungläubigen einzuschleichen,
nachdem sie in hartem Training gelernt haben, ihre Sprache
und ihre Gebräuche zu imitieren. Verkleidet als Mönche, bei
einem Bankett, das der Bischof von Tyrus dem ahnungslosen
Markgrafen gibt, fallen sie über ihn her und verletzen ihn.
Einer der Assassinen wird von den Leibwächtern auf der

Stelle getötet, der andere flieht in eine Kirche, wartet, bis der Verletzte dorthin gebracht wird, stürzt sich auf ihn, gibt ihm den Rest und stirbt selig.

Denn – so die arabischen Geschichtsschreiber der sunnitischen Linie und nach ihnen die christlichen Chronisten, von Odorico da Pordenone bis Marco Polo – der Alte vom Berge hatte eine fürchterliche Methode entdeckt, sich seine Getreuen ergeben bis in den Tod zu machen, als unbesiegbare Kampfmaschinen: Er schleppte sie als junge Burschen, in Schlaf versetzt, auf seine Burg, entnervte sie mit Genüssen, Wein, Weibern, Blumen, schwelgerischen Banketten, betäubte sie mit Haschisch (daher der Name Assassinen: von *Haschaschîn*, Haschischraucher), und wenn sie auf die perversen Wonnen dieses künstlichen Paradieses nicht mehr verzichten konnten, riß er sie aus ihren Träumen und stellte sie vor die Alternative: Geh hin und töte! Wenn du es schaffst, wird dieses Paradies dir erneut und für immer offenstehen, wenn nicht, fällst du zurück in die Hölle des Alltags.

Und sie, betäubt von der Droge, blind seinem Willen untertan, opferten sich, um zu opfern – zum Tode verurteilte Töter, zum Morden verdammte Mordopfer.

Wie wurden sie gefürchtet! Wie wurde über sie gefabelt und gefaselt von den Kreuzfahrern in den mondlosen Nächten, wenn der Samum durch die Wüste blies! Wie wurden sie bewundert von den Templern, diesen rauhen Haudegen, überwältigt von einem so hehren Märtyrerwillen, die sich unterwarfen, um ihnen Wegzölle zu zahlen und formale Tribute dafür zu verlangen, in einem Wechselspiel von gegenseitigen Zugeständnissen, Komplizen- und Waffenbrüderschaften, einander auf offenem Felde bekämpfend und im geheimen liebkosend, einander mystische Visionen zuraunend, magische Formeln, alchimistische Raffinessen...

Von den Assassinen des Alten vom Berge hatten die Templer ihre okkulten Riten gelernt. Nur die unkriegerische Ignoranz der Vögte und Inquisitoren Philipps des Schönen hatte diese daran gehindert, zu begreifen, daß der Kuß auf den Hintern, das Spucken aufs Kreuz, der schwarze Kater und die Anbetung des Baphomet-Hauptes nichts anderes waren als Wiederholungen anderer Riten, welche die Templer unter dem Einfluß des ersten Geheimnisses vollzogen hatten, dem sie im Orient begegnet waren: dem Gebrauch des Haschischs.

So war nun klar, daß der Große Plan *dort* entstanden war, ja dort entstanden sein *mußte*: von den Männern aus Alamut hatten die Templer über die tellurischen Strömungen erfahren, mit den Männern aus Alamut hatten sie sich in Provins vereint und das geheime Komplott der Sechsunddreißig Unsichtbaren ausgeheckt; *darum* war Christian Rosencreutz nach Fez und in andere arabische Orte gereist, *darum* hatte sich Guillaume Postel in den Orient begeben, *darum* hatten die Magier der Renaissance aus dem Orient, aus Ägypten, dem Sitz der fatimidischen Ismaeliten, die namengebende Gottheit des Großen Plans importiert, Hermes, Hermes-Thot oder Hermes Trismegistos, und *darum* hatte der Intrigant Cagliostro seine Riten für ägyptische Figuren ersonnen. Und die Jesuiten, ja die Jesuiten, die hatten sich, weniger dumm, als wir dachten, mit Pater Kircher sofort auf die Hieroglyphen gestürzt, und auf das Koptische und auf die andern orientalischen Sprachen, wobei das Hebräische nur eine Tarnung war, eine Konzession an den Zeitgeist.

104

Diese Texte sind nicht für gewöhnliche Sterbliche... Die gnostische Wahrnehmungsweise ist einer Elite vorbehalten... Denn wie die Bibel sagt: Werft eure Perlen nicht vor die Säue.

Kamal Jumblatt, Interview in *Le Jour*, 31.3.1967

Arcana publicata vilescunt: et gratiam prophanata amittunt. Ergo: ne margaritas objice porcis, seu asino substerne rosas.

Johann Valentin Andreae, *Die Chymische Hochzeit Christiani Rosencreutz*, Straßburg 1616, Frontispiz

Und wo übrigens wäre sonst jemand zu finden gewesen, der sechs Jahrhunderte lang auf dem Stein zu warten imstande war und tatsächlich so lange gewartet hätte? Sicher, Alamut war schließlich unter dem Ansturm der Mongolen gefallen, aber die Sekte der Ismaeliten hatte im ganzen Orient überlebt. Einerseits hatte sie sich mit den nicht-schiitischen Sufis vermischt, andererseits hat sie die furchtbare Sekte der Drusen erzeugt, und drittens schließlich lebt sie noch heute unter den indischen Khojas, den Anhängern Aga Khans, unweit der Stätte von Agarttha.

Doch ich hatte noch mehr entdeckt: Unter der Fatimiden-Dynastie waren die hermetischen Kenntnisse der alten Ägypter wiederentdeckt worden, und zwar durch die Akademie von Heliopolis in Kairo, wo man ein Haus der Wissenschaften gegründet hatte. Ein Haus der Wissenschaften! Woher hatte Francis Bacon die Inspiration für sein Salomonisches Haus genommen, nach dessen Muster dann ja das Conservatoire des Arts et Métiers in Paris gebaut worden war?

»So ist es, so ist es, da gibt's gar keine Zweifel mehr«, sagte Belbo, inzwischen schon ziemlich betrunken. Und dann: »Aber was ist jetzt mit den Kabbalisten?«

»Das ist nur eine parallele Geschichte. Die Rabbiner in Jerusalem ahnen, daß etwas zwischen Templern und Assassinen passiert sein muß, und auch die Rabbiner in Spanien, die sich unter dem Vorwand, sie wollten Geld für Wucherzinsen verleihen, in den europäischen Komtureien herumtreiben, haben etwas gerochen. Sie sehen sich ausgeschlossen von dem Geheimnis, und in einem Akt nationalen Stolzes beschließen sie, es allein herauszubekommen: Was? Wir, das Auserwählte Volk, wir sollen keinen Zutritt zum Geheimnis der Geheimnisse haben? Und zack, beginnt die kabbalistische Tradition, das heroische Unterfangen der in die Diaspora Verstreuten und an die Ränder Gedrängten, es den großen Herren zu zeigen, den Herrschenden, die immer alles zu wissen meinen.«

»Aber so bringen sie die Christen auf den Gedanken, sie, die Juden, wüßten tatsächlich immer alles.«

»Und irgendwann begeht dann einer den Kardinalfehler: er verwechselt zwischen Israel und Ismael.«

»Also Barruel, die Protokolle der Weisen von Zion, der ganze Antisemitismus – alles nur das Ergebnis einer Konsonantenverwechslung!«

»Sechs Millionen Juden umgebracht wegen eines Fehlers von Pico della Mirandola.«

»Nun, vielleicht gab's da noch einen anderen Grund. Das Auserwählte Volk hatte die Pflicht zur Auslegung des Heiligen Buches übernommen. Es hat eine Obsession verbreitet. Und die andern haben sich, als sie nichts im Heiligen Buch finden konnten, dafür gerächt. Die Leute fürchten sich vor denen, die uns von Angesicht zu Angesicht mit dem Gesetz konfrontieren... Aber sagen Sie, Casaubon, wieso haben sich diese Assassinen nicht schon früher gemeldet?«

»Überlegen Sie doch mal, Belbo, wie elend es der Gegend dort unten ergangen ist seit der Schlacht von Lepanto! Ihr Sebottendorff hatte ja noch kapiert, daß da etwas gesucht werden mußte unter den türkischen Derwischen, aber Alamut existiert nicht mehr, und seine Bewohner sind irgendwo untergetaucht. Sie warten ab. Und jetzt ist ihre Stunde gekommen, im Zuge des neuen islamischen Selbstbewußtseins heben sie wieder das Haupt... Indem wir Hitler in den Großen Plan einbauten, hatten wir einen guten Grund für den Zweiten Weltkrieg gefunden. Indem wir jetzt die Assassinen aus Alamut einbauen, erklären wir alles, was seit Jahren im Nahen Osten geschieht. Und hier finden wir nun auch den Ort und die Kollokation für die Gruppe Tres, die Templi Resurgentes Equites Synarchici, eine Geheimgesellschaft mit dem Ziel, die Kontakte zwischen den spirituellen Ritterschaften unterschiedlichen Glaubens wiederherzustellen.«

»Oder die Konflikte zwischen ihnen zu schüren, um alles zu blockieren und im trüben zu fischen. Damit wäre nun alles klar. Wir sind am Ende unserer Arbeit, unserer Reparatur der Geschichte angelangt. Was meinen Sie, sollte das Pendel uns etwa im höchsten Moment enthüllen, daß der Umbilicus Mundi in Alamut ist?«

»Übertreiben wir's nicht. Ich würde diesen letzten Punkt in der Schwebe lassen.«

»Wie das Pendel.«

»Ja, wenn Sie so wollen. Man kann nicht einfach alles sagen, was einem durch den Kopf geht.«

»Gewiß, gewiß. Strenge vor allem.«

An jenem Abend war ich nur stolz, eine schöne Geschichte erdacht zu haben. Ich war ein Ästhet, der das Fleisch und das Blut der Welt benutzt, um Schönheit daraus zu machen. Belbo war mittlerweile ein Adept. Wie alle Adepten: nicht aus Erleuchtung, sondern *faute de mieux*.

105

Claudicat ingenium, delirat lingua, labat mens.

Lukrez, *De rerum natura*, III, 453

Es muß in diesen Tagen gewesen sein, daß Belbo sich klar-zumachen suchte, was mit ihm geschah. Ohne daß jedoch die Strenge, mit der er sich selbst zu analysieren verstand, ihn vor dem Übel bewahren konnte, an das er sich langsam gewöhnte.

Filename: Und wenn es so wäre?

Einen Plan erfinden: der Plan spricht einen so frei von jeder Schuld, daß man nicht mal mehr für den Plan selbst verant-wortlich ist. Man braucht nur den Stein zu werfen und die Hand zu verbergen. Es gäbe kein Scheitern, wenn da wirk-lich ein Großer Plan wäre.

Du hast Cecilia nie gekriegt, weil es den Archonten gefiel, Annibale Cantalamessa und Pio Bo zu blöd für das simpel-ste Blasinstrument zu machen. Du bist vor der Bande vom Canaletto geflohen, weil die Dekane dich für ein anderes Brandopfer aufheben wollten. Und der Mann mit der Narbe hat einen besseren Talisman als du.

Ein Plan hinter allem: ein Schuldiger. Traum der Mensch-heit. Tun, als gäbe es Gott. *An Deus sit*. Wenn es ihn gibt, ist es seine Schuld.

Das Etwas, dessen Adresse ich verloren habe, ist nicht das Ende, sondern der Anfang. Nicht das Objekt, das ich besitzen will, sondern das Subjekt, das mich besitzt. Ge-teiltes Leid ist halbe Freud, was sagt der Mythos andres? Siebenfüßiger Jambus.

Wer hat diesen Gedanken notiert, den beruhigendsten, der je gedacht worden ist: Nichts wird mich davon ab-bringen können, daß diese Welt die Frucht eines dunklen Gottes ist, dessen Schatten ich verlängere. Der Glaube führt zum Absoluten Optimismus.

Ja, mein Fleisch hat gesündigt (oder gerade nicht). Aber es war Gott, der mit dem Problem des Bösen nicht zurande gekommen ist. Wohlan, laßt uns den Fötus im Mörser zerstampfen, mit Honig und Pfeffer. Gott will es.

Wenn du partout einen Glauben brauchst, glaub an eine Religion, die dir kein Schuldgefühl macht. Eine lose, dampfende, unterirdische Religion, die nie endet. Wie ein Roman, nicht wie eine Theologie.

Fünf Wege für ein einziges Ziel? Welche Verschwendung! Besser ein Labyrinth, das überall und nirgendwohin führt. Um stilvoll zu sterben, muß man barock leben.

Nur ein schlechter Demiurg macht uns ein gutes Gewissen.

Und wenn es den Kosmischen Plan nicht gäbe?

Ein übler Witz: im Exil zu leben, wenn dich niemand verbannt hat. Noch dazu aus einem Ort, den es nicht gibt.

Und wenn es den Plan zwar gäbe, aber er sich uns auf immer entzöge?

Wenn die Religion versagt, tut's auch die Kunst. Den Plan kannst du erfinden, als Metapher für den unerkennbaren. Auch ein menschliches Komplott kann die Leere füllen. Kein Verlag hat mein *Tot und Lehben* angenommen, weil ich nicht zur Templerclique gehöre.

Leben, als ob es einen Plan gäbe: der Stein der Weisen.

If you cannot beat them, join them. Wenn der Plan existiert, brauchst du dich nur anzupassen...

Lorenza stellt mich auf die Probe. Demut. Wenn ich die Demut hätte, zu den Engeln zu beten, auch ohne an sie zu glauben, und den richtigen Kreis zu ziehen, hätte ich Ruhe. Vielleicht.

Glaub an ein Geheimnis, und du fühlst dich eingeweiht. Kostet nichts.

Eine immense Hoffnung erzeugen, die nie entwurzelt werden kann, weil keine Wurzel da ist. Vorfahren, die man nie hatte, werden nie kommen und sagen, man hätte sie verraten. Eine Religion, die man befolgen kann, indem man sie ununterbrochen verrät.

Wie Andreae: aus Jux die größte Enthüllung der Weltgeschichte ersinnen, und während die anderen sich darin verlieren, dein ganzes übriges Leben lang schwören, daß du's nicht gewesen bist.

Eine Wahrheit mit unbestimmten Rändern erfinden: sobald jemand sie zu definieren versucht, wird er exkommuniziert. Immer nur denen recht geben, die unbestimmter sind als du. Jamais d'ennemis à droite.

Wozu Romane schreiben? Die Geschichte neu schreiben. Die Geschichte, die du dann wirst.

Warum verlegst du's nicht nach Dänemark, William S.? Surabaya-Jim Johann Valentin Andreae Lukas-Matthäus Skywalker kreuzt durch den Archipel der Sunda-Inseln zwischen Patmos und Avalon, vom Weißen Berg nach Mindanao, von Atlantis nach Thessalonich… Auf dem Konzil zu Nikäa schneidet sich Origenes die Hoden ab und zeigt sie blutend den Vätern der Sonnenstadt, Hiram knurrt filioque filioque, und Konstantin schlägt die gierigen Nägel in die leeren Augenhöhlen von Robert Fludd. Tod, Tod den Juden im Ghetto von Antiochia, Dieu et mon droit, das Beauceant geschwenkt, auf sie mit Gebrüll, zerstampft die Ophiten und Borboriten und giftigen Borborigmanten! Trompeten schmettern, und es erscheinen die Chevaliers Bienfaisants de la Cité Sainte, den Mohrenkopf auf die Pike gespießt, der Rebis, der Rebis! Magnetsturm in der Stratosphäre, der Eiffelturm knickt zusammen. Grinsend beugt sich Ratschkowski über die verschmorte Leiche von Jacques de Molay.

Ich habe dich nicht gekriegt, aber ich kann die Geschichte hochgehen lassen.

Wenn das Problem diese Seinsabwesenheit ist, wenn Sein das ist, was sich auf vielerlei Weise sagen läßt, dann gibt es um so mehr Sein, je mehr wir reden.

Traum der Wissenschaft: daß es wenig Sein gäbe, konzentriert und sagbar, $E = mc^2$. Irrtum. Um sich zu retten, seit Anbeginn der Ewigkeit, muß man wollen, daß es ein planloses Sein gibt, ein Wild-Drauflos-Sein, verschlungen wie eine von einem betrunkenen Seemann verknotete Schlange. Unentwirrbar.

Erfinden, wie besessen erfinden, ohne auf Zusammenhänge zu achten, so daß man's nicht mehr resümieren kann. Ein simples Staffettenspiel zwischen Symbolen, eins ergibt das andere, pausenlos immer weiter. Die Welt zerlegen in eine Sarabande aneinandergereihter Anagramme. Und dann an das Unsagbare glauben. Wäre das nicht die wahre Lektüre der Torah? Die Wahrheit ist das Anagramm eines Anagramms. Anagrams = ars magna.

So muß es gewesen sein in diesen Tagen. Belbo beschloß, das Universum der Diaboliker ernst zu nehmen, aber nicht aus Übermaß, sondern aus Mangel an Glauben.

Gedemütigt von seiner Unfähigkeit zur Kreation (und sein ganzes Leben lang hatte er die frustrierten Wünsche und die nie geschriebenen Bücher als Metaphern füreinander benutzt, immer im Zeichen seiner vermeintlichen Feigheit), wurde ihm jetzt auf einmal bewußt, daß er, indem er den Großen Plan erfand, tatsächlich etwas erschaffen hatte. Er war dabei, sich in seinen Golem zu verlieben, und fand darin einen Trost. Das Leben – sein Leben und das der Menschheit – als Kunst, und in Ermangelung von Kunst die Kunst als Lüge. *Le monde est fait pour aboutir à un livre (faux)*. Aber an diese Lüge, an dieses falsche Buch versuchte er nun zu glauben, denn, wie er geschrieben hatte, wenn es eine Verschwörung gäbe, wäre er nicht mehr feige, besiegt und verächtlich.

So erklärt sich, was dann geschah. Er benutzte den Plan, dessen Irrealität ihm bewußt war, um einen Rivalen zu schlagen, den er für real hielt. Und als er dann merkte, daß der Plan ihn erfaßte und nicht mehr losließ, als ob er tatsächlich existierte, oder als ob Belbo aus demselben Stoff gemacht wäre wie sein Plan, da fuhr er nach Paris wie zu einer Enthüllung, einer Revanche.

Jahrelang bedrückt von seinem täglichen Selbstvorwurf, immer nur mit den eigenen Gespenstern Umgang gepflogen zu haben, erleichterte ihn nun der Anblick von Gespenstern, die objektiv zu werden drohten, bekannt auch einem anderen, und sei es dem Feind. Stürzte er sich in den Rachen des Löwen? Sicher, denn der Löwe, der da Gestalt annahm, war realer als Surabaya-Jim, realer vielleicht als Cecilia, vielleicht sogar als Lorenza Pellegrini.

Belbo, krank von so vielen verpaßten Treffen, fühlte sich jetzt zu einem realen Treffen gerufen. Zu einem, vor dem er nicht einmal mehr aus Feigheit weglaufen konnte, denn er stand bereits mit dem Rücken zur Wand. Seine Angst zwang ihn, mutig zu sein. Erfindend hatte er das Realitätsprinzip geschaffen.

106

Die Liste Nr. 5 – sechs Unterhemden, sechs Unterhosen, sechs Taschentücher – hat den Forschern seit je zu denken gegeben, besonders wegen des völligen Fehlens von Socken.

Woody Allen, *Getting even*, New York, Random House, 1966, »The Metterling List«

Zu der Zeit, es ist gerade erst einen Monat her, beschloß Lia, daß mir ein paar Wochen Urlaub guttun würden. Du siehst müde aus, sagte sie. Vielleicht hatte der Große Plan mich erschöpft. Außerdem brauchte das Kind, wie die Großeltern sagten, gute Luft. Freunde hatten uns ein kleines Haus in den Bergen überlassen.

Wir fuhren nicht sofort los. Es gab noch ein paar Dinge in Mailand zu erledigen, und dann meinte Lia, es gebe nichts Erholsameres als einen Urlaub in der Stadt, wenn man weiß, daß man hinterher wegfahren wird.

In den Tagen habe ich Lia zum erstenmal von dem Großen Plan erzählt. Vorher war sie zu sehr mit dem Kind beschäftigt gewesen; sie wußte nur vage, daß ich mit Belbo und Diotallevi an einer Art Puzzle saß, das uns ganze Tage und Nächte lang in Beschlag nahm, aber ich hatte ihr nichts mehr gesagt, seit sie mir damals ihre Predigt über die Psychose der Analogien gehalten hatte. Vielleicht schämte ich mich.

Jetzt aber, wo er fertig war, erzählte ich ihr den ganzen Plan bis in alle Einzelheiten. Sie wußte von Diotallevis Erkrankung, und ich fühlte mich irgendwie schuldig, als ob ich etwas getan hätte, was ich nicht durfte, und daher versuchte ich, das Ganze als das hinzustellen, was es war: nur ein bravouröses Spiel.

Und Lia sagte: »Pim, deine Geschichte gefällt mir nicht.«

»Ist sie nicht schön?«

»Auch die Sirenen waren schön. Hör zu: was weißt du über dein Unbewußtes?«

»Nichts, ich weiß nicht mal, ob es existiert.«

»Siehst du. Nun stell dir vor, so ein Wiener Spaßvogel hat sich, um seine Freunde zu unterhalten, aus Jux und Dollerei die ganze Geschichte mit dem Es und dem Ich und dem Über-Ich ausgedacht, und das mit dem Ödipus, und

Träume, die er nie geträumt hat, und den kleinen Hans, den er nie gesehen hat... Na, und was ist dann passiert? Millionen von Menschen waren bereit, im Ernst neurotisch zu werden. Und Tausende anderer bereit, sie auszubeuten.«

»Lia, du bist paranoisch.«

»Ich? Du!«

»Na gut, wir sind also paranoisch, aber eins mußt du uns wenigstens zugestehen: wir sind von einem real existierenden Text ausgegangen, von der Botschaft, die Ingolf in Provins gefunden hatte. Entschuldige, aber wenn du plötzlich vor einer geheimen Botschaft der Templer stehst, willst du sie doch entziffern. Kann sein, daß du dabei übertreibst, um dich über die Entzifferer von geheimen Botschaften lustig zu machen, aber die Botschaft selber, die war doch real.«

»Also erst mal weißt du nur das, was euch dieser Ardenti erzählt hat, der nach deiner Beschreibung ein ganz besonders erlesener Armleuchter gewesen sein muß. Und dann würde ich diese Botschaft ja gerne mal sehen.«

Kein Problem, ich hatte sie unter meinen Papieren.

Lia nahm das Blatt, besah es von vorn und von hinten, zog die Nase kraus, schob sich die Mähne vor den Augen weg, um den ersten Teil, den chiffrierten, besser sehen zu können. Und sagte dann: »Ist das alles?«

»Genügt dir das nicht?«

»Genügt mir vollauf. Gib mir zwei Tage, um darüber nachzudenken.« Wenn Lia mich um zwei Tage zum Nachdenken bittet, ist es gewöhnlich, um mir zu beweisen, daß ich dumm bin. Ich werfe ihr das immer vor, und sie antwortet immer: »Wenn ich kapiere, daß du dumm bist, bin ich sicher, daß ich dich wirklich liebe. Ich liebe dich auch, wenn du dumm bist. Beruhigt dich das nicht?«

Zwei Tage lang berührten wir das Thema nicht mehr, außerdem war sie die meiste Zeit nicht zu Hause. Abends sah ich sie in einer Ecke hocken und sich Notizen machen, ein Blatt nach dem andern zerreißend.

Dann fuhren wir in die Berge, das Kind kroch den ganzen Nachmittag auf der Wiese herum, Lia kochte zu Abend und sagte, ich sollte essen, ich sei dünn wie ein Nagel. Nach dem Essen bat sie mich um einen doppelten Whisky mit viel Eis und wenig Soda, zündete sich eine Zigarette an, was sie nur in wichtigen Momenten tut, sagte, ich solle mich setzen, und erklärte:

»Paß auf, Pim, ich werde dir zeigen, daß die einfachsten Erklärungen immer die wahrsten sind. Dieser euer Oberst hat euch gesagt, daß dieser Ingolf eine Botschaft in Provins gefunden hatte, und das will ich gar nicht in Zweifel ziehen. Ingolf wird in den Keller runtergestiegen sein und dort wirklich ein Etui mit diesem Text hier gefunden haben.« Sie klopfte mit den Fingern auf das Blatt mit den altfranzösischen Zeilen. »Aber niemand sagt uns, daß Ingolf ein diamantenbesetztes Etui gefunden hat. Das einzige, was euch der Oberst erzählt hat, ist, daß in Ingolfs Kontobuch stand, er hätte ein Etui verkauft – und warum auch nicht, es war eine Antiquität, ein bißchen was wird er schon dafür gekriegt haben, aber niemand sagt uns, daß er von dem Erlös dann gelebt hat. Er hatte vielleicht eine kleine Erbschaft von seinem Vater.«

»Und warum muß das Etui unbedingt ein billiges Etui gewesen sein?«

»Weil diese famose Botschaft hier eine Wäscheliste ist. Komm, lesen wir sie noch mal.«

a la... Saint Jean
36 p churrete de fein
6... entiers avec saiel
p... les blancs mantiax
r... s... chevaliers de Pruins pour la... j . nc .
6 foiz 6 en 6 places
chascune foiz 20 a.... 120 a....
iceste est l'ordonation
al donjon li premiers
it li secunz joste iceus qui... pans
it al refuge
it a Nostre Dame de l'altre part de l'iau
it a l'hostel des popelicans
it a la pierre
3 foiz 6 avant la feste... la Grant Pute.

»Na und?«

»Ja Himmelherrgott, ist es euch nie in den Sinn gekommen, euch mal einen Touristenführer von diesem Provins anzusehen, einen kurzen Abriß seiner Geschichte? Ihr hättet sofort entdeckt, daß die Grange-aux-Dîmes, wo diese Botschaft gefunden wurde, ein Ort war, wo die Händler sich trafen, denn Proyins war damals das Handelszentrum der Champagne. Und die Grange befindet sich in der Rue Saint-Jean. In Provins wurde mit allem möglichen gehandelt, aber besonders mit Tuchen, auf französisch *draps* oder *dras*, wie man damals schrieb, und jedes Tuch war mit einer Garantiemarke versehen, oft mit einem Siegel. Das zweite Paradeprodukt von Provins waren Rosen, rote Rosen, die die Kreuzritter aus Syrien mitgebracht hatten. So berühmt, daß Edmond of Lancaster, als er die Blanche d'Artois heiratete und auch den Titel des Grafen von Champagne annahm, die rote Rose von Provins in sein Wappen setzte – und das ist der Grund, warum man später vom Krieg der zwei Rosen sprach, denn die Yorks hatten eine weiße Rose im Wappen.«

»Und woher weißt du das?«

»Aus einem Büchlein von knapp zweihundert Seiten, herausgegeben vom Bureau de Tourisme de la Ville de Provins, das ich hier im französischen Kulturinstitut gefunden habe. Aber das ist noch nicht alles. In Provins gibt es eine Burg, die *Le Donjon* genannt wird, es gibt eine *Porte-aux-Pains*, also ein »Tor zu den Broten«, es gab eine *Eglise du Refuge*, es gab selbstverständlich mehrere Kirchen Unserer Lieben Frau, hüben und drüben, es gab oder gibt immer noch eine *Rue de la Pierre Ronde*, wo ein *pierre de cens* war, ein »Zinsstein«, auf den die Untertanen des Grafen das Geld für den Zehnten zu legen hatten. Und es gab schließlich auch eine *Rue des Blancs Manteaux* und eine Straße, die *Rue de la Grande Putte Muce* genannt wurde, aus Gründen, die ich dich raten lasse, beziehungsweise weil sie die Bordellstraße war.«

»Und die Popelicans?«

»In Provins hatte es Katharer gegeben, die dann ordnungsgemäß verbrannt worden sind, und der Großinquisitor war ein reuiger Ketzer und wurde Robert le Bougre genannt. Also war's nichts Besonderes, wenn es da auch eine Straße oder eine Gegend gab, die weiterhin als Sitz der Ketzer bezeichnet wurde, auch als es die Katharer nicht mehr gab.«

»Auch noch 1344...«

»Wer sagt dir denn, daß dieses Dokument von 1344 stammt? Dein Oberst hat hier *36 Jahre nach dem Heuwagen* gelesen, und tatsächlich war damals ein *p*, das in einer bestimmten Weise gemacht war, mit einer Art Apostroph, die normale Abkürzung für *post*, aber ein anderes *p* ohne Apostroph bedeutete *pro*. Der Verfasser dieses Textes ist ein friedlicher Händler, der sich ein paar Notizen gemacht hat über seine Geschäfte in der Grange-aux-Dîmes, also in der Rue Saint-Jean, nicht in der Johannisnacht, und er hat sich einen Preis notiert: sechsunddreißig Sous oder Deniers oder was für Münzen die damals hatten, für eine oder für jede Fuhre Heu.«

»Und die hundertzwanzig Jahre?«

»Wer spricht von Jahren? Ingolf hat etwas gesehen, das er als *120 a...* abgeschrieben hat. Wer sagt dir, daß es ein *a* war? Ich habe nachgeschaut in einer Tabelle der damals üblichen Abkürzungen und hab gefunden, daß man für *denier* oder *denarius* seltsame Zeichen benutzte – eins, das wie ein Delta aussieht, und ein anderes wie ein Theta, eine Art links angeknabberter Kreis. Kritzel das eilig hin, als kleiner Händler, der sich Notizen macht, und schon kann es so ein Eiferer wie dein Oberst mit einem *a* verwechseln, weil er die Sache mit den 120 Jahren schon irgendwo gelesen hat, du weißt besser als ich, daß er sie in jeder beliebigen Rosenkreuzergeschichte lesen konnte, er wollte etwas finden, das so ähnlich klang wie *post 120 annos patebo!* Und was macht er dann? Er findet eine Reihe von *it* und liest sie als *iterum*. Aber *iterum* wurde mit *itm* abgekürzt, und *it* bedeutete *item*, desgleichen, ebenso, ein Ausdruck, der speziell für repetitive Listen benutzt wurde. Unser Händler kalkuliert, was ihm bestimmte Aufträge einbringen werden, die er bekommen hat, und listet auf, was er wohin liefern muß. Er muß Rosen liefern, Kreuzritter-Rosen von Provins, das ist es, was *r... s... chevaliers de Pruins* heißt. Und da, wo der Oberst *vainjance* gelesen hat (weil ihm der Ritter Kadosch im Kopf herumspukte), muß man *jonchée* lesen, Blumenschmuck. Die Rosen wurden benutzt, um Kränze oder Teppiche daraus zu flechten, für die verschiedenen Feste. Und so ist deine Botschaft aus Provins nun zu lesen:

In der Rue Saint-Jean
36 pro Karren Heu.
6 neue Tücher mit Siegel
in die Straße der Weißen Mäntel.
Kreuzritter-Rosen von Provins für den Blumenschmuck:
6 Sträuße zu 6 an 6 Orte:
jeder zu 20 Denier, macht 120 Denier.

Dies ist die Reihenfolge:
die ersten zur Burg
item die zweiten zu denen an der Porte-aux-Pains
item zur Kirche des Refugiums
item zur Kirche Notre-Dame jenseits des Flusses
item zum alten Haus der Ketzer
item zur Straße des Runden Steins
Und 3 Sträuße zu 6 vor dem Fest in die Straße der Huren

denn auch diese Armen wollten sich zum Fest gern ein schönes Rosenhütchen machen.«

»Mein Gott«, sagte ich, »mir scheint, du hast recht.«

»Klar hab ich recht. Das ist eine Wäscheliste, ich wiederhole es dir.«

»Moment mal. Dies hier mag ja noch eine Wäscheliste sein, aber das oben ist eine chiffrierte Botschaft, die von sechsunddreißig Unsichtbaren spricht.«

»In der Tat. Den französischen Text hatte ich nach einer Stunde raus, aber der andere hat mich zwei ganze Tage gekostet. Ich hab den Trithemius studieren müssen, erst in der Ambrosiana und dann in der Trivulziana, und du weißt ja, wie diese Bibliothekare sind, bevor sie dir ein altes Buch in die Hand geben, sehen sie dich an, als ob du es auffressen wolltest. Aber die Sache ist ganz einfach. Zuerst mal, und darauf hättest du auch selbst kommen können: bist du sicher, daß *les 36 inuisibles separez en six bandes* dasselbe Französisch ist wie das unseres Händlers? Tatsächlich habt ja auch ihr gemerkt, daß es sich um eine Formel handelt, die in einem Pamphlet aus dem siebzehnten Jahrhundert benutzt wird, als die Rosenkreuzer in Paris aufgetaucht sind. Aber ihr habt wie eure Diaboliker argumentiert: Wenn die Botschaft nach der Methode von Trithemius chiffriert worden ist, muß Trithemius von den Templern abgeschrieben haben, und da die Botschaft einen Satz zitiert, der in den Kreisen der Rosenkreuzer umging, muß der Plan, der bisher den Rosenkreuzern zugeschrieben wurde, in Wahrheit schon der Plan der Templer gewesen sein. Aber versuch mal, die Argumentation umzudrehen, wie es jeder halbwegs vernünftige Mensch tun würde: Da die Botschaft mit der Trithemius-Methode chiffriert worden ist, muß sie *nach* Trithemius geschrieben worden sein, und da sie eine Formel zitiert, die im Jahrhundert der Rosenkreuzer aufgekommen ist, muß sie *danach* geschrieben worden sein. Was ist nun die ökonomischste Hypothese? Ingolf findet die Botschaft von Provins, und da er wie der Oberst ein Hermetic-Mystery-Freak ist, braucht er bloß 36 und 120 zu lesen und denkt sofort an die Rosenkreuzer. Und da er auch ein Kryptographie-Freak ist, vergnügt er sich damit, die Botschaft in Geheimschrift zu resümieren. Er setzt sich hin und chiffriert seine schöne rosenkreuzerische Formel nach einem Chiffriersystem von Trithemius.«

»Ingeniöse Erklärung. Aber sie taugt soviel wie die Konjektur von Ardenti.«

»Bis hierher, ja. Aber nun stell dir vor, du machst mehr als nur eine Konjektur, und alle zusammen stützen sich gegenseitig. Dann bist du doch schon viel sicherer, daß du richtig geraten hast, oder? Ich bin von einem Verdacht ausgegangen. Die Wörter, die Ingolf hier zum Chiffrieren benutzt hat, sind nicht die, die Trithemius vorschlägt. Sie sind zwar im selben assyrisch-babylonisch-kabbalistischen Stil gehalten, aber es sind nicht dieselben. Dabei hätte Ingolf, wenn er nach Wörtern mit den für seine Zwecke nötigen Anfangsbuchstaben suchte, bei Trithemius so viele gefunden, wie er wollte. Warum hat er andere gewählt?«

»Warum?«

»Vielleicht brauchte er auch bestimmte Buchstaben an der zweiten, dritten, vierten Stelle im Wort. Vielleicht wollte unser ingeniöser Ingolf eine multicodierte Botschaft konstruieren, vielleicht wollte er besser sein als Trithemius. Trithemius schlägt vierzig größere Kryptosysteme vor; in dem einem zählen nur die Anfangsbuchstaben, im andern der erste und der letzte, im dritten abwechselnd der erste und der letzte und so weiter, so daß du mit ein bißchen gutem Willen auch noch hundert andere Systeme erfinden kannst. Was nun die zehn kleineren Kryptosysteme angeht, hatte der Oberst nur das erste berücksichtigt, das einfachste von allen. Aber die anderen funktionieren alle nach dem Prinzip des zweiten, von dem ich dir hier eine Kopie gemacht habe, schau her. Du mußt dir den inneren Alphabetkreis als eine drehbare Scheibe vorstellen, die du so drehen kannst, daß das A mit jedem beliebigen Buchstaben des äußeren Kreises zusammentrifft. Du hast also ein System, in dem das A mit X wiedergegeben wird, das B mit Z und so weiter, ein anderes, in dem das A mit U wiedergegeben wird, das B mit X und so weiter... Bei zweiundzwanzig Buchstaben in jedem Kreis kommst du

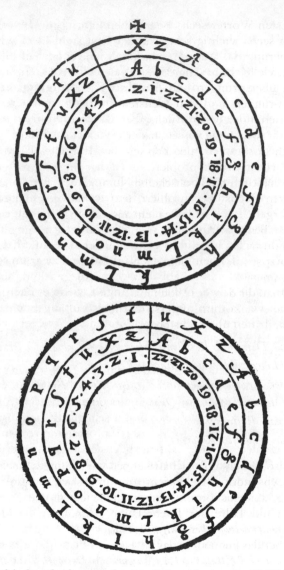

nicht bloß auf zehn, sondern auf einundzwanzig Chiffriersysteme, und unbrauchbar ist nur das zweiundzwanzigste, in dem das A mit dem A zusammentrifft...«

»Jetzt sag mir nicht, du hättest für jeden einzelnen Buchstaben jedes einzelnen Wortes alle einundzwanzig Systeme durchprobiert!«

»Ich hab eben Grips im Kopf und Glück gehabt. Da die

kürzesten Wörter sechs Buchstaben haben, können nur die ersten sechs wichtig sein, und der Rest steht bloß zur Verschönerung da. Warum sechs Buchstaben? Ich hab mir gedacht, vielleicht hat Ingolf jeweils den ersten chiffriert, dann einen übersprungen und den dritten chiffriert, dann zwei übersprungen und den sechsten chiffriert. Wenn er zum Chiffrieren der ersten Buchstaben das erste System genommen hat, wie wir ja wissen, hat er vielleicht das zweite für die dritten genommen, also hab ich die Drehscheibe Nummer zwei bei den dritten probiert, und es hat einen Sinn ergeben. Dann habe ich die Drehscheibe Nummer drei für die jeweils sechsten Buchstaben probiert, und es hat gleichfalls einen Sinn ergeben. Ich schließe nicht aus, daß Ingolf noch weitere Buchstaben chiffriert hat, aber drei Beweise genügen mir, wenn du willst, kannst du's ja weiter probieren.«

»Jetzt spann mich nicht so auf die Folter. Was ist herausgekommen?«

»Schau dir den Text noch mal an, ich hab die Buchstaben, auf die es ankommt, unterstrichen, also in jedem Wort den ersten, dritten und sechsten.«

Kuabris Defrabax Rexulon Ukkazaal Ukzaab Urpaefel Taculbuin Habrak Hacoruin Maquafel Tebrain Hmcatuin Rokasor Himesor Argaabil Kaquaan Docrabax Reisaz Reisabrax Decaiquan Oiquaquil Zaitabor Quaxaop Dugraq Xaelobran Disaeda Magisuan Raitak Huidal Uscolda Araboam Zipreus Mecrim Cosmae Duquifas Rocarbis

»Also, die erste Botschaft kennen wir schon, es ist die mit den sechsunddreißig Unsichtbaren in sechs Gruppen. Jetzt hör zu, was rauskommt, wenn man die jeweils dritten Buchstaben mit Hilfe der Drehscheibe Nummer zwei ersetzt: *chambre des desmoiselles, l'aiguille creuse.*

»Aber das kenne ich, das ist...«

»*En aval d'Etretat – La Chambre des Desmoiselles – Sous le Fort du Fréfossé – Aiguille Creuse.* Das ist die Botschaft, die Arsène Lupin entziffert, als er das Geheimnis der ›Hohlen Nadel‹ entdeckt. Du erinnerst dich: bei Etretat am Ärmelkanal ragt aus dem Meer die *Aiguille Creuse*, eine ausgehöhlte, innen bewohnbare Felsenspitze, eine natürliche Festung, die Geheimwaffe Cäsars, als er Gallien eroberte, und später der Könige von Frankreich. Die Quelle der ungeheuren Macht des Meisterdiebes Arsène Lupin. Und du weißt, daß die Lupinologen ganz närrisch sind wegen dieser Geschichte, sie pilgern nach Etretat, sie suchen nach anderen geheimen Gängen, sie anagrammatisieren jedes Wort von Leblanc... Ingolf war ein Lupinologe, so wie er ein Rosicruciologe war, und folglich hat er chiffriert, was das Zeug hält.«

»Aber meine Diaboliker könnten immer noch sagen, die Templer hätten eben das Geheimnis der Hohlen Nadel gekannt, und folglich sei die Botschaft in Provins im vierzehnten Jahrhundert geschrieben worden.«

»Sicher, ich weiß. Aber jetzt kommt die dritte Botschaft. Drehscheibe Nummer drei auf die sechsten Buchstaben angewandt. Hör zu, was rauskommt: *merde i'en ai marre de cette steganographie*. Und das ist modernes Französisch, die Templer sprachen nicht so. So hat Ingolf gesprochen, der, nachdem er sich erst damit abgeplagt hatte, seine Spinnereien zu chiffrieren, sich nun damit amüsierte, seine ganze Chiffriererei – chiffriert – zum Teufel zu jagen. Und daß er nicht ohne Witz war, siehst du auch daran, daß alle drei Botschaften genau sechsunddreißig Buchstaben haben. Tja, mein armer Pim, Ingolf hat genauso gespielt wie ihr, und dieser Blödmann von Oberst hat ihn ernst genommen.«

»Und wieso ist Ingolf dann verschwunden?«

»Wer sagt dir, daß er umgebracht worden ist? Vielleicht hatte er's satt, in Auxerre zu leben, immer nur den Apotheker und seine altjüngferliche Tochter zu sehen, die den ganzen Tag lang am Jammern war. Vielleicht ist er nach Paris gegangen, hat eins von seinen alten Büchern günstig verkauft, hat eine nette kleine Witwe getroffen und ein neues Leben begonnen. Wie diese Ehemänner, die bloß mal eben Zigaretten holen gehen, und die Frau sieht sie nie wieder.«

»Und der Oberst?«

»Hast du nicht gesagt, daß nicht mal dieser Kriminalkommissar sicher war, daß er umgebracht worden ist? Vielleicht hatte er irgendein faules Ding gedreht, seine Opfer hatten ihn erkannt, und da mußte er sich aus dem Staub machen. Vielleicht verkauft er in diesem Moment gerade den Eiffelturm an einen amerikanischen Touristen und nennt sich Dupont.«

Ich konnte mich nicht auf allen Fronten geschlagen geben. »Na schön, wir sind von einer Wäscheliste ausgegangen, aber dann waren wir um so bravouröser. Wir wußten selber, daß wir erfanden. Wir haben gedichtet, wir waren Poeten.«

»Euer Plan ist nicht poetisch. Er ist grotesk. Es kommt den Leuten nicht in den Sinn, nach Troja zurückzukehren und es noch einmal anzuzünden, weil sie Homer gelesen haben. Mit Homer ist der Brand von Troja etwas geworden, was nie gewesen war und nie sein wird und doch immer fortbestehen wird. Die *Ilias* hat so viele Bedeutungen, weil sie ganz klar ist, ganz durchsichtig. Deine Rosenkreuzer-Manifeste waren weder klar noch durchsichtig, sie waren ein dunkles Gemurmel und versprachen ein Geheimnis. Deswegen haben so viele versucht, sie wahr werden zu lassen, und jeder hat in ihnen gefunden, was er wollte. Bei Homer gibt es kein Geheimnis. Euer Plan ist voll von Geheimnissen, weil er voll von Widersprüchen ist. Deswegen könntest du Tausende von Unsicheren finden, die sofort bereit wären, sich in ihm wiederzuerkennen. Werft den ganzen Plunder weg. Homer hat nicht simuliert. Ihr habt simuliert. Wehe, wenn du simulierst, alle glauben dir. Die Leute haben Semmelweis nicht geglaubt, als er den Ärzten sagte, sie sollten sich die Hände waschen, bevor sie die Gebärenden anfassen. Er sagte zu simple Sachen. Die Leute glauben dem, der Haarwuchs-mittel für Glatzköpfige anpreist. Sie spüren zwar instinktiv, daß er Wahrheiten zusammenkleistert, die nicht zusammen-halten, daß er nicht logisch ist und nicht seriös. Aber man hat ihnen gesagt, Gott sei komplex und unergründlich, und daher empfinden sie Inkohärenz als etwas Gottähnliches. Das Unwahrscheinliche ist dem Wunder am ähnlichsten. Ihr habt ein Haarwuchsmittel für Glatzköpfige erfunden. Das gefällt mir nicht, es ist ein häßliches Spiel.«

Nicht daß diese Geschichte unseren Urlaub in den Bergen ruiniert hätte. Wir haben schöne Spaziergänge gemacht, ich habe seriöse Bücher gelesen, ich war noch nie so viel mit dem Kind zusammen. Aber zwischen Lia und mir war etwas ungesagt geblieben. Einerseits hatte sie mich in die Enge getrieben, und es hatte ihr keinen Spaß gemacht, mich zu demütigen, andererseits war sie nicht überzeugt, mich über-zeugt zu haben.

Tatsächlich empfand ich eine gewisse Sehnsucht nach dem Großen Plan, ich wollte ihn nicht wegwerfen, wir hatten zu lange zusammengelebt.

Vor wenigen Tagen bin ich früh aufgestanden, um den einzigen Zug nach Mailand zu nehmen. Und in Mailand bekam ich dann den seltsamen Anruf von Belbo aus Paris und fing diese Geschichte an, die ich noch nicht zu Ende gelebt habe.

Lia hatte recht. Wir hätten früher darüber reden sollen. Aber ich hätte ihr trotzdem nicht geglaubt. Denn ich hatte die Kreation des Großen Plans wie den Moment von Tifereth erlebt, das Herz des Sefiroth-Leibes, die Eintracht von Regel und Freiheit. Diotallevi hatte mir gesagt, daß Moses Cordovero uns gewarnt hatte: »Wer sich wegen seiner Torah über den Ignoranten erhebt, will sagen über ganze Volk Jahwehs, der bringt Tifereth dazu, sich über Malchuth zu erheben.« Doch was Malchuth ist, das Reich dieser Erde in seiner strahlenden Einfachheit, das begreife ich erst jetzt. Gerade noch rechtzeitig, um die Wahrheit zu erkennen, vielleicht zu spät, um sie zu überleben.

Lia, ich weiß nicht, ob ich dich wiedersehen werde. Wenn es nicht sein soll, ist das letzte Bild, das ich von dir habe, wie du dalagst vor wenigen Tagen, schlaftrunken unter den Decken. Ich küßte dich und bin zögernd hinausgegangen.

7
Nezach

107

Siehst du den schwarzen Hund durch Saat und
Stoppel streifen?... Mir scheint es, daß er magisch
leise Schlingen zu künft'gem Band um unsere Füße
zieht... Der Kreis wird eng, schon ist er nah!

Faust, I, Vor dem Tor

Was während meiner Abwesenheit geschehen war, besonders
in den zwei letzten Tagen vor meiner Rückkehr, konnte ich
nur aus Belbos *files* entnehmen. Doch unter denen gab es nur
noch einen klaren Text, den letzten vermutlich, den Belbo
kurz vor seiner Abfahrt nach Paris geschrieben hatte, damit
ich oder jemand anders – zur künftigen Erinnerung – ihn
lesen konnte. Die anderen Texte, die er wie üblich wohl nur
für sich selbst geschrieben hatte, waren nicht leicht zu verstehen. Nur ich, der ich mittlerweile in die private Welt seiner
Bekenntnisse vor Abulafia eingedrungen war, konnte sie
einigermaßen entschlüsseln oder wenigstens erraten.

Es war Anfang Juni. Belbo war unruhig. Die Ärzte hatten
sich an den Gedanken gewöhnt, daß er und Gudrun die
einzigen Angehörigen Diotallevis waren, und hatten sich
endlich bereit gefunden, zu reden. Seither antwortete Gudrun auf die Fragen der Hersteller und Korrektoren nur noch,
indem sie die Lippen tonlos zu einem kurzen Wort schürzte –
die Art, wie man die tabuisierte Krankheit benennt.

Gudrun ging Diotallevi jeden Tag besuchen, und ich
fürchte, sie störte ihn durch ihre vor Mitleid glänzenden
Augen. Er wußte Bescheid, aber er schämte sich bei dem
Gedanken, daß die anderen Bescheid wußten. Er konnte nur
mühsam sprechen. »Das Gesicht ist ganz Backenknochen«,
hatte Belbo geschrieben. Die Haare fielen ihm aus, aber das
lag an der Therapie. »Die Hände sind ganz Finger«, hatte
Belbo geschrieben.

Ich glaube, bei einem ihrer mühsamen Gespräche muß
Diotallevi ihm schon angedeutet haben, was er ihm dann am
letzten Tag sagte. Belbo machte sich bereits klar, daß Identifikation mit dem Plan von Übel war, vielleicht *das* Übel.
Doch vielleicht um den Plan zu objektivieren und in seine
rein fiktive Dimension zurückzuversetzen, hatte er sich hingesetzt und ihn aufgeschrieben, Wort für Wort, als handle es

sich um die Erinnerungen des Oberst Ardenti. Er erzählte den Plan wie ein Initiierter, der sein letztes Geheimnis mitteilt. Ich glaube, für ihn war es eine Kur: Er erstattete der Literatur zurück, so schlecht sie auch sein mochte, was nicht Leben war.

Am 10. Juni muß dann aber etwas passiert sein, was ihn erschüttert hatte. Die Aufzeichnungen darüber sind konfus, ich behelfe mich mit Konjekturen.

Lorenza hatte ihn, scheint es, gebeten, mit ihr im Auto an die Riviera zu fahren, wo sie bei einer Freundin vorbeischauen und etwas abholen mußte, was weiß ich, ein Dokument, eine notarielle Urkunde, irgendeine Kleinigkeit, die genausogut mit der Post hätte geschickt werden können. Belbo hatte sofort zugesagt, beglückt von der Idee, einen Sonntag mit ihr am Meer verbringen zu können.

Sie waren an den betreffenden Ort gefahren, ich habe nicht ganz verstanden, wohin genau, vielleicht in die Nähe von Rapallo. Belbos Sätze schilderten Stimmungslagen, nicht Landschaften wurden aus ihnen deutlich, sondern Erregungen, Spannungen, Niedergeschlagenheiten. Lorenza war ihre Besorgung machen gegangen, Belbo hatte solange in einer Bar gewartet, und dann hatte sie ihm vorgeschlagen, zum Mittagessen in ein Fischrestaurant hoch über dem Meer zu gehen.

Von nun an zerfiel die Geschichte in Stücke, ich deduziere sie aus Dialogfetzen, die Belbo ohne Anführungszeichen aneinandergereiht hatte, hastig, als müßte er eine Serie von Epiphanien mitschreiben, bevor sie verblaßten. Sie waren so weit hinaufgefahren, wie es ging, hatten das Auto dann stehen lassen und waren zu Fuß weitergegangen, auf einem von diesen schmalen ligurischen Küstenpfaden zwischen Ginstersträuchern am Steilhang, und schließlich hatten sie das Restaurant gefunden. Aber kaum hatten sie Platz genommen, da sahen sie auf dem Tisch nebenan eine Karte stehen, die ihn für Doktor Agliè reservierte.

Na so ein Zufall, muß Belbo gesagt haben. Ein saudummer Zufall, sagte Lorenza, sie wolle nicht, daß Agliè sie hier sehe, hier mit ihm. Warum sie das nicht wolle, was denn so schlimm daran sei, ob Agliè etwa das Recht habe, eifersüchtig zu sein? Was heißt hier Recht, das ist eine Frage des Takts, er hatte mich zum Essen eingeladen für heute, und ich hab gesagt, ich sei leider beschäftigt, und jetzt möchte ich nicht als Lügnerin dastehen. Du stehst nicht als Lügnerin da, du bist wirklich beschäftigt, mit mir nämlich bist du beschäftigt, ist das vielleicht etwas, wofür du dich schämen mußt? Schämen nicht, aber du wirst mir schon noch erlauben, meine eigenen Diskretionsregeln zu haben.

Sie hatten das Restaurant verlassen und sich wieder auf den Weg zum Auto hinunter gemacht. Aber plötzlich war Lorenza stehengeblieben, denn sie hatte Leute heraufkommen sehen, die Belbo nicht kannte, Freunde von Agliè, wie sie sagte, von denen sie nicht gesehen werden wollte. Peinliche Situation: sie an das Brüstungsmäuerchen einer kleinen Brücke gelehnt, hoch über einem Olivenhang, mit einer Zeitung vor dem Gesicht, als stürbe sie vor Neugier, zu erfahren, was in der großen weiten Welt vorging, und er zehn Schritte entfernt von ihr, rauchend, als sei er ganz zufällig gerade da.

Agliès Freunde waren vorbeigegangen, aber Lorenza meinte, wenn sie jetzt den Weg weitergingen, würden sie ihm begegnen, sicher sei er schon unterwegs. Zum Teufel, na wenn schon, hatte Belbo geflucht, und Lorenza hatte erwidert, er habe keine Spur von Feingefühl. Lösung: den Weg verlassen und quer durchs Gestrüpp den Hang hinunter zum Parkplatz. Keuchende Flucht über eine Reihe sonnendurchglühter Terrassen, und Belbo verlor einen Absatz. Lorenza sagte, siehst du, ist doch viel schöner so, aber natürlich, wenn du weiter so rauchst, kommst du außer Atem.

Schließlich waren sie zum Auto gelangt, und Belbo meinte, nun könnten sie auch gleich nach Mailand zurückfahren. Nein, widersprach Lorenza, vielleicht hat Agliè sich verspätet und nachher begegnen wir ihm auf der Autobahn, er kennt deinen Wagen, schau doch mal, was für ein schöner Tag heute ist, laß uns durchs Innere fahren, da muß es herrlich sein, dann kommen wir drüben zur Autostrada del Sole und essen am Po bei Pavia.

Wieso denn am Po bei Pavia, was heißt denn durchs Innere fahren, es gibt nur eine Möglichkeit, schau dir doch mal die Karte an, wir müssen hinter Uscio in die Berge rauf und dann quer durch den ganzen Apennin, mit Halt in Bobbio, und von da weiter nach Piacenza, bist du verrückt, das ist ja schlimmer als Hannibal mit den Elefanten! Hach, du hast eben keinen Sinn für Abenteuer, hatte sie geantwortet, und denk doch bloß mal, wie viele schöne Restaurants wir auf diesen Hügeln finden. Vor Uscio kommt Manuelina, das hat zwölf Sterne im Michelin, da gibt's jeden Fisch, den wir wollen.

Manuelina war knallvoll, mit einer Schlange von Wartenden, die jeden Tisch belauerten, an dem der Kaffee serviert wurde. Macht nichts, meinte Lorenza, ein paar Kilometer weiter gibt's hundert bessere Lokale als dieses. Um halb drei fanden sie endlich ein Restaurant in einem Kaff, das, wie Belbo meinte, sogar die Militärkarten sich schämen würden zu registrieren, und aßen zerkochte Nudeln mit Büchsenfleisch. Belbo fragte Lorenza, was hinter der Sache stecke, es sei ja doch wohl kein Zufall, daß sie ihn genau dahin geführt habe, wo Agliè hinkommen mußte, offenbar wollte sie jemanden provozieren, ihm sei nur nicht klar, wen von beiden, und sie fragte ihn, ob er paranoisch sei.

Hinter Uscio probierten sie einen Paß, und als sie durch ein Dorf fuhren, das den Eindruck machte, als wäre es Sonntagnachmittag in Sizilien, und zwar zur Zeit der Bourbonen, war plötzlich ein großer schwarzer Hund quer über die Straße getrottet, als hätte er noch nie ein Auto gesehen. Belbo hatte ihn mit der vorderen Stoßstange erwischt, es schien nichts weiter zu sein, aber kaum waren sie ausgestiegen, entdeckten sie, daß sein Bauch rot von Blut war, mit seltsamen rosa Sachen (Schamteilen? Eingeweiden?), die herauskamen, und daß er geifernd jaulte. Schon kamen Dörfler gelaufen, es bildete sich ein kleiner Volksauflauf. Belbo fragte, wem der Hund gehöre, er würde den Schaden bezahlen, aber der Hund war offenbar herrenlos. Er mochte vielleicht zehn Prozent der Bevölkerung dieses gottverlassenen Kaffs repräsentieren, aber niemand wußte, wohin er gehörte, obwohl ihn alle vom Sehen kannten. Jemand meinte, man sollte den Maresciallo der Carabinieri holen, der würde das arme Vieh mit einem Schuß von seinen Leiden befreien.

Man suchte noch nach dem Maresciallo, da erschien eine Dame, die sich als tierlieb bezeichnete. Ich habe sechs Katzen, sagte sie. Wie schön, sagte Belbo, aber dies hier ist ein Hund, er liegt im Sterben, und ich hab's eilig. Hund oder Katze, haben Sie doch ein bißchen mehr Herz für die Tiere, schalt ihn die Dame. Nix da mit dem Maresciallo, man müsse jemanden vom Tierschutzverein holen gehen, oder jemanden aus der Klinik im nächsten Städtchen, vielleicht sei das Tier noch zu retten.

Die Sonne brannte auf Belbo, auf Lorenza, auf das Auto, auf den Hund und die Umstehenden herab und wollte gar nicht mehr aufhören, auf sie herabzubrennen, Belbo kam sich vor wie in einem bösen Traum, als wäre er in Unterhosen auf die Straße gelaufen, aber es gelang ihm nicht aufzuwachen, die Dame gab nicht nach, der Maresciallo war unauffindbar, der Hund blutete weiter und japste mit leisem Gefiepse. Er winselt, sagte Belbo, und die Dame, na sicher, na sicher winselt er, er leidet, der arme Hund, hätten Sie denn nicht auch besser aufpassen können? Das Dorf erlebte allmählich einen demographischen Boom, Belbo, Lorenza und der Hund waren *das* Spektakel dieses tristen Sonntagnachmittags. Ein kleines Mädchen mit einem Eis am Stiel trat vor und fragte, ob sie die Leute vom Fernsehen wären, die den Wettbewerb um die Miss Appennino Ligure organisierten, Belbo fauchte sie an, sie solle sich wegscheren, sonst würde er sie so zurichten wie den Hund, und das Mädchen fing an zu heulen. Da kam der Gemeindearzt und sagte, das Mädchen sei seine Tochter, und Belbo fragte ihn ahnungslos, wer denn er sei. Bei einem raschen Austausch von Entschuldigungen und gegenseitigen Vorstellungen kam dann heraus, daß der Arzt ein *Tagebuch eines Landarztes* in dem berühmten Mailänder Verlag Manuzio veröffentlicht hatte. Belbo ging in die Falle und sagte, er sei Cheflektor bei Manuzio, woraufhin der Doktor nun unbedingt wollte, daß er und Lorenza zum Essen blieben. Lorenza schäumte und stieß Belbo den Ellbogen in die Rippen, Herrgott, nachher kommen wir noch in die Zeitung, das diabolische Liebespaar, konntest du nicht das Maul halten?!

Die Sonne brannte noch immer heiß, als die Kirchenglocken zur Vesper läuteten (wir sind in Ultima Thule, knurrte Belbo, sechs Monate Sonne, von Mitternacht bis Mitternacht, und meine Zigaretten sind alle), der Hund litt nur noch still vor sich hin, und niemand achtete mehr auf ihn, Lorenza meinte, er hätte einen Asthma-Anfall, und Belbo war jetzt sicher, daß der Kosmos ein Irrtum des Demiurgen sein mußte. Schließlich hatte er die Idee, sie beide, er und Lorenza, könnten doch mit dem Wagen rasch ins nächste Städtchen fahren, um Hilfe zu holen. Die tierliebe Dame war einverstanden, jaja, sie sollten losfahren und sich beeilen, zu einem Herrn, der in einem Verlag für Poesie arbeitete, hatte sie Vertrauen, auch sie las so gern die Gedichte von Marino Moretti.

Belbo war losgefahren und hatte zynisch die nächste Ortschaft durchquert, ohne anzuhalten, Lorenza verfluchte alle Tiere, mit denen der Herr die Erde befleckt hätte, vom ersten Schöpfungstag bis zum fünften einschließlich, Belbo war einverstanden, wollte jedoch unbedingt auch das Werk des sechsten Tages kritisieren, und vielleicht auch die Ruhe des siebenten, denn er fand, dies sei der schlimmste Sonntag, den er je erlebt habe.

Sie hatten angefangen, den Apennin zu durchqueren, aber während es auf den Karten problemlos aussah, brauchten sie viele Stunden dafür und mußten auf die Pause in Bobbio verzichten und kamen bei Einbruch der Dunkelheit nach Piacenza. Belbo war müde, er wollte mit Lorenza nun wenigstens schön zu Abend essen und nahm ein Doppelzimmer in dem einzigen noch nicht vollbesetzten Hotel, nahe am Bahnhof. Als sie in das Zimmer traten, erklärte Lorenza, an so einem Ort werde sie nicht schlafen. Belbo versprach ihr, gleich etwas anderes zu suchen, sie solle ihm nur die Zeit lassen, an der Bar unten rasch einen Martini zu trinken. An der Bar fand er nur einen italienischen Cognac, und als er wieder ins Zimmer kam, war Lorenza nicht mehr da. Er ging an die Rezeption, um nach ihr zu fragen, und da lag eine Nachricht für ihn: »Liebster, ich habe einen prächtigen Zug nach Mailand gefunden. Ich fahre ab. Wir sehen uns nächste Woche.«

Er war zum Bahnhof gelaufen, aber die Gleise waren schon leer. Wie in einem Western.

Er war dann die Nacht über in Piacenza geblieben. Er hatte einen Kriminalroman gesucht, aber auch der Kiosk am Bahnhof war geschlossen. Im Hotel fand er nur eine Illustrierte des Touring Club Italiano.

Zu seinem Unglück gab es in der Illustrierten eine Fotoreportage über die Apenninenpässe, die er soeben überquert hatte. In seiner Erinnerung – verblaßt, als wäre ihm die ganze Geschichte vor langer Zeit passiert – waren sie eine sonnenverbrannte, dürre, staubige Erde, übersät mit Steinsplittern. Auf den Hochglanzseiten der Illustrierten waren sie Traumlandschaften, die man sogar zu Fuß wieder aufsuchen würde, um sie Schritt für Schritt noch einmal zu genießen. Das Samoa von Surabaya-Jim.

Wie kann einer in sein Verderben laufen, bloß weil er einen Hund überfahren hat? Und doch muß es so gewesen sein. In jener Nacht in Piacenza muß Belbo zu dem Schluß gekommen sein, daß er keine weiteren Niederlagen mehr erleiden würde, wenn er sich erneut aus der Realität in den Großen Plan zurückzog, denn im Großen Plan war *er* es, der entscheiden konnte, wer, wie und wann.

Und es muß in derselben Nacht gewesen sein, daß er beschloß, sich an Agliè zu rächen, auch wenn er nicht genau wußte, warum und wofür. Er nahm sich vor, Agliè in den Großen Plan einzufügen, ohne daß er es merkte. Im übrigen war es ja typisch für Belbo, sich Revanchen zu suchen, deren einziger Zeuge er selber war. Nicht aus Scham, sondern aus Mißtrauen in die Zeugenschaft anderer. Wenn es gelang, Agliè in den Großen Plan hineinzulocken, würde er darin vernichtet werden, sich in Rauch auflösen wie der Docht einer Kerze. Irreal werden wie die Templer von Provins, wie die Rosenkreuzer, wie Belbo selbst.

Es kann nicht so schwierig sein, dachte Belbo: wir haben immerhin Bacon und Napoleon auf unser Maß reduziert, warum also nicht auch Agliè? Wir schicken ihn gleichfalls auf die Suche nach der Karte. Von Ardenti und der Erinnerung an ihn habe ich mich befreit, indem ich ihn in eine Fiktion versetzte, die besser als seine war. So mache ich's jetzt auch mit Agliè.

Ich glaube, er glaubte es wirklich, so viel vermag das enttäuschte Verlangen. Dieser sein *file* endete, wie es nicht anders sein konnte, mit dem Pflichtzitat aller derer, die vom Leben besiegt worden sind: *Bin ich ein Gott?*

108

What is the hidden influence behind the press,
behind all the subversive movements going
around us? Are there several Powers at work? Or
is there one Power, one invisible group directing
all the rest – the circle of the *real Initiates*?

Nesta Webster, *Secret Societies and Subversive Movements*,
London, Boswell, 1924, p. 348

Vielleicht hätte er sein Projekt vergessen. Vielleicht hätte es
ihm genügt, es niedergeschrieben zu haben. Vielleicht wäre
alles noch gut ausgegangen, wenn er Lorenza sofort wieder-
gesehen hätte. Er wäre erneut von seinem Verlangen gepackt
worden, und sein Verlangen hätte ihn gezwungen, sich mit
dem Leben auf Kompromisse einzulassen. Statt dessen kam
am Montag kein anderer als ausgerechnet Agliè in sein Büro
hereinspaziert, lächelnd, nach exotischen Eaux-de-Cologne
duftend, um ihm einige Manuskripte zurückzubringen, die
abgelehnt werden konnten, und ihm zu sagen, er habe sie
während eines herrlichen Wochenendes an der Riviera gelesen. Belbo wurde wieder von seinem Groll gepackt. Und so
beschloß er, Agliè zu narren und ihm den Eiffelturm zu
verkaufen.

Mit Verschwörermiene gab er ihm zu verstehen, daß ihn
seit über zehn Jahren ein Initiationsgeheimnis bedrücke. Ein
Manuskript, das ihm von einem gewissen Oberst Ardenti
anvertraut worden sei, der von sich sagte, er sei im Besitz des
Welteroberungsplans der Templer... Der Oberst sei dann
entführt oder getötet worden und seine Papiere seien verschwunden, doch er habe den Verlag Garamond mit einem
Ködertext in der Tasche verlassen, einem gewollt fehlerhaf-
ten, phantastischen, geradezu kindischen Text, der nur dazu
diente, durchblicken zu lassen, daß er, der Oberst, das Auge
auf die echte Botschaft von Provins und die wahren Aufzeichnungen von Ingolf geworfen hatte, nach denen seine
Mörder immer noch suchten. Ein schmaler Ordner jedoch,
der nur zehn kleine Seiten enthalten habe, und auf diesen
zehn kleinen Seiten den wahren Text, den, der sich wirklich
unter Ingolfs Papieren befunden habe, der sei in Belbos
Händen verblieben.

Ach nein, wie kurios, hatte Agliè reagiert, sprechen Sie weiter, so sprechen Sie doch weiter! Und Belbo hatte weitergesprochen. Er hatte den ganzen Großen Plan erzählt, so wie wir ihn ersonnen hatten und so, als ob er in jenem kostbaren Manuskript enthüllt worden wäre. Er hatte sogar gesagt, in immer konspirativerem und vertraulicherem Ton, daß auch ein Polizeikommissar, ein gewisser De Angelis, bis zum Rand der Wahrheit vorgedrungen sei, aber eben nur bis zum Rand und nicht weiter, wegen des wahrhaft *hermetischen* Schweigens – so müsse man es wirklich nennen –, in das er sich gehüllt habe, er, Jacopo Belbo, der Hüter des größten Geheimnisses der Menschheit. Eines Geheimnisses, das sich am Ende letztlich auf das Geheimnis der richtigen Karte reduziere.

Hier hatte er eine Pause gemacht, eine Pause voller Bedeutsamkeit wie alle großen Pausen. Daß er die letzte Wahrheit nicht preisgab, garantierte die Wahrheit der Prämissen. Nichts ist lärmender – für den, der wirklich an eine geheime Überlieferung glaubt – als das Schweigen.

»Ach wirklich, wie interessant, wie interessant!« rief Agliè und zog sein Tabakdöschen aus der Westentasche mit einer Miene, als dächte er an etwas anderes. »Und... und die Karte?«

Und Belbo dachte: Ha, alter Voyeur, jetzt erregst du dich, das geschieht dir recht, bei all deinen Saint-Germain-Manieren bist du doch nur ein kleiner Betrüger, der vom Spiel mit den drei gezinkten Karten lebt, und dann kaufst du den Eiffelturm vom erstbesten Betrüger, der noch raffinierter ist als du. Jetzt schicke ich dich auf die Suche nach der Karte, auf diese Weise verschwindest du in den Eingeweiden der Erde, von den Strömungen mitgerissen, und stößt mit dem Kopf an den Südpol irgendeiner keltischen Nadel.

Und mit Verschwörermiene: »Natürlich befand sich in dem Manuskript auch eine Karte, beziehungsweise ihre genaue Beschreibung und der Verweis auf das Original. Es ist schon frappierend, Sie machen sich keine Vorstellung, wie leicht das Problem zu lösen war. Die Karte war für jedermann zugänglich, jeder konnte sie sehen, Tausende sind jeden Tag an ihr vorbeigegangen, jahrhundertelang. Im übrigen ist das Orientierungssystem so einfach, daß es genügt, sich das Schema zu merken, und schon könnte man die Karte stante pede überall reproduzieren. So einfach und so unvorhersehbar… Alles in allem ist es so – ich sage das nur, um Ihnen die Idee zu verdeutlichen –, als wäre die Karte in die Cheopspyramide eingeschrieben, offen aufgeschlagen vor aller Augen, und jahrhundertelang hätten alle die Pyramide gelesen und wiedergelesen und dechiffriert, um andere Hinweise, andere Berechnungen in ihr zu finden, ohne die unglaubliche, die so wunderbar einfache Wahrheit auch nur zu ahnen. Ein Meisterwerk an Unschuld. Und an Raffinesse. Die Templer von Provins waren Magier.«

»Sie machen mich wirklich neugierig. Könnten Sie mir diese Karte nicht einmal zeigen?«

»Ich muß gestehen, ich habe alles zerstört, die zehn Seiten und die Karte. Ich war erschrocken, Sie werden das sicher verstehen, nicht wahr?«

»Sie wollen mir doch nicht sagen, Sie hätten ein derart wichtiges Dokument zerstört…«

»Ich hab's zerstört, aber wie ich schon sagte, die Enthüllung war von absolut unüberbietbarer Einfachheit. Die Karte ist hier drin«, und er schlug sich mit der Hand an die Stirn (und mußte innerlich lachen, weil ihm dabei der dumme Witz mit dem Deutschen einfiel, der stolz erzählte, er hätte im Urlaub Italienisch gelernt, jeden Tag ein Wort, und jetzt habe er *tutto kvi in mio kulo*). »Seit über zehn Jahren trage ich's mit mir herum, dieses Geheimnis, seit über zehn Jahren habe ich diese Karte hier drin«, und er schlug sich erneut an die Stirn, »wie eine Obsession, und ich erschrecke bei dem Gedanken an die ungeheure Macht, die ich erlangen könnte, wenn ich mich nur entschlösse, das Erbe der Sechsunddreißig Unsichtbaren anzutreten. Jetzt verstehen Sie, warum ich Garamond dazu überredet habe, die Reihe Entschleierte Isis und die Geschichte der Magie herauszubringen: ich warte auf den richtigen Kontakt.« Und dann, mitgerissen von der Rolle, in die er sich immer mehr hineinsteigerte, und um Agliè ein letztes Mal auf die Probe zu stellen, wiederholte er fast wörtlich die glühenden Worte, die Arsène Lupin am Ende der *Aiguille Creuse* vor Beautrelet spricht: »In manchen Augenblicken schwindelt mir ob meiner Macht. Ich bin trunken vor Kraft und Autorität.«

»Aber, lieber Freund«, hatte Agliè gesagt, »und wenn Sie nun den Phantasien eines Exaltierten zuviel Glauben geschenkt hätten? Sind Sie sicher, daß jener Text echt war? Warum vertrauen Sie nicht auf meine Erfahrung in diesen

Dingen? Wenn Sie wüßten, wie viele Enthüllungen dieser Art mir in meinem Leben schon vorgekommen sind, Enthüllungen, bei denen ich zumindest das Verdienst hatte, ihre Inkonsistenz bewiesen zu haben. Mir würde ein Blick auf die Karte genügen, um ihre Zuverlässigkeit einzuschätzen. Ich kann mich einiger Kenntnisse rühmen, vielleicht bescheidener, aber präziser Kenntnisse auf dem Gebiet der traditionellen Kartographie.«

»Herr Doktor Agliè«, hatte Belbo gesagt, »Sie wären der erste, der mir in Erinnerung riefe, daß ein aufgedecktes Initiationsgeheimnis zu nichts mehr nütze ist. Ich habe jahrelang geschwiegen, ich kann auch weiter schweigen.«

Und er schwieg. Auch Agliè, ob naiv oder nicht, spielte seine Rolle ernsthaft. Er hatte sich sein Leben lang mit undurchdringlichen Geheimnissen abgegeben und glaubte nun fest, daß Belbos Lippen für immer versiegelt sein würden.

In diesem Moment kam Gudrun herein und meldete Belbo, die Verabredung in Bologna sei für Freitag mittag festgesetzt worden. »Sie können den TEE am Morgen nehmen«, sagte sie.

»Sehr angenehmer Zug, der TEE«, kommentierte Agliè. »Aber es ist immer besser, sich einen Platz reservieren zu lassen, besonders in dieser Jahreszeit.« Belbo meinte, auch wenn man im letzten Augenblick komme, finde man noch einen Platz, notfalls im Speisewagen, wo das Frühstück serviert werde. »Na, dann viel Glück«, sagte Agliè. »Bologna, eine schöne Stadt. Nur so heiß im Juni...«

»Ich bleibe nur zwei, drei Stunden. Ich muß einen epigraphischen Text diskutieren, wir haben Probleme mit den Reproduktionen.« Und dann gezielt: »Es ist noch nicht mein Urlaub. Den Urlaub nehme ich so um die Sommersonnwende herum, kann sein, daß ich mich noch entschließe... Sie haben verstanden. Ich vertraue auf Ihre Verschwiegenheit. Ich habe zu Ihnen als einem Freund gesprochen.«

»Ich kann notfalls noch besser schweigen als Sie«, sagte Agliè. »Jedenfalls danke ich Ihnen aufrichtig für Ihr Vertrauen.« Und war hinausgegangen.

Belbo rieb sich befriedigt die Hände. Totaler Sieg seines astralen Narrationsvermögens über die Schwächen und Schäbigkeiten der niederen Welt.

Am nächsten Tag bekam er einen Anruf von Agliè: »Ich muß mich entschuldigen, mein lieber Freund. Ich stehe vor einem kleinen Problem. Sie wissen, daß ich ein bescheidenes Geschäft mit antiquarischen Büchern betreibe. Heute abend erhalte ich eine Sendung aus Paris, ein gutes Dutzend Bände aus dem Dixhuitième, von einem gewissen Wert, die ich unbedingt bis morgen einem Partner in Florenz aushändigen muß. Ich sollte sie selber hinbringen, aber ich werde hier durch eine andere Verpflichtung festgehalten. So habe ich an folgende Lösung gedacht: Sie müssen doch ohnehin nach Bologna fahren. Ich warte morgen früh am Zug, zehn Minuten vor der Abfahrt, und übergebe Ihnen ein kleines Köfferchen, Sie legen es in das Gepäcknetz und lassen es in Bologna dort liegen, allenfalls steigen Sie vielleicht als letzter aus, um sicherzugehen, daß es niemand wegnimmt. In Florenz wird mein Geschäftsfreund während des Halts einsteigen und sich das Köfferchen holen. Für Sie ist es eine lästige Mühe, ich weiß, aber wenn Sie mir diesen Dienst erweisen können, werde ich Ihnen auf ewig dankbar sein.«

»Gern«, antwortete Belbo. »Aber wie wird Ihr Freund in Florenz wissen, wo ich den Koffer gelassen habe?«

»Nun, ich bin vorsorglicher als Sie und habe Ihnen einen Platz reservieren lassen, Platz 45 in Wagen 8. Reserviert bis Rom, so daß ihn weder in Bologna noch in Florenz jemand anderes besetzen kann. Sie sehen, im Tausch für die Mühe, die ich Ihnen zumute, biete ich Ihnen die Sicherheit eines Sitzplatzes, ohne daß Sie sich im Speisewagen niederlassen müssen. Ich habe nicht gewagt, Ihnen auch die Fahrkarte zu besorgen, ich möchte nicht, daß Sie denken, ich wollte mich auf so plumpe Weise meiner Schulden entledigen.«

Wirklich ein echter Gentleman, hatte Belbo gedacht. Er wird mir einen Kasten erlesenen Weines schicken. Auf sein Wohl zu trinken. Gestern wollte ich ihn noch verschwinden lassen, und heute tue ich ihm sogar einen Gefallen. Aber hätte ich nein sagen können?

Am Mittwoch früh war Belbo rechtzeitig zum Bahnhof gefahren, hatte die Fahrkarte nach Bologna gekauft und hatte Agliè am Zug neben Wagen 8 vorgefunden, mit dem Köfferchen. Es war ziemlich schwer, aber handlich.

Er hatte es ins Gepäcknetz über Platz 45 gelegt und sich mit seinem Stoß Zeitungen niedergelassen. Die Meldung des

Tages war das Begräbnis Enrico Berlinguers. Nach kurzer Zeit war ein Herr mit Bart gekommen und hatte sich auf den Platz neben Belbo gesetzt. Belbo kam es so vor, als hätte er ihn schon einmal gesehen (hinterher dachte er, vielleicht auf dem Fest in Piemont, aber er war sich nicht sicher). Bei der Abfahrt war das Abteil voll.

Belbo las Zeitung, aber der Passagier mit Bart versuchte mit allen ins Gespräch zu kommen. Erst machte er Bemerkungen über die Hitze, über die Wirkungslosigkeit der Klimaanlage, über die Tatsache, daß man im Juni nie wisse, wie man sich anziehen solle, ob schon sommerlich oder noch für die Übergangszeit. Dann meinte er, daß die beste Kleidung ein leichter Blazer sei, genau so einer wie der von Belbo, und fragte ihn, ob das ein englischer sei. Ja, hatte Belbo geantwortet, das sei ein englischer, ein Burberry, und hatte weitergelesen. »Das sind die besten«, hatte der Herr gesagt, »aber der hier ist besonders schön, weil er nicht diese goldenen Knöpfe hat, die so furchtbar auffällig sind. Und wenn Sie erlauben, er paßt ausgezeichnet zu dieser weinroten Krawatte.« Belbo dankte und schlug seine Zeitung wieder auf. Der Bärtige redete weiter mit den anderen im Abteil über die Schwierigkeit, die Krawatten richtig auf die Jacketts abzustimmen, und Belbo las. Ich weiß schon, dachte er, jetzt betrachten mich alle als einen Rüpel, aber wenn ich mit der Bahn fahre, will ich keine Bekanntschaften machen. Ich hab schon genug davon zu Hause.

Da sagte der Herr mit Bart zu ihm: »Wie viele Zeitungen Sie lesen, und von allen politischen Richtungen! Sie müssen ein Richter sein oder ein Politiker.« Belbo sagte nein, er arbeite in einem Verlag, der Bücher über arabische Metaphysik publiziere. Er sagte das, um den Gegner einzuschüchtern. Der Gegner war sichtlich eingeschüchtert.

Dann kam der Schaffner. Er fragte Belbo, wieso er eine Fahrkarte nach Bologna habe, aber eine Platzkarte bis Rom. Belbo antwortete, er hätte sich's im letzten Moment anders überlegt. »Wie schön«, meinte der bärtige Herr, »wenn man seine Entscheidungen so nach Lust und Laune treffen kann, ohne in die Brieftasche sehen zu müssen. Ich beneide Sie.« Belbo hatte gelächelt und sich zur anderen Seite gedreht. Klar, sagte er sich, jetzt denken alle, ich wäre ein Verschwender oder hätte eine Bank ausgeraubt.

In Bologna war Belbo aufgestanden und wollte gerade

aussteigen, da sagte sein Nachbar: »He, Sie haben Ihren Koffer vergessen.« »Nein, den kommt ein Herr in Florenz abholen«, hatte Belbo gesagt. »Vielleicht können Sie so gut sein und ihn ein bißchen im Auge behalten.«

»Ich pass' schon auf«, hatte der Herr mit Bart gesagt. »Verlassen Sie sich auf mich.«

Gegen Abend war Belbo nach Mailand zurückgekommen, hatte sich zu Hause mit zwei Dosen Corned beef und ein paar Crackers hingesetzt und das Fernsehen angeschaltet. Noch einmal Berlinguer, natürlich. So war die Meldung fast nebenbei am Ende gekommen.

Am späten Vormittag, im TEE auf der Strecke Bologna-Florenz, in Wagen 8, hatte ein Passagier mit Bart einen Verdacht über einen Reisenden geäußert, der in Bologna ausgestiegen war, aber einen Koffer im Gepäcknetz zurückgelassen hatte. Er habe zwar gesagt, jemand würde den Koffer in Florenz abholen, aber ob das nicht die Art und Weise sei, wie die Terroristen vorgingen? Und dann, wieso hatte er den Platz bis Rom reserviert, wo er doch schon in Bologna ausgestiegen war?

Eine drückende Unruhe hatte sich in dem Abteil verbreitet. Schließlich hatte der Passagier mit Bart gesagt, er halte den Druck nicht mehr aus. Lieber einen Irrtum begehen als sterben, und so hatte er den Zugführer alarmiert. Der Zugführer hatte den Zug angehalten und die Bahnpolizei gerufen. Ich weiß nicht genau, wie es dann weiterging, der Zug stand im Gebirge, die Passagiere liefen aufgeregt an den Gleisen entlang, die Experten kamen... Jedenfalls hatten die Experten dann den Koffer geöffnet und hatten darin eine Höllenmaschine gefunden, eine Bombe mit einem Zeitzünder, der auf die Ankunftszeit in Florenz eingestellt war. Stark genug, um einige Dutzend Personen zu töten.

Der Polizei war es nicht gelungen, den Herrn mit Bart zu finden. Vielleicht hatte er den Waggon gewechselt und war in Florenz ausgestiegen, weil er nicht in die Zeitungen kommen wollte. Er wurde gebeten, sich zu melden.

Die anderen Passagiere erinnerten sich mit außergewöhnlicher Klarheit an den Mann, der den Koffer zurückgelassen hatte. Es mußte jemand gewesen sein, der auf den ersten Blick Verdacht erregte. Er trug einen dunkelblauen englischen Blazer ohne goldene Knöpfe und eine weinrote Krawatte, er war ein schweigsamer Typ, der um jeden Preis unbemerkt bleiben wollte. Aber ihm war herausgerutscht, daß er für eine Zeitung, einen Verlag oder so etwas arbeite, etwas im Zusammenhang mit (und hier gingen die Zeugenaussagen auseinander) Physik, Metan oder Metempsychose. Auf jeden Fall aber hatte es mit den Arabern zu tun.

Alle Polizei- und Carabinieristationen im ganzen Land waren alarmiert. Schon kamen die ersten Hinweise aus der Bevölkerung, zur geflissentlichen Prüfung durch die Fahnder. In Bologna waren zwei libysche Bürger verhaftet worden. Der Polizeizeichner hatte ein Fahndungsbild gezeichnet, das nun auf dem Bildschirm erschien. Die Zeichnung ähnelte Belbo nicht, aber Belbo ähnelte der Zeichnung.

Es gab keine Zweifel mehr, der Mann mit dem Köfferchen war er. Aber das Köfferchen enthielt die Bücher von Agliè. Belbo rief Agliè an, aber niemand nahm ab.

Es war bereits spät am Abend, er wagte nicht auszugehen. Also nahm er eine Tablette und legte sich schlafen. Am nächsten Morgen versuchte er von neuem, Agliè am Telefon zu erreichen. Schweigen. Er lief hinunter, um sich Zeitungen zu holen. Zum Glück war die erste Seite noch ganz voll von dem Berlinguerbegräbnis, und die Meldung über die Bombe im Zug mit dem Fahndungsbild kam erst weiter innen. Belbo eilte mit hochgeschlagenem Kragen in seine Wohnung zurück. Dann merkte er, daß er noch immer das blaue Jackett trug. Zum Glück ohne die weinrote Krawatte.

Während er die Tatsachen noch einmal zu rekonstruieren versuchte, bekam er einen Anruf. Eine unbekannte, ausländische Stimme mit einem leicht balkanischen Akzent. Honigsüß, wie von jemandem, der ganz ohne eigene Interessen spricht, aus reiner Gefälligkeit. Armer Signor Belbo, sagte die Stimme, Sie sind da in eine recht unangenehme Geschichte hineingeraten. Man soll eben nie den Kurier für andere spielen, ohne sich den Inhalt des fraglichen Gepäckstücks genau anzusehen. Es wäre doch eine schöne Bescherung, wenn jemand der Polizei stecken würde, daß Signor Belbo der Unbekannte von Platz Nummer 45 war.

Gewiß, dieser äußerste Schritt ließe sich vermeiden, wenn Signor Belbo sich entschließen würde zu kollaborieren. Zum Beispiel, wenn er sagen würde, wo sich die Karte der Templer befinde. Und da Mailand ein heißes Pflaster geworden sei, denn alle wüßten ja, daß der TEE-Attentäter aus Mailand gekommen war, sei es klüger, die ganze Sache auf neutrales Terrain zu verlagern, sagen wir nach Paris. Warum verabreden wir nicht ein Rendezvous in der Librairie Sloane, Rue de la Manticore 3, heute in einer Woche? Aber vielleicht würde Belbo besser daran tun, sofort abzureisen, bevor ihn jemand identifizierte. Librairie Sloane, Rue de la Manticore Nummer 3. Um zwölf Uhr mittags am 20. Juni würde er dort ein bekanntes Gesicht vorfinden, den Herrn mit Bart, mit dem er so liebenswürdig im Zug geplaudert hätte. Der würde ihm sagen, wo andere Freunde zu finden seien, und dann würde er, Belbo, endlich in aller Ruhe und in guter Gesellschaft erzählen können, was er wisse, und alles würde sich ohne Traumata lösen. Rue de la Manticore Nummer 3, leicht zu merken.

109

Saint-Germain... sehr kultiviert und geistreich...
sagte, er besitze jede Art von Geheimnis... Häufig
bediente er sich bei seinen Auftritten jenes berühmten magischen Spiegels, der seinen Ruf mitbegrün-
det hatte... Da er durch katoptrische Effekte die
gewünschten und fast immer wiedererkannten
Schatten heraufbeschwor, war sein Kontakt mit der
anderen Welt für viele eine bewiesene Sache.

Le Coulteux de Canteleu, *Les sectes et les sociétés secrètes*,
Paris, Didier, 1863, p. 170-171

Belbo kam sich verloren vor. Alles war klar. Agliè hielt seine
Geschichte für wahr und wollte die Karte, er hatte ihn in eine
Falle gelockt und hatte ihn nun in der Hand. Entweder Belbo
fuhr nach Paris, um zu enthüllen, was er nicht wußte (aber
daß er's nicht wußte, wußte nur er, ich war verreist, ohne
eine Adresse hinterlassen zu haben, und Diotallevi lag im
Sterben), oder er hatte die ganze italienische Polizei auf dem
Hals.

Aber war's möglich, daß Agliè sich auf ein so schmutziges
Spiel einließ? Was bildete der sich ein? Man mußte den alten
Narren am Kragen packen und ins Präsidium schleifen, nur
so gab es ein Entkommen aus dieser Geschichte.

Belbo nahm ein Taxi und fuhr zu Agliès Villa. Geschlossene Fensterläden, an der Tür das Pappschild einer Immobilienagentur: ZU VERMIETEN. Ja, sind wir denn alle verrückt geworden, Agliè hat doch hier noch vorige Woche
gewohnt, ich hatte ihn angerufen! Belbo klingelte an der Tür
des Nachbarhauses. »Der Herr dort? Der ist gerade gestern
ausgezogen. Nein, ich weiß nicht wohin, ich kannte ihn nur
vom Sehen, er lebte immer so zurückgezogen, und ich
glaube, er war andauernd auf Reisen.«

Blieb nur noch die Immobilienagentur. Aber dort hatte
man noch nie von einem Agliè gehört. Die Villa war seinerzeit von einer französischen Firma gemietet worden. Die
Miete war regelmäßig gekommen. Der Vertrag war ab sofort
gekündigt worden, unter Verzicht auf Rückzahlung der Kau-
tion. Alle Kontakte waren brieflich gewesen, mit einem
gewissen Monsieur Ragotgky. Mehr wisse man nicht.

Unmöglich! Rakosky oder Ragotgky oder wie auch immer, der mysteriöse Besucher des Oberst Ardenti, nach dem der scharfsinnige Kommissar De Angelis und Interpol suchten, der lief frei herum und mietete Immobilien! In unserer Geschichte war Ardentis Rakosky eine Reinkarnation des Ochrana-Ratschkowski gewesen, und dieser eine des unvermeidlichen Saint-Germain. Aber was hatte er mit Agliè zu tun?

Belbo war ins Büro gegangen, die Treppe hinaufschleichend wie ein Dieb, und hatte sich eingeschlossen. Er wollte seine Gedanken ordnen.

Es gab in der Tat Gründe, den Kopf zu verlieren, und Belbo hatte ihn wohl schon verloren. Und er hatte niemanden, dem er sich anvertrauen konnte. Während er sich den Schweiß von der Stirn wischte, blätterte er mechanisch in den Manuskripten auf dem Schreibtisch, die am Vortag eingetroffen waren, ohne zu wissen, was er da suchte, und plötzlich fiel sein Blick auf den Namen Agliè.

Er starrte auf den Titel des Manuskripts. Das Werk eines x-beliebigen Diabolikers, *Die Wahrheit über den Grafen von Saint-Germain*. Er las die betreffende Seite noch einmal. Da stand geschrieben, unter Berufung auf die Biographie von Chacornac, daß Claude-Louis de Saint-Germain sich abwechselnd als Monsieur de Surmont, Graf Soltikoff, Mister Welldone, Marquis de Belmar, Fürst Rackoczi oder Ragozki und so weiter ausgegeben habe, aber die Familiennamen seien Graf von Saint-Martin und Marquis von Agliè gewesen, nach einem Besitz seiner Vorfahren in Piemont.

Na großartig, nun konnte Belbo beruhigt sein. Nicht nur wurde er überall wegen Terrorismus gesucht, nicht nur war der Große Plan wahr, nicht nur war Agliè auf einmal verschwunden, sondern zu allem Überfluß war nun Agliè auch kein Mythomane mehr, sondern der echte unsterbliche Graf von Saint-Germain, was er ja nie verheimlicht hatte. Das einzig Wahre in diesem ganzen Strudel von Falschheiten, die sich alle auf einmal als wahr herausstellten, war sein Name gewesen. Oder nein, auch sein Name war falsch gewesen, Agliè war nicht Agliè, aber es war nun egal, wer er wirklich war, denn faktisch benahm er sich, und das seit Jahren, wie die Figur in einer Geschichte, die wir erst später erfinden sollten...

In jedem Fall blieb nun Belbo keine Alternative mehr. Da Agliè verschwunden war, konnte er der Polizei nicht mehr den Mann vorführen, der ihm den Koffer gegeben hatte. Und selbst wenn die Polizei ihm glaubte, würde herauskommen, daß er den Koffer von einem bekommen hatte, der wegen Mordverdacht gesucht wurde und den er seit mindestens zwei Jahren als Berater benutzte. Schönes Alibi.

Aber um diese ganze Geschichte überhaupt fassen zu können, die schon für sich allein phantastisch genug war, und um die Polizei dazu zu bringen, sie ernst zu nehmen, mußte man noch etwas anderes voraussetzen, etwas, das die Fiktion überstieg. Nämlich daß der Plan, den wir erfunden hatten, Punkt für Punkt, einschließlich der hektischen Suche nach der Karte am Ende, einem wirklichen Plan entsprach, einem Großen Plan, in dem Agliè, Rakosky, Ratschkowski, Ragotgky, der Herr mit Bart, die Gruppe Tres und all die andern bis hin zu den Templern von Provins real existierten. Und daß der Oberst richtig gesehen hatte. Aber daß er sich, obwohl er richtig sah, geirrt hatte, denn schließlich war unser Plan ja verschieden von seinem gewesen, und wenn seiner richtig war, konnte unserer nicht richtig gewesen sein, und umgekehrt, und infolgedessen, wenn wir recht hatten, wieso mußte dann Rakosky vor zehn Jahren dem Oberst ein falsches Dokument rauben?

Beim bloßen Lesen dessen, was Belbo dem Computer anvertraut hatte, war ich vorgestern morgen versucht gewesen, den Kopf gegen die Wand zu hauen. Um mich zu vergewissern, daß die Wand wirklich da war, wenigstens die Wand. Ich stellte mir vor, wie Belbo zumute gewesen sein mußte, an jenem Tag und an den folgenden. Aber es war noch nicht zu Ende.

Auf der Suche nach jemandem, den er fragen konnte, hatte er Lorenza angerufen. Und auch sie war nicht dagewesen. Er war bereit zu wetten, daß er sie nie wiedersehen würde. In gewisser Weise war Lorenza eine Erfindung von Agliè, Agliè war eine Erfindung von Belbo, und Belbo wußte nicht mehr, von wem er selbst erfunden worden war. Er hatte die Zeitung wieder zur Hand genommen. Das einzig Sichere war, daß er, Belbo, der Mann auf dem Fahndungsbild war. Und wie zur Bestätigung bekam er genau in dem Moment, in seinem Büro, einen neuen Anruf. Derselbe balkanesische Akzent, dieselben Empfehlungen. Rendezvous in Paris.

»Aber wer sind Sie?« hatte Belbo gerufen.

»Wir sind die Tres«, hatte die Stimme geantwortet. »Und über die Tres wissen Sie mehr als wir.«

Da hatte er sich entschieden. Er hatte das Telefon genommen und De Angelis angerufen. Im Präsidium hatten sie ihm zuerst Schwierigkeiten gemacht, es schien, als ob der Kommissar nicht mehr dort arbeitete. Schließlich hatten sie seinem Drängen nachgegeben und ihn weiterverbunden.

»Hallo, wen höre ich denn da, den Doktor Belbo«, hatte De Angelis in einem Ton gesagt, der Belbo sarkastisch vorgekommen war. »Ein Zufall, daß Sie mich hier noch vorfinden. Ich packe gerade die Koffer.«

»Die Koffer?« Belbo fürchtete eine Anspielung.

»Ich bin nach Sardinien versetzt worden. Scheint, daß die Arbeit dort ruhiger ist.«

»Doktor De Angelis, ich muß Sie dringend sprechen. Wegen dieser Geschichte...«

»Geschichte? Welcher?«

»Der mit dem Oberst damals. Und dieser anderen... Sie haben einmal Casaubon gefragt, ob er von einer Gruppe Tres gehört hätte. Ich *habe* davon gehört. Ich habe Ihnen etwas Wichtiges zu sagen.«

»Sagen Sie's nicht mir. Das ist nicht mehr meine Sache. Außerdem, meinen Sie nicht, es ist ein bißchen spät?«

»Zugegeben, ich habe Ihnen etwas verschwiegen, damals. Aber jetzt will ich reden.«

»Nein, Doktor Belbo, sagen Sie nichts. Zunächst einmal seien Sie sich darüber im klaren, daß sicher jemand dieses Gespräch abhört, und ich will, daß er weiß, daß ich von diesen Dingen nichts hören will und nichts weiß. Ich habe zwei Kinder. Kleine. Und jemand hat mir zu verstehen gegeben, daß ihnen etwas passieren könnte. Und um mir zu zeigen, daß es kein Scherz war, ist gestern, als meine Frau den Wagen anließ, die Motorhaube in die Luft geflogen. Bloß ein ganz kleines Bömbchen, kaum mehr als ein Knallfrosch, aber genug, um mir klarzumachen, daß sie mehr können, wenn sie wollen. Ich bin zum Chef gegangen und hab ihm gesagt, Chef, ich habe stets meine Pflicht getan und mehr als das, aber ich bin kein Held. Ich würde auch mein Leben hingeben, aber nicht das meiner Frau und meiner Kinder. Ich habe um Versetzung gebeten. Dann bin ich hingegangen und habe allen gesagt, daß ich ein Feigling bin und mich aus dem Staub machen werde. Und das sage ich jetzt auch Ihnen und denen, die uns zuhören. Ich habe mir die Karriere versaut, ich habe die Achtung vor mir selbst verloren, mir wird bewußt, daß ich gelinde gesagt ein Mann ohne Ehre bin, aber ich rette meine Lieben. Sardinien ist sehr schön, wie ich höre, ich werde nicht mal sparen müssen, um meine Kinder im Sommer ans Meer zu schicken. Arrivederci.«

»Warten Sie, die Sache ist ernst, ich bin in Schwierigkeiten...«

»Sie sind in Schwierigkeiten? Na sehen Sie mal an! Als ich Sie damals um Hilfe bat, haben Sie mir nicht geholfen, Sie nicht und nicht Ihr Freund Casaubon. Und jetzt, wo Sie Schwierigkeiten haben, bitten Sie mich um Hilfe. Ich bin auch in Schwierigkeiten. Sie sind zu spät gekommen. Die Polizei dient dem Bürger, wie es in den Filmen heißt, ist es das, woran Sie denken? Gut, dann wenden Sie sich an die Polizei, an meinen Nachfolger.«

Belbo legte auf. Alles perfekt, sie hatten ihn sogar daran gehindert, sich an den einzigen Polizisten zu wenden, der ihm hätte glauben können.

Dann dachte er, daß vielleicht Signor Garamond mit all seinen vielen Bekannten, seinen Beziehungen zu Präfekten, zu Polizeipräsidenten, hohen Regierungsbeamten et cetera etwas für ihn tun könnte, und war zu ihm gegangen.

Garamond hatte sich seine Geschichte liebenswürdig angehört, hatte ihn hin und wieder mit höflichen Ausrufen unterbrochen wie »Nein, was Sie nicht sagen!«, »Also was man so alles zu hören kriegt!«, »Das klingt ja wie ein Roman, ich sage noch mehr, eine Erfindung!« Dann hatte er die Hände gefaltet, hatte Belbo mit unendlicher Sympathie angesehen und gesagt: »Mein Junge, erlauben Sie mir diese Anrede, denn ich könnte Ihr Vater sein – ach Gott, Ihr Vater vielleicht nicht, denn ich bin noch ein junger Mann, ich sage noch mehr, ein jüngerer, aber doch so etwas wie ein älterer Bruder, wenn Sie gestatten. Ich spreche zu Ihnen von Herzen, wir kennen uns seit vielen Jahren. Mein Eindruck ist, daß Sie übermäßig erregt sind, überdreht, am Ende mit Ihren Kräften, entnervt, ich sage noch mehr, erschöpft. Glauben Sie nicht, ich hätte dafür kein Verständnis, ich weiß, daß Sie sich mit Leib und Seele für den Verlag aufopfern, und eines

Tages wird man dem auch in sozusagen materieller Hinsicht Rechnung tragen müssen, denn auch das kann nichts schaden. Aber wenn ich Sie wäre, würde ich einmal Urlaub machen. Sie sagen, daß Sie sich in einer peinlichen Situation befinden. Offen gesagt, ich würde nicht dramatisieren, auch wenn es, gestatten Sie mir das zu sagen, für den Verlag Garamond unangenehm wäre, wenn einer seiner Angestellten, der beste, in eine trübe Geschichte verwickelt wäre. Sie sagen, daß jemand Sie in Paris haben will. Nun, ich will gar nicht in die Einzelheiten gehen, ich glaube Ihnen ganz einfach. Na und? Warum fahren Sie nicht einfach hin, ist es nicht besser, die Dinge sofort klarzustellen? Sie sagen, daß Sie mit einem Gentleman wie Doktor Agliè in – wie sagt man – Konflikt geraten sind. Ich will gar nicht wissen, was genau zwischen Ihnen beiden passiert ist, und ich würde nicht allzuviel nachgrübeln über diese zufällige Namensgleichheit, von der Sie mir gesprochen haben. Wie viele Leute auf dieser Welt mögen wohl Germain heißen oder so ähnlich, meinen Sie nicht? Wenn Agliè Ihnen sagen läßt, fahren Sie nach Paris, damit alles geklärt werden kann, nun, so fahren Sie doch nach Paris, es wird nicht der Weltuntergang sein. In den zwischenmenschlichen Beziehungen bedarf es der Klarheit. Fahren Sie nach Paris, und wenn Ihnen etwas auf dem Magen liegt, haben Sie keine Hemmungen, sagen Sie's. Was man im Herzen hat, soll man auch im Munde haben. Was sind denn das schon groß für Geheimnisse! Doktor Agliè grämt sich, wenn ich recht verstanden habe, weil Sie ihm nicht sagen wollen, wo sich eine bestimmte Landkarte befindet, ein Stück Papier, eine Botschaft, was weiß ich, etwas, das Sie haben und das Ihnen nichts nützt, während Agliè es womöglich zu Studienzwecken braucht. Wir alle stehen doch im Dienst der Kultur, oder täusche ich mich? Also geben Sie ihm diese Landkarte, diese Weltkarte, diese topographische Skizze, ich will gar nicht wissen, was es ist. Wenn ihm so viel daran liegt, wird er schon einen Grund dafür haben, sicher einen respektablen, ein Gentleman ist ein Gentleman. Fahren Sie nach Paris, ein kräftiger Händedruck, und alles ist gut. D'accord? Und quälen Sie sich nicht mehr als nötig. Sie wissen, ich bin immer hier.« Er betätigte die Sprechanlage: »Signora Grazia... Da sehen Sie, wieder nicht da, nie ist sie da, wenn man sie braucht! Mein lieber Belbo, Sie haben Ihren Ärger, aber wenn Sie wüßten, wieviel Ärger *ich* habe!

Arrivederci, wenn Sie die Signora Grazia draußen sehen, schicken Sie sie zu mir rein. Und ruhen Sie sich ein bißchen aus, das rate ich Ihnen.«

Belbo war hinausgegangen. Signora Grazia war nicht im Sekretariat, und er sah das rote Licht der Privatleitung von Signor Garamond aufleuchten, ein Zeichen, daß dieser gerade jemanden anrief. Belbo konnte der Versuchung nicht widerstehen (ich glaube, es war das erste Mal in seinem Leben, daß er eine solche Indiskretion beging). Er nahm den Hörer ab und horchte. Garamond sagte gerade: »Machen Sie sich keine Sorgen. Ich glaube, ich habe ihn überzeugt. Er wird nach Paris kommen... War doch meine Pflicht. Wir gehören doch nicht umsonst zur selben spirituellen Ritterschaft.«

Also gehörte auch Garamond zu dem Geheimnis. Zu welchem Geheimnis? Zu dem, das jetzt nur er, Belbo, enthüllen konnte. Und das nicht existierte.

Es war Abend geworden. Er war zu Pilade gegangen, hatte ein paar Worte mit wer weiß wem gewechselt und hatte zuviel getrunken. Dann, am nächsten Morgen, ging er zu dem einzigen Freund, der ihm noch geblieben war. Er ging zu Diotallevi. Er ging sich Hilfe holen von einem Mann, der im Sterben lag.

Und von diesem ihrem letzten Gespräch hat er in Abulafia einen fieberhaften Bericht hinterlassen, bei dem ich nicht sagen kann, was daran von Diotallevi und was von Belbo war, denn in beiden Fällen war es wie das Murmeln dessen, der die Wahrheit sagt, weil er weiß, daß es nicht mehr der Augenblick ist, sich etwas vorzumachen.

Und so geschah es Rabbi Ismael ben Elischa mit
seinen Schülern, die das Buch Jezirah studierten.
Sie machten falsche Bewegungen und gingen rückwärts, bis sie selbst in der Erde versanken bis zum
Nabel wegen der Kraft der Lettern.

Pseudo-Saadja, *Kommentar zum Sefer Jezirah*

Er war ihm noch nie so albinohaft erschienen, obwohl er fast
keine Haare mehr hatte, auch weder Augenbrauen noch
Wimpern. Sein Kopf sah aus wie eine Billardkugel.

»Entschuldige«, hatte Belbo gesagt, »darf ich dir mit meinen Nöten kommen?«

»Komm nur. Ich hab keine Nöte mehr. Nur noch Notwen-
digkeiten. Unabwendbare.«

»Ich habe gehört, es gibt da jetzt eine neue Therapie. Diese
Sachen fressen dich auf, wenn du zwanzig bist, aber mit
fünfzig gehen sie langsam voran, und man hat Zeit, eine
Lösung zu finden.«

»Das gilt für dich. Ich bin noch nicht fünfzig. Mein
Körper ist noch jung. Ich habe das Privileg, schneller als
du zu sterben. Aber du siehst, es fällt mir schwer zu sprechen. Erzähl mir deine Geschichte, so kann ich mich ausruhen.«

Gehorsam und respektvoll erzählte ihm Belbo seine ganze
Geschichte.

Und dann sprach Diotallevi, schwer atmend wie das
Fremde Wesen in den Science-fiction-Filmen. Und wie das
Fremde Wesen sah er inzwischen auch aus: durchsichtig,
ohne erkennbare Grenzen zwischen innen und außen, zwischen Haut und Fleisch, zwischen dem leichten blonden
Flaum, der noch durch den offenen Pyjama auf seinem Bauch
zu sehen war, und jenem schwammigen Innereiengewölle,
das nur Röntgenstrahlen oder eine fortgeschrittene Krankheit erkennbar machen können.

»Jacopo, ich liege hier in einem Bett, ich kann nicht sehen,
was draußen geschieht. Soweit ich weiß, geschieht das, was
du mir erzählst, entweder nur in deinem Innern, oder es
geschieht draußen. In jedem Fall, ob jetzt du verrückt geworden bist oder die Welt, ist es dasselbe. In beiden Fällen

hat jemand die Worte des Buches mehr durchgeschüttelt, verrührt und übereinandergehäuft, als er durfte.«

»Was willst du damit sagen?«

»Wir haben uns am Wort versündigt, an dem Wort, das die Welt geschaffen hat und sie zusammenhält. Du wirst jetzt dafür bestraft, so wie auch ich bestraft worden bin. Es ist kein Unterschied zwischen dir und mir.«

Eine Schwester kam herein, gab ihm etwas zum Benetzen der Lippen und sagte zu Belbo, er dürfe ihn nicht ermüden, aber Diotallevi protestierte: »Lassen Sie mich. Ich muß ihm die Wahrheit sagen. Kennen Sie die Wahrheit?«

»Oh, ich, was fragen Sie mich da...«

»Also dann gehen Sie weg. Ich muß meinem Freund hier etwas Wichtiges sagen. Hör zu, Jacopo. So wie es im Körper des Menschen Glieder und Gelenke und Organe gibt, so gibt es auch welche in der Torah, verstehst du? Und so wie es in der Torah Glieder und Gelenke und Organe gibt, so gibt es auch welche im Körper des Menschen, klar?«

»Klar.«

»Und Rabbi Meir, als er von Rabbi Akiba lernte, mischte Vitriol in die Tinte, und der Meister sagte nichts. Aber als Rabbi Meir den Rabbi Ismael fragte, ob er es richtig mache, sagte dieser: Mein Sohn, sei vorsichtig bei deiner Arbeit, denn es ist eine göttliche Arbeit, und wenn du nur einen einzigen Buchstaben ausläßt oder einen zuviel schreibst, zerstörst du die ganze Welt... Wir haben versucht, die Torah umzuschreiben, aber wir haben uns nicht um die zu vielen oder zu wenigen Buchstaben gekümmert...«

»Wir haben gescherzt...«

»Man scherzt nicht mit der Torah.«

»Aber wir haben mit der Geschichte gescherzt, mit den Schriften der anderen...«

»Gibt es eine Schrift, die die Welt begründet und die nicht *das* Buch ist? Gib mir ein bißchen Wasser, nein, nicht im Glas, mach diesen Lappen hier naß. Danke. Jetzt hör zu. Die Lettern des Buches verrühren heißt die Welt verrühren. Da hilft nichts, das gilt für jedes Buch, für die Bibel wie für die Fibel. Diese Typen wie dein Doktor Wagner, sagen die nicht, wer mit Worten spielt und Anagramme macht und das Lexikon auf den Kopf stellt, hat Häßliches in seiner Seele und haßt seinen Vater?«

»Nein, das ist anders. Diese Typen sind Psychoanalytiker,

die sagen das, um Geld zu verdienen, das sind nicht deine Rabbiner.«

»Rabbiner, Rabbiner sind alle. Alle sprechen von derselben Sache. Glaubst du, daß die Rabbiner, die von der Torah sprachen, von einer Rolle sprachen? Sie sprachen von uns, von all den Leuten, die versuchen, ihren Leib durch die Sprache neu zu machen. Jetzt höre. Um mit den Lettern des Buches umzugehen, braucht man viel Demut, und wir haben keine gehabt. Jedes Buch ist verwoben mit dem Namen Gottes, und wir haben alle Bücher der Geschichte anagrammatisiert, ohne zu beten. Sei still, hör zu. Wer sich mit der Torah beschäftigt, hält die Welt in Bewegung und hält auch seinen Körper in Bewegung, während er liest oder schreibt, denn es gibt keinen Körperteil, der nicht ein Äquivalent in der Welt hätte... Mach den Lappen noch mal naß, danke. Wenn du das Buch veränderst, änderst du die Welt, und wenn du die Welt veränderst, änderst du den Körper. Das ist es, was wir nicht begriffen haben. Die Torah läßt ein Wort aus ihrem Schrein herauskommen, sie erscheint für einen Augenblick und verbirgt sich gleich wieder. Und sie offenbart sich für einen Augenblick nur dem, der sie liebt. Sie ist wie eine wunderschöne Frau, die sich in ihrem Palast in einem kleinen entlegenen Zimmer verbirgt. Sie hat nur einen einzigen Liebhaber, von dessen Existenz niemand weiß. Und wenn ein anderer sie berühren und seine schmutzigen Hände auf sie legen will, rebelliert sie. Sie erkennt ihren Liebhaber, sie öffnet einen kleinen Spalt und zeigt sich für einen Moment. Und verbirgt sich wieder. Das Wort der Torah enthüllt sich nur dem, der es liebt. Und wir haben versucht, von Büchern ohne Liebe und nur aus Spottlust zu sprechen...«

Belbo benetzte ihm ein weiteres Mal die Lippen mit dem Tuch. »Und dann?«

»Und dann haben wir tun wollen, was uns nicht erlaubt war und wofür wir nicht vorbereitet waren. Indem wir die Worte des Buches manipulierten, wollten wir den Golem erschaffen.«

»Ich verstehe nicht...«

»Du kannst nicht mehr verstehen. Du bist der Gefangene deiner eigenen Kreatur. Aber deine Geschichte spielt sich noch in der Außenwelt ab. Ich weiß nicht wie, aber du kannst ihr noch entrinnen. Für mich ist es etwas anderes, ich erlebe jetzt in meinem Körper, was wir als Spiel im Großen Plan gemacht haben.«

»Red keinen Unsinn, das ist eine Sache der Zellen…«

»Und was sind die Zellen? Monatelang haben wir wie fromme Rabbiner mit unseren Lippen eine andere Kombination der Lettern des Buches ausgesprochen. GCC, CGC, GCG, CGG. Was unsere Lippen sagten, das haben unsere Zellen gelernt. Was haben meine Zellen gemacht? Sie haben einen abweichenden Plan erfunden, und jetzt gehen sie ihre eigenen Wege. Meine Zellen erfinden eine Geschichte, die nicht die allgemeine ist. Meine Zellen haben inzwischen gelernt, daß man lästern kann, indem man das Heilige Buch anagrammatisiert, das Heilige und alle anderen Bücher der Welt. Und genauso machen sie es nun mit meinem Körper. Sie invertieren, transponieren, alternieren, permutieren, sie kreieren neue, nie gesehene und sinnlose Zellen oder solche, deren Sinn dem richtigen Sinn zuwiderläuft. Es muß einen richtigen Sinn geben, der sich von den falschen unterscheidet, sonst stirbt man. Aber sie spielen, ungläubig, blindlings. Jacopo, solange ich noch lesen konnte in diesen Monaten, habe ich viele Wörterbücher gelesen. Ich habe Wortgeschichten studiert, um zu begreifen, was mit meinem Körper passierte. Wir Rabbiner machen das so. Hast du jemals darüber nachgedacht, daß der linguistische Terminus ›Metathese‹ dem onkologischen Terminus ›Metastase‹ ähnelt? Was ist eine Metathese? Statt Wespe sagst du Wepse, und statt Herakles kannst du auch Herkules sagen. Das ist die Temurah. Das Wörterbuch sagt dir, daß Metathese Umstellung heißt, Mutation. Und Metastase heißt Umstellung, Veränderung. Wie dumm, die Wörterbücher. Die Wurzel ist dieselbe, entweder das Verb *metatithemi* oder das Verb *methistemi*. Aber *metatithemi* heißt: ich setze um, ich verrücke, verschiebe, substituiere, schaffe ein Gesetz ab, ändere den Sinn. Und *methistemi?* Genau dasselbe, ich verlagere, permutiere, transponiere, ändere die öffentliche Meinung, schnappe über und werde ver-rückt. Wir, und mit uns jeder, der einen verborgenen Sinn hinter den Buchstaben sucht, wir sind übergeschnappt und verrückt geworden. Und so haben es auch meine Zellen getan, gehorsam. Deswegen sterbe ich, Jacopo, und du weißt es.«

»Du redest jetzt so, weil's dir schlechtgeht…«

»Ich rede jetzt so, weil ich endlich alles über meinen

Körper begriffen habe. Ich studiere ihn Tag für Tag, ich weiß, was in ihm vorgeht, ich kann nur nicht eingreifen, meine Zellen gehorchen mir nicht mehr. Ich sterbe, weil ich meine Zellen davon überzeugt habe, daß es keine Regel gibt, daß man aus jedem Text machen kann, was man will. Ich habe mein Leben dafür gegeben, mich davon zu überzeugen, mich samt meinem Gehirn. Und mein Gehirn muß die Botschaft an sie weitergegeben haben, an die Zellen. Wieso soll ich mir einreden, meine Zellen seien klüger als mein Gehirn? Ich sterbe, weil wir über jede Grenze hinaus phantasievoll gewesen sind.«

»Hör zu, was mit dir geschieht, hat nichts mit unserem Großen Plan zu tun...«

»Nein? Und wieso geschieht dann mit dir, was mit dir geschieht? Die Welt benimmt sich wie meine Zellen.«

Er verstummte erschöpft. Der Doktor kam herein und zischte leise, man dürfe einen Sterbenden nicht so unter Streß setzen.

Belbo ging hinaus, und es war das letzte Mal gewesen, daß er Diotallevi gesehen hatte.

Sehr gut, hatte er geschrieben, ich werde also aus denselben Gründen von der Polizei gesucht, aus denen Diotallevi jetzt Krebs hat. Armer Freund, du stirbst, aber ich, der ich keinen Krebs habe, was tue ich? Ich fahre nach Paris, um den Grund der Wucherung zu suchen.

Er ergab sich nicht gleich. Er schloß sich vier Tage lang in seiner Wohnung ein und ordnete seine *files* um und um, Satz für Satz, um eine Erklärung zu finden. Dann schrieb er seinen Bericht, schrieb ihn wie ein Testament, schrieb ihn für sich, für Abulafia, für mich oder für wen immer, der ihn irgendwann würde lesen können. Und am Dienstag ist er dann schließlich gefahren.

Ich glaube, Belbo ist nach Paris gefahren, um *denen* zu sagen, daß es keine Geheimnisse gibt, daß das wahre Geheimnis darin besteht, die Zellen ihrer instinktiven Weisheit folgen zu lassen, und daß man, wenn man Geheimnisse unter der Oberfläche sucht, die Welt zu einem schmutzigen Krebsgeschwür reduziert. Und daß der Schmutzigste und der Dümmste von allen er selber war, der nichts wußte und sich alles bloß ausgedacht hatte – und es muß ihn viel gekostet haben, das zu sagen, aber er hatte sich schon zu lange mit dem Gedanken abgefunden, daß er ein Feigling war, und wie De Angelis ihm ja gerade erst wieder bewiesen hatte, gibt es nur sehr wenige Helden. In Paris muß er dann gleich beim ersten Kontakt mit *denen* gemerkt haben, daß sie seinen Worten nicht glaubten. Seine Worte waren zu einfach. Diese Leute erwarteten nun eine Enthüllung, andernfalls würden sie ihn töten. Aber Belbo hatte keine Enthüllung zu machen, er hatte nur – letzte seiner Feigheiten – Angst zu sterben. Und da hatte er versucht, seine Spur zu verwischen, und hatte mich angerufen. Aber sie hatten ihn geschnappt.

C'est une leçon par la suite. Quand votre ennemi se
reproduira, car il n'est pas à son dernier masque,
congédiez-le brusquement, et surtout n'allez pas le
chercher dans les grottes.

Jacques Cazotte, *Le diable amoureux*, 1772, in den
folgenden Ausgaben gestrichen

Und was, fragte ich mich in Belbos Wohnung, als ich seine
Bekenntnisse zu Ende gelesen hatte, was muß ich jetzt tun?
Zu Garamond gehen hat keinen Sinn, De Angelis ist ab-
gereist, Diotallevi hat alles gesagt, was er zu sagen hatte. Lia
ist weit, an einem Ort ohne Telefon. Es ist sechs Uhr morgens, Samstag, der 23. Juni, und wenn etwas geschehen muß,
wird es heute nacht geschehen, im Conservatoire.

Ich mußte eine rasche Entscheidung treffen. Warum,
fragte ich mich vorgestern abend im Periskop, warum hast
du nicht einfach so getan, als wenn nichts wäre? Du hattest
den Text eines Verrückten vor dir, der über seine Gespräche
mit anderen Verrückten berichtete und über sein letztes Gespräch mit einem überreizten oder überdeprimierten Sterbenden. Du warst nicht einmal sicher, ob Belbo dich überhaupt aus Paris angerufen hatte, vielleicht war er nur ein
paar Kilometer von Mailand entfernt gewesen, vielleicht in
der Kabine an der Ecke. Warum mußtest du dich auf eine
vielleicht imaginäre Geschichte einlassen, die dich nicht
berührte?

Aber das fragte ich mich vorgestern abend im Periskop,
während mir die Füße einschliefen und das Licht schwächer
wurde und ich die unnatürliche und allernatürlichste Angst
empfand, die jedes menschliche Wesen empfinden muß,
wenn es nachts allein in einem leeren Museum ist. Frühmor-
gens am selben Tag hatte ich keine Angst empfunden. Nur
Neugier. Und vielleicht ein Gefühl der Pflicht, oder der
Freundschaft.

Und so hatte ich mir gesagt, daß auch ich nach Paris fahren
mußte, ich wußte zwar nicht genau, was ich dort tun sollte,
aber ich konnte Belbo nicht allein lassen. Vielleicht erwartete
er das von mir, nur dies eine: daß ich nachts in die Höhle der
Thugs eindrang und, während Suyodhana sich anschickte,

ihm das Opfermesser ins Herz zu stoßen, ihn mit meinen Mannen befreite.

Zum Glück hatte ich ein bißchen Geld dabei. In Paris nahm ich ein Taxi und ließ mich in die Rue de la Manticore fahren. Der Taxifahrer fluchte lange, denn er fand sie nicht mal auf seinem Taxifahrerstadtplan, und tatsächlich war sie dann ein Gäßchen, etwa so breit wie der Gang eines Eisenbahnwaggons, in der Gegend der alten Bièvre hinter Saint-Julien-le-Pauvre. Das Taxi konnte gar nicht hineinfahren und setzte mich an der Ecke ab.

Ich drang zögernd in den schmalen Schlauch ein, zu dem sich keine Tür öffnete, aber nach ein paar Metern wurde die Straße ein wenig breiter, und da war eine Buchhandlung. Ich weiß nicht, warum sie die Nummer 3 hatte, da nirgends eine 1 oder 2 oder sonst eine Nummer zu sehen war. Es war ein winziger Laden, den nur eine trübe Lampe erhellte, und die Hälfte der Eingangstür diente als Schaufenster. An den Seiten ein paar Dutzend Bücher, gerade genug, um das Genre deutlich zu machen. Unten einige Wünschelruten, staubige Räucherstäbchen und kleine orientalische oder südamerikanische Amulette. Viele Tarotspiele in verschiedenen Ausführungen und Größen.

Das Innere war nicht viel tröstlicher, ein Haufen Bücher an den Wänden und auf dem Boden, mit einem Tischchen im Hintergrund und einem Buchhändler, der aussah, als wäre er extra dorthin gesetzt worden, damit ein Schriftsteller schreiben konnte, der Mann sei vergilbter als seine Bücher. Er blätterte in einem großen handgeschriebenen Kontobuch, ohne sich um seine Kunden zu kümmern. Es waren auch nur zwei Besucher im Raum, die Staubwolken aufwirbelten, indem sie alte Bücher, fast alle ohne Schutzumschlag, aus wackligen Regalen zogen und zu lesen begannen, ohne den Eindruck zu machen, als wollten sie etwas kaufen.

An dem einzigen nicht mit Regalen bedeckten Platz hing ein Plakat. Grelle Farben, eine Reihe von Köpfen in Rundbildern mit doppeltem Rand, wie auf den Plakaten des Magiers Houdini. »Le Petit Cirque de l'Incroyable. Madame Olcott et ses liens avec l'Invisible.« Ein olivbraunes, männliches Gesicht, das glatte schwarze Haar im Nacken zu einem Knoten zusammengebunden – mir war, als hätte ich das Gesicht schon mal irgendwo gesehen. »Les Derviches

Hurleurs et leur danse sacrée. Les Freaks Mignons, ou Les Petits-fils de Fortunio Liceti.« Eine Versammlung pathetisch gräßlicher kleiner Monster. »Alex et Denys, les Géants d'Avalon. Theo, Leo et Geo Fox, Les Enlumineurs de l'Ectoplasme…«

Die Librairie Sloane bot wirklich alles, von der Wiege bis zur Bahre, auch die gesunde Abendunterhaltung, zu der man die Kinderlein mitnehmen kann, bevor man sie im Mörser zerstampft. Ich hörte ein Telefon klingeln und sah, wie der Buchhändler einen Stoß Papiere beiseite schob, bis er den Apparat fand. »Oui, Monsieur«, sagte er in die Muschel, »c'est bien ça.« Er hörte ein paar Minuten schweigend zu, erst nickend, dann mit zunehmend perplexer Miene, aber – so schien mir – eher für die Anwesenden, als könnten wir alle mithören, was sein Gesprächspartner sagte, und er wollte nicht die Verantwortung dafür übernehmen. Schließlich setzte er die entrüstete Miene des Pariser Ladeninhabers auf, der nach etwas gefragt wird, was er nicht vorrätig hat, oder des Hotelportiers, der einem sagen muß, daß kein Zimmer mehr frei ist. »Ah non, Monsieur. Ah, ça… Non, non, Monsieur, c'est pas notre boulot. Ici, vous savez, on vend des livres, on peut bien vous conseiller sur des catalogues, mais ça… Il s'agit de problèmes très personnels, et nous… Oh, alors, il y a – sais pas, moi – des curés, des… oui, si vous voulez, des exorcistes. D'accord, je le sais, on connaît des confrères qui se prêtent… Mais pas nous. Non, vraiment, la description ne me suffit pas, et quand même… Désolé, Monsieur. Comment? Oui… si vous voulez. C'est un endroit bien connu, mais ne demandez pas mon avis. C'est bien ça, vous savez, dans ces cas-là, la confiance, c'est tout. A votre service, Monsieur.«

Die anderen beiden Kunden waren gegangen, mir war mulmig zumute, aber ich nahm mich zusammen, zog die Aufmerksamkeit des Alten mit einem Räuspern auf mich und sagte ihm, daß ich einen Bekannten suchte, einen Freund, der gewöhnlich hier vorbeikomme, den Monsieur Agliè. Er sah mich an, als ob ich derjenige wäre, der ihn gerade angerufen hatte. Vielleicht kenne er ihn nicht unter dem Namen Agliè, sagte ich, sondern als Rakosky, oder Soltikoff, oder… Er sah mich weiter an, mit zusammengekniffenen Augen, ohne bestimmten Ausdruck, und meinte, ich hätte seltsame Freunde mit vielen Namen. Ich sagte, es sei nicht weiter wichtig, ich hätte nur mal so gefragt. Warten Sie, sagte er, mein Sozius kommt gleich, vielleicht kennt der die Person, die Sie suchen. Machen Sie sich's solange bequem, da ist ein Stuhl. Ich telefoniere nur eben mal. Er nahm den Hörer ab, wählte eine Nummer und begann leise zu sprechen.

Casaubon, sagte ich mir, du bist ja noch dümmer als Belbo. Worauf wartest du? Daß *die* kommen und sagen, oh, was für ein schöner Zufall, auch der Freund von Jacopo Belbo, kommen Sie, kommen auch Sie...

Mit einem Ruck stand ich auf, grüßte und ging. Lief eine Minute lang durch die Rue de la Manticore, bog dann in andere Gäßchen ein und fand mich am Ufer der Seine wieder. Idiot, sagte ich mir, was hast du denn erwartet? Daß du hinkommst, Agliè vorfindest, ihn am Jackett packst, und er sagt, verzeihen Sie, war alles nur ein Mißverständnis, hier haben Sie Ihren Freund wieder, wir haben ihm kein Haar gekrümmt...? Jetzt wissen die, daß du auch hier bist.

Es war früher Nachmittag, am Abend würde etwas im Conservatoire passieren. Was sollte ich tun? Ich bog in die Rue Saint-Jacques ein und schaute mich alle paar Schritte um. Nach einer Weile schien mir, daß ich von einem Araber verfolgt wurde. Aber wieso dachte ich, es wäre ein Araber? Das charakteristische Merkmal der Araber ist, daß sie nicht wie Araber aussehen – jedenfalls in Paris, in Stockholm wär's vielleicht was anderes.

Ich kam an einem Hotel vorbei, ging rein und fragte nach einem Zimmer. Als ich mit dem Schlüssel die Treppe hinaufging, sah ich den vermeintlichen Araber unten hereinkommen. Dann bemerkte ich im Flur noch andere Personen, die Araber sein konnten. Natürlich, in dieser Gegend gab es nur Hotels für Araber. Was hatte ich denn erwartet?

Ich trat in das Zimmer. Es war anständig, es gab sogar ein Telefon, nur schade, daß ich beim besten Willen nicht wußte, wenn ich anrufen sollte.

Ich legte mich auf das Bett und versuchte ein bißchen zu schlafen. Um drei stand ich auf, wusch mir das Gesicht und machte mich auf den Weg zum Conservatoire. Jetzt blieb mir nichts anderes mehr übrig, als ins Museum zu gehen, mir dort ein Versteck zu suchen und zu warten, daß es Mitternacht wurde.

So tat ich es. Und so fand ich mich ein paar Stunden vor Mitternacht im Periskop, um auf etwas zu warten.

Nezach ist für einige Interpreten die Sefirah der Ausdauer, des Ertragens, der beharrlichen Geduld. Und in der Tat erwartete uns eine Prüfung. Doch für andere Interpreten ist Nezach die Überwindung, der Sieg. Wessen Sieg? Vielleicht war in dieser Geschichte von lauter Besiegten – die Diaboliker genarrt von Belbo, Belbo genarrt von den Diabolikern, Diotallevi genarrt von seinen Zellen – im Augenblick *ich* der einzige Sieger. Ich lag im Periskop auf der Lauer, ich wußte von den andern, und sie wußten nicht von mir. Der erste Teil meines Plans war nach Plan gelaufen.

Und der zweite? Würde er nach meinem Plan laufen oder nach dem Großen Plan, der nun nicht mehr der meine war?

8
HOD

112

For our Ordinances and Rites: We have two very long and faire Galleries in the Temple of the Rosie Cross; In one of these we place patterns and samples of all manners of the more rare and excellent inventions; In the other we place the Statues of all principal Inventours.

John Heydon, *The English Physitians Guide: Or A Holy Guide*, London, Ferris, 1662, Vorwort

Ich war seit zu vielen Stunden im Periskop gewesen. Es mochte zehn Uhr sein oder halb elf. Wenn etwas geschehen mußte, würde es in der Kirche geschehen, vor dem Pendel. Also mußte ich jetzt hinuntergehen, um mir ein Refugium zu suchen, einen Beobachtungsposten. Wenn ich zu spät kam, nachdem *sie* bereits hereingekommen waren (von wo?), würden sie mich bemerken.

Hinuntergehen. Mich bewegen... Seit Stunden wünschte ich mir nichts anderes, aber jetzt, wo ich es konnte und es Zeit wurde, fühlte ich mich wie gelähmt. Ich mußte die Säle im Dunkeln durchqueren, ohne die Taschenlampe mehr als unbedingt nötig anzuknipsen. Wenig Nachtlicht drang durch die hohen Fenster, wenn ich mir ein gespenstisch im Mondschein liegendes Museum vorgestellt hatte, hatte ich mich getäuscht. Die Vitrinen empfingen undeutliche Reflexe von den Fenstern. Wenn ich mich nicht vorsichtig bewegte, konnte ich leicht etwas umstoßen, so daß es klirrend oder metallisch scheppernd am Boden zerbrach. Immer wieder knipste ich die Lampe an. Ich kam mir vor wie im Crazy Horse, da und dort enthüllte der Lichtstrahl mir eine Nudität, nur war sie nicht aus Fleisch und Bein, sondern aus Schrauben, Nieten und Bolzen.

Und wenn der Lichtstrahl nun plötzlich auf ein lebendiges Wesen fiele, auf ein Gesicht, einen Abgesandten der Herren, der spiegelbildlich meinen Gang wiederholte? Wer würde zuerst aufschreien? Ich spitzte die Ohren. Wozu? Ich machte keinen Lärm, ich ging lautlos, auf Zehenspitzen. Also auch er.

Am Nachmittag hatte ich mir die Lage der Säle genau eingeprägt, ich war überzeugt, die große Treppe auch im

Dunkeln zu finden. Statt dessen irrte ich nun beinahe tastend umher und hatte die Orientierung verloren.

Vielleicht durchquerte ich manche Säle bereits zum zweiten Mal, vielleicht würde ich nie wieder hier herausfinden, vielleicht war dies, genau dieses Umherirren zwischen sinnlosen Maschinen, gerade der Ritus.

In Wahrheit wollte ich nicht hinuntergehen, in Wahrheit wollte ich die Begegnung hinauszögern.

Ich hatte das Periskop nach einer langen und gnadenlosen Gewissenserforschung verlassen, stundenlang hatte ich unsere Fehler der letzten Jahre hin und her bedacht, um mir klarzuwerden, warum ich hier ohne vernünftigen Grund auf der Suche nach Belbo war, den es aus noch weniger vernünftigen Gründen hierher verschlagen hatte. Doch kaum hatte ich einen Fuß aus dem Periskop hinausgesetzt, war alles anders geworden. Während ich mich durch das Dunkel tastete, dachte ich mit dem Kopf eines anderen. Ich war Belbo geworden. Und wie Belbo am Ende seiner langen Reise zur Erleuchtung wußte auch ich nun, daß jedes irdische Ding, auch das allerbanalste, als Hieroglyphe für etwas anderes zu lesen ist, und es gibt nichts Anderes, was so real ist wie der Große Plan. O ja, ich war schlau, mir genügte ein Blitz, ein Blick in einen Lichtstrahl, um zu begreifen. Ich ließ mich nicht narren.

... Fromentscher Motor: ein vertikales Gebilde auf rhomboidaler Basis, das ähnlich einer anatomischen Wachsfigur, die ihre künstlichen Rippen zur Schau stellt, eine Reihe von Spindeln umschloß – was weiß ich, Spulen, Unterbrecher oder wie sie in den Fachbüchern heißen mögen –, bewegt von einem Transmissionsriemen, der über ein Zahnrad von einer Ritzelwelle getrieben wurde... Wozu mochte ein solcher Mechanismus gedient haben? Antwort: zum Messen der tellurischen Ströme, ganz klar.

Akkumulatoren. Was akkumulieren die? Nun, keine Frage, denken wir uns die Sechsunddreißig Unsichtbaren als ebenso viele beharrliche Sekretäre (Hüter des *secretum*), die nachts auf ihr Schreib-Cembalo hämmern, um ihm einen Ton zu entlocken, einen Funken, einen Anruf, eingespannt in einen Dialog von Küste zu Küste, von Abgrund zu Oberfläche, von Machu Picchu nach Avalon, zip zip zip, hallo hallo, Pamersiel Pamersiel, ich habe des Beben aufgefangen, die

Strömung Mu 36, die die Brahmanen anbeteten als den bleichen Atem Gottes, jetzt stecke ich die Nadel rein, der mikro-makrokosmische Kreislauf ist aktiviert, unter der Kruste des Globus erzittern die Wurzeln der Mandragora, ich höre den Sphärenklang der Universalen Sympathie, over and out.

Mein Gott, die Armeen zogen mordend und sengend durch die Ebenen Europas, die Päpste schleuderten Bannstrahlen, die Kaiser trafen sich hämophilitisch und inzestuös im Jagdschlößchen der Palatinischen Gärten, alles nur, um eine Tarnung zu liefern, eine Prunkfassade für die Arbeit derer, die im Salomonischen Hause auf die schwachen Signale des Umbilicus Mundi lauschten.

Jawohl, sie waren hergekommen, um diese Maschinen in Gang zu setzen, diese pseudothermischen hexatetragrammatischen Elektrokapillatoren – wie Garamond sie genannt hätte –, und zwischendurch erfindet jemand, was weiß ich, ein Vakzin, oder eine Glühbirne, um das wunderbare Abenteuer der Metalle zu rechtfertigen, aber die Aufgabe war eine andere, sie alle versammelten sich hier um Mitternacht, um diese statische Maschine von Ducretet in Gang zu setzen, ein transparentes Rad, das aussieht wie ein Wehrgehänge, dahinter zwei tanzende Bällchen an zwei gebogenen Stäbchen, vielleicht, wenn man sie berührte, sprühten Funken heraus, Frankenstein hoffte, auf diese Weise seinen Golem beleben zu können, aber nein, das Signal, auf das er wartete, war ein anderes: such weiter, forsche, kombiniere, grab, grab, alter Maulwurf...

... hier eine Nähmaschine (so eine wie in der Stahlstich-Reklame, neben der Pille zur Entwicklung des Busens und dem großen Adler, der durch die Berge fliegt, in den Krallen den aufmöbelnden Magenbitter, Robur le Conquérant, R.C.), aber wenn sie in Gang gesetzt wird, dreht sie ein Rad, und das Rad dreht einen Ring, und der Ring... was tut der, wer gehorcht dem Ring? Die Beischrift sagte es: »Les courants induits par le champ terrestre«, die vom Magnetfeld der Erde induzierten Ströme! Schamlos, in aller Offenheit, auch die Kinder können es lesen bei ihren nachmittäglichen Besuchen, glaubte die Menschheit doch sowieso, in eine andere Richtung zu gehen, man konnte alles versuchen, sogar das höchste, äußerste Experiment, wenn man nur sagte, es diene der Technik. Die Herren der Welt haben uns jahrhundertelang getäuscht. Wir waren umgeben, umschlossen, umgarnt vom Großen Komplott, und wir schrieben Gedichte zum Lob der Lokomotive!

Ich lief ziellos umher. Ich konnte mir vorstellen, kleiner zu sein, mikroskopisch klein, und schon wäre ich als bestürzter Passant durch die Straßen einer mechanischen Stadt gewandert, zwischen metallischen Wolkenkratzern. Zylinder, Batterien, Leidener Flaschen übereinandergetürmt, kleine Karussselle, kaum zwanzig Zentimeter hoch, tourniquet électrique à attraction et répulsion. Talisman, um die Sympathie-Ströme zu stimulieren. Colonnade étincelante formée de neuf tubes, électroaimant, eine Guillotine, im Zentrum – und es sah aus wie eine Druckpresse – hingen Haken an schweren Ketten. Eine Presse, in die man eine Hand hineinstecken kann, einen Kopf zum Zermalmen. Gläserne Glocke, bewegt von einer Luftpumpe mit zwei Zylindern, eine Art Destillierkolben, darunter eine Schale und rechts eine kupferne Kugel. Saint-Germain hat darin seine Tinkturen für den Landgrafen von Hessen gemischt.

Ein Pfeifenständer mit vielen kleinen Sanduhren, die Einschnürungen langgezogen wie die Taillen bei den Frauen von Modigliani, gefüllt mit einem undefinierbaren Material, aufgestellt in zwei Reihen von jeweils zehn, und bei jeder bläht sich die obere Erweiterung auf einer anderen Höhe, wie lauter kleine Mongolfieren, die sich in die Luft erheben wollen und nur durch einen Sandsack am Boden gehalten werden. Ein Apparat zur Erzeugung des Rebis, sichtbar vor aller Augen.

Abteilung Glasarbeiten. Ich war im Kreis gelaufen. Grüne Fläschchen, ein sadistischer Wirt bot mir Gifte in Quintessenz an. Eiserne Maschinen zur Flaschenherstellung, sie öffneten und schlossen sich mit zwei Griffen, aber wenn man nun statt der Flasche die Hand hineinhielt? Zack, so muß es gegangen sein mit jenen Zangen, jenen Scheren, jenen Bistouris mit gebogenem Schnabel, die in den After eingeführt werden konnten, in die Ohren, in den Uterus, um den noch lebenden Fötus herauszuziehen und ihn mit Honig und Pfeffer anzurichten für die blutgierige Astarte... Der Saal, den ich jetzt durchquerte, hatte breite Vitrinen, ich sah Druckknöpfe, mit denen man große Korkenzieher in Gang setzen konnte, die sich unaufhaltsam dem Auge des Opfers entgegenschraubten, Die Grube und das Pendel, hier waren wir schon fast bei der Karikatur, bei den unnützen Maschinen von Goldberg, bei den Foltergeräten, an die Mickey Mouse von Big Pete gefesselt wurde, l'engrenage extérieur à trois pignons, äußeres Zahnradgetriebe mit drei Ritzeln, Triumph der Mechanik zur Zeit der Renaissance, Branca, Ramelli, Zonca kannten diese Getriebe, ich hatte sie abgebildet in unserem wunderbaren Abenteuer der Metalle, aber hierhin waren sie später verbracht worden, im letzten Jahrhundert, jawohl, hier standen sie schon bereit, um die Aufrührer zu bändigen nach der Eroberung der Welt, die Templer hatten von den Assassinen gelernt, wie man Noffo Dei zum Schweigen bringt, sobald man ihn einmal gefangen hat, Sebottendorffs Hakenkreuz würde die ächzenden Glieder der Feinde der Herren der Welt in Richtung der Sonne verdrehen, alles stand bereit und wartete nur noch auf einen Wink, alles vor aller Augen, der Große Plan war öffentlich, aber niemand hätte ihn erraten können, knirschende Kiefern hätten ihren Eroberungshymnus gesungen, eine Orgie von Mäulern, allesamt nur noch reines Gebiß, die sich ineinander verbolzten mit einem spastischen Ticken, als fielen alle Zähne auf einmal zu Boden.

Und schließlich stand ich vor jenem Emetteur à étincelles soufflées, der für den Eiffelturm geplant worden war, zum Austausch von stündlichen Signalen zwischen Frankreich, Tunesien und Rußland (Templer von Provins, Paulizianer und Assassinen aus Fez – Fez liegt nicht in Tunesien, und die Assassinen waren in Persien, aber was soll's, man kann nicht subtilisieren, wenn man in den Windungen der Subtilen Zeit lebt). Diese immense Maschine hatte ich doch schon mal irgendwo gesehen: übermannsgroß, die Wände durchbohrt von einer Reihe Luken und Luftlöcher, wer wollte mir einreden, das sei ein Funkapparat? Natürlich, das kannte ich, daran war ich am Nachmittag vorbeigekommen. Das war das Centre Beaubourg!

Vor unser aller Augen. Und in der Tat, wozu sollte diese Riesenschachtel im Zentrum von Lutetia dienen (Lutetia Parisiorum, die Luke zu einem unterirdischen Meer von Schlamm), dort, wo früher der Bauch von Paris war, mit diesen Saugrüsseln zum Einsaugen der Luft, dieser krankhaften Wucherung von Röhren und Leitungen, diesem Ohr des Dionysius, das sich so weit nach außen öffnet, um Töne, Botschaften, Signale aufzufangen und hineinzusenden ins Zentrum der Erde und sie zurückzugeben als ausgekotzte Informationen der Hölle? Erst das Conservatoire als Laboratorium, dann der Eiffelturm als Sonde, schließlich das Centre Beaubourg als globale Sendeempfangsstation. Hatten sie diesen Riesenschröpfkopf da etwa hingestellt, bloß um ein paar langhaarige, ungewaschene Jugendliche zu unterhalten, die sich den neuesten Hit mit japanischen Walkmen reinziehen? Vor unser aller Augen. Das Centre Beaubourg als das Tor zum unterirdischen Reich von Agarttha, als Monument der Equites Synarchici Resurgentes. Und die anderen, all die anderen, zwei, drei, vier Milliarden Andere, sie ignorierten es oder bemühten sich, es zu ignorieren. Trottel und Hyliker. Und die Pneumatiker zielstrebig, sechs Jahrhunderte lang.

Endlich hatte ich die Treppe gefunden und war hinabgestiegen, immer vorsichtiger. Mitternacht nahte. Ich mußte mich in meinem Observatorium verstecken, ehe *sie* kamen.

Ich glaube, es war schon elf, vielleicht noch nicht ganz. Ich ging durch den Saal Lavoisier, ohne die Taschenlampe anzuknipsen, eingedenk der Halluzinationen am Nachmittag, ich eilte durch den Gang mit den Modelleisenbahnen.

Im Kirchenschiff war bereits jemand. Ich sah Lichter, huschende, flackernde. Ich hörte Scharren, als würden Möbel über den Boden geschoben.

Würde ich noch rechtzeitig in den Sockel der Freiheitsstatue kommen? Ich schlich gebückt an den Vitrinen mit den Zügen entlang und war gleich darauf im Seitenschiff neben der Statue von Gramme. Auf einem hölzernen Podest in Kubusform (der kubische Stein von Hesod!) erhob sie sich, wie um den Eingang zum Chor zu bewachen. Von hier war es nur noch ein Katzensprung bis zu meinem Versteck.

Die Vorderseite des Podests war aufgeklappt, so daß eine Türöffnung entstand, die den Ausgang eines geheimen Ganges darstellen mochte. Und tatsächlich kam dort jemand mit einer Laterne heraus – vielleicht einer Gaslaterne, mit bunten Scheiben, die sein Gesicht in rötlichen Flammenschein tauchten. Ich drückte mich in einen Winkel, und er sah mich nicht. Ein anderer kam aus dem Chor auf ihn zu. »Schnell«, sagte er leise, »in einer Stunde sind sie da.«

Das war also die Vorhut, die etwas für den Ritus vorbereiten sollte. Wenn es nicht viele waren, konnte ich unbemerkt die Freiheitsstatue erreichen, ehe die anderen kamen, wer weiß woher und zu wie vielen. Ich blieb lange in meinem Winkel und verfolgte die Bewegungen der Laternen in der Kirche, den periodischen Wechsel der Lichter, die Momente der größeren und geringeren Helligkeit. Ich kalkulierte, wie weit sie sich von der Freiheitsstatue entfernten und wie lange diese im Dunkeln bleiben mochte. Schließlich setzte ich alles auf eine Karte, huschte links unter die Statue von Gramme – an die Wand gepreßt mit eingezogenem Bauch, zum Glück war ich dünn wie ein Nagel. Lia... Und schlüpfte in den Sockel der Freiheitsstatue.

Um mich noch unsichtbarer zu machen, kauerte ich mich am Boden zusammen, in einer fast embryonalen Position. Mein Herz pochte schneller, meine Zähne klapperten.

Ich mußte mich entspannen. Ich atmete rhythmisch durch die Nase und steigerte langsam die Intensität der Atemzüge. So kann man, glaube ich, unter der Folter beschließen, ohnmächtig zu werden, um sich dem Schmerz zu entziehen. Tatsächlich fühlte ich mich langsam in die Arme der Unterirdischen Welt versinken.

113

> Unsere Sache ist ein Geheimnis in einem Geheim-
> nis, das Geheimnis von etwas, das verhüllt bleibt,
> ein Geheimnis, das nur ein anderes Geheimnis
> erklären kann, ein Geheimnis über ein Geheimnis,
> das sich mit einem Geheimnis befriedigt.
>
> Ga'far al-Sadiq, sechster Imam

Langsam kam ich wieder zu mir. Ich hörte Geräusche, ein
helleres Licht schreckte mich auf. Meine Füße waren steif
geworden. Ich versuchte mich langsam aufzurichten, ohne
Lärm zu machen, und es kam mir vor, als stünde ich auf
einem Teppich aus Seeigeln. Die kleine Seejungfrau. Ich
machte ein paar lautlose Bewegungen, beugte mich nach
rechts und nach links, und als ich feststellte, daß mein Versteck weitgehend im Dunkeln geblieben war, gelang es mir
allmählich, wieder Herr der Lage zu werden.

Das Kirchenschiff war hell erleuchtet. Es waren die Laternen, aber nun waren es Dutzende und Aberdutzende, getragen von den Zusammengeströmten, die sich hinter mir
drängten. Sicherlich aus dem Geheimgang gekommen,
strömten sie links von mir in den Chor und ins Kirchenschiff.
Mein Gott, sagte ich mir, die Nacht auf dem Kahlen Berge,
Version Walt Disney.

Sie lärmten nicht, sie murmelten nur, aber alle zusammen
produzierten ein lautes Brummen und Rauschen, wie die
Komparsen in der Oper: Rhabarber, Rhabarber.

Links von mir waren die Laternen im Halbrund auf den
Boden gestellt, so daß sie mit einem abgeflachten Halbkreis
das östliche Halbrund des Chores vervollständigten und am
südlichsten Punkt dieses Pseudo-Halbkreises die Statue von
Pascal berührten. Dort drüben hatte man ein brennendes
Kohlebecken hingestellt, auf das jemand Kräuter und Essenzen warf. Der Rauch drang bis in mein Versteck, legte sich
mir auf die Kehle und verursachte mir ein Gefühl von über-
reizter Betäubung.

Im Schwanken der Laternen bemerkte ich, daß sich im
Zentrum des Chors etwas regte, ein schmaler und schwirren-
der Schatten.

Das Pendel! Das Pendel schwang nicht mehr an seinem

gewohnten Ort auf halber Höhe des Kreuzgewölbes. Es hing jetzt, größer als sonst, am Schlußstein in der Mitte des Chors. Die Kugel war größer, der Faden war dicker, er schien mir jetzt ein Seil oder eine Drahttrosse zu sein.

Das Pendel war jetzt so groß, wie es einst im Panthéon gewesen sein mußte. Wie wenn man den Mond durch ein Fernrohr vergrößert sieht.

Sie hatten es so wiederherstellen wollen, wie die Templer es beim erstenmal erprobt haben mußten, ein halbes Jahrtausend vor Léon Foucault. Damit es frei schwingen konnte, hatten sie einiges wegräumen müssen und dem Amphitheater des Chors jene grob-symmetrische Antistrophe geschaffen, die von den Laternen dargestellt wurde.

Ich fragte mich, wie es dem Pendel gelingen mochte, so gleichmäßig zu schwingen, jetzt, wo unter dem Boden nicht mehr der magnetische Regulator sein konnte. Dann begriff ich. Im Chorumgang, bei den Dieselmotoren, stand einer, der – geschmeidig wie eine Katze den Veränderungen der Schwingungsebene folgend – der Kugel jedesmal, wenn sie zu ihm geschwungen kam, einen leichten Stoß versetzte, mit einer präzisen Handbewegung.

Er war im Frack, wie Mandrake. Später, als ich seine Gefährten sah, begriff ich, daß er ein Taschenspieler war, ein Zauberer aus dem Petit Cirque der Madame Olcott, ein Profi, der den Stoß seiner Fingerspitzen sehr genau zu dosieren vermochte, mit sicherer Hand, geschickt bei der Arbeit mit infinitesimalen Veränderungen. Vielleicht war er sogar fähig, durch die dünnen Sohlen seiner Lackschuhe die Vibrationen der innerirdischen Strömungen zu erspüren und die Hände gemäß der Logik der Kugel zu bewegen, und gemäß der Logik der Erde, auf welche die Kugel antwortete.

Seine Gefährten. Nun sah ich auch sie. Sie bewegten sich zwischen den Automobilen im Kirchenschiff, huschten an den *draisiennes* und Motorrädern vorbei, wälzten sich fast im Schatten, die einen trugen einen Lehnstuhl und einen mit rotem Tuch verhangenen Tisch in den breiten hinteren Chorumgang, die anderen verteilten weitere Laternen. Klein, dunkel und täppisch, wirkten sie wie rachitische Kinder, und als einer von ihnen dicht an mir vorbeikam, sah ich seine mongoloiden Züge und seinen Kahlkopf. Les Freaks Mignons de Madame Olcott, die scheußlichen kleinen Monster, die ich auf dem Plakat in der Librairie Sloane gesehen hatte.

Der Zirkus war komplett gekommen: Staff, Ordner und Choreographen des Ritus. Ich sah Alex und Denys, die Riesen von Avalon, eingezwängt in eine Rüstung aus nietenbeschlagenem Leder, wahrhaft gigantische Kerle mit blondem Haar, an die große Masse der Obéissante gelehnt mit abwartend gekreuzten Armen.

Ich hatte keine Zeit, mir weitere Fragen zu stellen. Jemand war feierlich eingetreten, mit ausgestreckter Hand Ruhe gebietend. Ich erkannte Bramanti nur deshalb, weil er dasselbe scharlachrote Gewand mit weißem Umhang und Mitra trug, in dem ich ihn an jenem Abend auf dem Schloß in Piemont gesehen hatte. Er näherte sich dem Kohlebecken, warf etwas hinein, so daß eine Flamme aufloderte, gefolgt von einem dicken weißen Rauch, dessen Duft sich langsam durch den Saal verbreitete. Wie damals in Rio, dachte ich, und wie auf dem alchimistischen Fest. Und ich hatte kein Agogõ. Ich hielt mir das Taschentuch wie einen Filter vor Nase und Mund. Aber schon glaubte ich zwei Bramantis zu sehen, und das Pendel schwang vor mir in mehrere Richtungen gleichzeitig, wie ein Karussell.

Bramanti begann zu psalmodieren: »Aleph Beth Gimel Daleth He Waw Zajin Heth Teth Jod Kaf Lamed Mem Nun Samech Ajin Pe Sade Qof Resch Schin Tau!«

Die Menge respondierte: »Pamersiel, Padiel, Chamuel, Aseliel, Barmiel, Gediel, Asyriel, Meseriel, Dorchtiel, Usiel, Cabariel, Raysiel, Symiel, Armadiel...«

Bramanti winkte, jemand trat aus der Menge hervor und sank vor ihm auf die Knie. Nur für einen Augenblick sah ich sein Gesicht. Es war Riccardo, der Maler, der Mann mit der Narbe.

Bramanti befragte ihn, und der andere antwortete, die Formeln des Rituals auswendig rezitierend.

»Wer bist du?«

»Ich bin ein Adept, noch nicht zugelassen zu den höheren Mysterien der Tres. Ich habe mich in der Stille vorbereitet, in der analogischen Meditation über das Geheimnis des Baphomet, im Bewußtsein, daß es sechs unversehrte Siegel sind, um die das Große Werk kreist, und daß wir erst am Ende das Geheimnis des siebenten kennen werden.«

»Wie bist du empfangen worden?«

»Durch die perpendikuläre Passage zum Pendel.«

»Wer hat dich empfangen?«

»Ein Mystischer Legat.«

»Würdest du ihn wiedererkennen?«

»Nein, denn er war maskiert. Ich kenne nur den Ritter des nächsten Grades über mir, und dieser kennt nur den Naometer des nächsten Grades über sich, und ein jeder kennt immer nur einen. Und so soll es sein.«

»Quid facit Sator Arepo?«

»Tenet Opera Rotas.«

»Quid facit Satan Adama?«

»Tabat Amata Natas. Mandabas Data Amata, Nata Sata.«

»Hast du die Frau mitgebracht?«

»Ja, sie ist hier. Ich habe sie übergeben, wie man mir befahl. Sie ist bereit.«

»Geh, aber halte dich gleichfalls bereit.«

Der Dialog war in einem rudimentären Französisch geführt worden, von beiden. Dann sagte Bramanti auf Italienisch: »Brüder, wir sind hier versammelt im Namen des Einzigen Ordens, des Unbekannten Ordens, von dem ihr noch gestern nichts wußtet und dem ihr doch seit jeher angehörtet. Schwören wir: Fluch allen, die das Geheimnis entweihen. Fluch den Sykophanten des Okkulten, Fluch denen, die aus Riten und Mysterien ein Spektakel gemacht haben!«

»Fluch ihnen!«

»Fluch dem Unsichtbaren Kollegium, den Bastarden Hirams und der Witwe, den operativen und spekulativen Meistern der Lüge, sei es des Orients oder des Okzidents, der Alten und Angenommenen oder Rektifizierten, Fluch über Memphis und Misraim, über Philalethes und die Neun Schwestern, Fluch der Strikten Observanz und dem Ordo Templi Orientes, Fluch den Illuminaten aus Bayern und denen aus Avignon, den Rittern Kadosch, den Erwählten Cohens, der Vollkommenen Freundschaft, den Rittern des Schwarzen Adlers und der Heiligen Stadt, Fluch den Rosenkreuzern in Anglia, den Kabbalisten vom Goldenen Rosen+Kreuz, den Satanisten vom Golden Dawn, Fluch dem Katholischen Rosen-Kreuz des Tempels und des Grals, der Stella Matutina, dem Astrum Argentinum und der Thelema, Fluch dem Vril und der Thule-Gesellschaft und jedem alten und mystischen Usurpator des Namens der Großen Weißen Brüderschaft, Fluch den Wächtern des Tempels und jedem anderen Kollegium oder Priorat von Zion oder von Gallien!«

»Fluch ihnen!«

»Wer immer aus Einfalt, auf Befehl, als Proselyt, aus Berechnung oder bösem Willen initiiert worden ist in eine Loge, ein Kollegium, ein Priorat, ein Kapitel, einen Orden, der, die oder das sich unerlaubterweise auf den Gehorsam gegenüber den Unbekannten Oberen und den Herren der Welt beruft, der schwöre in dieser Nacht ab und erflehe exklusive Aufnahme in den Geist und den Körper der einzigen wahren Observanz, der TRES, der Templi Resurgentes Equites Synarchici, der dreieinen und trinosophischen, mystischen und allergeheimsten Ordensgemeinschaft der Synarchischen Ritter der Templerischen Wiedergeburt!«

»Sub umbra alarum tuarum!«

»Es mögen nun eintreten die Würdenträger der sechsunddreißig höchsten und allergeheimsten Grade.«

Und während Bramanti die Erwählten einen nach dem anderen aufrief, traten diese in liturgischen Gewändern herein, jeder mit dem Wappen des Goldenen Vlieses auf der Brust.

»Ritter des Baphomet, Ritter der Sechs Unversehrten Siegel, Ritter des Siebenten Siegels, Ritter des Tetragrammatons, Ritter Scharfrichter von Florian und Dei, Ritter des Athanor... Ehrwürdiger Naometer des Turms zu Babel, Ehrwürdiger Naometer der Großen Pyramide, Ehrwürdiger Naometer der Kathedralen, Ehrwürdiger Naometer des Salomonischen Tempels, Ehrwürdiger Naometer des Hortus Palatinus, Ehrwürdiger Naometer des Tempels von Heliopolis...«

Bramanti rezitierte die Dignitäten, und die Genannten erschienen in Gruppen, so daß ich nicht erkennen konnte, wer welchen Titel trug, aber mit Sicherheit erkannte ich unter den ersten zwölf den Commendator De Gubernatis, den alten Buchhändler aus der Librairie Sloane, den Professor Camestres und andere, denen ich an dem Abend auf dem Schloß in Piemont begegnet war. Und ich sah, ich glaube als Ritter des Tetragrammatons, Signor Garamond, gefaßt und hieratisch, ergriffen von seiner neuen Rolle, wie er sich mit zitternder Hand an das Vlies auf seiner Brust faßte. Unterdessen fuhr Bramanti fort: »Mystischer Legat von Karnak, Mystischer Legat von Bayern, Mystischer Legat der Barbelognostiker, Mystischer Legat von Camelot, Mystischer Legat von Montségur, Mystischer Legat des Verborgenen Imam...

Höchster Patriarch von Tomar, Höchster Patriarch von Kilwinning, Höchster Patriarch von Saint-Martin-des-Champs, Höchster Patriarch von Marienburg, Höchster Patriarch der Unsichtbaren Ochrana, Höchster Patriarch in partibus der Felsenfestung Alamut…«

Und zweifelsfrei war der Patriarch der Unsichtbaren Ochrana mein Nachbar Salon, wie immer graugesichtig, aber nun ohne Kittel und strahlend in einer gelben Tunika mit rotem Saum. Ihm folgte Pierre, der Psychopomp der Eglise Luciférienne, doch er trug auf der Brust statt des Goldenen Vlieses einen Dolch in einer vergoldeten Scheide. Unterdessen fuhr Bramanti fort: »Erhabener Hierogam der Chymischen Hochzeit, Erhabener Rhodostaurotischer Psychopomp, Erhabener Referendar der Arcana Arcanissima, Erhabener Steganograph der Monas Ieroglyphica, Erhabener Astraler Connector Utriusque Cosmi, Erhabener Wächter des Grabes Christiani Rosencreutz… Unergründbarer Archont der Strömungen, Unergründbarer Archont der Hohlwelt, Unergründbarer Archont des Mystischen Pols, Unergründbarer Archont der Labyrinthe, Unergründbarer Archont des Pendels der Pendel…« Bramanti machte eine Pause, und mir schien, als brächte er die letzte Formel nur widerwillig über die Lippen: »Und als Unergründbarster der Unergründbaren Archonten, Diener der Diener, Demütigster Sekretär des Ägyptischen Ödipus, Niedrigster Bote der Herren der Welt und Torwächter von Agarttha, Letzter Weihrauchfaßträger und Beweihräucherer des Pendels, Claude-Louis Graf von Saint-Germain, Fürst Rakoczi, Graf von Saint-Martin und Marquis von Agliè, Herr von Surmont, Marquis von Welldone, Marquis von Monferrat, von Aymar und Belmar, Graf Soltikoff, Ritter von Schoening, Graf von Tzarogy!«

Während die anderen sich im Chorumgang aufstellten, mit Blick auf das Pendel und auf die Gläubigen im Kirchenschiff, trat Agliè herein, wie immer im nachtblauen nadelgestreiften Zweireiher, bleich und mit versteinerter Miene, und an der Hand führte er, als geleitete er eine arme Seele auf dem Weg zum Hades, sie ebenfalls bleich und wie von einer Droge betäubt, bekleidet nur mit einem weißen, halb durchscheinenden Gewand, das Haar lang auf die Schultern herabfallend, Lorenza Pellegrini. Ich sah sie im Profil, als sie an meinem Versteck vorbeischritt, rein und schmachtend wie eine präraffaelitische Ehebrecherin. Zu durchscheinend, um nicht erneut mein Begehren zu wecken.

Agliè führte Lorenza zu dem Kohlebecken neben der Statue von Pascal, strich ihr sanft über die Wange und winkte die beiden Riesen von Avalon herbei, die sie rechts und links an den Armen faßten und hielten. Dann ging er an den Tisch und setzte sich, das Gesicht zu den Gläubigen gewandt, und ich konnte ihn deutlich sehen, wie er sein Döschen aus der Westentasche zog und es schweigend streichelte, bevor er zu sprechen begann.

»Brüder, Ritter. Ihr seid hierhergekommen, weil euch die Mystischen Legaten in diesen Tagen benachrichtigt haben, und daher wißt ihr nun alle, aus welchem Grunde wir uns hier versammeln. Wir hätten uns bereits in der Nacht des 23. Juni 1945 hier versammeln müssen, und vielleicht waren damals einige von euch noch nicht geboren – zumindest nicht in der gegenwärtigen Form, meine ich. Heute sind wir nun hier zusammengekommen, weil wir nach sechshundert Jahren schmerzlichsten Irrens endlich einen gefunden haben, der *weiß*. Woher er sein Wissen hat – und wie es kommt, daß er mehr weiß als wir –, ist ein beunruhigendes Geheimnis. Aber ich vertraue darauf, daß unter uns derjenige ist – und nicht wahr, du durftest nicht fehlen, mein Freund, der du schon einmal zu neugierig warst –, derjenige, sagte ich, der es uns sagen kann. Ardenti!«

Der Oberst Ardenti – zweifellos er, noch immer schwarzhaarig, wenn auch vergreist – drängte sich durch die Menge und trat vor das, was sich anschickte, sein Tribunal zu werden, auf Distanz gehalten durch das Pendel, das durch sein Schwingen einen unbetretbaren Raum abgrenzte.

»Wir haben uns lange nicht mehr gesehen, Bruder«, sagte Agliè lächelnd. »Ich wußte, als ich die Nachricht verbreitete, daß du nicht würdest widerstehen können. Also? Du weißt, was der Gefangene gesagt hat, und er sagt, er habe es von dir erfahren. Mithin hast du gewußt und hast geschwiegen.«

»Graf«, sagte Ardenti, »der Gefangene lügt. Ich schäme mich, es zu gestehen, aber die Ehre geht vor. Die Geschichte, die ich ihm anvertraut habe, ist nicht diejenige, von der die Mystischen Legaten gesprochen haben. Die Interpretation der Botschaft – jawohl, es ist wahr, ich hatte die Hände auf eine Botschaft gelegt, und ich hatte es Euch nicht verheimlicht, damals vor Jahren in Mailand –, die Interpretation der

Botschaft ist eine andere... Ich wäre nicht in der Lage gewesen, sie so zu lesen, wie der Gefangene sie gelesen hat, deswegen suchte ich damals Hilfe. Und ich muß sagen, ich bin nicht gerade auf Ermunterung gestoßen, nur auf Mißtrauen, Herausforderungen und Drohungen...« Vielleicht wollte er noch etwas anderes sagen, aber indem er Agliè anstarrte, starrte er auch das Pendel an, das zwischen ihnen schwang und wie ein Zauber auf ihn wirkte. Hypnotisiert sank er auf die Knie und stammelte nur: »Vergebt mir, denn ich weiß nichts.«

»Dir sei vergeben, denn du weißt, daß du nichts weißt«, sagte Agliè. »Geh. Doch somit, Brüder, weiß der Gefangene zu viele Dinge, die keiner von uns gewußt hat. Er weiß sogar, wer wir sind, und wir haben es von ihm erfahren. Wir müssen uns sputen, bald wird es hell werden. Während ihr hier in Meditation verharrt, werde ich mich jetzt noch einmal mit ihm zurückziehen, um ihm die Enthüllung zu entreißen.«

»Ah non, Monsieur le Comte!« Pierre war in den Halbkreis getreten, mit geweiteten Pupillen. »Zwei Tage habt Ihr gesprochen mit ihm tête-à-tête, ohne uns zu prävenieren, und er nix gesehen, nix gesagt, nix gehört, wie die drei kleine Äffchen. Was wollt Ihr ihn jetzt noch fragen, diese Nacht? Non, ici, hier vor uns allen!«

»Beruhigen Sie sich, lieber Pierre. Ich habe heute abend diejenige herbringen lassen, die ich für die exquisiteste Inkarnation der Sophia halte, das mystische Band zwischen der Welt des Irrtums und der Höheren Achtheit. Fragen Sie mich nicht, wie und warum, aber vor dieser Mittlerin wird der Gefangene sprechen. Sag ihnen, wer du bist, Sophia.«

Und Lorenza, wie schlafwandelnd, die Worte mühsam hervorstoßend und fast skandierend: »Ich bin... die Heilige und die Hure.«

»Ah, ça c'est bien«, lachte Pierre auf. »Wir haben hier die Crème de l'Initiation und greifen zurück auf la Pute! Nein, der Mann her, sofort, hierher vor das Pendel!«

»Seien wir doch nicht kindisch«, sagte Agliè. »Gebt mir eine Stunde Zeit. Wieso glaubt Ihr, er werde hier sprechen, vor dem Pendel?«

»Er wird sprechen, indem er verblutet. Le sacrifice humain!« schrie Pierre in das Kirchenschiff.

Und laut tönte es zurück: »Le sacrifice humain!«

Da trat Salon vor: »Graf, Kindereien beiseite, der Bruder hat recht. Wir sind keine Polizisten…«

»Gerade Sie dürften das nicht sagen«, murmelte Agliè.

»Wir sind keine Polizisten, und wir halten es nicht für unserer würdig, mit den gewöhnlichen Verhörmethoden vorzugehen. Aber ich glaube auch nicht, daß man den Kräften des Untergrundes mit Menschenopfern beikommt. Hätten sie uns ein Zeichen geben wollen, sie hätten es längst getan. Außer dem Gefangenen wußte noch ein anderer Bescheid, aber der ist verschwunden. Eh bien, heute abend haben wir die Möglichkeit, diejenigen mit dem Gefangenen zu konfrontieren, die Bescheid wußten und…«, er lächelte und sah Agliè mit halbgeschlossenen Augen unter den buschigen Brauen an, »und sie auch mit uns zu konfrontieren, oder jedenfalls mit einigen von uns…«

»Was wollen Sie damit sagen, Salon?« fragte Agliè mit unsicherer Stimme.

»Wenn Herr Graf erlauben, würde ich das gerne erklären«, sagte Madame Olcott. Sie war es, ich erkannte sie von dem Plakat in der Librairie Sloane. Blasser Teint, in einem grünlichen Kleid, die Haare glänzend von Öl, im Nacken zu einem Knoten zusammengebunden, die Stimme tief und rauh wie bei einem heiseren Mann. Schon in der Buchhandlung war mir dieses Gesicht irgendwie bekannt vorgekommen, jetzt erinnerte ich mich: es war die Druidin, die uns damals in jener Nacht auf der Wiese entgegengelaufen war. »Alex, Denys, bringt den Gefangenen her.«

Sie hatte in herrischem Ton gesprochen, das Raunen im Kirchenschiff schien ihr zuzustimmen, die beiden Riesen gehorchten und übergaben Lorenza zwei Freak Mignons, Agliè hielt die Hände um die Seitenlehnen des Stuhls geklammert und wagte nicht zu widersprechen.

Madame Olcott gab ihren kleinen Monstern ein Zeichen, und zwischen der Statue von Pascal und der Obéissante wurden drei kleine Armstühle aufgestellt, auf denen sie drei Individuen Platz nehmen ließ. Alle drei von dunklem Teint, klein von Statur, nervös, mit großen weißen Augen. »Die Drillinge Fox, Ihr kennt sie gut, Graf. Theo, Leo, Geo, setzt euch und macht euch bereit.«

In diesem Augenblick erschienen die Riesen von Avalon wieder und brachten Jacopo Belbo herein, der ihnen gerade bis an die Schultern reichte. Mein armer Freund, er war aschgrau im Gesicht, seit Tagen unrasiert, die Hände waren ihm auf den Rücken gebunden, sein Hemd stand offen über der Brust. Als er an diesen weihrauchgeschwängerten Ort kam, kniff er die Augen zusammen. Er schien sich nicht zu wundern über die Versammlung von Hierophanten, die er da vor sich sah, in den letzten Tagen mußte er sich daran gewöhnt haben, auf alles gefaßt zu sein.

Allerdings war er nicht darauf gefaßt, plötzlich das Pendel vor sich zu sehen, nicht in dieser Position. Doch die beiden Riesen schleppten ihn vor den Stuhl Agliès. Vom Pendel hörte er jetzt nur das leise Sausen, das es hinter ihm machte, wenn es vorbeischwang.

Einen Moment lang drehte er sich um, und da sah er Lorenza. Er fuhr zusammen, wollte sie anrufen, versuchte sich zu befreien, aber Lorenza, die ihn stumpf anstarrte, schien ihn nicht zu erkennen.

Im selben Moment erhob sich aus dem hinteren Teil des Kirchenschiffs, wo die Kasse und die Büchertische waren, ein Trommelwirbel, begleitet von schrillen Flötentönen. Mit einem Schlag öffneten sich die Türen von vier Automobilen, und heraus kamen vier Wesen, die ich ebenfalls schon auf dem Plakat des Petit Cirque gesehen hatte.

Ein Filzhut ohne Krempe, wie ein Fez, weite schwarze, bis zum Hals geschlossene Mäntel: Les Derviches Hurleurs entstiegen den Automobilen wie Auferstandene aus ihren Gräbern und begaben sich an den Rand des Magischen Kreises, wo sie sich niederhockten. Die Flöten im Hintergrund intonierten jetzt eine sanfte Melodie, während die Derwische ebenso sanft die Hände auf den Boden schlugen und den Kopf beugten.

Aus der Kanzel des Breguet-Flugzeugs erhob sich, wie ein Muezzin auf dem Minarett, ein fünfter Heulender Derwisch und begann zu psalmodieren, in einer mir unbekannten Sprache, seufzend, klagend, mit schrillen Tönen, indes die Trommeln wieder lauter zu wirbeln begannen.

Madame Olcott beugte sich hinter die Gebrüder Fox und flüsterte ihnen etwas ins Ohr. Die drei versanken in ihren Armsesseln, die Hände fest um die Lehnen geklammert, die Augen geschlossen, und begannen zu schwitzen und heftig mit allen Gesichtsmuskeln zu zucken.

Madame Olcott wandte sich an die Versammlung der Würdenträger. »Jetzt werden meine drei braven Brüderchen drei Personen herholen, die Wissende waren.« Sie machte eine Pause, dann verkündete sie: »Edward Kelley, Heinrich Khunrath und...«, erneute Pause, »der Graf von Saint-Germain.«

Zum erstenmal sah ich Agliè die Selbstbeherrschung verlieren. Er sprang von seinem Stuhl auf, und schon das war ein Fehler. Dann stürzte er sich der Frau entgegen – beinahe nur zufällig stieß er nicht mit dem Pendel zusammen – und schrie: »Viper, Lügnerin, du weißt genau, daß es nicht sein kann...« Und zu der Menge gewandt: »Schwindel! Betrug! Stoppt sie!«

Aber niemand rührte sich, im Gegenteil, Pierre ging hin, setzte sich auf den Stuhl und sagte: »Bitte sehr, fahren Sie fort, Madame.«

Agliè faßte sich wieder. Er gewann seine Kaltblütigkeit zurück, trat beiseite zwischen die Zuschauer und sagte herausfordernd: »Na los, sehen wir's uns an.«

Madame Olcott hob den Arm, als gäbe sie das Startzeichen zu einem Rennen. Die Musik wurde immer lauter und hektischer, zerfiel in eine Kakophonie von Dissonanzen, die Trommeln wirbelten ohne Rhythmus, die Derwische, die schon begonnen hatten, den Oberkörper vor- und zurückzubewegen, nach rechts und nach links, sprangen auf, warfen die Mäntel ab und hielten die Arme starr ausgebreitet, als wollten sie zum Fluge abheben. Nach einem Moment der Reglosigkeit begannen sie sich auf einmal wirbelnd um sich selbst zu drehen, wobei sie den linken Fuß als Achse benutzten, das Gesicht hochgereckt, konzentriert und versunken, während ihre plissierten Jäckchen sich glockenförmig zu den Pirouetten erhoben, so daß sie aussahen wie Blumen in einem Wirbelwind.

Inzwischen hatten die drei Fox-Brüder sich gleichsam zusammengezogen, verkrampft hockten sie auf ihren Stühlen mit angestrengten, verzerrten Gesichtern, als wollten sie den Darm entleeren und könnten nicht, schwer atmend. Die Glut im Kohlebecken war schwächer geworden, und die Akolythen der Madame Olcott hatten alle am Boden stehenden Laternen gelöscht. Die Kirche wurde nur noch von mattem Schein der Laternen im Langschiff erleuchtet.

Und langsam, Schritt für Schritt, ereignete sich das Wunder. Auf den Lippen von Theo Fox erschien etwas wie ein weißlicher Schaum, der sich zusehends verdickte, und ein ähnlicher Schaum erschien mit leichter Verzögerung auf den Lippen seiner zwei Brüder.

»Gut, Brüder, weiter so«, raunte Madame Olcott ihnen ermunternd ins Ohr, »weiter, weiter, strengt euch an, ja, ja, so ist's gut!«

Die Derwische jaulten abgehackt und hysterisch, wackelten mit den Köpfen und drehten sich, stießen hektische Schreie aus, die dann röchelnd verklangen.

Die drei Medien schienen eine Substanz auszuschwitzen, die zuerst gasförmig war und dann immer dichter wurde, wie eine Lava, ein Eiweiß, das langsam körnig wird, der Schwaden stieg und fiel, strich ihnen um die Schultern, die Brust, die Beine, mit gewundenen Bewegungen, die an ein Reptil erinnerten. Ich begriff nicht, ob ihnen das Zeug aus den Poren kam, aus dem Mund, den Ohren oder den Augen. Die Menge drängte sich weiter vor, immer näher zu den drei Brüdern und den Heulenden Derwischen. Ich hatte alle Angst verloren: in der Gewißheit, nicht bemerkt zu werden, trat ich aus meinem Versteck hervor und setzte mich damit noch mehr den Dämpfen aus, die den Kirchenraum füllten.

Rings um die drei Medien lag jetzt ein milchiger Schein mit verschwimmenden Rändern. Die Substanz löste sich langsam von ihnen und nahm amöbenartige Formen an. Aus der Form, die vom ersten der drei Brüder ausging, löste sich eine Art Spitze, die sich hinunterbog und an seinem Körper wieder hinaufstieg, als wäre sie ein Tier, das mit dem Schnabel picken wollte. Vorn an der Spitze bildeten sich zwei Auswüchse, beweglich wie die Fühler einer Schnecke...

Die Derwische hatten die Augen geschlossen und den Mund voller Geifer, und so begannen sie nun, immer noch pirouettierend, im Kreise rings um das Pendel zu tanzen, soweit es der Platz erlaubte, wobei es ihnen wundersamerweise gelang, das schwingende Pendel nicht zu berühren. Immer rasender wirbelnd, warfen sie ihre Hüte fort, um lange schwarze Haare flattern zu lassen, während ihre Köpfe davonzufliegen schienen. Dazu stießen sie langgezogene Schreie aus, wie damals in Rio, houu houu houuuuu...

Die weißen Gestalten wurden allmählich deutlicher, eine von ihnen nahm vage menschliche Züge an, die andere war noch ein Phallus, eine Flasche, ein Destillierkolben, die dritte verwandelte sich immer klarer zu einem Vogel, einer Eule mit großer Brille und aufgestellten Ohren, der Schnabel gekrümmt wie bei einer alten Naturkundelehrerin.

Madame Olcott befragte die erste Gestalt: »Kelley, bist du's?« Und aus der Gestalt kam eine Stimme. Es war sicher nicht Theo Fox, der da sprach, es war eine ferne Stimme, die mühsam hervorstieß: »Now... I do reveale... a mighty Secret, if you marke it well...«

»Ja, ja«, insistierte die Olcott. Und die Stimme: »This very place is call'd by many names... Earth... Earth is the lowest element of All... When thrice yee have turned this Wheele about... thus my greate Secret I have revealed...«

Theo Fox machte eine Handbewegung, als wollte er um Gnade bitten. »Entspanne dich ein wenig, aber halte es aufrecht«, sagte Madame Olcott zu ihm. Dann wandte sie sich an die Gestalt der Eule: »Du bist Khunrath, ich erkenne dich. Was willst du uns sagen?«

Die Eule schien zu sprechen: »Hallelu-ja... Hallelu-ja. Was...«

»Was?«

»Was helffen Fackeln, Licht... oder Briln... so die Leut nit... sehen... wollen...«

»Wir wollen ja«, sagte Madame Olcott. »Sag uns, was du weißt...«

»Symbolon kósmou... tà ántra... kaí tōn enkosmíōn... dynámeōn etíthento... hoi theológoi...«

Auch Leo Fox war mit seinen Kräften am Ende, die Stimme der Eule wurde immer schwächer. Leo beugte den Kopf zurück und hielt die Gestalt nur noch mühsam aufrecht, doch unerbittlich forderte Madame Olcott ihn zum Durchhalten auf und wandte sich an die dritte Gestalt, die nun ebenfalls anthropomorphe Züge angenommen hatte. »Saint-Germain, Saint-Germain, bist du's? Was weißt du?«

Die Gestalt begann eine Melodie anzustimmen. Mit einer Handbewegung gebot Madame Olcott den Musikern, ihren Lärm einzustellen, während die Derwische nicht mehr heulten, aber fortfuhren, immer matter zu pirouettieren.

Die Gestalt sang: »Gentle love this hour befriends me...«

»Du bist es, ja, ich erkenne dich«, sagte Madame Olcott ermunternd. »Sprich, sag uns, wo, was...«

Und die Gestalt: »Il était nuit... La tête couverte du voile de lin... j'arrive.... je trouve un autel de fer, j'y place le rameau mystérieux... Oh, je crus descendre dans un abîme...

des galeries composées de quartiers de pierre noire … mon voyage souterrain…«

»Fälschung, Fälschung!« schrie Agliè. »Brüder, ihr alle kennt diesen Text, er ist aus der *Très Sainte Trinosophie*, ich selbst habe das geschrieben, jeder kann's nachlesen, für bloß sechzig Francs!« Er rannte zu Geo Fox und schüttelte ihn am Arm.

»Hör auf, du Betrüger!« schrie Madame Olcott. »Du bringst ihn ja um.«

»Und wenn schon!« schrie Agliè und kippte das Medium vom Stuhl.

Geo Fox versuchte, sich an seiner eigenen Sekretion festzuhalten, die er mit sich zu Boden riß, wo sie sich auflöste und zerfloß. Er wälzte sich in dem Geifer, den er weiterhin ausspie, bis er steif wurde und leblos dalag.

»Aufhören, Narr!« schrie Madame Olcott und packte Agliè am Arm. Dann zu den beiden anderen Brüdern: »Haltet durch, meine Kleinen, sie müssen noch einmal sprechen. Kunrath, Khunrath, sag's ihm, sag, daß ihr echt seid!«

Leo Fox versuchte, die Eule wieder einzusaugen, um zu überleben. Madame Olcott trat hinter ihn und preßte die Finger an seine Schläfen, um ihn unter ihren Willen zu zwingen. Die Eule bemerkte, daß sie im Verschwinden begriffen war, und wandte sich gegen ihren Erzeuger: »Phy, Phy, Diabolos!« zischte sie und versuchte ihm die Augen auszuhacken. Leo Fox stieß einen erstickten Schrei aus, als hätte man ihm die Kehle durchgeschnitten, und fiel auf die Knie. Die Eule verschwand in einer widerwärtigen Schlickpfütze (pfuii, pfuiii, machte sie), Leo stürzte kopfüber in die Pfütze, erstickte darin und blieb reglos liegen. Die Olcott fuhr wütend zu Theo herum, der tapfer standgehalten hatte: »Sprich, Kelly! Hörst du mich?«

Kelley sagte nichts mehr. Er versuchte, sich von seinem Erzeuger abzulösen, der nun aufbrüllte, als würden ihm die Eingeweide herausgerissen, und mit den Händen ins Leere griff, um zurückzuholen, was er hervorgebracht hatte. »Kelley, denk an deine abgeschnittenen Ohren«, rief die Olcott, »hüte dich, noch einmal falsch zu spielen!« Aber Kelley, dem es nicht gelang, sich von Theo zu trennen, versuchte ihn jetzt zu ersticken. Er war zu einer Art riesigem Kaugummi geworden, den der letzte Fox-Bruder vergeblich abzuschütteln versuchte. Dann stürzte auch Theo zu Boden, hustete, vermischte sich langsam mit seinem Auswurf, der ihn verschlang, und wälzte sich zappelnd am Boden, als würde er von Flammen verzehrt. Das, was Kelley gewesen war, legte sich über ihn wie ein Schweißtuch, zerfloß dann und ließ ihn leblos am Boden liegen, die andere Hälfte seiner selbst, die Mumie eines von Salon einbalsamierten Kindes. Im selben Augenblick blieben die vier tanzenden Derwische urplötzlich stehen, rissen die Arme hoch, verharrten ein paar Sekunden so, um dann zusammenzubrechen, winselnd wie Welpen, und sich die Hände vors Gesicht zu schlagen.

Agliè hatte sich unterdessen in den Chorumgang begeben, wischte sich den Schweiß von der Stirn mit dem kleinen Taschentuch, das seine Brusttasche zierte, holte zweimal tief Luft und steckte sich eine weiße Pille in den Mund. Dann hob er ruhegebietend die Hand.

»Brüder, Ritter. Ihr habt gesehen, was für Erbärmlichkeiten uns diese Frau hat vorsetzen wollen. Besinnen wir uns und kommen wir auf meinen Vorschlag zurück. Gebt mir eine Stunde Zeit, den Gefangenen hinüberzubringen.«

Madame Olcott war ausgeschaltet, stumm beugte sie sich über ihre drei Medien in einem fast menschlichen Schmerz. Aber Pierre, der das Schauspiel vom Lehnstuhl aus verfolgt hatte, nahm jetzt die Situation wieder in die Hand. »Non!« sagte er entschieden. »Es gibt nur ein Mittel. Le sacrifice humain! Das Menschenopfer! Her mit dem Gefangenen!«

Hypnotisiert von seiner Energie packten die beiden Riesen Belbo, der die Szene reglos verfolgt hatte, und stießen ihn vor Pierre. Dieser, flink wie ein Taschenspieler, sprang auf, stellte den Stuhl auf den Tisch, schob diesen in die Mitte des Chorraums, packte das Pendel im Fluge und stoppte die Kugel, deren Gewicht ihn ein paar Schritte zurückweichen ließ. Es ging alles im Nu: Als folgten sie einem Plan – und vielleicht hatte es während des Durcheinanders ja wirklich eine Absprache gegeben –, sprangen die beiden Riesen auf den Tisch, hoben Belbo auf den Stuhl, der eine legte das Seil des Pendels zweimal um Belbos Hals, während der andere die Kugel hochhielt, um sie dann vorsichtig auf den Tischrand zu legen.

Bramanti stürzte sich vor diesen Galgen, glühend vor Majestät in seinem scharlachroten Mantel, und psalmodierte: »Exorcizo igitur te per Pentagrammaton, et in nomine Tetragrammaton, per Alpha et Omega qui sunt in spiritu Azoth.

Saddai, Adonai, Jotchavah, Eieazereie! Michael, Gabriel, Raphael, Anael. Fluat Udor per spiritum Elohim! Maneat Terra per Adam Iot-Cavah! Per Samael Zebaoth et in nomine Elohim Gibor, veni Adramelech! Vade retro Lilith!«

Belbo stand aufrecht auf dem Stuhl mit dem Strick um den Hals. Die Riesen brauchten ihn nicht mehr festzuhalten. Wenn er nur eine einzige falsche Bewegung machte, würde er aus dieser labilen Position zu Boden stürzen, und die Schlinge würde ihn erdrosseln.

»Idioten!« schrie Agliè. »Wie bringen wir's jetzt wieder richtig in Gang?« Er dachte nur an die Rettung des Pendels.

Bramanti lächelte. »Machen Sie sich darüber keine Sorgen, Herr Graf. Hier mischen wir nicht Ihre Tinkturen. Dies hier ist das Pendel, wie es von *ihnen* konzipiert worden ist. Es wird schon wissen, wie es zu pendeln hat. Und in jedem Falle: um eine Kraft zum Handeln zu bringen, ist nichts besser als ein Menschenopfer.«

Bis zu diesem Moment hatte Belbo gezittert. Jetzt sah ich ihn sich entspannen, ich sage nicht, sich beruhigen, aber er betrachtete nun die Szene mit Neugier. Ich glaube, in diesem Moment hatte er, angesichts des Streits zwischen seinen beiden Gegnern, vor sich die verrenkten Körper der drei Medien, rechts und links die noch keuchenden und zuckenden Derwische, dahinter die Insignien der aufgelösten Würdenträger, seine authentischste Gabe wiedergefunden: den Sinn für das Lächerliche.

In diesem Moment, ich bin sicher, beschloß er, sich niemals wieder angst machen zu lassen. Vielleicht gab ihm seine erhöhte Position ein Gefühl der Überlegenheit, während er diese Versammlung von Besessenen betrachtete, die sich da vor ihm eine Fehde wie im Kasperltheater lieferten, während im Hintergrund, fast schon im Eingangsraum, die kleinen Monster, die sich nicht mehr für das Geschehen im Chor interessierten, einander feixend Rippenstöße versetzten, wie Annibale Cantalamessa und Pio Bo.

Nur einmal schaute er besorgt zu Lorenza hinüber, die wieder von den zwei Riesen gehalten wurde und sich in heftigen Zuckungen wand. Sie hatte das Bewußtsein wiedererlangt. Sie weinte.

Ich weiß nicht, ob Belbo beschlossen hatte, ihr seine Angst

nicht zu zeigen, oder ob seine Entscheidung nicht eher die einzige Art war, in der er seine Verachtung für diese wüste Horde und seine Überlegenheit ausdrücken konnte. Er stand aufrecht, den Kopf erhoben, das Hemd offen über der Brust, die Hände im Rücken zusammengebunden, stolz, als hätte er niemals Angst empfunden.

Beruhigt durch Belbos Ruhe, jedenfalls resigniert den Stillstand des Pendels hinnehmend, noch immer begierig, das Geheimnis zu erfahren, vermeintlich am Ziel seiner lebenslangen (oder viele Leben langen) Suche, zugleich entschlossen, seine Anhänger wieder in die Gewalt zu bekommen, wandte Agliè sich erneut an Jacopo: »Kommen Sie, Belbo, besinnen Sie sich. Sie sehen doch, Sie befinden sich in einer, um das mindeste zu sagen, unangenehmen Lage. Also hören Sie auf mit Ihrem Theater.«

Belbo erwiderte nichts. Er schaute woandershin, als wollte er diskret ein Gespräch überhören, das ihm zufällig an die Ohren drang.

Agliè insistierte, konziliant, als spräche er mit einem Kind: »Ich verstehe ja Ihre Verärgerung und, wenn Sie gestatten, Ihre Reserve. Ich begreife, daß es Sie anwidert, ein so intimes und eifersüchtig bewahrtes Geheimnis nun einem Pöbel anzuvertrauen, der eben erst ein so wenig erbauliches Schauspiel gegeben hat. Eh bien, Sie können Ihr Geheimnis auch mir ganz allein anvertrauen, flüstern Sie mir's ins Ohr. Ich lasse Sie jetzt heruntersteigen, und ich weiß, daß Sie mir ein Wort sagen werden, ein einziges Wort.«

Und Belbo: »Sie meinen?«

Da wechselte Agliè den Ton. Zum erstenmal sah ich ihn gebieterisch, priesterlich, hieratisch. Er sprach, als trüge er eines der ägyptischen Gewänder seiner Freunde. Ich bemerkte die Falschheit seines Tons, es schien, als parodierte er diejenigen, denen gegenüber er nie mit seiner nachsichtigen Verachtung gegeizt hatte. Zugleich aber sprach er mit der vollen Autorität seiner neuen Rolle. Aus irgendwelchen besonderen Gründen – denn es konnte nicht unbewußt sein – gab er der Szene einen melodramatischen Anstrich. Wenn er spielte, spielte er gut, denn Belbo schien keinen Betrug zu bemerken und hörte ihm zu, als ob er nichts anderes von ihm erwartet hätte.

»Jetzt wirst du sprechen«, sagte Agliè. »Du wirst sprechen und wirst nicht draußen bleiben in diesem Großen Spiel.

Schweigst du, bist du verloren. Sprichst du, hast du teil an dem Sieg. Denn wahrlich, ich sage dir, diese Nacht bist du, bin ich, sind wir alle in Hod, der Sefirah des Glanzes, der Majestät und der Glorie, in Hod, das die zeremoniale und rituelle Magie regiert, in Hod, dem Augenblick, da sich die Ewigkeit auftut. Von diesem Augenblick habe ich jahrhundertelang geträumt. Du wirst sprechen und wirst dich mit den einzigen vereinen, die sich, nach deiner Enthüllung, als Herren der Welt bezeichnen können. Erniedrige dich, und du wirst erhöht werden. Du sprichst, weil ich es dir befehle, du sprichst, weil ich es sage, und meine Worte *efficiunt quod figurant!*«

Da sagte Belbo, nun unbesiegbar: »*Ma gavte la nata*...«

Agliè, der vielleicht auf eine Weigerung gefaßt war, erbleichte ob der Beleidigung. »Was hat er gesagt?« fragte Pierre hysterisch. »Nichts, er wird nicht sprechen«, antwortete Agliè, breitete die Arme aus mit einer halb resignierten, halb herablassenden Gebärde und sagte zu Bramanti: »Er gehört euch.«

Und Pierre, außer sich: »Assez, assez, le sacrifice humain, le sacrifice humain!«

»Ja, sterben soll er, wir finden die Antwort auch so!« kreischte, ebenfalls außer sich, Madame Olcott, die wieder hervorgetreten war und sich nun auf Belbo stürzte.

Fast gleichzeitig bewegte sich Lorenza. Sie riß sich aus dem Griff der Riesen los, stellte sich vor Belbo unter den Galgen, breitete die Arme aus, wie um eine Invasion aufzuhalten, und schrie unter Tränen: »Seid ihr denn alle wahnsinnig geworden, das könnt ihr doch nicht machen!« Agliè, der sich schon zurückziehen wollte, blieb einen Moment wie angewurzelt stehen, dann lief er zu ihr, um sie fortzuziehen.

Danach ging alles blitzschnell. Der Olcott war das Haar aufgegangen, fauchend und flammend wie eine Medusa fuhr sie mit gespreizten Krallen auf Agliè los, zerkratzte ihm das Gesicht und stieß ihn beiseite, Agliè taumelte rückwärts, stolperte über das Kohlebecken, pirouettierte um sich selbst wie ein Derwisch, schlug mit dem Kopf gegen eine Maschine und fiel mit blutüberströmtem Gesicht zu Boden. Im selben Augenblick stürzte sich Pierre auf Lorenza, zog im Sprung den Dolch aus der Scheide, die er vor der Brust trug, doch ich sah ihn jetzt nur von hinten und begriff nicht gleich, was geschah, aber dann sah ich Lorenza vor Belbos Füßen zusammensinken, wachsweiß im Gesicht, und Pierre, der triumphierend die Klinge hochhob und brüllte: »Enfin, le sacrifice humain!« Und zu der Menge im Kirchenschiff gewandt, mit voller Kraft: »I'a Cthulhu! I'a S'ha-t'n!«

Mit einem Schlag geriet die Masse der Zuschauer in Bewegung, einige stürzten und wurden überrannt, andere drohten, die große Cugnot-Karosse umzustürzen. Ich hörte – zumindest glaube ich es, aber ein so groteskes Detail kann ich mir nicht eingebildet haben – die Stimme von Signor Garamond, der sagte: »Also bitte, Messieurs, ein Minimum an Anstand...« Bramanti kniete vor der Leiche Lorenzas und deklamierte ekstatisch: »Asar, Asar! Wer packt mich am Hals? Wer nagelt mich auf den Boden? Wer sticht in mein Herz? Ich bin unwürdig, die Schwelle des Hauses der Maat zu überschreiten!«

Vielleicht hatte es niemand gewollt, vielleicht sollte das Opfer Lorenzas genügen, doch inzwischen drängten sich die Akolythen in den magischen Kreis, der durch den Stillstand des Pendels zugänglich geworden war, und jemand – ich hätte geschworen, daß es Ardenti war – wurde im allgemeinen Getümmel gegen den Tisch gestoßen, der buchstäblich unter Belbos Füßen verschwand, wegbrach, während das Pendel durch die Wucht des Stoßes plötzlich und heftig zu schwingen begann, sein Opfer mitreißend. Das Seil, vom Gewicht der Kugel gestrafft, zog sich ruckartig wie ein Lasso um den Hals meines armen Freundes zusammen und riß ihn nach hinten in die Luft, und so schwang er am Pendel hängend ins östliche Ende des Chors, machte kehrt und schwang zurück, nun bereits leblos (hoffte ich), mir entgegen.

Die Menge wich übereinanderstolpernd an die Ränder des Kreises zurück, um dem Wunder Platz zu machen. Der Spezialist für die Schwingungen, berauscht von der Wiedergeburt des Pendels, sekundierte seinem Impetus, indem er direkt am Leib des Gehenkten agierte. Die Schwingungsachse bildete eine Diagonale von meinen Augen zu einem der Chorfenster, sicherlich dem mit dem Loch, durch das in wenigen Stunden der erste Sonnenstrahl hereinfallen sollte.

Ich sah also Jacopo nicht vor mir pendeln, aber ich glaube, daß dies die Figur war, die er im Raum beschrieb...

Sein Kopf erschien wie eine zweite Kugel, eingefügt am Seil des Pendels zwischen Basis und Aufhängepunkt, und wenn die metallene Kugel nach rechts strebte, neigte sich Belbos Kopf – die andere Kugel – nach links, und umgekehrt. Lange gingen die beiden Kugeln auf diese Weise in entgegengesetzte Richtungen, so daß die Figur, die das Pendel in den Raum säbelte, nicht mehr eine Gerade war, sondern ein dreieckiges Gebilde. Doch während Belbos Kopf dem Zug des gespannten Seils folgte, zeichnete sein Leib – vielleicht zuerst noch im letzten Zucken, dann mit der spastischen Behendigkeit einer hölzernen Marionette – andere Bögen ins Leere, unabhängig vom Kopf, vom Seil und von der Kugel am unteren Ende, die Arme da, die Beine dort –, und mir war, als würde, hätte jemand die Szene mit einer Muybrigde-Kamera photographiert, so daß jeder Augenblick als eine räumliche Folge von Positionen auf den Film gebannt worden wäre – also die beiden äußersten Punkte, an denen der Kopf sich bei jeder Schwingung befand, die beiden Punkte des Stillstands der Kugel, die ideellen Schnittpunkte der beiden Seile des Kopfes und der Kugel, beide unabhängig voneinander, und die Punkte dazwischen, markiert von den Enden der Schwingungsebene des Rumpfes und der Beine –, dann hätte, so schien mir, der am Pendel erhenkte Jacopo Belbo den Sefiroth-Baum ins Leere gezeichnet, hätte mithin in seinem letzten Moment die Geschichte sämtlicher Universen resümiert, hätte in seinem Schwingen und Pendeln die zehn Etappen des Ausströmens und Sich-Entleerens der Gottheit in die Welt festgehalten.

Dann, während der Mandrake fortfuhr, diese Totenschaukel in Gang zu halten, kam durch ein schauriges Zusammenspiel von Kräften, eine Wanderung von Energien, Belbos Leib zum Stillstand. Er hörte auf zu pendeln, das Seil mit der metallenen Kugel pendelte nur noch unter ihm, während er selbst und der Rest des Seils bis hinauf zum Schlußstein reglos verharrten. So war Belbo, dem Irrtum der Welt und ihrer Bewegung entronnen, nun selbst zum Aufhängepunkt geworden, zum Fixpunkt im Universum, dem Ort, an dem das Gewölbe der Welt sich festhält, und nur unter seinen Füßen schwang die Kugel weiter von einem Pol zum andern, friedlos, während die Erde sich unter ihm wegdrehte, immer neue Kontinente vorweisend – und weder wußte die Kugel zu zeigen, noch würde sie je zu zeigen wissen, wo sich der Nabel der Welt befand.

Während die Meute der Diaboliker, einen Moment lang erstarrt vor dem Wunder, erneut zu lärmen begann, sagte ich mir, daß die Geschichte nun wirklich zu Ende war. Wenn Hod die Sefirah der Größe ist, hatte Belbo seine Größe gehabt. Eine einzige unerschrockene Geste hatte ihn mit dem Absoluten versöhnt.

114

Das ideale Pendel besteht aus einem extrem dünnen Faden, der sich keiner Flexion oder Torsion widersetzt, von einer Länge L, an dessen Baryzentrum eine Masse befestigt ist. Für die Kugel ist das Baryzentrum der Mittelpunkt, für einen menschlichen Körper ist es ein Punkt auf 0,65 seiner Höhe, gemessen von den Füßen aufwärts. Wenn der Gehenkte 1,70 m groß ist, liegt das Baryzentrum 1,10 m über seinen Fußsohlen, und die Länge L enthält diese Höhe. Mit anderen Worten, wenn der Kopf vom Scheitel bis zum Hals 0,30 m lang ist, liegt das Baryzentrum auf der Höhe 1,70 − 1,10 = 0,60 m unterhalb des Kopfes und 0,60 − 0,30 = 0,30 m unterhalb des Halses des Gehenkten.

Die Periode kleiner Schwingungen des Pendels, wie sie Huygens bestimmt hat, ist gegeben durch:

$$T \text{ (Sekunden)} = \frac{2\pi}{\sqrt{g}} \sqrt{L} \qquad (1)$$

wobei L in Metern gemessen ist, $\pi = 3{,}1415927\ldots$ und $g = 9{,}8$ m/sec^2 ist. Daraus ergibt sich für die Gleichung (1):

$$T = \frac{2 \cdot 3{,}1415927}{\sqrt{9{,}8}} \sqrt{L} = 2{,}00709 \sqrt{L}$$

also annähernd:

$$T = 2 \sqrt{L} \qquad (2)$$

Notabene: T ist unabhängig vom Gewicht des Gehenkten (Gleichheit aller Menschen vor Gott)...

Bei einem doppelten Pendel mit zwei Massen am selben Faden: ... Verlagert man A, so schwingt A noch ein Weilchen und bleibt dann stehen, und es schwingt B. Haben die gekoppelten Pendel verschiedene Massen oder Längen, so schwingt die Energie vom einen zum andern, aber die Zeiten dieser Energieschwingungen sind nicht gleich... Dieses Hin- und Herpendeln der Energie erfolgt auch dann, wenn man A, statt es frei schwingen zu lassen, nachdem man es einmal verlagert hat, weiter periodisch mit einer Kraft verlagert. Mit

anderen Worten, wenn der Wind in Böen auf den
Gehenkten bläst, bewegt sich der Gehenkte nach
einer Weile nicht mehr, und die Kugel schwingt,
als wäre sie an dem Gehenkten aufgehängt.

Aus einem privaten Brief von Mario Salvadori,
Columbia University, 1984

Ich hatte nichts mehr an diesem Ort zu suchen. Ich nutzte das
Durcheinander, um die Statue von Gramme zu erreichen.

Der Sockel war noch offen. Ich schlüpfte hinein, stieg eine
kurze Leiter hinunter und befand mich auf einem kleinen
Absatz, der von einem Lämpchen beleuchtet wurde. Hier
begann eine gemauerte Wendeltreppe, die mich in einen
schwach beleuchteten, ziemlich hohen Gang hinunterführte.
Zuerst erkannte ich nicht, wo ich war und woher das
Schwappen und Plätschern kam, das ich hörte. Dann ge-
wöhnten sich meine Augen an das Dämmerlicht, und mir
ging auf: ich war in einem Abwasserkanal, ein Geländer
schützte mich vor einem Fall ins Wasser, aber nicht vor einem
widerwärtigen Gestank halb chemischer, halb organischer
Herkunft. Wenigstens etwas von unserer ganzen Geschichte
war also wahr: die Kloaken von Paris. Die von Colbert, von
Fantomas, von de Caus?

Ich folgte dem größten Kanal, ließ die dunkleren Abzwei-
gungen beiseite und hoffte, daß ein Signal mir anzeigen
würde, wo ich meine unterirdische Flucht beenden konnte.
Auf jeden Fall lief ich weit weg vom Conservatoire, und
verglichen mit jenem Reich der Finsternis waren die Kloaken
von Paris ein Labsal, Befreiung, frische Luft, Licht.

Ich hatte ein einziges Bild vor Augen: die rätselhafte
Figur, die Belbos Leichnam in den Chor der Kirche gezeichnet hatte. Was war das für ein Symbol, welchem anderen
Symbol entsprach es? Ich kam nicht darauf. Heute weiß ich,
daß es sich um ein physikalisches Gesetz handelte, aber die
Art, wie ich es erfahren habe, macht das Phänomen nur noch
emblematischer. Hier in Belbos Landhaus, zwischen seinen
Papieren, habe ich einen Brief gefunden, in dem ihm jemand,
den er offenbar danach gefragt hatte, in mathematischen
Termini erklärt, wie ein Pendel funktioniert und wie es sich
verhalten würde, wenn an seinem Faden weiter oben ein
zweites Gewicht befestigt würde. Demnach hatte Belbo, wer
weiß, wie lange schon, mit dem Pendel sowohl die Vorstel-

lung eines Sinai wie die eines Golgatha verbunden. Er war nicht als Opfer eines vor kurzem angefertigten Plans gestorben, er hatte seinen Tod seit langem in der Phantasie vorbereitet, ohne zu ahnen, daß diese seine Phantasie, während er sie für unkreativ hielt, die Wirklichkeit vorausplante. Oder nein, vielleicht hatte er auf diese Art sterben wollen, um sich und den anderen zu beweisen, daß, auch wenn man kein Genie hat, die Phantasie immer kreativ ist.

In gewisser Weise hatte Belbo, indem er verlor, gesiegt. Oder hat, wer sich einzig auf diese Art zu siegen verlegt, alles verloren? Alles verloren hat, wer nicht begriffen hat, daß der Sieg ein anderer gewesen war. Aber *das* hatte ich in jener Nacht noch nicht endeckt.

Ich lief durch den Gang, *amens* wie Postel, vielleicht verirrt in derselben Finsternis wie er, und plötzlich kam das Signal. Eine hellere Lampe an der Mauer zeigte mir eine provisorische Leiter, die zu einer hölzernen Falltür hinaufführte. Ich probierte sie und gelangte in einen Kellerraum voller Kästen mit leeren Flaschen, dann in einen Gang mit zwei Türen, auf der einen das Männchen, auf der anderen das Weibchen. Die Welt der Lebenden hatte mich wieder.

Schwer atmend blieb ich stehen. Erst in diesem Augenblick dachte ich an Lorenza. Jetzt war ich es, der weinte. Aber sie war schon dabei, sich aus meinen Adern und Venen zu entfernen und zu entschwinden, als hätte sie nie existiert. Ich konnte mich nicht einmal mehr an ihr Gesicht erinnern. In jener Welt von Toten war sie die toteste.

Am Ende des Ganges fand ich eine Treppe, dann eine Tür. Ich trat in einen verräucherten, übelriechenden Raum, eine Taverne, ein Bistro, eine arabische Bar – dunkelhäutige Kellner, schwitzende Kunden, fettige Bratspießchen und Bierkrüge. Ich trat aus der Tür wie einer, der schon vorher dagewesen war und nur eben pinkeln gegangen ist. Niemand bemerkte mich, höchstens vielleicht der Mann an der Kasse, der mir, als er mich hinten auftauchen sah, kaum merklich ein Zeichen machte, indem er kurz die Augen zusammenkniff, wie um zu sagen, okay, alles klar, ich hab nichts gesehen.

115

Könnte das Auge die Teufel sehen, die das Universum bevölkern, das Dasein wäre unmöglich.

Talmud, Brachoth, 6

Ich trat auf die Straße und befand mich unter den Lichtern an der Porte Saint-Martin. Arabisch war das Lokal gewesen, arabisch waren die Läden ringsum, die noch geöffnet hatten. Geruch von Couscous und Falafel, dichtes Gedränge. Gruppen von Jugendlichen, hungrig, viele mit Schlafsack, ganze Scharen, ich kam gar nicht in eine Bar hinein, um etwas zu trinken. Ich fragte einen Jungen, was denn los sei. Die Demonstration, sagte er, am nächsten Tag sei doch die große Demonstration gegen das Hochschulgesetz von Savary. Sie kamen mit Bussen.

Ein Türke – ein Druse, ein verkleideter Ismaelit – will mich in schlechtem Französisch in ein obskures Lokal locken. Niemals! Weg, weg von Alamut! Du weißt nie, wer in wessen Diensten steht. Trau keinem!

Ich gehe über die Kreuzung. Jetzt höre ich nur das Geräusch meiner Schritte. Vorteil der großen Städte: du gehst ein paar Meter und bist allein.

Doch plötzlich, nach ein paar Blöcken, links das Conservatoire, bleich in der Nacht. Von außen vollkommen friedlich. Ein Monument, das den Schlaf des Gerechten schläft. Ich gehe weiter in südlicher Richtung, zur Seine. Ich hatte ein Ziel, aber ich habe es nicht mehr deutlich vor Augen. Ich möchte jemanden fragen, was passiert ist.

Belbo tot? Der Himmel ist klar. Ich begegne einer Gruppe Studenten. Sie sind still, vom Genius loci erfaßt. Links die Silhouette von Saint-Nicolas-des-Champs.

Ich gehe die Rue Saint-Martin hinunter, überquere die Rue aux Ours, sie ist breit wie ein Boulevard, ich fürchte, ich verliere die Orientierung, die ich doch gar nicht mehr habe. Ich schaue mich um und sehe zu meiner Rechten, an der Ecke, die beiden Schaufenster der Editions Rosicruciennes. Sie sind dunkel, aber im Licht der Straßenlaternen und mit meiner Taschenlampe gelingt es mir, die Auslagen zu erkennen. Bücher und Gegenstände. Histoire des Juifs, Comte de Saint-Germain, Alchimie, Le Monde caché, Les Maisons secrètes de la Rose-Croix, Le Message caché des cathédrales, Katharer, Neues Atlantis, ägyptische Medizin, der Tempel von Karnak, Bhagavad Gita, Reinkarnation, rosicrucianische Kreuze und Leuchter, Isis- und Osirisbüsten, Weihrauch in Dosen und in Form von Tabletten, Tarotkarten. Ein Dolch, ein Brieföffner aus Zinn mit rundem Griff, darauf das Siegel der Rosenkreuzer. Was soll das, wollen die mich verhöhnen?

Ich überquere den Platz vor dem Centre Beaubourg. Bei Tag ist er ein Jahrmarkt, jetzt ist er fast leer, ein paar stille Grüppchen, Pennende, spärliche Lichter aus den umliegenden Brasserien. Es stimmt. Große Saugnäpfe, die Energie aus der Erde saugen. Vielleicht sollen die Massen, die tagsüber das Gebäude füllen, die nötigen Vibrationen liefern, die hermetische Maschine nährt sich von Frischfleisch.

Eglise de Saint-Merri. Gegenüber ein Buchladen, Librairie la Vouivre, zu drei Vierteln okkultistisch. Ich darf nicht hysterisch werden. Ich biege nach links in die Rue des Lombards ein, vielleicht um einer Schar skandinavischer Mädchen auszuweichen, die lachend aus einer noch offenen Taverne kommen. Still, wißt ihr nicht, daß auch Lorenza tot ist?

Aber ist sie denn tot? Und wenn ich nun tot wäre? Rue des Lombards: von da geht nach rechts die Rue Flamel ab, und am Ende der Rue Flamel erhebt sich weiß der Turm Saint-Jacques. An der Kreuzung die Librairie Arcane 22, Tarotkarten und Pendel. Nicolas Flamel, der Alchimist, dazu ein alchimistischer Buchladen und dieser Turm Saint-Jacques mit den großen weißen Löwen am Sockel, dieser unnütze spätgotische Turm an der Seine, nach dem auch eine esoterische Zeitschrift benannt worden ist. Pascal hat dort Experimente gemacht, um das Gewicht der Luft zu bestimmen, und noch heute gibt es dort oben in 52 Metern Höhe eine Wetterstation. Vielleicht hatten sie dort oben begonnen, ehe sie den Eiffelturm errichteten. Es gibt privilegierte Orte. Und niemand bemerkt sie.

Ich gehe zurück Richtung Saint-Merri. Von neuem lachende Mädchen. Ich will keine Leute mehr sehen, ich gehe um die Kirche herum, durch die Rue du Cloître Saint-Merri – eine Seitentür, alt, aus rohem Holz. Zur Linken öffnet sich ein Platz, die äußere Grenze des Beaubourg, taghell erleuchtet. Auf dem weiten Platz die Maschinen von Tinguély und andere bunte Apparaturen, die im Wasser eines Beckens oder künstlichen Teiches schaukeln, träge-tückisch mit Zahnrädern nickend, und im Hintergrund wieder das Röhrengerüst und die gähnenden Münder des Centre Beaubourg – wie eine verlassene Titanic vor einer efeuüberwucherten Mauer, gestrandet in einem Mondkrater. Wo einst die Kathedralen nicht weiterkamen, da wispern jetzt die großen transozeanischen Sprachrohre, im Kontakt mit den Schwarzen Jungfrauen. Entdecken kann sie nur, wer Saint-Merri zu umschiffen weiß. Und darum muß ich jetzt weitermachen, ich habe eine Spur gefunden, ich bin dabei, eine *ihrer* Spuren freizulegen, im Zentrum der Lichterstadt das Komplott der Finsterlinge!

Ich nehme die Rue des Juges Consules und stehe vor der Fassade von Saint-Merri. Ich weiß nicht warum, aber irgend etwas drängt mich, die Taschenlampe anzuknipsen und auf das Portal zu richten. Flamboyante Gotik, verschlungene Bögen.

Und plötzlich, während ich suche, was ich nicht zu finden erwarte, sehe ich ihn auf der Archivolte des Portals.

Baphomet. Genau da, wo die beiden Halbbögen sich vereinigen. Auf dem ersten prangt eine Taube des Heiligen Geistes mit einem Nimbus aus steinernen Strahlen, auf dem zweiten aber, umlagert von betenden Engeln, hockt er, der Baphomet, mit seinen gewaltigen Flügeln. An der Fassade einer Kirche. Schamlos.

Warum gerade hier? Weil wir nicht weit vom Tempel sind. Wo ist der Tempel, beziehungsweise das bißchen, was von ihm übriggeblieben ist? Ich kehre um, gehe zurück nach Nordosten und gelange zur Rue Montmorency. Die Nummer 51 ist das Haus von Nicolas Flamel. Zwischen dem Baphomet und dem Tempel. Der gewiefte Spagiriker wußte genau, auf wen es ankam. Mülleimer voller stinkendem Unrat vor einem Gebäude aus unbestimmter Zeit, Taverne Nicolas Flamel. Das Haus ist alt, sie haben es restauriert für die Touristen, für Diaboliker niedersten Ranges, Hyliker. Daneben eine American Bar mit einer Reklame für Apple-Computer: *Secouez-vous les puces*, Schüttelt euch die Flöhe ab – die Flöhe, sind das nicht die *bugs*, die Programmierfehler? Soft-Hermes. Dir Temurah.

Jetzt bin ich in der Rue du Temple, ich gehe sie hinauf und gelange zur Ecke der Rue de Bretagne, wo der Square du

Temple liegt, ein kleiner Park, fahlweiß wie ein Friedhof, die Nekropole der geopferten Ritter.

Die Rue de Bretagne hinunter bis zur Ecke Rue Vieille du Temple. Im unteren Teil der Rue Vieille du Temple, nach der Kreuzung mit der Rue Barbette, gibt es kuriose Läden für Lampen in ausgefallenen Formen: als Enten, als Efeublätter. Zu ostentativ modern. Die narren mich nicht.

Rue des Francs-Bourgeois: ich bin im Marais, den kenne ich, gleich kommen die koscheren Metzgereien, was haben die Juden mit den Templern zu tun, wo wir doch nun geklärt haben, daß ihr Platz im Großen Plan den Assassinen aus Alamut zukam? Warum sind sie hier? Suche ich nach einer Antwort? Nein, vielleicht will ich nur weg vom Conservatoire. Oder ich strebe undeutlich zu einem Ziel, ich weiß, daß es nicht hier sein kann, und versuche mich zu erinnern, wo es sein mag, wie Belbo, der im Traum nach einer verlorenen Adresse suchte.

Ein obszöner Trupp kommt mir entgegen. Böse lachend okkupieren sie den Bürgersteig und zwingen mich, auf die Straße zu treten. Einen Moment lang denke ich, es sind Abgesandte des Alten vom Berge, die es auf mich abgesehen haben. Nein, sie verschwinden in der Nacht, aber sie redeten in einer fremden Sprache, irgendwie schiitisch zischelnd, oder talmudisch, koptisch wie eine Wüstenschlange.

Androgyne Gestalten in langen Mänteln kommen daher. In rosenkreuzerischen Mänteln. Sie gehen vorbei, biegen ab in die Rue de Sévigné. Es ist tiefe Nacht mittlerweile. Ich bin aus dem Conservatoire geflohen, um die Stadt der Normalen wiederzufinden, und nun merke ich, daß die Stadt der Normalen wie eine Katakombe angelegt ist, mit besonderen Routen für die Initiierten.

Ein Betrunkener. Vielleicht tut er nur so. Trau keinem nie. Ich komme an einer noch offenen Bar vorbei, die Kellner mit den knöchellangen Schürzen stellen gerade die Tische und Stühle zusammen. Ich trete rasch an den Tresen, sie geben mir noch ein Bier. Ich kippe es runter und bestelle ein zweites. »Ganz schön durstig, eh?« sagt einer von ihnen. Aber ohne Wärme, argwöhnisch. Klar habe ich Durst, seit fünf Uhr nachmittags habe ich nichts getrunken, aber man kann auch Durst haben, ohne die Nacht unter einem Pendel verbracht zu haben. Blöde Kerle. Ich zahle und gehe, ehe sie sich meine Züge einprägen können.

Und plötzlich bin ich an der Ecke der Place des Vosges. Ich gehe unter den Arkaden entlang. Was war das noch gleich für ein alter Film, in dem die einsamen Schritte des irren Messerstechers Mathias nachts über die Place des Vosges hallten? Ich bleibe stehen. Höre ich Schritte hinter mir? Natürlich nicht, auch *sie* sind stehengeblieben. Ein paar Vitrinen würden genügen, um diese Arkaden in Säle des Conservatoire zu verwandeln.

Niedrige Renaissance-Decken, Rundbögen, Galerien für alte Stiche, Antiquitäten, Möbel. Place des Vosges, so geduckt mit den alten Portalen, rissig und abbröckelnd und leprös, hier gibt es Leute, die sich seit Jahrhunderten nicht fortbewegt haben. Leute mit gelben Kitteln. Ein Platz, wo nur Taxidermisten wohnen. Die gehen nur nachts aus. Die kennen den beweglichen Pflasterstein, den Schacht, durch den man in den Mundus Subterraneus eindringt. Vor aller Augen.

L'Union de Recouvrement des Cotisations de sécurité sociale et d'allocations familiales de la Patellerie numéro 75, unité 1. Eine neue Tür, vielleicht leben hier reiche Leute, aber gleich daneben kommt eine alte Tür, abgeblättert wie ein Haus in der Via Sincero Renato, dann in Nummer 3 eine frisch renovierte Tür. Wechsel von Hylikern und Pneumatikern. Die Herren und ihre Knechte. Und hier ist mit Brettern zugenagelt, was einmal ein Torbogen gewesen sein muß. Klar, hier war ein okkultistischer Buchladen, der jetzt nicht mehr da ist. Ein ganzer Block ist evakuiert worden. Über Nacht ausgezogen. Wie Agliè. Jetzt wissen sie, daß jemand Bescheid weiß, sie fangen an, ihre Spuren zu verwischen.

Ich bin am Eingang der Rue de Birague. Ich schaue zurück und sehe die Reihe der Arkaden, endlos, ohne eine lebende Seele, es wäre mir lieber, sie wäre dunkel, aber da ist das gelbe Licht der Laternen. Ich könnte laut schreien, und niemand würde mich hören. Lautlos hinter den geschlossenen Fenstern, aus denen kein Lichtstrahl dringt, würden die Taxidermisten grinsen in ihren gelben Kitteln.

Doch nein, auf dem Pflaster vor den Arkaden stehen parkende Autos, und gelegentlich huscht ein Schatten vorbei. Was den Ort freilich nicht anheimelnder macht. Ein großer schwarzer Schäferhund läuft vor mir über die Straße. Ein schwarzer Hund allein in der Nacht? Und wo ist Faust?

Vielleicht hat er den treuen Wagner losgeschickt, um mit dem Hund Gassi zu gehen.

Wagner. *Das* war der Gedanke, der mir dunkel im Kopf herumging. Doktor Wagner, der ist's, den ich brauche. Er wird mir sagen können, ob ich deliriere, ob es Gespenster sind, die ich sehe. Er wird mir sagen können, daß nichts von alledem wahr ist, daß Belbo lebt und daß die Gruppe Tres nicht existiert. Welche Erleichterung, wenn ich krank wäre!

Ich verlasse den Platz fast rennend. Ein Auto folgt mir. Nein, vielleicht sucht es nur einen Parkplatz. Ich stolpere über Müllsäcke aus Plastik. Das Auto hält und parkt ein. Es war nicht hinter mir her. Ich bin auf der Rue Saint-Antoine, halte Ausschau nach einem Taxi. Da kommt eins, wie herbeibeschworen.

»Sept, Avenue Elisée Reclus«, sage ich.

116

Je voudrais être la tour, pendre à la Tour Eiffel.

Blaise Cendrars

Ich wußte nicht, wo das war, und ich wagte nicht, den Fahrer danach zu fragen, denn wer um diese Zeit ein Taxi nimmt, will entweder nach Hause oder ist mindestens ein Mörder. Im übrigen knurrte der Fahrer grimmig, das Zentrum sei immer noch ganz voll von diesen Studenten, überall parkende Busse, eine Sauerei sei das, wenn's nach ihm ginge, gehörten sie alle an die Wand gestellt, auf jeden Fall sei es besser, im großen Bogen außen herum zu fahren. Er hatte Paris praktisch ganz umkreist, als er mich schließlich vor dem Haus Nummer sieben in einer einsamen Straße absetzte.

Es gab keinen Doktor Wagner in Nummer sieben. Dann war's vielleicht die Nummer siebzehn? Oder siebenundzwanzig? Ich machte zwei, drei Versuche, dann überlegte ich: Selbst wenn ich das richtige Haus gefunden hätte, wollte ich etwa wirklich um diese Zeit den Doktor Wagner aus dem Bett klingeln, um ihm meine Geschichte zu erzählen? Ich war aus demselben Grund hier gelandet, aus dem ich von der Porte Saint-Martin bis zur Place des Vosges geirrt war. Ich war auf der Flucht. Und jetzt war ich von dem Ort geflohen, zu dem ich auf der Flucht aus dem Conservatoire geflohen war. Ich brauchte keinen Psychoanalytiker, ich brauchte eine Zwangsjacke. Oder eine Schlafkur. Oder Lia. Daß sie meinen Kopf hielte, ihn fest zwischen ihre Brust und ihre Achsel drückte und leise sagte, ich solle ruhig sein.

Hatte ich überhaupt zu Doktor Wagner gewollt, oder war das, was ich suchte, nicht eher die Avenue Elisée Reclus gewesen? Denn jetzt erinnerte ich mich: auf den Namen war ich im Zuge meiner Lektüre für den Großen Plan gestoßen, es war jemand, der im vorigen Jahrhundert ich weiß nicht mehr welches Buch über die Erde geschrieben hatte, über den Untergrund und die Vulkane, jemand, der unter dem Vorwand, wissenschaftliche Geographie zu betreiben, die Nase in den Mundus Subterraneus gesteckt hatte. Einer von *ihnen* also. Ich war auf der Flucht vor ihnen und fand mich doch ständig von ihnen umgeben. Stück für Stück hatten sie im Laufe von wenigen hundert Jahren ganz Paris besetzt. Und den Rest der Welt.

Ich mußte zurück ins Hotel. Würde ich hier noch ein Taxi finden? Womöglich war ich jetzt irgendwo draußen in der Banlieue. Ich ging in die Richtung, in der ich den Nachthimmel etwas heller und offener sah. Die Seine?

Und da, als ich an die Ecke kam, sah ich ihn.

Links von mir. Ich hätte mir denken können, daß er da war, daß er da irgendwo in der Nähe lauerte, in dieser Stadt enthalten die Straßennamen unverkennbare Botschaften, man wird immer vorgewarnt, mein Pech, daß ich nicht darauf geachtet hatte.

Da stand er, der metallene Riesenmenhir auf den Beinen einer gräßlichen eisernen Spinne, das Symbol und Instrument ihrer Macht! Ich hätte fliehen sollen, statt dessen zog es mich zu dem Gitternetz hin, ich hob und senkte den Kopf, denn aus dieser Nähe konnte ich das Monster nicht mehr mit einem einzigen Blick erfassen, ich war praktisch innen drin, zersäbelt von seinen tausend scharfen Kanten, ich fühlte mich bombardiert von Drahtnetzen, die allseits herunterfielen, hätte das Riesentier sich nur ein kleines bißchen bewegt, es hätte mich zerquetschen können mit einer seiner Meccano-Pranken.

Der Eiffelturm. Ich war an dem einzigen Punkt der Stadt, an dem man ihn nicht von weitem sieht, im Profil, wie er sich freundlich über das Meer der Dächer erhebt, leicht wie auf einem Bild von Dufy. Er ragte direkt vor mir auf, er schwebte über mir. Ich erahnte seine Spitze, aber nachdem ich ihn einmal umkreist hatte, trat ich unter ihn, zwischen die Beine, und sah die Strumpfbänder, den Bauch, die Genitalien, erahnte die verschlungenen Gedärme, die sich schwindelerregend nach oben mit der Speiseröhre vereinten in seinem polytechnischen Giraffenhals. Perforiert wie er war, hatte er die Macht, das Licht ringsum zu verdunkeln, und je nachdem, wie ich mich bewegte, bot er mir in verschiedenen Perspektiven verschiedene Rautenformen als Rahmen für Zooms in die Dunkelheit.

Rechts war jetzt im Nordosten, noch niedrig über dem Horizont, eine Mondsichel aufgegangen. Manchmal rahmte der Turm sie mir ein, so daß sie aussah wie eine optische Täuschung, ein fluoreszierender Lichtreflex auf einem der rautenförmigen Bildschirme, die sein Gitterwerk bildete, aber ich brauchte bloß einen Schritt zu tun, schon änderte sich die Form der Bildschirme und die Mondsichel war nicht mehr da, hatte sich irgendwo zwischen den metallenen Rippen verfangen, das Tier hatte sie verschluckt, verdaut, in einer anderen Dimension aufgehen lassen.

Tesserakt. Vierdimensionaler Kubus. Jetzt sah ich durch einen Bogen ein blinkendes Licht, nein zwei, ein rotes und ein weißes, sicher ein Flugzeug auf dem Weg nach Roissy oder Orly, was weiß ich. Aber gleich darauf – hatte ich mich bewegt, oder das Flugzeug, oder der Turm? – waren die Lichter hinter einer Rippe verschwunden, ich wartete, um sie im nächsten Rahmen wieder auftauchen zu sehen, und sie blieben verschwunden. Der Turm hatte hundert Fenster, die alle beweglich waren, und jedes ging auf ein anderes Segment der Raum-Zeit. Seine Rippen formten keine euklidischen Kurven, sie zerrissen das Gewebe des Kosmos, verkehrten Katastrophen, blätterten Seiten paralleler Welten um.

Wer hatte gesagt, daß diese Nadel-Fiale von Notre-Dame de la Brocante dazu diene, Paris am Plafond des Universums aufzuhängen, »*suspendre Paris au plafond de l'univers*«? Im Gegenteil, der Eiffelturm läßt das Universum an seiner Spitze schweben – natürlich, schließlich ist er das Gegenstück zum Pendel!

Wie hatte man ihn genannt? Einsames Suppositorium, hohler Obelisk, Triumph des Eisendrahtes, Apotheose des Pfeilers, luftiger Götzenaltar, Biene im Herzen der Windrose, trist wie eine Ruine, häßlicher nachtfarbener Koloß, mißgestaltes Symbol einer nutzlosen Kraft, absurdes Wunder, sinnlose Pyramide, Gitarre, Tintenfaß, Teleskop, langatmig wie eine Ministerrede, antiker Gott und moderne Bestie… Dies alles und andres war er, und wenn ich den sechsten Sinn der Herren der Welt gehabt hätte, so hätte ich, nun, da ich eingebunden war in seine polypenverkrusteten Stimmbänder, ihn heiser die Sphärenmusik wispern hören, der Turm war in diesem Moment dabei, Wellen aus der hohlen Erde zu saugen und sie an alle Menhire der Welt auszusenden. Rhizom vernagelter Gelenke, zervikale Arthrose, Prothese einer Prothese – was für ein Horror, von da, wo ich war, hätten sie, um mich in den Abgrund zu schmettern, mich zur Spitze hinaufschleudern müssen. Sicher kam ich gerade von einer Reise durchs Zentrum der Erde zurück, ich schwankte noch im antigravitationalen Taumel der Antipoden.

Nein, wir hatten nicht phantasiert, der Turm erschien mir
jetzt als der unheimliche Beweis für die Wahrheit des Großen
Plans, aber bald würde er merken, daß ich der Spion war, der
Feind, das Sandkorn in dem Getriebe, dessen Abbild und
Motor er war, und dann würde er unmerklich eine Raute
seiner bleiernen Klöppelspitzen nach unten verlängern und
mich aufschlucken, ich würde in einer Falte seines Nichts
verschwinden wie vorhin das Flugzeug, transferiert in ein
Anderswo.

Wäre ich nur noch ein wenig länger da unter seiner durch-
brochenen Wölbung geblieben, seine großen Krallen hätten
sich zusammengezogen, hätten sich wie Klauen um mich
gebogen und mich zermalmt, und dann hätte das Tier wieder
seine übliche tückische Position eingenommen: als ein mör-
derischer und sinistrer Bleistiftanspitzer.

Noch ein Flugzeug. Diesmal kam es von nirgendwoher,
der Turm hatte es zwischen seinen fleischlosen mastodonti-
schen Wirbeln erzeugt. Ich betrachtete ihn, er nahm kein
Ende, wie das Projekt, für das er geboren war. Wenn ich
geblieben wäre, ohne verschlungen zu werden, hätte ich
seine Veränderungen verfolgen können, seine langsamen
Umdrehungen, seine infinitesimalen De- und Rekompositio-
nen unter dem kalten Anhauch der Strömungen, vielleicht
verstanden die Herren der Welt ihn als eine geomantische
Zeichnung zu deuten, in seinen unmerklichen Metamorpho-
sen hätten sie eindeutige Signale gelesen, unnennbare Aufträge. Der Turm drehte sich über mir wie ein Schraubenzie-
her des Mystischen Pols. Oder nein, er stand unbeweglich da
wie ein magnetisierter Zapfen und ließ das Himmelsgewölbe
um sich rotieren. Das Schwindelgefühl war dasselbe.

Wie gut der Turm sich zu tarnen weiß, sagte ich mir: Aus
der Ferne winkt er dir freundlich zu, aber wenn du dich ihm
näherst und in sein Geheimnis einzudringen versuchst, tötet
er dich, er läßt deine Knochen gefrieren, einfach indem er
den sinnlosen Horror vorzeigt, aus dem er gemacht ist. Jetzt
weiß ich, daß Belbo tot ist und daß der Große Plan wahr ist,
denn wirklich und wahr ist der Turm. Wenn es mir nicht
gelingt zu fliehen, noch einmal zu fliehen, kann ich es niemandem sagen. Ich muß Alarm schlagen!

Motorengeräusch. Halt, zurück in die Realität. Ein Taxi, es
kam sehr rasch näher. Mit einem Sprung gelang es mir, mich

aus dem magischen Kreis zu retten, ich winkte mit beiden Armen, fast wäre ich unter die Räder gekommen, weil der Fahrer erst im letzten Augenblick bremste, als ob er es ungern täte... Unterwegs gestand er mir dann, daß auch ihm, wenn er nachts vorbeikomme, der Turm angst mache, und dann gebe er Gas. »Warum?« fragte ich. »*Parce que*... *parce que ça fait peur, c'est tout.*«

Kurz darauf war ich am Hotel, aber ich mußte lange klingeln, bis mir ein schläfriger Nachtportier aufmachte. Jetzt erst mal schlafen, sagte ich mir. Alles weitere morgen. Ich nahm ein paar Tabletten, genug, um mich zu vergiften. Dann erinnere ich mich an nichts mehr.

117

Die Narrheit hat ein großes Zelt;
Es lagert bei ihr alle Welt,
Zumal wer Macht hat und viel Geld.

Sebastian Brant, Das Narrenschiff, 46

Um zwei Uhr nachmittags wachte ich auf, benommen und steif. Ich erinnerte mich genau an alles, aber nichts sagte mir, ob das, was ich in Erinnerung hatte, wirklich geschehen war. Im ersten Moment wollte ich hinunterlaufen, um mir Zeitungen zu holen, aber dann sagte ich mir, daß in jedem Fall, selbst wenn eine Kompagnie von Spahis gleich nach dem Geschehen das Conservatoire gestürmt hätte, die Meldung nicht mehr rechtzeitig für die Morgenblätter gekommen wäre.

Außerdem hatte Paris an diesem Tag anderes im Kopf. Der Portier sagte es mir sofort, als ich zum Kaffeetrinken herunterkam. Die Stadt sei in Aufruhr, viele Metrostationen seien geschlossen, an einigen Stellen habe die Polizei gewaltsam gegen die Menge vorgehen müssen, die Studenten seien zu viele und manche gingen zu weit.

Im Telefonbuch fand ich die Nummer von Doktor Wagner. Ich probierte sie, aber natürlich war er am Sonntag nicht in seiner Praxis. Ich mußte sowieso erst ins Conservatoire, um mich zu vergewissern, und Sonntag nachmittags war es ja offen.

Das Quartier Latin brodelte. Lärmende Gruppen mit Fahnen zogen vorbei. Auf der Ile de la Cité war eine Polizeisperre. In der Ferne hörte man Schüsse. So ähnlich mußte es Achtundsechzig gewesen sein. In Höhe der Sainte Chapelle hatte es Zoff gegeben, es roch nach Tränengas. Ich hörte Geschrei und Getrappel, es klang wie ein Angriff, ich wußte nicht, ob es Studenten waren oder die Flics, die Leute um mich herum fingen an zu rennen, wir flüchteten uns hinter eine Absperrung mit einem Polizeikordon davor, während es auf der Straße zu Handgreiflichkeiten kam. Was für eine Schande: da war ich nun unter den bejahrten Bourgeois, die abwarteten, daß die Revolution sich legte!

Dann war der Weg frei, ich ging durch Nebenstraßen im

717

alten Hallenviertel, bis ich wieder zur Rue Saint-Martin gelangte. Das Conservatoire war geöffnet, friedlich stand es da
mit seinem kleinen weißen Vorhof, an der Fassade die Pla-
kette: »Le Conservatoire des Arts et Métiers, institué par
décret de la Convention du 19 Vendémiaire An III... dans le
bâtiment de l'ancien prieuré de Saint-Martin-des-Champs
fondé au 11ème siècle.« Alles normal, mit einer kleinen
sonntäglichen Menge, die sich im Eingang drängte, unbeein-
druckt von der studentischen Kirmes.

Ich trat ein – sonntags gratis –, und alles war wie am
Nachmittag zuvor. Die Wärter, die Besucher, das Pendel an
seinem gewohnten Ort... Ich suchte nach Spuren dessen,
was geschehen war, aber wenn es geschehen war, hatte jemand gewissenhaft saubergemacht. Wenn es geschehen war.

Ich weiß nicht mehr, wie ich den Rest des Nachmittags
verbrachte. Ich weiß nicht mal mehr, was ich sah, als ich
durch die Straßen irrte, immer wieder gezwungen, in Seiten-
gassen abzubiegen, um Tumulten auszuweichen. Ich rief in
Mailand an, nur um nichts unversucht zu lassen, wählte
beschwörend, wie um das Unheil zu bannen, erst Belbos
Nummer, dann die von Lorenza. Dann die des Verlags, wo
um diese Zeit niemand sein konnte.

Und dabei, wenn jetzt noch heute ist, war das alles erst
gestern gewesen. Aber von vorgestern abend bis heute nacht
ist eine Ewigkeit vergangen.

Gegen Abend merkte ich, daß ich Hunger hatte. Ich wollte
Ruhe, nur Ruhe und ein bißchen Komfort. Am Forum des
Halles fand ich ein Restaurant, das mir Fisch versprach. Es
bot dann sogar zuviel davon. Mein Tisch stand genau vor
einem Aquarium. Eine hinreichend irreale Welt, um mich
erneut in ein Klima des absoluten Argwohns zu stürzen.
Nichts ist zufällig. Der Fisch da sieht aus wie ein asthmati-
scher Hesychast, der den Glauben verliert und Gott anklagt,
den Sinn des Universums verringert zu haben. Oh, Herre
Zebaoth, Zebaoth, wie kannst du nur so gemein sein, mich
glauben zu machen, daß du nicht existierst? Wie ein Krebsgeschwür breitet das Fleisch sich über die Welt... Und jener
andere Fisch da, der sieht aus wie Minnie, er klappert mit
langen Wimpern und zieht eine herzförmige Schnute. Minnie
ist die Verlobte von Mickymaus. Ich esse *salade folle* mit einer
Scholle so zart wie Babyfleisch. Mit Honig und Pfeffer. Die

Paulizianer sind unter uns. Der Fisch dort gleitet durch die Korallen wie das Flugzeug von Breguet – lange Flügelschläge wie ein Lepidopterus, hundert zu eins, daß er seinen Homunkulus-Fötus verlassen am Grund eines gläsernen Kolbens erspäht hat, in einem Athanor, der nun zerbrochen im Müll vor dem Haus von Nicolas Flamel liegt. Und dort drüben ein Templerfisch, ganz in Schwarz gepanzert, auf der Suche nach Noffo Dei. Er streift den asthmatischen Hesychasten, der gedankenverloren und grimmig dem Unsagbaren entgegenschwimmt. Ich wende den Blick ab, sehe durchs Fenster, und auf der anderen Straßenseite fällt mir das Schild eines anderen Restaurants ins Auge, CHEZ R... Rose-Croix? Reuchlin? Rosispergius? Ratschkowskiragotzitzarogi? Signaturen, Signaturen...

Überlegen wir mal. Die einzige Art, den Teufel in Verlegenheit zu bringen, ist bekanntlich, ihn glauben zu machen, daß man nicht an ihn glaubt. An meiner nächtlichen Flucht durch Paris war überhaupt nichts Ungewöhnliches, auch nicht an meiner Vision des Eiffelturms. Aus dem Conservatoire zu kommen, nach allem, was ich dort gesehen hatte oder gesehen zu haben glaubte, und die Stadt als einen einzigen Alptraum zu erleben, war normal. Aber was hatte ich im Conservatoire gesehen?

Ich mußte unbedingt mit Doktor Wagner sprechen. Keine Ahnung, wieso ich mir in den Kopf gesetzt hatte, dies werde das Allheilmittel sein, aber so war es. Sprechtherapie.

Wie habe ich den restlichen Abend verbracht? Ich glaube, ich bin in ein Kino gegangen, wo *The Lady from Shanghai* von Orson Welles gezeigt wurde. Als die Szene mit den Spiegeln kam, habe ich's nicht mehr ausgehalten und bin gegangen. Aber vielleicht stimmt das gar nicht, vielleicht habe ich das nur geträumt.

Heute morgen um neun habe ich dann bei Doktor Wagner angerufen. Der Name Garamond half mir, die Barriere der Sekretärin zu überwinden, der Doktor schien sich an mich zu erinnern, und angesichts der Dringlichkeit meines Falles, die ich ihm zu verstehen gab, sagte er, ich solle gleich kommen, um halb zehn, vor den anderen Patienten. Er klang freundlich und verständnisvoll.

Habe ich auch den Besuch bei Doktor Wagner nur geträumt? Die Sekretärin ließ sich meine Personalien geben, legte eine

Karteikarte an und kassierte das Honorar. Zum Glück hatte ich das Ticket für den Rückflug schon in der Tasche.

Ein Sprechzimmer in bescheidenen Dimensionen, ohne Couch. Fenster zur Seine, links die Silhouette des Eiffelturms. Doktor Wagner empfing mich mit professioneller Liebenswürdigkeit – recht so, dachte ich, schließlich war ich jetzt nicht einer seiner Lektoren, sondern ein Patient. Mit einer weitausholenden Geste ließ er mich vor seinem Schreibtisch Platz nehmen, wie ein Chef, der einen Angestellten empfängt. »Et alors?« sagte er, gab seinem Drehsessel einen Stoß und kehrte mir den Rücken zu. Den Kopf hielt er gebeugt und die Hände, wie mir schien, gefaltet. Mir blieb nichts anderes mehr, als zu sprechen.

Und ich sprach, ich redete wie ein Wasserfall, ich holte alles hervor, von Anfang bis Ende – was ich vor zwei Jahren gedacht hatte, was ich letztes Jahr dachte, was ich dachte, daß Belbo gedacht hätte, und Diotallevi. Vor allem aber, was in der Johannisnacht passiert war.

Wagner unterbrach mich kein einziges Mal, nickte nie, gab weder Zustimmung noch Mißbilligung zu erkennen. So wie er dasaß, hätte er in tiefen Schlaf gesunken sein können. Aber das mußte seine Technik sein. Und ich sprach und sprach. Sprechtherapie.

Dann wartete ich, daß *er* sprach, wartete auf sein erlösendes Wort.

Wagner stand auf, sehr langsam. Ging, ohne mich anzusehen, um den Schreibtisch herum und trat ans Fenster. Blieb dort stehen und sah hinaus, die Hände auf dem Rücken verschränkt, gedankenverloren.

Schweigend, zehn, fünfzehn Minuten lang.

Dann, ohne sich umzudrehen, in einem neutralen, gelassenen, beruhigenden Ton: »*Monsieur, vous êtes fou.*«

Er blieb reglos, ich ebenfalls. Nach weiteren fünf Minuten begriff ich, daß nichts mehr kommen würde. Ende der Sitzung.

Ich ging grußlos hinaus. Die Sekretärin schenkte mir ein breites Lächeln, dann stand ich wieder auf der Avenue Elisée Reclus.

Es war elf. Ich holte meine Sachen aus dem Hotel und fuhr zum Flughafen raus, auf gut Glück. Ich mußte zwei Stunden warten, und währenddessen rief ich im Verlag an, mit R-Gespräch, weil ich kein Geld mehr hatte. Gudrun war am Apparat, sie schien noch begriffsstutziger als gewöhnlich, ich mußte ihr dreimal laut zurufen, sie solle ja sagen, oui, yes, sie nehme das Gespräch an.

Sie schluchzte: Diotallevi war am Samstag um Mitternacht gestorben.

»Und keiner, keiner von seinen Freunden war heute morgen bei der Beerdigung, so eine Schande! Nicht mal der Signor Garamond, er ist angeblich auf einer Auslandsreise. Nur ich, die Grazia, Luciano und ein Herr ganz in Schwarz, mit Bart und gelockten Kotteletten und einem großem Hut, sah aus wie ein Totengräber. Gott weiß, wo der herkam. Aber wo stecken Sie denn, Casaubon? Und wo ist Belbo? Was ist passiert?«

Ich murmelte ein paar wirre Entschuldigungen und hängte ein. Mein Flug wurde aufgerufen, ich mußte an Bord.

9
JESSOD

118

The conspiracy theory of society... comes from
abandoning God and then asking: »Who is in his
place?«

Karl Popper, *Conjectures and Refutations*, 4,
London, Routledge, 1969, p. 123

Der Flug tat mir gut. Ich hatte nicht nur Paris verlassen,
sondern auch den Untergrund, ja den festen Grund und
Boden, die Erdkruste. Himmel und Berge waren noch weiß
von Schnee. Die Einsamkeit in zehntausend Metern Höhe,
und dieses Gefühl der Trunkenheit, das man beim Fliegen
immer hat, der Überdruck, die Durchquerung einer leichten
Turbulenz. Nur hier oben, dachte ich, bekam ich endlich
wieder Boden unter die Füße. Und so beschloß ich, Klarheit
zu gewinnen, erst indem ich mir Fakten notierte, dann indem
ich die Augen schloß und meinen Gedanken freien Lauf ließ.

Zunächst einmal galt es, eine Liste der unbestreitbaren Tatsachen aufzustellen.

Erstens: Diotallevi ist tot, das steht zweifelsfrei fest. Gudrun hat es mir gesagt. Gudrun ist in unserer Geschichte
immer draußen geblieben, sie hätte nichts davon verstanden,
und folglich ist sie die einzige, die noch die Wahrheit sagt.
Weiter steht fest, daß Garamond nicht in Mailand war. Sicher, er könnte überall sein, aber die Tatsache, daß er nicht
dort ist und in den letzten Tagen nicht dort war, erlaubt die
Annahme, daß er in Paris war, wo ich ihn gesehen habe.

Desgleichen ist Belbo nicht da.

Nun, versuchen wir einmal anzunehmen, was ich am
Samstag abend in Saint-Martin-des-Champs gesehen habe,
ist wirklich geschehen. Vielleicht nicht so, wie ich es wahrgenommen habe, benebelt von der Musik und dem Weihrauch, aber irgendwas ist da geschehen. So ähnlich wie damals die Geschichte mit Amparo: Als sie an jenem Abend in
Rio nach Hause kam, war sie keineswegs sicher, von der
Pomba Gira ergriffen worden zu sein, aber sie war sicher, in
dem Umbanda-Tempel gewesen zu sein und geglaubt zu
haben, daß – oder sich so verhalten zu haben, als ob – die
Göttin in sie gefahren wäre.

Richtig war schließlich auch, was mir Lia in den Bergen gesagt hatte, ihre Lesart war absolut überzeugend, die Botschaft aus Provins war eine harmlose Wäscheliste. Es hat nie Templerversammlungen in der Grange-aux-Dîmes gegeben. Es hat keinen Großen Plan und keine Botschaft gegeben.

Für uns war die Wäscheliste ein Kreuzworträtsel gewesen, in dem die Kästchen noch leer waren und die Wortdefinitionen fehlten. Also mußten die Kästchen so ausgefüllt werden, daß alles zusammenpaßte. Aber vielleicht ist das Beispiel ungenau. Im Kreuzworträtsel überkreuzen sich Wörter, und sie müssen sich dort überkreuzen, wo sie gemeinsame Buchstaben haben. In unserem Spiel überkreuzten sich keine Wörter, sondern Begriffe und Fakten, und folglich mußten die Regeln andere sein, und letztlich waren es drei.

Erste Regel: Die Begriffe verbinden sich per Analogie. Es gibt keine Regel, die auf Anhieb zu entscheiden erlaubt, ob eine Analogie gut oder schlecht ist, denn jedes Ding ähnelt jedem anderen unter einem bestimmten Aspekt. Beispiel: Kartoffel überkreuzt sich mit Apfel, da beides eßbare Gewächse sind und beide außerdem rund. Von Apfel kommt man durch biblische Assoziation zu Schlange. Von Schlange durch formale Ähnlichkeit zu Kringel, von Kringel weiter zu Rettungsring, von da zu Badeanzug, vom Baden zum Meer, vom Meer zum Schiff, vom Schiff zum Shit, vom Shit zur Droge, von der Droge zur Spritze, von der Spritze zum Loch, vom Loch zum Boden, vom Boden zum Acker, vom Acker zur Kartoffel.

Perfekt. Denn die zweite Regel heißt: Wenn der Kreis sich am Ende schließt und *tout se tient*, ist das Spiel gültig. Von Kartoffel zu Kartoffel schließt sich der Kreis. Also ist die Kette richtig.

Dritte Regel: Die Verknüpfungen dürfen nicht zu originell sein, sie müssen schon mindestens einmal irgendwo gemacht worden sein, besser noch öfter, von anderen. Nur so erscheinen die Kreuzungen wahr, weil selbstverständlich.

Was ja übrigens die Idee von Signor Garamond war: Die Bücher der Diaboliker dürfen nichts Neues sagen, sie müssen das schon Gesagte immerzu wiederholen, was würde sonst aus der Kraft der Überlieferung?

So hatten wir's gemacht. Wir hatten nichts erfunden, nur die Teile neu arrangiert. So hatte es auch Ardenti gemacht, auch er hatte nichts erfunden, aber sein Arrangement der

Teile war schlechter als unseres gewesen, und außerdem war er nicht so gebildet wie wir, er hatte nicht alle Teile beisammen gehabt.

Sie hatten alle Teile beisammen, aber ihnen fehlte der Plan des Kreuzworträtsels, und so waren wir auch hier wieder die Besseren.

Mir fiel ein Satz von Lia ein, den sie mir in den Bergen gesagt hatte, als sie mir vorwarf, wir hätten ein häßliches Spiel gespielt: »Die Leute gieren nach Plänen, wenn du ihnen einen anbietest, stürzen sie sich drauf wie eine Meute von Wölfen. Du erfindest was, und sie glauben es. Man muß nicht noch mehr Phantasien wecken, als es schon gibt.«

Im Grunde läuft es immer so. Ein junger Herostrat verzehrt sich, weil er nicht weiß, wie er berühmt werden soll. Dann sieht er einen Film, in dem ein schüchterner Junge auf die gefeierte Country-Music-Diva schießt und das Ereignis des Tages wird. Er hat die Formel gefunden, er geht hin und erschießt John Lennon.

Es ist das gleiche wie mit den AEKs. Wie mache ich's, ein berühmter Dichter zu werden, der in die Lexika kommt? Ganz einfach, erklärt Signor Garamond, bezahlen Sie dafür! Der AEK hatte nie vorher daran gedacht, aber da es den Plan von Manuzio nun einmal gibt, identifiziert er sich damit. Der AEK ist überzeugt, sein Leben lang auf Manuzio gewartet zu haben, nur wußte er nicht, daß es Manuzio gab.

Konsequenz? Wir hatten einen nicht-existenten Plan erfunden, und *sie* hatten ihn nicht nur für wahr und real gehalten, sondern sich auch eingeredet, selber schon lange Teil dieses Planes gewesen zu sein, beziehungsweise sie hatten die Fragmente ihrer krausen Vorstellungen und konfusen Projekte als Teile unseres Plans identifiziert, zusammengefügt nach einer unwiderleglichen Logik der Analogie, der Ähnlichkeit und des Verdachts.

Aber wenn man einen Plan erfindet, und die anderen führen ihn aus, dann ist es, als ob der Plan existierte. Beziehungsweise dann existiert er wirklich.

Von nun an werden Scharen von Diabolikern durch die Welt ziehen, um die Karte zu finden.

Wir boten unsere Karte Leuten an, die gegen eine tiefe Frustration ankämpften. Was für eine Frustration? Das hatte mir Belbos letzter *file* angedeutet: Es gäbe kein Scheitern, wenn da wirklich ein Großer Plan wäre. Niederlagen ja, aber nicht aus eigener Schuld. Einem kosmischen Komplott zu unterliegen ist keine Schande. Du bist kein Feigling, du bist ein Märtyrer.

Beklage dich nicht, daß du sterblich bist, eine Beute unzähliger Mikroorganismen, die du nicht beherrschst. Du bist nicht verantwortlich für deine schlecht greifenden Füße, für den Verlust des Schwanzes, für die Haare und Zähne, die dir nicht nachwachsen, für die Neuronen, die du rings um dich her verstreust, für die Arterien, die in dir verkalken. Verantwortlich sind die Neidischen Engel.

Dasselbe gilt für das Alltagsleben. Und für die Börsenkräche. Sie kommen zustande, weil jeder eine falsche Bewegung macht, bis alle falschen Bewegungen zusammen eine Panik erzeugen. Dann fragt sich jeder, der keine starken Nerven hat: Wer steckt hinter diesem Komplott, und wem nützt es? Und wehe, du findest dann keinen Feind, dem du das Komplott in die Schuhe schieben kannst, du würdest dich selber schuldig fühlen. Oder, da du dich selber ja schuldig fühlst, du erfindest einfach ein Komplott, oder besser noch viele. Und um die Komplotte der andern zu durchkreuzen, mußt du dein eigenes organisieren.

Und je mehr du dir fremde Komplotte ausdenkst, um deine eigene Verständnislosigkeit zu rechtfertigen, desto mehr verliebst du dich in deine Phantasien und entwirfst dein eigenes Komplott nach ihrem Muster. Genau das war geschehen, als Jesuiten und Baconianer, Paulizianer und Neutempler einander jeder den Plan des andern zuschrieben und um die Ohren schlugen. Damals hatte Diotallevi bemerkt: »Klar, du unterschiebst den anderen, was du selber tust, und da du etwas Häßliches tust, beginnst du die anderen zu hassen. Aber da die anderen in der Regel genau das Häßliche, das du gerade tust, gerne täten, kollaborieren sie mit dir, indem sie dich glauben machen, was du ihnen unterschiebst, sei in Wirklichkeit das, was sie sich schon immer gewünscht hatten. Gott blendet, wen er verderben will, man muß Ihm nur dabei helfen.«

Ein Komplott muß, wenn es denn eines sein soll, geheim sein. Es muß ein Geheimnis geben, dessen Kenntnis, hätten wir sie, uns entfrustrieren würde, denn entweder wäre es das Geheimnis, das uns zum Heil führt, oder die Kenntnis des Geheimnisses wäre mit dem Heil identisch. Gibt es ein so leuchtendes Geheimnis?

Gewiß, vorausgesetzt, es wird nie enthüllt. Einmal enthüllt, würde es uns nur enttäuschen. Hatte Agliè mir nicht von der Begierde nach Mysterien erzählt, die das erste Jahrhundert nach Christus durchzog, die Epoche der Antonine? Obwohl doch gerade erst einer erschienen war, der sich als Gottes Sohn bezeichnet hatte, als Gottes Sohn, der Fleisch geworden sei, um die Welt von ihren Sünden zu erlösen. War das vielleicht ein Dreigroschengeheimnis? Und er versprach das Heil *allen*, man brauchte bloß seinen Nächsten zu lieben. War das ein Geheimnis für Habenichtse? Und er hinterließ als Vermächtnis, daß jeder, der zur rechten Zeit die richtigen Worte sprach, ein Stückchen Brot und einen Krug Wein in das Fleisch und das Blut des Gottessohnes verwandeln und sich daran nähren konnte. War das ein Rätsel zum Wegwerfen? Und er brachte die Kirchenväter dazu, erst zu erwägen und dann zu erklären, daß Gott *einer und drei* sei und daß der Geist vom Vater und vom Sohne ausgehe, nicht aber der Sohn vom Vater und vom Geist. War das eine Formel für Hyliker? Und doch blieben jene, die nun das Heil in Reichweite hatten − *do it yourself* −, taub und verstockt. Das sollte die ganze Enthüllung, die ganze Offenbarung sein? Wie banal! Und so suchten sie hysterisch weiter im ganzen Mittelmeerraum nach einem anderen verlorenen Wissen, einem, für das diese Dreißig-Silberling-Dogmen nur die oberflächlichen Schleier waren, das Gleichnis für die Armen im Geiste, die Hieroglyphe, das Augenzwinkern zu den Pneumatikern. Mysterium der Trinität? Zu einfach, dahinter muß noch was anderes stecken!

Jemand, vielleicht war es Rubinstein, sagte einmal, als er gefragt wurde, ob er an Gott glaube: »O nein, ich glaube... an etwas viel Größeres...« Aber ein anderer (war es Chesterton?) sagte: »Seit die Menschen nicht mehr an Gott glauben, glauben sie nicht etwa an nichts mehr, sondern an alles.«

Aber *alles* ist kein größeres Geheimnis. Es gibt überhaupt keine »größeren Geheimnisse«, denn kaum sind sie aufgedeckt, erscheinen sie klein. Es gibt nur ein *leeres* Geheimnis. Ein Geheimnis, das einem ständig wegrutscht. Das Geheimnis der Orchidee ist, daß ihr Name Hoden bedeutet und sie auf die Hoden einwirkt, aber die Hoden bedeuten ein Tierkreiszeichen und dieses eine Hierarchie der Engel und diese eine Tonleiter und diese ein Verhältnis zwischen den Säften und so weiter. Initiation heißt lernen, nie innezuhalten, man pellt das Universum wie eine Zwiebel, und eine Zwiebel ist nichts anderes als Pelle, denken wir uns eine endlose Zwiebel, die ihr Zentrum überall hat und ihre Außenhaut nirgends, Initiation ist endlos wie ein Möbiussches Band.

Der wahre Initiierte ist der, der weiß, daß das mächtigste Geheimnis ein Geheimnis ohne Inhalt ist, denn kein Feind kann ihn zwingen, es zu enthüllen, und kein Gläubiger kann es ihm wegnehmen.

Allmählich erschien mir die Dynamik des nächtlichen Rituals vor dem Pendel logischer und konsequenter. Jacopo Belbo hatte behauptet, ein Geheimnis zu besitzen, und deshalb hatte er Macht über *sie* gewonnen. Daraufhin war ihr erster Impuls – selbst bei einem so erfahrenen Mann wie Agliè, der sofort die Trommel gerührt hatte, um sie alle zusammenzurufen –, es ihm zu entreißen. Und je mehr Belbo sich weigerte, es zu enthüllen, desto mehr glaubten sie, es müsse ein großes Geheimnis sein, und je mehr er schwor, es nicht zu besitzen, desto mehr waren sie überzeugt, daß er es besitze und daß es ein echtes Geheimnis sei, denn wenn es ein falsches gewesen wäre, hätte er es enthüllt.

Jahrhundertelang war die Suche nach diesem Geheimnis das Band gewesen, das sie alle zusammengehalten hatte, trotz aller gegenseitigen Exkommunikationen, internen Machtkämpfe und Putsche. Nun waren sie kurz davor, es zu erfahren. Und da überfielen sie zwei Ängste: daß die Enthüllung des Geheimnisses sie enttäuschen könnte und daß es – wenn es einmal enthüllt war – kein Geheimnis mehr sein würde. Das wäre ihr Ende gewesen.

An diesem Punkt hatte Agliè begriffen: wenn Belbo reden würde, würden es alle hören, und er, Agliè, würde die Aura verlieren, die ihm sein Charisma und seine Macht verlieh. Wenn aber Belbo sich nur ihm allein anvertrauen würde, dann würde Agliè weiterhin Saint-Germain bleiben können, der Unsterbliche – der Aufschub seines Todes fiel zusammen mit dem Aufschub der Enthüllung des Geheimnisses. Also versuchte er Belbo zu überreden, ihm das Geheimnis ins Ohr zu flüstern, und als er begriff, daß es sinnlos war, provozierte er ihn, indem er seine Kapitulation voraussagte, aber mehr noch, indem er ihm eine melodramatische Szene vorspielte. Oh, er kannte ihn gut, der alte Graf, er wußte, daß bei Leuten vom Schlage Belbos die Dickköpfigkeit und der Sinn für das Lächerliche sogar die Angst besiegen. Er zwang

Belbo, einen schärferen Ton anzuschlagen und endgültig nein zu sagen.

Und aus derselben Angst zogen es die anderen vor, Belbo zu töten. Zwar verloren sie damit die Aussicht auf die gesuchte Karte – sie hatten ja noch Jahrhunderte Zeit, nach ihr zu suchen –, aber sie retteten sich die Jugendfrische ihrer alternden und sabbernden Begierde.

Ich erinnerte mich an eine Geschichte, die mir Amparo erzählt hatte. Bevor sie nach Italien gekommen war, hatte sie ein paar Monate in New York verbracht und dort in einer Gegend gewohnt, wo man höchstens hingeht, um Fernsehfilme über die Arbeit der Mordkommission zu drehen. Sie war oft spät in der Nacht allein nach Hause gekommen. Als ich sie fragte, ob sie denn keine Angst vor Vergewaltigungen gehabt habe, erklärte sie mir ihre Methode: Sobald ein Vergewaltiger näher kam und sich als solcher zu erkennen gab, nahm sie ihn am Arm und sagte: »Na komm, gehen wir ins Bett.« Woraufhin er panikartig davonlief.

Ein Vergewaltiger will keinen Sex, er will die Erregung des Gewaltaktes, mit dem er sich den Sex holen muß, er will den Widerstand des Opfers brechen. Wird ihm der Sex freiwillig geboten und ihm gesagt, hic Rhodus, hic salta, dann ist es ganz natürlich, daß er wegrennt, was wäre er sonst für ein Vergewaltiger?

Und wir sind hingegangen, um ihre Begierde zu wecken, um ihnen ein Geheimnis anzubieten, das leerer nicht sein konnte, denn wir kannten es nicht nur selber nicht, wir wußten auch, daß es falsch war.

Die Maschine flog über den Mont Blanc, und alle Passagiere stürzten sich auf dieselbe Seite, um nicht die Offenbarung jener platten Beule zu versäumen, die da dank einer Dystonie der tellurischen Ströme gewachsen war. Ich dachte, wenn das, was ich gerade dachte, richtig war, dann gab es vielleicht die tellurischen Ströme gar nicht, genausowenig wie die Botschaft aus Provins. Aber die Geschichte der Entzifferung des Großen Plans, so wie wir sie rekonstruiert hatten, war dann nichts anderes als die Realgeschichte.

Meine Gedanken gingen zurück zu Belbos letztem *file*... Aber wenn das Sein so leer und zerbrechlich ist, daß es sich nur an der Illusion derjenigen aufrechthält, die nach seinem Geheimnis suchen, dann gibt es wirklich – wie Amparo damals nach ihrer Niederlage sagte –, dann gibt es wirklich keine Erlösung, dann sind wir alle Sklaven, gebt uns einen Herrn, wir haben's nicht besser verdient...

Nein, das kann nicht alles sein. Das kann nicht alles sein, denn Lia hat mich gelehrt, daß es noch etwas anderes gibt, und ich habe den Beweis, er heißt Giulio, in diesem Moment spielt er wahrscheinlich gerade auf einer Bergwiese und zieht eine Ziege am Schwanz. Es kann nicht alles sein, denn Belbo hat zweimal *nein* gesagt.

Das erste Nein hatte er zu Abulafia gesagt und zu jedem, der Abulafias Geheimnis zu knacken versuchte. »Hast du das Paßwort?« hieß die Frage. Und die Antwort, der Schlüssel zum Wissen, war »Nein«. Darin lag eine Wahrheit: Nicht nur gibt es das Zauberwort nicht, sondern wir müssen auch zugeben, daß wir es nicht kennen. Doch wer zugeben kann, daß er es nicht kennt, kann etwas erfahren, zumindest so viel, wie ich dann erfahren habe.

Das zweite Nein hatte Belbo am Samstag abend gesagt, als er die angebotene Rettung ablehnte. Er hätte irgendeine Weltkarte erfinden können, er hätte eine von denen angeben können, die ich ihm gezeigt hatte – so wie das Pendel hing, hätte dieser Haufen Irrer das Zeichen für den Nabel der Welt ohnehin nie gefunden, und wenn doch, hätten sie weitere Jahrzehnte gebraucht, um zu begreifen, daß es nicht das richtige war. Aber nein, Belbo wollte sich nicht beugen, er wollte lieber sterben.

Und es war nicht die Gier nach Macht, der er sich nicht beugen wollte, er wollte sich nicht dem Un-Sinn beugen. Das aber heißt, daß er irgendwie gewußt haben muß, daß es trotz aller Zerbrechlichkeit des Seins, trotz aller End- und Ziellosigkeit unserer Befragung der Welt doch etwas gibt, was mehr Sinn hat als der Rest.

Was war es, was Belbo geahnt hatte, vielleicht erst in jenem Moment, was hatte ihm erlaubt, den verzweifelten Worten in seinem letzten *file* zu widersprechen und sein Schicksal nicht in die Hände derer zu legen, die ihm irgendeinen Plan garantierten? Was hatte er begriffen – endlich –, das ihm nun erlaubte, sein Leben zu opfern, als hätte er alles, was er wissen mußte, schon vor langer Zeit entdeckt, ohne sich dessen bis zu diesem Moment bewußt gewesen zu sein, und als wäre angesichts dieses seines einzigen, wahren, absoluten Geheimnisses alles, was da im Conservatoire geschah, heillos dumm – so dumm, daß es dumm gewesen wäre, unbedingt weiterleben zu wollen?

Mir fehlte etwas, ein Glied der Kette. Ich glaubte nun alle Heldentaten Belbos zu kennen, vom Leben bis zum Tode, außer einer.

Bei der Ankunft in Mailand, als ich nach meinem Paß suchte, fand ich in einer Jackentasche den Schlüssel zu diesem Haus. Ich hatte ihn am letzten Donnerstag zusammen mit Belbos Wohnungsschlüssel eingesteckt. Bei seinem Anblick fiel mir jener Tag ein, als wir nach *** gekommen waren und Belbo uns den großen Wandschrank gezeigt hatte, der, wie er uns sagte, seine gesammelten Jugendwerke enthielt. Vielleicht hatte Belbo etwas geschrieben, was nicht in Abulafia zu finden war, und dieses Etwas lag in dem Wandschrank begraben?

Es gab keinen vernünftigen Grund für diese meine Vermutung. Ein guter Grund – sagte ich mir –, sie ernst zu nehmen. Nach allem.

So ging ich mein Auto holen und bin hierhergefahren.

Niemand war da, nicht einmal die alte Verwandte der Canepas oder Hausmeisterin oder was sie gewesen sein mochte. Vielleicht ist auch sie inzwischen gestorben. Das Haus ist leer. Ich bin durch die Zimmer gegangen, es riecht nach Feuchtigkeit, ich hatte sogar daran gedacht, den »Priester« in einem der Schlafzimmer anzuzünden. Aber es ist Unsinn, im Juni das Bett zu wärmen, sobald man die Fenster öffnet, kommt die laue Abendluft herein.

Nach Sonnenuntergang war noch kein Mond zu sehen. Wie vorgestern nacht in Paris. Er ist erst sehr spät aufgegangen, ich sehe die schmale Sichel – noch schmaler als in Paris – erst jetzt, wo sie langsam über die flacheren Hügel steigt, in einer Senke zwischen dem Bricco und einem anderen gelblichen, vielleicht schon abgeernteten Buckel.

Angekommen bin ich so gegen sechs, es war noch hell. Ich hatte mir nichts zu essen mitgebracht, aber in der Küche fand ich eine Salami an einem Haken hängen. Mein Abendessen bestand aus Salami und frischem Wasser, das war so gegen zehn. Jetzt habe ich Durst, ich habe mir eine große Karaffe Wasser in Onkel Carlos Arbeitszimmer geholt und trinke alle zehn Minuten ein Glas, dann gehe ich runter und fülle sie wieder auf. Es muß inzwischen bald drei sein. Aber ich habe das Licht gelöscht und kann die Uhr kaum noch lesen. Ich denke nach und sehe dabei aus dem Fenster. An den Hängen der Hügel sind winzige Lichter zu sehen, wie Glühwürmchen oder Sternschnuppen. Die Scheinwerfer vereinzelter Autos, die ins Tal fahren oder hinauf zu den höhergelegenen Dörfern. Als Belbo klein war, kann es diesen Anblick noch nicht gegeben haben. Es gab weder diese Autos noch diese Straßen, und nachts war Ausgangssperre.

Gleich nach meiner Ankunft hatte ich den bewußten Wandschrank geöffnet. Borde und Fächer voller Papiere, von den Schulaufsätzen des Grundschülers bis zu Heften und Bündeln voller Gedichte und Prosa des Heranwachsenden. Jeder hat als Heranwachsender Gedichte geschrieben, die wahren Dichter haben sie dann vernichtet, die schlechten haben sie veröffentlicht. Belbo war zu nüchtern, um sie aufzuheben, und zu schwach, um sie zu vernichten. So begrub er sie in Onkel Carlos Schrank.

Ich las einige Stunden lang. Und weitere lange Stunden, bis zu diesem Moment, habe ich über den letzten Text nachgedacht, den Text, den ich schließlich gefunden hatte, als ich die Suche gerade aufgeben wollte.

Ich weiß nicht, wann ihn Belbo geschrieben hat. Es sind Seiten und Seiten, auf denen sich verschiedene Handschriften überschneiden, oder es ist dieselbe Handschrift zu verschiedenen Zeiten. Als hätte er den Text sehr früh geschrieben, mit sechzehn oder siebzehn Jahren, ihn dann weggelegt und mit zwanzig wieder hervorgeholt, und mit dreißig wieder und womöglich später noch einmal. Bis er dann auf das Schreiben verzichtete – und erst mit Abulafia wieder anfing, aber ohne zu wagen, diese Zeilen wieder hervorzuholen und sie der elektronischen Demütigung auszusetzen.

Beim Lesen schien mir, als setzten sie eine bekannte Geschichte fort: die Ereignisse in *** von 1943 bis 1945, mit Onkel Carlo, den Partisanen, dem Oratorium, Cecilia und der Trompete. Den Prolog kannte ich, das waren die obsessiven Themen des romantischen, betrunkenen, enttäuschten und leidenden Belbo. Memoirenliteratur, das wußte auch er, ist die letzte Zuflucht der Canaillen.

Aber ich war kein Literaturkritiker, ich war einmal mehr Sam Spade, auf der Suche nach der letzten Spur.

Und so fand ich den Schlüsseltext. Er bildet vermutlich das letzte Kapitel von Belbos Geschichte in ***. Danach kann nichts mehr geschehen sein.

119

> Dann sobald das Laubwerck oder Krantz am Rohr
> angezündet wurde, sahe ich zu oberst das Loch
> eröffnen und ein hellen Feuerstriemen durch das
> Rohr hinabschießen und in den Leichnam fahren.
> Darauf wurde das Loch wider verdecket und die
> Posaun weggeraumbt.
>
> Johann Valentin Andreae, *Die Chymische Hochzeit*
> *Christiani Rosencreutz*, Straßburg 1616, 6, p. 126

Der Text hat Lücken, Überlappungen, unklare Stellen, Streichungen. Ich rekonstruiere ihn mehr, als daß ich ihn lese, ich lebe ihn nach.

Es muß gegen Ende April 45 gewesen sein. Die deutsche Wehrmacht war geschlagen, die Faschisten zerstreuten sich, auf jeden Fall war *** bereits fest in der Hand der Partisanen.

Nach der letzten Schlacht, derjenigen, von der uns Jacopo in diesem Hause erzählt hatte (vor fast zwei Jahren), hatten sich mehrere Partisanenbrigaden in *** versammelt, um dann in die Provinzhauptstadt zu marschieren. Sie warteten auf ein Signal von Radio London, sie sollten aufbrechen, wenn Mailand zum Aufstand bereit war.

Auch die kommunistischen Garibaldiner waren gekommen, befehligt von Ras, einem Riesen mit schwarzem Bart, der im Ort sehr beliebt war. Sie trugen Phantasieuniformen, alle voneinander verschieden, nur die Halstücher und der Stern auf der Brust waren immer gleich, beide rot, und sie waren bewaffnet, wie's gerade kam, der eine mit einem alten Karabiner, der andere mit einer vom Feind erbeuteten MP. Ganz anders dagegen die Badoglianer mit ihren blauen Halstüchern, in Khaki-Uniformen ähnlich denen der Engländer und mit brandneuen Stens. Die Alliierten unterstützten die Badoglianer durch großzügige Nachschublieferungen, die nachts mit Fallschirmen abgeworfen wurden, nachdem pünktlich um elf, wie er's allabendlich seit zwei Jahren tat, der mysteriöse »Pippetto« vorbeigeflogen war, ein englischer Aufklärer, bei dem niemand kapierte, was der da aufklären mochte, denn Lichter waren über Kilometer und Kilometer keine zu sehen.

Es gab Spannungen zwischen Garibaldinern und Bado-

736

glianern, angeblich hatten die Badoglianer sich am Abend der Schlacht mit dem Ruf »Vorwärts Savoyen!« auf den Feind gestürzt, aber einige von ihnen sagten, das sei nur aus Gewohnheit gewesen, was solle man denn sonst beim Angriff rufen, das heiße noch lange nicht, daß sie Monarchisten seien, sie wüßten selber, daß der König beträchtliche Mitschuld habe. Worauf die Garibaldiner grienten, man könne wohl »Vorwärts Savoyen!« brüllen, wenn man auf offenem Feld mit aufgepflanztem Bajonett voranstürme, aber nicht, wenn man mit der Sten in der Hand hinter eine Hausecke hechte. Tatsache ist, daß die Badoglianer sich an die Engländer verkauft hatten.

Trotzdem kam man zu einem Modus vivendi. Für den Angriff auf die Provinzhauptstadt brauchte man ein gemeinsames Oberkommando, und die Wahl fiel auf Terzi, der die am besten ausgerüstete Brigade kommandierte. Er war der älteste, er hatte den Ersten Weltkrieg mitgemacht, er war ein Held und genoß das Vertrauen der Alliierten.

Nach ein paar Tagen, ich glaube, es war noch vor dem Aufstand in Mailand, waren sie losgezogen, um die Provinzhauptstadt zu nehmen. Gute Nachrichten trafen ein, die Operation war gelungen, die Brigaden kehrten siegreich nach *** zurück, aber es hatte Verluste gegeben, es hieß, Ras sei gefallen und Terzi sei verwundet.

Dann, eines Nachmittags, hörte man das Brummen der Lastwagen, Siegesgesänge, die Leute liefen auf die Piazza, von der Landstraße kamen die ersten Einheiten, erhobene Fäuste, Fahnen, freudig geschwenkte Waffen aus den Autofenstern und auf den offenen Lastwagen. Schon längs der Straße waren die Partisanen mit Blumen überschüttet worden.

Auf einmal rief jemand »Ras! Ras!«, und da saß er, vorn auf dem Kotflügel eines Dodge, mit seinem struppigen Bart und seinem schwarzen Haar auf der verschwitzten Brust unter dem offenen Hemd, und er grüßte lachend die Menge.

Neben Ras stieg auch Rampini vom Dodge, ein kurzsichtiger Junge, der in der Blaskapelle spielte, er war nicht viel älter als die anderen, und seit drei Monaten war er verschwunden gewesen, es hieß, er sei zu den Partisanen gegangen. Und nun stand er da mit dem roten Tuch um den Hals, in einer Khaki-Jacke und einem Paar blauer Hosen. Es war die Uniform von Don Ticos Blaskapelle, aber er trug jetzt einen breiten Gürtel mit einem Holster und einer Pistole darin. Durch seine dicken Brillengläser, die ihm soviel Spott von seinen alten Spielkameraden eingebracht hatten, sah er auf die Mädchen, die ihn umjubelten, als ob er Flash Gordon wäre. Und Jacopo fragte sich, ob Cecilia wohl in der Menge sein mochte.

Nach einer halben Stunde wimmelte der Platz von Partisanen, und die Menge rief laut nach Terzi, er solle eine Rede halten.

Terzi erschien auf dem Balkon des Rathauses, blaß, auf seine Krücke gestützt, und versuchte mit der freien Hand die Menge zu beruhigen. Jacopo wartete gespannt auf die Rede, denn seine ganze Kindheit war, wie die seiner Altersgenossen, von den großen historischen Reden des Duce geprägt gewesen, deren bedeutendste Stellen man in der Schule auswendig lernte, was in der Praxis hieß, daß man alles auswendig lernte, denn jeder Satz war eine bedeutende Stelle.

Als die Menge endlich schwieg, begann Terzi zu sprechen, mit einer rauhen Stimme, die kaum zu hören war. Und er sagte: »Mitbürger, Freunde. Nach so vielen leidvollen Opfern... da sind wir wieder. Ehre den für die Freiheit Gefallenen.«

Das war alles. Er ging wieder hinein.

Und die Menge jubelte, und die Partisanen hoben ihre MPs, ihre Stens, ihre Karabiner, ihre Einundneunziger hoch und feuerten in die Luft, die Hülsen regneten nur so herunter, und die Jungs schlüpften zwischen den Beinen der Bewaffneten und der Zivilisten hindurch, denn eine so fette Ernte würden sie nie wieder machen, es bestand die Gefahr, daß der Krieg noch im selben Monat zu Ende ging.

Aber es hatte auch Tote gegeben, zwei junge Männer. Durch einen grausamen Zufall stammten sie beide aus San Davide, einem Dorf oberhalb von ***, und ihre Familien wünschten, daß sie auf dem dortigen Friedhof begraben würden.

Das Partisanenkommando beschloß, es solle ein feierliches Begräbnis werden, mit angetretenen Kompanien, geschmücktem Leichenwagen, der kommunalen Musikkapelle und dem Domprobst. Und mit Don Ticos Blaskapelle.

Don Tico war sofort einverstanden. Vor allem, wie er sagte, weil er immer antifaschistisch empfunden habe. Sodann auch, wie die Spieler flüsterten, weil er seit einem Jahr zwei Trauermärsche mit ihnen eingeübt hatte, die er irgendwann einmal vorführen mußte. Und schließlich, wie die Lästerzungen im Städtchen sagten, um die Geschichte mit *Giovinezza* wiedergutzumachen.

Die Geschichte mit *Giovinezza* ging so.

Monate vorher, ehe die Partisanen kamen, war Don Ticos Kapelle eines Tages losgezogen, um zum Fest ich weiß nicht welches Heiligen aufzuspielen, und war unterwegs von den Schwarzen Brigaden angehalten worden. »Spielen Sie *Giovinezza*, Herr Pfarrer!« hatte der Hauptmann befohlen, und seine Finger trommelten auf der MP. Was tun, wie man später sagen lernte? Don Tico sagte: Jungs, versuchen wir's halt, man hat nur ein Leben. Und er schlug den Takt mit seiner Stimmpfeife, und eine wüste Horde von Kakophonikern überzog *** mit einem Getöse, das nur die desperateste Hoffnung auf Endsieg hätte für die Faschistenhymne *Giovinezza* halten können. Es war eine Schande für alle. Eine Schande, weil sie eingewilligt hatten, sagte Don Tico hinterher, aber vor allem, weil sie so hundsmiserabel gespielt hatten. Priester ja, und Antifaschist, aber Kunst ist Kunst.

Jacopo war an dem Tag nicht dabeigewesen. Er hatte Mandelentzündung gehabt. Es waren nur Annibale Cantalamessa und Pio Bo dagewesen, und ihre exklusive Präsenz muß entscheidend zum Zusammenbruch des Nazifaschismus beigetragen haben. Aber für Belbo war das Problem noch ein anderes, jedenfalls als er darüber schrieb: Er hatte eine weitere Gelegenheit versäumt, herauszufinden, ob er den Mut zum Neinsagen hätte. Vielleicht ist er deshalb am Pendel gestorben.

Wie auch immer, das Begräbnis war dann für Sonntag vormittag angesetzt worden. Auf dem Domplatz waren sie alle da. Terzi mit seinen Mannen, Onkel Carlo und einige Honoratioren der Stadt mit ihren Orden aus dem Ersten Weltkrieg, und es spielte keine Rolle, wer von ihnen Faschist gewesen war und wer nicht, es ging nur darum, die Helden zu ehren. Da waren der Klerus, die Männer der kommunalen Kapelle in dunklen Anzügen, der prächtige Leichenwagen, gezogen von schabrackenbedeckten Pferden mit Zaumzeug in Cremeweiß, Silber und Schwarz. Der Kutscher war aufgeputzt wie ein Marschall Napoleons, mit Zweispitz, Cape und weitem Mantel in denselben Farben wie das Zaumzeug. Und da war Don Ticos Kapelle, mit Schirmmützen, Khaki-

Jacken und blauen Hosen, goldglänzend das Blech, schwarz-
glänzend das Holz und funkelnd das Becken über der Großen Trommel.

Von *** bis San Davide waren es fünf bis sechs Kilometer,
in Serpentinen den Hügel hinauf. Ein Weg, den die Rentner
sonntags bocciaspielend zurücklegten, eine Partie, eine
Pause, ein paar Fläschchen Wein, die nächste Partie, und so
weiter bis rauf zur Kapelle.

Ein paar Kilometer Steigung sind nichts, wenn man
Boccia spielt, und vielleicht ist es auch nur ein Klacks, sie in
Marschformation zu überwinden, die Waffe geschultert, den
Blick geradeaus, die frische Frühlingsluft atmend. Aber man
probiere es einmal blasend, mit prallen Backen, wenn einem
der Schweiß von der Stirn rinnt und die Luft wegbleibt. Die
Männer von der kommunalen Kapelle taten ihr ganzes Leben
lang nichts anderes, aber für die Jungs vom Oratorium war's
eine harte Prüfung. Sie hielten heroisch durch, Don Tico
schlug den Takt mit seiner Stimmpfeife in die Luft, die
Klarinetten jaulten erschöpft, die Saxophone blökten asth-
matisch, das Bombardon und die Trompeten krächzten mit
letzten Kräften, aber sie schafften es bis zum Dorf, bis zum
Fuß des steilen Weges, der zum Friedhof hinaufführte. Seit
geraumer Zeit hatten Annibale Cantalamessa und Pio Bo nur
noch so getan, als ob sie bliesen, aber Jacopo spielte wacker
weiter seine Rolle als Hirtenhund unter Don Ticos verständ-
nisinnigen Blicken. Verglichen mit der kommunalen Kapelle
hatten sie keine schlechte Figur gemacht, und das sagten nun
auch Terzi und die anderen Kommandanten der Brigaden:
Bravo, Jungs, großartig habt ihr gespielt.

Ein Kommandant mit blauem Halstuch und einem Regenbogen von Ordensbändern aus beiden Weltkriegen sagte:
»Herr Pfarrer, lassen Sie die Jungs sich erst mal hier im Dorf
ausruhen, sie können nicht mehr. Geht nachher rauf, am
Ende. Da wird dann ein Pritschenwagen kommen, der bringt
euch zurück nach ***.«

Sie stürmten in die Osteria, und die Männer von der
kommunalen Kapelle, alte Hasen, gestählt durch unzählige
Beerdigungen, stürzten sich hemmungslos auf die Tische
und bestellten Kutteln und Wein in rauhen Mengen. Sie
würden da zechend bis zum Abend bleiben. Die Jungs von
Don Tico versammelten sich am Tresen, wo der Wirt Granita
di Menta servierte, grün wie ein chemisches Experiment.

Das Eis flutschte durch die Kehle und rief einen Schmerz in der Mitte der Stirn hervor, wie bei einer Nebenhöhlenentzündung.

Dann waren sie zum Friedhof hinaufgestiegen, wo der Pritschenwagen schon auf sie wartete. Sie waren lärmend auf die Ladefläche geklettert und standen dichtgedrängt, einander mit den Instrumenten anstoßend, als aus dem Friedhof der Kommandant mit den vielen Ordensbändern kam und sagte: »Herr Pfarrer, für die Schlußzeremonie bräuchten wir rasch noch eine Trompete, Sie wissen schon, die üblichen Signale. Eine Sache von fünf Minuten.«

»Trompeter!« rief Don Tico. Und der unselige Inhaber des begehrten Titels, inzwischen ganz verklebt von pfefferminzgrüner Granita und begierig auf das heimische Mahl, ein träger Bauernlümmel ohne jedes Gespür für ästhetischen Schauder und höhere Ideale, begann zu jammern, es wäre schon spät, er wolle nach Hause, er hätte gar keine Spucke mehr und so weiter und so fort, und der arme Don Tico stand ganz blamiert vor dem Kommandanten.

Da sagte Jacopo, der in der Glorie des Mittags das süße Bildnis Ceciliens erspähte: »Wenn er mir die Trompete gibt, gehe ich.«

Dankbares Leuchten in den Augen Don Ticos, Erleichterung in dem verschwitzten Gesicht des offiziellen Trompeters. Austausch der Instrumente, wie zwei Wachen.

Und Jacopo schritt in den Friedhof hinein, geführt von dem Psychopompos mit den Ordensbändern aus Addis Abeba. Alles ringsum war weiß, die Mauer im blendenden Sonnenlicht, die Gräber, die blühenden Bäume an der Umfriedung, das Chorhemd des Probstes, der zum Segnen bereitstand, alles außer dem verblichenen Braun der Fotos auf den Grabsteinen. Und außer dem großen Farbfleck der vor den zwei offenen Gräbern angetretenen Formationen.

»Junge«, sagte der Kommandant, »stell dich hier neben mich, und auf mein Kommando bläst du das *Attenti*. Danach, wieder auf mein Kommando, das *Riposo*. Ist doch ganz leicht, oder?«

Kinderleicht. Nur hatte Jacopo noch nie ein *Habt-acht* und noch nie ein *Rührt-euch* geblasen.

Er hielt die Trompete im angewinkelten rechten Arm, an die Rippen gedrückt, den Trichter ein wenig nach unten gerichtet, als wär's ein Karabiner, und wartete, Kopf hoch, Bauch rein, Brust raus.

Terzi hielt eine kleine Rede mit lauter sehr kurzen Sätzen. Jacopo überlegte: Beim Blasen würde er die Augen zum Himmel heben müssen, und dann würde ihn die Sonne blenden. Aber so stirbt ein Trompeter, und da man nur einmal stirbt, tut man's lieber gleich richtig.

Dann flüsterte der Kommandant ihm zu: »Jetzt!« Und begann laut: »Aaa...« Und Jacopo wußte nicht, wie man ein *At-ten-ti* bläst.

Die Tonfolge mußte sehr viel komplexer sein, aber in diesem Augenblick war er nur fähig, C-E-G-C zu blasen, und jenen rauhen Kriegsmännern schien das auch zu genügen. Bevor er zum abschließenden C ansetzte, holte er tief Luft, damit er den Ton lange aushalten konnte, so lange, daß ihm Zeit genug blieb – schrieb Belbo –, die Sonne zu erreichen.

Die Partisanen salutierten in Habachtstellung. Die Lebenden regungslos wie die Toten.

Es bewegten sich nur die Totengräber, man hörte das Rumpeln der Särge, die in die Gräber hinuntergelassen wurden, und das Scharren der Seile, die sich am Holz rieben, als sie hinaufgezogen wurden. Aber das war nur eine schwache Bewegung, wie das Tanzen eines Lichtreflexes auf einer Kugel, das nur die reglose Ruhe der Kugel des Seins unterstreicht.

Dann das trockene Klacken eines *Präsentiert-das-Gewehr*. Der Probst murmelte die Aspersionsformeln, während er das Weihwasser auf die Gräber sprengte, die Kommandanten traten an die Gruben und warfen jeder eine Handvoll Erde hinunter. Plötzlich ein kurzer Befehl, eine Salve krachte in die Luft, ta-ta-ta ta-pum, und tschilpend flog ein Schwarm kleiner Vögel aus den blühenden Bäumen auf. Aber auch das war nicht eigentlich Bewegung, es war eher, als präsentierte sich immer derselbe Augenblick in verschiedenen Perspektiven, und einen Augenblick immerfort zu betrachten heißt nicht, ihn zu betrachten, während die Zeit vergeht.

Deshalb war Jacopo regungslos stehengeblieben, unbeirrt sogar von den Patronenhülsen, die ihm vor die Füße kullerten, und hatte auch die Trompete nicht abgesetzt, sondern hielt sie noch immer am Mund, die Finger auf den Ventilen, starr in Habachtstellung, das Instrument schräg nach oben gerichtet. Er blies noch immer.

Sein langer Schlußton hatte keinen Augenblick ausgesetzt. Unhörbar für die Anwesenden kam er noch immer aus dem Trompententrichter, wie ein leichter Atem, ein dünner Luftstrom, den Jacopo weiterhin in das Mundstück blies, die Zunge zwischen den kaum geöffneten Lippen, ohne sie gegen das Metall zu drücken. Das Instrument blieb vorgestreckt, ohne sich auf den Mund zu stützen, allein durch die Anspannung der Ellenbogen und Schultern.

Und Jacopo fuhr fort, diesen Hauch von Ton zu blasen, da er spürte, daß er in diesem Augenblick einen Faden ausspann, der die Sonne festhielt. Das Gestirn war stehengeblieben in seinem Lauf, fixiert in einem Mittag, der eine Ewigkeit hätte andauern können. Und alles hing von Jacopo ab, er brauchte nur abzusetzen, den Faden zu lockern, und die Sonne wäre davongesprungen wie ein Ball, und mit ihr der Tag und das Ereignis dieses Tages, diese phasenlose Aktion, diese Abfolge ohne Vorher und Nachher, die bewegungslos ablief, nur weil er die Macht hatte, es so zu wollen und so zu tun.

Hätte er abgesetzt, um einen neuen Ton zu blasen, es hätte wie ein scharfer Riß geklungen, viel lauter als die Salven, die ihn betäubten, und die Uhren hätten wieder angefangen, tachykardisch zu ticken.

Jacopo wünschte sich von ganzem Herzen, daß der Mann neben ihm nie das Kommando *Rührt-euch* geben würde. Ich könnte mich widersetzen, dachte er, und für immer so bleiben. Blas weiter, so lange du kannst.

Ich glaube, er war in jenen Zustand der Benommenheit und des Taumels eingetreten, der einen Taucher erfaßt, wenn er versucht, nicht aufzutauchen, sondern die Trägheit, die ihn auf den Grund sinken läßt, noch länger hinauszuziehen. Denn in seinem Bemühen um Ausdruck dessen, was er empfand, läßt Belbo hier seine Sätze im Leeren abbrechen, sich asyntaktisch verdrehen und rachitisch mit Ellipsen durchsetzen. Aber es ist klar, daß er in jenem Moment – nein, er sagt es nicht so, aber mir scheint, es ist ganz klar: daß er in jenem Moment Cecilia besaß.

Ich meine, daß Jacopo Belbo damals noch nicht begriffen haben konnte – und auch nicht begriffen hatte, als er über sein unbewußtes Selbst schrieb –, daß er in jenem Augenblick ein für allemal seine chymische Hochzeit feierte – mit Cecilia, mit Lorenza, mit Sophia, mit der Erde und mit dem Himmel. Als einziger vielleicht unter den Sterblichen war er im Begriff, endlich das Große Werk zu vollenden.

Niemand hatte ihm bisher gesagt, daß der Gral ein Kelch, aber auch ein Speer ist, und doch war seine als Kelch erhobene Trompete zugleich eine Waffe, ein Instrument der zartesten Herrschaft, ein Pfeil, der zum Himmel flog und die Erde mit dem Mystischen Pol verband. Mit dem einzigen Festen Punkt, den das Universum je gehabt hatte: dem, den er, nur für diesen Augenblick, mit seinem Atem erschuf.

Diotallevi hatte ihm noch nicht gesagt, daß man in Jessod sein kann, der Sefirah des Fundaments, dem Zeichen des Bundes des hohen Bogens, der sich spannt, um Pfeile abzusenden auf Malchuth, sein Ziel. Jessod ist der Tropfen, der aus dem Pfeil quillt, um den Baum und die Frucht zu erzeugen, Jessod ist die Seele der Welt, denn es ist der Moment, in dem die männliche Kraft als zeugende alle Seinszustände miteinander verbindet.

Wer diesen Venusgürtel zu weben weiß, der macht den Fehler des Demiurgen wett.

Wie kann man ein Leben lang nach der GELEGENHEIT suchen, ohne zu merken, daß der entscheidende Augenblick, derjenige, der Geburt und Tod rechtfertigt, schon vorbei ist? Er kommt nicht wieder, aber er ist dagewesen, unaustilgbar, rund und voll, glänzend und generös wie jede Offenbarung.

An jenem Tag hatte Jacopo Belbo der Wahrheit ins Auge gesehen. Der einzigen, die ihm jemals vergönnt sein sollte, denn die Wahrheit, die er damals erfuhr, war, daß die Wahrheit sehr kurz ist (hinterher ist alles nur Kommentar). Darum versuchte er, die Ungeduld der Zeit zu bändigen.

Damals hatte er das ganz sicher noch nicht begriffen. Und wohl auch nicht, als er dann später darüber schrieb, oder als er beschloß, nicht mehr zu schreiben.

Ich habe es heute abend begriffen: der Autor muß sterben, damit der Leser sich seiner Wahrheit innewird.

Die Obsession des Foucaultschen Pendels, die Jacopo Belbo sein ganzes Erwachsenenleben lang verfolgt hatte, war – wie die verlorenen Adressen in seinem Traum – das Bild jenes anderen Moments gewesen, jenes damals registrierten und dann verdrängten Augenblicks, als er wirklich das Dach der Welt berührt hatte. Und dieser Augenblick, als er Raum und Zeit hatte erstarren lassen, indem er seinen Zenonschen Pfeil abschoß, das war kein Zeichen gewesen, kein Symptom, keine Anspielung, keine Figur, keine Signatur, kein Rätsel: es war, was es war, es stand nicht für etwas anderes, es war der Moment, in dem es keinen Weiterverweis mehr gibt und die Konten beglichen sind.

Jacopo Belbo hatte nicht begriffen, daß er seinen Moment gehabt hatte und daß ihm dieser Moment für das ganze Leben hätte genügen müssen. Er hatte es nicht erkannt oder nicht anerkannt, denn er hatte sein ganzes restliches Leben damit verbracht, nach etwas anderem zu suchen, bis er sich selbst verdammte. Oder vielleicht hatte er es geahnt, sonst wäre er nicht so oft auf die Trompete zurückgekommen. Aber er hatte sie als etwas Verlorenes in Erinnerung, und dabei hatte er sie gehabt.

Ich glaube, ich hoffe, ich bete, daß Jacopo Belbo in dem Augenblick, als er am Pendel schwingend starb, dies endlich begriffen und Frieden gefunden hat.

Dann war das *Rührt-euch* gekommen. Er hätte ohnehin aufgeben müssen, da ihm die Luft ausging. Er setzte ab, setzte neu an und blies einen einzigen hohen Ton, den er in einem sanften Decrescendo abschwellen ließ, um die Welt an die Melancholie zu gewöhnen, die auf sie wartete.

Der Kommandant sagte: »Bravo, junger Mann. Kannst jetzt gehen. Hast schön geblasen.«

Der Probst eilte davon, die Partisanen marschierten zu einem Hinterausgang, wo ihre Lastwagen warteten, die Totengräber gingen, nachdem sie die Gruben zugeschüttet hatten. Jacopo ging als letzter. Er konnte sich nicht losreißen von diesem Ort des Glücks.

Auf dem Dorfplatz war kein Pritschenwagen mehr da.

Wie konnte das sein, fragte sich Jacopo, Don Tico hätte ihn doch nicht einfach so allein gelassen. Im nachhinein ist die wahrscheinlichste Antwort, daß es ein Mißverständnis gegeben hatte, wahrscheinlich hatte jemand Don Tico gesagt, der Junge würde von den Partisanen ins Tal gebracht werden. Aber in jenem Augenblick dachte Jacopo – und nicht ohne Grund –, daß zwischen dem *Attenti* und dem

Riposo zu viele Jahrhunderte vergangen waren, die Jungs hatten bis ins Greisenalter auf ihn gewartet, bis in den Tod, ihr Staub hatte sich zerstreut, um jenen leichten Dunst zu bilden, der jetzt die Weite der Hügel vor seinen Augen bläulich färbte.

Jacopo war allein. Hinter ihm lag ein leerer Friedhof, in seinen Händen lag die Trompete, vor ihm lagen die Hügel, die immer blauer einer hinter dem andern im Quittenmus des Unendlichen verschwammen, und rächend schien über seinem Kopf die befreite Sonne.

Da beschloß er zu weinen.

Doch plötzlich war dann der Leichenwagen erschienen, mit dem prächtigen Kutscher, der wie ein General des Kaisers angetan war, ganz in Cremeweiß und Schwarz und Silber, und die Pferde verhüllt mit barbarischen Masken, die nur die Augen freiließen, und mit Tüchern verhängt wie Bahren, und auf dem Wagen die gewundenen Säulen, die das Dach mit dem ägyptisch-griechisch-assyrischen Tympanon trugen, alles in Weiß und Gold. Der Mann mit dem Zweispitz hielt einen Augenblick vor dem einsamen Trompeter auf dem Dorfplatz, und Jacopo fragte ihn: »Bringen Sie mich nach Hause?«

Der Mann nickte gutmütig. Jacopo kletterte neben ihn auf den Bock, und so begann auf dem Totenwagen die Rückkehr in die Welt der Lebenden. Schweigend lenkte der nunmehr dienstfreie Charon seine funebren Rösser zu Tal, Jacopo saß aufrecht und feierlich da, die Trompete unter den Arm geklemmt, den glänzenden Mützenschirm über die Augen gezogen, durchdrungen von seiner neuen, unverhofften Rolle.

Sie fuhren die Serpentinen hinunter, in jeder Kurve öffnete sich eine neue Aussicht auf blaugrüne Weinberge, alle in einem blendenden Licht, und nach einer unbestimmbaren Zeit kamen sie in *** an. Sie überquerten die rings mit Arkaden gesäumte Piazza, die menschenleer war, wie es nur die Plätze im Monferrat an einem Sonntagnachmittag um zwei sein können. Ein Schulkamerad an der Ecke der Piazza hatte Jacopo auf dem Kutschbock sitzen sehen, die Trompete unterm Arm, die Augen geradeaus ins Unendliche, und hatte ihm bewundernd zugewinkt.

Dann war Jacopo nach Hause gekommen, er wollte nichts essen und nichts erzählen. Er hockte sich auf die Terrasse und begann Trompete zu spielen, leise, als hätte er einen Dämpfer, um die Stille der Siesta nicht zu stören.

Sein Vater war herausgekommen und hatte freundlich, mit der Ruhe dessen, der die Gesetze des Lebens kennt, zu ihm gesagt: »In einem Monat, wenn alles läuft, wie es laufen sollte, geht's wieder nach Hause. Es ist leider nicht möglich, daß du in der Stadt Trompete spielst. Der Hausherr würde uns kündigen. Also fang schon mal an, sie zu vergessen. Wenn's dich wirklich zur Musik hinzieht, lassen wir dich Klavierstunden nehmen.« Und dann, als er Jacopos Augen feucht werden sah: »Na komm schon, Dummerchen. Merkst du nicht, daß die schlimmen Tage vorbei sind?«

Am nächsten Tag brachte Jacopo die Trompete zu Don Tico zurück. Zwei Wochen später verließ die Familie ***, um sich in die Zukunft zu wenden.

10
MALCHUTH

120

Was mir jedoch betrüblich erscheint, ist, daß ich
einige unbesonnene und törichte Götzendiener
sehe, welche... die Vortrefflichkeit des Kultes der
Ägypter imitieren; sie suchen nach der Gottheit,
von der sie keinerlei Verständnis haben... womit
sie nicht nur jene Götter und klugen Priester verhöhnen, sondern auch uns... und was noch
schlimmer ist, womit sie triumphieren, da sie ihre
närrischen Riten in solch hoher Achtung sehen...
– Gräme dich nicht, o Momos, sprach Isis, denn
das Schicksal hat den Wechsel zwischen der Finsternis und dem Lichte befohlen. – Das Übel ist
nur, erwiderte Momos, daß sie wähnen, sie seien
im Licht.

> Giordano Bruno, *Spaccio della bestia trionfante – Die Vertreibung*
> *des triumphierenden Tieres,* 3

Ich müßte zufrieden sein. Ich habe begriffen. Sagten nicht
einige von ihnen, die Rettung komme, wenn man die volle
Erkenntnis erreicht hat?

Ich habe begriffen. Ich müßte zufrieden sein. Wer hat
gesagt, Zufriedenheit entspringe aus dem Betrachten der
Ordnung, der verstandenen, genossenen, restlos verwirklichten, in Triumph und Freude verwirklichten Ordnung,
dem Ende der Anstrengung? Alles ist klar, durchsichtig, das
Auge ruht auf dem Ganzen und seinen Teilen, es sieht, wie
sich die Teile zum Ganzen fügen, es erfaßt den Mittelpunkt,
wo die Lymphe fließt, der Atem, die Wurzel aller Fragen...

Ich müßte erschöpft sein vor Zufriedenheit. Aus dem
Fenster des Arbeitszimmers von Onkel Carlo schaue ich auf
den Hügel hinaus und auf den schmalen Mond, der gerade
aufgeht. Der breite Buckel des Bricco, die sanfteren Rücken
der Hügel im Hintergrund, sie erzählen die Geschichte langsamer, schläfriger Bewegungen der Mutter Erde, die, sich
streckend und gähnend, blaue Weiten in der dunklen Glut
von hundert Vulkanen formte und wieder zerstörte. Keine
Grundrichtung der tellurischen Ströme erkennbar. Die Erde
wälzte sich in ihrem Halbschlaf, warf Falten und vertauschte
eine Oberfläche gegen die andere. Wo vorher Ammoniten
grasten, jetzt Diamanten. Wo vorher Diamanten keimten,

jetzt Weinreben. Die Logik der Moräne, der Lawine, des Erdrutsches. Lockere ein Steinchen, wirf es aufs Geratewohl irgendwohin, es bewegt sich, kullert zu Tal, läßt hinter sich Raum frei (ah, horror vacui!), ein anderes Steinchen fällt darauf, schon bildet sich eine Höhe. Oberflächen. Oberflächen von Oberflächen auf Oberflächen. Die Weisheit der Erde. Und Lias. Der Abgrund ist das Abflußloch einer Ebene. Warum einen Abfluß verehren?

Doch warum schenkt mir das Begreifen keinen Frieden? Warum das Schicksal lieben, wenn es einen genauso tötet wie die Vorsehung und das Komplott der Archonten? Vielleicht habe ich noch nicht alles begriffen, mir fehlt noch ein Stück, ein Steinchen im Puzzle.

Wo habe ich gelesen, daß man im allerletzten Moment, wenn sich das Leben, Oberfläche auf Oberfläche, ganz mit Erfahrung überkrustet hat, *alles* weiß: das Geheimnis, die Macht und die Herrlichkeit, warum man geboren ist, warum man stirbt und wie alles auch hätte anders sein können? Man ist weise geworden. Aber die größte Weisheit ist in jenem Moment, zu wissen, daß man es zu spät weiß. Man begreift alles, wenn es nichts mehr zu begreifen gibt.

Jetzt weiß ich, was das Gesetz des Reiches ist, das Gesetz jener armen, verzweifelten und zerlumpten Malchuth, in die sich die Weisheit gerettet hat wie ins Exil, tastend nach ihrer verlorenen Klarheit suchend. Die Wahrheit von Malchuth, die einzige Wahrheit, die in der Nacht der Sefiroth leuchtet, ist, daß die Weisheit sich nackt in Malchuth enthüllt, und sie enthüllt, daß ihr Geheimnis im Nicht-Sein liegt, im Nicht-Existieren außer für einen einzigen Augenblick, nämlich den letzten. Danach fangen die Anderen wieder an.

Und mit den Anderen die Diaboliker, die nach Abgründen suchen, in denen sich das Geheimnis verbirgt, das ihre Verrücktheit ist.

Über die Hänge des Bricco erstrecken sich Reihen um Reihen von Weinreben. Ich kenne sie, ich habe ähnliche zu meiner Zeit gesehen. Keine Zahlenlehre hat jemals sagen können, ob sie auf- oder absteigen. Zwischen den Reihen — aber man muß barfuß gehen, mit einer Hornhaut an den Fersen seit Kindertagen — stehen Pfirsichbäume. Sie tragen gelbe Pfirsiche, die nur zwischen den Weinreben wachsen, man kann sie mit einem leichten Daumendruck zerteilen, und der Kern kommt fast von selber heraus, sauber wie nach einer chemischen Reinigung, nur da und dort hängt noch ein fettes weißes Fruchtfleischwürmchen mit einem Atom daran. Man kann sie essen, fast ohne die Samthaut zu spüren, die einen von der Zunge bis in die Lenden erschauern läßt. Einst weideten dort die Dinosaurier. Dann hat eine andere Oberfläche die ihre bedeckt. Und doch, wie Belbo in dem Augenblick, als er die Trompete blies: wenn ich in die Pfirsiche biß, verstand ich das Reich und war ganz mit ihm eins. Der Rest ist nur Cleverness. Erfinde, erfinde den Großen Plan, Casaubon. Das ist es, was alle getan haben, um die Dinosaurier und die Pfirsiche zu erklären.

Ich habe alles begriffen. Und die Gewißheit, daß es da nichts zu begreifen gab, müßte meine Zufriedenheit und mein Triumph sein. Doch ich bin hier, der ich alles begriffen habe, und *sie* suchen nach mir, weil sie meinen, ich sei im Besitz der Offenbarung, die sie dumpf begehren. Es genügt nicht, begriffen zu haben, wenn die anderen sich weigern und weiter bohren. Sie suchen nach mir, sie müssen meine Spuren in Paris gefunden haben, sie wissen, daß ich jetzt hier bin, und sie wollen noch immer die Karte. Und ich kann ihnen sagen, sooft ich will, daß es die Karte nicht gibt, sie werden sie immer wollen. Belbo hatte recht: Leckt mich doch, ihr Idioten, was wollt ihr, mich töten? *O basta là*. Ihr könnt mich totschlagen, aber daß die Karte nicht existiert, das sage ich euch nicht, wer da nicht von selber draufkommt...

Es schmerzt mich zu denken, daß ich Lia nicht wiedersehen werde, und das Kind, das Ding, Giulio, meinen Stein der Weisen. Aber die Steine überleben von selbst. Vielleicht erlebt er gerade jetzt seine GELEGENHEIT. Er hat einen Ball gefunden, eine Ameise, einen Grashalm, und erblickt darin das Paradies. Auch er wird es zu spät begreifen. Es wird gut sein, und richtig, daß er seinen Tag so allein verbringt.

Verdammt. Es tut trotzdem weh. Geduld, wenn ich tot bin, denke ich nicht mehr daran.

Es ist tiefe Nacht. Heute vormittag war ich noch in Paris, ich habe zu viele Spuren hinterlassen. Sie haben bestimmt nicht lange gebraucht, um zu erraten, wo ich bin. Sie werden bald kommen. Ich hätte gern alles aufgeschrieben, was ich seit heute nachmittag gedacht habe. Aber wenn *sie* es läsen, würden sie nur eine weitere finstere Theorie daraus ableiten und eine Ewigkeit damit verbringen, die geheime Botschaft zu entschlüsseln, die sich in meiner Geschichte verbirgt. Unmöglich, würden sie sagen, daß der uns bloß erzählt hat, wie er sich über uns lustig gemacht hat. Nein, vielleicht hat er's nicht gewußt, aber gerade durch seine Vergessenheit hat uns das Sein eine Botschaft geschickt.

Ob ich es aufschreibe oder nicht, macht keinen Unterschied. Sie würden immer nach einem anderen Sinn suchen, auch in meinem Schweigen. Sie sind so. Sie sind blind für die Offenbarung. Malchuth ist Malchuth und damit basta.

Aber sag ihnen das mal. Ihnen fehlt der Glaube.

Also kann ich ebensogut hierbleiben, warten und den Hügel betrachten.

Er ist so schön.

ANHANG

9: ... והנה בהיות אור: Und siehe, als das Licht des Unendlichen [*En-Sof*] sich hinzog gleich einer geraden Linie inmitten der oben erwähnten Leere, hat es sich nicht sogleich bis nach unten hingezogen und ausgedehnt. Es dehnte sich nur ganz langsam aus. Will sagen, im Anfang begann die Linie des Lichts sich auszudehnen, und ganz zu Beginn ihrer Ausdehnung zog sie sich im Geheimnis der Linie hin und ward gleich einem Rad ringsum rund. (Isaak Luria, »Die Ausdehnung des Lichts im Leeren«, zit. nach P. S. Gruberger, ed., *Ten Luminous Emanations*, Bd. 2, Jerusalem 1973, p. 7)

17: *Wee have divers*...: Wir haben diverse kuriose Uhren; auch solche, die rückwärts gehen... Wir haben auch Häuser zur Täuschung der Sinne, in denen wir alle Arten von Gaukelspiel vorführen, Falsche Erscheinungen, Trug und Illusionen... Dies, mein Sohn, sind die Reichtümer des Salomonischen Hauses.

31: *In hanc utilitatem*...: In solcher Nützlichkeit wohltätig haben die Engel oftmals Figuren, Buchstaben, Formen und Stimmen erfunden und uns Sterblichen vorgeschlagen, die uns sowohl unbekannt wie erstaunlich waren und in keiner Weise dem gewohnten Gebrauch der Sprache entsprechen, sondern uns anleiten sollen, von der höchsten Bewunderung unserer Vernunft zur beharrlichen Erforschung alles Intelligiblen und von dort aus zu seiner Verehrung und Liebe zu gelangen.

55: *Judá León*...: Juda Löw verlegte sich auf Permutationen / Von Lettern und auf komplexe Variationen, / Und schließlich sprach er ihn aus, den Namen, welcher der Schlüssel ist, / Das Tor, das Echo, der Wirt und der Palast...

70: *toutes les femmes*...: Alle Frauen, denen ich begegnet bin, erheben sich an den Horizonten – mit den kläglichen Gesten und den traurigen Blicken der Ampeln im Regen... (Blaise Cendrars)

76: *E finalmente altro*...: Am Ende erschließt man kabbalistischerweise aus *vinum* nichts andere als VIS NUMerorum, die Kraft der Zahlen, von denen diese Magie abhängt.

89: *Sub umbra*...: Unter dem Schatten deiner Flügel, Jehova (Psalm 57, 2)

97: *Li frere*...: Die Brüder, die Meister des Tempels / Die angefüllt waren und reichlich / Mit Gold und Silber und Schätzen / Und die solchen Adel führten / Wo sind sie geblieben? Was ist aus ihnen geworden?

120: *in posteriori parte... in humane...*: auf den unteren Teil der Wirbelsäule... in Beleidigung der Menschenwürde.

129: *Erars de Syverey...*: Erard de Siverey sprach zu mir: »Sire, so Ihr dafür Sorge traget, daß weder ich noch mein Erbe dadurch Unehre haben, werde ich hingehen, um Euch Hilfe zu holen vom Grafen Anjou, den ich dort inmitten der Felder sehe.« Und ich sprach zu ihm: »Messire Erard, mir scheint, Ihr werdet Euch große Ehre machen, so Ihr hingehet, um Hilfe zu holen für unser Leben, denn das Eure ist gar sehr gefährdet.«

130: *Crede firmiter...*: Glaube fest und sündige kräftig.

148: *Sous la pasture...*: Unter dem Futter von wiederkäuenden Tieren, von ihnen gezogen zum herbipolischen Bauch, Soldaten verborgen, die Waffen schon klirrend...

179: *des grâles...*: [der] Gral [...] wiegt so schwer, daß ihn die ganze sündige Menschheit nicht von der Stelle rücken könnte.

184: *al des grâles...*: Die Gralsritter wollten nicht mehr befragt werden.

198: *Sauvez la faible...*: Rettet die schwache Aischa vor den schwindelnden Höhen von Nahash, rettet die klagende Eva vor den Wundern der Sensibilität, und mögen die Cherubim mich beschützen.

204: *ces mystérieux Initiés...*: diese mysteriösen Initiierten, zahlreich geworden, kühn und konspirativ: Jesuitismus, Magnetismus, Martinismus, [Suche nach dem] Stein der Weisen, Somnambulismus, Eklektizismus, alles stammt von ihnen.

post 120 annos...: Nach 120 Jahren werde ich offenstehen.

213: *un homme qui...*: ein Mann, der niemals stirbt und der alles weiß... ein Graf zum Lachen

216: *No pasarán*: Sie werden nicht siegen. (Schlachtruf der Antifaschisten im spanischen Bürgerkrieg)

224: *Car en ce qu'ils changent...*: Denn daß sie ihre Namen wechseln und verbergen, daß sie ihr Alter verschleiern, daß sie nach eignem Bekenntnis daherkommen, ohne sich kenntlich zu machen, das erlaubt keinem Logiker zu verneinen, daß es notwendig sein muß, daß sie in natura existieren.

236: *toi, apocryphe lecteur...*: du, apokrypher Leser, meinesgleichen, mein Bruder (vgl. Baudelaire: *hypocrite lecteur, mon semblable, mon frère*).

238: *Il est probable...*: Es ist wahrscheinlich, daß die Mehrheit der vorgeblichen [echten und alten] Rosenkreuzer, die gemeinhin als solche bezeichnet werden, in Wahrheit bloß [späte und falsche] Rosenkreuzer waren... Man kann sogar sicher sein, daß sie in keiner Weise echt waren, aus dem einfachen Grunde, daß sie zu solchen Vereinigungen gehörten, was auf den ersten Blick paradox erscheinen mag, aber dennoch leicht zu verstehen ist...

242: *Valentiniani*...: Die Valentinianer... haben keine größere
Sorge als zu verheimlichen, was sie predigen – wenn sie denn
predigen, diese Heimlichtuer... Fragt man sie guten Glaubens, so sagen sie mit hartem Gesicht und hochgezogenen
Augenbrauen: »Es ist erhaben.« Versucht man es auf subtile
Weise, so beteuern sie mit doppelzüngigen Zweideutigkeiten
den gemeinsamen Glauben. Läßt man durchblicken, daß man
Bescheid weiß, so streiten sie alles ab, was sie jemals anerkannt
hatten... Ihr Trick ist, daß sie mehr überreden als unterrich-
ten.

245: *Les visions sont*...: Die Visionen sind weiß, blau, weiß hellrot.
Schließlich sind sie gemischt oder ganz weiß, von der Farbe
der Flamme einer weißen Kerze, ihr werdet die Funken sehen,
ihr werdet die Gänsehaut am ganzen Leibe spüren, all das
kündigt den Beginn des Auftriebs an, den die Sache mit dem
macht, der da arbeitet.

266: *Sappia qualunque*...: Ein jeder, der mich fragt nach meinem
Namen, / Soll wissen, daß ich Lea bin und gehe, / Mit schönen
Händen einen Kranz zu flechten (deutsch von Hermann
Gmelin).

273: *La psychanalyse*...: Die Psychoanalyse? Das ist, weil zwischen
Mann und Frau... liebe Freunde... das hält nicht zusammen.

296: *Anna che quando bacia*...: Anna, die sich zum Küssen auf die
Zehenspitzen stellt (ein italienischer Schlager aus den sechziger Jahren).

315: *Invoke the forces*...: Beschwöre die Kräfte der Tabula Unionis
durch das Höchste Ritual des Pentagramms, mit dem Akti-
ven und dem Passiven Geist, mit Eheieh und Agla. Kehre
zurück zum Altar und rezitiere die folgende Beschwörung
Enochischer Geister: Ol Sonuf Vaorsag Goho Iad Balt,
Lonsh Calz Vonpho, Sobra Z-ol Ror I Ta Nazps, od Graa Ta
Malprg... Ds Hol-q Qaa Nothoa Zimz, Od Commah Ta
Nopbloh Zien...

373: *The prince of darkness*...: Der Fürst der Finsternis ist ein Edelmann.

397: *Quod ubique*...: Was überall, was von allen und was immer
[geglaubt worden ist, kann als höchst glaubwürdig angesehen
werden]. (Axiom der Kirche, zitiert in Dom A.-J. Pernety,
Fables Egyptiennes et Grecques, Paris 1758, vol. 1, p. 11, als
gültig auch für die hermetische Philosophie.)
Condoleo et congratulor: Ich kondoliere und gratuliere.

445: *Quantum mortalia*...: Wieviel an dunkler Nacht doch die Sterblichen haben! (Ovid)

446: *Da Rosa*...: Von der Rose reden wir nicht mehr...

456: *gallice etiam*...: auf französisch wurden sie von einigen auch
Popelicant genannt

460: *Elles deviennent le Diable*…: Sie werden der Teufel: kraftlos, ängstlich, tapfer zu außergewöhnlichen Stunden, ohne Unterlaß blutend, heulend, liebkosend mit Armen, die kein Gesetz kennen… Pfui! Pfui! Sie taugen nichts, sie sind aus einer Rippe gemacht, aus einem gekrümmten Knochen, aus einer eingeübten Verstellung… Sie küssen die Schlange…

472: *Nos inuisibles*…: Unsere angeblich Unsichtbaren sind (nach dem, was man sagt) 36 an der Zahl, geteilt in sechs Gruppen.

525: *Les Philosophes disent*…: Die Philosophen [= die Alchimisten] sagen, wenn das Weiß über die Materie des Großen Werkes kommt, dann hat das Leben den Tod besiegt, dann ist ihr König wiedererstanden, dann sind Erde und Wasser Luft geworden, dann ist es das Regime des Mondes, dann ist ihr Kind geboren… Die Materie hat dann einen solchen Festigkeitsgrad erreicht, daß das Feuer sie nicht mehr zerstören kann… Wenn der Künstler das perfekte Weiß sieht, dann, sagen die Philosophen, soll man die Bücher zerreißen, da sie nutzlos werden.

531: *The earth is*…: Die Erde ist ein magnetischer Körper; tatsächlich, wie einige Wissenschaftler entdeckt haben, ist sie ein einziger großer Magnet, wie es Paracelsus schon vor 300 Jahren behauptet hatte.

537: *A map is*…: Eine Karte ist nicht das Territorium.

541: *La principale occupation*…: Die Hauptbeschäftigung dieser Versammlung und die nützlichste muß nach meinem Dafürhalten sein, an der Naturgeschichte zu arbeiten, mehr oder minder gemäß den Plänen des Verulamius.

544: *Philéas Fogg. Un nom*…: Phileas Fogg. Ein Name, der eine Signatur ist: EAS hat im Griechischen die Bedeutung von Globalität (ist also gleichbedeutend mit pan oder poly), und PHILEAS ist somit dasselbe wie POLYPHIL. Fogg ist englisch »der Nebel«… Kein Zweifel, Jules Verne gehörte zu der Gesellschaft »Der Nebel«, Le Brouillard. Er hatte sogar die Freundlichkeit, uns deren Verbindungen zum Rosen+Kreuz zu präzisieren, denn schließlich, was ist dieser noble Reisende namens Phileas Fogg, wenn nicht ein Rosen+Kreuzer?… Und gehört er nicht zu jenem Reform-Club, dessen Initialen R.C. das reformatorische Rosen+Kreuz bezeichnen? Und dieser Reform-Club hat seinen Sitz an der »Pall-Mall«, womit er einmal mehr den *Traum des Polyphil* evoziert.

548: *It is a remarkable*…: Es ist eine bemerkenswerte Koinzidenz, daß die Folio-Ausgabe von 1623, die unter dem Namen von Shakespeare bekannt ist, genau *sechsunddreißig* Stücke enthält.

552: *The Baron Hund*…: Der Baron Hund, Chevalier Ramsay… und zahlreiche andere, welche die Grade in diesen Riten [der Schottischen Freimaurerei] begründeten, arbeiteten unter

dem Kommando des Generals der Jesuiten... Templerismus
ist Jesuitismus.

570: *Voltaire lui-même*...: Voltaire selbst ist als Jesuit gestorben:
hatte ihm das wohl geschwant?

606: *Qui operatur*...: Wer sich mit Kabbala beschäftigt... so er sich
im Werke irrt oder ungereinigt darangeht, wird er von Azazal
verschlungen.

611: *nulla nomina*...: keine Nomina, seien sie auch bedeutsam und
insofern sie Nomina sind, können in einem magischen Werk
eine Kraft haben, wenn sie nicht hebräisch sind.

618: *Arcana publicata*...: Aufgedeckte Geheimnisse werden alt, und
profaniert verlieren sie ihren Reiz. Also wirf deine Perlen
nicht vor die Säue, noch unterbreite dem Esel Rosen.

621: *Claudicat ingenium*...: Es lahmt der Geist, es faselt die Zunge,
es wankt der Sinn.

624: *Le monde est*...: Die Welt ist gemacht, um in ein Buch zu
münden (ein falsches). (Mallarmé)

634: *merde j'en ai marre*...: Scheiße, ich hab genug von dieser Steganographie.

646: *What is the hidden*...: Was ist der verborgene Einfluß hinter der
Presse, hinter all den subversiven Bewegungen, die uns umgeben? Sind da mehrere Mächte am Werk? Oder ist es eine
einzige Macht, eine einzige unsichtbare Gruppe, die alle anderen lenkt – der Kreis der Wahren Initiierten?

668: *C'est une leçon*...: Das ist eine Lehre für später. Wenn euer
Feind wieder auftaucht, denn er ist noch nicht bei seiner
letzten Maske, weist ihn schroff ab, und geht ihn vor allem
nicht in den Höhlen suchen.

675: *For our Ordinances*...: Für unsere Zeremonien und Riten: Wir
haben zwei sehr lange und schöne Galerien im Tempel des
Rosenkreuzes; in die eine tun wir Modelle und Exempel aller
Arten der eher seltenen und exzellenten Erfindungen; in die
andere stellen wir die Standbilder aller bedeutenden Erfinder.

699: *efficiunt quod figurant*: bewirken, was sie abbilden

712: *Je voudrais être la tour*...: Ich möchte der Turm sein, am Eiffelturm hängen.

716: *Parce que*... : Weil... das macht angst, das ist alles.

720: *Monsieur, vous êtes fou*: Mein Herr, sie sind verrückt.

725: *The conspiracy theory*...: Die Verschwörungstheorie der Gesellschaft ... kommt aus der Abkehr von Gott und der daraus
resultierenden Frage: »Wer ist an seine Stelle getreten?«

INHALT

Bildnachweis

Umberto Eco im Carl Hanser Verlag